桃花扇資料彙編考釋

資料彙編考釋

【上】

王亞楠◎編著

上海人民出版社

國家古籍整理出版專項資助項目

二〇一八年河南省教育廳人文社會科學研究專案

『二十世紀《桃花扇》批評史(二〇一八—ＺＺＪＨ—五二八)』階段性成果

目　録

二、版本編

三、演唱編

四、評點編

余丙子春自葉旋里，過襄城朱氏園，蒙主翁柳阡廣文延款，且
　　以所刻《歸田詩》見贈。翁時年七十有九，與余同庚。予
　　賦長歌紀事，並次其刻中“妻”字韻詩二首。商邱侯君碩
　　林見之，亦和二首，不遠千里見寄。君時亦年七十有四，
　　蓋神交者四年於兹矣。今春，予隨任儀封，而君亦來主考
　　城書院，遂命駕見訪，復貽新什，附以其先世《壯悔堂文
　　集》見贈。把晤之餘，歡若素交，流連作竟夕之談，殊慰積
　　愫。夫壯悔公爲海内名家，風流文彩，照耀百年，予向所
　　傾慕。讀孔東塘先生《桃花扇》傳奇，恍睹當時情事。閹
　　孽蔓延，武臣跋扈，而公與陳、吳數君子以諸生枝柱其間，
　　百折不回。卒之陳、吳瘐死牢獄，公亦幾不脱虎口。香
　　君，一青樓弱女，亦曉暢大義，毀服斮面，以愧權奸。天地
　　正氣，於斯不泯。今獲與公後裔游，且得捧讀遺文，其爲
　　愉快，何可勝言！獨惜衰殘之年，不能時相往來酬酢，翻
　　恨訂交之晚耳。因次原韻，縷陳顛末，不覺多變徵之聲，
　　共成八首。言雖未工，觀者略其詞，而存其意可也。

六、影響編

《〈桃花扇〉資料彙編考釋》序

王永寬

王亞楠博士在中國古代文學研究尤其是明清文學研究方面已經頗有成就了。最近他完成了兩本書稿,《〈桃花扇〉資料彙編考釋》和《〈長生殿〉資料彙編考釋》,打電話給我,提出要求,請我作序,並且通過電子郵箱發來了書稿的電子版。我感到非常惶恐,不敢應承。我的想法主要是因爲兩點:一是我不閑,爲他人的著作寫序又要看書稿,又要寫成文章,這要花費不少時間;二是我對顧炎武的一段名言的記憶很深刻,不輕易爲他人的新著作序。顧炎武《日知録》卷十九《書不當兩序》云:"凡書,有所發明,序,可也;無所發明,但紀成書之歲月可也。人之患,在好爲人序。"他又議論説"世之君子,不學而好多言"。顧炎武的話是從孟子"人之患,在好爲人師"一句變過來的,他的意見,前輩名家多有贊同。清代王鳴盛《十七史商榷校正》云:"夫書既成,而平生不喜爲人作序,故亦不求序於人,聊復自道其區區務實之微意,弁之卷端。"清代汪廷珍也説過"生平不輕爲人序文"的話,是附和了顧炎武的看法。汪廷珍(1757—1827),字玉粲,號瑟庵,江蘇淮安人,乾隆五十四年(1789)探花及第,官至禮部尚書,協辦大學士,曾侍從少年時的道光皇帝讀書,卒諡文端。著有《實事求是齋詩文集》,他那時就用了我們今天非常熟悉的"實事求是"一詞作爲書齋的名稱,意思是遵從當代仍然奉行的"實事求是"的科學精神。所謂"生平不輕爲人序文"這句話就出在這本書中。到了"五四"運動時期,魯迅在《熱風·估

〈學衡〉》一文中又引錄了顧炎武"人之患,在好爲人序"一句,批評當時流行的風氣。總之,爲人寫序在當今學界容易引起人們詬病,所以還是以不作爲佳。但是,我初步翻閱了這兩部書稿之後,最終不能免俗,同意答應編者的請求,爲這兩部書稿寫篇讀後感,姑且充作序文也是可以的。

現在說起來,我對編者是比較瞭解的。王亞楠於2011年鄭州大學文學院古代文學專業碩士研究生畢業,成績優秀,我有幸主持其碩士論文的答辯,印象深刻。後來他考取中國人民大學朱萬曙教授的博士研究生,專業方向爲中國古代文學元明清段。完成學業取得博士學位之後又回到鄭州大學文學院任教,授課之餘兼從事學術研究,已經出版了《〈桃花扇〉接受史》等學術著作,發表了數十篇專業研究方面的論文,成績斐然。古人云,"士別三日,當刮目相看",如今亞楠經過十多年的曆練,早已是更上層樓、今非昔比了。眼前從他已經完成的這兩部書稿來看,他的專業學術研究的能力與水準又達到一個新的境界。我爲亞楠的進步感到高興,並向他取得的新成就表示誠摯的祝賀。

《〈桃花扇〉資料彙編考釋》《〈長生殿〉資料彙編考釋》都是資料性很強的學術著作。在中國古代文學研究領域,從當代圖書出版現狀來看,歷史上一些著名的作家,如陶淵明、李白、杜甫、蘇軾、關漢卿、曹雪芹等,一些著名的文學作品,如《詩經》《楚辭》《水滸傳》《三國演義》《西遊記》《紅樓夢》《金瓶梅》等,都有學者編輯出版了獨立的各種形式的資料彙編類書籍。此類書籍都是專業研究方面的學術成果,具有一定的學術性,體現著實用性很強的學術價值,這已經成爲學界同仁的共識。在古代戲曲研究領域,被稱爲"五大名劇"(見董每戡的《五大名劇論》)的《西廂記》《牡丹亭》《琵琶記》

都已經有了"資料彙編"類的學術著作，而《長生殿》與《桃花扇》因爲是清代作品，產生的時代較晚，雖然有些兩劇的原刊本及整理本以及研究著作附帶有關於兩劇作者、版本、本事、考證及評點等研究資料，但都是擇要輯錄，不成規模，也不夠詳備。現在，王亞楠博士在前人研究的基礎上，對於《長生殿》《桃花扇》兩部曲壇巨著的相關研究資料進行了更爲全面的搜集整理，彙編成冊，內容宏博，洋洋大觀，兩部書合起來有百萬字，在這兩部戲曲名著的資料彙編方面具有集大成的性質，對於古代戲曲研究及中國古代文學科建設具有奠基的意義。而且，王亞楠在編纂這兩部書時借鑒了徐扶明先生《〈牡丹亭〉研究資料考釋》的創意，把書名定爲"資料彙編與考釋"，這就更突出地指明本書不是簡單的資料彙集，而是編纂者對於原始資料做了大量的考論、辨析、補證與闡釋的工作，統稱爲"考釋"，而這方面的內容最能表現出編纂者的學術見解，使本書具有較高的學術價值與傳世價值。

關於兩種名劇的資料彙編，都是各分爲"本事編""版本編""演唱編""評點編""評論編"六個部分。編者搜集的有關這兩部名著的資料是極其完備的，除了前代學者已經匯輯的資料之外，還從相關的戲曲總集、選集、曲譜以及個人詩文集、筆記雜著、報刊檔案等方面深入發掘，廣泛搜集，其內容包括有兩部劇作的成書、刊刻、流傳、演唱、批評、影響等大量的記述與議論，並進行科學的組織與精心的編排，花費了大量的心血和艱巨的勞動。我注意到，在這些資料中有許多是從清代《桃花扇》《長生殿》之後的傳奇、雜劇及一些彈詞、寶卷、俗曲、地方戲唱本等作品中輯錄的，而這類作品的現實存在極其分散，查找困難，搜羅不易，能把它們彙集起來更顯得難能可貴。

　　當年，徐扶明先生在《〈牡丹亭〉研究資料考釋·自序》（上海古籍出版社 1987 年版）中談到他關於"考釋"的做法是："每個專題資料之後綴有按語，有話則長，無話則短，或介紹作者，或解釋資料，或提出問題，或發表鄙見。"現在，王亞楠博士基本上也是這樣做的。對於《長生殿》《桃花扇》兩種劇作的資料彙編，其考釋的部分，大體上也是採取在每種資料之後加按語的形式。考釋文字的內容，"或介紹作者，或解釋資料，或提出問題，或發表意見。涉及事實者，探究其載錄的源流；涉及觀點者，追尋其論說的出處"。在這些方面，都可以看出編者受前輩治學方法的影響而有所借鑒，只是由於研究的具體作品不同而有所差異。

　　如今，王亞楠博士完成的《長生殿》《桃花扇》兩部劇作的資料彙編考釋，從單本傳奇的研究來看，其資料彙編的規模已遠遠超過《牡丹亭》研究。而且，我認爲，編者對於所匯輯資料的考釋也達到一定的學術深度，不遜於前輩。王亞楠對於這兩部劇作長期刻苦鑽研，窮搜大量資料，並且在整理與使用這些資料時能夠進行獨立思考，不迷信名家，多有新穎觀點與創新之見。對於中國古代文學作家及作品的學術研究，從古至今學者們的努力，是一個動態的鏈條，後世學者總是要立足於前代研究的基礎，利用已有的成果，不斷進行探索而有所發現，並顯出後來居上的優勢。在古代戲曲研究領域也是如此。關於這兩部巨著的資料輯錄與研究，前代學者儘管已經取得了不少有價值的成果，但是由於受歷史文獻的局限和個人眼界的局限，仍然做得還不夠完備，對於原著文本相關的一些基本問題上的研判存在著一些疏漏與失誤。我們看待某種新出著作，不僅看它研究什麼，更重要的是要看它同前人的成果相比增加了什麼新內容，解決了什麼新問題，提出了什麼新觀點，而這些創新或糾謬之處最能夠體現新成果的意義與價值。基於這樣的認識，我在閱讀這兩部書稿的過程中，常常爲編者表現出來的新觀點新見解而讚歎，對於我這個從事中國古代戲曲研究工作的同行來說深感受益良多。

關於看待《桃花扇》的版本，本書編者就有個人的審視標準。版本問題是研究古代文學作品的一個重要問題。《桃花扇》的版本有多種，刊刻年份較早的是康熙四十七年戊子（1708）的介安堂原刊本，這是今見最接近孔尚任原作原貌的刊本。20 世紀 80 年代上海古籍出版社編輯出版《古本戲曲叢刊五集》，採用的就是北京圖書館收藏的這個刊本；人民文學出版社出版的王季思、蘇寰中、楊德平合注本，校勘過程中雖然採用了後來的蘭雪堂本、西園本、暖紅室本、梁啟超校注本互校，但是最終還是採用了康熙介安堂刊本進行復校。這都說明介安堂原刊本應該是最可依據的刊本。然而當代有些學者卻輕視《桃花扇》的介安堂原刊本，而推重光緒年間才出現的蘭雪堂刊本。王亞楠博士新出的這部《〈桃花扇〉資料彙編考釋》獨具慧眼，堅持客觀的評判標準，確能起到正本清源的作用。

關於《桃花扇》研究中某些事實的認定，本書編者也不盲從前人。如清代著名學者李慈銘認爲，《桃花扇》清代刊本中的大量批語是孔尚任自己寫的（見《越縵堂日記·〈荀學齋日記〉辛集下》），這一判斷影響很大，後世及當代研究《桃花扇》的學者如梁啟超、王季思、吳新雷、葉長海、徐振貴等先生都信從這一說法；當代學者李保民點校的《云亭山人批點〈桃花扇〉》和"國學典藏"本《桃花扇》，都直接標示爲"云亭山人批點"。但這都是不正確的，顯然是受到李慈銘誤判的影響。如今王亞楠博士通過認真的查證與研究，曾發表《〈桃花扇〉清刻本批語作者考論》（《湖北文理學院學報》2018年第1期），澄清了這一問題，現在又在《〈桃花扇〉資料彙編考釋》這部新著中更明確指出，"《桃花扇》刻本中的批語並非出自孔尚任之手"，又作了補充闡述。他的新認識，可以説是對於《桃花扇》研究的重要貢獻。

關於《桃花扇》的每種資料的考釋，編者多有深入論析並表現出創新之見。我注意到"本事編"中輯録的陸圻《冥報録》（卷下）的一段資料之後的按語。這段資料記述的是奸黨阮大鋮隨同清軍進攻仙霞嶺、僵僕石上而死的事實，編者的考釋文字涉及《桃花扇》的許多方面，如《入道》一出中道士張薇於中元節在棲霞山白雲庵設壇修齋，追薦崇禎皇帝及死難諸臣，張薇其人事跡及其在劇中的身份與作用，以神道設教方式彰顯善惡有報的大衆世俗心態，參與醮儀活動的各種人物的切身感受以及對家國情懷的認同，醮儀活動的宗教内涵以及對於劇中主角侯方域、李香君思想與命運的影響等。這段考釋文字長達八九千字，包容的歷史與文化内涵非常豐富，議論頗有深度，若進一步加以論述可成爲一篇大論文，充分展現了編者的學術功力。

又如"評點編"中輯録介安堂刊本《桃花扇·餘韻》一出中的評點文字，之後的按語對於"漁樵閒話"作了詳盡的考釋。這裏引述前代詩文及戲曲作品中出現的漁翁與樵夫兩種人物形象，分析其隱逸於山水之間的生存狀態及淡泊寧遠的人生情趣，並由此指出孔尚任襲用這一慣常手法，以這兩種人物形象評論古今，議論世情，諷刺現實，表達理想。這裏的考釋包容了文學、歷史、哲學的豐富内涵，緊密切合《桃花扇》劇中的人物與情節，對於認識《桃花扇》的思想、人物、主題以及孔尚任的創作心態，能夠引發讀者進行多方面的思考。

以上所述，是我僅據閱讀書稿得到的初步印象，略談一些自己的感想與體會。《〈桃花扇〉資料彙編考釋》内容豐富，資訊量很大，值得稱道的優點、亮點、創新之見比比皆是，難以盡述。《〈長生殿〉資料彙編考釋》與《〈桃花扇〉資料彙編考釋》的創意相同，編纂的體例相同，兩書所表現的編輯特色及其"考釋"部分的語言風格也大體相似，所達到的學術品位在伯仲之間，不必再加軒輊。《〈長生殿〉資料彙編考釋》中的考釋部分，我能夠突出感覺到的新觀點新見解也有很多，這裏也不再一一提出。這兩部《資料彙編與考釋》的正式出版，將為進一步研究《桃花扇》《長生殿》提供一套更完整更實用的參考資料，也為高等院校文科的文學史、戲曲史教學，為廣大讀者更深入地認識這兩部戲曲名著，更深入瞭解孔尚任與洪昇其人，提供重要的參考書。同時，也可為編纂其他文學名著的資料彙編提供借鑒。關於中外文學名著的研究，前人曾提出"說不盡的莎士比亞"，對於中國古代文學史上名著的研究，又見有學者提出"說不盡的湯顯祖""說不盡的《金瓶梅》""說不盡的《紅樓夢》"等。現在，這兩部戲曲名著的《資料彙編與考釋》的問世，相信也會在學界引起"說不盡的《桃花扇》""說不盡的《長生殿》"等議論，對於中國古代文學研究的進一步發展與繁榮，必然會起到一定的推動作用。

（作者：河南省社會科學院研究員，河南省文史研究館館員，

　　　鄭州大學文學院兼職教授，享受國務院特殊津貼專家）

前　言

　　代表著崑曲傳奇最後輝煌的《長生殿》和《桃花扇》問世後，都受到了讀者、觀衆的喜愛和肯定，在有清一代的戲曲舞臺上廣泛、長久地搬演、流傳，對於清代、民國的通俗文學創作産生了比較大的影響，清代、民國間的衆多文人學者也從思想到藝術對這兩部名劇進行了題詠、批評和研究。這些現象和活動都産生和流傳下來豐富的文獻資料，但因爲數量較大、瑣碎而又分散，至今都尚未得到充分的重視、搜集、輯録和利用。

　　二十世紀中，學界對於這兩部劇作的文獻的搜集、整理和研究取得了一定的進展。如劉世珩在清末民初主持和組織刻印暖紅室《彙刻傳劇》時，對於這兩部劇作特别是《長生殿》的有關文獻資料進行了初步搜集和匯輯，主要是吴舒鳬等的多篇序文、吴尚榮等的多篇題辭和王暉等的跋文。但劉世珩在《重刻〈長生殿〉跋》、吴梅在《校正識》中都没有説明這些相對於稗畦草堂刻本新增的序跋、題辭的來源出處（吴舒鳬和徐麟的序可能據光緒十六年上海文瑞樓刻本）。吴梅僅提及校勘時使用了"李鍾元本"作爲參校本"合校數過"，其實李鍾元應作"李鐘元"。李鐘元其人和所謂的"李鐘元本"《長生殿》未見其他著述提及和著録，也並無特别的校勘價值，只是稗畦草堂本的一種偷工減料的翻刻本。首都圖書館藏有李鐘元刊本《長生殿》，凡一函四册，正文首頁題署的末行作"滬城李鐘元重刊"。此版本的刊刻時間不詳，無書名頁，卷首僅有洪昇《自序》、徐麟序,不僅没有其他人所作的序文,而且相較稗畦草堂本還缺少了洪昇所撰的《例言》。第三十四出《刺逆》、第三十五出《收京》和第三十七出《尸解》中的數處文字錯誤也與稗畦草堂本相同①。作品版本的影印方面,《長生殿》有《古本戲曲叢刊》五集第四函所收的北京圖書館藏康熙稗畦草堂刊本,《續修四庫全書》第1775册所收的版本相同;《桃花扇》有《古本戲曲叢刊》五集第五函所收的"北京圖書館藏康熙三十年介安堂原刊本",實則是康熙刊本的覆刻本,《續修四庫全書》第1776册所收的版本相同。另有江蘇廣陵古籍刻印社1979年據劉世珩暖紅室刻本校定重刻的《增圖校正〈桃花扇〉》,一函六册。作品的整理方面,《長生殿》有徐朔方先生的注本、蔡運長的"通俗注釋"本、竹村則行和康保成先生的"箋注"本等;《桃花扇》有賀湖散人的《詳注〈桃花扇〉傳奇》、王季思等先生注釋的《中國古典文學讀本叢書》本、劉葉秋注釋的《孔尚任詩和〈桃花扇〉》本等。

　　進入二十一世紀以來的近二十年間,學界對於兩部劇作的文獻資料的整理和研究在原有的基礎上有一些新的進展,取得了一些新的成果。這主要表現在兩個方面:作品版本的影印和整理出版、相關文獻資料的整理和研究。

一、作品版本的影印和整理出版

　　《長生殿》和《桃花扇》的清代刊本衆多,但版本源流比較簡單和清晰。《長生殿》刊本中的稗畦草堂本、《桃花扇》刊本中的康熙

---

① 詳見〔日〕竹村則行、康保成箋注《〈長生殿〉箋注》第三十四出《刺逆》的箋注〔九〕、第三十五出《收京》的箋注〔一一〕和第三十七出《尸解》的箋注〔二二〕,中州古籍出版社1999年版,第248、254、269頁。

刊本的覆刻本和暖紅室刊本比較常見。進入新世紀以來,又有一些其他的稀見的版本得到了影印出版。北京大學圖書館藏有清彩繪本《桃花扇》,包括堅白道人所繪的 44 幅彩畫(每出一幅)和太瘦生鈔寫的每出的唱詞,彩畫和鈔寫的唱詞完成於不同時期。作家出版社 2009 年予以全部照相影印出版,同時附有劇作全文和中英文的故事梗概。原本和影印的詳情可參看沈乃文《清彩繪本〈桃花扇〉影印序言》(《版本目錄學研究》,國家圖書館出版社 2009)。不過,彩繪本的價值主要在於藝術方面。

《桃花扇》有蘭雪堂本,初刻於光緒二十一年(乙未 1895),校改重刻於光緒三十三年(丁未 1907)。鳳凰出版社 2016 年對其初刻本予以影印出版,列入《古椿閣再造善本叢刊》,凡一函五冊。影印本《前言》對蘭雪堂本做了一些介紹和評價,但其中存在不少錯誤。如《前言》中的以下兩段文字:

> 《桃花扇》最初的刊本是康熙戊子年即康熙四十七年介安堂所刻,孔尚任時年六十歲,但此本並非最善。此後有蘭雪堂本、西園本、泰州沈氏刻本、嘉慶刻本、暖紅室本、梁啟超校注本等,著名戲曲理論家吳梅先生認爲蘭雪堂本較佳,最接近原稿,他主要是從藝術創作角度研究蘭雪堂本桃花扇,一是論其寫史筆法;二是論其藝術構思;三是曲詞批評。而暖紅室本太過期於盡善,個別做了刪改。在桃花扇所有的幾個本子之中,蘭雪堂本的校勘價值較大,業界認爲在版本校勘上蘭雪堂應排首位。蘭雪堂本天頭敞闊,刻有眉批。蘭雪堂本桃花扇的批語也很有特色,批語分眉批和總批兩種,其中眉批 779 條,比康熙原刻本多出 35 條,總批 69 條。這些批語對於桃花扇的主題構思、藝術手法以及人物形象方面有著獨到的分析。

　　光緒二十一年(1895)合肥李氏蘭雪堂主人李國松以原刻本參校嘉慶本刊刻桃花扇。李國松,字健父,安徽合肥人,光緒間舉人,博雅好古,藏書數萬卷。共五冊,卷首一冊,正文四卷四冊。光緒三十三年(丁未年,1907),李氏將初刊本校改後又出了重刊本,在乙未原版上進行了修改。也就等同於第二次印。在《桃花扇考據》增加了少量其他内容。孔尚任在正文劇前列出考據,本是爲了標舉南明的主要史實和史料,並一一參照。而蘭雪堂本桃花扇中的考據,與解放後出版而目前通行的版本有較大不同,而且明顯優於通行本,有重要的校勘價值。①

　　第一處錯誤是没有進行詳細校勘,就貶低康熙間介安堂刊本的價值。實際情況是介安堂刊本是《桃花扇》現存刊本中最好的版本,最接近原本面貌,内容最完整,錯誤最少,具有最大的"校勘價值"。《前言》所謂的蘭雪堂本的眉批"比康熙原刻本多出35條"當然也是不符合版本實際的。蘭雪堂本僅比介安堂刊本多出一條眉批,即第十九出《和戰》中的"當此時,解恨息爭稍晚矣。何侯生不早計及之。"②此外,介安堂刊本第四出《偵戲》的下場詩中的"惟有美人稱妙計"句的眉批作"古今小人,多用美人計"。③而蘭雪堂本作"古今小人多會算計"④,明顯不如介安堂刊本的批語準確、恰切。

　　第二處錯誤是顛倒和錯亂了《桃花扇》版本的源流演變。按照

①　《前言》,《蘭雪堂重校刊〈桃花扇〉》,鳳凰出版社2016年版。
②　《桃花扇》第十九出《和戰》眉批,光緒二十一年蘭雪堂刊本。
③　《桃花扇》第四出《偵戲》眉批,康熙介安堂刊本,北京大學圖書館藏。
④　《桃花扇》第四出《偵戲》眉批,蘭雪堂刊本。

刊刻的時間先後，清代、民國間《桃花扇》的重要版本有介安堂刊本、康熙刊本、康熙刊本的覆刻本、西園本、嘉慶刊本、蘭雪堂本和暖紅室刊本。所謂的"梁啟超校注本"並不具有版本学意義。

第三處錯誤是嚴重高估了蘭雪堂本的價值，其實蘭雪堂本刻印的時間較晚，而且存在比較多的脱漏。蘭雪堂初刻本即乙未刻本删去了《桃花扇·考據》中自"董閬石《尊鄉贅筆》七條"至"王世德《崇禎遺録》"的文字，其後的"侯朝宗《壯悔堂集》十五篇"及各篇篇目也被删去。重刻本即丁未刻本恢復了所删《考據》中的文字，但第四出《偵戲》闕出批，第十九出《和戰》闕"副淨持槍罵上"至"那個怕你"共二十字。《前言》將蘭雪堂本的這一文字缺陷視爲它的優長之處是不可取的。

中國藝術研究院藏有乾隆十五年（1750）沈文彩鈔本《長生殿》，原爲程硯秋藏書，一函二册，凡五十出，函套題"長生殿傳奇清乾隆抄本"。此鈔本卷首附吉祥咒，卷尾附砌末，每出注明身段，應是當時的演出臺本，可供我們考察、研究《長生殿》在當時演出的情況，是極其珍貴的重要史料。文化藝術出版社 2012 年予以影印出版，題爲《乾隆沈文彩鈔本長生殿傳奇》。

近二十年來也有兩部劇作的多種整理本出版。《長生殿》主要有《吳人評點〈長生殿〉》（上海古籍出版社 2012）、"國學典藏"本（上海古籍出版社 2016）和翁敏華、陳勁松評注本（中華書局 2016）；《桃花扇》主要有徐振貴主編《孔尚任全集輯校注評》本（齊魯書社 2004）、《云亭山人批點〈桃花扇〉》（上海古籍出版社 2012）、"國學典藏"本（上海古籍出版社 2016）、謝雍君、朱方遒評注本（中華書局 2016）和屠青校注本（中州古籍出版社 2018）等。

徐振貴主編的《孔尚任全集輯校注評》雖名爲"全集"，却仍存在較多遺漏,周洪才、朱則傑、張兵等學者已撰文指出。且編者未説明校勘所用的底本和校本,也没有校勘記,而且缺少刻本中的"題辭"、"砌末"和跋語。該書收録了刻本中的少量眉批和出批,但這些批語列入注釋中,不便查閲。

謝雍君、朱方遒評注本在注釋中也收録了少量批語,同樣與注釋文字混雜,而且標作"暖紅室本眉批",但其實這些批語在介安堂刊本中便已存在。

《云亭山人批點〈桃花扇〉》和"國學典藏"本《桃花扇》均爲李保民點校,兩書均在封面、書名頁和版權頁標明"云亭山人批點",前者更直接在書名中點出。但實際《桃花扇》刻本中的批語並非出自孔尚任之手。晚清學者李慈銘最早在其《越縵堂日記·〈荀學齋日記〉辛集下》光緒十二年丙戌(1886)十二月初三的日記中認爲《桃花扇》刻本中的大量批語爲孔尚任自作,後來得到了梁啓超、王季思、徐振貴、葉長海和吳新雷等學者的信從,但或簡單表示贊同,或不能提出確實的證據、論證存在漏洞。筆者已有專文對這一錯誤觀點進行駁正,現再略加申説。李慈銘一生的創作和研究雖涉獵較廣,但主要用力之處和成就在於史學方面,而又重在史學考證,如平步青在《掌山西道監察御史督理街道李君蓴客傳》中所説:"君自謂於經史子集以及稗官、梵夾、詩餘、傳奇,無不涉獵而無放之,而所致力者莫如史"①。李慈銘閲讀和評論小説、戲曲作品體現出兩個特點:第一,他抱持著傳統、保守的思想觀念,同古代多數文人士大夫一樣貶低這類作品。偶有閲覽,也是爲了遣悶或寧神。如

① [清]平步青:《掌山西道監察御史督理街道李君蓴客傳》,《白華絳柎閣詩》附,光緒刻本。

他在日記中曾言："顧生平所不認自棄者有二：一則幼喜觀史"，"一則性不喜看小説。即一二膾炙古今者，觀之亦若格格不相入，故架無雜書。"①此處所説的"小説"，當不包括記述文史掌故的文言筆記小説。又如他稱戲曲作品爲"鄭聲豔曲"②。第二，對於歷史題材的或者歷史人物爲主角的小説、戲曲作品，可以發揮他的特長的，如《三國志演義》、"楊家將"故事小説、《龍圖公案》等，他的評價便較爲詳細、深入；而評價無本事、原型可考的作品，便顯得無所用力，或者轉述它書記載，並且不注明出處，或者言而無據，頗不可信。轉述它書記載，而不注明出處的如《越縵堂日記》中所記："夜閲《燕子箋》。大鋮柄用南都時，嘗衣素蟒服誓師江上，觀者以爲梨園變相。"③阮大鋮"衣素蟒服誓師江上"之事，吳偉業《鹿樵紀聞》、夏完淳《續倖存録》均有記述。其中影響最大的錯誤觀點便是認爲《桃花扇》刻本中的批語爲孔尚任自作，長久貽誤後學。李氏平生因性格原因與多人交惡，對他人評價難免刻薄、主觀。如他曾評價章學誠："而其短則讀書魯莽，糠秕古人，不能明是非，究正變，泛持一切高論，憑臆進退，矜己自封，好爲立異，駕空無實之言，動以道渺宗旨壓人，而不知已陷於學究雲霧之識。"④這一評價當然與章學誠的治學方法和成就嚴重不符，但移用來評價李慈銘自己評述小説（不包括文言小説）、戲曲的方法和結論倒是比較貼近實際情況的。李慈銘爲追求標新立異，沒有任何根據地提出《桃花扇》刻本中的批語爲孔尚任自作，是不可取的。而後來的一些學者，對於

---

① ［清］李慈銘：《越縵堂日記》，廣陵書社 2004 年版，第 376 頁。
②③ 同上書，第 6037 頁。
④ 由雲龍輯：《越縵堂讀書記》，中華書局 2006 年版，第 781 頁。

他在日記中隨手寫下的無端揣測的文字，“耳食其言，以爲高奇”①，不僅不加質疑，反而盲目信從，使這一錯誤較長期地流傳，嚴重誤導了一些研究者和讀者。

屠青校注本《桃花扇》以康熙刊本爲底本，以暖紅室本、蘭雪堂本、西園本爲參校本进行校勘，但在整理中實際存在不少錯誤。比如，第八出《鬧榭》中的“舟是拏龍弩”的“弩”，應作“拿（拏）”，因形近而誤；《〈桃花扇〉本末》的文末原署“云亭山人漫述”，誤作“云亭山人漫題”；《〈桃花扇〉砌末》的文末原署“云亭山人漫録”，該書遺漏；《〈桃花扇〉後序》的文末原署“北平吳穆鏡庵氏識”，誤作“北平吳穆鏡庵識”；黄元治所作跋語的篇末原署“桃源逸史黄元治跋”，誤作“桃源逸叟黄元治跋”；葉藩所作跋語的篇末原署“婁東葉藩跋”，誤作“婁東葉搖搖藩跋”。《〈桃花扇〉考據》中的錯誤最多：其一，“陳寶崖《曠園雜誌》一條”中的“陳寶崖”應作“吳寶崖”；其二，“陳寶崖《曠園雜誌》一條”下的細目“甲申三月順天府僞官李某葬崇禎帝”錯排爲兩種字體，“天府僞官李某葬崇禎帝”與其下的“余澹心《板橋雜記》十六條”接排，並脱漏“帝”字；其三，“張瑶星”誤作“張遥星”；其四，“侯朝宗《壯悔堂集》十五篇”、“冒辟疆《同人集》二篇”、“沈眉生《姑山草堂集》四篇”和“陳其年《湖海樓集》三篇”中的“篇”皆誤作“首”；其五，“侯朝宗《壯悔堂集》十五篇”下的各篇篇目的順序完全錯亂；其六，《〈桃花扇〉考據》的文末原署“云亭山人漫摭”，誤作“云亭漫摭”。

二、相關文獻資料的整理和研究

文獻資料是學術研究的基礎，對文獻資料進行搜集、整理、考

---

① 由雲龍輯：《越縵堂讀書記》，第 781—782 頁。

辨和闡釋是開展學術研究的基礎性工作和前提條件。文獻資料的新發現可以推動研究的新進展，而文獻資料的缺失則會制約研究的深入和提高。學術觀念的變革和研究方法的更新則可以幫助擴展文獻資料搜集的範圍、促進文獻資料整理、彙編的方法和形式的完善。戲曲的創作、演唱和研究在中國古代多受輕視和貶低，戲曲史料又更爲多樣而龐雜（包括文字、圖畫、音像和實物），由於思想文化觀念和記錄、保存、流傳的技術條件的限制，中國古代對於戲曲文獻資料的搜集、整理一般範圍狹小、挖掘不深、流傳不廣、散佚嚴重。十九、二十世紀之交，隨著西方現代學術觀念思想傳入我國併發生影響，在當時特殊的社會政治文化語境下，戲曲、小説等通俗文學受到空前重視和嚴肅對待，地位大大提升。現代學科意義上的戲曲研究興起後，爲開展研究之需，學者們也重視和開始較大規模地、不斷深入地挖掘、搜集、整理和匯輯戲曲文獻資料。民國時期，這項工作已經取得了一定的成果；新中國成立後，在新的歷史條件下，在劇目調查、整理和論著整理、彙編等多個方面都取得了很大的成績；新時期特別是新世紀以來，國家、高校和科研機構更爲重視戲曲文獻資料搜集、整理工作，也有更多學者在這方面投入精力和心血，取得了更多、更好的成果，如《南戲大典》、《崑曲藝術大典》、《民國京崑史料叢書》、《京劇歷史文獻彙編》（清代卷）、《清代散見戲曲史料彙編》等。從搜集、整理、以供自用到專門輯錄、服務學界；從戲曲、小説、曲藝混雜不分（如錢靜方《小説叢考》、蔣瑞藻《小説考證》）到專錄戲曲史料，從注重專書到擴大到單篇（條）、實物和口述史料，百餘年中對於中國古代戲曲文獻資料的搜集範圍更廣泛，涉及的文獻類型更多樣，分類更細化、準確，整理方法更趨完善，也更便於利用。戲曲文獻學從興起、形成到不斷發展，逐漸走向成熟，成果層出不窮，而且始終與中國戲曲史學、戲曲研究、戲曲理論批評研究的發展相伴隨。

目前較爲全面、系統地搜集、整理和輯錄有關單部戲曲作品的文獻資料的資料彙編主要集中在幾部古代的名劇。有路工、傅惜華編《〈十五貫〉戲曲資料彙編》（作家出版社 1957）、霍松林編《西廂彙編》（山東文藝出版社 1987）、徐扶明編著《〈牡丹亭〉研究資料考釋》（上海古籍出版社 1987）、侯百朋編《〈琵琶記〉資料彙編》（書目文獻出版社 1989）、伏滌修、伏濛濛輯校《〈西廂記〉資料彙編》（黃山書社 2012）、周錫山編著《〈西廂記〉注釋匯評》（上海人民出版社 2014）、周錫山編著《〈牡丹亭〉注釋匯評》（上海人民出版社 2017）等。這些資料彙編可以分爲三種不同的類型。《〈十五貫〉戲曲資料彙編》（作家出版社 1957）和霍松林編《西廂彙編》側重於整理、收錄同題材文藝作品，包括本事作品和改訂作品。《〈牡丹亭〉研究資料考釋》、《〈琵琶記〉資料彙編》和《〈西廂記〉資料彙編》側重於按照史料的內容性質的不同分類整理、輯錄有關各劇的文獻材料。《〈西廂記〉注釋匯評》和《〈牡丹亭〉注釋匯評》輯錄了一些有關兩部劇作的古代批評文字，而主體是注釋和現代研究論文。而對於代表著崑曲傳奇最後輝煌的《長生殿》和《桃花扇》，至今卻沒有學人專門搜集、輯錄和出版有關這兩部劇作的文獻資料。

近二十年來，對於《長生殿》和《桃花扇》相關文獻資料的整理和研究及其成果據其性質和類型可以分爲如下兩類。

第一類是對於《長生殿》和《桃花扇》相關文獻資料的搜羅、整理和研究。在劉世珩編輯、刊印暖紅室《彙刻傳劇》後很長一段時間內，學者們主要在有關兩劇的論著中提及少量常見、易得的文獻資料,而且基本集中在批評研究方面。隨著二十世紀八十年代初西方接受美學思想和論著被譯介入我國,並產生影響,研究者擴大視野,開始關注和研究兩劇的流傳、接受和影響情況,相關的文獻資料也得到挖掘、搜集和利用。如朱錦華的博士論文《〈長生殿〉演出史研究》(上海戲劇學院 2007)和陳仕國的《〈桃花扇〉接受史研究》(中國戲劇出版社 2016),但前者所搜集、利用的史料僅限於演唱和接受,後者在引用史料時存在大量的諸如錯別字、斷句、標點等本可避免的低級錯誤。《〈桃花扇〉接受史研究》對於某些文獻資料的作者的判斷和論述也存在嚴重錯誤。如第一章第三節"民國時期《桃花扇》刊本""一、案頭本"所列的第一種初版於 1924 年 6 月、上海會文堂新記書局發行的《詳注〈桃花扇〉》的版權頁明確標明"詳注者"為賀湖散人,其人並非陳仕國所認為的盧前,自然初版本卷首署名"壬戌孟夏賀湖散人"的序也非盧前所作。此外,《詳注〈桃花扇〉》中收錄的眉批皆采自《桃花扇》的清刻本,並非如陳仕國所說的"皆不同於清代刊刻本"①。又如王小恒、單永軍等對於《桃花扇》詠劇詩的初步搜集和分析。此外就是多篇研究《長生殿》、《桃花扇》的傳播、接受的碩士學位論文。

　　《長生殿》和《桃花扇》在國外也有比較廣泛的傳播、接受和影響。李福清、王麗娜等曾對國外《長生殿》和《桃花扇》的翻譯情況和研究論著做過零星、簡單的介紹。而這兩部劇作產生影響主要還是在日本、朝鮮半島等國家和地區,日本學者在對這兩部劇作的譯注、研究方面有比較多而突出的成果。日本著名學者青木正兒在其《中國近世戲曲史》中稱《長生殿》和《桃花扇》"並為清代戲曲

---

① 　陳仕國:《〈桃花扇〉接受史研究》,中國戲劇出版社 2016 年版,第 51 頁。

雙璧,爲藝苑定論"①,這也代表了近現代中日戲曲研究者的一致看法。戲曲作品的跨文化、跨語際傳播、接受是戲曲接受史研究的一項重要內容。而自江戶時代中國的戲曲劇本輸入日本,戲曲作爲兼具文學性、音樂性和舞臺性的綜合藝術便是中日文化交流的重要領域,戲曲研究也是近現代中日學術研究現代轉型和成果積累的重要體現。被目爲經典名劇的《長生殿》和《桃花扇》在日本的接受和研究,是中日文化交流、學術影響的一個具體而典型的案例,具有多重的價值、意義。日本學者對《長生殿》和《桃花扇》的接受、研究前後之間有影響和傳承,借此可窺見日本近現代戲曲研究進展的一些線索;中日的評論、研究之間也存在借鑒和互滲,共同推動了《長生殿》和《桃花扇》的現代研究。對於國外有關兩劇的資料的整理、評介有全婉澄《日本明治時期〈桃花扇〉題詠詩輯考》(《戲曲與俗文學研究》第六輯,2018 年 12 月),對明治時期(1868—1912)多位詩人的有關詩歌進行了初步的搜集、介紹;程芸《孔尚任〈桃花扇〉東傳朝鮮王朝考述》(《戲曲研究》第 102 輯,2017 年 7 月)鉤稽朝鮮王朝《燕行錄》和文人文集中的相關資料,並做了簡要考述。

另有一項特殊的資料,即梁啟超批注《桃花扇》的文字。梁啟超爲《桃花扇》作批注,所據的底本爲刻本,主要形式是"頂批和注解"②。這些批注後來被移錄於一種現代的話劇劇本體裁的《桃花扇》版本之上,排印於劇作正文每出的末尾,在 1936 年被收入中華

---

① [日]青木正兒原著:《中國近世戲曲史》,王古魯譯著、蔡毅校訂,中華書局 2010 年版,第 283 頁。
② 熊佛西:《記梁任公先生二三事》,夏曉虹編《追憶梁啟超》,中國廣播電視出版社 1993 年版,第 353 頁。

書局出版的《飲冰室合集》，列爲專集第九十五種，收於第二十和二十一册中。所以中華書局版《桃花扇注》的劇作正文中也存在個別文字錯誤。在卷首另有一篇《著者略曆及其他著作》，主要評價了孔尚任的另一部劇作《小忽雷》。梁啟超在批注中援引了較大量的詩文别集、筆記、雜著和史書對於劇作人物的原型和情節本事進行了考察和介紹，有較大的參考價值。梁啟超的《桃花扇注》有鳳凰出版社 2011 年出版的整理排印本，將注文排於正文相關文字之後，便於閱讀。但正文和注文中錯誤都較多。

　　第二類是有關資料的目錄的編制，爲進一步的整理、研究提供了線索。如朱錦華的博士論文《〈長生殿〉演出史研究》的正文後的六項附録，分别簡要羅列、介紹了《長生殿》的版本、研究論著、同題材劇本及演出、折子戲、唱片和録影帶等資料的情况，有很大的參考價值。

三、對《長生殿》、《桃花扇》文獻整理、研究的反思

　　如上所述，當前對《長生殿》和《桃花扇》的各類文獻資料缺乏全面、系統地挖掘、搜集和整理，而這嚴重制約了批評、研究的拓展、深入和提高。如蔣星煜先生曾發表兩篇文章《〈桃花扇〉在清代流傳的軌跡》和《〈桃花扇〉桃花扇從未被表演藝術所漠視——二百多年來〈桃花扇〉演出盛况述略》，搜集了一些史料，論證該劇"並未絶跡於清代舞臺"，而是經常上演。但文中所用作論據的詩文還不夠豐富和充分，而且没有梳理出清代《桃花扇》舞臺演唱的發展軌跡和特點。後有顔健發表數篇文章探討這一問題，但是將《桃花扇》的舞臺演唱和案頭閲讀、影響合併考察，所涉及的詩文史料雖有所豐富和擴展，但論述尚不充分，也没有揭示《桃花扇》的演唱由

全本戲向折子戲演化的趨勢和原因。而且兩人的文章中存在相同的史實錯誤，即認爲和相信《桃花扇》曾在清宮內上演，康熙皇帝曾親自觀看、稱賞，並興發感歎。但其實至今沒有直接、可靠和確鑿的文獻資料可以作爲證據證明這一點。這一長期流傳、廣爲接受的錯誤、虛假記載是從吳梅開始的。吳梅在《顧曲麈談》説："相傳聖祖最喜此曲，內廷宴集，非此不奏，自《長生殿》進御後，此曲稍衰矣。聖祖每至《設朝》、《選優》諸折，輒皺眉頓足曰：'弘光弘光，雖欲不亡，其可得乎？'往往爲之罷酒也。"①《長生殿》、《桃花扇》兩劇確曾進入內廷，並得御覽。孔尚任自己在《本末》中就有自述："己卯秋夕，內侍索《桃花扇》本甚急。予之繕本莫知流傳何所，乃於張平州中丞家覓得一本，午夜進之直邸，遂入內府。"②但吳梅顛倒了前後的時間順序。《長生殿》完成於康熙二十七年(1688)。王應奎《柳南隨筆》卷六記載："《長生殿》傳奇初成，授內聚班演之。聖祖覽之稱善，賜優人白金二十兩，且向諸親王稱之。"③如果所記屬實，則康熙帝觀看《長生殿》當在康熙二十七、二十八年間。而《桃花扇》的完成在康熙三十八年(1699)，已在十年之後。容肇祖先生早在1934年一月八日爲其《孔尚任年譜》(《嶺南學報》第三卷第二期，又有同年的抽印本)所作的"自跋一"中便已指出："我既作成了這年譜，覺近人頗有因未審尚任的年代而妄説的。……吳先生所説《長生殿》進御後，《桃花扇》稍衰，疑適得其反？由以上兩點看，這年譜的紀述，不是全無用的。"④

① 吳梅：《顧曲麈談》，《顧曲麈談·中國戲曲概論》，上海古籍出版社2000年版，第118頁。
② ［清］孔尚任：《本末》，王季思等注《桃花扇》，人民文學出版社1959年版，第7頁。
③ ［清］王應奎：《柳南隨筆續筆》，中華書局1983年版，第123頁。
④ 容肇祖：《孔尚任年譜》，《嶺南學報》第三卷第二期，1934年，第83—84頁。

　　吴梅既稱"相傳",又自認這一描述屬於"軼事",而且不見《顧曲塵談》前其他現存的文獻資料和著述的記載,所以儘管不清楚這一描述的來源,但可以確定吴梅這一説法並無可靠依據。但自從吴梅將其寫入《顧曲塵談》,這一傳言便在一定範圍内傳播,並爲一些論者接受和相信,在他們的論述中重述或提及。首先便是吴梅的弟子盧前的《明清戲曲史》、《中國戲劇概論》,其他還有梁乙真《中國文學史話》、許之衡《戲曲史》講義等。蔣星煜先生還在《〈桃花扇〉桃花扇從未被表演藝術所漠視——二百多年來〈桃花扇〉演出盛況述略》一文中認爲孔尚任在《本末》中所説的"遂入内府"的"内府"指的是"清代掌管宫廷演劇事務的機構,其地址位於今北京市南長街南口。這一結構隸屬於内務府,但内務府設於西華門内,在北面,故此處又被稱爲南府。"①但其實孔尚任所説的"内府"是泛指宫廷或内廷。

　　又如鄧小軍在其《董小宛入清宫與順治出家考》(華東師範大學出版社 2018)下部第九章中結合一些詩作,用一章的篇幅考察、論證洪昇創作《長生殿》是以唐明皇、楊貴妃的帝妃愛情故事隱喻董小宛入清宫和順治出家。而其實早在 1931 年梁品如便在其《〈長生殿〉本事發微》(初刊於《津逮》1931 年第 1 期)中依據相同、相似甚至更多的史料做出了同樣的推斷。梁品如的《〈長生殿〉本事發微》初稿撰於 1931 年 4 月,刊載於《津逮》1931 年第 1 期,1931 年 6 月發行;又刊載於《工業年刊》1931 年第 1 期,1931 年 7 月發行;後"重訂"於 1940 年元月,刊載於《經世季刊》第 1 卷第 1 期,

---

①　蔣星煜:《〈桃花扇〉從未被表演藝術所漠視——二百多年來〈桃花扇〉演出盛況述略》,《藝術百家》,2001 年第 1 期,第 53 頁。

1940 年 6 月發行。"重訂"本與初稿本個別字詞稍有差異,"重訂"本篇尾附有署名"一山"即蕭一山的"附記"文字,對文章的内容和觀點做了平允、精當的評價。

因此,很有必要從清代、民國間中國和域外的《長生殿》和《桃花扇》的版本、別集、總集、選集、戲曲、小説、曲譜、曲選、筆記、雜著、日記、信劄、方志、檔案和報刊等中深入挖掘、廣泛搜集有關這兩部劇作的成書、刊印、流傳、演唱、接受、批評、研究、影響等的第一手的大量文獻資料,精當選擇,審慎取捨,考辨真僞,精心校勘,妥當分類,有序排列,最後集成爲一部搜羅豐富、内容準確、分類明確、條理清晰、方便利用的資料彙編。

四、《長生殿》《桃花扇》資料輯録的價值意義

孔尚任在《桃花扇·本末》中提及當時"讀《桃花扇》者,有題辭、有跋語,今已録於前後。……至於投詩贈歌,充盈篋笥,美且不勝收矣,俟録專集。"[①]但這一"專集"最終未能完成、問世。沈德潛編選《清詩別裁集》卷二十七收有侯銓《題〈桃花扇〉傳奇》詩兩首,其中"青蓋黄旗事可羞"一首後有沈德潛評注,云:"賦此題者甚多,未免過於瑣屑。著筆滄桑,不粘兒女,故爲雅音。"袁行雲《清人詩集敘録》卷十四"《湖海集》十三卷"條指出清代作《桃花扇》詠劇詩者有數十家,而數量也"較諸詠《長生殿傳奇》不啻數十百倍":

> 至詠《桃花扇傳奇》及觀演《桃花扇》劇詩,散見後人詩集者極多。光緒間蘭雪堂刊本《桃花扇》卷首載諸家題詞,什不一二耳。以歌行論,孔傳鐸、孔傳鋕、劉中柱、吳璈、朱錦琮詩

---

① [清]孔尚任:《本末》,王季思等注《桃花扇》,人民文學出版社 1959 年版,第 7 頁。

集均有《桃花扇歌》,以近體言,有《桃花扇》題辭而見於諸家詩
集者,爲田雯、王革、帥家相、程夢星、商盤、魯曾煜、商嘉言、陳
沆、沈初、錢琦、孫士毅、何晫、韓是升、李燨、邵颿、茹綸常、龔
禔身、舒位、李廣芸、張問陶、蔣一元、斌良、陳偕燦、陸繼輅、吳
燔文、陳鶴、馮鎮巒、王斯年、林楓、何盛斯、方熊、瑞瑛、吳勤
邦、恒慶、居瑾、李彦章、方炳奎、賈樹誠、楊季鸞、楊澤闓、劉存
仁、陳榮昌,各存數首至十首不等。最多者爲黄體正,一人作
四十四首,分詠各出,羅天闓一人作百十六首,幾成專集。若
廣爲甄録所存,則張令儀《橐窗詩集》十首,黄理《畊南詩鈔》四
首,宋之睿《懷泉書屋詩稿》九首,陳梓《玲瓏山房詩集》四首,
孫蓀意《貽硯齋詩稿》四首,柳邁祖《四松堂詩集》三首,李世伸
《屈翁詩鈔》五首,劉肇春《嘯笑齋存草》三首,王侶《蓮舫詩吟》
一首,梁承誥《獨慎齋詩鈔》二首,何焕綸《棠陰書屋詩鈔》四
首,周寶《無盡庵遺集》五首,秦金《燭藜軒詩稿》(筆者按應作
秦金燭《藜軒詩稿》)十四首。見於《海虞詩苑》、《山左詩鈔》、
《曲阿詩鈔》等總集者,尚有若干首。較諸詠《長生殿傳奇》不
啻數十百倍。清代士夫多趨尚此南明亡國故事。尊洪抑孔,
乃近人之見也。①

　　由上可見,有清一代"南洪北孔"的兩部名劇,尤其是孔尚任的
《桃花扇》傳奇在文人戲曲作品閲讀活動中的突出存在。有關《桃
花扇》的詠劇詩的數量在中國歷代詠劇詩中毫無疑問是首屈一指
的。而有關《長生殿》的詠劇詩的數量較少,可能因爲白居易的《長
恨歌》等前代類似題材的作品的影響與《長生殿》相當,甚至更勝過

---

①　袁行雲:《清人詩集敍録》卷十四,文化藝術出版社 1994 年版,第一册,第 475 頁。

該劇;而洪昇創作《長生殿》對於這些前代作品有較多的借鑒,在原創性上不如《桃花扇》。並且《長生殿》一劇的本事遠在唐代,自中唐始,歷代詩人對於李、楊情事及相關遺跡、圖畫便多有吟詠,數量甚多。後世文人凡行經馬嵬,幾乎必作詩詠歎。明人對於李、楊情事特別是楊貴妃的題詠,可參看何韻詩《承傳與轉捩:楊貴妃在明代文學中的面貌》,浙江大學出版社 2018 年版。清人所作相關的題詠詩歌的數量更多,但在題材和内容上並無多少創新。如也有詠"楊妃病齒"的作品,清胡敬有《題楊妃病齒圖》,載於其《崇雅堂詩鈔》卷九。甚至有詠楊貴妃出生地的"楊妃井"者。

輯録《長生殿》《桃花扇》兩劇的資料,可以較爲客觀地呈現兩部劇作在有清一代的傳播、接受的歷史圖景,也可以展現批評、研究兩劇的活動的發展歷程和脈絡。如程夢星有詩題《觀演〈桃花扇〉劇四絶句並序》,小序云:"康熙己卯、庚辰間,京師盛演《桃花扇》。興化總憲家優金斗暨高陽相國文孫寄園,每讌集必延云亭山人上座,即席指點,客有爲之唏噓泣下者。乾隆辛酉,家載南蓄優童自淮陰授此劇歸,同人歌演,遂無虛日,多賦詩紀之。余謂:'徵事選詞,雖未必盡皆實録,而北里烟花,奚啻南朝金粉?宜其耽情伎席,擅美歌場。至若秋風離黍,不過剩水殘山。方今四海一家,又何必問蕭蕭蘆荻耶!'"①程夢星認爲隨著社會環境的改變,文人在觀演何閱讀《桃花扇》時,關注的重點應從興亡之感轉移到兒女之情。這不是程夢星一家的意見。我們對比《桃花扇》詠劇詩中創作於康熙年間的作品和創作於乾隆年間,特別是乾隆朝以後的作品,可以明顯發現這一前後差異和變化。

---

① [清]程夢星:《今有堂詩後集·漪南集》,乾隆十二年刻本。

　　有關兩劇特別是《桃花扇》的本事的資料，可以使我們瞭解劇中人物、劇情的原型和來源，也可藉以探討從生活原型到文學形象的創作方法與規律，爲了解文學作品從初具模型走向高度典型提供重要途徑。如孔尚任在《桃花扇》的卷末特別附録《考據》，詳列他在創作此劇時有所借鑒、參考的文獻史料的書（篇）名，涉及多種不同性質、體裁的作品，反映了他徵實尚史的創作傾向。這些文獻史料現今皆有傳本，將其内容與《桃花扇》劇中的人物、劇情一一對照，會有助於我們了解孔尚任選棄史料的原則標準、構思、組織情節的方法，特別是他有關歷史劇創作的虛實觀，在有關"朝政得失、文人聚散"方面，具體有哪些人、事"確考時地，全無假借"，而在有關"兒女鍾情、賓客解嘲"方面，又有哪些人、事"稍有點染"。進行這種對照，還可以幫助我們在文獻學方面對《桃花扇》一劇的文本本身有更多的認識。《桃花扇》現存刊刻時間最早的版本爲康熙間介安堂刻本，一般認爲刊刻於康熙四十七年（戊子1708），可能因爲佟鋐（？—1723）於此年至曲阜過訪孔尚任，但其實缺乏確鑿的證據。孔尚任在《本末》最後説："《桃花扇》鈔本久而漫滅，幾不可識。津門佟蔗村者，詩人也，與粤東屈翁山善。翁山之遺孤，育於其家。佟爲謀婚産，無異己子，世多義之。薄游東魯，過予舍，索鈔本讀之。才數行，擊節叫絶，傾囊橐五十金，付之梓人。計其竣工也，尚難於百里之半，災梨真非易事也。"[①]説明此時《桃花扇》可能雖已開雕，但距離刊刻完成遥遥無期。孔尚任逝世於康熙五十七年（1718）正月十一日，《考據》末署"云亭山人漫摭"，表明此篇重要文字爲孔尚任親自所作，而其中却存在兩處錯誤。第一處，"陳寶

---

① 　[清]孔尚任：《本末》，王季思等注《桃花扇》，人民文學出版社1959年版，第7頁。

崖《曠園雜誌》一條：甲申三月順天府僞官李某葬崇禎帝"。其中
"陳寶崖"應作"吳寶崖"，即吳陳琰，字寶崖①。第二處，《考據》所
列賈開宗注《四憶堂詩注》中有"《甲申渡京口》"一篇，但侯方域集
中無此篇詩。按照《考據》中各篇文字的前後順序，此篇詩應在《甲
申聞新參相公口號》和《燕子磯送吳次尾》之間。而侯方域的《四憶
堂詩集》中《甲申聞新參相公口號》後爲《禹鑄九鼎歌》，該篇詩題下
有侯方域自注，曰："甲申渡京口江作。"②篇末徐作肅注曰："京口
江，即揚子也。按，是歲高傑開藩揚州，侯子避難往依之。"③由此
可知，《考據》將《禹鑄九鼎歌》題下的侯方域自注誤作詩題，並有脫
文。現存侯方域的集子的所有版本皆未將《禹鑄九鼎歌》詩題誤作
"甲申渡京口"者。《考據》中的這兩處錯誤在現存包括介安堂本在
內的《桃花扇》的所有刻本、石印本、排印本、現代整理本中皆未得
到指出和改正，也未見有人撰文指出。而孔尚任與吳陳琰是有較
多交往的，侯方域位列"明末四公子"、"清初三大家"，又是《桃花
扇》的主人公之一，《考據》中當不至於出現上述明顯的文字錯誤。
所以，產生這種錯誤的原因可能只有一個，即《桃花扇》在孔尚任生
前並未全部刊刻完成，他的家人或族人在其逝世後根據他的遺稿
繼續進行刊刻，在刊刻、刷印的某一環節由於疏忽導致了錯誤的產
生。《考據》中這兩處文字錯誤的存在可以說明介安堂本並非刊刻
完成於康熙四十七年（戊子1708），而是在孔尚任逝世之後。

　　《長生殿》和《桃花扇》流傳、接受和發生影響的過程，也是其價

①　吳陳琰曾爲清吳世傑的《覽湖草堂文集》（有康熙刻本、嘉慶十七年殖學堂重刻本）
　　作序，末署"康熙三十四年乙亥冬居錢唐陳琰謹題於南州客舍"。故吳陳琰亦有可
　　能原名陳琰，後因某種家庭緣故改爲"吳陳琰"。
②　清侯方域：《四憶堂詩集》卷三，順治間商邱侯氏家刻本。
③　同上書。

值意義得到發掘、凝練和地位逐漸確立、鞏固的過程。有關兩劇的資料，特別是較大量的詠劇詩對於研究古代戲曲理論的發展、觀衆審美心態的演變、戲曲聲腔源流、分化的研究等，也具有特殊而重要的價值意義。

　　筆者搜集、輯録有關《長生殿》、《桃花扇》這兩部名劇的較爲豐富、系統的資料，希望可以幫助今後的研究者省去許多翻檢之勞，同時也爲相關的研究提供線索，希望能夠有助於開拓研究視野，幫助推動劇作文本研究、批評史研究更加深入發展和不斷提高。而限於筆者的時間、精力以及搜集、閲讀的範圍，其間必有遺漏。如《桃花扇》有清同治年間王寶庸評注本，現有稿本流傳，卷首有王寶庸自序，末署“同治七年歲在戊辰重陽前一日吴陵小厓王寶庸識”。但筆者目前未見全書，對於王寶庸的這篇自序的收録只能暫付闕如①。特別是有關兩劇的詠劇詩，在浩如烟海的清人詩文别集中必定還有許多未被輯録。另有幾十首有關兩劇的詩歌，目前僅知出處，暫未找到作者詩文别集，有待繼續尋訪。筆者會持續不斷地進行搜集，希望以後有機會進行增補，或以專文的形式加以介紹。

---

① 屈萬里、劉兆祐主編《明清未刊稿彙編初輯》(聯經出版事業公司 1976)收有王寶庸《竹裏全稿》，包括《竹裏草堂日記》、《小竹裏館示兒編抄餘》一卷、補鈔一卷、《運歲並推》一卷、《王氏支譜》一卷、《小竹裏館律賦效響》一卷、《小竹裏館雜體文》一卷、《小竹裏館浮生記》一卷。

凡　例

一、本資料彙編所輯録的有關《桃花扇》的文獻史料，除"本事編"外，皆撰作、刊印和發表於清代(1644—1911)。

二、本資料彙編主要輯録單篇(條)文獻史料，不收專書與篇幅較大的文獻史料和作品；爲集中史料、便於利用和比較計，酌情收録某些常見、易得的作品。

三、本資料彙編依所輯録文獻史料的内容和性質，共分爲六個部分：

1. 本事編：輯録孔尚任《桃花扇·考據》中所列的文獻史料。

2. 版本編：輯録清代《桃花扇》各類版本中作者孔尚任所撰的多篇文字、他人所作的與作品刊印、出版有關的文字和晚清報刊登載的有關該劇的出版、售賣的廣告文字。

3. 演唱編：輯録清代記載和能夠反映《桃花扇》崑腔演唱情形的文獻史料，包括部分虚構的小説作品。

4. 評点編：輯録《桃花扇》康熙間介安堂刻本中的眉批、出批文字和《桃花扇》清王縈緒改本中作者不詳的眉批文字。

5. 評論編：輯録清代批評、研究《桃花扇》原劇的文獻史料。

6. 影響編：輯録清代改編自《桃花扇》的戲劇、小説、曲藝作品和對這些作品進行批評、研究的文獻史料，以及記載有關戲劇、曲藝作品演唱情形的文獻史料；輯録直接借鑒這兩部劇作的創作方法的戲劇、曲藝作品。

四、在每篇（條）資料後加編者按語，以"【按】"標明。或介紹作者，或解釋資料，或提出問題，或發表意見。涉及事實者，探究其載錄的源流；涉及觀點者，追尋其論說的出處。考證其中所涉時地人事、撰作背景，以見清代《桃花扇》傳播、接受、影響之大較。

五、本資料彙編輯錄文獻史料所用的底本一般選擇公認的善本或刊印早、內容完整、錯訛少的版本；少數作者後來做過修訂、有多種版本流傳的文獻史料，選擇修訂過、有附錄信息或附錄信息多的版本。

六、本資料彙編對於輯錄的文獻史料儘量保存其本來面目，個別文獻史料的不同版本的文字差異較大的，多種版本兼收或出校勘記；文獻史料中原有的注釋，皆予以保留，以圓括號（）括起和區別。

七、爲節省篇幅，對於底本或原文篇幅較大、內容完整者，只輯錄與《桃花扇》有關的文字，前後刪略的內容，以"……"表示。

八、同一條史料在後來的文獻中多次、重復引用的，文字或有增刪。爲見其演變嬗化之跡，多數照錄，不加刪略。

九、各編中所收的文獻史料，輯自清代刻本、活字印本的按作者（或編纂者）的生年先後排列；生卒年不詳者，則參考其行事、活動年代排列；輯自晚清石印本和報刊的按初版和刊載的時間先後排列。但輯自同一底本的多篇（條）文獻史料，則按底本中原有的順序編排。又，《〈桃花扇〉資料彙編》"本事編"所收的文獻史料的篇目及其編排順序依據孔尚任的《桃花扇·考據》和《桃花扇》的劇情所涉出目順序。

十、輯錄的文獻史料有原題的皆保留原題，輯自筆記、雜著的，目錄中列書名，正文中列書名和篇名（條目）；原無標題者，依內容和性質另擬；輯錄報刊的原有題目較長的，取第一、二句作爲題目。

十一、篇目或條目下標出撰人或編纂者，原署字號或別稱、本名不可考者，一仍其舊；本名可考者，出校記説明。

十二、對於所輯録的文獻史料，皆在篇末注明來源、出處，包括書名、册數、卷數、版本、報刊名稱、卷數、期數和發行時間。來源、出處相同的文獻史料，僅在首次出現時注明以上信息。

十三、本資料彙編對於所收的文獻史料，統一使用繁體字、横排輯録；原文爲繁體字者，一律照録；原文爲簡體字者，改爲規範繁體字；原文爲繁體字者中的簡體字、俗體字、異體字等除極個别特别生僻、有礙認讀的改爲規範繁體字外，一般不作改動。

十四、輯録的文獻史料，有標點整理本的，斷句、標點依整理本，標點有誤處，予以改正；原無斷句或未使用現代標點符號者，使用現代標點符號進行斷句、標點。

十五、底本或原文分段的，一律照録；未分段而篇幅較大的，酌情分段。

十六、本資料彙編輯録的戲曲作品，無論原文是否區分正襯，一律改用同一字號。

十七、校勘中，底本有明顯錯誤者，出校記加以説明，如康熙介安堂本《桃花扇》孔尚任《考據》中的“陳寶崖：《曠園雜誌》一條”中的“陳寶崖”，應作“吴寶崖”，即吴陳琰，字寶崖；輯録自晚清報刊的文獻史料，原文中有明顯的衍、訛、倒處，皆均改，不出校記。

十八、底本引用其他文獻史料，文義可通者，不改；文義有誤者，則出校記説明。

十九、底本或報刊原文中闕略，原以□表示的，照録，並出校記説明；底本或原文漫漶、模糊、無法辨認的，以□表示的，不出校記。

二十、最後附以“《小忽雷》資料彙編”、“徵引書目”。

一、本事編

冥報録（節録）

［清］陸圻

卷　下

阮大鋮

阮大鋮以私隙殺雷縯祚於獄。清師渡江，大鋮迎降，以圖富貴，從征入閩，過青草嶺，忽頓首曰："介公饒我！"遂跌下馬死。介公，縯祚字也。大鋮兇惡奸邪，禍人家國，存磔未足蔽辜。而介公現形，立刻殛死，良可怖也。

（康熙刻《説鈴》本）

【按】 陸圻生平，參見全祖望《陸麗京先生事略》（《鮚埼亭集》卷二六）、何齡修《陸圻及其在清初的遭遇和抗爭》（《清初復明運動》，中國社會科學出版社 2016）。《桃花扇》第四十出《入道》，道士張瑶星在醮儀上"閉目靜觀"馬士英、阮大鋮的"報應"，謂"阮大鋮跌死仙霞嶺上"，以神道設教的方式彰顯善惡有報，進行道德勸化，如後文蔡益所、藍瑛所說的"果然惡有惡報，天理照彰"和張瑶星所唱的【北四門子】曲，但尚貼近史實。劇情所本的陸圻《冥報録》此條文字更以因果報應的奇異敘述來勸善懲惡，意旨更明確。另明瞿共美《粵游見聞》（一卷）"五月清師渡錢塘江，方安國降，張國維死之"條之"附"云："貝勒至閩，阮大鋮隨行。至嶺上，口稱雷爺相見，遂墮馬死。雷名縯祚，太平府人也，以孝廉仕至河間道，因劾周延儒被黜者。聖安朝六等定罪，爲阮大鋮冤死，故顯靈云。"①

　　《桃花扇》閏二十出《閒話》寫崇禎十七年七月十五日張薇、藍瑛和蔡益所在前往南京途中偶遇,共同歇宿於南京近郊江邊的一個村店中。張薇夜夢崇禎帝后乘輿東行,後跟隨甲申之變中殉難的文武忠臣。該出在劇情結構上主要起承前啟後的作用,使劇作前後照應、針線細密。全劇對於明亡前後發生在北方的事情都借人物之口進行間接敘述。第十三出《哭主》中,甲申三月,塘報人到武昌向左良玉報告北京陷落、崇禎自縊的消息,敘說非常簡略。《閒話》出補敘崇禎帝后殯殮、安葬事宜。因夜夢崇禎帝后,張薇發願要在次年中元節修齋追薦,度脫冤魂,爲第四十出《入道》做了預敘。《閒話》出中張薇所述崇禎帝后殯殮、安葬始末本於吳陳琰的《曠園雜誌》。《考據》中有"陳寶崖《曠園雜誌》一條:甲申三月順天府僞官李某葬崇禎帝。"《題辭》中有吳陳琰所作的七言絕句二十首,其中第十四首"田妃抔土改思陵,內監孤忠愁不勝。野乘漫勞增樂府,也如漆室照殘燈"後有吳陳琰自注:"予有《曠園雜誌》,載思陵改葬始末,先生採入樂府中。""思陵改葬始末"即《曠園雜誌》卷下"思陵開壙始末"條。清譚吉璁編《蕭松錄》(有康熙間有恒堂刻本)卷三載有趙一桂《思陵開葬申文》,末署"順治十六年月日",對於崇禎改葬始末的記述更爲詳確,應爲《曠園雜誌》所本。《閒話》中張薇提及"虧了一個趙吏目,糾合義民,捐錢三百吊,掘開田皇妃舊墳,安葬當中。"對應的眉批即指出:"趙吏目名一桂,乃吏掾署吏目,事龔光祿。在其家贊成勝舉。"

　　《閒話》中張薇號天、泣血,"感動風雷"、"感動鬼神",也有所本。孔尚任《湖海集》中有《白雲庵訪張瑤星道士》詩,作於康熙二

①　明瞿共美:《粵遊見聞》,清末刻本。

十八年(1689)八月。其中有"每夜哭風雷,鬼出神爲顯"的詩句。孔尚任應是據此構想了相關的情節。《鬧話》出的文末寫甲申年中元節後一日即七月十六日,張薇發下願心,要在第二年的中元節設壇建醮,脱度冤魂。故後文有第四十出《入道》中張薇在南京近郊棲霞山上的白雲庵中主持操演醮儀。《鬧話》和《入道》兩出,一在劇中,一在劇末,一爲小結場,一爲大結場,兩出的劇情均發生在中元節,均涉及鬼神之事,正相對照。

第三十八出《沉江》末,老贊禮對侯方域也言及要於乙酉年的中元節在棲霞山上爲崇禎帝建水陸道場,也爲後文做了預敍。不過,張薇和老贊禮在《鬧話》和《沉江》中分别所説的佛教的"水陸道場"、"虔請高僧",到《入道》中却變成了道教的醮儀。

中元節,又稱"鬼節",是在中國本土傳統宗教信仰和儀式活動的基礎上,結合佛道二教的教義和行事而產生的。佛道二教在這一天會舉行指向類同、形式有異的各類儀式。中元節是道教徒和道教信衆對這一節日的專稱,但普通民衆往往將之與"鬼節"混用,並且佛道不分。如上文所提及的張薇和老贊禮均説要在"中元節"舉行"水陸道場"、"虔請高僧"。孔尚任對這一節日是較爲熟悉的。他在所著的專論節序風俗的《節序同風録》中詳細記録了各地不同時代在七月十五日舉行的多種民俗活動,如:"俗曰'鬼節',曰'中天節'"、"各寺觀僧道設水陸道場,放生,放燈,供焰口,施食,謂之'齋儀'"、"各家門外沿路插香,曰'路香',燃燈曰'地燈'。曲折數里,以接幽冥。延道巫設醮,爲集福勝會,亦曰'度亡大會',又曰'元都大獻'。旛幢香燭,花果鐃鼓,供養豐隆,以救惡鬼,曰'地官赦罪',又曰'破獄'。"①

① 清孔尚任:《節序同風録》,浙江人民美術出版社 2016 年版,第 89 頁。

第十三出《哭主》，因消息來得突然，左良玉等人的"哭主"非常倉促、簡單。刻本眉批也指出："亂稱亂呼，極肖武臣匆遽不知大體之狀。""匆遽之狀，歷歷如睹。"孔尚任將此出情節發生的時間標注爲"甲申三月"，但由於當時交通、通訊方式和條件的限制，以及戰亂的影響，都城陷落、崇禎自縊的消息能否在同一個月内傳遞到武昌，是值得懷疑的，更遑論武昌以南、以西的廣大地區。所以，《哭主》中左良玉等悲悼、祭祀崇禎只是個人活動，並不具有普遍意義。《閒話》中張薇所説的主要是崇禎帝后的殯殮、下葬過程，即喪禮和葬禮，而且是口述，没有也不便於直接在舞臺上搬演。第三十二出《拜壇》，弘光帝率文武百官於崇禎帝忌日在太平門外設壇祭祀，其中對祭祀過程做了較爲詳細的描述①。但只占全出一半的篇幅，而且參與者多應付了事，所以執事的老贊禮説："老爺們哭的不慟。"

所以，有必要在劇末，弘光政權覆亡之後，以一莊重嚴肅的大場面再次祭奠崇禎君臣，來突出主題，結束全劇。而將其安排在中元節這一讀者和觀衆熟悉、具有特殊象徵意義的每年一度的傳統節日，恰好可以滿足這一要求，而且合情合理。《入道》中的醮儀由另一貫穿全劇始終的綫索型人物張薇主持，醮儀的儀節得到詳細的描述，也與《拜壇》對應。②

佛道二教在每年的七月十五日均會舉行慣常的規範化、標準化的薦亡、超度的儀式，孔尚任在《入道》中爲何要選擇道教的醮儀

---

① 此出有眉批云："老贊禮爲全本綱領，故祭儀特詳。"清孔尚任《桃花扇》，康熙間介安堂刊本，北京大學圖書館藏。
② 《綱領》中"總部"包括兩人：經星，張道士；緯星，老贊禮。《綱領》並謂："張道士，方外人也，總結興亡之案；老贊禮，無名氏也，細參離合之場。"

來敘述和表現呢？這與在孔尚任對於全劇的整體構思中具有重要
地位和作用的張薇的身份、經歷有著直接的關係。明亡後，不少明
遺民把佛教作爲逋逃藪，而竄名道籍者却少，張薇即爲其一①。
《國朝先正事略》卷四十六《張白雲先生事略》載張薇歸里後"獨身
寄攝山僧舍"，但身份是道士。前引孔尚任《白雲庵訪張瑤星道士》
詩可證。攝山，即棲霞山。除張薇外，孔尚任還與其他一些道士有
過較多的交往，在交往中可能瞭解了道教的神學思想；可能也參與
過一些道教科儀，並由此熟悉道教醮儀的儀節。如其《湖海集》中
有《寓朝天宫道院》、《聚霄道院遇黄煉師》、《冶城西山道院觀雨》、
《冶城道院試太乙泉》（其中有"道人丹藥尋常事，只有興亡觸後賢"
的詩句）等詩作，《長留集》中有《游嶧山南華觀有感》、《天壇道院與
馬祖修話舊》、《贈張煉師》等詩作。

此外，孔尚任在《入道》中選擇道教的醮儀，可能還與張薇和孔
尚任的文化認同有關。明亡後，許多明朝的官員士子毁裂冠冕，投
竄山海，隱居求志，獨善其身。不少人皈依佛道。嚴夷夏之防的他
們由於民族意識的原因不願走入政治的主流，作爲邊緣人士在邊
緣的時空中自覺或不自覺地向文化邊緣狀態靠近，尋求文化支撐。
道教是中國土生土長的宗教，而源自印度的佛教儘管早已漢化，却
畢竟來自異域異族。作爲土著的道教的標識作用更爲明顯，更具
文化象徵意義，入道更能彰顯對傳統漢族文化的歸屬。"宗教認同
在文化認同中常常扮演著對本民族的文化傳統神聖固化的基礎角
色。"因此，張薇和孔尚任的選擇所可能具有和代表的宗教認同，也

---

① 張薇生平，可參見袁世碩《孔尚任年譜》所附"孔尚任交游考"中的"張怡"條。齊魯
書社 1987 年版，第 291—294 頁。

可以被置於與文化認同相關的情境中被分析和理解。顧炎武《日知錄》卷十三"士大夫晚年之學"條稱"南方士大夫晚年多好學佛，北方士大夫晚年多好學仙。"①張薇爲江蘇上元縣人，弘光朝建立後，補原官，任錦衣衛千户，旋升指揮使；康熙三十四年（1695）卒，享年九十有三。甲申、乙酉之際，他年僅四十餘歲，尚屬中年。但其父曾爲登萊總兵官，他於父亡後以諸生蔭襲錦衣衛千户，任職於北京，可算"北方士大夫"，或也可解釋他爲何最終選擇入道。

儒家思想作爲中國封建社會占主導地位的意識形態，得到歷朝歷代統治階層的認同和宣導。清統治者以滿族入主中原，也選擇迅速認同儒家的意識形態，以加強、確認和宣示其統治合法性，由此方能夠成功地統治中國。康熙朝初期，統治者以文飾儒教、尊崇漢化相號召，不少漢族官員士子爲此所惑。三藩之亂結束幾年後，康熙帝南巡，"大肆宣揚崇明尊孔，力圖尋找籠絡漢族人心的新途徑"。②康熙二十三年，康熙帝幸曲阜，祭孔子，即具有強烈的象徵意義。孔尚任親與其事，並因在御前進講《大學》稱旨，被不拘定例授爲國子監博士。他在事後還撰有《出山異數記》記述此事，稱頌康熙帝。但對康熙親詣曲阜、祭拜孔子的動機和目的應該還是有清楚的認識的。所以他在《入道》中不便以已被滿清統治者認同和利用的儒家的祭禮來祭奠勝朝君臣。

張薇出家所住的白雲庵，在此之前便存在於棲霞山上。齊明僧紹曾住此庵；北宋張嘗讀書於此，王安禮爲之作記。北宋紹聖年

① 明顧炎武撰、黃汝成集釋：《日知錄集釋》卷十三，道光十四年嘉定黃氏西谿草廬刻本。

② 姚念慈：《康熙盛世與帝王心術》，生活・讀書・新知三聯書店 2018 年版，第 169 頁。

間,陳軒所集《金陵有懷攝山十題》中有"白雲庵"。南宋張敦頤撰《六朝事蹟類編》卷上寺院門第十一"棲霞禪寺"條提及攝山(即棲霞山)有白雲庵。

《入道》出中參與醮儀的人員有張薇、藍瑛、蔡益所,丁繼之、卞玉京,侯方域、李香君,老贊禮和村民男女等。可以分爲操演者和觀衆兩類。此前,他們具有不同的原初身份、地位及經歷,來自不同的社會階層。中元節本身對於不同群體,特別是信仰無定的俗衆便蘊含著多重含義。"鬼節是一含有多重象徵意義的事件,它將不同階級吸引至一處,連接了各種社會力量,表達出多種價值的奇異的混合。"①道教及其科儀"提供一個可以超越經濟利益、階級地位和社會背景的集體象徵"。②使來自不同社會階層的人們"打破了平日各自不同的生活界限",聚合在公共宗教儀式場合,接受同樣的宗教信仰。道教的信仰群體通常呈現出鬆散的狀態。來到道觀、參與醮儀者可能各自有著不同的動機和目的,但到場和參與本身既已表現出對道教教義的認同,儘管其間層次、程度不同,主要是自覺和認知度不同,對於儀式的目的和效用有不同認識。

"道教的信仰認同不僅呈現出多元的樣態,而且具有一個顯著的分層線索,即從生活技術、倫理生活直至求真。而且作爲生活技術的道教真切地構建著人們的生活規範,但這的確更多在習俗層面。"③意即道教及其信仰認同對於民衆生活的最大、最廣泛的影響是在生活技術層面中的民俗方面,例如中元節醮儀。《入道》出

① [美]太史文:《中國中世紀的鬼節》,侯旭東譯,上海人民出版社 2016 年版,第173 頁。
② [美]楊慶堃:《中國社會中的宗教》,范麗珠譯,四川人民出版社 2016 年版,第64 頁。
③ 郭碩知:《邊緣與歸屬:道教認同的文化史考察》,巴蜀書社 2017 年版,第 7 頁。

中醮儀的操演者和觀眾中便存在多元、分層的對於道教的信仰認同，各自具有從偶然到必然的不同心理體驗深度。老贊禮和村民男女屬於生活技術層面，侯方域、李香君屬於倫理生活層面，張薇屬於求真層面。層面越高，人數越少。所以，在張薇拜壇，行朝請大禮，"衆燒紙牌錢錁，奠酒舉哀"後，有"(衆)我們願心已了，大家吃齋下。(暫下)"。在張薇閉目存想，夢見和宣示忠奸不同結局，並要"高聲宣揚一番"時，副末飾老贊禮和衆村民(即"衆")又"執香上，立聽介"。即在醮儀操演過程中，老贊禮和村民男女相較於其他人，並不是一直在場的。他們作爲一般的儀式參與者，更注重展現在他們面前的儀式外顯部分。[1]老贊禮和村民男女，張薇、藍瑛、蔡益所分別屬於這場醮儀的不同參與者。他們雖然並存於單一場域中，但不必然有所關聯或緊密互動，彼此間的關係甚至可能是斷裂的。

醮儀的主體部分是朝請大禮中對於崇禎君臣的超度與張薇閉目存想、夢見和宣示忠(南明三忠)、奸(馬、阮)不同的結局，來褒忠貶奸。衆人還公開參與和見證了依據不同時空、情境對忠臣的甄別、類分和確認。

對於與醮儀中涉及的亡者存在直接聯繫、有過接觸的張薇、侯方域、老贊禮等人而言，他們更容易在儀式中產生認同；對於村民

---

① [美]克利福德·格爾茲《文化的解釋》謂："對於來訪者，宗教表演理所當然地只是某一特定宗教觀點的呈現，並且因而可被審美地欣賞、科學地分析；但對參與者來說，宗教表演還是對宗教觀點的展示、形象化和實現，就是說，它不僅是他們信仰內容的模型，而且是爲對信仰內容的信仰建立的模型。"納日碧力戈等譯，王銘銘校，上海人民出版社1999年版，第130頁。此處，老贊禮和村民男女的身份即類似於"來訪者"，而張薇、藍瑛、蔡益所等爲"參與者"。老贊禮和村民男女暫時下場，又上場，可以理解爲他們僅僅注重儀式外在的象徵性、表演性的形式和特徵。

男女來説,通過醮儀,他們得以在更廣的超越他們自身現實生活的層面上理解他們的日常經驗,清楚瞭解君臣殉難、忠奸鬥爭、朝代更迭等事件的意義,並由此將素未謀面的他們的行爲類分、界定爲忠奸,並與自己的生活聯繫在一起。因爲對於普通、底層民衆來説,王朝(政權)是没有實形、過於抽象,不易激發出統治者需要的認同和忠誠。帝王、君主是王朝及其統治的象徵或曰具象化。對於普通民衆來説,以帝王、君主這樣的個人形象來構想權威更爲容易。通過將王朝(政權)人格化,與具體的單個或幾個人物聯繫起來,這些民衆便能夠將王朝(政權)轉化爲可想像之物,並將其視作他們的世界中的組成部分。而對於張薇、老贊禮和村民男女來説,他們通過儀式與王朝和王朝更替建立了切身的聯繫,又都可以從儀式的集體活動中尋求產生在家國淪亡切身體驗基礎上的命運共同體的認同。儀式作爲"一種將社會現實的象徵和儀式操演所能激發的強烈情感凝合在一起的有力方式",[1]在生產和維護一致性上起著重要作用。"在集體儀式中,人們的情感在很大程度上被他們身邊人的情感所左右。集體儀式極具誘惑力,先前與集體儀式活動有關的情感,會在相似儀式的操演中繼續被感受到,即便這些儀式獨立舉行或是規模更小,皆是如此。"[2]

《入道》出的醮儀的規模自然不能與第三十二出《拜壇》中崇禎忌辰時的官方祭祀儀式相比,但彼時衆官多應付了事,阮大鋮的哭祭更是虛僞。而中元節醮儀舉行時,衆官或降或死,甚至有成爲醮儀批判、斥責的對象的,氛圍也是莊重肅穆的,參與者都持虔誠的

---

[1] 〔美〕大衛·科澤:《儀式政治與權力》,王海洲譯,江蘇人民出版社 2015 年版,第 50 頁。

[2] 同上書,第 116 頁。

態度。祭祀、超度崇禎君臣和褒忠貶奸的環節在醮儀中是核心和最重要的部分，但非全部内容，更不是這個傳統的週期性儀式中的慣常存在和不可或缺的。但將其置於儀式中，反而更能讓人投入和沉浸在儀式營造的情感氛圍中，使參與者產生的情感更爲强烈，而營造方式看上去却又是那麽地渾然天成。《拜壇》中老贊禮在祭禮結束後説："老爺們哭的不慟，俺老贊禮忍不住要大哭一場了。"而《入道》中，於醮儀結束後，老贊禮謂："今日才哭了個盡情。"可見是否"盡情"不僅與個人是否態度嚴正、心理虔誠有關，也與所處的環境、氛圍有關。這也是爲什麽在《哭主》《鬧話》《拜壇》中已多次祭祀、悲悼崇禎後，還要在《入道》中再次舉行内容類似的醮儀。

醮儀類似通過儀式，使崇禎君臣、南明三忠、馬、阮等實現了從一種地位(同爲亡者)到另一種地位(殉節者、神仙、遭神譴者)的轉變和確認。其中描述、展示南明三忠和馬、阮諸人由忠奸導致的不同結局，或曰另一重意義上的歸宿，事涉怪誕。這雖可能得自傳聞，但更可能是孔尚任的有意創設。即"雖涉於怪，亦可以吐人不平之氣"，且合於、體現了"人心之公"。①但却有違孔尚任在《凡例》中"朝政得失、文人聚散，皆確考時地，全無假借"的自我標榜。特別是張薇閉目存想、神游、訪覓、經歷、觀視，又將自己關於輪回、業報的體驗對衆講述、宣揚，與巫的行爲有引人注意的相近之處。他如目連般"乘神通，至六道見衆生受善惡果報，還來爲人説之。"②這場醮儀本身是溝通神聖世界和世俗世界的橋樑，而張薇兼挾通

① 清全祖望：《讀〈使臣碧血録〉》，朱鑄禹匯校集注《全祖望集匯校集注》，上海古籍出版社 2021 年版，第四册，第 1339、1340 頁。

② 東晉法顯譯《佛説雜藏經》，[日]高楠順次郎等主編《大正新修大藏經》卷十七，第 745 號，佛陀教育基金會印贈本，1989 年，第 557 頁。

靈和救脱的法力,角色身份近似於巫,是連接此世界與彼世界、現實與過往不同時空的媒介。刻本中對於張薇的"方才夢見閣部史道鄰先生册爲太清宫紫虛真人…"有眉批謂:"'夢見'二字有身份,不同師巫搗鬼。"也恰好反證張薇的言行表現與"師巫"有相似之處。張薇又不同於一般的巫師或方士。他相信鬼神的存在,但"慎重且有所保留,不求與超然世界作私人溝通,亦不求靠官方祭祀的巍峨廟堂以外的秘技進行溝通。"① 他是在白雲庵裏公開舉行的醮儀中當衆閉目存想,然後宣告忠、奸人物各自不同的結局;再考慮到其原初身份、職務和官方背景,這一論述則更爲合理。

孔尚任在《入道》中還讓已經死去的南明三忠和馬、阮直接登場、現身説法,彰顯善惡報應,使觀衆共用張薇閉目存想所見。張薇閉目存想時的所見所聞,由演員飾演有關的人物以唱念做打的手段,以生動的形式在舞臺上的另一空間展現出來。醮儀中在場的其他人却被設定爲看不到這些具體、生動的景象。他們只能通過張薇"閉目"的程式性的動作和後來的講説相信他與神鬼進行了交流。史可法被封爲紫虛真人,左良玉和黄得功分别被封爲飛天使者、游天使者。後兩人的封號如眉批所提示,均出自《洞玄靈寶真靈位業圖》。

在這場醮儀中,佛、道元素隨意混雜。如其中所體現的因果報應觀念源自佛教。藍瑛、蔡益所先後明白地説:"果然善有善報,天理昭彰。""果然惡有惡報,天理昭彰。"外扮張薇上場時所穿戴的衲衣、瓢冠爲佛教僧人的衣飾。施食功德中的"設焰口"爲佛教儀式。

① ［美］太史文:《中國中世紀的鬼節》,侯旭東譯,上海人民出版社 2016 年版,第111 頁。

此外,藍瑛、蔡益所所說的"三界"、"南無天尊"、張薇所說的"業鏡"、李香君所說的"說法天花落"皆源出佛教。所以,這場醮儀混合了佛教的神學理論、道教的法術儀式和儒學的倫理系統。

身為儒士,又是聖裔,孔尚任似乎應該是徹底而純粹的理性思考者或不可知論者,但事實恐並非如此。他的思想結構是比較複雜的,在理性主義傾向之外,他的思想也在一定程度上受到了佛道的影響。《閒話》或稱奇夢,《入道》或托鬼神。由《砌末》所列相關衣飾戲服,可知其設想應是希望場上搬演時進行直觀展現的。清宮鴻歷《觀〈桃花扇〉傳奇六絕句次商邱公原韻》第三首末有自注:"傳奇末諸公皆作道裝。"此篇詩作於康熙四十三年(1704)。可見,在《桃花扇》完成問世之初,該劇的舞臺搬演是保留了《入道》出和其中的醮儀的。孔尚任在《入道》中詳細描述道教醮儀,並通過張道士作法通神,表現南明三忠得飛升之德報,以神道設教的方式來褒忠貶奸,既與其複雜、多元的思想有關,也與佛道宗教信仰對於儒家倫理道德起著重要的補充作用,輔佐著主流社會的秩序有著密切的關係。

中國封建社會的政治文化格局是以儒為主,釋、道為輔。三教分工共存,相互吸收,調和融通。儒家為世俗社會關係提供倫理價值,儒家倫理支配者社會價值體系。多數中國人所信奉的基本倫理原則主要來自儒家。儒家倫理觀念為判斷道德是非提供了依據和標準,但它也需要宗教的助力,借助神明和地獄的權威來幫助強化儒家道德倫理,維持社會普遍的倫理政治秩序。在對儒釋道三教關係的研究和認識中,"普遍的共識是儒家提供作為行動原則的倫理價值,而道佛兩家則提供相關的神聖解釋使之邏輯周延。"[1]

---

[1]　郭碩知:《邊緣與歸屬:道教認同的文化史考察》,巴蜀書社 2017 年版,第 58 頁。

　　道教將儒家的倫理道德觀念幾乎全部納入自己的宗教倫理道德體系内，並賦予其神秘主義的色彩，融爲自身基本教義，作爲制訂清規戒律的依據。如道教早期經典《太平經》提出："子不孝，則不能盡力養其親；弟子不順，則不能盡力修明其師道；臣不忠，則不能盡力共敬事其君。爲此三行而不善，罪名不可除也。天地憎之，鬼神害之，人共惡之。死尚有餘責於地下，名爲三行不順善之子也。"[1]魏晉時，葛洪也在《抱樸子·對俗》中特別強調："欲求仙者，要當以忠、孝、和、順、仁、信爲本。若德行不修，而但務方術，皆不得長生也。"[2]可見，道教對儒家具有强烈的依附性，它的倫理價值觀深深地烙上了儒家正統思想的印跡。因爲道教若想在封建上層建築内取得一定地位，佔有一席之地，必須以符合作爲我國傳統文化主體的儒家的倫理道德的要求爲前提。所以，道教自東漢末年興起後，就採用了儒家的價值標準，與儒家結成緊密聯盟，共同捍衛封建綱常名教，一起爲維護封建王權服務。同時，道教能夠對儒家道德標準的強化發揮輔助作用，儒家也需要和依賴道教來維持政治倫理秩序。儒家的倫理觀雖然廣泛滲透到社會各領域、各階層，但它將"注意力集中於生與死的終極意義，但只是在人的道德責任方面，而不關心任何超自然的因素"[3]，造成了自身社會精神控制力的不足。而道教正可以利用人們對超自然力量佑助的希冀和對超自然懲罰的恐懼，通過積極的鼓勵和消極的威懾，來加强和擴大儒家道德倫理教化的影響力。道教在維護社會道德秩序方面

---

[1]　王明：《太平經合校》，中華書局 1960 年版，第 405—406 頁。
[2]　王明：《抱樸子内篇校釋》（增訂本），中華書局 1985 年版，第 53 頁。
[3]　[美]楊慶堃：《中國社會中的宗教》第七章，范麗珠譯，四川人民出版社 2016 年版，第 22 頁。

扮演了"超自然裁判"的角色。①

在政治混亂時期，當儒家倫理的作用減弱時，道教的補充和強化作用更能得到凸顯和發揮。比如，道教之所以興起於東漢，便是因爲當時在人們面對無法避免的災難和苦楚時，儒家思想"缺乏超自然的解説，不能解決不斷變化的現實和人類對來世的執著及最終命運間的矛盾"，"不能給人們提供激勵和安慰。"②

元明清三代，道教與儒家倫理的融攝愈發明顯。如明太祖朱元璋在明朝建立後，爲扶植和利用宗教，即制定了三教並用（以儒爲主，道、佛爲輔）的宗教政策。他最爲看重佛、道二教對於民衆的教化作用，説："僧言地獄鑊湯，道言洞裏乾坤、壺中日月，皆非實象。此二説俱空，豈足信乎？""然此佛雖空，道雖玄"，却可"感動化外蠻夷及中國假處山藪之愚民"，使其"未知國法，先知慮生死之罪，以至於善者多，惡者少"。③而且，明朝政府强迫道士接受主流的社會規範。如《大明會典》明確規定："凡僧尼、道士、女冠，並令拜父母，祭祀祖先。喪服等第，與常人同。違者，杖一百，還俗。"④以齋醮祈禳爲職事，擅長符籙法術的正一道，因爲更符合明王朝利用道教爲其統治服務的需求，在有明一代發展興盛。朱元璋也認爲正一道是"特爲孝子慈親而設，益人倫，厚風俗，其功大矣哉。雖孔子之教明，國家之法嚴，旌有德而責不善，則尚有不聽者。縱有

① [美]楊慶堃：《中國社會中的宗教》第七章，范麗珠譯，四川人民出版社 2016 年版，第 216 頁。
② 同上書，第 100 頁。
③ 明朱元璋：《三教論》，《文淵閣四庫全書》1223 册，臺灣商務印書館 1986 年版，第 107 頁。
④ 明申時行、趙用賢等纂修：《大明會典》，卷一六五，"刑部七"，明萬曆十五年内府刻本。

聽者,行不合理又多少? 其釋道兩家,絕無繩愆糾繆之爲,世人從
而不異者甚廣。"①明清易代,秩序混亂,等級顛覆。士人對此的體
驗和感受可以張岱的《自爲墓誌銘》中所謂的"七不可解"爲最集中
和痛切的表現,即"貴賤紊""貧富舛""文武錯""尊卑溷""寬猛背"
"緩急謬""智愚雜"。當此之際,儒家學說變爲毫無意義的空洞説
教。在官方的制度和實踐之外,主要由佛道承擔和發揮了維護和
調整社會關係的功能。不少官員、士子逃禪、入道並不具有純粹的
負面效果,並不意味著他們對於儒家思想、政治倫理的拋棄,而實
際在客觀上具有重構儒家道德的作用。

　　明清之際身處朝代更迭的戲劇化劇變中的士人同時面臨著個
人危機和國家危機。《入道》出及其中對於道教科儀的敘述體現了
文學作品"在描寫人類危機時無不表現出中國的現實主義對宗教
因素存在的重視"。②《桃花扇》劇中所涉及的"人類危機"便是家國
淪亡。當以往的處理方法即儒家倫理道德不再適用於應對轉折和
挑戰時,危機感創造出壓力,這種壓力促使士人找尋新的解決途
徑。《入道》出中的中元節醮儀便是在公共危機發生時以公共習俗
中舉行的公共宗教儀式來喚起公眾注意、凝聚力量面對集體危機
的一種方法。在醮儀中,道教以神道設教的方式對遭到嚴重破壞
的倫理政治秩序給予了宗教性支持。

　　醮儀的表面形式是祭奠、追悼和超度,內在實質則爲類分、評
判和處置。其面對和處理的是世俗社會關係中典型而重要的君臣
關係,而作爲依據和標準的倫理價值是來自儒家的忠義觀。封建

---

① 明朱元璋:《御制玄教齋醮儀文序》,《道藏》,上海書店 1998 年版,第九册,第 1 頁。
② [美]楊慶堃:《中國社會中的宗教》第七章,范麗珠譯,四川人民出版社 2016 年版,
　第 15 頁。

朝廷始終受到儒家倫理價值體系的支撑，而"儒家的很多價值之所以成爲傳統，不僅僅是基於其理性主義的訴求，也是基於超自然賞罰的力量之上。"①"超自然賞罰的力量"又可以對已有的傳統起到鞏固的作用。所以，儒家的倫理價值體系是"錯綜複雜地與宗教的教義、神話與其他超自然信仰交織在一起"。②道教則依據其因果報應、修道成仙等教義和信仰，以神學意義上的超驗的賞罰來確認和加強道德倫理的現實約束力，並經常通過公共宗教儀式來凸顯和强化它。道教的教義和倫理觀指出行善可以得到長生成仙的報償，罪孽深重則將遭受神譴和懲罰；而且因爲源於或同質於儒家世俗的倫理準則，所以在儀式中能用以評判教外之人。道教不僅强調善惡有報，而且還要使人相信對應的報償會確實發生。"忠"這一具有明顯沉重的倫理意涵的政治倫理信仰和要求，更需要超驗的賞罰來構建道德神話的敘事，以使其深入人心，得到遵行。

政治倫理信仰建立和運作的機制在社會心理層次包括以下三個方面：

1. 關於天、地和冥界的信仰：依靠自然力的權威，强化普遍道德，使民衆普遍信仰；

2. 對被神化的個人的信仰：通過神化有貢獻的人物來支持政治倫理價值；

3. 對孔聖人及其文昌神的信仰：通過神聖化儒學正統和學術官僚階級，使之成爲整個政治倫理價值系統的主導。③

---

① ［美］楊慶堃：《中國社會中的宗教》第七章，范麗珠譯，四川人民出版社 2016 年版，第 199 頁。
② 同上書，第 83 頁。
③ 同上書，第 119 頁。

　　而"在政治倫理功能的實現過程中,超自然力量在前兩類信仰中起著主導作用,而對第三類信仰影響甚微。"①第一、二類信仰與第三類信仰有著明顯的差異。道教不看重君臣關係,基本上否認世俗的貴賤的區分。但《入道》中的醮儀敘事的中心不是善惡之"報",而是"善惡"本身及其分別,是"忠"這一君臣關係的準則中臣對於君的道德。

　　張薇閉目存想、見到作爲罪惡象徵的馬、阮遭受神譴,大致對應於第一類信仰。南明三忠受封仙官,是對於他們堅守"忠"這一儒家倫理道德原則的肯定,可對應於第二類信仰。②這是鼓勵人們遵守道德標準的一種重要手段,即"神化那些象徵道德的人物,塑造一個道德理想、典範"。③此點也符合這樣的觀點和論述:政治倫理信仰的基礎"基本上是以兩個相關的因素爲標誌的:一場公共災難和一個英雄。英雄的重要作用在於他對公益的全情投入,從而樹立某種品德操行的榜樣,嚴峻的形勢當然是英雄呼之欲出的前提,但同時也爲政治倫理價值發揮特別作用提供了比平時更爲顯著的社會環境。一旦英雄爲公衆利益而犧牲,那麼他身上所體現的象徵價值更會不可估量。"④南明三忠在劇中立場不同,但他們的行動最後都以失敗、身亡告終。孔尚任是因爲他們的堅貞名節,而將他們塑造爲正面人物角色的。劇作的相關敘事完成和體現了

---

① [美]楊慶堃:《中國社會中的宗教》第七章,范麗珠譯,四川人民出版社 2016 年版,第 119 頁。
② 其實"南明三忠"具有各自不同的身份認同,導致他們彼此立場有異。這一點也在劇作和評點中有或隱或顯的揭示和評價。
③ [美]楊慶堃:《中國社會中的宗教》第七章,范麗珠譯,四川人民出版社 2016 年版,第 223 頁。
④ 同上書,第 131 頁。

民間英雄塑造、崇拜的週期性發展模式三階段的前兩個階段：

> 首先，信仰始於一場危機，以及需要以諸如愛國、勇氣和自我犧牲之類的主導型價值，號召民衆應對嚴峻形勢。其次，發展出以神秘力量和神話傳説爲基礎的信仰，並在民間廣泛流傳。①

南明三忠和馬、阮在《入道》中被重提和表現，就是爲了彰顯善惡行爲、好壞報應構成必然的對稱關係，爲了與恰當的道德神話模式相稱。簡而言之，即"善有善報、惡有惡報"。主持、操演和參與醮儀的衆人眼前的儀式空間所呈現的是一個三層方位：天上仙官（殉節忠臣成仙）、生者所處的日常生活中的現實世界與死後人類受到審判和懲罰的地下陰間（奸邪受罰）。壇場在經過一系列儀式的程式之後，儼然已經成爲了道德的審判場。《入道》出也不僅僅是一場儀式操演的文字描述和記録，還是一場道德裁判的大戲。張瑶星主持舉行公共宗教儀式，旨在通過儀式表現宇宙秩序的更新（即明清鼎革），並重建和諧的統一，通過褒忠貶奸、賞善罰惡達至新的陰陽平衡。②

這場儀式的表面和直接目的是褒忠貶奸，深層意義則是普世性的勸化。儀式化活動在恰當的象徵性時刻和象徵性場合舉行，可以在實現預期的目的外，擴大它的影響。中元節的白雲庵正好滿足了這兩方面的要求。中元節提供了一種有效的溝通亡靈的辦法，通過張瑶星的閉目存想，讓南明三忠和馬、阮的魂靈直接在舞

---

① ［美］楊慶堃：《中國社會中的宗教》第七章，范麗珠譯，四川人民出版社 2016 年版，第 136 頁。

② 《桃花扇》介安堂本的評點者受到《綱領》的啟發，將劇中的忠奸鬥爭對應於陰陽此消彼長。如第三出《哄丁》出批："奇部四人，偶部八人，獨阮大鋮最先出場，爲陽中陰生之漸。"第十二出《辭院》眉批："至此始出史公及馬士英，一忠一奸，陰陽將判。讀者細參之。"第十四出《阻奸》出批："賢奸爭勝，未判陰陽。"第十五出《迎駕》出批："此折有佞無忠，陰勝於陽矣。"

臺上現身説法，使褒忠貶奸、賞善罰惡背後進行道德勸化的意圖、目的更容易理解、認同和接受。在此，也屬趙園所謂的"'傳信'的原則就此讓位於教化一類極世俗功利的目的"。①所以，《入道》中的醮儀本身雖是在白雲庵内舉行的，但其内涵和影響却又向著更大的社會空間延伸了。

曠園雜誌（節録）

[清]吴陳琰

卷　下

思陵開壙始末

　　甲申三月二十五日，順天府僞官李紙票爲開壙事，仰昌平州官吏即勳官銀催夫速開田妃壙，合葬崇禎先帝及周皇后梓宫。四月初三日發引，初四日下葬，毋違時刻。未便時，署昌平州吏目事趙一桂因州庫如洗，而葬期又迫，稟同監葬官禮部主事許作梅，計無所出，即同工房馮朝錦入京復稟府，府辭。再三請，始硃批，著該州各鋪户捐那應用事完再議。一桂歸，與好義之士生員孫繁祉、監生白紳公議，郡人劉汝樸及王政行等十人共捐錢三百四十千，雇夫頭楊文包攬開閉。其壙中隧道長十三丈五尺，闊三丈五尺。督修四晝夜，初四日寅時始開頭層石門，入香殿三間，中間懸萬年燈二盞，陳設祭品。前有石香案，兩邊列五彩綢緞，侍從宫人生前所用器物、衣服俱大紅箱盛貯。束間石寢床一，鋪載羢氊，上疊被褥及龍枕等件。又開二層石門，入通長大，殿九間，石床長如前式，高一尺五寸，闊一丈，

___
① 趙園：《想像與敘述》，北京師範大學出版社 2015 年版，第 142 頁。

田妃棺槨在焉。初四日申後，帝后梓宮齊到，停祭棚内。陳豬羊、金銀、紙劄、祭品，舉哀、祭奠畢，先安田妃於床右，後安周后於床後，然後即田妃槨，請帝居中。其前各設香案、祭品，將萬年燈點起。隨將石門反閉，當即掩土。初六日，率捐葬鄉耆等祭奠，號泣震天，踰時方止。即傳諭附近西山口三村地方撥夫百名舁土立塚，又同孫繁祉捐銀五兩，修築塚牆，高五尺有奇。本朝定鼎時，遣工部復將崇禎先帝陵寢修建香殿三間，群牆一周。其死難太監王永恩墓在思陵右側。世祖章皇帝爲文祭之。又御制碑文立石墓上。誠興朝盛典也。

（康熙刻《説鈴》本）

【按】　吳陳琰（1659—?）字寶崖，又字清來，號芋町，浙江錢塘人。《考據》中原作“陳寶崖《曠園雜誌》”一條：甲申三月順天府僞官李某葬崇禎帝”，其中“陳寶崖”應作“吳寶崖”，即吳陳琰，字寶崖。有關吳陳琰生平、著述的介紹和研究，詳見魯竹《浙西詞人吳陳琰考議》（《台州學院學報》2009 年第 2 期）。清章性良《種學堂詹詹吟》中有《題吳寶崖閉户著書圖》詩，影印康熙間刻本。清彭維新《墨香閣集》卷十一有《狂叟詩》，題下注云：“爲吳寶崖作。寶崖自號狂生，今更號狂叟。沖仗、閧門，皆紀實也。”詩云：“格性縈狂癖，衣襟漬酒痕。行沖時貴仗，醉閧定僧門。怢亂供饞鼠，吟哀叫夜猿。昂藏無媚骨，誰肯惜虞翻？”①另汪惟憲的《記沈、馮、吳三君語》（載《積山先生文集》卷七，乾隆三十八年（1773）重刻本）對吳陳琰的行事也有記述。魯竹文没有提及汪文，實際其中所引《國朝杭郡詩集》“文名冠一時”一段文字即出自《記沈馮吳三君語》。清方象瑛《健松齋續集》（康熙刻本）卷二有《吳寶崖集序》。《桃花扇》

---

① 清彭維新：《狂叟詩》，《墨香閣集》卷十一，道光二年刻本。

"題辭"中收有吳陳琰所作的七言絕句 20 首。其中第十四首"田妃抔土改思陵，内監孤忠愁不勝。野乘漫勞增樂府，也如漆室照殘燈"後有其自注，謂："予有《曠園雜志》載思陵改葬始末，先生採入樂府中。""思陵改葬始末"的記載即本條文字，在《桃花扇》中則見於閏二十出《閒話》。《考據》中有關吳陳琰姓氏的錯誤也可證明介安堂本刊印完成於孔尚任去世之後。若其刊印完成於孔尚任生前，則不會弄錯吳陳琰的姓氏，而且造成了前後的矛盾。清譚吉璁編《蕭松録》（康熙間有恒堂刻本）卷三載有趙一桂《思陵开葬申文》，末署"順治十六年月日"，對崇禎改葬始末記述更為詳確，应为《旷园杂志》所本。朱彝尊曾爲趙一桂的這篇文字撰有按語一則："思陵葬日，仁和龔光禄佳育流寓昌平。地宫例書某帝之陵，合以石板，奉安梓宫之前。時倉卒不及鷫石，以磚代之，鈐之以鐵，乃光禄所書也。光禄嘗爲予言：壙始開，入石門，地甚濕，其中衣被等物多黦黑；被止一面是錦繡，餘皆以布。長明燈油僅二三寸，缸底皆水。其金銀器皆以鉛銅充之，當時中官破冒，良可憾也！"①

另，邵長蘅撰有《書趙一桂事》，載於其《青門籭稿》卷十四，謹附録於此：

> 趙一桂者，不知其邑里。崇禎甲申三月，以省祭官署昌平州吏目，營葬思陵。事竣，列其狀申州，略曰："職於三月二十五日奉順天府僞官李檄昌平州官吏，即動帑銀，催夫穿田妃壙，葬崇禎帝及周后梓宫。四月初三日，發引；初四日，下窆。時會州庫如洗，又葬日促，監葬官禮部主事許作梅束手無策。

---

① 清英廉等編：《欽定日下舊聞考》卷一百三十七"京畿·昌平"，乾隆五十三年武英殿刻本。

職與義士孫繁祉、劉汝朴等十人斂錢三百四十千,僱夫穿故妃
壙。方中羨道長十三丈五尺,廣一丈,深三丈五尺。督工四晝
夜,至初四日寅時羨道開通,始見壙宮石門。工匠以拐丁鑰匙
啟門入,享殿三間,陳祭器。中設石案一,懸萬壽燈二,旁立紅
紫錦綺繒幣五色具。左右列侍宮嬪生存所用器物、襲衣、奩
具,皆貯以木笥。硃紅之左旁,石床一,床上疊氈罽、五彩龍鳳
衾褥、龍枕。又啟中羨門,內大殿九間。正中石床,高一尺五
寸,闊一丈,陳設衾褥如前殿。田妃棺槨厝其上。初四日申
時,先帝梓宮至陵,停蓆棚,陳豬羊、金銀紙錁祭品。率衆伏
謁,哭盡哀,奉梓宮下。職躬領夫役奉移田妃柩於石床右,次
奉周皇后梓宮石床左,然後奉安先帝梓宮居中。田妃葬於無
事之日,棺槨如制。職見先帝有棺無槨,遂移田妃槨用之。梓
宮前各設香案、祭器。職手然萬年燈,度不滅久之。事畢,掩
中羨,閉外羨門,復土與地平。初六日,又率諸人祭奠,號哭震
天。移時,呼集西山口居民百餘人畚土起塚;又築塚墻,高五
尺有奇。幸本朝定鼎,爲先帝建陵殿三間,繚以周垣,使故主
陵寢不侵樵牧。雖三代開國,無以加矣。竊計一時斂錢諸人
皆屬義士。孫繁祉係生員,捐錢五十千;耆民劉汝朴,錢五十
千;白紳,錢三十千;徐魁,錢三十千;李某,錢五十千;鄧科,錢
五十千;趙永健,錢二十千;劉應元,錢二十千;楊道,錢二十
千;王政行,錢二十千:合三百四十千。"嗚呼!甲申之禍,天崩
地塌。傳聞烈皇帝大行舁至東華門,賊殮以柳木,覆以蓬廠,
老宮監三四人坐其旁。諸臣皇皇然方投揭報名,翹足新命。
梓宮咫尺,無一人往謁。甚者揚揚意得,揮鞭疾驅過之,曾不
足當一睨者。而趙一桂,胥史末員;孫繁祉、劉汝朴等,草莽布

衣，相率敛钱营葬，莫醊號哭。令诸臣聞之，當咋舌愧死入地
矣。昔元僧楊璉真迦發宋攅宫，唐珏、林景熙夜往收遺骸，瘞
蘭亭山後，種冬青樹識之。謝翱爲作《冬青樹引》記其事。至
今四百餘年，目爲義士。諸人高義寧遽出珏、景熙下哉？友人
譚吉璁康熙初客京師，嘗遍謁昌平諸陵，撰《蕭松錄》二卷。
《錄》中載趙一桂事，云得之州署故吏牘中，語可信不虛。烈皇
帝不幸遭難百六，躬殉社稷，草草渴葬，此亘古深痛。余懼後
世史失其詳，輒據一桂語稍加删潤，備著之如右。又按許作
梅，河南新鄉人，庚辰進士，官行人，從逆改僞禮政府屬；一桂，
不知賊僞署官號，故仍稱“禮部主事”。僞順天府李，不詳何
人。常見甲申野史載襄城伯李國楨以死力爭三大事，又稱蒿葬
梓宫惟襄城一人往送，返役即自殺。今以一桂事考之，襄城未
嘗至陵下灼然無疑，而爭三大事及自殺亦似傳訛。寧都魏禧作
《新樂侯傳贊》，附載襄城事與野史頗異同，云：“……”[1]

清李霨有《太監王承恩墓》詩，云：“常侍孤墳傍寢園，尚留短碣
表忠魂。遺弓當日何人拾，應有銀璫碧血痕。”見清陶煊、張璨選輯
《國朝詩的》“直隸”卷一，康熙六十一年刻本。

板橋雜記（節錄）

［清］余　懷

上　卷

雅　游

長板橋在院墻外數十步，曠遠芊綿，水烟凝碧。回光、鷲峰兩

---

[1]　清邵長蘅：《書趙一桂事》，《青門簏稿》卷十四，康熙三十二年刻本。

寺夾之,中山東花園亘其前,秦淮朱雀桁繞其後。洵可娛目賞心,漱滌塵俗。每當夜涼人定,風清月朗,名士傾城,簪花約鬢,攜手閑行,憑欄徙倚。忽遇彼姝,笑言宴宴。此吹洞簫,彼度妙曲,萬籟皆寂,游魚出聽。洵太平盛事也。

秦淮燈船之盛,天下所無。兩岸河房,雕欄畫檻,綺窗絲障,十里珠簾。主既稱醉,客曰未晞。游楫往來,指目曰:某名姬在某河房,以得魁首者爲勝。薄暮須臾,燈船畢集。火龍蜿蜒,光耀天地。揚槌擊鼓,蹋頓波心。自聚寶門水關至通濟門水關,喧闐達旦。桃葉渡口,爭渡者喧聲不絕。余作《秦淮燈船曲》中有云:"遙指中山樹色開,六朝芳草向瓊臺。一圍燈火從天降,萬片珊瑚駕海來。"又云:"夢裏春紅十丈長,隔簾偷襲海南香。西霞飛出銅龍館,幾隊娥眉一樣妝。"又云:"神弦仙管玻璃杯,火龍蜿蜒波崔嵬。雲連金闕天門迥,星舞銀城雪窖開。"皆實錄也。嗟乎,可復見乎!

舊院與貢院遙對,僅隔一河,原爲才子佳人而設。逢秋風桂子之年,四方應試者畢集。結駟連騎,選色徵歌。轉車子之喉,按陽阿之舞;院本之笙歌合奏,回舟之一水皆香。或邀旬日之歡,或訂百年之約。蒲桃架下,戲擲金錢;芍藥欄邊,閑拋玉馬。此平康之盛事,乃文戰之外篇。若夫士也色荒,女兮情倦;忽裘敝而金盡,遂歡寡而愁殷。雖設阱者之恒情,實冶游者所深戒也。青樓薄幸,彼何人哉!

董白,字小宛,一字青蓮。天姿巧慧,容貌娟妍。七、八歲時,阿母教以書翰,輒了了。稍長,顧影自憐。針神曲聖、食譜茶經,莫不精曉。性愛閑靜,遇幽林遠澗、片石孤雲,則戀戀不忍舍去;至男女雜坐,歌吹喧闐,心厭色沮,意弗屑也。慕吳門山水,徙居半塘,小築河濱,竹籬茅舍。經其戶者,則時聞歌詩聲或鼓琴聲,皆曰:

"此中有人。"已而,扁舟游西子湖,登黄山,禮白嶽,仍歸吴門。喪母、抱病,面樓以居。隨如皋冒辟疆過惠山,歷澄江、荆溪,抵京口,陟金山絶頂,觀大江競渡以歸。死卒歸辟疆爲側室。事辟疆九年,年二十七,以勞瘁死。死時,辟疆作《影梅庵憶語》二千四百言哭之。同人哀辭甚多,惟吴梅村宫尹十絶句,可傳小宛也。存其四首云:"珍珠無價玉無瑕,小字貪看問妾家。尋到白堤呼出見,月明殘雪映梅花。"又云:"《念家山破》《定風波》,郎按新詞妾按歌。恨殺南朝阮司馬,累儂夫婿病愁多。"又云:"亂梳雲髻下妝樓,盡室倉皇過渡頭。鈿盒金釵渾拋却,高家兵馬在揚州。"又云:"江城細雨碧桃樹,寒食東風杜宇魂。欲吊薛濤憐夢斷,墓門深更阻侯門。"

卞賽,一曰賽賽,後爲女道士,自稱玉京道人。知書,工小楷,善畫蘭、鼓琴。喜作風枝裊娜,一落筆,畫十餘紙。年十八,游吴門,僑居虎丘。湘簾棐几,地無纖塵。見客,初不甚酬對;若遇佳賓,則諧謔間作,談辭如雲,一座傾倒。尋歸秦淮。遇亂,復游吴。梅村學士所作《聽女道士卞玉京彈琴歌》贈之,中所云"昨夜城頭吹觱篥,教坊也被傳呼急。碧玉班中怕點留,樂營門外盧家泣。私更妝束出江邊,恰遇丹陽下渚船。剗就黄絁貪入道,攜來緑綺訴嬋娟"者,正此時也。在吴作道人裝,然亦間有所主。侍兒柔柔,承奉硯席如弟子,指揮如意,亦靜好女子也。逾兩年,渡浙江,歸於束中一諸侯。不得意,進柔柔當夕,乞身下髮。復歸吴,依良醫鄭保御,築别館以居。長齋繡佛,持戒律甚嚴。刺舌血,書《法華經》以報保御。又十餘年而卒,葬於惠山祇陀庵錦樹林。

李香,身軀短小,膚理玉色。慧俊宛轉,調笑無雙。人題之爲"香扇墜"。余有詩贈之云:"生小傾城是李香,懷中婀娜袖中藏。何緣十二巫峰女,夢裏偏來見楚王。"武塘魏子一爲書於粉壁,貴竹楊龍友寫崇蘭詭石於左偏。時人稱爲三絶。由是,香之名盛於南曲。四方才士,爭一識面以爲榮。

寇湄,字白門。錢虞山詩云:"寇家姊妹總芳菲,十八年來花信違。今日秦淮恐相值,防他紅淚一沾衣。"則寇家多佳麗,白門其一也。白門娟娟靜美,跌蕩風流。能度曲,善畫蘭,粗知拈韻吟詩,然滑易不能竟學。十八、九時,爲保國公購之,貯以金屋,如李掌武之謝秋娘也。甲申三月,京師陷。保國生降,家口没入官。白門以千金予保國贖身,跳匹馬,短衣,從一婢南歸。歸爲女俠,築園亭,結賓客,日與文人騷客相往還。酒酣以往,或歌或哭。亦自歎美人之遲暮,嗟紅豆之飄零也。既從揚州某孝廉,不得志,復還金陵。老矣,猶日與諸少年伍。臥病時,召所歡韓生來,綢繆悲泣,欲留之偶寢。韓生以他故辭,猶執手不忍别。至夜,聞韓生在婢房笑語,奮身起喚婢,自筆數十,咄咄罵韓生負心禽獸行,欲齧其肉。病逾劇,醫藥罔效,遂以死。虞山《金陵雜題》有云:"叢殘紅粉念君恩,女俠誰知寇白門? 黄土蓋棺心未死,香丸一縷是芳魂。"

下 卷

軼 事

曲中狎客,則有張卯官笛,張魁官簫,管五官管子,吳章甫弦索,錢仲文打十番鼓,丁繼之、張燕筑、沈元甫、王公遠、朱維章串戲,柳敬亭説書。或集於二李家,或集於眉樓,每集必費百金。此亦銷金之窟也。

中山公子徐青君,魏國介弟也。家貲巨萬。性華侈,自奉甚豐,廣蓄姬妾。造園大功坊側,樹石亭臺,擬於平泉、金谷。每當夏月,置宴河房,日選名妓四、五人,邀賓侑酒。木瓜、佛手,堆積如

山；茉莉、珠蘭，芳香似雪。夜以繼日，恒酒酣歌。綸巾鶴氅，真神
仙中人也。弘光朝加中府都督，前驅班劍，呵導入朝，愈榮顯矣。
乙酉鼎革，籍没田産，遂無立錐；群姬雨散，一身孑然；與傭、丐爲
伍，乃爲人代杖。其居第易爲兵道衙門。一日，與當刑人約定杖
數，計償若干。受刑時，其數過倍。青君大呼曰："我徐青君也。"兵
憲林公駭，問左右。左右有哀王孫者，跪而對曰："此魏國公公子徐
青君也，窮苦爲人代杖。其堂乃其家廳，不覺傷心呼號耳。"林公憐
而釋之，慰藉甚至。且曰："君倘有非欽産可清還者，本道當爲查
給，以終餘生。"青君頓首謝曰："花園是某自造，非欽産也。"林公唯
唯，厚贈遣之，查還其園，賣花石、貨柱礎以自活。吾觀《南史》所
記，東昏宮妃賣蠟燭爲業。杜少陵詩云："問之不肯道名姓，但道困
苦乞爲奴。"嗚呼！豈虚也哉！豈虚也哉！

丁繼之扮張驢兒娘，張燕筑扮賓頭盧，朱維章扮武大郎，皆妙
絶一世。丁、張二老並壽九十餘。錢虞山《題三老圖》詩末句云：
"秦淮烟月經游處，華表歸來白鶴知。"不勝黃公酒壚之歎。

柳敬亭，泰州人。本姓曹，避仇流落江湖，休於樹下，乃姓柳。
善説書。游於金陵，吳橋范司馬、桐城何相國引爲上客。常往來南
曲，與張燕筑、沈公憲俱。張、沈以歌曲，敬亭以譚詞，酒酣以往，擊
節悲吟，傾靡四座。蓋優孟、東方曼倩之流也。後入左寧南幕府，
出入兵間。寧南亡敗，又游松江馬提督軍中，鬱鬱不得志。年已八
十餘矣，間過余僑寓宜睡軒中，猶説《秦叔寶見姑娘》也。

沈公憲以串戲見長，同時推爲第一。王式之中翰、王恒之水
部，異曲同工。游戲三昧，江總持、柳耆卿依稀再見，非如吕敬邁、
李仙鶴也。

李貞麗者，李香之假母。有豪俠氣，嘗一夜博輸千金立盡。與

陽羨陳定生善。香年十三,亦俠而慧。從吳人周如松受歌《玉茗堂四夢》,皆能妙其音節,尤工琵琶。與雪苑侯朝宗善。閹人兒某者,欲内交於朝宗,香力諫止,不與通。朝宗去後,有故開府田仰以重金邀致香。香辭曰:"妾不敢負侯公子也。"不往。蓋前此閹兒恨朝宗,羅致欲殺之,朝宗跳而免;並欲殺定生,定生大爲錦衣馮可宗所辱。

　　沈石田作《盒子會辭》。其序云:"南京舊院,有色藝俱優者,或二十、三十姓,結爲手帕姊妹。每上元節,以春蘩、巧具、殽核相賽,名'盒子會'。凡得奇品爲勝,輸者具酒酬勝者。中有所私,亦來挾金助會。厭厭夜飲,彌月而止。席間設燈張樂,各出其技能。賦此以識京城樂事也。"辭云:"平康燈宵鬧如沸,燈火烘春笑聲内。盒盒來往鬥芳鄰,手帕綢繆通姊妹。東家西家百絡盛,裝殽釘核春滿檠。豹胎間挾鰉冰脆,烏欖分擲椰玉生。不論多同較奇有,品色輸無例賠酒。呈絲逞竹會心歡,哀鈔裨金走情友。哄堂一月自春風,酒香人語百花中。一般桃李三千户,亦有愁人隔墙住。"

(清張潮編《昭代叢書》甲集本,
康熙三十六年至四十二年詒清堂刻本)

　　【按】 清蔣藑《青荃外集》卷一有《書〈板橋雜記〉後三首》詩,見《青荃詩集》(有許氏古均閣清咸豐四年(1854)刻本),云:

　　　　風月南都入夢思,眉樓遺跡少人知。繁華逝後秋娘老,腸斷相逢老大時。

　　　　故國銅駝已劫灰,青樓往事贐堪哀。誰知一搊滄桑淚,潦草煙花作記來。

　　　　休文我亦太情多,彈指貞元小劫過。解向秋風尋故跡,斷香零粉滿青莎。

　　清沈嶧有《〈板橋雜記〉題詞六首》詩,見清梅成棟輯《津門詩

鈔》(道光四年思誠書屋刻本)卷十五,云:

> 紅粉成灰怨未消,香魂無數哭前朝。低回却憶江南夢,巷裏分明舊板橋。

> 烟柳含愁斂翠蛾,長淮流恨咽清歌。新詞訴盡興亡意,好向棠梨聽奈何。

> 金釵紅袖兩茫茫,誰踏青泥吊夕陽。腸斷詩成寄幽咽,不須雁柱十三行。

> 羅裙都作彩雲飛,往事何由問板扉。泉路若聞哀怨曲,那無紅淚染香衣。

> 小字書來喚欲應,依稀貌出研練綾。曲中舊路能來否,唱澈秋墳半夜燈。

> 杜牧風懷宋玉詞,詩人例許惜蛾眉。樽前試與秋娘唱,凄絕雲昏月暗時。

清沈欽道(乾嘉間人)有《書余澹心〈板橋雜記〉後》詩,見清吳翌鳳輯《卬須又續集》(嘉慶刻本)卷三,云:

> 眼見繁華付草萊,吳蠶未死蠟難灰。春從柳永詞中老,秋入蘭成賦裏哀。

> 殘夢落花流水遠,多情明月女墻來。板橋舊事分明記,百幅蠻牋廢麝煤。

清張開福有《題〈板橋雜記〉後》詩,見清許仁沐等輯《硤川詩續鈔》(光緒二十一年雙山講舍刻本)卷十四,云:

> 舊院門當武定橋,迷樓媚閣總魂銷。連雲甲第今何在,無限凄涼歎六朝。

> 頓老琵琶鄭妥妝,知音遇處始登場。纏頭助采誠增色,一曲傷心李一娘。

另,清錢維城有《題〈板橋雜記〉後四首》,見《茶山詩鈔》,乾隆四十一年刻全集本;清蔣德馨有《題余澹心〈板橋雜記〉後》詩十四首,見其《且園詩存》卷一;清許宗衡有《金縷曲·書余澹心〈板橋雜記〉》,見《清詞綜補》卷五十七;清管筠有《秦淮雜詠題余曼翁〈板橋雜記〉後》詩二十四首,見《頤道堂集外集》卷九;清經濟有《読〈板橋雜記〉》,見《半園詩録》,道光二十一年刻本;清李宗瀛有《題〈板橋雜記〉》十四首,見《小廬詩存》,光緒三十二年刻本;清殷壽彭有《題余澹心〈板橋雜記〉》,見《春雨樓詩集》,同治五年刻本;清劉楚英有《閲〈板橋雜記〉六首》,見《石龕詩卷》,同治九年刻本;清郭肇有《書〈板橋雜記〉後》五首,見《東埭詩鈔》,光緒二十年刻本;清劉焯華有《蘇幕遮·題〈板橋雜記〉》詞,見《蒼梧山館集》卷八《鴻雪長短句》,民國十二年至十五年刻本;清朱寶善(1819—1889)有《偶閲〈板橋雜記〉漫書卷後》詩七首,見《紅粟山莊詩鈔》卷三,同治九年刻、民國十四年朱崇官續刻本。清汪芑有《洞院雜詠》記清初名妓,悉本《板橋雜記》、陳維崧《婦人集》等書,見《茶磨山人詩鈔》,光緒十一年刻本。

明史樂府(節録)

[清]尤　侗

寧南恨

曹家戰死賀家戮,中原健將推良玉。自成作賊勢莫當,勍敵獨畏左家強。

轂城急擊吾謀用,羅猲豈復容鴟張?朝廷當委河南地,假以便宜寛衍蠻。

閫中將將惜無人,鞅望徘徊成失計。百道旌旗入武昌,世封猶誓掃疆場。

三軍縞素萬金散，噭然一哭爲先皇。南朝築版西防急，引兵東下清君側。

諸將囂譁合不行，九江烽火真狼藉。嘔血椎胸事已非，病終遺囑尚歔欷。

十年苦戰空亡國，萬里當關未解圍。故侯一矢何時報，酹酒還呼喻布衣。

曹文詔陣亡，賀人龍戮死，左良玉老將兵最強。獻忠在穀城，良玉請擊，熊文燦不許。及入竹山，文燦欲追之，良玉諫阻。弗聽，故有羅猴之敗。獻賊燒武昌去，良玉收復之，封寧南伯，俾功成世守。北都信至，良玉率三軍縞素，旦夕臨。諸將有勸其引兵東下者，良玉拊膺號哭，盡出先帝所賜金銀、彩物，凡二三萬，散諸將，誓死報國。會弘光立，馬、阮方鈎黨，以良玉爲侯恂所薦，築版磯西，防左。疑之，令御史黃澍入朝面奏。觸權柄怒，遣金吾逮治，隙遂開。諸將日以“清君側”爲請，一軍皆譁。左不得已，從之。自漢口達蘄州，火光接天。至九江，袁繼咸相見舟中。坐未定，岸上火起，報城破。左右云：“袁兵燒營，自破其城。”左罵曰：“此我兵耳。”大悔恨，捶胸歎曰：“我負臨侯！”臨侯，袁字也。嘔血數升，病遂革。召諸將，屬以後事，歔欷泣下。初良玉給侍侯恂帳下，爲走卒。尤世威薦之，拔爲副將軍，恂賜以巵酒三、令箭一。良玉出，以首觸轅門，矢報。其後上特出恂於獄，爲左也。喻布衣者，良玉謀主，父事之。每出軍，勝，喻草履迎三十里，飭中廚備飯，爲笑樂；或敗，喻南面坐，呼良玉名，責之。左封寧南，喻已前死。每酹酒於地，呼喻“大兄”。

思陵痛

思陵在位十七載，四海分崩成瓦解。去年失楚今失秦，大樑水決武昌焚。

虎豹九關誰與守，三軍倒戈百姓走。君王仗劍死煤山，母后中宮殉玉環。

桐棺一寸道旁置，故老行人多掩涕。入廟應呼十四皇，兒家何罪致天亡。

新鬼號咷舊鬼哭，鐘虡慘裂燈無光。高勿哀，文勿怒。

自古興衰有天數，順處得來順處去。君不見宋家遺骨瘞冬青，昌平猶鬱松楸樹。

太祖嘗問劉基歷數，曰：“遇順即止。”帝拆之曰：“三百八十，足矣。”明得天下於元順帝，而自成僭號亦曰“順”云。

吳橋行

吳橋一相公，會稽一司農。孟父子兮汪夫婦，中允闔門皆死忠。

其他杖節諸君子，大書特書從同同。同朝公卿相勞苦，降表新修迎僞主。

次者乞命權將軍，下者抄家刑政府。節義文章真可惜，武臣內臣何足責。

丈夫橫尸在疆場，求活草間能幾日。場音亦。

京師陷，大學士范景文望闕再拜，自經。家人解之，乃賦詩二首，潛赴龍泉庵古井死。戶部侍郎倪雲璐衣冠向闕，北謝天子，南謝母，酹酒漢壽亭侯前，投繯死。刑部侍郎孟兆祥守正陽門，死門下。妻何氏亦死。子進士章明收葬父尸歸，別妻王氏，將從父死。妻曰："爾死，我亦死。"置二扉，妻先縊，章明繼之。檢討汪偉與妻耿氏呼酒命酌，爲兩縲梁間。偉就右，耿就左，皆縊。耿曰："止，止！雖顛沛，夫婦之序不可亂也。"復解縲，正左右序而死。中允劉理順題詩於壁云："成仁取義，孔孟所傳。文信踐之，吾何不然！"酌酒自盡。妻萬氏、妾李氏、子孝廉，並婢僕十八人闔門縊死。此外，又有馬世奇、王家彦、金鉉、周鳳翔、吳麟徵、李邦華、吳甘來、王章、陳良謨、陳純德、申佳胤、許直、成德、趙譔、于騰蛟、李國禎、劉文炳、鞏永固、張慶臻、衛時春、李若珪、高文采、王國興諸人。

福王一

一群豬，屠伯至。福禄酒，賊人醉。

洛陽帑藏移盧氏，王門一炬無噍類，定陵妃子應垂淚。

當時母子擅宮中，專寵匹敵危奪宗。分封涕泣不忍去，玉帛充物尚方同。

朝歌暮弦樂未終，兵戈轉眼繁華空。可憐南渡仍亡國，餘殃還有福王一。

　　武昌市上有人呼曰："一群豬，屠伯至矣。"賊害福王，汋其血，雜鹿醢，嘗之曰："此福禄酒也。"王爲神宗愛子，母鄭貴妃最幸，欲立之。諸大臣調護萬端，元良始定。之國日，妃日夜泣，不忍割。辦裝幾罄盡内府。賊至，燒王宮，火三日。悉囊其珠玉、貨賂，入盧氏山中。子德昌王走免，南渡，即弘光也。崇禎元年，五鳳樓前獲一黄袱小函，題云："天啟七年，崇禎十七，還有福王一。"

（光緒十一年懺華盦刻本）

【按】《桃花扇》第三十四出《截磯》本之《寧南恨》詩注。第四十出《入道》，設醮祭奠甲申殉難文臣、武臣，共二十四人，有二十人與《吳橋行》詩注所涉人物同。尤侗曾入《明史》局，參與纂修《明史》，分撰"志""傳"三百篇，熟悉明朝掌故，採其間有關治體、可新耳目者，仿李東陽《詠史》例，成《明史樂府》一卷，凡百首。每首後有尤侗自注，敘說相關本事。尤侗《自序》謂："予承乏纂修《明史》，討論之暇，間採其遺事可備鑒戒者，斷爲韻語，亦擬樂府百篇。""其中別白是非、揮寫哀樂，不過寄吾意之所在，而聲與調固所不恤。"①光緒十一年（1885），宋澤元將其由《西堂雜俎》中錄出付刻，始有單行本，即懺華盦刻本。該本卷首有光緒十一年宋澤元序和康熙二十年（1681）尤侗自序，卷末附有施閏章和彭孫遹評語各一則。

《崇禎遺録》敘

[清]王世德

《崇禎遺録》一卷②，臣載筆已，流涕爲之敘曰："嗚呼！先皇以仁儉英敏之主，遭家不造，憂勤十七載，卒以亡。嗚呼！仁儉英敏卒以亡③，天乎？其人邪？臣小臣，日侍先皇左右，目擊時艱④，知禍所從來，非無故矣⑤。治國必需經濟之才，而以八股取之，所取非所用。故內外大小臣工，求一戡亂致治之才，千萬中不一得⑥。

---

① 清尤侗：《自序》，《明史樂府》，光緒十一年懺華盦刻本。
② "一卷"，鈔本作"一本"。
③ "卒於亡"，鈔本作"乃至於亡國"。
④ "時艱"，鈔本作"時難"。
⑤ 鈔本"非"前多"蓋"字。
⑥ "千萬中不一得"，鈔本作"萬不可得"。

而詐佞貪污成習①，唯知營私競進②，下民其咨而不恤，紀綱日壞而不問。舉天下事付之胥吏，而在位者率朝夕自娛樂，循資格致卿相而已。嗟乎！上即位，誅逆璫，抑宦官③，虛心委任儒臣。而所謂儒臣類如此④，天下事尚可爲乎？以致邊疆日蹙，中原盜蜂起⑤。環顧中外，一無足恃。於是破格用人，求奇才，圖匡濟⑥。而廷臣方持門户⑦，如其黨，即力護持之，誤國殃民皆不問；非其黨，縱有可用之才，必多方陷之⑧，務置之死，而國事所不顧。朋比爲奸，互相傾軋，使天子徇衆議以用人既不效，排衆議以用人又不效。朝用一人，夕而敗矣；夕用一人，朝而戮矣。輾轉相循，賊勢日熾。天子孑然孤立，彷徨無所錯，而宗社隨之。然則家國淪亡，誰之罪也？每召對大臣，竊聞天語煌煌，咨諏安危大計，而廷臣非慚汗不能言，即囁嚅舉老生常談塞責。間有忠鯁敢言之士，而所言又迂疏、不識時務，不可用。臣竊恨之。且夫魏璫竊柄國，威勢震天下。上即位，春秋方十七，乃不動聲色剪除之，其才固非中主所可及。而畏天災、遵祖訓、勤經筵、崇節儉、察吏治、求民莫，種種盛德，又朝野習聞共睹。使得忠臣愛國⑨、才堪辦賊之臣爲之輔，君臣一德，將相同寅協恭，則太平何難致？乃不幸有君無臣，卒致身殉社稷，國母就縊，公主手刃。嗚呼！從來死國之烈，未有烈於先皇；亡國之

①　"而詐佞貪污成習"，鈔本作"詐貪成習"。
②　"唯"，鈔本作"惟"。
③　"抑宦官"，鈔本作"斥抑宦官"。
④　鈔本"類"前多"者"字。
⑤　鈔本"蜂"前多"賊"字。
⑥　鈔本"圖"前多"以"字。
⑦　鈔本作"而廷臣方以東林、浙黨分門户"。
⑧　"陷之"，鈔本作"陷害"。
⑨　鈔本無"使得"。

痛，未有痛於先皇者也。乃一二失身不肖、喪心之徒①，自知難免
天下清議，於是肆爲誹謗。或曰寵田妃、用宦官以致亡，或曰貪財
愛惜費以致亡，或曰好自用以致亡。舉亡國之咎歸之君，冀寬己誤
國之罪②。轉相告語，而淺見寡聞之士以爲信然，遂筆之書而傳於
世。臣用是切齒腐心③，痛先皇誣衊，又懼實錄無存，後世將有與
失德之主同類並譏者④；於是錄其聞見，凡野史之僞者正之，遺者
補之，名曰《崇禎遺録》。深慚谫陋不文，不足表彰聖德，聊備實事
萬一⑤，庶流言邪説有以折其誣，而後之司國史者有所考據焉。”

（清初刻本）

【按】《崇禎遺録》的此種刻本與戴名世《子遺録》合訂爲一
册，卷末手書“康熙壬午四月八日裝”。康熙壬午，即康熙四十一年
（1702）。《崇禎遺録》，一卷，明王世德（1613—1693）撰，有清沈登
善輯《豫恕堂叢書》本和多種抄本。如上海圖書館藏有王頌蔚跋抄
本，《四庫禁毁書叢刊》予以影印收録。有關此書的版本情況，可參
見潘景鄭《著硯樓讀書記》（遼寧教育出版社 2002 年版）“《崇禎遺
録》”條。王世德，字克承，別字中齋，大興人。崇禎時，官錦衣衛指
揮。李自成克北京，他自刎遇救，後削髮南奔，流離江南，隱居寶
應。其子王源《居業堂文集》卷首管繩萊撰《王昆繩家傳》載：“父世
德，仕崇禎朝。國亡，變服爲僧。痛野史載烈皇事多誣罔，爲《崇禎
遺録》一卷。”⑥王世德生平事跡及其撰《崇禎遺録》之緣起，詳見《居

---

① 钞本無“喪心”。
② 钞本“己”前多“以”字。
③ “腐心”，誤。钞本作“拊心”。
④ 钞本作“後世將有與失德之主同類並譏者”。
⑤ “實事”，钞本作“實録”。
⑥ 清管繩萊：《王昆繩家傳》，清王源《居業堂文集》卷首，道光十一年讀雪山房刻本。

業堂文集》卷八《家大人八十徵言啟》、卷十八《先府君行實》。又，《居業堂文集》卷十六有《送孔東塘戶部歸石門山序》，云："曲阜孔東塘先生以戶部主事晉員外郎，罷而歸。王公貴人，下逮布衣之士莫不惜之。先生曰：'毋惜也。吾母老矣，不能養。今歸養母，且得葺吾孤雲草堂，著書終餘年，幸耳，何惜爲？'予知先生久，是時初往謁，則讀其所爲《桃花扇》傳奇。蓋譜宏光南渡軼事，借兒女之情，寫興亡之故，情詞淋漓悲宕。予又質以先君子所爲《崇禎遺錄》，相與忼慨太息。而先生又謂：'魯城西南數十里有山，俗呼爲石門。寺無名，邑乘亦不載。予往游，得異境，巖壑奇邃秀偉，藤木糾鬱，飛瀑泉澗淙淙瑟瑟。昔杜甫訪張氏隱居暨與劉九法曹、鄭瑕邱宴集，即其處。蓋所謂石門者也。其十三峰屈如龍蟠，別一峰抱其中，曰涵峰，蒼翠，孤懸面削。予結草堂其上，顏曰孤雲。家居終歲棲息其上，足樂也。'嗟乎！今之留心人才，以朋友爲性命者，幾人哉。先生以文章博雅重於朝，羽儀當世，而孜孜好士不倦。士無貴賤，挾片長，莫不折節交之。凡負奇無聊不得志之士，莫不以先生爲歸。先生竭俸錢，典衣，時時煮脱粟，沽酒與唱和、談讌，酬嘻慰藉。今歸矣，悵望黄金臺，徘回市上，悲歌狂醉者，何人乎？俯仰天地，睠懷今昔，能不淒然泣下也？"[1]可見孔尚任確曾對《崇禎遺錄》有所借鑒和利用。

李姬傳

[清]侯方域

李姬者，名香。母曰貞麗。貞麗有俠氣，嘗一夜博，輸千金立

---

[1]　清王源：《送孔東塘戶部歸石門山序》，《居業堂文集》卷十六，道光十一年讀雪山房刻本。

盡。所交接皆當世豪傑，尤與陽羨陳貞慧善也。姬爲其養女，亦俠
而慧，略知書，能辨別士大夫賢否，張學士溥、夏吏部允彝急稱之。
少風調，皎爽不群。十三歲，從吳人周如松受歌玉茗堂四傳奇，皆
能盡其音節。尤工琵琶詞，然不輕發也。

　　雪苑侯生，己卯來金陵，與相識。姬嘗邀侯生爲詩，而自歌以
償之。初，皖人阮大鋮者，以阿附魏忠賢論城旦，屏居金陵，爲清議
所斥。陽羨陳貞慧、貴池吳應箕實首其事，持之力。大鋮不得已，
欲侯生爲解之，乃假所善王將軍，日載酒食與侯生游。姬曰："王將
軍貧，非結客者，公子盍叩之？"侯生三問，將軍乃屏人述大鋮意。
姬私語侯生曰："妾少從假母識陽羨君，其人有高義，聞吳君尤錚
錚，今皆與公子善，奈何以阮公負至交乎！且以公子之世望，安事
阮公！公子讀萬卷書，所見豈後於賤妾耶？"侯生大呼稱善，醉而
臥。王將軍者殊怏怏，因辭去，不復通。

　　未幾，侯生下第。姬置酒桃葉渡，歌《琵琶》詞以送之，曰："公
子才名文藻，雅不減中郎。中郎學不補行，今《琵琶》所傳詞固妄，
然嘗昵董卓，不可掩也。公子豪邁不羈，又失意，此去相見未可期，
願終自愛，無忘妾所歌《琵琶》詞也！妾亦不復歌矣！"

　　侯生去後，而故開府田仰者，以金三百鍰，邀姬一見。姬固却之。
開府慚且怒，且有以中傷姬。姬歎曰："田公豈異於阮公乎？吾向之所
贊於侯公子者謂何？今乃利其金而赴之，是妾賣公子矣！"卒不往。

（《四部備要》本《壯悔堂文集》卷五）

　　【按】關於李香君之結局，沈起鳳（1741—？）《諧鐸》（人民文
學出版社 1985 年版）卷四"俠妓教忠"條謂："無何，國難作，馬、阮
盡駢首；侯生攜李香遠竄去。"①惲珠（1771—1833）輯《國朝閨秀正

---

① 　清沈起鳳著、喬雨舟校點：《諧鐸》，人民文學出版社 1985 年版，第 54 頁。

始集》"附録"録李香君《題女史盧允貞寒江曉泛圖》詩一首,謂:"明亡,卒歸侯生以終。"①《秦淮八豔圖詠》李香君小傳謂"後依卞玉京以終"②。或據侯方域《游吴遇李校書四首》,謂侯、李南京分别後,曾在蘇州再見。況周頤《眉廬叢話》二七八"方芷生勸楊文驄死節"條云:"蕙風按:侯朝宗撰《李姬傳》敘次至田仰以三百金邀姬一見,姬固却不赴而止。當是時,姬固猶在舊衙也,其於國難後攜姬遠竄弗詳焉。據《諧鐸》云云,則龍友、方芷同殉後,姬猶與侯生聚處矣。向余嘗惜侯李之究竟不可得,今乃得《諧鐸》,爲之大快。"③諸書所記多不同,且應皆係傳聞,不可信據。因其人貞烈、其事香豔,當時著述又不載其最後歸宿,故後世爲明其始終,多捏造、附會。實則今日河南商邱所存有關李香君之遺跡等亦皆爲後世偽造。況周頤《眉廬叢話》四七四"李香君詩"條云:"秦淮古佳麗地,樓臺楊柳,門巷枇杷,丁明季稱極盛。李香君以碧玉華年能擇人而事,抗却奩之義,高守樓之節,俠骨柔情,香豔千古。康熙間,曲阜孔東塘撰《桃花扇》院本以張之。唯其兼通詞翰,則向來記載,未之前聞。《正始集》有香君詩一首,亟録如左:《題女史盧允貞寒江曉泛圖》:瑟瑟西風淨遠天,江山如畫鏡中懸。不知何處烟波叟,日出呼兒泛釣船。"④《國朝閨秀正始集》所載李香君詩不可信,其他所謂李香君所作《在南都後宮私寄侯公子書》、《再致侯朝宗書》等更屬偽作。

---

① 清惲珠輯《國朝閨秀正始集》"附録",道光十一年紅香館刻本。
② 清張景祁等撰、清葉衍蘭繪:《秦淮八艷圖詠》,光緒十八年羊城越華講館刊本。
③ 況周頤:《眉廬叢話》二七八"方芷生勸楊文驄死節",山西古籍出版社1996年版,第206頁。
④ 況周頤:《眉廬叢話》四七四"李香君詩",山西古籍出版社1996年版,第343頁。

寧南侯傳

［清］侯方域

　　寧南侯者，姓左氏，名良玉，字曰崑山，遼東人也。少起軍校，以斬級功，官遼東都司。苦貧，嘗挾弓矢射生，一日見道傍駝橐，馳馬劫取之，乃錦州軍裝也。坐法當斬，適有丘磊者，與同犯，願獨任之，良玉得免死。

　　既失官，久之無聊，乃走昌平軍門，求事司徒公。司徒公嘗役使之，命以行酒。冬至謙上陵朝官，良玉夜大醉，失四金卮。旦日，謁司徒公請罪。司徒公曰：“若七尺軀，豈任典客哉！吾向誤若，非若罪也。”

　　會大淩河圍急，詔下昌平軍赴救。榆林人尤世威者，爲總兵官，入見司徒公，曰：“大淩河當天下勁兵處，圍不易解，世威當行；今既以護淩不可，公且遣將，誰當往者？中軍將王國靖，書生也；左右將軍更不可任。”司徒公曰：“然，則誰可？”世威曰：“獨左良玉可耳！顧良玉方爲走卒，奈何帥諸將？”司徒公曰：“良玉誠任此，吾獨不能重良玉乎？”即夜遣世威前諭意，漏下四鼓，司徒公竟自詣良玉邸舍請焉。良玉初聞世威往，以爲捕之，繞床語曰：“得非丘磊事露耶？”走匿床下。世威排闥呼曰：“左將軍，富貴至矣，速命酒飲我！”引出而諭以故，良玉失色戰慄，立移時乃定，跪世威前。世威且跪且掖起之，而司徒公至，乃面與期。詰旦，會轅門，大集諸將，以金三千兩送良玉行，賜之卮酒三，令箭一。曰：“三卮酒者，以三軍屬將軍也，令箭如吾自行；諸將士勉聽左將軍命，左將軍今爲副將軍，位諸將上，吾拜官疏夜即發矣。”良玉既出，而以首叩轅門墀下，曰：

"此行倘不建功,當自刎其頭。"已而果連戰松山、杏山下,録捷功第一,遂爲總兵官。良玉自起謫校,至總兵,首尾僅歲餘,年三十二。

是時,秦寇入豫,良玉當往剿,見司徒公。司徒公曰:"將軍建大功,殊不負我,欲有言以贈將軍,將軍奚字?"良玉曰:"無也。"司徒公笑曰:"豈有大將軍終身稱名者哉?"良玉拜以爲請,司徒公曰:"即崑山可矣。"自此乃號爲崑山將軍。良玉長身頯面,驍勇,善爲左右射,每戰身先士卒。既至豫,則向所苦賊帥一斗穀、蝎子塊、滿天星等皆平。最後戰懷慶,與督府意不合,乃歎曰:"吾即盡賊,安所見功乎!"遂陰縱之,而寇患始大。熊文燦者,繼爲督府,嘗受賊金而脱其圍,良玉猶輕之。以至楊嗣昌以閣部出視師,倚良玉不啻左右手,九調而九不至,嗣昌怏怏死。丁啟睿代督師,則往來依違於其間,爲良玉調遣文書,未始自出一令,時人謂之左府幕客。然良玉立功最早,威名重一時,強兵勁馬皆在部下。流賊憚之,呼爲左爺爺。壬午,大出兵,與李自成戰朱仙鎮,三日夜而敗,良玉還軍襄陽。

初,良玉三過商邱,必令其下曰:"吾恩府家在此,敢有擾及草木者斬!"入城謁太常公,拜伏如家人,不敢居於客將。朝廷知之,乃以司徒公代丁啟睿督師。良玉大喜踴躍,遣其將金聲桓率兵五千迎司徒公。司徒公既受命,而朝廷中變,乃命距河援汴,無赴良玉軍。良玉欲率其軍三十萬覲司徒公於河北,司徒公知糧無所出,乃諭之曰:"將軍兵以三十萬稱盛。然止四萬在額受糧,實又未給度支;今遠來就我固善,第散其衆則不可,若悉以來而自謀食,咫尺畿輔,將安求之?"卒不得與良玉軍會。未幾,有媒蘖之者,司徒公遂得罪,以吕大器代。良玉恨曰:"朝廷若早用司徒公,良玉敢不盡死;今又罪司徒而以吕公代,是疑我而欲圖之也。"自此意益離,遂往來江、楚,爲自竪計,盡取諸鹽船之在江者,而掠其財,賊帥惠登相等皆附之,軍益強。又嘗稱軍饑,道南京就食,移兵九江。兵部尚書熊明遇大恐,請於司徒公,以書諭之乃止。朝廷不得已,更欲爲調和計,封良玉爲寧南侯,而以其子夢庚爲總兵官,良玉卒不爲用。燕京陷,江南立弘光帝,馬士英、阮大鋮亂政,良玉乃興兵清君側,欲廢弘光帝,立楚世子。至九江,病死。而英王師尾其後,夢庚以其軍降。

初,尤世威爲總兵時,往謁薊遼督府曹文衡,文衡尊嚴不少假;更謁司徒公,司徒公諭令勿長跪,相見如弟子禮,世威感悦,願效死。後司徒公行邊,至黃花鎮上,遇火炮災。司徒公壓於敵樓下,背上積二十二死人。世威震而撲五里外,起立,卒不肯去,號而呼求司徒公。復至敵樓,適有電光照司徒公,世威乃趨而抱之,而以手起其二十二死人者。火及冠,脱其冠;及袍,脱其袍。遂燒其須及其左耳,世威堅不動,竟袒而負司徒公以出。行四十里,抵於山下。邊人謂之尤半耳云。

丘磊者,既坐斬繫刑部獄十三年,良玉每一歲捐萬金救之,得不死,卒受知司徒公,後爲山東總兵官。

侯方域曰:余少時見左將軍。將軍目不知書,然性通曉,解文義,勇略亞於黥、彭,而功名不終,何歟?當左將軍出軍時,有党應春者,以軍校逃伍當死,司徒公縛而笞之百。應春起而徐行,無異平時,拔以爲軍官。復逃,再縛之來。應春仰首曰:“劁官實豈異軍校耶!”司徒公異之,以付左將軍爲先鋒,後乃立功佩印爲山海關將。然則將苟有材,得其人以御之,雖卒伍可也,而況於公侯哉!

(《四部備要》本《壯悔堂文集》卷五)

【按】 左良玉(1599—1645),《明史》卷二百七十三“列传”第一百六十一有傳。

爲司徒公與寧南侯書

［清］侯方域

頃待罪師中，每接音徽，嘉壯志，又未嘗不歎以將軍之材武，所向無前，而掎角無人，卒致一簣遺恨。今兇焰復張，墮壞名城，不下十數，飛揚跋扈，益非昔比。雖然，天厚其毒，於斯極矣。非常之功，必待非常之人，一時閫外士銳馬騰有如將軍者乎？忠義威略有如將軍者乎？久於行陣，熟悉情狀，有如將軍者乎？然則今日所稱爲熊羆不二心者，舍將軍其誰？

老夫曩者倉卒拜命，固以主憂臣辱，金革之義，不敢控辭。亦緣與將軍知契素深，相須如左右手，倘得憑先聲，殲渠俘馘，實千載一時。不謂六年患難，病疢已篤，更遭家變，痛毀之過，遂致癱廢。愛以採薪之憂，未畢盡瘁。顧念高厚，未由報塞，惟願將軍賈其餘勇，滅此朝食，是則十五年舊部所以不忘老夫，而老夫借手以答萬一，猶之其身耳矣。勉旃勉旃。

鄉土喪亂，已無寧宇，闔門百口，將寄白下。喘息未蘇，風鶴頻警，相傳謂將本駐節江州，且揚帆而前。老夫以爲必不然，即陪京卿大夫亦共信之。而無如市井倉皇，訛以滋訛，幾於三人成虎。夫江州，三楚要害、麾下汛防之衝也。郢、襄不戒，賊勢鴟張，時有未利。或需左次以驕之，儲威鳳飽，殫圖收夏，在將軍必有確畫。過此一步，便非分壤，冒嫌涉疑，義何居焉。若云部曲就糧，非出本願，則尤不可。朝廷所以重將軍者，以能節制經緯，危不異於安也；荊土千里，自可具食，豈謂小饑動至同諸軍士倉皇耶？甚則無識之人，料麾下自率前驅，伴送室帑。"匈奴未滅，何以家爲！"生平審

處，豈後嫽姚！或者以垂白在堂，此自綱紀奉移內郡，何必又旌弁
來相宅。況陪京高皇帝弓劍所藏，禁地肅清，將軍疆場師武，未取
進止，詎宜展覿？語云"流言止於智者"，若將軍今日之事，其爲流
言，又不待智者而決之矣。

　　惟是老夫與將軍，義則故人，情實一家。每聞將軍奏凱獻捷，
報效朝廷，則喜動顏色，傾耳而聽，引席而前，惟恐其言之盡也。或
功高而不見諒，道路之中，發爲無稽，則輒掩耳而走，避席而去，蹙
乎其不願聞也。頃者浪語，最堪駭異，雖知其妄，必以相告。將軍
十年建竪，中外倚賴，所當矜重，以副人望。郭汾陽功蓋天下，勢極
一時，而國體所關，呼之未嘗不來，遣之未嘗不去，當其去來，若不
自知其大將也。同時臨淮，亦與齊名，其後勢位之際，稍不能忘，偃
蹇蹉跎，乃至偏較不復稟承。此無他，功名愈盛，責備愈深。善處
形跡，昭白宜早。惟三思留意焉。不宣。

　　　　　　　　　　　　　　（《四部備要》本《壯悔堂文集》卷三）

　　【按】　此文作於崇禎十六年（1643）。時左良玉軍欲趨南京
就食，南京兵部尚書熊明遇知方域與左良玉有世誼，請方域至左軍
中止之。方域即於署中假其父侯恂名義作此書，付熊明遇遣人致
左良玉。左良玉得方域書，乃止其軍。事見《桃花扇》第九出《撫
兵》、第十出《修札》和第十一出《投轅》。

癸未去金陵日與阮光禄書

［清］侯方域

　　僕竊聞君子處己，不欲自恕而苛責他人以非其道。今執事之
於僕，乃有不然者，願爲執事陳之。

執事，僕之父行也。神宗之末，與大人同朝，相得甚歡。其後乃有欲終事執事而不能者，執事當自追憶其故，不必僕言之也。大人削官歸，僕時方少，每侍，未嘗不念執事之才而嗟惜者彌日。及僕稍長，知讀書，求友金陵，將戒途，而大人送之曰："金陵有御史成公勇者，雖於我爲後進，我常心重之。汝至，當以爲師。又有老友方公孔照，汝當持刺拜於床下。"語不及執事。及至金陵，則成公已得罪去，僅見方公，而其子以智者，僕之夙交也，以此晨夕過從。執事與方公，同爲父行，理當謁，然而不敢者，執事當自追憶其故，不必僕言之也。今執事乃責僕與方公厚，而與執事薄。噫，亦過矣。

忽一日，有王將軍過僕甚恭。每一至，必邀僕爲詩歌，既得之，必喜，而爲僕貰酒奏伎，招游舫，攜山屐，殷殷積旬不倦。僕初不解，既而疑以問將軍。將軍乃屏人以告僕曰："是皆阮光禄所願納交於君者也。光禄方爲諸君所詬，願更以道之君之友陳君定生、吳君次尾，庶稍湔乎？"僕容謝之曰："光禄身爲貴卿，又不少佳賓客，足自娛，安用此二三書生爲哉。僕道之兩君，必重爲兩君所絕。若僕獨私從光禄游，又竊恐無益光禄。辱相款八日，意良厚，然不得不絕矣。"凡此皆僕平心稱量，自以爲未甚太過，而執事顧含怒不已，僕誠無所逃罪矣！

昨夜方寢，而楊令君文驄叩門過僕曰："左將軍兵且來，都人洶洶，阮光禄揚言於清議堂，云子與有舊，且應之於内，子盍行乎？"僕乃知執事不獨見怒，而且恨之，欲置之族滅而後快也。僕與左誠有舊，亦已奉熊尚書之教，馳書止之，其心事尚不可知。若其犯順，則賊也；僕誠應之於内，亦賊也。士君子稍知禮義，何至甘心作賊！萬一有焉，此必日暮途窮，倒行而逆施，若昔日乾兒義孫之徒，計無復之，容出於此。而僕豈其人耶，何執事文織之深也！

竊怪執事常願下交天下士，而展轉蹉跎，乃至嫁禍而滅人之族，

亦甚違其本念。倘一旦追憶天下士所以相遠之故,未必不悔,悔未
必不改。果悔且改,靜待之數年,心事未必不暴白。心事果暴白,天
下士未必不接踵而至執事之門。僕果見天下士接踵而至執事之門,
亦必且隨屬其後,長揖謝過,豈爲晚乎? 而奈何陰毒左計一至於此!

僕今已遭亂無家,扁舟短棹,措此身甚易。獨惜執事忮機一
動,長伏草莽則已,萬一復得志,必至殺盡天下士以酬其宿所不快,
則是使天下士終不復至執事之門,而後世操簡書以議執事者,不能
如僕之詞微而義婉也。僕且去,可以不言,然恐執事不察,終謂僕
於長者傲,故敢述其區區,不宣。

(《四部備要》本《壯悔堂文集》卷三)

【按】 此文作於崇禎十六年(1643)。時侯方域作書止左良
玉軍,阮大鋮却藉機誣陷方域,謂其與左良玉有舊,故爲内應,招左
軍來金陵。楊龍友將此事告知方域,方域遂作此文責阮大鋮,離金
陵,避難宜興。賈開宗謂:"此書爲朝宗黨禍之始,幾殺其身。然其
人其文,千載而下,猶想見之。"事見《桃花扇》第十二出《辭院》。

答田中丞書

[清]侯方域

承示省訟,慚恧無所自容。執事與僕,齒小旾倍蓰,位不啻懸
隔,顧猥與僕道及少年之游,謂執事往日曾以兼金三百,招致金陵
伎,爲伎所却,僕實教之,而因以爬垢索瘢,甚指議執事者。

僕誠不自修傷,然竊恐重爲執事累也。使執事無可議,則昔賢
如白太博、歐陽公、東坡居士,皆與鳴珂,不廢酬答,未聞後世之議
之也,何獨至執事而苛求之? 執事果有可議,即不徵伎,庸但已乎?

僕之來金陵也，太倉張西銘偶語僕曰："金陵有女伎，李姓，能歌玉茗堂詞，尤落落有風調。"僕因與相識，間作小詩贈之。未幾，下第去，不復更與相見。後半歲，乃聞其却執事金。嘗竊歎異，自謂知此伎不盡，而又安從教之？且執事之邀之，在僕去金陵之後，今天下如執事者不止一人，豈僕居常獨時時標舉執事之姓名，預告此伎，謂異日或邀若，必不得往乎？

此伎而無知也者，以執事三百金之厚贄，中丞之貴，方且奪命恐後，豈猶記憶一落拓書生之言！倘其有知，則以三百金之贄，中丞之貴，曾不能一動之，此其胸中必自有説，而何待乎僕之苦之也。士君子立身行己，自有本末，反覆來示，益復汗下。僕雖書生，常恐一有蹉跌，將爲此伎所笑，而不能以生平讀數卷書、賦數首詩之伎倆，遂頤指而使之耶？惟執事垂察。不宣。

（《四部備要》本《壯悔堂文集》卷三）

【按】"田中丞"即田仰（1590—1647），生平參見錢海岳《南明史》（中華書局 2006 年版）卷一百十七"列傳"第九十三"奸臣"。

贈陳郎序

［清］侯方域

陳郎者，余幼婿也，名宗石，字曰子萬。先是，余與其父定生處士同學金陵；又前則余祖與其祖少保公同年，同官御史，同論朱相賡、李相廷機。而余父亦與少保公先後同朝，同救大司寇王紀，同爭"紅丸"，同忤魏璫忠賢，同削官。

方余之與處士同學也，皖人阮大鋮者，有宿憾。後六年甲申，大鋮夤緣官兵部尚書，興黨人獄，或謂兩人："盍曲謝皖人？"余與定生笑不應。忽一日，緹校捕定生去，余倉皇出兼金付錢君禧代請間，而爲求援與練司馬公，定生得免。乙酉春正月，有王御史者，阿大鋮意，上奏責浙、直督府捕余。余時居定生舍，既就逮，定生爲經紀其家事；瀕行，送之舟中，而握余手曰："子此行如不測，故鄉又未定，此累累將安歸乎？吾家世與子祖若父暨子之身，無不同者，今豈可不同休戚哉！盍以君幼女妻我季子？"余妻遂與陳夫人置杯酒定約去。是時，余女方三歲，陳郎方二歲爾！

其後解歸里，余居梁園，定生居陽羨，不相聞。又五年，定生寓書余曰："宗石已能讀書，解世事，甚念翁。"未幾，又寓書，復以爲言。余方侍老父疾，束裝罷者再。壬辰冬，始抵陽羨，與定生慰問畢，陳郎出揖，從容如成人，就坐，則雄談驚其坐客。余大喜，素不能飲酒，是日盡數卮。陳郎今年十歲，距余與定生別時蓋八年矣。

嗚乎！人生可惜，凡所謂百年者皆妄也。或以兵死，或以水火死，或以盜賊死，或以患難死；即幸無是數者，而昔賢所謂七日不汗者，亦能死人。然則人生壯且盛者，不過三四十年耳；而余與定生忽忽已過其半，豈不痛哉！顧向時欲殺吾兩人者安在？而吾兩人猶各留面目相見，不可謂不幸也。

因酒酣，撫陳郎背而告之曰："郎名宗石，字子萬，取萬石君之義也。郎之祖若父，皆爲世達人，有家法；諸昆群從，奕奕競出，又畢萬之後必昌，吾以郎之祖若父卜之矣。然吾聞陳之望姓，惟太丘爲最，而昔人論之曰：公慚卿，卿慚長。今以處士之隱德無慚少保，願郎他日亦無慚處士可也！吾向見郎，郎在繈褓，今已能進而向學。郎使我每見必有所進，後其何慚之有？"

（《四部備要》本《壯悔堂文集》卷二）

【按】 陳宗石，字子萬，號寓園，商邱籍，宜興人。陳維崧弟。

監生，官山西黎城縣丞，升直隸安平縣知縣，遷户部陝西司員外郎。撰有《二峰山人詩集》。徐世昌編選《晚晴簃詩匯》卷六十二收其詩一首。王昶編選《國朝詞綜》卷十四選其詞一首。繆荃孫編選《國朝常州詞録》（有南京大學出版社 2011 年版）卷五收其詞四首。

書周仲馭集後

〔清〕侯方域

　　仲馭不以文章名，然官儀部郎日，嘗疏請伸理遜國時事，而其《復吳貴池書》，論皖人阮大鋮尤爲嚴正，即此已與日月爭光，非文章之家所能及也。後卒以觸皖人殺其身，遂有議仲馭生平剛傲太過，有以取之者。嗟乎！此亦就其殺身而後論之耳。

　　仲馭與余交最善。余嘗見其負盛名時，執贄問業者滿天下。倘其自此踐履公卿，天下必且益附之以爲景星慶雲，豈復有議其剛傲者？惟禍福成敗不同，而乃使其門生故舊持論亦異，可歎也夫！

（《四部備要》本《壯悔堂文集》卷九）

　　【按】　“周仲馭”，即周鑣（1559—1644），字仲馭，金壇人。生平見《明史》卷二百七十四“列傳”第一百六十二本傳。

祭吳次尾文

〔清〕侯方域

　　壬辰十月日，梁園侯方域，即陽羨爲文，而三灑酒，祭於先友吳君次尾曰：嗚乎！次尾死矣。余早決次尾之死，而次尾果死矣！然余時時見吾次尾之面冷而蒼，髭怒以張。言如風發，氣奪電光。坐於我上,立於我傍。狂醒酣醉,時一呼之,不知吾友之云亡也。今過陽羨,陳子來迎。憶我三人,共學石城。嘗更高歌,聲滿帝京。又同時而幾殺其身乎,大鋮與士英。蓋安樂與患難,因無一之弗亞。今次尾竟不見,而獨見定生!嗚乎!次尾果死矣。因與定生痛哭失聲,君豈聞之耶?是夜即夢君握余手,曲敘平生,歡笑異常,然則次尾又未必死也。

余向聞君死,嘗就梁園爲位,南望而祭。然不欲爲文者,以未悉授命時本末,恐萬一亂真,失吾次尾;今定生乃爲我言:次尾戰敗,危坐正冠,徐起,拜故君,辭先人,引頸就刃,意氣彌振。嗚乎!今而後吾次尾果死矣。次尾果死,次尾何慼?次尾果死,次尾固在!余與定生哭者,友朋之情;而次尾笑者,蓋夢中猶不屑爲兒女子之態。

余與定生之於次尾,交親范、張,一生一死,拜墓加封,當在君里。以君之神,乘雲策昬,今古蜉蝣,乾坤糠秕,方且無所不之,而又何必池陽之爲桑梓也!次尾念我與定生,別垂一紀,安知不已駕池陽,過陽羨,格止覯止,特我與定生不能見爾!嗚乎!次尾!讀萬卷書,識一字"是"!明三百年,獨養此士!

(《四部備要》本《壯悔堂文集》卷十)

【按】 "吳次尾",即吳應箕(1594—1645),字次尾,南直隸貴池人。撰有《樓山堂集》二十七卷。生平見《明史》卷二百七十七"列傳"第一百六十五本傳。

金陵題畫扇

[清]侯方域

秦淮橋下水,舊是六朝月。烟雨惜繁華,吹簫夜不歇。

(順治間商邱侯氏家刻本《四憶堂詩集》卷二)

【按】 此詩作於崇禎十二年(1639)。本年,侯方域赴試南闈,經人介紹,結識秦淮名伎李香。

寄寧南小侯夢庚

[清]侯方域

結客賢公子,平原更信陵。天恩重奕葉,好自式靈承。

驥種千群廢,狼胡七校仍。他年雲閣上,先後佐中興。

(順治間商邱侯氏家刻本《四憶堂詩集》卷二)

【按】 原題《又寄子侯》。左夢庚(？—1654),山東臨清人。左良玉子。左良玉初授平賊將軍,及封寧南伯,以平賊將軍印授夢庚。順治二年(1645),左良玉舉兵自武昌東下,次九江,病卒。諸將推夢庚爲帥。總督袁繼咸禦戰,夢庚還駐池州,遣兵間道自彭澤下建德,遂取安慶。總兵黃得功破之銅陵,乃退保九江。同年,清英親王阿濟格逐李自成至九江,夢庚率衆降。師還,入覲,宴午門內,命隸漢軍正黃旗。順治五年,敘來降功,授夢庚一等精奇尼哈番。六年,夢庚從英親王討大同叛將姜瓖,攻左衛,克之,擢本旗固山額真。順治十一年(1654),夢庚卒。

燕子磯送吳次尾(甲申作。次尾,吳太學應箕也)

[清]侯方域

不盡登臨地,依然燕子磯。波心懸帝闕,帆影動江暉。

擊楫乘風志,行吟紉茝衣。相憐分手處,轉恐再游稀。

(順治間商邱侯氏家刻本《四憶堂詩集》卷二)

【按】 此詩作於崇禎十七年（1644）九月。是月，方域曾潛入南京。阮大鋮在金陵再興黨獄，欲逮治復社諸子。吳應箕得人預先報信，逃離南京。方域於燕子磯送之，並作此詩。

秦淮春興

[清]侯方域

西郭春暉碧欲澄，萋萋極目入原陵。柳絲落影陰千尺，麥浪翻風細幾層。

老去飼牛身尚健，歌來祝帝愧無能。瓦盆注玉艱難得，常使乘田也自應。

二月風雷起碧空，一時潛蟄盡開融。平疇隔歲爲誰綠？老卉經春著意紅。

身到甘泉能獻賦，夢迴紫閣欲飛熊。惟餘杜甫老詞客，萬點愁人付酒筒。

秦淮江水阻江隈，六季芳洲更不開。燕子歸時仍舊巷，雨花落處是荒臺。

千帆斷鎖愁曾到，三殿鳴珂憶許陪。一自諸公延訪後，新亭風景逐人來。

戰後江山未可期，深城草木接葳蕤。西陵人去無消息，南浦愁來有歲時。

細雨似霑新淚濕，輕烟渾放故春遲。姑蘇自昔歌舞地，子夜風輕更恨誰。

日近長安出建章，三春花樹接千行。彈丸憶迸宮鶯淚，繞扇常浮御座香。

玄鳥北來曾燕啄，白魚西去竟龍驤。新蒲細柳年年在，指點陳隋略喪亡。

河源星宿自崑崙，春漲桃花夾岸渾。龍蜃難馴歸故道，犀牛何事刻新痕。

子來疏鑿關輸挽，國計耕桑重本根。願使三農更四載，力驅洪水莫東奔。

新霈雨露足深春，麟閣丹青自有人。碧酒凝寒濃似酪，宮衣勝體白如銀。

蒼生問渡饒舟楫，赤帝揮蛟佐羽鱗。黃綺由來無壯略，商於枉却避徵輪。

畫角旄頭正此時，中原十載更興師。尋春偏臥麒麟塚，伐木驚傷烏鵲枝。

寶玉東歸通肅慎，宛駒西去隔燕支。聲靈本爲生民出，賤賣新絲養健兒。

（順治間商邱侯氏家刻本《四憶堂詩集》卷二）

【按】 原題《春興》。

四憶堂詩注（節錄）

［清］賈開宗注

九日雨花台五首（自注：癸未作。）

雨花臺上接清秋（起便高），萬壑風烟眇故儔。古木自饒龍虎氣，六朝舊是帝王州。

不因狂客曾吹帽，晚臥滄江獨倚樓。（三、四著意雄渾，此更入欷憶境遇不易。）却憶新亭多感慨，近傳荊府出江流。

　　賈曰：崇禎十六年，以左良玉鎮荊襄。是歲，左良玉以糧盡引兵東下，欲趨金陵，都人驚竄。太學諸生以侯子與良玉有舊誼，言之司馬熊明遇，請致書止之。侯子與良玉書略曰：將軍今日功高望厚，猶唐之有郭子儀、李光弼也。子儀每承王命，佝僂而走；光弼後稍蹉跎，乃至偏較不相稟畏。雖固同始，究復異終。此無他，勛地既盛，姤口先之形跡之際，昭白宜早。將軍疆場之臣，未奉進止，奈何欲謁孝陵弓劍哉？且朝廷所以重將軍者，謂能節制經緯，危不異於安也。荊土千里，自可具食，豈謂小饑動至同諸軍士倉皇耶？良玉得書乃止。

　　重陽秋色正蕭森，躭勝還來到碧岑。曲水遥從松澗落，棲雲總向石林深。

　　熊羆夜守翠微濕，鳲鵲霜殘春殿陰。（翠微，春殿，翻入悲秋。過時更事，生情欲絶。）

　　最念京塵成往事，時時風雨一長吟。（徐曰："熊羆"見杜甫《過昭陵》詩。鳲鵲，見《退朝口號》，蓋指孝陵舊内也。）

　　一秋常過誌公龕，高坐何年更結庵。虚榭交風延野翠，垂蘿低子結朝簪。（幽景又自別。）

　　心疑虚壁藏烟霧，坐近危峰看雨嵐。豈有新詩驚謝朓，不妨清語傲劉悛。（結語開闔與鳥道漁翁神力悉稱。）

　　荒臺遺跡最高清，秋氣孤飆射石城。紫蟹東來通海國，黄花細落逐人情。（"紫蟹"，大有境界語。然誰能如此對。變體更奇。）

　　陶潛彭澤皆宜黍，杜甫藍田未解醒。言念往賢俱蕭瑟，茱萸斜插滿塵纓。

　　金莖玉露俯巉岩，對瞰平江湧去帆。（神氣欲一瀉千里。近調言細言幽，豈不河漢？）

　　日冷芙蓉虚紫氣，霜深薜荔滿蒼岩。（不必在遠近、濃淡之間。渾渾寫來，已令人興感。）

高秋野闊常廻雁，近岫天寒更著衫。搔首逸情應不盡，龍山夕照正相銜。

（順治間商邱侯氏家刻本《四憶堂詩集》卷二）

【按】 "自注"，指侯方域自作注釋。下同。"徐曰"，即徐作肅曰。"雨花臺"，在今南京市城南，爲金陵名勝地，詩中所云"碧岑"即指此。《大清一統志·江寧府二》謂："雨花臺，在江寧縣南。"①清顧祖禹《讀史方輿紀要》卷二十"江南二"謂聚寶山"在府南聚寶門外稍東。岡阜最高處，曰雨花臺，以梁時僧雲光講經雨花而名。"同卷引《方輿勝覽》謂"雨花臺在城南一里，據岡阜高處，俯瞰城闉，江上四極，無不在目，即聚寶山之東巔也。"②"癸未"，即崇禎十六年（1643）。是年春，左良玉軍欲趨金陵，阮大鋮揚言方域爲左軍內應，方域曾避地宜興。秋，左軍返武昌，風聲解，方域返南京，此時爲重陽日，與友人燕飲於雨花臺時所作，吳應箕有和詩。

臨發別賀都督

石城王氣枕江邊，錫爾維揚建節年。（頗含規望意，不徒稱頌。）

烽舉千屯京口戌，月明萬戶廣陵烟。

樓船漢水通楊僕，風鶴羌人走謝玄。畿輔好蟠根本地，中原指日下秦川。

賈曰：是歲冬，高傑經略中原，以胤昌鎮揚州。侯子蓋從軍北征而別之也。

（順治間商邱侯氏家刻本《四憶堂詩集》卷三）

---

① 清和珅等撰：《大清一統志》卷五十一"江寧府二"，乾隆五十五年武英殿刊本。
② 清顧祖禹：《讀史方輿紀要》卷二十"江南二"，嘉慶十六年龍萬育敷文閣本。

【按】 “賀都督”，指賀胤昌。《明季南略》卷二《北事》載，崇禎十七年（1644）十一月，“十三日高傑抵徐州。先是，河南巡按陳潛夫探得清朝於十月二十五日發兵，一往山西，一往徐州，一往河南，豫王將從孟縣過河。”①“十二月乙卯朔，清國萬騎下河南。”②廿四戊寅，“高傑北征，發徐州。”③崇禎十七年十二月，侯方域渡江至揚州依史可法。史可法署方域爲高傑軍監紀推官，命其從高傑軍北征。方域於隨軍離揚時作此詩。

贈張尚書（自注：尚書，張公鳳翔也。）

尚書旄節涖三吳，鼎建郊圻拱帝都。禹跡遥能來橘柚，漢家原自貢珊瑚。

春星畫野明牛斗，錦纜沿江盛舳艫。舊是東南根本地，中興莫待後人圖。

賈曰：弘光元年，以張鳳翔爲蘇松巡撫兼督浙杭諸軍事。按是年冬，興黨人獄，下吳越捕後子，依鳳翔得免。

（順治間商邱侯氏家刻本《四憶堂詩集》卷三）

【按】《四庫全書總目》卷二十三云：“鳳翔字蓬元，堂邑人。萬曆辛丑進士，官至兵部尚書。”④談遷《國榷》載崇禎十七年十一月丁未（二十三日），“南京兵部尚書張鳳翔，以原官兼右副都御史，總督水陸浙直軍務，兼巡撫蘇、松、常、鎮。”⑤此詩約作於崇禎十七年十一月底或十二月初。

---

① 清計六奇：《明季南略》卷二《北事》，中華書局 1984 年版，第 138 頁。

② 同上書，第 139 頁。

③ 同上書，第 140 頁。

④ 清永瑢等撰：《四庫全書總目》卷二十三，乾隆五十四年武英殿刊本。

⑤ 明談遷：《國榷》，浙江圖書館善本部藏四明盧氏抱經樓抄本。

甲申聞新參相公口號

綸閣君臣漫盍簪，黃麻遞次出新參。領藩異數頭還黑，宰相高班面自藍。（險語切喻，讀者沉快。殊不傷於露。相鼠豺虎諸體，此詩更見之。）

袞職有名誰不補，鳳池曾到亦何慚。巨川欲渡問舟楫，莫使朝廷終已南。

賈曰：是詩不知所指。甲申，弘光元年也。按是歲，以史可法、高弘圖、馬士英、姜曰廣、王鐸同入閣。惟士英自鳳陽督府超拜，已復擠史可法出鎮淮陽，代爲首相。詩中有"領藩"語，或謂馬也。

（順治間商邱侯氏家刻本《四憶堂詩集》卷三）

【按】此詩約作於崇禎十七年五月或稍後。

禹鑄九鼎歌（自注：甲申渡京口作）

吾聞混沌初鑿時，汩陳滔天天地醉。深山大澤出窮奇，赤烏倒射日昏睡。

夏禹鑄鼎象圖經，按悉群醜供真形。照見肺肝死血濕，老魈不鳴潛蛟泣。

秋陽當中犀夜燃，百竅千毛颯骨立。惟有玄狐匿精魂，化爲熊羆長子孫。

跪向蒼公求金簡，一朝竊得狂跳奔。（怪甚，然似謠體，復有證據，固非長吉所能辨。）

厭勝西京拜雍時，逼取九鼎沉泗水。千年忌憚一旦無，公然引手相招呼。

長嘯愁風晝噬人，欃槍掃地起黃燐。聖王既逝妖乃興，至今銅駝立荊榛。

　　徐曰：“京口江，即揚子江也。按，是歲高傑開藩揚州，侯子避難往依之。”

　　賈曰：“是歲，馬士英入閣，起阮大鋮兵部尚書。按，天啟間，大鋮附魏忠賢，得罪廢居金陵，太學諸生嘗攻之。至是復起，引用楊維垣等，逐劉宗周、張慎言、徐石麒，議復《三朝要典》，燬思宗所定逆案。冬，興黨人獄，補諸生嘗議己者。及侯子，乃北渡江，而作此詩也。”

　　【按】　此詩在《考據》中原題作“甲申渡京口”，誤。按照《考據》中各篇文字的前後順序，“甲申渡京口”一詩應在《甲申聞新參相公口號》和《燕子磯送吳次尾》之間。而《甲申聞新參相公口號》後爲《禹鑄九鼎歌》，該篇詩題下有侯方域自注，曰：“甲申渡京口江作。”篇末徐作肅注曰：“京口江，即揚子江也。按，是歲高傑開藩揚州，侯子避難往依之。”可知，《考據》將《禹鑄九鼎歌》題下的侯方域自注誤作詩題，並有脫文，需要指出和改正。但不能確定這一錯誤產生於何時和《桃花扇》創作、刊印的哪一環節中。

燕子磯送吳次尾（自注：甲申作。次尾，吳太學應箕也。）

　　不盡登臨地，依然燕子磯。波心懸帝闕，帆影動江暉。

　　擊楫乘風志，行吟紉芰衣。相憐分手處，轉恐再游稀。（肯惻款曲，交情不必言，却另有感慨。是時，應箕與侯子同坐阮大鋮黨人獄，將逮捕之。此蓋應箕避難出金陵，而侯子送之也。）

　　　　　　　　　　（順治間商邱侯氏家刻本《四憶堂詩集》卷三）

　　【按】　燕子磯，在今南京市北郊觀音門外江邊，自江上回望，磯石突出，形如飛燕，故以爲名，爲南京一名勝地。宋犖曰：“按甲申爲弘光元年，是時應箕和侯子同坐阮大鋮黨人獄，將逮捕之，此蓋應箕避難出金陵，而侯子送之也。”陳貞慧《書事七則·防亂公揭本末》載："甲申九月十四日,逮復社諸子,其拘票首貞慧,次次尾。鎮撫馮某與應箕有舊,先密示梅惠連,梅報應箕。應箕連夜出走。朝宗送之,有此作。"①

海陵署中二首（自注：乙酉作）

海陵烽火後,烟戍長新薙。老柏何年朽,蒼鷹盡日啼。

江都隋戰伐,京觀楚鯨鯢。翹首愁欲破,驚心聽馬嘶。

賈曰：海陵去江都百二十里,今泰州也。按是歲,高傑卒,豫王師濟自泗,諸將走海陵,遂攻揚州,克之。

戍鼓沉雲黑,城樓倒水青。（"倒"字,人不能用。）秋陰低短袂,雨色上空庭。

諸將曾無敵,王師舊以寧。陳琳老文士,檄草亦飄零。

（順治間商邱侯氏家刻本《四憶堂詩集》卷三）

【按】 "海陵",今江蘇泰州市。《大清一統志·揚州府》二："海陵廢縣,今泰州治。漢置縣,五代時始置泰州。……《輿地記勝》：'其地傍海而高,故曰海陵。'"②此詩當作於順治二年（1645）七月,時侯方域在降清後的興平軍署中。

我昔詩

我昔寄維揚,車甲正縱橫。先驅渡大江,簪裾粲以映。（語有風刺。）飲至酧功高,南風忽不競。嗟予歸去來,咄咄信時命。

鱣鮪適北流,汪洋意鱗鱗。迢遥天路長,雲影六月闊。

---

① 明陳貞慧：《書事七則·防亂公揭始末》,康熙陳氏患立堂刻本。

② 清和珅等撰：《大清一統志》卷六十七"揚州府二",乾隆五十五年武英殿刊本。

大小貴逍遥,鯤溟何不脱。勞尾泣施眾,使我心目豁。

賈曰:弘光元年,侯子從興平伯高傑北征。傑死,復返廣陵。按是歲五月,豫王師至揚州,諸將奔海陵,已而來降。侯子歸里。傑故部曲大帥李本身等前驅渡江,克金陵十里而以"勞尾"謂諸藩僚也。

(順治間商邱侯氏家刻本《四憶堂詩集》卷四)

【按】 "維揚",即今江蘇揚州市。《尚書・禹貢》謂:"淮海惟揚州"。[①]後人因以"維揚"爲揚州別稱。此詩當作於順治三年(1646)春。

寄揚州賀都督

閫外遥傳更總師,新從細柳見威儀。龍吟鼓角迎持節,日轉江皋映大旗。

戎馬全歸週六月,邊烽不動漢燕支。深宮近説思頗牧,會傍河山勒誓辭。

賈曰:都督,賀胤昌也。弘光元年,建四藩鎮扞江北,以高傑開府揚州,樞相史可法奏擢胤昌大都督佐之。

(順治間商邱侯氏家刻本《四憶堂詩集》卷四)

【按】 談遷《國榷》卷一百三載,崇禎十七年"十月乙卯朔,李成棟爲鎮徐將軍總兵官,駐除州;改李朝雲後勁總兵;李世春總兵駐泗州;都督僉事賀胤昌總兵,駐揚州。"此詩當作於崇禎十七年十月侯方域再次被阮大鋮追捕,流寓浙江,途經揚州時。

寄寧南侯

閫外分茅重,濯靈控制遥。只今思猛士,誰復數銅標!

---

① 李民、王健撰:《尚書譯注・虞夏書・禹貢》,上海古籍出版社 2004 年版,第 63 頁。

巴笛高穿月，楚弓勁射潮。君王神武略，莫負侍中貂。

賈曰：寧南左侯，良玉也。按崇禎三年，以侯子父司徒公爲兵部侍郎，督軍昌平，良玉隸麾下，爲神將，司徒識拔之。已而，良玉積軍功，爲諸道平賊元帥。十六年，封寧南侯，以太傅開藩武昌。先是，寇陷河南南陽、歸德、圍開封，諸道兵皆敗，良玉還軍襄陽。朝廷以良玉與司徒有部曲誼，乃罷兵部尚書兼秦、蜀、晉、豫、楚、鳳、皖諸道督府丁啟睿，客兵保定督府楊文嶽，以司徒統良玉等七鎮代之，趨解汴圍。司徒奏朝廷曰："寇患積十五年而始大，非可一朝圖也。由秦入豫，一敗汪喬年，再敗傅宗龍，而天下之強兵勁馬皆爲賊有矣。賊騎數萬爲一隊，飄忽若風雨，過無堅城，困資於我。官軍但尾其後，問所向而已。卒或及之，馬隤士餓。甚且以賜劍之靈，不能使閉城之縣令出門一見，運一束芻，饋一斛米。此其所以往往挫衄也。今賊氛告迫，全豫已陷其七八；藩王待救，望若雲霓。然自他日言之，中原爲天下腹心；自今日言之，乃糜破之區耳。自藩王言之，維城固重；自天下安危大計言之，則維城當不急於社稷。臣爲諸道統帥，身任平賊，豈可言捨汴不援？但臣所統七鎮，合之不過數萬人，而四鎮尚未到也。馮河而前，無論輕身非長子之義，亦使群賊望之，測其虛實，玩易朝廷矣。賊中情形，臣已具悉，大約饑則聚掠，飽則棄餘。已因之糧，不知積菑地生之利。未聞屯種，且多久逭思歸，中宵雨泣。以衆積強，難驟攖其鋒。然其強易散，可持久而定也。賊中聯營各部，如曹操一支窺李自成有兼并之心，陰相猜貳；而袁時中有步卒二三十萬，則已去，而顯與爲敵矣。惟是彼之情實，難以猝與我通。而當事秉鉞者，避款賊之嫌，又皆畏首畏尾，不肯一擔當厲害，爲國遠圖，以致機會之來，靦面坐失。此即朝更一撫，夕易一督。而省臺言兵事之臣，章疏日數十上，豈能錙銖有濟哉？誠能省朝中議論，行閫外軍法，不顧責備，不狗人情，厚集兵力，養威蓄重，伺隙設間，潰其腹心，賊必變自內生。惟在任事之人，肯捐去形跡，一捨其身與否，而陛下聽之斷與不斷、任之力與不力耳。故爲今計，苟有確見，莫若以河南委之。令保定撫臣楊進、山東撫臣王永吉北護河，鳳陽撫臣馬士英、淮徐撫臣史可法南遏賊衝，而以秦陜督臣孫傳庭塞潼關，臣率左良玉固荊襄。凡此所以斷其奔佚之路也。臣鄉自賊中來者皆言百萬,今且以人五十萬、馬十萬計,人食日一升合,食馬日三升合,則是所至之處日得八千鍾粟也。中原赤地千里,望絕人烟。自兹以往,安所致此哉？目今兵强,無過良玉。良玉爲臣舊部,每對臣使涕泣,有報效之心。三過臣里,皆向臣老父叩頭,不敢擾及草木。私恩如此,豈肯負國？但從前督輔駕馭乖方,兼之兵多食寡,調遣爲難。誠使臣得馳赴其軍,宣論將士,鼓以忠義,用三楚之糧養全鎮之兵。臣不就度支關餉,陛下亦不必下軍令狀,責取戰期。機有可乘,即東出與孫傳庭合。群賊腹背驚擾,馳突無所,不相屠滅,必自降散。捨此不圖,而欲急已潰之中原,失可扼之險要,蛇豕肆臂,恐其禍有不止於藩王者。此社稷之憂,而非小小成敗之计也。"奏入,朝廷不許。

（順治間商邱侯氏家刻本《四憶堂詩集》卷二）

【按】 賈開宗所引侯恂崇禎十五年八月所上奏疏原題"論中原流賊形勢疏",爲侯方域代其父所作。又見載於談遷《國榷》卷九十八；清劉德昌修、清葉沄纂《（康熙）商邱縣志》,光緒十一年刻本；王樹林校箋《侯方域全集校箋》卷四,題作"代司徒公論流賊形勢疏",人民文學出版社 2013 年版。文字互有異同,詳見寶玉丹《侯恂文輯錄》,河北大學 2017 年碩士學位論文,第 47—51 頁。賈開宗注所載左良玉爲寧南侯的時間與正史不符。《明史》卷二百七十三左良玉本傳載："十七年正月,詔封良玉爲寧南伯,畀其子夢庚平賊將軍印,功成世守武昌。""崇禎十七年五月,福王立,晉左良玉爲侯。"據賈開宗注,此詩當作於崇禎十六年底；據《明史》,則當作於崇禎十七年夏秋之際。

哀史閣部

萬里飄黑雲,壓摧金陵郭。(起高奇。)鍾山熊羆號,長淮蛟龍涸。

慘淡老臣心，望斷紫微落。千載史相公，齎恨淩烟閣。

相公金臺彥，早年起孤弱。爰出司徒門，深契管鮑托。

文終轉漢漕，殷富感神雀。高望著經綸，宸眷良不薄。

南顧鳳陽宮，卜歷實舊洛。帝曰汝法賢，往哉壯鎖鑰。

二陵堂搆基，更爲塗丹艧。鎬京重樞密，論功酬開擴。

福邸承大統，倫次適允若。應機爭須臾，乃就馬相度。自注：馬相，士英也。

坐失綸扉權，出建淮陽幕。進止頻內請，秉鉞威以削。

當時領四藩，皆封公侯爵。飽颺恣跋扈，郊甸互紛攫。

從來梟雄姿，駕馭貴大略。鞠躬本忠誠，報主惟淡泊。

譬彼虎狼群，焉肯食藜藿。（豈徒吟詠語。）二劉與靖南，久受馬阮約。

惟有興平伯，末路秉斟酌。志驕喪其元，乃緩猛獸縛。

遂起廣漠塵，負嵎氛轉惡。相公控維揚，破竹傷大掠。

三鼓士不進，崩角何踴躍！自知事已去，下拜意寬綽。

起與書生言：我受國恩廓，死此分所安，惜不見衛霍。（寫史公如生。）

子去覲司徒，幸爲寄然諾。白首謝知己，寸心庶無怍。

再來廣陵城，月明弔溝壑。（悽然。）嗚呼相公賢，汗青照鑿鑿。

用兵武侯短，信國如可作。（稱量確當。）

賈曰：史公，燕京人。崇禎中爲戶部郎，與同官何楷、倪嘉慶皆爲司徒公所拔。嘗曰："三郎君皆君子，然史君功名後當過我。"公感知己，事司徒公爲弟子。已而出爲安廬監司，進淮陽督撫視漕，皆有績用。甲申燕京之變，公爲南京兵部尚書，掌機務。時弘光以福邸當承大統，綸序無可易者。公以強藩在外，不即決，乃就鳳陽總督馬士英謀之，而擁立功盡歸士英矣。士英尋引用阮大鋮，嫉公異己，出公以閣部督師淮陽。公忠誠清謹，嘗食蔬素。屢上疏抗陳，大恥未雪，廟堂不宜荒縱，天下誦之。然短於兵略，不能駕馭諸將。東平侯劉澤清、興平伯高傑、靖南侯黃得功、廣昌伯劉良佐並建四藩，皆爲馬阮所用。傑後以疏救劉宗周、鄭三俊等，觸馬阮怒，乃更歸心公。會經略中原至睢陽，爲許定國所殺，定國遂來降，導豫王兵南下。公守維揚，諸將不肯戰，公歎曰："事去矣！"侯子避大鋮之難，在幕。公語之曰："南京固無可爲者，豈孝陵在天之靈不能使將士跨江背城耶？可法任兼將相，當死；子書生也，當去。倘見司徒公，幸爲謝生平知己。今庶無愧。"城陷，公乘一白騾出，意以南京尚在，欲有所爲也。既被執，公不屈死。徐曰："論者以史公無愧純臣，而用兵非其所長，故篇終以武侯、信國斟酌許之。"

（順治間商邱侯氏家刻本《四憶堂詩集》卷五）

【按】原題《哀辭九章·少師建極殿大學士兵部尚書開府都督淮陽諸軍事史公可法》。

哀吳次尾

吳公挺人傑，家在秋浦曲。早紉薜荔衣，兼嗜丘墳篤。

一笑燕雀群，翩然衝黃鵠。嘗過金陵游，公卿欽瞻矚。

孔融空許洛，揚雄擅巴蜀。氣概托杯酒，文章洗雕褥。（自然飄逸。）

廓然示周行，譬之長夜燭。沛然飫殘膏，譬之儉歲粟。

名高氣轉降，撫躬頻自勗：（見道語。）"寧爲澗底松，甘蘊璞中玉。

賢者出有時，躍冶祇取辱。"我聞貴池言，再拜蕭忠告。

當時秉國者，前歷鳳陽督自注：謂馬士英也。潛引皖江子自注：謂阮大鋮也，謀害清流酷。

吳公髯怒張，奮義盛抵觸。彈指叩冰山，目中無大纛。

黨錮至今榮，類下范滂獄。但傷漢運連，不竟鍛煉局。（接落不測，却寫出心事人品。）

吳公徒步歸，棄其妻孥屬。長殳斬其林，雜幟毀其褥。

連合群少年，草草一結束。聲言取九鼎，重復還郟鄏。

江波水何清，江干日何旭！照徹吳公心，七竅環相續。

豈不知非敵，忠貞從所欲。（神氣生動，千古絕調。）廢陵走鼪鼠，荒殿巢鴉鵒。

六朝建業城，淒涼百草綠。昔日豪貴兒，駒隙哀短促。

後死秉銀管，追敘《山陽錄》。特書吳應箕，千載愧頑俗。

賈曰：吳公爲太學生，嘗攻阮大鋮，與侯子素善。後大鋮得政，興黨人獄，必欲殺吳公。及侯子。吳公語侯子曰：“今有欲吾輩謝大鋮、可轉禍爲福者，豈不爲范滂所笑哉？”會寧南侯稱兵，聲言清君側，而豫王師已逼，獄遂解。吳公歸，起兵戰敗，被執就刑。語刑者曰：“吾死，勿去吾冠，將以見先朝於地下也。”談笑而死。

（順治間商邱侯氏家刻本《四憶堂詩集》卷五）

【按】 原題《哀辭九章·太學生貴池吳公應箕》。

侯公子傳

[清]賈開宗

侯方域，字朝宗，商邱人也。幼博學，隨父司徒官京師，習知中朝事，嘗歎曰：“天下且亂，所見卿大夫殊無足以佐中興者，其殆不救乎？”去游金陵，爲一時所引重。尤負氣，阮大鋮願與交，不肯往。後阮大鋮興黨人獄，欲殺方域，渡揚子依高傑得免。豫王師南下，傑已死，方域說其軍中大將，急引兵斷盱眙浮橋，而分揚州水軍爲二:戰不勝,則以一由泰興趨江陰,據常州;一由通州趨常熟,據蘇州;守財賦之地,跨江連湖,障蔽東越,徐圖後計。大將不聽,以銳甲十萬降。從其軍渡江,授官,辭歸。

明思宗時,劇寇李自成破河南四郡,圍汴。司徒出視師,方域嘗進計曰:"大人受討賊重任,師才一旅,廟堂言議牽制難行,奏乞兵糧甲仗,皆遠在數千里外,不可猝得。今賜劍久虛不用,願破文法,首徇一甲科令守,諸所徵辦,旬日便集。晉帥許定國師噪,當立斬之以明軍法,亦不須奏。事辦威立,疾驅渡河。中原土寨團結之徒,不下數十萬,皆願自效,宜毋問所從來,收而將之,就左良玉於襄陽,約孫陝督掎角並進,賊乃可圖。將在軍,君命有所不受。今責救汴,汴守堅,未易下,捨之乃所以救之也。"司徒曰:"如此是我先跋扈矣。小子多言,不宜在軍。"遣還吳。道遇永城叛帥劉超,挾之。問曰:"與若有舊,今獨不一言救超死耶?"方域曰:"君所坐不過殺一御史,奈何據反?今三輔有警,君能兼行赴救,負義之甲,即勤王之旅。勝固立功,敗則以一死殉國,策之上也;急自縛往見吾父,僬待奏命,朝廷方姑息戎臣,君未必死,不然亦免族滅,次也;南歸率群賊出永城門,往來宛洛間,觀變遹誅,我即不言,亦必有爲君畫者,然如此則真反矣。願君無以爲意。"超服其言,亦不殺也。

方域豪邁多大略,少本有濟世志,嘗與吳應箕、夏允彝醉登金山,指評當世人物,臨江悲歌,二子以方域比周瑜、王猛。己卯舉南省第三人,以策語觸諱黜;辛卯舉豫省第一人,有忌之者,復斥不錄。既不見用,乃放意聲伎。已而悔之,發憤爲詩歌古文。論者謂其詩追少陵,古文出入韓、歐。其應製文尤自成一家。從來作者皆不能兼,獨方域兼之,今觀其集,非虛語也。武威賈開宗撰。

　　　　　(乾隆二十五年侯必昌重刊、力軒藏板《壯悔堂文集》)

【按】 原題《侯朝宗本傳》。賈開宗(1594—1661)字靜子，號野鹿居士。今河南商邱人。祖上原爲山西太原人，明初遷徙至商邱。明末清初"雪苑社"發起人之一，博學負才，好擊劍、遠游。生平見侯方域《賈生傳》(王樹林校箋《侯方域全集校箋》卷五，人民文學出版社 2013 年版)、徐作肅《賈靜子墓誌銘》(《偶更堂文集》卷下。有上海古籍出版社 1982 年影印版《偶更堂集》、2020 年中州古籍出版社出版王利鎖點校《徐作肅集》)。徐作肅又有《賈靜子古文序》(《偶更堂文集》卷上)、《祭賈靜子文》(《偶更堂文集》卷下)。

題丁家河房亭子(在青溪、笛步之間)

[清]錢謙益

小闌干外市朝新，夢裏華胥自好春。夾岸曲塵三月柳，疏窗金粉六朝人。

小姑溪水爲鄰並，邀笛風流是後身。白首吳鉤仍借客，看囊一笑豈長貧。

(宣統二年遼漢齋排印本《牧齋有學集》卷一)

【按】 陳作霖《東城志略·志水》云："又北爲貢院對岸，每屆大比之期，設浮橋以通中路焉。夫秋風士子，負笈觀光，試館如林，率築臺榭。傍南岸者，以合肥劉氏河廳爲冠，蓋在丁字簾前遺址左右。(對河水港歧出，潮丁字形，所謂簾前丁字水也。)或曰即丁繼之水亭，復社會文處也。薛桑根師停艇聽笛之扁，(以四聲調之)。殆爲此作歟?"①

---

① 清陳作霖:《東城志略》，光緒十一年金陵冶麓山房刻本，與《運瀆橋道小志》合爲一册。

此詩又被吳翌鳳選入《國朝詩》"外編"，作者署"彭攄"。王國維《東山雜記》第五十一條末尾説："吳枚庵《國朝詩選》以明末諸人別爲二卷附録，其第一人爲彭攄，字謙之，常山人。初疑無此姓名，及讀其詩，皆牧齋作也。此雖緣當日有文字之禁，故出於此；然令牧齋身後，與'羽素蘭'同科，亦謔而虐矣。"①對於吳翌鳳選錢謙益詩而改換其姓名的分析，參見朱則傑《從王國維散文説到錢謙益化名》，《光明日報》2019 年 10 月 14 日 13 版。

清杜濬有《丁叟河亭用錢虞山韻》詩，載於《國朝詩的》"湖廣"卷二，康熙六十一年刻本。

題金陵丁老畫像四絶句

[清]錢謙益

輦轂繁華雙鬢中，太平一曲舊春風。東城父老西園女，共識開元鶴髮翁。

髮短心長笑鏡絲，摩挲皤腹帽檐垂。不知人世衣冠異，只道科頭岸接䍦。

倚杖鍾山看落暉，人民城郭總依稀。閑揩老淚臨青鏡，可是重來丁令威？

獨坐青溪照鬢絲，小姑何處理蛾眉？畫師要著樊通德，難寫銀燈擁髻時。

（宣統二年邃漢齋排印本《牧齋有學集》卷四）

---

① 謝維揚、房鑫亮主編《王國維全集》第三册，浙江教育出版社、廣東教育出版社 2010 年聯合出版，第 369—370 頁。

【按】 "丁老",即丁繼之。居里不詳。明末清初崑曲演員。以飾演《金鎖記》中的張驢兒而著名。與朱維章、張燕筑並稱"三老",錢謙益有《題三老圖》詩。清焦循《劇說》卷六載:"龔合肥邀顧黃公看丁繼之演《水滸》赤髮鬼,丁年已八十。顧即席贈以詩云:'左右看君正少年,翠鬟紅袖並花前。按歌傳遍青樓曲,作使當場白打錢。酒態慣撩監史罰,舞腰猶博善才憐。貞元朝士今無幾,却有民間地上仙。'"①龔合肥即龔鼎孳,顧黃公即顧景星。清季振宜有《贈白門丁繼之》詩,見《淮海英靈集》丙集卷一。

壽丁繼之七十四首

[清]錢謙益

左右風懷寄暮年,花枝酒海鏡臺前。每憑青鳥傳書信,不欠黃姑下聘錢。

無事皺眉常自慰,有人擁髻正相憐。笑他丁令千年後,化鶴歸來勸學仙。

龍漢分明劫外年,清淮流水赤闌前。琴尊自可爲三友,花月何曾費一錢。

留客恰宜邀笛步,當歌最愛想夫憐。案頭老蠹休相笑,食字春蟲豈是仙。

曲踼橫奔敵少年,金丸玉勒萬人前。淳于正合傾三斗,程尉何曾值一錢。

片語拂衣還自笑,千金擲帽不知憐。老來俠骨偏騰上,不作頑

---

① 清焦循撰、韋明鏵點校《焦循論曲三種》,廣陵書社 2008 年版,第 172 頁。

仙作劍仙。

白下藏名七十年，笛床燈舫博樓前。襟懷天下三分月，囊篋開元半字錢。

蔭藉金張那可問，經過趙李總堪憐。麻姑送酒拼同醉，且作人間狡獪仙。

（宣統二年遼漢齋排印本《牧齋有學集》卷五）

【按】 清季振宜有《贈丁繼之次虞山先生韻》，載於孫鋐、黃朱苪輯《皇清詩選》卷二十一：

八十情懷似少年，時攜筇杖晚花前。駐顏不信君臣藥，好客偏無字母錢。

曲沼高臺今日恨，短歌狂舞故人憐。方瞳照我秋山裏，最愛棲居爲學仙。

其二

夜夜金陵夢所思，君今猶是故棲枝。睪傳短燭人如鶴，柳拂長波月似規。

白髮遺民翻舊譜，烏衣年少唱新詞。繁華閱盡應無恨，木落煙寒總不悲。①

清張宸有《秦淮老人歌爲丁繼之賦時年八十一》詩，見清姜兆翀編《松江詩鈔》（有上海書店出版社 2019 年版）卷十二。

清顧大申《堪齋詩存》（有雍正七年顧思孝刻本）卷五有《渡江駐長干寺周櫟園前輩招飲秦淮水榭坐中袁籜庵太守歌者丁繼子皆七八十歲老人昔所同遊也》，又見趙炎輯《蓴閣詩藏》（有康熙刻本）"七言律"卷一。

---

① 清孫鋐、黃朱苪輯《皇清詩選》卷二十一，康熙二十九年鳳嘯軒刻本。

爲友沂題楊龍友畫册

〔清〕錢謙益

　　楊生倜儻權奇者，萬里驍騰渥窪馬。雙耳朝批貴筑雲，四蹄夕刷令支野。

　　空坑師潰縉雲山，流星飛兔不可還。即看汗血歸天上，肯留翰墨汙人間。

　　人間翰墨已星散，十幅流傳六丁歎。披圖嶓岫幾重掩，過眼烟嵐尚淩亂。

　　楊生作畫師巨然，隱囊紗帽如列仙。大兒聰明添樹石，侍女窈窕皴雲烟。

　　一昔龍蛇起平陸，奮身拼施烏鳶肉。已無丹燐併黃土，況乃牙籤與玉軸。

　　趙郎藏弆緗帙新，摩挲看畫如寫真。每於剩粉殘縑裏，想見刳肝化碧人。

　　趙郎趙郎快收取，長將石壓並手撫。莫令匣近親身劍，夜半相將作風雨。

（宣統二年邃漢齋排印本《牧齋有學集》卷五）

　　【按】　"友沂"即趙而忕，字友沂，長沙人。蔭生，左都御史趙開心之子。入清後以蔭授中書舍人、明史館纂修官。著有《虎鼠齋集》。

次韻贈張燕筑

〔清〕錢謙益

　　碧雲紅樹夢迢遙，那有閑情付却要。曾向天家偷撅笛，親從嬴女教吹簫。

一生花月張三影，兩鬢滄桑郭四朝。多謝東風扶素髮，春來吹動樹頭瓢。

曲江野老復何爲？調笑排場顧影時。地上白毛如短髮，天邊青鏡與長眉。

秦淮明月金波在，靈谷梅花玉笛知。繡嶺宮前歌一曲，春風鶴發太平時。

（宣統二年遝漢齋排印本《牧齋有學集》卷五）

【按】 清顧景星《白茅堂集》卷六有《無錫舟中大風雨聽張燕築歌三首》詩，作於順治五年。余懷《板橋雜記》下卷"軼事"載："曲中狎客，則有張卯官笛，張魁官簫，管五官管子，吳章甫弦索，錢仲文打十番鼓，丁繼之、張燕筑、沈元甫、王公遠、朱維章串戲，柳敬亭説書。或集於二李家，或集於眉樓，每集必費百金。此亦銷金窟也。""丁繼之扮張驢兒娘，張燕筑扮賓頭盧，朱維章扮武大郎，皆妙絕一世。丁、張二老並壽九十餘。錢虞山《題三老圖》詩末句云：'秦淮烟月經游處，華表歸來白鶴知。'不勝黃公酒壚之歎。"

左寧南畫像歌爲柳敬亭作

［清］錢謙益

何人踞坐戎帳中？寧南徼侯崑山公。手指抨彈出師象，鼻息呼吸成虎龍。

帳前接席柳麻子，海内説書妙無比。長揖能令漢祖驚，搖頭不道楚相死。

是時寧南大出師，江湘千里連江麋。每當按甲休兵時，更值椎牛饗士時。

夜營不喧角聲止，高座張燈拂筵幾。吹唇芒角生燭花，掉舌波瀾沸江水。

寧南聞之須蝟張，伙飛橛馬俱騰驤。誓剸心肝奉天子，拼灑毫毛布戰場。

秦灰燒殘漢幟靡，嗚呼寧南長已矣！時來將帥長頭角，運去英雄喪首尾。

倚天劍老親身匣，垂敝猶興晉陽甲。數升赤血噴餘皇，萬斛青蠅掩牆罳。

白衣殘客哭江天，畫像提攜訴九泉。舌端有鍔腸堪斷，泣下無珠血可憐。

柳生柳生吾語爾，欲報恩門仗牙齒。憑將玉帳三年事，編作《金陀》一家史。

此時笑噱比傳奇，他日應同汗竹垂。從來百戰青燐血，不博三條紅燭詞。

千載沉埋國史傳，院本彈詞萬人羨。盲翁負鼓趙家莊，寧南重爲開生面。

（宣統二年邃漢齋排印本《牧齋有學集》卷六）

贈侯商邱若孩四首

［清］錢謙益

殘燈顧影見蹉跎，十五年來小劫過。曾捧赤符回日月，遂刑白馬誓山河。

閑門菜圃英雄少，朝日瓜疇賓客多。掛壁龍淵慚繡澀，爲君斫地一哀歌。

　　三十登壇鼓角喧，短衣結束署監門。吹簫伍員求新侶，對酒曹公念舊恩。

　　五嶺蒙茸剩餘髮，九疑綿亘誤招魂。與君贏得頭顱在，話到驚心手共捫。

　　蒼梧雲氣尚蕭森，八桂風霜散羽林。射石草中猶虎伏，戛金壁外有龍吟。

　　夢回芒角生河鼓，醉後旌旗拂井參。莫向夷門尋舊隱，要離千載亦同心。

　　橘社傳書近卜鄰，龍宮破陣樂章新。蒼梧野外三衣衲，廣柳軍中七尺身。

　　世事但堪圖鬼魅，人間只解楦麒麟。相逢未辦中山酒，且賣黃柑醉凍春。

　　　　　　（宣統二年邃漢齋排印本《牧齋有學集》卷六）

　【按】　原題《贈侯商邱四首》。侯性，字若孩，又字月鷺，今河南商邱人。王夫之《永曆實錄》卷二十四"佞倖列傳"載："侯性，河南歸德人。兄恂、恪，崇禎中皆官至九卿，與周延儒爲死黨。性家世豪貴，驕縱不法。補弟子員，粗通制義舉業，習騎射，好納響馬賊，爲無賴行。邑令梁以樟以法鈐束之，性拳擊以樟仆地，不數日死。性亡命走，從十餘騎，劫商旅於河北，得資數萬，用賂內臣王化民，恂、恪復爲之地，竄軍功籍，以白衣徑授鎮守廣東西寧參將。上即位於肇慶，性依附擁戴，丁魁楚庇之，擢御營都督同知。從上入武岡，諂事傅作霖，援馬吉翔例，封商邱伯。上自武岡奔靖州，性與車駕相失。先由新寧至柳，於右江劫行旅，得金帛數萬。上至柳，服御皆匱，性以其所劫獻慈聖、慈寧兩宮，上及中宮充服御，三宮大喜,加性太子太師、左都督,掌中軍都督府事,從上自南寧至肇慶。性素畜無賴健兒,將百人,沿兩江東至三水,劫掠仕宦商賈,多得金資。以豪侈與戚畹王維恭及馬吉翔、李元胤日夕徵歌縱酒,頗干預國政,引薦文史。給事中金堡論劾之。書奏,不省。性黠慧,通文墨,堡所上章奏,性皆譯解示吉翔,文稍深僻者則曲釋之,指爲誹訕兩官。以是慈聖恨堡,必欲殺之。性往往以珍異進奉内庭,尤爲宮禁所喜。其母奉佛,自剃爲尼,敕賜號靜慧大師。紫袈裟,金鉢盂,出入以朱棒前驅,入宮禁,稱説外事。慈聖信之,往往輒强上行。國事之壞,性實陰持之也。梧州陷,性降於清。"①

　　據黄宗羲批錢謙益詩殘本記載,侯性曾在廣西"有翼載功,封祥符侯。兩粵既破,遁跡吴之洞庭山。"陳寅恪經考證認爲:"頗疑若孩之卜居吴中太湖之洞庭山,殆有傳達永曆使命,接納徒衆,恢復明室之企圖。"(《柳如是别傳》)

丙申春就醫秦淮寓丁家水閣浹兩月
臨行作絶句三十首留别

［清］錢謙益

　　數莖短髮倚東風,一曲秦淮曉鏡中。春水方生吾速去,真令江表笑曹公。

　　秦淮城下即淮陰,流水悠悠知我心。可似王孫輕一飯,他時報母只千金?

　　舞榭歌臺羅綺叢,都無人跡有春風。踏青無限傷心事,併入南

---

① 明王夫之等:《永曆實録(外一種)》,文津出版社2020年版,第212—213頁。

朝落照中。

苑外楊花待暮潮，隔溪桃葉限紅橋。夕陽凝望春如水，丁字簾
前是六朝。

夢到秦淮舊酒樓，白猿紅樹蘸清流。關心好夢誰圓得？解道
新封是拜侯。

東風狼藉不歸軒，新月盈盈自照門。浩蕩白鷗能萬里，春來還
沒舊潮痕。

後夜縿經燭穗低，《首楞》第十重開題。數聲喔喔江天曉，紅葉
階前舊養雞。

多少詩人墮劫灰，佺期令免冶長災。阿師狡獪還堪笑，翻攬沙
場作講臺。

牛刀小邑亦長編，朱墨紛披意惘然。要使世間知甲子，攤書先
署丙申年。

夢我迢遙黃閣居，真成鼠穴夢乘車。宵來我夢師中樂，細柳營
縿貝葉書。

虛玄自古誤乾坤，薄罰聊司洞府門。未省吳剛點何《易》？月
中長守桂花根。

天上羲圖講貫殊，洞門猶抱韋編趨。沉沉紫府真人座，曾受希
夷一畫無？

欹斜席帽五陵稀，六代江山一布衣。望斷玉衣無哭所，巾箱自
摺蹇驢歸。

鍾山倒影浸南溪，靜夜欣看紫翠齊。小婦妝成無簡事，爲憐明
月坐花西。

《河嶽英靈》運未徂，千金一字見吾徒。莫將摶黍人間飯，博換
君家照夜珠。

麥秀漸漸哭早春，五言麗句琢清新。詩家矗軒今誰是？至竟
《離騷》屬楚人。

著論峥嶸准《過秦》，龍川之後有斯人。滁和自昔興龍地，何處
巢車望戰塵。

掩户經句春草齊，盈箱傍架自編題。卜家墳上澆花了，閑聽東
城説鬥雞。

青溪孫子美瑜環，也是朱衣抱送還。盛世公卿猶在眼，方頤四
乳坐如山。

一矢花磚没羽新，諸天塔廟正嶙峋。長干昨夜金光誦，手捧香
爐拜相輪。

江草宫花灑淚新，忍將紫澱謚遺民。舊京車馬無今雨，桑海茫
茫兩角巾。

龍子千金不治貧，處方先許别君臣。懸蛇欲療蒼生病，何限刳
腸半腐人。

五行祥異總無端，九百虞初亦飽看。清曉家人報奇事，小兒指
椀索朝餐。

寒窗簷掛一條冰，灰陷爐香對病僧。話到無言清不寐，暗風山
鬼剔殘燈。

風掩籬門壁落穿，道人風味故依然。莫拈瓠子冬瓜印，印却俱
胝一指禪。

荒庵梅花試花艱，酹酒英雄去不還。月落山僧潛掣淚，暗香枝
掛返魂幡。

《子夜》《烏啼》曲半訛，隔江人唱《後庭》多。籬邊兀坐村夫子，
端誦《尚書》五子歌。

粉繪楊亭與盛丹，黄經古篆逼商《盤》。史癡畫笥徐霖筆，弘德

風流尚未闌。

旭日城南法鼓鳴,難陀傾聽笑詻騰。有人割取乖龍耳,上座先醫薛更生。

寇家姊妹總芳菲,十八年來花信違。今日秦淮恐相值,防他紅淚一沾衣。

(宣統二年遼漢齋排印本《牧齋有學集》卷六)

【按】 丁家水閣是丁繼之在南京清溪、笛步之間的河房。丙申,即順治九年(1652)。陳寅恪《柳如是別傳》考證這組詩歌爲錢謙益"與當日南京暗中作政治活動者,相往還酬唱之篇什。其言就醫秦淮,不過掩飾之詞。"

金陵雜題絕句二十五首繼乙未春留題之作

[清]錢謙益

淡粉輕烟佳麗名,開天營建記都城。而今也入烟花録,燈火樊樓似汴京。

一夜紅箋許定情,十年南部早知名。舊時小院湘簾下,猶記鸚哥喚客聲。

釧動花飛戒未睬,隔生猶護舊袈裟。青溪東畔如花女,枉贈親身半臂紗。

惜別留歡限馬蹄,勾闌月白夜烏棲。不知何與汪三事?趣我歡愉伴我啼。

別樣風懷另酒腸,拼他薄幸耐他狂。天公要斷烟花種,醉殺瓜州蕭伯梁。

抖擻征衫趁馬蹄,臨行漬酒雨花西。於今墓草南枝句,長伴昭陵石馬嘶。

頓老琵琶舊典刑，檀槽生澀響丁零。南巡法曲誰人問？頭白周郎掩淚聽。

臨歧紅淚濺征衣，不信平時交語稀。看取當風雙蛺蝶，未曾相逐便分飛。

金陵惜別感秋螢，執手前期鬢易星。君去我歸分贈處，勞勞亭是短長亭。

叢殘紅粉念君恩，女俠誰知寇白門？黃土蓋棺心未死，香丸一縷是芳魂。

水榭新詩贊戒香，橫陳嚼蠟見清涼。五陵年少多情思，錯比橫刀浪子腸。

舊苗新詩壓教坊，縷衣垂白感湖湘。閑開閫集教孫女，身是前朝鄭妥娘。

人儗楊秋家汗青，天戈鬼斧付沉冥。赤龍重焰蕉園火，燒却元家野史亭。

閩山桂海飽炎霜，詩史酸辛錢幼光。東筍一編光怪甚，夜來山鬼守奚囊。

杜陵矜重數篇詩，《吾炙》新編不汝欺。但恐旁人輕著眼，針師門有賣針兒。

於一摳衣請論文，高曾規矩只云云。老夫口噤如暗啞，夢語如何舉似君？

盧前王後莫相疑，日下雲間豈浪垂。江左文章流輩在，何曾道有蔡充兒。

帝車南指豈人謀，《河嶽英靈》氣未休。昭代可應無大樹，汝曹何苦作蚍蜉？

挾彈探丸輩觳觫,老胡望八臂生風。夜深占月高岡上,太白今過第幾宮?

面似桃花盛茂開,隱囊畫笥日徘徊。郎君會造逡巡酒,數筆雲山酒一杯。

江左英姿自處囊,生兒亦號漢周郎。碧牋黃紙疏窗下,映日鉤摹大小王。

西佩心銜五世悲,飾巾祈死復何疑?天公趣召非聊爾,一箇唐朝宰相兒。

被髮何人夜叫天?亡羊臧殺更堪憐。長髯銜口填黃土,肯施維摩結淨緣。

長干塔繞萬枝燈,白玉毫光湧玉繩。鈴鐸分明傳好語,道人誰是佛圖澄?

採藥虛無弱水東,飆輪仍傍第三峰。玉晨他日論班位,應次高辛展上公。

(宣統二年邃漢齋排印本《牧齋有學集》卷八)

【按】乙未春,疑爲丙申春,即順治十三年(1656)春。陳寅恪《柳如是別傳》謂:"此廿五首,《板橋雜記》已採第一、第二、第四、第五、第七、第十、第一二等七題,皆是風懷之作,此固與余氏書體例符合。"

丁老行送丁繼之還金陵兼簡林古度

[清]錢謙益

西風颯拉催繁霜,江楓落紅岸草黃。丁老裹糧自白下,賀我八十來江鄉。

干戈滿地舟艦斷，五百里如關塞長。閶闔城上晝吹角，閟宮清廟圍旗槍。

腥風愁雲暗天地，飛雁不敢過回塘。況聞戍守連下邑，塒雞籬犬皆驚惶。

江村別有小國土，嘉賓芳宴樂未央。撞鐘伐鼓將進酒，停杯三歎非所當。

漢東孫子今爲庶，羅平妖鳥紛披猖。碧天化日在何許？三千那得花滿堂。

丁老執杯勸我飲，請開笑口毋彷徨。我家添丁號長耳，三歲只解呼爺娘。

公今兒女並玉立，開筵逐日分輩行。已看令孫就東閣，更有快婿升東床。

維摩天女並瀟灑，木公金母相扶將。彭城老祖年八百，曾孫八十真兒郎。

趙州明年始行腳，太公滿百方鷹揚。庭前紅豆旋結實，蟠桃一顆公初嘗。

且垂雙眉覆塵埃，共撐老眼看滄浪。我聞拊髀起稱善，大笑敬舉君之觴。

酒酣摩腹訂要約，百歲未滿須放狂。古人置酒便稱壽，何待燕喜吹笙簧。

老夫頑鈍未得死，南郊正報垂星芒。明年清秋再過我，扠衣拍手談滄桑。

乳山道士八十二，頭童眼睒學力強。桐城方生年五十，詩兼數子格老蒼。

二公過從約已宿，間阻正苦無舟航。歸攜此詩共抵掌，相顧便欲淩莽蒼。

　君如再皷京江柁，方州定載林與方。

（宣統二年遼漢齋排印本《牧齋有學集》卷十一）

【按】林古度（1580—1666）字茂之，號那子，別號乳山道士，福建福清人。明末清初著名詩人。詩文名重一時，但不求仕進，游學金陵，與曹學佺、王士禛交好。明亡，以遺民自居，時人稱爲“東南碩魁”。晚年窮困，雙目失明，享壽八十七而卒。林古度所作詩，王士禛編選爲《茂之詩選》二卷，凡收詩二百餘首；又著有賦一卷。

爲柳敬亭募葬地疏

［清］錢謙益

太史公《滑稽傳》曰：“優孟搖頭而歌，負薪者以封。”吾觀漢人孫叔敖碑文，言楚王置酒召客，優孟前舉酒爲壽，即爲孫叔敖衣冠，抵掌談笑於其中。楚王欲立爲相，歸而謀之其妻，爲言廉吏不可爲。孫叔敖之子貧賤負薪。爲之歌詞，以感動楚王，復封其子。此蓋優孟登場扮演，自笑自説，如金、元院本、今人彈詞之類耳。而太史公敘述，則如真有其事，不露首尾，使後世縱觀而自得之，此亦太史公之滑稽也。嗟乎！孫叔敖相楚之烈，自若敖、蚡冒篳路藍縷之後，於荊無兩。一旦身死，其子貧賤負薪，楚之列卿大夫，無一人爲楚王言者。而寢丘之封，乃出於一優人之口。則卿大夫之不足恃賴，而優人之不當鄙夷也，自古已然矣。

雖然，孫叔敖之身後有優孟，可以屬其子。假令優孟而窮且無後也，楚國之人，豈復有一優孟，爲之搖頭而歌者乎？士大夫恬不知愧，顧用是訾謷優孟，以爲莫己若也，斯可謂一喟已矣！

柳生敬亭，今之優孟也。長身疏髯，談笑風生，臿齒牙、樹頤頰，奮袂以登王侯之座，往往於刀山血路、骨撑肉薄之時，一言導窾，片語解頤，爲人排難解紛，生死肉骨。今老且耄矣，猶然掉三寸舌，餬口四方。負薪之子，溘死逆旅，旅櫬蕭然，不能返葬，傷哉貧也！優孟之後，更無優孟。敬亭之外，寧有敬亭？此吾所以深爲天下士大夫愧也。

三山居士，吴門之義人也，獨引爲己責。謀卜地以葬其子，並爲敬亭營兆域焉。延陵嬴博之義，伯鸞高俠之風，庶幾兼之。余謂梁氏生賃伯通之廡，死傍要離之墓，今謀其死而不謀其生，可乎？平陵七尺，玉川數間，故當並營，不應偏舉。敬亭曰："此非三山只手所能辦也。士大夫之賢者，吾侍焉游焉。章甫韋韎之有聞者，吾交焉友焉。閭巷之輕俠，裘馬之少年，輕死重義，骨騰肉飛者，吾兄事焉，吾弟畜焉。生數椽而死一抔，終不令敬亭烏鵲無依而烏鳶得食也。某不顧開口向人，惟明公以一言先之。"余笑曰："太史公記孟嘗君客雞鳴狗盜，信陵君從屠狗賣漿博徒游。生之所稱引者，冶游則六博蹴鞠之流，豪放則椎埋臂鷹之侶，富厚駔儈則洗削之類，其人多重然諾，好施與，豈齷齪闒茸，兩手據一錢惟恐失者？要離、專諸，春秋時吴門市兒也，豈可與褒衣博帶，大冠如箕者，比長而較短哉？子姑以吾言號於吴市。吴市之人，有能投袂奮臂，感慨而相命者，吾知其人可以愧天下士大夫者也。子當次第記之，他日吾將按籍而從游焉。"

（宣統二年邃漢齋排印本《牧齋有學集》卷四十一）

聽女道士卞玉京彈琴歌

［清］吴偉業

駕鵝逢天風，北向驚飛鳴。飛鳴入夜急，側聽彈琴聲。

借問彈者誰？云是當年卞玉京。玉京與我南中遇，家近大功坊底路。

小院青樓大道邊，對門却是中山住。中山有女嬌無雙，清眸皓齒垂明璫。

曾因内宴直歌舞，坐中瞥見塗鴉黃。問年十六尚未嫁，知音識曲彈清商。

歸來女伴洗紅妝，枉將絕技矜平康，如此才足當侯王！

萬事倉皇在南渡，大家幾日能枝梧。詔書忽下選蛾眉，細馬輕車不知數。

中山好女光徘徊，一時粉黛無人顧。豔色知爲天下傳，高門愁被旁人妬。

盡道當前黃屋尊，誰知轉盼紅顔誤。南内方看起桂宮，北兵早報臨瓜步。

聞道君王走玉驄，犢車不用聘昭容。幸遲身入陳宮裏，却早名填代籍中。

依稀記得祁與阮，同時亦中三宮選。可憐俱未識君王，軍府抄名被驅遣。

漫詠臨春《瓊樹篇》，玉顔零落委花鈿。當時錯怨韓擒虎，張孔承恩已十年。

但教一日見天子，玉兒甘爲東昏死。羊車望幸阿誰知？青塚淒涼竟如此！

我向花間拂素琴，一彈三歎爲傷心。暗將《別鵠》《離鸞》引，寫入悲風怨雨吟。

昨夜城頭吹篳篥，教坊也被傳呼急。碧玉班中怕點留，樂營門外盧家泣。

私更裝束出江邊,恰遇丹陽下渚船。薾就黃絁貪入道,攜來綠綺訴嬋娟。

此地縣來盛歌舞,子弟三班十番鼓。月明弦索更無聲,山塘寂寞遭兵苦。

十年同伴兩三人,沙董朱顏盡黃土。貴戚深閨陌上塵,吾輩漂零何足數!

坐客聞言起歎嗟,江山蕭瑟隱悲笳。莫將蔡女邊頭曲,落盡吳王苑裏花。

（《四部叢刊》影印董康誦芬室叢刊本《梅村家藏稿》卷三）

【按】 此詩作於順治八年（1651）。本年初春,卞玉京赴太倉訪梅村,爲彈琴,且述離亂中見聞,梅村感而賦此詩。《梅村家藏稿》中與卞玉京相關的篇章另有《過錦樹林玉京道人墓並傳》（卷十）、《琴河感舊四首並序》（卷六）、《梅村詩話》（卷五十八）等。

清顧景星有《梅下偶展梅村集〈女道士卞玉京彈琴歌〉敘中山王女事又有過玉京墓詩亦言及之當時通州白在湄琵琶曲彈崇禎十七年喪亂狀梅村亦有詩己未除夕前一日書》詩,載於其《白茅堂詩集》卷二十,作於康熙十八年。

清俞思源有《吳梅村祭酒聽女道士卞玉京彈琴圖歌》,載於其《春水船詩鈔》,云:

天荒地老歌聲死,南部繁華一彈指。詞客風流歎渺茫,美人軼事留圖史。

圖中約略辨金閶,疏柳紅橋七里塘。十二簾分吳苑月,三重閣俯劍池霜。

誰家綽約花枝艷,白下重來人姓卞。已著黃絁學季蘭,仍攜緑綺驕紅線。

　　泠泠一曲楚山青，頭白宮詹淚欲零。悲風怨雨何人識，《别鵠》《離鸞》不忍聽。

　　清商乍歇鑪烟裊，凄涼遺事譚天寶。北里笙歌付劫灰，秦淮臺榭空秋草。

　　話到中山無限愁，犢車人去桂宮秋。幾曾侍夜藏金屋，早見飛帆下石頭。

　　浣紗同伴俱凋喪，祁阮朱顔世無兩。盡道承恩慰至尊，誰知落魄歸廝養。

　　樂營門外夜烏啼，第一江山厭鼓鼙。莫愁艇子邀相送，短簿祠堂認不迷。

　　相逢恰喜曾相識，換羽移宮總凄惻。青衫憔悴緑蛾愁，風前一種傷心色。

　　寫入霜縑怨寂寥，天涯淪落共魂銷。艷情添得新泥爪，往事重提舊板橋。

　　板橋花月當全盛，春風早識藤蘿逕。碧玉華年始破瓜，绛仙眉黛長臨鏡。

　　鏡裏嬋娟望若仙，湘簾棐几坐倏然。仲姬弱腕生苦筆，蔡女哀吟斷續弦。

　　玉羅窗下盤桓久，金縷歌殘重低首。莫待無花空折枝，秋娘心事君知否？

　　此際蕭郎意絶癡，漫無片語慰相思。煙波倘許迎桃葉，飄泊寧教泣柳枝。

　　柳枝桃葉悲遲暮，十載佳期總乖誤。一舸俄傳越客來，千絲網得西施去。

脉脉琴心重可嗟，游絲無力胃飛花。朝雲老去皈依早，祝
髮青燈感夢華。

君不見绛雲樓閣岂崤聳，蘼蕪亦是章臺種。小宛丰神絶
世稀，橫波尺幅人間重。

名士端宜擁艷吟，定情何礙詠繁欽。沾泥不解無情絮，解
珮誰憐宛轉心。

心事茫茫兩愁絶，煙雲轉瞬都陳跡。飄零紈素浣風塵，展
圖似聽流泉咽。

錦樹林邊碧草春，靈巘山下雜花新。分明一幅龍眠畫，不
見題詩弄曲人。

贈陽羡陳定生

[清]吳偉業

溪山罨畫好歸耕，櫻筍琴書足性情。茶有一經真處士，橘無千
絹舊清卿。（故御史大夫子）

知交東冶傅鉤黨，子弟南皮負盛名。却話宋中登望遠，天涯風
雨得侯生。（定生偕侯朝宗在南中，幾及鉤黨禍。侯生，歸德人）

（《四部叢刊》影印董康誦芬室叢刊本《梅村家藏稿》卷六）

贈寇白門六首

[清]吳偉業

白門，故保國朱公所畜姬也。保國北行，白門被放，仍返南中。
秦淮相遇，殊有淪落之感。口占贈之。

南内無人吹洞簫，莫愁湖畔馬蹄驕。殿前伐盡靈和柳，誰與蕭
娘鬥舞腰？

其二

朱公轉徙致千金，一舸西施計自深。今日只因勾踐死，難將紅
粉結同心。

其三

同時姊妹入奚官，挏酒黃羊去住難。細馬馱來紗罩眼，鱸魚時
節到長干。

其四

重點盧家薄薄妝，夜深羞過大功坊。中山内宴香車入，寶髻雲
鬟列幾行。

其五

曾見通侯退直遲，縣官今日選蛾眉。窈娘何處雷塘火，漂泊楊
家有雪兒。

其六

舊宮門外落花飛，俠少同游並馬蹄。此地故人驪唱入，沉香火
暖護朝衣。

（《四部叢刊》影印董康誦芬室叢刊本《梅村家藏稿》卷八）

【按】此組詩作於順治十年（1653）四月吳梅村往游南京之
時。寇湄字白門，明末秦淮名妓。"故保國朱公"即朱國弼，爲明撫
寧侯朱謙六世孫。萬曆四十六年（1618）襲封，弘光初，進封保國
公，與馬士英、阮大鋮勾結。陳維崧撰、冒襃注《婦人集》云："寇白
門，南院教坊中女也。朱保國公娶姬時，令甲士五十，俱執絳紗燈，
照耀如同白晝。國初籍没諸勳衛，朱盡室入燕都，次第賣歌姬自
給，姬度亦在所遣中。一日謂朱曰：'公若賣妾，計所得不過數百

金,徒令妾落沙吒利之手。且妾固未暇即死,尚能持我公陰事。不若使妾南歸,一月之間,當得萬金以報。'公度無可奈何,縱之歸。越月果得萬金。(按姬出後復流落樂藉中,吳祭酒作詩贈之,有江州白傅之歎。)"

清丁澎有《聽石城寇白弦索歌(並序)》詩,載於其《扶荔堂詩集選》卷二,序云:

> 金陵寇白,本平康樂工女也。十三,善爲秦聲,妙極諸藝。靚容纖飾,傾動左右。王孫戚里諸貴人,車騎填狹斜間。後爲故元勳朱公國弼採充後庭樂伎,一時教坊名部爲之寂然。迫金陵陷没,籍入長安。尤工胡笳,箜篌宿所未試,然憤懣不得志。而里中諸舊游咸追慕,物色得之。屬其父廣募數千緡,贖歸故里,已流落十年所矣。姬每抱樂器爲予述舊事,泫然而悲。其音多關塞之聲,哀繁怨黷,不可禁止。因譜爲歌以節之,並隸樂部焉。①

楚兩生行並序

[清]吳偉業

蔡州蘇崑生、維揚柳敬亭,其地皆楚分也,而又客於楚。左寧南駐武昌,柳以談、蘇以歌爲幸舍重客。寧南没於九江舟中,百萬衆皆奔潰。柳已先期東下。蘇生痛哭,削髮入九華山,久之出從武林汪然明;然明亡,之吳中。吳中以善歌名海内,然不過嘽緩柔曼爲新聲,蘇生則於陰陽抗墜,分刌比度,如崑刀之切玉,叩之栗然,

---

① 清丁澎:《扶荔堂詩集選》卷二,康熙五十五年文芸館刻本。

非時世所爲工也。嘗遇虎丘廣場大集，生睨其旁，笑曰：某郎以某字不合律。有識之者曰：彼儈楚乃竊言是非。思有以挫之，間請一發聲，不覺屈服。顧少年耳剽日久，終不肯輕自貶下，就蘇生問所長。生亦落落難合，到海濱，寓吾里。蕭寺風雪中，以余與柳生有雅故，爲立小傳，援之以請曰：吾浪跡三十年，爲通侯所知，今失路憔悴而來過此，惟願公一言，與柳生並傳足矣。柳生近客於雲間帥，識其必敗，苦無以自脫，浮湛敖弄，在軍政一無所關，其禍也幸以免。蘇生將渡江，余作《楚兩生行》送之，以之寓柳生，俾知余與蘇生游，且爲柳生危之也。

　　黃鵠磯頭楚兩生，征南上客擅縱橫。將軍已没時世換，絶調空隨流水聲。

　　一生拄頰高談妙，君卿唇舌淳于笑。痛哭長因感舊恩，詼嘲尚足陪年少。

　　途窮重走伏波軍，短衣縛袴非吾好。抵掌聊分幕府金，褰裳自把江村釣。

　　一生嚼徵與含商，笑殺江南古調亡。洗出元音傾老輩，迭成妍唱待君王。

　　一絲縈曳珠盤轉，半黍分明玉尺量。最是《大堤》西去曲，累人腸斷杜當陽。

　　憶昔將軍正全盛，江樓高會誇名勝。生來索酒便長歌，中天明月軍聲靜。

　　將軍聽罷據胡床，撫髀百戰今衰病。一朝身死豎降幡，貔貅散盡無橫陣。

　　祁連高塚泣西風，射堂賓客皆蓬鬢。羈棲孤館伴斜曛，野哭天邊幾處聞。

草滿獨尋江令宅,花開閑吊杜秋墳。鵾弦屢換尊前舞,鼉鼓誰開江上軍。

楚客只憐歸未得,吳兒肯道不如君。我念邗江頭白叟,滑稽倖免君知否?

失路徒貽妻子憂,脫身莫落諸侯手。坎壈繇來爲盛名,見君寥落思君友。

老去年來消息稀,寄爾新詩同一首。隱語藏名代客嘲,姑蘇臺畔東風柳。

(《四部叢刊》影印董康誦芬室叢刊本《梅村家藏稿》卷十)

【按】此詩作於順治十七年(1660)至康熙初年間。

吳偉業另有《口占贈蘇崑生》七絕四首,見清程穆衡原箋、清楊學沆補注、張耕點校《吳梅村詩集箋注》卷第四(中華書局 2020 年版下冊):

樓船諸將碧油幢,一片降旗出九江。獨有龜年臥吹笛,暗潮打枕泣篷窗。

其二

有客新經墮淚碑,武昌官柳故垂垂。扁舟夜半聞蘆管,猶把當年水調吹。

其三

西興哀曲夜深聞,絕似南朝汪水雲。回首岳侯墳下路,亂山何處葬將軍。(起二句用《金姬別傳》李嘉謨夜聞鄰婦倚樓泣事)

其四

故國傷心在寢丘,蒜山北望淚交流。饒他劉毅思鵝炙,不比君比憶蔡州。

錢遵王有《讀吳梅村先生贈蘇生絕句生與柳敬亭俱爲寧南殘

客有江潭流落之悲援筆和之四首》①，見《今吾集》抄本：

　　殘年眼冷舊旌幢，今日楊花又渡江②。吹破李牟煙竹笛，半帆月影落船窗。

　　其二

　　填土長髯銜口碑，白衣殘客淚交垂。學他優孟搖頭去，怕聽城西畫角吹。

　　其三

　　茫茫泉路惜離群，酹酒澆花入亂雲。匹馬南山看射虎，短衣還哭故將軍。

　　其四

　　誤人雙屧莽蒼遊③，腳氣歸來竹葉舟。回首旗亭花似雪，一聲腸斷唱《伊州》。

錢繼登（1594—?）《墾專堂集》（康熙六年刻本）卷二有《贈歌者蘇崑生》詩並序：

　　蘇崑生遊左寧南幕，遇之殊厚，意氣甚豪。金陵蕪莽之後，崑生轉展吳楚間，窮而無聊。飲之酒，談舊事歷歷，因贈以詩。

　　鳳凰台上夕烽漫，黃鶴樓邊落照寒。江左君臣徒戲劇，晉陽兵甲掃衣冠。

　　歌殘《玉樹》成塵久，譜疊邊笳入聽酸。尚有何戡舊人在，渭城重唱淚相看。

────────────────

① 《今吾集》又一抄本中此詩題作《讀吳梅村先生贈歌者蘇生絕句生與柳敬亭俱爲寧南殘客有江潭流落之悲援筆和之四首》。
② “今日”，《今吾集》又一抄本作“此日”。
③ “雙屧”，《今吾集》又一抄本作“霍屧”。

清趙炎輯《尃閣詩藏》"七言律"卷之一收載錢繼登此詩,序和詩均與上引不同:

> 向在左寧南幕,遇之甚優。寧南東下,死於軍。後流落吳楚間。
>
> 鳳凰台上夕烽團,黃鶴樓中落照寒。江左君臣同戲劇,晉陽兵甲掃衣冠。
>
> 隋宮詞曲成塵久,蔡女琵琶入拍酸。今日旗亭聊賈酒,逢人羞説舊伶官。

清王昊(1627—1679)《碩園詩稿》(有鈔本和乾隆十二年刻本傳世)卷十八有《虎丘席上贈歌者蘇崑生故寧南侯幕中客也》[作於順治十七年(1660)]:

> 秋山塔高嚮鈴鐸,有客移尊就孤閣。一闋清商度未終,暗令征夫淚雙落。
>
> 由來妙藝須精思,驪珠徐吐忘竹絲。片言指摘入神妙,驚殺吳中老教師。
>
> 蘇生蘇生負高識,咀羽含宮出胸臆。堪將逸響比前朝,段老琵琶李謩笛。
>
> 吳俗淫哇競舌唇,年來腔譜爭翻新。郢曲雖高和原寡,豪貴莫救蘇生貧。
>
> 誰知賞鑒風流客,只有當年幕府人。幕府遺蹤尚堪數,百戰方閒卧荆楚。
>
> 猶記胡床對伎時,萬帳鳴笳更搥鼓。乍引當筵奏羽聲,能使君侯醉起舞。
>
> 一朝烽火遶城紅,鄂渚樊山戍盡空。南樓明月西門柳,夙昔繁華竟何有。

孤身獨上浙江船，荻葉楓林漫回首。只今潦倒金閶行，單衫短幘輕公卿。

時向燈前談往事，颼颼四座寒風生。可憐白雪歌仍在，知己不見徒傷情。

窮途此日初逢爾，共感飄零歎流水。舊調虛傳阿濫堆，新詞欲咽河滿子。

擊築吹簫總斷腸，眼前江左似他鄉。何戡未老嘉榮在，留與詞人話武昌。

《春星堂詩集》卷六《延芬堂集上》有《哀蘇昆生》詩。

清汪楫有《秦淮月夜集施愚山少參寓亭聽蘇昆生度曲同郭汾又楊商賢吳野人賦》，見《山聞詩》。《皇清詩選》卷八收此詩，改題《秦淮夜月聽蘇崑生度曲》。全篇如下：

明月在天復在水，開軒坐入空明裏。鱭魚堆雪酒如銀，春波乍定歌聲起。

歌聲自斷還自續，一肉能兼絲與竹。隔簾共擬蛾眉青，當筵不信顛毛禿。

借問歌者誰？蔡州蘇崑生。吳兒愁一顧，楚客最知名。

我聞審音先辨字，新聲古拍皆其次。生言辨字須求全，要令文義隨聲转。

折坂登頓馬蹄碎，崩崖峭絶藤絲牽。梨園子弟氍毹老，繞梁振木皆徒然。

在昔寧南建大纛，歇鞍便索陽春曲。錦衣按拍虎帳歡，烏巾調笑紅裙哭。

只今喪亂苦飄零，老翁七十還如玉。琱弓畫戟飽經過，必遇詞人始放歌。

坎壈知爲盛名誤，崚嶒偏覺賞音多。噫嘻！月黑歌停奈爾何。噫嘻！月黑歌停奈爾何。

魏允禮有《贈故寧南侯客蘇生》，見《過日集》卷十五：

黄衫年少最風流，曾向朱門鼓瑟遊。自學吴儂歌《子夜》，那堪水調按《伊州》。

尋山到處題新句，對酒逢人説故侯。十載江南摇落客，夢魂猶繞庾公樓。

《清詩初集》卷六載有劉正學《客梁溪贈蘇崑生》詩：

良宵誰顧曲，把酒欲臨風。醉眼分明裏，悲歌感激中。

一天霜月白，幾樹柏楓紅。説到傷心處，人情竟不同。

爲柳敬亭陳乞引

［清］吴偉業

梅村曰：馮驩彈鋏而歌無家，孟嘗君使人給其食用；東方生公車索米，紿侏儒啼泣，遂得親幸，賜帛百匹。夫士誠自給則已，不然盍早自言；不自言，則雖有滑稽之才、縱横之辯，而拓落窮餓，憂愁晻塞，吾知其必不濟矣。

當柳生客武昌時，居寧南帳下，遇諸帥椎牛大享，從竈上騷除，可食萬家；軍中樗蒱官賭，積錢隱人，分其博進，可富十世；有司簿閲無名田膏腴水碓，令賓客自占，可得數十區；江南絲穀果布，江北魚鹽桐漆，取軍府檄，關市莫敢誰何，所贏得可十倍：如是則柳生規陂池，連車騎，游説諸侯，稱富人矣。今乃入無居，出無僕，衣其敝衣，單步之吴中，日詼啁諧笑爲人撫掌之資，而妻子羸餓，不能名一錢。柳生念久約無窮時，來請余言，言："吾老矣，不以此時早自言以祈所哀憐之交,一旦衰病疲曳,尚復誰攀乎?"

余視柳生長身廣額,面著黑子,鬚眉蒼然,詞辯鋒出,飲噉可五六升,此其人非久窮困者。今王公貴人已漸知柳生,久之且復振,振則再如客武昌時。即余言爲無用,顧柳生故人游不遂,因而來過我,吾貧落不能相存,其所請不能又以難也。且左寧南將百萬之衆,一朝潰亡,其有追敘舊恩,反覆流涕,俾寧南本志白於天下者,柳生力。夫大丈夫以壺飧一飯,死生契闊,沒齒勿忘,況於鄉曲故舊爲營菟裘,其感慨之節又何如哉! 余故因其言爲之請,且以明生之不背德焉。

(《四部叢刊》影印董康誦芬室叢刊本《梅村家藏稿》卷二十六)

冒辟疆五十壽序

[清]吳偉業

如皋有孝友易直之君子曰冒君辟疆,能文章,善結納,知名天下垂三十年,其生平蹤跡,於金陵,於吳郡,遍擇其豪長者與游,顧與余獨未邂逅,然心嚮往之。今年辟疆偕其配蘇孺人春秋五十,二子穀梁、青若介陽羨陳其年以余言爲請。其年奇士也,其自爲之文以壽辟疆者,足以張之矣,而勤勤余一言何哉? 雖然,余三十年知辟疆,未得一見,因其年以見於吾文,相贈以言,亦猶行古之道也。

往者天下多故,江左尚晏然,一時高門子弟才地自許者,相遇於南中,刻壇墠,立名氏。陽羨陳定生、歸德侯朝宗與辟疆爲三人,皆貴公子。定生、朝宗儀觀偉然,雄懷顧盼,辟疆舉止蘊藉,吐納風流,視之雖若不同,其好名節、持議論一也。以此深相結,義所不可,抗言排之。品覈執政,裁量公卿,雖甚強梗,不能有所屈撓。有皖人者，流寓南中，故奄黨也，通賓客，畜聲伎，欲以氣力傾東南。
知諸君子唾棄之也，乞好謁以輸平，未有間。會三人者置酒雞鳴埭
下，召其家善謳者歌主人所制新詞，則大喜曰："此諸君欲善我也。"
既而偵客云何，見諸君箕踞而嬉，聽其曲時亦稱善，夜將半，酒酣，
輒衆中大罵曰："若奄兒媼子，乃欲以詞家自贖乎！"引滿泛白，撫掌
狂笑，達旦不少休。於是大恨次骨，思有以報之矣。申酉之亂，彼
以攀附驟枋用，興大獄以修舊郤。定生爲所得，幾填牢戶，朝宗遁
之故鄣山中，南中人多爲辟疆耳目者，跳而免。尋以大亂，奉其父
憲副嵩少公歸隱如皋之水繪園，誓志不出。

嗟乎！陵谷既遷，人事變滅，向之炎炎赫赫者，捧馬足而乞命，
顛墜崖谷，不知所之矣。二三君子，幽愁窮蹙。定生亡，朝宗歸梁、
宋，亦以病没。江南因初附，數有收考，一時名豪，惴惴莫保家族。
辟疆清羸雞骨，藥爐經卷，蕭然塵外。自奉憲副公諱，尺一之問不
踰境中，與世無害，離事圖全。如皋僻壤，冒氏爲右姓，家世好行其
德，年饑，爲粥於路，全活億萬計，處患難之際，先人後己，揮金書千
斤脱親知於厄，不居其功。《傳》曰：有陰德者，必受其報。門户之
無恙，有天道焉。

自其祖玄同先生用方州著績，憲副襄、漢，出入兩都，政事學
術，咸有師授。辟疆修祖父之業，遭時不仕，益發之詩文，以及於穀
梁伯仲，冒氏之集凡四世矣。其年者，定生子也，具舟迎以來，俾與
兩弟及二子，俱刻燭分題，唱酬交作。每更闌月落，追思陳事，少年
腸肥腦滿，感慨激昂，思有以效其尺寸。日月雲邁，身世都非，覽明
鏡以興嗟，苦修名之不立，未嘗不中夜而彷徨也。青溪、白石之勝，
名姬駿馬之游，百萬纏頭，十千置酒；自豪習破除，依稀昔夢，彼美
人兮不見，折苕華以自思，未嘗不流連而三歎也。謝安石有言：中

年以來,傷於哀樂,政賴絲竹陶寫耳。乃有梨園舊工,自云向事皖司馬,爲之主謳,江上視師之役,同輩皆得典兵,黃金橫帶。夫執干戈以衛涉及,付之俳優侏儒,而猶與吾黨講恩仇而爭勝負,用仕局爲兵機,等軍容於兒戲,不亦可盍然一笑乎!

辟疆以五十之年,俯仰興廢,闔門高枕,誅茅卜築,綠水名園,楓柳千章,芙蕖百畝,子弟皆鸞停鵠峙,淡藻敷華,蘇孺人含飴弄孫,鹿門偕隱,中外咸推禮法,奴婢亦知詩書。歷觀江淮以南,有華宗貴胄,保世全名,令妻壽母,媲美一德,如冒氏者,概乎未之見也,可無賀耶?

余獲交於賢士大夫不爲少矣,流離世故,十不一存,幸與辟疆生長東南,年齒相亞,君方始衰,吾已過二,昔人所謂遺種之叟,吾兩人足當之耳。《詩》有之曰:"莫往莫來,悠悠我思。"又曰:"招招舟子,人涉卬否,卬須吾友。"夫吳會者辟疆之所常游,而喪亂以後不一過焉,"將子無怒,秋以爲期",辟疆其許我乎否也? 其年行,請以吾言問之。

(《四部叢刊》影印董康誦芬室叢刊本《梅村家藏稿》卷三十六)

柳敬亭傳

[清]吳偉業

柳敬亭者,揚之泰州人,蓋曹姓。年十五,獷悍無賴,名已在捕中,走之盱眙,困甚。挾稗官一册,非所習也,耳剽久,妄以其意抵掌盱眙市,則已傾其市人。好博,所得亦隨手盡,有老人日爲釀百錢從寄食。久之過江,休大柳下,生攀條泫然,已撫其樹,顧同行數十人曰:"嘻,吾今氏柳矣!"聞者以生多端,或大笑以去。後二十年,金陵有善談論柳生,衣冠懷之輻輳,門車常接轂,所到坐中皆驚,有識之者,此固向年過江時休樹下者也。

柳生之技,其先後江湖間者,廣陵張樵、陳思,姑蘇吳逸,與柳生四人者各名其家,柳生獨以能著。或問生何師,生曰:"吾無師也。吾之師乃儒者雲間莫君後光。"莫君之言曰:"夫演義雖小技,其以辨性情,考方俗,形容萬類,不與儒者異道。故取之欲其肆,中之欲其微,促而赴之欲其迅,舒而繹之欲其安,進而止之欲其留,整而歸之欲其潔,非天下至精者,其孰與於斯矣!"柳生乃退就舍,養氣定詞,審音辨物,以爲揣摩,期月而後請莫君,莫君曰:"子之說未也。聞子說者驩咍嗢噱,是得子之易也。"又期月,曰:"子之說幾矣。聞子說者,危坐變色,毛髮盡悚,舌撟然不能下。"又期月,莫君望見驚起曰:"子得之矣!目之所視,手之所倚,足之所跂,言未發而哀樂具乎其前,此說之全矣。"於是聽者儻然若有見焉;其竟也,恤然若有亡焉。莫君曰:"雖以行天下,莫能離也。"已而柳生辭去,之揚州,之杭,之吳,吳最久,之金陵,所至與其豪長者相結,人人暱就生。其處己也,雖甚卑賤,必折節下之;即通顯,傲弄無所詘。與人談,初不甚諧謔,徐舉一往事相酬答,澹辭雅對,一坐傾靡。諸公以此重之,亦不盡以其技彊也。

當是時,士大夫避寇南下,僑金陵者萬家。大司馬吳橋范公以憂兵開府,名好士,相國何文端闔門避造請,兩家引生爲上客。客有謂生者曰:"方海內無事,生所談皆豪猾大俠,草澤亡命,吾等聞之,笑謂必無是,乃公故善誕耳。孰圖今日不行竟親見之乎!"生聞其語慨然。屬與吳人張燕筑、沈公憲俱,張、沈以歌,生以談,三人者酒酣,悲吟擊節,意淒悵傷懷,凡北人流離在南者,聞之無不流涕。未幾而有左兵之事。

　　左兵者，寧南伯良玉軍，謀而南，尋奉詔守楚，駐皖城待發。守皖者杜將軍弘域，於生爲故人。寧南嘗奏酒，思得一異客，杜既已泄之矣。會兩人用軍事不相中，念非生莫可解者，乃檄生至，進之，左以爲此天下辯士，欲以觀其能，帳下用長刀遮客，引就席，坐客咸振慴失次，生拜訖，索酒，談啁諧笑，旁若無人者。左大驚，自以爲得生晚也。居數日，左沉吟不樂，熟視生曰："生揣我何念?"生曰："得毋以亡卒入皖，而杜將軍不法治之乎?"左曰："然。"生曰："此非有君侯令，杜將軍不敢以專也。生請唧命矣!"馳一騎入杜將軍軍中，斬數人乃定。左幕府多儒生，所爲文檄不甚中竅會；生故不知書，口畫便宜輒合。左起卒伍，少孤貧，與母相失，請虵封不能得其姓，淚承睫不止。生曰："君侯不聞天子賜姓事乎? 此吾説書中故實也。"大喜，立具奏。左武人，即以爲知古今、識大體矣。阮司馬大鋮，生舊識也，與左郤而新用事。生還南中，請左曰："見阮云何?"左無文書，即令口報阮以捐棄故嫌，圖國事於司馬也。生歸，對如寧南指，且約結還報。及聞阪磯築城，則頓足曰："此示西備，疑必起矣!"後果如其慮焉。

　　左喪過龍江關，生祠哭已，有迎且拜，拜不肯起者，則其愛將陳秀也。秀嘗有急，生活之，具爲余言救秀狀。始左病，多恚怒，而秀所犯重，且必死，生莫得揩捂，乃設之以事曰："今日飲酒不樂，君侯有奇物玩好，請一觀可乎?"左曰："甚善。"出所畫己像二，其一《關隴破賊圖》也。覽鏡自照，歎曰："良玉天下健兒也，而今衰。"指其次曰："吾破賊後將入山，此圖所以志之。"見衲而杖者，數童子從，其負瓢笠且近，則秀也。生佯不省，而徐語爲誰，左語之，且告其罪，生曰："若負恩當死。顧君侯以親信，即入山且令自從，而殺之，即此圖爲不全矣。"左頷之。其善用權譎，爲人排患解紛率類此。

初生從武昌歸，以客將新道軍所來，朝貴皆傾動，顧自安舊節，起居故人無所改。逮江上之變，生所攜及留軍中者亡散累千金，再貧困而意氣自如。或問之，曰："吾在盱眙市上時，夜寒，借束蒿臥，屝屨踵決，行雨雪中，竊不自料以至於此。今雖復落，尚足爲生，且有吾技在，寧渠憂貧乎？"乃復來吳中。每被酒，嘗爲人說故寧南時事，則欷歔灑泣。既在軍中久，其所談益習，而無聊不平之氣無所用，益發之於書，故晚節尤進云。

舊史氏曰：余從金陵識柳生，同時有楊生季蘅，故醫業，亦客於左，奏攝武昌守，拜爲真。左因彊柳生以官，笑弗就也。楊今去官，仍故業，在南中，亦縱橫士，與余善。

（《四部叢刊》影印董康誦芬室叢刊本《梅村家藏稿》卷五十二）

【按】清查揆《筼谷詩鈔》卷六有《閱柳敬亭傳》，云："春水秦淮展篝紋，幅巾束下楚江分。誰教跋扈韓霜露，解識滄桑汪水雲。南渡兵戈方擾擾，中朝冠蓋總紛紛。憑將天寶年間事，博得侯門一夕醺。"但柳敬亭的傳記有多種，不能確定他閱讀的是否吳偉業的此篇文字，姑附於此。參見劉寧主編《柳敬亭研究》，鳳凰出版社2013年版。

《柳敬亭研究》第一輯收劉佑（1621—1702）《柳敬亭停舟相訪同賀祥庵贈句》七絕一首：

> 海陵高會笑談中，屈指知交已半空。惟剩魚丘貧刺史，相看一對白頭翁。

此詩原載鄧漢儀《詩觀二集》卷七，《柳敬亭研究》所引誤將"刺史"作"刺吏"。

此詩又見於《皇清詩選》卷二十八，但列於方殿元（1636—1697）名下，與《詩觀二集》所載對校存在一處異文，即"屈指"作"屈數”。方殿元有《九谷集》,其中未收此詩。

此外,《柳敬亭研究》對於清初文人酬贈柳敬亭的詩歌收錄雖多,但也有遺漏,如劉肇國(1603—1659)有七古《柳生行》,見《扶輪廣集》卷六:

> 柳生諸侯老賓客,骨聳神凝面有鐵。少年曾作亡命徒,歸舍無言惟視舌。
>
> 稗官一卷懷袖中,渥洼忽出群盡空。自言史亡存於野,鬚眉瞋喜俱神工。
>
> 張樵吳逸稱前輩,見此錯愕避英風。爲問柳生何能爾,儒者莫君曾授旨。
>
> 揣摩三月不知人,登壇一日駭諸技。偶然挾此駐白門,白門風物六朝存。
>
> 胡姬壓酒春滿肆,長干遊俠多高軒。花間竹肉山下月,只待生也開青尊。
>
> 江南寓公難比數,金谷東山對衡宇。赫矅日昃走芳塵,尋生只在平泉墅。
>
> 平泉門前客幾人,柳生日日居高茵。興劉蹶項總塵梗,陸賈書成語自新。
>
> 楚將兵雄據上游,勢吞江漢壓吳頭。柳生間道爲揖客,一見歡然儼舊遊。
>
> 金錢告身頗易得,潔躬獨騎還林丘。歸言將軍本忠直,力弭小隙圖家國。
>
> 可憐當寧易生言,熱血空教灑寒碧。噫嘻,柳生薄遊事多識,古史存疑今史實。
>
> 正人烈士樂從遊,悍卒權門無動色。隋堤流水邗溝塵,相

逢頭白中悲辛。

　　十年身世説不盡,何必欷歔吊古人。更衣重語淚如霰,眼見豪華逝蠍電。

　　淳于優孟學參禪,列傳還從滑稽變。

《扶輪廣集》卷六又有蔣超《贈柳生》詩:

　　老鮫飛墮碧華渚,珠流蜃吐作人語。金鉦戛擊鏗然鳴,劈阮搊箏入耳清。

　　下峽猿猴嘯不絕,雨落灣梢屐齒折。倒繫金繩臨毒井,汗流裙襯苦觸熱。

　　一聲兩聲解殺人,從前結轖開玄津。或稱豪傑驟遇處,弄丸擊築猶參辰。

　　或作勢利傾隘客,斷齦嚙指衝髦戟。須臾珠紫作埃塵,黄金落眼同爛石。

　　魏其賓客散如煙,金谷繁華一鏡緣。鷟鸇炙熱死蒿籟,不如屠沽漁父名新鮮。

　　請君變作廣長舌,叫破懵懵長夢客。開元老人涕泗多,稷下松風動魂魄。

《過日集》卷二十載有毛甡《贈柳生》詩並序:

　　柳敬亭説書人間者幾三十年,逮入越,老矣。楊世功曰:"敬亭將行,不得大可詩,且不得一會,祖道似恨然者。"予時病,强起將從之,不果。後二日,敬亭止梅市。予與康臣遂赴焉。再説書,感予心也。然實病,不能賦詩也。口吟二絶以贈行。

　　扶病來看柳敬亭,秋花開滿石榴屏。江南多少前朝事,説與人間不忍聽。

　　枚生未作梁園賦,吳客將行越人濱。怪底觀濤能解病,原來君是廣陵人。

《過日集》"名媛（五古）"卷載有吳山《題贈柳敬亭説書》詩：

> 白日光世間，青燈照良夜。此象終古同，如何成代謝。
> 奇哉柳老人，嬉笑當怒罵。齒牙開百代，聽者毛髮乍。
> 卻有嬰兒心，任運遊元化。

柳敬亭贊

[清]吳偉業

顧而立，黔而澤，視若營，似有得。文士告，武士色，爲儈楚，爲諧給。醜而婉者其貌，佞而忠者其德。初即之也如驚，驟去之也如失。人以爲此柳可愛，而吾笑爲麻中之直。斯真天下之辯士，而諸侯之上客也歟！

（《四部叢刊》影印董康誦芬室叢刊本《梅村家藏稿》卷五十三）

得全堂夜讌記

[清]陳　瑚

予之倦觀歌舞也，十有七年矣。客歲館太原王氏，其家有伶人張者，年七十五，能唱大江東曲。主人召之爲予歌，不勝何戢舊人之感。今歲庚子夏，乘戎馬，間從一弟子，劍書襆被，發虞山，過梁溪，歷毘陵朱方，乃渡京口，上廣陵，復紆回之陽山，折海陵而始至雉皋，訪冒子巢民。冒子時臥病，聞予至，急披衣起，呼其二公子穀梁、青若迎予水繪庵。其明日，開得全堂，延予入，酒行樂作。予色變，起固辭，而重違冒子意，乃復坐。客有稱《燕子箋》樂府譜自懷寧來者，因遂命歌《燕子箋》，回風舞雪，落塵遏雲。忽念吾其年《秦簫》、《楊枝》諸詞，真賞音者也。歌未半，予避席興揖冒子曰："止！"客問曰："何爲？"予曰："古人當歌而哭，謂不及情，然憂從中來，竊有所感而不能捨，然也。昔崇禎壬午，予游維揚，維揚者，吾師湯公惕庵宦游地也，予與冒子同出公門，因得識冒子。冒子飾車騎，鮮衣裳，珠樹瓊枝，光動左右。予嘗驚歎以爲神仙中人。時四方離亂，淮海宴如，十二樓之燈火尤繁，二十四橋之明月無恙。予寓魯子戴馨家，魯子爲予置酒，亦歌《燕子箋》。一時與予交者，冒子、魯子而外，尚有王子螺山、鄭子天玉諸君，皆年少，心壯氣豪。自分掉舌握管，驅馳中原，不可一世。曾幾何時，而江河陵谷一變至此。顧予來游，計道路所經，爲府者四，爲州者三，爲縣者九，爲里一千有二百，爲時五十有一日，所見皆馬矢駝塵、黃沙白草。問昔年之故人，死者死，而老者老矣。予《揚州雜感》有曰：'春衫夜踏瓊花觀，綺席新歌《燕子箋》。'撫今追昔，能不泫然，而忍復終此曲哉！"冒子仰天而歎，已乃顧予而笑曰："君其有感於《燕子箋》乎？予則更甚！不見梅村祭酒之所以序予者乎？猶憶金陵罵座時，悲壯激昂，奮迅憤懣，或擊案，或拊膺，或浮大白，且飲且詬誶。一時伶人皆緩歌停拍，歸告懷寧，而禍且不旋踵至矣。當是時，《燕子箋》幾殺予。迄於今，懷寧之肉已在晉軍，梨園子弟復更幾主，吾與子尚俯仰醉天，偃蹇濁世，興黃塵玉樹之悲，動喚羽彈翎之怨，謂之幸耶？謂之不幸耶？予之教此童子也，風雨蕭蕭，則以爲荊卿之歌；明月不寐，則以爲劉琨之笛。及其追維生死，憑弔舊游，則又以爲謝翱之竹如意也。"予曰："善！"冒子遂命畢曲焉，三作三終，盡其技乃已，月亭午而客始罷去。

（冒襄輯《同人集》卷三，康熙間冒氏水繪庵刻本）

【按】 得全堂係由如皋文人冒夢齡建於明萬曆末年，是如皋冒氏家班演出和冒氏家族觀劇的主要場所。陳瑚,字言夏,別署無悶道人、七十二潭漁父,私諡安道先生,太倉人。明崇禎十五年(1642)舉人,入清不仕。著有《聖學入門書》、《四書講義》、《求道錄》、《確庵文集》、《頑潭詩話》等。參見王塿《陳先生瑚傳》,錢儀吉纂《碑傳集》卷一二七;陳溥《安道公年譜》,《北京圖書館藏珍本年譜叢刊》第 71 册影印清光緒十八年太倉繆氏刻《東倉書庫叢刻初編》本,北京圖書館出版社 1999 年版。有關《得全堂夜讌記》及相關活動的研究,可參看郭英德《儀式與象徵:清順治十七年冒襄得全堂夜宴演劇述論》,載蔡宗齊主編《嶺南學報》(復刊第六輯)“明清文學研究”,上海古籍出版社 2016 年版,第 63—90 頁。

得全堂夜讌後記

[清]陳　瑚

　　歌《燕子箋》之日,座上客爲誰? 佘子公佑、錢子季翼、持正、石子夏宗、張子季雅、小雅、宗子裔承、鄁子昭伯、冒子席仲,皆吾師樽瓠趙先生之門生故舊也。談先生遺言往行,相與歎息。越一日,諸君招予復開樽於得全堂,伶人歌《邯鄲夢》。伶人者,即巢民所教之童子也。徐郎善歌,楊枝善舞。有秦簫者,解作哀音,每一發喉,必緩其聲以激之,悲涼倉兄,一座欷歔。主人顧予而言曰:“嗟乎! 人生固如是夢也。今日之會,其在夢中乎?”予仰而歎,俯而躊躕久之,乃大言曰:“諸君子知臨川先生作此之意乎? 臨川當朝廷苟安之運,值執政攬權之時,一時士大夫皆好功名、嗜富貴,如青蠅,如鷙鳥,汲汲營營,與邯鄲生何異? 嘗憶故老爲予言臨川遺事云:江陵欲貴其子,求天下名流,以厭群望。有以鬱輪袍故事動臨川者,臨

川不受。既過一友家，某亦名士，臨川言之，某色動。臨川曰：'欲之
耶？'某曰：'如後日何？'臨川曰：'果爾，公則有疏，私則有書，可以報
相公也。'其人果得元遂，以書力諫而去。若臨川者，亦可爲狂流之
一柱也。其作《邯鄲》也，義形於外，情發於中。冀欲改末俗之頹風，
消斯人之鄙吝，一歌之中三致意焉。嗚呼！臨川意念遠矣。豈惟臨
川，古之人皆然。鶉首之剪，翟犬之賜，亦當時君子眷念宗周，興懷
故國。怪夫強暴如秦，何以一天下；悖逆如趙，何以享晉國。涕之無
從，不得已而呼天，笑曰：'此必醉天爲之，此必夢天爲之。'史臣不察，
載之冊簡。後人信之，遂爲美談，千百年仁人志士之苦心湮滅盡矣。
甚至有借昔人之寓言，助二氏夢幻泡影之説，將使天地間有形有跡
之物，大丈夫莫大莫遠之任，一切付之雲飛烟散、酒闌夢覺間。嗚
呼！有是理耶！物之有生必有死也，有始必有終也。二氏畏之而思
避之，避之不得，乃設爲妄誕之辭，以炫惑當世。吾儒之道與天地同
其健，與日月同其明，與山川、草木、鳥獸、魚龍同其變化。且天賴以
成，地賴以平，日月賴以明，山川、草木、鳥獸、魚龍賴以咸若。有物必
終，有形皆死，而吾道獨無窮極也，其可諉之一夢已耶！今吾與諸君
子同游吾師之門，皆有志爲古人之學。吾師往矣，而其剛果之氣，挺
然不拔之操，尚有能言之者。嘗與諸君子共勉之。何夢之足云？"諸
君起謝曰："善。敢不早夜以思，從吾子之訓，毋忘今日之盟也！"

（冒襄輯《同人集》卷三，康熙間冒氏水繪庵刻本）

劾兵部尚書楊嗣昌疏

［清］沈壽民

臣沈壽民謹奏，爲綱常著而後可以正世風，功罪昭而後可以定

國是，敬抒愚直，仰乞聖裁事。臣猥以疏庸俗，謬塵薦辟，雅尊大節，獨恥苟安。伏讀聖諭，責令科道官直陳軍國大事，稱塞鮮當，臣特羞之，義激於衷，遂難緘然。竊聞國有禮斯治，雖師徒恩忽之會，倫紀不可不彰。臣移孝惟忠，當事數非常之時，進退尚宜預審。奪情爲變禮所出，掌樞實隆責攸歸。未有倖試於前，巧諉於後，背親負主，如兵部尚書楊嗣昌者，而舉朝不一言之，可異也。嗣昌以居喪起用，業一年矣。漢儒開金革無避之説，君子猶謂罪人；今甲有墨衰從事之科，或者止於武弁。是以李賢、張居正以草木而側元僚，而羅倫、趙用賢寧杖竄以扶大義。章明傳述，夫豈忘之？凡係含生，誰爲棄本？乃若遭時孔棘，寇迫門庭，君父總屬大倫，臣子勢難偏盡，則有倉皇奉命，慷慨誓師。宋劉珙之六詔不起，非所宜言；周伯禽之哭以征戎，恐在當效。遄控誠於當寧，戒凤駕於行間。就兇門避吉地，有死氣無生心。袵革荷戈，不啻藉苫處塊；乘危慮勝，有同茹痛銜哀。幸而賊可殲，終辭茂賞，藉此報君之烈，贖彼忘父之辜；不幸而事弗濟，不復退生，下可見其先人，上即酬其殊遇。詎有支吾旦夕，安枕京畿，外飾勤勞，中懷規避。於以巇天嘗而昧國憲，若嗣昌者，將誰欺哉？嗣昌撫狂寇震突之時，何如時也；邀皇上破情之任，何如任也。趨職即難偷樞席，興戎應先折敵衝。以爲機務不可荒，而先臣王驥曾已輟部徂征，究非起復；以爲視師罔有濟，而先臣楊博抑且出關收捷，起自艱憂。事莫大於會剿，功莫重於身親。内患剪，而戎鹵自是奢威；刻日平，而永久始無遺慮。奈何十面之綱，空佈無成；三月之期，既臻且盡。冰雪已泮，草芽浸萌，楚蜀之焰彌張，闖過之首誰授？而回顧孤孽，尚厚顏持策於司馬之堂，不亦辱朝廷、羞當世也耶！夫兵難遥度，以見勝聞；人未易知，惟明斯炤。故以劉大夏膺邦政，乃能薦楊一清以禦戎；以王瓊握本兵，乃能決王守仁以赴賊。嗣昌自計，當屬何倫？今斯建牙，豈皆頗、牧？火攻雖上策，焉得全恃？降敵多異心，未宜輕用。位相逼，理與撫而事難適從；習相沿，招與剿而玩成故例。向使懇祈皇上躬歷戎行，俞旨未頒，冒死頻瀆。若謂臣不出則令不必行，臣不出則局必不竟，臣不出則至尊之獨憂必不可釋，臣不出則違情之私譴必不可寬。機勢變移，原爭昝刻；籌謀陰固，猶忌章聞。願假便宜，肅將賜劍。道將不用命，則軍前有顯誅；渠魁未成俘，則微軀嬰首戮。賊滅則朝天有日，兵連則歸闕無期。似此微特忠諒於聖明，兼可氣吞乎醜逆。整旅以往，何兇弗摧？而偷匿因循，究將安底？萬一日復一日，師老禍延，別有難言，或出非料。一十二萬之兵，保嘗奮乎？二百八十餘萬之餉，保再充乎？烽火保息於郊關乎？游魂保絕於海上乎？金與粟而並詘，腹共背以交攻。祖宗櫛風沐雨之天下，出没豺狼。皇上避殿減膳之憂勤，太息流水。嗣昌斯時，雖屈首服丁汝夔之刑，束身死王洽之獄，竟何益哉！尤痛者，乞罷之疏屢聞，而反復無慮十數，冀逭斧鉞之或加；最擅欺者，從軍之請曾見，而後先僅掇數言，預杜肺肝之如見。乞罷爲百僚所尚，顧非語於衰經受詔之夫；從軍貴九死不移，何所賴於優游不急之口。嗣昌之意，路人知之；臣言及茲，寧逃聖鑒。臣因是而竊感於今天下事，未易言也。禁旅以壯國威也，而遠勤矣；邊戍以禦外侮也，而内調矣。敕中使以觀軍，懼貽後患也，而所在有遣矣；事開採以散賊，徒長厲階也，而成命未回矣。嘗賦已莫輸也，而俄興別配，有司乘以中飽矣；派新已難給也，而復用追前，眊庶無有聊生矣。在皇上不得已而行權，在諸臣何得矜爲無事。乃綸扉無見於平章之義，而覆轍是蹤；且銓鏡大愧於通要之稱，而賢路終阻。司言者多捲舌，經國者乏遠猷，鄙劣充朝，奸邪營進。霍維華賫恨以殂，而馮銓招蓄亡命，

尚横據於襟喉；呂純如失望堪憐，而阮大鋮妄畫條陳，猶鼓煽於豐
芑。豈籌兵必需此輩，實逆類巧爲藉端。靖共有人，庸令至此！又
何惑乎嗣昌之忠孝兩潰，而在廷無一指參者哉。臣身雖微，臣言近
正。伏祈皇上立敕嗣昌及時裁處，並以警諸尸位者，庶綱嘗著而功
罪昭，臣即没齒草莽無憾矣。臣曷勝激切悚息待命之至。

（《姑山遺集》卷一，康熙有本堂刻本）

【按】 原題"劾楊武陵疏"，題下署"戊寅二月京師"。戊寅即
明崇禎十一年（1638）。沈壽民（1607—1675）字眉生，號耕岩，門人
私諡貞文。宣城人，移寓南京。明末諸生，加入復社。崇禎九年
（1636），舉賢良方正，與沈士柱並稱"江上二沈"。明亡後隱居不
仕，與徐枋、巢鳴盛並稱"海內三遺民"。又與吳應箕、沈士柱、楊廷
樞、劉城合稱爲"復社五秀才"。著有《姑山遺集》三十卷、《剩庵詩
稿》、《聞道録》十六卷。生平可見徐枋《沈耕岩先生傳》（《姑山遺
集》卷首）、黄宗羲《沈耕岩先生墓銘》（《姑山遺集》卷首）。

楊嗣昌（1588—1641）字文弱，湖廣武陵人。明兵部右侍郎兼
三邊總督楊鶴之子。《明史》卷二百五十二列傳第一百四十有傳。
萬曆三十八年（1610）進士。除杭州府教授，累進户部郎中。天啟
初，引疾歸。崇禎初，起河南副使。十一年（1638），奪情入閣，仍掌
兵部。是年清兵再次入關，盧象升主戰，嗣昌主和，遇事掣肘，致象
升孤軍戰殁，嗣昌貶三秩，戴罪視事。十二年，文燦招降之張獻忠
等再起。崇禎帝特旨命嗣昌督師。次年，經襄陽入川駐重慶，追擊
獻忠軍。而獻忠"以走致敵"，明軍疲於奔命。十四年，獻忠軍長驅
出川，破襄陽，殺襄王。時李自成亦破洛陽，殺福王。嗣昌聞之，畏
罪自殺。著有《楊文弱先生文集》等。今有梁頌成輯校《楊嗣昌集》
（兩册），收入《湖湘文庫》，嶽麓書社 2008 年版。

再劾兵部尚書楊嗣昌疏

[清] 沈壽民

臣沈壽民謹奏，爲樞臣籌國已誤，微臣昧死直陳，特乞聖裁，急圖全算事。臣愚奉檄輦下，益切主憂；生長江南，又迫鄰震，遂於本年二月二十三日具"有綱常著而後可正世風"一疏，直斥兵部尚書楊嗣昌，之後资呈通政司久矣。嗣昌，樞臣也，與群臣異；嗣昌，奪情之樞臣也，更與樞臣異。身厠草木，擢掌六師；請費請兵，有乞必允。皇上倚任之、注盼之者，在廷猶有二哉！奈何閱歲以來空文閣實，了無裨於邦政，徒有潰於人倫。臣非無知，奚容默默。伏見通政司以逾額存案，惟有聽之，日復一日，不意其乖方轉甚也。謹據近事，舛逆終昧死爲皇上陳焉。臣聞古人臣之謀國也，其慮害遠，其審機確，木有苟且眉睫、游移齒頰間者。漢段頴營先零時，議招降甚切，而頴謂其攻没縣邑，上天震怒，假手行誅，斷以二夏，定之足矣。事平，果二夏也。唐馬燧營河中，朝臣請宥甚多，而燧謂其逆計已久，捨之屈威靈，無以示天下，願得三十日糧，定之足矣。事平，果三十日也。使有如今日者，矢口三月，茫無寸功，剿既不能，撫且飾罪，不亦上欺朝廷，貽笑史册哉！臣愚以爲嗣昌已逾之剿期，即緩責而方成之，撫議卒難恃也。明旨曰"相機操縱"，非專任縱也；曰"殲渠散脅"，尤先務殲也。嗣昌既不能躬履行間，循先朝大臣起復故事，軍旅之寄，一付理臣，則理臣熊文燦之一事一言、一出一入，非其同心而遥協者乎？始於逍遥塗側，聽其銜命不趨，繼之擁兵嬉游，聽其訓齊無紀，混摇等十數萬之賊方横豫中也。微文燦撤兵於前，即嗣昌移將於後，張任學情形之兩疏不具在乎？雖任

學慷慨勁力，究何裨乎？而況今以總兵官歸其部勒耶。鳳、泗之狂
氛稍創，鎮臣正漸次搜滅，仰慰二陵也。微嗣昌預嚴聽調之檄於
前，即文燦忽傳會議之牒於後，左良玉之塘報不可推乎？雖良玉善
戰，能無中輟乎？而況一以招安之責堅屬之耶。此兩人欲爲撫，復
阻人爲剿之，明驗也。既而遂誘劉國能於隨州矣，既而再餌張獻忠
於襄陽矣。委曲懇祈，幸其一諾，遽謂彼無反側，此應招徠，抑何未
正剿之名，而並失撫之術哉。夫流寇之始於榆林軍也，蔓延七省，
肆毒十餘年矣。所屠城邑士民，括舉無慮數百萬。所在有一户絕
噍類者，有一姓靡子遺者，有截首剜心者，有抽腸裂腎者，有四肢碎
解者，有五官鏤剔者，有烹者，有鍛者，有坑者，有箭攢者，有束藁燃
者，有釘掌楹柱者，有腹背以刀畫花草者，有剖腹實豆以飼馬者，有
取孕婦胎元燃膏炤地者，有擲嬰兒於湯火與承槍槊爲戲者。誰非
皇上赤子，備極殘烈至斯也。甚乃悖逆滔天，擅驚寢殿。凡屬臣
子，疇弗痛心。嗣昌而義切仇讐、聲罪除兇之外，徐令文燦持降議，
豈爲後哉？以奉揚天討，則元惡必擒；以特錫尚方，則逗遛必斬。
以一十二萬方張之師，則師不爲不武；以二百八十餘萬咸集之餉，
則餉不爲不充。果能殄其一股，則諸股自爲寒心；果能殄其一雄，
則群雄自爲落膽。即使面縛輿櫬，奔詣軍前，猶應宣佈皇威，律以
大無道、殺無赦，而後愍其歸死，昭上恩德以宥之。詎有漫無剪治，
頓事姑容，招之不來，彊而後可，於以褻王怒而驕敵情，若文燦者，
嗣昌反助之謀耶！皇上試取文燦近奏，就其區置劉國能、張獻忠二
事觀之。國能則以憑之武生翁人吉往復游說，已墮軍威，猶可言
也；張獻忠則反聽之賊黨，秦繼塘惟言莫違，大傷國體，不可言也。
天下有不能殺人而能生人，不能任事而能定事者乎？力足以鎮寇，
衆寡强弱，惟吾鞭箠馭之，乃一以萬人爲請，輒曰誰敢擔承？誰敢

上疏？有此且前且却、首鼠畏忌之成略乎？天下有授柄於敵，而可攝政聽命於人，而可服人者乎？收納解散之權宜莫能手握，而倏減數千，倏定四五千，爲賊之使令者可否？反得獨斷，制賊之死命者，進止顧不得自專乎？天下有上伐下正，撫逆非交質，而乃援賊之認帖以爲重者乎？兵馬一成之數，可散也，亦可收之。苟懷二心，空幅安據，至奉天子之聲靈，以邀其一紙講盟結約，寧有加乎？天下有陰謀破邑於前，陽示收復於後，要挾無狀，求予地，而我即予地唯謹者乎？轂扼上游，從違自便，既奉其妻子而入，復難驅其妻子而出。豈授官除爵之不足以供其慾，而必割壞分土乎？據其籌兵，則其似罄中外之精良無當於用，而惟藉群力於餘孽，始克振暢天威；據其告捷，則似諸將士之俘斬未爲有無，而一恃降寇爲先聲，便已鋪揚殊績。欲苟延於旦夕，但稱帝德之好生；欲乞助於觀軍，每云監臣有深信。未嘗來歸，強飾勿絕；政多狡突，何無蕩平？現今鼓衆東奔，殞將失利，六營連應，江北震搖，向所爲既撫兩股餘賊，一意用剿自成破竹之勢者，文燦胡易言哉！臣書生也，本昧軍旅，特以執往籍驗近事，得失成敗可以反觀。蓋古人之剿不失撫者，代有之。而要其施爲，固有序也。耿弇大破張步於臨淄，僵尸相屬，步始窘促，負斧鑕於軍門，任其傳詣行在，罷衆十餘萬，歸鄉里。馮異大破樊宗於崤底，東走宜陽，崇始棄兵甲如山，肉袒獻所得璽綬時，但待以不死，給田宅，終其身。朱雋既入宛城，不遽聽韓忠之請命，曰海內一統，惟黃巾造寇，納之不足，勸善討之，庶以懲惡，遂並兵逐北，斬首萬餘級，而後降之。岳飛既平襄漢，始乘勝招巨寇於湖中，賊黨黃佐曰岳節使號令如山，若與之敵，萬無生理。遂惶懼乞降，誓死奔走無異志。古人先剿後撫之成效，此其較焉章明者也。威不極，則惠不深；力不窮，則心不帖。以今視昔，孰是孰非？而爲文燦者，憒然不知擒縱之方，妄狃海上之前規，僥倖於再試；爲嗣昌者，夷然不顧養癰之可慮，復將未蓋之父愆仍襲爲便圖。遵此術也，以往雖遠寬三歲之限，更累數年之民，卒恐盪賊無期，而漫欲告成於旦暮，不亦誕哉！臣於是不能爲文燦解，更不能爲嗣昌解也。以緱經之身，崇樞筦之重，大利大害，一惟斷裁，乃未見爲國家建萬世不可拔之謀，而僅計支吾於終日。其不能剿寇，而持撫爲嘉謀也，猶之不能禦寇，而主賞爲長策也。即今關外覘竊，市口戒嚴，自非仰儲聖威，寧遽東遁。朝廷隆禮，司馬謂何緩急無益如此。臣愚不勝憤懣，冒昧直陳，斧鉞之臨死無所避，等死耳。與其不盡言而死，曷若盡言而死。故方懲逾額之失，旋蹈違制之辜。區區之忱，惟冀皇上嚴敕嗣昌諸臣無甘無國。至臣前疏之存案通政者，望諭進呈，然後加臣顯誅，有餘幸矣。臣無任戰栗隕越席藁待命之至。

（《姑山遺集》卷一，康熙有本堂刻本）

【按】 原題"再劾楊武陵疏"，題下署"戊寅四月京師"。

三劾兵部尚書楊嗣昌疏

［清］沈壽民

臣沈壽民謹奏，爲敬遵近旨，約省芻言，再指誤國樞臣，仰憑乾斷事。臣近閱邸報，伏見通政使司通政使張紹先等題爲恭請聖裁事，奉聖旨"這本既違式，不准封進。該部知道"；又見兵部尚書楊嗣昌奏，爲奏聞犬馬下情等事，奉聖旨"已有旨了，卿不必又請封進。該部知道。欽此。"臣竊恭繹明綸，戰慄旬日，凜凜天語，蓋爲臣糾樞臣兩疏而云也。草莽樸忠，罔知裁束，幸不即加譴斥，但諭違式。是皇上未嘗絶臣以言，而臣猶得循式以達。敢約舉原指，終

昧死陳之。臣惟今天下之患,至流寇而極矣。毒衍萬里,非如夷鹵
之僅伺一隅也;猖獗十餘年,非如海氛之既張猶息也。皇上痛念艱
危,獨有自喻,銳欲得人之意,曷嘗須臾忘哉。奪情而擢楊嗣昌於
苫塊之中,蓋因時以變禮。嗣昌受命以進,荷樞筦之重,在移孝以
作忠,當斯時也。臣企伏草猥,計嗣昌此行必仰副明詔無忝也。年
來督撫失職,分剿合剿,總屬空文。嗣昌出,而遽仿先臣起復故事,
躬率將卒,力破積欺,豈非盪寇之先務哉!今何如也?竊位自喜,踞
一中外肅瞻之司馬堂,而始不知有慷慨視師之志,既略掇以親詣軍
前之言,後乃悔其三月立限之期。茲益瀆其乞休求斥之請,以爲邦
政可嘗試也,姑任之;以爲責成終難期也,又卸之。據其空言鋪敘,
真若十面可憑;乃其勣力無聞,何怪逾時罔效。總之不俟今日,已知
實可殲賊之説爲詭罔聖明矣。臣於本年二月二十三日具有"綱常著
而後可正世風"一疏,言之詳矣。年來逆醜狡謀,倏叛倏降,初無固
志。嗣昌出而一秉古人制寇成規,務殄渠魁,徐寬脅從,豈非久安之
長策哉!今何如也?四顧無人,薦一言過其實之熊文燦,而始攘海
上驍將之功,既邀金吾延世之賞。茲信奸人造撫之謀,竟恃豺虎一
紙之盟。不求討賊,求媚賊,上羞國體,至不堪聞;不順民情,順敵情,
屠戮無辜,反酬要地。雖陽尊弗絕之旨見爲遠沛皇仁,實陰懼不職
之誅其藉支吾旦夕。此又不俟他日已知。互恃苟且之計必釀禍無
窮矣。臣於四月十五日具有"樞臣籌國已誤"一疏,言之詳矣。臣一
介士也,積之胸臆,瀝之闕庭,情急疾呼,總爲君國政使。言而是,嗣
昌勉焉可也;言而非,嗣昌辯焉可也。左右覘聽,進退周章,胡爲者
乎?今據所奏,質之朝廷。建官分職,原戒侵撓;喉舌之司,詎容過
問?近方嚴未奉旨不得發抄之戒,而嗣昌乃欲於未進之疏擅叩通政
司,竟視皇上爲何如主耶?未審臣語,何得遽誣?未職臣名,何得輕

詆？小人揣摩之説，又胡爲者？天下有握樞大臣籌市籌賞，模稜支飾，漫無指歸，謬援以大事小之文，卑中國而尊夷鹵，爲三尺孺子笑罵者，反腼顏自居於君子哉？凡此業經聖鑒，不必覆明，然亦可得其人之概矣。雖然臣抑危矣。臣首疏專斥嗣昌，曾刺及於逆類；次疏再糾嗣昌，備指罪於理臣。怨仇既多，禍不旋踵。何如遵式申奏，明乞處分。縱皇上宥臣弗誅，義有歸耕老耳。至於前言溢格，或念無他邀異而收之，終非微臣敢望也。臣不勝席藁待命之至。

【按】 原題"三劾楊武陵疏"，題下署"戊寅五月京師"。

（《姑山遺集》卷一，康熙有本堂刻本）

書陳定生遺像

[清]沈壽民

予既哭亡友定生於亳村，因走筆識其遺像。時偕秦燕及吳弗如。

我來荆溪，風號雪欺。維秦維吳，汝道予隨。

荆溪我來，山虛木摧。有友陳子，閴誰在哉？

雲淰淰其長往，流汩汩其不廻。鄰人嗟其未已，吾意繾綣而難。

開覿斯人兮不可得，于思于思（思音顋）烔紙上乎徘徊。

【按】 此文，卷首目録中題作"書亡友陳定生遺像"，正文中題作"書陳定生遺像"，題下署"丙申十一月"。

（《姑山遺集》卷二十，康熙有本堂刻本）

楊維斗稿序

[清]沈壽民

方純皇帝在宥之十季，褎然舉陪畿第一者，太傅王文恪公也。

制科之業,所繇昌矣。我國家以經義進退天下士,士用是後先躡
跡,聲沸宇内,無慮數十家。乃以稱乎宗匠一時,模楷後禩,人無愚
與智,靡不首指文恪公者。蓋自文恪公之挺興於吳也,天下以爲文
章風運尸自大江以南。齊楚雖彊,惡乎與鄒魯侈文學哉!世習之
漸以衰也,大雅亦滋以失,學士益日趨爲苟且之務,而典刑蕩然。
於是明者悲之,謂夫是道也,大江以南,實屬首政;敦舊緒而光大其
業,無亦唯其鄉之人,責有攸繫乎。吾友楊子維斗爰起而與二三君
子肇修厥事,切劘古學,隆厲先喆。蓋行其道不數季,而海内長材
異能之輩的赴響奔,復知誦述文恪公之言,壹循循是式者,彼其爲
力多也。論者顧以起衰之與脅業,功固相倫,而遇復相准,此其故
殆有天焉。豈非以今之褎然舉陪畿第一者,幾二百年而揆如一轍。
天之彰異吾維斗,卒仰跡夫文恪公無異哉。而一皆同邑產也,無乃
地氣維與? 又前後蔚起於午,爲炳炳乎陽長之日,亦云奇矣。屬者
天子聖明,銳意中外事,旁求俊乂,懋襄成績,維斗其行哉! 大道之
興,予日望焉。尚意康陵時,文恪公以讜言偉節晉列公孤,阻抑群
奸,皭乎不辱。逮今,沉復其"貴戚赫奕,不能附麗;權璫狂猘,不能
媕阿"之語,何凛凛也。稽往哲而懷執鞭之慕,庸獨文章云爾乎! 竊
惟維斗介在草莽,抗義陳道,志誼屹如。預以逆諸來者之所就,必弘
且鉅,當亦不獨文章儀世已也。要其所爲文章,稟於法而有度,酌於
雅而弗曼。循而求之,則夫修行砥名之大指,抑可以見其概焉。

(《姑山遺集》卷九,康熙有本堂刻本)

【按】楊廷樞(1595—1647)字維斗,號復庵,南直隸蘇州府
長洲(今江蘇蘇州)人。南京兵部尚書莊簡公楊成之孫、諸生楊大
漢之子。《明史》列傳第一百五十五有傳。早年爲諸生,以氣節自
任,曾爲東林黨人周順昌平反奔走呼冤而聞名。崇禎三年(1630),

舉鄉試第一。"文名振天下，從游之士頗多"，爲復社領袖之一。順治二年（1645），清軍南下蘇州。他因反清事泄，"避地蘆墟，泛舟蘆葦間"。順治四年，蘇松提督吳勝兆反清，策劃人戴之雋爲楊廷樞門生。廷樞遂受牽連，爲清吏所執，不屈，五月二日在永安橋（即泗洲寺橋）南被殺。門生私謚"忠文先生"。乾隆十年（1745），知縣丁元正在泗洲寺左側建祠以祀。乾隆四十一年（1776），清廷賜謚"忠節"。著有《古柏軒詩集》、《書經宙合》、《全吳紀略》一卷。其殉節事，可見計六奇《明季南略》卷四"楊廷樞血書並詩"條。

答劉伯宗書

[清]沈壽民

　　都門時日竚望驪御之至，訖無能副，衷緒愴然。長安冠蓋如雲，無事告語，眼明識定，決須孤立行一意，徙薪宜豫，築舍難成。使諸公糾舉雄奸，皆於其爲虺摧之，何至掠其頭、嬰其毒乎？祖宗設納言，疏上下之蔽；今也壅格之，甚於防川。張以考授通參，冒升正印。此令甲所罕出，藉舊銓香火之援，破成例耳。他如蠅營狗苟，狼貪蠆毒，罄竹難具。至儼然九列，攝衣登田氏之堂，屏驪從，索女伎，親鼓琵琶，侑酒下食。令則之自比倡優，再思之效舞高麗，有以異乎？金伯玉語弟如此，亦可詫矣。弟之攜疏詣其門也，凡七往，始上達。書生無軍國之計，人民之司，情迫陳言，不過仰起見於朝廷，俯圖稱於清舉。乃誣讒任口，斥辱百端。封事未徹於御前，已私獻武陵之第。武陵德之深，故護之切。彈章頻上，卒奉寬旨，有以也。先生攬轡以北，諸政事得失、賢奸消長之介，必多發抒。以弟揆之，吾儕托諸空言，不如見諸行事。科目之倫，高自位置，卑視徵辟，以一切盜虛名、寡明效耳。兄經時大略，垂髮早裕，即展驥於一州一邑，武城弦歌，桐鄉謠詠，自不必言。劉忠宣不肯留館，自請試吏；王端毅務明體適用之學，獨出爲吏。究之兩公所不朽者，何如？今士業已決策於先，先生宜同聲於後。何事昂首論列，批鱗折檻，始見平生？且政府耽耽，側目保舉，匪朝伊夕。近臺中左姓橫加鄙薄，實被嗾使；而喉舌之地又有張龍、趙文華其人。無論有言，格於不得入；即入矣，聰后等以爲浮辭，群憸巧行其排擠。言弗用，猶弗言也。伏惟澄省詳思，毋以麐鳳之軀，輕投豺虎之口。抑先見其實者、大者，使異族之子顙推舌撟，無敢議其後；然後慷慨論諫，待諸他日，不爲道之正、事之便哉？迂疏若弟，感時冒昧，偶然而已，不足羨異。我輩雖伏處草野，要當體上天生才、國家需才之意，儲爲有用，共障傾危。不當遂意徑情，浪於一擲。先生安得不厚自愛惜耶？征車漸邁，合並無時，臨風翹結。

（《姑山遺集》卷二，康熙有本堂刻本）

【按】 正文題下署“戊寅□□（或□□□）”，“戊寅”後爲月份，原文剜去。劉城（1598—1650）字伯宗，貴池（今安徽貴池）人。明季諸生。崇禎九年（1636）以保舉廷試，授知州，不就，史可法薦授刺史，亦不就。入清屢薦不起，隱居峽山以終，足不入城市。工詩，與同邑吳應箕齊名，號“貴池二妙”。著有《春秋左傳地名錄》、《嶧桐集》、《古今事異同》、《南宋文範》等。生平見《皇明遺民傳》卷四。

冒辟疆壽序

［清］陳維崧

先生庚子屆五衮，我適來捧金屈巵。婁東作序字椀大，研繚綾上蟠蛟螭。

十年庚戌再祝嘏，合肥夫子爲之詞。花前禿筆掃屏障，酒痕墨瀋交淋漓。

今春庚申又七十，佳郎賭着班斕喜。先生臨觴忽不御，無限往事纏心脾。

風流文采竟誰是，二老一去還無期。何人話得老夫事，只有陽羨粗能爲。

嗟予壯歲病狂易，花顚詩癖誠難醫。東皋一住竟十載，僮僕怪詫妻孥嗤。

當時情事最碎瑣，大半已逐烟雲澌。別來霑醉一桄觸，十亡七八勞追維。

君園記是號水繪，水色淺鬭佳人眉。每逢風日弄妍煖，便載香茗搖漣漪。

綠窗小榻褚歐帖，翠几錯列商周彝。酒憐雪後熟偏早，客怕花前來小遲。

此間萬事絕稱意，即論餔啜還相宜。鮮香花露漬粗粔，肥滑蘘荷煎蛤蜊。

當筵忽憶平生時，老顚戟天張兩頤。曾經倚醉忤丞相，幾遍束身歸有司。

搖手真愁京貫怒，撩鬚都爲膚滂尼。至今名姓有人説，不信請驗東京碑。

君家樂部更姚治，滿堂箏板花參差。倚闌十面腰鼓鬧，白雨點罷春霆隨。

喚來淘洗半生恨，聽去打散前朝悲。此時竹肉最幻眇，向後烏兔頻推移。

沙經搏手歘然散，電遇瞥眼誰能追。我今遭際本意外，一身甘受朝衫羈。

空餘東皋諸巷陌，歷歷秋燈時夢之。隔歲先生寄一紙，行楷瘦硬縈蛛絲。

上言子已得官爵，別久脫復將余思。下言皋俗子眼見，老夫況復年來衰。

田園斥盡歌舞罷，賓客謝絕亭台歌。我知先生固達者，一語亦復因風馳。

雖然百事不如昔，缽池尚浸青玻璃。入春三月池水漲，小桃亂放紅胭脂。

插花獻罘者誰子，此是紅閨雙畫師。（先生有兩姬人，善丹青。）

（《湖海樓詩集》卷七，康熙二十八年陳氏患立堂刻本）

【按】 此詩原題"壽冒巢民先生七十"。陳維崧的詩文中本無《冒辟疆壽序》一篇，但由以下兩篇文字可見孔尚任對於《考據》中所列的篇目常有改題，並且詩文不分，所以所列出的"冒辟疆壽序"可能即此篇，故暫予收錄。依《湖海樓詩集》所標編年時間，此詩作於"庚申"，即康熙十九年（1680）。

左寧南與柳敬亭說劍圖序

［清］陳維崧

寧南嚘喈大出師，軍中百戲無不爲。潯陽戰艦排千里，夜闌說劍孤軍裏。

虎頭嗔目盤當中，其意自命爲梟雄。說時帳前卷秋月，說罷耳後生悲風。

軍中語秘聽者死，寂不聞聲夜如水。左坐一將軍，右坐一辯士。

辯士者誰老無齒，尵顏摺脅醜且鄙。得非齊蒯通？乃是柳麻子。

此翁滑稽真有神，少年矯捷矜絕倫。青春亡命盱眙市，白髮埋名說事人。

寧南置酒軍中暇，愛翁說劍真無價。橫刀詎趣提湯烹，洗足寧來踞床罵。

飄零大樹蔓寒烟，翁也追思一惘然。西風設祭悲彭越，夜雨傳神倩鄭虔。

感恩戀舊纏胸臆，故國無家歸不得。惡少侯王盡可憐，三更燈火披圖泣。

（《湖海樓詩集》卷二，康熙二十八年陳氏患立堂刻本）

【按】 此詩原題"左寧南與柳敬亭軍中說劍圖歌"，依《湖海樓詩集》所標編年時間，作於"乙巳"，即康熙四年（1665）。

哭侯朝宗

[清]陳維崧

雨圻倉琅攬客愁，戟門不動鎖空樓。全拼蛛網塵棋局，曾倩花枝當酒籌。

一代高名荒塚在，三春廢宅野花稠。我來長日昏昏睡，鄰笛誰吹起客愁。

其二

何李中原俱失志，文人似爾更飄蓬。城亡陷賊麻鞵日，補急為奴複壁中。

萬卷鯨吞還跋浪,九天鵬翼誤培風。浮生久悟窮通理,不分林花作意紅。

其三

傀俄土木氣難馴,酒後論文勢更振。每向空蒼追大雅,時於刊落見天真。

鷹翻兔窟原無跡,馬騁蟻封始絕塵。最是飲醇還近婦,信陵末路倍憐人。

　　　　　　　　　　　　　(《湖海樓詩集》卷三,康熙二十八年陳氏患立堂刻本)

　【按】　此詩原題"哭侯朝宗先生",依《湖海樓詩集》所標編年時間,作於"戊申",即康熙七年(1668)。

張瑤星招集松風閣用陶公飲酒韻

　　　　　　　　　　　　　　　　　　　[清]龔鼎孳

黃虞既云没,處俗乖我情。君子秉幽尚,遯世無狗名。
空山有濁醪,聊以遣吾生。夕陽已復下,歲晚心恒驚。
不見高蹈士,一往名竟成。

其二

貞松不塵處,高雲無群飛。鑿坯類慢世,安知心所悲。
葉落戀故柯,中林猶可依。萬動息初夜,獨鳥知還歸。
百年能幾何,所恨不早衰。沉飲非養生,庶於意不違。

其三

志士愛溝壑,處死誠有道。赫赫壯毅公(瑤星尊人殉東萊難),生非牖下老。

遺烈炤後昆,天地不能槁。時會既代謝,令名猶完好。

全身事杯杓，不辱以爲寶。河海有素源，卓犖冠人表。

其四

清晨聞叩門，客自遠方至。（謂祖命也）相期過林莽，醺然同一醉。

攬鬢歡昔顔，意滿語無次。生世多別離，縞紵心足貴。

磬折車馬人，焉知飲中味。

（《定山堂詩集》卷一，康熙十五年吳興祚刻本）

【按】 清顧景星有《烈皇帝御書"松風"二大字顧苓得之某司香遂揭於齋中》五律四首，作於順治六年，見《白茅堂集》卷七。題下有注云："苓字雲臣，廬閶門外，半塘繞屋，引水自隔。"其中"雲臣"當作"云美"。末一首尾聯"獨有華陽洞，天書貯幾通"有注云："萬歲山淑景峰有石刻御坐，二白松覆焉。松風本陶弘景事。"顧苓（1609—1677）《塔影園集》卷二有《松風寢記》。屈大均（1630—1696）有《御書歌》詩，見《道援堂詩集》（凡十三卷）卷三，前有序："烈皇帝御書'松風'二大字，布衣臣顧苓奉之草堂，顏曰'松風寢'。臣大均獲拜觀焉，感而作歌。"屈大均又有《顧雲美六十》五律二首，見《道援堂詩集》卷六，其一首聯云"寂寞松風寢，先皇御翰留"，有自注："君齋懸御書"松風"二字。周亮工（1612—1672）《印人傳》卷二有《書顧雲美印章前》。由此可推測張瑤星以"松風"名閣，或有兩層涵義。有關顧苓的家世、生平和交遊，可參見鄧長風《明末遺民顧苓和他的〈塔影園集〉——美國國會圖書館讀書劄記之十八》，收入《明清戲曲家考略續編》，《明清戲曲家考略全編》上冊，上海古籍出版社 2009 年版，第 29—42 頁。

有關張瑤星的生平，可參看張怡撰《白雲道者自述稿》（南京圖書館藏抄本，一卷）、張符驤撰《白雲山人傳》（《依歸草》卷二，康熙

刻本)、方苞撰《白雲先生傳》、陳鐘鳴主編《清代南京學術人物傳》
(南京大學出版社 2003 年)中華樂雲爲張怡所作傳記(第 31—39
頁)、崔逸飛《張氏家族文學研究》(南京師範大學碩士論文 2013)。

但崔逸飛《張氏家族文學研究》中對於張怡生平的敘述前後存
在矛盾之處,如第 17 頁謂:"崇禎六年(1633)春,張怡上京陳述張
可大死事,未得答復則遇母喪,遂返鄉。崇禎七年(1634)再次北
上,滯留三年方還。崇禎十三年(1640)再次北上就職"。第 47 頁
卻又謂:"崇禎六年,張怡北上請恤,恰逢母喪,遂還南京。崇禎七
年再次入北京,得旨與全卹而歸。崇禎八年至十二年居南京,料理
其父喪事。崇禎十三年承祖蔭授爲羽林正千戶。十四年宦遊北
京,至十七年崇禎皇帝煤山之變,明亡,削髮潛逃於十月十日回到
南京白雲庵,至此再未出仕。"

另南開大學圖書館藏盧文弨選編、張怡撰《濯足庵文集鈔》同
治五年凌霞鈔本,卷首有乾隆四十一年七月七日盧文弨所作序,序
云:"《濯足庵文集》者,上元張怡白雲之所著也。父可大,明登萊總
兵官,死孔有德之難,謚莊節,事載《明史》。怡之生也,園中鹿適亦
產子,故命曰鹿徵,字瑤星。於後乃更今名。亦或以'怡'爲'遺'。
崇禎末年,陷賊不屈,瀕死者數矣。卒乃脱歸,乃築室於攝山,以祀
明徵君,曰白雲祠,主其香火,而終老焉。"亦可略見其家世、生平。
參見肖亞男《盧文弨〈濯足庵文集鈔序〉小議》,《文獻》2013 年第 4
期。《國朝先正事略》卷四十六《張白雲先生事略》載張薇歸里後
"獨身寄攝山僧舍",但身份是道士。攝山,即棲霞山。孔尚任《白
雲庵訪張瑤星道士》詩亦可證。但據張瑤星的《白雲道者自述稿》,
"崇禎十七年三月,逆闖抵近郊,奉命緝西城。十九日,城陷,喧傳
駕南幸矣。冒死追扈,不得。時寓金陵文后館,歸而館爲賊據。乃

投浣花庵，友蒼師爲削髮。二十一日，始聞煤山之變。龍殯停車東華門外。突奔在道，爲賊所執，以見僞帥劉宗敏。"宋之繩的《柴雪年譜》(有康熙十八年刻本)也記載，崇禎十七年三月十九日北京城陷時，張瑤星曾逃遁至京郊的浣花庵，蜀僧友蒼爲之祝髮。可見其亦曾爲僧。《柴雪年譜》對甲申三月十九日北京城陷前後的情況記述較詳，可補史闕。

清代姚佺輯有詩歌總集《詩源初集》，又名《十五國風删》，成書於順治年間，現存有清初抱經樓刻本。該集"楚四"卷收載了張怡的《九歌》組詩，凡九篇。作者署"張遺"，小傳謂其"字瑤星，號濁民，孝感人"。崔逸飛《張氏家族文學研究》附錄二"張氏家族簡譜"載康熙二十七年(1688)四月穀旦張怡於古鏡庵南窗作《雲謠九疊》①。《雲謠九疊》應包括九篇，在數量上與《九歌》相合，不知是否爲同一組作品。

張怡在《九歌》中自述生平，涉及其遊歷、文學接受、創作和思想等情況，多爲其他文獻和已有研究未提及者，對於瞭解張怡的生平、思想具有重要價值。但受到體裁的限制，其中所述及的事件和情況雖基本按時間順序排列，但沒有明確的時間標誌；詩中運用了不少典故，表達簡潔、凝練，但又有些模糊。以下依照九篇詩歌的前後順序，結合其他文獻資料，對這一組詩進行簡要的詮解。詩中圓括號内的文字爲《詩源初集》中原有的旁批。

　　四座且莫喧，聽我一歌行路難。昔我東游齊魯間，將涉蓬萊登泰山。

---

① 崔逸飛：《張氏家族文學研究》附錄二"張氏家族簡譜"，南京師範大學碩士論文，2013年，第104頁。

東方鼠盜破城邑，弓劍攢簇摧心肝。拉脅折齒難具述，侍
生奉死圖刀環。

敝舟託命聊自救，簸蕩滄海無安瀾。如彼坳堂積杯水，一
蟻誤落芥子端。（忙中著辟喻，甚得頓挫之妙。）

東西奔走苦無措，忽然到岸中心歡。群蟻握手相慰勞，反
覆驕語此水真奇觀。

嗚呼，一歌歌未闋，出門不知天地寬。

此爲第一篇。"東方鼠盜破城邑"，指崇禎四年（1631）吳橋兵
變（或稱登萊兵變），孔有德叛明，破登州，圍萊州，時任登萊總兵官
的張怡父張可大（1579—1632）以身殉國。張怡其時隨父在軍中，
親身經歷此一事變，後出逃、南還。他在《白雲道者自述稿》中對此
記述道："夜臥善談，潮起，幾漂没之險"，"一葉孤舟浮於海中，無島
可泊，極目浩渺，視身如蟻"，"擬從先大夫於地下，而念殉國之忠魂
與八旬之祖母作何歸計，且遺命在耳。忍□達旦。此平生第一苦
趣也。"

從"將涉蓬萊登泰山"可知，張怡當時擬登泰山，因事變突起而
不果。而清魏憲所編詩歌總集《詩持二集》（有康熙間魏氏枕江堂
刻本）卷一收張怡（署"張遺"）詩十四題十六首，小傳云其"著有《二
勞》、《泰山》、《厄言》諸集"。十四題詩中有《望岱》、《盤路望諸峰》、
《大小龍峪》、《小天下處》、《五華峰對月》、《將登日觀以微陰阻》、
《辭嶽》。卓爾堪輯《遺民詩》卷一收有張怡的《登岱》、《西闕丈人
峰》、《由新盤路而下》等詩。以上諸詩應作於康熙二年（癸卯
1663）、三年（甲辰1664）間。張怡《由靈巖登岱記》云："癸卯春，予
爲岱遊，訪公（按指周亮工）於雲門。公要入署中飲食，教誨有加，
時雪客（按指周亮工子在浚）兄弟咸相朝夕。畢竟野草骨相，終戀

長林,遂於甲辰秋辭公歸。"①雲門,即雲門山,在山東省青州市南,一名雲峰山。周亮工有《雲門送胡元潤還白下》詩:"另崰君能到,雲門得暫停。"②康熙元年十月,周亮工以僉事起復,補山東青州海防道。次年春初,赴任青州,三月抵青州。康熙五年五月,調任江南江安糧道。周亮工《題姚伯佑梅花箋子》云:"今歲在江南,一過靈穀,梅尚無信。渡河來,絕無暗香疏影,惟從瑤星箋上得見伯佑此枝。江南河北,一年花事,如是盡矣。……予與兩君同家江上,同客青、齊,折來歲晚,看去鄉思,誦少陵詩,令人百端交集矣。"③兩君,指張怡和姚若翼(字伯佑)。

兒時讀書記姓名,壯而馳馬試劍喜談兵。夜聞甘泉達烽火,平原鐵騎連千營。

少年好戰如好色,不避矢石鞭稍橫。三百健兒視馬足,出塞入塞無留行。

下有深閨夢裏之白骨,上有干雲蔽日之檛槍。陰氣慘淡白日落,腐骴狼籍蛟唇腥。

老將縮脰抱頭泣,我方醉呼俠少彈鳴箏。(此真自道,非誇大也。)

談笑功成不受賞,依然挾策爲諸生。嗚呼,再歌歌已成,半生俠氣何時平?

此爲第二篇。由旁批可知,詩中所敘實有所指,應指崇禎二年(1629),白蓮教徒、徐鴻儒餘黨圍攻山東萊陽,張可大率兵討平、解

---

① 明張怡:《由靈岩登岱記》,《濯足庵文集鈔》卷上,南京圖書館藏清抄本。
② 清周亮工:《雲門送胡元潤還白下》,《賴古堂集》卷六"五言律",上海古籍出版社1979年版。
③ 清周亮工:《題姚伯佑梅花箋子》,《賴古堂集》卷二十三,上海古籍出版社1979年版。

圍事,張怡時因省父,在其父軍中。此中所敘事件可見《白雲道者自述稿》中的以下紀述:

> 己巳,道者往定省。甫至,而蓮妖猖獗,先大夫命將討平之。部檄至,調東省兵三千入援。道臣王廷試惜行犒賞,止發千人,且緩期。先大夫毅然曰:"君父有急,乃爾洩瀉耶?"不俟發兵,率健兒三百騎,命鹿徵隨行。遣牌云:"山東大兵二十萬兼程勤王。"所過州縣,備糇糧以待。敵聞之,稍卻。抵良鄉,毀,無居。入夜投空屋,裹甲臥土炕上,血腥觸鼻,燭以火,則赫然兩尸,甫被創死者也。至盧溝橋,值申甫新敗後,橫尸遍野,馬蹄所躪,血濺如注,所領神器拋擲道上。先大夫曰:"此官家物,何可棄?"命鹿下馬舉一置鞍上。諸健兒爭昇之,重者以複騎載之。抵城下,部派守西直門。道者與諸健兒出哨。嘗至安定門東,過七騎,問而不答,再問,挽弓矣。知為敵也,爭射之,獲一級。除夕,從背鬼得斗酒,卮未舉,報敵在八里莊。先大夫曰:"我孤軍也。無待其來。"乃聲炮縛炬,令諸健兒馬上持之而前。敵望見莫測,所以遁去。①

以下為第三篇:

> 昔我遊長安,時勢尚可為。所志在豪俠,不惜金與貲。

> 天子召見借顏色,公卿握手爭交知。出入殿陛間,冠珮光陸離。

> 馬上時時逢俠客,壚頭每每醉妖姬。妖姬俠客華堂下,滿地狼煙塵沒踝。

> 四海誰傳血漢名,一軍都是藏頭者。宮中吐焰戀紅輝,城

---

① 明張怡:《白雲道者自述稿》,南京圖書館藏抄本。

上傳烽逐飄瓦。

　　公卿爭解賣盧龍，一木何能支大廈。男兒陷身虎口中，死
為國殤鬼亦雄。

　　肺肝吮血尚不死，乃知我命由此翁。（又儘自述。）

　　人生行路路若此，阮籍有途何嘗窮。（結翻案大。）

　明亡前，張怡多次入京。①"遊長安"，時間上應指張怡自崇禎
十三年（1640）承蔭入京就職至崇禎十七年三月甲申國變之間，其
《白雲道者自述稿》云："四年間，以緝獲功加實授百戶，以敘先臣洪
橋戰功升世襲二級，並受正千戶。以守城巡緝功，加一級；又四郊
告成，題敘扈從各官，不及部覆而值國變。"②因為其父殉國的關
係，張怡受到崇禎帝的召見，並得以隨駕扈從，進而交結公卿。儘
管此時明廷的內憂外患已頗為深重，但當時正值壯年的張怡對時
勢發展和國家前途仍持樂觀態度，因而在京過著豪縱自喜、任俠快
意的生活。他對於明朝的文臣武將的批評，更多的應出於明亡後、
創作此詩時探尋明亡原因、回溯過往情事有感而發，不能代表他在
"遊長安"時即持有類似的自覺、清晰的認識和觀點。張怡撰有《述
亡》、《懲貪》、《源逆》、《再覆》數篇文字，皆"敘明之所以亡者。其大
端雖亦人人之所共知，而剖畫分明，指陳詳覆，淒然有餘，痛哉千

---

① 　崔逸飛《張氏家族文學研究》中對於張怡生平的敘述前後存在矛盾之處，如第17頁
謂："崇禎六年（1633）春，張怡上京陳述張可大死事，未得答復則遇母喪，遂返鄉。
崇禎七年（1634）再次北上，滯留三年方還。崇禎十三年（1640）再次北上就職"。第
47頁卻又謂："崇禎六年，張怡北上請恤，恰逢母喪，遂還南京。崇禎七年再次入北
京，得旨與全卿而歸。崇禎八年至十二年居南京，料理其父喪事。崇禎十三年承祖
蔭授為羽林正千戶。十四年宦遊北京，至十七年崇禎皇帝煤山之變，明亡，削髮潛
逃於十月十日回到南京白雲庵，至此再未出仕。"
② 　明張怡：《白雲道者自述稿》，南京圖書館藏抄本。

載。"①此篇中也敍及了前文第一部分所説的張怡在崇禎十七年三月十九日北京城陷後的遭遇,即在衆官紛紛投順農民軍時,他欲"冒死追扈"而不得,後爲劉宗敏部卒所執,囚禁多日,後乘隙得脱。

> 金陵蟠踞龍與虎,哀哉一夕化狐鼠。天子能歌清夜遊,公侯善作高麗舞。(諷而不怒。)

> 一封降表出江南,六代禪文革新譜。宫鶯銜恨出宫墙,燕雀湖邊足風雨。

> 風雨飄摇真可憐,吴臺晉闕成雲煙。但解嗅靴歌萬歲,誰爲砥柱障狂泉?

> 慘我流離去城郭,跕跕墮水同饑鳶。草澤寧復有勝廣,揭竿但不服聰淵。

> 行路若此真不易,片刻清凈天亦慳。不知當年僧紹得何策,獨能高卧棲霞山?(每於落句輒入他意,得急脈緩受法。)

此爲第四篇,張怡感歎弘光興亡,他批判弘光君臣只知教歌演舞,不圖恢復,清軍一至,即獻表投降。朝臣皆奉承、獻媚,無人願意、也無人能夠做中流砥柱,力挽狂瀾。他對國家前途抱持悲觀的態度,對上層統治者極爲失望,而將反抗異族的征服和統治、興兵作戰、恢復社稷的希望寄託於草野之間。他另撰有《再覆》一文,專論南明弘光之覆亡。"聰淵",即漢趙政權的開國君主劉淵及其子劉聰。劉淵爲匈奴人,他是第一個在中原地區建立政權、稱帝的少數民族首領,詩中代指清朝。僧紹即明僧紹(?—483),又稱明徵君,南朝宋著名隱士,《南史》卷五十有傳。明僧紹在淮北淪陷後,南渡長江,遁還攝山,築棲霞精舍(棲霞寺前身)。崇禎三年(1630)

---

① 清盧文弨:《濯足庵文集鈔序》,張怡《濯足庵文集鈔》卷首,南京圖書館藏抄本。

冬,張怡"入攝山,購白雲庵,爲習靜地"①。十七年十月十日,張怡在經歷國變後輾轉回到南京。在弘光政權覆滅後,他選擇歸隱白雲庵。兩人的經歷有不少相似之處。張怡極爲尊崇明僧紹,他在隱居期間所撰的《攝山志略》的《小序》中談及"攝山張子葺白雲以祀徵君",並謂:"雲亦出岫,鳥亦知還。與其汩汩塵緣,自同腐草,無寧歸吾山中爲徵君焚香掃地,異代私淑之弟子乎?"②盧文弨《濯足庵文集鈔序》謂張怡"乃築室於攝山,以祀明徵君,曰白雲祠,主其香火,而終老焉",並稱"余讀其文,思其人,父爲忠臣,己爲高士,清風亮節,實足與明徵君相後先。"③從"不知當年僧紹得何策,獨能高臥棲霞山"一句,可見張怡在明亡後最初歸隱棲霞山是不得已而爲之,他不願接受明亡的既定事實,也無法做到不問世事紛擾、真正遺世而獨立。張怡在後來思想有所轉變,如傅山作於1667年的《江亭聞話圖》手卷(水墨紙本)後另紙裱接有張怡書贈周亮工的一首詞,末署"元亮道兄博粲。纈山弟張怡",起首鈐"白雲自高妙"陽文印,末尾鈐"纈山張怡"陰文印和"自怡老人"、"終身臥此峰"陽文印各一方。詞全闋如下:"三十年前曾領略,長安春色。自歸來,注籍青山,息心紫陌。柱杖不離東澗曲,芒鞋時踏中峰脊。羨君家,來往似飛鴻,天南北。薰風好催湘轍,朔風吹,理歸屐,計盤囊。飽貯奇情勝跡,況有名流同唱和,只今緗帙盈珪璧。問何時,攜句入山中、邀歡伯。"

　　吁嗟乎,行路之難,豈必人鮓甕頭鬼愁灘。嗟予之難,乃在咫尺庭戶間。

---

① 明張怡:《白雲道者自述稿》,南京圖書館藏抄本。
② 明張怡:《攝山志略小序》,《濯足庵文集鈔》卷下,南京圖書館藏清抄本。
③ 清盧文弨:《濯足庵文集鈔序》,張怡《濯足庵文集鈔》卷首,南京圖書館藏清抄本。

風波何止日十二,蹭蹬豈獨雲千盤。鴟鴞毀室取予子,狐
蜮射影索我瘢。

君不見洛陽道上季子還,衣無斂裘晨無餐。又不見會稽
山中生事艱,弦絲肅殺不可彈。

親戚大笑韋郎死,知交誰念范叔寒。文章大似上水帆,性
命已作枝頭乾。

報讐誰啟腦後丸,回生空憶鼎中丹。人生孤孽犯衆怒,彎
弓注矢交相攢。

我尚頑鈍不改步,如彼兀者常蹣跚。

此爲第五篇,應寫張怡在隱居攝山白雲庵之初的遭遇。因無
其他文獻記述佐證,故我們只能對此做一大致推斷。據溫睿臨《南
疆逸史》張怡本傳,南還的張怡在弘光政權"復舊官,升指揮使"①。
弘光政權覆滅後,張怡避居南京雨花臺松風閣。順治三年,"張怡
因盜賊事,謀還南郭。遇勒索,付契於四姓,不索值。"②張怡在弘
光覆滅後隱居,面臨著來自清廷、降臣等的多重壓力。清軍南侵,
使得弘光政權一載而亡,國家社會陷入更大的危難、混亂。張怡沒
有像其他許多明臣一樣投順清朝,而是選擇消極抵抗,便容易遭到
這些靦然事清的降臣的詆毀和攻擊。他隱居深山,不入城市,生活
拮据、艱難。他先後經歷北都、南京的陷落,均僥倖逃生,而宗族中
人卻以爲他早已死去,親朋也無人憐憫他孤寒的處境。他想要復
仇,卻無能爲力。特立獨行之舉招來多方不滿,他仍不改初衷,堅
持氣節。

① 清溫睿臨:《南疆逸史》卷四十一列傳第三十七"隱逸",中華書局 1959 年版,第 305 頁。
② 崔逸飛:《張氏家族文學研究》附錄二"張氏家族簡譜",南京師範大學碩士論文,
2013 年,第 101 頁。

汝水何湯湯,上接揚子源流長。我聞箕山去此不甚遠,欲往從之河無梁。

拂笠策杖出門去,妄意有地可以容相羊。當日伯夷一丘遂餓死,愧我尚爾謀春糧。

(戚不可,疏不可,在家不可,在途不可,行路所以難也。)

望門投止意氣盡,托缽受食中心傷。步出郭門縱遠目,但見荒草漠漠雲茫茫。

西湖水乾地脈絕,焦陂人死吾徒亡。呂晏空復誇經濟,歐蘇曾不留文章。

文叔有言此地蹄涔耳,我輩怪物何能藏。便當決去如俊鶻,懼或鉗我如楚傖。

天風吹人歌行路,胡不歸去無何鄉?

此爲第六篇。張怡隐于栖霞山中,離群索居,生活困窘。張怡有《與程端伯先生》書,謂:"邇來落魄無似,托缽東牟,故人挽留,援止而志。"[1]張怡《與董董樵》亦謂:"弟經年頹放,自同土木,掛腳藏頭,忍饑待盡。"[2]他在《與劉公勇》中也説自己南遊臺宕,"困頓歸來,貧與病俱,箪瓢如顏子,而無負郭之田;襟肘如曾參,而無養志之子。老婦臥病,呻吟米桶之中;諸父窮居,愁對衡門之下。學不日益而身日衰,道不加高而魔加熾。爲人自爲兩窮,出世入世交病。"[3]與其志同道合之人本就不多,隨著時光流逝,加以各種變故,這些同道中人也逐漸謝世。可能因爲棲霞山在南京郊外,張怡入山未深,清廷當時又如《桃花扇》續四十出《餘韻》所寫在徵求隱

---

① 明張怡:《與程端伯先生》,《賴古堂名賢尺牘新鈔》卷五。
② 明張怡:《與董董樵》,《賴古堂名賢尺牘新鈔》卷五。
③ 明張怡:《與劉公勇》,《賴古堂名賢尺牘新鈔》卷五。

逸，他不勝其擾，覺得南京難以容身，所以考慮過遠適他方，比如位於北方、河南境内的箕山，相傳巢父、許由曾隱居於其地。他又擔心自己的南方口音和南人身份會引起誤會和懷疑，進而惹來麻煩，甚至鋃鐺入獄。南人與北人間的區隔、相輕和互爭由來已久①。張怡的《玉光劍氣集》卷二十三《詩話》有"方歷下盛名時，有海陵生借其語爲漫興戲之"一則。程章燦認爲："海陵生是南方人，記這事的張怡是南京人。至少從明代中後期開始，南北方的文人與文風之間，越來越有一些距離。以南京和蘇州爲代表的南方，與以北方爲代表的北方，無論是地理，還是心理，彼此都有些疏遠。明裏暗裏，雙方還會有一些交鋒，這只是個小小的例子。這個故事表面上的主角是海陵生，實際上的主角可以説是張怡，至少，張怡的態度是不言而喻的。"②而清初南人與北人之間的猜忌、爭鬥也更多地與政治、民族等現實因素存在關係。無論清朝還是弘光政權，在朝大臣中由明末黨爭延續而來的南北黨爭仍然頗爲激烈。清軍在征服南方的過程中，遭遇了明朝軍民頑强的抵抗，也實施了"揚州十日"、"嘉定三屠"等暴行。在弘光政權覆滅後，南明魯王政權、隆武政權、永曆政權繼立，張煌言三入長江，聯合鄭成功共同作戰，兵臨南京城下，令清廷震恐。行動雖然最終功敗垂成，卻彰顯了南明將士抗清的決心和意志。在這些現實情勢和背景下，張怡離開南京、北上是要冒著很大的風險的。因此他猶豫不決，彷徨歧路。

　　是誰言汝潁多奇士，燕趙多佳人？老我車塵三十載，乃知

① 可參見魯迅《北人與南人》，《申報・自由談》，1934 年 2 月 4 日；楊念群《南人與北人》，氏著《皇帝的影子有多長》，廣西師範大學出版社 2016 年版。
② 程章燦：《張怡惡搞腔調》，氏著《潮打石城》第三輯，鳳凰出版社 2020 年版，第118 頁。

此語殊非真。

當昔遊燕趙，三十未足二十餘。南曲北里時一至，雕鞍繡轂多風期。

豈無琵琶歌少婦，空將花月比紅兒。微言令人惜囅笑，設色大約須胭脂。（哀痛至此，亦復解頤，溺人之所以笑也。）

少年誤讀《玉台》序，至今絕口香奩詩。今我遊汝潁，世事等敝帚。

豈無我友提前挈後，詩亦百篇，飲即數斗。

我欲於茲授百畝，更買一椽容八口。辟地種菘兼種韭，沿堤植桃復植柳。

略蓄素書同二酉，常爲老農以白首。此福亦是人所有，惜哉不如意事常八九。

正爾好好而莽莽，或者然然而否否。棲棲將作不鳴鳶，皇皇仍是喪家狗。

不惜黃金不多交不深，但惜龍泉太阿不在手。行路如此不得力，但當常醉中山酒。

姚辱庵曰："今我遊汝潁"，多少曲折，訴其不平。正如柳儀曹《序飲》"一止，一洄，一沉，旋眩涓汩，若舞若躍"。吾意與之不平。

此爲第七篇。張怡謂他在二十餘歲時北遊燕趙，流連風月場中，耽溺男女情愛。具體時間不可確定，也未見其他文獻有相關記述。在經歷了國破家亡的世變之後，在嚴酷的現實面前，今昔對比，張怡已不願回顧早年那種浮華的生活。《晉書》載賈嵩見周顗而感歎"汝潁固多奇士"，張怡在上一篇中也表示曾欲前往汝水流域的箕山。而當他真正身臨其地，已時易世變。張怡想在當地買田購屋，安置家口，開墾種植，耕讀終老。張怡在致宋之繩的信中也談及過類似之事，故宋之繩在《復張瑤星》中謂："至如別教云云，或者畎牧之餘，因牛夢馬，因馬以及曲蓋鼓吹，果有之乎？此在童子則然，弟老矣，可以無夢矣。"[1]現實的諸多牽絆使張怡不能如願，也不願對故國淪亡、家園丘墟視若無睹，安心作新朝統治下的順民。世事艱難，他無所棲止，只有借酒來澆愁、忘憂、紓憤。

少時見事如數策，豈謂丈夫有志酬不得。（字字逼真。）

揮毫擲地金石聲，展卷古道照顏色。拔劍上指象緯動，舉杯四顧湖海窄。

一旦亂離復貧賤，白眼相看無舊客。（真悲無聲而哀。）

銅駝高卧荊棘中，英雄幾葬北邙北。眼前乍見狐兔走，雲中誰受腐鼠嚇？

我非歎老而嗟卑，但念此生世上真可惜。祇今莫歌行路難，行遍天涯復何益？

姚辱庵曰："朱文公跋杜陵卒章，以爲歎老嗟卑，則志亦陋。此文公之腐見也。"

此爲第八篇。張怡自述他年少時即躊躇滿志，頗有抱負。他本出身武人家庭，學書學劍，期望將來建功立業，定國安邦。前引盧文弨爲張怡《濯足庵文集鈔》所作序評價張怡所撰的《述亡》《懲貪》《源逆》《再覆》等數篇文字"剖畫分明，指陳詳覆"，也可見張怡確有一定經世之才。他未曾想到自己正值青壯年時，卻遭逢天崩地裂的朝代更迭，身經亂離，復罹貧賤，而爲新貴、得勢之人輕

---

[1]　宋之繩：《復張瑤星》，《載石堂尺牘》，康熙十八年周肇刻本。

視。故國淪亡，英雄逝去，追名逐利、嫉賢妒能之徒紛紛奔走於眼前，類似他這樣的操行高潔之輩再難尋覓。他不由感歎自己空有雄心壯志，卻蹉跎白首，也無益於世。"眼前乍見狐兔走，雲中誰受腐鼠嚇"一句，用《莊子·秋水》中典故，而實有所指。張怡《白雲道者自述稿》云："丁未，道者六十歲，自作壽文及詩，南陔、石溪爲之跋。時櫟公遷南糧憲，郡伯大亨陳公開虞時修郡志，訪士與櫟公。公以道者應，力辭不獲。顧延以時日封其見聞，而共事非人，群私滿腹，謠諑四起，有道不伸，爲之諾諾。"[①]丁未，即康熙六年（1667）。康熙十一年（1672），周亮工卒，張怡爲作《櫟園先生誄辭》，其中謂：

> 公之南来，盈盈淮水，秩秩长干。隐显虽殊，静好想赏，维芝伊兰。

> 公时念予，既悯予懒，付恤予艰。而予不慧，胎性多癖，骨相复寒。

> 公欲玉我，令予簪笔，而予迂拙。腐鼠方嚇，猘犬竞噬，几吮予血。[②]

兩段文辭運用相同典故，可知應指涉同一事件。

> 我聞在上古，老死絕往來。一自聖人出，遂爲大盜魁。（到此責備聖人。）

> 乃令舟車通，以滋爭奪階。（無聊之計極矣。）衣食啟其竇，婚宦助之酶。

> 禮設德逾薄，治成亂已胎。芒芒橫目者，食蕉而寢槐。

---

① 明張怡:《白雲道者自述稿》，南京圖書館藏抄本。
② 明張怡:《櫟園先生誄辭》,《濯足庵文集鈔》卷上，南京圖書館藏清抄本。

　　至人曰噫嘻，腐鼠寧可偕。每思還淳風，萬牛挽不回。

　　一經桑海變，白日成陰霾。上帝先夢矣，群夢焉得開。

（天公醉，羲和沉湎。）

　　饑犬爭狺骨，厲鬼群咸脢。遂令梅子真，匿影如寒灰。

　　昔時同志士，片言生疑猜。匪獨笑瓠落，遂欲肆椎埋。

　　矧彼兒女子，所見寧不乖。我亦知世上，聚散如優俳。

　　豈有飲狂泉，而以爲達哉？鬱鬱松柏枝，老死異蓬藟。

　　行行復行路，徒聞住此佳。

　　此爲第九篇。張怡以“我聞”起首，引述道家思想，表現了他對道家典籍的熟稔和對道家思想的服膺。《九歌》第一篇中的“如彼坳堂積杯水，一蟻誤落芥子端”，用《莊子·逍遙遊》中典故；第八篇中的“眼前乍見狐兔走，雲中誰受腐鼠嚇”，用《莊子·秋水》中典故。張怡的叔父張可仕侫佛，張氏家族成員也有“好奇尚玄”的思想傾向①。張怡受到家族中人的影響，對佛道抱持寬容態度，傾向於三教合一，故在甲申國變後先逃禪，後入道。他在明亡後也與方外人士過從甚密。張怡在《與周櫟園論文》書中稱：“居恒竊歎世人顛倒，迷惑不解。大道坦然，有何蹊徑？而於吾道中分立老、釋，老氏尊老，釋氏尊釋。乃若於釋教中，律門言律，宗門言宗。於一宗門中，復分五葉；於一葉中，復立種種荆棘。總以我見橫生，成心難化，一知半解，哀然自是。”②“咸脢”典出《易·咸》。張怡在隱居白雲庵後，曾隨賈徙南學《易》。《白雲道者自述稿》謂：“甲辰秋，辭櫟

---

① 參見崔逸飛《張氏家族文學研究》第三章“張氏家族思想研究”第一節“好奇尚玄”，南京師範大學碩士論文，2013年，第70—72頁。

② 明張怡：《與周櫟園論文》，《藏弆集》卷十一。

公歸至毗陵……歸而閉戶息遊，惡饑讀《易》。"①孫出聲也在《與張薇庵》中稱張怡"深於《易》"②。他在與友人來往的書信中也經常談論學《易》的心得體會。

明清易代後，在清朝的統治下，整個社會"頹然靡然，昏昏冥冥，天地爲之易位，日月爲之失明，目爲之眩，心爲之荒惑，體力之敗亂"③，一如戴名世所謂的"醉鄉"。人們變得極端自私，爭名奪利，而才識出衆、有益家國之人卻受到嫉妒、排擠，無法施展才華。世情涼薄，人情險惡。曾經志同道合，而今反目成仇。張怡自謂世事紛紜，聚散無常，有時不得已佯狂以避世。人固有一死，堅守氣節，品行高潔，死後也勝過庸人俗衆。

全詩後附有姚佺評語：

姚辱庵曰：瑤星詩快便滔莽，於內書且有省入，若呆禪師悟後雋語，百出而百不窮。故文嵉評其詩曰："落筆年來似放翁。"又評其詞曰："信手琵琶近自然。"故其《續卮六言》有"羅漢巧值淫女，神仙亦畏苦菫。從來道與魔俱，何事英雄悲憤？""長揖山中四皓，閒招海上二老。是誰幾誤乃公，何不撲殺獠風？""風雨長日淒迷，江山亦帶愁慘。海棠媚人以色，松柏渾身是膽。""陰謀不用抵巇，學《易》妙於錯綜。槐根多少螻蟻，我塔原來沒縫。""三藏白日説鬼，十洲平地捏怪。道人何處安身？逃禪謫仙一派。""佛法最苦墜落，世界翻如草昧。嗟乎蜣螂弄丸，直至死而無悔。""不癡不作阿翁，不笑不足爲道。西

---

① 明張怡：《白雲道者自述稿》，南京圖書館藏抄本。
② 明孫出聲：《與張薇庵》，《藏弇集》卷二。
③ 清戴名世：《醉鄉記》，王樹民編校《戴名世集》卷十四，中華書局1986年版，第387頁。

山天許之貧,東方人謂之傲。雪山之草,無非是藥矣。""蒼虬絡石投湘佩,白鳳銜珠炤異書。獨開異想如天授,盡採山花注國風。"又:"邇聞華胥國,治亦同中晚。"又:"譜成混沌調心象,呼出空濛喚客描。"又:"屠狗市中參祖法,《楞嚴》卷後續《離騷》。"又《山樓》:"樹杪直飛匡阜瀑,苔痕欲上古墻甎。老松强項一猿掛,古壑幽寒萬鳥瘖。深山夕夕啼妖鳥,大澤茫茫畏射工。"又《七夕》:"赤雲爲蜺來窺户,青鳥如人竟入簾。臂上守宫存舊誌,庭前香粉乞新占。"無一字七夕套。又:"蓬頭繙舊帙,刪草慰群花。是日一龕雨,當年萬里行。"又:"山無霸氣朝驅鐸,柏有孫枝盡裹創。"又:"天闊難尋上將星。"又《歲暮》:"出門望河洛,東流蕩夕暉。雪壓宿草盡,風急征鴻稀。"又:"此歲若不盡,來日何縣新?"皆警噭可呼平鈍者也。

杲禪師,即大慧宗杲(1089—1163),宋代臨濟宗楊岐派僧人。文嵫,即張怡的叔父張可仕(1591—1654),字文嵫。順治八年(1651),張怡購濯錦塘上鷗天館,奉張可仕居,生活窮愁困窘。他在爲張可仕所作的《紫澱先生家傳》中稱張可仕居鷗天館,"積雨頹垣,水浸户榻"[1]。順治十年冬,大雪,張可仕在鷗天館中"經旬不爐不炭,擁被忍饑"[2]。《詩源初集》"楚四"卷另收有張可仕《無枝可棲篇》,詩前有小序,從中我們也可見叔侄在明亡後困苦的生活:"余家世住城東隅,兵既至,先大夫舊第二區及五畝之竹、數萬卷之書、百餘年之老家具,盡皆棄去。乃割妹氏之廡下,以棲身者三年。

① 明張怡:《紫澱先生家傳》,《濯足庵文集鈔》卷下,南京圖書館藏清抄本。
② 同上書。

久之，甥舉屋鬻客，無所遷。太平張維則兄假我樓，又爲屠販者占去。不得已賃春於宋其武鷗天館。今又風雨飄搖，不可淹也。嗟乎，古之假館授餐者何人乎？維音嘵嘵，聊以告哀於同人。"①

從姚佺所引《續卮六言》，我們也可見張怡深厚的佛道修養。《詩持二集》卷一張怡（集中稱"張遺"）小傳稱張怡著有《卮言》，並收錄其中一首："未能買山而隱，真是無天可問。還我白雲故封，許帶酒泉一郡。"

朱應昌（1604—1666）②《洗影樓集》（有《金陵朱氏家集》本）卷三有《松風閣贈張瑤星》詩，云：

舊事那堪説，尋君醉一觴。欲悲應淚盡，强笑亦神傷。

峭石橫流水，孤花表夕陽。由來心遠者，無處不羲皇。

卷五有七言長律《聽雪松風閣贈張瑤星》，云：

聲希靜寄在疏林，閣倚松風對雪尋。穿竹亂搖聞玉碎，雜花輕委惜珠沉。

鐺中茶沸頻參嚼，枰上棋敲互答音。低映娥池開鏡面，高棲佛髻插冰簪。

蕭寥入壁琴知冷，窸窣侵窗紙未暗。木脱北山愁曠望，城虛東府懶登臨。

箅栖白髮雲初厚，原隰寒堆浪欲深。坐到三更猶擁褐，消殘半月可爲霖。

隔簾春水應非少，何處秋蕉尚有陰。縷縷炊煙飛不起，家家行汲凍難禁。

---

① 明張可仕：《無枝可棲篇》小序，姚佺輯《詩源初集》"楚四"，清初抱經樓刻本。
② 《洗影樓集》卷尾有湯溓跋，其中云："先生生萬曆甲辰，卒今年康熙丙午，年六十五。"

僧癡呵手成獅睡，童倦低頭覓酒烊。顛絮乘濤狂愈甚，虯枝壓折動長吟。

《洗影樓集》卷首有張瑤星《朱嗣宗先生洗影樓集序》，撰於康熙五年(1666)，題下署"白雲道者張怡瑤星撰"。全文如下：

士君子抱安貧之志，無論梯榮干進，即以詩文通當世，丐殘杯冷炙於公卿大夫之前，亦難乎言固窮矣。宋真山民有詩曰："年來把鉏手，無復揖公侯。"乃誠固窮者也。今於嗣宗先生見之。先生少承家學，天啟中隨父由吳門遷金陵，崇禎初補應天弟子員。京兆張公二無、廣文楊公維節引爲忘年交。讀書以實踐爲本，深慮有遠識。南都建國稱制，大臣謀欲專利，賞罰失宜。先生謂都御史劉公念臺曰："爲政之本，莫如去私；去私之道，必先去忌。"劉公以爲名言。又謂："公卿中氣定骨勁者，必完名；氣矜骨脆者，必失節。"其言皆驗。後絕意科舉，築洗影樓於儀鳳門盧龍山下。繼乃走之江外，嘗主友人沈子遷、孫石君、湯允繩家。三君皆負出世姿，野鶴閒雲，甚相得也。遊或隔歲一歸，歸不數日，輒去。友朋聞先生歸，叩門多不獲見。候於空山古刹，則往往值之。初，先生課徒自給，從遊多雋才，然一躋科第，則謝絕不見。晚乃不授舉業，僦居真州寶聖寺，從遊皆僧雛牧豎，其善自韜晦也如此。先生著述甚富，詩文多不存稿。今年先生歿，長君鹿岡及門人湯昭夔蒐輯遺詩，得十之一二，予急索而讀之。予未足以罄先生之蘊，然先生論詩之旨嘗得其緒餘焉。先生謂："元末文人戴九靈，品最高。南園五子，趙伯貞在孫、李諸公上，近選家綴於金華、青田間，恐非其倫。"予偉其論。先生又謂："詩文高忌禪，卑忌俳。"予曰："忌俳，聞命矣。忌禪，何也？"先生曰："妙悟所觸，

奧義即存。若少陵水流雲在，何嘗有意作禪語？動成頌偈，如
夢囈耶。"予誌其論不忘。今讀先生集中詩，字字軒豁，如纖雲
四卷、華月舒波，又如雪渚夜琴、霜天曉角。至其撫時感事，尤
得"變風"、《小雅》之遺。忠孝至誠，溢於楮墨。蓋自所積者深
厚而有本，故其所發者悱惻而有餘也。惜散亡已多，未睹全
璧。然即此亦足見其概焉。先生慕阮步兵之爲人，故字嗣宗，
晚又自號社櫟，殆自居於不才以終老乎？嗚呼！斯真山民之
流亞也乎！謹序。

"年來把鉏手，無復揖公侯"，爲真山民的五言律詩《幽居雜興》
的尾聯，見《真山民詩集》卷一。"張公二無"即張瑋，字席之，號二
無。"楊公維節"即楊以任（1600—1634），字維節。"劉公念臺"即
劉宗周（1578—1645），字起東，別號念臺。

朱堂（1643—1709）《吉光集》（有《金陵朱氏家集》本）有《訪張
瑤星》詩，云：

亂草覆孤亭，衆山圍一屏。苔磯鷗破夢，松磴鶴遺翎。

無事自採藥，有時還注經。白頭談往事，誰識少微星。

朱緒曾《北山集》（有《金陵朱氏家集》本）卷一有《攝山張白雲
祠》詩，云：

荒庵隔塵外，心事有雲知。白髮老居士，青山大錦衣。

閒尋採藥路，靜掩讀書扉。瓦枕留題字，高風曠代稀。

清周在建有《同湘靈、蒼略、遠度集飲瑤星松風閣》詩，載於《晚
晴簃詩匯》卷四十，云：

江遠軒窗靜，登樓逸興同。高歌驚鶴夢，落日醉松風。

白社人還聚，青山意不窮。笑看鴉影亂，城市晚烟籠。

周在建，字榕客，號西田，祥符人。歷官淮安知府。有《近思堂

詩》。湘靈即錢陸燦,蒼略即杜芥,遠度即吳弘。錢陸燦有《牡丹花
下集同袁籜庵、唐祖命、方爾止、張瑤星、余淡心、黃俞邰諸君子長
句一首》詩。

　　清戴本孝《餘生詩稿》(康熙守硯庵戴本孝刻本)卷十有《過雨
花臺松風閣贈張白雲》詩,題下有注云:"閣以祀其先人壯毅公也。"

爲趙友沂題所藏楊龍友畫册(和錢牧齋先生韻)

[清]龔鼎孳

　　南渡誰秉國鈞者,當時爭指貴陽馬。皖江老狐據當道,清流喋
血盈朝野。

　　金盤火齊高如山,斜封墨敕儔封還。葛嶺閑堂格天閣,錦裝大
軸連雲間。

　　一夕延秋六軍散,白衣紅袖徒悲歎。相府圖書等告身,溝渠紙
墨殘花亂。

　　龍友筆墨殊蕭然,鯖盤游戲還仙仙。解衣興至一揮灑,千巖萬
壑生秋烟。

　　黃驄袴褶馳南陸,憤作虎頭飛食肉。鐵戟沙迷戰鼓沉,櫪馬驚
星地翻軸。

　　丹青縱橫久更新,荆關董巨流傳真。蒼茫古色照金石,貴陽亦
有風流人。

　　趙生意氣深相取,晴窗還並孤松撫。此物攜持應有神,九疑落
月三湘雨。

(《定山堂詩集》卷四,康熙十五年吳興祚刻本)

姑山草堂歌（用少陵《醉時歌》韻）

［清］龔鼎孳

上書不踏金華省，蒼頭瘦馬冲沙冷。拔劍不割金門肉，老寺殘僧鐺折足。

姑山草堂天下重，松菊東籬閱晉宋。困宅全因賓客荒，才名未逐風塵用。

欸寄歷落誰能嗤，烟波五湖足釣絲。秦淮垂柳楚州雪，病夫吟眺恒相期。

重逢酒樓下，色定還驚疑。浩蕩江海人，何意來京師？

門巷疏花掩深酌，高城鼓角寒星落。總教世事屬青雲，但愛吾徒有丹壑。

拂袖長辭驃騎府，脫粟安用公孫閣。盧龍葉墮邊霜來，江南林澗還秋苔。

短褐日暮何爲哉，芒鞵竹杖無氛埃。留君不住羨君去，蕭蕭易水揮殘杯。

其二（用少陵《送孔巢父之江東兼呈李白》韻，因柬同志諸君子）

君去病夫那可住，紫陌蒼蒼卷飛霧。舊侶風凋杜曲花，輕帆月照天門樹。

霜磧征鴻目漸斷，短簷羅雀歲將暮。東吳絲竹南屏霞，歷歷游人夢中路。

朱扉伏謁興已懶，白首狂奴態如故。根柯崖谷本敧危，詎是天家疏雨露。

北山薇蕨風波餘，雲蘿一室堪掃除。別後故人好顏色，西上鯉魚多素書。

憑君更理耦耕約,稷契大名安敢如。

(《定山堂詩集》卷四,康熙十五年吳興祚刻本)

【按】 黄周星、王猷定亦各作有《姑山草堂歌》。

懷方密之詩(有序)

[清]龔鼎孳

當密之尊中丞開府江漢時,則余幸得奉下風,稱奔走吏,乃密之顧獨好余,時時聲相聞。即余上記幕府,未嘗不時時稱道密之也。亡何,柄人以愎督覆師,懼弗免,乃密上事螫中丞公,冀緩要領罰而剪所忌。蓋先是中丞公策撫局必敗,怫柄人旨;又元祐遺喆,非彼種族也,故薙鋤益力云。余尾緹騎後,追送江皋,竟日嗚咽不忍去。中丞公亦謬以季心、劇孟相屬,誠心愧未能,然每飯未嘗忘長者意矣。會密之以高第奉廷對,伏闕訟中丞冤,願得罷試,躬橐饘之役,上意爲動。再逾歲,則楚事大裂,柄人者悸而殰死。上於是即獄釋中丞公,然後乃令密之以文學行誼擢史局,充王府講官,稍稍榮遂矣。而余是時亦適以徵書至闕下,與密之嗚咽相對,如送中丞時。已,密之時時過余,爲文酒之戲,岸幘歌呼,各道少年事爲娛樂。明星在天,下眎酒人,其意氣拂鬱有不可俯仰者。亡何,黨禍發,江北諸賢化爲秋簜,余亦以狂言忤執政,趣湯提烹。密之爲歌行唁余曰:"灩澦波濤君所能,君不見三年兩度封黄繩。"終之曰:"白日當照大江北。"白日以存孤孽,黄繩以怵貴人。乃中丞公則慰藉尤至。蓋向所謂柄人者,骨已飽狐、蚋,而中丞儼然守其故官矣。密之與余始終交誼,患難不渝,有如此者。

既余蒙恩薄譴，得逃死，爲城旦舂，屐甫及乎旅門，而都城難作。余以罪臣，名不罣朝籍，萬分一得脫，可稍需以觀變，遂易姓名，雜小家傭保間，短簷顧日，畏見其影。時密之與舒章李子、介子吳子同戢身一破廟中，相視悲泣，若有思者。余從門隙窺之，謂必有異，亟過而耳語，各心許別去。越二日，同慟哭靈爽於午門。再越日，遂有僞署朝臣之事。余私念曰："事迫矣，然我有恃以解免。以我逐臣，可無入也。"居停主人數爲危語相嚇，余即持是應之，乃唯唯退。至期，微聞諸公已于事而竣，方酌苦土床、賀複壁之遇，則密之適來，倉卒數語，面無定色，曰："幸甚！我等自今以往，長爲編氓以歿世矣。"余心疑其色，然不忍不信其言，遂跳而去。食有頃，戶外白挺林立，譁譟入問誰何官者，余曰："是矣，吾受死！"振衣而出，則密之又適來，遽曰："孝升，吾與子同死！今吾君臣、夫婦、朋友之道俱盡矣，安用生爲？吾且以頭齕子劍。"至是始知密之爲賊得，迫令索余，計畫無之，強應耳。嗟乎，密之何負於余哉！

既抵賊所，怒張甚，問："若何爲者？不謁丞相選，乃亡匿爲？"余持說如前。復索金，余曰："死則死爾。一年貧諫官，忤宰相意，繫獄又半年，安得金？"賊益怒，箠楚俱下，繼以五木。密之爲余宛轉解免曰："此官實貧甚，不名一錢也。"再逾日，追呼益棘，賴門人某某及一二故舊措金爲解，始得緩死。密之亦以拷掠久，不更厚得金，賊稍稍倦矣，僅而舍去，創小間，遂棄妻子，獨身南翔，冀萬一重繭，以終上書討賊之志，屬有天幸，間行得達，不罹於危。余則四顧孑然，終以死誓，包胥往矣，其下從乎彭咸。方是時，向所號爲執政者，則已悉索黃金、明珠，蛇行蒲伏，以乞旦夕之命。嗟乎！密之何負於國哉！

夫弑君大逆，古今最難受之名也，而《春秋》乃歸之"亡不越境，返不討賊”之趙盾，謂人臣身當事寄，不國賊是討，罪且浮於賊耳。今擁重兵、護諸大帥、受先朝討賊之托於數年前者，晏然無一矢加遺，蟒玉焜耀，貝緋闌干，煽連兇朋，用屠刮我善類，國亡之謂何，因以爲利，則逆賊之所施於若人不爲不厚，而其黨賊以仇殺賊之意不得不堅矣。顧乃責不死於橐筆之書生與被放之纍臣，豈非覆心倒行，代賊推刃者乎？今百史北走燕，密之南走粵，亡命踵接，彼蒼皆知其心，顧若人金注者昏冥然不覺耳。然不殺仇賊者，則弒君之毒不厚，而忠臣義士之心不灰，嗟乎天哉！作憶方密之詩。

怪汝飄零事有諸，白衣冠又過扶胥。渡江功業誰王謝，失路文章自庾徐。

杵臼袴襜無塊肉，尉陀臺喜有新書。丈夫不死心何限，努力頭顱烽火餘。

其二

談兵草檄自驚奇，撾鼓圍棋復可兒。天下英雄今有幾，此行磊落更何疑。

心爲皎日懸歧路，夢逐浮雲繫遠思。目斷河梁攜手地，當風吾鬢已如絲。

其三

修竹牆陰愛結鄰，十年縞帶奉清塵。天移忍復論交道，劍在何堪擬故人。

同死臧洪誰慷慨，逃生張儉獨悲辛。也知盜賊縱橫甚，不敵江東丞相嗔。

其四

風雨新亭不可登，清流今得飽青蠅。跳身計肯謀妻子，討賊臣當受繳矰。

魚服孤行宜海國,虎巢相厄自良朋。群公廟戰多奇算,欲殺才子總不能。

其五

尺疏三河募少年,已將兒女付蒼天。人稱調笑東方朔,自奉心肝魯仲連。

一代異才爭日月,兩都亡命狎風烟。翻憐槐落空宮後,少子高歌白雪篇。

其六

掉臂天風萬里游,奇懷跌宕俯滄洲。單衣短劍讎人贈,大壑雄峰倦眼收。

漫倚潔身消毒怨,豈知名士盡離憂。他年執手三山島,細數銅駝陌上愁。

(《定山堂詩集》卷十六,康熙十五年吳興祚刻本)

【按】《定山堂詩集》卷十六卷端"七言律詩一"下標明"辛巳至丙戌舊簏偶存稿",辛巳即崇禎十四年(1641),丙戌即清順治三年(1646)。

壽張燕筑

[清]龔鼎孳

太平誰致亂誰爲,花月開元剩此時。老愛五陵游俠傳,天留六代管弦師。

禪床拍板層層換,詞客名姝歷歷知。過眼滄桑人健在,商山更卜採芝期。

(《定山堂詩集》卷十八,康熙十五年吳興祚刻本)

【按】《定山堂詩集》卷十八卷端"七言律詩三"下標明"順治丁亥以後存稿",順治丁亥即順治四年(1647)。

和牧齋先生韻爲丁繼之題秦淮水閣

[清]龔鼎孳

開元白髮鏡中新,朱雀花寒夢後春。妝閣自題偕隱處,踏歌曾作太平人。

烏啼楊柳仍芳樹,鷗閲波行有定身。驃騎武安門第改,一簾烟月未全貧。

(《定山堂詩集》卷二十,康熙十五年吳興祚刻本)

口號四絕贈朱音仙(爲阮懷寧歌者)

[清]龔鼎孳

江左曾傳秋水篇,揚州烟月更堪憐。難呼百子山樵客,重聽花前《燕子箋》。

其二

當筵妙舞復清歌,自愛腰身稱綺羅。醉後莫談天寶事,新翻樂府已無多。

其三

急管清箏度夜分,落花聲裏幾回聞。東風吹別能惆悵,吹送春江一片雲。

其四

萬甲樓船仗水犀,一軍鶯燕散前溪。難聞擁髻消魂語,戰壘蒼茫落日低。（音仙曾供事軍中，談江上事甚悉。）

（《定山堂詩集》卷三十六，康熙十五年吳興祚刻本）

【按】 朱音仙，亦稱賀老。蘇州人。崑曲曲師。明天啓年間，流寓金陵，爲阮大鋮家班曲師。又曾被推舉進宮，爲南明弘光帝供奉演劇。阮大鋮死後，他的家班解散，朱音仙投奔如皋，加入冒襄家樂班，被冒辟疆聘爲家班教習，參與培養了冒氏家樂班自徐紫雲至金菊等三代演員。康熙十八年（1679）秋，韓菼到如皋水繪園訪冒辟疆，冒辟疆命家班演出李玉的《清忠譜》傳奇，在場的佘儀曾寫長詩《往昔行》記其事，詩後有冒襄跋語云：“懷寧墜馬死於仙霞嶺已三十年矣，伊昔伶人復爲吾家主謳。”（見《同人集》卷九）朱音仙擅南北曲，冒氏家樂班上演的《燕子箋》、《春秋迷》、《清忠譜》、《秣陵春》、《空清石》、《漁陽弄》諸戲，皆以他爲教習。康熙三十二年（1693）十二月初五日，冒襄病逝。韓菼《挽如皋冒徵君巢民》六章之五云：“善才不死輕投跡，賀老猶存久擅場。”自注云：“賀老，謂朱音仙。”明確地點出了朱音仙在冒家，並在冒襄逝世後仍從事度曲生涯。曹寅有《念奴嬌·題贈曲師朱音仙，朱老乃前朝阮司馬進御梨園》，云：“白頭朱老。把殘編幾葉，猶耽北調。事去東園鐘鼓散，司馬流螢衰草。《燕子》風情，《春燈》身世，零落《桃花》笑。當場搬演，湯家殘《夢》偏好。高皇曾賞琵琶，家常日用，史記南音早。誤國可憐餘唾罵，頗怪心腸雕巧。紅豆悲深，氍毹步却，昔日曾年少。雞皮姹女，還能卷舌爲嘯？”①詞中稱之爲“白頭朱老”，又説他“當場搬演，湯家殘夢偏好。”可知朱音仙擅長演唱湯顯祖的“臨川四夢”，《牡丹亭》是他的拿手戲。朱音仙還善操琵琶，陳維崧《望江

---

① 清曹寅：《楝亭詞鈔》，上海古籍出版社 1978 年影印清康熙刻本，下册，第 610 頁。

南》詞曰："江南憶，最好是清歙。一曲琵琶彈賀老，三更弦索響柔奴。此事豔東吳。"

贈柳叟敬亭同諸子限韻

[清]龔鼎孳

病夫今夕豁頹唐，齊物談天兩擅長。似有奇兵來雁塞，偏逢大雪壓魚梁。

迴頭畫戟三春夢，拂袖麻鞋萬里莊。多少王侯開閣待，滿簾紅燭滿林霜。

其二

稗官抵掌恣旁唐，頓挫縱橫善用長。白眼滄桑誰晉魏，朱門花月舊齊梁。

誰交古道推劉峻，置驛通都愧鄭莊。豪傑總留生面在，坐中毛髮凜秋霜。

（《定山堂詩集》卷三十二，康熙十五年吳興祚刻本）

《春燈謎》自序

[明]阮大鋮

茲編也，山樵所以娛親而戲爲之也。娛矣，中不能無悲焉者，何居？夫能悲，能令觀者悲所悲；悲機而喜，喜若或拭焉澼焉矣。要之皆娛，故曰娛也。

其事臆也，於稗官野説無取焉。蓋稗野亦臆也，則吾寧吾臆之愈。爲出三十有九，閏一，示餘也，悠也。撰言凡五萬餘，其成之月餘。人爭速之,即撰者亦自謂速也。何速？杜陵、長吉、長慶,降而渭南,近代新聲,山樵饒習之已,而灼其非詩也。奉家兹園公訓,屏諸阿賴識田者十五年矣。兹編於詩餘之餘耳,可無屏也。莫之屏,斯爾爾競來僕矣,故速也。

噫！今日習鬼語,習之無語,用於餘之餘,惡在其不佳？異哉！必冥然惇然,干風雅爲也。識者曰：“山樵之編此也,豈第娛其於風雅,亦有決排疏淪思乎？則即謂爲六義、四始之尾閭焉可矣。”

崇禎癸酉三月望日,百子山樵撰。

（《詠懷堂新編十錯認春燈謎記》,

明崇禎間吳門毛恒刻《石巢傳奇四種》本）

《春燈謎記》序

［明］阮大鋮

余詞不敢較玉茗,而差勝之二：玉茗不能度曲,予薄能之。雖按拍不甚勻合,然凡棘喉殢齒之音,蚤於填時推敲小當,故易歌演也。昭武地僻,秦青、何戲輩所不往。余鄉爲吳首,相去彌近。有裕所陳君者,稱優孟耆宿,無論清濁疾徐,宛轉高下,能盡曲致,即歌板外一種嚬笑歡愁,載於衣褶眉稜者,亦如虎頭、道子,絲絲描出,勝右丞自舞《郁輪》遠矣。

癸酉三月望日,編《春燈謎》竟,

偶書於詠懷堂花下。百子山樵手書。

（《詠懷堂新編十錯認春燈謎記》,

明崇禎間吳門毛恒刻《石巢傳奇四種》本）

《春燈謎》敘

[明]王思任

臨川清遠道人自泥天竈,取日膏月汁,烘燒五色之霞,絕不肯俯齊州掄烟片點,於是"四夢"熟而膾炙四天之下。四天之下,遂競與傳其薪而乞其火,遞相夢夢。凌夷至今,胡柴白棍,竄塞睽哭,其中竟不以影質溺,則亦大可哈矣。

道人去廿餘年,而皖有百子山樵出。早慧,早鬈,復早貴。肺肝錦洞,靈識犀通;奧簡遍探,大書獨括。曾以文魁髮燥,表壓會場。奉使極旗亭郵道之蹤,補袞益山龍縠藻之美。著作建明,別有顛尾。時命偶謬,丁遇人疴,觸忌招譽,渭涇倒置。遂放意歸田,白眼寄傲,只於桃花扇影之下,顧曲辯搗。

一日拍案大叫,以爲天下事有何經?正萬車載鬼,悉黎丘耳。乃不譜舊聞,特舒臆見,劃雷晴裏,布架空中。甫閱月,而《春燈謎記》就,亦不減擊鉢之敏矣。中有"十錯認",自夫子兄弟,夫婦朋友,以至上下倫物,無不認也,無不錯也。文筍斗縫,巧軸轉關,石破天來,峰窮境出。擬事既以贍貼,集唐若出前緣。爲予監優兩夕,千人萬人,俱大歡喜。或癡其神,或悸其魄,或顫其首,或迸其淚。真有此學官之兒,真有此樞密之女,奪舍離魂,飛頭易面,亦可謂偃師般倕之最狡極獪者矣。

然予斷之兩言而止:天下無可認真,而惟情可認真;天下無有當錯,而惟文章不可不錯。情可認真,此相如、孟光之所以一打而中也;文章不可不錯,則山樵花筆之所以參伍而綜也。作《易》者,其有憂心乎?山樵之鑄錯也,接道人之憨夢也。夢嚴出世,錯寬入世。至夢與錯交行於世，以爲世固當然，天下事豈可問哉！

山陰友弟王思任題。

（《詠懷堂新編十錯認春燈謎記》，

明崇禎間吳門毛恒刻《石巢傳奇四種》本）

《燕子箋》原敘

佚　名

天地者，文人之逆旅；歌詞者，才士之性靈。始於三唐，而其風遂流爲雜劇；盛於兩宋，而其制悉備乎九宮。施、高、湯、沈之餘，詎無雅唱？關、鄭、馬、白之外，間有名篇。求其辭屏淫哇，義符比興者，則惟《燕子箋》一書。以司馬之奇才，譜遏雲之逸響，洵足以緣情定性，考古證今也。鏗鏘協律於吳綾，冶艷流情於玳管。尋宮數羽，等顧曲之周郎；摘粉搓酥，擬填詞於左譽。至其所稱茂陵華冑，藝苑名流，雕龍髫鬌之年，繡虎綺紈之歲。當筵染翰，筆垂露而花生；入座驚人，賦凌雲而鳳舞。而且鸞交兩美，燕合雙姝。搴翠袖以相憐，惟存宛轉；戀紅衫而欲絕，但有纏綿。歸向扶風，較孟光而益麗；攜來蜀郡，擬卓氏而無慚。斯已暢文苑之勝情，極璇閨之雅事。況乃雁塔題名而後，曳履瑤墀；虎頭拜爵之餘，談兵玉帳。憶當日秦樓惜別，離愁誰慰於從軍？幸此時韋曲尋歡，良覯並欣於縮帶。宋玉指巫山爲雲雨，憑虛而大有鍾情；屈平藉香草爲友朋，即物而何妨托興。於是毫抽五色，覺銀箏檀板，聊以爲娛；曲按五聲，俾巷婦衢童，聞而知感。聽之將或歌而或泣，作者亦宜雅而宜風。此殆如南部詞流，發悲歌於《玉樹》；西崑才子，奪逸韻於《金荃》者也。攬厥始終，綜其本末，體制要由於樂府，興觀允助乎騷壇焉耳。

（暖紅室《彙刻傳奇》第十七種本《燕子箋傳奇》）

【按】 清靳榮藩有《題〈燕子箋〉傳奇四首》詩,載於其《綠溪詩》卷四,乾隆四十二年(1777)刻本,云:

> 仕局由來作戲場,鮮于可冒霍都梁。南邦更有移天手,少帝臨朝是福王。

尤展成《艮齋續說》:"福藩爲賊所害,幾無噍類。史相國可法本欲立潞王,馬士英阻之,往迎福藩,已無種矣。不得已,取他姓子代之。後有童妃來南京,絕不相見,斃之獄中。既而出奔,母子異路,其非一家可知。或云由崧亦出福藩,但非世子耳。童妃乃世子妃也。此事雖未傳信然,豈不更奇於剪緜狀元乎?"

> 狎客分箋鬥艷詞,冰紈細字界朱絲。君王且聽中興樂,莫待阮中曲變時。

王阮亭《秦淮雜詩》自注:"阮司馬以吳綾作朱絲闌,書《燕子箋》諸劇進宮中。"余生生《遺愁集》云:"甲申五月,淮陽信絕。左兵停留不下,士英等乃日報捷音。夜半有書聯於長安門柱云:'福人沉醉未醒,全憑馬上胡謅。幕府凱歌已歇,猶聽阮中曲變。'"

> 《後庭玉樹》已歌殘,曲子先生死尚難。誰向仙霞收骨肉,投荒羨煞孔都官。

《奸臣傳》:"阮大鋮從大兵攻仙霞關,僵仆石上死。"王阮亭詩:"千載秦淮嗚咽水,不應仍恨孔都官。"

> 法曲淒涼燕語終,石巢錦字委春風。可憐玳瑁雕梁改,青草山前喚介公。

陸麗京《冥報錄》:"大鋮以私憾殺雷[演](縯)祚於獄。從征入閩,過青草嶺,忽頓首曰:'介公饒我!'遂跌下馬死。"

清裘肇鼎有《黃上舍證孫齋頭見阮大鋮所製傳奇感題》詩,載

於《淮海英靈續集》庚集卷二,云:

何代銷魂曲,南朝玉樹花。軍書馳白羽,樂部按紅牙。

往事同《哀郢》,殘編感夢華。寒烟江令宅,啼殺秣陵鴉。

此詩又見載於吳翌鳳輯《懷舊集》卷三,題作《閱〈燕子箋〉傳奇感賦》詩,其中"馳白羽"誤作"持白羽","秣陵鴉"誤作"秣陵雅"。

裘肇鼎又有《再題〈燕子箋〉》詩,載於《懷舊集》卷三,云:

白髮曾逢舊主謳(自注:余向有《白下贈阮家老伶》詩),西風嗚咽故宮秋。

晉陽兵急重鈎黨,代邸功高勝復讐。誰把江流橫鐵鎖,直教詞筆奠金甌。

濤衝浪激難磨滅,商女歌中一段愁。

清李慈銘有《題〈燕子箋〉二首》,見《白華絳跗閣詩集》,光緒十六年刻本。

《燕子箋》序

[明]韋佩居士

此石巢先生所填第六種傳奇矣。

或曰:"行吟澤畔,與其江蘺杜若,從乎彭咸,毋寧桃花扇底,歌樂太平之爲善怨耶!"而不盡乎此也。

或曰:"野史稗官,奇書軼事,新料瑰瑋,辟諸琪花瑤草,棄置可惜。填詞以爲詩家之尾閭,收詞賦之甌脫,是亦才人弸肆之致也。"而不盡乎此也。

或曰:"隱几含毫,登場觀劇,是屬兩事。頗有填成玄圃玉積,及演出,若三家村學堂總角徒弟背《賢文》,唉唉平腔,久而不盡者。

此詞能使霞衣花袖,按節逞態,穠纖閒闃,推換停勻,鬼國天魔,海童怪馬,洞心駭目,以此壓倒齶䶏緋袍、《五倫》《四德》耶!"似也,而不盡乎此也。

然則誰居? 韋佩居士曰:盍合詞之全幅而觀之? 構局引絲,有伏有應,有詳有約,有案有斷,即游戲三昧,實御以《左》《國》、龍門家法。而慧心盤腸,蜿紆屈曲,全在筋轉脈搖處,別有馬跡蛛絲、草蛇灰線之妙。介處、白處,有字處、無字處,皆有情有文,有聲有態,以至眉輪眼角,衣痕袖褶,茗椀香爐,無非神情,無非關鎖,此亦未易與不細心人道也。

夫綦席枕藉,送客留髡,傷於荒矣;挑金贈藥,韓香溫鏡,誨之淫矣。釋此而必出於《五倫》《四德》,以賺配饗白豬肉,尤為可嘔。孰如此因情作畫,因畫生情,非夢非真,有意無意,始以懷春,終焉正範,"樂而不淫,哀而不傷","溫柔敦厚",石巢先生始於性情矣。即以續大、小山,鼓吹風雅,且以為女嬃、肆姐,托物流連,足代《反離騷》也。何為而不可哉,何為而不可哉?

崇禎壬午陽月,桐山韋佩居士書於笛步畫舫中。

(1919 年董氏誦芬室刻《重刊石巢四種》本《燕子箋》)

《往昔行》跋

［清］冒　襄

巢民曰:"余與懷寧,丙子、己卯、壬午忤者三,咸從魏子一起見。去今四十餘年,真隔事世,復何言。憶庚子春,犬馬之齒五十,其年同兩兒乞梅村祭酒文為余舉觴。中間反覆敘述,多致歉余與其年尊人、定生、侯朝宗置酒雞鳴埭,大罵懷寧,後申、酉幾禍、得

脫。此文祭酒集中盛傳，在其年寔述之稍誤也。己未初冬，偶觀演
周忠介公《清忠譜》劇，與座客涕淚言之，因撿出丙子魏子一大會同
難兄弟於余桃葉寓館，陳則梁、方密之及子一諸兄弟各有紀事詩畫
筆墨，一一姓氏、情事如指掌。余羽尊爲賦《往昔行》五百六十字。
此詩，余不自注，即甚悲壯淋漓，異日觀者如霧也。昔子一何以會
同難兄弟於余寓？乙亥冬，嘉善魏忠節公次子子一、餘姚黄忠端公
子太沖以拔貢入南雍，同上下江諸孤以蔭送監者，俱應南京鄉試。
當日忤璫諸公，雖死於逆閹，同朝各有陰仇嫁禍者。魏忠節死忠，
長子子敬死孝。崇禎改元，子一弱冠，刺血上書者再，痛述父兄死
於懷寧，懷寧始以城旦入欽定逆案。時流氛逼上江，安池諸紳皆流
寓南京，懷寧在南京氣焰反熾。子一煢煢就試，傳懷寧欲甘心焉。
金壇孝廉楊儼公賃寓馬禄街，以身翼子一避之。適余與陳則梁、張
公亮、呂霖生、劉漁仲四兄刑牲顧樓，則梁兄曰：‘吾郡魏子一，忠孝
才人，吾弟不可不交。覓儼公寓，以余言寔之，自見。’蓋當日送逮
吳門，則梁兄身在魏、周兩公間。余即往訪，儼公出，箕踞傲睨，詢
客何爲者。余曰：‘訪兄及子一，吾兄則梁氏命之來。’儼公一笑，呼
子一與相見，秀挺清奇，不可一世。余曰：‘兩兄何爲者？舊京何
地？應制何事？懷寧即剛狠，安能肆害？夫害，有避之轉逼、攖之
立却者。我因四方同人至，止出百餘金，賃桃葉河房。前後廳堂樓
閣凡九，食客日百人；又在通都大市，明日往來余寓，懷寧斂跡矣。’
兩君是余言，猶鰓鰓慮懷挾中傷。場畢，果亡恙也。於是，子一於
觀濤日大會江陰繆文貞公子采室、李忠毅公子遜之、吳縣周忠介公
子子潔、子佩、桐城左忠毅公子子正、子直、子忠、子厚、常熟顧裕愍
公子玉書、吳江周忠毅公子長生、餘姚黄忠端公子太沖、無錫高忠
憲孫永清於余寓館，則梁兄、方密之與余各長歌紀事。子一出血書

《孝經》共展觀,後仿大癡畫於扇題贈云:'辟疆遠性風疏,逸情雲上。吾黨中喜而不比、暌而思正者,不得儔儷之矣。丙子觀濤日,不肖學濂欲大會同難兄弟,同人皆咋舌,無所稅止。辟疆置酒高會,假蔭寓亭。因即席畫層峰數朵贈之,謂峨峨澹峻,有類於其人也。'繆采室以詩贈,且述洪武初我兩家始祖爲兄弟,各變姓,一隱江陰,一隱如皋。今得相見,合是兄弟,一拜連譜。餘有以詩贈者,以書法留數行者。則梁兄長歌結句云:'只恨楊家少一人'。蓋應山楊忠烈公子在楚,不至。一時,同人咸大快余此舉,而懷寧飲恨矣。"

己卯,陳定生應制來金陵,攜髮覆額之才子其年在寓。其年方負笈從吳次尾。侯朝宗入雍,以萬金治裝求友,才名踔厲。與顧子方、梅朗三、方密之、張爾公、周勒卣、李舒章及余訂交,氣誼非復恒情,咸爲魏子一揚聲吐氣。子方、次尾、定生、朝宗首倡逐懷寧之公揭,合數十百人鳴鼓而攻。懷寧即強項,是秋奔竄,幾無所容。申、酉報復,欲一網打盡,其禍首及定生、朝宗與余者,謂此揭乃三人左右之也。"

壬午,子一名愈振。無論品地,其殫心救時大略,以及書畫精妙,直逼唐宋。與余寓比鄰,砥砥爲一人之交。兄子允枏字交讓,亦弱冠,以蔭監隨叔鄉試。魏忠節逮至吳門,周忠介以女訂婚致禍,即交讓也。頭場夜半交卷,我兩人恰值於至公堂。子一曰:'余文滿志,必售。子何若?'余曰:'頗竭吾技。'相與坐明遠樓明月下高談,同候啟鑰者環聽不欲出。比曙,子一扶送余至寓,囑曰:'好休息。我輩自見在二、三場也。'方別,忽有女郎攜盒衾入,子一變色去,即至則梁兄寓,同扎交責甚厲。余躬至兩兄處,述所以。子一自父兄難後,不衣帛、兼味,不觀劇。見女郎,知董姬經年矢志相從。茲從半塘孤身渡江，遇盜，匿蘆葦中兩日。到京，又泊江口，候余頭場畢，始入。子一蕭衣冠揖之，爲作美人畫，題詩於上云：'某不避盜賊、風波之險，而從辟疆，殊爲可敬。破例作畫，系之以詩。'則梁兄、李子建爲首，約同人劇金，中秋夜爲姬人洗塵於漁仲兄河亭。懷寧伶人《燕子箋》初演，盡妍極態。演全部，白金一斤。至期，顧、李兩夫人尚未歸合肥、南昌，與姬爲至戚，亦至。子一不觀劇，況用懷寧伶人。不謂舒章忽同子一至。舒章出場始覺策中有誤，重拉子一見外監場蕭伯玉先生。先生傳語提調金楚畹先生：'毋以小誤，致幾社李雯不得作金榜元魁。'楚畹先生即傳如其言。兩人喜甚，不覺足之前也。乃阮伶臨時辭有家宴，不來。群令僕噪其門。懷寧即遣長鬚數人持名帖、押全班，致余云：'不知有佳節高會，已撤家宴。命伶人不敢領賞，竭力奏技。'且云先君昔掌南考功，曾訂交，明蚤即來躬候。余曰：'我輩公席，定伶人於淮清戲寓，烏知爲誰氏家樂也。場畢，有文酒、山水之約，不僕僕應酬。明日往牛首。此非吾寓，何勞相過？'並來帖峻返之。然長鬚數人竟夜往來不去。演劇妙絶，每折極讚歌者，交口痛罵作者。諸人和子一，聲罪醜詆至極，達旦不休。伶人與長鬚歸，泣告懷寧。是日無定生。壬午，朝宗不赴南闈。壽州方孩未先生，逆闈綁付西市，臨刑特宥，服毒不死。吳橋范師文貞公當日陰援魏、周諸公，在南樞同方先生菢翼諸孤至極。若余荷特達之知，則誼高千古也。"

申、酉之際，懷寧驟躐爲南京大司馬，辣手修怨。吾皋自聞三月十九之變，亂民立中營縣署前肆焚劫。通邑走避。先君先渡江，余挈家繼之。江行阻盜，返南京，再造冢宰徐公寶摩、宗伯顧公九疇、銀臺侯公廣成、司空何公大瀛、劉公吉侯、臺省喬公君徵、李公映碧。諸同年父執咸致聲與余，趣先君入朝，共薦爲清卿。先君堅謝，去海鹽。緣癸未，則梁兄過訪，云：'鹽官，元末兵火不及，名爲樂郊。'故也。余出入中營，四月，籠絡、調劑衽席。至八月，忽聞吾皋地分，高鎮將來，不可居。於是渡江，與先君商赴南京。到京，而徐、顧、侯諸公皆爲馬、阮拂衣去。懷寧知余至，命其伶人教師陳遇所來，曰：'若輩爲魏學濂仇我，今學濂降賊、授官，忠孝安在？吾雖恨若，寔愛其才。肯執贄吾門，仍特薦爲纂修詞林。'余笑曰：'禍福自天，吾輩寔衆。余已自來南京，任彼荼毒。"執贄"二字，唾還之。'時馮本卿爲大金吾，校尉班首鄭廷奇，余家舊清客，日勸余歸。余仍住桃葉小河房二間，至臘盡。中間，朝宗幾爲所得，竄去；定生捕入錦衣一夜。捕定生夜，鄭廷奇環走余寓。種種風波幾及，卒無害。傳云大得誠意劉公力，不解何以得此於誠意也。數年後，閱嘉興府新志，殉難忠臣，冢宰徐公後即子一。細閱其傳中自縊絕命辭，始知其降賊苦心。乙卯，常熟顧玉書書來，更力辨子一甲申事，並及其愍裕公陰仇、嫁禍之楊維垣。事久論定，子一不愧忠孝。而懷寧墜馬死於仙霞嶺，已三十年矣。伊昔伶人復爲吾家主謳，余亦三十年奉母不出户。丁巳，流寓吳門，與周子佩、子潔把臂談舊，又得見其四兄茂蕚子口及其子侄。子佩七十三，子潔與余齊年。其應門老僕六十一，見余踴躍通刺。丙子大會時，彼隨二主，方十六也。急走常熟訪玉書，已先旬日長逝。因並梓玉書乙卯兩札於集，以識死生不負所托。嗟乎，余老矣。不隨事隨筆，一爲臚列，寧爲負交游，亦負生平。兼可作一則史料也。"

（《同人集》卷九，康熙間冒氏水繪庵刻本）

吴副榜傳(節録)

[清]汪有典

如皋冒襄爲之序曰:"……壬午夏秋,……又同樓山、子一、李子建(標,嘉興)看懷寧《燕子箋》於魚仲河房,復大罵懷寧竟夜。側目樓山者,多所不可。惟予知樓山五嶽在胸,觸目駭心,事與境忤,潦倒拂逆,或奮袖激昂,忽戟髯大嚄,卧鄰女傍,摑鼓罵座,皆三年後死事張本也。……"

(《史外》卷六"前明忠義列傳")

【按】 多種文獻對於復社諸人觀演阮大鋮《燕子箋》、使酒罵座事件皆有記述。關於其真相和意義及啟示,可參見康保成《〈燕子箋〉傳奇的被罷演與被上演——兼說文學的"測不准"原理》,《學術研究》2009 年第 8 期。

先府君行略(節録)

[清]陳維崧

戊寅,而《留都防亂公揭》之事起。《防亂公揭》者,蓋爲懷寧阮大鋮發也。懷寧,魏閹幹兒,思宗皇帝鑄之九鼎,比於魑魅魍魎,然猶横踞南都,以酗歌聲妓,奔走四方,無識之士,輦金十萬至闕下,朝中多陰爲羽翼者,勢且叵測。貴池吳先生次尾時讀書余家,與府君扼腕此事。會無錫顧子方先生來,三人者雅相善也,意又相合,吳先生遂於燈下草一揭。顧先生首倡,府君次之,蓋揭中難遍列當世清流,然主之者實秋甫、梁溪、陽羨三君。揭未布,或泄之懷寧,懷寧愧且恨，恨乃刺骨。無何，而竄跡荊溪要人幕中，要人即前所云怨家者某也。二憾往矣，酒闌歌歇，襟解纓絕，醉二參，懷寧輒絮語："陳貞慧何人何狀，必欲殺某何怨？"閉門泣，目盡腫。明年爲己卯，府君射策陪京，寓溧陽宋憲副園中。當是時，金沙周鹿溪先生方以議家居；宛陵沈耕岩先生以諸生辟召，首掊擊楊相，歸臥敬亭不起；秋浦吳次尾先生則主持清議於南中。一時名德如芑山張爾公、吳門錢吉士、龍眠方密之、歸德侯朝宗、如皋冒辟疆、嘉善魏子一諸先生，無不雲集石城。每當車騎闐集，冠蓋絡繹，命酒徵歌，輒呼懷寧樂部，仰天耳熱，復與諸先生戟手罵懷寧不止。灌夫之禍，始於膝席矣！

（《陳迦陵文集》卷五，《四部叢刊初編》影印惠立堂本）

留都防亂公揭

爲捐軀捋虎，爲國投豺，留都可立清亂萌，逆珰庶不遺餘孽，撞鐘伐鼓，以答升平事：某等伏見皇上御極以來，躬裁珰凶，親定逆案，則凡身在案中、幸寬鈇鉞者，宜閉門不通水火，庶幾腰領苟全足矣。矧爾來四方多故，聖明宵旰於上，諸百職惕勵於下，猶未即睹治平，而乃有幸亂樂禍，圖度非常，造立語言，招求黨類，上以把持官府，下以搖通都耳目，如逆黨阮大鋮者，可駭也。

大鋮之獻策魏珰，傾殘善類，此義士同悲，忠臣共憤，所不必更述矣。乃自逆案既定之後，愈肆兇惡，增設爪牙，而又每驕人語曰："吾將翻案矣。""吾將起用矣。"所至有司信爲實然，凡大鋮所關説情分，無不立應。彌月之內，多則巨萬，少亦數千，以至地方激變，有"殺了阮大鋮，安慶始得寧"之謠。意謂大鋮此時亦可稍懼禍矣。

乃逃往南京，其惡愈甚，其焰愈張。歌兒舞女充溢後庭，廣廈高軒照耀街衢，日與南北在案諸逆交通不絕，恐喝多端。而留都文武大吏半爲搖惑，即有賢者，亦噤不敢發聲。又借意氣，多散金錢，以至四方有才無識之士，貪其饋贈，倚其薦揚。不出門下者，蓋寡矣。

大鋮所以怵人者，曰"翻案也"，曰"起用也"。及見皇上明斷超絕千古，以張捷薦吕純如而敗，唐世濟薦霍維華而敗，於是三窟俱窮，五技莫展，則益陽爲撒潑，陰設凶謀，其誃張變化，至有不可究詰者。姑以所聞數端證之，謂大鋮尚可一日容於聖世哉：

丙子之有警也，南中羽書偶斷，大鋮遂爲飛語播揚，使人心惶惑搖易，其事至不忍言。夫人臣狹邪行私，幸國家有難以爲愉快，此其意欲何爲也？且皇上何如主也，春秋鼎盛，日月方新，而大鋮以聖明在上，逆案必不能翻，常招求術士，妄談星象，推測禄命，此其意欲何爲也？呆等即伏在草莽，竊見皇上手挽魁柄，在旁無敢爲煬灶叢神之奸者，而大鋮每欺人曰："涿州能通内也。在中在外，吾兩人無不朝發夕聞。"其所以劫持恫喝，欲使人畏而從之者，皆此類。

至其所作傳奇，無不誹謗聖明，譏刺當世。如《牟尼合》以馬小二通内，《春燈謎》指父子兄弟爲錯，中爲隱謗，有娘娘濟，君子灘，末訛欽案，有"饒他清算，到底糊塗"，甚至假□□□，爲"咒錫天關，隴住山河，飲馬曲江波，鼾睡朝天閣"等語，此其意抑又何爲也？

夫威福，皇上之威福也。大鋮於大臣之被罪獲釋者，輒攘爲己功，至於巡方之有薦劾，提學之有升黜，無不以爲線索在己，呼吸立應。即如乙亥廬江之變，知縣吳光龍縱飲宛監生家，賊遂乘隙破城，殺數十萬生靈。光龍奉旨處分，大鋮得其銀六千兩，至書淮撫，巧爲脱卸，只擬杖罪，廬江人心至今抱恨。又如建德何知縣兩袖清風，鄉紳士民戴之如父母，大鋮使徐監生索銀二千兩於當事開薦，何知縣窮無以應，大鋮遂暗屬當事列參褫職，致令朝廷功罪淆亂，而南國之吏治日偷。至於挾騙居民，萬金之家不盡不止，其贓私數十萬，通國共能道之，此不可以枚舉也。夫陪京，乃祖宗根本重地，而使梟獍之人日聚無賴，招納亡命，晝夜賭博。目今闖、獻作亂，萬一伏間於內，釀禍蕭牆，天下事將未可知，此不可不急爲預防也。

跡大鋮之陰險叵測，倡狂無忌，罄竹莫窮，舉此數端，而人臣之不軌無過是矣。當事者視爲死灰不燃，深慮者且謂伏鷹欲擊，若不先行驅逐，早爲掃除，恐種類日盛，計畫漸成，其爲國患必矣。夫孔子，大聖人也，聞人必誅，恐其亂治。況阮逆之行事，具作亂之志，負堅詭之才，惑世誣民，有甚焉者。而陪京之名公巨卿，豈無懷忠報國，志在防亂，以折衷於《春秋》之義者乎？杲等讀聖人之書，附討賊之義，志動義慨，言與憤俱，但知爲爲國除奸，不惜以身賈禍。若使大鋮罪狀得以上聞，必將重膏斧鑕，輕投魑魅。即不然，而大鋮果有力障天，威能殺士，杲亦請以一身當之，以存此一段公論，以寒天下亂臣賊子之膽，而況亂賊之必不容於聖世哉！謹以公揭布聞，伏維勠力同心是幸。崇禎十一年八月日具。

顧　杲	吳應箕	魏學濂	黃宗羲	楊廷樞	朱　隗
左國材	張自烈	徐栩臣	周立勳	陸　符	錢　禧
陳貞慧	姚宗典	劉應期	吳　易	黃正色	邱民瞻
錢嘉徵	姚元吉	黃文旦	劉　汋	周茂藻	王都俞
吳洪裕	沈士柱	錢　泮	鄧履右	徐世溥	陸　坦
朱　鎰	姚宗昌	梅之熉	荊　艮	楊良弼	羅萬藻
方　文	左國棅	麻三衡	萬　泰	許元溥	顧紹庭
左國林	徐孚遠	左國棟	魏學洙	馮　惊	江　浩

鄭敷教	劉城	李雯	馮晉舒	周歧	沈壽民
文乘	梅朗中	周茂蘭	陳子龍	朱有章	宋繼澄
彭賓	黃家舒	侯歧曾	巢鳴盛	徐時進	吳翮
薛憲巒	賀王醇	朱健	陳之傑	范邦瞻	李調鼎
劉斯禎	萬曰吉	李楷	宋存楠	潘懋德	鄭元勳
金漸皋	冒襄	宋元貞	顧樞	陳正卿	顧應生
顧夢麟	周鎔	劉明翰	龔九疇	馮京第	葉襄
蕭雲倩	朱灝	萬壽祺	吳國傑	王玉汝	錢繼振
堵景濂	陸慶衍	徐纘高	萬六吉	高世寧	宋存標
周錫成	顧開雍	錢繼章	孫永祚	顧宸	趙初浣
吳允夏	吳名世	鄭鉉	虞宗玖	嚴渡	黃淳耀
張歧然	唐德亮	陳名夏	劉曉	姚彥	吳霖
華渚	蔣思宸	劉曙	杜長源	惲日初	陳驑
龔典孝	吳文英	金光房	顏埈	華時亨	朱茂暻
吳聞禮	趙自新	王家穎	陳元綸	劉敷仁	戴重
蕭聲	繆睃	鎦湘	吳伯裔	李棠等謹合詞具揭。	

（《貴池先哲遺書》）

【按】關於《留都防亂揭帖》起草、發佈的事實情況及其意義、影響，可參見陳貞慧《書事七則·〈防亂公揭〉本末》、謝國楨《明清之際黨社運動考·八·復社始末下》（中華書局 1982 年版）、邱榮裕《明末復社發佈〈留都防亂公揭〉始末及其影響》（《台灣師範大學歷史學報》第十五期，1987 年 6 月刊）、［日］小野和子《明季黨社考》（上海古籍出版社 2006 年版）第七章"復社運動"第六節"南都防亂公揭"。

請褒録幽忠疏

[清]魏裔介

　　臣聞運遘升平，則良臣奏績；時逢板蕩，則烈士腐心。故有刎頸血裾，而酬解推之遇；焚身湛族，以報國士之知。勁草疾風，表貞心於歲晚；成仁取義，樹砥柱於波流。雖慷慨從容，不必一致，要皆負乾坤之正氣，與日月而爭光。是以上代之君，莫不旌表忠魂，崇重節義。昔武王入商，封比干之墓；明祖定鼎，建余闕之祠。夫比干乃殷室之孤臣，余闕實有元之義士。然而一王一帝，他務未遑，首先嘉尚者，誠以維持風化，振動綱常，俾一代之臣子知所軌範也。自明政失御，寇焰滔天，龍髯欲恨於鼎湖，坤配遺弦於椒殿。君死社稷，臣罹凶災，誠致命遂志、肝腦塗地之秋也。一時在位諸臣，雖不能策馬揮戈，如瞻、尚之死於綿竹；力疾苦戰，若卞壺之死於清溪；然亦有仗節殉君，橫尸闕下，金石可勒其貞，松筠不改其色，摧蘭蕙於一朝，流芳聲於千載。斯誠上帝所矜憫，聖朝所嘉歎者也。伏惟我皇上受天之命，奄有方夏，凡所設施，皆足駕軼前代，爲憲後昆。而昨奉上傳，闡揚明季之遺忠，振發幽冥之生氣，尤爲化導之先資，敦勵之大典。方之周武王、明太祖，蓋不約而同符矣。以臣所聞，當年寇破都城、殉難而死者，閣部卿寺，則有大學士范景文、左都御史李邦華、户部尚書倪元璐、兵部右侍郎王家彦、刑部侍郎孟兆祥、副都御史施邦曜、大理寺卿凌義渠、太僕寺丞申佳蔭；詞林臺省，則有翰林院左諭德周鳳翔、右諭德劉理順、中允馬世奇、檢討汪偉、吏科都給事中吳麟徵、户科都給事中吳甘來、監察御史王章、陳良謨、陳純德；部屬新進，則有吏科員外許直、兵部郎中成德、户部郎中周之茂、兵部主事金鉉、中書舍人宋天顯、進士孟章明、順天府推官劉有瀾；勳戚中，則有新樂侯劉文炳、惠安伯張慶臻、宣城伯衛時春、駙馬都尉鞏永固、東宮侍衛周鏡、司禮監內臣王之心，斯皆一時死難之臣彰明較著者也。伏乞皇上將臣所奏發下該衙門，再行查訪實跡。或質之故老之見聞，或考諸同鄉之公解；訛者去之，遺者補之。倘體訪既明，宜即行題請宣付史館，浩氣常留於汗青；祀諸鄉賢，芳名永薦於俎豆。庶精靈未泯，將宣力於我朝；頑懦可風，亦儀型乎來葉矣。

（《兼濟堂文集》卷九，光緒十年（1884）刻本）

【按】魏裔介（1616—1686），初直隸柏鄉人，字石生，號貞庵，又號昆林。順治三年進士，散館授工科給事中。康熙間官至吏部尚書，保和殿大學士，以黨附鼇拜之嫌致仕。爲言官時疏至百餘上，敷陳剴切，多見施行。乾隆初追諡文毅。治理學，著有《聖學知統錄》《知統翼錄》《希賢錄》，另有《兼濟堂集》等。魏裔介的《兼濟堂集》有多種清刻本，現代整理本則有魏連科點校《兼濟堂文集》（上下冊），中華書局2007年版。有關該書的版本情況，可參見陳恒舒《〈兼濟堂文集〉校勘芻議——兼談四庫本清人別集版本校勘方面的局限》，《書品》2013年第2期。此文約作於順治九年（壬辰1652）冬。順治九年十一月乙酉，已經親政的順治帝以甲申北京殉難諸臣"幽忠難泯，大節可風"，諭禮部"會同各部院詳訪實跡具奏，勿遺勿濫"。①諭下，時任吏部尚書的魏裔介上《請褒錄幽忠疏》，內列范景文等"一时死难之臣彰明较著者"凡三十人②；時任侍讀學

---

① 《清文獻通考》卷一百二十二"群廟考四"，乾隆刻本。

② 清魏荔彤編《魏貞庵先生年譜》（見《畿輔叢書》）謂"二十九人"，誤。

士的王崇簡上《遵諭咨察疏》，内列范景文等"一时殉难之烈烈者"
凡二十二人。

　　清初有關明清易代書寫的許多史籍、小説、戲曲和其他零散、
單篇文字在敘述明清鼎革特别是明亡這一重大事變，並探究其何
以亡之時，體現出著重明朝一方，從其自身和内部追究，揭出黨爭
（忠奸鬥爭）在其中的重要負面作用和影響，並褒忠貶奸的明顯傾
向。這是我們熟悉的一種敘述，即"爲了論證'必然'，通常將王朝
自身作爲其滅亡的首要原因——凡末世總該有末世相，起而代之
者不過結束了一段本就該結束的歷史。"①

　　《桃花扇》第四十出《入道》敘寫在乙酉（1645，南明弘光元年，
清順治二年）七月十五日于南京近郊的棲霞山上的白雲庵中舉行
了一場道教的黃籙齋儀。這一儀式的第一項内容，也是重要的組
成部分是祭奠、超度甲申（1644，明崇禎十七年，清順治元年）之變
中殉難的崇禎皇帝和范景文等臣子。劇本依職掌範圍、内容的不
同，將這些明臣分爲范景文爲首的"甲申殉難文臣"20 人和劉文炳
爲首的"甲申殉難武臣"4 人，合共 24 人；各自内部又按品級高低
排定先後。由於《桃花扇》主要敘寫南明弘光一朝的興亡始末，這
些人物在全劇中便没有登場，所以孔尚任僅提供了一份名單，以説
明他們的官職和勛爵②。但是可以補充、完善閏二十出《閒話》中
的有關科白和情節。如該出中張薇説北京陷落後，"别個官兒走的
走、藏的藏，或被殺，或下獄，或一身殉難，或闔門死節。"其中，"或

――――――――

① 趙園：《再説想象與敘述》，《想象與敘述》，北京師範大學出版社 2015 年版，第
　282 頁。
② 第一出《聽稗》中，吳應箕向侯方域介紹柳敬亭時提及了"吳橋范大司馬"，即范
　景文。

一身殉難,或闔門死節"的"官兒"主要便是《入道》出黃籙齋儀上爲之擺設排位、進行祭奠、超度的 24 位明臣。《閒話》出中,在丑扮蔡益所和外扮張薇間又有如下一段對話:

（丑問介）請問老爺：方才説的那些殉節文武,都有姓名麼?

（外）問他怎的?

（丑）我小鋪中要編成唱本,傳示四方,叫萬人景仰他哩。

（外）好,好! 下官寫有手折,明日取出奉送罷。

（丑）多謝!

此處並有眉批謂:"所編唱本,料不及《桃花扇》。"所以,《入道》出中所列的這份名單,也是對此的展開和照應。

這份名單中的 24 位明臣及其殉難事跡在清初言及甲申之變的不少公私各體史籍和時事小説以及相關組詩中多有較爲集中的載録和記敘①。主要由於編撰體例的影響,諸種史籍和時事小説之間、它們與《桃花扇》之間在對這些殉難明臣的人數和稱謂(主要包括官職、勛爵和謚號等)的載録互有差異,對其殉難事跡的記敘也或詳或略。《桃花扇》將這 24 位明臣分爲"文臣"和"武臣"兩類,其實也並不完全準確和符合實際。清初記敘他們的殉難事跡的史籍,特別是以類相從的紀傳體史籍在對他們的分類標準、類目的命名、隸屬以及排列順序上也和《桃花扇》有著較大的差異。如《甲申紀事》(約撰於 1644 年夏)卷二《紳志略》將"死難諸臣"分爲"勛戚"

---

① 組詩如夏時傅的《甲申三月十九之變先後死難諸臣皆得之傳聞就中數老子於召對侍宴時或炙其光儀或承其教言景仰感慨追思而哭之以詩》,包括"范相公""倪尚書""劉詹事""李總憲"四首,分詠范景文、倪元璐、劉理順和李邦華四人。見《國朝詩的》"湖廣"卷二,康熙六十一年刻本。

（包括劉文炳、鞏永固）、"文臣"（包括范景文等）和"太監"三類。顧炎武輯《明季實録》中分爲"勛戚臣死節紀"（包括劉文炳、鞏永固、李國禎）和"文武臣死節紀"（包括范景文等）。《甲申傳信録》（完成於順治十年（1653））卷三將甲申之變中的殉難人等分爲"世臣"、"戚臣"（包括劉文炳、鞏永固）、"文臣"（包括范景文等）、"武臣"和"官宦"（包括王承恩）五類。王世德《崇禎遺録》附録的《殉難忠臣録》將甲申殉難人等分爲"勛臣"、"戚臣"（包括劉文炳、鞏永固）、"文武諸臣"（包括范景文等）和"内臣"四類。張岱《石匱書後集》將甲申殉難人等分爲"甲申死難列傳"（卷二十）、"勛戚殉難列傳"（卷二十一）和"倪元璐列傳"（卷二十二）。計六奇《明季北略》分爲"殉難文臣"（卷二十一上，包括范景文等）、"殉難勛戚"（卷二十一下，包括李國禎、劉文炳、鞏永固）和"殉難臣民"（卷二十一下，包括王承恩）。《綏寇紀略》"補遺中"分爲"正祀文臣"（包括范景文等）和"正祀武臣"（包括劉文炳、李國禎和鞏永固）。

　　《入道》出中的甲申殉難諸臣名單在諸人的分類、官職、勛爵名稱、排列順序等多方面與清初記敘諸人生平和殉難事跡的史籍和時事小説都存在大小不等的差異。這些史籍和小説包括《桃花扇·考據》中所列出的時事小説《樵史》①、王世德的《崇禎遺録》和吳偉業的《綏寇紀略》。所以，《入道》出中的甲申殉難諸臣名單，可能是孔尚任在一二種史籍的有關記敘的基礎上，參考、綜合其他史料而最終擬定的。

　　清初私家史籍和時事小説記敘甲申之變中殉難明臣的事跡，

---

① 《樵史》，即《樵史通俗演義》，而非陸應暘的《樵史》。陸應暘不是《樵史通俗演義》的作者。參見劉致中《〈樵史通俗演義〉的作者非陸應暘考辨》，《文獻》1990年第1期。

在人數和具體名單方面大同小異。明清易代之際，殉明的官員、士
人無論是絕對人數，還是在同類群體中所佔的比率，均爲歷朝歷代
之冠。但在北京陷落、崇禎自縊前後在京殉難者少，投降李自成農
民軍者多，兩者數量相差懸殊，對比鮮明。如史可法在《請出師討
賊疏》中說："先帝待臣以禮，御將以恩，一旦變出非常，在北諸臣死
節者少，在南諸臣討賊者復少。此千古以來所未有之恥也。"①《樵
史通俗演義》第三十回"衆閹開門迎闖賊　群忠靖節報君恩"中
也說："且說京城文武百官，偷生躲避的多，殉難死亡的少，然明
朝忠臣比唐、宋較盛。"張履祥也指出："崇禎甲申之變，仗義死節
者一二十人而外，率皆污僞命者也。其棄職守逃竄者，猶爲知廉
恥事。"②

　　更具概括性的比較論述，可見於陳確《衆議建吳磊庵先生祠
疏》："死之去不死，什佰矣。不死而逃歸，去不死而從賊，什佰矣。
不死而從賊，賊敗而歸，歸而就司敗以死，與從賊而歸，歸而畏死復
逃，不走虜而走寇者，又什佰矣。從賊而歸，而畏死復逃，與從賊而
歸，腼顏士君子之林，更有營復故官，晏然高爵厚祿無慚者，又什佰
矣。不幸而遇難不能死，而從賊而歸，復爲大官，與幸而不在生死
不列，身名俱全，遭會際遇，赫然爲中興之臣，復不鑒前人之爲，而
所爲之不肖又有過於前人者，又什佰矣。"③據文中"先皇帝之變，
吾浙之死事者六人。西泠有祠奕然，既使湖光生色，而先生桑梓之
里，未有專祠，於是邑之士大夫共謀擇地祀之"，可知"吳磊庵"即吳

---

① 明史可法：《史忠正公集》卷一"奏疏"，咸豐六年追遠堂刻本。
② 清陳敬璋輯《乾初先生遺事·張楊園先生履祥言行見聞錄》，《陳確集》，中華書局
　　1979年版，第41頁。
③ 清陳確：《衆議建吳磊庵先生祠疏》，《陳確集·文集》卷15，上冊，第369頁。

麟徵。不過,吳麟徵之號爲"磊齋",而非"磊庵"①。

在具體人數的對比上,《甲申傳信錄》卷三"大行驂乘"謂崇禎自縊後,"一時從死者三十餘臣,而拷掠箠撻、拜舞勸進者以千數"。張岱在《石匱書後集》卷二十三"鄉紳死義列傳"的最後説:"闖賊陷京師,百官報名投順者四千餘人,而捐軀殉節、效子車之義者不及三十餘輩。"計六奇《明季北略》卷二十一上《西蜀吳子論》謂:"我國家不幸,罹此兇毒,宗廟震驚,至尊以身死社稷,臣子殉難者,僅北都二十餘人。而在差籍諸大臣,受國深恩者,曾無一人奮袂。"因爲甲申之變中在京殉難的大臣人數較少,所以清初私家史籍在記敘他們的殉難事跡或相關史事時,由於體例或篇幅的限制,記述存在詳略不等的差異,但具體名單却大體相同。

范景文、倪元璐爲首的甲申之變中殉難於北京的二三十位明臣及其事跡被不少清初史籍、筆記的作者所關注和重視,在其書中

---

① 吳世蕃編《先忠節公年譜略》載:"大人諱麟徵,字聖生,號磊齋。(後甲戌去官,改礧庵;癸未,改果齋。家居,嘗署曰"獅壘",曰"竹田",曰"蜕園主人"。)"見《吳忠節公遺集》卷五,清初刻本。吳騫編《陳乾初先生年譜》(清抄本)載順治二年四月,陳礧"同張考夫、朱輥斯諸人至澉浦,送吳公麟征葬"。下引"楊園《與張貞岩》書"中的一段文字:"仲木兄葬事期在四月初七,招弟先往。而乾初兄又以磊齋夫人六袠誕辰在三月二十一日,仲木以初喪,不能盡人子之禮於所生,則爲之友者代爲稱觴,以稍慰其弗安之志,似亦義所不容己者。弟將於望後邀輥斯兄,道乾兄家與龍山諸子兄爲一二日之遊,然後同至澉浦拜磊齋夫人。遊鷹窠頂,一看日出,觀濤海上。至初旬,襄仲木執紼而歸。不識仁兄得同遊否?""仲木",即吳麟征次子吳蕃昌(1622—1656)。"張考夫"、"楊園",即張履祥。在張履祥《楊園先生全集》卷八《與張岩貞》書中,以上一段文字作:"仲木兄葬事期在四月初七,招弟先往。而乾初兄又以忠節夫人六袠誕辰在三月二十一日,仲木以初喪,不能將人子之祝於所生,則爲之友者代爲稱觴,以稍慰其弗安之志,似亦義所不容己者。弟將於望後邀輥斯兄,道乾兄家與龍山諸兄爲一二日之遊,然後同至澉浦拜祝忠節夫人。遊鷹窠頂,一看日出,觀濤海上。至初旬,襄仲木執紼而歸。不審仁兄得同兹行否?"清同治十一年刻本。兩相比較,也可證吳麟征號磊齋,而非"磊庵"。

得到載録和記敘,不僅因其人數較少,於官員群體中顯得突出,還可能與以下幾個因素有關。

第一,諸人皆爲在任官員,不牽涉"未出仕者須否殉國的爭論"。① 如孟兆祥所言:"我國之大臣,分在一死。"

第二,諸人殉難在日期和地點上均相對集中,而且都具有一定的代表性。如據《懷陵流寇始終録》卷十七,甲申年三月十九日丁未,"是日死節者"有孟兆祥、倪元璐、[施](李)邦華、劉理順、汪偉、成德、金鉉、吴甘來、鞏永固、劉文炳、王承恩;三月二十日戊申,"是日死節者"有范景文、施邦曜、凌義渠、馬世奇、吴麟徵;三月二十一日己酉,"是日死(節)者"有許直、陳純德、陳良謨、申佳胤。

諸臣在殉難方式和過程方面,又各有不同。如錢邦芑《甲申忠佞紀事》載:"一曰殉節之臣,旌忠也。守城禦賊砍死者,則有王章;投井而死者,則有范景文;投御河而死者,則有金鉉;衣冠坐堂上仰藥死者,則有李邦華;自縊死者,則有倪元璐、施邦曜、許直、吴甘來、吴麟徵、周鳳翔。同妻縊死者,則有汪偉;同妾縊死者,則有馬世奇;同妻妾縊死者,則有劉理順;同父子、夫妻、姑媳縊死者,則有孟兆祥、章明;全家死者,則有成□□:此皆京職也。其在外任而死者,得三人焉,曰朱之馮、衛景瑗、周遇吉;而戚勳之中全家自焚者,得四家焉,曰劉皇親、鞏駙馬、王皇親、惠安伯"。《明史紀事本末》卷八十"甲申殉難"載殉難諸臣有"闔門同死者",有"父與子俱死者",有"母與妻子俱死者",有"妻妾從死者",有"獨身效死者"。

第三,"都城陷落與君主之死,被作爲一個王朝覆亡的碓

---

① 參見何冠彪《生與死:明季士大夫的抉擇》第五章第二節,聯經出版公司 1997 年版,第 100 至 104 頁。

證"①。因此,儘管從遺民到清廷,從清初到現在,關於明朝究竟亡於何時一直都有爭議,但甲申年三月十九日李自成農民軍進入北京和崇禎自縊煤山在事實和象徵兩個層面上均具有重要意義。而范景文等人,特別是李國禎的殉難在時間和地點兩方面同這兩個重要時間,也即與明亡產生和存在著緊密的聯繫,從而也具有了一定的象徵意義。謝泰宗在《甲申京城死事諸臣合贊》中便説:"吾讀鼎革奇聞,而以爲死事非諸公之奇,而得與君同日之死爲奇"②。他們的名字和殉難的事跡,通過清初史籍、筆記和時事小説的載録和記敘,與北京陷落、崇禎自縊,也即與明亡一同進入人們的言説和記憶之中,得以流傳。

第四,范景文等甲申殉難諸臣在殉難前多有包括絶命詩在内的絶命言語或臨終言語的表達和流傳,即"在危急存亡之際,忠貞之臣不僅奮力履行自己的職責,而且爲其義務提供説明"。③據《明史紀事本末》載,范景文於投井前,"賦詩二首";倪元璐自縊前,"題几案云:'南都尚可爲。死,吾分也。慎勿棺衾,以志吾痛。'"李邦華自縊前,"題閣門曰:'堂堂丈夫,聖賢爲徒;忠孝大節,矢死靡他。'"施邦曜自縊前,"題詞於几曰:'愧無半策匡時難,但有微軀報主恩。'"凌義渠自縊前,"遺書上其父,有曰:'盡忠即所以盡孝,能死庶不辱父。'"劉理順"酌酒自盡"前,"題於壁曰:'成仁取義,孔孟所傳;文信踐之,吾何不然?'"周鳳翔自縊前,作詩一首,有"碧血九泉依聖主,白頭二老哭忠魂"之句。汪偉自縊前,"大書前人語於壁

① 趙園:《想象與敘述》,北京師範大學出版社 2015 年版,第 5 頁。
② 清謝泰宗:《天愚先生文集》卷六,康熙刻本。
③ [法]麥穆倫著、程薇譯:《明清鼎革之際忠君考》,法龍巴爾、李學勤主編《法國漢學》第一輯,清華大學出版社 1996 年版,第 49 頁。

曰:'志不可屈,身不可降。'"吳甘來自縊前,"賦絕命詩一首"。陳良謨自縊前,"痛飲作詩"。許直自縊前,"作詩六章"。鞏永固自到前,"大書於壁曰:'世受國恩,身不可辱。'"這些絕命言語或臨終言語表達了他們的個人心志,可以豐富他們的形象,充實相關的敘述。這些言語不僅表明他們具有"求死"之志和"欲死之心"①,使得他們的死亡在清初士大夫提出嚴苛標準、衡量士人之死是否真正"忠義"、真正殉國的集體討論中無可非議,並被樹爲典型,而且揭示和蘊涵了士大夫的忠孝觀、節義觀和生死觀及其轉向等豐富的內容。這些言語"既是個人的,又是時代的,反映的不僅是一個個體生命在死亡前的猶豫、恐懼和堅定,更是所有殉國士人在易代之際的集體價值和情感趨向。"②而士大夫在明清鼎革之際的各種行爲和表現及其中體現和蘊涵的忠孝節義觀和生死觀,是清初官方、民間,上自皇帝、下至一般士人有關遺民、殉難者和其他身歷朝代更迭的士人的言行的討論中的重要內容③。

　　殉難諸臣在殉難時間、情勢、動機、目的、方式、過程和性質等方面都存在差異。清初史籍對此也給予了區分、強調和評論。如在性質方面,范景文、吳麟徵、王家彥、劉理順或死於崇禎前,或死時不知崇禎凶問,可算作爲國而死。周鳳翔、凌義渠屬爲君而死。李邦華、成德屬主辱臣死。陳良謨和許直則爲國、爲君兩者兼有。他們各自殉難的原因和目的也具有多元性。如以死成仁取義的有劉理順、申

---

① 參見黃宗羲《贈刑部侍郎振華鄭公神道碑》和錢澄之《爭光集序》中的有關論述。
② 張暉:《帝國的流亡:南明詩歌與戰亂》,中國社會科學出版社 2014 年版,第 153 頁。
③ 參見何冠彪《生與死:明季士大夫的抉擇》第四、五章,聯經出版公司 1997 年版;陳寶良《明代士大夫的精神世界》第三、四章,北京師範大學出版社 2017 年版;朱雯《白日忽西沉——甲申(1644)文人殉節及其絕命詩初探》(《文藝研究》2018 年第 2期)和其博士學位論文《1644 年的文人與詩歌》(北京大學 2016)。

佳胤；死於絕望的有汪偉；以死抵罪的有施邦曜；希望以死免辱的有
范景文、馬世奇、劉文炳、鞏永固；以死塞責或逃避現實的有范景文、
吳甘來、吳麟徵。但他們的殉難行爲本身還是有著根本性的共通之
處。即如孫奇逢在《賀公景瞻傳》中所說的"范、倪諸公國破君亡，義
不容苟生，勢無可逃遁，只有一死以報君父"。清初的史家和論者在
看取他們的殉難時，也更注重和強調其中的共性：他們在國破君亡、
社稷傾覆之際，面臨生死抉擇，承擔起人臣對君主所應擔負的道德
責任，採取對應的實踐行動，或從容赴死，或慷慨捐生，克盡臣道。

　　殉難諸臣在特殊而嚴重的環境和情勢下選擇自殺，他們的言
行包括了豐富的政治和文化意涵，可以從多個角度進行解讀和評
說。諸臣忠明，至死不渝。其言行符合一般士大夫文人的情感傾
向。雖爲封建王朝君主和滅亡已無可免之帝國殉身，似乎爲愚忠
的表現，但其志可憫，其行可嘉。明清之際的士大夫都是以嚴正的
態度談論殉國這一話題和評判相關的人物的。儘管有些論者如錢
士馨、張岱等要求結合殉國者生前的行跡、殉國的動機和目的等對
他們進行評判，但畢竟斯人已逝，而且偷生、變節者的人數更多，所
以總體上都對甲申之變中殉難的明朝諸臣持肯定、頌揚的態度。
谷應泰還對"論者""多以（甲申殉國諸臣）生多誤國，死未酬君"的
批評意見進行了反駁："論者又以生多誤國，死未酬君。夫文山開
門，宋室何功？張巡嚼齒，睢陽不守。而諸人乃以刀筆之深文，舐
箕尾之毅魄，含血噴人，適以自污其口矣。"

　　無論史家和論者站在清朝的政治立場上，還是站在明朝的政
治立場上，均給予了這些克盡臣道的殉難臣子肯定和讚揚。這從
收載他們的姓名和事跡的史籍的書名或其中列傳的類名就可以看
出來。如《古今義烈傳》（張岱撰）、《成仁譜》（盛敬輯）、萬斯同《明

史》"忠義傳七"(卷三八二)、《明書》列傳二"忠節傳十"(卷一百十)
等。這與他們在反對和否定農民軍方面具有一致的立場有著直接
的關係。如《甲申紀事》、《甲申傳信錄》、《明史紀事本末》、《殉難忠
臣錄》、《崇禎遺錄》、《明季北略》、《啟禎野乘》、《續表忠記》和《玉光
劍氣集》等史籍在記敘殉難諸臣時稱李自成農民軍爲"賊",《石匱
書後集》、《懷陵流寇始終錄》等史籍稱李自成農民軍爲"闖賊"。他
們都站在封建士大夫的立場上,對於農民軍抱著敵視的態度。站
在明朝的政治立場上的宗室、官員和士大夫因國破君亡而將農民
軍視作寇讐。清朝在入關後一再宣告"義兵之來,爲爾等復君父
仇",進入北京後也宣稱"我今居此,爲爾朝雪君父之仇",以迷惑明
朝臣民。清廷入京後,爲崇禎發喪,並"令官民人等,爲崇禎帝服喪
三日"(《清世祖實錄》卷五順治元年五月辛卯),確實蒙蔽和欺騙了
不少明朝的臣民,使他們對清廷感激涕零。孔尚任在《桃花扇》閏二
十出《閒話》中也讓後來成爲明遺民的張薇説出了如下的話:"誰想
五月初旬,大兵進關,殺退流賊,安了百姓,替明朝報了大仇;特差工
部差寶泉局内鑄的崇禎遺錢,發買工料,從新修造享殿碑亭、門墻橋
道,與十二陵一般規模。真是亘古希有的事!"清朝一方面爲求言行
一致,籠絡人心,一方面也視農民軍爲自己佔領和統一中國的敵人
和阻礙,要證明清朝是自農民軍手中而非明朝手中奪得天下①,所以

---

① 如因此"玄燁對大順軍得北京一幕是何等關注,任何一個細節他都不肯輕易放過。
他絶不能接受大順兵臨北京,京師之人即'獻城'的誤傳,一定要强調'仍是攻取'。"
姚念慈:《康熙盛世與帝王心術》,生活·讀書·新知三聯書店,2018年版,第189
頁。孔尚任在《桃花扇》中對農民軍如何進入北京的敘述則是前後矛盾的。《哭主》
中塘報人稟告左良玉説:"大夥流賊北犯,層層圍住神京;三天不見救援兵,暗把城
門開禁。"閏二十出《閒話》中張薇却説:"三月十九日,流賊攻破北京,崇禎先帝縊死
煤山,周皇后也殉難自盡。"

繼續追擊農民軍。與此相應,對北京陷落前後殉難的前明諸臣給予了肯定和褒揚。因爲環境和孔尚任自身的階層、身份等的影響,《桃花扇》中的角色在提到李自成農民軍時,都與封建士大夫處在同一立場,稱之爲"賊""流賊""闖賊""毛賊""流賊闖盜"。

清廷和南明弘光政權都曾因臣下之請,頒布詔旨,對甲申北京殉難諸明臣賜謚、立祠崇祀,將之列入官方祀典。這一行爲儼然已經成爲了一項需要和必須爭奪的象徵性資源。特別对于清朝而言,在降服、接管生者即廣大漢族民衆的同時,還要在對待和處理這些亡者中確立自身的統治合法性。其實根本上面對的都是生者,是要尋求妥善解決它與生者的關係。如何對待和處理這些亡者,與希望生者如何對待自身是緊相關聯的。清朝希望通過褒錄、崇祀明甲申殉難君臣,並經由地方官府的執行,將國家權力和政統意識形態自上而下地貫徹到地方社會中,在事實上和被統治者心目中確立自己的正統性,並推廣教化。

順治元年八月二十七,崇禎十年進士、時任順天學政的曹溶啟請旌表殉節的范景文、倪元璐等二十八人,得旨下部議行。此時,多爾袞攝政,"令俟天下平定,再行察議"。①

順治九年十一月乙酉,已經親政的順治帝以甲申北京殉難諸臣"幽忠難泯,大節可風",諭禮部"會同各部院詳訪實跡具奏,勿遺勿濫"。②諭下,時任吏部尚書的魏裔介上《請褒錄幽忠疏》(見《兼

① 《清實錄·順治朝實錄》卷七,中華書局 1985 年影印本,第三册,第 82 頁。《金忠節公文集》卷八附周鏡編金鉉年譜載甲申"冬十月,順天學院,按院俱疏請旌前朝死難諸臣,内開伯兄一家盡節始末。得旨:下部。"嘉慶五年刻本。兩書的記述在時間上有歧異。

② 《清文獻通考》卷一百二十二"群廟考四",乾隆刻本。

濟堂文集》卷九），內列范景文等"一时死难之臣彰明较著者"凡三十人①；時任侍讀學士的王崇簡上《遵諭咨察疏》，內列范景文等"一时殉难之烈烈者"凡二十二人②。

順治十年六月十七日，禮部上奏，請求對范景文等十五人並前已"立碑賜地，春秋供祭"的王承恩"給諡賜祭，以慰忠魂"。得旨：王承恩給諡；范景文等給諡賜祭，於各人原籍建祠予祭，賜祭田七十畝，春秋致祭。③同年十月二十六日，遣禮部右侍郎高珩諭祭范景文等十六人，各予諡，於各人原籍賜地，春秋供祭。④

順治十年十二月乙酉，工科給事中張王治疏言孟兆祥暨子孟章明、凌義渠、申佳胤、陳純德、張慶臻、劉文炳、衛時春等八人"俱殉難情真，忠烈昭然。乞敕部旌表。"得旨："下所司議。"順治十二年九月壬辰，遣禮部右侍郎李奭棠諭祭孟兆祥等七人。⑤

順治十二年，魏裔介復上《請續褒故明申太僕遺忠疏》（見《兼濟堂文集》卷九），請求褒恤申佳胤。順治十三年閏五月庚子，遣官諭祭申佳胤，並賜諡"端愍"。⑥

南明弘光政權方面，甲申八月，時任太僕寺卿萬元吉疏請追恤崇禎末殉國諸臣，得到弘光帝的同意。關於建祠祭祀，有關諸臣覆旨時，提出兩項備選措施，即"或京師總立一祠，或本籍自行

---

① 清魏荔彤編：《魏貞庵先生年譜》謂"二十九人"，誤。《畿輔叢書》本。
② 見王崇簡《青箱堂文集》卷一。卷首總目中作《请咨察前明死难诸臣疏》。王崇簡並曾撰有《明東閣大學士范文忠公神道碑》，見清李衛等監修、唐执玉等纂修《畿輔通志》卷一百八，雍正十三年刻本。
③ 《清實錄·世祖實錄》卷七六，中華書局 1985 年影印本，第三冊，第 82 頁。
④ 清蔣良騏：《(順治朝)東華錄》卷四，國家圖書館藏十六卷抄本。
⑤ 《清文獻通考》卷一百二十二"群廟考四"，乾隆刻本。
⑥ 同上書。

建造"①。最後得旨:"著工部於京師總建一壇,賜名'旌忠'。"②同年九月,賜甲申北京殉難的文臣范景文等二十一人、勛臣張慶臻、李國禎、劉文炳等三人、戚臣鞏永固、内臣王承恩謚,並俱予祭葬、贈蔭有差;立祠於南京雞鳴山,賜額"旌忠",正祀文臣范景文以下二十人及其他四人,正祀武臣劉文炳、張慶臻、李國禎、鞏永固等七人,正祀内臣太監王承恩一人等。③

乙酉三月初十,禮部請恤甲申殉難諸臣。有旨:"閣部大臣謀國無能,致兹顛覆。雖殉節堪憐,贈恤已渥。先帝斬焉不永,諸臣延世加恩,臣誼何安? 通著另議。"④四月,給死難的申佳胤等諸臣三代誥命,准劉理順、成德蔭子入監⑤。故謝良琦《擬敕建崇禎死難諸臣廟記》云:"先是,金陵嗣服,亦常亟議褒勵。其時諸臣門户既分,凡所好惡,率由愛憎,迄於敗亡,未有定論。"⑥

清代官修的《大清一統志》和省級通志對一些甲申殉難臣子的原籍所建的祭祀他們的"旌忠祠"也有記述⑦。如申佳胤爲北直隸

① 顧炎武輯《明季實録》卷二"文武臣死節紀",國家圖書館藏四卷抄本。

② 同上書。

③ 各人恤典詳情,可見顧炎武輯《明季實録》中的"文武臣死節紀"。另可參見顧炎武編《明季三朝野史》卷一、《燼火録》卷六、《罪惟録》附紀卷之十八(以上諸書系於八月)、《南明野史》卷上、《明季遺聞》卷二、《三藩紀事本末》卷一(以上諸書系於九月)。兹從"九月"。《金忠節公文集》卷八附周鏡編金鉉年譜載甲申"十一月,南朝恤殉難諸臣,贈伯兄中憲大夫、太僕寺少卿,謚忠節,祭一壇,予□葬,建祠致祭,蔭一子入監讀書。"與它書所記在時間上有較大歧異。

④ 清計六奇:《明季南略》卷三"130 三月甲乙史",中華書局 1984 年版,第 170 頁。

⑤ 清佚名:《偏安排日事跡》卷十二,"中研院"史語所藏抄本。

⑥ 清謝良琦:《擬敕建崇禎死難諸臣廟記》,《醉白堂文集》卷三,光緒十九年刻本。

⑦ 個别殉難臣子曾經任官之地的官府和民衆也對他們立祠崇祀。如王章爲武進人,崇禎三年至十年任鄞縣縣令。錢維喬修《(乾隆)鄞縣志》卷七"壇廟"載:"重恩祠,在縣治前、古董坊之北,爲重閣。上祀宋邑宰王安石,下祀明邑宰王章。章有惠政,後以御史殉甲申三月十九之難。邑人歲以是日祭焉。"乾隆五十三年(1788)刻本。

永年(今河北永年)人,《大清一統志》卷二十一"廣平府"載"申端愍
公祠""即旌忠祠,在府治南",祀申佳胤,"本朝順治六年建"①。李
邦華爲江西吉水人,《大清一統志》卷二四九"吉安府"載"旌忠祠"
在吉水縣城內,祀李邦華,"本朝順治十六年特旨賜諡"②。吳甘來
爲江西瑞州新昌人,《大清一統志》卷二五一"瑞州府"載"旌忠祠"
"在新昌縣治左,明末建,祀吳甘來。本朝順治四年奉敕重建,賜祭
田七十畝。"③此處在建立和重建的時間的記述上應存在錯誤,與
相關事實不符。此外,吳麟徵爲海鹽人,《大清一統志》卷二二〇
"嘉興府"載有旌忠祠"在海鹽治東,祀明吳麟徵"④;陳良謨爲浙江
鄞縣(今宁波)人,《大清一統志》卷二二四"寧波府"載有旌忠祠
"在府城內,祀明御史陳良謨"⑤。全祖望與陳良謨爲同鄉,他在
爲陳良謨的祭祠所作的《旌忠祠碑》中也沒有説明祠名"旌忠"的
由來:

> 世祖章皇帝定鼎,褒恤前明甲申殉難文臣十有九人。浙
> 中得其六,而吾鄉陳恭潔公其一也。禮臣遵奉明旨,各建祠於
> 其里,春秋祀祭,特撥地七十畝贍之。於是有司即公之別
> 業——舊所稱娑羅園者爲祠,以時夫人祔。……⑥

此外,還有多人合祭的祠堂。如清江南太倉人王吉武(1645—
1725)康熙十五年(1676)中進士,除中書舍人,分校北闈,左遷國學

① 清和珅等撰:《大清一統志》卷二十一"廣平府",乾隆五十五年武英殿刊本。
② 清和珅等撰:《大清一統志》卷二四九"吉安府",乾隆五十五年武英殿刊本。
③ 清和珅等撰:《大清一統志》卷二五一"瑞州府",乾隆五十五年武英殿刊本。
④ 清和珅等撰:《大清一統志》卷二二〇"嘉興府",乾隆五十五年武英殿刊本。
⑤ 清和珅等撰:《大清一統志》卷二二四"寧波府",乾隆五十五年武英殿刊本。
⑥ 清全祖望:《旌忠祠碑》,《鮚埼亭集外編》卷十四,朱鑄禹匯校集注《全祖望集匯校集
注》,上海古籍出版社2021年版,第三冊,第1012頁。

博士,遷工部主事,升員外。尋以户部郎中出守紹興。《清詩別裁集》卷十選其詩一首《重修六賢祠成展祭作》,題下有自注云:"黃忠端公諱尊素、倪文貞公諱元璐、施忠介公諱邦曜、周文忠公諱鳳翔、劉忠正公諱宗周、祁忠敏公諱彪佳,皆越人,明季殉難。"此詩應作於其任紹興知府期間,六賢祠即在紹興。據《浙江通志》卷一百二十二"職官"十二,其任紹興知府在康熙三十一年至三十四年間。既爲"重修",可見合祭同爲"越人"的黃尊素等六人的六賢祠在康熙三十一年前即已建成。《重修六賢祠成展祭作》詩全篇如下:

> 乾坤有傾折,憑誰奠蒼黃?成仁取義間,得爭日月光。
> 末世務苟活,横流決堤防。不有數君子,何以扶頹綱?
> 明季丁否運,婦寺紛蝐蟷。群賢共憤爭,杌隉正氣揚。
> 曁曁有黃公,請劍擊貂璫。糜爛北寺獄,冤血流圜牆。
> 逮乎思陵末,大盜劇披猖。京城竟瓦解,宮闕屯豺狼。
> 倪、周並詞臣,就義何慨慷!賦詩整冠帶,引脰遂絶吭。
> 共志有中丞,仰藥裂肺腸。雲車駕風馬,同日從君王。
> 維時劉與祁,解組各歸鄉。號咷義旗舉,自矢百鍊鋼。
> 未幾湛荒晏,南都復淪亡。兩公竟致命,先後歸帝旁。
> 一甘絶勺飲,僵餓追首陽。一起赴清波,懷石同沉湘。
> 區區於越地,山川靈氣翔。凜凜得數公,勁草卓秋霜。
> 平生所樹立,理學兼文章。末路更完節,浩然還旻蒼。
> 聖朝重褒忠,祝典載輝煌。守土風教責,表揚分所當。
> 立廟傍黌宮,六賢共烝嘗。昨秋大風雨,摧我西廡廊。
> 周垣半傾圮,不能庇堂皇。率先亟修築,勿使沙礫荒。
> 榱桷新丹雘,木門餙倉琅。登堂薦蘋藻,肅然對冠裳。

　　即事有根觸，沾襟涕浪浪。疇無君親恩，俯仰默感傷。①

　　沈德潛評曰："表忠烈詩貴峻整，不尚奇倔。敘述六賢，詳略分合，各見筆法，韻語中合傳體。"②

　　如前所述，南明弘光時期，弘光政權立總祠於南京，賜額"旌忠"，正祀甲申殉難諸臣；而《大清一統志》載在多位殉難官員的家鄉都建有"旌忠祠"，對他們進行專祀，又合於清廷褒揚、祭祀諸臣的規定。這兩類祠祠均名曰"旌忠祠"應非巧合，可能是清朝一些地方官府在奉旨立祠祭祀諸臣時襲用了弘光朝所賜的"旌忠"之額。由此，還使一些方志的有關記載出現了錯誤。如《浙江通志》卷二二〇"祠祀四"謂"舊《浙江通志》"記載"旌忠祠"在鑾橋北，祀陳良謨，"國朝順治間奉敕立祠，賜額'旌忠'。"因為這些記載都比較簡略，我們現在無法知曉這種現象和錯誤產生的具體原因和過程，但可能與明清易代之際南北方不同的情勢和遭遇有關。《入道》出所列的二十四位甲申殉難明臣，除去劉文炳等四位勳臣、戚臣和內臣，其他二十人中，南方籍者有十五人，北方籍者只有五人。明清易代之際，相對而言，南方受農民起義的影響較北方為小，特別是"東南沿海地區的居民沒有經歷過農民起義的掃蕩，沒有對因此而覆滅的明王朝產生直接的感情震蕩，對他們直接造成衝擊的是清兵的南下，是反剃髮鬥爭和南明政權的興亡。"③"揚州十日""嘉定三屠"等重大事件於南方民眾更是切身而慘痛的經歷和記憶。因此，北京陷落、崇禎自縊和諸臣殉難逐漸成為一種社稷傾覆

① 清沈德潛編選：《清詩別裁集》卷十，乾隆二十五年教忠堂重訂本。
② 同上書。
③ 趙世瑜：《太陽生日：東南沿海地區對崇禎之死的歷史記憶》，《狂歡與日常：明清以來的廟會與民間社會》，北京大學出版社 2017 年版，第 270 頁。

的象徵和記憶，民衆重視的是其中含蘊的特殊意義和内涵，而允許崇祀甲申殉難君臣的祠廟和儀式作爲形式可以有多元、變形的存在。

清初的時事小説和時事劇也對明清易代、"天崩地解"的歷史巨變予以了及時、迅速的反映，折射出當時人對這一事件的認識和情感。其中多部作品也涉及了明朝諸臣在北京陷落時的殉難。小説方面有：《剿闖通俗小説》第三回"僞相借地點朝官　忠臣捐軀殉聖主"、《新世弘勛》（又題《定鼎奇聞》《鐵冠圖全傳》）第十二回"逆賊逞强亂都城　忠烈捐生殉聖主"、《樵史通俗演義》第三十回"衆閹開門迎闖賊　群忠靖節報君恩"。《樵史通俗演義》具有較大的史料價值，影響也較大，後來的多種史籍和《桃花扇》都曾從中採録史料。戲曲方面有：作於崇禎十七年秋的朱葵心的《回春記》寫諸文止、湯去三戡亂建勛，拯救甲申國難，其中有北京陷落後李邦華一家殉節的情節。此劇劇情多出虚構，惟此一段屬於史實。順治年間，江蘇揚州寶應有鄉村戲班搬演明清易代之際的時事。順治十三年（1656）人日，丘象隨（1631—1701）泊舟寶應，見岸上有鄉村戲班演出"甲申故事"，作詩紀之，見其《西軒詩集》卷三。詩題"人日泊白田見岸上梨園演甲申故事"：

> 人日傷心野水邊，迎看鼓吹滿烽煙。幾從亡國徵前史，爲爲英君怨上天。

> 涕泗橫垂村粉黛，埃塵逼見舊班聯。我終遺恨停南詔，生氣煤山空萬年。

在《入道》出的醮儀上，張薇又閉目存想，當衆昭示死難的"南明三忠"史可法、左良玉和黄得功皆已飛升成仙。關於史可法的結局，説法不一，但其以一力支撑危局，終至身死殉國，獲得了清廷、

南明及後世一致的肯定。乙酉（弘光元年、順治二年）年五月十五
日，清豫王多鐸率軍入南京；二十二日，即令爲史可法立祠，並優恤
其家①。此後直至乾隆朝中葉，清官方再無類似的政策和舉動對
史可法等抗清殉節的南明諸臣予以肯定和褒恤。順治、康熙年間，
曾有不少漢族官員建議清廷公開肯定和旌恤抗清殉節的南明諸
臣，但都未獲同意。如順治十二年二月，湯斌應詔陳言，請廣搜野
乘遺書以修《明史》，而且説："《宋史》修於元至正，特傳文天祥之
忠；《元史》修於明洪武，亦著巴顏布哈之義。我朝順治元、二年間，
前明諸臣亦有抗節不屈、臨危致命者，與叛逆不同。宜令纂修諸臣
勿事瞻顧，昭示綱常於萬世。"下所司議，遭到了馮銓、金之俊等的
堅決反對，甚至要"擬旨嚴飭"。幸得順治皇帝對湯斌進行迴護，還
"特詔斌至南苑，温諭移時"②。順治至雍正年間，鑒於當時清朝統
治未穩、漢人反清思想强烈等特殊的社會政治環境和形勢，因應現
實需要，清朝統治者一直對南明史持否定態度，對南明君臣實行貶
抑政策③。比如康熙初年人王忭作《浩氣吟》傳奇，傳瞿式耜、張同
敞抗清事，却"更姓改名，以瞿爲虞，以焦（璉）爲姚，以張爲江，如此
類者不一而足。"④後瞿頡在嘉慶初年據之作《鶴歸來》傳奇時，又
在劇中將諸人改回原名⑤。瞿頡並在《鶴歸來·自序》中説："洪惟
我太上皇帝（按指乾隆帝），聖度如天，於勝國殉節諸臣，概予易名

---

① 清計六奇：《明季南略》"史可法揚州殉節"，中華書局1984年版，第204頁。
② 王鍾翰點校《清史列傳》卷八"湯斌"，中華書局1987年版，第二册，第518頁。
③ 參見何冠彪《清初三朝對南明歷史地位的處理》，《明代史研究》第23號，1995年4
　月，第23—34頁。
④ 清瞿頡：《鶴歸來·自序》，郭英德、李志遠纂箋《明清戲曲序跋纂箋》第七册，人民文
　學出版社2021年版，第2997頁。
⑤ 參見嚴敦易《元明清戲曲論集》下編"清人戲曲提要""瞿頡《鶴歸來》"一篇，中州書
　畫社1982年版，第288—291頁。

之典,留守公久邀異數,專謚忠宣。此時復何所嫌疑,而必諱其名姓耶?"可見前後不同時期清廷官方政策的調整、社會思想氛圍的變化和文人對此的感受。

不過,民間和清地方官府可以而且曾在多地爲史可法立祠祭祀。計六奇謂:"康熙初年,予在樅陽,見公之祠,謚爲清惠,入謁之,父老猶思慕焉。"①但史可法並没有"清惠"的謚號。另,《江南通志》卷四十一"輿地志""壇廟(五)祠墓附"載"史公祠在桐城縣治西,祀明史可法。"②《大清一統志》卷九十三"六安州"載,有史公祠"在州治東。英山故無城郭,明相國史可法開府皖江,築城於章家寨。故立祠以祀之。"③據袁枚《子不語》卷十九"史閣部降乩"一則,謝啟昆在任揚州知府期間,曾"修葺史公祠墓"④。李斗《揚州畫舫録》卷九載,在揚州姜家墩路西倉聖祠旁有淨業庵,乾隆五十四年(1789)改建爲史公祠⑤。左良玉和黄得功所獲評價則不一。

《入道》出又寫張薇"夢見馬士英被雷擊死台州山中,阮大鋮跌死仙霞嶺上",以彰顯善惡有報。馬、阮狼狽爲奸,把持朝政,植黨樹私,陷害忠良,是弘光政權迅速滅亡的罪魁禍首。《桃花扇》劇中兩人的關係和有關兩人的情節,除最後各自的結局外,基本都符合史實。史可法,舉世稱頌;馬士英、阮大鋮,則舉世痛詈。如李瑶纂《南疆繹史撫遺》入馬、阮於"奸臣列傳"(卷十八),四明西亭凌雪撰《南天痕》入馬、阮於"奸佞傳"(卷二十六),《小腆紀傳》入馬、阮於列傳第五十五"奸臣"(卷六十二)。萬斯同《明史》入馬、阮於"奸臣

① 清計六奇:《明季南略》"史可法揚州殉節",中華書局1984年版,第204頁。
② 清尹繼善等修、黄之雋等纂:《江南通志》卷四十一"輿地志",乾隆元年刻本。
③ 清和珅等撰:《大清一統志》卷九十三"六安州",乾隆五十五年武英殿刊本。
④ 清袁枚:《子不語》,上海古籍出版社2012年版,第250頁。
⑤ 清李斗:《揚州畫舫録》卷九,中華書局1960年版,第212頁。

傳下"（卷四百二），王鴻緒《明史稿》入馬、阮於"奸臣
下"（卷一百八十二）。在萬斯同《明史》、王鴻緒《明史稿》和張廷玉等撰的《明史》中，"阮大鋮是閹黨成員中唯一都被納入《奸臣傳》的人，表明三書作者對他共同的貶斥之意。"①

　　清初時事劇也有涉及阮大鋮者。如順治四年，武進董以寧至當塗，見當地上演阮大鋮背明故事劇，作《采石磯讕集記》（見《董文友文選》）。《梁溪詩鈔》卷十二錄有顧樞（1602—1668）的《仙霞討賊歌並序》，小序說明寫作緣由："《仙霞》雜劇，友人三餘子爲周、雷二公及阮賊大鋮作也。生面重開，熱腸如寫；澆予塊壘多矣。歌以誌之。""三餘子"，即无锡丁大任（1589—1654 後）②。詩中有如下的句子：

　　　　馬前稽首若崩角，裸袒跣足奔泥塗。仙霞之山何嶙峋，兩賢英爽空中揭。

　　　　賊囁逋逃遇伍公，素車白馬誅奸孽。豈爲報復快私仇，百二河山從爾裂。

　　　　石可爛兮海可枯，爾臭萬年終不滅。

　　"兩賢"應指爲阮大鋮所陷害的周鑣和雷縯祚。劇中應有阮大鋮死於仙霞岭，周、雷二人魂靈顯現、報仇的情節。黄宗羲《行朝錄》卷三"魯王監國"紀年上也説："（阮大鋮）踰仙霞嶺，見雷縯祚索命，墜馬折頸而死。"《南天痕》卷十八載："（阮大鋮）從攻仙霞嶺，既抵關舍，馬疾步上嶺，從者聞其大呼'雷公侑我！'頃之，僵仆石上死

---

①　陽正偉《"小人"的軌跡："閹黨"與晚明政治》，中國社會科學出版社 2016 年版，第
　　250 頁。

②　詳見葉德均《曲目鉤沉錄》，《戲曲小説叢考》，中華書局 2004 年版，第 98 頁；鄧長風
　　《十四位明清戲曲家生平著作拾補》，《明清戲曲家考略全編》，上海古籍出版社
　　2009 年版，上册，第 594 頁。

矣。"陳貞慧《書事七則》、溫睿臨《南疆逸史》也有類似的記載。

綜上所述，由於史籍、時事劇和時事小說的記載、描述與清朝和南明弘光政權褒恤殉難諸臣，同時士民也紛紛聲討、抨擊"降賊喪節"的明朝官員和擅權誤國的馬、阮，使得范景文等甲申殉難諸臣和史可法與馬、阮在人物形象的塑造、評價上形成鮮明的忠奸、褒貶的對立。如戴璐《藤陰雜記》卷七"西城上"載："廟市見杞縣劉文烈理順書，與馬士英書並列。白仲調廷評夢鼐購劉書歸，曰：'不令與奸邪同列！'"①此處所載白夢鼐（？—1680）褒忠貶奸的言行與其經歷有關。他與其兄夢鼎曾均以觸魏忠賢下詔獄，明亡，獄始解。

而清朝統治者與南明統治者對忠奸人物所持的褒貶態度也是一致而且十分鮮明的。清廷對於褒恤因農民軍而死的范景文等明臣，因爲毫無危及現實統治之風險，所以更加積極。清廷這樣做的表面目的是砥礪臣節、維持風化，反映了明清易代之後，新王朝的統治仍然是以儒家的忠孝觀念和道德標準爲文化基礎的。如魏裔介《请褒录幽忠疏》所說："然而一王一帝，他務未遑，首先嘉尚者，誠以維持風化，振動綱常，俾一代之臣子知所軌範也。""闡揚明季之遺忠，振發幽冥之生氣，尤爲化導之先資，敦勵之大典。""庶精靈未泯，將宣力於我朝；頑懦可風，亦儀型乎來葉矣。"王崇簡也在爲范景文所作的《明東閣大學士范文忠公神道碑》中說："我朝褒忠前代，於以勵人臣之節者，至隆也。"②而深層的動機和目的則是希望

---

① 白夢鼐，字仲調，號孟新，又號蝶庵，江蘇江寧人。少與兄夢鼎勤學，尚志節，時有"二白"之目。與余懷、杜濬唱和，时有"余杜白"之目，諧音"鱼肚白"。夢鼐舉康熙九年會試第二，官大理寺評事。左都御史魏象樞以博學鴻詞薦，稱其"才識老成，學問博雅，蕭然四壁，惟以詩文自娛。"但與試不第。康熙十九年（1680）四月，補行福建鄉試，夢鼐任主考官，得士稱盛。歸至寧波病卒。著有《天山堂集》。

② 清李衛等監修、唐執玉等纂修：《畿輔通志》卷一百八，雍正十三年刻本。

藉此安撫、籠絡人心，緩解滿漢對立；並且將褒恤殉難明臣列入官方祀典，也即納入清朝的礼仪统治秩序，可以宣示明朝已亡、國祚转移，樹立自身的統治合法性、正當性和求得漢人對其統治合法性、正當性的認同。

乾隆四年（1739），歷經近百年的修纂，《明史》由张廷玉最終定稿，进呈刊刻。范景文至凌義渠等七人載於卷二百六十五、列传第一百五十三，赞語謂：“景文等樹義烈於千秋，荷褒揚於興代，名與日月爭光。”馬世奇至金鉉等十三人載於卷二百六十六、列传第一百五十四，赞語謂：“馬世奇等皆負貞亮之操，勵志植節，不欺其素，故能從容蹈義，如出一轍，可謂得其所安者矣。”史可法載於卷二百七十四、列传第一百六十二，赞語謂：“史可法憫國步多艱，忠義奮發，提兵江滸，以當南北之沖，四鎮棋布，聯絡聲援，力圖興復。然而天方降割，權臣掣肘於内，悍將跋扈於外，遂致兵頓餉竭，疆圉日蹙，孤城不保，志決身殲，亦可悲矣！”馬士英、阮大鋮載於卷三百八、列传第一百九十六“奸臣”。傳前小序謂：“南都末造，本無足言，馬士英庸瑣鄙夫，饕殘恣惡。之數人者，内無閹尹可依，而外與群邪相比，罔恤國事，職爲亂階。究其心跡，殆將與杞、檜同科。吁，可畏哉！”

乾隆三十一年（1766）五月二十六日，乾隆皇帝因國史館進呈《洪承疇傳》的書法問題，向國史館館臣頒布諭旨，指示他們今後不應再將弘光、隆武、永歷等南明政權視爲僭偽，標誌著清官方在對南明史的書寫和評價上開始了重大的轉變①。這一轉變與乾隆朝

---

① 參見何冠彪《清高宗對南明歷史地位的處理》,《新史學》七卷一期, 1996 年 3 月, 第 1—27 頁; 陳永明《〈欽定勝朝殉節諸臣錄〉與乾隆對南明殉國者的表彰》, 氏著《清代前期的政治認同與歷史書寫》, 上海古籍出版社 2011 年版, 第 183—219 頁。

的社會、經濟和文化等的現實發展情況有密切的關係①。乾隆皇帝在諭旨中還指出,黃道周、史可法等南明諸臣抗清的行爲是"各爲其主",是"節義"的表現,不僅不應否定,而且應予表彰:"即明末諸臣,如黃道周、史可法等,在當時抗拒王師,固誅僇之所必及。今平情而論,諸臣各爲其主,節義究不容掩,朕方嘉予之,又豈可概以僞臣目之乎?"②清官方在對待南明諸政權和南明君臣的態度和政策的轉變的重要表現和成果是《欽定勝朝殉節諸臣録》的修纂問世。該書的修纂始於乾隆四十一年二月八日修書諭旨的正式頒布,同年十一月修成。乾隆皇帝在乾隆四十年十一月初十日的諭旨中稱前文所述順治年間對范景文等人的"特恩賜謚"爲"亘古曠典"。也因爲范景文等和劉文炳、鞏永固已經在順治年間得到賜謚、賜祭,所以沒有被收入《欽定勝朝殉節諸臣録》。史可法和黃得功被列於卷一,分別賜謚"忠正"和"忠桓"。對史可法的節行的評價是"節秉清剛,心存幹濟,危顛難救,正直不回";對黃得功的節行的評價是"材昭武勁,性懋樸忠,衛主殞身,克明大義"。該書的修纂,"包含著政治實效和道德教化兩方面的目標":"首先,它欲藉助官方對前明殉國忠臣的表彰,激勵當世爲人臣者,務必以勝朝先烈爲榜樣,盡其忠君愛國的本分。其次,通過政府對死節者的旌恤,亦可同時對維繫社會倫常秩序產生正面的作用,達到扶植綱常的效果。"③此外,乾隆皇帝還希望藉此塑造和建立自己"聖主明君"

---

① 參見陳永明《〈欽定勝朝殉節諸臣録〉與乾隆對南明殉國者的表彰》,氏著《清代前期的政治認同與歷史書寫》,上海古籍出版社 2011 年版,第 192—193 頁。

② 中國第一歷史檔案館編《乾隆朝上諭檔》,檔案出版社 1991 年版,第 4 册,第 896—897 頁。

③ 陳永明:《〈欽定勝朝殉節諸臣録〉與乾隆對南明殉國者的表彰》,氏著《清代前期的政治認同與歷史書寫》,上海古籍出版社 2011 年版,第 201 頁。

的形象。楊鳳苞後來便在《南疆逸史跋十二》中稱："是故存偏安之閏統、録死事之遺臣,大公至正、天地爲心,立萬世史法之極,伊古以來,未有如我太上皇帝者。"①而更深層和根本的動機和目的則是將之視爲一項"政治工程","以儒家傳統的'君臣之義',代替過往的明、清對抗的政治立場,作爲重新評價有關歷史人物的標準",奪取和壟斷有關明清易代的詮釋權,操控歷史敘事和社會話語,重新書寫歷史,重構歷史記憶,調和滿、漢對立,穩固現實統治。隨著之後《貳臣傳》和《逆臣傳》的編纂,褒忠貶奸成爲新的主導意識形態。

清朝統治者通過褒忠貶奸,以儒家道德倫理規範詮釋歷史、評斷是非、臧否人物,倡導、標榜"忠孝"這些爲人們普遍認同和接受的道德價值,替換和取代過往由明遺民主導的帶有強烈政治隱喻的歷史敘述和觀點,使之朝著"去政治化"的方向發展,淡化清初明清易代歷史書寫和社會記憶中的"關於族群征服和對立的獨特的緊張感",消解漢族士人特別是明遺民的反清排滿的思想和情緒,強化意識形態控制。

明清之際廢興代嬗這一歷史書寫、敘述和記憶的焦點由"夷夏"、滿漢對立、衝突的民族問題,被替換、轉化爲忠奸鬥爭這一超越時代、涵括古今、更具一般性和普遍性的歷史問題。順治帝福臨和乾隆帝弘曆雖漢化程度有差,但在藉由褒揚忠義、貶斥奸佞以操控和實現這一替換和轉化上,則是接近的,只是在意識自覺和進度完成的程度方面不同。對相同的歷史事件和過程進行怎樣的敘述與詮釋(記憶),既由行爲主體的意志所主導,也受到具體語境乃至

---

①　清楊鳳苞:《南疆逸史跋十二》,《秋室集》卷三,光緒九年湖州陸氏刻本。

深層文化傳統的制約，需要社會現實基礎提供條件。這一轉化的具體實現途徑是汲引儒家傳統道德文化資源，依憑至高無上的皇權，類分、命名、評價、處置忠奸不同人物，而最終目的還是因應種種當代的現實政治需求，指向當下的。

清初，探究、思考"明何以亡、清何以興"成爲朝野之間、清統治者和明遺民等立場不同、思想情感不同的人們共同關心和積極參與的公共議題①。特別是對於明朝的衰亡，人們從政治、經濟、文化等層面給出了種種解釋，進行全面的檢討、反思和批判。這些解釋主要可以分爲"重天命"和"重人事"兩種不同的歷史觀點。抱持"重人事"的觀點，就要將明亡的罪責歸咎於具體的人事，並進行詳細的論列。有的論者批評君主失德，有的論者批評臣子庸奸；有的論者著重一朝，有的論者上溯數代②。

崇禎皇帝遺詔稱："朕非亡國之君，諸臣實亡國之臣！"順治十四年二月，金之俊奉敕爲崇禎皇帝撰寫碑文③。他在其中探究、闡釋了"崇禎帝之所以失天下"，認爲崇禎皇帝非"末世亡國之君""失德亡國者"，而"尚爲孜孜求治之主，只以任用非人，卒致寇亂，身殉社稷"，感歎"有君無臣，禍貽邦國，竟若斯哉！""俾天下後世讀明史者咸知崇禎帝之失天下也，非失德之故，總由人臣謀國不忠所致。"④甚至於李清的《三垣筆記》還記述了這樣的傳說："（順治帝）

① 趙園在《尋找入口（代後記）》中也説："（清初）這一時段最爲活躍的言論，集中於明亡原因的追究。"《想象與敘述》，北京師範大學出版社2015年版，第368頁。
② 參見姜勝利《清人明史學探研》第四章"清人對於明亡諸問題的認識"，南開大學出版社1997年版，第68—86頁。
③ 《奉敕撰明崇禎帝碑文》見金之俊《息齋集》（卷六）、《金文通公集》（卷十一）和《皇朝文獻通考》卷一百二十。
④ 清金之俊：《奉敕撰明崇禎帝碑文》，《息齋集》卷六，康熙五年刻本。

又嘗登上(按指崇禎帝)陵,失聲而泣,呼曰:'大哥大哥,我與若皆
有君無臣。'"①康熙和雍正均將明祚終結定在崇禎十七年,也認爲
崇禎帝非亡國之君,而又將明亡的原因上溯至萬曆朝。乾隆甚至
將明亡的端緒上溯至永樂朝②。清初的幾代君主都將明亡清興視
作歷史發展的必然,明祚終結是明朝君臣咎由自取,以此論證、宣
揚和强調清朝得國之正,滿清入主中原、一統天下是順天應人。

　　康熙帝曾先後五次親謁明太祖陵,並賜御書"治隆唐宋"③。
康熙二十三年(1684)十一月,康熙帝第一次親謁明孝陵。他在謁
陵後還模仿賈誼的《過秦論》,"御製"了一篇《過金陵論》。康熙帝
在文中也將明亡上溯至萬曆朝,通過簡要梳理萬曆至崇禎時期的
歷史,分析和總結总结明亡的原因和教训:

　　　　成平既久,忽於治安。萬曆以後,政事漸弛,宦寺朋黨,交
　　相構陷。門戶日分,而士氣澆薄;賦斂日繁,而民心渙散。闖
　　賊以烏合之衆,唾手燕京,宗社不守;馬、阮以囂偽之徒,托名
　　恢復,僅快私仇。使有明艱難創造之基業,未三百年而爲丘
　　墟。良可悲夫!④

　　康熙帝認爲宦官擅權和朋黨相爭是明亡的重要的内部原因,
明亡於崇禎十七年三月,亡於李自成農民軍之手。實際還是宣揚

①　李清:《三垣筆記》卷中"補遺",中華書局 1982 年版,第 90 頁。

②　參見弘曆《讀〈召誥〉》,《御製文二集》卷三六,頁 8b—9a(册十,第 810—811 頁)。

③　關於康熙帝親謁明太祖陵的作用、目的和意義,可參見李恭忠《康熙帝與明孝陵:關
　　於族群征服和王朝更替的記憶重構》,《南京大學學報》(哲學・人文科學・社會科
　　學)2014 年第 2 期,第 126—134 頁;後收入孫江主編《新史學》第八卷"歷史與記
　　憶",中華書局 2015 年版。另可參見 Jonathan Hay, "Ming Palace and Tomb in
　　Early Qing Jiangling," Late Imperial China 20, no.1(June 1999):28—31。

④　清玄燁:《聖祖仁皇帝御製文集》卷十八,(清)紀昀總纂《景印文淵閣四庫全書》第
　　1298 册,臺灣商務印書館 2008 年版。

清朝是自農民軍手中奪得天下，强調清朝立國的正當性。不過他還是承認僅維持一年的南明弘光政權的歷史地位，而弘光政權覆滅的主要原因則是由於馬、阮專權，報復、迫害忠義之士，最終自取其亡，絲毫不提及清軍南下的軍事行動。

朋黨及黨爭作爲中國古代的一種政治現象，在許多朝代都有產生和存在①。有學者認爲："從某種意義上言，一部官僚政治史即是一部朋黨史"②。黨爭會嚴重危害政治統治，如王桐齡所説："黨爭者，禍國之具也。"③宦官擅權，士大夫爭相投附，結成朋黨，則是晚明政治的重要特徵。時人和後人對此有廣泛和嚴厲的批判。歷代所修正史中，惟有《明史》設有《閹黨傳》。《四庫全書總目》解釋《明史》創設《閹黨傳》的原因時説："貂璫之禍，雖漢唐以下皆有，而士大夫趨勢附羶則惟明人爲最夥，其流毒天下亦至酷。別爲一傳，所以著亂亡之源，不但示斧鉞之誅也。"也認爲閹黨亂政是明亡的重要原因之一。晚明東林、復社與閹黨的鬥爭並未隨著明亡而結束，而是延續到了清初④。如前文所述的順治十二年二月，湯斌上疏請修《明史》，並建議收載甲、乙之際"抗節不屈、臨危致命"的"前明諸臣"及其事跡，却遭到了馮銓、金之俊等的堅決反對，甚至要"擬旨嚴飭"。馮銓便是閹黨成員，曾入崇禎朝的"欽定逆案"名單，並且是《三朝要典》的總裁之一。清順治年間的朝廷黨爭，主要就是馮銓爲首的閹黨與陳名夏爲首的東林、復社之間的鬥

① 可參見王桐齡《中國歷代黨爭史》，初版於 1922 年；朱子彦《中國朋黨史》，東方出版中心 2016 年版。
② 朱子彦：《中國朋黨史》"前言"，東方出版中心 2016 年版，第 2—3 頁。
③ 王桐齡：《中國歷代黨爭史》，北平文化學社 1931 年版，第 234 頁。
④ 參見陽正偉《"小人"的軌跡："閹黨"與晚明政治》第五章"'閹黨'在南明弘光時期及清初的活動"，第 208—233 頁。

爭。曾奉敕爲崇禎帝撰寫碑文的金之俊是最爲積極、心甘情願降清者之一。當時人諷刺他："從明從賊又從清，三朝元老大忠臣。"降清後，曾與沈惟炳、駱養性共同具名上勸進表，並曾受命勸降左懋第，遭到左的痛罵。乾隆帝曾稱馮銓、金之俊"皆靦顏無恥，爲清論所不容"①，並命將之列入《貳臣傳》。馮銓之所以堅決反對湯斌的上疏，因爲甲、乙之際"抗節不屈、臨危致命"的"前明諸臣"不少都是東林、復社中人。如林時對《荷牐叢談》卷二"朋黨大略"條謂：

> 兩都淪覆，東林夙望，殉難燕京，如倪元璐、李邦華、范景文、王家彦、施邦曜、吳麟徵、淩義渠、周鳳翔、劉理順、馬世奇、汪偉、金鉉、成德諸公；殉難金陵，如史可法、袁繼咸、左懋第、黃道周、金聲、劉宗周、徐石麒、祁彪佳、徐汧、夏允彝、侯峒曾、華允誠、陳子龍、何弘仁、陸培、黃淳耀、楊廷樞、吳易諸公；各省殉難，如蔣德璟、姜曰廣、陳子壯、楊廷麟、劉同升、詹兆恒、瞿式耜、劉中藻、王錫哀諸公。或從容就義、或慷慨捐生，烈烈轟轟，照耀清史。豈非東林中祥麐威鳳哉？②

又如李邦華在《東林點將録》中被列爲"馬步三軍頭領四十六員""地勇星病尉遲"，又被列入《東林黨人榜》《東林籍貫》《東林朋黨録》《東林同志録》《盜柄東林夥》。范景文被列入《東林黨人榜》。陳鼎《東林列傳》卷八收范景文、倪元璐、金鉉、馬世奇，卷九收李邦華、淩義渠、汪偉、王家彦、吳麟徵、孟兆祥、劉理順、吳甘來、王章、許直、成德、陳良謨、陳純德、周鳳翔、申佳胤，卷十收施邦曜。該書凡例稱："是傳皆本'七録'及《東林黨人榜》，並《熹宗實録》。'七

① 清慶桂等：《高宗純皇帝實録》，《清實録》，册 25，卷 1332，"乾隆五十四年六月庚申"條，頁 1031—1032。

② 清林時對：《荷牐叢談》卷二，廣陵古籍刻印社 1990 年版。

録’者,曰‘天鑒’、曰‘雷平’、曰‘同志’、曰‘薙稗’、曰‘點將’、曰‘蠅
蚋’、曰‘蝗螟’。”而在順治元年啟請旌表范景文等的曹溶也是東林
黨人,因爲降清、仕清,被林時對在《荷牐叢談》卷二“朋黨大略”中
指爲“東林敗類”,稱其“末路喪節”“反面事讎,行同狗彘,不得以其
東林而恕之”①。後來也在乾隆朝被列入《貳臣傳》。曾爲復社成
員、上《请咨察前明死难诸臣疏》、爲范景文撰《明東閣大學士范文
忠公神道碑》的王崇簡,則是因曹溶的舉薦而出仕清朝的。王崇簡
又曾與上《請褒錄幽忠疏》的魏裔介在京師相倡和②。

　　《明史》卷二十一“本紀第二十一　神宗二　光宗”的贊語謂:
“神宗沖齡踐阼,江陵秉政,綜核名實,國勢幾於富強。繼乃因循牽
制,晏處深宮,綱紀廢弛,君臣否隔。於是小人好權趨利者馳騖追
逐,與名節之士爲仇讎,門户紛然角立。馴至怨、滑,邪黨滋蔓。在
廷正類無深識遠慮以折其機牙,而不勝忿激,交相攻訐。以致人主
蓄疑,賢奸雜用,潰敗決裂,不可振救。故論者謂明之亡,實亡於神
宗,豈不諒歟。”③卷二十四“本紀二十四　莊烈帝二”的贊語謂:
“惜乎大勢已傾,積習難挽。在廷則門户糾紛,疆場則將驕卒惰。
兵荒四告,流寇蔓延。遂至潰爛而莫可救,可謂不幸也已。”“祚訖
運移,身罹禍變,豈非氣數使然哉?”④也指出明朝自萬曆年間即開
始走向衰亡,而且與門户黨爭、農民起義有著直接、重要的關係。

① 清林時對:《荷牐叢談》卷二,廣陵古籍刻印社 1990 年版。
② 清尹繼善等修、黃之雋等纂:《江南通志》卷一百六十六“人物志”“文苑二”,乾隆元
　年刻本。
③ 清張廷玉等:《明史》卷二十一“本紀第二十一　神宗二　光宗”,中華書局 1974 年
　版,第 2 册,第 294—295 頁。
④ 清張廷玉等:《明史》卷二十四“本紀第二十四　莊烈帝二”,中華書局 1974 年版,第
　2 册,第 335 頁。

這既代表了清朝最高統治者的看法和意見，也是清初包括東林、復社士人或其後裔在内的士人較爲一致的觀點。如主持編成《明史稿》、爲後來《明史》的完成奠定重要基礎的萬斯同是黄宗羲的弟子，其父萬泰師事劉宗周，曾入復社，並參與署名聲討、驅逐阮大鋮的《留都防亂揭帖》。其他一些參與《明史》修纂的人員也有或多或少的黨派背景。日本學者溝口雄三稱："《明史》編纂者的立場是彻头彻尾亲东林的，凡是被东林党攻击过的人物，其传记的撰写，全都是经过这种有色眼镜的过滤"。①溝口雄三的觀點有些言過其實，不過確實指出了《明史》纂修特别是人物評價中存在的一種傾向和明代門户、黨爭入清之後的延續對於《明史》纂修的影響。

　　吕坤（1536—1618）在《憂危疏》中稱萬曆時"天下之勢，亂象已形，而亂機未動；天下之人，亂心已辦，而亂人未倡。"②可見在晚明時部分敏感的文人士夫鑒於當時的社會政治形勢，已經意識到和指出了可能或已經危及統治、導致嚴重後果的政治、社會痼疾的存在。經歷明清鼎革的顧炎武、魏禧、徐世溥等明遺民也認爲明代由盛而衰乃至最終滅亡的歷程始自萬曆朝③。向前追溯的時代上限相同，表明他們在明代亂亡的主要原因的認定上也是相同或相似的。如魏斐德在《洪業：清朝開國史》中所説："明清兩朝的嬗替，決非一次突如其來的事變。無論是我們現在所持的公正觀點，還是

---

① ［日］溝口雄三：《所謂東林派人士的思想——前近代時期中國思想的發展變化》，《中國前近代思想的演變》，索介然、龔穎譯，中華書局1997年版，第376頁。
② 明吕坤：《憂危疏》，《去僞齋文集》卷一，康熙十三年吕氏繩其居刻本。
③ 參見顧炎武《桃花溪歌贈陳處士梅》、魏禧《脈學正傳敘》、徐世溥《答黄商侯論保舉書》。趙翼《廿二史札記》卷三五"萬曆中礦税之害"條稱"論者謂明之亡，不亡於崇禎而亡於萬曆"。之所以没有説明具體有哪些論者，即因爲這是清初探究明亡原因時的一種常談。

當時在明朝臣民和清朝征服者中流行的觀點,都承認 1644 年的事變,肯定是 17 世紀明朝商業經濟萎縮、社會秩序崩潰、清朝政權日益強大這一漫長過程的組成部分。"①萬曆朝與崇禎朝、與明亡存在實際上的多重深層聯繫。所以清朝統治者和官員、明遺民出於不同的動機和目的探究明亡的原因,最後所得的結論卻又是暗中契合的。萬曆朝與崇禎朝、與明亡之間的關聯經由清初文人士夫的敘述、言說得到揭示和凸顯。而相關的史籍敘述、小說、戲曲等又在其中扮演了重要角色。如有清一代的文人士夫的心目中,李漁及其作品都是頗有爭議的,我們今天對他也評價不一。李漁的傳奇劇作的審美趣味"突出地表現爲風流道學的思想追求和嬉笑詼諧的喜劇精神"②,但實際他的作品也對明代諸多的社會政治問題進行了諷刺和批判。相較於孔尚任的《桃花扇》,李漁以多部劇作、更加全面地(《凰求鳳》的故事發生於明英宗正統年間(1436—1449))描繪和呈現了明朝自中期始即開始逐步走向衰亡的歷史圖景:

> 李漁對明朝崩潰的描述顯示了歷史上王朝衰落滅亡的一些模式:軟弱的皇帝無能,起不到統治者的作用;奸詐的宦官篡奪並濫用國家的權力;腐敗的文物官僚制度不能發揮好的作用,保護不了國家;叛亂起義的蔓延把國力消耗殆盡;外族乘機入侵,結果摧毀了民族國家——所有這一切清楚地描繪出一個王朝行將就木的常見畫面。③

---

① [美]魏斐德:《洪業:清朝開國史》(增訂版)"前言",新星出版社 2017 年版,第 1 頁。
② 郭英德:《明清傳奇史》,人民文學出版社 2012 年版,第 454 頁。
③ [美]張春樹、駱雪倫:《明清時代之社會經濟巨變與新文化:李漁時代的社會與文化及其"現代性"》第三章"戲台與閣台之間:李漁劇作中所反映的國家和社會",王湘雲譯,上海古籍出版社 2008 年版,第 155—156 頁。

　　探究、解釋"明何以亡"和應如何評價相關的歷史人物是清初的一個廣爲時人關注和參與的社會公共議題。而從順治朝至乾隆朝，隨著統治日趨穩固和社會思想的變化，清官方和包括明遺民在内的漢族士人對於明清易代和南明史的敘述逐漸建立和表現出"去政治化"的趨勢和方向，即"以傳統儒家道德詮釋，取代過往帶有强烈政治隱喻的歷史觀點，作爲人民回顧這段改朝換代歷史的敘事角度"。①在宋明理學再次成爲核心的社會話語中，明清易代之際殉節臣子和士人的言行被置於傳統的儒家忠孝觀念的觀照下進行評價，淡化明清對抗，强調"君臣之義"。乾隆朝敕修《欽定勝朝殉節諸臣録》和《貳臣傳》代表著這一趨勢和過程的最終完成，"褒忠貶奸"成爲新的明確的官方政策和歷史定論。王朝更替説成爲解釋明清易代的主流話語②。我們可以認爲這是清廷和漢族士夫互相妥協的結果。清統治者希望藉此一方面撫慰漢人之心，消解他們對於滿清的反抗情緒，一方面激勵臣節，扶植綱常。總的更深層的目的則是壟斷歷史的詮釋權，操控社會話語。對於漢族士人來説，隨著清朝統治合法性的逐漸建立和得到確認與明遺民的相繼離世，他們的排滿情緒趨於消解。三藩之亂平定侯，清朝統治不斷鞏固，社會漸趨穩定，統治重心由"武功"轉向"文治"，而加强思想控制則是"文治"的重要方面。在清廷加强思想控制、文字獄不斷出現的政治環境下，他們在編纂史書、解釋歷史時也盡力避免觸犯敏感的政治禁忌。

---

① 《從"爲故國存信史"到"爲萬世植綱常"：清初的南明史書寫》，《清代前期的政治認同與歷史書寫》，第 123 頁。
② 參見劉志剛《時代感與包容度：明清易代的五種解釋模式》，《清華大學學報》（哲學社會科學版）2010 年第 2 期，第 42—53 頁。

孔尚任的生活和創作就處在這樣的從"嚴夷夏之防"轉向"嚴正邪之辨"、從強調明清對抗轉向突出忠奸鬥爭的言論、思想的趨勢中，又參與和幫助促進了這種趨勢。在《桃花扇》的傳播、接受過程中，其中符合這種趨勢的歷史敘述藉由精彩的曲詞說白、生動的舞台演出，參與了重構歷史記憶的大工程。在這種背景和環境下，他的思想和《桃花扇》的面貌不免受到影響。如《桃花扇考據》中被孔尚任列爲第一部文獻的《樵史》即《樵史通俗演義》通過對晚明歷史的全面描寫，說明"門户亡明"，罪魁禍首是魏、崔、馬、阮。孟森先生在《重印〈樵史通俗演義〉序》中稱："紬繹作者之爲人及其時代，其人蓋東林之傳派，而與復社臭味甚密，且爲吴中人而久宦於明季之京朝者。其時代則入清未久，即作是書，無得罪新朝之意。於客、魏、馬、阮，則抱膚受之痛者也。"①齊裕焜先生認爲"這段話精闢地概括了作者對晚明歷史所持的立場與態度"②。又如梁啟超在《桃花扇注》第九出《撫兵》中批評該劇"於左良玉袒護過甚"，在第三十四出批評該劇以史可法、左良玉和黄得功爲"三忠"，謂孔尚任對左良玉"非惟無貶詞"，而且"極力爲之摹寫忠義"。原因則是"蓋東林諸人素來袒護良玉，清初文士皆中於其說。云亭亦爲所誤耳。"③

孔尚任在《小引》中說："《桃花扇》一劇，皆南朝新事，父老猶有存者。場上歌舞，局外指點，知三百年之基業，隳於何人？敗於何事？消於何年？歇於何地？不獨領觀者感慨涕零，亦可懲創人心，

---

① 轉引自齊裕焜《明末清初時事小說述評》，《福建師範大學學報》（哲學社會科學版）1989 年第 2 期，第 49 頁。
② 齊裕焜：《明末清初時事小說述評》，《福建師範大學學報》（哲學社會科學版）1989 年第 2 期，第 49 頁。
③ 梁啟超：《桃花扇注》，中華書局 1936 年版，下册，第 196 頁。

爲末世之一救矣。"可見他創作該劇的動機和目的不僅是爲了檢視、展現弘光一朝的興亡,更是爲了"鑒往知今",總結和汲取歷史教訓,幫助解決當世面臨的問題。這樣的動機和目的不僅影響到他在劇中對歷史問題的重述和解釋,也影響到創作過程中如何採選、組織和運用史料。他在創作過程中由主旨出發,將限定視野内、服务于目的的有限材料進行汇聚和整合。孔尚任抛出问题,在经过长时间、多方面的阅读、探访、思考、总结之后,通过具体叙事,给出了自己的結論。這一結論既係個人認識,又屬時代共識。

孔尚任不打算、也无力全面展現長期、複雜的历史变动,他在劇中嚴分正邪,將忠奸分化、区隔、對立、鬥爭作为叙述弘光興亡史的基本线索,使之成爲全剧的"主旋律"。他以簡單、直接而又强烈的道德主義價值判斷,塑造泾渭分明、勢同水火的忠奸群體,具体人物在彼此對立的群體集团間的从属完全固化。全劇自始至終貶斥权奸弄权误國、表彰忠臣尽忠职守。孔尚任的探索、思考和认识没有超越所处时代和本身阶层的历史回顾和思考应该和实际达到的高度,使單一的忠奸斗争主题叙事覆盖了豐富複雜的历史。比如劇中对清軍入北京後降顺清朝和南京陷落后迎降的士人官僚都有意忽略,也回避了明朝士夫與清的對抗。《入道》中对崇禎君臣、南明三忠的祭祀和对于马阮的谴责实则也简化了社会矛盾和内外斗争形势。在明亡和南明史的書寫上,他有意无意地选择与清廷所主張和倡導的觀念保持一致,將明朝内部的黨爭確認为导致明朝败亡、弘光政權迅速覆滅的主要原因。这种思想无疑合于清朝当道的胃口。

有學者稱《桃花扇》是"一篇形象的《過金陵論》",是對康熙皇帝這篇作於特殊場合、有著特定目的的文字的"形象注解",所以

"没有新意"①。這是完全不符合孔尚任的創作意圖和《桃花扇》作品實際的。如孔尚任也並未完全接受和認同"君子""小人"的二分法,在對人物和事件的評價上也並非"以東林之是非爲是非"、以遺民之是非爲是非,對復社文人士子也有批評和諷刺,認爲他們對於明亡和弘光覆滅也應負有一定的責任。他也並非取一種俯瞰的視角和超然的態度观察、判斷,而是有一定的感情投入其中。

康熙三十九年(1700)三月,孔尚任被罷官。由於包括他自己在内的當時人對此的記述都語焉不詳,遂成爲一件疑案。後世多有關注和揣測,不少人認爲可能與《桃花扇》有關,但既無直接、確切的證據,分析又都比較粗疏②。《桃花扇》主要敘寫和展現南明弘光政權的興亡,劇情重心也限於弘光政權内部,没有直接和明顯地表現明清之間的鬥爭。崇禎亡而弘光立,劇中不可避免地要涉及北京陷落、崇禎自縊,而且以幾場儀式表現了不同環境、不同場合、不同人群對崇禎帝的悼念,其中也可看出孔尚任對崇禎帝所持的同情、悲憫的態度。

《入道》出中的黃箓齋儀還對李自成農民軍進入北京前後殉難的范景文等明臣進行祭祀、超度。這與清廷一貫的政策和措施並無牴牾之處。如前所述,自清廷入北京後,爲安撫漢人,籠絡人心,曾多次公開祭祀崇禎帝,定廟號和謚號,並表彰在與農民軍的對抗中殉節的明臣。另一方面也是爲了宣示明朝統系至崇禎帝而絕,以樹立明清嬗代、清代明而起的合法性。與此相對,爲避免動搖自身的統治合法性,清廷一直不願承認南明諸政權的地位。自順治朝始,禁止私人撰述南明史事,禁止在記敘相關史事時使用南明諸

① 徐愛梅:《孔尚任和〈桃花扇〉新論》,山東大學出版社 2013 年版,第 147—149 頁。
② 如袁世碩指出:"《桃花扇》雖無悖逆之詞,褒忠誅邪也合乎聖道,但演明末遺事,題材本身容易動人興亡之感。"《孔尚任年譜》,齊魯書社 1987 年版,第 158 頁。

朝的年號。馮甦《紀西南往事序》載：

> 己未秋日，承乏武殿試讀卷官，得與宗伯葉訒庵先生朝夕
> 從事。時宗伯方受命總裁《明史》，以予久於南中，因以西南事
> 實見訪。予曰："甲申以後，凡假前朝名號以抗我顏行者，皆於
> 今甲稱罪人矣。豈復煩載筆乎？"宗伯曰："然。《宋史》有之，附
> 二王於瀛國之後，往例可循也。"予領之。逾年，宗伯索稿益力。
> 同人阮亭侍讀、宮聲、大可兩太史亦咸以爲言，且曰："總裁已奉
> 俞旨：福、唐、魯、桂四王事，皆附懷宗紀。夫吳越、八閩，故多士
> 大夫。獨西南僻在荒徼，爲吾子舊游地。咨訪有獲，而匿不以
> 傳，非以仰副聖天子破忌諱、購遺文、鑒往垂訓之盛心也。"①

己未，即康熙十八年(1679)。葉訒庵，即葉方藹；阮亭侍讀，即
王士禛；宮聲，即錢中諧；大可，即毛奇齡。可見直至康熙十八年、
十九年，漢族文人士大夫仍視南明史的撰述爲政治禁忌。康熙二
十年(1681)，三藩之亂被平定。康熙二十二年(1683)六月，施琅收
復臺灣。同年八月初十日，康熙帝下令禁止使用"故明"一詞②。
康熙二十三年(甲子 1684)九月，康熙首次南巡，十一月至曲阜祭
孔。這標誌著清廷的施政重心由"武功"轉向"文治"，同時却也開
始加強了對漢族士夫和人民的思想控制。孔尚任因御前講經稱
旨，"著不拘定例，額外議用"，被授國子監博士。因此一番特殊際
遇，加上前述數年中的幾件大事，使得孔尚任對國家和個人的未來
抱了樂觀的希望和期待③，却沒有覺察政治思想風向即將開始大

---

① 清馮甦：《紀西南往事序》，《見聞隨筆》卷二，清嘉慶二十一年臨海宋氏重刻本。
② 中國第一歷史檔案館整理《康熙起居注》，中華書局 1984 年版。
③ 孔尚任將《桃花扇》開首的試一出《先聲》的劇情發生的時間署爲"康熙甲子八月"，
　並讓全劇第一個登場的老讚禮說了如下的話："今乃康熙二十三年，見了祥瑞一十
　二種。""老夫欣逢盛世，到處遨游。"

變。而且，正是由於三藩之亂的發生，使得"自此之後，玄燁對漢人的警惕就從未放鬆。他關注輿論與動亂的關係，亦由此而起。"①特別是"從康熙四十年代之後，士大夫的言論傾向便皆納入玄燁的禁錮之列。任何不利於本朝的言談著述，任何有利於明朝的輿論揚播，皆爲玄燁所不能容忍。"《桃花扇》的創作、完成和最初的傳播、接受就在這一時期之中。所以，儘管《桃花扇》的劇情沒有涉及後來的隆武、永曆政權，也沒有正面表現明清間的對抗和武裝鬥爭，但以多達四十四出的篇幅具體表現其時尚未得到興朝給予和認定合法性的弘光政權的興亡始末，還是容易觸犯政治忌諱，招致最高統治者的反感和打擊。

此外，《拜壇》和《入道》出中稱崇禎帝爲"思宗烈皇帝"，這是弘光政權爲其所定的廟號和謚號。後又改爲"毅宗"。隆武政權定爲"威宗"。清蕭奭撰《永憲錄》卷一載："明崇禎帝甲申五月，我朝以明臣中允李明睿爲禮部左侍郎，議故君後謚號。議上曰'懷宗端皇帝'，後曰'烈皇后'。以與朝謚前代之君，理不稱宗。後禮臣具奏，改爲'莊烈湣皇帝'。至'思宗烈皇帝'，則僞弘光所謚。國初人文集多誤稱。或曰莊烈陵固名思陵也。"②清廷將崇禎帝的謚號改爲"莊烈湣皇帝"是在順治十七年正月。《明史》中也稱"莊烈帝"。"實則清廷與謚而不稱宗者，以示明統就此而絕也。"③《入道》出的劇情發生於"乙酉七月"，弘光政權已經覆亡。孔尚任不稱"懷宗端皇帝"，而仍使用"思宗烈皇帝"，應該也觸犯到了當時的政治禁忌。

① 姚念慈：《康熙盛世与帝王心术——评"自古得天下之正莫如我朝"》，生活·讀書·新知三联书店 2018 年版，第 216 頁。
② 清蕭奭：《永憲錄》卷一，中華書局 1959 年版，第 29 頁。
③ 姚念慈：《康熙盛世与帝王心术——评"自古得天下之正莫如我朝"》，生活·讀書·新知三联书店 2018 年版，第 196 頁。

《入道》出中還將左良玉和黃得功與史可法同等看待,寫他們作爲死難之臣,飛升成仙,得到善報。如前所述,清軍入南京之初,多鐸,即令爲史可法立祠。在乾隆四十一年編纂《欽定勝朝殉節諸臣錄》之前,清廷再未以任何形式對於此三人及其他抗清殉節的南明臣子進行肯定和褒恤。而且,所得評價不一、頗有爭議的左良玉最終甚至沒有被列入《欽定勝朝殉節諸臣錄》。在官方之外、官方之前,孔尚任在《桃花扇》中以特殊的方式明確地肯定和表彰此三人,也是會觸犯政治忌諱的,這與他遭到罷官也應該不無關係。而這件"疑案"最後僅以孔尚任一人遭到罷官了事,他之所以得到寬免,應該與他的"聖裔"身份有關①,與他是北方人有關,更因爲劇作褒忠貶奸的思想情感傾向和對明亡原因的認定是時代的共識、史評的趨勢,並且符合清廷一貫的主張和倡導。

遵諭咨察疏(時任侍讀學士)

［清］王崇簡

臣捧讀内院恭奉聖諭:明末寇陷都城,君死社稷,當時文武諸臣豈無一二殉君死難者幽忠難泯,大節可風? 著禮部會同院部等衙門堂上官詳咨確察死節職名並實跡具奏,勿遺勿濫。内三院即行傳知。欽此。仰見我皇上堯舜之德,嘉意作忠;雖異代之臣,猶惓惓矜憫。臣既有聞於昔日,敢不仰陳於聖時。臣都人也,都城破日,臣以本生母故,營葬城外,潛伏草土,得聞文武殉難死者,如東

---

① 如袁世碩認爲"孔尚任又畢竟是康熙自己作爲尊儒崇聖德姿態而特拔的'聖裔',也不好公然加罪,所以康熙便含糊其詞地示意户部堂官將孔尚任解職。"《孔尚任年譜》,齊魯書社 1987 年版,第 158 頁。

閣大學士范景文投井死；兵部右侍郎協理戎政王家彦守德勝門，被殺；刑部侍郎孟兆祥守正陽門，死於城下，其子進士孟章明同妻王氏，縊於其寓；左中允劉理順妻姜子女及家人闔門死者十二人；河南道御史王章巡行城上，罵賊被殺；兵部車駕司主事金鉉巡視皇城，投身御河，母章氏、妾王氏、弟生員金鏛俱投井死；兵部武庫司主事成德自刎，其母、妻、妹俱自縊；戶部尚書倪元璐、左都御史李邦華、副都御史施邦曜、大理寺卿淩義渠、左春坊左庶子周鳳翔、左諭德馬世奇、太常寺少卿吳麟徵、太僕寺寺丞申佳胤、戶科都給事中吳甘來、福建道御史陳純德、文選司員外許直，皆自盡；檢討汪偉與妻耿氏同縊；四川道御史陳良謨自縊，妾時氏同死；惠安伯張慶臻闔門自焚；駙馬都尉鞏永固自焚其室，刎於火中。凡此諸臣，皆一時殉難之烈烈者。考其生平，非糾彈闇寺，百折不回；即正直立朝，忠讜夙著。惟其平時犯顏直諫，所以臨危授命不移。忠魂渺渺，埋沒無聞。恭遇聖朝鑒及幽冥，臣竊爲諸臣幸之，謹述所聞之最確者如此。外尚有戚臣焚、縊而死，以及隱忍一時，終於盡命者。迨夫宦官、庶女、世職、青衿忠憤盡節者，其人雖微，其死同烈。所宜博咨，以仰副聖明勿遺之至意。至於逆賊入關、渡河時，長安縣知縣吳從義投井死，山西巡撫蔡懋德、大同巡撫衛景瑗、宣府巡撫朱之馮皆自縊，寧武總兵周遇吉與賊大戰死。其捐軀殉難，忠烈皆同。乞賜並察，以廣作忠之典。若彼誤國擁貲，掠拷而死者，所當嚴覈，以仰皇上勿濫之諭者也。臣感逢聖主，謹陳所聞，以備咨察。

（《青箱堂文集》卷一，康熙刻本）

【按】此文題目在卷首總目中作"請咨察前明死難諸臣疏（翰林侍讀學士時具）"。據卷末年譜，此文作於順治九年冬。王崇簡並曾撰有《明東閣大學士范文忠公神道碑》，見《畿輔通志》卷一百八。

清實録·世祖實録(節録)

……(順治十年六月)辛亥,禮部疏言:"明末殉難忠臣大學士范景文、户部尚書倪元璐、左都御史李邦華、副都御史施邦耀、太常寺少卿吳麟徵、左庶子周鳳翔、檢討汪偉、都給事中吳甘來、御史王章、陳良謨、左中允劉理順、馬世奇、主事成德、金鉉、駙馬都尉鞏永固等十五員,應加旌卹。前太監王承恩死節,已經立碑、賜地,春秋致祭。今景文等殉君盡節,亦應給諡,賜祭,以慰忠魂。"得旨:"范景文等給諡、賜祭,依議行。王承恩從君殉節,可嘉,非可限以常例。雖已立碑旌表、賜地供祭,還與他諡。范景文等仍於各原籍照例賜地,春秋致祭。"……

(《清實録·世祖實録》卷七六,第三册)

都公譚纂(節録)

〔明〕都 穆

滁州劉侍郎清,少爲州學生。書過目成誦,嗜酒賦詩,尤好滑稽。嘗丁祭畢,諸生爭取祭物。劉公略不之顧,戲作彈文,揭明倫堂壁,曰:"天將晚,祭祀了。只聽得,兩廊下,鬧炒炒。爭胙肉的你精我肥,爭饅頭的你大我小。顏回德行人,見了微微笑;子路好勇者,見了心焦躁。夫子喟然歎曰:'我也曾在陳絶糧,不曾見這火餓莩!'"既而醉卧,忘之。明旦,御史下學,見壁上字,召諸生責之;獨奇劉公,不責也。後劉公官京師三品,與大臣上疏言事,左遷四川參政,乃作詩云:"一封朝奏九重天,臺閣諸公盡左遷。獨有風流老參政，滿船簫鼓下西川。"其風致可想也。

（都穆《都公譚纂》卷下，明刻本）

【按】 劉清所作"彈文"，或爲《桃花扇》第三出《哄丁》起首副淨、丑扮二壇户插科打諢之所本。劉清，明人，明戴瑞卿、李之茂纂《（萬曆）滁陽志》卷十二有傳："劉清，字廉夫。應天鄉試，中式第二。戊辰成進士。其先山陽人，元季徙滁，於公爲曾大父。父衷，字仕達，攻醫。漢庶人羅致，欲官之。衷孫辟不就。公生而疏朗，頗不羈，然强記，爲文如流水，下筆率數千言立就。兄定安道蚤世。其事寡嫂盡禮。及第，選翰林庶吉士。己巳之變，虜犯德勝門，百官分地守禦，凡三日夜。公帥衞士督發甚勤。知名，拜兵科給事中，巡視紫荆關口，雅有威望。事完還朝。是時，竹査山苗叛悖亂。朝廷以公久在兵，諳戎，命左都督毛福壽討禮部尚書，童軒贈以詩曰：'明時仕宦作參軍，帝命南征慰遠人。紫氣橫空金劍冷，彩雲炫日錦袍新。指揮如意紅蓮曉，談笑風生細柳春。會見捷書馳報日，定將勳業照麒麟。'奏捷，升刑部右侍郎。尋丁内艱，奉詔奪情。還部，以事忤要人指，左遷四川參政。卒年四十五。公倜儻有風致，不爲委瑣齷齪。喜爲詩，詩豪宕坦直易得如其文。晚號樗菴，又號水月主人。今其家有《樗菴集》。"

明代鍾惺在其所編《諧叢》（有王利器輯録《歷代笑話集》（古典文學出版社 1956）所收整理本）中收録了這篇"彈文"，改題《餓鬼》，並在篇首説明了作者和寫作背景："滁州劉侍郎清，少爲州學生，好滑稽。當丁祭畢，見諸生爭取祭物，乃戲作彈文曰：'……'"明嘉靖刻本笑話集《解愠編》（有王貞瑉、王利器輯《歷代笑話續編》（春風文藝出版社 1985）所收整理本）卷一"儒箴"收録"彈文"，改題《秀才搶胙》："歌曰：祭丁了，天將曉。殿門關，鬧吵吵。搶豬腸的,你長我短。分胙肉的,你多我少。勾燭臺的,掙斷網巾。奪酒瓶的,門檻絆倒。果品滿袖藏,鹿脯沿街咬。增附爭説辛勤,學霸又要讓老。搶多的喜勝登科,空手的呼天亂跳。顔子見了微微笑,子路見了添煩惱。孔子喟然歎曰:'我也曾在陳絶糧,從不見這班餓鳥。'"後《新刻時尚華筵趣樂談笑酒令》(有明書林種德堂熊沖宇刻本)卷四"談笑門"收録"彈文",改題爲《不重廉恥》:"昔一府學,生員不重廉恥。每逢春秋祭祀已了,各相私盜祭肉、紙燭之類。教官難以禁革,遂寫一賦譏云:'祭祀了,天未曉。偷肉紛紛,盜燭渺渺。顔回見之,微微而笑;子路見之,氣沖牛斗。夫子喟然歎曰:'吾嘗厄於陳蔡之間,不曾見此餓莩。'"另明褚人獲《堅瓠首集》卷二"劉侍郎謔詞"條謂:"滁州劉廉夫清,少爲州學生。當丁祭畢,見諸生爭取祭物,乃戲爲彈文曰:天將曉,祭祀了,只聽得兩廊下鬧炒炒。爭胙肉的你精我肥,爭饅頭的你大我小。顔淵德行人,見了微微笑;子路好勇者,見了心焦燥。夫子喟然歎曰:'我也曾在陳絶糧,不曾見這夥餓莩。'近日有仿其意詠武生云:'也載銀雀帽,也穿粉底皂。也要著襴衫,也去謁孔廟。顔淵喟然歎,夫子莞爾笑。游夏文學徒,驚駭非同調。子路好勇者,怒目高聲叫:'我若行三軍,著他鍘草料。'"

　　孔尚任創作《桃花扇》,以撰史的標準要求自己,以戲曲的形式記録明清易代史實,期望該劇産生考鏡得失、分别是非、褒貶善惡的功用。《桃花扇》第三出《哄丁》在簡要描述崇禎十六年(癸未1643)南京國子監文廟舉行的丁祭儀式後,敘寫了復社五秀才同與祭的阮大鋮爆發直接、激烈的衝突。孔尚任將該出的劇情的發生放置於特殊的時空、場景中,與該出劇情所涉的《留都防亂公揭》提及孔子、托聖立言有關,更與孔尚任作爲聖裔的特殊身份、經歷和思想有著密切的關係。而實際上他對復社五秀才和阮大鋮均持批判態度。雙方大打出手和孔尚任對他們的批評無形中消解了文廟和丁祭的神聖性，透露了儒家及其思想、倫理在明末的尷尬處境。

《桃花扇》第三出《哄丁》寫崇禎十六年三月南京國子監舉行丁祭，行釋奠禮，阮大鋮與祭，被復社士子認出，遭到毆打和驅逐。梁啟超說："此出無本事可考，自當是云亭山人渲染之筆。然當時之清流少年，排斥阮大鋮，實極囂張且輕薄。……'哄丁'一類事，未始不可有也。"①其實，《哄丁》還是有一定的本事來源可考的。即該出所提及的《留都防亂公揭》中有以下文字："夫孔子大聖人也，聞人必誅，恐其亂治。況阮逆之行事，……杲等讀聖人之書，附討賊之義，志動義慨，言與憤俱，……"②"聞人必誅，恐其亂治"，即孔子誅少正卯事。《留都防亂公揭》兩次提及孔子，並引其誅少正卯事，是托聖立言，希望在現實中也對阮大鋮"測心而誅"。孔尚任將復社士子與阮大鋮間的直接而正面的衝突的發生和展開放置於文廟丁祭這一特殊時空下的儀式場景中，除與《留都防亂公揭》提及孔子可能有關外，還與孔尚任自己的身份、經歷和思想有著密切的關係。

孔廟最初爲曲阜孔氏家廟，釋奠禮是歷代孔廟祭祀中規格最高的禮儀。孔尚任作爲孔子的六十四代孫，對孔廟和釋奠禮當極爲熟悉和親切。他在《大學辨業序》中自謂："予自少留意禮、樂、兵、農諸學，亦稍稍見之施行矣"。③康熙二十二年春，孔尚任應衍

① 梁啟超：《桃花扇注》第三出《哄丁》注一，中華書局 1936 年版，上册，第 60 頁。
② 轉引自謝國楨《明清之際黨社運動考》，中華書局 1982 年版，第 150 頁。
③ 清孔尚任：《〈大學辨業〉題辭》，汪蔚林編《孔尚任詩文集》第三册，中華書局 1962 年版，第 497 頁。

聖公孔毓圻之請,修《孔子世家譜》、《闕里志》,並於孔廟訓練禮生、樂舞生,監造禮樂祭器。"至甲子(按即康熙二十三年 1684)秋皆竣,合宗族萬人,釋菜於廟,告備也。"①康熙二十三年十一月十八日,康熙帝謁曲阜孔廟行祭禮。孔尚任參與其事,並在《出山異數記》中對此次祭禮做了詳細的描述。由此可見,孔尚任不僅熟悉包括釋菜、釋奠在內的孔廟祭禮的儀程,而且曾經實際主持操演過。我們從《哄丁》中對釋奠禮的描述也能看出此點。

《哄丁》中所寫的釋奠禮是在南京國子監的文廟內舉行的。這一地點本身即具特殊意義。東晉孝武帝在京畿建康首立宣尼廟,專供祭祀孔子,這是孔廟從曲阜闕里走向外地的開始。經過歷朝歷代的不斷發展完善,釋奠已經成爲高度程式化的一套禮儀,不同時期的具體儀程則因因革損益而存在差異。釋奠禮的儀程較爲繁瑣,孔尚任在《哄丁》中的描述則極爲簡略:

> (副末上,唱禮畢)排班,班齊。鞠躬,俯伏、興,俯伏、興,俯伏、興,俯伏、興。(衆依禮各四拜介)
>
> 【泣顏回】(合)……(拜完立介)
>
> (唱禮介)焚帛,禮畢。

以上描述儘管簡略,但符合釋奠跪拜在明代行四拜禮的儀程。此外,該出中的其他相關描述也符合明代釋奠儀程中的"南雍則祭酒主之"、"太常贊禮"、"其牲醴祭品皆出太常"和"贊禮則諸生充之"。②不過,洪武十五年落成的南京國子監採納宋濂的建議,用孔

---

① 清孔尚任:《出山異數記》,汪蔚林編《孔尚任詩文集》第三冊,中華書局 1962 年版,第 426 頁。

② 參見劉續兵、房偉著《文廟釋奠禮儀研究》附錄五,中華書局 2017 年版,第 186—192 頁。

子的木主,而不用其塑像。所以,《哄丁》中的【泣顔回】曲中的"百尺翠雲巔,仰見宸題金匾,素王端拱"的敘述是不盡符合明代南京國子監文廟的實際情況的。

隨著儒家學説成爲我國古代社會的正統思想,作爲儒家學説創始人的孔子獲得了至高無上的文化地位,備受後人敬仰。孔廟的興建溢出曲阜一地,遍及全國各處;也由最初的家廟轉變爲官方祭孔的場所。孔廟由此逐漸符號化,孔廟祭孔也成爲象徵性儀式。其中丁祭尤爲重要,如清人裕泰《文廟丁祭譜序》謂:"禮莫重於祭。今天下廟學丁祭,其尤重者也。"①對於歷朝歷代的統治者而言,孔廟是政教的象徵,借孔廟祭孔可以獲得、確認和彰顯自身統治的合法性,主要著眼於現實政治需要。如康熙二十三年,康熙帝於南巡返京途中,特意繞道曲阜,親詣孔廟,祭拜孔子。而對於士人階層來説,文廟祭孔強調的是孔子的文化貢獻,主要著眼於文化傳承,並爲維持其地位提供社會結構方面的有力保障。

文廟祭孔是士人感受群體優越性和文化價值的一條重要途徑,爲他們提供了一種精神的超越。孔子和儒學對他們而言已經近乎信仰。如楊慶堃認爲:"雖然孔聖人極其罕見地未被神靈化,但儒學信仰仍然可以被視爲塗爾幹所謂的帶有某種宗教因素的儀式性信仰。"②黃進興也認爲:"在帝制中國,孔廟祭典概由人君與士人統治階層所壟斷。它不但爲官方所主導,並且展現公共宗教(public religion)的特質。"③

---

① 清藍鐘瑞等纂:《文廟丁祭譜》,山東友誼書社 1989 年版,第 13 頁。
② [美]楊慶堃:《中國社會中的宗教》第七章,范麗珠譯,四川人民出版社 2016 年版,第 131 頁。
③ 黃進興:《優入聖域:權力、信仰與正當性》(修訂版)"新版序",中華書局 2010 年版,第 2 頁。

對於統治者而言,文廟祭孔,寓教於祭,可以宣導世風,化民成俗。對於士人群體而言,文廟祭孔也强調的是儒家的倫理綱常、道德教化,可以爲士人群體維持其階級地位提供道德的有力保障。具體到《哄丁》出,此出主要敘寫了吳應箕爲首的復社士子(其他幾人爲楊維斗、劉伯宗、沈崑銅、沈眉生)在丁祭禮後同與祭的阮大鋮之間爆發衝突。吳應箕等五秀才作爲傳統士人和復社成員,遵從共同的道德原則和價值觀。他們參與文廟丁祭,不僅注重一般意義上的文化傳承,而且更注重其中藴含的支配社會價值體系的儒家道德倫理觀念。具體到當時的社會現實情境,則爲嚴守門户、使氣矜名,即《哄丁》中五秀才所唱的"分邪正,辨奸賢"。他們與"奸邪"之間壁壘森嚴,對"奸邪"的批判多意氣之爭,常激烈過甚。如趙園先生所説:"至於東林、復社中人的嚴於疾惡,務求'是非'了了分明,更釀成風尚。你不難注意到那個時代隨處必辨的善惡邪正。"①

第八出《鬧榭》中,當吳應箕想要去"採掉"阮大鋮的鬍子時,被侯方域攔阻,勸説道:"罷,罷! 他既回避,我們也不必爲已甚之行。"吳應箕對此的回答是:"侯兄,不知我不已甚,他更已甚了。"而當這種"正邪"對立、衝突發生在具有神聖象徵意義的文廟丁祭儀式上時,則變得更爲激烈。"'苛察'從來更施之於士類自身。"②同爲士人的阮大鋮(萬曆四十四年進士)在脱離東林黨、依附魏忠賢後的所作所爲是對東林黨的背叛,也是對士人共用的道德原則和價值觀的背叛。《哄丁》【越恁好】曲中的"急將吾黨鳴鼓傳,攻之必遠",典出《論語·先進》"季氏富於周公,而求也爲之聚斂而附益

---

① 趙園:《明清之際士大夫研究》,北京大學出版社 2014 年版,第 20 頁。
② 同上書。

之。子曰：'非吾徒也。小子鳴鼓而攻之，可也。'"冉求本爲孔子弟子，與阮大鋮作爲士人早先曾入東林黨正相對。所以，阮大鋮越是強調"我乃堂堂進士，表表名家"，復社五秀才對他的批判、辱罵越是直白和激烈。在復社五秀才看來，從大的意義上説，阮大鋮入廟與祭是對文廟和孔子的玷辱和褻瀆，破壞了文廟和孔子的神聖性；從小的意義上來説，在他們發佈《留都防亂公揭》聲討阮大鋮後不久，如果容忍阮大鋮與祭，則會損害復社的清流聲譽，動搖由此所帶來的社會地位和號召力。阮大鋮本爲"暴白心跡"而與祭，却正好給了同在揭帖後具名的復社五秀才當衆親自"驅逐"、"掃除"他的機會。如果説復社士人商討擬定、具名張貼《留都防亂公揭》是一種辨別、揭發共同體的公共敵人的儀式，"哄丁"則是後續的驅逐敵人的儀式。

"黨爭政爭，導致極端的道德化，也導致道德命題的虛僞。"[1]《哄丁》中，復社衆人毆辱阮大鋮，逞一時口舌、拳腳之快，是一種精神優勝法，而實際未考慮後果，也表現了他們對於政治鬥爭的殘酷性、敏感性缺乏切身感受和深刻認識。《桃花扇》康熙間介安堂刻本的此出對於吳應箕所説的"今日此舉，替東林雪憤"有一條眉批："寫出秀才張惶滿溢之狀，爲黨禍伏案。"其中也有對於復社五秀才的批評。

此外，小生飾吳應箕與"衆"合唱【紅繡鞋】曲中的"分邪正，辨忠奸，黨人逆案鐵同堅"和【尾聲】曲、吳應箕所説的"以後大家努力，莫容此輩再出頭來"和衆人的回應"是時"，則類似於王夫之在《宋論》中所説的"乃憂其獨之不足以勝，貸於衆以襲義而矜其群，是先餒也。於己不足，而資哄然之氣以興，夫豈有九死不回之義哉？"[2]吳應箕也

---

① 趙園：《明清之際士大夫研究》，北京大學出版社 2014 年版，第 38 頁。
② 明王夫之：《宋論》卷十四"理宗"，《船山全書》第十一卷，嶽麓書社 1996 年版，第 325 頁。

在《與友人論〈留都防亂公揭〉書》中説："故不若挾清議以攻之,負衆力以撼之"。①在衆人的囂張背後,躲藏著個人的怯懦。儘管侯方域在《哄丁》出没有登場,但結合後來他在《鬧榭》和《會獄》中的表現,相較於吳應箕,他是囂張雖不及,怯懦却過之。《哄丁》和《鬧榭》表現了復社士子强烈却又虚幻的道德英雄主義。《哄丁》出表現了孔尚任對明代特别是明末偏執、豂刻、苛酷和浮躁士風的批評。

孔尚任既爲聖裔,又曾親自主持操演過孔廟祭孔儀式,自能很好地領路、體知包括丁祭、釋奠在内的祭孔儀式的複雜的象徵意義,於是加以妥善利用,表現復社士子與阮大鋮的對立、衝突,表達自己對歷史文化的批評。同時,孔尚任懷著身爲聖裔的驕傲和自信②,又借此機會將文廟丁祭這一奉祭祀自己先祖的神聖儀式寫入劇作,使之在舞臺上得到搬演和呈現,以一種特别的方式表達了自己對先祖的崇敬和讚美。

歷代史略鼓詞

[清]賈鳬西

木皮散客傳

云亭山人

木皮散客,喜説稗官鼓詞。木皮者,鼓板也,嬉笑怒駡之具也。説於諸生塾中,説於宰官堂上,説於郎曹之署。木皮隨身,逢場作

---

① 明吳應箕:《與友人論留都防亂公揭書》,《樓山堂集》卷十五,清初刻本。
② 這一心態和情感在明末清初爲孔子後裔所共有。如張岱《陶庵夢憶》卷二"孔廟檜"條載:"孔家人曰:'天下只三家人家:我家與江西張、鳳陽朱而已。江西張,道士氣;鳳陽朱,暴發人家,小家氣。'"上海古籍出版社 1982 年版,第 10 頁。

戲，身有窮達，木皮一致。凡與臣言忠，與子言孝，皆以稗詞證，不屑引經史。經史中帝王師相，別有評駁，與諸儒不同，聞者咋舌，以爲怪物，終無能出一語折之。

其道似老莊，亦婚亦官，亦治生產，有良田、廣宅、肥牛、駿馬，蔬、果、雞、豚之屬，俱非常種。嘗曰："吾好利，能自生之，不奪竊。奪竊，盜也。吾好勢，吾竟使之不謬爲謙恭，不仗人。謬爲謙恭，娟也；仗人，犬也。"

崇禎末，起家明經，爲縣令，擢部曹。遷革後，高尚不出。有縣尉數挾之，遂翻然起，仍補舊職，假王事過里門，執縣尉撲於階下以爲快。不數月，引疾乞放。不得請，乃密告主者，曰："何弗劾我？"主者曰："汝無罪。"曰："吾説稗詞，廢政務，此一事也，可釋西伯，何患無詞乎！"果以是免。里居常著公服，以臨鄉鄰。催租吏至門，令其跪，曰："否。"則不輸。與故舊科跣相接，拱揖都廢。

予髫年偶造其廬，讓予賓座，享以魚肉，曰："吾自奉廉，不惜魚肉啖汝者，爲汝慧異凡兒。吾老矣，或有須汝處，非念汝故人子也。"因指牆角一除糞者，曰："此亦故人子也。彼奴才，吾直奴之矣。"又曰："汝家客廳後，綠竹可愛，所掛紅嘴鸚鵡無恙否？吾夢寐憶之。汝父好請我，我不憶也。"臨別，講《論語》數則，皆翻案語。居恒取《論語》爲稗詞，端坐市坊，擊鼓板説之。其大旨謂古今聖賢，莫言非利，莫行非勢，而違心欺世者，鄉願也。木皮之嬉笑怒罵，有憤心矣。行年八十，笑罵不倦。夫笑罵人者，人恒笑罵之。遂不容於鄉里，自曲阜移家滋陽，閉門著書數十卷，曰《澹圃恒言》。文字雅俚，莊諧不倫，頗類明之李卓吾、徐文長、袁中郎者，鄉人多不解。有沛縣閻古古、諸城丁野鶴爲之手訂，付其子。蓋閻、丁亡命時，嘗往來其家云。

云亭山人曰:"天道渾淪,聖人蘊藉,木皮子以快論發之。所謂'吾黨狂簡,不知所裁'者;知所以裁,則又'居之似忠信,行之似廉潔'矣。故曰:'不得中行而與之,必也狂狷乎!'狂狷,亦聖人之徒也!"

江湖鼓詞引

是書,木皮罵世之書也。聞聲相慕,蓋有年矣。戊申夏仲,衮邸蕭寂,吾友半是堂主人得之沙岸野人,攜來戲予曰:"僕獲異書於中郎帳中,君知之乎?"余唯唯,伊乃出諸袖中,則木皮鼓詞引也。其二十四回,僅載標目。余讀未終,即拍案叫絕,曰:"此奇書也。雨粟、泣鬼,豈虛語哉!"遂假之,於缽底壺邊略添詞韻,時一披覽,覺天地職其嘯傲,古今供其低昂。烈士、奸雄,歌笑紙上,俾世之夢者覺,醉者醒。即西來子當頭棒喝,不過如是。誰謂木皮子之罵世,非即木皮子之救世耶?古人讀史,不必全史,即二十四回不睹也,亦可。臥石居士漫識。

木皮子,改革時人,姓賈,字梟西。湖產,流寓曲阜。爲人多奇計,欲報仇孔宗,挈家入京,後不知所終。一生學問、功名,處處出人意表。權術以御下,放達以居鄉。吾嘗以擬其行如古滑稽者流,而斤斤庸人俗士交口吠之。此可見奇男子之不容於時也,此庸人之所以多也。天隨子識。

昌黎云:"凡物不得其平則鳴。"嘗讀《四聲猿》,而知爲文長先生不平之鳴也。紅塵白浪,無數戲局;思怨歌哭,多少幻相。我既苦口婆心,不妨藉臂彈淚。從來碩人畸士嫉世嘔俗,往往不得已而出於斯。余丁未秋末客居於此,今又戊申仲秋矣。叢菊兩開,鄉山縈念;邸館蕭瑟,抑鬱誰伸?既而獲知臥石居主人,傾蓋相洽,膠漆忘態。一日,握麈月下,談及東克木皮生平之行,相爲歎慕者久之。因出木皮鼓詞一册示余,甫一讀過,覺磊落骯髒之氣勃勃動人,不禁撮舌驚歎,曰:"魯何奇士之多也!"木皮爲人,雖未親炙,即其言,可以知其人。木皮著述,雖未多見,即一書,可以知其他書。雖鼓詞正傳僅僅標其目,即其功,可知其正傳矣。或歌或哭,或病或狂。嗚呼!以神工鬼斧之筆,攄苦恨牢騷之意,亦足悲矣。昔人謂:科頭箕踞,白眼看人,不是冷極語,正是熱極語。余於木皮鼓詞亦云。有謂木皮是書,人多有罷之者。不知若輩印板先生兩眼如豆,烏能識碩人奇士嫉世嘔俗之深心哉!故觀文長以傳奇鳴其不平,即知木皮以鼓詞鳴其不平也。昌黎之言,信哉!醉溪道人漫識。

歷代史略鼓詞引

開場致語

論天談地,講王說霸,第一件不要支離不經,第二件切忌迂腐少趣。言言可作箴銘,事事堪爲龜鑑。教那剛膽的人,聽說孝子忠臣,也動一番惻隱;那婆心的人,聽說賊徒奸黨,也發一陣嗔怒。說到那荆軻報仇,田橫死節,要使人牢騷激烈,吐氣爲虹;說到那長沙逐臣,東海孝婦,要使人感喟欷歔,揮淚如雨。曹操殺董丞,秦檜害岳飛,說到這個去處,要使人怒髮衝冠,切齒咬牙,恨不得生嚼他幾口;武二郎手刃西門慶,黑旋風法場劫宋江,說到這個去處,要使人歡呼鼓掌,醒脾快心,真待要替他操刀。如辟穀之張良,歸湖之范蠡,飄然入海之魯連,看這些人前半截的施爲,功業也儘該去作;如霸吳之伍員,驂乘之霍光,挾功請王之韓信,看這些人後半截的結果,閒名利也就不必爭了。見多少拔山扛鼎的好漢,如羿善射、奡蕩舟,因到後來,反害其身。可見生死爲難逃之天,縱使盡了千斤氣力，倒不及懦夫庸才。見多少覆雲翻雨的能人，如儀、秦之舌、孫、龐之智，到後來百無一成。可見成敗有一定之數，雖用煞了十分智謀，卻輸與那婦人孺子。看周公尚且恐懼流言，王莽卻能謙恭下士，可見人情叵測，真僞難明。未到蓋棺之時，不可以言貌取人。陽虎譏仲尼，臧倉毀孟子，可見毀譽無憑，是非顛倒。正值鑠金之時，誰能爲聖賢叫屈？嘗過了這些滋味，參透了這些機關，纔知道保身是哲士，貪位是匹夫，安分是君子，妄爲是小人。虞夏商周，不過與秦楚漢魏並入滄桑；巢許溺沮，可以合伊呂周召同稱伯仲。泥蟠雲躍，存乎其人；鼎食卉衣，從吾所好。（拱介）列位名公，休道俺談策的是睡夢中妄語，實實能與民情天理不爽分毫。莫聽作街市上俗談，正要與易象、《春秋》互相表裏。（嗽介，拭唇介）所以令人話到口邊，不得不說，卻也難哩。古今書史，充棟汗牛，從何處說起？天禄石渠，千箱萬卷，於那裡講開？（拭唇介，嗽介）呵，有了。釋悶懷，破岑寂，只向熱鬧處說來。

太師摯適齊全章

這一章書是申魯三家僭竊之罪，表孔聖人正樂之功。當時周轍既東，魯道衰微，三家者以雍徹季氏八佾舞於庭，僭竊之罪已是到了盡頭了。我夫子自衛反魯，然後樂正。那些樂官一個個愧悔交集，東走西奔。只當夫子不知費了多少氣力，豈知夫子手把一管筆，眼看幾本書，纂到《易經》，上律天時，下襲水土；修到《書經》，祖述堯舜，憲章文武；訂到《禮記》，父子有親，君臣有義，長幼有序，朋友有信，夫婦有別；作到《春秋》，而亂臣賊子懼；今日删到《詩經》，而“雅”、“頌”各得其所，並不曾費一些氣力。登時把權臣勢家鬧烘烘個戲場，霎時冰冷，那一時倒也痛快。你說聖人的手段利害不利害？神妙不神妙？東山泗水魯城東，出了個神聖手段能。他會呼風並喚雨，他能撒豆去成兵。見一夥亂臣無禮教歌舞，使了個些小的方法弄的他精打精。正排着低品走狗奴才隊，忽做了高節清風大英雄。那樂太師名摯，他第一個先適了齊。他爲何適了齊？聽我道來：

好一個爲頭爲領的太師摯，他說："咳，我怎麼替撞三家景陽鐘？往常時瞎了眼睛泥窩裡混，到於今抖起了身子走個清。大撒步竟往東北走，合夥了敬仲老先纔顯我能。管喜的孔聖三月忘肉味，景公拭淚側着耳聽。那賊就吃了豹子心肝、熊的膽，也不敢向姜太公家去抓樂工。"管亞飯的名干，適了楚；管三飯的名繚，適了蔡；管四飯的名缺，適了秦。這三個爲何也走了？聽我道來：

這一班勸膳的樂工不見了領隊長，一個個各尋門路奔前程。齊說道："那亂臣堂上掇着碗，俺倒去吹吹打打伺候著他聽。"亞飯的說："你看咱長官此去齊邦誰敢問，我也投那熊繹大王倚仗他的威風。"三飯的說："河南蔡國雖然小，那堂堂中原靠着周京城。"四飯的說："我爽利擊缶彈琴關西路，那强兵營裡去撾響箏。"都笑道："他倚着寨門椿子使喚俺，從今後叫他聞着俺的風兒腦子疼。"

擊鼓的名方叔入於何，播鞀的名武入於漢，少師名陽、擊磬的名襄入於海。這四人爲何另是個去法？聽俺道來：

還有那敲磬擂鼓的三四位，都說："你丟下這亂紛紛的排場俺也幹不成。你嫌的是亂鬼當家去尋別主，到那裡只怕低三下四還幹舊營生。纔離了紅塵路上冤屈氣，爲甚麼清萍幕下又去談兵？咱們是一葉扁舟桃源路，正是江湖滿地幾個漁翁。"

這四個人去的好，去的妙，去的甚有意思。聽他說些甚麼。

他説："十丈珊瑚映日紅,珍珠捧着水晶宫。龍王留俺宫中宴,那金童玉女不比凡同。鳳簫象管龍吟細,可叫人吹打給咱們聽。那賊臣就溜着河邊來趕俺,這萬里煙波路也不明。这纔是山高水遠存知己,海角天涯都有俺舊弟兄。全要打破紙窗看世界,虧了那位神靈提出俺火坑。任世上滄海變田田變海,你看俺那老師父只管矇胧著兩眼定六經。"

魯國團團一座城,中間悶殺幾英雄。荆棘叢中難容鳳,滄海波心好變龍。

歷代史略鼓詞帽

十字街前幾下捶皮千古快,八仙座上一聲醒木萬人驚。

鑿破混沌作兩間,五行生尅苦歪纏。

兔走烏飛催短影,龍爭虎鬥耍長拳。

生下都從忙處老,死前誰會把心寬!

一腔填滿荆棘刺,兩肩挑起亂石山。

試看那漢陵唐寢麒麟塚,野草閒花荒地邊。

倒不如淡飯粗茶茅屋下,和風冷露一蒲團。

科頭跣足剜野菜,醉翁狂歌號酒仙。

正是那日出三竿僧未起,算來名利不如閒。

從古來爭名奪利落了個不乾淨,叫俺這老子江湖白眼看。

試看滿眼蓬蒿,遍地墳塚,千古以來不知埋没了多少英雄豪傑,也就該喚醒大夢,省些勞心。可怎麼太上老君已是住了三十三天,還要儘著力氣去拉風匣,落得踢倒丹爐,山成火焰。花果山的孫悟空已是封了齊天大聖,還要去西天取經,降妖捉怪,動不動十萬八千里,經過了八十一大難。可見富貴功名,最能牢籠世界。如今有一對聯，敢爲聒耳：

混雜的幾班色相，直死歪生，欺軟怕硬。若要平頭正臉，便無世界。

滾圓的兩個東西，連明帶夜，斜行倒走。倘或叉手打座，那有乾坤。

在下這一部鼓詞，也不是圖名，也不是圖利，也不是誇自己多聞廣見，要合天下那些文文武武、講學問的先生鬥口。只因俺腳子好動，浪跡江湖，見些心中不平的事情，不免點頭暗歎；又因俺身閒無事，吃碗飽飯，在那土炕繩床隨手拉過一本書消遣這太平閒日。誰想檢開書本，便生出許多古今興亡的感慨，雲煙過眼的悲涼。仔細想來，總是强梁的得手，軟弱的吃虧。你看那漫山坡裏、十字路上，放響馬的賊棍跨著馬，兜著弓，撞著那販寶貨的客商，大吒一聲，說"那裏走！"那客商便疊膝跪倒，叫"大王爺爺饒命"，將金銀財物輕輕奉獻。好强賊，用弓梢接過，搭在馬上，"嗖"的一鞭，徉常而去。到了那楚棺秦樓，偎紅倚翠，煖酒温茶，何等樣的快活！像俺說書的，江湖也算九流中的清品。掉臂朱門，從不能去仰人家鼻息；就在這十字街坊，也敢師生安座。只是冬月寒天，荒村野店，冷炕無席，單衣不掩，一似那僵臥的袁安，嚙雪的蘇武。這也不是甚麼異樣的事情。從來熱鬧排場不知便宜了多少鼈羔賊種，幽囚世界不知埋沒了無數孝子忠臣。古時比干、夷齊，誰不稱他那峻節高風？一個剖心於地，一個餓死於山。王莽、曹操，誰不恨他是老奸巨猾？一個竊位十七年，一個傳國四五輩。人都說忠臣被屈，六月飛霜。我想那被屈的已是枉罪了好人，可爲甚麼又六月飛霜，打傷了天下的嫩禾苗？又說孝婦含冤，三年不雨。我想那含冤的已是没處去問天理，可爲甚麼又三年不雨，旱壞了四海的好百姓？究於忠臣孝子，何益之有哉？再說經書上道是"積善之家，必有餘慶"。春秋時那個孔子，難道還不是積善之家？一生一世，生下一個伯魚，還落得老而無子。都說道已是做了古今文章祖、歷代帝王師，可那裡還論這個。依我看來，就留著伯魚，送了他老人家終，也礙不著作古今文章祖、歷代帝王師。又道是"積不善之家，必有餘殃"。纔說的三國的曹操，都知道他是積不善之家。一生二十五個兒子，大兒曹丕作了皇帝，好生興頭的嚛。都道他萬世流傳，已落了個罵名，還利害給遭刑正法。依我看來，當日在華容小道撞著關公手中，被他老人家提起青龍刀，一刀砍爲兩段，豈不直捷痛快？也礙不著他萬世的罵名。可見半空中的天理，原沒處捉摸；就是來世的因果，更找何人對照呢？

忠臣孝子是冤家，殺人放火享榮華。

太倉的老鼠吃的撐撐飽，老牛耕地卻肚兒饜。

河中游魚犯了何罪，刮淨鮮鱗還嫌刺杈。

那老虎前生修下幾般福，生吃人肉不怕塞牙。

野雞兔子不敢惹禍，剁成肉醬加上蔥花。

古劍殺人還稱至寶，硐腳的草鞋丟在山宂。

吳起殺妻掛了帥印，頂燈的裴瑾捱了些耳瓜。

活吃人的盜跖得了好死，顏淵短命是爲的甚麼？

莫不是玉皇爺受了張三的哄？黑洞洞的本賬簿那裡去查？

好興致時來頑鐵黃金，色氣殺人運去銅鐘聲也差。

我願那來世的鶯鶯醜似鬼，石崇他來生沒個錢渣。

世間事風裡孤燈草頭露，縱有那幾串銅錢你慢詐撒。

俺雖無臨潼鬥的無價寶，通通通只這三聲鼉鼓走遍天涯。

一連幾句，都不過是零敲碎打，信手編成。也有書本上來的，也有莊家老說古的。也有可信的，也有可疑的。也有可哭的，也有可笑的。總而論之，沒甚要緊。請問：那是要緊？適纔所說的那興亡感慨，過眼悲涼，這卻原只是個小小引子。若真個要聽那些悲涼感慨，待我放臉開喉，將盤古以來中間如許年的故事，那皇的皇，帝的帝，王的王，霸的霸，聖的聖，賢的賢，奸的奸，佞的佞，一一替他捧出心肝，使天下後世的看官看他個雪亮。人只道俺是口角雌黃，張長李短，那裡曉的俺是皮裡春秋，扶弱抑強。大海東流去不回，一聲長嘯晚雲開。從古來三百二十八萬載，幾句街談要講上來。權當作蠅頭細字批青史，撇過了之乎者也矣焉哉。但憑著一塊破鼓兩頁板，不叫他唱遍生旦不下臺。

這三皇五帝前後，世界原無文字，纂紀不過衍襲口傳。其間出頭的人物，各要仗自己本領制伏天下，不知用了多少心機，使了多少氣力，費了多少唇舌，經歷了多少險阻利害，幹過了多少殺人放火的營生，教道壞了多少後人。

蓋自盤古開天，三皇治世，日久年深。原沒有文字記纂，盡都是沿襲口傳，附會荒唐，難作話柄。說的是此後出頭的人物，各各要制伏天下。不知經了多少險阻，除了多少禍害，幹了多少殺人放火沒要緊的營生，費了多少心機，教導壞了多少後人。

你看起初時茹毛飲血心已狠，燧人氏潑醬添鹽又加上熬煎。
有巢氏不肯在山窩裡睡，榆柳遭殃滾就了椽。
庖曦氏人首蛇身古而怪，鼓弄著百姓結網打淨了灣。
自古道“牝雞司晨家業敗”，可怎麼伏曦的妹子坐了金鑾！
女媧氏煉石補天空費了手，到於今抬頭不見那補釘天。
老神農閏著個牛頭嘗百草，把一些旺相相的孩子提起病源。
黃帝平了蚩尤的亂，平穩穩的乾坤又起了爭端。

造作下那槍刀合弓箭，這是慣打仗的祖師不用空拳。

嫌好那毛韃蚤的皮子不中看，弄出來古懂斯文又制上衣冠。

桑木板頂在腦蓋子上，全不怕滴溜著泥彈兒打了眼圈。

這都是平白地生出來的閒枝節，說不盡那些李四與張三。

以上為巢、燧、義、軒一個個單挑鞭的經綸，其下乃唐虞夏商一般般齊耍彩的世界。分説先加個閒注腳，合聽且待俺細分腮。

隔兩輩帝摯禪位把兄弟讓，那唐堯雖是神聖也遭了艱難。

矮來來茅屋三間當了大殿，衮龍袍穿著一領大布衫。

唷都都洪水滔天誰惹的禍？百姓們鱉嗑魚吞死了萬千。

拿問了治水大臣他兒續了職，穿著些好古董鞋兒跑的腿酸。

教伯益放起一把無情火，那狼蟲虎豹也不得安然。

有一日十日並出晃了一晃，嚇的那狐子妖孫盡膽寒。

多虧了後羿九枝雕翎箭，颼颼的射去十個紅輪只剩了一個圓。

聽不遍這樁樁件件蹺蹊事，急把他揖讓盛典表一番。

常言道"明德之人當有後"，偏偏的正宮的長子忒癡頑。

放著個欽明聖父不學好，教了他一盤圍棋也不會填。

四嶽九官薦上大舜，倒贅了個女婿掌江山。

商均不肖又是臣作了主，是怎麼神禹為君他不傳賢？

從今後天下成了個子孫貨，不按舊例把樣子翻。

中間裡善射的後羿篡了位，多虧了少康一旅整朝權。

四百年又到了商家手，桀放南巢有誰哀憐。

雖然是祖輩的家業好過活，誰知道保子孫的方法不如從前。

再説成湯解網稱聖主，就應該風調雨順萬民安，

為甚麼大旱七年不下雨？等著他桑林擺桌鋪起龍壇。

更可笑剪爪當牲來禱告，不成個體統真是歪纏。

那迂學包子看書只管瞎贊歎，只怕那其間的字眼兒有些訛傳。

自從他伐桀爲君弄開手，要算他征誅起稿第一位老先。

到後來自己出了個現世報，那老紂的結果比桀憨。

現成成的天下送給周家坐，不曾道個生受也沒賞過錢。

淨賠本倒拐上一個脖兒冷，把一個黑色牛犢變了個大紅犍。

這正是"漿裡來的水裡去，一更裡荷包照樣兒穿。"

這不是中古以來砰天揭地、踢海掀山的人物，各各施展武藝、抖藪精神就裡幹的事情。也有停當得，也有不停當的。若論極停當的，只神堯、大舜兩人而已。二位雖然只做了一朝人王帝主，卻得萬古留名。不要說他爲君的本領，只這讓位的想頭便已高出千古。你說堯爲甚麼把天下讓於舜呢？堯想我這寶座，原是我帝摯哥哥的。我把這個熱騰騰的場兒，一氣占了七八十年，也就快活夠了。可惜我大兒子不爭氣，混理混賬，立不得東宮。待要於八位皇子中，揀一個聰明伶俐的傳以江山，又道是天下爺娘向小兒，未免惹的七爭八吵。而況驩兜、三苗、崇伯、共工這些利害行貨，乘機弄起刀兵，弄一個落花流水。我已閉眼去了，有力沒得使，豈不悔之晚矣！尋思一個善全之策，捨得卻是留得。不如把這個天下早早攛撮給別人，作一個不出錢的經紀。前番也找了兩位名賢，一是巢父，一是許由。滿心把天下讓他，他偏拿腔作勢，一個家洗耳、牽牛，躲的影兒也沒有。目下又得了個歷山的好漢，吃辛受苦，孝行服人。可巧我有娥皇、女英兩個女孩兒，便招贅他爲駙馬。我老之後，把天下交付在他手，閨女並班嫁了皇帝，九個兒子靠著姊妹度日。且後代已不是龍子龍孫，也免受刀下之慘。這是不得把天下給了兒，便把天下給了女。總是席上掉了坑上差，也差不多兒。所以麼將天下傳於舜。舜爲甚麼又讓於禹呢？舜想我這天下是別人送我的，原不是世傳祖業。又想起鯀之治水無功，也是天地的劫數，不是他故意教他懷山襄陵淹害了百姓。被我殛於羽山，變了個黃熊，結果的好苦。我偏養下賽他娘舅不成貨的癡子，他卻生出神通廣大的好兒來。治水九年，功蓋天下，人人敬服，個個歸依。我年紀衰邁，漸漸壓伏他不住。日後念著父仇，弄出事來，卻待怎了？我於今一條舌根已嘗遍了苦辣酸甜，難道說四個眼珠還辨不出青黃白黑？ 常言說"打倒不如就倒"。何不把儳來的天下照舊讓他，結識了這個英雄。他也好恩怨兩忘，我也好身名無累。所以麼又將天下傳給了禹。後來攜帶著英皇二妃駕幸湘湖，飄然而去，又作了百世下一段佳話。

只見一葉扁舟泛五湖，桃花春雨水平鋪。

人間富貴多風浪，何如烟波訪釣徒。

二女不須江渚痛，也省得斑斑血淚灑蒼梧。

你看這兩個老頭兒把天下出脫的利速不利速，周全不周全？咳，古今人情多爭少讓，無非被這個東西烘熱了眼。適纔所說的三皇五帝直到商周，其間千勢百樣，助浪添波，俱是從這裡起見。若是無是無非，保住那個混沌直到於今，也沒有爭，也沒有讓，也沒有傳賢的落得乾淨，也沒有傳子的後來吃虧，豈不和和氣氣，大家圖一個受用？雖是這樣說，也是天地的氣運漸薄，人生的知識日變。就是皇王帝伯，他自己也作不得主張。再說後來幹事停當的屈指無多，只有周家文武父子纔算是有本領的豪傑。那豪傑看得清，忍得住，作得爽，把得牢。有人說道："自羑里潛龍九五飛天，以及洛邑定鼎，二周入秦，無一不從伏犧八卦中演出生尅剝復之理來。雖曰人事，實憑天命。如此說，則是由命不由人。"然而據我看來，到底是由人不由命。

這周朝的王業根莖裏旺,你看他輩輩英雄俱不差。

只像是栽竹成林後來的大,到西伯方才發了個大粗芽。

可恨那說舌頭的殺才崇侯虎,挑唆的無道昏君把他拿。

打在南牢裡六七載,受夠了他那鐵鎖與銅枷。

多虧了閎天宜生定下胭粉計,獻上個興周滅商的女嬌娃。

一霎時蛟龍頓斷黃金鎖,他敢就搖頭擺尾入烟霞。

更喜的提調兩陝新掛印,駕前裡左排鉞斧右金瓜。

生下了兒子一百個,那一個是個善菩薩?

不消說世子武王真聖主,還有他令弟周公是個通家。

渭水打獵作了好夢,添上個慣戰能爭的姜子牙。

兒媳婦娶了邑姜女,繡房裡習就奪槊並滾叉。

到於今有名頭的婦人稱"十亂",就是孔聖人的書本也把他誇。

他爺們晝夜鋪排行仁政,那紂王還閉著瞎眼在黑影裡爬。

多少年軟刀子割頭不知死,直等到太白旗懸才把口吧!

自西伯專征,三分有二,還不肯輕易動手。迨世子武王襲了父職,又等了一十三年,看了看,正好下手。遂與太公鋪謀定計,約會了八百諸侯,選定了甲子吉日,度過了孟津,反到了牧野。兩下裡列開陣勢,大喝一聲"開刀",但見旗旛招展,盔甲鮮明,殺氣衝天,喊聲震地,馬到成功,車回奏凱,火燒了內殿,手刃了昏君,然後精兵解甲,戰馬收輻。卜世三十,卜年八百,立了周朝一統的江山,好不熱鬧的緊咧!假如武王那時節再假斯文、道學起來,迴避叛臣弑君的名色,竟高抬貴手,寬了紂王的陽數,那商家十萬億的子孫,六百年的故舊,猶指望死灰再熱,破鏡重圓;又搭上伯夷、叔齊倡仁人義士之正論,管、蔡、武庚造不利孺子之奇謀,這其間也就難說了。

老紂王倘然留得一口氣,他還有七十萬雄兵怎肯安寧?

萬一間黃金鐵鉞齾了刃,周武王,怕你甲子日回不得孟津城!

再加上二叔保住武庚的駕,朝歌地重新縈起商家營。

姜太公殺花老眼溜了陣,護駕軍三千喪上命殘生。

小武庚作起一輩中興主,誅殺逆臣屠了鎬京。

監殷的先討過周公的罪,撤下那新鮮紅鞋穿不成。

淨弄的火老鴉落屋沒有正講,河崖上兩場瞎觀了兵。

到此刻武王縱有千張嘴,誰是誰非也說不明!

所以武王就下了毒手,一刀砍下紂王的頭來,懸在太白旗上。姜太公白鬚飄飄,鷹揚馬佈告,三聲炮響,兩朵旗旛,大小三軍一齊高叫,說"嚇! 都來看紂王的頭! 都來看紂王的頭!"你看滿城中人山人海,

都說是無道昏君他活該死,把一個新殿龍爺尊又稱。

全不念六百年的故主該饒命,單說著新皇帝的處分快活煞人!

這個說"沒眼色的餓莩你叩的甚麼馬?"那個說"乾捨命的忠臣你剖的甚麼心?"

這個說"你看這白鬍子元帥好不氣概",那個說"有孝行的君王還戴著木父親"。

滿街上拖男領女去關鉅橋的粟,後宮裡秀女佳人跟了虎賁。

給了他個太山壓頂沒有躲閃,直殺的血流漂杵堵了城門。

眼見他一刀兩斷君臣定,他可穩穩坐在龍床不用動身。

後來帶累了兩三個孔懷兄弟,才成就了一鈞八百。便就是積德累仁該有好報,終究是得濟了武王的眼色高強,手段老辣,把商紂殺的利亮。你看夏桀不殺成湯於夏臺,成湯脫身,卻把夏桀趕到定陶縣囚死南巢。商紂不殺西伯於羑里,卻落了個身首異處。後世於趙

國不殺秦家的異人,那帶犢子呂政卻先滅了趙家。鴻門佯罪,楚伯王不肯輕害沛公;烏江自刎,漢高祖倒翻逼殺項羽。又如韓信不聽蒯徹之言,高祖卻依呂后之計。真是看不遍古往今來的後悔,俺也説不盡那英雄豪傑一個家,那昏天黑地的心腸。閒言提過,再整前腔。

靈長自古數周朝,王跡東遷漸漸消。

周天子二衙管不著堂上事,空守著幾個破鼎惹氣包。

春秋出頭有二十國,一霎時七雄割據把兵鏖。

這其間孔孟周流跑殺馬,須知道不時行的文章誰家待瞧?

陝西的秦家得了風水,他那蠶食得心腸卻也私膈。

那知道異人反國著了道,又被個姓呂的光棍大頂包。

他只説他化家爲國、王作了帝,而其實是以呂易嬴、李代了桃。

原來這雜種羔子沒有長進,小胡亥是個忤逆賊種禍根苗。

老始皇欹在靈床沒眼淚,假遺詔逼殺他親哥犯了天條。

望夷宮雖然沒曾得好死,論還賬還不夠個利錢梢!

到後來楚漢爭鋒換了世界,那劉邦是一個龍胎自然不糙。

"一杯羹"説的好風涼話,要把他親娘的漢子使滾油熬。

烏江口逼死他盟兄弟,就是他坐下的烏騅也解哀號。

這是個白丁起手新興的樣,把一個自古山河被他生叨。

最可笑呂后本是個結髮的婦,是怎麼又看上了姓審的郎君合他私交!

平日家挺腰大肚裝好漢,到這時鱉星照命可也難逃。

中間裡王莽掛起一面新家的匾,可憐他四百年炎祚斬斷了腰。

那老賊好像轉世報仇白蛇怪,還了他當初頭上那一刀。

幸虧了南陽劉秀起了義,感動的二十八宿下天曹。

逐日家東征西討復了漢業,譬如那冷了火的鍋底二番燒。

不數傳到了桓靈就活倒運，又出個瞅相應的曹瞞長饞癆。

他娘們寡婦孤兒受夠了氣，臨了時一塊喘氣的木頭他還不饒！

小助興桃園又得了個中山的後，劉先主他死掙白纏要創一遭。

雖然是甘蔗到頭沒有滋味，想他那魚水君臣到也情誼高。

且莫說關張義氣、臥龍的品，就是那風流長山是何等英豪！

空使殺英雄沒撈著塊中原土，這才是命裡不該枉費勞。

可恨那論成敗的肉眼說現成話，胡褒貶那六出祁山的不曉六韜。

出茅廬生致了一個三分鼎，似這樣難得王佐的遠勝管蕭。

倒不如俺搥皮的江湖替他出口氣，當街上借得漁陽大鼓敲。

周、秦、兩漢轉眼皆成幻夢，曹操那個老賊欺孤凌寡，收拾了漢朝的江山。誰想現成成的一篇文章，又被晉家爺們套去。縱讓他費盡心機，只弄了個竹筒子壺裝酒瓶嘗。

曹操當年相漢時，欺他寡婦與孤兒。

全不管“行下春風有秋雨”，到後來寡婦孤兒被人欺。

我想那老賊一生得意沒弄好臉，他大破劉表就喜多了脂。

下江東詐稱雄兵一百萬，中軍帳還是打著杆漢家的旗。

赤壁鏖兵把鼻兒搁，拖著杆槍兒可賦的甚麼詩？

倒惹的一把火燎光鬍子嘴，華容道幾乎弄個脖兒齊！

從此後打去興頭沒了陽氣，銅雀臺也沒撈著喬家他二姨。

到臨死賣履分香丟盡了醜，原是老婆隊子的碜東西！

始終是教著他那小賊根子篡了位，他要學文王伎倆好不曉蹊！

常言道“狗吃蒺藜病在後”，準備著你出水方知兩腿泥。

你看他作了場奸雄又照出個影，可巧的照樣又來了個司馬師。

從來說“前腳不正後腳趄，上樑不正下樑歪”。自從三代以後，那裡見強取的天下到後來有個善終的？這也是天理循環，自然而然的報應。咱且洗著眼睛，再看晉家的結果。

年年七月起秋風，銅雀臺荒一望空。

臥龍已死曹賊就滅，紅鬍子的好漢又撇下江東！

三分割據周了花甲，又選著司馬家爺們逞英雄。

晉武帝爲君也是"受了禪"，合著那曹丕的行徑一樣同！

這不是從前說的個鐵板數，就像那打骰子的湊巧硼了個烘。

眼看著晉家江山打個二起，不多時把個刀把給了劉聰。

只見他油鍋裡螃蟹支不住，沒行李的蠍子往南迸。

巧機關小吏通姦牛繼馬，大翻案白板登舟馬化龍。

糊裡糊塗捱了幾日，教個掃槽子的劉裕餅捲了蔥。

這又是五代干戈起了手，可憐見大地生靈戰血紅！

一旦兩晉風流又變作六朝金粉，其間五胡雲擾，起了十六處煙塵。俺又翻殘南北史，略作短長評。

南朝裡創業起劉郎，販鞋的光棍手段強。

龍行虎步該有後福，是怎麼好幾輩的八字犯刑場？

那江山好似吃酒巡杯排門轉，頭一個是齊來，第二個是梁。

姓蕭的他一筆寫不出兩個字，一般的狠心毒口似豺狼。

那蕭衍有學問的英雄偏收了侯景，不料他是掘尾欄的惡狗亂了朝綱！

在台城餓斷肝腸，想口蜜水，一輩子幹念了些彌陀、瞎燒了香。

陳霸先陰謀弱主篡了位，隋楊堅害了他外甥頂他的缸。

小楊廣又是一個妖孽，積作的揚州看花見了閻王。

亂轟轟六十四處刀兵動，就像是群仙過海鬧東洋。

統前後混了一百九十單八歲，天運循環纔歸了大唐。

唐高祖開基，太宗繼世，傳國二十一世，享祚二百餘年。氣象崢嶸，體統冠冕，倒也説不得不好。只是他倫理宮闈，七顛八倒。今且挑説幾句，並捎帶五代過手，接入了大宋、金、元。

　　大唐傳國二十輩，算來有國卻無家。

　　教他爹亂了宮人製作造反，只這開手一着便不佳。

　　玄武門殺了建成合元吉，全不念一母同胞兄弟叁！

　　貪戀著巢剌王的妃子容顏好，難爲他兄弟的炕頭兒怎麽去扒！

　　縱然有十大功勞遮羞臉，這件事比鱉不如還低一戲！

　　會養漢的則天戴上了沖天帽，中宗丢醜真是個獸瓜。

　　唐明皇雖是除了韋后的亂，他自己那腔像也難把口誇。

　　洗兒錢遞在楊妃的手，赤條條的禄山學打哇哇。

　　看他家世流傳没志氣，没尾欄的兔子是一窩把。

　　最可恨碭山賊民升了御座，只有個殿下的猢猻撾他幾撾！

　　從此後朱温家爺們滅了天理，落得個扒灰賊頭血染沙。

　　沙陀將又做了唐皇帝，不轉眼生鐵又在火炭上爬。

　　石敬瑭奪了他丈人家的碗，倒踏門的女婿靠嬌娃。

　　李三娘的漢子又做了劉高祖，咬臍郎登極不值個腳楂楂。

　　郭雀兒的兵來招不住，把一個後漢的江山白送給他。

　　姑夫的家業又落在妻侄的手，柴世宗販傘的螟蛉倒不差。

　　五朝八形轉眼過，日光摩盪照天涯。

　　宋太祖陳橋兵變道是"禪了位"，柴家那獸子他懂的甚麽？

　　你看他作張作致裝没事，可不知好湊手的黄袍那裡拿？

　　"有大志"説出得意的話，那個撒氣桶子吃虧他媽！

　　讓天下依從了老婆口，淨落得燭影斧聲響嗑叱！

　　此後來二支承襲偏興旺，可憐那長支的癡兒死的枯槎。

　　你看青絲絲的天理有報應，五國城捉去誰的根芽？

康王南渡嚇破了膽，花椒樹上的螳螂爪兒蔴。

他爹娘受罪全不管，乾燥的個忠臣嘔血蠹了瘡疤。

十二道金牌害了岳武穆，倒算了講好的秦檜不打死蛇。

這其間雄赳赳的契丹阿骨打，翻江攪海又亂如蔴。

三百年的天下倒受了二百年的氣，那掉嘴頭子的文章當不了廝殺！

滿朝裡咬文嚼字使幹了口，鐵桶似的乾坤把半邊塌。

臨末了好躲難的揚州又失了手，教人家擔頭插盡江南花！

文天祥腳不著地全没用，陸秀夫死葬東海鼈磕牙。

從今後鐵木真的後代交好運，他曾在斡儺河上就發了渣。

元世宗建都直隸省，把一個花花世界喝了甜茶。

看他八十八年也只是閏了個大月，那順帝又是不愛好窩的個癩蛤蟆。

這正是有福的妨了没福的去，眼見這皇覺寺的好漢又主了中華。

在下這兩片嘴、一條舌，把前後多少年的英君明主，武將文臣，驚天動地的事業，興王圖霸的勾當，生前金甲玉印，死後白骨青苔，一氣攢來，說了個痛快。今且略插幾句閒談，然後接上明家的故事，恰好就作個收場。

人生只要笑呵呵，世間那得論平陂。

像俺這挑今翻古的一席話，不過是逢場作戲發些狂歌。

看他們爭名奪利不肯休歇，一個個像神差鬼使中了魔。

有幾個没風作火生出事？有幾個生枝接葉添囉唆？

有幾個抖擻精神的能人心使碎？有幾個道學的君子腳不敢挪？

有幾個持齋行善遭天火？有幾個作賊當黿中了高科？

有幾個老實實的好人捱打罵？有幾個兇兜兜的惡棍搶些牛騾？

總然是大老爺面前不容講理，但仗著拳頭大的是哥哥。

按前人再講上一輩新近古，朱洪武那樣開國賢君古也不多。

真天子天生不是和尚料，出廟門便有些英雄入網羅。

不光是徐、常、沐、鄧稱猛將，早有個軍師劉基賽過蕭何。

駕坐南京正了大統，龍蟠虎踞掌山河。

這就該世世的平安享富貴，誰料他本門的骨肉起了干戈！

四子燕王原不是一把本分手，生逼的個建文逃生作了頭陀。

莫不是皇覺寺爲僧没曾了願，又教他這長孫行腳歷坎坷！

三十年的殺運忒苦惱，宰割了些義士忠臣似鴨鵝。

鐵鉉死守這濟南府，還坑上了一對女嬌娥。

太可笑古板正傳方孝儒，金鑾殿上把孝棒兒拖。

血瀝瀝的十族拐上了朋友，是他那世裡燒了棘子乖了鍋！

次後來景清報仇天又不許，只急的張草榿的人皮手幹搓！

到英宗命裡該充軍道是"北狩"，也用不著那三聲大炮兩棒鑼。

這幾年他兄弟爲君翻熇餅，淨贄上個有經濟的于謙死在漫坡！

正德無兒取了嘉靖，又殺了好些好人干了天和。

他這一朝上盡了奸臣的當，任著他踢天弄地不肯吆喝。

老嚴嵩慣著他兒子世藩作老了孽，使壞了賢德聰明的好老婆。

天啓朝又興了個不男不女二尾貨，他合那奶母子客氏滾成窩。

崇禎爺他掃除了奸佞行好政，實指望整理朝綱免些風波。

到後來彰義門開大事去，煤山上的結果那裡揣摩？

莫不是他使強梁的老祖陰騭少，活該在龍子龍孫受折磨！

更出奇真武爺顯靈供養的好，一般的髢髢著頭髮赤著那腳。

爲甚麼説到此處便住手？只恐怕你鐵打的心腸也淚如梭！

住便住了，曾聞説"《關雎》之亂，洋洋盈耳"；就是蠻子班裡的雜曲，也要兩句下場詩詞。還有現成一套弋陽腔曲兒，名喚"哀江南"，説的明末流賊猖狂，福王一載，宏光改元，孤根難立，又把個龍盤虎踞的金陵，登時批得粉碎。上是古今興亡，烟雲過眼，好不悲涼感慨得緊！然而如今唱來領教，卻是際太平而取樂，不必替往古以耽憂。列位若肯相幫接接聲，大家同唱，便賽的過朱弦疏越，三歎遺音。若是不肯，也就算白雪陽春，曲高和寡。

哀江南

北新水令

山松野草帶花挑，猛抬頭秣陵重到。殘軍留廢壘，瘦馬臥空濠。村郭蕭條，城對著夕陽道。（總起）

駐馬聽

野火頻燒，護墓長楸多半焦。山羊群跑，守陵阿監幾時逃？鴿翎蝠糞滿堂抛，枯枝敗葉當階罩。誰祭掃，牧兒打碎龍碑帽。（吊金陵）

沉醉東風

橫白玉八根柱倒，墮紅泥半堵牆高。碎琉璃瓦片多，爛翡翠窗欞少。舞丹墀燕雀常朝，直入宮門一路蒿，住幾個乞兒餓殍。（吊故宮）

折桂令

問秦淮舊日窗寮，破紙迎風，壞檻當潮。目斷魂消，當年粉黛，何處笙簫？罷燈船端陽不鬧，收酒旗重九無聊。白鳥飄飄，綠水滔滔，嫩黃花有些蝶飛，新紅葉無個人瞧。（吊秦淮）

沽美酒

你記得，跨青溪半里橋，舊紅板沒一條。秋水長天人過少，冷清清的落照，剩一樹柳彎腰。（吊長橋）

太平令

行到那舊院門，何用輕敲，也不怕小犬哼哞。無非是枯井頹巢，不過些磚苔砌草。手種的花條柳梢，儘意兒採樵，這黑灰是誰家廚灶？（吊舊院）

離亭晏帶歇拍煞

曾見那，金陵玉殿鶯啼曉，秦淮水榭花開早，誰知容易冰消。眼看他起朱樓，眼看他讌賓客，眼看他樓塌了。這青苔碧瓦堆，也曾睡過風流覺，將千百年興亡看飽。那烏衣巷不姓王，莫愁湖鬼夜叫，鳳凰臺棲梟鳥。殘山夢最真，舊境丟難掉，一霎時興圖換稿。唱一套《哀江南》，放悲聲唱到老。（總吊金陵）

潦倒江湖氣不平，轟雷舌底小兒驚。他年東閣招賢地，更作朝陽彩鳳鳴。

歷代次序

一、盤古，二、三皇，三、燧人氏，四、有巢氏，五、庖犧氏，六、女媧氏，七、神農氏，八、軒轅氏，九、顓頊，十、帝嚳，十一、帝摰，十二、陶唐，十三、有虞，十四、夏后，十五、殷商，十六、成周，十七、秦，十八、漢，十九、三國，二十、晉，廿一、宋，廿二、齊，廿三、梁，廿四、陳，廿五、隋，廿六、唐，廿七、梁，廿八、唐，廿九、晉，三十、漢，卅一、周，卅二、宋，卅三、元，卅四、明。

（光緒七年京都隆福寺路南聚珍堂活字本）

【按】原書書名頁右欄署"闕里木皮子著　之罘山人輯注"，本書收錄時刪去之罘山人的注文。賈鳧西生平，參見袁世碩《孔尚任年譜》附《孔尚任交遊考》中的"賈應寵(梟西)"一則。賈梟西所作此部鼓詞在清同治年間前一直以鈔本形式流傳,產生了繁簡兩種不同的版本,此爲繁本之一種,以下所錄《木皮散人鼓詞》爲簡本之一種。此部鼓詞有關德棟、周中明校注本,題作《賈梟西木皮詞校注》,齊魯書社 1982 年版。鼓詞中的《太師摯適齊》和《哀江南》的内容被孔尚任在《桃花扇》一劇中借用,分别置於該劇的第一出《聽稗》和續四十出《餘韻》。

　　劉階平(1910—1992)曾在 1933 年校勘(他稱爲"考訂")《木皮散客鼓詞》,以《木皮詞》爲書名,由商務印書館印行。1954 年,他又重爲考訂此書,易名爲《木皮散客鼓詞》,由台灣正中書局出版。劉階平曾編選《清初鼓詞俚曲選》,卷上爲鼓詞,其中第一篇爲《齊人章》,第三篇爲《太師摯適齊》,均出自賈梟西之手。卷首有屈萬里序(作於 1967 年)和劉階平《自序》(作於 1961 年)。劉階平在《自序》中云:"賈梟西鼓詞,除《木皮詞》編演歷史故事外,其他大都是就《論語》、《孟子》裏的故事編演。以靡訴覆國慘痛的感懷,而發爲不平之鳴。因晚明的壞裂,不衹是軍事失敗,而政治的腐敗,社會的道德淪喪,士大夫的廉恥莫辨,是互爲因果。時大儒顧亭林亦爲之慨歎説:'士大夫之無恥,是爲國恥。'所以梟西的鼓詞,他不獨要説於城市衢巷,他要'説於諸生塾中,説於宰官堂上'。他的鼓詞流傳至今的,除詞文凌厲激越的《木皮詞》外,尚有本編收入的《齊人章》和《太師摯適齊章》。"[①]此書有台灣正中書局 1968 年排印本,凡四册。2018 年,黃天驥先生主編、山西人民出版社出版的《近代散佚戲曲文獻集成·曲譜和唱本編》予以收錄,分爲上下兩

---

① 　劉階平:《自序》,《清初鼓詞俚曲選》,1968 年排印本,第 3 頁。

册,列爲《曲譜和唱本編》的第 58 和 59 册。

孔尚任在《桃花扇》中對這部鼓詞的内容的借用,擴大了這部鼓詞在後世的影響。1915 年,愛國社發行了倪軼池、莊病骸合著的章回體小説《亡國影》(正文首頁題作"(朝鮮痛史)亡國影")。全書凡兩册二十回,分上下卷,上卷正文首頁署"鎮海倪軼池、莊病骸合著",下卷正文首頁署"蛟川倪軼池、莊病骸合著"。第一回回目作"木皮客演説興亡恨　老大邦變作競爭場",敘説木皮散客於明亡後隱居山洞中,於民國建立後再度入世,在中州地方的"國恥紀念會"的開幕式的演壇之上當衆講説國家興亡之理,藉其敘述,引出全書的主體内容,即朝鮮亡國的時事。

清周壽昌《思益堂詩鈔》(有光緒十四年刻本)卷五有《書賈鳧西彈詞後(有序)》:

> 賈鳧西《廿一史鼓兒詞》一册,早歲爲轟亦峰借去未還,頃聞益吾言得此書,擬即借閲。燈下憶及,題三絶句。
>
> 怒罵文章絶代才,雍門一曲不勝哀。三弦彈徹明湖水,只當西臺痛哭來。
>
> 身閲滄桑激楚音,別存懷抱古傷心。蕭蕭易水無人問,披髮空山獨鼓琴。
>
> 哀音險語恣無稽,山鬼悲吟杜鵑啼。除卻老顚風景裂,千秋誰識賈鳧西。

此組詩後爲《再題鳧西詞後(有序)》:

> 初聞木皮散客爲前明遺臣,入本朝以擧義兵被殺,故謂其書爲《離騷》之遺,重其人,因重其書也。及讀孔云亭所爲傳,則此老故明部郎,復仕我朝,應入《貳臣傳》,以官小,不列。是特一老亡賴、善罵坐者,敢於許堯詆舜,何足取哉?燈下復得

兩絶,以正前失。

讀《騷》痛飲哭中流,嚓殺音多氣不柔。一自琵琶彈别調,西山薇蕨也應羞。

罵呵佛祖尋常事,只要乾坤立脚牢。爲見督郵翻束帶,始知善罂是山羔。

清高延第有《題木皮子鼓詞》四首,見《湧翠山房詩集》,光緒十四年刻本。

木皮散人鼓詞

[清]賈鳧西

賈鳧西鼓詞序

統九騷人撰

山不可遥,雲霧宣其氣;海不可量,潮汐洩其機。山海尚有不平之積,而況人之食味、别聲、被色而生者哉!當其寂處闃然,如蠶斯縛,如蠕斯奮,悲喜交集,曲折萬端。洎乎應感起物,心術形焉。蚩蚩者隨起而滅,稍有聰明,爲之詠言焉,長歎焉,播之音樂焉。

蓋余横目古今之書,莫非心之不平爲之也。天心不可見,間嘗驗於山之雲,曳紫流光,而必不同於昨日;又即驗於海之潮,涵天浴日,而必不同於去年。因知心之所觸,各有淺深;目之所遇,各有彼此。心動於中,目接於外,如矢在弦,發不可遏。工拙靡盡,偏全奚恤?自昔湘江因累,尚疑怨君;蠶室腐史,不免孤憤。六經而下,不詭大道者,鮮矣。

至於文心不同,各創體制,以言語而變盱睢,以鳥跡而變結繩,褒貶易誓誥之文，紀傳改編年之體，文章異態，夫復何窮？乃有傳奇，固三百篇之餘緒；亦越演義，亦麟經左史之支派。蓋予讀《文獻通考》之續書，尚列《琵琶》、《水滸》之稗史。竊謂感慨既深，言之痛切，尺幅窮萬古之變，片言發千載之覆。如賈先生之鼓詞，即謂子美詩史、屈平《天問》以來，堪步後塵焉，蓋未多愧也。

先生濟寧人，字鳧西，失其名號。明時進士，其家世亦未暇考；至作書之故，亦未及周知。然觀其字成鬼哭、絲動石破者，先生之唾壺欲碎，先生之柔翰萬折矣。塗鴉小兒，依口學舌，自矜醇正。方以先生之訕毀昔民，噤口不敢道。則是仁義禮智之字，荀楊不識其點畫；易象春秋之文，莊老未窮其旨歸也。嗚呼！小知不及大知，豈特蜩與鷽鳩云爾哉！

余之序賈先生鼓詞，在乾隆元年丙辰秋也。逾年七月二十三日，復為論述其意。偶以新病屏筆墨者二十有四時，既愈而後卒其事。蓋文不加點，難免剌謬，而詞以達情，不避指摘。爰復為之序曰：

文章之來，邈矣遠哉。其端肇於鳥跡，而其盛發為典謨。皋夔拜手，明良作焉；旦奭分陝，清廟詠焉。粲而成章，所以敷皇猷，扶心傳，其繫重矣。三代權操於上，故嘵言有禁，而橫議者誅；漢世權操於下，故言不雅馴，則薦紳緘口。若是方技百家之說，畔經離道之書，隱僻怪誕之論，學士大夫畏而去之，肄業非所及也，而況乎稗官野史之流哉！顧吾聞尼父之言曰：「博弈用心，猶賢乎已。」東坡之言曰：「苟有可觀，皆有可樂。」然則文章小道，大雅不廢；街談巷議，雅化攸關。粵自周室東遷，雜說蜂起，心心有主，喙喙爭鳴。莊叟內外之篇，非堯舜而是桀紂；荀卿禮樂之論，薄孔孟而雜刑名。

乃至亂民必誅，而遊俠立傳；草竊必殺，而《水滸》爲書。士君子心
胸壘塊，天地文章，借得杯酒，互爲草稿。但能以意逆志，何妨往而
不返，則予之流覽於賈先生鼓詞，心之所注，何不可焉？且夫君子
務知大者遠者，小人務知小者近者。念予家號雅儒，室有縹緗，雖
名山之業，未敢妄希乎先進，而春宮之筆，亦且留意於鴻文。屬以
覆盆永戴之故，而中郎萬卷，零落無存，惠子五車，差池未睹，自計
身已敗矣，名已裂矣。金殿視草，虎帳飛檄，既已零落於春夢；而載
酒問字，對月評詩，又復契闊於鄉儒。惟此鼓詞一册，風雨晦明，與
我共對，時一抱膝長吟，而闒茸獄吏之輩，亦頗能解其旨趣。吟之
既久，感之愈深，序而存之，論而述之，譬猶蜣之轉糞，已忘其臭，更
如鴆之食蛇，言甘其毒而已矣。嗟乎哉！文章一道，何往不存，苟
有心得，隨遇而解。牛鐸可以知樂，曝背可以獻君。故琴瑟在御，
而三郎嬋鼓解穢；文爲湧泉，而門人說鬼傾耳。近世之士，沈没墨
牘，文似而實非，尚不如鼓詞之不拾牙慧，使讀者有鬚眉起舞之樂
也。時丁巳七月二十七日統九騷人再序。

開　場

木皮散人賈鳧西

論地談天，講王説伯，第一件不要支離不經，第二件不要荒唐
無味。言言都是藥石，事事可作監戒。那剛膽的人，聽説那忠臣孝
子，也動一番惻隱；那婆心的人，聽説那奸佞邪淫，也起一番嗔怒。
即如荆軻報讎，田横死節，講到這個去處，令人慷慨悲壯，吐氣爲
虹；又如那忠臣抱恨，孝婦含冤，講到這個去處，令人咨嗟傷歎，歔
欷流淚。再提起那曹操殺董承，秦檜害岳飛，講到這個去處，令人
怒髮衝冠，切齒咬牙，恨不能生嚼他幾口；又如提起那武二郎手刃

西門慶,黑旋風殺場上劫宋江,講到這個去處,令人心膽俱快,躍然舞起,真個要替他操刀。如歸湖之范蠡,奔山之張良,飄然長往之劉基,看這些人前半截的施為,功業儘該去做;如驂乘之霍光,得君之管仲,恃功請王之韓信,看這些人後半截的結果,名利事就不爭了。見多少拔山舉鼎的好漢,到後來反害其身,可見生死為難逃之天。雖說是勢力,也不全在勢力。見多少舌劍唇槍的英雄,結果處百無一成,可見成敗有一定之數。雖說是智謀,也不全在智謀。想周公恐懼流言,王莽謙恭下士,説到這個去處,可見人心叵測,再不可以貌取人。像陽貨譏仲尼,臧倉毀孟子,講到這個去處,可見毀譽無憑,是非顛倒,聖賢不得時,也遭世路坎坷。嘗過這些滋味,參透這些機關,纔知道保身是哲士,貪位是鄙夫,安分是君子,妄為是小人。唐虞夏商周,到底同歸於盡;巢許伊周呂,可以並傳不朽。盤泥飛天,各有長短;廊廟山林,各有所好。明公漫道這是説書的浪談,於人心實有輔助。但古今書史汗牛充棟,從那裡開頭? 石渠天祿萬卷千箱,打何處説起? 有了,有了。

　　釋悶懷,破岑寂,只照著熱鬧處説來。

　　十字街坊,幾下捶皮千古快。半生湖海,一聲醒木萬人驚。

　　鑿破混沌作兩間,五行生尅苦歪纏。

　　兔走烏飛催短景,龍爭虎鬥要長拳。

　　生下都從忙裏老,死時纔會把心寬。

　　一腔填滿荊針刺,兩肩挑起亂石山。

　　漢陵唐寢麒麟冢,只落的野草閒花荒地邊。

　　倒不如粗茶淡飯茅屋下,和風冷露一蒲團。

　　科頭跣足閒玩耍,醉臥狂歌號酒仙。

　　日上三竿眠未起,算來名利不如閒。

從古來爭名奪利不乾淨，好叫俺老子江湖白眼看。

你看滿目蓬蒿，遍地荒塚，埋沒了多少豪傑，也該喚醒大夢。怎麼太上老君已是住了三十三天，還儘力拉風匣，落得個踢倒丹爐，成了火焰山一座。花果山孫悟空已是做了齊天大聖，又去西天取經，走了八十一遍，死裏逃生，禍中求福。可見富貴功名，最能牢籠世界。在下有一對聯，敢爲聒耳：

混雜的萬般色相，直死歪生，欺軟怕硬。若要平頭正臉，便無世界。

滾圓的兩個東西，連明帶夜，斜行倒走。倘或叉手打坐，那有乾坤。

又有一首〔西江月〕，一併請教：

混混茫茫歲月，嚷嚷鬧鬧塵寰。雖然頭上有青天，自古何曾睜眼。死後七顛八倒，生前萬苦千難。神靈享祭鬼圖錢，善惡沒人招管。

老子江頭漫自嗟，販來今古作生涯。

三百二十八萬有餘載，只用俺幾句閒言講到他家。

一時張開談策口，管教他萬古英雄沒了遁法。

混沌初開人物雜，三皇御世駕龍車。

庖羲掌教結羅網，鳥躲魚藏把命花。

炎帝神農嘗百草，赭鞭草木早生芽。

督兀反了蚩尤氏，黃帝爲君起了征伐。

滅了涿鹿十里霧，從此後欺軟怕硬亂砍殺。

這三皇五帝前後，世界原無文字，纂紀不過衍襲口傳。其間出頭的人物，各要仗自己本領制伏天下，不知用了多少心機，使了多少氣力，費了多少唇舌，經歷了多少險阻利害，幹過了多少殺人放火的營生,教道壞了多少後人。

你看那茹毛飲血心已殘,燧人氏著火又加熬煎。

有巢氏不肯在山窪裏睡,遂使那榆柳遭殃滾成了椽。

自古道牝雞司晨家業敗,可怎麼伏羲有妹坐了金鑾?

女媧氏煉石補天多費手,到於今萬里覆盆不見那層天。

少昊金天都曲阜,雲陽埋葬小山尖。

顓頊遷國高陽去,有孫彭祖字錢堅。

高辛建國亳州住,有四妃生了四聖共八元。

只因帝摯九年諸侯廢,立了個陶唐大聖紀堯年。

浲水滔天誰惹的禍,那百姓黿嗇魚吞死了萬千。

伯益氏放上一把無情火,狼蟲虎豹也不得安然。

四岳九官舉大舜,一十六字接心傳。

丹朱不才臣做主,神禹爲主又遇著傳賢。

謂舜掛的三年孝,四百曆數紀夏元。

善射的后羿篡了位,少康一旅整朝權。

自從放了夏桀帝,這又是黑色牛犢命該全。

自從神堯坐了哥哥的寶位,大舜得了丈人的家私,神禹受了仇人的天下,成湯奪了暴主的江山,其間一瞬千年,難明就裏,也有可哭的,也有可笑的。在下只一言兩句,教他哭也哭不得,笑也笑不得。

那時節黑洞洞的世界難睜眼,怎麼得清朗朗的乾坤過上幾年?

沉重重的山河纏到了地,輕清清的星月未著上天。

神人雜處魑魅旺,也虧了三唱更雞驚動鬼門關。

那時有十日並出幌了一幌,唬的些狐子妖孫透膽寒。

吃虧了善射的后羿放了九枝雕翎箭,那十個紅輪只剩了一個圓。

爲甚麼大旱七年不下雨？桑林白馬祈龍涎。

最可笑翦爪當牲來禱告，不成體統怎麼傳？

只見他桑木板頂在腦瓜上，也不怕滴溜了泥丸打了眼圈。

全仗的挺硬的脊梁擔重擔，誰教他撅起屁股唱個喏圓。

更可笑古董斯文知禮數，左拉右扯坐了席筵。

誰興的祭祀玉皇殺白馬，倒惹的九萬里清虛把惡心翻。

這話都是中古時候幹的營生，遭的年景，也有停當的，也有不停當的。其中最停當的，只是神堯大舜雖做了一朝人王帝主，卻得一身脫淨，萬古傳留。且説堯爲甚麼把天下與了舜？他想著我這寶位，原是我帝摯哥哥的。我將他熱騰騰的寶位，坐了七八十年，於今髮白齒落，也算快活殺了。可歎生了個兒子丹朱，教他一盤圍棋，也不會下。待於八位皇子中，檢一個聰明伶俐的傳位與他，又道天下爺娘向小兒，還怕小兄弟們不知好歹，七拗八挣；又加洪水未平，共驩、苗鯀一般利害行貨，倘或乘機弄起刀兵，九位皇子那裡招架得起。就是兩位公主，也要魂飛魄散，東躲西藏。欲把天下讓了巢父許由，他又拿頭捏腳，洗耳牽牛，逃得影也没了。想一個千妥萬當的法子，捨得卻還是留得。訪聞著有一個壯年好漢，吃辛受苦，孝行過人，不免將他喚來試看試看。把九位皇子託給他，兩位公主嫁給他，後來就委他收拾了四兇，再把天下讓與他。既不落老年帝主興兵誅戮的名色，又省的惹下許多冤仇，我那後代子孫也免得受刀下之苦。這是不把天下與了兒，便把天下與了女。所以説堯讓天下與舜，

正是天下原非一人有，子孫傳流不到頭。

婿承翁業真奇事，不是大舜千古仇。

想當時陽城一避雖然假，又怎奈朝覲謳歌不自由。

再說舜爲甚麼把天下與了禹。舜想道我從耕田耙地出身，這天下是我丈人給我的。何嘗是俺家世傳的祖業，也不是白手打來的江山。當年鯀治洪水，八年不成，原來天數如此。就是懷山襄陵，合該有此劫運，難道與他相干？我承岳父之命，將他殛死羽山，化作一個三足黃鼈。我又生下一個商均不孝之子，恰好外甥隨舅。那鯀卻生的兒子神通廣大，伏虎降龍，手下天兵天將，那等利害。自古道"打倒不如就倒"。不免把這儳來的天下做個現成人情，落個好相與，結識了這個英雄。他也就恩怨兩忘，我也好身名無累。主意定了，遂帶著英皇二位姑娘駕幸湘湖，還是避陽城的故事，假託名色，說五年巡守，原是舊例，如此一去不返，遂即晏駕蒼梧之野。這就是舜把天下讓與禹。

正是百丈艫艟千尺篷，一帆高掛水天空。

縱然颶母風頭險，只在丹山碧島中。

英皇鼓瑟何必多啼哭，也省得湘竹班班血點兒紅。

再說那幹得停當的，屈指無多，就數著了周家文武父子，也算得真正聖賢，真正豪傑。那豪傑認得真，拿得定，忍得住，下得手，才幹得事。自從羑里中潛龍七載，從伏羲八卦演出生尅剝復之理。凡卜世卜年，九五飛天，以及洛邑定鼎，東周降秦，都算的明明白白。雖曰人事，實由天命。自我看來，總之弱肉強食，盡之乎矣。

最可恨翻舌頭的殺才崇侯虎，挑唆的西伯圄圄住成了家。

散宜生定下一條脂粉計，獻上個興周滅紂的女嬌娃。

因此上羑里放出周西伯，倒加上提調兩陝專征伐。

夜夢飛熊獵渭水，收了個能征慣戰的姜子牙。

世子納聘了邑姜女，全仗著白鬚丈人把舵拿。

他爺們晝夜商議行仁政,那紂王胡裡胡塗在黑影爬。

幾年家軟刀子割頭不覺死,只等著太白旗懸纛知道命有差。

自西伯得專征伐,三分有二,還咬著牙根,不肯動手。到臨終時,密囑世子道:「時至勿疑。」至世子承襲,天命已歸。陳師牧野,火焚了妲己,劍誅了商紂,天下方爲周有。假如武王假斯文,道學起來,高抬貴手,姜太公刀下留情,那紂家十萬億的子孫,六百年的故舊,安知不死灰復燃?況有伯夷、叔齊一班義士,微、箕、膠鬲無數忠臣,就是太子武庚,還不是敗家之子。於今替他想一想,

那紂王七十萬雄兵肯出力,那武王前思後想留點人情。

姜太公一肚子陰符少施展,那虎賁三千喪了殘生。

黃金斧鉞折了刃,甲子日回不去孟津城。

三位叔叔保來武庚的駕,朝歌城一戰齊唱凱歌聲。

到於今武王縱有千張嘴,誰是誰非説不分明。

所以武王認得真,拿得定,到這忍不住的時,便狠一狠,就下了毒手,一刀請下紂王的頭來,懸在太白旗上。姜太公白髮飄飄,鷹揚馬上,指麾三軍,佈告中外,放了三聲大炮,又呐喊了三聲「哈!都來看紂王的頭呀!」那朝歌城裏人山人海,

一齊説無道昏君合該死,咱把這新主龍爺尊又稱。

這纔是一刀兩斷君臣定,秤錘綁住在定盤星。

全不想六百年的故主該饒命,同口説七竅的賢人爲甚剖了心。

嗐!没眼色的餓殍叩誰的馬?你看俺行孝的君王還戴著木父親。

滿街上拖男攜女去領鉅橋粟,後宮裏美女佳人跟著虎皮軍。

一霎是血流漂杵殺了個淨,這才是自古靈長第一君。

後來到賠上了兩位孔懷兄弟,才成就了一吊八百。算來縱就

是積德累仁，還是强的得手、弱的吃虧。因想起夏桀不殺成湯於夏台，成湯一得脫身，卻放夏桀於山東定陶縣，遂囚死南巢。商紂不殺西伯於羑里，遂落了這場結果。後世如趙國不殺秦家質當的異人，帶犢子呂政便滅了趙國。鴻門宴楚霸王不肯害沛公，烏江問渡，高皇帝定要逼死項羽。那韓信不聽蒯徹之言，背畔高祖，高祖卻用呂后之謀害韓信。寫不盡今來古往，懊悔殺壯士英雄。按下後事，再整前腔。

靈長自古讓周朝，王氣東還漸漸消。

春秋瓜分十二國，七雄割據逞英豪。

秦家雜種把六國滅，只落得胡亥子嬰没有下梢。

烏江逼刎了盟兄弟，負義劉邦功業高。

當初腰斬白帝子，變了個謙恭王莽篡了朝。

光武中興桓靈敗，錦繡江山姓了曹。

三人結拜桃園義，三顧茅廬不憚勞。

累殺了英雄只爭掙三分鼎，不如那甘受巾幗的曉六韜。

赤壁鏖兵把心使碎，祭風的先生剛把命逃。

木牛流馬排八卦，六出祁山替誰家熬。

你看那周秦兩漢轉眼都成夢幻，曹瞞欺孤滅寡，落了萬世的罵名。司馬懿依樣胡蘆，看他有何結果。

秋風吹落中營星，銅雀春深一望空。

賣履分香還掉鬼，曹瞞死後馬蹄鳴。

你看他如狼似虎惡父子，再一輩行酒驛亭打支應。

那劉聰札住團營洛陽縣，堂堂的主公降了驛丞。

金牛跳了能行馬，玉板登舟化作了龍。

奸心狡計司馬氏，百年何嘗有一日寧。

正是生靈血混長江水，到於今一陣風來草木腥。

話説兩晉風流又變做了六朝金粉，其間五胡雲擾後，起了十六處煙塵。在下錯斷龍掉尾，省變兔穎文。

江南五代起宋家，一擲百萬手狡猾。

龍行虎步生成貴，可怎麼八世爲君都犯著殃煞。

蕭梁事業傳同姓，同泰寺捨身把金錢花。

侯景兵來神不祐，餓死台城睁著眼巴巴。

陳霸先陰謀奪了幼主位，隋楊堅害了外甥起大家。

無人倫的楊廣殺了父，積作的看花揚州把命搭。

這其間六十四處刀兵動，十八國改年建號亂如麻。

何時翻了江河水，淘淨潢池戰血沙。

再説大唐之國，氣象何等冠冕，體統那樣廣大。傳國二十一主，享祚三百餘年。然《春秋》責備賢者，且將他倫常宮闈排説幾句，並捎帶五代過手後，接入大宋、遼、金。

大唐傳國二十輩，李世民血濺宮門兄弟上差。

後宮裏四百宮人放出去，倒把隔巢剌王妃做了渾家。

不識羞的則天戴上沖天帽，沒志氣的中宗還把盆口誇。

洗兒錢接在貴妃手，赤條條的禄山學打個哇哇。

擅殺了留後自稱節度使，藩鎮當權主征伐。

碭山的賊民升了御座，只有那殿下猢猻撾了幾撾。

從此後朱温家爺們滅了人理，爬灰的老賊被兒子砍殺。

沙陀降將又作了皇帝，十三太保亂當家。

石敬瑭倒踏門女婿奪了丈人的碗，堂堂男兒靠著個嬌娃。

李三娘的漢子又作了漢高祖，咬臍郎登極忒軟咂。

郭雀兒兵來撑不住，把一個後漢江山送與他。

最可憐三娘打水受了半生苦，作了太后臨朝還在亂軍裏爬。

郭雀兒天下落在妻侄手，柴世宗販傘螟蛉沒太差。

五朝八姓轉眼過，日光摩盪照天家。

紫雲黑龍護真主，陳橋兵變統中華。

身加黃袍佯打掙，這還是香孩兒郎弄狡猾。

聽信娘親把江山讓，燭影搖紅是甚麼家法。

二支承襲偏興旺，賢臣猛將總堪誇。

那其間生龍活虎遼、金、夏，鐵馬銅槍亂擠插。

雖然出了幾個賢國母，馬角不生睜著眼巴。

三百年的江山倒受了二百年的氣，掉嘴的文章當不得廝殺。

道通天地有形外，男兒金繒費扠扒。

日射晚霞金世界，擔頭折盡江南花。

雄赳赳契丹並阿骨打，中原拉碎亂如麻。

滿朝裏通天講學空拱爪，鐵桶乾坤半邊塌。

從古至今皆如此，説那些古董斯文作甚麼。

十二道金牌害了岳武穆，也是他講和的秦檜不打死蛇。

宋朝裏得江山原沒一統，鐵木真殺戮蠻情手太辣。

可惜了文天祥腳不著地全無用，陸秀夫葬江魚腹鼈磕牙。

這是那宋家崇儒重道三百載，天遣下兩位忠臣來報他。

在下只兩片唇，一張嘴，又把他那六七百年的英君懿主，武將文臣，驚天動地，伯業皇圖，生前的金甲玉印，死後的白骨紅塵，一氣攢來，幾言道破。列位試猜一猜，只有八個字，還是欺軟怕硬，直死歪生。

世事茫茫不可論，北元又起奇渥溫。

斡離河上雄兵擺，大宋凌夷換了乾坤。

窮斷截説到了順弟,優遊不斷任權臣。

反了挑河貧手十七萬,引起了山童妖氛戴上紅巾。

皇覺寺裏生好漢,英烈歸心不讓人。

徐達三軍無對手,闖外排兵常遇春。

沐英、鄧愈、胡大海,十八個豪傑建大勛。

誰想分茅裂土山河淨,血流之災又在本門。

長子早亡孫承重,爲甚麼仗著毒叔謀幼君?

他八十歲回家也該饒命,到於今骨頭渣子没處尋。

方孝孺自作原該自己受,那朋友門生是他甚麼親。

鐵鉉死守濟南府,只掙了一對女兒落在風塵。

這纔是大水衝了龍王廟,狼心的金龍不認得一家人。

有一朝金枝玉葉風吹落,報應在涸轍裏龍子與龍孫。

爲甚麼説到中場便罷手?只怕你鐵石心腸也拭淚痕。

在下不是逞自己多聞,誇自己多見,但讀些古本正傳,曉得些古往今來。你看那漫窪裏十字大路上,放響馬的賊棍騎著馬,兜著弓,撞著那寶貨客商,大叱一聲,那客商就跪在馬前,叫"大王爺饒命",雙手將金銀奉上。那賊棍用弓梢接住,搭在馬上,揚鞭徑去,到了楚棺秦樓,偎紅倚翠,煖酒温茶,何等快活!像俺談策之輩,也算九流中的清品,不去仰人鼻息,就在十字街坊,也敢師生對坐。只是荒村野店,冬月嚴天,冷炕繩床,涼席單被,一似僵卧的袁安,嚼雪的蘇武。

像俺這滿肚裏鼓詞蓋著冰冷的被,倒不如出鞘的鋼刀挑著火燉的茶。

列位老東主,你聽這卻也不是異樣的事?從來熱鬧場中便宜多少鼈羔賊種,幽囚世界埋没無數孝子忠臣。比干、夷齊,誰道他不是清烈忠貞？一個剖腹於地，兩個餓死於山。王莽、曹操，誰説他不是奸徒賊黨？一個竊位十八年，一個傳國三四代。還有甚麼天理！話猶未了，有一位説道："你説差了。請問那忠臣抱痛，六月飛霜；孝婦含冤，三年不雨，難道不是天理昭彰麼？"我説："咳！忠臣抱痛，已是苦了好人。六月飛霜，爲甚麼打壞了天下嫩田苗？孝婦含冤，那裡還有公道。三年不雨，又何故餓死許多百姓？"況於已經害了的忠臣、孝婦何益？曾記的在某鎮上也曾説過這兩句話，有人也道："你説錯了。到底是積善之家，必有餘慶；積不善之家，必有餘殃。"我便説："不然，不然。昔春秋有位孔夫子，難道他不是積善之家？只養了一個伯魚，落了個老而無子。有人説他已成了古今文章祖、歷代帝王師。依我説來，就留著伯魚送老，也礙不著文章祖，也少不了帝王師。再説《三國志》裏曹操，豈不是積善之家？共生了二十五子，大兒做了皇帝，傳國五輩四十六年。又説他萬世罵名。依我説來，當日在華容道上撞著關老爺，提起青龍偃月刀，砍下頭來，豈不痛快？可見半空中的天道，也沒處捉摸；來世裏的因果，也無處對照。你是和誰使性，和誰賭氣者？"

忠臣孝子是冤家，殺人放火的天怕他。

倉鼠偷生得宿飽，耕牛使死把皮剥。

河裏游魚犯了何罪？刮了鮮鱗還嫌刺札。

殺人的古劍成至寶，看家的狗兒活砸殺。

野雞兔子不敢惹禍，剁成肉醬加上蔥花。

殺妻的吳起倒掛了元帥印，可怎麼頂燈的裴瑾多捱了些嘴巴。

玻璃玉盞不中用，倒不如錫蠟壺瓶禁磕打。

打墙板兒翻上下，運去銅鐘聲也差。

管教他來世的鶯鶯醜似鬼，石崇託生沒個板渣。

海外有天、天外有海，你腰裏有幾串銅錢休浪誇。

俺雖没有臨潼關的無價寶，只這三聲鼉鼓走遍天涯。

覽罷閒言歸正傳，試聽俺光頭生公講講大法。

原　跋

無名氏

木皮者，鼓板也，嬉笑怒罵之具也。崇禎末年，先生以明經傳家，爲縣令，遷部郎。鼎革後，高尚不出。行年八十，笑罵不休。自曲阜移家滋陽，閉門著書數十卷。木皮子之嬉笑怒罵，有憤心矣。鄉人多不解。有沛縣閻古古、諸城丁野鶴爲手訂，付其子。蓋閻、丁當時常往來其家云。

按此本向有傳鈔，膾炙人口，而大同小異。外有"太師摯適齊章"平話一篇，已借入《桃花扇》中。蓋木皮先生以前代逸民，憤結於中，隱姓埋名，一鼓一板，遨遊城市衢巷間，信口成文，與屈子《離騷》、腐遷《史記》同一抑鬱，而發爲不平之鳴，使聞者歔欷悲感。有心者各録其稿，故詳略不同。曠視山房竹石主人附識。

（王懿榮輯《天壤閣叢書》本）

【按】統九騷人，即丁愷曾，字萼亭，又字鶴亭。日照東港區郭家湖子村人，雍正元年（1723）拔貢。《山東通志·人物·文苑傳》有傳。著有《説書偶筆》、《韻法本俗》、《圓蓋管窺》、《治河要語》、《西海征》、《海曲一隅史》、《讀書在目》、《煙波釣叟歌直解》、《望奎樓詩文集》等。其七世侄孫、國民黨元老丁惟汾於1935年搜集殘著零編，總纂《望奎樓遺稿》，流傳於世。

二、版本編

小　引

［清］孔尚任

　　傳奇雖小道，凡詩賦、詞曲、四六、小説家，無體不備。至於摹寫鬚眉，點染景物，乃兼畫苑矣。其旨趣實本於《三百篇》，而義則《春秋》，用筆行文，又《左》、《國》、《太史公》也。於以警世易俗，贊聖道而輔王化，最近且切。"今之樂猶古之樂"，豈不信哉！《桃花扇》一劇，皆南朝新事，父老猶有存者。場上歌舞，局外指點，知三百年之基業，隳於何人？敗於何事？消於何年？歇於何地？不獨令觀者感慨涕零，亦可懲創人心，爲末世之一救矣。蓋予未仕時，山居多暇，博採遺聞，入之聲律，一句一字，抉心嘔成。今攜游長安，借讀者雖多，竟無一句一字、著眼看畢之人。每撫胸浩歎，幾欲付之一火。轉思天下大矣、後世遠矣，特識焦桐者，豈無中郎乎！予姑俟之。

康熙己卯三月云亭山人偶筆
（康熙介安堂刊本《桃花扇》）

　　【按】　康熙間介安堂本《桃花扇》，孫殿起《販書偶記》卷二十"南北曲之屬"有著録，具體作"《桃花扇傳奇》二卷，闕里孔尚任撰，康熙間介安堂刊"。[1]1934 年，當時的北平圖書館曾舉行過一次"戲曲音樂展覽會"，於該年的 2 月 18 日開幕。[2]展覽會上展出的與戲

---

[1]　孫殿起録：《販書偶記》，中華書局 1959 年版，第 559 頁。

[2]　劉半農 1934 年 2 月 16 日的日記記載："下午到北平圖書館陳列餘所造之儀器四種，此館所籌備之戲曲音樂展覽會，將於十八日開幕也。"2 月 18 日的日記記載："下午到北平圖書館看戲曲音樂展覽會。"見劉育敦整理《劉半農日記（一九三四年一月至六月）》，《新文學史料》1991 年第 1 期，第 28 頁。

曲、音樂相關的文獻典籍主要包括北平圖書館、孔德圖書館、燕大圖書館等幾家圖書館的館藏書籍,和馬廉(1893—1935)、梅蘭芳、傅惜華、王孝慈、趙斐雲、劉半農、鄭穎孫、杜穎陶、胡適等人私藏的書籍。該館並在開幕當日編印了《國立北平圖書館戲曲音樂展覽會目録》。其中著録有"清康熙介安堂原刊本"《桃花扇傳奇》二卷,共一函四冊,爲馬廉藏書。①馬廉還參與了這次展覽會的籌備事宜。②馬廉逝世後,"不登大雅之堂文庫"的藏書於 1937 年 2 月入藏北京大學圖書館,當時稱爲"馬氏文庫"。馬廉的大量藏書主要有四種來源,分別是書肆購入、故鄉訪求、購自通州王氏和友人饋贈。③但上述"清康熙介安堂原刊本"《桃花扇》的來源不詳。馬廉手稿《不登大雅文庫書目》(北京大學圖書館藏,凡二冊)"第一箱戲曲"著録有"《桃花扇》傳奇,清孔尚任,介安堂家刻本"。

孔尚任《本末》謂:"少司農田綸霞先生來京,每見必握手索覽。予不得已,乃挑燈填詞,以塞其求。凡三易稿而書成,蓋己卯之六月也。"則此篇《小引》作於孔尚任再次動筆修改、最終完成《桃花扇》一劇之初。他在文中簡要敘述了自己對於戲曲的本體和功能的認識、評價,並指出了創作《桃花扇》的宗旨和目的。

---

① 編者不詳:《國立北平圖書館戲曲音樂展覽會目録》,1934 年 2 月 18 日編印,第 42 頁。劉半農 1934 年 2 月 1 日的日記記載:"下午孫子書、鄭穎孫來,即檢餘所藏樂書之精本,及餘年來論樂之作,付子書編目備列入北平圖書館戲曲音樂展覽會。"則孫子書當爲《目録》編者之一。見劉育敦整理《劉半農日記(一九三四年一月至六月)》,《新文學史料》1991 年第 1 期,第 24、25 頁。

② 劉半農 1934 年 1 月 14 日的日記記載:"午,赴擷英馬隅卿、趙萬裏、孫子書之宴,爲北平圖書館擬開戲曲音樂展覽會事也。"同月 22 日的日記記載:"(上午)馬隅卿來商北平圖書館戲曲音樂展覽會事。"分別見劉育敦整理《劉半農日記(一九三四年一月至六月)》,《新文學史料》1991 年第 1 期,第 24、25 頁。

③ 參見梁瑶《馬廉藏書聚散考》,《大學圖書館學報》2010 年第 3 期。

　　孔尚任作爲聖裔，在敘述中論及曾經孔子删定的《詩經》和《春秋》，並徵引孟子的名言，自屬情理之中。不過，他此篇文字中的一些具體話語和内在思想可能還存在其他的來源影響。孔尚任與其族叔孔貞瑄有較密切的交往。孔貞瑄字用六，一字璧六，號歷洲，又號聊園，晚號聊叟。著有《聊園詩略》、《聊園文集》等。孔尚任在罷官歸里後，曾爲孔貞瑄編輯、校訂其詩文，並作序，又爲其《直省縮地歌》作跋。另，孔尚任《長留集》七律卷有《暮春過聊園留贈主翁，是日戲爲鬥花局》詩，作於康熙四十五年（1706）三月。而孔貞瑄《聊園續集》中有《東塘邀賞風折美人梅和韻》、《聊園載入〈闕里名勝志〉（東塘續修）》、《同東塘姪游石門》等詩。孔貞瑄《聊園文集》中收有《一線天演文序》，云：

　　聖夫子删定六經，三代禮樂之遺，盡在東魯。學士家業《易》、《詩》者有之，至《尚書》昌明、《春秋》微隱，從事者蓋寡。《書》之體博大詳核，事擴其實，文踵其舊，無所避忌。云亭山人之《桃花扇》似之，《春秋》則异是。（按，下劃線爲筆者所加。下同）深其文詞矣，用筆曲；廣其義類矣，寄旨遠。衰鉞不形於腕底，褒譏但存於言外，一字爲經，片言成訓。自游、夏之徒不能讚，況晚近淺陋經生、猥矜著作者能妄窺其藩籬乎？乃吾於《一線天》遇之。漫翁之爲是編也，蓋身歷乎窮達順逆之境，目擊乎炎涼喧寂之變。意有所畜，書不忍盡言；事有所觸，言不忍盡意。淡淡白描，而仕途之正奇、官場之好醜，俱躍躍紙上，使人服其忠厚、忘其淋漓。蓋名高而成黨禍，才盛而起詩獄，雅人智士臨文若斯之難且慎也。至其寫閨情，則香艷流於淒婉；狀義俠，則悲壯出以沉雄。是以搏象之全力制鼠，屠龍之剩技調猿，筆挾風雲，思入幻杳。世謂《史記》足繼麟經，何其許腐遷之過也。予謂《一線天》堪追《史記》，庶幾可謂知言乎？<u>大抵吾魯著作淵藪，不獨經學、理學、史學具有源流，即稗官、傳奇、詞曲之小道，亦各有所本，非《四聲猿》、《十種新書》之類悅人耳目、漫要才子浮名者，可同年而並傳之也。</u>①

其中表現了孔貞瑄的戲曲觀。我們從文中可見，他作此文前已經讀到了《桃花扇》，但不一定是康熙三十八年（1699）完成的終稿。孔貞瑄的《聊園詩略續集》收有《題〈一線天〉傳奇四首》，可知《一線天》爲傳奇戲曲。我們比較上引《一線天演文序》中的劃線文字和孔尚任的《小引》，可以發現其中存在相似的語句和觀點。所以，我們雖然目前尚不能考證、確定孔貞瑄爲《一線天》傳奇作序、題詩的具體時間，但孔尚任的《小引》的寫作可能受到了他的《一線天演文序》或者其他言論、思想的影響。

凡　例

[清]孔尚任

一、劇名《桃花扇》，則"桃花扇"譬則珠也，作《桃花扇》之筆，譬則龍也。穿雲入霧，或正或側，而龍睛龍爪，總不離乎珠。觀者當用巨眼。

一、朝政得失、文人聚散，皆確考時地，全無假借。至於兒女鍾情、賓客解嘲，雖稍有點染，亦非烏有子虛之比。

一、排場有起伏轉折，俱獨辟境界。突如而來，倏然而去，令觀者不能預擬其局面。凡局面可擬者，即厭套也。

① 清孔貞瑄：《聊園文集》不分卷，康熙刻本。

一、每出脈絡聯貫，不可更移，不可減少。非如舊劇，東拽西牽，便湊一出。

一、各本填詞，每一長折，例用十曲，短折例用八曲。優人刪繁就減，只歌五六曲，往往去留弗當，辜作者之苦心。今於長折，止填八曲，短折或六或四，不令再刪故也。

一、曲名不取新奇，其套數皆時流諳習者，無煩探討，入口成歌。而詞必新警，不襲人牙後一字。

一、詞曲皆非浪填，凡胸中情不可說、眼前景不能見者，則借詞曲以詠之。又一事再述，前已有說白者，此則以詞曲代之。若應作說白者，但入詞曲，聽者不解，而前後間斷矣。其已有說白者，又奚必重入詞曲哉！

一、制曲必有旨趣，一首成一首之文章，一句成一句之文章。列之案頭，歌之場上，可感可興，令人擊節歎賞，所謂歌而善也。若勉強敷衍，全無意味，則唱者聽者，皆苦事矣。

一、詞曲入宮調、叶平仄，全以詞意明亮爲主。每見南曲艱澀扭捏，令人不解。雖強合絲竹，止可作工尺字譜，何以謂之填詞耶！

一、詞中使用典故，信手拈來，不露餖飣堆砌之痕。化腐爲新，易板爲活；點鬼垛尸，必不取也。

一、說白則抑揚鏗鏘，語句整練；設科打諢，俱有別趣。寧不通俗，不肯傷雅，頗得風人之旨。

一、舊本說白，止作三分；優人登場，自增七分。俗態惡謔，往往點金成鐵，爲文筆之累。今說白詳備，不容再添一字。篇幅稍長者，職是故耳。

一、設科之嬉笑怒罵，如白描人物、鬚眉畢現；引人入勝者，全借乎此。今俱細爲界出，其面目精神，跳躍紙上，勃勃欲生，況加以優孟摹擬乎。

　　一、腳色所以分別君子、小人，亦有時正色不足，借用丑、淨者。潔面、花面，若人之妍媸然，當賞識於牝牡驪黃之外耳。凡正色借用丑、淨者，如柳、蘇、丁、蔡，出場時暫洗去粉墨。

　　一、上下場詩，乃一出之始終條理。倘用舊句、俗句，草草塞責，全出削色矣。時本多尚集唐，亦屬濫套。今俱創爲新詩，起則有端，收則有緒。著往飾歸之義，仿佛可追也。

　　一、全本四十出，其上本首試一出、末閏一出，下本首加一出、末續一出。又全本四十出之始終條理也，有始有卒，氣足神完。且脫去離合悲歡之熟徑，謂之“戲文”，不亦可乎？

云亭山人偶拈

（康熙介安堂刊本《桃花扇》）

【按】此十六條《凡例》是孔尚任創作《桃花扇》的具體綱領和經驗總結。他在其中詳細介紹了自己的藝術構思，涉及有關創作、表演的情節設置、排場安排、填詞、選調、用典、説白、插科打諢、腳色分配、上下場詩、出目結構等多個方面，表現出了清楚、自覺的創作意識，提出了自己明確的觀點、認識（如曲白相生），並具有直接而強烈的現實針對性。其中所提及和反映的明末清初傳奇創作、演唱中的一些問題在當時具有一定的共性和普遍性。如案頭與場上並重。又如洪昇在《長生殿·例言》中提到《長生殿》問世後，伶人因“苦於繁難長難演”，便“妄加節改”，使得“關目都廢”。但全劇長達五十出的篇幅，確實不便於全本搬演。洪昇也建議戲班和伶人在演出時可以選取他的好友吳舒鳧的評改本“教習，勿爲傖誤可耳”。再如所謂上場詩“時本多尚集唐，亦屬濫套”的問題，洪昇的《長生殿》每出的下場詩也是如此。或者説，孔尚任對這一不良創作傾向的批評也包括《長生殿》在內。孔尚任在《凡例》中所提出的觀點、主張已經不限於《桃花扇》創作本身，而是具有較爲普遍的價值意義，頗能給人以啟示，對後來的戲曲創作、理論和批評有著較爲深遠的影響。如清代、民國的許多戏曲作品借鉴和模仿了《凡例》中所指出的《桃花扇》的創作特徵。此种影响的存在，或有传奇杂剧作者的明白自述，或通过文本对照，可以得到清楚、直观的呈现，都彰显了《桃花扇》的艺术魅力。孔尚任的戲曲理論觀點藉由《桃花扇》的鮮活文本得到具體體現和傳達，經過後世曲家的思想接受和指導戲曲創作，發揮了影響。又如楊恩壽的《詞餘叢話·原文》中便未加說明、直接移用了孔尚任《凡例》中的一些語句。

晚清民國間人李新琪（？—1920）作有《金剛石》傳奇，共上、下兩冊，民國元年十一月（1912 年 11 月）初版。卷首有《凡例》、民國元年六月一日（1912 年 6 月 1 日）方道南所作《金剛石傳奇敘》、同日作者所作《金剛石傳奇自敘》。上冊凡二十一出，第一出《提頭》前有試一出《探僧》；下册同爲二十一出，第四十出《贈石》後有第末出《餘墨》。李新琪在卷首列有《凡例》十五則，詳細說明自己的創作構思，將之與《桃花扇·凡例》對比，可知《金剛石傳奇》在許多方面都接受了《桃花扇》的影響，謹錄數則於下：

> 各本填詞，長出例用十曲，短出例用八曲。此書不然。寫盡致時便了，若以成例責備，是維讀者之眼光。

> 是書每以熟語成韻語，最繞風致；引用典故，亦主流利，無生砌古板之病。蓋詞曲貴發揚神氣，非座上說法之老經師也。

> 上下場詩，各本每好集唐，亦一爛套。故創爲新詞，並不從本出腳色口中說出，而以爲此出之收束語，亦屬新格。

> 全本四十出,本首試一出,末閏一出。神氣百足,使讀者
> 無重頭輕腳之念。是從《桃花扇》本。①

兩者也有不同之處,即出發點有異。孔尚任創作《桃花扇》時,崑曲發展尚在鼎盛時期,而且多全本搬演,所以《桃花扇·凡例》所代表的創作構思和安排多是直接針對演唱和觀眾的。當李新琪創作《金剛石》時,崑曲早已衰落,崑曲的演唱也已由全本搬演過渡到折子戲,明清崑曲名家名作的上演基本都爲折子戲。以李新琪的創作才力,《金剛石》又長達四十二出,該劇是絕無可能會被搬上舞臺的。李新琪自己對此有清醒的認識,所以從《金剛石》的凡例中可見他的創作構思都是爲讀者閱讀而考慮的。

《夢中緣》,邯鄲夢醒人撰。作者真實姓名未詳,此劇寫豹惡大王艾葉豹等發動金田起義,所向披靡,直下江南。書生何華與結義兄弟風竹、梅占魁、朱蘭、金錢菊等招集流民散勇與豹惡大王對抗,屢建奇功。起義被鎮壓後,何華僅被授予知縣,在楚十年,備受冷眼;金錢菊戰死,朱蘭遭人陷害、入獄慘死,梅占魁憤而辭官。何華又因開倉賑災而獲罪,辭官歸隱。後與梅占魁、風竹看破紅塵,同至慧圓寺出家。卷首有作者《凡例》,揭示創作構思,中多感慨之言。下列三則,以見大略:

> 朝政得失,英豪聚散,似有所感而言之。篇中模稜仿佛,
> 似有據而實無據,若無據而間或有據。點染烘托,聊當爲義士
> 揚眉吐氣,亦爲義士遇而不遇者作天涯淪落之感。間有微露
> 圭角處,仍不察爲何事也,閱者以烏有子虛例之也可。

---

① 李新琪:《金剛石傳奇·凡例》,轉引自左鵬軍《晚清民國傳奇雜劇文獻與史實研究》,人民文學出版社 2011 年版,第 71 頁。

　　忠孝節義，離合悲歡，傳奇諸家，不能外此。但諸家結局，總以報復榮封爲世俗套。此書辟去故套，雖遭謫罰，終無怨辭，含笑就死。非素知大義者，豈可同日而語哉？

　　填詞北出雜以南出，不爲艱澀扭揶之句，令人不解，總以詞意明亮，顯然易見。間用故典，參以俗語，信手拈來，不露餖飣堆砌之痕。歌之排場，即婦人女子，盈於耳，了於心，當亦有所興感。①

這三則所代表的創作構思都受到了孔尚任《凡例》的影響。

綱　領

［清］孔尚任

左部

正色

侯朝宗生

閑色

陳定生末　吳次尾小生

合色

柳敬亭丑　丁繼之副淨　蔡益所丑

潤色

沈公憲外　張燕筑淨

右部

---

① 轉引自左鵬軍《晚清民國傳奇雜劇文獻與史實研究》，人民文學出版社 2011 年版，第 154—156 頁。

正色

李香君旦

閑色

楊龍友末　李貞麗小旦

合色

蘇崑生淨　卞玉京老旦　藍田叔小生

潤色

寇白門小旦　鄭妥娘丑

部分左右,各四色,共十六人

奇部

中氣

史道鄰外

戾氣

弘光帝小生

餘氣

高傑副淨

煞氣

田雄副淨

偶部

中氣

左崑山小生　黃虎山末

戾氣

馬士英淨　阮大鋮副淨

餘氣

袁臨侯外　黃仲霖末

煞氣

劉良佐淨　劉澤清丑

部分奇偶，各四氣，共十二人

總部

經星

張道士外

緯星

老贊禮副末

總部經緯各一星，前後共三十人。

　　色者，離合之象也。男有其儔，女有其伍，以左右別之，而兩部之錙銖不爽。氣者，興亡之數也。君子爲朋，小人爲黨，以奇偶計之，而兩部之毫髮無差。張道士，方外人也，總結興亡之案；老贊禮，無名氏也，細參離合之場。明如鑒，平如衡，名曰"傳奇"，實"一陰一陽之爲道"矣。

云亭山人偶定

（康熙介安堂刊本《桃花扇》）

　　【按】"一陰一陽之謂道"，語出《周易·繫辭上》，後世學者文人對此命題有不同的解釋。孔尚任在《綱領》的最後引用此句，應該主要注重和強調其中所蘊含的陰陽對立統一、相互作用，既相反又相通、既相分又相合的哲理，以此解釋《綱領》中不同性別人物、不同腳色行當分配、組合部伍嚴整、對稱和諧的緣由。文中的左右、奇偶、經緯、離合、男女、生旦、興亡，君子、小人，朋、黨，都與"陰""陽"對應。而孔尚任在《綱領》中構想、設計的人物、腳色的分配、組合方式又與全劇的結構安排有著直接而緊密的聯繫，分別對應著全劇的情節結構、衝突發展，即老贊禮在試一出《先聲》中所謂

的"借離合之情,寫興亡之感"。①左右部的人物都主要與侯李愛情
悲劇相關,其下又按主次排列;奇偶部的人物都主要與忠奸政治鬥
爭相關,其下又按主次排列。而隸屬於"總部"的張瑤星、老贊禮又
如同經線和緯線,往來、穿插於其間,勾連兩條若即若離的敘事線
索。爲突出強調兩人的作用,孔尚任又別出心裁,特意於四十出正
出之外,在上、下卷的首尾各添加一出。《桃花扇》刻本中的出批對
此也多次進行點明、揭示。如第二十一出《媚座》的一則出批云:
"上本之末皆寫草創爭鬥之狀,下本之首皆寫偷安晏游之情。爭
鬥,則朝宗分其憂;宴游,則香君罹其苦。一生一旦,爲全本綱領,
而南朝之治亂繫焉。"甚至劇中人物的出場順序和是否在場這些細
微之處也體現了孔尚任注重對比、分別主次的獨具匠心的安排。
如第八出《鬧榭》的出批云:"未定情之先,在卞家翠樓;既合歡之
後,在丁家水榭,俱有柳蘇。一有龍友、貞娘,一有定生、次尾,而
卞、丁兩主人,俱不出場。此天然對待法也。""以上八折皆離合之
情。左部八人,未出蔡益所,而其名先標於第一折。右部八人,未
出藍田叔,而其名先標於第二折。總部二人,未出張瑤星,而其名
先標於開場,直至閏折始令出場,爲後本關鈕。後本二十八、二十
九、三十折,三人乃挨次沖場,自述腳色。匠心精細,神工鬼斧矣。"

砌 抹

[清]孔尚任

《先聲》:副末

《聽稗》:生 末 小生 副淨 說書鼓 板 醒木

---

① 具體論述可參見蔡鍾翔《中國古典劇論概要》第五章"人物論",中國人民大學出版
社 1988 年版,第 138—142 頁。

《傳歌》:小旦　末　旦　淨　筆　硯　曲本　歌板

《閑丁》:副淨　丑　副末　外　末　小生　四雜　副淨　祭案　香爐　燭臺

《偵戲》:副淨　丑　四雜　末　拜帖　戲箱　把子　《燕子箋》　曲本　酒壺　酒杯

《訪翠》:生　丑　末　淨　小旦　旦　雜　香扇墜　汗巾　櫻桃　茶壺　茶杯　花瓶　酒壺　酒杯　骰盆

《眠香》:小旦　雜　末　旦　生　副淨　外　淨　小旦　老旦　丑　妝奩　鏡臺　箱籠　銀封　吉服　酒壺　酒杯　筆　硯　詩扇　詩箋　吹彈樂器　紅燈二　銅錢十

《却奩》:雜　末　小旦　生　旦　馬桶　花翠　新衣　詩扇

《鬧榭》:末　小生　雜　生　旦　丑　淨　副淨　衆雜　水榭　燈籠　酒壺　酒杯　燈船三　樂器　筆　硯　箋

《撫兵》:副淨　末　四雜　小生　令箭

《修劄》:丑　生　末　說書鼓　板　筆　硯　書函

《投轅》:淨　副淨　丑　末　六雜　小生　包裹　帽　靴　繩索　鼓　牌示　兵械　書函

《辭院》:末　副淨　丑　外　淨　丑　行裝

《哭主》:副淨　小生　衆雜　丑　外　末　淨　"黃鶴樓"匾　桌席　床枕　鏡鑷　旗仗　鼓吹　說書鼓　板　塘報鞭鈴　素衣　裹布

《阻奸》:生　外　丑　小生　副淨　雜　書函　燭臺　筆　硯　束　燈籠

《迎駕》:淨　副淨　外　丑　縉紳便覽　眼鏡　筆　硯　表章　差吏衣服　箱包　馬鞭

《設朝》:小生　小旦　老旦　外　淨　末　丑　儀仗　袍

笏　表文　本章　諭旨

《拒媒》:末　雜　副淨　外　淨　老旦　小旦　丑　茶杯

《爭位》:生　小生　外　衆雜　副淨　末　丑　淨　儀衛　筆　硯　告示　刀

《和戰》:末　淨　丑　衆雜　副淨　生　旗幟兵仗　大刀　長槍　雙鞭　雙刀　令箭　傳鑼

《移防》:副淨　衆雜　外　雜　生　丑　鼓　令箭

《閒話》:外　小生　丑　副淨　衆雜　白巾　麻衣　包裹　酒杯　菜碟　瓦燈　香爐　香盒　香案　洗盆　旛幢　細樂　乘輿

《孤吟》:副末

《媚座》:淨　外　雜　末　副淨　茶杯　茶盤　桌席二　酒壺　酒杯　客單　賞封

《守樓》:外　小生　末　衆雜　小旦　旦　内閣燈籠二　衣包　銀封　彩轎　詩扇　繡衣　梳抿　包頭　血點扇

《寄扇》:旦　末　淨　血點扇　畫硋　畫筆　桃花扇　手帕　頭繩

《罵筵》:副淨　老旦　副淨　外　淨　小旦　丑　雜　旦　淨　末　外　小生　道巾　道袍　票子　雪畫軸　桌席二　茶酒爐　茶酒壺杯

《選優》:外　淨　小旦　丑　副淨　四雜　小生　“薰風殿”額　對聯　果盒　酒壺　酒杯　十番樂器　宫扇　曲本

《賺將》:生　副淨　淨　丑　四雜　外　末　小生　衆雜　旗仗　印牌　桌席　酒壺　酒杯　菜碗　箸　燈籠　鼓吹　紙爆　刀　繩　火把　弓箭　首級

《逢舟》：淨　丑　三雜　外　小旦　副淨　生　包裹　執鞭　船篙　舊衣　火盆　桃花扇

《題畫》：小生　生　末　雜　畫案　畫筆　硯　色盞　桃花扇　桃源圖

《逮社》：丑　生　淨　末　小生　雜　副淨　衆雜　淨　四雜　招牌寫"金陵蔡益所書坊發兌古今書籍"　"二酉堂"區　書架　鋪櫃　毛帚　時文封面寫"復社文開"　包裹　拜帖　大轎　金扇　執事　黃傘　掌扇　繩鎖

《歸山》：外　副淨　四雜　淨　生　末　小生　丑　刑具　文書封筒　拍木　公案　籤筒　筆　硯盒　書函　報抄　書劄　馬鞭　鎖頭　箬笠　芒鞋　鶴氅　絲條　衣包

《草檄》：淨　副淨　衆雜　四雜　小生　外　末　丑　黃鶴酒家牌　酒旗　鼓板　酒壺　杯　弓矢盔甲　旗幟　文武執事全　"寧南帥府"燈籠二　"總督部院"燈籠二　"監軍察院"燈籠二　提鎖　燭臺　筆　硯　案　本稿　檄稿　包裹　酒杯

《拜壇》：副末　淨　末　外　衆雜　副淨　雜　祭案　香爐　燭臺　帛一　爵三　笏　祭文　燎爐　桌席一　酒壺　酒杯　本章　檄文

《會獄》：生　末　小生　丑　淨　四雜　二雜　手柤　手牌　繩鎖　標子　提燈

《截磯》：淨　末　衆雜　小生　雜　末　外　雜　雙鞭　白旗　白盔　白甲　船二　弩臺　攔江鎖　塘報鞭鈴　辰砂碗　香案　香爐　燭臺　劍

《誓師》：外　丑　四雜　末　淨　副淨　丑　白氈大帽　令箭　提燈　旗幟儀衛　炮　鼓　燭臺

《逃難》：小生　四雜　淨　老旦　小旦　衆雜　副淨　衆雜　末　二雜　小旦　丑　外　淨　小生　旦　淨　宮燈二　馬鞭　車輛　木棍　行囊　擔挑行李　紗帽　須髯　鼓　板　包裹

《劫寶》：末　副淨　雜　小生　丑　雜　淨　丑　衆雜　塘報鞭鈴　馬鞭　雙鐵鞭　巡夜梆鈴　弓箭　包裹　雨傘　劍

《沉江》：外　副末　丑　生　末　小生　柳鞭　包裹　帽　袍　靴　包裹三

《棲真》：淨　旦　老旦　副末　丑　生　副淨　草鞋　草笠　樵斧　擔　繩　繡旛　包裹　"葆真庵"區　藥籃　船篙　桃花扇　"采真觀"區

《入道》：外　丑　小生　副末　三雜　四雜　三雜　淨　副淨　衆雜　老旦　旦　副淨　生　瓢冠　衲衣　拂子　醮壇三　高竿旛　榜　香爐三　花瓶二　燭臺六　酒壺　紙錢錠粿　繡旛　鼓　法衣　仙樂器　執爐二　金道冠　織錦法衣　淨水盞　松枝　"故明思宗烈皇帝神位"　"故明甲申殉難文臣之位"　"故明甲申殉難武臣之位"　九梁冠　鶴補朝衣　金帶　朝鞋　牙笏　酒盞三　華陽巾　鶴氅　芒鞋　拂子　拍木　紙錢　米漿　焰口　長香　金襆頭　朱袍　黃紗帕　幡幢　細樂　金盔甲　紅紗帕　紅旗幟　鼓吹　銀盔甲　黑紗帕　黑旗幟　鼓吹　雷鼓　電鏡　鐵鍊　鋼叉　桃花扇　道冠　道袍　女道冠　道帔

《餘韻》：淨　丑　副末　副淨　柴擔　樵斧　船篙　漁竿　漁籠　弦子　酒壺　酒瓢　紅帽　火具　烟筒　烟囊　綠頭簽　紅圈票

云亭山人漫録

（康熙介安堂刊本《桃花扇》）

【按】 砌末，又作切末，指戲劇舞臺上所使用的道具和佈景。如清翟灝《通俗編》卷十九云：“元雜劇，凡出場所應有持、設、零雜，統謂“‘砌末’。如《東堂老》、《桃花女》以銀子爲砌末，《兩世姻緣》以鏡、畫爲砌末，《灰闌記》以衣服爲砌末，《楊氏勸夫》以狗爲砌末，《度柳翠》以月爲砌末。今都下戲園猶有‘鬧砌末’語。”①李調元《雨村劇話》卷上有引用，但未説明出處。而孔尚任所列全劇《砌末》中又包括每出上場的腳色及其行頭，實際並不合於該詞的本義。明王驥德《曲律》卷三“論部色”第三十七謂：“元雜劇中，名色不同，末則有正末、副末、沖末（即副末）、砌末、小末，旦則有正旦、副旦、貼旦（即副旦）、茶旦、外旦、小旦、旦兒（即小旦）、卜旦——亦曰卜兒（即老旦）。”②稱“砌末”爲腳色，僅見於此，而且王驥德所謂的“砌末”只是衆多戲曲腳色之一種。

孔尚任在《砌末》中詳細羅列《桃花扇》演唱中每出所需的全部道具、行頭，表明他具有自覺、明確的場上意識，重視戲曲的舞台搬演及其對於劇作傳播、接受的意義。《砌末》既是對戲班、伶人演唱《桃花扇》所需道具、行頭的規定，又便於他們的排演。因爲資料記載的缺失，我們今日對於《桃花扇》在清代戲曲舞臺上的具體演出情況瞭解甚少，不知是否很好地執行了《砌末》的規定。《本末》記載，李霨的孫子在其家祖宅寄園演出《桃花扇》，“凡砌抹諸物，莫不應手裕如。”清宮鴻歷《觀〈桃花扇〉傳奇六絶句次商邱公原韻》組詩（見後文）第四首“美人名士盡羈孤，壯悔堂空足歎籲。商略此身歸著地，却除害馬入虛無”後有自注云：“傳奇末，諸公皆作道裝。”徐珂《清稗類鈔》“戲劇”類記載乾隆年間淮商夏某家曾演出全本《桃花扇》，包括“行

---

① 清翟灝編：《通俗編》卷十九，乾隆十六年翟氏無不宜齋刊本。
② 明王驥德著、陳多、葉長海注釋：《曲律注釋》卷三“論部色”第三十七，上海古籍出版社2012年版，第226頁。

頭"、"切末"在內,共花費十六萬金,在當時的崑曲劇目演出中"最耗財力"。因爲"崑曲尚切末"。徐珂不禁感歎"可謂侈矣"。夏某家演出《桃花扇》因爲有充足財力的保障和投入,在砌末、行頭的設計、使用上應該是符合《砌末》的規定的,甚至於有過之而無不及。

考 據

[清]孔尚任

無名氏《樵史》二十四段

甲申年四月十三日議立福王 四月二十九日迎駕 五月初一日謁孝陵設朝卜相 五月初十日福王監國拜將 五月閣部史可法開府揚州 六月黃得功、劉良佐發兵奪揚州 六月高傑叛渡江 六月高傑調防開洛 乙酉年正月初七日阮大鍼搜舊院妓女入宮 正月初十日高傑被殺 二月賜阮大鍼蟒玉防江 三月捕社黨 三月十九日設壇祭崇禎帝 三月二十五日訊王之明 三月二十七日訊童氏 三月督撫袁繼咸、寧南侯左良玉疏請保全太子 三月殺周鑣、雷縯祚 四月左良玉發檄興兵清君側 四月調黃得功堵截左兵 四月禮書錢謙益請選淑女 四月二十三日大兵渡淮 四月二十四日史可法誓師 四月二十六日弘光帝欲遷都 五月初七日楊文驄升蘇松巡撫 五月初十日弘光帝夜出南京

董閬石《蓴鄉贅筆》七條

周延儒初相、受阮大鍼賂 福王即位、江左稱號 大兵南下 弘光採選 獻縣人高夢箕密奏太子王之明 河南巡撫越其傑驛送婦人童氏 將軍方國安用阮大鍼

陸麗京《冥報録》一條

　　阮大鋮殛死閩嶺

陳寶崖《曠園雜志》一條

　　甲申三月順天府僞官李某葬崇禎帝

余澹心《板橋雜記》十六條

　　長板橋　秦淮燈船　舊院對貢院　舊院鄭女英字妥娘
董白死、梅村哭詩　卞賽爲女道士　貴陽楊龍友　李香　寇
湄字白門　曲中狎客　中山公子徐青君　丁繼之　柳敬亭
沈公憲　李貞麗　沈石田《盒子會歌》

尤展成《明史樂府注》四條

　　寧南恨　思陵痛　吳橋行　福王一

張瑤星《白雲述》

王世德《崇禎遺録》

侯朝宗《壯悔堂集》十五篇

　　《李姬傳》、《寧南侯傳》、《爲司徒公與寧南侯書》、《癸未去
金陵與阮光禄書》、《答田中丞書》、《贈陳郎序》、《書周仲馭集
後》、《祭吳次尾文》、《金陵題畫扇》、《寄寧南侯》、《寄寧南小侯夢
庚》、《燕子磯送吳次尾》、《秦淮春興》、《哀史閣部》、《哀吳次尾》

賈靜子《四憶堂詩注》十二條

　　《九日雨花台》、《別賀都督》、《贈張尚書》、《甲申聞新參相
公口號》、《甲申渡京口》、《燕子磯送吳次尾》、《海陵署中》、《我
昔詩》、《寄揚州賀都督》、《寄寧南侯》、《哀史閣部》、《哀吳次尾》

賈靜子《侯公子傳》

錢牧齋《有學集》十一首

　　《題丁家河房亭子》、《題金陵丁老畫像》、《壽丁繼之七

十》、《題楊龍友畫册》、《贈張燕筑》、《左寧南畫像爲柳敬亭題》、《留題丁家水閣絶句》、《贈侯商邱》、《金陵雜題絶句》、《丁老行送繼之》、《爲柳敬亭募葬引》

吳駿公《梅村集》七首

《聽女道士卞玉京彈琴歌》、《贈陽羨陳定生》、《贈寇白門》、《楚兩生行並序》、《冒辟疆壽序》、《柳敬亭傳》、《柳敬亭像贊》

吳梅村《綏寇紀略》

楊龍友《洵美堂集》

冒辟疆《同人集》二篇

《得全堂夜讌記》、《得全堂夜讌後記》

沈眉生《姑山草堂集》四篇

《劾楊武陵疏》、《書陳定生遺像》、《楊維斗稿序》、《答劉伯宗書》

陳其年《湖海樓集》三篇

《冒辟疆壽序》、《左寧南與柳敬亭說劍圖序》、《哭侯朝宗》

龔孝升《定山堂集》二十一首

《張瑤星招集松風閣》、《沈眉生姑山草堂歌》、《贈方密之序》、《懷方密之詩六首》、《壽張燕筑》、《題丁繼之秦淮水閣》、《清河道上丁繼之送別即席口號》、《口號四絶贈阮懷寧歌者朱音仙》、《贈柳曳敬亭同諸子限韻》、《九日邀諸君聽張燕筑、丁繼之度曲》、《爲趙友沂題楊龍友畫册》、《賀新郎詞贈柳曳敬亭》、《沁園春詞贈柳曳敬亭》

石巢傳奇二種

《十錯認（春燈謎）》、《燕子箋》

云亭山人漫撽

（康熙介安堂刊本《桃花扇》）

【按】 孔尚任的《小忽雷》和《桃花扇》均爲歷史題材的傳奇作品。雖然可能因爲據史改編相對容易些,但此種共性還是可以見出他的興趣所在。《小忽雷》第四十出《平章薦士》中的【尾聲】曲云:"傳奇家强半是憑空造,只此事班班可考。"①梁啟超也在他的《桃花扇注》卷首的《著者略歷及其他著作》中指出:"云亭作曲,不喜取材於小説,專好把歷史上實人實事加以點染、穿插,令人解頤。這是他一家的作風,特長的技術。"②不過,孔尚任作劇不是用來"令人解頤"的。如他在創作《桃花扇》時追求"以曲爲史",一方面强調劇中的"朝政得失、文人聚散,皆確考時地,全無假借",另一方面則强調劇作類似史書的"教化"、鑒戒功能。

孔尚任以嚴肅的創作態度、自覺的撰史意識來創作戲曲作品,盡力追求劇作能夠反映歷史真實。明清易代、弘光興亡距離他的時代並不遥遠,這就給他搜集素材、進行創作帶來了兩方面的影響:留存下來的有關史料很多,個別劇中人物(如張瑶星)、與劇中人物有交往的一些復社文人、遺民隱逸尚有在世者,但同時也必須要做一番去僞存真、去蕪存菁、考辨整合的工作。所以,孔尚任在創作過程中對於採擇、考辨史料前後做了不少工作,惟恐"聞見未廣,有乖信史"(《本末》)。如《小引》中所謂的"博採遺聞",《本末》中所謂的"證以諸家稗記"。"博採"、考辨的内容包括"朝政得失、文人聚散""兒女鍾情、賓客解嘲"中具體的"人""事""年""地",以探求明何以亡,即《小引》中所謂的"場上歌舞,局外指點,知三百年之基業,隳於何人? 敗於何事? 消於何年? 歇於何地?"《凡例》第

① 清孔尚任、顧彩著,王毅校注:《小忽雷》第四十出,中州古籍出版社1986年版,第224頁。
② 梁啟超:《著者略歷及其他著作》,《桃花扇注》,中華書局1936年版,上册,第7頁。

二則亦云："朝政得失、文人聚散，皆確考時地，全無假借"。故劇作每出出目下標明該出劇情發生的具體年月。《考據》所列反映了孔尚任在《桃花扇》創作過程中採擇、選用的史料的大致來源和範圍，其中多數是歷史筆記和有關人物的詩文別集等紀事確實可信的著作。但不能因此認爲《桃花扇》中敘寫的歷史事件、人物言行都是合乎史實、没有虛構的。孔尚任自己便在《凡例》中指出有關"兒女鍾情、賓客解嘲"的劇情中是"稍有點染"的。

因爲《桃花扇》所反映的孔尚任"以曲爲史"的創作追求和傾向，清代批評者也多以"曲史"觀來觀照和評價《桃花扇》。多數論者認爲該劇記述和反映了真實歷史，但也有少數論者如梁廷楠、楊恩壽等指出和批評了劇情中與史實不符之處。吳梅在《中國戲曲概論》中認爲："觀其自述《本末》及曆記《考據》各條，語語可作信史。"①這是有些言過其實的。甚至《考據》文字本身也是存在錯誤的。如前所述，"陳寶崖《曠園雜志》一條"中的"陳寶崖"，應作"吳寶崖"，即吳陳琰，字寶崖。"賈靜子《四憶堂詩注》十二條"中的"《甲申渡京口》"是侯方域《禹鑄九鼎歌》詩題後的自注，並非詩題，而且還是截取了自注的部分文字，使人不知所云。

本　末

[清]孔尚任

族兄方訓公，崇禎末爲南部曹。予舅翁秦光儀先生，其姻婭

---

① 吳梅：《中國戲曲概論》卷下"三　清人傳奇"，郭英德編《吳梅詞曲論著四種》，商務印書館 2010 年版，第 310 頁。

也。避亂依之，羈留三載，得弘光遺事甚悉，旋里後數數爲予言之。證以諸家稗記，無弗同者，蓋實録也。獨香姬面血濺扇，楊龍友以畫筆點之，此則龍友小史言於方訓公者。雖不見諸別籍，其事則新奇可傳。《桃花扇》一劇，感此而作也。南朝興亡，遂繫之桃花扇底。

予未仕時，每擬作此傳奇，恐聞見未廣，有乖信史；瘖歌之餘，僅畫其輪廓，實未飾其藻采也。然獨好誇於密友曰："吾有《桃花扇》傳奇，尚秘之枕中。"及索米長安，與僚輩飲讌，亦往往及之。又十餘年，興已闌矣。少司農田綸霞先生來京，每見必握手索覽。予不得已，乃挑燈填詞，以塞其求。凡三易稿而書成，蓋己卯之六月也。

前有《小忽雷》傳奇一種，皆顧子天石代予填詞。予雖稍諳宮調，恐不諧於歌者之口。及作《桃花扇》時，天石已出都矣。適吳人王壽熙者，丁繼之友也，赴紅蘭主人招，留滯京邸，朝夕過從，示予以曲本套數時優熟解者，遂依譜填之。每一曲成，必按節而歌，稍有拗字，即爲改制，故通本無聱牙之病。

《桃花扇》本成，王公薦紳莫不借鈔，時有紙貴之譽。己卯秋夕，內侍索《桃花扇》本甚急。予之繕本莫知流傳何所，乃於張平州中丞家覓得一本，午夜進之直邸，遂入內府。

己卯除夜，李木庵總憲遣使送歲金，即索《桃花扇》爲圍爐下酒之物。開歲燈節，已買優扮演矣。其班名"金斗"，出之李相國湘北先生宅，名噪時流，唱《題畫》一折，尤得神解也。

庚辰四月，予已解組，木庵先生招觀《桃花扇》。一時翰部臺垣，群公咸集，讓予獨居上座，命諸伶更番進觴，邀予品題。座客嘖嘖指顧，頗有凌雲之氣。

　　長安之演《桃花扇》者，歲無虛日，獨寄園一席，最爲繁盛。名公鉅卿、墨客騷人，駢集者座不容膝。張施則錦天繡地，爐列則珠海珍山。選優兩部，秀者以充正色，蠢者以供雜腳。凡砌抹諸物，莫不應手裕如。優人感其厚賜，亦極力描寫，聲情俱妙。蓋園主人乃高陽相公之文孫，詩酒風流，今時王謝也。故不惜物力，爲此豪舉。然笙歌靡麗之中，或有掩袂獨坐者，則故臣遺老也，燈炧酒闌，唏噓而散。

　　楚地之容美，在萬山中，阻絕人境，即古桃源也。其洞主田舜年，頗嗜詩書。予友顧天石有劉子驥之願，竟入洞訪之，盤桓數月，甚被崇禮。每宴必命家姬奏《桃花扇》，亦復旖旎可賞。蓋不知何人傳入，或有雞林之賈耶？

　　歲丙戌，予驅車恒山，遇舊寅長劉雨峰，爲郡太守。時群僚高讌，留予居賓座，觀演《桃花扇》，凡兩日，纏綿盡致。僚友知出予手也，爭以杯酒爲壽。予意有未愜者，呼其部頭，即席指點焉。

　　顧子天石讀予《桃花扇》，引而申之，改爲《南桃花扇》，令生旦當場團圞，以快觀者之目。其詞華精警，追步臨川。雖補予之不逮，未免形予傖父，予敢不避席乎。

　　讀《桃花扇》者，有題辭，有跋語，今已錄於前後。又有批評，有詩歌，其每折之句批在頂，出批在尾，忖度予心，百不失一，皆借讀者信筆書之，縱橫滿紙，已不記出自誰手。今皆存之，以重知己之愛。至於投詩贈歌，充盈篋笥，美且不勝收矣，俟錄專集。

　　《桃花扇》鈔本久而漫滅，幾不可識。津門佟蔗村者，詩人也，與粵東屈翁山善。翁山之遺孤，育於其家。佟爲謀婚產，無異己子，世多義之。薄游東魯，過予舍，索鈔本讀之。才數行，擊節叫絕，傾囊橐五十金，付之梓人。計其竣工也，尚難於百里之半，災梨真非易事也。

云亭山人漫述

（康熙介安堂刊本《桃花扇》）

【按】 孔尚任在《本末》中依次介紹了《桃花扇》創作、完成的過程，問世後的傳播、接受及刊刻情況，具體詳實，娓娓道來，是我們藉以了解相關事實情況的珍貴而可信的敘述文字。以下對其中的一些人事進行説明。

"族兄方訓公"和秦光儀

"族兄方訓公"即孔尚則，生平可見袁世碩先生《孔尚任年譜》所附"孔尚任交游考"中的第一篇。《本末》中所提及的秦光儀與"桃花扇"故事的流傳和該劇的創作過程有著密切的關係，但秦光儀並非袁世碩先生所認爲的是孔尚任的岳父。通過分析孔尚任的兩篇佚文《創修秦氏家祠記》和《〈止園集〉序》，並結合相關的方志文獻，我們可以確定山東鄒城人秦生鏡是孔尚任的岳父。他官至戶部員外郎，父子三人同孔尚任都有密切的聯繫，秦、孔兩大家族間也存在密切的姻親關係。

孔尚任在《本末》開篇敘述該劇的創作緣起時説："族兄方訓公，崇禎末爲南部曹。予舅翁秦光儀先生，其姻婭也。避亂依之，羈留三載，得弘光遺事甚悉，旋里後數數爲予言之。"其中包括"香姬面血濺扇，楊龍友以畫筆點之"的"新奇可傳"之事，"《桃花扇》一劇感此而作也"。可見秦光儀與"桃花扇"故事的流傳和《桃花扇》的創作過程有密切關係。"方訓公"即孔尚則，生平事跡見《闕里文獻考》卷九十和《闕里新志》卷三十。孔尚任稱之爲"舅翁"的秦光儀卻名不見經傳，生平事跡無可考。孔尚任《湖海集》卷十一和卷十二各收載有一封答秦孟岷的書札，其中後一封中也提到"舅翁"。
袁世碩先生在《孔尚任交游考》中認爲秦光儀是孔尚任的"岳丈"，
孔尚任致秦孟岷的書札中所提到的"舅翁"也指的是秦光儀，而秦
孟岷則是孔尚任的内兄①。但綜合考察多種文獻，可以確定孔尚
任的岳父並非秦光儀，而是另有其人，即山東鄒縣人秦生鏡，秦孟
岷也非孔尚任的内兄。

　　孔尚任後人家藏有康熙三十六年(1697)七月十九日康熙帝的
兩件敕命，其中一件封贈孔尚任爲承德郎，孔尚任妻秦氏爲安人。
可見其岳父姓秦無疑。2015 年新發現於山東省鄒城市太平鎮秦
河村秦氏祠堂内的數塊碑刻上有孔尚任佚文一篇，題爲《創修秦氏
家祠記》，文末署"時大清康熙二十七年三月既望，欽差監督下河官
前聖駕幸闕里召充經筵講臣陪侍宸游奏對稱旨特用國子監博士至
聖六十四代孫愚孫婿孔尚任熏沐拜撰"，也可證孔尚任爲秦氏之
婿。碑文由秦氏七世孫秦嘉梖書寫，由秦氏五世孫秦生銀暨闔族
人等立於雍正十二年甲寅四月谷旦。

　　清代山東鄒縣人秦濟(1652—1735)的《止園集》卷首有孔尚任
所作序文一篇，撰於康熙五十一年(1711)辛卯長至日。全文如下：

　　　余舅水心先生筮仕蜀吴，著有《蜀吴游草》，蒼潤奇秀，能
　　肖其山川風土。余弱冠得卒讀，奉爲指南。惜余從事帖括，未
　　能三復請益。及余被徵出山，先生亦再起刺定武，風塵鞅掌，
　　更失從游之願。兩内弟公楑、公霖隨侍琴鶴，親聆風旨，各有
　　著作，成一家言。曾寄余京邸，余驚見二陸，舌矯目眩，不敢稍
　　有優劣也。今公楑補領狄道，行李已載矣，乃出全稿見示。其

①　袁世碩：《孔尚任年譜》，齊魯書社 1987 年版，第 220 頁。

體裁不一，而皆取其精而至者：如古體，則似《十九首》；選體，則似鮑、謝、徐、庾；唐人，則似錢、劉，駸駸而入李、杜之堂；宋人，則似蘇、陸；元以後及明之北地、信陽、歷下、太倉，則不屑屑爲矣。近人多趨新城，竊其粉澤，以相服媚，而公楫猶厭薄之。故其詩淡而腴、麗而清，琴筑之音，若有山水雜而和之，使人傾眉移情，不能定其何響。所謂自成一家言，而在天下附和品騭之外者也。余每握手與之論詩，公楫但俯而笑。余卑之不敢高論，恐失言也。孰知其暗修精進，已得此中三昧。今驅車出三秦，邊塵獵騎，白草黃羊，唐人所詠歎塞外風物，無不歷歷目睹，觸發雄思，仗劍長吟，其晚年諸作必更進而大變，當非余鈍筆之所序已。①

孔尚任在文中稱秦濟及其弟秦渥爲"內弟"，稱秦濟之父秦生鏡爲"余舅"。秦濟也稱孔尚任爲"姊丈"，其《止園集》卷二有詩題《和孔東塘姊丈花朝過東溪留飲話舊之作》，卷三有詩題《己卯初秋岸堂聽雨與東塘姊丈夜話》。與孔尚任的《創修秦氏家祠記》同時發現的還有封贈秦生鏡父母、秦生鏡夫婦和秦濟夫婦的敕書碑刻各一件。而前文所提及的秦嘉榧是秦濟之子。由此可見，秦生鏡爲孔尚任的岳父無疑。

以下據多種文獻，對秦生鏡父子的家世、生平進行簡要的考察、勾稽。

孔尚任在《創修秦氏家祠記》中說："秦姓乃先賢秦非之後，世爲魯大族，分居滕邑。"②而齊召南在爲秦濟《止園集》所作序文中

---

① 清孔尚任：《止園集序》，秦濟《止園集》，乾隆十六年刻本，卷首。
② 張現濤：《鄒城市太平鎮秦河村發現清代聖旨碑刻，著名戲劇家孔尚任原是該村秦生鏡女婿》，http://blog.sina.com.cn/s/blog_48b473f30102vnkw.html，2015-06-10。

說秦濟"以孔門高弟子丕子之遠胄,生長於鄒"①。子丕子,即秦商。秦非與秦商均爲孔子弟子,均爲魯國人(鄭玄謂秦商爲楚人),後世均配祀孔廟,秦商列東廡第十二位,秦非列西廡第三十一位。孔尚任撰有《儒門聖賢像贊》三則,其中爲秦冉所作的贊詞謂:"聖賢七人,賢有四秦。商祖同開,冉非比倫。前後裨美,附驥亦奔。果達與共,引爲同人。"②"四秦"即指秦商、秦祖、秦冉和秦非,皆孔子弟子。但無論秦氏遠祖爲秦非或秦商,因時代相隔已十分久遠,其與鄒城秦氏之關係已不可考。孔尚任和齊召南所言,或爲附會之詞。

秦氏作爲魯國大族,原居滕縣,自明成化年間,族中有"自然公"者始遷居鄒縣。孔尚任《創修秦氏家祠記》稱自然公"以稼穡開家,艱難締造。不及百年,而子孫繁衍,丁衆滿千,詩書彬雅,皆成名薦紳,列名博士弟子員者半於膠庠。"秦生鏡爲自然公五世孫。

秦生鏡的祖父名東安,曾任清苑縣尉;父名執中,生鏡爲其季子。《鄒縣志》卷二"選舉志"載秦執中"字湛源,嗜古博學,由捐貢授博興縣訓導,升直隸無極縣教諭。以子生鏡貴,誥贈奉直大夫。"③清牛運震《空山堂文集》卷七所收的《武城縣教諭秦公、孺人孔氏合葬墓志銘》爲秦生鏡次子秦渥而作,其中稱秦執中曾"以明經爲鹽運司教授"④。而在秦氏祠堂內發現的敕命碑文則載順治十八年四月初九日封贈秦執中爲承德郎,秦生鏡母郝氏爲太安人。

① 清齊召南:《止園集序》,秦濟《止園集》,乾隆十六年刻本,卷首。
② 清孔尚任:《儒門聖賢像贊》,徐振貴主編《孔尚任全集輯校注評》第四冊,齊魯書社2004年版,第2571頁。
③ 清婁一均修、周翼等纂:《鄒縣志》卷二,康熙五十四年刊本。
④ 清牛運震:《武城縣教諭秦公、孺人孔氏合葬墓志銘》,牛運震《空山堂文集》,嘉慶刻空山堂全集九種本,卷七。

秦生鏡時任四川順慶府通判。

秦生鏡字水心，人稱水心先生。生年不詳，柯愈春《清人詩文集總目提要》列於卷八“生於天啟六年至崇禎三年（1626—1630）”。①據秦濟《止園集》卷三《燕臺雜詠》第二十七首注，秦生鏡於康熙二十八年（1689）己巳十月卒於京師天寧寺。《鄒縣志》謂其“資性英敏，詩文過目成誦。早歲餼食，從父宦游，綽有才名”。②秦生鏡曾任四川順慶府通判、江南蘇州府同知、直隸真定府定州知州，授奉直大夫。《鄒縣志》對其宦跡記載較詳，但年份多錯亂，不可據。如前所述，順治十八年，其父母受封贈時，秦生鏡任四川順慶府通判。《蘇州府志》卷五十五“職官四”載秦生鏡自康熙三年閏六月任總捕同知，康熙六年十月鄭爔繼任該職③。而秦氏祠堂内所發現的碑刻顯示秦生鏡於康熙十年三月將順治十八年封贈其父母的敕書刻石立碑，他時任江南蘇州府同知。所以，他任蘇州府同知的具體時間有待進一步考證。康熙二十三年九月二十四日，康熙敕書封贈秦生鏡及其妻孔氏，他時任直隸真定府定州知州。孔尚任也在《止園集》的序文中說：“及余被徵出山，先生亦再起剌定武，風塵鞅掌，更失從游之願。”“被徵出山”，當指孔尚任於康熙二十一年應衍聖公孔毓圻之請，結束石門山隱居生活，出而治其夫人張氏喪，繼而修譜、製樂，又在康熙二十三年康熙帝駕幸曲阜祭孔時，因御前講經稱旨被授國子監博士。孔尚任後撰有《出山異數記》紀其事。齊召南爲《止園集》所作序稱《止園詩集》卷一《中山

① 柯愈春：《清人詩文集總目提要》上册，北京古籍出版社2001年版，第211頁。
② 清婁一均修，周翼等纂：《鄒縣志》卷二，康熙五十四年刊本。
③ 清李銘皖等修，馮桂芬等纂：《蘇州府志》卷五十五，光緒九年刊本。

稿》爲秦濟"弱冠從父宦定州時著也。"①而《中山稿》所收詩第四題爲《甲子秋杪自都門返中山雨中有感》,甲子即康熙二十三年(1684)。牛運震《武城縣教諭秦公、孺人孔氏合葬墓志銘》謂:"康熙中,朝廷盡平三藩地,天下山川扼塞、户口圖籍皆在户部,詔纂《通志》,以訓一統,徵天下文學掌故及工書法者充館員,公(按指秦渥)以舊家子弟工書文與焉。當是時,水部公(按指秦生鑑)改知定州,公以貲貢從任也。"《通志》可能指《大清會典》,康熙二十三年始修,二十九年四月修成。所以,秦生鑑改任定州知州當在康熙二十三年。《畿輔通志》卷二十五"城池"載定州州城自萬曆四十七年知州沈庭英補修,"歲久傾圮";康熙二十五年,時任知州的秦生鑑捐出自己的官俸,率領士紳人等"復加修葺"。②

《鄒縣志》稱秦生鑑"生平孝友、信義,工詩文詞賦,善書法"。秦濟在《追次先君九日登高元韻》詩的小序中也記載:"先君昔自姑蘇解組,高卧林泉。適值重九,偕賓朋昆仲輩登嶧賞玩,爲汗漫游。或臨風把酒,或限韻賦詩,一時賢豪爭相酬和,笑詠連日。先君又善行草,興至濡墨揮毫,烟雲滿壁,道旁觀者咸嘖嘖稱道。"③《鄒縣志》稱秦生鑑著有《蜀道》《吳門》《西江》《中山》諸集。孔尚任也在爲《止園集》所作序中稱秦生鑑"筮仕蜀吳,著有《蜀吳游草》,蒼潤奇秀,能肖其山川風土"。今揚州市圖書館藏有秦生鑑《冰玉堂集》,刻於康熙二十八年,不分卷,當爲其平生詩文之結集。卷首有尤侗、宋實穎和計東所作序文。

秦生鑑有妻孔氏,繼妻吕氏,康熙二十三年九月分别獲封宜人

---

① 清齊召南:《止園集序》,秦濟《止園集》,乾隆十六年刻本,卷首。
② 清李衛等監修:《畿輔通志》卷二十五,雍正十三年刻本。
③ 清秦濟:《追次先君九日登高元韻》,《止園集》卷六,乾隆十六年刻本。

和孺人。

秦生鏡長子秦濟,字公楫,號忍庵,人稱止園先生。貢生,歷任江南常州府靖江縣知縣、陝西臨洮府狄道縣知縣。撰有《止園集》,包括詩六卷、附詞一卷,現存乾隆十六年刻本,孔尚任曾參與校訂。其生平詳見牛運震《空山堂文集》卷七《文林郎陝西臨洮府狄道縣知縣鄒邑秦公墓志銘》。

秦生鏡次子秦渥(約 1654—1717)字宮霖,號枕溪。貢生,曾任山東武城縣教諭。生平詳見牛運震《武城縣教諭秦公、孺人孔氏合葬墓志銘》。其中稱秦渥妻孔氏爲"故大姚令孔公女。孔公,儒家,孺人盡得其父學。公自室孺人,文業日進,遂以是歲擢諸生高第。""大姚令"即孔貞瑄,字用六,一字璧六,號歷洲,又號聊園,晚號聊叟,山東曲阜人。孔氏六十三代孫。順治十七年舉人,十八年中會試副榜,歷官泰安教諭、濟南府教授、雲南大姚知縣等職。究心經史,精樂律、算學,能詩文。撰有《聊園詩略》、《聊園文集》等。孔貞瑄爲孔尚任族叔。孔尚任在罷官歸里後,曾爲孔貞瑄編輯、校訂其詩文,並作序,又爲其《直省縮地歌》作跋。另,孔尚任《長留集》七律卷有《暮春過聊園留贈主翁,是日戲爲鬥花局》詩,作於康熙四十五年(1706)三月。而孔貞瑄《聊園續集》中有《東塘邀賞風折美人梅和韻》《聊園載入〈闕里名勝志〉(東塘續修)》《同東塘侄游石門》。秦生鏡孔氏也有可能爲孔子之後裔、曲阜孔氏女。可見秦、孔兩家之間有著密切的姻親關係。

由以上所述,可以推斷秦生鏡與秦光儀非同一人,秦光儀非孔尚任之岳父,秦孟岷也非孔尚任之内兄。

第一,秦生鏡爲孔尚任之岳父無疑,而目前所見記載秦生鏡生平事跡的文獻都未提及"光儀"二字。

　　第二，據孔尚任《湖海集》卷十二所收《答秦孟岷》，康熙二十七年春，其"舅翁"希望來河工辦事，繼續充任小吏，但因治河使臣與地方督撫意見不合，人事紛擾，治河一直沒有進展，孔尚任自己都進退不決，愁悶不已，所以表示："先用何以收趨事之員，四分何以招子來之衆？""弟之行止且未卜，又何能爲舅翁藉一籌也"。[①]假若其中所說的"舅翁"即孔尚任的岳丈，以秦生鏡曾任定州知州、官至戶部員外郎，又怎會在去世前一年請託自己的女婿，希望擔任一治河小吏呢？

　　第三，秦生鏡有三子，長秦濟，次秦渥，孔尚任在爲《止園集》所作序中稱兩人爲"内弟"，可見兩人年歲均小於孔尚任。而他在兩封《答秦孟岷》的書札中都稱秦孟岷爲"長兄""兄"，自稱"弟"。同輩朋友之間或可不分年齡長幼而互相稱兄道弟，但自己與自己妻子的兄弟之間的稱謂却不能錯亂。此外，有關秦濟兄弟生平事跡的文獻中也均未見"孟岷"二字。

　　陳萬鼐在《清孔東塘尚任先生年譜》中據《桃花扇·本末》和《答秦孟岷》，稱秦孟岷爲孔尚任的表兄，孔尚任母姓秦，是將"舅翁"理解爲舅舅[②]。但孔尚任後人家藏的敕命已明確記載孔尚任父孔貞璠有兩位妻子，李氏和吕氏，而吕氏爲孔尚任之生母。所以《桃花扇·本末》和《答秦孟岷》中的"舅翁"如何理解，秦光儀和秦孟岷與孔尚任究竟爲何關係，還有待進一步的考證。

　　此外，秦濟的《止園集》中的詩文還可以幫助我們更多了解孔尚任的生平。如康熙四十四年（1705）二月，康熙第五次南巡，巡察

---

① 　清孔尚任：《答秦孟岷》，徐振貴主編：《孔尚任全集輯校注評》第二册，齊魯書社2004 年版，第 1222 頁。
② 　陳萬鼐：《清孔東塘先生尚任年譜》，台灣商務印書館 1980 年版，第 6 頁。

黄河海口及沿途運河堤防。孔尚任也於本月内赴濟寧州。袁世碩推測孔尚任此行"爲隨衍聖公孔毓圻迎駕,冀有賜環重召之遇",但無確鑿證據①。而秦濟《止園集》卷二有《和孔東塘暮春濟水恭迎聖駕作》,可以證實上述推測。

王壽熙

孔傳鐸《申椒二集》中有《送王壽熙北上》(又載於孔傳鐸《繪心集》卷上):

> 曼倩詼諧意,微君孰與同。話長忘月出,坐久覺心融。
>
> 曲調高誰知,丹青近益工。斯游必有遇,矯首望雲鴻。

孔傳鋕(1678—1731)《補閑集》(有康熙刻本)卷上有《送王壽熙》詩,云:

> 晰理談元逞滑稽,興來忘卻鬢如絲。知君宿世爲詞客,豈但前身是畫師。
>
> 且向魯門聽舊雨,休從京輦覓新知。人生底事堪惆悵,月落柴扉相送時。

"張平州中丞"

"張平州中丞"即張劼,字敬止,奉天遼陽人。參見袁世碩《孔尚任年譜》附《孔尚任交游考》中的"張劼"一則,但其中未提及張劼的生卒年。清代古燕獨孤微生《泊齋別錄》的"壽序十卷"中有《張中丞敬止五十壽序》一篇,作於庚辰,云:"今年春二月,爲公五十壽。於是浙之父老子弟感公之仁,相與羅拜轅門,以誦惠我無私之福。"庚

---

① 袁世碩:《孔尚任年譜》,齊魯書社 1987 年版,第 181 頁。

辰爲康熙三十九年(1700)，由此可推知張勄生於順治八年(1651)。

"金斗"班

從李天馥家散出、原爲家班的"金斗"班爲何以"金斗"爲名？我們或許可以從《側帽餘譚》中的以下文字得到一點啟示："司坊稱所愛者曰'老斗'，未詳所釋。或强作解人曰：'老者尊稱。如元老、大老之類。斗者，望如泰山、北斗之意也。'細譯其義，似非寒郊瘦島所能堪此。即若輩亦不易出之口，故《都門竹枝詞》有曰：'身無百萬黃金錠，老斗名難買到家。'嘗質之琴香。琴香曰：'不然，俗傳我輩賺人纏頭，必以斗受之，名曰金斗。富者輸予多金，其斗當如綽楔上之大。貧者竭其綿薄，其斗如薙髮擔上之小。至若清貴名流，則如魁星所踢之斗。碩腹賈人，又如粟米所量之斗。此乃通稱，非專指也。'琴香從事樂坊久，諒非妄言，姑記之。"[1]

佟鋐

康熙四十七年(戊子 1708)，天津佟鋐游曲阜，過訪孔尚任，並助金刊刻《桃花扇》。但孔尚任曾否看到《桃花扇》最終刊刻完成，則不得而知。康熙五十七年(1718)上元，孔尚任卒於家。此時距佟鋐過訪已過十載，而孔傳鐸在《東塘岸堂、石門詩全集序》中述及他於孔尚任卒後整理、刊刻其詩集，並謂"至於詩餘，非先生所長，落落數闋。姑亦輯成一卷，以示先生游戲之所及耳。"但未提及孔尚任享名天下、後世的《桃花扇》，可能因爲戲曲不登大雅之堂，也

---

[1] 清藝蘭生：《側帽餘譚》，張次溪編纂《清代燕都梨園史料(正續編)》，中國戲劇出版社 1988 年版，上冊，第 622—623 頁。

可能因爲此劇已經得到了刊刻。康熙間介安堂本是《桃花扇》現存刊刻時間最早的刊本。此本卷首"題辭"的末二首爲金埴所作的《東魯春日展〈桃花扇傳奇〉悼岸堂先生作》,説明此本刻成時孔尚任已經去世。佟鉉(?—1723)字蔗村,一字聲遠,號隱君,又號空谷山人、已而道人。漢軍旗人。本籍長白,卜居天津,居海河之濱。《(乾隆)天津縣志》卷十八云:"佟鉉字蔗村,已而道人,其別號也。父某,官河南布政使,兄弟六人皆通籍仕路。鉉以國學生例授别駕,不願謁選,絶意華膴。卜居天津城西,門臨流水,榜其居曰:'滄浪考槃,布衣葛履。'忘爲貴介也。性嗜山水,耽吟詠。早年詩學蘇、陸,一變而入大曆、元貞之室。津縣能詩者未有過之。"①《蓮坡詩話》云:"空谷山人佟蔗村鉉,家世顯貴,不樂仕進,僑居天津尹兒灣,以詩酒自娛。有妾亦能詩,蔗村築樓居之,名曰艷雪。蔗村詩各體擅長,而尤精五言。"楊鍾羲《雪橋詩話續集》卷三云:"滿洲佟鉉蔗村,僑居天津尹兒灣,自號空谷道人。《游王氏依緑園》云:'折筒呼溪叟,攜童上野航。閑情抛筆硯,老興逐杯觴。短棹辭塵境,名園問醉鄉。到門秋正好,花竹滿軒廊。許傍文星座,雄談酒共傳。柳搖秋水浪,花醉夕陽天。修竹寒高館,殘荷對綺筵。丹青圖雅集,人似飲中仙。新月初浮水,潮平影似鉤。溪邊猶斗酒,燭下未登舟。風露吹衣冷,星河入夜流。小留鷗鳥狎,詎是戀槽邱。'弟鋏,字莘湄,以優領出爲平樂太守,著有《遝渚集》。卒後,妻趙恭人,依蔗村以居,鞠子浚,成進士。其《祭灶詩》云:'再拜東廚司命神,聊將清水餞行尊。年年破屋多塵土,須恕夫亡子幼人。'《題邊塞圖》云:'黄沙漠漠迴無垠,萬古關河不度春。今見畫圖腸欲斷,

---

① 清朱奎揚修、吳廷華等纂:《(乾隆)天津縣志》卷十八,乾隆四年刻本。

可知當日戍邊人。'三人詩，《雅頌集》失收。莘湄與翁山交契，譚仲儀謂其詩近翁山，律詩高亮。至謂其官知縣，則誤記也。蔗村姬人豔雪，亦能詩。《和查蓮坡悼亡》句云：'美人自古如名將，不許人間見白頭。'李秦川贈蔗村詩所謂'麗爾復天錫，詩人作細君'也。"①

《（乾隆）天津縣志》卷七"附園亭"中的"豔雪亭"條下載："詩人佟鋐妾趙氏豔雪，工詩。鋐築樓貯之，因名，俗呼佟家樓，在浣花村旁。"而浣花村在"水西莊對岸"，水西莊又"在城西三里"，爲"慕園查氏"即查爲仁的別墅，"周百畝，水木清華，爲津門園林之冠"。《津門雜記》卷上"豔雪樓"條又載云："豔雪樓，在城西御河之北，即水西莊對面。國初詩人佟鋐字蔗村妾趙氏字豔雪，工詩，樓因以名。刻下遺跡蕩然無存，人猶呼爲'佟家樓'云。"②後附詩二首："水西莊外綠波生，欲訪佟家買棹行。春草已蕪高士宅，畫樓猶謚美人名。琴奩鏡匣空陳跡，殘礎荒榛動遠情。一樹海棠花落盡，回風舞雪撲流鶯。（樹君梅成棟作）""雪散黃金盡，空傳七字詩。野花如有恨，滿地落愁思。（亞闌陳珍作）"③

屈大均（1630—1696）集中有多首與佟鋐有關的詩歌，如《題華不亭（爲佟聲遠作）》（載《翁山詩外》卷"五律三"）、《以相思子餵相思與公漪、聲遠分賦得"思"字》（載《翁山詩外》卷"五律三"）、《么鳳還》（聲遠之夫人以綠毛么鳳貽子。幼子明湞持至家中，幾爲貓兒

---

① 清楊鍾羲：《雪橋詩話續集》卷三，北京古籍出版社 1991 年版，第 203—204 頁。趙豔雪所作詩全篇見金嗣獻重編《閨秀擷珠集》卷一，但題作《悼金夫人》："逝水韶華去莫留，漫傷林下失風流。美人自古如名將，不許人間見白頭。"金嗣獻評曰："紅顏薄命，大抵如斯。此詩特翻新調，益見悼歎情深。"載於《國學雜志》1915 年第 4 期，第 5 頁。

② 清張燾輯：《津門雜記》卷上，光緒十年刊本，頁 21b/22a。

③ 同上書，頁 22a。

所害,幸爲姬人救之。今以么鳳還聲遠,賦詩四章送之,名《么鳳還》。時七月牛女夕也。)(載《翁山詩外》卷"五律三")、《送佟聲遠往杭州五首》等。見載於屈大均《翁山詩外》卷二"五言古"的《贈佟聲遠》尤爲重要,詩云:

> 長君四十年,汝乃謂予兄。豈非以才故,雖少可雁行。
> 我愧老無聞,蹉跎徒杖鄉。於道苦不足,豈敢矜文章。
> 殷勤辱招致,何以酬謙光。暇日開園林,相與浮羽觴。
> 袒跣攀芙荷,禮法亦已忘。亭似華絳跌,注立池中央。
> 義如千葉問,特出爲蓮房。君多令兄弟,鬻如唐棣芳。
> 華萼相承覆,親愛多嘉祥。伯兮宰大邑,治行稱循良。
> 叔季皆大器,磨礱成珪璋。與父觀察公,撞踵登廟廊。
> 君今未欲仕,散帶聊清狂。黃金得貴顯,是道奚足臧?
> 才如漢司馬,嗟彼乃訾郎。時時幸稱病,不逐諸公卿。
> 得與文君歡,飲酒清琴旁。君今美辭賦,知己多鴛鴦。
> 毋令綠衣人,侵彼丹鳳凰。君子哀窈窕,不淫師文王。
> 如彼王睢鳥,和鳴當春陽。①

由此詩,可知佟鉉的生年、性情、行事和家庭狀況等。屈大均生於明崇禎三年(1630),如其所言他年長佟鉉四十歲爲確數,則佟鉉當生於清康熙九年(1670)。屈大均曾與佟鉉之父同朝爲官。而佟鉉本人則不樂仕進,爲人疏狂,又喜安逸恬淡。"得與文君歡,飲酒清琴旁"中的"文君",應即指佟鉉姬妾趙豔雪。

關於佟鉉撫育屈大均遺孤事,屈大均本人作有《佟聲遠友兄愛

---

① 清屈大均:《翁山詩外》卷二"五言古",歐初、王貴忱主編《屈大均全集》第一冊,人民文學出版社 1996 年版,第 109 頁。

予第四兒明渲特甚求養爲己子病中賦詩六章敬以托之》詩：

　　三春問病少交親，君是新人即故人。一日相知成肺腑，兩家敦好勝婚姻。

　　心傷舐犢犁牛老，肯代將雛鳳鳥仁。童稚憐伊今失恃，更令樛木結慈因。

　　吾兒招弟已雙珍，上有三兄玉樹親。得托君侯成父子，即令昆友盡天人。

　　桐花香好棲么鳳，荷葉高宜覆綠蘋。況爾黃裳能逮下，自應螽羽有餘春。

　　今歲尸鳩應七子，昔年老蚌每雙珠。如君豔豔多三婦，不日啾啾即九雛。

　　蘿附喬松絲宛轉，萍依青水葉紛敷。定知恩愛長加膝，看似親生一丈夫。

　　淵明曠達但長吟，有子賢愚不系心。婚嫁難完我大壽，妻孥若棄即長林。

　　黃頭幼稚君能托，綠髓仙真我欲尋。根向太山如久結，孤生竹篠自森森。

　　病涉冬春已半年，彌留不死任皇天。已教隱幾同枯木，便合遺衣化亂烟。

　　松勢每憂巢欲覆，鶴聲安望子能傳。蠢茲豚犬無知識，亞次相依或象賢。

君池不獨美芙荷,十二茨菰一乳多。鯤鯉吹花爭日暖,鴛
鶯喋藻樂春和。

將予黄口持香餌,逐爾紅妝向影娥。孩笑喧喧同兩妹,熊
羆催下錦雲窠。①

屈大均此詩於康熙三十五年(1696)作於其家鄉廣東番禺沙
亭,當時他已病重。佟鉉之兄爲廣東新會知縣,故有遺孤之托。從
詩中可知,佟鉉是因無子,故而向屈大均提出請求,希望將屈的第
四子明渲過繼。另據《番禺縣續志》卷十八"人物一""屈大均"條
載:"(屈大均)子男八人,以翁山之八泉分字之,故又自號八泉翁。
今可考見者六人:明洪、明泳、明治、明渲、明潚、明瀟。……明渲字
湧泉,爲天津衛佟氏養子。初新會令佟鎔有弟某隨任,無子,與大
均爲詩友,愛明渲,欲子之,托諸名宿緩頰。值大均病篤,許之,改
稱佟湜,後歸天津,生子宗茂。"②其中隨任、無子的佟鎔的"弟某"
應即佟鉉。關於佟鉉的兄長佟鎔,《(光緒)廣州府志》卷二十八"職
官表十二"載佟鎔,正藍旗人,例貢生(《新會縣縣志》作例監),康熙
三十一年至三十九年任新會縣知縣。

查爲仁《蔗塘未定稿》中的《是夢集》("起康熙庚子四月,盡壬
寅")收有《初夏佟蔗村隱君招同高雲老人、錢橡村孝廉集空谷園,
遇雨分賦》(作於庚子年)、《雪中六韻和蔗村韻》(作於庚子年)、《八
月初四日招同張眉洲前輩、傅閬林編修、佟蔗村隱君游依綠園,即
席分賦》(作於壬寅年,並附佟鉉同作)、《偕蔗村游稽古寺》(作於壬

① 陳永正主編:《屈大均詩詞編年箋校》下册卷十,中山大學出版社 2000 年版,第
1057—1058 頁。
② 清梁鼎芬等修、丁仁長等纂:《番禺縣續志》卷十八"人物一",《中國方志叢書》第四
十九號,臺北成文出版社 1967 年據民國二十年刊本影印,第 236 頁。

寅年）。查爲仁《押簾詞》中有《踏莎行》(訪佟蔗村空谷山房)、《鬬百草》(過宜亭舊址懷吳寶厓、沈麟洲、佟蔗村、錢橡邨諸同學)。

清葉珠曜有《懷佟三蔗村》詩，載於黄協塤輯《海曲詩鈔三集》卷一。

錢橡村，即錢陳群。其《香樹齋詩集》卷二有《秋暮玉紅草堂夜席醉歸聯句》(錢陳群與佟鋐共作)、《同東溟蔗村溪堂小飲》、《秋日訪蔗村歸來馬上作》。

佟鋐去世於雍正元年(癸卯 1723)。查爲仁《蔗塘未定稿》中的《抱甕集》("起雍正癸卯，盡乙卯")所收第三首詩爲《哭佟蔗村》(二首)，可證。全篇如下：

> 當代論通隱，如君復幾人。浮榮輕敝屣，肥遁托垂綸。
> 詩格陰何敵，交情張范親。一朝歌《薤露》，執紼淚沾巾。
>
> 空谷山房好，幽棲二十年。誰教賦鵩鳥，長此閟重泉。
> 村傍浣花住，樓從艷雪傳。他年扶展至，淒絕月娟娟。[1]

艷雪爲佟鋐姬妾，清張坦有《佟蔗村以其姬人艷雪自製紗囊見贈酬以小詩》詩，見《永平詩存》卷三。清金玉岡有《過佟蔗村艷雪樓故居》詩，見清梅成棟輯《津門詩鈔》卷九，題下自注云："蔗村，津邑名士。樓在西門外芥園之東，今蕪廢矣。"[2]金玉岡又有《過佟蔗村舊園》詩，同見於《津門詩鈔》卷九，題下自注云："園有冷香亭。主人有妾名艷雪，今已他去。其池臺半爲蔬園。"[3]

---

① 清查爲仁：《蔗塘未定稿·抱甕集》，乾隆刻本。
② 清梅成棟輯：《津門詩鈔》卷九，道光四年刻本。
③ 同上書。

小　識

［清］孔尚任

　　傳奇者,傳其事之奇焉者也,事不奇則不傳。"桃花扇"何奇乎? 妓女之扇也,蕩子之題也,游客之畫也,皆事之鄙焉者也。爲悦己容,甘劈面以誓志,亦事之細焉者也。"伊其相謔",借血點而染花,亦事之輕焉者也。私物表情,密痕寄信,又事之猥褻而不足道者也。"桃花扇"何奇乎? 其不奇而奇者,扇面之桃花也;桃花者,美人之血痕也;血痕者,守貞待字、碎首淋漓,不肯辱於權奸者也;權奸者,魏閹之餘孽也;餘孽者,進聲色、羅貨利,結黨復仇,隳三百年之帝基者也。帝基不存,權奸安在? 惟美人之血痕,扇面之桃花,嘖嘖在口,歷歷在目。此則事之不奇而奇,不必傳而可傳者也。人面耶? 桃花耶? 雖歷千百春,豔紅相映,問種桃之道士,且不知歸何處矣。

康熙戊子三月云亭山人漫書
(康熙介安堂刊本《桃花扇》)

　　【按】　"奇"是中國古代文論中的重要範疇之一,涉及審美原則、審美標準、審美形態等多層次、多方面的内容和要求。有關這一範疇的較爲全面、深入的研究,可參見陳玉强《古代文論"奇"範疇研究》,人民出版社 2015 年版。其第三章第五節爲"奇與古代戲曲批評"。"奇"在中國古代戲劇理論批評中主要與情節有關,有關這一範疇的具體研究,可參見蔡鍾翔《中國古典劇論概要》第三章"情節論"第一節"情節的奇與新"、郭英德《明清傳奇戲曲文體研究》第六章第四節"著意尚奇"(商務印書館 2004 年版)、劉明今《中國分體文學學史·戲劇學卷》第八章"晚明劇論新思潮"第三節"'奇'的追求與反思"(山西教育出版社 2013 年版中冊)等。

　　明萬曆中後期劇壇上"尚奇風習"頗爲盛行,"當時作劇者尚奇,而評劇者亦以奇爲尚,專就奇事奇情加以推崇"①。孔尚任對於"傳奇"的解釋應該受到了這一劇論新風潮的直接影響。如倪倬《二奇緣小引》云:"傳奇,紀異之書也。无奇不传,無傳不奇。"②茅暎《題〈牡丹亭記〉》云:"傳奇者,事不奇幻不傳,辭不奇艷不傳"③。而在何謂"奇"的理解上,他又受到了李漁的影響。晚明戲壇"尚奇風習"過度發展,產生了追奇逐異的弊端,造成了不良影響。李漁又以"新"釋"奇",克服了一味趨奇所引起的偏頗,豐富和擴展了對"奇"範疇的認識。他在《閒情偶寄·詞曲部·結構第一·脫窠臼》中云:"古人呼劇本爲'傳奇'者,因其事甚奇特,未經人見而傳之,是以得名。可見非奇不傳。新,即奇之別名也。"④孔尚任在《本末》中自述他最初起意創作此劇,並特別以"桃花扇"作爲劇名,就是因爲他所聽聞的"弘光遺事","證以諸家稗記,無弗同者",而獨有"香姬面血濺扇,楊龍友以畫筆點之"之事"不見諸別籍","新奇可傳"。可見孔尚任注重其事之"奇",更注重其事之"新"。但他對於如何傳"奇",則在觀念和創作上都有所創新。而我們從《凡例》中可以看到,他在《桃花扇》的創作過程中,又由事之"新奇"轉而追

---

① 劉明今:《中國分體文學學史·戲劇學卷》中冊,山西教育出版社 2013 年版,第445 頁。
② 郭英德、李志遠纂箋:《明清戲曲序跋纂箋》第三冊,人民文學出版社 2021 年版,第1523 頁。
③ 郭英德、李志遠纂箋:《明清戲曲序跋纂箋》第二冊,人民文學出版社 2021 年版,第814 頁。
④ 清李漁撰,杜書瀛評注:《李笠翁曲話》,中華書局 2019 年版,第 26 頁。

求"文"之"新奇"。"排場"要"令觀者不能預擬其局面"。曲牌的選
用雖"不取新奇",但要求"詞必新警,不襲人牙後一字"。典故的使
用要"化腐爲新"。上下場詩,"今俱創爲新詩"。全劇總體的結構
佈局"脱去離合悲歡之熟徑"。

而在最後修改、完成全劇時,孔尚任對於"奇"的認識和理解又
有所發展。孔尚任雖然在《小識》的開篇説"傳奇者,傳其事之奇爲
者也,事不奇則不傳",但由上可知,這既是他對前人觀點的重述,
又是回顧自己創作《桃花扇》的初衷。而後他對這一認識提出了質
疑和反思。他最初聽聞"香姬面血濺扇,楊龍友以畫筆點之"之事
時,覺得此事"新奇可傳"。而在最終決定完成這部創作斷斷續續、
時間延綿十餘年、不忍放棄、任其埋没的劇作時,他的認識與前有
了不同。從前認爲"新奇可傳"之事,現在却被他評價爲"鄙""細"
"輕""猥褻而不足道"。他最後仍將劇作定名爲《桃花扇》,也即是
將"香姬面血濺扇,楊龍友以畫筆點之"視爲全劇的重要關目,是因
爲他將這一雖"新奇"、但"鄙""細""輕""猥褻而不足道"之事與明
朝傾覆、弘光興亡的歷史大事件輾轉勾連,使兩者間產生了聯繫,
賦予了"新奇"之事符合正統意識形態評價體系的意義。可以説
《桃花扇》的創作過程是以"感此而作"始、以"南朝興亡,遂系之桃
花扇底"終,也從最初孔尚任預想中的、晚明清初的又一部才子佳
人劇升華、轉變爲一部偉大的歷史劇。孔尚任在劇作創作過程中
的這一觀念和實踐上的深入轉變,當然不是一蹴而就的,應該與他
的聖裔、儒士身份、所受正統思想的影響有關,也與他對前代戲劇
理論、戲劇創作的認識和批判有關。孔尚任與顧彩合著的《小忽雷》
傳奇成於康熙三十三年(1694),《桃花扇》的完成雖晚於《小忽雷》,
但它的最初創作早於後者。而從孔尚任在《小忽雷》中將梁厚本和

鄭盈盈的悲歡離合同唐文宗年間討平淮蔡、甘露之變等重大事件互相勾連的結構佈局來看，我們可以認爲孔尚任的上述轉變最晚從創作《小忽雷》已經開始。

重刊《桃花扇》小引

［清］沈成垣

《桃花扇》自進內廷以後，流傳宇內益廣，雖愚夫愚婦，無不知此書之感慨深微、寄情遠大。所憾者刻本爲云亭山人珍藏東魯，印本留南人案頭者有時而盡。後學求觀不得，每借抄於友朋，甚勞筆墨。先大人遜叟公慨然念此書不可不傳之後人，久欲重刊，以代抄寫之苦，而同志絕少，不能計日成功。庚申春，大人游淮上，與南道人程子風衣言及此舉，程子欣然共襄之。歸即刻期示匠人，謂可遂此志。不意，是年冬大人忽棄人世，不能目見此刻之竣。嗚呼！天不訒美，好事難成，概如是耶？予小子墨經囑工畢事，將一印萬本，流傳天地，求觀者無俟過費筆墨矣。

乾隆七年壬戌仲秋上浣，愚亭居士沈成垣識於清芬

（海陵沈氏刻本《桃花扇》）

【按】 "先大人遜叟公"，即沈成垣之父沈默（1661—1740）。沈默生平，可參見錢成、王漢民《清"海陵本"〈桃花扇〉刊刻評閱者沈默考》（《廣西社會科學》2018 年第 3 期）。程風衣（1698—1744）即程嗣立，字風衣，號水南，又號水南道人。淮安（今屬江蘇省）人。貢生，出身鹽商家庭。工詩文、擅書畫，乾隆初舉博學鴻詞科，但不願就試。他與其兄程爽林共主曲江園文社，學識淵雅，倜儻逸群，著有《水南詩文遺稿》。由《重刻〈桃花扇〉小引》可知，沈默、沈成垣

父子是知道介安堂刊本的存在的,並且版片保藏於曲阜孔氏家中。
介安堂刊本曾流傳至江南,但數量不多,所以仍有不少讀者通過借
鈔來閱讀。乾隆五年,沈默與程嗣立言及此事,儒雅好文、慷慨好
義的程嗣立立即表示願意資助刊刻。但不料同年冬沈默去世,此
事遂輟。沈成垣爲完成其父遺志,在守喪期間,即繼續進行刊刻。
但所謂"一印萬本",自屬誇飾之語。而且《桃花扇》"流傳宇内益
廣",和它曾傳入内廷是没有必然關係的。

山左詩續鈔(節録)

[清]張鵬展

……琢章工古文詞,孔云亭館之岸堂。《桃花扇》傳奇初脱稿,
親爲按節終卷。家藏《海嶽投稿》一卷,知名士所贈詩,計百有餘人。

(嘉慶十八年四照樓刻本)

【按】 琢章,即解瑶,字琢章,生平見下條。

即墨縣志(節録)

[清]林　溥、周翕鑛等

卷　九

解瑶,字琢章,號柳溪,諸生。尚氣誼,義所當爲,毅然自任。
邑有弊端,輒上書糾正,人咸蒙其利。工古文詞,交游四方,所至爲
倒屣。孔云亭山人館之岸堂,《桃花扇傳奇》才脱稿,親按節終卷。
太傅高公晉雅相器重,觀察山東時,檄有司月以餼廩給其家。後督
兩江,聞其殁,遣使致奠。家藏《海嶽投稿》一卷,皆一時知名士所

贈詩，計百餘人。八十一歲卒，著有《松齋文集》。

（林溥修、周翕鑛等纂《即墨縣志》，同治十一年（1872）刊本）

【按】 高洪鈞編《明清遺書五種》收載有解瑤《松齋遺文》，凡上下兩卷。據《清史稿》卷三百一十高晉本傳，高晉於乾隆三十年（1765）遷兩江總督，三十三年（1768）署湖廣總督[①]。據《清史列傳》卷二十三，高晉於乾隆三十年遷兩江總督，三十三年十二月署湖廣總督，三十四年二月"仍回兩江總督任"[②]，直至四十三年（1778）十二月卒於任上。則解瑤當逝世於乾隆三十年至三十三年十二月間，或乾隆三十四年二月至四十三年十二月間。周翕鑛輯《即墨詩乘》收載有解瑤詩二首，所附小傳云解瑤"字琢章，一字涿章，號柳溪，諸生。高文端晉《贈序》：'琢章宿儒，余師之。不致身心放逸、官聲敗墮者，琢章之力也。'孔京立廣榮《贈序》：'琢章博極群書，躬修程朱之行。'"[③]可以想見其爲人。《桃花扇》"脫稿"，解瑤爲之"按節終卷"，僅見《山左詩續鈔》的記載，《即墨縣志》中的記述應是抄自《山左詩續鈔》。

解瑤爲《桃花扇》"按節"一事不見其他文獻記載，孔尚任自己也從未提及過，其真實性應存疑。不過，孔尚任與解瑤確有來往。解瑤的老師張侗（1634—1713）與孔尚任有較深厚的交往。康熙四十四年（1705）八月，張侗有詩寄贈孔尚任，並委托赴濟南參加鄉試的解瑤在返程時赴曲阜拜訪已罷職家居的孔尚任。同年九月上旬，解瑤鄉試下第，過曲阜訪孔尚任。孔尚任作有《懷諸城張石民處士寄詩臥象山》二首，其中第二首云："抱膝吟東武，新開一洞天。

① 趙爾巽等：《清史稿》卷三百一十，中華書局 1977 年版，第 35 册，第 10635 頁。
② 王鍾翰點校：《清史列傳》卷二十三，中華書局 1987 年版，第 6 册，第 1703 頁。
③ 清周翕鑛輯：《即墨詩乘》卷九，道光二十年小峴山房刻本。

逃名無出日,乘興有尋年。古貌詩篇露,深情弟子傳。應知攜手後,分與種瓜田。"①其中的"弟子",即指解瑤。在解瑤即將離開曲阜時,孔尚任又作詩一首,題作《送解琢章下第還勞山,兼致石民先生》。

小 序

[清]李國松

《桃花扇》傳奇,四卷,前人推許至矣。顧坊間遞相翻印,訛謬幾不堪寓目。今年夏,有以是書求沽者,雖散佚過半,實爲云亭自刻原槧。友人見而悦之,慫恿重刊,以公諸世。爰搜集市肆諸足本,參考互訂,追涼之暇日校數頁。其序目、題辭諸篇之編次未當者,又復謬加厘正,別爲一卷,冠於首。凡三月,而竟事,又閱月而梓成。嗚呼!視博弈以猶賢,聽新樂則不倦,知我笑我,亦任諸世之君子焉爾。

光緒乙未重陽日蘭雪堂主人漫識

(蘭雪堂本《桃花扇》)

【按】 李國松(1878—1949)字健父,號木公,一號槃齋,安徽合肥人。民國間藏書家,博雅好古,藏書數萬卷。1940 年前後,李國松因家道中落,靠典賣古書和字畫度日,藏書歸於震旦大學圖書館。由此篇序可知,蘭雪堂初刊本《桃花扇》是根據多種刊本參訂而成的。至於所謂的"云亭自刻原槧"是否屬實,是蘭雪堂本之前的何種刊本,則不得而知。

---

① 清孔尚任:《懷諸城張石民處士寄詩卧象山》,徐振貴主編《孔尚任全集輯校注評》,齊魯書社 2004 年版,第 3 冊,第 1546 頁。

三、演唱編

觀《桃花扇》傳奇（侯朝宗、李姬事）

[清]徐　釚

節義文章自古傳，南朝狎客有誰憐（謂阮光禄）。請看一本《桃花扇》，不是當時《燕子箋》。

（《南州草堂續集》卷三，康熙四十四年刻本）

【按】　此詩爲康熙四十一年（1702）徐釚在河南開封觀演《桃花扇》所作。徐釚（1636—1708）字電發，號虹亭、鞠莊、拙存，晚號楓江漁父。吳江（今屬江蘇蘇州）人。康熙十八年（1679）召試博學鴻詞，授翰林院檢討，入史館纂修明史。因忤權貴，二十五年（1686）歸里後，東入浙、閩，歷江右，三至南粵，一至中州。游歷所至，與名流雅士相題詠。康熙皇帝南巡，兩次賜御書，詔原官起用，不肯就。著有《詞苑叢談》十二卷、《楓江漁父圖詠》一卷、《本事詩》十二卷、《菊莊詞譜》、《菊莊樂府》、《南州草堂集》三十卷等。

客容陽席上觀女優演孔東塘户部《桃花扇》新劇

[清]顧　彩

魯有東塘楚九峰，詞壇今代兩人龍。寧知一曲《桃花扇》，正在桃源洞裏逢。

（《往深齋詩集》卷八，康熙四十六年孔毓圻辟疆園刻本）

【按】 "容陽"即容美,爲容美之古稱,爲位於湖北西南邊地的土家族聚居之地。清商盤有《西南諸土司以容美、永順爲强盛,連朝經其舊居,賦詩以志率服八首》,見《質園詩集》,乾隆二十六年刻本。"九峰"即容美土司宣慰使田舜年(1639—1706)。"女優"應爲田舜年自己所蓄戲曲家班的女伶。顧彩(1650—1718)曾游歷容美,著有《容美紀游》。據該書,他於康熙四十三年(1704)二月初十日初見田舜年,自五月十六日至六月二十四日住雲來莊西閣,六月二十五日啟程離開容美,他在容美觀看《桃花扇》的演唱當在此期間。

《往深齋詩集》卷六有《憶孔東塘户部》,爲顧彩在容美時作,云:

> 不爲蒼生起謝安,東山堅臥竹千竿。愛遺淮左豐碑勒,書到容陽片璧看。

> 陋巷屢停高士駕,斑衣仍奉老親歡。神交最數田京兆,匝月留賓話別難。①

清曲阜人孔毓埏《遠秀堂集》(有清抄本、乾隆八年(1743)刻本傳世)所收《蕉露詞》中有《傳言玉女·寄訊梁溪顧天石》,云:

> 王粲樓頭,君去重登作賦。瀼溪東畔,更詩追李杜。懷人景色,動我伊人之慕。恰逢征雁,憑將毫素。聞說如今,洞蠻招、君欲赴。叮嚀再囑,勸君休遠去。衡湘之南,愁底塞鴻南渡。何時慰我,雙眸凝佇。②

其中所說的"聞說如今,洞蠻招、君欲赴",即應指顧彩入容美。

---

① 清顧彩:《往深齋詩集》卷六,康熙四十六年孔毓圻辟疆園刻本。
② 清孔毓埏:《遠秀堂集·蕉露詞》,乾隆八年刻本。

寄孔東塘(節録)

[清]張　潮

《桃花扇》傳奇，邗上已有能演之者，旗亭畫壁，快心可知。

（《尺牘偶存》卷九，乾隆四十五年心齋刻本）

【按】　張潮（1650—?）曾輯四方人士寄復書信成《友聲》初、二集（以十天干爲序編次）和三集（即新集，凡五卷），又輯自己之贈答書函爲《尺牘偶存》十二卷。他又曾輯孔尚任《人瑞錄》、《出山異數記》入《昭代叢書》，並爲之題辭。孔尚任自康熙二十五年（1686）奉旨隨孫在豐南下治河時，即與張潮有交往①。孔尚任返京任官及罷官歸鄉後，仍與張潮保持書信往來。《友聲》各集中共有孔尚任寄張潮函二十封，最早一封作於康熙二十五年，最晚一封作於康熙四十四年（1705）；《尺牘偶存》中共收張潮致孔尚任書十八封。將收於《尺牘偶存》卷九的此函與《友聲》新集卷四第三頁孔尚任致張潮書"魚雁常通，浮文不贅。……"對比，可知張潮此函是對於孔尚任"魚雁常通，浮文不贅。……"一函的回書。據顧國瑞、劉輝的考證，孔尚任"魚雁常通，浮文不贅。……"一函應作於康熙四十一年（1702），當時孔尚任已罷官，但尚滯留北京。而張潮在《寄孔東塘》開首説："仲秋捧到琅函，荏苒又將冬半，遥瞻紫氣，如接塵談，

---

① 康熙二十五年仲冬，孔尚任在揚州邸齋大會詩人，張潮與會。見《湖海集》卷一《仲冬如皋冒辟疆、青若、泰州黄仙裳、交三、鄧孝威、合肥何蜀山、吳江吳聞瑋、徐丙文、諸城丘柯村、倪永清、新安方寶臣、張山來、諧石、姚綸如、祁門李若谷、吳縣錢錦樹、集廣陵邸齋聽雨分韻》，徐振貴主編《孔尚任全集輯校注評》第二册，齊魯書社2004年版，第723頁。

忭慰何似。"①可知,孔尚任致信張潮時確在北京,張潮八月收到孔尚任的書信,十一月回復。孔尚任寄信和張潮收到書信,間隔應不會太久,張潮回信也應在康熙四十一年。所以《桃花扇》演出於揚州或也在康熙四十一年。

《桃花扇》於康熙三十八年完成、問世,四十一年即在揚州得到搬演,既説明《桃花扇》藝術成就之大,使其迅速傳播開來,又説明揚州當地的演劇活動非常興盛,班社行當齊全、規模較大。這一現象同時也反映了南北戲班、伶人之間的戲曲藝術交流頻繁,崑腔在全國範圍内十分流行。

宋大中丞憲署觀演《桃花扇》劇

（中州侯朝宗、金陵李香君及蘇崑生、柳敬亭遺事）

[清]王廷燦

檻外河山照酒尊,玉簫檀板易黄昏。此身不是開元老,何故聞歌亦愴魂。

一時肝膽向夷門,文采風流今尚存。試問當年誰破壁,幾人刖頭爲王孫。

曲中又見李師師,無價珍珠自一時。不羨通侯千乘貴,丈夫寧獨在鬚眉。

笑殺當年古調亡,幼時曾讀兩生行。（梅村先生詩有《楚兩生行》贈蘇、柳,即用其詩爲首句。）

試看席上鵾弦換,何似從前玉尺量。（吳詩:"羊黍分明玉

---

① 顧國瑞、劉輝輯《張潮〈與孔東塘書〉十八封》,《文獻》1981年第4期,第65頁。

尺量"。)

　　鉤黨相傾四十年,南朝半壁死灰燃。王師飛渡長江水,舞榭猶歌《燕子箋》。

(《似齋詩存》卷五,清刻本)

　　【按】　王廷燦(1652—1720)字孝先,號似齋,浙江錢塘人。康熙二十年(1681)舉人,曾官江蘇吳縣、崇明知縣。曾與孫枝蔚、周容、毛先舒、陸嘉淑、周斯盛、姜宸英往還。王廷燦詩所記的《桃花扇》的這次搬演是在宋犖江蘇巡撫的衙署中。"鵾弦",指琵琶。由"鵾弦""玉簫檀板",可知當時也應是由崑腔搬演的。宋犖在江蘇巡撫任上曾三次接待康熙帝南巡,自己也蓄有家班,其中著名伶人有阿陸、阿增。

觀《桃花扇》傳奇六絶句次商邱公原韻

［清］宮鴻歷

　　甘陵两部尽儒生,鉤黨刊章有姓名。艳曲不须悲《玉树》,旧京禾黍古来情。

　　燕子衙箋作戲場,翻山黄鵲盡披猖。揚州相國成何事,且續文山一瓣香。

　　唱《董逃行》去何所,聽《檀來歌》事不諧。未如楚國兩奇士,度曲彈詞日夕佳。

　　美人名士盡覉孤,壯悔堂空足歎籲。商略此身歸著地,却除害馬入虚無。(傳奇末,諸公皆作道裝。)

　　金虎宮鄰失斡旋,横空殺氣浩無邊。念奴賀老今餘幾,花甲平頭六十年。

桑有柔條麥有芒，公餘習射出東堂。傳奇院本渾閒事，要使吳儂見衮裳。

（《恕堂詩》卷之五"感秋集上"，康熙刻本）

【按】 宮鴻歷（1656—1718），又名鴻律，字櫵鹿（或作"友鹿"。《恕堂集》卷端署作"酉篆"），別字恕堂。泰州人。出身貴顯，而常與貧士行歌於酒市人海間。康熙四十五年（1706）進士，選庶吉士，任編修。擅詩文，名重一時。有《恕堂詩》。所作詩又入選宋犖編《江左十五子詩選》。此篇詩所屬之卷的卷數下署"甲申"，後一篇題作《正月廿五日顧俠君招集秀野堂觀燈分得七言古》，可知此篇作於康熙四十三年（1704）正月廿五日前。原詩凡六首，《清代詩文集彙編》第196冊所收影印本闕第一首。

不下帶編（節録）

［清］金　埴

卷　二

今勾欄部以《桃花扇》與《長生殿》並行，罕有不習洪、孔兩家之傳奇者，三十餘年矣。

（《不下帶編》，中國社會科學院藏金埴手稿本）

【按】 金埴（1663—1740）字遠孫，一作苑孫或苑蓀，又字小郏，號鰈鰓子、聾翁、淺人、鑿門，浙江山陰（今紹興）人。諸生。屢售不第，以教館、作幕爲生。康熙中，兩游京師，與修《兗州志》。雍正間，在彭城、嘉興作館客。自幼服膺黃宗羲的道德學問，深受浙東學派傳人鄭性影響。精於《説文》，通音韻訓詁，嘗應仇兆鼇之

請,校訂《杜詩詳注》二十八卷。工詩,在京作《燕京五月詩》,被王
士禎贊爲"後進之秀"。與洪昇、孔尚任頗相知。著有筆記《不下帶
編》七卷、《巾箱説》一卷,記載社會面貌、文人交游,評論詩文戲曲,
多具識見。其自爲詩,時見於其中。生平事蹟散見於《不下帶編》、
《巾箱説》、平步青《霞外攟屑》。《桃花扇》完稿於康熙三十八年
(1699),三十年後已是雍正七年(1729)。可見至雍正年間,《桃花
扇》仍在社會上比較廣泛地演出,並受到歡迎。

巾箱説(節録)

[清]金　埴

　　闕里孔稼部東塘尚任手編《桃花扇》傳奇,乃故明弘光朝君臣
將相之實事。其中以東京才子侯朝宗方域、南京名妓李香君爲一
部針線,而南朝興亡遂繫之《桃花扇》底。時長安王公薦紳,莫不
借鈔,有紙貴之譽。康熙己卯秋夕,内侍索《桃花扇》本甚急,東
塘繕稿不知流傳何所,乃於張平州中丞家覓得一本,午夜進之直
邸,遂入内府。總憲李公柟買優扮演,班名"金斗",乃合肥相君
家名部。一時翰部臺垣群公咸集,讓東塘獨居上座,諸伶更番進
觴,座客嘖嘖指顧,大有淩雲之氣。今四方之購是書者,其家染
刷無虛日。勾欄部以《桃花扇》與《長生殿》並行,未有不習孔、洪
兩家之樂府者。

　　予過岸堂,索觀《桃花扇》本,至"香君寄扇"一折,借血點作桃
花,紅雨著於便面,真千古新奇之事。所謂"全秉巧心、獨抒妙手",
關、馬能不下拜耶!予一讀一擊節,東塘亦自讀自擊節。當是時
也,不覺秋爽侵人,墜葉響於庭階矣。憶洪君昉思譜《長生殿》成,

以本示予,與予每醉輒歌之。今兩家並盛行矣,因題二截句於《桃花扇》後云:"潭水深深柳乍垂,香君樓上好風吹。不知京兆當年筆,曾染桃花向畫眉。""兩家樂府盛康熙,進御均叨天子知。縱使元人多院本,勾欄爭唱孔洪詞。"

(《巾箱説》,謝國楨藏手稿本)

【按】 金埴所題的"二截句"又見於《桃花扇題辭》,兩者於第一首的文字有差異。此兩首詩,又見於金埴《壑門詩帶》,題作《題闕里孔稼部東塘尚任〈桃花扇〉傳奇卷後》。《巾箱説》中的這段文字雖是記述《桃花扇》刊刻、傳播的重要史料,但其中多襲取《桃花扇•本末》中的詞句。另,《桃花扇》介安堂刻本第二十四出《寄扇》的出批中有這樣的句子:"借血點作桃花,千古新奇之事。既新矣、奇矣,安得不傳? 既傳矣,遂將離合興亡之故,付於鮮血數點中。聞'桃花扇'之名者,羨其最豔、最韻,而不知其最傷心、最慘目也。"與"借血點作桃花,紅雨著於便面,真千古新奇之事"相近。但不能由此確定上述出批出自金埴之手。

十二月十四日,商邱公招同朱竹垞、蔡息關、邵子湘、張超然、馮文子、張日容、吳荆山、胡元方、徐學人、汪西亭、陸交、徐七來令嗣稚佳、蘭揮令孫經一、西狂集小滄浪,觀《桃花扇》傳奇,謹次原韻六截句

[清]顧嗣立

桃花佳話訂三生,雪苑侯生趁美名。跌宕新聲傳樂府,緣知才子最多情。

詞翻燕子鬥歡場,老阮餘威態更獧。剩水殘山留一角,又將歌

舞上披香。

畫閣笙簫調玉茗，旗亭談笑說齊諧。一時復社皆名士，著個閒
人亦復佳。

眼識陳吳品格孤，送君桃葉暗嗟籲。李姬還有琵琶調，試問侯
生記也無。

四鎮驕奢費斡旋，寧南髀肉老刀邊。西風獵獵滄浪碧，劫火銷
沉六十年。

絳紗銀蠟迷深院，白髮青衫滿後堂。不是中丞新顧曲，人間何
日見霓裳。

（《秀埜草堂詩集》卷十九，道光二十八年

顧元凱潯州郡署刻本）

【按】 此篇詩作於康熙四十二年（癸未 1703）。詩題中詳列
參與此次集會、共同觀劇的衆人，朱竹垞即朱彝尊（1629—1709），
蔡息關即蔡方炳，邵子湘即邵長蘅（1637—1704），張超然即張遠
（1648—1717），馮文子即馮景（1652—1715），張日容即張大受
（1660—1723），吳荆山即吳士玉，胡元方即胡期恒，徐學人即徐永
宣（約 1666—1723 後），汪西亭即汪立名（1679—？），汪陛交即汪泰
來。蘭揮即宋犖幼子宋筠（1681—1760），經一即宋犖孫宋韋金
（1680—1741），其父爲宋犖四子宋著；西莊即宋犖孫宋華金
（1687—1749），其父爲宋犖次子宋至。徐七來，江蘇蘇州人，清代
藏書家。其子徐羼佳，生平不詳。這些觀劇者，當時年紀最大者爲
朱彝尊，已七十四歲，最小者爲宋犖孫宋華金，十六歲，所以有“白
髮青衫滿後堂”之句。

宋犖《西陂類稿》卷十四“滄浪亭詩”有《春日過訪葉星期二棄
草堂不值二首》七絕一首，後二句“常日觀魚人似鵠，也應喚作小滄

浪。"有宋犖自注:"余署中有小滄浪。"①可知小滄浪在宋犖江蘇巡撫衙署後堂中。同卷有《池上作次樂天韻》詩:"韋庵之南竹森森,深淨軒束波沉沉。小滄浪只一勺耳,此間跌蕩江湖心。午衙放罷必周覽,夜案了却或靜臨。洞庭三萬六千頃,雲濤那用扁舟尋。怪石欹柳得位置,階庭寥廓橫古今。鬥茶遠道致日鑄,玩畫小幅縣雲林。棲遲已過五寒食,手栽桐桂清陰深。緯蕭目斷渦河渚,飯僧心切嵩山岑。拔悶聊和池上作,悠然手弄無弦琴。樂天是處真有樂,何須海岸方投簪。"②由此詩可知小滄浪爲一小池,宋犖在公事之餘常臨池賞景,也可瞭解其在衙署中的具體位置和周圍的諸樣景物。

觀演《桃花扇》劇四絶句並序

［清］程夢星

康熙己卯、庚辰間,京師盛演《桃花扇》。興化總憲家優金斗暨高陽相國文孫寄園,每讌集必延云亭山人上座,即席指點,客有爲之唏噓泣下者。乾隆辛酉,家載南蓄優童自淮陰授此劇歸,同人歌演,遂無虚日,多賦詩紀之。余謂:"徵事選詞,雖未必盡皆實録,而北里烟花,奚啻南朝金粉?宜其耽情伎席,擅美歌場。至若秋風離黍,不過剩水殘山。方今四海一家,又何必問蕭蕭蘆荻耶!"

顧曲周郎隔世期,殢人猶自寫烏絲。桃根桃葉風流盡,何獨桃花扇底詞。

公子聲華艷一時,秋闈兩度總堪悲。不知壯悔堂中集,可似淵

①　清宋犖:《西陂類稿》卷十四,民國六年宋恪宋重刻本。
②　同上書。

明入宋詩？

　　爭羨香名是卻奩，夷門歸去絶塵緣。青樓夢絶朱弦斷，不遣琵聲到客船。

　　金斗歌成喚奈何，寄園高會淚偏多。重翻舊譜山陽笛，誰記云亭載酒過。

　　　　　　　　　（《今有堂詩後集·潊南集》，乾隆十二年刻本）

　　【按】　此詩作於乾隆六年（辛酉 1741）。王夫之《詩廣傳》卷二云：“河北之割據也，百年之衣冠禮樂淪喪無餘，而後燕雲十六州戴契丹而不恥。故拂情蔑禮，人始見而驚之矣，繼而不得已而因之，因之既久而順以忘也。悲夫，吾懼日月之逾邁而天下順之，漸漬之久，求中心之蘊結者，殆無其人與！蘊結者，天地之孤氣也。君子可生可死而不可忘，慎守此也。”[1]

　　又，此詩後隔一首爲《哭余葭白舍人二首》，應作於同年，即乾隆六年（辛酉 1741）。余葭白即余元甲，生卒年不詳。王娟娟在其碩士學位論文《程夢星研究》（安徽大學 2010 年）的第三章“交遊和著述”第一節“交遊考略”中介紹余元甲時謂其生卒年爲“（？—1765）”，則不知何據。程夢星卒於乾隆十二年（1747），其集中有詩哭余元甲，則余元甲不可能在程夢星之後去世。

《再生緣》傳奇題詩（節錄）

［清］吳　冀

其　五

　　白紵紅牙宴秘園，一彈指頃痛無存。《桃花扇》底《長生殿》，剩

---

[1]　明王夫之：《詩廣傳》卷二，清同治湘鄉曾氏金陵節署刻本。

得聲容入夢魂。

秘園，外舅宅也。家伶演《桃花扇》、《長生殿》二劇最工，今不可睹也。

……

《再生緣》院本，乃壬子昔年所作，因同人促付教演，固匆匆撰就，未遑計及工拙。越今十餘年，偶爾翻閱，見劇中不無潦草紕繆處，因復細加更竄。校竣，漫弁八絶於首。槐庭自識。

(《再生緣》傳奇，清刻本)

【按】 關於《再生緣》傳奇及其卷首題詩的作者，鄭志良老師認爲爲姜任修(見氏撰《姜任修與〈再生緣〉傳奇》，《明清戲曲文學與文獻探考》，中華書局 2014 年版)，實誤。吳冀，生於康熙二十一年(1682)，卒於乾隆十六年(1751)至乾隆三十四年(1769)間。字芳洲，號退耕、槐庭、槐庭後覺、退耕老農。揚州江都人，本貫徽州歙縣，爲徽州豐南吳氏家族後裔、李錦婿。曾於康熙末年任刑部福建司主事，雍正元年去官，乾隆二年任盛京刑部郎中。有詩集《瓵餘集》和傳奇戲曲《再生緣》(又名《楚江情》)。生平詳見于小亮《清傳奇〈再生緣〉作者吳冀考》，《江淮論壇》2015 年第 6 期。《再生緣》傳奇，現存清刻本，藏於國家圖書館，爲吳梅舊藏，凡四冊，分上下卷，共三十六出。《再生緣》傳奇題詩，凡八首，又見於吳冀《瓵餘集》，題作《〈再生緣〉院本，壬子昔年所作，距壬戌復加改竄。校竣，漫弁八絶于首》。外舅，即岳父。吳冀岳父爲李錦，生平可見清彭定求《南畇文稿》中的《考選給事中得庵李君墓志銘》。"秘園"爲李錦父李宗孔的家宅，李錦爲宗孔長子，字書公。李宗孔，字書雲，號秘園。《(乾隆)江都縣志》卷二十"亮績"載："李宗孔，字書雲。父濂，性孝友，爲諸生，有文名。宗孔登順治丁亥進士，由部郎授御史,改給事中,晉吏科都給事中。疏前後四十餘上,皆關吏治民生。每同九卿奏事,侃侃直言,不阿不附,後請假歸。康熙三十八年,聖祖南巡,晉秩大理寺少卿,御書'香山洛社'額以寵異之。子錦、鑰,孫夢昺、同聲皆先後登科第。"①吳冀《瓶餘集》中另有詩題《丁卯夏五過外舅秘園識感》。李錦曾爲一時縉紳領袖,與曹寅、李煦均有交往。《丁卯夏五過外舅秘園識感》中有注曰:"是時曹、李兩醍憲暨楊、王、劉、閔諸先輩無月不高會,予以童子忝側其列。"曹寅《楝亭集》中也有《過海屋李畫公給事出家伶小酌留題》、《題李畫公給諫顧曲圖二首》、《遣悶調畫公》、《無題再調畫公》等詩。由此也可見,李家蓄有家伶,曾邀曹寅觀賞自家家班演劇。

新修壯悔堂同人相聚演《桃花扇》以落之

［清］宋華金

畫戟香凝歌繞梁,江南名士擅詞場。當時幙府何人在,話到蘭亭又斷腸。(先祖撫吳時,曾招集名流在使院演《桃花扇》。)

曲中情事未全虛,皮裏陽秋有毀譽。個個遺民皆寫到,東田只欠沈尚書。

蘼蕪詩句橫波墨(用宜城梅耦長句),能使尚書盡繫情。不及君香更僥倖,姓名長得附侯生。

南部煙花看正妍,中原鼙鼓震驚天。江山破盡不成悔,悔在弘光閏一年。

(《青立軒詩稿》卷八《歸田集下》,乾隆間刻本)

---

① 清五格、黄湘纂輯《江都縣志》卷二十,乾隆八年刻本。

【按】 宋華金（1687—1749）字西玒，號青立，河南商丘人。宋犖孫。康熙六十年（1721）進士，由吏部考功司主事官襄陽知府。乾隆二年（1737），入爲盛京刑部員外郎，晉内刑部督捕司郎中。未幾乞休。乾隆十四年（1749）卒於家。生平參見《青立軒詩稿》卷首李惺撰《宋刑部傳》。同卷此組詩前有《過壯悔堂》，後有《立春後應孚招飲壯悔堂》。

觀劇絶句三十首（有序）（節録）

[清]金德瑛

稗官院本，虚實雜陳，美惡觀感，易於通俗，君子猶有取焉。其間褻昵荒唐，所當刊落。今每篇舉一人一事，比興諷喻，詠史之變體也。借端節取，實實虚虚，期於言歸典據。或曰譎諫之風，或曰小説之流，平心必察，朋友勿以是棄余可矣。當時際冬春，公餘漏永，地主假梨園以娱賓，衰年賴絲竹爲陶寫。觸景生情，波瀾點綴，與二三知己，爲羈旅消寒之一道耳。

……

且休箝吹夜開醼，坐客摇唇卧帳聽。班書石勒鳥能解，想亦人如柳敬亭。（柳敬亭）

……

　　　　　庚辰八月録爲閔度足下。檜門老人金德瑛。

（《檜門觀劇絶句》上卷，光緒三十四年葉氏觀古堂刻本）

【按】 金德瑛（1701—1762）字汝白，號慕齋，又號檜門，休寧甌山人，寄籍浙江仁和（今杭州）。乾隆元年（1736）狀元，授翰林院修撰，後官至左都御史。著有《檜門詩存》四卷，輯有《西江風雅》十二卷。金德瑛的《觀劇絕句》共收詩三十首,此爲第二十六首,描述的是《桃花扇》第十三出《哭主》中柳敬亭在黄鶴樓爲左良玉説書的情景。乾隆二十五年(庚辰 1760),金德瑛將此組詩整理成册後贈予門生楊潮觀,卷末云:"庚辰八月録,爲閬度足下。檜門老人金德瑛。"後流落書肆,嘉慶間爲金德瑛孫金孝柏購得,遍徵名流爲之題詠。金孝柏有題識云:"右觀劇絕句三十首,先大父總憲公之遺墨也。此詩公屢書之,先子所見,別是一册。因據以鏤板,次敍微有移易,語句亦小有異。如'意謂登天許蹇人',別本作'不信登天遜蹇人',似所書在此册之後,公有所改定也。此詩不編入正集中,初止二十四首,大約戊寅、己卯順天使署之作。後增《加官》、《虞姬》、《周倉》、《趙文華》、《鳴鳳記》、《演官》六首,向以爲辛巳夏作;今觀是册,則在庚辰前矣。閬度,揚州牧,名潮觀,金匱人,有《吟風閣詩鈔》,乃公丙辰分校所得士也。庚午二月得此,重加裝池。孫男孝柏謹識。"咸豐、同治年間,傳至金德瑛玄孫手中,又遍徵題詠。光緒年間,傳至金德瑛裔孫金蓉鏡手中,再次遍徵題詠。光緒三十四年,葉德輝(1864—1927)輯録金德瑛原作並歷次諸家題跋、和作等文字,成《檜門觀劇絕句》(書名頁題作"檜門觀劇詩")三卷。有關此書的具體内容,可參見張曉蘭《清代經學與戲曲——以清代經學家的戲曲活動和思想爲中心》(上海古籍出版社)第四章第三節,第291—300頁。《雙楳景闇叢書》本的卷首序署"乾隆己卯二月花朝日檜門金德瑛題於小清涼山房",卷末有金德瑛子金忠淳的識語:"右《觀劇絕句》,先大夫作於戊寅、己卯冬春之間。初止二十四首,辛巳孟夏復有《加官》、《虞姬》、《周倉》、《趙文華》、《鳴鳳記》、《演官》六首,匯前所作,共三十首。"可見《柳敬亭》一首作於乾隆二十三年(戊寅 1758)、乾隆二十四年(己卯)冬春之交,二月花朝日之前。時金德瑛任順天學政、禮部左侍郎。

清俞樾《春在堂詩編》"乙巳編"有《題金檜門先生觀劇詩後》詩,云:

> 前輩風流今已矣,承平樂事故依然。尋常一樣梨園戲,想見雍乾全盛年。
>
> 自慚吳下病相如,精力闌珊筆硯疏。廿首詩題元雜劇,至今懶惰未親書。(余去年讀元人雜劇,得詩二十首,欲親書一通,未果也。)

清王蘇《試畯堂詩集》(有道光二年刻本)卷九有《題金檜門德瑛先生自書觀劇詩册》詩並序:

> 蘇少時藏檜門先生書元人七律一首,筆法類褚河南,後出鄒錫麓師門下,於先生爲小門生,因以所藏先生之孫筠泉孝繼光禄。嘉慶壬申,筠泉從兄素中太守出先生手書觀劇詩册,命綴數語其後。蓋乾隆庚辰八月書與門生楊閬度潮觀,近爲書賈所得,先生第十二孫小山孝柏購歸者也。
>
> 少時藏弆先生書,五十六字蟠驪珠。高句麗紙老蠶繭,河南筆妙包歐虞。
>
> 豈知翰墨有瓜葛,門生門下稱生徒。能詩光禄守家法,書畫不許寒具汙。(不設寒具,筠泉齋名。)
>
> 急搜行篋出真跡,珍比遺笏歸魏嶅。甌山不見錫山遠,蘭亭真本人間無。
>
> 劫來晉陵訪老守,銜杯共補消寒圖。酒闌鄭重出詩册,册紙雖破墨未枯。
>
> 當時觀劇卅絕句,絲竹陶寫聊自娛。識是先生暮年筆,書成醉倩門生扶。

何期零落入書肆，肯令散亂拋中衢。賢孫購得謹什襲，趙璧價抵千瑤瑜。

架筆安用青珊瑚，薦地安用紅氍毹。人生如戲戲易散，登場傀儡空喧呼。

若非老筆傳幻景，焉得冷眼留真吾。如今試問吟風閣，更有何人唱鷓鴣。（楊刺史有傳奇數種。）

清湯貽芬有《題金檜門德瑛總憲觀劇詩卅首遺墨》四首，作於道光三十年（1850），見《琴隱園詩集》（同治十三年刻本）卷三十五《獅窟集》：

撲朔迷離夢幻身，輸伊彩筆替傳神。尚嫌世態描難盡，描到描摹世態人。

不是鼇頭絕頂才，九霄唾落萬瓊瑰。風流漫認旗亭客，曾聽《霓裳》天上來。

煙雲變幻太無窮，顛盡宮花顧曲工。有幾開元遺老在，後堂曾醉管弦中。

無處重尋舊錦堂，白頭誰與話滄桑。悲歡剩有青山證，五十年前傀儡場。

和檜門先生《觀劇絕句三十首》（節録）

[清]王先謙

流落江湖奈老何，桓温一去樹婆娑。桃花扇裏餘生氣，賴有吳毛爲作歌。（柳敬亭）

（《檜門觀劇詩》卷中，光緒三十四年葉氏觀古堂刻本）

【按】此詩又見載於王先謙《虛受堂詩存》卷十六，光緒二十

八年(1902)平江蘇氏刻本。王先謙(1842—1917)字益吾,湖南長沙
人。因宅名葵園,學人稱爲葵園先生。曾任國子監祭酒、江蘇學政,
湖南嶽麓書院、城南書院山長。王先謙博覽古今圖籍,研究各朝典
章制度。治學重考據、校勘,薈集群言。除校刻《皇清經解續編》外,
還編有清《十朝東華録》、《續古文辭類纂》等。著有《虛受堂詩文集》、
《漢書補注》、《水經注合箋》、《後漢書集解》、《荀子集解》、《莊子集
解》、《詩三家義集疏》等。爲文遠追韓愈,又以桐城派、陽湖派自許;
其詩被稱爲"得杜之神,運蘇之氣","置之清代集中,挺然秀拔"。

和檜門先生《觀劇絶句三十首》(節録)

[清]朱益濬

柳生故是滑稽流,所惜胸中少壑邱。話到天、崇爭屬耳,梅村
掩泣阮亭羞。(柳敬亭)

(《檜門觀劇詩》卷中,光緒三十四年葉氏觀古堂刻本)

【按】 朱益濬(? —1920)字輔源,號純卿,江西蓮花縣人。
清朝湖南末任巡撫,宣統帝的老師。著名書法家朱益藩之兄。光緒
三年(1877年)進士,選翰林院庶吉士,散館改湖南衡州府清泉縣知
縣。官至湖南辰沅永靖道,護理巡撫,辛亥革命後歸里。民國九年
(1920)病逝於家中。廢帝溥儀追謚文貞。著有《碧雲山房存稿》。

和檜門先生《觀劇絶句三十首》(節録)

[清]皮錫瑞

梅村詩句云亭曲,稱道東風柳色新。底事漁洋親試技,却將市

井薄斯人。（柳敬亭）

　　（《檜門觀劇詩》卷中，光緒三十四年葉氏觀古堂刻本）

　　【按】　皮錫瑞（1850—1908），字鹿門，湖南善化人。光緒八年中舉人，後絕意仕進，以講學、著述終老。皮氏精治《尚書》，考證經文，彰顯奧義，於“伏學”尤具暢微抉隱之功；兼攻“鄭學”，深究古禮，疏通兩漢今古兩家經注傳箋，一以扶翼西京微言大義之學。晚年融貫群經，創發大義，出入漢、宋、今、古之間，以其治學主張和成就，使今文義例之學、典制之學和經世之學融爲一體，成爲清代今文經學的集大成者之一。皮氏又力主“通經致用”，通達古今之變以救濟時艱，見證、參與晚清湖南新政的歷史進程。他既是清代今文經學史上的一位關鍵人物，也是晚清變法和湖南改革史上的一位重要人物。皮錫瑞的著述，計有已刊詩文五種十六卷、經學論著二十四種一百零二卷、蒙學教材一種二卷、未刊手稿及後人所輯皮氏遺稿九種，另有若干詩詞、書劄、講義、序跋等散見於《皮鹿門年譜》、《近代湘賢手劄》、《湘雅摭殘》、《翼教叢編》、《郋園全書》、《豫章叢書》等著述和《湘報》、《南强句刊》、《湖南學報》等報刊。

再和檜門先生《觀劇絕句三十首》（節録）

　　　　　　　　　　　　　　　　　　　[清]皮錫瑞

　　好向江頭辦釣蓑，南朝作者本無多。拂衣早散懷寧幕，老去還依馬伏波。（柳敬亭）

　　（《檜門觀劇詩》卷中，光緒三十四年葉氏觀古堂刻本）

三和檜門先生《觀劇絕句三十首》（節録）

［清］皮錫瑞

各負夷齊愛國心，首陽薇蕨竟難尋。柳生晚客雲間帥，試問入山深不深？（柳敬亭）（"西山薇蕨吃精光，一陣夷齊下首陽。"此國初謔語，笑明人守節不終者。尤侗作《西山移文》譏之，況柳敬亭輩乎？"入山恐不深"，用《桃花扇》劇中語。）

（《檜門觀劇詩》卷中，光緒三十四年葉氏觀古堂刻本）

和金檜門先生《觀劇絕句三十首》（節録）

［清］易順鼎

左寧南客價非低，三百篇中賦《簡兮》。別有傷心人兩個，李龜年與賈梟西。（柳敬亭）

（《檜門觀劇詩》卷中，光緒三十四年葉氏觀古堂刻本）

【按】 易順鼎（1858—1920）字實甫、實父、中碩，號懺綺齋、眉伽，晚號哭庵、一廣居士等，龍陽（今湖南漢壽）人，易佩紳之子。清末官員、詩人，寒廬七子之一。光緒元年（1875）舉人。曾被張之洞聘主兩湖書院經史講席。馬關條約簽訂後，上書請罷和議。曾兩去臺灣，幫助劉永福抗戰。庚子事變時，督江楚轉運，此後在廣西、雲南、廣東等地任道臺。辛亥革命後去北京，與袁世凱之子袁克文交游，袁世凱稱帝後，任印鑄局長。帝制失敗後，縱情於歌樓妓館。工詩，講究屬對工巧，用意新穎，與樊增祥並稱"樊易"，著有《琴志樓編年詩集》等。

和檜門先生《觀劇絕句三十首》(節録)

[清]葉德輝

牢落江湖楚兩生,國亡家破一身輕。江南盡是傷春客,腸斷燈宵拍板聲。(柳敬亭)(《桃花扇》,明孔尚任撰,今有刊本。)

　　　　(《檜門觀劇詩》卷下,光緒三十四年葉氏觀古堂刻本)

【按】 葉德輝(1864—1927)的詩注所言有誤,孔尚任生於清順治五年(1648),應屬清人,而非明人。

再和檜門先生《觀劇絕句三十首》(節録)

[清]葉德輝

老涕恩門鶴髮垂,行情定價幾人知。江南黑米餐辛苦,畫扇桃花彼一時。(柳敬亭)(徐釚《詞苑叢談》九云:"淮陽柳敬亭以淳于滑稽之雄,爲左寧南幸舍重客。寧南没,柳生東下,客於長安。龍松先生贈以《賀新郎》詞云:'鶴髮開元叟'云云。又賦《沁園春》云:'堪憐處,有恩門一涕,青史難埋'云云。'恩門一涕'之語,直是敬亭知己。"又明張岱《陶庵夢憶》五云:"南京柳麻子,黧黑,滿面疤㾦,悠悠忽忽,土木形骸,善説書。一日説書一回,定價一兩。十日前先送書帕下定,常不得空。南京一時有兩行情人:王月生、柳麻子是也。余聽其説《景陽岡武松打虎》白文,與本傳大異。其描寫刻畫,微入毫髮,然又找截乾淨,並不嘮叨。勃夬聲如巨鐘,説至筋節處,叱咤叫喊,洶洶崩屋。武松到店沽酒,店内無人,驀地一吼,店中空缸空甓皆甕甕有聲。閑中著色,細微至此。主人必屏息靜坐，傾耳聽之，彼方掉舌。稍見下人咕嗶耳語，聽者欠伸有倦色，輒不言，故不得強。每至丙夜，拭桌剪燈，素瓷靜遞，款款言之，其疾徐輕重，吞吐抑揚，入情入理，入筋入骨，摘世上說書之耳而使之諦聽，不怕其不齚舌死也。柳麻子貌奇醜，然其口角波俏，眼目流利，衣服恬靜，直與王月生同其婉孌，故其行情正等。"褚人獲《堅瓠秘集》五云："泰興柳敬亭以說平話擅名，吳梅村先生爲之作傳。順治初，馬進寶鎮海上，招致署中。一日侍飯，馬飯中有鼠矢，怒甚，取置案上，俟飯畢，欲窮治膳夫。進寶殘忍酷虐，殺人如戲。柳憫之，乘間取鼠矢啖之，曰：'是黑米也。'進寶遂已其事。柳之宅心仁厚，爲人排難解紛，率皆類此。"）

（《檜門觀劇詩》卷下，光緒三十四年葉氏觀古堂刻本）

【按】詩注所引《詞苑叢談》文字，頗多刪略、改動。原文如下："淮陽柳敬亭以淳于滑稽之雄，爲左寧南幸舍重客。寧南没於九江舟中，柳先生期東下，憔悴失路，垂老客於長安。龍松先生贈《賀新郎》詞云：'鶴髮開元叟。也來看、荊高市上，賣漿屠狗。萬里風霜吹短褐，游戲侯門趨走。卿與我、周旋良久。綠鬢舊顏今改盡，歎婆娑、人似桓公柳。空擊碎，唾壺口。江東折戟沉沙後。過清青溪、笛床烟月，淚珠盈斗。老矣耐煩如許事，且坐旗亭呼酒。拼殘臘、消磨紅友。花壓城南韋杜曲，問毬場、馬弰還能否？斜日外，一回首。'又賦《沁園春》云：'驃騎將軍，異姓諸侯，功名壯哉。乍南樓傳箭，大杭州風鶴，中流搖櫓，溢浦蒿萊。片語回嗔，千金逃賞，遮客長刀玩弄來。堪憐處、有恩門一涕，青史難埋。偶然座上嘲詼。博黃絹新詞七步才。似籌兵北府，碧油晨啟，把棋東閣，屢齒宵陪。春水方生，君當速去，老子遨游頗見哀。相攜手，盡山川六代，簫鼓千杯。''恩門一涕'之語,直是敬亭知己。"①其中所謂"龍松先生",即龔鼎孳。

三和檜門先生《觀劇絶句三十首》(節録)

[清]葉德輝

本是魁官篾片流,一朝抵掌動王侯。傷心説到南都事,嗚咽秦淮水不流。(柳敬亭)(余懷《板橋雜記》下:"曲中狎客,則有張卯官笛,張魁官簫,管五官管子,吳章甫弦索,錢仲文打十番鼓,丁繼之、張燕筑、沈元甫、王公遠、朱維章串戲,柳敬亭説書。或集於二李家,或集於眉樓,每集必費百金。"又云:"後魁面生白點風,眉樓客戲榜於門曰:'革出花面篾片一名:張魁,不許復入。'魁慚恨,遍求奇方灑削,得芙蓉露,治之良已。")

(《檜門觀劇詩》卷下,光緒三十四年葉氏觀古堂刻本)

【按】 詩注所引《板橋雜記》文字中的"治之良已",應作"治除"。

邗江寓樓書《桃花扇》後六首

[清]沈廷芳

閲盡滄桑涕泗瀾,承平遺老孔都官。閑將粉墨春秋著,樂府堪同野史看。

金陵佳麗足勾留,懷古曾登孫楚樓。如此江山多鼓角,君王擊

---

① 清徐釚著、王百里校箋:《詞苑叢談校箋》卷九"紀事四"第十六則,人民文學出版社1998年版,第 533 頁。

敧正無愁。

　　月明誰唱《後庭花》？此地曾經駐翠華。今日清溪歌舞散，剩留水榭屬丁家。

　　梁園公子最多情，風月文章兩擅名。莫怪媚香樓上女，一生只愛一侯生。

　　桃花扇合留遺恨，燕子箋猶記舊聞。細寫泥金王閣老，傳同濺血李香君。

　　史公直並信公傳，死並湘累亦可憐。誰與招魂大江曲？梅花嶺月夜啼鵑。

　　　　　　　　　　　　（《隱拙齋集》卷五"詩二"，乾隆間刻本）

　　【按】　此篇詩作於雍正十三年（乙卯 1735）。沈廷芳（1702—1772），本姓徐，字椒園，一字畹叔。浙江仁和人。乾隆初，由監生召試鴻博，授庶吉士，散館授編修，遷山東道監察御史，疏請免米豆稅。官至山東按察使。少從方苞學古文，從查慎行學詩，亦究心經學。有《十三經注疏正字》、《理學淵源》、《隱拙齋集》等。

贈揚州洪建侯秀才

［清］袁枚

　　回思三十年前事，琴歌酒賦分明記。（己卯秋，令祖魏笋先生招看《桃花扇》）桃花扇底月三更，畫錦堂前人一世。

　　　　　　　（《小倉山房詩文集》卷三十二，上海圖書館藏乾隆刻增修本）

　　【按】　"己卯"為乾隆二十四年（1759）。洪建侯即洪錫豫。袁枚（1716—1798）《隨園詩話》卷十四載："揚州洪錫豫，字建侯，年甫弱冠，姿貌如玉；生長於華腴之家，而性耽風雅，以詩書為鼓吹，與名流相過從。"①洪錫豫爲歙縣人,其祖魏笏先生名徵治,父洪肇松,均爲鹽商②。據《桂林洪氏宗譜》,洪徵治生於康熙四十九年(1710),卒於乾隆三十三年(1768)。《揚州畫舫錄》卷十載:"洪徵治,字魏笏,歙縣人。子肇根,字向宸;肇松,字奎芳,並世其父艖業。奎芳子錫豫,字建侯,工於詩。"③洪徵治擁有大洪園虹橋修褉、小洪園卷石洞天。大洪園內有歌台一座。《(光緒)兩淮鹽法志·王制門·德音上》卷六載:"乾隆二十七年二月十四日奉上諭:朕此南巡,所有兩淮商衆承辦差務,宜沛特恩,以示獎勵:其已加奉宸苑卿銜之黃履暹、洪徵治、江春、吳禧祖各加一級。已加按察使銜之徐士業、汪立德、王勛俱著加奉宸苑卿。李志勳、汪秉德、畢本恕、汪燾著各加按察使銜。程徵升著賞給六品職銜。程揚宗、程峨、吳由玉、汪長馨俱著各加一級。欽此。"④

觀劇六絶(節録)

[清]王　昶

瓊筵花露泛紅螺,六曲燈檠照綺羅。晴雪一簷香霧裏,雲鬟十隊舞蠻靴。

秦淮舊夢已如塵,扇底桃花倍愴神。仿佛鸚籠初見日,香鈿珠衱不勝春。

(《春融堂集》卷六,嘉慶十二年塾南書舍刻本)

---

① 清袁枚:《隨園詩話》,人民文學出版社1982年北京第2版,第502頁。
② 清李斗:《揚州畫舫錄》卷十,中華書局1960年版,第235頁。
③ 同上書。
④ 清王定安等纂修《(光緒)兩淮鹽法志·王制門·德音上》,光緒三十一年刻本。

【按】 王昶(1725—1806)字德甫,號述庵,又號蘭泉。江蘇青浦朱家角(今屬上海)人。清代金石學家。乾隆十九年(1754)進士,官至刑部右侍郎。工詩文,與王鳴盛、吳泰來、錢大昕、趙升之、曹仁虎、黃文蓮並稱"吳中七子"。著有《使楚從譚》、《征緬紀聞》、《春融堂詩文集》,輯有《金石萃編》、《明詞綜》、《國朝詞綜》、《湖海詩傳》、《湖海文傳》等書。乾隆二十三年(1758),王昶旅揚州,連觀《桃花扇》、《西廂記》、《長生殿》、《紅梨記》等劇,作有《觀劇六絶》。此爲前二首。據嚴榮《述庵先生年譜》,乾隆二十二年冬,王昶在兩淮轉運使盧見曾署中,並在揚州度歲;二十三年正月,王昶已奉錢太夫人北行①。詩中又有"香鈿珠衱不勝春"的句子,可知王昶觀劇應是在盧見曾的官署中,時間在乾隆二十三年正月,演出性質是爲慶賀新年的節令演劇。

劇説(節録)

[清]焦　循

卷　五

歲乙卯,余在山東學幕,試完,縣令送戲,幕中有林姓者選《孫臏詐瘋》一出,孫姓選《林沖夜奔》一出,皆出無意,若互相謔者。主人阮公之叔阮北渚鴻解之曰:"今日演《桃花扇》可也。"懷寧粉墨登場,演《哄丁》、《鬧榭》二出,北渚拍掌稱樂,一座盡歡。

(北京圖書館藏焦循手稿本)

---

① 北京圖書館編《北京圖書館藏珍本年譜叢刊》第 105 册,北京圖書館出版社 1999 年版,第 99—100 頁。

【按】 此條文字涉及中國傳統演戲家族、姓氏禁忌①。乙卯,爲乾隆六十年(1795)。"主人公"即清代著名學者阮元。阮元的從叔阮鴻的生平,可參見阮元《晉授奉直大夫布政司理問加二級北渚阮君墓表》。文中謂:"俄元奉山左學政之命,公(按即阮鴻)之年與元相若,應童子試時即相善,且知公品學優長,以故延請衡文公偕行至署。按試青、萊等府,靜坐高樓,閉門閱卷,不草率,寓今日初心之意。曆城時幕友未多,元惟公是賴。夏試畢,始與里堂焦君、秋平黃君登岱賦詩,入曲阜聖廟觀禮,有《山左筆記》一卷。"②據閔爾昌《焦理堂先生年譜》,乾隆六十年(1795)赴任山東學政的阮元招焦循(1763—1820)至山東,五月六日焦循束裝歸揚州,可確定焦循觀演《桃花扇》當在五月初六日前。乾隆三十四年(1769),乾隆帝曾下旨嚴禁外官蓄養優伶③。縣令送戲很大可能是外請的職業戲班。點戲的形式是演出前當場請賓客選戲,戲班可能提前提供了戲單。

滿庭芳・秦淮水榭聽人度《桃花扇》樂府

[清]楊爕生

蕩屋春風,連江夢雨,碧光微逗朝絲。哀箏一拍,幾柱玉參差。寂寞寒濤東起,興亡恨,付與歌兒,人何處,荒涼酒社,鷗嘯蔣侯祠。

---

① 可參見范春義《焦循戲劇學研究》(鳳凰出版社 2012 年版)、宋希芝《戲曲行業民俗研究》(山東人民出版社 2015 年版)和張勇風《中國戲曲文化中的"禁忌"現象研究》(文化藝術出版社 2016 年版)等中的有關論述。
② 清阮先輯:《揚州北湖續志》卷六,廣陵書社 2003 年版,第 61 頁。
③ 參見《清實錄・高宗實錄》卷八五四,中華書局 1985 年版,第 19 冊,第 303 頁。

相思，紅淚盡，幅巾短髮，重感棲遲。便沙才董白，唱遍新詞。總是風花無賴，春欲去，我正愁時，憑闌望，青旗腰鼓，惆悵六朝詩。

（《真松閣詞》卷一，道光十四年刻本）

【按】 楊夒生（1781—1841），初名承憲，字伯夒，號浣薌。江蘇金匱（今無錫）人。楊芳燦子。監生。嘉慶、道光間在世。官至順天薊州知州。好學多才，尤善倚聲。著有《真松閣詞》、《過雲精舍詞》、《續詞品》、《匏園掌錄》一卷。

鄉園憶舊錄（節錄）

［清］王培荀

十二　孔尚任

孔東塘尚任，自稱云亭山人，由國子監博士歷官戶部員外郎。博雅好古，作《漢銅尺記》、《周尺記》、《周尺辨》，漁洋稱其精核。作《桃花扇》傳奇，一時風行。紅蘭主人以通部教其梨園，在淮揚駐節三年，或招之宴飲，席間輒演《桃花扇》，俟其點正疏節。有某伶，善唱"畫扇"一折，尤所心喜。

（《鄉園憶舊錄》卷二，道光二十五年刻本）

【按】 王培荀（1783—1859）字景叔，号雪嶠，山東淄川人。道光十五年（1835），以孝廉方正獲大挑一等。历任四川酆都、荣昌、新津、兴文、荣县等知县。有《管见举隅》、《学庸集说》，又與王者政合刻《蜀道聯轡集》。《鄉園憶舊錄》另有齊魯書社1993年版、中國文聯出版社2011年版。紅蘭主人，即蘊端，初名岳端，字正子，一字兼山，號紅蘭主人。清宗室，多羅安郡王岳樂子。封貝子。初封勤郡王，降貝子，坐事奪爵。有《玉池生》稿。孔尚任生平與岳端没有直接交往。此條文字是完全錯誤的。其中所記之事未曾發生過，係雜糅孔尚任《本末》中的有關記述而成，不可信據。

觀《桃花扇》雜劇詩

[清]郭尚先

黃紙傳簽菊部頭，小朝天子竟無愁。未容舊院藏盧婦，誰解新亭泣楚囚。

求劍忍教買獄底，投鞭已報斷江流。可憐一代興亡局，結向秦淮十四樓。

（《增默庵詩遺集》卷一，光緒十六年刻吉雨山房全集本）

【按】 郭尚先（1785—1832）字元開，號蘭石，福建莆田人。嘉慶十四年（1809）進士，歷任鄉試考官、國史館纂修、文淵閣校理、四川學政、左贊善、光禄寺卿。道光十二年（1832）春，詔授大理寺卿、禮部右侍郎，專司學政吏考之事。博學多藝，著述甚豐。著有《進奉文》、《經筵講義》、《增默庵文集》、《增默庵詩集》、《芳堅館題跋》、《使蜀日記》等。

演《桃花扇》劇

[清]余家駒

媚香樓緲知何處？剩水殘山桃葉渡。香君當日別侯郎，粉褪香銷樓上住。

佳人不願配天子，一心甘爲才子死。不惜玉容濺血鮮，桃花紅染扇頭紙。

雲雨殘夢二百年,金粉陳跡已如烟。云亭山人裁月手,兒女英雄一例傳。

今日上場重演出,興亡戲劇都一局。人生何必南面王,能死美人心亦足。

(《時園詩草》,光緒七年有我軒刻本)

【按】 余家駒(1801—1851)字白庵,小名石哥。彝族。貴州畢節縣人。先世爲明永寧宣撫使。他幼年喪父,由母親撫養成人。考取貢生後,因不"圖仕進",歸隱林泉,侍奉其母。耕讀之餘,喜吟詩作畫,詩畫俱佳。撰有《時園詩草》二卷,有光緒七年有我軒刻本、余宏模編注《時園詩草》《四餘詩草》(余珍撰)合集本(貴州民族出版社1993年版)、黃瑜華校注《〈時園詩草〉〈四餘詩草〉校注》(科學出版社2018年版)。

花天塵夢録(節録)

[清]種芝山館主人

(王長桂)年十四五時,甚娟秀,初演《巧姻緣》、《曬鞋》、《吃藥》時曲(多爲徽調小戲),嬌媚之態,傾動一時。此年來,已將近二十,猶有姣麗。專習崑曲,演《草地》、《亭會》、《寄扇》等劇,珠喉圓潤,高下皆宜,以故聲名歷久不替。初居櫻桃斜街之餘慶堂,現自立槐慶堂,在玉皇廟前。

(《花天塵夢録》,首都圖書館藏手抄本)

【按】 種芝山館主人(1802—?),真實姓名不可考。首都圖書館藏手抄本《花天塵夢録》(索書號戊、9),一函二册。原爲馬彥祥所藏,首頁有"馬二"、"馬彥祥"印,末頁有"馬氏大雅堂藏"印,正文中有少量紅色圈點和眉批。全書包括《鳳城花史》正續編三卷、《嚵餘叢記》一卷、《評花韻語》正續編四卷、《燕臺花鏡錄》（目錄題"燕臺花鏡錄"，正文題"燕臺花鏡詩"）一卷，共九卷，約五萬餘字。關於《花天塵夢錄》，可參看吳新苗《抄本〈花天塵夢錄〉中的崑曲史料》，《文獻》2014 年第 1 期。

霓裳中序第一

[清]許宗衡

　　昔在道光乙未、丙申間，余留京師。嘗觀王郎蕊仙演《桃花扇》傳奇"寄扇"一出，豔絕一時。士大夫賓筵酒座，盛稱歎之。碧玉梳妝，綠轉結束，五花爨弄，不復置念尋常粉墨也。閩孝廉張亨甫，作《王郎曲》云："天下三分月，二分在揚州。一分乃在王郎之眉頭。"王郎，揚州人，其演此曲尤精。至王郎老去，無演之者。余有詩云："參軍倉鶻都更變，忽憶王郎倍可嗟。一自春風消扇影，更無人解唱《桃花》。"及咸豐壬子，朱郎蓮芬始演此曲，然賞之者卒鮮。嗟乎！曲海詞山，千生萬熟，而搵簪擷落，知者無人。與之言鄧干江《望海潮》、蔡伯堅《石州慢》，瞠然而已；何況公子天涯，美人樓上，春風聞訊。……同治丙寅春正月，同人夜讌，時陳郎蘭仙初演此曲，清尊檀板，素韈明璫。雖不知視王郎、朱郎爲何如，然而錦色纏頭，如聆舊曲；笛聲犯尾，共拍新腔。何必侯生，乃爲之數調尋宮，慨然太息乎。姚君仲海既畫桃花折疊贈之，余譜《霓裳中序第一》，倩嚴生鹿溪書之扇背。古人不惜以淺斟低唱換浮名，余與姚君亦惟側帽斜簪，相與一笑云爾。

　　清歌粲素靨，眼底濃香消絳雪。拍遍闌干幾疊，現後影前身，桃花顏色。關河阻絕，可有飛紅卷殘蝶。知音少，緘愁難寄，倚裹

向誰說。悲切，笛聲低咽，似當時、秦淮夜月。傷心公子遠別，又今
夕燕脂寫、恨如血。淚痕描露葉，早板鼓、淒涼數闋。當筵歎，春風
一握，爲爾啟金篋。

（《玉井山館詩餘》，同治四年至九年刊本）

　【按】　王常桂，字蕊仙，隸春臺班，揚州人，爲“嘉慶二十年
（1815）後所生人，道光十年（1830）後擅一時名者”①。種芝山館主
人《花天塵夢録》（編成於道光二十五年（1845））記載了他在道光十
六年（1836）至十八年三年間，在北京所接觸到的五部青年演員們
的名字、籍貫、年齡、藝術師承、擅演劇目等事，頗爲詳細。其中謂
王常桂（此書作“王長桂”）“年十四五時，甚娟秀，初演《巧姻緣》、
《曬鞋》、《吃藥》時曲（多爲徽調小戲），嬌媚之態，傾動一時。此年
來，已將近二十，猶有姣麗。專習崑曲，演《草地》、《亭會》、《寄扇》
等劇，珠喉圓潤，高下皆宜，以故聲名歷久不替。初居櫻桃斜街之
餘慶堂，現自立槐慶堂，在玉皇廟前”②。許宗衡（1811—1869）詞
序中所言之“張亨甫”，即清代著名詩人張際亮（1799—1843），字亨
甫。前述許宗衡詞序中所引“參軍倉鶻都更變，……”一詩，原爲許
宗衡《歌筵詩》中的一首。此詩作於咸豐二年（壬子 1852）。而許
宗衡在詞序中説到朱蓮芬首次演唱《桃花扇》也是在咸豐二年，再
結合《歌筵詩》之內容，可以推測許宗衡正是在咸豐二年的一次酒
筵上觀賞了朱蓮芬演唱《桃花扇》，而後憶及曾演唱此曲的王常桂，
寫下了這首《歌筵詩》。他觀看王常桂演唱《桃花扇》是在道光十五
年（1835）、十六年間，距咸豐二年（1852）相隔十六、七年，與詩中所

----

①　清“蕊珠舊史”：《長安看花記》，張次溪編纂《清代燕都梨園史料》，中國戲劇出版社
1988 年版，上冊，第 310 頁。

②　王芷章：《中國京劇編年史》，中國戲劇出版社 2003 年版，上冊，第 152—153 頁。

說的"十九年中幾惆悵"的時間也比較接近。

朱蓮芬，本名朱延禧，正名福壽，字蓮芬，蘇州人。他生於道光十六年(1835)十二月十一日，"垂髫時，其兄(按朱福喜)挈之來京。兄故業優，強之學，遂工南北曲。……其度《折柳》《茶敘》《偷詩》《驚夢》諸曲俱妙絶。"(《曇波》)①邗江小游仙客《菊部群英》(作於同治十二年 1873)載朱蓮芬擅演劇目中有《寄扇》(飾李香君)②。光緒七年(1881)二月初七日，三慶、四喜、春臺三班曾聯合演出堂會戲。在這次堂會演戲中，當時隸三慶班的朱蓮芬演出了《寄扇》③。據《鞠臺集秀録》(作於光緒十二年)，朱蓮芬後入四喜部，唱花旦，也曾演出《寄扇》(飾李香君)④。

大雪飲瑤華閣，屬主人歌孔云亭《桃花扇》傳奇"訪翠"一曲。主人自按拍，余爲撫笛。因書三詩於壁，當纏頭云

[清]許宗衡

《鬱輪袍》曲感琵琶，塵海茫茫未有涯。何似與卿共尊酒，一天風雪唱《桃花》。

何必傷心舊板橋，《春燈》《燕子》憶南朝。天涯尚有侯生在，扇底春風爲爾招。

(時主人屬爲寄書鳧盦。)

① 張次溪編纂：《清代燕都梨園史料》，中國戲劇出版社 1988 年版，上册，第 394 頁。
② 同上書，第 498 頁。
③ 王芷章：《中國京劇編年史》，中國戲劇出版社 1988 年版，上册，第 498 頁。
④ 張次溪編纂：《清代燕都梨園史料》，中國戲劇出版社 1988 年版，下册，第 635 頁。

我亦江湖載酒行，十年飄泊負歌聲。誰知偷得《霓裳》後，鐵笛今宵獨爲卿。

（《拳峰館詩》卷下"壬寅"，稿本）

【按】 許宗衡（1811—1869）字海秋，江蘇上元人。咸豐二年（1852）進士。由庶常改中書。官至起居注主事。工古文，爲學主講明大義。有《玉井山館詩文集》。袁枚女孫袁綬（約活動於道光（1821—1850）前後）有《瑤華閣詩草》一卷、《瑤華閣詞朝》一卷補遺一卷。不知其是否爲許宗衡詩題中所說的瑤華閣之主人。

贈蓮芬丈

〔清〕許宗衡

宣南風雪酒家胡，醉倚紅簫聽鷓鴣。才子詩名歌扇在，美人心事聘錢無。

呼龍誰與耕瑤草，彈雀何堪失寶珠。只合捉將宮裏去，錦江春色不模糊。

（《玉井山館詩》卷三，同治四年至九年刊本）

【按】 此詩作於道光二十九年（1849）。"蓮芬丈"即朱蓮芬，生平見前述。

碧聲吟館談麈（節錄）

〔清〕許善長

卷 四

夙聞都門演劇，有《訪翠》、《寄扇》二出。……前後往京師十餘載,從未見香扇墜一登紅氍毹,殊爲恨事。

(《碧聲吟館談麈》,光緒四年刊本)

【按】 許善長(1823—1891)字季仁,號玉泉樵子,浙江杭州人。出身官宦世家,少年時即有文名。早歲冷宦京師,中年之後外宦江西。嘗守建昌。著有詩集《碧聲吟館唱酬録》、《碧聲吟館唱酬續録》、筆記《碧聲吟館談麈》。著有傳奇《瘞雲岩》、《風雲會》、《茯苓仙》、《胭脂獄》、《神山引》及雜劇集《靈媧石》,合稱《碧聲吟館叢書》。生平、著述詳見晁嵩《晚清曲家許善長研究》,南京師範大學碩士論文,2012 年。

金縷曲·徐園隨繹如聽崑曲

[清]薛紹徽

一紙留都揭,溯沿溪,辛夷落盡,桃花凝血。香木孩兒香扇墜,自是女中豪傑。進諫,果錚錚英烈。瑟瑟珠衫申胥去,縱樓頭碎首,心如鐵。桃葉渡,水嗚咽。琵琶唱罷揚州別,瞬息間,江干炮火,地天崩坼。拾得餘生成壯悔,劫後浮名怎說。幸院本,東塘刪節。今日管弦歌扇底,較《春燈》、《燕子》終高潔。敲竹石,唾壺缺。

(《黛韻樓遺集·詞集》卷下,1914 年刻本)

【按】 薛紹徽(1866—1911)字秀玉,號男姒,福建閩縣(今福州)人。晚清著名女文人、女翻譯家。外交官陳壽彭妻。戊戌變法期間,薛紹徽與丈夫等創立了中國最早的女學會、女學報和差別於西方教會所辦的女學堂。夫婦兩人曾合譯法國作家凡爾納的科幻小說《八十日環游記》,成爲凡爾納科幻小說最早的中譯者。兩人又合作翻譯了《外國列女傳》,最早且最有系統地向我國介紹了西方婦女的著作。薛紹徽亦擅長詩、詞、駢文的創作,並善繪畫,精音律,爲閩中才女的精彩代表。著有《黛韻樓遺集》，輯有《國朝閨秀詞集》十卷。今有林怡點校《薛紹徽集》，方志出版社 2003 年版。生平詳見《黛韻樓遺集》卷首其子女所作《先妣薛恭人年譜》。有關薛紹徽及其詩詞創作，可參見錢南秀《晚清女詩人薛紹徽與戊戌變法》一文，收載於陳平原、王德威、商偉編《晚明與晚清：歷史傳承與文化創新》，湖北教育出版社 2002 年版，第 352—376 頁。其夫陳壽彭（生卒年不詳），字逸儒，一作繹如，福建侯官人，亦爲近代著名翻譯家。陳壽彭光緒五年（1879）畢業於福建船政學堂，十五年（1889）應鄉試中副榜，二十三年（1897）移家上海，充南市工程局提調，旋應聘紹興儲才學堂講席。二十八年辭館（1902），居滬與妻薛紹徽以譯書謀生。

詞題中的"徐園"應爲上海之徐園。據《先妣薛恭人年譜》，薛紹徽曾先後兩次赴滬，並在其地生活。第一次是在 1902 年，陳壽彭辭去在寧波的館職，攜眷到滬，當年七月離滬；第二次是在 1905 年，當年八月陳壽彭攜眷赴滬監造漁業海圖，次年九月奉調入粵，十月離滬。根據《金縷曲》"徐園隨繹如聽崑曲"詞前後諸首詞的詞題和內容，可以確定此兩闋詞應作於第二次在滬期間，即 1905 年八月至 1906 年十月間。徐園最初稱"雙清別墅"，因主人浙江海寧人徐鴻逵而被稱作"徐園"或"徐家花園"。徐園始建於清光緒九年（1883），位於閘北唐家弄，面積僅三畝有餘。徐鴻逵爲滬富賈，以販絲起家，又生長於書香門第，文藝修養深厚。徐園最初爲私家花園，園中置有十二景，並建十二樓，亭、堂、榭、閣、齋、泉、石一應俱全，爲清末滬北十景之一。①徐鴻逵構築徐園，最早是將之作爲自

---

① 如池志澂（1854—1937）《滬游夢影》（約作於 1893 年）中說徐園"園不甚大，其中爲堂、爲榭、爲閣、爲齋，又列長廊一帶，穿雲度水，曲折回環，其佈置已爲海上諸園之最"。《滬游雜記‧淞南夢影錄‧滬游夢影》，上海古籍出版社 1989 年版，第 162 頁。

己與文人雅士的宴集、游賞之地，如有人所說的："風晨月夕，複遨（應作邀）諸名宿觴詠其中，酒賦琴歌、棋枰檀板，雅極一時之勝。"①園內建有兩座古戲臺，堂會之日，常演出崑劇、京劇、灘簧等。②徐園於 1887 年 1 月 24 日起對外開放，是上海最早進行營業性開放的私家園林，門票一毛錢。園內戲臺，供演出崑曲、髦兒戲等。園內每晚還會張燈結綵，火樹銀花、異彩紛呈，使得滬上騷人墨客爭相赴園游賞。徐鴻逵去世後，徐園由其兩子徐貫雲、徐淩雲於宣統元年（1909）遷於康腦脫路（今康定路）五號。

清稗類鈔（節録）

[清]徐　珂

"戲劇"類"崑曲戲"條（節録）

康熙朝京師內聚班之演《長生殿》，乾隆時淮商夏某家之演《桃花扇》，與明季南都《燕子箋》之盛，可相頡頏。

"戲劇"類"行頭"條（節録）

淮商排《桃花扇》一劇，費至十六萬金之多，可謂侈矣。

"戲劇"類"切末"條（節録）

切末，點綴景物之謂也。《桃花扇》之十六萬金，爲最耗財力。崑曲尚切末，徽班規模甚狹，取足應用而已。

（《清稗類鈔》第十一冊，中華書局 1984 年版）

① 贅叟：《徐園勝概》，《萬國公報》1890 年第 17 期，第 30 頁。
② 參見《中國戲曲志·上海卷》，中國 ISBN 中心 1996 年版，第 37 頁。

【按】 徐珂（1869—1928），原名昌，字仲可，浙江杭縣（今杭州市）人。光緒十五年（1889）舉人，後任商務印書館編輯，參加南社。曾擔任袁世凱在天津小站練兵時的幕僚，不久離去。1901，在上海擔任《外交報》、《東方雜志》的編輯。1911 年，接管《東方雜誌》"雜纂部"。與潘仕成、王晉卿、王輯塘、冒鶴亭等友好。編有《清稗類鈔》、《歷代白話詩選》、《古今詞選集評》等。此三條所述爲同一事，應合併解讀。乾隆年間，淮商夏某家演出《桃花扇》，應爲其家班所演唱，可能爲御前承應所演。僅切末應用，便花費十六萬金，必是全本搬演。淮商夏某家可能爲鹽商世家。《桃花扇》在乾隆年間於淮揚之地之所以有耗費甚大、全本搬演的演唱，主要有賴於淮揚一帶商業的繁榮、鹽商的雄厚財力、愛好戲曲、附庸風雅的風習，也得益於戲曲演藝活動自元以後在淮揚地區的長久延續不衰。①《揚州畫舫錄》卷五云："鹽務自製戲具，謂之內班行頭。自老徐班全本《琵琶記》請郎花燭，則用紅全堂，風木餘恨則用白全堂，備極其盛。他如大張班，《長生殿》用黃全堂，小程班《三國志》用綠蟲全堂。小張班十二月花神衣，價至萬金；百福班一出北餞，十一條通天犀玉帶；小洪班燈戲，點三層牌樓，二十四燈，戲箱各極其盛。若今之大洪、春臺兩班，則聚衆美而大備矣。"乾隆四十五年（1780），清廷在揚州設詞曲局修改"古今詞曲"也與淮揚地區興盛的演劇活動有關。另，清趙翼有《揚州觀劇》絕句四首描述揚州演劇的熱鬧景象（見《甌北詩鈔》絕句卷二）。《桃花扇》自康熙四十一年（1702）至乾隆年間在淮揚地區的演唱，也說明《桃花扇》的傳播、接受並未受到孔尚任罷官事件的影響。

---

① 參見朱光《清代揚州鹽商的詩酒風流》第五章"崑亂齊奏的鹽商戲劇活動"，社會科學文獻出版社 2014 年版。

而"崑曲尚切末，徽班規模甚狹，取足應用而已"，因爲兩者各
自發展歷史的時間長短不同、積蓄有差，審美規範和風格等多方面
也存在較大差異。崑曲傳奇劇本本身一般篇幅較長。折子戲在乾
隆年間成爲崑曲舞台的主流，但也不乏全本搬演。

邁陂塘·聽唱《桃花扇》傳奇

[清]陳　芸

笑桃花，一枝歌扇，南朝遺事如許。衣冠傀儡興亡恨，都付舞
臺兒女。誰部署？算只有，東風姊妹花眉嫵。秦淮暮雨，竟樓啟迷
香，人來復社，戟指却盦語。江南路，瞬息繁華易主，《春燈》《燕子》
何苦。梅花嶺上蠱沙陣，奚似美人仙侶？卿憶否，空剩得，玉京相
伴黃綰去。移宮換羽，縱攦笛魁官，琵琶頓老，亦復感今古。

（《黛韻樓遺集》附《陳孝女遺集》卷下，1914年刻本）

【按】陳芸（1885—1911）字芸，號淑宜，薛紹徽長女。生平
詳見《陳孝女遺集》卷首陳壽彭作《長女芸傳略》。《陳孝女遺集》原
名《小黛軒詩集》。她侍母至孝，其母得"癆瘵之症"，前後十二年，
全賴其在旁盡心服侍。薛紹徽於宣統三年（1911）閏六月初一日去
世後，陳芸哀毀骨立，也於四十天後去世。陳壽彭在《長女芸傳略》
中說《陳孝女遺集》的原稿"楮葉錯亂，勾乙模糊。今之所成者，皆
次女薑爲之編輯也。"以嫡親姊妹的關係，陳芸之妹在編輯時，儘管
沒有注明集中詩詞各自的寫作時間，但應該是按寫作先後重排過
的。則《邁陂塘》應是陳芸生平所作的最後一首詞。《邁陂塘》前隔
三首詞爲一闋《滿江紅》，題作"隨兩大人登陶然亭"。《先姚薛恭人
年譜》載，光緒三十三年（1907）陳壽彭奉郵傳部調入京，家人皆隨

從,直至陳芸去世,其家一直在北京生活。《年譜》又載,光緒三十四年(1908)春,爲使"病差愈"的薛紹徽"擴胸襟,舒肺氣",陳、薛兩人及子女游覽了北京的一些名勝古跡。陶然亭當在其中。所以《邁陂塘》詞應作於光緒三十四年春之後。由"聽唱"二字,當時有很大可能是清唱《桃花扇》中的曲子。

觀《桃花扇》傳奇歌

［清］劉中柱

一馬化龍南渡江,兩星夾日重建邦。(弘光入南都時,有兩黃星夾日而趨。)金陵王氣那曾見,鼎沸中原戈矛撞。

闖獻賊鬩大事壞,四鎮犄角同聾瞶。蟋蟀相公晨登朝,鷹鸇君子夕出外。(馬士英入閣,出姜曰廣、劉宗周。)

新主不管帷幄計,後宮行樂專恣肆。烏衣巷裏選姣童,桃葉渡口徵名妓。

江南錢塞馬家口,監紀如羊職方狗。(士英開事例,有謠曰:"監紀多如羊,職方賤似狗。掃盡江南錢,填塞馬家口。")門納賄賂日千般,至寶帶進奸僧手。(士英納賄,有僧利根爲次饋獻之高下。總憲李沾進一帶,囑利根稱爲至寶。士英遂以進御。)

又翻逆案收僉人,陽臺歌舞妙絕倫。(士英進用阮大鋮,有詩曰"陽臺歌舞世間無",蓋指阮也。)《春燈》《燕子》鬧不已,梨園裝束江上新。(大鋮誓師江上,衣幃玉,見者呼爲梨園裝束。)

太學諸生清議起,阮黨聞者側目視。風鶴遙驚武昌兵,鼓舌柳生走千里。(左良玉擁兵南下,柳敬亭毅然往解。)

寧南檄到指奇貨,幻蜃妖蠶(左寧南傳檄誅馬阮,有"幻蜃妖薑"之句)膽氣挫。閣部建牙鎮維揚,酒中密談延僚佐。(史可法以閣部出鎮揚州,與推官應廷吉酒中密談,出弘光手詔曰:"左兵南矣,吾將赴難。")

番山鷂子誰喚來,壓寨夫人有將才。(番山鷂子指高傑,壓寨夫人邢氏,皆揚州歌中語。)黃金壩敵澄山敗,帳下鼕鼕戰鼓催。(澄山,黃得功號。高傑大敗得功於黃金壩,夫人助戰。)

桅竿作聲先兆亂,(史閣部所乘船,桅竿每船作聲,祭之不止。)徽垣星昏總堪歎。(紫微垣星暗,閣部屏人夜出,召應廷吉仰視,悽然淚下。)英雄血灑楊柳堤,衣冠魂葬梅花畔。

龍虎失踞石城破,景陽樓上鐘聲墮。君王帶醉夜半奔,宰相資囊猶滿馱。

福運告終城門開(西長安門有一對"福運告終"云云),東林復社幾人哀。五十餘年一回首,父老遺聞安在哉?

云亭山人能強記,譜成好詞作游戲。登場傀儡局面新,提起秦淮舊時事。

聽歌玉笛撥檀槽,悲悲切切傾香醪。紅燈焰冰明月暗,滿庭落葉商風號。

（《又來館詩集》卷四,上海圖書館藏康熙間刻本）

【按】此詩作於康熙四十年(1701)。上海圖書館、國家圖書館均藏有《又來館詩集》的康熙間刻本,但內容有差異。參見李花蕾《劉中柱詩集五館藏本稽考》,《新世紀圖書館》2020 年第 10 期。《清代詩文集珍本叢刊》第一四〇冊據國家圖書館藏本影印收錄《又來館詩集》六卷。劉中柱,字砥瀾,號雨峰(《(道光)寶應縣志》卷十七《列傳》下卷作"禹峰"),別號料錯道人,江蘇寶應人。由廩貢生授臨淮教諭,遷國子監學正,轉戶部主事,晉郎中。後出為真定府知府。著有《漁山園集》一卷、《兼隱齋詩》十一卷、《又來館詩》六卷、《并州百篇詩》一卷,及《史外叢談》、《六館日鈔》等。《(道光)寶應縣志》卷十七《列傳》下卷云:"中柱少以詩名,既爲部郎,與朱彝尊、查慎行輩相倡和。生平獎掖後進,匡振困乏,時論稱之。"

陳弈禧《春藹堂集》卷六有《題劉雨峰〈水邊行樂圖〉》詩,作於康熙四十二年(1703):

> 卅年落拓老名場,十倍風情底樣狂。一代詩人應記取,愚溪好友是劉郎。
>
> 其二
>
> 晚風吹動水鱗鱗,只覺當前物色新。何必重吟"洗桐"句,不須遠擬愛蓮人。
>
> 其三
>
> 白首郎潛積似薪,俸錢沽酒不知貧。可憐擾擾醒時客,爭得先生醉裏真。
>
> 其四
>
> 夏簟敲冰寄所思,人生行樂亦隨宜。又來館坐西窗雨,卻話湖頭把餞時。(雨峰寓齋題曰"又來館"。)①

題《桃花扇》傳奇

[清]劉中柱

兩星夾日輝旌幢,樓船衝浪南渡江。(福王入南都時,有兩黃星挾日而趨。)金陵王氣已銷盡,君臣草草重興邦。

---

① 清陳弈禧:《春藹堂集》卷六,康熙四十六年刻本。

中原鼎沸紛塵埃，戰氛只在長江外。半壁金湯據上游，六朝山水開都會。

福王生小解溫柔，吹竹彈絲第一流。蟋蟀相公工召敵，蛤蟆天子本無愁。（福王嘗命乞兒捕蛤蟆，取蟾酥，合房中藥。士英聞有似道之好。人稱蛤蟆天子、蟋蟀相公。）

至寶帶進奸僧手，（士英納賄，有僧利根爲次餽獻之高下。總憲李沾進一帶，屬利根稱爲至寶，士英遂進御。）江南錢塞馬家口。兩邸紛紛日賣官，監紀如羊職方狗。（當時謠曰：“監紀多如羊，職方賤似狗。掃盡江南錢，填塞馬家口。”）

閹黨新翻《燕子箋》，烏絲玉版譜朱弦。陽臺歌舞瓊樓上，（士英進用阮大鋮，有詩曰：“陽臺歌舞世間無”。蓋指大鋮也。）妝束梨園玉帳前。（大鋮誓師江上，衣蟒玉，見者呼爲梨園裝束。）

權奸事蹟都如此，太學諸生清議起。幻屓妖蟆羽檄飛，從此左兵下江汜。（左寧南傳檄誅馬阮，有“幻屓妖蟆”之句。）

閣部丹忱炳日星，臨江流涕望中興。密談空對應庭吉，（史可法以閣部出鎮揚州，與推官應庭吉酒中密談，出福王手詔曰：“左兵南矣，君將赴難。”）舌戰曾勞柳敬亭。

壓寨夫人威奪幟，四鎮鼠牙爭角犄。黃金壩上陣雲飛，翻天鷂子尤恣肆。（翻天鷂子，高傑也。壓寨夫人，傑妻邢氏也。黃金壩一役，邢氏助戰。）

才罷南兵又北兵，帝子夜走將軍營。瓜洲渡口樓船下，桃葉山前鐵騎橫。

西風颯颯牙檣折，（史閣部所乘船，桅竿每夜作聲，祭之不止。）孤忠冷照揚州月。嶺上梅花擁白雲，一抔碧葬萇弘血。

營門戰鼓聲蓥蓥，星光黯淡天溟濛。（紫微垣星暗，史閣部屏人夜出,召應庭吉視之,淒然泣下。)靖南戰死二劉走,福王堪憐一載終。(西長安門上有一對,"福運告終"云云。)

秦淮流水清如玉,一片平蕪葬蛾綠。朱門草沒大功坊,孝陵夜夜啼烏哭。

云亭才子寫殘春,譜出延年法曲新。媚香樓畔青溪曲,種得桃花似美人。

侯郎風調真無匹,櫻桃一曲鴛鴦結。却奩從此挾深仇,可憐溝水東西別。

別後風波又幾重,含顰無那出深宮。內家散盡君王走,此後歸家百念空。

何意塵緣猶未斷,棲霞山畔還相見。情禪參破事從虛,千秋佳話留紈扇。

離合悲歡夢一場,憑將兒女譜興亡。坐中亦有多情客,莫向當筵唱斷腸。

（《真定集》卷三,南京圖書館藏劉寶楠
選編抄録《劉氏二家詩録》抄本）

【按】此詩收入《淮海英靈集》甲集卷二。南京圖書館藏有《真定集》兩種:劉寶楠初訂本、凌小南選本。兩種均爲抄本,凡三卷,首一卷。卷一所收詩採自《兼隱齋詩鈔》卷一至卷四,卷二採自《兼隱齋詩鈔》卷五至卷八,卷三前半採自《兼隱齋詩鈔續集》,後半採自《又來館詩集》。劉寶楠(1791—1855)字楚楨,號念樓,劉中柱侄玄孫。《觀桃花扇傳奇歌》和《題桃花扇傳奇》的題目和文字間的較多差異說明劉中柱曾對自己已刊行的詩文進行修訂,但沒有據此進行重刊,只以抄本形式存藏於家、在後人手中流傳。而劉寶楠在編選《真定集》時,對抄本有所參考。

袁世碩先生的《孔尚任年譜》(齊魯書社 1987 年版)所附《孔尚任交游考》中的"劉中柱(雨峰)"條也收録了《題〈桃花扇〉傳奇》(第302—303 頁)。袁先生稱該詩出自《真定集》卷三"兼隱齋續集",但應該是出自《又來館詩集》,只是後來經過了劉中柱的修訂。其中存在幾處錯別字,如將"烏絲云版譜朱弦"中的"烏絲"誤作"鳥絲","陽台歌舞瓊樓上"中的"瓊樓上"誤作"瓊樓山","瓜洲渡口樓船下"中的"瓜洲"誤作"瓜舟"。而且袁先生在引録末八句時有闕漏,誤作四句:"浮雲過眼風塵變,棲霞山畔還相見。情禪參破事從虚,千秋佳話留紈扇。"袁世碩先生的《孔尚任年譜》初成於 1961 年,次年由山東人民出版社出版。後經補充、修訂,由齊魯書社於 1987 年出版修訂版,全書字數增加近一倍。2021 年 3月,該年譜又被列爲《袁世碩文集》的第三册,由人民文學出版社出版。對於上述闕漏,新版也未予補全(第 272 頁),其中的錯別字,除將"鳥絲"改正外,其他幾處一仍其舊。另,錢仲聯主編《清詩紀事》第四册"順治朝卷"中"劉中柱"名下也收有《題〈桃花扇〉傳奇》(江蘇古籍出版社 1987 年版,第 2233—2234 頁),没有注明出處,而且字句與《孔尚任年譜》所引存在較多差異,其中也存在錯別字。

顔修來日記(節録)

[清]顔懋價

十二月乙丑

……

庚寅。和暖。宋公以宮贊待命入朝都,未召對,以史編修奕贊補之。明發即起,摒擋諸札信寄物,終朝乃就。既共大年食,中戌,主人歸，乃覓車如玉極庵劉户部寓，送楚源行，託寄弟十五家書，遂如魏染孔户部止堂寓祝徐太夫人。時猷筵已啟，賓客集者三十餘人，瑟眉先生首賓座，若大興王靈石、喬梓梁薌林、相公子啟心編修、通州魏攜田中書椿年、惠安陳云亭中書兆勛，及福山王爲章德圃兄弟並在座，俱未接談，而雜坐華亭吳孝廉、德清後補助教徐孝廉（方虎先生曾孫）、袁四老者之間。僅與懋園、曉嵐昆仲略道寒暄而已。蒙泉至而旋去，又同鄉萊陽王子常侍御鋌、歷城毛鏡圃侍御、平原董曲江（按整理本誤作“西江”）庶常、諸城丁瑤圃中書（王燾）、長山袁愚如中書守侗、户部員外曹縣孫履坦應鳳、膠州欒主事廷珍、濟寧李慕亭刑部、惠民李文木工部、長山袁瑞峰主事守儀、菏澤何刑部文炅（按整理本誤作“文吴”）。供奉梨園則海大農之善慶班，奏《紅梨》《畫林》《單刀》《茶坊》《釵釧》諸雜劇，客履雜沓，無寧居也。夕晏，乃同鏡圃、文木、慕亭諸君及主人共席，稍免異類之苦。復奏《浣紗》《桃花扇》諸劇，及夜月上，席起遂歸。過生甫小談，始閱熊孝廉行略，復讀先公詩，寢已夜分。

（國家圖書館藏稿本）

【按】 國家圖書館所藏此日記的稿本，封面題簽作“顔修來日記”，而實爲顔懋價所作。鳳凰出版社2020年出版的《張叔未日記（外六種）》收有杜萌的整理本，其中偶見斷句錯誤。有關此日記作者的認定，參見整理本前的“整理説明”（第399—400頁）。

顔懋價，生卒年不詳，字介子，號五梧居士，山東曲阜人。顔光猷孫。雍正十三年（1735）拔貢生，官肥城縣教諭。著有《佳木山房詩》等。《曲阜詩鈔》卷六選録其詩十四首，小傳謂：“學博與其兄樂清博稽《禮經》，考定古制，尤留心喪服，故其執親之喪必誠必信。

官肥城時,修禮樂器,選俗生,習儀容,皆有復古之觀。嘗佐盧雅雨運使輯《山左詩鈔》,與董曲江明府、紀曉嵐相國、宋蒙泉廉訪共資考訂,成鉅觀云。"清黃千人的《餐秀集》卷首有顏懋價《序》,"引嚴羽、王士禛之說,訾謷館閣之士,以抒其憤。懋價字介子,曲阜人,以貢生官肥鄉教諭,老而不第,故其詞如是云。"(《四庫全書總目提要》卷一百八十五"集部三十八")此日記紀事的起訖自乾隆十八年(1753)九月至十二月,顏懋價其時在京師宋公(名不詳)府中作幕賓。"庚寅"即十二月十日。當日午後,顏懋價赴魏染胡同"孔戶部止堂"即孔繼汾(1721—1786)的寓所爲其母徐太夫人祝壽,參與壽筵的賓客衆多,應爲班主的海大農的善慶班在下午的壽筵上演出了《紅梨記》、《畫林》、《單刀》、《茶坊》、《釵釧記》等劇或折子戲。善慶班在晚間的筵席上又演出了《浣紗記》、《桃花扇》等劇的折子戲。

魏染胡同位於北京宣武區東北部,北起南柳巷,南至騾馬市大街中段。明代稱魏染胡同。清時稱魏兒胡同、魏染胡同。民國時稱魏染胡同,沿用至今。關於其得名,有兩說,一說因相傳胡同中有魏姓染房,一說因明朝著名宦官魏忠賢曾在此中居住。明張爵纂《京師五城坊巷衚衕集》(有明嘉靖四十一年序南林劉氏求恕齋刊一卷本)載魏染衚衕在京師南城宣化坊。朱一新撰《京師坊巷志稿》卷下和朱一新、繆荃孫合撰的《京師坊巷志》卷十亦有記載,但也都未指出其得名之由來。

參與壽筵的衆人中,"喬梓梁鄉林"即梁詩正(1697—1763),"懋園、曉嵐昆仲"即紀昭和紀昀。董曲江即董元度(1712—1787),字曲江,別號寄廬,平原縣董路口村人。

己巳夏僑寓廬陽郡廨偶檢孔稼部所制《桃花扇》曲翻閱數過不勝前朝治亂興廢之感因賦十律

［清］何　暐

莫道清歌非信史，儘留碧血續忠經。（史閣部眼血，黃得功頭血，李香君面血，故云。）

銅駝淚灑秦淮冷，鐵板聲敲楚夢醒。復社衣冠壟草白，孝陵風雨佛燈青。（陵左即寧國寺。）

開元軼事誰能說，暮雨頹樓隔岸聽。

擁立金陵勢已殊，景陽鐘罷又吹竽。

朝端冠履三家狗，（《截磯》劇，左良玉曲："吠唐堯聽使喚的三家狗"。）扇底煙花一斛珠。（《媚座》劇，馬士英曲："難道一斛珠，偏不能換蛾眉？"）

折臂芹宮因黨魏，（《閱丁》劇，阮大鋮曲："無端折臂腰"。）斷頭蕪闑不忘朱。（黃得功兵駐蕪湖。《劫寶》劇，黃得功拔劍大呼："大小三軍，來看斷頭將軍！"）

即令惆悵江充客，青胤誰憑帝闔呼。（《後序》云："幽囚太子，誰為世上江充？"）

夷門公子秣陵秋，金粉城中亂鐵鍪。

瑤草亦羞丞相臉，（馬士英字瑤草。《罵筵》劇，士英白："分宜相公嚴嵩，《鳴鳳記》中抹了花臉，著實醜看。"）桃花何惜美人頭。（"桃花"指香君言。《罵筵》劇，阮大鋮白："客羞應斬美人頭"。）

寧南命短孤臣恨,(寧南侯左良玉卒於師中。)淮北兵虛殘局收。(三鎮移兵防江,徐淮營空,北兵乘虛南下。)

老淚西風吹閣部,(《沉江》劇,合曲:"滿腔憤恨向誰言,老淚風吹面。")至今梅嶺著揚州。(史可法葬衣冠於梅花嶺。)

忠佞從來涇渭分,陪京防亂禍生因。(吳次尾有《留都防亂揭帖》,黨禍由此成。)

鴛鴦早折行行券,(《題畫》劇,侯公子曲:"一行行寫下鴛鴦券"。)鹿馬都成滾滾塵。(《媚座》劇,馬士英白:"人都說養馬成群,滾滾不定,怎知立君由我,殺人何妨?")

經濟於今描粉墨,(《選優》劇,阮大鋮曲:"恨不能腮描粉墨"。)綱常自古讓釵巾。

買香蘭署真堪笑,(《拒媒》劇,楊文驄曲:"蘭署裏買香薰"。)蝶使蜂媒到處春。(楊文驄始爲香君作伐,繼爲田仰强娶,卒令李貞麗代嫁,故云。)

陳隋煙月已迷離,玉樹聲同畫角悲。

歌吹南都癡帝子,(田雯《桃花扇題辭》:"卻怪齊梁癡帝子,莫愁湖上往年年。")旌旗東下莽男兒。(《撫兵》劇,左良玉曲:"莽男兒,走遍天涯。")

團瓢道士招魂慘,(《入道》劇,合曲:"建極寶殿,改作團瓢。")細柳夫人斬將奇。(總兵許定國妻侯夫人賺殺高傑。)

鐵鏈(按原作"鐵練")不愁江底斷,片函喝退漢陽師。(左良玉東下,侯生寫書阻之。)

樞翻軸覆事難諧，滿屋新聲冷客談。

局敗權門錯認十，（《鬨丁》劇，阮大鋮曲：“十錯認，無人辨。”）議成藩邸罪椿三。（《阻奸》劇，史可法曲：“這來書謀迎議立，邀功情切。”侯生曲：“福藩罪案三椿大”。）

英雄末路從軍北，（高傑防河，侯生爲參謀。）廟社中興定霸南。（《阻奸》劇，侯生曲：“中興定霸如光武”。）

窩鬨兒曹大業去，（《爭位》劇，史可法曲：“已早窩裏相爭鬨，笑中興，封了一夥小兒曹。”又史可法曲：“事業全去了。”）黃金壩上戰聲酣。（高傑因爭位與三鎮戰於黃金壩。）

擊築吹簫不可論，板橋柳抹夕陽痕。

南朝雅客風流嘴，（《媚座》劇，馬士英曲：“南朝雅客半閑堂，且説風流嘴。”）西廠閹兒線索門。（《鬨丁》劇，吳次尾曲：“西廠索長線”。）

白髮雲霞歸紫炁，（張瑤星後爲道士。）青樓羅綺薄朱軒。（李香君卻奩。）

媚香尚鎖春風院，（媚香樓，香君居住之所。）孟德肯教故劍捫。（《後序》云：“轆轆元妃，忍作朝中孟德。”）

咽斷歌喉暮氣熅，漫翻舊案譜新聞。

龍姿肯把璽符讓，（《設朝》劇，弘光曲：“黃袍加體，嵩呼拜舞，百忙難把璽符讓。”）雞肋應將筆研焚。（《鬨丁》劇，阮大鋮曲：“難當雞肋拳揎”；吳次尾曲：“儒冠打扁，歸家應自焚筆研。”）

東海王孫誇皂隸，（《餘韻》劇，徐青君白：“自家魏國公嫡親公子，今在上元縣當了一名皂隸。”）漁陽鼓史愧紅裙。（《罵筵》劇，香君曲：“俺做個女禰衡，槌漁陽聲聲罵，看他懂不懂。”）

山温水灩春無價,更羨勾欄住白雲。(卞玉京入山修道。)

鍾岫宮廷草色蔽,新君秉政日紛紜。

雌雄隊裏刀槍軟,(《移防》劇,史可法曲:"刀槍軟,怎鬬雌雄?")朱紫叢中門户分。(《媚座》劇,馬士英白:"別分門,恩濟威。"又白:"那朱紫滿朝,不過呼朋引黨。")

傳檄俠腸寒易水,(《草檄》劇,袁繼咸、黃澍白:"柳先生竟是荆軻之流,吾輩當以白衣冠送之。")誓師血淚濕邗雲。(《誓師》劇,史可法一腔血作淚零。)

北門鎖鑰終無濟,(《誓師》劇,史可法白:"守住這揚州城,便是北門鎖鑰了。")寂寞魚龍泣水濱。(《劫寶》劇,弘光曲:"寂寞魚龍,潛泣江頭。")

天子無愁語笑嘩,(《選優》劇,弘光曲:"無愁天子,語笑喧嘩。")薰風殿裏月光賒。(弘光殿額"薰風"。又對聯有"一年幾見月當頭"。)

蛾眉采自春卿議,(禮部錢謙益採選宮娥。)燕子書來政府家。(大學士王鐸楷書《燕子箋》腳本。)

蘇柳樵漁還問答,(蘇昆生、柳敬亭後一爲樵子、一爲漁父。)吳陳文字等泥沙。(吳次尾、陳定生。)

金吾拂袖松風閣,(《歸山》劇,張薇曲:"蓋了松風草閣,等著俺白雲嘯傲。")指點癡蟲短夢差。(《入道》劇,張薇曲:"再不許癡蟲兒自吐柔絲縛萬遍";又曲:"翅楞楞鴛鴦夢醒好開交。")

（《淮南學些歌》,道光二十七年重刻本）

觀何三十二《桃花扇》劇曲題辭行

［清］帥家相

猩紅氍毹夜宴客，優奴慷慨動顏色。山陰別駕老作顚，酹酒當筵屬詞伯。

手開卷什邀我看，筆競風騷重合拍。公子夷門逸興高，美人白下金縷袍。

寧南將軍帳中死，閣部老臣哀暮濤。云亭曹官古述撰，選調徵歌寄簪鈿。

不作乾坤莽蕩愁，只傳兒女恩私戀。憶昔南朝初下殿，内直猶呼選才媛。

六宮名寵散飛花，半夜香姝抱遺扇。君王萬里行頭顱，士女千春識顏面。

麗華辱井胭脂寒，舞席歌樓忍重見。何郎感懷今古同，衰亡事往不可窮。

羽音逸豔互相激，坐令曹官增嘿息。曲終鬼語聞啾啾，明日新辭添古愁。

（《卓山詩集》卷八，嘉慶二年奉新帥氏賜書堂刻本）

【按】 此詩又見於《江西詩徵》卷七十四"國朝十"。何三十二，即何晫，字念修，山陰人，有《兩山詩鈔》。《卓山詩集》卷八有《與許大（琬）野橋夕望因寄何三十二（晫）》詩。帥家相，字伯子，號卓山。江西奉新人。帥仍祖子。乾隆間著名詩人，生卒年不詳。乾隆二年（1737）恩科進士，任吏部主事，官至廣西潯州知府。有《卓山詩集》，又名《三十乘書樓集》。清曾賓谷編《國朝江左八家詩》推其爲第一家。《卓山詩集》卷首何焯序云："己巳歲,余需次南河。卓山以銓垣出刺廣德,道經袁浦。予夙耳其名,介倅孫副使煨而納交焉。卓山相見歡,旋出自注《三十乘書樓詩集》問序於余。"己巳,即乾隆十四年(1749)。此年,何焯與帥家相定交,焯爲家相序《三十乘書樓詩集》。《觀何三十二〈桃花扇〉劇曲題辭行》應作於本年或其後。《卓山詩集》卷八另收有《贈何三十二別駕》、《調何三十二納姬》。據《多博吟》卷末署"庚午端陽後六日,書於桐川官廨,後學山陰何焯念修甫跋",1750 年 5 月,何焯得讀帥念祖《多博吟》,遂跋之。

何焯《兩山詩鈔》(有道光二十八年山陰何氏重刻本)卷二有《己巳夏,僑寓廬陽郡,偶檢孔稼部所制〈桃花扇〉曲,翻閱數過,不勝前朝治亂興廢之感,因賦十律》詩,應即帥家相詩題中所謂的"何三十二《桃花扇》劇曲題辭"。

和張五鐵船壯悔堂之作

［清］邵　玘

商邱侯氏壯悔堂,屢經易主,近歸劉氏,復拓舊規。落成之日,演《桃花扇》傳奇。此昔年鉤黨顛末也。張五有作,余因和之。

淒涼第宅隱疏楊,重敘升沉語自長。多少穠華銷歇盡,便應休更話真娘。(羅虬句)

浪游十載感離居,勝地欣逢作客初。欲訪當年通德里,夷門堂構已無餘。

云亭樂府譜新聲,幾度傷心建業城。扇底桃花遺曲在,殘棋一局剩空枰。

灰冷金狻不復然，南朝臺榭悵荒烟。美人名士皆黄土，剩有梨
園上舞筵。

（王豫輯《江蘇詩徵》卷一四四，道光元年刊本）

【按】 "張五鐵船"，應即張裕犖，字鐵船，又字幼穆（一作又
牧），號樊川，江南桐城人。幼孤好學，博極群書，過目不忘。乾隆
十三年（1748），以鄉會魁授翰林，由編修仕至國子監祭酒，兩充教
習庶吉士，纂修《續文獻通考》。乾隆十八年，典試山東。十九年、
二十四年，分校鄉會試，得士若朱菜元王文治，爲江浙名流。一時
宏文鉅制，皆出其手。屢遇覃恩，迭膺寵賚。暇則與諸友爲詩文之
會，每一篇出，都人士爭傳誦之。乞歸，卒年八十一。著有《野薾園
詩古文集》。李斗《揚州畫舫録》卷十三謂："而桐城張裕犖，字鐵
船，有七律二首，亦載入《谷雨放船吟》之末，李序曾未之及。"

乾隆十四年（1749），青浦文人邵玘在商邱觀演《桃花扇》，賦此
詩詠之。廖景文《古檀詩話》轉引邵玘《西樵詩鈔》亦載此事，而較
《江蘇詩徵》爲詳，云："侯朝宗壯悔堂屢經易主，近又歸劉氏。落成
之日，演《桃花扇》傳奇，此前明鈎黨顛末也。時予與桐城張司業鐵
船客宋中，鐵船賦詩云：……，予和之云：……。同時和者甚衆，如
陳銀臺坦齋、宋方伯蘭揮。詩極哀豔，足令閱者濕盡青衫。"[1]王豫
輯《江蘇詩徵》卷一四四邵玘小傳云："（邵玘）字桷亭，號西樵，青浦
貢生，著有《西樵詩鈔》。""江蘇詩事：西樵少涉名場，東南文士多相
酬唱，中歲客游商邱、桂陽，晚歸葺舊園居之。有釀花圃、黄雪廊、
友硯齋、話雨蓬諸勝，優游其中。卒年八十四。其詩駘蕩，有自在
流出之致，著《懷舊集》三十八卷。"道光元年（1821）刊本，葉 10a。

---

[1] 清廖景文：《清綺集》卷六，乾隆三十六年刊本。

除《懷舊集》外,邵玘另著有《西樵詩鈔》五卷、《文鈔》一卷(蘇州圖書館有藏)、《寶樹堂雜集》、《花韻館詞》八卷等。

《申報》:詠霓茶園:上演《桃花扇》

詠霓茶園

十月初一夜演

《桃花扇》

(《申報》,1886 年 10 月 27 日)

【按】 光緒十四年(1888),黃月仙在上海寶善街近廣東路處開設大觀茶園,後易主,改稱詠霓茶園,又一度稱詠仙茶園。詠霓茶園同當時的其他許多茶園一樣,也是既演戲,又供茶。

詠霓茶園

十月十一夜演

《桃花扇》

(《申報》,1886 年 11 月 6 日)

詠霓茶園

十二月十五夜演

《桃花扇》

(《申報》,1887 年 1 月 8 日)

詠霓茶園

二月十六日演

《桃花扇》

(《申報》,1887 年 3 月 10 日)

詠霓茶園

閏四月初二夜演
《桃花扇》

（《申報》，1887 年 5 月 24 日）

詠霓茶園
閏四月二十夜演
《桃花扇》

（《申報》，1887 年 6 月 11 日）

詠霓茶園
五月廿五日演
《桃花扇》

（《申報》，1887 年 7 月 15 日）

詠霓茶園
八月十二夜演
《桃花扇》

（《申報》，1887 年 9 月 28 日）

詠霓茶園
九月初五夜演
《桃花扇》

（《申報》，1887 年 10 月 21 日）

詠霓茶園
九月廿八日演
《桃花扇》

（《申報》，1887 年 11 月 13 日）

詠霓茶園
六月十三日演

《桃花扇》

(《申報》,1888 年 7 月 21 日)

（宣統）永綏廳志（節錄）

卷　六

康熙中,曲阜孔尚任來游此園,觀演所制《桃花扇》傳奇,極歡而散。

(《中國地方志集成》湖南府縣誌輯,江蘇古籍出版社 1991 年版)

【按】 "此園",指保靖土司之花園,今花垣縣。保靖屬湘西,也設有宣慰司。顧彩《容美紀游》云:"惟桑植、永順、保靖及蜀之西陽,勢位與之(按指容美)相埒。"①康熙四十八年(1709)初冬,孔尚任曾過湖北安陸,舟行經潛江,至武昌,次年正月北歸。②但他是否曾至湘西,沒有其他文獻記載。若《永綏廳志》記載屬實,則時間當在康熙四十八年末、四十九年初。

---

① 清顧彩著、吳柏森校注:《容美紀游校注》,《渚宮舊事譯注·容美紀游校注》,湖北人民出版社 1999 年版,第 305—306 頁。
② 參見袁世碩《孔尚任年譜》,齊魯書社 1987 年版,第 190—192 頁。

四、評點編

康熙介安堂刻本《桃花扇》批語

［清］佚　名

試一出　先　聲

【蝶戀花】曲

眉批："沖場一曲,可感可興,有旨有趣。非風雅領袖,誰其能之?"

老夫原是南京太常寺一個贊禮,爵位不尊,姓名可隱。

眉批："老贊禮者,云亭山人之伯氏。曾仕南京,目擊時事。山人領其緒論,故有此作。"

【按】　此處所說的"云亭山人之伯氏",應即孔尚任《本末》中所謂的"族兄方訓公",即孔尚則,號方訓。其生平可參見袁世碩《孔尚任年譜》所附《孔尚任交游考》。

但看他有褒有貶,作《春秋》必賴祖傳;可詠可歌,正《雅》《頌》豈無庭訓!

眉批："說出著作淵源,一部傳奇直作《春秋》、《毛詩》讀矣。"

有張道士的《滿庭芳》詞,歌來請教罷。

眉批："表出'張道士'三字。"

【滿庭芳】曲

眉批："鋪敘綱領,簡而詳,質而韻。"

出批："首一折《先聲》,與末一折《餘韻》相配,從古傳奇有如此開場否? 然可一,不可再也。古今妙語,皆被俗口說壞;古今奇文,皆被庸筆學壞。慎勿輕示俗子也。"

第一出　聽　稗

【戀芳春】曲

眉批:"風流蘊藉,全無開場腐套,壓倒古今。"

暗思想,那些鶯顛燕狂,關甚興亡!

眉批:"'鶯顛燕狂,關甚興亡',是南朝病根。"

早歲清詞,吐出班香宋豔;中年浩氣,流成蘇海韓潮。

眉批:"朝宗少爲俳體,壯而悔之,專力兩漢大家之文,有《壯悔堂文集》行世。"

【按】侯方域以"壯悔"爲室名,與其文風的轉變無關,可見其《壯悔堂記》中的敘述。關於其文風的轉變,徐作肅《壯悔堂文集序》云:"侯子十年前,嘗出爲整麗之作,而近乃大毀其向文,求所爲韓、柳、歐、蘇、曾、王諸公,以及於司馬遷者而肆力焉。"

另,侯方域曾參與評閱賈開宗的《溯園文集》(有道光八年(1828)重刻本)。卷一《李空同先生詩選序》後有侯方域評:"文凡十六段,忽離忽合,忽斷忽續。本無意爲照應,而自有草蛇灰線之妙。非歐陽不能也,即歐陽亦不易能。"卷二《郡西北四十里平布寺募講楞嚴經引》後有侯方域評:"氣超而體潔,尺幅中轉換不窮,真古文也。"卷三《亡妻孫氏墓志銘》後有侯方域評:"古而潔,入昌黎之室矣。"此三條評語未被收入《侯方域全集校箋》。它們反映了侯方域的古文觀,有一定的價值,故附錄於此。

莫愁、莫愁,教俺怎生不愁也!

眉批:"莫愁者,愁種也。或是香君前身。"

幸喜社友陳定生、吳次尾寓在蔡益所書坊,時常往來,頗不寂寞。

眉批："蔡益所爲復社禍胎，故先及之。"

(末問介)次兄可知流寇消息麽？

眉批："開口便問流賊消息，驚心動魄之言。"

(副淨)魏府徐公子要請客看花，一座大大道院，早已占滿了。

眉批："先題徐公子，爲末折皂隸伏脈。"

(生)既是這等，且到秦淮水榭，一訪佳麗，倒也有趣！

眉批："訪佳麗，乃侯郎心事。"

小弟做了一篇留都防亂的揭帖，公討其罪。

眉批："'留都防亂'一揭，南朝鉤黨之根也。"

【前腔】"廢苑枯松靠著頹牆"

眉批："無限低佪。"

問余何事棲碧山？笑而不答心自閑。桃花流水杳然去，別有天地非人閑。

眉批："一部《桃花扇》，從此看去，總是別有天地。"

〔鼓詞一〕

眉批："'防亂揭'出，柳、蘇散場，阮衙冰冷，情景可笑。'適齊'一章，恰合時事。"

那太師名摯，他第一個先適了齊。他爲何適齊？聽俺道來！

眉批："五段鼓詞，千古絶調，當浮白歌之。"

〔鼓詞二〕

眉批："此章鼓詞，出曲阜賈鳧西刑部手，借敬亭口演之，頗合時事。"

【按】賈鳧西即賈應寵，號鳧西，其生平可參見袁世碩《孔尚任年譜》所附《孔尚任交游考》。

俺們一葉扁舟桃源路,這才是江湖滿地,幾個漁翁。

眉批:"漁翁爲誰?敬亭自謂也。"

(末)妙極,妙極!如今應制講義,那能如此痛快。真絕技也!

眉批:"令人猛省,說出過化存神之妙,非講義而何?"

【解三醒】曲

眉批:"此《桃花扇》大旨也。細心領略,莫負漁郎指引之意。"

歌聲歇處已斜陽,剩有殘花隔院香。無數樓臺無數草,清談霸業兩茫茫。

眉批:"四十二折下場詩,皆用本折宮調,簇新摛出,有旨有趣,可作南朝本事詩。"

出批:"傳奇首一折,謂之正生家門。正生,侯朝宗也。陳定生、吳次尾是朝宗陪賓,柳敬亭是朝宗伴友。開章一義,皆露頭角,爲文章梁柱。"

"此折如龍升潭底、虎出林中,稍試屈伸、微作跳擲,便令風雲變色、陵谷遷形。觀者須定神斂氣,細看奇文。"

第二出　傳　歌

【秋夜月】曲

眉批:"何等旖旎!"

這裏有位罷職縣令叫做楊龍友,乃鳳陽督撫馬士英的妹夫,原做光祿阮大鍼的盟弟。

眉批:"二奸名姓,先從鴇妓口中道出,絕妙筆法。"

重點檀唇臙脂膩,匆匆挽個抛家髻。

眉批:"抛家髻,妝束不同。"

(末看壁介)這是藍田叔畫的拳石呀。

眉批:"藍田叔是棲霞嚮導,故先及之。"

【梧桐樹】曲

眉批:"本地風光,妙絕千古。"

(末思介)《左傳》云:"蘭有國香,人服媚之"。就叫他香君,何如?

眉批:"取《左傳》為香君注腳,一部奇文,有本有源。"

(落款介)崇禎癸未仲春,偶寫墨蘭於媚香樓,博香君一笑。

眉批:"取樓名亦妙。"

(末)蘇崑生本姓周,是河南人,寄居無錫。

眉批:"蘇崑生,本名周如松。"

【按】 蘇崑生本名為周如松,見余懷《板橋雜記》下卷"軼事"、侯方域《李姬傳》。

(旦皺眉介)有客在坐,只是學歌怎的?

眉批:"此處見香君身分。"

(淨扁巾、褶子,扮蘇崑生上)閑來翠館調鸚鵡,懶去朱門看牡丹。

眉批:"好見解。"

(淨)好好! 又完一折了。

眉批:"教歌一事,便用三樣變法。此與五段鼓詞天然對待。"

(末)這段姻緣,不可錯過的。

眉批:"姻緣針線。"

配他公子千金體,年年不放阮郎歸,買宅桃葉春水。

眉批:"結句絕唱。"

出批:"傳奇第二折謂之'正旦家門'。正旦,李香君也。楊龍友、李貞麗是香君陪賓,蘇崑生是香君業師,故先令出場。前折,柳說貫酸西鼓詞,奇文也;此折,蘇教湯若士南曲,妙文也。皆文章對待法。"

"曲白温柔豔冶,設色點染,恰與香君相稱。"

第三出　鬨　丁

副末扮老贊禮暗上。

眉批:"老贊禮如此出場,其猶龍乎?"

(副淨拱介)得罪、得罪! 我說的是那没體面的相公們,老先生是正人君子,豈有偷嘴之理。

眉批:"微詞可玩。"

(副淨滿髯、冠帶扮阮大鋮上)淨洗含羞面,混入几筵邊。

眉批:"阮鬍如此出場,其如鬼乎?"

讀詩書不愧膠庠,畏先聖洋洋靈顯。

眉批:"結句意深。"

(副淨)我正爲暴白心跡,故來與祭。

眉批:"阮鬍之與祭,只爲辯'防亂揭帖',不料愈辯愈彰。"

【千秋歲】曲

眉批:"痛快!"

那知俺阮圓海,原是趙忠毅先生的門人。

眉批:"夢白先生不能爲叛者庇也。"

【按】 "趙忠毅先生"即趙南星(1550—1627),字夢白。

《春燈謎》誰不見,《十錯認》無人辯,個個將咱譴。

眉批:"《十錯認》乃悔過之書,誰知將錯就錯。雖有六州鐵,不能更鑄矣。"

連你這老贊禮,都打起我來了。

眉批："贊禮揮拳,烏有之事,借此以鳴公憤。"

(副末)我這老贊禮,才打你個知和而和的。

眉批："'打你個知和而和',鄒魯鄉談也。出之贊禮口,更趣。"

儒冠打扁,歸家應自焚筆硯。

眉批："'焚筆硯'句,爲進士、名士頂針。"

【按】"頂針",即頂門上一針,指針灸時自腦門所下的一針,比喻擊中要害而能使人警醒的言論或舉動。"頂針"常見於佛教典籍。宋羅大經《鶴林玉露》卷十三:"朱文公告陳同父云:'真正大英雄人,却從戰戰兢兢、臨深履薄處做將出來,若是氣血麁豪,却一點使不著也。'此論於同父,何謂頂門上一針矣。"亦省作"頂門一針"、"頂門一鍼"。宋劉克莊《題毋惰趙公辭執政恩數簡》:"吾事上十年,聒聒頂門一鍼,每言治亂,原於君心。"明盧象升《與少司成吳葵庵書》:"頂門一針,拜此君之益多矣。"又可省作"頂門針",如清李顒《答顧寧人先生書》:"而鞭辟近里一言,實吾人頂門針、對症藥,此則必不可諱。"頂門鍼:清章學誠《丙辰劄記》:"惠士奇謂不讀非聖之書者,非善讀書,此可謂專退自封之學究作頂門鍼。"頂門針子:猶言頂門上一針。清陳確《答張考夫書》:"陽明子言'知行合一','知行無先後','知行並進',真是宋儒頂門針子。"

(小生)今日此舉,替東林雪憤,爲南監生光,好不爽快。以後大家努力,莫容此輩,再出頭來。

眉批："寫出秀才張惶滿溢之狀,爲黨禍伏案。"

出批："此一折乃秀才發難之始。秀才五,而次尾稱雄;公子三,而定生號長,皆以攻阮鬍之奸也。朝宗之姻緣,遂以逼而成。"

"秀才之打阮也,於場上做出;公子之罵阮也,於白中説出。看文章變換法。"

"此折曲白,俱自《史記》脱化。慷慨激昂,如見鬚眉,奇文也。"

"奇部四人,偶部八人,獨阮大鋮最先出場,爲陽中陰生之漸。"

第四出　偵　戲

【雙勸酒】曲

　　眉批:"聲調可憐。"

可恨身家念重,勢利情多;偶投客魏之門,便入兒孫之列。

　　眉批:"邪正關頭,毫釐千里。怕人怕人。"

彼時既無失心之瘋,又非汗邪之病,怎的主意一錯,竟做了一個魏黨?

　　眉批:"寫出小人愧悔肺肝。"

幸這京城寬廣,容的雜人。

　　眉批:"甘入雜人之隊,可憐。"

新在這褲子襠裏買了一所大宅,巧蓋園亭,精教歌舞。

　　眉批:"阮鬍所住之褲子襠,今人皆避而不居,地以人廢矣。"

若是天道好還,死灰有復燃之日,我阮鬍子呵,也顧不得名節,索性要倒行逆施了。

　　眉批:"講出小人報復肺肝。"

撏落吟須,捶折書腕。

　　眉批:"吟須遭撏,書腕被捶。可羞可羞。"

(副淨吩咐介)速速上樓,發出那一副上好行頭。吩咐班裏人,梳頭洗臉,隨箱快走。你也拿帖跟去,俱要仔細著。

　　眉批:"小人情形如畫。"

彼之曲詞,我之書畫,兩家絕技,一代傳人。

　　眉批:"兩家絕技,今俱傳矣。以人品論,稍屈龍友。"

【急三鎗】曲

眉批："不譜雞鳴埭聽曲謾罵之狀，而譜石巢圍偵戲喜怒之情，文筆高絕。"

（丑）論文采，天仙吏，謫人間，好教執牛耳，主騷壇。

眉批："此曲乃拽弓令滿法。"

【風入松】曲

眉批："亦拽弓令滿法。"

（丑）他説爲何投崔魏，自摧殘。

眉批："此句曲乃放弦法。"

他説老爺呼親父，稱乾子，忝着顏，也不過仗人勢、狗一般。

眉批："末句中的矣。"

不把俺心情剖辯，偏加些惡謔毒頑，這欺侮、受應難。

眉批："惡謔毒頑，自寬自解，没奈何語。"

（末）長兄不必吃惱，小弟倒有個法兒，未知肯依否？

眉批："冤從此解，冤從此結。"

但不知誰可解勸？

眉批："出題。"

這侯朝宗，原是敝年姪，應該料理的。

眉批："爲年侄覓妓，而曰'應該料理'，喪心語也。"

惟有美人稱妙計。

眉批："古今小人，多用美人計。"①

出批："此折曲白，俱自《左傳》脱化。擬議頓挫，如聞口吻，妙文也。"

---

① 蘭雪堂本作"古今小人多會算計。"

第五出　訪　翠

【緱山月】曲

　　眉批:"王謝風流。"

【錦纏道】曲

　　眉批:"'錦纏'一曲,絕妙好詞。"

　　聽聲聲賣花忙,穿過了條條深巷。

　　眉批:"一幅《江南舊院圖》。"

　　你看黑漆雙門之上,插一枝帶露柳嬌黃。

　　眉批:"末句天然丰韻。"

　　但不知怎麼叫做"盒子會"?

　　眉批:"沈石田有《盒子會歌》。"

　　【按】　"沈石田"即沈周,號石田。《盒子會歌》原題《盒子會詞》,見《石田先生詩鈔》卷三。《板橋雜記》附錄二"盒子會"予以全篇引錄。

　　(丑)住在暖翠樓。

　　眉批:"樓名亦佳。"

　　"掃墓家家柳"詩

　　眉批:"四句詩寫出平康風物。"

　　翱翔雙鳳凰。

　　眉批:"令人神往。"

　　海南異品風飄蕩,要打著美人心上癢。

　　眉批:"心花欲笑。"

　　小旦扮李貞麗捧茶壺,領香君捧花瓶上。

　　眉批:"何珊珊其來遲。"

（旦）綠楊紅杏，點綴新節。

眉批："點染不俗。"

（淨）這是院中舊例。

眉批："此例在教坊司尚可查例説堂也。"

【按】 "説堂"，即在堂上述説。清阮葵生《茶餘客話》卷二："在本衙門辦事，堂官高坐，司官侍立説堂。若事件多，司官席地鋪褥序坐説堂。"同書卷三："至堂上不過總其大概，止據説堂數語，安能備知底裏。"

"南國佳人佩"詩

眉批："《壯悔堂集》中無此佳句。"

（丑）這樣好文彩，還該中兩榜才是。

眉批："題承豔麗，似探花郎作。泛泛兩榜，恐未必能。"

（丑飲酒介）我道恁薄。

眉批："動口便趣。"

山谷答："把針尖磨去。"

眉批："偶爾機鋒，亦有深意。"

你聽哄哪一聲，鬍子没打著秀才，秀才倒打了壺子了。

眉批："嘲的恰當。龍友在座，故柳老説法。"

這樣硬壺子都打壞，何況軟壺子。

眉批："著眼。"

生斟，旦飲介。

眉批："尚未定情，先飲合巹。名士美人，目挑心許者，是此時。"

今日清明佳節，偏把個柳圈兒套住我老狗頭。

眉批："巧絕趣絕，真令噴飯。"

旦羞,遮袖下。

眉批:"又做出香君身份。"

(生)多謝了。

眉批:"中計了。"

(末)還有丁繼之、沈公憲、張燕筑,都是大清客,借重他們陪陪罷。

眉批:"借'祭旗'一句,另出三清客。"

出批:"《訪翠》一折,却與《鬧榭》正對。'訪翠'在下玉京家,玉京後爲香君所皈依;'鬧榭'在丁繼之家,繼之後爲朝宗所皈依。皆天然整齊之文。"

第六出　眠　香

今朝全把繡簾鉤,不教金線柳,遮斷木蘭舟。

眉批:"結句,《花間》絶調。"

(末袖出銀介)還有備席銀三十兩,交與廚房。一應酒殽,俱要豐盛。

眉批:"龍友慷他人之慨,亦世局中不可少之人。"

(小旦)益發當不起了。(喚介)香君快來!(旦盛妝上)(小旦)楊老爺賞了許多東西,上前拜謝。

眉批:"鴇妓情神活現。"

(生盛服從人上)雖非科第天邊客,也是嫦娥月裏人。

眉批:"二句乃小登科解嘲語。"

【按】"小登科",舊時對士人完姻之稱。元無名氏《梧桐葉》雜劇第三折:"歡聲鼎沸長安道,得志當今貴豪。小登科接著大登科,播榮名喧滿皇朝,始知學乃身之寶。"

（小旦）妾身不得奉陪，替官人打扮新婦，攛掇喜酒罷。

眉批："龍友、貞麗，今日主婚之人。預令回避，或嫁娶周堂圖中應爾耶？"

【按】周堂，陰陽家語，指宜於辦理婚喪事的吉日。元陸泳《吳下田家志》："嫁娶忌陰將陽將並周堂不通。"《警世通言·卷二二·宋小官團圓破氈笠》："見劉翁夫婦一團美意，不要他費一分錢鈔，只索順從劉翁，往陰陽生家選擇周堂吉日，回復了媽媽。"周堂圖包括多種。《嫁娶周堂圖》是古代陰陽家在初婚男女辦婚事前選擇嫁娶吉日的主要理論依據。康熙二十二年，詔命大學士李光地等考定秦漢時的術數典籍編成《選擇通書》，這本書共分六大目：一、象數；二、年神方位；三、月事吉神；四、月事凶神；五、日時總類；六、月用事宜忌。乾隆四十六年編纂《四庫全書》時，《嫁娶周堂》被選編在《四庫·術數類·叢書·欽定協紀辨方書》卷五十五中。所謂《嫁娶周堂圖》，即是把夫、姑、堂、翁、第、灶、婦、廚八個字按順時針圍成首尾封閉的一個圓周，其中夫即指丈夫；姑即指婆母；堂即指宅中的主體上房大屋；第即指宅第；灶即指家宅廚房中的爐灶；婦即指新婚的新娘；廚即指廚房。《嫁娶周堂圖》云："凡遇擇嫁娶日，大月從夫順數，小月從婦逆數，遇第、堂、廚、灶日用之，如遇翁、姑而無翁、姑者亦可用。"《嫁娶周堂圖》解釋說："按周堂圖：乾爲翁、坎爲第、艮爲灶、震爲婦、巽爲廚、離爲夫、坤爲姑、兌爲堂。有合於儀禮新婦饋盥，舅姑饗婦之位次。其所謂翁姑夫婦者，各人所立之方向也。第與堂者，第爲坎宅，堂爲坐西向東之堂，行禮之所，古人堂室如是也。有廚而又有灶者，廚爲女氏之行，廚所以饋舅姑；灶爲男氏之爨，灶所以饗新婦也。豈得有吉凶生於其間耶？曹震圭以卦爲説，義亦類此。而要謂遇翁、姑、夫、婦則凶，殊爲非理，因載在時憲書，故存其舊，第勿拘忌可耳！"

（淨）這等都是我梳櫳的了。

眉批："諢語有深意。"

（生沈吟介）果然妥當不過。

眉批："接著口來，無不玄妙。"

左邊奉酒，右邊吹彈介。

眉批："排場整齊。"

秀才渴病急須救，偏是斜陽遲下樓，剛飲得一杯酒。

眉批："寫出秀才忙態。"

今宵燈影紗紅透，見慣司空也應羞，破題兒真難就。

眉批："寫出美人羞態。"

侯官人當今才子，梳櫳了絕代佳人，合歡有酒，豈可定情無詩乎？

眉批："有酒無詩，要語不繁。"

（生）不消詩箋，小生帶有宮扇一柄，就題贈香君，永爲訂盟之物罷。

眉批："《桃花扇》托始於此。"

（小旦）看你這嘴臉，只好脫靴罷了。

眉批："嘲的妙。捧硯、脫靴遂有靈蠢之分。"

夾道朱樓一徑斜，王孫初御富平車。青溪盡是辛夷樹，不及東風桃李花。

眉批："此詩見《壯悔集》中。不待血染，已成'桃花扇'矣。"

（丑）如今枯木逢春，也曾鮮花著雨來。

眉批："妥娘二語，令千古美人短氣。"

生小傾城是李香，懷中婀娜袖中藏。緣何十二巫峰女，夢裏偏來見楚王。

眉批："或傳龍友詩，乃余澹心代作。"

（淨）"懷中婀娜袖中藏"，説的香君一搦身材，竟是個香扇墜兒。

眉批："香君身材嬌小，諢號'香扇墜'，舊院人多呼之。"

【節節高】曲

眉批："秀才忙態、美人羞態，愈出愈妙。"

【前腔】"笙簫下畫樓"

眉批："清客羡態、妓女妒態，無不畫出。"

【尾聲】曲

眉批："眠花困柳，千古不醒。"

出批："陪席清客三，而繼之爲冠冕；妓女三，而玉京爲領袖，皆於此折出場。柳與蘇所稱伴友、業師者，偏不在場。陪賓之龍友、貞娘，雖早出而早下，是何等幻筆？曲白整練，排場齊楚，堂堂正正之文也。一本《桃花扇》托端於此。"①

第七出　却　奩

看不分別，混了親爹；説不清白，混了親伯。

眉批："罵闊客太毒。"

【按】宋、元人謂冶游狎妓曰"闊客"。

【夜行船】曲

眉批："寫出悄悄探望神理。"

---

① 嘉慶本、《增圖校正〈桃花扇〉》本此出中的"（末）恭喜世兄，得了平康佳麗"有眉批："四字令人心豔。"

（雜）昨夜睡遲了，今日未必起來哩。

眉批："保兒口中說破男女貪戀之狀。"

珠翠輝煌，羅綺飄蕩，件件助新妝，懸出風流榜。

眉批："'懸出風流榜'，勝似禮部門前。"

枕上餘香，帕上餘香，消魂滋味才從夢裏嘗。

眉批："枕上、帕上之香，非香君不能有也。"

小生衫袖，如何著得下？

眉批："戲語，爲'香扇墜'注腳。"

（末接看介）是一柄白紗宮扇。

眉批："白紗宮扇，繪事後素也，故鄭重言之。"

怕遇著狂風吹蕩，須緊緊袖中藏，須緊緊袖中藏。

眉批："怕遇狂風，含下文語。"

（生）香君天姿國色，今日插了幾朵珠翠，穿了一套綺羅，十分花貌，又添二分，果然可愛。

眉批："侯生感龍友語，非誇香君。"

（小旦）這都虧了楊老爺幫襯哩。

眉批："鴇妓口吻，可厭。"

今日又早早來看，恰似親生自養，賠了妝奩，又早敲門來望。

眉批："龍友熱腸，不免喫虧。"

（旦）俺看楊老爺，雖是馬督撫至親，却也拮据作客。爲何輕擲金錢，來填烟花之窟？在奴家，受之有愧；在老爺，施之無名。今日問個明白，以便圖報。

眉批："香君才露頭角，真慧心明眼人。"

（生）香君問得有理。小弟與楊兄萍水相交，昨日承情太厚，也覺不安。

眉批:"侯生聰明稍遜其偶。"

(末)曾做過光禄的阮圓海。(生)是那皖人阮大鋮麼?

眉批:"兩人口角抑揚,涇渭之分。"

(生)阮圓老原是敝年伯,小弟鄙其爲人,絕之已久。

眉批:"改稱'圓老',已有左袒之意。"

(末)圓老當日曾游趙夢白之門,原是吾輩。……所以今日諄諄納交。

眉批:"龍友受阮鬍之誆,幾敗身名,可畏也。"

就便真是魏黨,悔過來歸,亦不可絕之太甚,況罪有可原乎?

眉批:"侯生亦是平情之論,但恐小人得志,不能踐舊盟耳。"

(旦怒介)官人是何説話!阮大鋮趨赴權奸,廉恥喪盡;婦人女子,無不唾罵。他人攻之,官人救之,官人自處於何等也?

眉批:"巾幗卓識,獨立天壤。"

那知道這幾件釵釧衣裙,原放不到我香君眼裏。

眉批:"何等胸次!"

脱裙衫,窮不妨;布荆人,名自香!

眉批:"'香'字妙。"

(生)好好好!這等見識,我倒不如,真乃侯生畏友也。

眉批:"侯生服善,亦不可及。"

(生)平康巷,他能將、名節講。偏是咱學校朝堂,偏是咱學校朝堂,混賢奸不問青黄。

眉批:"妓女倡正論,真學校朝堂之羞也。"

我若依附奸邪,那時群起來攻,自救不暇,焉能救人乎?

眉批:"亦看得透。"

(末)正是"多情反被無情惱,乘興而來興盡還。"

眉批:"幫人嫖賭,真無益有損之事。龍友通人,有此一弊。"

(生看旦介)俺看香君天姿國色,摘了幾朵珠翠,脱去一套綺羅,十分容貌,又添十分,更覺可愛。

眉批:"此是怨龍友語,亦非誇香君。"

【尾聲】曲

眉批:"鴇妓口吻,更可厭。"

出批:"秀才之打也,公子之罵也,皆於此折結穴。侯郎之去也,香君之守也,皆於此折生隙。五官咸湊,百節不松,文章關捩也。"

【按】 舊時堪輿家謂地脈頓停處地形窪突,地氣所藏結,稱爲"結穴"。又比喻文辭的歸結要點。張竹坡在《批評第一奇書〈金瓶梅〉讀法》的第六十九條中說:"讀《金瓶》,當看其結穴發脈、關鎖照應處。"上述出批中所謂的"結穴"與張竹坡所謂的"結穴"相同。"生隙"的意思近於"發脈"。"結穴",具體指"全部戲劇事件、戲劇内容、人物關係的匯攏"。①如明道人批點《小青娘風流院傳奇》第三十三出出批道:"大文章! 一部摹神文字。臨了一出,高華奇絕,似此結穴,宇内大觀。"又如馮夢龍評改《萬事足》第三十一折的眉批道:"此折與三十三折,乃全部精神結穴處,曲雖多,不可删減。"②

第八出　鬧　榭

(末)貢院秦淮近,賽青衿剩金零粉。

---

① 朱萬曙師:《明代戲曲評點研究》,安徽教育出版社 2002 年版,第 114 頁。
② 轉引自朱萬曙師《明代戲曲評點研究》,安徽教育出版社 2002 年版,第 114—115 頁。

眉批："以金粉賽青衿,畢竟誰輸誰贏。"

(末唤小生介)次尾兄,我和你旅邸抑鬱,特到秦淮賞節,怎的不見同社一人?

眉批："秀才、公子合局結社,令阮鬍鼠竄而避,更甚於'哄丁'之打,'偵戲'之罵矣。他日得志,無怪甘心吾黨也。"

(末寫介)"復社會文,閒人免進。"

眉批："復社當年過於標榜,故爲怨毒所歸。"

(末招手介)這是丁繼之水榭,備有酒席。侯兄同香君、敬亭、崑生,都上樓來,大家賞節罷。

眉批："水榭一席,自足千古,可謂盛會矣。"

(末)已後竟該稱他"老社嫂"了。

眉批："'社嫂',妙稱。"

(生、旦)榴花照樓如火噴,暑汗難沾白玉人。

眉批："消魂語。"

又扮燈船,懸五色紙燈,打細十番,繞場數回下。

眉批："燈船亦分三等,可以觀世變矣。"

(末)辟兵逢彩縷,却鬼得丹砂。

眉批："當時何處非兵,何處非鬼,恐彩縷、丹砂不能辟却也。"

(末)焰比焚椒烈,聲同對壘嘩。

眉批："似茶村《燈船鼓吹歌》,更覺快暢。"

【按】 "茶村"即杜濬,原名詔先,字于皇,號茶村。他於順治四年(1647)作有《初聞燈船鼓吹歌》,見《變雅堂詩集》卷二。清汪楫有《秦淮燈船鼓吹歌》和杜濬,見《悔齋詩》。

(生)螢照無人苑,烏啼有樹衙。

眉批："'螢照'、'烏啼',看破後來。"

樓下船中,料無解人也。

眉批:"索解人,不易也。"

我兩個一邊唱曲,陳、吳二位相公一邊勸酒,讓他名士、美人,另做一個風流佳會,何如?

眉批:"合歡、定情之後,又作一風流佳會。名士美人滿心稱意者,只此一時。"

(副淨立船頭自語介)我阮大鋮,買舟載歌,原要早出游賞,只恐遇著輕薄廝鬧,故此半夜才來。好惱人也!

眉批:"寫出夜臬苦況。"

(副淨驚介)了不得,了不得!(搖袖介)快歇笙歌,快滅燈火。

眉批:"好關目!"

(丑)不必去看,我老眼雖昏,早已看真了。那個鬍子,便是阮圓海。

眉批:"柳、蘇二人寓耳目而識阮鬍,蓋作門客時竊其色笑矣。"

(末怒介)好大膽老奴才,這貢院之前,也許他來游耍麼!

眉批:"特題'貢院'二字,秀才口吻。"

(末)侯兄不知,我不已甚,他便已甚了。

眉批:"'我不已甚,他便已甚',所以大人不為姑息之愛。"

【按】《孟子·離婁下》:"仲尼不為已甚者。"

小舟留得一家春,只怕花底難敲深夜門。

眉批:"'小舟留得一家春',可為《桃花扇》總評。"

出批:"未定情之先,在下家翠樓;既合歡之後,在丁家水榭,俱有柳蘇。一有龍友、貞娘,一有定生、次尾,而下、丁兩主人,俱不出場。此天然對待法也。"

"《哄丁》之打,《偵戲》之罵,甚矣;繼打罵之後,又驅逐之,甚之甚者也,皆屬《辭院》章本。姻緣以逼而成,姻緣又以逼而散也。"

"以上八折皆離合之情。左部八人,未出蔡益所,而其名先標於第一折。右部八人,未出藍田叔,而其名先標於第二折。總部二人,未出張瑤星,而其名先標於開場,直至閏折始令出場,爲後本關鈕。後本二十八、二十九、三十折,三人乃挨次沖場,自述腳色。匠心精細,神工鬼斧矣。"

第九出　撫　兵

只可恨督師無人,機宜錯過。

眉批:"朝野同恨。"

(頓足介)罷罷罷! 這湖南、湖北,也還可戰可守,且觀成敗,再定行藏。

眉批:"坐觀成敗,是寧南罪案。"

正騰騰殺氣,這軍糧又早缺乏。

眉批:"有名無實,有兵無餉,是明末大弊。"

都要把良心拍打,爲甚麼擊鼓敲門鬧轉加? 敢則要劫庫搶官衙?

眉批:"普天之下,一齊拍心。"

【黃龍犯】曲

眉批:"亂兵迫脅,不得不爲。此言遂爲千古口實,可不慎哉!"

(想介)且住,未奉明旨,輒自前行,雖聖恩寬大,未必加誅,只恐形跡之閑,難免天下之議。事非小可,再作商量。

眉批:"寧南即時改悔,而訛言紛紛,決川難防矣。"

（副淨向末）老哥，咱弟兄們商量，天下強兵勇將，讓俺武昌。明日順流東去，料知没人抵當。大家擁著元帥爺，一直搶了南京，就扯起黄旗，往北京進取，有何不可？

眉批："天下事壞於此輩。後日誘左夢庚者，此輩也。"

（末摇手介）我們左爺爺忠義之人，這樣風話，且不要題。

眉批："寧南知己。"

（副淨）你還不知，一移南京，人心驚慌，就不取北京，這個惡名也免不得了。

眉批："看得透。寧南已見及此矣。"

出批："興亡之感從此折發端，而左兵又治亂之機也。淋漓北調，當擊唾壺歌之。"

第十出　修　劄

此乃補救之微權，亦是褒譏之妙用。

眉批："水滸英雄，大家同署旗曰'替天行道'；柳敬亭一人鳴鼓，亦曰'替天行道'"。

爭名奪利片時喧，讓他陳摶睡扁。

眉批："吾恐希夷先生當此時，亦不能安枕。"

（丑）相公不知，那熱鬧局就是冷淡的根芽，爽快事就是牽纏的枝葉。

眉批："柳老明眼利舌，令人猛醒。"

（末扮楊文驄急上）休教鐵鎖沉江底，怕有降旗出石頭。

眉批："波瀾掀天。"

下官楊文驄，有緊急大事，要尋侯兄計議。一路問來，知在此處，不免竟入。

眉批："楊龍友,香君陪客也,而關興亡之計。《春秋》筆法,頗有與之之意。"

(末)兄還不知麼？ 左良玉領兵東下,要搶南京,且有窺伺北京之意。

眉批："訛言可畏如此。"

【一封書】曲

眉批："堂堂之論,隱括原書,更覺爽健。"

(丑)不必著忙,讓我老柳走一遭,何如？

眉批："柳老英雄。"

(丑)不瞞老爺說,我柳麻子本姓曹,雖則身長九尺,却不肯食粟而已。

眉批："柳敬亭原姓曹,體軀偉長,自比曹交,寓嘲皆妙。"

這是俺説書的熟套子。

眉批："《西廂記》、《水滸傳》多用激法,亦屬厭套。"

【北斗鶴鶉】曲

眉批："敬亭因傳書而去,後因傳書而還。自比柳毅,巧極趣極。"

【紫花兒序】曲

眉批："英雄本色。"

(丑)則問他防賊自作賊,該也不該。

眉批："'防賊自作賊',罵死明末諸鎮。"

出批："此一折,敬亭欲爲朝宗説平話,龍友來報寧南之變;後一折,崑生欲爲香君演新腔,龍友來報阮鬍之誣,皆天然對待之文。至於曲之爽快,別有靈舌。"

第十一出　投　轅

(淨)殺賊拾賊囊,救民占民房。當官領官倉,一兵吃三糧。

眉批:"官制之弊,非老兵不能說出。"

(淨)前日鼓譟之時,元帥著忙,許咱們就糧南京。這幾日不見動靜,想又變卦了。

眉批:"泛泛數語,實爲寧南剖白。"

走出了空林落葉響蕭蕭,一叢叢蘆花紅蓼。

眉批:"一幅《湖南秋景圖》。"

倒戴著接羅帽,橫胯著湛盧刀,白髯兒飄飄,誰認的談諧玩世東方老。

眉批:"如聞其聲,如見其人。"

(丑推二淨倒地,指笑介)兩個沒眼色的花子,怪不得餓的東倒西歪的。

眉批:"畫出有兵無餉之狀。"

【北折桂令】曲

眉批:"雄鎮如此,他營可知。"

(末扮中軍官上)封拜惟知元帥大,征誅不讓帝王尊。

眉批:"中軍口語,微露跋扈之意。"

荆襄雄鎮大江濆,四海安危七尺身。日日軍儲勞計畫,那能談笑淨烟塵。

眉批:"寧南心事,不堪告人。"

聞得九江助餉,不日就到。今日暫免點卯,各回汛地,靜候關糧。

眉批:"沒奈何語。"

（丑）晚生一介平民，怎敢放肆。

眉批："柳老似古策士。"

【北雁兒落帶得勝令】曲

眉批："此曲嬉笑謾罵，盡情極態。熟讀快歌，不知足之蹈之，手之舞之。"

那知俺左良玉一片忠心天可告，怎肯背深恩、辱薦保。

眉批："良心語。"

（丑）不敢，晚生姓柳，草號敬亭。

眉批："口吻逼肖。"

俺雖鎮守在此，缺草乏糧，日日鼓譟，連俺也做不得主了。

眉批："實境實情，非支吾話。"

【北收江南】曲

眉批："以大義責之，寧南奚辭？"

（丑）心若做得主呵，也不叫手下亂動了。

眉批："策士之舌，不減儀、秦。"

（丑）晚生遠來，也餓急了，元帥竟不問一聲兒。

眉批："應機就發，妙妙！"

（丑回顧介）餓的急了。

眉批："滑稽之態，不減優孟。"

【北沽美酒帶太平令】曲

眉批："自畫小影，自著小傳，鬚眉勃勃。"

似這般冷嘲、熱挑，用不著筆抄、墨描。

眉批："笑煞假斯文。"

勸英豪，一盤錯帳速勾了。

眉批："結句千鈞力。"

（丑）閒話多時，到底不知元帥向內移兵，有何主見？

眉批："究竟疑案，隱而不發。"

出批："此《投轅》一折，與後《草檄》一折對看者。《投轅》是柳見寧南，《草檄》是蘇見寧南，俱被捉獲，而謁見不同，是對待法，又是變換法。"

"曲白爽口快目，極舌辯滑稽之致。古人發汗已頭風者，此等文字也。"

第十二出　辭　院

還怕投書未穩，一面奏聞朝廷，加他官爵，廕他子姪；又一面知會各處督撫，及在城大小文武，齊集清議堂，公同計議，助他糧餉。

眉批："一時畏左兵甚於流賊，何也？"

今日會議軍情，既傳我們到此，也不可默默無言。

眉批："小人見事風生，何況得志？"

【啄木兒】曲

眉批："開口便思謀害，是何肺肝。"

外白鬚扮史可法，淨禿鬚扮馬士英，各冠帶上

眉批："至此始出史公及馬士英。一忠一奸，陰陽將判，讀者細參之。"

（副淨）這倒不知，只聞左兵之來，實有暗裏勾之者。

眉批："讒口如此，可畏也。"

若不早除此人，將來必爲內應。

眉批："辣手如此，可畏也。"

正是："邪人無正論，公議總私情。"

眉批："馬信之，而史責之，邪正判然。"

（副淨）龍友不知，那書中都有字眼暗號，人那裏曉的？

眉批："毒心如此，可畏也。"

（末）請舅翁先行一步，小弟隨後就來。

眉批："龍友不同行，妙。"

（淨）久荷高雅，正要請教。

眉批："小人臭味，最易投合。"

（末）想因卻奩一事太激烈了，故此老羞變怒耳。

眉批："卻奩一事，龍友胸中未消融。"

（小旦）事不宜遲，趁早高飛遠遁，不要連累別人。

眉批："鴇妓情態，可惡。"

（旦正色介）官人素以豪傑自命，爲何學兒女子態？

眉批："香君事事英雄。"

【滴溜子】曲

眉批："侯生方寸亂矣。"

藥裹巾箱，都帶淚痕。

眉批："香君雖英雄，而不能制眼淚也。"

（旦彈淚介）滿地烟塵，重來亦未可必也。

眉批："從此生離，茫茫千古。"

吹散俺西風太緊，停一刻無人肯。

眉批："末句寫得倉皇可憐。"

（淨）聞他來京公干，常寓市隱園，待我送官人去。

眉批："今日崑生送去，後日崑生尋來。"

出批："左右奇偶，男女賢奸，皆會此折。離合之情於此折盡矣，而未盡也；興亡之感於此折動矣，而未動也。承上啟下，又一關鈕。"

第十三出 哭 主

遙見晴川樹底，芳草洲邊，萬姓歡歌，三軍嬉笑，好一段太平景象也。①

領著花間小乘，載行廚帶緩衣輕；便笑咱將軍好武，也愛儒生。

眉批："高華矜貴之詞。"

俺左良玉，鎮此名邦，好不壯哉！

眉批："驕矜氣象。"

（丑）常言"秀才會課，點燈告坐。"天生文官，再不能爽快的。

眉批："嘲文官，妙！"

（丑）若不嫌聒噪呵，把昨晚說的"秦叔寶見姑娘"，再接上一回罷。

眉批："'秦瓊見姑娘'，柳老絕技也。"

雜設床、泡茶，小生更衣坐，雜搥背修養介。

眉批："受用之極。"

大江滾滾浪東流，淘盡興亡古渡頭。屈指英雄無半個，從來遺恨是荆州。

眉批："果是千秋遺恨。"

這叫就"運去黃金減價，時來頑鐵生光。"

眉批："好開場。"

（小生掩淚介）咱家也都經過了。

眉批："恰與寧南遭際相同。"

秦叔寶站在傍邊，點頭讚歎，口裏不言，心中暗道："大丈夫定

_____

① 嘉慶本、《增圖校正〈桃花扇〉》眉批："此愈渲染，下愈悲涼。"

當如此!"

眉批:"好頓挫。"

(作喊介)如同山崩雷響,十里皆聞。

眉批:"好收煞。"

如今白髮漸生,殺賊未盡,好不恨也。

眉批:"寧南壯志,尚未衰頹。"

(淨扮塘報人急上)忙將覆地翻天事,報與勤王救主人。禀元帥爺,不好了,不好了!

眉批:"滿心快意之時,風雷雨電,橫空而下,令人驚魂悸魄,不知所云。"

我的聖上呀!我的崇禎主子呀!我的大行皇帝呀!

眉批:"亂稱亂呼,極肖武臣匆遽不知大體之狀。"

衆又大哭介

眉批:"千古帝王,未有博得一場慟哭者。聽此曲,誰不失聲?"

(外搖手喊介)且莫舉哀,還有大事相商。

眉批:"匆遽之狀,歷歷如睹。"

(外)既失北京,江山無主。將軍若不早建義旗,頃刻亂生,如何安撫?

眉批:"有見識。"

養文臣幃幄無謀,豢武夫疆場不猛。

眉批:"各拍良心,自恨自悔。"

到今日山殘水剩,對大江月明浪明,滿樓頭呼聲哭聲。

眉批:"黃鶴風景,變幻如此。"

倘有太子諸王,中興定鼎,那時勤王北上,恢復中原,也不負今日一番義舉。

眉批:"崑山素心,不可泯也。"

(副淨稟介)稟元帥:滿城喧嘩,似有變動之意。快請下樓,安撫民心。

眉批:"倉皇之狀如見。"

(小生)阿呀呀! 不料今夜天翻地覆,嚇死俺也!

眉批:"驚懼之狀如見。"

出批:"興亡大案,歸於寧南,蓋以寧南心在烈帝也。正滿心快意,忽驚魂悸魄。文章變幻,與氣運盤旋。"

第十四出　阻　奸

國讎未雪,鄉心難説,把閑情丟開後些。

眉批:"末句仍題'閑情',恐未盡丟也。"

昨因南大司馬熊公内召,史公即補其缺,小生又隨渡江。

眉批:"侯生自淮來京。"

【三臺令】曲

眉批:"百年世事不勝悲。"

萬死無裨,一籌莫展。

眉批:"史公一生喫苦可憐。其喫苦者,認真盡職也。快活奴才豈少哉!"

(外)今日得一喜信,説北京雖失,聖上無恙,早已航海而南。太子亦間道東奔,未知果否?

眉批:"亂世訛言,真有此等情形。"

清議堂中,三番公會,攢眉仰屋蹴靴;相對長籲,低頭不語如呆。

眉批:"情形如畫。"

又說聖上確確縊死煤山,太子奔逃無蹤。

眉批:"小人舉事,偵探便捷,反有確信。"

(生)他有三大罪,人人俱知。

眉批:"'三大罪、五不可立'之論實出周仲馭、雷介公,侯生述之耳。"

若無調護良臣,幾將神器奪竊。

眉批:"'挺擊'、'移宮'、'紅丸'三案,皆起於鄭貴妃之留福王也。楊、左攻之,崔、魏黨之,遂有東林之禍。南朝復立弘光,舊日恩仇自難泯跡。噫!此氣運使然也。奈何,奈何!"

第五件,又恐小人呵,將擁戴功挾。

眉批:"末句切中後日之病。"

今日修書相商,還恐不妥;故此昏夜叩門,與他細講。

眉批:"小人做事,如此辛勤,焉得不濟!"

常言"十個鬍子九個騷",待我摸一摸,果然軟不軟。

眉批:"閑情嘲罵,令人快活。"

(外)去年在清議堂誣害世兄的便是他。

眉批:"挽合舊事,有針線。"

(副淨拍丑肩介)位下是極在行的,怎不曉得夜晚來會,才說的是極有趣的話哩。那青天白日,都是些掃帳兒。

眉批:"小人情態,宜於昏夜。"

(外)寫明白,料他也不敢妄動了。

眉批:"君子作事,如此疏懶,焉得不敗!"

(丑)啐!半夜三更,只管軟裏硬裏,奈何的人不得睡。

眉批:"又嘲罵的快活。"

(呆介)罷了!俺老阮十年之前,這樣氣兒,也不知受過多少,且自耐他。

眉批:"如此忍辱,小人之長技也。"

如今皇帝玉璽且無下落,你那一顆部印有何用處。

眉批:"此一想,小人而無忌憚矣。天下事從此不可問。"

出批:"賢奸爭勝,未判陰陽。此一折治亂關頭也。句句曲白,可作信史。而詼諧笑罵,筆法森然。"

第十五出　迎　駕

幸遇國家大變,正我輩得意之秋。

眉批:"道破心事。"

沒奈何,又托阮大鋮約會四鎮武臣及勳戚內侍。未知如何,好生焦燥。

眉批:"馬士英經濟皆大鋮指授。約會四鎮,或未必出馬意。"

(副淨)四鎮武臣,見了書函,欣然許諾。約定四月念八,全備儀仗,齊赴江浦矣。

眉批:"四鎮舊爲士英提拔,故招之甚易。"

【摧拍】曲

眉批:"四鎮原無成見,欣然奉行,不足怪也。"

職名早投、職名早投,大家去上書陳表,擁入皇州。

眉批:"南朝立君,亦是人心公論。職名早投,皆不足怪。"

(副淨)這有甚麼考證,取本縉紳便覽來,從頭抄寫便了。

眉批:"阮鬍奸才不可及。"

(副淨)我看滿朝諸公,那個是有定見的?乘輿一到,只怕遞職名的,還挨擠不上哩。

眉批:"阮鬍奸識不可及。"

（作手顫介）這手又顫起來了。目下等著起身，一時寫不出，急殺人也。

眉批："匆忙情態，可笑可歎。"

（淨）你指示明白，自然不錯了。

眉批："奸才、奸識，皆以濟奸心也。"

（副淨）説那裏話，大丈夫要立功業，何所不可？ 到這時候，還講剛方麽？

眉批："患得患失，無不爲。古今小人最能忍辱。"

（淨笑介）妙，妙！ 才是個軟圓老。

眉批："軟圓是何物，善諛而虐矣。"

牛馬風塵，暫屈何憂，刀筆吏丞相根由；人笑罵，我不羞。

眉批："笑罵不羞，是求官妙訣。"

外、丑與副淨綁箱背上介

眉批："阮鬍背包之狀，如在目前。"

（副淨正色介）不要取笑，日後畫在淩烟閣上，倒有些神氣的。

眉批："真有神氣，鬚眉俱動。"

（副淨）便益你們，後日都要議敘的。

眉批："小人賺人之法。"

【前腔】"趁斜陽南山雨收"

眉批："詞中有踴躍奔趨之狀。"

快跑、快跑！

眉批："醜態畢見。"

出批："此折有佞無忠，陰勝於陽矣。描畫擁戴之狀，令人失笑，史公筆也。"

第十六出　設　朝

高皇舊宇,看宮門殿閣,重重初敞。

眉批:"開口莊重。"

一朵黃雲捧御床,醒來魂夢自徬徨。中興不用親征戰,才洗塵顏著袞裳。

眉批:"得之易,失之易,俱見於此。"

(眾前跪上表介)南京吏部尚書臣高弘圖等,恭請陛下早正大位,改元聽政,以慰臣民之望。

眉批:"高相國未出場,但作本頭耳。"

【按】"本頭",即手本、奏摺。元楊梓《敬德不伏老》雜劇第二折:"列位大人,老夫明日作本頭,就保他還朝也。"

寡人外藩衰宗,才德涼薄,俯順臣民之請,來守高帝之宮。……諸卿勿得諄請,以重寡人之罪。

眉批:"弘光數語,堂堂皇皇,或有文臣預教之。"

【前腔】"休強"

眉批:"淒涼滿目。"

吾怎忍,垂旒正冕,受賀當陽。

眉批:"詞意冠冕。"

但大讎不當遲報,中原不可久失,將相不宜緩設,謹具題本,伏候裁決。

眉批:"上表文之後,即具題本。當日情事,刻不容緩。"

至於設立將相,寡人已有成議,眾卿聽著

眉批:"有先入之言矣。"

職掌,先設將相,論麒麟畫閣功勞、迎立爲上。

眉批:"前朝靖難奪門,皆議首功。兹番安得不以迎立爲上也。"

高弘圖、姜曰廣入閣辦事,史可法著督師江北。

眉批:"史公入閣,實屬左遷。此不卜而知者。"

今與列侯約定,於五月初十日,齊集揚州,共商復讎之事。各須努力,勿得遲延。

眉批:"史公之志,何殊諸葛。"

(外)老夫走馬到任去也。

眉批:"侯生亦隨史公到揚州矣。"

(末、丑)蒙恩攜帶,得有今日,敢不遵諭。

眉批:"四鎮武夫,遂受馬士英籠絡,中原尚可爲耶?"

(淨笑介)不料今日,做了堂堂首相,好快活也。

眉批:"小人得志如此。"

(副淨悄上作揖介)恭喜老公祖,果然大拜了。

眉批:"小人鑽營,無地不到,一刻不松。"

(副淨)事不宜遲,晚生權當班役,跟進內閣,看看機會何如。

眉批:"有縫即鑽。"

(淨)學生初入內閣,未諳機務。你來幫一幫,也不妨事,只要小心著。

眉批:"馬非阮牽,寸步難行。"

(副淨)莫忘辛勤老陪堂。①

出批:"前半冠冕端嚴,後半鼠狐游戲,南朝規模定於此折矣。一篇正面文字,却用側筆收煞,何等深心!"

---

① 嘉慶本、《增圖校正〈桃花扇〉》眉批:"是馮可道。"

第十七出 拒 媒

我想青樓色藝之精，無過香君，不免替他去問。

眉批："龍友多事。"

(雜)稟老爺，小人是長班，只認的各位官府，那些串客、表子，沒處尋覓。①

【漁燈兒】曲

眉批："一爲龍友構曲，便如此秀冶。"

院裏常留老白相，朝中新聘大陪堂。

眉批："憤激之言。"

你們都算名士數裏的，誰好拿你。

眉批："戲弄名士不淺。"

【前腔】"看一片秣陵春烟水消魂"②

若把俺盡數選入呵，從此後江潮暮雨掩柴門，再休想白舫青簾載酒樽。

眉批："如簧巧舌，説得笙歌裙屐煞有關系。"

老爺果肯見憐，這功德不小，保秦淮水軟山温。

眉批："軟水温山，何處尋熱腸俠骨？"

(副淨)他是侯公子梳櫳過的。③

【錦上花】曲

眉批："詞如繡佛金仙。"

---

① 嘉慶本、《增圖校正〈桃花扇〉》眉批："回的有理。"
② 嘉慶本眉批："絶妙好詞，讀之令人心蕩。"
③ 嘉慶本眉批："丁繼之爲人，賢於龍友十倍。"

（末）雖如此説，但有强如侯郎的，他自然肯嫁。①

（老旦）我們不去何如？

眉批："迎新送舊，是幫客、妓妾本等，兩人獨以爲恥。仙風道骨，畢竟不同。"

奴是薄福人，不願入朱門。

眉批："香君守志是平常事，不足驚異也。"

（淨）香君恭喜了！

眉批："他人豔美而不得，香君棄之不顧，所爲人各有志。"

楊老爺新做了禮部，連你們官兒都管的著。明日拿去，拶吊你指頭！

眉批："説得禮部如此赫誼。"

出批："南朝用人行政之始。用者何人？田仰也。行者何政？教戲也。因田仰而香君逼嫁，因教戲而香君入宮。離合之情又發端於此。三清客、三妓女齊來湊泊。接前聯後，照顧精密，非細心明眼不能領會。"

第十八出　爭　位

小生侯方域，前日替史公修書，一時激烈，有"三大罪、五不可立"之議。

眉批："侯生亦有悔意，然不必也。"

萬一兄弟不和，豈不爲敵人之利乎？

眉批："侯生能料四鎮之爭，不愧參謀。"

---

① 嘉慶本、《增圖校正〈桃花扇〉》本眉批："龍友尚未深識香君。"

【混江龍】曲

眉批："對待整齊，詞華頓宕，關、馬不足比也。"

（副淨）我投誠最早，年齒又尊，豈肯居爾等之下！

眉批："軍情未議，爭端已起；主帥、書生，何以馭之？"

【油葫蘆】曲

眉批："事不可爲矣，史公未肯灰心。"

沒見陣上逞威風，早已窩裏相爭鬧，笑中興封了一夥小兒曹。

眉批："末句罵得痛快。"

沒奈何，且出張告示，曉諭三鎮，叫他各回汛地，聽候調遣。

眉批："以告示調停，乃書生之見。"

【天下樂】曲

眉批："文爭於內，武鬥於外，置國於不問，是何等乾坤。"

小弟乃本府參謀，奉閣部大元帥之命，曉諭三鎮知悉："……"

眉批："史公告示，可抵一本《爭坐位帖》。"

【按】 "《爭坐位帖》"爲唐廣德二年(764)顏真卿寫給右僕射郭英乂的行書稿。內容爲抗議其畏懼權勢，擾亂百官席次。筆勢遒勁率意，字相連屬，是顏氏行書的代表作。或稱爲《論座帖》、《爭座位帖》、《與郭僕射書》。

正是："國讎猶可恕，私恨最難消。"

眉批："恕國仇而報私恨，當日寧止四鎮耶？"

這情形何待瞧，那事業全去了。

眉批："結句無限懊恨。"

明日和他見個輸贏，把三鎮人馬，并俺一處，隨著元帥，恢復中原，却亦不難也。

眉批："孟浪如此。"

今日一動爭端,債俺大事,豈不可憂!

眉批:"此處方説正意。"

(副淨)他三鎮也不爲別的,只因揚州繁華,要來奪取,俺怎肯讓他!

眉批:"高傑仍説此話,豈不可恨。"

【煞尾】曲

眉批:"此曲絕調。自元至今,有壓倒云亭山人者,吾不信也。"

侯兄長才,只索憑你籌畫了。

眉批:"史公智窮矣,南朝將誰賴焉?"

出批:"元帥登壇,極高興之舉,而爲極敗意之事。朝中、軍中無處不難,佞臣、忠臣無人可用。此興亡大機也。有侯生參其中,故必費筆傳出。傳出者,傳侯生也。"

第十九出　和　戰

(副淨)我翻天鷂子,不怕人的,憑你豎戰也可,橫戰也可。

眉批:"高傑亂人,始終亂戰。"

(生搖令箭介)閣部大元帥有令:四鎮作反,皆督師之過。

眉批:"没奈何語。"

不必在此混戰,騷害平民。

眉批:"爭坐以戰,殺人盈野,可乎?"

(丑)朝廷是我們迎立的,元帥是朝廷差來的。我們違了軍令,便是叛了朝廷,如何使得。

眉批:"此數語,何等驕亢。"

(生)既如此説,速傳黃、劉二鎮,同赴轅門,央求元帥。

眉批:"聞此時解和乃萬元吉也,或朝宗亦在側。"

元帥有令："……"①

(副淨惱介)我高傑乃元帥標下先鋒,元帥不加護庇,倒叫與三鎮服禮,可不羞死人也。

眉批:"此數語,何等驕亢。"

這屈辱怎當,這屈辱怎當,渡過大江頭,事業掀天做。

眉批:"兵驕帥弱,大費調停,況恢復中原乎?讀至此,搥胸浩歎。"

這烟塵遍有,這烟塵遍有,好叫俺元帥搔頭,參謀搓手。

眉批:"心盡氣絕,若死灰矣。"

出批:"有爭必有和。爭者,四鎮也;和者,侯生也。又須費筆傳出,亦傳侯生也。"

第二十出　移　防

且收兵,且收兵,占住這揚州市。

眉批:"占住揚州,是高傑本懷。"

(想介)罷罷!還到史閣部轅門,央他的老體面,替俺解救罷。

眉批:"無禮無恥,高傑爲最。"

眼看大事已去,奈何、奈何!

眉批:"徒喚奈何。"

【玉抱肚】曲

眉批:"高吟此曲,擊碎唾壺。"

忽而作反,忽而投誠,把個作反、投誠,當做兒戲,豈不可恨!

眉批:"責的明白剴切。此種兒戲人不少,何足責哉。"

---

① 蘭雪堂本眉批:"當此時,解恨息爭稍晚矣。何侯生不早計及之!"

小將雖強，獨力怎支，還望元帥解救。

眉批：“知有今日，末坐亦可。”

（副淨）那時他沒帶人馬，俺用全軍混戰，因而取勝；今日三家卷土齊來，小將不得不臨事而懼矣。

眉批：“今日臨事而懼，亦須好謀而成。”

（副淨低頭思介）待我商量。

眉批：“低頭尋思，非好謀也，不肯捨揚州耳。”

（外）高傑無禮，本當軍法從事。……三鎮各釋小嫌，共圖大事，速速回汛，聽候調遣。

眉批：“詞嚴義正，退兵何難。”

（外指高傑介）高將軍，高將軍，只怕你的性氣，到處不能相安哩。

眉批：“後日禍事，早已覷破。”

既遂還鄉之願，又好監軍防河，且爲桑梓造福，豈非一舉而三得乎？

眉批：“亦是上計。”

正是：人事無常爭勝負，天心有定管興亡？

眉批：“見到之言。侯生雖能領略，如高傑何？”

（副淨）侯先生，你聽殺聲未息，只怕他們前面截殺。

眉批：“高傑破膽，可恥。”

【朝元令】曲

眉批：“將軍懊悔，書生踴躍，俱爲畫出。”

出批：“和不成，則移之。移高兵，並移侯生。侯生移，而香君守矣。男女之離合與國家興亡相關，故並爲傳出。”

閏二十出　閑　話

剛得逃生,渡過江來,看見滿路都是逃生奔命之人,不覺傷心,慟哭幾聲。

眉批:"高兵騷擾河南,於此見之。"

(小生)大家放下行李,便坐這荳棚之下,促膝閒話也好。

眉批:"荳棚閒話,非同泛泛。"

三月十九日流賊攻破北京,……

眉批:"崇禎帝后大行始末,歷歷分明,皆勝國實錄,不可以野史目之。"

(外)直到四月初三日,禮部奉了僞旨,將梓宮抬送皇陵。……連夜走來,報與南京臣民知道,所以這般狼狽。

(丑)有這樣狗彘,該殺,該殺。

眉批:"粉墨春秋。"

虧了一個趙吏目,糾合義民,捐錢三百串,掘開田皇妃舊墳,安葬當中。

眉批:"趙吏目名一桂,乃吏掾署吏目,事龔光禄。在其家贊成勝舉。"

【按】"龔光禄",即龔佳育(1622—1685),初名佳胤,字祖錫,號介岑,浙江仁和(今杭州)人,龔翔麟父。明末清初藏書家。曾任山東按察僉事、江南布政使司布政使、太常寺卿、光禄寺卿等職。爲官清廉正直,不畏權勢,勤政愛民,卒時家無餘資。神道碑中稱其"所至有異績"。性喜藏書,一生無其他的嗜好,惟以收藏圖史、課子誦讀爲娛,史學家吳晗在《江浙藏書家史略》稱其"藏書至數萬卷",藏書樓有"瞻園"。康熙十三年(1674)冬季,朱彝尊客居

潞河龔佳育幕府,得見其藏書甚富,並得到他的治學之言。學識淵
博,擅書法。刊刻圖書有《浙西六家詞》、《四書講義》等。朱彝尊曾
爲趙一桂《思陵開葬申文》撰按語,云:"思陵葬日,仁和龔光祿佳育
流寓昌平。地宮例書某帝之陵,合以石板,奉安梓宮之前。時倉卒
不及礱石,以磚代之,鈐之以鐵,乃光祿所書也。光祿嘗爲予言:壙
始開,入石門,地甚濕,其中衣被等物多黳黑;被止一面是錦繡,餘
皆以布。長明燈油僅二三寸,缸底皆水。其金銀器皆以鉛銅充之,
當時中官破冒,良可憾也!"①

史公答了回書,特著左懋第披麻扶杖,前去哭臨,老先生可曉
得麼?

眉批:"補此一段,最有關係。"

內作大風雷不止介

眉批:"忠臣號天,感動風雷,或有此理。"

(丑問介)請問老爺:方才說的那些殉節文武,都有姓名麼?

眉批:"客窗夜話,非同泛泛。"

(丑)我小鋪中要編成唱本,傳示四方,叫萬人景仰他哩。

眉批:"所編唱本,料不及《桃花扇》。"

內作衆鬼號呼介

眉批:"忠臣泣血,感動鬼神,或有是理。"

【按】《閑話》中張薇號天、泣血,"感動風雷"、"感動鬼神",
應有所本。孔尚任《湖海集》中有《白雲庵訪張瑤星道士》詩,作於
康熙二十八年(1689)八月。其中有"每夜哭風雷,鬼出神爲顯"的
詩句。孔尚任應是據此構想了相關的情節。

---

① 竇光鼐等《日下舊聞考》卷一百三十七"京畿·昌平"。

出批:"《哭主》一折,止報北京師之失。而帝后殉國、流賊破城始末,皆於此折補出。雖補筆也,寔小結場法。"

"張道士、蔡益所、藍田叔,皆下本結場之人。而此上本末折方令出場,筆意高絶。又兩結場,皆是中元,皆鬼神之事。又全折但用科白,不填一曲,是異樣變化文字。"

加二十一出　孤　吟

【天下樂】曲

　　眉批:"下本開場,又辟新境,真匪夷所思。"

只怕世事含糊八九件,人情遮蓋兩三分。

　　眉批:"含糊、遮蓋,詩人敦厚之旨也。"

【甘州歌】曲

　　眉批:"秋深景寂之感。"

【前腔】"雞皮瘦損"

　　眉批:"客孤齒暮之嗟。"

【前腔(換頭)】"望春不見春"

　　眉批:"朝更世變之悲。"

【前腔(換頭)】"難尋"

　　眉批:"曲終席散之傷。"

【餘文】曲

　　眉批:"興復不淺矣。"

兩度旁觀者,天留冷眼人。

　　眉批:"非冷眼人,不知朝堂是戲,不知戲場是真。"

　　出批:"此出全用詞曲,與《閒話》一出相配。《閒話》,上本之末;《孤吟》,下本之首。"

第二十一出　媚　座

鑽火燃寒灰，這變理陰陽非細。

眉批："'鑽火燃寒灰'，何等相業。"

人都說"養馬成群，滾塵不定"；他怎知"立君由我，殺人何妨。"

眉批："南朝諺語也，口吻怕人。"

人生行樂耳，須富貴此時。

眉批："富貴而閉門者，並此不若矣。"

(末、副淨忙上)閹人片語千鈞重，相府重門萬里深。

眉批："說破赴官席苦況，令人汗流。"

俺肯堂堂相府，賓從疏稀？

眉批："此輩亦有三樂：父母俱忘，兄弟無干，一樂也；仰不知愧天，俯不知怍人，二樂也；得天下不才而教育之，三樂也。"

(副淨、末打恭介)是是！皆老師相變之功也。

眉批："晝短夜長，皆歸變理之功，曲盡獻諛口角。"

【泣顏回】曲

眉批："三人在當日頗有風雅之趣，故爲填此曲。"

(副淨接看介)張孫振、袁弘勳、黃鼎、張捷、楊維垣。

眉批："狐朋狗黨，腳色難遍，說白中稍爲點出。"

(淨)個個是學生提拔，如今皆成大僚了。

眉批："當日薦賢，爲公乎？爲私乎？問之馬相，亦不自解。"

【前腔】"提攜"

眉批："說出赴官席快意，令人汗流。"

(末笑介)從來名花、傾國，缺一不可。今日紅梅之下，梨園可省，倒少不了一聲"曉風殘月"哩。

眉批："龍友多事。"

(淨大笑介)妹丈多情，竟要做個蘇州刺史了。蘇州刺史魂消矣，想一個麗人陪。

眉批："龍友後爲蘇州撫軍。"

只有舊院李香君，新學《牡丹亭》，倒還唱得出。

眉批："龍友更多事。"

俺往說數次，竟不下樓，令我掃興而回。

眉批："龍友非多事也，稍銜恨香君耳。"

【風入松】曲

眉批："香君觸馬怒淺，觸阮怒深，從此莫救矣。"

【前腔】"不須月老幾番催"

眉批："風流踏踐，甚於打罵。"

(末)也不可太難爲他。

眉批："龍友良心不昧。"

【尾聲】曲

眉批："阮鬍辣手。"

出批："上本之末皆寫草創爭鬥之狀，下本之首皆寫偷安晏游之情。爭鬥，則朝宗分其憂；宴游，則香君罹其苦。一生一旦，爲全本綱領，而南朝之治亂系焉。"

"香君一生，誰合之？誰離之？誰害之？誰救之？作好作惡者，皆龍友也。昔賢云：'善且不爲，而況於惡？'龍友多事，殊不可解。傳中不即不離，能寫其神。"

【按】宋龔昱《樂庵語録》卷四云："人之爲善，不可出於有心；有心於爲善，則與爲不善同。昔人有嫁女者，曰：'爾行矣，謹毋爲善。'曰：'將爲不善耶？'曰：'善且不爲，況不善乎？'處心到這裏方可。"

第二十二出　守　樓

（外見介）楊姑老爺肯去，定娶不錯了。

眉批："不錯却錯，此處著眼。"

【漁家傲】曲

眉批："作誇耀之詞以賺之，非嚇之也。"

你們在外伺候，待我拿銀進去，催他梳洗。

眉批："來人之錯認，妙；貞娘之含糊，妙；龍友之調停，妙。皆爲錯娶張本。"

對著面、一時難回避，執著名、別人誰替。

眉批："已露'替'字矣。"

下官怕你受氣，特爲護你而來。

眉批："觸動龍友良心。"

（末）依我説，三百財禮，也不算吃虧；香君嫁個漕撫，也不算失所。你有多大本事，能敵他兩家勢力？

眉批："龍友勸進，亦是正論。"

當日楊老爺作媒，媽媽主婚，把奴嫁與侯郎，滿堂賓客，誰没看見。

眉批："香君堂堂之論，誰能置辯。"

急向内取出扇介

眉批："取扇在手，看者著眼。"

（旦）便等他三年，便等他十年，便等他一百年，只不嫁田仰。

眉批："好利口，好主意。"

（末）阿呀！好性氣，又像摘翠脱衣、罵阮圓海的那番光景了。

眉批："又觸舊恨矣。"

（旦）可又來。阮、田同是魏黨，阮家妝奩尚且不受，倒去跟著田仰麼？

眉批："好利口，好主意。"

（小旦勸介）傻丫頭！嫁到田府，少不了你的吃穿哩。

眉批："貞娘識見，飽暖足矣。"

忍寒飢，決不下這翠樓梯。

眉批："好利口，好主意。"

旦持扇前後亂打介

眉批："持扇亂打，觀者著眼。"

（末拾扇介）你看血噴滿地，連這詩扇都濺壞了。

眉批："血濺詩扇，觀者著眼。"

（末）沒奈何，且尋個權宜之法罷。

眉批："棋逢死地，逼出仙着矣。"

（末）娼家從良，原是好事，況且嫁與田府，不少吃穿。香君既沒造化，你倒替他享受去罷。

眉批："不少喫穿，合著貞娘識見。"

（小旦呆介）也罷！叫香君守著樓，我去走一遭兒。

眉批："青樓以嫁娶爲戲局。"

（又囑介）三百兩銀子，替我收好，不要花費了。

眉批："凡人屬纊之遺屬，皆如是也。"

【按】 人臨終前，將棉絮置其口鼻附近，以觀察其氣息的有無。《禮記・喪大記》："屬纊以俟氣絕。"此處指臨終。

下樓下樓三更夜，紅燈滿路輝；出戶出戶寒風起，看花未必歸。

眉批："'看花未必歸'，千古傷心事。"

捨了笙歌隊，今夜伴阿誰。

眉批:"聚散之理,亦稍見及矣。"

將李代桃,一舉四得,倒也是個妙計。

眉批:"妙計高天下,不數周郎。"

匆匆夜去替蛾眉,一曲歌同易水悲。燕子樓中人臥病,燈昏被冷有誰知。

眉批:"龍友關情,詩能傳之。"

出批:"《桃花扇》正題本於此折。若無血心,何以有血痕?若無血痕,何以淋漓痛快、成四十四折之奇文耶?"

"《却奩》一折,寫香君之有爲;《守樓》一折,寫香君之有守。"

"傳奇中多用錯娶,亦屬厭套。此折錯娶,却是新文。"

第二十三出　寄　扇

【駐馬聽】曲

眉批:"簇繡攢錦,秦、柳小調。"

【沉醉東風】曲

眉批:"筆墨何物,而能歌舞如斯?"

【雁兒落】曲

眉批:"元人齊拜倒矣。"

【得勝令】曲

眉批:"酸心刺骨之語,以俏筆寫之。"

【喬牌兒】曲

眉批:"一字一句,絲竹嘹亮。五曲次序井井,描出思前想後心情。"

【甜水令】曲

眉批:"'桃花扇'神理,一句道破。"

【折桂令】曲

眉批："情境可憐。"

恨在心苗，愁在眉梢，洗了胭脂，浣了鮫綃。

眉批："面上血痕，信筆詮發，異樣好看文章。"

認得紅樓水面斜，一行衰柳帶殘鴉。銀箏象板佳人院，風雪今同處士家。

眉批："好詩。"

幾點血痕，紅豔非常。不免添些枝葉，替他點綴起來。

眉批："龍友妙想、妙手，爲千古必傳之妙事。"

（末大笑指介）真乃"桃花扇"也。

眉批："點題處，鬼工天巧。"

【錦上花】曲

眉批："點染桃花，或正或襯，用異樣鮮妍之筆。扇上幾點，或未必如紙上一句也。"

（旦）說那裏話。那關盼盼，也是烟花，何嘗不在燕子樓中，關門到老。

眉批："引盼盼作陪客，守樓心事，古今同悲。"

（末）你的心事，叫俺如何寫的出？

眉批："步步引導，逼出'寄扇'，匠心奇巧之文。"

【碧玉簫】曲

眉批："幽到自然，非人力可辦矣。"

新書遠寄桃花扇，舊院常關燕子樓。

眉批："'桃花扇'、'燕子樓'，古今絕對。"

【鴛鴦煞】曲

眉批："因教師去，遂用歌吹等串成一曲，信手拈來，皆成絕調。"

三月三劉郎到了，攜手兒下妝樓，桃花粥吃個飽。

眉批："結末數句，不離桃花，爲'神龍弄珠法'。"

【按】孔尚任《凡例》第一則云："劇名《桃花扇》，則'桃花扇'譬則珠也，作《桃花扇》之筆，譬則龍也。穿雲入霧，或正或側，而龍睛龍爪，總不離乎珠。觀者當用巨眼。"

出批："一折北曲，不硬不湊，曰新曰婉。何關馬之足云！今無曲子相公，誰能咀其宮，而嚼其徵耶？"

"借血點作桃花，千古新奇之事。既新矣、奇矣，安得不傳？既傳矣，遂將離合興亡之故，付於鮮血數點中。聞'桃花扇'之名者，羨其最豔、最韻，而不知其最傷心、最慘目也。"

第二十四出　罵　筵

【縷縷金】曲

眉批："俚而文，鄙而雅，如阮鬍之爲人也。"

且喜今上性喜文墨，把王鐸補了內閣大學士，錢謙益補了禮部尚書。

眉批："二公當日未嘗不與鄙夫事君也，故稍譏之。"

前日進了四種傳奇，聖心大悦，立刻傳旨，命禮部採選宮人，要將《燕子箋》被之聲歌，爲中興一代之樂。

眉批："樂云、樂云。"

下官約同龍友，移樽賞心亭，邀俺貴陽師相飲酒看雪。

眉批："前日賞梅，今日賞雪，此輩偏多雅集。"

【黃鶯兒】曲

眉批："玉京獨來獨去，爲南朝第一作者。"

飄飄下

眉批:"去得自在。"

鳳紙僉名喚樂工,南朝天子春心動。

眉批:"'南朝天子春心動'一句,自堪千古。"

我老漢多病年衰,也不望甚麼際遇了。今日我要躲過,求二位遮蓋一二。

眉批:"騙法高絕。"

若不離了塵埃,怎能免得牽絆。

眉批:"繼之同來、自去,是南朝第二作者。"

搖擺下

眉批:"去的爽快。"

小旦扮寇白門,丑扮鄭妥娘,雜扮差役跟上

眉批:"寇、鄭二妓才來。若俗筆,必以寇、鄭陪玉京,如沈、張之陪繼之矣。"

(雜)咦!怎麼出家的都配成對兒。

眉批:"諢的有趣。"

(雜)母子總是一般,只少不了數兒就好了。

眉批:"將錯就錯,妙。"

(望介)他早趕上來也。

眉批:"不與鄭、寇同行,是香君身份。"

(小旦)你也下樓了,屈尊、屈尊。

眉批:"懷前日不嫁之嫌。"

(旦私語介)難得他們湊來一處,正好吐俺胸中之氣。

眉批:"此是香君快意之時。"

【前腔】"趙文華陪著嚴嵩"

眉批："所謂'當年真是戲'也。"

瓊瑤樓閣朱微抹,金碧峰巒粉細勾。

眉批："此輩談吐,何等大雅。"

這是畫友藍瑛新來見贈的。

眉批："透出藍瑛來京。"

(淨)妙妙! 你看雪壓鍾山,正對圖畫,賞心勝地,無過此亭矣。

眉批："对景挂画,亦露俗態。"

(副淨)晚生今日掃雪烹茶,清談攀教,顯得老師相高懷雅量,晚生輩也免了幾筆粉抹。

眉批："身處其境,極力妝扮而不自知,所謂'秦人不暇自哀,而後人哀之,後人哀之而不鑒之,亦使後人而復哀後人也。'"

(淨笑介)麗而未必貞也。

眉批："隨口詼諧,自謂看破矣。可羞、可憐。"

拆散夫妻驚魂迸,割開母子鮮血湧,比那流賊還猛。

眉批："當日皆恨流賊,故以流賊罵之,豈知殆尤甚焉。"

(末)今日老爺們在此行樂,不必只是訴冤了。

眉批："龍友恐怕敗露。"

出身希貴寵,創業選聲容,《後庭花》又添幾種。

眉批："'希貴寵''選聲容',猶淺之乎罵也。美人而兼佞口,千古奇才。"

(末)看他年紀甚小,未必是那個李貞麗。

眉批："若知貞麗即是香君,難乎免於今之席矣。龍友深心救護。"

乾兒義子從新用,絕不了魏家種。

眉批："罵的痛快,罵的狠辣。"

冰肌雪腸原自同，鐵心石腹何愁凍。

眉批："二句，本地風光妙絕。"

（末）是是！丞相之尊，娼女之賤，天地懸絕，何足介意。

眉批："龍友深心救護。"

（淨）好好一個雅集，被這奴才攪亂壞了。可笑、可笑！

眉批："此輩高興，怕遇復社朋友。不料歌妓亦能掃之暢快。"

（末吊場介）可笑香君才下樓來，偏撞兩個冤對。……選入內庭，倒也省了幾日懸掛。

眉批："龍友與香君，恨淺而愛深。故救其命，而幽其身。此間分寸，熟讀乃知。"

出批："'賞梅'一會，逼香君改嫁；'看雪'一會，選香君串戲。所謂'群居終日，言不及義，好行小慧'也。譜此二折者，非爲馬阮宴游之數，爲香君操守之堅也。"

"卞玉京、丁繼之是香君、侯郎皈依之師，兩人翩然早去，從此步步收場矣。"

"《罵筵》一折，比之《四聲猿》'漁陽三弄'尤覺痛快。《哄丁》、《偵戲》之辱，僅及於阮；非此一罵，而馬竟漏網。"

第二十五出　選　優

（淨仰看介）此處是薰風殿，乃奏樂之所。

眉批："薰風殿，奏樂之所。雅則鼓琴，俗則教歌，不足異也。"

（丑嗤笑，指介）你老張的鼓槌子，我曾試過，沒相干的。

眉批："此謔雖惡，亦有自來。《眠香》折尾，與此照應也。"

【遶地游】曲

眉批："南朝風流可覩。"

滿城烟樹問梁陳,高下樓臺望不真。原是洛陽花裏客,偏來管領秣陵春。

眉批:"陳、隋帝王,心法未改。"

(小生)朕有一椿心事,料你也應曉得。

眉批:"若俗筆,便云'你試猜來',遂順手填寫'莫不是云云'一折曲子矣。"

【按】 此處可能指湯顯祖的《牡丹亭》和《紫釵記》。《牡丹亭》第二十八出《幽媾》:"(旦)秀才,你猜來。【紅衲襖】(生)莫不是莽張騫犯了你星漢槎,莫不是小梁清夜走天曹罰?"《紫釵記》第三十九出《淚燭裁詩》:"(鮑)你猜來。【紅衲襖】(旦)莫不是掃南蠻把謫仙才御筆拿?莫不是定西番把洛陽侯金印掛?莫不是虎頭牌先寫著秦關驛駐皇華?莫不是鳳尾旗緊跟上他渭河橋敲駿馬?"

(副淨跪介)聖慮高深,臣衷愚昧,其實不能窺測。伏望明白宣示,以便分憂。

眉批:"阮鬍豈不能參透雞肋者,借此以騙駭主耳。"

今日正月初九,腳色尚未選定。萬一誤了燈節,豈不可惱。

眉批:"及時行樂,急不能待,實有此景。"

【前腔】"忝卿僚、填詞辨摑"

眉批:"小人事君也,以容悦也,鮮有不以此爲忠者。"

(小生)傳他進來。

眉批:"天子御門,部堂引見,如斯而已。"

(外、淨)不敢,小民串戲爲生。

眉批:"當年召對,此外無聞。"

(副淨跪介)臣啟聖上,那兩個學過的,例應派做生、旦;這一個没學的,例應派做丑腳。

眉批："何年定例,虧他察例具奏。"

長侍斟酒,慶賀三杯。

眉批："得人之慶,魚藻之樂,不過如斯。"

【前腔】"舊吳宮重開館娃"

眉批："聚天下之尤物,以待楚人之一炬,而不知愁也,奈何?"

那個年小歌妓,美麗非常,派做丑腳,太屈他了。

眉批："可稱知人之明矣。由此推之,可王、可霸。"

賞他一柄桃花宮扇,遮掩春色。

眉批："歌場之扇,真桃花扇也。況出天子所賜乎。而香君棄
之如遺矣。"

〔懶畫眉〕曲

眉批："此《玉樹後庭花》,誰忍聽之?"

看此歌妓,聲容俱佳,豈可長材短用?!還派做正旦罷。

眉批："能用人矣,能乾斷矣,中原何愁不復也。"

(副淨跪應介)是! 此乃微臣之專責,豈敢辭勞。

眉批："阮之考語曰'實心任事,俱見忠藎',或以此耶。"

(小生喚介)長侍,你把王鐸抄的楷字腳本,賞與此旦。

眉批："王楷書烏絲闌《燕子箋》曲本,今人尚有藏之者,非
誣也。"

【前腔】"瑣重門垂楊暮鴉"

眉批："一首宮怨。"

【尾聲】曲

眉批："絕妙宮詞。"

出批："此折寫香君入宮,與侯郎隔絕。所謂'離合之情'也。
而南朝君臣荒淫景態,一一摹出,豈非'興亡之感'乎?"

"周、雷二公被逮,南朝大獄也。雖非正傳,而於行樂之時,亦先爲説出。凡題外閒文,皆有源委。讀《桃花扇》者,當處處留神也。"

第二十六出　賺　將

【四邊靜】曲

眉批:"仄韻曲如此穩妥,可謂絕調。"

成功業,只在將和諧。

眉批:"著緊之言。"

他若依時便罷,若不依時,俺便奪他印牌,另委別將,却也容易。

眉批:"自古將驕,無不敗者。"

他在脣齒肘臂之間,早晚生心,如何防備。

眉批:"侯生卓見。"

俺高傑威名蓋世,便是黃、劉三鎮,也拜下風。這許定國不過走狗小將,有何本領,俺倒防備起他來。

眉批:"高傑一生喫虧在此,而不知悔也。"

(副淨)你二將各領數騎,隨我入城,飲酒頑耍。

眉批:"侯生若在,必不令行。"

虧了夫人侯氏,有膽有謀,昨夜畫定計策:……

眉批:"康熙癸酉見侯夫人於京邸,年八十餘,猶健也。歷歷言此事,其智略氣概,有名將風。"

(副淨笑介)妙、妙,牌印果然送到。明日安營歇馬,任俺區處了。

眉批:"滿心滿意,而不知引羊入俎也。"

(副淨)今日正月初十,預賞元宵,怎的花燈、優人,全不預備?

眉批:"或傳用美人計,臥而擒之。曾問侯氏,云未嘗有妓也。"

(副淨)天色已晚,明日點查罷。大家再飲幾杯。

眉批:"驕泰甚矣。"

(副淨呵介)好反賊,俺是皇帝差來防河大帥,你敢害我?

眉批:"蠢材、蠢話。"

(伸脖介)取我頭去!

眉批:"死時無哀乞之狀,亦不愧大將。"

就引著北朝人馬,連夜踏冰渡河,殺退高兵,算我們下江南第一功了。

眉批:"如高傑者,何足為北門鎖鑰? 史公疏於計,可恨也。"

出批:"高傑之死,本不足傳。而大兵從此下江南,則興亡之大機也。況侯生參其軍事,不為所信,致有今日。則侯生實關乎興亡之數者也,安得不細細傳出?"

第二十七出　逢　舟

你看黃河堤上,逃兵亂跑,不要被他奪了驢去。

眉批:"半壁江南,漸漸瓦解,先寫敗兵匆遽之狀。"

(外)是是,待我撐過去。

眉批:"崑生不落水,貞娘不住船,如何遇侯郎? 傳奇者,傳此也。"

前面是泊船之所,且靠幫住一宿罷。

眉批:"鄰船听話,關目好看。"

【前腔】曲

眉批:"貞娘嫁後情事,此曲補出。"

待我猛叫一聲,看他如何。

眉批：“猛叫，得法。”

（生喜介）竟是蘇崑生。

眉批：“奇遇可傳。”

（見小旦驚認介）呀！貞娘如何到此？奇事、奇事！香君在那裏？

眉批：“見貞娘、不見香君，一喜一驚。”

（生驚介）我的香君，怎的他適了？

眉批：“侯郎此驚不小。”

（生大哭介）我的香君呀，怎的碰死了？

眉批：“侯郎此驚又不小。”

生喜介

眉批：“忽驚、忽歎，忽喜、忽笑，情景宛然。”

生微笑介

眉批：“微笑有情。香君未嫁、未死，他事皆可笑也。”

看桃花半邊紅暈，情懇，千萬種語言難盡。

眉批：“所謂‘抵過錦字書多少’也。”

（生又看，哭介）香君、香君！叫小生怎生報你也！

眉批：“初看則喜，再看則哭，情景宛然。”

橫流沒肩，高擎書信，將蘭亭保全真本。

眉批：“性命可輕，至寶是重，恰合蘭亭故事。”

（生）這都是天緣湊巧處。

眉批：“無意、有意，皆出天緣。”

（淨）既然如此，且到南京看看香君，再作商量。

眉批：“難見史公，且見香君，亦是心事。”

（生）也罷。別過貞娘，趁早開船。

眉批:"一説看香君,便別貞娘,情有厚薄也。"

(小旦)想起在舊院之時,我們一家同住。今日船中,只少一個香君,不知今生還能相見否?

眉批:"重題舊境,愴然欲淚。"

歸計登程猶未准,故人見面轉添愁。

眉批:"此《湖海集》中句,借用恰合。"

不意故人重逢,又惹一天舊恨。你聽濤聲震耳,今夜那能成寐也。

眉批:"逢舊人,觸舊景,殊難爲懷耳。"

出批:"此問彼答,左呼右應,各有寒温,各有心情。一折之中,千補百納,合而成之,乃天衣無縫,豈非妙文?"

"此折全用驚喜哭笑錯落成文。"

第二十八出　題　畫

無限濃春烟雨裏,南朝留得畫中山。

眉批:"'留得畫中山',何等感慨。"

有了,那花稍曉露,最是清潔,用他調丹濡粉,鮮秀非常。待我下樓,向後園收取。

眉批:"收露調色,見田叔畫品之高。"

【齊破陣】曲

眉批:"出色精細之文,鮮秀撲人。"

俺獨自來尋香君,且喜已到院門之外。

眉批:"侯郎心忙、意亂、步急、目迷,俱爲畫出。"

應有嬌羞人面,映著他桃樹紅妍。重來魂似阮劉仙,借東風引入洞中天。

眉批:"人面桃花,侯郎心中景也,不覺口吻道出。"

【朱奴兒犯】曲

眉批:"此曲全似《西廂》矣。《西廂》,北曲也;此南曲,而流麗若此,耳不多聞。"

等他自己醒來,轉睛一看,認得出是小生,不知如何驚喜哩!

眉批:"滿心歡喜,出力做作。"

【普天樂】曲

眉批:"靈心慧性,芬齒香頰。朗朗而吟,喁喁而詠,不能盡此曲之妙。"

想是香君替我守節,不肯做那青樓舊態,故此留心丹青,聊以消遣春愁耳。

眉批:"以爲必然矣,而有必不然者。天下事真難料也。"

【鴈過聲】曲

眉批:"千思百轉,沉吟頓挫,天壤間有數妙文。"

(小生持盞上樓,驚見介)你是何人,上我寓樓? (生)這是俺香君妝樓,你爲何寓此?

眉批:"一問一答,機鋒相對。"

(生)我且問你:俺那香君那裏去了?

眉批:"但問香君,侯郎情急矣。"

(生驚介)怎、怎的,被選入宮了? 幾時去的?

眉批:"喫驚又不小。"

【傾杯序】曲

眉批:"物是人非,情事不堪。此曲一唱三歎,無限低徊。"

今日小生重來,又值桃花盛開,對景觸情,怎能忍住一雙眼淚。

眉批:"兩度桃花盛開,爲'桃花扇'十分襯貼。"

不免取開畫扇,對著桃花賞玩一番。

眉批:"對桃花而展扇,又生出異樣文心。"

【山桃紅】曲

眉批:"此曲指點摹擬,絕好關目。"

這桃花扇在,那人阻春烟。

眉批:"仙乎? 仙乎?"

小生接得此扇,跋涉來訪,不想香君,又入宮去了。(掩淚介)

眉批:"'入宮去了',聲淚俱盡。"

(生)到幾時才出來? (末)遙遙無期。

眉批:"問之諄諄,答之漠漠,情形如畫。"

(生)小生怎忍負約。但得他一信,去也放心。

眉批:"侯郎情癡,要信何爲?"

【尾犯序】曲

眉批:"心盡氣絕,若死灰矣。此曲皆喚奈何也。"

(生、末坐看介)這是一幅桃源圖? (小生)正是。

眉批:"畫桃源圖,有深意存。"

(小生)大錦衣張瑤星先生新修起松風閣,要裱做照屏的。

眉批:"又點出張瑤星,爲審獄伏脈。"

(末讀介)佳句寄意深遠,似有微怪小弟之意。

眉批:"滿腹不快,借詩發揮。"

【鮑老催】曲

眉批:"滿眼苦境,借畫發揮。"

是一座空桃源,趁著未斜陽將棹轉。

眉批:"是一座空桃源,千古絕調。"

(末)虧了小弟在傍,十分勸解,僅僅推入雪中,吃了一驚。幸而選入内庭,暫保性命。

眉批:"數語亦相愛之意,朝宗不能不聽也。"

生、末同行介

眉批:"敗興而歸,俱作無可奈何之狀。妙,妙!"

出批:"《寄扇》,北曲一折;《題畫》,南曲一折,皆整練出色之文。熟讀熟吟,百回千遍,破人鬱結,生人神智。風耶?雅耶?《離騷》耶?《西廂》耶?'四夢'耶?吾不能定其文品矣。"

"對血跡看扇,此《桃花扇》之根也;對桃花看扇,此《桃花扇》之影也。偏於此時寫桃源圖,題桃源詩,此《桃花扇》之月痕、燈暈也。情無盡,境亦無盡。而藍田叔即於此出場,以爲歸依張瑶星之伏脈。何等巧思!"

第二十九出　逮　社

何物充棟汗車牛,混了書香、銅臭?

眉批:"書香、銅臭,二者不可得兼也。必也,爲書賈乎?"

准了禮部尚書錢謙益的條陳,要亟正文體,以光新治。

眉批:"虎西鼓詞云:'調嘴文章,當不的廝殺'。此何時也,而亟正文體。"

但不知那處僻靜,可以多住幾時,打聽音信。

眉批:"侯郎情癡,要音信何爲?"

等他詩題紅葉,白了少年頭。佳期難道此生休也啰?

眉批:"美人、公子,誰無遲暮之嗟?"

(讀介)"復社文開"。

眉批:"'復社文開',頗多事。"

徘徊久,問桃花昔游,這江鄉今年不似舊温柔。

眉批："温柔鄉容易滄桑,奈何。"

傳不朽,把東林盡收,才知俺中原復社附清流。

眉批："復社極力標榜東林,故有南朝黨人之禍。"

排頭踏青衣前走,高軒穩扇蓋交抖。看是何人坐上頭,是當日胯下韓侯。

眉批："小人得志,如此驕矜。"

才顯出誰榮誰羞,展開俺眉頭皺。

眉批："老阮果有此言,不抹花面,不可得也。"

復社乃東林後起,與周鑣、雷縯祚同黨。朝廷正在拿訪,還敢留他選書。

眉批："入復社於周、雷之案,而復社難免矣。"

傳緹騎重興獄囚,笑楊、左今番又。

眉批："南京緹騎,直接東廠,怕人、怕人。"

你這位老先生,不畏天地鬼神了。

眉批："以天地嚇人,畫出書生酸態。"

(小生)俺是吳次尾。(末)俺是陳定生。(生)俺是侯朝宗。

眉批："以名字驕人,畫出書生驕氣。"

【剔銀燈】曲

眉批："小人報睚眥之怨,清白如此,可畏也。"

大家扯他到朝門外,講講他的素行去。

眉批："此何時也,而倡公論,酸極、獃極。"

(雜)請到衙門裏説去罷。

眉批："復社之慷慨,校尉之兇猛,俱爲畫出。"

【前腔】"凶凶的縹絏在手"

眉批："杞人憂天,説得透切。"

出批："逆黨挾仇，復社罹殃，南明亡國之政也。此折俱從實錄，又將阮鬍得意驕橫之態極力描出。如太史公志傳，不加貶刺，而筆法森然矣。"

第三十出　歸　山

【粉蝶兒】曲

眉批："舊臣敗興之狀如畫。"

中夜躊躇，故此去志未決。

眉批："遲遲吾行，心事誰知？"

叫左右預備刑具，叫他逐個招來。

眉批："法司問官，不得不執法，以掩人耳目也。"

(外向淨介)既在蔡益所書坊，結社朋謀，行賄打點，彼必知情。爲何竟不拿到？

眉批："有輾轉之法矣。"

(外拱介)失敬了！前日所題桃源圖，大有見解，領教，領教！(吩咐介)這事與你無干，請一邊候。

眉批："瑤星，文人也。聲氣認真，讀桃源詩，而開侯生之網。如阮大鋮者，妄弄筆墨，目何嘗識丁也？"

【紅衲襖】曲

眉批："開釋得法。王、錢兩公，終是文人。"

下官雖係武職，頗讀詩書，豈肯殺人媚人。

眉批："不肯殺人、媚人，是張公素志，況在聲氣中乎？"

待俺批回該司，速行釋放便了。

眉批："攀附清流，亦是瑤星心事。"

蝗爲現在之災，捕之欲盡；蝻爲將來之患，滅之勿遲。臣編有

《蝗蝻録》,可按籍而收也。

眉批:"阮公爲政,蝗不入境矣。"

眼見復社、東林盡入图圄也,試新刑,搜爾曹。

眉批:"國家黨禍,千古一轍,馬、阮不足責也。"

據送三犯,朋謀打點,俱無實跡。俟拿到蔡益所之日,審明擬罪可也。

眉批:"深心大力,救護正人,白雲先生不可及也。"

老夫待罪錦衣,多歷年所。……天道好還,公論不泯,慎勿自貽後悔也。

眉批:"審勢度理,一劄可傳。"

看這光景,尚容躊躇再計乎?

眉批:"好見識。"

燕泥沾落絮,蛛網罥飛花。

眉批:"點綴松風閣景,真如見。"

來的慌了,冠帶、袍靴全未脫却。如此打扮,豈是桃源中人。可笑,可笑!

眉批:"趣極,韻極,令人失笑。"

(外驚介)拿了蔡益所,他三人如何開交?

眉批:"看他如何變法。"

暫將蔡益所覊候園中,待我回衙細細審問。

眉批:"有尋思。"

(外跌足介)壞了,壞了! 衙役走入花叢,犯人鎖在松樹,還成一個什麼桃源哩。不如下樓去罷!

眉批:"更趣、更韻,令人失笑。"

(丑跪介)犯人與老爺曾有一面之識。

眉批："旅館同宿,種此奇緣。"

(外)你店中書籍,大半出於復社之手,件件是你的贓證。

眉批："嚇之也妙。"

(外)你肯捨了家財,才能保得性命。

眉批："騙之也妙。"

(外)你既肯離家,何不隨我住山?

眉批："誘之也妙。"

(外指介)你看東北一帶,雲白山青,都是絕妙的所在。

眉批："哄之也妙。"

我們今夜定要宿在那蒼蒼翠翠之中。

眉批："何等興致!"

(外)你怎曉的,捨了那頂破紗帽,何處岩穴著不的這個窮道人。

眉批："何等識見!"

(外)不要遲疑,一直走去便了。

眉批："張、蔡同去,是南朝第三、第四作者。"

【前腔】"眼望著白雲縹緲"

眉批："一曲寫盡佳山水,寫盡踴躍歸去之興。"

出批："此折稍長,緣'審獄'、'歸山'是一日事。早為刑官,晚為高隱,朝野之隔,不能以寸,提醒熱客最切也。此折最難結構,而能脫脫灑灑,游刃有餘。"

第三十一出　草　檄

曾逢天啟乾恩蔭,又見弘光嗣廠公。

眉批："'乾恩蔭'、'嗣廠公',阮鬍居之,甚以為榮。"

我老蘇與他同鄉同客,只得遠來湖廣,求救於寧南左侯。

眉批："崑生高義,百世可師。"

(淨)俺並不張看,你放心閉門便了。

眉批："又要等他,又不張看,又不安歇,又叫閉門,情事宛然。"

(淨望介)你看一輪明月,早出東山,正當春江花月夜,只是興會不佳耳。

眉批："老子興復不淺。"

這樣好曲子,除了阮圓海,却也没人賞鑒。

眉批："以'曲子相公'稱圓海,却亦不愧。"

他若聽得,不問便罷;倘來問俺,倒是個機會哩。

眉批："有主意。"

俺是元帥鄉親,巴不得叫他知道,才好請俺進府哩。

眉批："好關目。"

朝中新政教歌舞,江上殘軍試鼓鼙。

眉批："參入無痕。"

(淨)無可奈何,冒死唱曲,只求老爺饒恕。

眉批："'冒死唱曲',奇語也。"

(末)唱的曲子,倒是絶調。

眉批："仲霖在行。"

三更忽遇擊筑人,無故悲歌必有因。

眉批："道破。"

俺幕中有侯公子一個舊人,煩他一認,便知真假。

眉批："敬亭湊巧。"

(丑)他是河南蘇崑生,天下第一個唱曲的名手,誰不認的。

眉批："説得唱曲者,如泰山北斗。"

小阮思報前讐,老馬没分寸。

眉批：“阿黨之罪，阮重馬輕，平心公論。”

（末）還有一件，崇禎太子，七載儲君，講官大臣，確有證據，今欲付之幽囚。人人共憤，皆思寸磔馬、阮，以謝先帝。

眉批：“此處填寫南朝近事，筆法森然。”

一代中興之君，行的總是亡國之政。

眉批：“寧南又是一種責法。”

只有一個史閣部，頗有忠心，被馬、阮内裏掣肘，却也依樣葫蘆。

眉批：“帶責史公，爲其奉詔也。”

俺没奈何，竟做要君之臣了。

眉批：“雖謂不要君，吾不信也。”

【前腔】“朝廷上”

眉批：“槤梏殆盡。”

（小生）你前日勸俺不可前進，今日爲何又來贊成？（丑）如今是弘光皇帝了，彼一時也，此一時也。

眉批：“問得精細，答的明白。”

那馬、阮擅立弘光之時，俺遠在邊方，原未奉詔的。

眉批：“‘原未奉詔’數語，洗刷的寧南乾净。”

（外）這樣大事，還該請到新巡撫何騰蛟，求他列名。

眉批：“補出何撫軍。”

（丑）倒是老漢去走走罷。

眉批：“敬亭傳書而來，傳檄而去，皆是冒險仗義。”

丑跪飲干介。衆拜丑，丑答拜介

眉批：“光景動人。”

【前腔】“擎杯酒”

眉批：“不啻易水之歌。”

出批:"崑生之投寧南,與敬亭之投寧南,花樣不同,各有妙用。敬亭説書之技顯於武昌,崑生唱曲之技亦顯於武昌。梅村作《楚兩生行》,有以也。"

"寫崑生突如其來,寫敬亭倏然而去,俱如戰國先秦時人。鬚眉精神,忽忽驚人,奇筆也。"

第三十二出　拜　壇

我老漢三杯入肚,只唱這個隨心令兒。

眉批:"好個隨心令。"

傍人勸我道:"各人自掃門前雪,莫管他家屋上霜。"我回言道:"大風吹倒梧桐樹,也要傍人話短長。"

眉批:"俗諺用的恰好。"

(內)三月十九日了。

眉批:"驚心震膽之日。"

【普天樂】曲

眉批:"各人口頭語,是各人腳色,各人供狀。"

年時此日,問蒼天,遭的甚麼花甲。

眉批:"末句驚人。"

(贊)舉哀。……(贊)禮畢。

眉批:"老贊禮爲全本綱領,故祭儀特詳。"

【朝天子】曲

眉批:"血淚濡墨,寫成此曲。"

(副末)老爺們哭的不慟,俺老贊禮忍不住要大哭一場了。

眉批:"老贊禮哭得可傷。"

(拭眼問介)祭過不曾?

眉批：“醜態。”

剩下我們幾個忠臣,今日還想著來哭你,你爲何至死不悟呀？

眉批：“阮大鋮哭得可恨。”

（外背介）可笑,可笑！

眉批：“士英亦看不上,何況史公。”

【普天樂】曲

眉批：“南朝千古傷心事,還唱《後庭花》。”

（末）小弟還要拜客,就此作別了。

眉批：“龍友有身份。”

（副淨）果然好花。

眉批：“於是日哭則賞花。”

今日結了崇禎舊局,明日恭請聖上臨御正殿,我們“一朝天子一朝臣”了。

眉批：“‘一朝天子一朝臣’,真不愧也。”

俺已採選定了,這個童氏,自然不許進宮的。

眉批：“都是要緊關目。”

這班人天生是我們冤對,豈可容情。切莫剪草留芽,但搜來盡殺,但搜來盡殺。

眉批：“看阮鬍之處分,明白了當。奸膽、奸才,老馬不及。”

（淨大笑介）有理,有理！ 老成見到之言,句句合著鄙意。

眉批：“牽馬下阱,自亦不免。”

【按】 “見到”,即“見道”,指洞徹真理、明白道理。

（副淨驚起,亂抖介）怕人,怕人！ 別的有法,這卻沒法了。

眉批：“怕左兵者,門户水火也。社稷可更,門户不可破。非但小人,君子亦然,可慨也。”

(副淨向淨耳介)北兵一到,還要迎敵麼?

眉批:"須是卓見。"

大丈夫烈烈轟轟,寧可叩北兵之馬,不可試南賊之刀。

眉批:"私君私臣,私恩私仇,南朝無一非私,焉得不亡?"

(副淨)只說左兵東來,要立潞王監國,三鎮自然著忙的。

眉批:"三鎮既立,弘光便與崇禎爲敵。"

(附耳介)内閣高弘圖、姜曰廣,左祖逆黨,俱已罷職了。那周鑣、雷縯祚,留在監中,恐爲内應,趁早處決何如?

眉批:"補出高、姜罷相、周、雷置法,針線細密。"

且不要孟浪。我看黄、劉三鎮,也非左兵敵手,萬一斬了來人,日後難於挽回。

眉批:"爲敬亭出脫,得法。"

出批:"前之祭丁,今之祭壇,執事者皆老贊禮也。諸生未打,老贊禮先打;百官不哭,老贊禮大哭。贊禮者,贊天地之化育也。作者深心,須爲拈出。"

"馬、阮看花,快意之時。雷電自天而下,一時無所措手足,已喪奸人之膽矣。至於成敗,則天也。《桃花扇》每折開闔,皆用此法。讀者著眼。"

第三十三出　會　獄

末後春風,才綠到幽院。

眉批:"'末後春風',黑獄苦景。"

我與他死同讎,生同冤,黑獄裏半夜作白眼。

眉批:"作白眼者,或亦阮生之輩。"

(生)我想大家在這黑獄之中,三春鶯花,半點不見;只有明月一輪，還來相照，豈可捨之而睡？

眉批："華堂、黑獄，一樣月明，可以齊觀也。"

【品令】曲

眉批："作如是觀，何境不可？"

這個裙帶兒没人解，好苦也。

眉批："敬亭無語不謔，無地不樂，似見道者。"

(舉手介)阿彌陀佛！這也算"佛殿奇逢"了。

眉批："謔的俏。"

【荳葉黄】曲

眉批："説的高興，似見道者。"

【玉交枝】曲

眉批："英雄。"

寧南不學無術，如何收救？

眉批："'不學無術'四字，斷倒寧南。"

(淨)四壁冤魂滿，三更獄吏尊。刑部要人，明早處決，快去綁來。

眉批："黑獄景象，閃緯怕人。"

片紙飛來無人見，三更縛去加刑典，教俺心驚膽顫。

眉批："片紙飛來，三更縛去；當日法網，森森漫天。"

【按】 楊漣《劾魏忠賢二十四大罪疏》云："自忠賢專擅，旨意多出傳奉，傳奉而真，一字抑揚之間，判若天淵；傳奉而僞，誰爲辨之？近乃公然三五成群，勒逼講囊，朝廷政事之堂，幾成哄市。甚至有徑自内批，不相照會者。假若夜半出片紙殺人，皇上不得知，閣臣不及問，害豈渺小！"或爲此處正文所本。見《楊忠烈公集》卷二。

只記得幾個相熟的,有冒襄、方以智、劉城、沈壽民、沈士柱、楊廷樞。

眉批:"補出被逮姓名,以完三公子、五秀才之案。"

【川撥棹】曲

眉批:"奇想。"

【意不盡】曲

眉批:"調舌作態,天花亂綴,總是見道語。"

出批:"前崑生之落水,今敬亭之系獄,皆爲侯生也,而皆與侯生遇,所謂奇緣、奇事。傳奇者,傳此耳。而周、雷冤案即於此折補結。折中曲調妍妙,愈忙愈閑,愈苦愈趣,非見道之深不能爾。"

第三十四出　截　磯

北征南戰無休,鄰國蕭牆盡讎。

眉批:"'鄰國蕭牆盡讎',是何等乾坤。"

咱家黃得功,表字虎山。……這也不是當要的。

眉批:"黃虎山,忠臣也,亦是不學無術。"

【山坡羊】曲

眉批:"一偏之見,説得有理。"

【前腔】"替奸臣復私讎的桀紂"

眉批:"一偏之見,説得有理。"

俺已嚴責再三,只怕亂兵引誘,將來做出事來。

眉批:"知子者,莫若父。"

黃得功也是一條忠義好漢,怎的受馬、阮指撥,只知擁戴新主,竟不念先帝六尺之孤,豈不可恨!

眉批:"責的切當。"

（末）他原是馬士英同鄉。

眉批：「何騰蛟別有見地，士英不能累其品。」

（淨）晚生與他頗有一面，情願效力。

眉批：「水西門祭旗，曾請柳、蘇飲酒。」

【五更轉】曲

眉批：「崑生亦有舌辯，可敬。」

（小生）還要把俺心事說個明白，叫他曉得奸臣當殺、太子當救。

眉批：「心事雖明，誰能剖白？」

不用猜疑，這是我兒左夢庚做出此事，陷我爲反叛之臣。

眉批：「知有今日，而不能禁其子，亦天意也，奈何。」

【前腔】「大將星，落如斗」

眉批：「問寧南此死，泰山耶？鴻毛耶？千古不解。」

不如轉回武昌，同著巡撫何騰蛟，另做事業去罷。

眉批：「亦是正着。」

【哭相思】曲

眉批：「抵一篇《大招》。」

如今只得耐性兒守著。

眉批：「崑生篤朋友之義，而不慮强敵，人傑哉！」

出批：「摹寫左、黃二帥各人心事、各人身份、各人見解，絲毫不同，而皆無傷人情、不礙天理，是何等筆墨。真可爲造化在手矣。」

「敬亭仗義而去，崑生篤義而守，皆爲寧南也。所謂‘楚兩生’。」

「袁臨侯、黃仲霖，俱歸結於何騰蛟處。繁枝冗葉，漸次芟除，一部《桃花扇》始終整潔。」

第三十五出　誓　師

【賀聖朝】曲

眉批:"秋風五丈原,千古同恨。"

聽説猛驚,熱心冰冷。

眉批:"一怨、二恨、三怒,聲息宛然。聞之者,灰心喪氣矣。"

急走介

眉批:"寫出半夜驚慌之狀。"

末擊鼓又傳,又不應介

眉批:"左兵傳令,三傳三鼓譟;史兵傳令,三傳三不應。人心、天意,無可如何矣。"

哭聲祖宗,哭聲百姓。

眉批:"恨煞人,哭煞人。"

(末勸介)元帥保重,軍國事大,徒哭無益也。

眉批:"'徒哭無益',責煞閣部。"

(外拭目介)都是俺眼中流出來。哭的俺一腔血,作淚零。

眉批:"血淚,真耶? 假耶? 理或有之。"

果然都是血淚。

眉批:"美人血染扇,將軍血染袍,正好作對。"

(末)好好! 誰敢再有二心,俺便拿送轅門,聽元帥千殺萬剮。

眉批:"兵士三次自悔、自罵,應前三令不應,針線細密。"

外大笑介

眉批:"忽哭、忽笑,是何等情事。"

你們三千人馬,一千迎敵,一千内守,一千外巡。

眉批:"三千子弟,究竟守城而死,史公一激之力也。"

大家歡呼三聲,各回汛地去罷。

眉批:"歡呼三聲,亦應前三次不應。"

外鼓掌三笑

眉批:"鼓掌大笑,又是何情事?可歎也。"

出批:"寫史公忠義激發,神氣宛然;寫揚兵慷慨踴躍,聲響畢肖。一時飛山倒海,流電奔雷,雄暢之文也。"

"三私聽、三怨恨、三傳令、三不應、三哭勸、三悔罵、三歡呼、三大笑,俱以三次照應成文。筆墨愈整齊,情事愈錯落。"

第三十六出　逃　難

【前腔】"報長江鎖開"

眉批:"二曲自馬、阮心窩挖出,無非欺君誤國、貪生怕死、好貨戀色、樹黨結仇,死而不悔也。"

打淨倒地,剝衣,搶婦女、財帛下

眉批:"打馬是一樣筆法。"

一棒打倒,剝衣介

眉批:"打阮是一樣筆法。"

歎十分狼狽,歎十分狼狽,村拳共捱,雞肋同壞。

眉批:"此皆目擊實事。"

俺這一肩行李,倒也爽快。

眉批:"龍友從容暇豫,勝於馬、阮,亦非處喪亂之國之所宜也。"

(末)還不曾死,看是何人?

眉批:"當日未必遇得恰好,不得不借此以暴其醜也。"

無衣共凍真師友,有馬同騎好弟兄。

眉批:"兩奸抱腰騎馬,醜態如畫。"

他腳小走不動,催了個轎子,抬他先走了。

眉批:"香君雅人,不可露奔逃出宮之狀,故以數語脫之。"

笑臨春結綺,笑臨春結綺,擒虎馬嘶來,排著管弦待。

眉批:"本地風光,《哀江南賦》不妨雷同也。"

這笙歌另賣,這笙歌另賣,隋宮柳衰,吳宮花敗。

眉批:"此輩與馬、阮是一副肺肝。"

(小生扮藍瑛急上)又是那個叫門?

眉批:"香君先到矣。"

整琴書襆被,整琴書襆被,換布襪青鞋,一只扁舟載。

眉批:"龍友心中打點還鄉,究竟作蘇淞巡撫去。"

淨扮蘇崑生急上

眉批:"崑生來的湊巧。"

且到院中,打聽侯公子資訊,再作商量。

眉批:"不忘侯公子,是崑生義氣。"

(旦哭介)師父快快替俺尋來。

眉批:"香君情急矣。"

作騎馬,雜挑行李隨下

眉批:"却是到蘇淞任後為死節之臣。"

今日奴家離宮,侯郎出獄,又不見面。

眉批:"進宮、入獄,不見面,宜也。離宮、出獄,又不見面,實天緣之淺耳。奈何!"

【前腔】"便天涯海崖"

眉批:"《牡丹亭》,死者可以復生;《桃花扇》,離者可以復合,皆是拿定情根。"

俺正要拜訪爲師，何不作伴同行。

眉批："藍田叔歸山，是南朝第五作者。"

出批："七只'香柳娘'，離奇變化，寫盡亡國亂離之狀。"

"君相奔亡，官民逃散，或離城，或出宮，或自楚來，或入山去。紛紛攘攘，交臂踵足，却能分疆別界、接線聯絲。文章精細，非人力可造也。"

第三十七出　劫　寶

（末驚介）這怎麼處？

眉批："局勢如斯，必無處法矣。"

【降黃龍】曲

眉批："此時稍知阮鬍之錯矣。"

寡人逃出南京，晝夜奔走，宮監嬪妃，漸漸失散。只有太監韓贊周，跟俺前來。

眉批："可憐，可恥，可恨。"

負國恩，一班相，一班將。

眉批："責的是。"

（末拍地哭奏介）皇上深居宮中，臣好戮力效命；今日下殿而走，大權已失，叫臣進不能戰，退無可守。十分事業，已去九分矣。

眉批："見的明白。"

（末）微臣鞠躬盡瘁，死而後已。

眉批："朗朗二語，千古不磨。"

明朝三百年國運，爭此一時；十五省皇圖，歸此片土。

眉批："令人悚然。"

（副淨悄語介）元帥，俺看這位皇帝，不像享福之器。況北兵過江，人人投順，元帥也要看風行船才好。

眉批："田雄數語，真可殺。天下之爲此語者，皆是也。誅之不勝誅矣。"

常言"孝當竭力，忠則盡命。"爲人臣子，豈可懷揣貳心！

眉批："朗朗數語，千古不磨。"

（淨悄問介）今日還不獻寶，等到幾時哩？

眉批："癡心人語，負心人語，矛盾相對，歷歷如聞。"

你們兩個要來干這勾當，我黃闖子怎麽容得！

眉批："黃闖子不容，即天地、鬼神不容也。"

持雙鞭打介，淨、丑招架介

眉批："堂堂而打，正正而罵，爲天地、鬼神吐氣。"

（副淨在後指介）好個笨牛，到這時候，還不見機。

眉批："黃闖不識人，養賊在家，又誰怨哉？"

（手打副淨臉介）你背俺到何處去？

眉批："此處關目，是明朝屬纊掙命之狀。"

小生狠咬副淨肩介，副淨忍痛介

眉批："田雄被咬，背瘡見骨而死，頗快人意。"

俺是一名長解子，收拾包裹，自然護送到京的。

眉批："田雄乃獻寶之夥伴也。諺云：'田雄赶猪——進京之販子也。'哀哉！"

怎知明朝天下，送在俺黃得功之手。

眉批："黃得功何嘗送天下？明朝絕命時，黃得功在側耳。所謂'死於將軍之手也'。"

平生驍勇無人擋，拉不住黃袍北上，笑斷江東父老腸。

眉批："亦不忍笑。"

一劍刎死介

眉批："壯哉將軍,不死何爲? 哀哉將軍,雖死何益?"

出批："此折獨無下場詩。將軍已死,誰發咽嗚之歌耶? 南朝四鎮,高傑,庸將也;二劉,叛將也;黃得功,名將也,此折乃其盡節之日。看其聞報時如此忠,見帝時如此敬,奪駕時如此勇,畢命時如此烈,寫盡名將氣概。"

"明朝亡國爭此一時。所倚者,四鎮也。高已自取殺戮,二劉今爲叛賊,黃則養賊在家、販帝而去。春秋之責,黃能免乎?"

"南朝三忠,史閣部心在明朝,左寧南心在崇禎,黃靖南心在弘光。心不相同,故力不相協。明朝之亡,亡於流寇也,實亡於四鎮也。四鎮之中,責尤在黃。何也? 黃心在弘光,故黨馬阮;黨馬阮,故與崇禎爲敵;與崇禎爲敵,故置明朝於度外。末云'明朝天下送在黃得功之手',誅心之論也。"

"桃花扇乃李香君面血所染。香君之面血,香君之心血也。因香君之心血,而傳左寧南之胸血、史閣部之眼血、黃靖南之頸血。所謂血性男子,爲明朝出血汗之力者。而無如元氣久弱,止成一失血之病,奈何!"

第三十八出　沉　江

外扮史可法,氈笠急上

眉批："突如其來,是何形狀。"

忽然想起明朝三百年社稷,只靠俺一身撑持,豈可效無益之死,捨孤立之君。

眉批："社稷之臣,見解不同。"

何處走來這匹白騾? 待俺騎上,沿江跑去便了。

眉批:"史公騎白騾奔南京,有人遇見。或傳被害揚州者,誤也。"

跨上白騾轎,空江野路,哭聲動九原。日近長安遠,加鞭,雲裏指宮殿。

眉批:"白騾者,白龍也,來迎先生入水晶宮耳。"

(大哭介)皇天後土,二祖列宗,怎的半邊江山,也不能保住呀!

眉批:"更堪痛哭流涕。"

(副末)小人是太常寺一個老贊禮,曾在太平門外伺候過老爺的。

眉批:"照應細密。"

(外)你看茫茫世界,留著俺史可法何處安放。

眉批:"閣部嘗云'沒法',到此其實沒法了。"

好一個盡節忠臣,若不遇著小人,誰知你投江而死呀!

眉批:"閣部之死,傳云不一,投江確有見者。"

大哭介

眉批:"同聲盡一哭。"

(丑)我們出獄,不覺數日,東藏西躲,終無棲身之地。

眉批:"四人出獄,至此始露。"

(生)史閣部怎得到此?

眉批:"侯生聞之,能不悚然!"

(丑看介)你看衣裳裏面,渾身硃印。

眉批:"衣裳硃印,淮南宋射陵曾見之,蓋葬梅花嶺時也。"

【按】 宋曹(1620—1701)字彬臣,一字邠臣,號射陵,又號耕海潛夫。江蘇鹽城人。清順治年間書法家。明崇禎時官中書,入清後隱居不仕。工詩善書。著有《書法約言》、《會秋堂詩文集》等。

【古輪臺】曲

眉批:"哭得盡情,不忍再讀。"

生拍衣冠大哭介

眉批："侯生那得不慟！"

末、小生掩淚下

眉批："結陳、吳二公之案。"

我老漢動了一番氣惱，當時約些村中父老，捐施錢糧，趕著這七月十五日，要替崇禎皇帝，建一個水陸道場。

眉批："補筆精細。"

因此攜著錢糧，要到棲霞山上，虔請高工，了此心願。

眉批："老贊禮與張道士心事相同，所謂'經、緯二星'也。"

待大兵退後，俺去招魂埋葬，便有史閣部千秋佳城了。

眉批："梅花嶺有史公衣冠墓。"

寒食何人知墓田

眉批："末一句令人傷心。"

出批："傳閣部之死，筆墨如此靈活。恰好贊禮相值，前有壇前哭死難之君，今在江邊哭死節之臣，皆值得一哭也。"

"左寧南死於氣，自氣也；黃將軍死於刃，自刃也；史閣部死於溺，自溺也。三忠之死，皆非臨敵不屈之義。而寫其烈烈錚錚，如國殤陣歿者，豈非班馬之筆乎！"

"侯生在閣部之幕，閣部盡節，侯生哭拜，亦是奇逢。而四人出獄情事，即於此折帶出。既歸結陳、吳，而侯、柳入山之路歷歷分明，奇極巧極。"

第三十九出　棲　真

拿住情根死不松，賺他也做游仙夢。

眉批："'拿住情根'，香君手段。"

無意之中，敲門尋宿，偏撞著卜玉京做了這葆真庵主，留俺暫住。

眉批："補出玉京留宿，著眼勿忽。"

【皂羅袍】曲

眉批："玉京悟道矣。"

(老旦)說那裏話。舊人重到，蓬山路通；前緣不斷，巫峽恨濃，連床且話襄王夢。

眉批："玉京情根未斷也。"

趁這天晴，俺要到嶺頭、澗底取些松柴，供早晚炊飯之用，不強如坐吃山空麼。

眉批："崑生作樵，此處安根。"

這中元節，村中男女許到白雲庵與皇后周娘娘懸掛寶旛。就求妙手，替他成造，也是十分功德哩。

眉批："中元建醮，爲崇禎先帝也；女冠懸旛，爲周皇后也。結構細密，毫髮無憾。"

雲鎖棲霞兩三峰，江深五月寒風送。

眉批："畫出棲霞勝境。"

石牆蘿戶，忙尋鍊翁；鹿柴鶴徑，急呼道童，仙家那曉浮生慟。

眉批："忙忙碌碌，浮生可憐。"

(老旦)真經諷，謹把祖師清規奉，處女閨閣一樣同。

眉批："玉京回頭，如此精嚴。"

(生)他既謹守清規，我們也不必苦纏了。

眉批："千山萬水，覓之又覓；咫門尺壁，遇而不遇。人生緣分，往往如斯。"

【皂羅袍】曲

眉批："繼之世外瀟灑，又爲畫出。"

(副淨認介)這位相公,好像河南侯公子。

眉批:"逢玉京是一種筆法,逢繼之又是一種筆法。"

(生認介)阿呀!丁繼老,你爲何出了家也?

眉批:"侯郎不知丁老出家,此處補出。"

(丑)我老柳少時在泰州北灣,專以捕魚爲業,這漁船是弄慣了的。

眉批:"敬亭爲漁,此處伏線。"

(取扇指介)這柄桃花扇,還是我們訂盟之物,小生時刻在手。

眉批:"'桃花扇'時刻在手,著眼勿忽。"

【好姐姐】曲

眉批:"侯郎亦拿住情根矣。"

(丑)昨日皇帝私走,嬪妃逃散,料想香君也出宮門。且待南京平定,再去尋訪罷。

眉批:"敬亭之勸侯郎,如崑生之勸香君也。"

出批:"香君投玉京,不必做出;侯郎投繼之,細細做出。皆筆墨變化法。"

"此折侯郎與香君覿面千山,用險筆也;後折侯郎與香君轉頭萬里,用幻筆也。險則攀躋無從,幻則捉摸難定,所謂'智譬則巧'也。"

第四十出　入　道

慟哭窮途,又發闐堂笑。都休了,玉壺瓊島、萬古愁人少。

眉批:"一哭、一笑,恐愁根不能拔也。"

這荒山之上,既可讀書,又可卧游,從此飛升尸解,亦不算懵懂神仙矣。

眉批:"懵懂神仙,或可無愁。"

恰好南京一個老贊禮，約些村中父老，也來搭醮。

眉批：“修齋追薦，果能答報深恩耶？聊復爾爾耶。”

丑、小生鋪設三壇，供香花看果，立幡掛榜介。

眉批：“看他科儀次序，節節不少，關目好看。”

望虛無玉殿，帝座非遙。問誰是皇子王孫，撇下俺村翁鄉老。

眉批：“兀的不慟殺人也麼哥。”

外金道冠、法衣，擎淨盞，執松枝，巡壇灑掃介。

眉批：“如此打扮，好看。”

響雲璈，建極寶殿，改作團瓢。

眉批：“末句傷心。”

丑、小生設牌位，正壇設故明思宗烈皇帝之位，左壇設故明甲申殉難文臣之位，右壇設故明甲申殉難武臣之位。

眉批：“設壇得法。”

外九梁朝冠、鶴補朝服、金帶、朝鞋、牙笏上。

眉批：“如此打扮，又好看。”

恭請故明思宗烈皇帝九天法駕，及甲申殉難文臣東閣大學士范景文、……協理京營內監王承恩等。

眉批：“招崇禎殉節諸臣，位次井然，真好功德。”

伏願彩仗隨車，素旗擁駕，君臣穆穆，指青鳥以來臨；文武皇皇，乘白雲而至止。共聽靈籟，同飲仙漿。

眉批：“還追薦君臣之願。”

內奏樂，外三獻酒、四拜介。

眉批：“宣畢奏樂，如聞其聲。”

【南畫眉序】曲

眉批：“說得有理。”

（副末）今日才哭了個盡情。

眉批：“老贊禮始終善哭其君。”

外更華陽巾、鶴氅，執拂子上。

眉批：“如此打扮，又好看。”

念爾無數國殤，有名敵愾，或戰畿輔、或戰中州、或戰湖南、或戰陝右，死於水、死於火、死於刃、死於鏃、死於跌撲踏踐、死於癘疫饑寒。

眉批：“還超度陣亡之願，皆照應《閒話》一出也。”

（外閉目良久介，醒向衆介）那北去弘光皇帝，及劉良佐、劉澤清、田雄等，陽數未終，皆無顯驗。

眉批：“又結南朝君臣死生之案。”

（丑、小生前稟介）還有史閣部、左寧南、黃靖南這三位死難之臣，未知如何報應？

眉批：“看三忠之榮。”

（雜金盔甲、紅紗蒙面，旗幟鼓吹引上）俺乃寧南侯左良玉。今奉上帝之命，封爲飛天使者，走馬到任去也。

眉批：“封爵有本，皆在神仙位業錄中。”

雜銀盔甲、黑紗蒙面，旗幟鼓吹引上

眉批：“三忠三樣裝束，好看。”

方才夢見閣部史道鄰先生，冊爲太清宮紫虛真人。

眉批：“‘夢見’二字有身份，不同師巫搗鬼。”

【北刮地風】曲

眉批：“妙曲爽口。”

（外）待俺看來。

眉批：“看兩奸之苦。”

【南滴滴金】曲

眉批："妙曲驚心。"

外舉拂高唱介，副末、眾村民執香上，立聽介。

眉批："大家細聽。"

方才同些女道在周皇后壇前掛了寶旛，再到講堂，參見法師。

眉批："補出周皇后。"

（旦）奴家也好閑游麼？

眉批："香君是一樣來法。"

（起喚介）侯相公，這是講堂，過來隨喜。

眉批："侯郎是一樣來法。"

若帶一點俗情，免不了輪回千遍。

眉批："法口說著。"

（旦驚見介）你是侯郎，想殺奴也。

眉批："五百年風流孽冤，恰好遇著，令人喫驚。"

【南鮑老催】曲

眉批："兩人心急、口急、眼急，千忙百亂。"

看鮮血滿扇開紅桃，正說法、天花落。

眉批："妙句。"

（外怒，拍案介）唓！何物兒女，敢到此處調情！

眉批："法眼看破。"

忙下壇，向生、旦手中裂扇、擲地介。

眉批："結《桃花扇》，有法有勢。"

（老旦）李香君住在弟子葆真庵中。

眉批："供得分明。"

（小生）貧道是藍田叔，特領香君來此尋你，不想果然遇著。

眉批:"四人亂説,却能不亂,何等筆力。"

(旦)還有那蘇崑生,也隨奴到此。(生)柳敬亭也陪我前來。

眉批:"又説出柳、蘇,一毫不遺,一絲不亂。"

(外)你們絮絮叨叨,説的俱是那裏話。當此地覆天翻,還戀情根欲種,豈不可笑!(生)此言差矣。從來男女室家,人之大倫;離合悲歡,情有所鍾,先生如何管得!

眉批:"責的有理,辯的有理。"

(外怒介)阿呸!兩個癡蟲,你看國在那裏?家在那裏?君在那裏?父在那裏?偏是這點花月情根,割他不斷麼?

眉批:"一刀割斷,何等力量,侯生尚能辯乎?"

【北水仙子】曲

眉批:"廣長舌頭,天花亂墜,誰不猛醒?"

(外)既然也曉得,就此拜卞玉京爲師罷。

眉批:"好歸結,又分明,又妥當。"

【南雙聲子】曲

眉批:"悟道語,非悟道也,亡國之恨也。"

(外指介)男有男境,上應離方。快向南山之南,修真學道去。

眉批:"區處盡善,顯出瑶星本領。"

【按】"南山之南"及下文中的"北山之北",出自侯方域的《與方密之書》。

(外指介)女有女界,下合坎道。快向北山之北,修真學道去。

眉批:"才合即離,不容少待。文章敏妙,《左》、《國》之筆。"

外下座大笑三聲介。

眉批:"張道士大笑三聲,從此乾坤寂然矣。妙妙!不笑不足以爲道也。"

出批：“離合之情、興亡之感，融洽一處，細細歸結。最散最整，最幻最實，最曲迂、最直截。此靈山一會，是人天大道場。而觀者必使生旦同堂拜舞，乃爲團圓，何其小家子樣也！”

“全本《桃花扇》不用良家婦女出場，亦忠厚之旨。”

續四十出　餘　韻

眉批：“大笑三聲，乾坤寂然矣。而秋波再轉，餘韻鏗鏘。從古傳奇有此結場否？”“後之傳奇者若效此，又一錢不值矣。”

自從乙酉年同香君到山，一住三載，俺就不曾回家，往來牛首、棲霞，採樵度日。誰想柳敬亭與俺同志，買只小船，也在此捕魚爲業。

眉批：“蘇崑生爲山中樵夫，柳敬亭爲江上漁翁，是南朝第六、第七作者。”

今日柴擔早歇，專等他來促膝閒話，怎的還不見到。

眉批：“南朝作者七人：一武弁，一書賈，一畫士，一妓女，一串客，一說書人，一唱曲人，全不見一士大夫。表此七人者，愧天下之士大夫也。”

【按】《論語·憲問》：“子曰：‘賢者辟世，其次辟地，其次辟色，其次辟言。’子曰：‘作者七人矣。’”邢昺疏：“此章言自古隱逸賢者之行也……作，爲也，言爲此行者，凡有七人。”孔子未明言七人爲誰，後來有不同的名單，《孟子·盡心》“正義”曰：“七人，包注云凡七人，長沮、桀溺、丈人、石門、荷蕢、儀封人、楚狂接輿是也。王弼云七人，伯夷、叔齊、虞仲、夷逸、朱張、柳下惠、少連，是此七人者也。”[1]後

---

① 漢趙岐注、宋孫奭疏：《孟子注疏》，北京大學出版社 2000 年版，第 417 頁。

以稱隱逸之士。《後漢書·逸民傳序》:"漢室中微,王莽篡位,士之蘊藉義憤深矣。是時裂冠毀冕,相攜持而去之者,蓋不可勝數。楊雄曰:'鴻飛冥冥,弋者何篡焉。'言其違患之遠也……蓋録其絶塵不反,同夫作者,列之此篇。"《後漢書·黄瓊傳》:"伏見處士巴郡黄錯、漢陽任棠,年皆耄耋,有作者七人之至。宜更見引致,助崇大化。"李賢注引《論語》:"作者七人。"就《桃花扇》的評批者提出的"南朝作者七人"而言,姑且不論其在數量上有强行捏合、拼湊之嫌,孔尚任在《綱領》中置柳敬亭、丁繼之、蔡益所於左部合色,置蘇崑生、卞玉京、藍瑛於右部合色,此六人在情節進展和烘托人物中的所起的作用是相似的,但張瑶星爲經緯二星中的經星,似不宜將他與前六人混同。

(淨)有了,有了! 你輸水,我輸柴,大家煮茗清談罷。

眉批:"漁樵問答,關目高絶。"

【按】 這是孔尚任對古代衆多文藝作品中借"漁樵問答"或"漁樵閒話"評論世情、抒發感慨、表達見解的慣常藝術手法的襲用。不僅古代敘事類文藝作品中不少有"漁樵問答"或"漁樵閒話"的内容,散曲中也有許多以"漁樵"爲題的作品。北宋著名理學家邵雍(1011—1077)曾撰有《漁樵問對》,借"漁樵問答"發揮自己的哲學思想。又有舊題蘇軾撰寫的《漁樵閒話録》。"漁樵問答"之所以成爲古代文藝著作中常被使用的一種藝術構思手法,應該與中國古代社會長期屬於農業社會的經濟狀況有關。中國古代社會的社會群體和階層結構,一般有"士、農、工、商"之分。"士"這一階層,雖在社會結構處於中上等級,但至遲在九品中正制建構和運行後,他們的仕宦、進身之途從來就把持在更高的統治者的手中,科舉制施行之後更是如此。而且,立身官場,權力鬥爭複雜、利益搶奪紛擾,能如魚得水者罕有,很多時候不得不降志辱身,更何況禍福無常，士人不免有抽身遠遁、隱居避世之思，從古代數量衆多、文體各異的"隱居"主題的文藝作品便可看出，有"漁樵問答"内容的作品的作者基本也都是文人。而在古代農業社會中，農民對於地主有著嚴重而緊密的人身依附關係，人身自由受到很大的束縛。手工業者的生存主要靠商品買賣，對於買方也存在依賴關係，在明代中晚期資本主義萌芽産生後，手工業者又多了一重對於手工工廠主的依賴關係。對於商人來説，中國古代社會一直普遍存在"重農輕商"或"重農抑商"的思想，身處利益往來之中、被認爲敗壞社會風氣的商人更加難以擺脱俗世煩擾，持論公正、發言平和。而漁樵二者，靠水吃水、靠山吃山，既親近自然、天地，對人世無依無傍，又似乎遠離紅塵俗務，世事紛擾，清静平淡，無憂無慮，方能真正置身事外，返觀現世，評斷古今，暢論人情，"天空地闊，放意喊唱"（《桃花煞》續四十出出批）。明代薛論道的散曲集《林石逸興》第一卷中有【古山坡羊】四首分詠漁樵耕牧，其中前兩首可作文人想象中的漁樵形象的生動體現："風雨蓑衣一件，家業扁舟一片。綸竿五尺，敢把三公賤。江湖作福田，魚蝦當酒錢。千年渭水，獨被姜公擅。七裏長灘，猶説嚴子賢。幽然，星前載月還。安然，蘆邊一覺眠。""一身不朝不市，兩自無非無是。岩棲穴處，那有公侯志。爲工不善絲，爲商不善資。山林活計，治亂非吾事。斧擔生涯，饑寒盡可支。歌之，烟霞嘯傲時。安之，陰晴不會思。""漁樵"的意象、"漁樵問答"的藝術構想在古代著作中起於何時，無法明確確定。魏晉小説的遇仙題材作品中的主人公的身份和職業值得注意，如《述異記》所記載的信安郡王質入石室山遇仙故事中，説王質"伐木至"[①]。《幽明録》中記述

---

① 　任昉：《述異記》卷上，《漢魏叢書》本。

的著名的劉晨、阮肇天台遇仙故事雖未明言二人的身份職業,但在元末王子一據以改編的雜劇《劉晨阮肇誤入桃花源》中,正末扮劉晨唱【混江龍】自述,其中有如下曲辭:"驚戰討、駭征伐,逃塵冗、避紛華,棄富貴,就貧乏。學聖賢洗滌了是非心,共漁樵講論會興亡話。"①陶淵明《桃花源記》中的武陵人更是"捕魚爲業",確定是漁人。中國古代小説中最著名的"漁樵話",當屬毛氏父子評改本《三國志通俗演義》開篇引録的明代楊慎的【臨江仙】"滚滚長江東逝水"。此首詞出自楊慎(1488—1559)的《歷代史略十段錦詞話》(後世改題爲《廿一史彈詞》)的第三段,後爲毛綸、毛宗崗父子移用,作爲《三國志通俗演義》的卷首開篇詞。歷史人物的"是非成敗"既可交由漁樵評斷,評斷的具體方式又是付於"笑談"中。實際,《廿一史彈詞》中不僅此處提及"漁樵話",卷一"總説"中【西江月】詞有云:"説古談今話本,圖王霸業兵機。要知成敗是和非,都在漁樵話裹。"卷二"説三代"中【南鄉子】詞有云:"誰弱誰强都罷手,傷情。打入漁樵話裹聽。"卷四"説三分兩晉"中【西江月】詞有云:"豪傑千年往事,漁樵一曲高歌。"卷八"説五代史"中【定風波】詞有云:"雨汗淋漓赴選場,秀才落得甚乾忙。白髮漁樵諸事懶,蕭散。閒談今古論興亡。虞夏商周秦楚漢,三分南北至隋唐。看到史官褒貶處,得避。不摇紈扇自然涼。"《西游記》第九回"袁守誠妙算無私曲,老龍王拙計犯天條",開篇未入正題,先岔開一筆,引入一段"閑文",而且不説"安邦定國的英豪,與那創業爭疆的傑士",單表一漁一樵"兩個賢人"張稍和李定,兩人"各道詞章""相聯詩句"爭論山青水秀,連續即時口誦了一十四篇詩詞,雖不免有作者炫才之嫌,但由

---

① 王學奇主編《元曲選校注》第四册上卷,河北教育出版社1994年版,第3418頁。

此可見文人對漁樵生活的想像和嚮往，張稍也説："李兄，我想那爭名的，因名喪體；奪利的，爲利亡身；受爵的，抱虎而眠；承恩的，袖蛇而走。算起來，還不如我們水秀山清，逍遥自在；甘淡薄，隨緣而過。"明末清初有《樵史通俗演義》，署"江左樵子編輯"，爲記述明末史實的時事小説。另一部作於明末的時事小説《梼杌閑評》的"總論"中的開篇的一首詞有言："日月隙駒，塵埃野馬，東流不盡江河瀉。向來爭奪利名人，百年幾個長存者。童叟閑評漁樵話，是非不在《春秋》下。自斟自飲自長吟，不須讚歎知音寡。"可見作者很重視"漁樵閒話"，認爲對於歷史烟雲、世事變幻，漁樵所做的是非評斷甚至可與孔子所訂、史書之祖、被視爲儒家經典之一的《春秋》相提並論。

古代戲曲方面，金院本有《漁樵問話》[①]。元雜劇有《漁樵記》，四折[②]。此劇寫朱買臣由貧困到發跡的生活經歷，以及他發跡後不忘故友鄉親的故事。會稽郡集賢莊的窮書生朱買臣幼年學習儒業，雖才學滿腹、却始終不遇，入贅到本莊劉二公家爲婿。每日靠打柴爲生，生活困窘。他和漁夫王安道、樵夫楊孝先結爲異姓兄弟。在一個大風雪的冬日，三人聚在一起飲酒閒談。朱買臣慨歎自己如今已經四十九歲，却還功名未遂。"十載攻書，半生埋没。學干禄，誤殺我者也之乎。打熬成這一副窮皮骨。""我空學成七步才，漫長就六尺軀，人都道書中自有千鍾粟，怎生來偏著我風雪混

---

① 見元陶宗儀《南村輟耕録》卷二十五"院本名目"中的"諸雜大小院本"，中華書局1959年版，第308頁。

② 又名《風雪漁樵記》。全名《朱太守風雪漁樵記》，無名氏作。《録鬼簿續編》"失載名氏目"著録此劇作《王鼎臣風雪漁樵記》。今存息機子《古今雜劇選》本和《元曲選》本。《古本戲曲叢刊》四集據《古今雜劇選》本影印。此劇主角在《録鬼簿續編》和《古今雜劇選》中都作王鼎臣，《元曲選》中則作朱買臣。《永樂大典》中亦作王鼎臣。

漁樵。”兄弟三人冒著嚴寒在風雪中飲酒，朱買臣不禁聯想到會稽城中那些“寬衫大袖”、“喬文假醋”的假儒士，和過著“紅爐暖閣，低簌甌簾”、“獸炭銀瓶”、“羊羔美酒”的奢華生活的富貴人家。然而這些富貴中人却都是些“本下愚”、“假扮作儒”、“天降人皮包草軀”，是“溫良恭儉”、“詩詞歌賦”“端的半星無”的無德無才之輩。這些都流露出朱買臣的憤懣不平，又不妨看做作者借朱買臣之口發洩自己的滿腹牢騷，自我感慨，諷刺現實。明代雜劇有《漁樵閒話》，全名《若耶溪漁樵閒話》①。作者不詳。寫張愚、王魯、趙璧、李彦等漁、樵、耕、牧四人幾番相聚，議論世情，批評國政。朝廷知四人爲賢士，下詔徵召時，四人堅辭不就，一同逃往天台山桃花洞中，繼續恬淡隱居、灑脫度日。開場冲末扮樵夫王魯有一段自述，可見四人的平日生活和相聚閒談的內容：“俺四人聚會，爲漁樵耕牧。但遇天氣晴明，風清月朗之時，止不過活魚新酒、藜羹麥飯，便成一會。所言者世道興衰、人情冷暖，所笑者附勢趨時，阿諛諂佞，嗟漏網之魚，歎遭烹之犬。”②王季烈評論：“文筆亦尚清順，無如四折，登場人物，既屬相同，所言之事，復毫無層次，令人讀之生厭，第二折用韻尤爲蕪雜。此殆不得志之士，藉以自寫其牢騷，而於戲曲一道，爲門外漢也。”③此劇的整體情節結構也和《桃花扇》的續四十出《餘韻》有些相似。元明散曲題作《漁樵閒話》或《漁樵問答》的作品也有不少，大都感歎世事如夢，讚美隱逸於山水間的樂趣，表現出淡泊靜遠的情趣。《若耶溪漁樵閒話》實爲散曲之湊合，與場

① 　此劇有脈望館鈔校本、《孤本元明雜劇》本，《古本戲曲叢刊》據脈望館本影印收入。
② 　關名：《若耶溪漁樵閒話》(簡稱《漁樵閒話》)第一折，《孤本元明雜劇》(四)，中國戲劇出版社 1958 年據商務印書館紙型重印。
③ 　王季烈：《孤本元明雜劇·提要》一百十“漁樵閒話”，王季烈輯《孤本元明雜劇》(一)，上海涵芬樓印行。

上之劇相去甚遠。《漁樵記》雜劇,無名氏作。今無傳本。《群音類
選》選《剪綵爲花》、《解佩歸家》、《大隱林泉》、《不別還山》諸出,《樂
府紅珊》選《楊太尉都門分別》出。此劇寫隋唐間太僕楊義臣爲朝
廷難扶綱紀,棄官隱於山莊,侶漁樵,一醉飽,再不奔波名利場。又
有同名傳奇,無名氏作,今亦無傳本。《納書楹曲譜》選《漁樵記》三
出,《漁樵》、《逼休》和《寄信》。其實,此三出都出於元雜劇《朱太守
風雪漁樵記》之一、二、三折,但曲詞較雜劇本變動頗大。《綴白裘》
選《北樵》、《逼休》、《寄信相罵》三出,題《爛柯山》,誤。這三出亦出
於《漁樵記》雜劇,與《納書楹曲譜》所選三出同。可見,《漁樵記》傳
奇和《爛柯山》傳奇都吸收了《漁樵記》雜劇的情節。又,清升平署
曲目有《漁樵記》二册。清代楊潮觀《吟風閣雜劇》中的《快活山樵
歌九轉》,脫化自《列子·天瑞》篇中孔子與榮啟期的問答(《孔子家
語》所載略同)。全劇情節簡單,僅有書生和樵夫兩個人物,主要通
過兩人的對話,表現樵夫平淡、安然的生活和他知足常樂的思想,
並直接諷刺現實。另一篇《西塞山漁翁對拜》的主題與此類似。

由上可見,借"漁樵閒話"或"漁樵問答"評斷古今、議論世情、
諷刺現實、表達理想,是中國古代文藝作品中常見的一種藝術構思
手法。孔尚任在創作《桃花扇》時不免受到前代這些作品的影響,
於是在意圖和亟待抒發感慨時,選擇和運用了這一種藝術構思手
法,並選擇將其放置於全劇的最末一出中。這樣,既可以借人物之
口集中抒發自己的興亡感慨,表達自己的歷史見解,又因爲是在鋪
敘完全劇的情節故事之後,使得三人的感慨和議論都有所依托和
憑藉,並不顯得空洞無物。

有關"漁樵"的意象的研究,可參看趙汀陽《歷史·山水·漁
樵》,生活·讀書·新知三聯書店 2019 年版。

副末扮老贊禮,提弦、攜壺上。

眉批:"偏有老贊禮來湊趣。老贊禮者,一部傳奇之起結也。贊禮爲誰?山人自謂也。"

今乃戊子年九月十七日,是福德星君降生之辰。

眉批:"九月十七日,福德財神生辰也。云亭山人亦降祥於此日,但清福、濁福之不同耳。"

老夫編了幾句神弦歌,名曰"問蒼天"。

眉批:"樂府有《神弦曲》,本於《離騷》、《九歌》,即巫人娛神之詞。"

【問蒼天】曲

眉批:"此歌名《問蒼天》,用十字句。俗巫所唱者,皆此體。原於古而通於俗,真奇文也。"

臣稽首,叫九閽,開聾啟聵;宣命司,檢禄籍,何故差池?

眉批:"不知蒼天何以答之?"

神有短,聖有虧,誰能足願;地難填,天難補,造化如斯。

眉批:"自問自解,雖見道語,實無可奈何語也。"

(丑指口介)是我的舌頭。

眉批:"譚語不同。"

(丑)既然《漢書》太長,有我新編的一首彈詞,叫做"秣陵秋",唱來下酒罷。

眉批:"首折説鼓詞,通俗之語;此折唱彈詞,典雅之語,以見柳老學問高深。"

【秣陵秋】曲

眉批:"一首彈詞,隱括南都興廢,萃六朝之駢儷,收三唐之英華。付之説書人口中,風流雅馴。所以遨游薦紳間,與學士大夫抗禮也。"

（副末）雖是幾句彈詞，竟似吳梅村一首長歌。

眉批："全詞四十二句，如七言排律，無一復字，可爲工矣。"

（淨指口介）也是舌頭。

眉批："諢語又不同。"

（丑搥胸介）咳！慟死俺也。

眉批："此一段白是問答，問答完然後唱整套曲。今梨園改此說白摻入曲子，一問一答，可笑之極。蘇老有如此敏才，信口成一套北曲乎？"

（淨）那時疾忙回首，一路傷心，編成一套北曲，名爲"哀江南"。

眉批："前唱《牡丹》、《琵琶》，皆是南曲。此特補一套北曲，以見蘇老學問高深。"

【哀江南】〔北新水令〕曲

眉批："弔孝陵也，誰不墮淚？"

〔沉醉東風〕曲

眉批："弔故宮也，誰不墮淚？"

〔折桂令〕曲

眉批："弔秦淮也，誰不墮淚？"

〔沽美酒〕曲

眉批："弔長橋也，誰不墮淚？"

〔太平令〕曲

眉批："弔舊院也，誰不墮淚？""三處與陵寢一般墮淚，世界平等也。"

〔離亭宴帶歇指煞〕曲

眉批："總弔金陵也。讀之而不墮淚者，其人必不情；不情之人，忠孝無問矣。"

副淨時服,扮皂隸暗上。

眉批:"紅帽皂隸來結《桃花扇》,誰能猜著?"

朝陪天子輦,暮把縣官門。皂隸原無種,通侯豈有根。

眉批:"亦見道語。"

開國元勳留狗尾,換朝逸老縮龜頭。

眉批:"三百年之君,始於明太祖,終於弘光;三百年之臣,始於魏國公,終於皂隸,皆狗尾也。"

(前行見介)老哥們,有火借一個。

眉批:"續四十出成,山人自謙曰:'貂不足,狗尾續。'誰知皂隸雖是狗尾,文章却是龍尾。"

(副末)後來約了許多忠義之士,齊集梅花嶺,招魂埋葬,倒也算千秋盛事,但不曾立得碑碣。

眉批:"補葬衣冠事,筆墨細密。"

(副末)如今好了,也是我老漢同些村中父老,檢骨殯殮,起了一座大大的墳塋,好不體面。

眉批:"補葬將軍事,筆墨細密。"

(淨)二位不知,那左寧南氣死戰船時,親朋盡散,却是我老蘇殯殮了他。

眉批:"都是補筆,文心如髮。"

(副淨醒,作悄語介)聽他說話,像幾個山林隱逸。

眉批:"山林隱逸,捉此輩充之,是罵是嘲?是憤是愧?是敬是愛?非慧心人,不解也。"

三位一定是了,快快跟我回話去。

眉批:"皂隸口吻,怕人怕人。"

(副淨)你們不曉得,那些文人名士,都是識時務的俊傑,從三年前俱已出山了。

眉批："實語非嘲,此輩聞之,未必流汗。"

(副淨)不干我事,有本縣籤票在此,取出你看。

眉批："皂隸手腳,怕人怕人。"

避禍今何晚,入山昔未深。

眉批："漁樵、贊禮,別有天地矣。"

抽出綠頭籤,取開紅圈票,把幾個白衣山人嚇走了。

眉批："'白衣山人嚇走了',《桃花扇》詞成,誰聽、誰解?付之一哭。"

漁樵同話舊繁華,短夢寥寥記不差。

眉批："下場詩亦是絕調。上本末出五言八句,下本末出七言八句,總是對待法。"

出批："水外有水,山外有山。《桃花扇》曲完矣,'桃花扇'意不盡也。思其意者,一日以至千萬年,不能彷彿其妙。曲云曲云,笙歌云乎哉?科白云乎哉?"

"老贊禮乃開場之人,仍用以收場。柳在第一出登場,蘇在第二出登場,今皆收於續出。徐皂隸,即首出之徐公子也。先著其名,末露其面。一起一結,萬層深心。索解人不易得也。"

"贊禮、漁樵,或巫歌,或彈詞,或弋腔。天空地闊,放意喊唱,以結全本《桃花扇》。《關雎》之亂,洋洋乎盈耳哉!"

"續四十出三唱收煞,即《中庸》末節三引'詩云'以詠歎之意也。'興於詩,立於禮,成於樂',豈非近代一大著作?"

"天空地闊,放意喊唱,偏有紅帽皂隸嚇之而逃。譜《桃花扇》之筆,即記桃花源之筆也,可勝慨歎。"

【按】关于这些批语的作者和來源,孔尚任《本末》云:"讀

《桃花扇》者,有題辭,有跋語,今已錄於前後。又有批評,有詩歌,其每折之句批在頂,出批在尾,忖度予心,百不失一,皆借讀者信筆書之,縱橫滿紙,已不記出自誰手。今皆存之,以重知己之愛。至於投詩贈歌,充盈篋笥,美且不勝收矣,俟錄專集。"關於這些批語的作者和內容的研究,可參看王永健《"從此看去,總是別有天地"——〈桃花扇〉批語初探》(《藝術百家》2001 年第 4 期);吳新雷《〈桃花扇〉批語發微》(《戲曲研究》2003 年第 1 期);王璦玲《"忖度予心,百不失一"——論〈桃花扇〉評本中批評語境之提示性與詮釋性》(《中國文哲研究集刊》總第 26 期,2005 年 3 月出版);黃熾《靈犀相通　正中肯綮——試論〈桃花扇〉早期刻本的批評》(《文學遺產》2007 年第 2 期);以及筆者的《〈桃花扇〉接受史》的第五章"清代《桃花扇》批評"的第一節"清代《桃花扇》評點"。

王縈緒改本《桃花扇》清鈔本新增朱筆批語

〔清〕佚　名

試一出　先　聲

子孝臣忠萬事妥,休思更吃人參果。

眉批:"請問先生:人參果是甚的?"

借離合之情,寫興亡之感,實事實人,有憑有據。

夾批:"一部作意標出。"

出批:"開場脫俗出色。"

第一出　聽　稗

王氣金陵漸凋傷,鼙鼓旌旗何處忙?怕隨梅柳渡春江。無主春飄蕩,風雨梨花摧曉妝。

　　眉批:"悲壯出以典雅。"

　　既是這等,且到秦淮水榭,一訪佳麗,倒也有趣!

　　眉批:"宕筆,却暗繫香君。"

　　重來訪,但是桃花誤處,問俺漁郎。

　　眉批:"□至《投轅》,並□至《棲真》。"

　　出批:"沉鬱悲涼。"

第二出　傳　歌

　　梨花似雪草如烟,春在秦淮兩岸邊。一帶妝樓臨水蓋,家家分影照嬋娟。

　　眉批:"旖旎。"

　　昨日會著侯司徒的公子侯朝宗,客囊頗富,又有才名,正在這裏物色名姝。

　　眉批:"明透朝宗。"

　　出批:"溫柔風雅。"

第三出　哄　丁

【越恁好】曲

　　眉批:"淋漓滿紙。"

　　出批:"爽快,可浮一大白。"

第四出　偵　戲

【風入松】曲

　　眉批:"□□。"

【急三鎗】是南國秀,東林彥,玉堂班。

眉批:"再頓。"

(副淨佯驚介)句句是贊俺,益發惶恐。(問介)還説些什麽?
(丑)他説:"爲何投崔魏,自摧殘?"

眉批:"跌。"

第五出　訪　翠

【猴山月】曲

眉批:"柔情如畫。"

【雁過聲】曲

眉批:"錦心繡口。"

出批:"相訪不於媚香樓,而於暖翠樓,出卞玉京,文心一變也;
相待不用卞玉京,而用李貞麗,互訂佳期,文心又一變也。而楊龍
友同到,承上折《偵戲》,後之計以玉成其事,爲後却奩生根。□前
針引後線,文心細甚。至其地、其時、其事,皆寫得風流絶世,令人
神往。"

第六出　眠　香

【臨江仙】曲

眉批:"丰韻。"

出批:"生旦合歡,譜入妓院,脱俗也,亦忠厚也。曲曲皆興會
淋漓,引人入勝。而《桃花扇》即權輿於此。妙在自然,令人不覺。"

第七出　却　奩

出批:"前半温柔,後半激昂,無一懈筆。侯郎、香君之禍,自此

結胎,而香君之名亦即自此留芳。所以爲奇,所以可傳也。"

第八出　鬧　榭

生、旦雅妝同丑扮柳敬亭、淨扮蘇崑生,吹彈鼓板坐船上。

眉批:"四人後來,文心别甚。"

【八聲甘州】"(末、小生)相親風流俊品"至"(合)紛紜,望金波天漢迷津。"

眉批:"燈船三上,皆爲後文阮鬍作襯,又妙在中間用聯句一隔。"

第十五出　拒　媒

【錦上花】曲

眉批:"從旁人口中補寫出'辭院'後香君情事。"

加十九出　孤　吟

出批:"沉鬱頓挫,傷心人别有懷抱。"

第十九出　寄　扇

【北新水令】曲

眉批:"先從景寫起,淒涼□絶。"

【沉醉東風】曲

眉批:"以下三曲,回環、縱筆寫出。"

【喬牌兒】曲

眉批:"以下二曲,正逼題義,先寫畫,後寫骨。"

【錦上花】曲

眉批:"寫題畫,甜暢。"

"待我收好了,替你寄去。"

眉批:"寫'寄'字。"

【鴛鴦煞】曲

眉批:"後路□□。"

【按】 此處不能辨識之兩字與【風入松】"南朝看足古江山"曲的眉批"□□"的兩字相同。

第二十一出　選　優

【前腔】"忝卿僚填詞辨搊"曲

眉批:"罵煞。"

【前腔】"瑣重門垂楊暮鴉"曲

眉批:"收入正線,咽□□絕。"

第二十五出　題　畫

今日正在裏邊删改批評,待俺早些貼起封面來。

眉批:"暗提。"

這是蔡益所書店,定生、次尾常來寓此。何不問他一信?

眉批:"再提。"

【朱奴兒】曲

眉批:"驕態如畫。"

【前腔】這書肆不將法守,通惡少復社渠首。奉命今將逆黨搜,須得你蔓引株求。

眉批:"主意。"

傳緹騎重興獄囚,笑楊、左今番又。

眉批:"狼心快甚。"

【剔銀燈】堂堂貌須長似帚，昂昂氣胸高如斗。

　　眉批：“活畫。”

　　（向小生介）那丁祭之時，怎見的阮光禄難司籩和豆。（向末介）那借戲之時，爲甚把《燕子箋》弄俺當場丑。（向生介）堪羞！妝奩代湊，倒惹你裙釵亂丟。

　　眉批：“回顧。”

　　【按】　山東省圖書館藏有清人王綮緒(1713—1784)的《桃花扇》改本的一部清钞本，爲單少怀抄成於道光二十四年(1844)。這一清钞本移録了《桃花扇》此前刻本中的部分眉批和出批，字體、墨色與劇作正文相同。清钞本中另有數十條新增的眉批、出批和少量的夾批，皆爲朱筆草書。鄭志良老師在《王綮緒與〈桃花扇〉改本》(《明清戲曲文學與文獻探考》，中華書局 2014 年版)中認爲這些新增的批語也是王綮緒所作，但未説明如此論定的原因。鑒於此書爲钞本，新增批語的字體、墨色與劇作正文、移録的刻本中原有的批語均存在較大差别，抄寫者也未説明其出自王綮緒之手，因此筆者更傾向於應該推斷或認定這些新增的批語出自抄寫者之手。參見筆者《〈桃花扇〉清代王綮緒改本述評》，《南都學壇》2016 年第 2 期。

桃花扇
資料彙編考釋

【下】

王亞楠◎編著

上海人民出版社

國家古籍整理出版專項資助項目

二〇一八年河南省教育廳人文社會科學研究專案

『二十世紀《桃花扇》批評史（二〇一八—ZZJH—五二八）』階段性成果

《桃花扇》序

[清]顧　彩

　　嘗怪百子山樵所作傳奇四種，其人率皆更名易姓，不欲以真面目示人。而《春燈謎》一劇，尤致意於一錯二錯，至十錯而未已。蓋心有所歉，詞輒因之。乃知此公未嘗不知其生平之謬誤，而欲改頭易面，以示悔過。然而清流諸君子持之過急、絶之過嚴，使之流芳路塞、遺臭心甘。城門所殃，洊至荊棘銅駝而不顧。禍雖不始於夷門，夷門亦有不得謝其責者。嗚呼！氣節伸而東漢亡，理學熾而南宋滅。勝國晚年，雖婦人女子亦知嚮往東林，究於天下事奚補也！當其時，偉人欲扶世祚，而權不在己；宵人能覆鼎餗，而溺於宴安。搤腕時艱者，徒屬之蓆帽青鞋之士；時露熱血者，或反在優伶口技之中。斯乾坤，何等時耶！既無龍門、昌黎之文，以淋漓而發揮之；又無太白、少陵之詩，以長歌而痛哭之。何意六十載後，云亭山人以承平聖裔、京國閑曹，忽然興會所至，撰出《桃花扇》一書，上不悖於清議之是非，下可以供兒女之笑噱。籲！異乎哉！當日皖城自命以填詞擅天下，詎意今人即以其技還奪其席，而且不能匿其瑕，而且幾欲褫其魄哉！雖然作者上下千古，非不鑒於當日之局，而欲餔東林之餘糟也，亦非有甚慨於青蓋黄旗之事，而爲狡童離黍之悲也。徒以署冷官閑、窗明几淨，胸有勃勃欲發之文章，而偶然借奇立傳云爾。斯時也，適然而有却奩之義姬，適然而有掉舌之二客，適然而事在興亡之際，皆所謂"奇可以傳者"也。彼既奔赴於腕下，

吾亦發抒其胸中。可以當長歌，可以代痛哭，可以吊零香斷粉，可
以悲華屋坵山。雖人其人而事其事，若一無所避忌者，然不必目爲
詞史也。猶記歲在甲戌，先生指署齋所懸唐朝樂器小忽雷，令余譜
之。一時刻燭分箋，疊鼓競吹，覺浩浩落落，如午夜之聯詩，而性情
加邕。翌日而歌兒持板待韻，又翌日而旗亭已樹赤幟矣。斯劇之
作，亦猶是焉。爲有所謂乎？無所謂乎？然讀至卒章，見“板橋殘
照、楊柳灣腰”之語，雖使柳七復生，猶將下拜，而謂千古以上、千古
以下，有不拍案叫絕、慷慨起舞者哉！妙矣！至矣！蔑以加矣！若
夫夷門復出應試，似未足當高蹈之目；而桃葉却聘一事，僅見之與
中丞一書，事有不必盡實錄者。作者雖有軒輊之文，余則仍視爲太
虛浮雲、空中樓閣云爾。

（康熙介安堂刊本《桃花扇》）

【按】顧彩在序文中首先述說了自己對於明朝和弘光政權
覆亡原因的認識。因爲時代環境的限制，爲免觸犯清廷忌諱，顧彩
的分析僅涉及了明朝和弘光政權一方的尷尬處境和最終滅亡的原
因。這當然不完全符合歷史事實，更何況所論只是當時明朝朝廷
內外錯綜複雜矛盾鬥爭的一個方面，而非全部。具體到《桃花扇》
的劇情，顧彩認爲阮大鋮自知錯誤、有悔過之心。這不是顧彩一人
標新立異的認識。不過，顧彩將《桃花扇》的情節坐實，認爲弘光王
朝覆滅，“禍雖不始於夷門（按指侯方域），夷門亦有不得謝其責
者。”就不僅苛責了侯方域，而且混淆了文藝作品和歷史事實。至
於所謂“氣節伸而東漢亡，理學熾而南宋滅”，不能孤立來看，應聯
繫上下文，此爲顧彩由明亡而聯想及於東漢、南宋，對兩朝統治傾
覆的一個簡潔概括，省略了其中的邏輯推衍過程和史實細緻分析。
而且，這一總結是經歷和目睹明亡清興殘酷、劇烈的鼎革、交替後，

清初士人的一種有一定代表性的思考和結論。顧彩在序文中對
孔尚任創作《桃花扇》的動機和意圖缺乏準確和深入的認識。顧
彩認爲孔尚任創作《桃花扇》主要爲了排遣餘暇、展示才華,既不
是借明末歷史以議論、諷刺現實政治,也不是爲了表達亡國之
悲。顧彩對孔尚任的創作動機的曲解,究竟是有意爲之掩蓋,還
是真正缺乏深入體察、導致偏離重心,可以存疑。對於劇中一些
人物事件的藝術虛構等"稍有點染"之處,顧彩也給予了理解和
肯定。

顧彩《往深齋詩集》卷三有《有懷戶部孔東塘》,云:

憶在京邸初分時,岸堂別我有所贈。清樽在手未忍空,寒
驢欲跨淚痕迸。

別來忽忽四載餘,嗟君宦海何蹭蹬。朱紱遂因詩酒捐,白
簡非有貪饕證。

才情自足比管樂,高致豈獨輸嚴鄭。神武既掛便合歸,進
退綽綽良有命。

胡爲京洛久滯淫,無乃囊底錢告罄。到君梓里將一載,逢
人問詢奚啻更。

昨日借山從北來,言君近況佳且勝。閉戶不出著異書,頻
有客到蒼蘿徑。

曾點鼓瑟聲鏗鏘,杜甫揮毫句蒼勁。憶君初筭九府錢,不
以貨殖師吳鄧。

到今悔乏買山資,極知貧也原非病。先生似應接浙行,長
物何足隨鞭鐙。

歸葺石門屋數椽,遣此夏日如坐甑。白環重賜會有時,湔
讒洗毀復待聘。

林下固應勝市朝，丈夫出處期於正。

《往深齋詩集》卷八有《贈蘇崑生》云：

八十鬚眉白似銀，清歌猶自繞梁塵。當時賜錦今披褐，零落岐王宅裏人。

可知顧彩與蘇崑生有交往。

梅文鼎《續學堂詩鈔》卷二有《三月六日周雪客、蔡璣先招同閩藍公漪、歙程穆倩、施虹玉、鳩兹湯與三、瀨水陳二游、錫山顧天石、句曲孫凱之、鍾山張瑤星集觀行堂分五微》詩，作於康熙十九年（1680 庚申）。可見顧彩與張瑤星也曾有交往。

顧彩生平參見袁世碩《孔尚任年譜》所附《孔尚任交游考》。孔傳鐸《申椒二集》中有《贈同學無錫顧天石》（又載於孔傳鐸《繪心集》卷上）、《哭顧天石四首》（又載於孔傳鐸《繪心集》卷下），附錄於下：

贈同學無錫顧天石

命世宏才擅絕倫，一談一笑暖如春。情深舊雨耽爲客，富有新詩豈患貧。

蕉繭牋中揮日月，蕙蘭香裏寄心神。平生不愛千金壽，長與洪崖作比鄰。

哭顧天石四首

秋終歸故里，歲晚報如初。詎料膏肓祟，永教筆硯疏。

式廬悲舊館，檢篋痛遺書。惆悵復惆悵，臨風雪涕餘。

交情久不逾，投分荷忘年。狷介貧方見，詩文老更傳。

輄棲消歲月，囊橐累瑤編。石上三生約，相於結後緣。

風流從白髮，磊落莫如君。胸次融冰炭，筆端走烟雲。

謀身常計拙,結契獨情殷。死後家園業,蕭條不忍聞。

君與東塘友,生前若弟昆。後先相謝世,花月孰開樽。
湖海稀宗匠,風騷失討論。天涯知己遍,憐我獨招魂。

題孔東塘《桃花扇》劇本歌

[清]顧　彩

夕陽西下鍾陵秋,淮水寒波咽不流。山河破碎故宮没,却憶美人曾倚樓。

美人阿誰身姓李,商邱侯郎天下士。桃花扇底定情時,南國依然盛朝市。

白社同心氣若蘭,留都防亂檄如山。大夫欲解清流謗,偷助金釵與合歡。

寧知巾幗偏持正,毀妝不墮奸雄阱。鴛侶飄零半道分,拼生再却中丞聘。

郎戍關河妾入宮,無愁天子晏春風。扇頭血作桃花片,妙筆仍煩老畫工。

中原事去金甌缺,鐵騎臨江嘶漢月。冰山崩盡死灰寒,望帝歸魂暗啼血。

爾後萍蹤再一逢,鬢絲禪榻强爲容。欲尋舊約家何在,揉碎桃花點點紅。

六十年來如轉燭,菜畦瓜蔓黃金屋。傷心誰是舊旗亭,閱遍興亡度新曲。

臺號青陵事有無,貞娘墓上夜啼烏。請看冠蓋皆女人,只有蛾眉是丈夫。

[《往深齋詩集》卷三，康熙四十六年（1707）孔毓圻辟疆園刻本]

【按】 自《桃花扇》問世至今，關於其作者，文獻記載和文人、學者都認定爲孔尚任，這是確鑿無疑的。獨有清顧光旭（1731—1797）所輯《梁溪詩鈔》中顧彩小傳下謂：“至《桃花扇》傳奇，則嫁名孔東塘者”。①意即《桃花扇》的作者實爲顧彩，而不是孔尚任。顧光旭字華陽，一字晴沙，江蘇金匱（今無錫）人。②《清史稿》卷三百三十六有傳。乾隆十七年（1752）進士。授户部山東司主事，尋擢員外郎，後官至按察使。乾隆四十年（1775），以秋審失出五案革職，留穿總理糧餉。次年初，告病，奉旨回籍。後在鄉主講於東林書院數十年。著有《響泉集》二十卷。嘉慶元年（1796），顧光旭輯漢以來邑人詩爲《梁溪詩鈔》，凡五十八卷。關於此書的編纂，顧光旭在自序中説：“乾隆丙申（1776）冬，余歸自蜀。從兄諤齋（按即顧斗光）既輯《梁溪詩鈔》，南塘黄可亭亦有《梁溪詩匯》。二君但序時代，尚未按甲科編定，前後其人不見史乘者俱無傳。而其稿則盡歸於余。”③顧光旭主講於東林書院時，又廣搜無錫當地故家舊族藏弆的詩歌遺稿，遴選編次，予以刊刻，仍名《梁溪詩鈔》。所以顧彩小傳中所謂的“至《桃花扇》傳奇，則嫁名孔東塘者”，既有可能爲顧光旭的觀點，也又可能在之前顧斗光輯録的《梁溪詩鈔》中便已存

---

① 清顧光旭輯：《梁溪詩鈔》，宣統三年文苑閣排印本。

② 顧光旭字，諸書記載不一。此處據清王昶《甘肅涼莊道署四川按察使司顧君墓志銘》（《碑傳集》卷八十六作《誥授中憲大夫甘肅涼莊道署四川按察使司顧君光旭墓志銘》，此篇闕開首説明撰作緣起的數句，全篇文字與《春融堂集》所載有多處細微差異），載王昶《春融堂集》卷五十四，嘉慶十二年塾南書舍刻本，《清代詩文集彙編》第 358 册，上海古籍出版社 2011 年版，第 533—535 頁。

③ 清顧光旭輯：《梁溪詩鈔》卷首，宣統三年文苑閣排印本。

在。不過既然得以保留，説明顧光旭對此並不反對。顧光旭曾祖敦、祖父憘、父建元，皆因光旭貴，封贈如光旭。顧光旭爲明顧可久（1485—1561）八世孫，他在《梁溪詩鈔》自序中既稱顧斗光爲從兄，而顧斗光的祖父顧珍爲顧宸次子，顧宸長子即爲顧彩，所以顧彩爲顧光旭的祖父輩。

《梁溪詩鈔》中顧彩小傳的這句話雖有些驚世駭俗，但因僅是簡單論及，而未説明觀點來源和文獻依據，所以在後世既没有得到回應，也没有受到辯駁。僅有錢基博在其《〈桃花扇傳奇〉考》中表示贊同，並且做了一番似是而非的推論。①錢基博認爲"光旭於彩爲諸孫，聞見必確，其言當有所本。"②並且他對相關的文獻做了不同一般的"解讀"，以之作爲《桃花扇》實爲顧彩所作的證據，主要包括兩點：

其一，即顧彩在《桃花扇》序中所説："猶記歲在甲戌，先生指署齋所懸唐朝樂器小忽雷，令余譜之。一時刻燭分箋，疊鼓競吹，覺浩浩落落，如午夜之聯詩，而性情加邕。翌日而歌兒持板待韻，又翌日而旗亭已樹赤幟矣。斯劇之作，亦猶是焉。"③由"斯劇之作，亦猶是焉"，錢基博認爲"不惟《小忽雷》爲彩所譜，而《桃花扇》之譜，乃亦出於彩無疑焉。是彩雖不言《桃花扇》爲己作，而未嘗不認譜之自我出也。"④即使孔尚任在《本末》中所作的事實陳述"前有

① 《文學月刊》，1922 年雙十節特刊，1922 年 10 月 10 日，第 2、3 版。
② 錢基博：《〈桃花扇傳奇〉考》，《文學月刊》1922 年雙十節特刊，1922 年 10 月 10 日，第 2 版。
③ 清顧彩：《〈桃花扇〉序》，徐振貴主編《孔尚任全集輯校注評》第一册，齊魯書社 2004 年版，第 10 頁。
④ 錢基博：《〈桃花扇傳奇〉考》，《文學月刊》1922 年雙十節特刊，1922 年 10 月 10 日，第 2 版。

《小忽雷傳奇》一種,皆顧子天石代余填詞。及作《桃花扇》時,顧子已出都矣"①,都成爲了爲回應"當日亦有疑《桃花扇》之爲彩作",而不得已做的"辯白"。②錢基博還認爲孔尚任如此爲己辯白,就是爲了"攘奪《桃花扇》之爲己作",還給予了他嚴厲而無情的批評:"殆所謂'作僞心勞日拙劣',欲蓋彌彰者耶!"③錢基博在對文獻進行解讀時,產生了支離的錯誤,造成了讓人不能理解的誤讀。"斯劇之作,亦猶是焉"和其下的"爲有所謂乎? 無所謂乎?"是文意連貫而爲一體的。顧彩在序中回憶從前兩人創作《小忽雷》的具體情境,是爲了回應和加强前文的論述,即"雖然,作者上下千古,非不鑒於當日之局,而欲餔東林之餘糟也;亦非有甚慨於青蓋黄旗之事,而爲狡童離黍之悲也;徒以署冷官閑、窗明几淨,胸有勃勃欲發之文章,而偶然借奇立傳云爾。斯時也,適然而有却奩之義姬,適然而有掉舌之二客,適然而事在興亡之際,皆所謂奇可以傳者也。彼既奔赴於腕下,吾亦發抒其胸中。可以當長歌,可以代痛哭,可以吊零香斷粉,可以悲華屋坵山。雖人其人而事其事,若一無所避忌者,然不必目爲詞史也。"④表示孔尚任創作《桃花扇》並没有政治意圖含蘊在内,没有懷戀前朝、反對清廷的思想傾向。"斯劇之作,亦猶是焉",意即《桃花扇》和《小忽雷》一樣,也是在公務餘暇,一時興會所至,爲遣興排悶而作的。

---

① 清孔尚任:《〈桃花扇〉本末》,徐振貴主編《孔尚任全集輯校注評》第一册,齊魯書社 2004 年版,第 19 頁。
② 錢基博:《〈桃花扇傳奇〉考》,《文學月刊》1922 年雙十節特刊,1922 年 10 月 10 日,第 2 版。
③ 同上書,第 2、3 版。
④ 清顧彩:《〈桃花扇〉序》,徐振貴主編《孔尚任全集輯校注評》第一册,齊魯書社 2004 年版,第 10 頁。

即使孔尚任在《凡例》中説《桃花扇》中所涉及的"朝政得失、文人聚散,皆確考時地、全無假借",①顧彩在序中仍然説"作者雖有軒輊之文,余則仍視爲太虛浮雲、空中樓閣云爾。"②顧彩如上述説明《桃花扇》的創作情況,既可能是爲了代孔尚任辯白,免得引來不必要的猜測和禍患,也可能確是在一定程度上與孔尚任的創作意圖有所偏背。

就前者而言,明清易代後,清朝以異族入主中原,進入北京之前既已遭到了强烈的抵抗,之後,各地更是義軍蜂起,綿延達數十年之久。許多故老遺民,包括大量文人,仍然心懷舊朝、敵視清廷。清朝統治者一直有著深深的不安全感,爲了穩固統治,一方面鎮壓反抗,一方面對漢族文人蓄意羅織、對其詩文著作深文周納,造成了許多文字獄案。順治、康熙兩朝,文字獄案的一個特點就是堅決處置意圖通過記述明清易代之事,來嚴夷夏之防、反對清朝統治。發於順治十八年(1661)的莊廷鑨《明史》案就是最典型和最酷烈的一宗。《明史》案起於前歸安縣知縣吳之榮敲詐勒索不成而惡意挾私誣告,後被獎賞莊廷鑨、朱佑明兩家財産各一半,並升任右僉都御史。由此造成了社會上揭發"違礙"文字而誣陷、訐告的惡劣風氣。順治九年(1652)進士、河南道監察御史、浙江諸暨人余縉在其《兩浙利弊》"一　逆産株連"中就如此説道:"自朱佑明等正法之後,奉旨變産搜查不遺餘力,而刁惡棍徒藉以報仇索賄、魚肉良善,每每無影飛扳、脱空妄首。承追衙門因屬欽贓,不敢遽

---

① 清孔尚任:《〈桃花扇〉本末》,徐振貴主編《孔尚任全集輯校注評》第一册,齊魯書社2004年版,第26頁。
② 清顧彩:《〈桃花扇〉序》,徐振貴主編《孔尚任全集輯校注評》第一册,齊魯書社2004年版,第10頁。

釋,及至審系無辜,業已人亡家破。此弊蔓沿多年,似宜盡斬葛藤,以清株累。"①這種惡劣的社會風氣給文人士子帶來了很大的思想壓力,使他們惶恐不安,如履薄臨淵。孔尚任對文字獄及其造成的社會氛圍也有比較清醒的認識,如在其《答僧偉哉》詩中就有"送我詩發温厚情,方外亦懼文字禍"的句子。②孔尚任在《桃花扇》中主要敘寫了存在僅一年的南明弘光朝的朝内政治門爭和朝外軍事内訌,基本没有涉及明、清兩個政權的正面對抗,更没有涉及"揚州十日"等清廷極爲忌諱的史實。同時,因爲題材的敏感性,孔尚任也對出名、曲白和情節等做了謹慎的處理。如試一出《先聲》中老贊禮登場即首先稱頌和描繪清廷統治下的"盛世"景象。又如不惜損害張瑶星的形象的完整性,而在閏二十出《閒話》中讓張瑶星説出如下的話:"誰想五月初旬,大兵入關,殺退流賊,安了百姓,替明朝報了大仇;特差工部,查寶泉局内鑄的崇禎遺錢,發買工料,從新修造享殿碑亭,門牆橋道,與十二陵一般規模。真是亘古稀有的事。下官也没等工完,親手題了神牌,寫了墓碑,連夜走來,報與南京臣民知道"。爲表示"朝政得失、文人聚散,皆確考時地、全無假借",孔尚任特意在每出出名下標明該出劇情發生的具體年月,但除了試一出和加二十一出用"康熙"年號加干支,其餘各出皆用干支紀年,而不用"崇禎"或者"弘光",也是爲了避免授人以柄,惹來不測之災。再有,第四十出《入道》中張瑶星在白雲庵建醮設壇,祭祀甲申殉難文武衆臣,其中列名的范景文等二十四人都是在北京被李自成起義軍攻陷前後或自殺

① 清余縉:《兩浙利弊》,《大觀堂文集》卷二十二,康熙三十八年刻本,《清代詩文集彙編》第61册,上海古籍出版社2010版,第294頁。

② 汪蔚林編:《孔尚任詩文集》,中華書局1962年版,第237頁。

或被害的,而不是在與清軍的對抗中遇難的。這二十四人後來
又皆被清廷重新贈諡。①儘管如此,選擇明清易代之際的時事作爲
創作題材本身,還是存在一定風險,勢必引起注意。孔尚任在《桃
花扇》問世的第二年即被罷職,雖然記載不詳、原因不明,但現在學
界已普遍認爲應該和《桃花扇》有關。因爲孔尚任爲孔子後裔,所
以只受到了罷職的處分。②

　　就後者而言,顧彩不解《桃花扇》原劇第四十出《入道》讓侯、李
兩人歷劫重逢後又即刻分離、修真而去的關目設置的深意,後來將
之改編爲《南桃花扇》時,使兩人最後"有情人終成眷屬"。

　　顧彩在序文中的言說也與孔尚任自身的創作心態在一定程度
上有暗合之處。關於《小忽雷》的創作情況,孔尚任在其康熙三十
七年(1698)冬寫於北京、寄予張潮的信函中曾有提到:"弟十五
年拙宦,碌碌無成,旅邸鬱陶,間作詞曲,比於古人飲醇酒、近婦
人,亦無聊之極思耳。《小忽雷》一種,乃與天石合編者,燕市爐
頭,頗邀畫壁之賞"。③而《桃花扇》最初是孔尚任在石門山隱居
時,"山居多暇"(《小引》)、"瘄歌之餘"(《本末》),寫出"僅畫其輪
廓,實未飾其藻采"(《本末》)的初稿的。在寄予張潮的另一封信

---

① 其中范景文、倪元璐、李邦華、施邦耀、吳麟徵、周鳳翔、馬世奇、劉理順、汪偉、吳甘
　　來、王章、陳良謨、成德、金鉉、鞏永固、王承恩等十六人,於順治十一年六月被清廷
　　贈諡,"並給田,敕有司致祭"。見清蔣良祺《東華錄》卷七,中華書局 1980 年版,第
　　113 頁。
② 此在清代有類似前例。順治二年,原任陝西河西道孔聞謤上疏:"臣家宗子衍聖公
　　已遵令薙髮,但念先聖爲典禮之宗,章甫縫掖,自漢暨明三千年未有之改,今一旦變
　　更,恐於皇上崇儒重道之典有所未備,應否蓄髮以復本等衣冠,統惟聖裁。"疏上,得
　　旨:"薙髮嚴旨,違者無赦。孔聞謤姑念聖裔,著革職,永不敘用。"見清蔣良祺《東華
　　錄》卷五,中華書局 1980 年版,第 80—81 頁。
③ 見清張潮編《友聲》新集卷一第二頁,轉引自顧國瑞、劉輝《孔尚任佚簡二十封箋
　　證》,《文獻》1981 年第 3 期,第 137 頁。

函中,孔尚任又説:"弟又編《桃花扇》一本,傳弘光時事,頗有趣,容一併寄覽。"①如果説孔尚任能夠意識到《小引》、《本末》作爲《桃花扇》曲本的附錄,與之一並刊刻,會廣爲流傳,從而在其中闡述創作情況與意圖時語焉不詳,那麼在其與友人的私人來往信函中表達和説明的創作《桃花扇》的態度和觀點,就因信函的私密性而顯得更爲貼近孔尚任自我的真實心跡。

其二,《桃花扇》第四十出《入道》中侯、李二人情事的結局,是孔尚任精心構想和設置的。這個不完全符合真實人物生平行跡的結局,在思想意涵和藝術形式兩方面都蘊涵著深意。孔尚任對《桃花扇》之前衆多劇作的情節、關目和當時觀衆的期待視野都很熟悉和瞭解,他有意顛覆戲曲較爲常見的大團圓結局,更新觀衆的期待視野。這在《桃花扇》的"凡例"中有清楚的説明,如"排場有起伏轉折,俱獨辟境界,突如其來,倏然而去,令觀者不能預擬其局面。凡局面可擬者,即厭套也。"②又如"且脱去離合悲歡之熟徑,謂之'戲文',不亦可乎?"③顧彩改作《南桃花扇》時,却没有深識孔尚任的苦心。孔尚任在《本末》中對《南桃花扇》做了褒貶參半的評價,表達了對不同於原劇的團圓結局的不滿。後世罕有給予《南桃花扇》的結局以肯定評價者,僅見《曲海總目提要》和《傳奇匯考》認爲團圓結局較原劇爲勝。因爲侯方域曾在順治八年辛卯(錢文誤作"癸卯")參加清朝的鄉試,錢基博認爲《南桃花扇》的新結局"改

① 見清張潮編《友聲》新集卷一第二十三頁,轉引自顧國瑞、劉輝《孔尚任佚簡二十封箋證》,《文獻》1981年第3期,第140頁。
② 清孔尚任:《〈桃花扇〉凡例》,徐振貴主編《孔尚任全集輯校注評》第一册,齊魯書社2004年版,第26頁。
③ 同上書,第27頁。

之不爲無見".①錢基博在《〈桃花扇傳奇〉考》中認爲《本末》中孔
尚任評價《南桃花扇》的一段話是爲了特意説明顧彩所作的是《南
桃花扇》,而自己是《桃花扇》的確實的作者。在確信《桃花扇》的真
實作者爲顧彩的前提下,錢基博還認爲顧彩創作《桃花扇》不過是
"筆墨游戲",所以"不恤嫁名云亭爲之",不料孔尚任卻因《桃花扇》
獲得大名,所以爲了表達"瑟歌之意",在後來又創作了結局不同的
《南桃花扇》。②其中"瑟歌"典出《論語·陽貨》:"孺悲欲見孔子,
孔子辭以疾。將命者出户,取瑟而歌之,使之聞之。"③意即向對
方暗示自己的不滿。孔尚任"予敢不避席乎"的話,也因此被錢
基博解讀成了孔尚任在領會顧彩的不滿之後,對他的慰藉
之語。

　　而從此詩和《往深齋詩集》卷八中的《客容陽席上觀女優演孔
東塘户部〈桃花扇〉新劇》,可知顧彩自己也確認孔尚任爲《桃花扇》
的作者。因爲這本來就是没有任何問題的。錢基博在《〈桃花扇傳
奇〉考》中據《梁溪詩鈔》中顧彩小傳所做的推論和所得的結論是完
全荒謬的,故罕見後人提及他的這篇文章。目前筆者僅見有鄭逸
梅在《〈桃花扇〉作者之歧説》(《工商日报》1937 年 3 月 25 日第 5
版)一文中引用其中的片段,在文末云:"觀此,則二説相歧。爰揭
之如此,亦稗史珍聞也。"

---

① 錢基博:《〈桃花扇傳奇〉考》,《文學月刊》1922 年雙十節特刊,1922 年 10 月 10 日,
　　第 3 版。
② 同上書。
③ 魏何晏注、宋邢昺疏《論語注疏》卷十七"陽貨第十七",北京大學出版社 2000 年版,
　　第 274 頁。

跋　語

[清]黄元治

有明三百年結局，君臣將相、奸佞忠良，其間可褒可誅、可歌可泣者，雖百千萬言，亦不能盡。兹獨借管弦拍板，寫其悲感纏綿之致；又從最不要緊幾輩老名士、老白相、老青樓飲嘯談諧、禍患離合、終始之跡，而寄國家興亡、君子小人、成敗死生之大故。貫穿往覆，揮灑淋漓；大旨要歸，眼如注矢；凄音楚調，聲似回瀾。紀事處，忽爾鍾情；情盡處，忽爾見道。戰爭付之流水，兒女歸諸空花。作史傳觀可，作内典觀亦可。寧徒慷慨悲歌，聽者墮淚而已乎！

（康熙介安堂刊本《桃花扇》）

【按】　末署"桃源逸史黄元治跋"。黄元治，字自先，又字體仁、涵齋，號桃源逸史，安徽黟縣人。康熙中副貢生。曾兩官滇、黔，以大理通判入爲宗人府經歷，遷刑部郎中，後出爲雲南澄江知府。他在澄江知府任上，"開濬水道，雪理冤獄，修城池，興學校。在滇三載，囊橐蕭然。民間稱爲'青萊太守'。卒祀澄名宦及鄉賢祠。"①他能詩、工書，有法書行於世。著有《黔中雜記》、《春秋三傳異同考》，修纂《大理府志》三十卷。參見惠棟《漁洋山人精華録訓纂》卷九注、王士禎《居易録》。黄元治肯定和讚賞孔尚任"借離合之情，寫興亡之感"的構思手法，認爲《桃花扇》記敘興亡離散之中深蘊哲理。

---

① 　清和珅等撰《大清一統志》七十九，乾隆五十五年武英殿刊本。

跋　語

[清]劉中柱

　　一部傳奇，描寫五十年前遺事，君臣將相、兒女友朋，無不人人活現，遂成天地間最有關係文章。往昔之湯臨川，近今之李笠翁，皆非敵手。

（康熙介安堂刊本《桃花扇》）

　　【按】末署"料錯道人劉中柱跋"。劉中柱字砥瀾，號雨峰（道光《寶應縣志》卷十七《列傳》下卷作"禹峰"），別號料錯道人，江蘇寶應人。由廩貢生授臨淮教諭，遷國子監學正，轉户部主事，晉郎中。後出爲真定府知府。著有《漁山園集》一卷、《兼隱齋詩》十一卷、《又來館詩集》六卷、《并州百篇詩》一卷，及《史外叢談》、《六館日鈔》諸書。《清史列傳》卷七十一有傳。清王源《居業堂集》卷十四有《劉雨峰詩集序》。道光《寶應縣志》卷十七"列傳下"載："中柱少以詩名，既爲部郎，與朱彝尊、查慎行輩相倡和。生平獎掖後進，匡振困乏，時論稱之。"①《清史稿·梁以樟傳》："（梁以樟）晚年偕喬出塵、陳鈺、朱克生、劉中柱結文字社。"《清史列傳·劉中柱傳》謂其"工詩、古文辭，與朱彝尊、查慎行、汪懋麟、喬萊、王式丹相倡和。"劉中柱爲官有清望，《（嘉慶）揚州府志·劉中柱傳》載其"出守正定府，府舊轄三十二州縣，守令羡餘過他郡。中柱至，議一切裁去。上官止之曰：'君自可耳，難爲繼也。'中柱僅留其尤輕者，餘

---

① 清孟毓蘭修、喬載繇等纂：《（道光）重修寶應縣志》卷十七"列傳下"，道光二十年湯氏沐華堂刻本。

仍罷。"正定即真定，雍正元年(1723)因避世宗胤禎諱，改正定。孔尚任和劉中柱曾同在户部爲官。參見袁世碩《孔尚任年譜》所附《孔尚任交游考》。

跋　語

［清］李　柟

　　先生胸中眼中，光明洞達。其是非褒貶，雖自成一家言，實天下後世之公言，所謂"游夏不能贊一辭"也。列國賢士大夫，誰無意見？若聽其筆削，《春秋》一書今已粉碎矣。觀《桃花扇》者，如睹祥麟瑞鳳，當平恕其心，歡喜讚歎。即感慨亦多事，況議論乎？

（康熙介安堂刊本《桃花扇》）

　　【按】　末署"淮南李柟跋"。李柟（？—1704)字倚江，號木庵，江蘇興化人。弘光朝大理寺丞李清子。康熙十二年(1673)進士。康熙三十七年(1698)七月，由工部左侍郎調户部左侍郎，管右侍郎事。康熙三十九年六月，擢左都御史。康熙四十三年(1704)，告病歸，旋卒。著有《大遠堂奏議文集》、《藥圃詩》。李柟肯定劇中透露出的孔尚任對不同人物的態度和評價，實際還是將該劇視爲"詞史"或曰"曲史"。他雖然給予了該劇很高評價，將其拔高到一個比較崇高的地位，但却有些忽視了傳奇作品的戲曲藝術本質。

跋　語

［清］陳四如

　　紈扇而曰"桃花"，其名豔；桃花而血色染，其情慘。以《桃花扇》而寫梨溶杏冶，以《桃花扇》而發嬉笑怒罵，以《桃花扇》而誅亂臣賊子，以《桃花扇》而正世道人心。至於出下之編年紀月、出末之搜才繫士，不書隱公即位之筆，得再見矣。噫！《桃花扇》之義，大矣哉！

（康熙介安堂刊本《桃花扇》）

【按】 末署"關中陳四如跋"。陳四如，鹽亭人。康熙二十一年（1682）歲貢生。他指出可以《桃花扇》來"誅亂臣賊子""正世道人心"，仍是將劇作視同史書。《桃花扇》首創每出出目下標該出劇情發生的時間，本是爲了表明"朝政得失、文人聚散，皆確考時地、全無假借"，不過其中有些與所敘寫的歷史事件發生的真實年月並不吻合。

跋　語

［清］劉　凡

奇而真，趣而正，諧而雅，麗而清，密而淡，詞家能事畢矣。前後作者，未有盛於此本，可爲名世一寶。

（康熙介安堂刊本《桃花扇》）

【按】 末署"穎上劉凡跋"。劉凡，字元歡，安徽壽州人。康熙十五年（1676）進士，官河陽知府，行取入爲户部郎。有《清芳閣詩》。清鮑鉁（1690—1748）《道腴堂詩編》卷九有《劉元歡先生過訪有贈》《檇李遇劉元歡先生即別》。他指出了《桃花扇》在藝術方面的許多特點，分別評價了劇作的情事、意旨、説白、曲詞和用典。如"奇而真"，即孔尚任在《小識》中所謂："事之不奇而奇，不必傳而可傳者"；"趣而正"，即孔尚任在《小引》中所謂："傳奇雖小道，凡詩賦、詞曲、四六、小説家,無體不備。至於摹寫鬚眉、點染景物,乃兼畫苑矣。其旨趣實本於《三百篇》,而義則《春秋》,用筆行文,又《左》、《國》、《太史公》也。於以警世易俗,贊聖道而輔王化,最近且切";"諧而趣",即《凡例》中所謂:"説白則抑揚鏗鏘,語句整練;設科打諢,俱有別趣。寧不通俗,不肯傷雅,頗得風人之旨";"麗而清",即《凡例》中所謂:"曲名不取新奇,其套數皆時流謳習者,無煩探討,入口成歌;而詞必新警,不襲人牙後一字";"密而淡",即《凡例》中所謂:"詞中使用典故,信手拈來,不露餖飣之痕。化腐爲新,易板爲活,點鬼垜尸必不取也。"劉凡注意和揭示了藝術創作及藝術風格中的辯證原則,以上五個並列片語各自内部的兩個方面皆是相反相成的,使得各方面的特點和風格更加豐富多樣。

跋　語

[清]葉　藩

慷慨悲歌,淒涼苦語,是何種文章! 讀之而不墮淚者,其心必石,其眼必肉。

（康熙介安堂刊本《桃花扇》）

【按】 末署"婁東葉藩跋"。葉藩,字桐初。葉燮侄,杜于皇婿。曾入曹寅幕府。《郎潛紀聞三筆》卷二"芷仙書屋圖"條載:"康熙戊寅之夏,輦下諸名人合寫《芷仙書屋圖》,畫者三十人:王原祁、宋駿業、禹之鼎、顧士奇、張振嶽、楊晉、顧昉、沈堅、黃鼎、劉石齡、鄭淮、馬是行、孔衍栻、楊豹、方孝維、馬昂、于炎、周兹、許容、姚匡、馮纕、顧芷、王永、李堅、鄧煥、黃衛、錢石含、翁嵩年、唐岱,而始寫樹石[未]（末）復補遠山一角者,石谷子王翬也。詩者六十人,皆余思祖爲之書,姚奎、袁啟旭、費厚藩、黃元治、胡介祉、汪灝、宮鴻歷、李時龍、胡賡昌、錢維夏、江宏文、王奕清、劉允升、朱襄、汪若、顧嗣協、翁必選、錢汝翼、錢元昉、孫致彌、蔣仁錫、馮歷、王源、王澤宏、周彝、朱時鳳、許志進、蔡望、朱鎬、顧彩、吳麐、顧瑤光、龐塏、姜宸英、王盛益、蔣疇錫、金璧、王時鴻、周清原、馬幾先、孫鉉、葉藩、陳于王、沈用濟、吳世標、孔尚任、曹日瑛、金肇昌、張霍、金德純、吳漣、宏煒阿、金文昭、博爾都雪齋、占拙齋、珠兼、山端、釋等承、慈目示也。題識者孔毓圻,而陳奕禧爲之書。是圖不知今落何許,錄之亦足存國初雅人姓字,並以見皇畿才彥之盛也。"①《楝亭詩鈔》卷一有《喜葉桐初至》與《送桐初》二詩。尤侗《西堂餘集》自撰《年譜》卷下載康熙二十九年(1690)八月十九日,曹寅同余懷、梅鼎、葉藩赴尤侗揖青亭約,會飲賦詩,並下畫師作《會飲圖》。原文作:"康熙二十九年庚午,年七十三歲。八月與織部曹子清寅、余淡心懷、梅公燮鼎、葉桐初藩會飲揖青亭賦詩。"尤侗《艮齋倦稿》卷四有詩題《八月十九日曹荔軒司農同余淡心、梅公燮、葉桐初過揖青亭小飲,拈"青""池"二韻二首》。同年十月十一日,曹寅復攜余懷、葉藩、董麒過尤侗水哉軒小飲,余、尤有詩。冬,與諸同人玩雪。尤侗《艮齋倦稿》卷四有詩題《十月十一日曹荔軒、余淡心、葉桐初、董觀三水哉軒小飲,是日大風微雨,和淡心韻二首》。康熙三十二年(1693)夏,葉藩之楚,韓菼有詩送之,兼簡曹寅。韓菼《有懷堂詩稿》卷二有詩題《送葉桐初之楚兼簡楝亭使君》(前五篇題癸酉元日)。楊鍾羲《雪橋詩話三集》卷三載:"'香海橫流事特奇,磐陀安隱過須彌。

① 清陳康祺:《郎潛紀聞三筆》卷二,《郎潛紀聞初筆二筆三筆》,中華書局1984年版,第674—675頁。

猛風不動袈裟角，彈指閻浮小劫移。''麻麥閑情底用愁？現前衰瑞
總風流。伽黎不掛原無相，却笑癡龍乞裏頭。'棉花道人曹寅題姚
後陶小像作也。後陶名潛，原名景明，字仲潛，歙縣人，家於江都。
明永言廷尉思孝子。性情高介，以詩酒自豪。晚年托於曹，與宜興
陳枋、崑山葉藩、長沙陶煊、邗江唐祖命及荔軒，有'燕市六酒人'之
目。荔軒外宦，出處與偕，為築室於紅板橋北，計口授食，乘時授衣
者二十年。年八十五終。復遷其妻方孺人櫬，合窆於京江爛石山
廷尉塚之穆。"①

　　葉藩的《跋》主要指出了《桃花扇》的整體情調和氛圍，並指出
了它所能產生的强烈的接受效果。

後　序

[清]吴　穆

　　過客衣冠，依稀優孟；郵亭宮闕，仿佛梨園。覽南渡之興亡，鶯
花一歲；笑東遷之聚散，萍水三朝。為古犹憂，有意摑罵曹之鼓；因
人抱忿，無方擊獃賈之錘。往事雖陳，情焉能已？舊人猶在，吾末
如何？於是譜敍兒女私恩，表一段溫柔佳話；紀述君臣公案，發千
秋成敗奇聞。蓋以馬史、班書，賞雅而弗能賞俗；《搜神》、《博異》，
信耳而未必信心。所以許劭之評，托彼吳歙越調；董狐之筆，付諸
桓笛嬴簫。此《桃花扇》之傳奇所由作也。嗟乎！烈皇殉國，曆在
申年；闖逆攻都，春當辰月。海飛山走，跳出十八孩兒；軸覆樞翻，
逼死九重天子。鼎湖龍去，弓墮烏號；鐵脛鷗張，刀揮素質。鳳闕

---

①　清楊鍾羲：《雪橋詩話三集》卷三，劉氏求恕齋 1919 年刻本。

鸞臺之火，赤焰彤天；螭階麟閣之尸，紅流赭地。薊門兵燹，絕無原廟殘甎；建業人烟，幸保陪京剩土。噫嘻！漢家之厄十世，唯光武之中興；獻公之子九人，僅重耳之尚在。以故權頑乘釁，窺神器而包禍心；詭譎同謀，立新君而居奇貨。珪桐剪葉，封神廟之親孫；璚樹生枝，迎福藩之嫡子。千官擁戴，氣象南陽；萬姓歡呼，風流東晉。詎意黃袍加於身上，天子無愁；碧璽列於几前，寡人好色。譬如勾踐，未奮志於嘗膽臥薪；荒比東昏，只留意於徵歌選舞。小憐大舍，豔叢白玉床前；花蕊梅精，嬌簇黃金屋裏。月姊進長生之藥，枕上飛仙；麻姑貢不老之丹，杯中樂聖。以致六千君子，縮項逡巡；八百諸侯，抽身退避。胭脂古井，仍投珠翠之妃；結綺高樓，又上戈矛之士。奇可傳者，斯其一也。

至於帝業維新，沙堤任重；皇圖再造，畫省權尊。只手擎天，須體認安劉周勃；孤衷捧日，務摹仿復楚包胥。孰不思江左夷吾，經綸嶽嶽；人皆望禁中李牧，功烈錚錚。爾乃元改靖康，政全歸檜；位登靈武，衆未誅楊。玉帛金繒，宰嚭則苞苴弗卻；刖鼅湯鑊，廣漢則鉤鉅偏多。指鹿隨心，元老合稱爲長樂；捫虱得意，華堂應號以半閑。孫武子之兵書，用在《春燈謎》裏；李藥師之陣法，藏諸袴子襠中。截狗續貂，市井屠酤而濫貴；燔羊爛胃，庖廚奴隸而升郎。天下童謠，王與馬共；人間仙路，阮挈劉行。以致王氣全銷，無煩金厭；國風盡變，但有民訛。野日荒荒，不見旌旗戰鼓；江流泯泯，唯聞蘆荻漁歌。奇可傳者，又其一也。

若夫戡亂勤王，將須一德；奮威揚武，兵始捐忠。晉剪蘇氛，溫嶠連士行並討；唐清史孽，子儀協光弼偕征。賈寇同載而言歡，漢方復盛；廉藺負荊而任咎，趙乃稱強。豈期北鎮跳梁，鮮內靖外寧之志；南藩跋扈，多上脅下令之心。裴中立之久亡，誰平淮蔡？孫安國之不作，孰貶桓溫？座位閑爭，年庚恃長；客兵弗讓，流寇偏容。鈴閣督師，懦似慈悲佛子；轅門魁帥，勸如和事先生。不圖掃穴搗巢，疾趨於子午谷去；只能縱剽肆掠，轉騷向丁卯橋來。眼看豺虎縱橫，中原怕救；坐擁貔貅護衛，雄鎮偷安。以致白露荒洲，魚潛水靜；烏衣舊巷，燕去堂空。江草淒淒，人作揚州之夢；山雲黯黯，天消蔣阜之魂。奇可傳者，又其一也。

維是君王游豫，親問蛙鳴；宰相閑嬉，官能犬吠。出師上表，内無蜀國之卧龍；拜將登壇，外少隋家之擒虎。乃不圖三公子作東林後勁，五秀才爲復社前驅。學論秉公，竟蹈覆巢之李爕；儒林抗節，敢追奏疏之陳東。楊左幽冤，重興舊案；荆襄積憤，特舉新旗。柳敬亭評話微丁，投清惡除奸之檄；蘇崑生歌謳賤士，葬亂軍死帥之骸。狎客歸山，丁繼之抱雷海清之慟；書商破產，蔡益所擔孔文舉之舉。藍田叔身隱畫師，引領蛾眉而學道；卞玉京名逃樂部，掉轉蟒首而修真。之數人者，境實卑微，志堅嶽瀆；品雖高邁，位陋泥沙。挹彼豐標，似聽足音於空谷；揭斯氣節，允當砥柱於頹波。奇可傳者，又其一也。

嗚呼！當是時也，臨傾廈宇，一木何支；待斃膏肓，九還莫救。世事如此，對風景以奚堪；天運可知，望川原而欲涕。爰有夷門望族，梁苑畸人，慨琴劍之萍飄，孤蹤白下；感鄉關之梗塞，滿地黄巾。恨晉愁梁，暫拭南冠之泣；嘲風嘯月，聊追北里之歡。恰遇香君，實爲尤物；遂爾握巫峰之暮雨，攜洛浦之晴雲。三四千里之星娥，朱絲繫足；二十八字之月老，素箋盟心。百寶箱中，珍藏攝面；雙鉤簾下，鑒賞聚頭。所謂折疊雖輕，才子投一時之贈；詠題甚重，麗人定百歲之情焉。其奈文章憎達，既落第於吳宫；適值兵牒求援，則從戎於洛水。遠入蓮花之幕，郎是參軍；獨登楊柳之樓，妾爲思婦。

感時撫景，慘澹吟詩；睹物懷人，淒涼玩扇。籠隨袖口，弗捨撲蝴蝶之風；繫近裙腰，留待殉鴛鴦之塚。紅粉於房中計日，正自含愁；青衣於樓下催妝，忽令改志。緣以中堂薦美，驅象而送向蛇吞；亦因開府覓姬，釣鯉而毆由獺祭。香君則冰凝作骨，日出當心；不樂求凰，寧甘打鴨。擲去香囊之聘，弗愛彼瑟瑟珠衫；罵回油壁之迎，徒駕到轔轔繡轂。而且妝崩墮馬，金投約指於樓窗；髻壞盤龍，玉觸搔頭於柱礎。舞非如意，孫夫人血滴眉尖；傷豈飛刀，韋娘子紅淋額角。遂致扇似團圓明月，灑來幾點流星；詩如李杜文章，迸起一層光焰矣。時則豪權難忤，猿亡而必致魚殃；委曲求全，桃僵而何妨李代。麗娘惜女，竟以身充；香女離娘，唯餘影對。梨花雲裏，倦魂只夢以懷人；燕子樓中，啼眼更誰愁似我。乃有石城舊令，粉署閑曹，竊將點口之脂，分來染扇；借用畫眉之筆，暫以描花。趙合德裾上津華，變作玄都嫩蕊；薛靈芸壺中唾色，化成度索蟠根。扇喚桃花，歌場曾有；紅叩人面，畫苑所稀矣。詎知節屆靈辰，貴介賞鍾山雪景；渡名桃葉，群姬奏玉樹新聲。錦席既張，香君與侍。命如斯薄，誰不畏丞相天威；情有所鍾，儂已作使君新婦。不覺頰潮紅暈，忿忿而言；眉蹙青蠻，申申以罵。熱雖炙手，危如燕雀之堂；焰縱熏天，醜是麒麟之楦。雌正平脣槍大動，滿座俱驚；活林甫腹劍陰藏，當場反恕。休休相度，不居殺歌妓之名；隱隱奸謀，但唆入樂伶之選。嗣後虯壺聽漏，寂寂長門；蟬鬢驚秋，淒淒永巷。昭陽日影，樹頭空盼盡寒鴉；御苑溝流，葉上又難通錦字。懸憶天涯夫婿，雨櫛風餐；自憐殿角嬋娟，花腠月損。無何，洪河失險，記室從間道潛歸；文社重聯，鉤黨陷圜扉禁錮。罰以驢之拔橛，光祿則快意私讐；欺其麟也傷鋤，廷尉則酸心清議。乃若張金吾者，受詔捕囚，下吳導伏床之淚；棄官避罪，識通明解組之機。遁跡棲霞，學仙辟穀；

置是非於弗問,付榮辱於罔聞矣。哀哉!廟堂錯亂,擾擾如棋;將相顛狂,紛紛似瘧。幽拘太子,誰爲世上江充?轔轥元妃,忍作朝中孟德?獨有一藩恚恨,欲來内靖於苗劉;其如三鎮糊塗,轉去外防於韓岳。壁壘之長槍大劍,未分誰弱誰强;坂磯之快馬輕刀,總屬自屠自戮。江南撤守,人歎城空;淮北乘虛,兵從天降。灰釘乞命,公輔則犬急亡家;興櫬蒙塵,帝主則魚忙漏網。青衣變服,不用降書;白馬隨營,何須銜璧?以致猛將自裁於虎帳,轍亂旗靡;大星先落於樓船,戈抛甲棄。圍城掘鼠,廣陵莫比睢陽;投水葬魚,汨羅即同胥浦。景華螢火,絶不見腐草之光;芳樂香塵,那復有金蓮之步?三百年豐功盛德,蟻夢槐柯;十五陵剩水殘山,蜃消海市。乾坤板蕩,無一個社稷之臣;風雨漂搖,餘幾許林泉之客。如斯而已,豈不哀哉!更賴有白髮禮生,失其姓氏;黃冠道士,曾現宰官。見陌上之銅駝,鼻酸舊國;聞山中之謝豹,腸斷先王。於以村户釀錢,追薦中元之節;仙壇酹酒,仰招上界之靈。麥飯一盂,權抵作當年鼎鼐;菜羹半缽,聊充爲今夕犧牲。迨及殉難忠魂,死綏厲鬼,光昭四表,趨蹌黼座於青冥;籙陟三清,扈從鑾輿於碧落。是日也,雲迷谷暗,鐘鼓伐而聲淒;沙走江喧,鐃磬敲而音慘。神威赫奕,顯劍佩於雲衢;奸魄駭奔,碎頭顱於瘴嶺。觀者如堵,伊誰無警戒之心;拜者若癡,彼皆有皈依之志。豈料群雞立鶴,來逃獄之青衿;飛鳥依人,識出宮之紅袖。士曰獄槐抱痛,命在如絲;女曰宮柳牽心,骨幾化石。喁喁私語,訴別後之參商;刺刺長言,遇當前之牛女。張道士則厲聲叱咤,正色申明:國破家亡,試問君親安在?才貪色戀,仍諧夫婦何爲?苦海茫茫,放下屠刀而證佛;愛河滾滾,抛開蟬殼以登仙。香君則毀短命之花,碎宮紈於落地;侯生則登回頭之岸,悟世網於俄時。從兹石榻翻經,花香繞磬;筇籠採藥,嵐氣侵衣。洵足奇焉,故可傳也。悲夫!

卦爻當剝,萬物乖張;劫火成灰,群倫緯繣。綱常正氣,泯滅於臺閣簪纓;俠義高風,培養於漁樵脂粉。不分褒貶,誰復知筆墨森嚴;略別旌懲,世還有心肝戒慎。亂曰:君原聖裔,借此寓德言文政之科;僕本侯家,能不動隆替升沉之感?

《桃花扇》者,孔稼部東塘先生所編之傳奇也,乃故明弘光朝君臣將相之實事。其中以東京才子侯朝宗、南京名妓李香君作一部針線。他如畫師、書賈、狎客、娼家諸卑賤人,翻有義俠貞固,正爲顯達之馬阮下對症針砭耳。

(康熙介安堂刊本《桃花扇》)

【按】末署"北平吳穆鏡庵氏識"。吳穆,號鏡庵居士,或作靜庵居士。孔尚任《燕臺雜興三十首》第十一詠其人:"醉倒胡床吳鏡庵,賣文錢盡懶歸南。舊人誰識通侯子? 借我郎曹剳一函。"[1]孔尚任自注云:"吳鏡庵名穆,前恭順侯之子,能詩,工四六。予游淮揚,其聲始噪,寄家淮南,潦倒燕市,今秋乞予一剳,往迎其子。"[2]吳穆在《後序》中也說自己"僕本侯家,能不動隆替升沉之感"。其父名吳惟華。小說《林蘭香》中的恭順侯吳瑾可能以吳穆爲原型。他又曾爲《小忽雷》傳奇作序,亦爲駢體,末署"時康熙丙子長至靜庵居士書"。康熙丙子爲康熙二十三年(1684)。

清曲阜人孔毓埏《遠秀堂集》(有清抄本傳世)所收末一種"雜著"《拾籜餘聞》有一則云:

北平布衣吳公鏡庵(穆),故明恭順侯之嫡孫也。鼎革之

---

① 清孔尚任:《燕臺雜興三十首》,徐振貴主編《孔尚任全集輯校注評》,齊魯書社 2004年版,第 3 冊,第 1799 頁。
② 同上書。

後，家徒壁立，然不以貧而廢學，博通群籍，能詩文，尤工偶儷之作。與高陽相國之孫李公循吉（敏迪）友善，李出守江南之太平，吳往依之，竟卒於署。出（按疑爲衍文）李公爲之經紀其喪，養其老妻，人皆義之。吳在舍盤桓最久，家岸堂公《桃花扇》出，公爲之題辭，極爲博贍，内有云：“君原聖裔，藉此寓德言文政之科；僕本侯家，能不動隆替升沉之感？”語最動人。其論洪光也：“珪桐剪葉，封神廟之親孫；璀樹生枝，迎福藩之嫡子。千官擁戴，氣象南陽；萬姓歡呼，風流東晉。詎意黄袍加於身上，天子無愁；碧璽列於几前，寡人好色”云云。不惟屬對精切，而南渡規模盡於此數句中已。

據《（乾隆）太平府志》卷十九《職官志》：“李敏迪，直隸高陽縣人。蔭生。四十年任。”他的下任是周全功，康熙五十八年（1719）任。可知吳穆應卒於康熙五十八年前。

清吳世纛有《和家鏡庵韻贈別》詩，見《淮海英靈集》乙集卷二，云：

　　十年負痛常爲客，今日相逢意黯然。世路不堪成浪跡，旅人無計整歸鞭。

　　甓湖波冷蛟潛影，金櫃雲深鳥習禪。君去不須揮別淚，浮沉身世一漁船。

　　白髮憐君心獨苦，垂頭欲語更潸然。悲歌燕市頻沽酒，躑躅征途懶著鞭。

　　往事只今猶屬夢，此身那得便安禪。湖光春色猶相待，破浪應乘萬里船。

吳穆《後序》共可分爲五個部分。第一部分，自“過客衣冠”至“此《桃花扇》之所由作也”，主要論述孔尚任的創作意圖。孔尚任感於南明弘光興亡，替古人抒憤，也爲抒發自己的感慨，而創作《桃花扇》，"譜敘兒女私恩，表一段溫柔佳話；紀述君臣公案，發千秋成敗奇聞"。又因爲史書不能通俗，而搜奇志怪之野史筆記不能使讀者產生心理認同，所以孔尚任選擇了戲曲這一藝術形式來寄寓褒貶。這是吳穆自己的認識，但具有一定的文藝理論價值，指出了戲曲相對於正統史書、野史筆記的長處和妙用。第二部分，自"嗟乎！烈皇殉國，曆在申年"至"挹彼豐標，似聽足音於空谷；揭斯氣節，允當砥柱於頹波。奇可傳者，又其一也。"這一部分，又可以分爲四小段，每段都以"奇可傳者，斯其一也"或"奇可傳者，又其一也"結束。這一部分主要評述南明弘光之興亡，分析原因，褒貶人物，涉及《桃花扇》中除侯方域和李香君之外的其他人物角色。每段的內容結構相同，都是首先指出應該施行的正確做法，而後敘述史實，說明南明君臣將相的實際作爲偏不如此，無不荒唐、錯誤，南轅北轍，因此勢必亡國滅家，最後描繪亡國的悲慘、淒涼景象。第一段寫新朝初立、國仇未報，本該臥薪嘗膽、勵精圖治，弘光帝却不理朝政、耽溺聲色、荒淫無恥，以致正人、良將無人擁戴弘光，偏安之局，轉瞬即逝。第二段寫馬、阮等權掌中樞、位極人臣，面對國勢危殆、強敵進逼，不思忠心爲國、圖謀恢復，却一心中飽私囊、陷害忠良、賣官鬻爵。第三段寫江北四鎮因小釁而起大爭，內部紛爭不已，全不思合力對外、抵禦強敵，史可法又懦弱無能，調停無效；左良玉則擁兵自重，苟且偷安。第四段寫"三公子""五秀才"等復社文士秉持公論、反對閹黨，柳敬亭、蘇崑生、丁繼之、蔡益所、藍瑛、卞玉京等數人也各有自己的功能和作用，各有自己的出彩之處。第三部分，自"嗚呼！當是時也"至"悲夫"，主要概述侯方域和李香君的悲歡離合。第四部分，自"卦爻當剝"至"能不動隆替升沉之感"，指出《桃花扇》對於正邪雙方明分褒貶、各予旌懲,可以警世易俗、化導人心。其中,所謂"綱常正氣,泯滅於臺閣簪纓;俠義高風,培養於漁樵脂粉",表現了吳穆通達、特異的思想認識。最後一部分爲散體,說明《桃花扇》的内容和結構,指出侯、李爲"一部針線"。他認爲《桃花扇》描寫雖地位卑賤、但具有"義俠貞固"性情和行爲的藍瑛、蔡益所、丁繼之、卞玉京等,是爲了對比、批判地位顯達的馬士英和阮大鋮,這對於我們認識和理解《桃花扇》也有一定的意義。

題　辭

［清］田　雯

　　一例降旗出石頭,烏啼楓落秣陵秋。南朝賸有傷心淚,更向胭脂井畔流。

　　白馬青絲動地哀,教坊初賜柳圈迴。春燈燕子桃花笑,賤奏新詞狎客來。

　　江湖無賴弄潺湲,一載春風化杜鵑。却怪齊梁癡帝子,莫愁湖上住年年。

　　商邱公子多情甚,水調詞頭吊六朝。眼底忽成千載恨,酒鉤歌扇總無聊。

　　零落桃花咽水流,垂楊顦顇暮蟬愁。香娥不比圓圓妓,門閉秦淮古渡頭。

　　錦瑟銷沉怨夕陽,低回舊院斷人腸。寇家姊妹知何處,更惜風流鄭妥娘。

山薑子田雯題
（康熙介安堂刊本《桃花扇》）

【按】 田雯的題辭又見於其《古歡堂集》卷三"七言絕"，有康熙至乾隆間刻德州田氏叢書本。目錄中題作《題〈桃花扇〉傳奇六首》，正文題作《題〈桃花扇〉傳奇絕句》，四庫全書本《古歡堂集》亦作《題〈桃花扇〉傳奇絕句》。詞句基本相同，僅《桃花扇》題辭第四首中的"眼底忽成千載恨"，德州田氏叢書本和四庫全書本均作"眼底忽成千古恨"。《國朝山左詩鈔》卷二十五收此詩，闕第四、第六兩首，第三首首句作"江潮無賴弄潺湲"。田雯(1635—1704)字綸霞，一字紫綸，又字子綸，號漪亭，又號山薑，晚號蒙齋，山東德州人。康熙三年(1664)進士，由內閣中書歷官江寧、貴州巡撫。丁憂起補刑部右侍郎，調戶部左侍郎。田雯少孤，天資高邁，承其母教誨。淬厲以學，記誦亦博。其所作詩文皆"組織繁富，鍛煉刻苦，不肯規規作常語"(《四庫全書總目》)。所作詩如《移居詩》、《送友還蜀》、《長句送峨嵋南歸》、《采石太白樓觀蕭尺木畫壁歌》等皆精闢博麗。田雯論詩尊宋，尤推山谷，謂："宋之歐、蘇、黃、陸諸家，力足登少陵之壇，才可入昌黎之室"(鄭方坤《國朝名家詩鈔小傳》)。"山谷從杜、韓脫化，創新辟奇，風標娟秀，陵前轢後，有一無兩。宋人尊爲江西派，與子美俎豆一堂，實非悠謬"(田雯《古歡堂雜著》)。他自己也明言"師山谷之餖飣，美放翁之取料"(錢鍾書《談藝錄》引)。可見對黃庭堅之尊奉。著有《古歡堂集》三十六卷。自編《蒙齋年譜》、《續編》(田肇麗有《補編》，俱有康熙刻本、《古歡堂全集》本、《田氏叢書》本)。生平事蹟見《國朝名家詩鈔小傳》、周彝《通奉大夫戶部左侍郎田公雯神道碑銘》。據《本末》，孔尚任最終修改、完成《桃花扇》，就是因爲田雯"每見必握手索覽"的鼓勵和催促。

田雯的題辭主要評價了《桃花扇》中的情事和人物，基本沒有涉及孔尚任的創作思想。第一首主要指出歷史上南方諸王朝的興亡盛衰觸人情絲、使人頻發感慨，而孔尚任則視野獨特、別具巧思，將興亡感慨寄托於離亂中女子的遭遇上。第二首諷刺和批判了阮大鋮，寫他在國家多故、時局危殆、情勢緊急之時，還不忘填詞作曲、供奉内廷。第三首批判了弘光帝，寫弘光政權一載而亡，弘光帝昏庸無能、耽溺聲色、不理朝政，負有不可推卸的責任。第四首寫侯方域，風流多情的侯方域在第一出《聽稗》上場，面對金陵風光，感歎興亡，最後説道："那些鶯顛燕狂，關甚興亡"。即無論朝代如何頻繁更替，金陵春日景色年年如此。他却不曾料到自己很快也經歷了一場完整的興衰變幻，最後割斷情絲、入道修真。第五首以陳圓圓作比，讚揚李香君的忠貞不渝，並順帶諷刺了陳圓圓曾經轉嫁多人。第六首感慨物是人非，寇白門和鄭妥娘等都已隨歷史烟雲的消散而逝去。楊際昌《國朝詩話》云："孔東塘尚任用侯方域、李香君事作《桃花扇》傳奇，詩人題詠甚多。德州田司農雯云云，爲得作者本意。"[1]

題　辭

［清］陳于王

仙郎花下按宮韶，樂府新編慰寂寥。消得東林多少恨，梨園吹斷白牙簫。

玉樹歌殘跡已陳，南朝宫殿柳條新。福王少小風流慣，不愛江山愛美人。

江流滾滾抱金陵，雪鷺霜鷗詎可憑。不見滿城飛炮火，深宫猶

---

① 　錢仲聯主編：《清詩紀事（五）·康熙朝卷》，江蘇古籍出版社 1987 年版，第 2495 頁。

自賞《春燈》。

青樓俠氣觸公卿，珠翠全拋黨禍成。門外烏啼烏柏樹，桃花扇底送侯生。

鴛愁鳳恨小樓深，懶向寒窗理玉琴。豪貴又將阿母奪，春光牢鎖看花心。

翠館珍樓月正圓，中涓夜半選嬋娟。可憐建業良家子，宿粉殘妝雜管弦。

書生誤國只空談，漢水樓船戰欲酣。兩岸蘆花啼杜宇，千秋遺恨左寧南。

兵散潯陽草不青，血流殷處楚江腥。軍中文武如蜂聚，排難須尋柳敬亭。

公子豪華盡妙才，秦淮燈舫一時開。千金置酒渾閒事，不許奄兒入社來。

曲中哀怨向誰論，別館春風早杜門。聞道蘭臺聲伎好，一回歌罷一消魂。

千仞岡樵人陳于王題

（康熙介安堂刊本《桃花扇》）

【按】陳于王，字健夫，號西峰先生，順天宛平人。著有《浮湘草》。鮑鉁《道腴堂詩編》卷一有《金陵贈陳健夫》：

云亭樂府見題名，蠻布弓衣早織成。（曩從孔東塘先生《桃花扇》傳奇見有題詞八章。）

覓句曾聞門獨閉，投交卻喜座初驚。蔣陵弔古奚囊滿，袁墓看花蠟屐輕。

書卷隨身三十乘，真人何日奏東行？（將赴吳門牟方伯之招。）

卷十四有《論詩絕句四十首（並序）》，末一首作："寥寥桑梓幾人聞，曹李登壇迥軼群。徐喻拈毫皆大雅，西峰楚楚亦清芬。"末句自注云："陳于王（健夫）所居名西峰艸堂。"同書卷一有《次陳健夫韻題張方伯署中瞻園四首》。同書卷十五有《病起懷人詩七十二首（附跋）》，其中第三十二首詠陳于王，云："瞻園逢酒坐，憩館叩吟窗（余初識健夫於安徽藩署瞻園席上）。九土應游八，三韓絕少雙。詩名表耆舊，清論重鄉邦。闕里招魂遠（健夫歿於曲阜），多年恨未降。"組詩末附跋云："雍正丁未二月，閒居多感，觸興懷人，前後賦詩四十首，各繫小序以見意。迨今己酉春，忽嬰危疾，幾至不起，問疾寥寥，室如空谷。感念存歿，再賦五言七十二首，皆前編所未及者。雖顯晦異齊，大抵文行雅潔，始致意焉。其貽剌谷風，未允清議者，概不與也。弗謂予之閱人止於是耳。"雍正丁未爲雍正五年（1727），己酉爲雍正七年（1729）。可知陳于王於雍正五年（1727）二月至雍正七年（1729）春之間卒於曲阜。沈德潛《清詩別裁集》卷二十一選其詩兩首。

孔尚任與其結識是在揚州治河之時。孔尚任《湖海集》卷五有《贈陳健夫》二首。有鄧孝威注，云："健夫天下才，好游好交，與東翁尤有水乳之契。"①孔尚任自淮揚返京後的十餘年間，兩人時相過從。孔尚任《長留集》卷一"五言古詩"有《題陳健夫〈小隱圖〉，龔半千畫》："結廬向茲山，不與人境近。嵐深草木密，榮枯記天運。時有樵夫還，更無漁人問。與世久相遺，學易始發憤。耕織自有偕，飲啄亦有分。從此樂百齡，可以稱小隱。慎勿慕周顒，翻然事

① 徐振貴主編：《孔尚任全集輯校注評》第二冊，齊魯書社2004年版，第962—963頁。

州郡。"①可見其性情和形象。孔尚任《燕臺雜興四十首》其三十六云："西山夕照滿柴門,送老吟詩步履尊。二十年前游俠客,於今宅是浣花村。"詩後有孔尚任自注："宛平陳健夫名于王,俠士也,今卜居西城,閉戶吟詩,如一野老。"②陳寶良《明代士大夫的精神世界》(北京師範大學出版社 2017 年版)第一章"君子小人之辨"自《嘉業堂叢書》本明李日華《味水軒日記》卷四"萬曆四十年壬子閏十一月二十一"條引用了陳于王以下的一段話,以見陳于王對黨爭的見解:"今天下士答復洶洶,類漢唐末造,由宰相無權,而士大夫不懼黨錮之禍,賴主上汪度銷熔,叩之不應。"(第 212 頁)但《味水軒日記》現存諸版本如《嘉業堂叢書》本、清鈔本和《嘯園叢書》本的卷四中皆無此段文字。屠友祥校注《味水軒日記》(上海遠東出版社 1996 年版)書前《校注味水軒日記小引》稱校注"以嘉業堂叢書本爲底本,參校以嘯園叢書本及北圖古籍珍本叢刊影印清抄本",該校注本卷四也無此段文字。應是陳寶良在引用時誤記了出處,原出處待考。

孔傳鐸《安懷堂文集》卷上有《陳健夫〈浮湘草〉序》、卷下有《送陳健夫詩後跋》、《題宛平陳健夫小像》,附錄於下,以見其人:

陳健夫《浮湘草》序

余與西峰先生相距千里,然自束髮學詩,便知海內所推五言長城,惟先生一人。固已聞聲相思,恨不得交其人、讀其詩,如是者十年。及至京師,獲望見丰采矣。然彼此倥傯無暇,猶未能快讀先生之詩也。戊子冬,先生來自淮楚,信宿闕里,時

① 徐振貴主編:《孔尚任全集輯校注評》第三冊,齊魯書社 2004 年版,第 1368 頁。
② 清孔尚任:《長留集》卷六,徐振貴主編《孔尚任全集輯校注評》第三冊,齊魯書社 2004 年版,第 1777 頁。

時過余，爲道生平甘苦閲歷之狀。因示余游轍所得詩，甚富。
余始大快而卒讀之。會歲暮，先生遄返。既不得留其人，姑請
留其詩。詩留，人亦留也。此《浮湘草》一編，所以得代先生任
剞劂也。余觀晚近詩家，以少陵渾灝淵古、光焰難逼，多去而
學宋。不知蘇、陸本出於杜、韓，僅成其爲宋詩。若今人學蘇、
陸，豈復有蘇、陸哉？先生之詩，屏棄中晚以後，直與盛唐爭
席。字，杜也；句，杜也；神情腠理，無非杜也。跡而尋之，又無
一字一句蹈襲杜者。斯真神明乎杜矣。斯言也，茝山孫太史
能言之，余又何贅焉。聊誌余得交先生始末云。

送陳健夫詩後跋

健夫先生隱居西峰，敝屣簪紱，海内望爲少微星。與余素
心有年，戊子臘月來游闕里，信宿論文。既迫歲，不久留。家
大人約同人餞之亦雨齋，遂命分韻。各成五言律一首，誌一時
聚會之快，兼以贈別。先生爲當代五言長城，不揣和吟，知雷
門不鼓不足當劍首之一吷。然附其後者，亦冀藉以俱傳。且
令異日睹之，如斯會之未散耳。

題宛平陳健夫小像

舉世競進兮，君獨退藏之自密。舉世營謀兮，君獨澹泊之
自適。心同浩浩，志在湯湯。坐永日以盤桓，睹安瀾而翱翔。
絲綸在手，得失不足爲君憂；詩書在側，討論正足爲君求。學
富五車，筆重連城；談蜚玉屑，賦嚮金聲。其才如江如河，其貌
如儒如傑。斯真釣隱之名流，長此清漣而並潔。

孔傳鐸《申椒二集》中有酬贈陳于王的詩歌多首，亦附録於下：

宛平陳健夫懷贈即依原韻答之

處士高風邁管寧，萬鍾千户等浮萍。清言屢豁塵中抱，佳

句長傾座上聽。

孤鶴瘦姿臨碧澗,老梅寒馥透銀瓶。幾年疏闊欣相遇,脫略何須判醉醒。(按此詩又載於孔傳鐸《繪心集》卷上)

即席送陳健夫北旋(按此詩又載於孔傳鐸
《繪心集》卷上,應即上引《送陳健夫詩後跋》中
所說戊子歲末餞別陳于王時所作。)

相遇何偏晚,離懷喜乍開。老梅供作賦,寒月照銜杯。
久重希夷隱,還推陸賈才。聯床猶未幾,惆悵送君回。

贈西峰陳健夫

楝花風裏尚春寒,訪戴輕沾曉露溥。高士每從雲外想,西峰初入眼中看。

茶香款客吾何幸,圖史堆床興未闌。一度逢君一心醉,應將舊雨罄新歡。

題陳健夫小像卷後

藥欄竹舍對城隅,昔日希夷今健夫。一片烟霞供老眼,輞川可敵西峰無。(按此詩又載於孔傳鐸《繪心集》卷上)

寄陳健夫

西峰高士平安否,北望雲山意邈然。九月寒花應自好,五言佳句定多傳。

熱心無曳長裾日,古貌非彈短鋏年。若問近來相憶處,每回盥手誦瑤編。(按此詩又載於孔傳鐸《繪心集》卷下)

懷李彥繩、陳健夫(選一)
又

元龍元禮是同儔,慚愧蒼蠅附驥流。北海尊罍無計設,西園冠蓋憶曾游。

四圍山色支頤看，千古人文藉箸籌。何幸屢邀垂問訊，長安迢遞隔重樓。（按此詩又載於孔傳鐸《繪心集》卷下）

另，孔傳鐸《紅蕚詞二集》中有《賀新郎·西峰陳健夫以所藏瑤華詞集見贈賦謝》。

題　辭

［清］王　蘋

水天閒話付漁樵，一載南都抵六朝。羌笛檀槽收不盡，濛濛柳色白門橋。

罵坐河房記黨人，陪京防亂落前塵。山殘百子窮奇骨，祇有《春燈》曲調新。（"兩山互青冥，中有窮奇骨"，邢孟貞《山行過懷寧墓》詩。）

跋扈寧南風雀中，東林曾許出群雄。那知不是張韓輩，辜負當時數鉅公。（崇禎己巳，左兵兵嘩皖江時，李忠勤王北上，移檄定之，遺書錢虞山曰："吾爲兄又得一名將矣。"）

清制排成罷黜餘，馬伶小傳石巢書。描摹若輩聲容處，一任文園賦子虛。（相傳《壯悔堂集》，朝宗於辛卯下第後，數日成之者。故文雖奇古，事多失實。）

青溪野館明春水，北里頹垣出菜花。都入云亭新樂府，勝聽白傅舊琵琶。

玉茗青藤欲比肩，石渠俎豆在臨川。濃香絕豔知多少，不及興亡扇底傳。

齊州王蘋題

（康熙介安堂刊本《桃花扇》）

【按】　王蘋（1659—1720）字秋史，號蓼谷，山東歷城人。康熙四十五年(1706)進士,授知縣,以母老改成山衛教授,逾年乞終養歸①。王苹少負奔軼之才,嗜古好奇,視鄉里間小兒舉無足當其意者。獨好爲詩,閉門索句,息交絕游。所居千佛山腳有望水泉,濼旁出七十二泉,齊乘列望水次二十四,元有萬竹園,明曰川上精舍,王苹得數椽其中,因以名堂。以"亂泉聲裏誰通屐,黃葉林間自著書"之句受王士禛激賞,目爲"王黃葉"。田雯、唐夢賚等皆奇賞之。其詩富於才情,工於語言,著作極富,所刻之集收康熙二十年(1681)至五十五年(1716)之詩,凡 1026 首,僅占所作三分之一。生平事蹟見《清史列傳·文苑》顏光敏傳附、鄭方坤《國朝名家詩鈔小傳》。王苹的題辭凡六首,又見載於其《二十四泉草堂集》(有康熙五十六年文登于氏刻本)卷五,題作《題〈桃花扇〉樂府四絕句》,無題辭的末兩首,並且沒有自注。題辭中的"罵坐河房記黨人"、"辜負當時數鉅公",《題〈桃花扇〉樂府四絕句》分別作"罵座河房盡黨人"、"孤負當時數巨公"。

王苹的《二十四泉草堂集》卷五有《雨阻孔戶部岸堂賦贈》,作於康熙四十年(1701):全篇如下:

> 逢君丙子結冬日,辛巳過君君欲歸。門閉苔深藤葉大,庭閑雨細藥苗肥。

> 蛾眉世路從工拙,虎尾詞場任是非。安得耦耕汶陽去,松陰牛飯織荷衣。

末句後有自注:"戶部將歸隱石門。"

---

① 清查義、查岐昌輯《國朝詩因》(有稿本存世)收王苹詩三首,小傳云:"苹字秋史,杭之仁和人,流寓濟南,居濼水之澨,名其室曰'二十四泉草堂'。入籍爲諸生,成(按'成'字疑衍)康熙丙戌進士,官成山衛教授,以養母乞歸。"清李廷芳《湘浦詩鈔》(有道光七年刻本)卷下有《王秋史二十四泉草堂》。

王苹《蓼村集》卷二"甲集"有《題〈壯悔堂集〉》，云：

> 朝宗集，二本，康熙癸酉二月編修田公鹿關贈余者。壬申在德州，公語余："朝宗文固佳，但一讀即可已，終不及震川百讀不厭。何也？"因許贈余。至是，公以事入都，見訪泉上，不值，留集去。集失末卷。丁丑，京師客李比部家，往借吾師戶侍公藏本補鈔。公云："朝宗文學史漢，變化處少。"戊寅，攜至新城裝成，距今十年。而是集自癸酉歸余，已十六年矣。且戶侍、編修歿於甲申，比部歿於乙酉。卷帙依然，師友零落；歲月兀兀，那可把玩？戊子十月廿日，竹窗偃曝，檢誦一過，益信師門之論文韙矣。又裝是集時，老僕實左右裝成，亦於乙酉疫死。一書耳為余所有，而多今昔之感如此。

邢孟貞即邢昉（1590—1653），字孟貞，一字石湖，因住家距石臼湖較近，故自號石臼，人稱邢石臼，江蘇南京高淳人。明末諸生，復社名士。明亡後棄舉子業，居石臼湖濱。家貧，取石臼水釀酒沽之。詩最工五言，著有《宛游草》、《石臼集》。王士禛在《漁洋詩話》中論次當時布衣詩人，獨推邢昉為第一人。

李忠文即李邦華（1574—1644 年），謚"忠文"。錢謙益有《李忠文公文水全集序》。

第一首領起全篇，第二首批評和諷刺阮大鋮，稱由於復社文士的排擠和斥責，阮大鋮重興黨禍，而如今他也早已埋骨地下，只有他的《春燈謎》還不時唱演。第四首批評左良玉的平庸無能，第五首評價孔尚任的藝術虛構手法，說侯方域的幾篇相關文字為孔尚任取用作《桃花扇》的素材，孔尚任在此基礎上又做了虛構和潤飾的處理。第五首寫孔尚任的《桃花扇》譜寫歷史興亡、社會盛衰、人世變幻，勝過主題類似的白居易《琵琶行》。第六首稱讚《桃花扇》

的藝術成就,使湯顯祖和徐渭都覺高山仰止,湯顯祖還要崇奉不已,並謂傳奇中的描繪兒女豔情之作,不如《桃花扇》的"借離合之情,寫興亡之感"。

清畢梅有《與王宗齋話金陵舊游四首》詩,其一云:"共君曾話福王謠,一載興亡抵六朝。燕子磯頭沉斷戟,桃花扇底咽殘簫。當時剩有新明月,此日應無舊板橋。誰道長江限南北,漕艘穩下廣陵潮。"見清史夢蘭輯《永平詩存》卷十七,同治十年(1871)刻本。

題　辭

［清］唐　肇

長板橋頭惹恨多,黃金難買玉郎歌。無端社散龍舟歇,翻出新聲付綠波。

金粉南朝重有情,人人知愛聽雛鶯。東林未許花枝好,一陣游蜂葉底爭。

怨人不解《春燈謎》,拼使長江鐵鎖開。供奉正忙烽火報,胭脂零落女牆隈。

漁樵二老說興亡,燕子呢喃趁夕陽。眼見九江沉斷戟,烟籠春樹水茫茫。

棲霞山色白雲空,梅嶺春殘亂落紅。六十年來啼杜宇,桃花血點化春風。

寂寞香燈寫怨詞,秦淮垂柳舊絲絲。春潮夜漲天壇下,漏盡宮門月墜時。

岸堂從學人唐肇拜題

(康熙介安堂刊本《桃花扇》)

【按】 唐肇字驭九,江蘇泰州(古稱"吳陵")人①,號奎峰山人。著有《奎峰詞》一卷,收詞八闋,有孔傳鐸編《名家詞鈔六十種》本。其中有《賀新涼·謁闕里即事》:"愧鬢斑生雪,漸消磨、干雲志氣,晶晶心血。訪舊驅車到鄒魯,藉解中藏淒切。林皋時景正清絕,沂水西流縈帶薄,望龜蒙蔥翠遥相疊。憶往事,辜年月。一生愛好難抛別,偏無端、不斷塵鞅,網胃鏡缺。舞雩臺邊閒看取,怳對前人修潔。北海先生情意熱。勝下榻南州高雅,殷勤考訂是名山業。排旅悶,示瓊笈。"②唐肇結識孔尚任可能在後者南下協理治河、寓泰州之時。他曾爲清李鳳彩的《藏紀概》作序,末署"雍正五年夏至前"。他在序中云:"余恒覽天官書"③。李鳳彩,號鐵船居士,江西建昌人。康熙五十三年(1714)中武舉,是清軍首次進藏的一員,康熙五十八年隨從山東登州總兵李麟護送達賴喇嘛進藏,撰《西藏行軍紀略》兩卷。第二次用兵進藏,在拉薩停留半年,"見其人老成達事者,詢其建置沿革"未果,"姑就目擊耳受者叙之""留心風土,采訪夷情""咨訪老練,記注殊異"。《(嘉慶)建昌縣志》卷九"人物·武功"載:"李鳳彩,字圖南,號鐵船。由廩生奉康熙間文武互科例中甲午科武舉,……以功升守備,官至陝西平涼總兵,從大將軍征沙漠,達西藏,著有《西藏行軍紀略》二卷。……工詩,書法頡頏蘇、米筆跡。……人稱鐵船將軍,又稱李夫子。"④唐肇序云:"鐵船本孝廉效力,行間進履其地,不但降氛安藏,功績居多,而且留心風土,采訪番情,以備一朝之紀載,供緯劃之考稽,歸來述其見

① 孔傳鐸《炊香詞》正文首頁卷端第四行署"吳陵唐肇驭九參"。
② 清唐肇:《奎峰詞》,孔傳鐸編《名家詞鈔六十種》本,清抄本。
③ 清唐肇:《藏紀概敘》,清李彩鳳《藏紀概》,國家圖書館藏 1937 年抄本。
④ 清馬璇圖修、郭祚熾纂:《(嘉慶)建昌縣志》卷九,道光元年刻本。

聞如此。"①《藏纪概》凡三卷，爲清代西藏地方志中成書時間最早的一部，具有重要價值。卷之初署"修江鐵船居士紀次、吴陵奎峰山人讀輯"，卷之次署"修江鐵船居士輯編、吴陵奎峰山人輯訂"，卷之尾署"修江鐵船居士叙編、吴陵奎峰山人輯訂"，可視爲兩人合作完成。

題　辭

［清］朱永齡

茸茸芳草一江新，桃李無言照水濱。長板橋頭人悵望，秦淮烟雨舊時春。

青溪楊柳兩行秋，粉冷脂殘簫管收。不是石巢歌舞處，淒淒風雨媚香樓。

羽扇新張大寶登，龍墀扶醉賀中興。薰風殿裏開南部，一歲烟花説秣陵。

元宵燈火夜迷離，燕子新教數段詞。羯鼓鼕鼕催玉樹，花開花落後庭知。

樓船骸矢射江鳴，朝野誰人不避兵。肝膽惟存蘇柳輩，烟塵滿地一身行。

鐵瑣長江昨夜開，歌聲咽斷馬嘶來。迷樓辱井無人問，笑指梅花一將臺。

一聲歌罷海天空，剩水殘山夕照中。多少興亡多少淚，樵夫攜酒話漁翁。

---

① 　清唐筆：《藏紀概叙》，清李彩鳳《藏紀概》，國家圖書館藏 1937 年抄本。

曲終江上數峰青,金粉南朝戰血腥。野草閑花愁滿地,一時都付老云亭。

琴臺朱永齡題

(康熙介安堂刊本《桃花扇》)

【按】朱永齡字眉子,號待園,單縣人。官富陽知縣。有《待園遺編》。《晚晴簃詩匯》卷六十二收其詩一首,題《野望》:"鄉關祇在暮雲西,草色連天望不迷。去住何勞問蓍蔡,綠楊風裏杜鵑啼。"其題辭主要即景抒情,並批判了弘光帝的昏庸無能、耽溺聲色、不問國事,以至於敵人進逼南京時,還在演舞教歌;肯定和讚揚了柳敬亭、蘇崑生的俠義肝膽,和史可法的獨力撐持、以身殉國。

題　辭

[清]宋　犖

中原公子說侯生,文筆曾高復社名。今日梨園譜遺事,何妨兒女有深情。

南渡真成傀儡場,一時黨禍劇披猖。翩翩高致堪摹寫,僥倖千秋是李香。

氣壓寧南惟倜儻,書投光禄雜詼諧。憑空撰出《桃花扇》,一段風流也自佳。

血作桃花寄怨孤,天涯把扇幾長吁。不知壯悔高堂下,入骨相思悔得無?

陳(定生)吳(次尾)名士鎮周旋,狎客追歡向酒邊(柳敬亭、蘇崑生)。何意塵揚東海日,江南留得李龜年(丁繼之)。

新詞不讓《長生殿》,幽韻全分玉茗堂。泉下故人呼欲出,旗亭樽酒一霓裳。

商邱宋犖題

(康熙介安堂刊本《桃花扇》)

【按】 宋犖的題辭又見於其《西陂類稿》卷十七,題《觀〈桃花扇〉傳奇漫題六絕句(侯朝宗、李姬事)》,作於康熙四十一年(1702),可見原詩為觀劇後作。宋犖與侯方域、孔尚任均有密切的關係,宋犖曾多次在自己的府衙或私宅中組織排演《桃花扇》。第一首總說,肯定《桃花扇》描繪和點染侯、李的兒女之情,第二首詠李香君,第三、四兩首詠侯方域,第五首合詠陳貞慧、吳應箕、柳敬亭、蘇崑生和丁繼之。第六首評價《桃花扇》的曲辭和音律的高妙之處不輸洪昇的《長生殿》,可與湯顯祖的劇作比肩,即使劇作的主人公、自己的故人侯方域聽到,也會想要再來世上,並旗亭對酒、淚灑衣裳。

題　辭

[清]吳陳琰

往事南朝一夢中,興亡轉瞬鬧秋蟲。多情最是侯公子,消受桃花扇底風。

飄零金粉雨蕭蕭,舊院依稀長板橋。莫怪秦淮水嗚咽,六朝流盡又南朝。

名士傾城氣味投,何來豪貴起戈矛。却盦更避田家聘,仿佛徐州燕子樓。

代費纏頭用意深,奄兒強欲附東林。絕交書別金陵去,肯負香君一片心。

　　狎客無端制豔詞，何人妙楷寫烏絲。家家燕子聞長歎，銜得紅箋寄阿誰。

　　滿城兵甲少寧居，行樂深宮尚晏如。小技翻能溷游俠，崑生曲子敬亭書。

　　寇（白門）鄭（妥娘）歌喉百囀鶯，禁中傳點早知名。官家安用倡家選，輸與潛身卞玉京。

　　漢中驕帥築高壇，庚癸頻呼就食難。公子移書疑內應，殘棋一局等閒看。

　　遙憶吾鄉老畫師（藍瑛），借居香閣墨淋漓。殘山剩水何堪寫，枉寫桃源避世時。

　　烟花斷送秣陵春，顛倒朝常盡弄臣。龍友不為瑤草賣，可知貴竹有奇人。

　　虞山倡議採宮娥，自是詩人好事多。明月當頭杯在手，孟津聯語更如何。

　　冰紈濺血不須嗟，染出天台洞口花。人面依稀筵上見，不知真跡落誰家。

　　流分清濁辨來真，復社文人目黨人。何減蘇黃元祐籍，雞林中亦有安民。

　　田妃抔土改思陵，內監孤忠愁不勝。野乘漫勞增樂府，也如漆室照殘燈。（予有《曠園雜志》，載思陵改葬始末，先生採入樂府中。）

　　勝絕河房丁繼之，燈船吹竹又彈絲。誰知老去情根斷，却與才人作導師。

　　半壁江山劇可憐，銅駝荊棘故依然。閑情付與漁樵話，不學長生便學禪。

蔓草王風歎式微，狡童荒誕事全非。閣高一枕松風夢，獨羨逍遙舊錦衣。

養士恩深三百年，國殤能得幾人賢。傷心閣部梅花嶺，夜夜冬青哭杜鵑。

侯生仙去宋公(漫堂)存，同是梁園社裏人。使院每聞歌一闋，紅顏白髮暗傷神。(往余客宋中丞幕，每有宴會，輒演此劇)

闕里文孫正樂年，新聲古調總清妍。譜成抵得南朝史，休與《春燈》一例傳。(《春燈謎》，阮大鋮傳奇也。)

錢塘吳陳琰題

(康熙介安堂刊本《桃花扇》)

【按】吳陳琰(1661 左右—?)字寶厓，浙江錢塘(今杭州)人。曾中御試制科第一，擢內廷纂修，後任山東荏平知縣[1]。曾爲宋犖幕客。少負詩名，工填詞，爲曹溶弟子，又爲毛奇齡、朱彝尊所知，與同爲錢塘人的洪昇交往密切，嘗聚會賦詩。[2]乾隆《杭州府志》卷九十四"文苑"有傳。據《國朝杭郡詩輯》等，吳氏著有《北徵集》、《江右集》、《江東集》、《聊復集》、《桂蔭堂文集》、《曠園雜志》、《春秋三傳同異考》等。[3]《四庫總目提要》著錄《曠園雜誌》二卷，謂："是書皆記見聞雜事，而涉神怪者十之七八。惟所記楊維垣偽題樞字，棄城夜遁，爲劫盜所殺，非死於國事，及葬明莊烈帝始末，二事足備考證耳。"[4]

汪惟憲的《記沈、馮、吳三君語》云："吳丈寶厓諱陳琰，又字芋

---

[1] 參見魯竹《浙西詞人吳陳琰考議》，《台州學院學報》2009 年第 2 期。
[2] 參見馬振方《〈倡和集〉作者與刊本尋蹤——兼說所見吳陳琰詞》，《中國典籍與文化》2002 年第 2 期。
[3] 參見劉枚《洪昇詩詞七首輯佚》，《文獻》2006 年第 3 期。
[4] 清永瑢等：《四庫全書總目》卷一四四，中華書局 1965 年版，下冊，第 1232 頁。

町,錢塘諸生。文名冠一時,四方賢士大夫咸忘分與之交。吳丈睥睨一切,兀傲自若。世風日鄙,凡其富貴貧賤相較有毫髮尺寸之殊,則稱謂頓改。俗例自翰林科道官以上,即其向時故舊,致束必書'晚生',署名惟謹。寶厓投刺,概書'同學吳某'。京師諸前輩笑之,謂爲'吳同學',以其高才,亦不甚督過也。康熙癸未年,御試詩文一等,召入南書房纂修。後出爲荏平令。寶厓嗜酒懶漫,吏事或非所長。大吏以聞於朝,復命入南書房,而寶厓鬱鬱,遂死。未遇時,有吳君以倡延之坐講席,假館於竹竿巷之白澤廟。余年尚少,銳志於制舉文,時時袖文質正。吳丈謂余曰:'作文欲成一家,須是有書有筆。兼此頗難,且夫兼才之難,非獨今也。昔太叔廣字季思,摯虞字仲治,衆坐,廣談,虞不能對;虞退,筆難廣,廣不能答。以此稱廣長口才,虞長筆才。又《世說》謂:"樂令善於清言,而不長於手筆。將讓河南尹,請潘岳爲表。……時人咸云:'若樂部假潘之文,潘不取岳之旨,則無以成。'"由此觀之,取譏於書廚,不可也。僅以梧腹泛事,襲古人腔調成篇,依樣葫蘆,後皆蹈前,羊質而虎皮,尤不可也。吾子其勉之。'"①

　　吳陳琰題辭前十八首主要概述和詠歎《桃花扇》中衆多的人物角色及相關劇情,有侯方域、李香君、阮大鋮、弘光帝、寇白門、鄭妥娘、卞玉京、左良玉、藍瑛、楊龍友、丁繼之、張瑤星、史可法等。第十九首記述宋犖府中《桃花扇》的演出,稱每次上演,不管男女老少都會受到感染而暗自傷神。最後一首認爲應該視《桃花扇》爲"曲史",不能將之看作阮大鋮的《春燈謎》一類單純描寫兒女之情的作品。

---

① 清汪惟憲:《積山先生文集》卷七,乾隆三十八年重刻本。

題　辭

〔清〕王特選

　　夜半兵來促管弦，燕巢飛幰各紛然。南朝剩有福王一，縱不風流亦可憐。

　　板蕩維持見幾人，隻身閣部泣江濱。却教世俗思忠毅，曾許他年社稷臣。（史公貌寢，應童子試時，左忠毅首識之曰"好自愛，他年社稷臣也。"聞者嘩焉。至後果驗。）

　　閹門馬口氣如貓，百子山樵作好仇。餘毒東林連復社，十分錯誤一生休。

　　《玉樹後庭》一曲哀，宮紗歌扇賜新裁。桃花自向東風笑，爭似佳人面上來。

　　鼉鼓鼕鼕夕照微，耳剽舊事演新機。仲連去後誰排難，長揖軍門柳布衣。

　　由來賈禍是文章，公子才人總擅場。一片癡情敲兩斷，還從扇底覓餘香。

古滕王特選題

（康熙介安堂刊本《桃花扇》）

　　【按】　王特選（1683—1760）字策軒，號試可，別號凫南，山東滕縣人。康熙四十年（1701），補選秀才。康熙四十四年（1705），中舉，次年考授內閣中書。後任濟南濼源書院教授，改任濟州學正。雍正八年（1730），補任萊蕪教諭，後擢東昌府教授。著有《衡山閣詩集》七卷、《詩餘》一卷、《竹嘯餘音》。曾與修《闕里志》。陳融《顒園詩話》云："凫南與弟素溪，借補學博，齊魯秀良多出其門。督學李鶴峰贈以詩句云：'詩如老鶴松梢現，官效寒蟬葉下蹲。'少作有《竹嘯餘音》若干卷，旋悔之曰：'風雅自有歸宿，安用此戔戔者爲！'《衡山閣集》，其晚著也。""（王特選）曾題《桃花扇》劇本六絕，其三云云，其四云云，其五云云，其六云云，爲于耐圃所傾賞。趙秋谷、馮大木、王秋史輩皆以詩交。"①

題　辭

［清］金　埴

潭水深深柳乍垂，香君樓上好風吹。須知當日張郎筆，染就桃花才畫眉。

兩家樂府盛康熙，進御均叨天子知。縱使元人多院本，勾欄爭唱孔洪詞。（亡友洪君昉思有《長生殿》傳奇，與《桃花扇》先後入內廷，並盛行於時。）

會稽壑門金埴題
（康熙介安堂刊本《桃花扇》）

【按】　金埴（1663—1740）字遠孫，一作苑孫或苑蓀，又字小郊，號鰥鰥子、聾翁、淺人、壑門，浙江山陰（今紹興）人。諸生。屢售不第，以教館、作幕爲生。康熙中，兩游京師，與修《兗州志》。雍正間，在彭城、嘉興作館客。自幼服膺黃宗羲的道德學問，深受浙東學派傳人鄭性影響。精於《說文》，通音韻訓詁，嘗應仇兆鰲之請，校訂《杜詩詳注》二十八卷。工詩，在京作《燕京五月詩》，被王士禛贊爲"後進之秀"。與洪昇、孔尚任頗相知。著有《春堂行笈

編》、筆記《不下帶編》七卷、《巾箱説》一卷，後兩書記載社會面貌、文人交游，評論詩文戲曲，多具識見。其自爲詩，時見於其中。生平事蹟散見《不下帶編》、《巾箱説》、平步青《霞外攟屑》。

金埴父金煜字子藏，天啟五年（1625）進士，官至郯城縣知縣。毛奇齡《西河集》卷一百二有《敕授文林郎沂州郯城縣知縣金君墓志銘》。其中謂金煜"生於崇禎庚寅十一月一日，卒於康熙甲戌十二月二十一日，享年五十七。"但崇禎朝無庚寅年，甲戌爲康熙三十三年（1694），而崇禎十一年（1638）爲戊寅，"庚寅"或爲"戊寅"之誤。中華書局 1982 年出版的金埴《不下帶編·巾箱説》卷首有王湜華的《點校説明》，其中稱金煜爲順治十年進士。但據毛奇齡所撰墓志銘（其中謂"明年戊戌，試禮部聯捷"）和《浙江通志》卷一百四十三，其應爲順治十五年（戊戌 1658）進士。

題楊龍友山水軸

[清]姜實節

半壁江山劇可憐，銅駝荆棘故依然。閒情付與丹青筆，一把酸辛參畫禪。

兵散潯陽草不青，血流殷處楚江青。軍中文武如蜂聚，識見誰同柳敬亭？

拈毫揮淚向誰論，滿眼紅塵日色昏。記否桃花留扇底，一回首處一消魂。

己卯三月，雪蕉庵主拾示楊龍友畫，回題三絶以志感慨。萊陽姜實節。

（邵松年輯《澄蘭室古緣萃録》卷六，光緒三十年上海鴻文書局石印本）

【按】 詩題爲筆者自擬。原畫在《古緣萃録》卷六中題作"楊龍友山水軸",云:"紙本水墨,高二尺一寸二分,闊八寸七分。巒頭突起,皴法離披。密樹枯條,掩映有致。溪上水亭,一人坐眺。前後疏竹,意境幽深。款在左上。"①後署楊文聰題署,此處略。姜實節(1647—1709)字學在,號鶴澗,山東萊陽人,居吳中(今江蘇蘇州),姜采子。有孝行,篤友誼。明禮科給事中,入清隱遁,不入城市,布衣終老。晚歲於虎邱築諫草樓,吳人謚之曰孝正。善書,筆勢如篆籀。畫山水法雲林(倪瓚),峰巒簡淡,林木蕭竦,備清曠之致。落筆不甚謹嚴,處處有荒率態,蓋荒率本是其所長,亦是其所短也。工詩,著有《焚餘草》。

"雪蕉庵主",姓名不詳。據姜實節的生卒年,"己卯"當爲康熙三十八年(1699)。但可疑之處在於姜實節的三首題詩與前引吳陳琰、陳于王的題辭中的部分詩句高度雷同。吳陳琰題辭的第十六首云:"半壁江山劇可憐,銅駝荆棘故依然。閑情付與漁樵話,不學長生便學禪。"陳于王題辭的第八首云:"兵散潯陽草不青,血流殷處楚江腥。軍中文武如蜂聚,排難須尋柳敬亭。"末一首云:"曲中哀怨向誰論,別館春風早杜門。聞道蘭臺聲伎好,一回歌罷一消魂。"姜實節的題詩內容明顯與孔尚任《桃花扇》有關,但康熙三十八年三月,孔尚任方準備動筆最後修改該劇,至同年六月始定稿、問世。所以,姜實節的題詩很可能爲後人據吳陳琰、陳于王的題辭修改、拼湊而成,爲僞作。由此,"楊龍友山水軸"及楊龍友題署的真僞也應存疑。因姜實節的題詩與吳陳琰、陳于王的題辭有關,姑單獨立目。

---

① 清邵松年輯《澄蘭室古緣萃録》卷六,光緒三十年上海鴻文書局石印本。

《桃花扇》題辭

〔清〕徐旭旦

　　傳奇雖小道，凡詩賦、詞曲、四六、小說家，無體不備；至於摹寫傳奇鬚眉，點染景物，乃兼畫苑矣。其旨趣實本於《三百篇》，而義則《春秋》，用筆行文，又《左》、《國》、《太史公》也。於以警世易俗，贊聖道而輔王化，最近且切。"今之樂，猶古之樂"，豈不信哉！《桃花扇》一劇，闕里孔東塘先生作也，皆前代新事，父老猶有存者。場上歌舞，局外指點，知三百年之基業，隳於何人？敗於何事？消於何年？歇於何地？不獨令觀者感慨涕零，亦可懲創人心，爲末世之一救矣。先生曰："予未仕時，山居多暇，博採遺聞，人之聲律，一句一字，鏤心嘔成。今攜游長安，惜讀者雖多，竟無一句一字著眼看畢之人。每撫胸浩歎，幾欲付之一火。轉思天下大矣、後世遠矣，特識焦桐者，豈無中郎乎！"予請先生下一轉語，曰"姑俟之。"

　　　　　　　　　　　　　　（《世經堂初集》卷十七，康熙間刻本）

　　【按】　徐旭旦生平及其與孔尚任之關係，參見袁世碩《孔尚任年譜》附《孔尚任交游考》中的"徐旭旦（浴咸）"條。徐旭旦的此篇文字係剽竊、篡改孔尚任的《〈桃花扇〉小引》而成。

舊院有感

〔清〕徐旭旦

　　〔北新水令〕山松野草帶花挑，猛抬頭翠樓來到。荒烟留廢壘，剩水積空壕；亭苑蕭條，還對著夕陽道。

〔駐馬聽〕野火頻燒,繞屋長松多半消。牛羊群跑,買花小使幾時逃。鴿翎蝠糞滿堂抛,枯枝敗葉當階罩。誰灑掃,牧兒拾得菱花照。

〔沉醉東風〕橫白玉闌干柱倒,墮紅泥燕雀空巢。碎鴛鴦瓦片多,爛翡翠窗櫺少。舞西風黃葉飄搖,直入陽臺一路蒿,住幾個乞兒餓殍。

〔折桂令〕問秦淮舊日窗寮,破紙迎風,壞階當潮,目斷魂消。當年粉黛,何處笙簫?罷燈船端陽不鬧,收酒旗重九無聊。白鳥飄飄,綠水滔滔,嫩黃花有些蝶飛,新紅葉無個人瞧。

〔沽美酒〕你記得跨青溪半里橋,舊紅板沒一條。秋水長天人過少,冷清清的落照,剩一樹柳彎腰。

〔太平令〕行到那舊院門何用輕敲,也不怕小犬哞哞。無非是枯井頹巢,不過些磚苔砌草。手種的花條柳梢,盡意兒採樵,這黑灰是誰家廚灶?

〔離亭宴帶歇指煞〕俺曾見紅樓翠館鶯啼曉,秦淮水榭花開早,誰知道容易冰消!眼看他起高樓,眼看他讌賓客,眼看他樓塌了。青苔碧瓦堆,曾睡風流覺,百十年興亡看飽。烏衣巷不姓王,莫愁湖鬼夜哭,鳳凰臺棲梟鳥。殘山夢最真,舊境丟難掉,不信這風流換稿。把俺那漢宮春,一幅幅記到老。

〔清江行〕大澤深山隨處找,預備嫦娥巧。抽出五言詩,取用三弦調,把幾個白衣山人盡走了。

(《世經堂樂府鈔》,康熙間刻本)

【按】 此套曲子與孔尚任《桃花扇》續四十出《餘韻》中著名的《哀江南》套曲所用曲牌相同,文字近似,係剽竊、篡改後者而成。

盧前曾作有《〈桃花扇・餘韻〉出中〈哀江南〉之本來面目》一

文,載於《京滬週刊》第 1 卷第 4 期,1947 年刊行。他在此文中僅由簡單、粗率的對校,便判定《桃花扇·餘韻》中的《哀江南》套曲是孔尚任抄改徐旭旦的《舊院有感》套曲,是缺乏説服力的。他稱徐旭旦"與東塘是有交情的。本來一部傳奇不妨儘量'剪綵',取他人的妙語,借我劇中人用。戲曲是綜合的,不一定要句句從我口中説出,也不一定要字字從我心裏嘔出的。《餘韻》一出,《問蒼天》、《秣陵秋》,和這《哀江南》皆是別人的作品,東塘信手拈來的。我所以要説明《哀江南》原是徐旭旦的作品,並非揭東塘的短處,好像'發覆'似的。因爲《哀江南》曲傳誦甚廣,又被選作中學國文教材,選者都在題下注'孔尚任'三字,不知原是徐氏之作。東塘本無掠美之意,因是戲曲,他又不便插入'説明'的話。我既查出這一套曲文的來源,還是代東塘説明一些妥當些。"袁世碩也在《孔尚任交游考》中的"徐旭旦(浴咸)"條中認爲《哀江南》套曲"借用了徐旭旦的作品","原來就是改徐旭旦的套曲《舊院有感》而成的"。他並認爲把《桃花扇〉小引》的"著作權歸之於徐旭旦,更爲合理些",並列出了四條"理由"。

但事實其實恰好相反,應是徐旭旦的《舊院有感》套曲剽竊、篡改了孔尚任的《哀江南》套。而且,徐旭旦《世經堂初集》中的《〈桃花扇〉題辭》係剽竊、篡改孔尚任的《〈桃花扇〉小引》,《世經堂詞鈔》中的《冬閨寄情》套曲係剽竊、篡改《桃花扇·寄扇》中的套曲。徐旭旦的《世經堂初集》、《世經堂詩鈔》和《世經堂詞鈔》中的文、詩、詞多有剽竊、篡改前人或同代人之作。具體考證可參見徐沁君、黃强《〈桃花扇〉中〈寄扇〉〈餘韻〉出套曲的作者問題》(《揚州大學學報》(人文社會科學版)1993 年第 1 期)、黃强《〈桃花扇〉中〈寄扇〉〈餘韻〉出套曲作者新證》(《晉陽學刊》2013 年第 1 期)、黃强、申玲

燕《徐旭旦〈世經堂初集〉抄襲之作述考》(《文學遺產》2012 年第 1
期)、黄强《徐旭旦〈世經堂詩鈔〉中的同時代人之作考辨——再論
〈桃花扇〉之〈小引〉與〈寄扇〉〈餘韻〉出套曲的作者問題》(《揚州職
業大學學報》2019 年第 1 期)、黄强《徐旭旦〈世經堂詞鈔〉中抄襲
之作考》(《文獻》2015 年第 3 期)、黄强《徐旭旦〈世經堂詞鈔〉中的
前人之作——〈桃花扇〉中〈寄扇〉〈餘韻〉出套曲作者再考辨》(《江
南大學學報(人文社會科學版)》2018 年第 3 期)。

曾永義《〈桃花扇〉〈哀江南〉曲的作者問題》(《現代學苑》第十
卷第一期)從七個方面論證了《哀江南》套的作者應當是賈鳧西。
他認爲《哀江南》套是"插曲",孔尚任没有注明其出處,但按照戲劇
慣例,不能算作抄襲或剽竊。

劉階平在其校勘的《木皮散客鼓詞》(台灣正中書局 1954 年
版)的附注中由孔尚任、賈鳧西的生平行跡,懷疑《哀江南》套可能
出自秦光儀或孔方訓之手,不一定是賈鳧西所作,"但無確證,附記
以待後考"。齊如山不同意劉階平的觀點,認爲賈鳧西未到過南京
不足以證明《哀江南》套非他所作。"這套哀江南,總是賈鳧西一流
人物所作"。而劉、齊如兩人均認爲《哀江南》套非孔尚任所作。據
曾永義《〈桃花扇〉〈哀江南〉曲的作者問題》,鄭騫、屈萬里、孔德成
等學者也認爲"哀江南"套是賈鳧西文字。另,梁樂三有《〈桃花扇〉
與〈木皮子鼓詞〉》,載於《人間世》1935 年第 34 期。

東魯春日展《桃花扇》傳奇悼岸堂先生作

[清]金　埴

南朝軼事斷人魂,重展香君便面痕。不見滿天紅雨落,老伶泣

過魯西門。（先生歿，雖梨園舊部，亦有泣下者）

　　桃花忍見魯門西（太白詩"桃花夾岸魯門西"。），正樂人亡咽鳥啼。
一代風徽今墜也，云亭山色轉凄迷。

金埴小郟氏再題

（康熙介安堂刊本《桃花扇》）

　　【按】　據袁世碩《孔尚任年譜》，孔尚任於康熙五十七年
（1718）正月上元前卒於家。故此篇詩應作於同年春。顏光敏女顏
恤緯有《元夕挽岸堂先生》詩四首，載於《闕里孔氏詩鈔》卷十四。
其一云："打鼓吹簫掩淚聽，家家罷卻上元燈。梨園小部今何在？
扇裏桃花哭不勝。"可爲金埴詩第一首後二句和自注的佐證。

跋　語

［清］沈　默

　　《桃花扇》一書，全由國家興亡大處感慨結想而成，非正爲兒女
細事作也。大凡傳奇皆主意於風月，而起波於軍兵離亂。唯《桃花
扇》乃先痛恨於山河遷變，而借波折於侯李。讀者不可錯會，以致
目迷於賓中之賓、主中之主。山人胸中有一段極大感慨，適然而遇
侯李之事，又適然而逢蘇柳之輩；是以奇奇幻幻，撰出全冊當在野
史之列，不應作戲曲觀。海陵沈默。

（海陵沈氏刻本《桃花扇》）

　　【按】　沈默（1661—1740），泰州人。沈氏祖籍浙江吳興，明
初由蘇州遷居泰州。沈默的祖父沈晉陽，字康侯，別號羼提道人，
爲郡庠生。他生逢明清鼎革，隱居高尚，資館穀以幫助貧困士子讀
書。慕前代成、弘、正、嘉之業，不能降格，故而屢試不售。後棄舉

子業,轉而肆力於古籍,問字者履滿戶外。沈晉陽生一子,名壯猷,字子迪,號退庵,州庠生。他才高志盛,有感於父親因業儒而貧困終身,便廢棄著述之道,奮力治生以復興先人之業。沈壯猷有子三,默、照、遜。次子沈照早夭,長子沈默、三子沈遜因此成了家族的希望,他們的祖父沈晉陽曾頗爲感慨地説:"三世寒儒迄無成,緒家聲祖武,其在爾兄弟兩人乎。"據《泰州志》卷二十三"仕績"載,沈遜字輯之,康熙六十年(1721)進士,歷任施秉、普安二縣知縣。三次充任鄉試同考官,乾隆初年聘修《貴州通志》。在任十三年,緩催科,革陋規,修學課士,後以疾歸,卒於家。有子名均,歲貢生,後任蒙城縣校官。①沈默字興之,號讓齋,後更名龍翔,晚號遜叟老人。他早年閉戶芝圃中,以古文大家爲性命,不屑爲時文,與其弟沈遜有"二沈"之目。常與二三知己講論切磋,四方名人贈答往返無虛日。康熙五十二年(1713)舉京兆,此後七上公車,而不得一第,歸家於清芬堂中著書,寒暑不輟。著有《清芬堂集》二十卷、《桴客厄言》一卷。年七十九而終。沈默曾編撰《發幽録》,記述歷代鄉賢人物,共十五類三十八人。沈默去世時,《發幽録》尚未刻成。其子沈成垣字惟茨,爲庠生,痛《發幽録》刻事未終,變賣田產,繼續刊刻,終於完成。當《發幽録》最終刊刻、面世時,沈成垣步其父《應檄搜纂文獻畢紀事詩四首》韻作詩四首,其二云:"恨煞前賢這一書,書成絕筆淚沾裾。傷心鬼笑添兒哭,氣結搥胸未可攄。"沈默生平,參見錢成、王漢民《清"海陵本"〈桃花扇〉刊刻評閱者沈默考》(《廣西社會科學》2018 年第 3 期)。

---

① 清王有慶等總輯《(道光)泰州志》卷二十三,《中國地方志集成》"江蘇府縣志輯"第五十種,江蘇古籍出版社 1991 年版,第 253—254 頁。

題《桃花扇》傳奇後

[清]張令儀

　　極天鼙鼓動漁陽，南内徵歌樂未央。不及風流隋天子，當時猶得葬雷塘。

　　南朝江令本詩豪，玉帳居然擁節旄。細雨春燈飛燕子，袖中一卷是戎韜。

　　丞相還同秋蠥專，何人爲報失湘川。大家宮禁方行樂，邊鄙閒情莫浪傳。

　　半壁東南事又虛，孤臣無策慟捐軀。江山不逐興亡改，夜夜濤聲泣子胥。

　　千里旌旗鼓角雄，誓清君側見孤忠。扶蘇運絶蒙恬死，百二山河一旦空。

　　絲竹通宵響遏雲，平明大内走新君。將軍仗劍誠慷慨，恨失南唐忠正軍。

　　滅燭留歡獨有髡，年年挾瑟信陵門。飄流剩得黃幡綽，閲盡興亡説舊恩。

　　才子應隨國運終，飄零底事到吳中。干戈滿目家何在，坐上猶貪一點紅。（侯朝宗，歸德人。）

　　舞衫歌扇久成塵，大義千秋屬美人。一顧恩深難負却，北來騈首愧諸臣。

　　辛苦流離難決絶，素紈驗取斑斑血。卷中何事最傷心，南山之南北山北。

（《蠹窗詩集》卷八，雍正二年姚仲芝刻本）

【按】 張令儀（1668—1752）字柔嘉，號蠹窗主人。桐城人。大學士張英第三女，大學士張廷玉姊，同縣姚士封室。著有《蠹窗詩集》十四卷、《蠹窗二集》六卷。另有劇作《乾坤圈》和《夢覺關》以及文集《錦囊冰鑒》若干卷。

題《桃花扇》歌

〔清〕孔傳鐸

廣陵烟月秣陵春，偶買扁舟來問津。永和宮殿久荒廢，獨聽野老話酸辛。

南朝自古傷心地，那堪追數當年事。偏安天子學無愁，泣血老臣徒倡義。

殿前狎客何倡狂，廣搜蛾眉媚君王。不管江南與江北，且臨凝碧奏《霓裳》。

清流黨議息復逞，南部烟花場未冷。咄哉光祿巧彌縫，不似紅妝翻骨髏。

拆鸞破鏡兩難分，二十八字空懷君。閉樓却觸丞相怒，血作桃花扇上紋。

乾坤正氣漁樵有，野老悲歌來擊缶。時移史去失中原，夜半將星隕如斗。

豈但章臺柳色休，吳宮花草盡含愁。石城一旦降旗出，無復吹簫十二樓。

六十年來如轉電，誰將豔曲開生面。新人歡笑故人哀，勸君莫唱《桃花扇》。

（《申椒集》卷下，康熙四十五年刻本）

【按】孔傳鐸(1673—1732)字振路,號牖民。孔子第六十七代孫。衍聖公孔毓圻長子。好讀書,通禮樂,工詩詞,精研理學,博求律呂之書,深於樂理。康熙年間,賜二品冠服。雍正元年(1724),襲封衍聖公。二年(1725),清世宗幸學,召孔傳鐸陪祀。六月,孔廟火災,率族人素服哭三日。清世宗派人祭告,傳旨慰問,撥款重建。八年(1730),孔廟重建竣工。九年(1731),世宗又命修繕孔林,工程於次年完成。復開館,輯《闕里盛典》。著有《安懷堂文集》上下卷、《申椒集》二卷、《繪心集》(稿本題"申椒二集",刻印時改稱"繪心集")二卷、《紅萼詞》二卷、《炊香詞》三卷(稿本題"紅萼詞二集",刻印時改稱"炊香詞")、《盟鷗草》一卷等,計18種,105卷。編有《名家詞鈔六十種》。《紅萼詞》卷首有顧彩序。

孔傳鐸《安懷堂文集》卷上有《東塘岸堂、石門詩全集序》,附錄於下:

> 東塘先生稱詩四十年,凡海內諸名家靡不以先生為騷壇領袖,相與商榷風雅。而尤與海陵黃仙裳、吳門鄧孝威、廣陵宗定九稱莫逆交。著有《湖海集》,乃其奉使淮揚所作。為之訂定者,即黃、鄧諸公也;售之棗梨者,其門人陳鶴、馬寶五也。自丙寅迄己巳,共分七卷。是集一出,固已不脛而風行於天下矣。又庚午至壬午共若干卷,曰《岸堂集》,是其在輦下之所作也。又癸未至丁酉共若干卷,曰《石門集》,是其歸田及游覽之所作也。內缺癸巳,未及付梓。詎至戊戌上元,而忽已謝世。從此風流歇絕,竟為廣陵散矣,可勝浩歎。予每謂先生之詩直如金科玉律,為當代所不數覯者。即片語單詞,何莫非吾東塘先生一生心血為之,其何忍輕為棄置。故取其底稿,命奚全錄。又搜筒篋內,得數十首,彙為補遺一卷。其《岸堂》、《石門》二集之中有淮徐劉觀察在園撥其

尤者,梓爲《長留集》,今用硃標出。其餘珠璣尚多,置諸几案間,晨夕諷詠,奉爲模楷。至於詩餘,非先生所長,落落數闋,姑亦輯成一卷,以示先生游戲之所及耳。嗟乎! 伯牙已逝,賞音者亡。所幸雖無老成,尚有典型,其東塘先生詩之謂乎![1]

孔傳鐸《申椒二集》中有《戊戌上元後二日挽家東塘户曹五十韻》(按又載於《繪心集》卷下),從中可見孔尚任生平、略歷,亦可藉以確定孔尚任去世的確切日期。兹附錄於下:

> 山川寶間氣,盛世産英賢。吾族多簪笏,惟公更接聯。
> 髫齡方卓卓,舉止即翩翩。刻玉磋磨切,鏤金攻治專。
> 興酣摇彩筆,句就劈螢牋。五庫俱成誦,六經盡貫穿。
> 班楊堪並駕,潘陸足齊肩。奮志雲霄上,置身泰岱巔。
> 涵虚餘滓絶,裕體蕴光堅。瀟灑胸襟浩,弘深腹笥便。
> 大公忘物我,至道悟魚鳶。處世欽和藹,秉心歎塞淵。
> 達觀如鏡朗,洞矚有犀燃。典故修全志,宗支補闕編。
> 矕工嫻篔翟,晨夕藉陶甄。度數初無舛,威儀始不愆。
> 經營非率爾,禮樂自昭然。翠輦臨文廟,宏名達御前。
> 駿奔多贊助,祭祀實周旋。遂沐宸衷眷,頻膺鳳詔宣。
> 校書分秘閣,視草傍花磚。鋒鋭屠龍劍,才雄赴墊川。
> 聲華騰國學,性理闡經筵。臣節冰霜勁,君恩雨露偏。
> 山濤初拜職,賈誼屢超遷。伏莽文章著,垂紳經濟傳。
> 淮揚曾奉使,湖海有新篇。碩畫抒疏浚,豪吟叶管弦。
> 涉江探古跡,渡澗問漁船。漸奏安瀾效,能通治水權。
> 功成應復命,旨下促朝天。鳳駕因回魯,驅車又入燕。

---

[1] 清孔傳鐸:《安懷堂文集》卷上,清孔氏紅荳書屋抄本。

農曹贏國計，郎署博寒氈。退食甘蔬食，留賓愛給鮮。

俸資求字價，貧欠買山錢。但得千秋志，何須二頃田。

本無圭組戀，豈爲利名牽？三徑來陶令，一官老鄭虔。

課兒辭畢勉，奉母意勤拳。鴻案齊眉後，萊衣拜舞先。

占星歡聚會，對月快團圓。詩酒平生業，林泉宿世緣。

家園饒竹樹，別墅富雲烟。嘯傲石門畔，優游泗水邊。

花村行勒馬，柳巷坐鳴蟬。時論歸申甫，前身定偓佺。

方期臻耄耋，何遽厭留連。觀化尋蝴蝶，招魂托杜鵑。

仙游嗟七日，鶴返痛千年，無限人琴感，臨風一涕漣。[1]

孔傳鐸此詩作於戊戌正月十七，據"仙游嗟七日"，可知此時孔尚任已去世七日，即當天爲孔尚任的"頭七"，則孔尚任當去世於正月十一。

另，孔傳鐸《紅蕚詞二集》中有《秋霽·過岸堂夜話》：

官罷歸來，剩劍匣琴囊，破書數卷。小葺茅齋，旋栽修竹，且喜衡門非遠。子雲雖倦，未曾問字賓朋斷。依舊似，海北巷（按，疑應作"海波巷"）中三徑綠蘿館。爭似今夜，月朗風柔，坐君庭軒，花影深淺。塵頻揮、玄談娓娓，唾壺擊碎恣情辯。對此真堪遺軒冕。月好人好，轉憶京邸談時，鶼鰈衰敝，爲余曾典。[2]

齊天樂

[清]王時翔

桃花扇底歌聲在，淒清竟甘如許。嫩菊分秧，新篁倚粉，料理

---

① 清孔傳鐸：《申椒二集》，清孔氏紅蕚書屋抄本。
② 清孔傳鐸：《紅蕚詞二集》，清孔氏紅蕚書屋抄本。

閑中心緒。

萍蹤偶遇。只杯酒留連,春前一度。便托深情,紫騮不繫閉門處。

須知非忍薄幸,兩人同一恨,相對難吐。章句酸才,琵琶小技,沒殺奇男俠女。

此離最苦。更莫望佳期,與諧鴛侶。咽淚歸來,渡頭風送雨。

（《小山詩文全稿·小山詩餘》卷四"初禪綺語",
乾隆十一年王氏涇東草堂刻本）

【按】 王時翔（1675—1744）字皋謨,又字抱翼,號小山,江蘇鎮洋人。諸生,博學能文。雍正六年（1728）,薦授福建晉江縣知縣。乾隆時,官至成都知府。爲政持大體,屢析疑獄,有神明之稱。著有《小山全集》二十卷。

題《桃花扇》歌

[清]孔傳鋕

金陵三月飛桃花,金陵城頭啼暮鴉。珠樓翠院皆寂寞,菜畦瓜隴交橫斜。

憶昔南朝太平日,占勝秦淮與桃葉。王孫苑外驟鞭過,少婦樓頭靚妝出。

往來狎客恣經過,買笑追歡駐錦窩。豔妝婢子擎高燭,冶服仙姝整翠蛾。

路人錯認公侯宅,爭知盡是烟花窟。東家荳蔻尚含胎,西院芙蓉已堪折。

就中尤數玉娉婷,二八香君是小名。偶然心許知名士,齧臂焚香早締盟。

　皖城逐宦權閹友，見擯清流時已久。欲招狂客入私門，願贈香奩媚行首。

　豈知巾幗心偏烈，視若鴻毛渾棄擲。才子天涯去避讎，佳人掩鏡甘淪寂。

　開府樓船勢正炎，千金不惜聘鵜鶘。長齋謝客嚴辭拒，十二紅樓不捲簾。

　從此芳名遍吳下，桃花扇影胭脂寫。何限男兒繞指柔，斯人却是純剛者。

　詞客吾宗老岸堂，清歌一闋譜興亡。同時賭勝旗亭者，更數江東顧辟疆。

　悲歡聚散尋常事，話到滄桑發深喟。三寸蘇張舌辯鋒，一腔信國憂時淚。

　總作浮雲過眼看，何論拆散與團圞。紅兒按拍周郎顧，猶可樽前助合歡。

（《補閑集》卷下，康熙刻本）

【按】 孔傳鋕（1678—1731）字振文，號西銘，又號蝶庵，別署補閑齋、也足園叟，山東曲阜人。孔子六十八代裔孫，衍經公孔毓圻次子，襲五經博士。孔傳鋕學贍才敏，工書畫，精篆刻，與孔尚任、顧彩交甚密。康熙、雍正間屢膺大典。世宗臨雍，入京陪祀，欲用之，辭以職在奉祀，未果，賜"六藝世家"四字額。著有《補閑集》二卷、《清濤詞》二卷。又與其兄傳鋒選刊顧彩《往深齋詩集》八卷。又撰有傳奇三種：《軟羊脂》、《軟錕鋙》、《軟郵筒》。

題《桃花扇》院本遙次沈進士芝岡韻三首

[清]鄭　江

　　零落烟火六季同，白門柳送往來風。福王騎上田雄背，可勝胭脂辱井中。

　　金陵王氣入商弦，風利何須王濬船。譜得匆匆亡國恨，落花時節聽鼃年。

　　霜蹄千里蹋春驕，自倚元勳珥漢貂。只爲當年爭棧豆，却成一蹶負前朝。

（《筠谷詩鈔》卷四，乾隆書帶草堂刻本）

　　【按】鄭江(1682—1745)字璣尺，號筠谷，浙江錢塘人。康熙五十七年(1718)進士，改庶吉士。充《明史》館纂修官。歷任考官，督學安徽，遷侍講，進侍，讀充《明史綱目》纂修官。以足疾告歸。江幼孤，眇一目，淡泊寡營。詩文長於抒情，有指其失及改定者，終身敬禮之。有《筠谷詩鈔》七卷、《書帶草堂詩文集》四十餘卷、《春秋集義》二十卷、《詩經集詁》四卷、《禮記集注》四卷。"沈進士芝岡"即沈懋華(1674—1745)，初名洪，字芝岡，號蓉卿。浙江歸安雙林鎮人。7歲能文，13歲游庠，外王父徐還園見而異之，授以詩文。而楊文叔尤愛之，妻以女弟。中秀才後，屢試不第，在雙林課徒爲業，柴鶴山、沈瀾等俱出其門。康熙五十九年(1720)舉人，次年(1721)聯捷成進士。雍正元年(1723)補殿試，選翰林院庶吉士，授檢討，遷禮部員外郎，進郎中，官至監察御史。卒於京，由沈德潛葬於蘇州葑門外。沈德潛《清詩別裁集》卷二十四選收其詩三首，小傳謂："沈懋華字芝岡，浙江歸安人。康熙辛丑進士，官由翰林改侍御。侍御詩意主蘊含，不欲説盡，唐、宋之分，斷斷如也。晚歸佛氏教，不復作詩。"

論詩絶句四十首（並序）（選一）

［清］鮑　鉁

昔元遺山作《論詩絶句》，漁洋山人嘗傚爲之。元詩有云"今人合關古人拙"，無亦少陵"不薄今人愛古人"意乎？余雖不足以言詩，然以爲古人今人，同由斯道，苟詣其極，皆足流傳，烏可以時代優劣哉？古人不必重論，僅取國朝前輩諸公詩，就所聞見品陟，得絶句四十首。世有具遺山、漁洋之識者，當不誚余僭父耳。

博士風流憶昔年，岸堂詩社渺雲烟。桃花扇底新篇什，好並燕台襪典傳。（孔東塘有《桃花扇》傳奇，每出落場詩皆自創新詞。官國博時，有《燕台雜興》詩四十首，自作注解，可備詩話。）

（《道腴堂詩編》卷十四"析津集丁"，雍正刻本）

【按】鮑鉁（1690—1748）字冠亭，一字安之，號辛甫、辛浦，別號信目堂主人，山西應州（今應縣）人，遷居松江（今屬上海）。清藏書家、詩人。康熙五十四年（1715）貢生，官長興縣令，乾隆十二年（1747）官嘉興海防同知。生平喜作詩文，曾説："寧可三日無茶，不可一日無詩。"詩宗王士禛，深沉好古，豐贍流麗。雅嗜藏書，詩文中多次述及藏書之事。收藏有大鈔本《國朝（按此指明朝）典故》、《兩蘇經解》、《蒼厓先生金石例》等。藏書處有"道腴堂"、"信目堂"、"博山臺"、"小簇園"等。刻有《何天寵先生遺詩》、《亞谷叢書》、《孔堂初集》、《孔堂文集》、《孔堂私學》、《茶山老人遺集》數種。著有《秤勺集》、《道腴堂詩文稿》、《道腴堂全集》等。《道腴堂詩編》

卷十四又有《後懷人詩十首(並引)》，其中第七首詠孔尚任，云：“宇
內論耆宿，曾尋洙泗間。樽罍邀北海，杖履識東山。問字從游廣，
歸田著録閒。滄桑存老屋，名跡重人寰。”後有自注：“孔農部東塘
先生所居有虛白堂，東坡曾過之，堂額是其真跡。”

滿江紅·題《桃花扇》傳奇後

〔清〕張世進

　　扇上桃花，費幾許含宮嚼徵。重演出石頭殘局、板橋遺事。北
里漫勞詞苑志，西臺應續參軍記。問當時朝士聽歌來傷心未？衣
帶水，何堪恃？衰冕服，渾如戲。尚豔搜吳越，黨分牛李，江左夷吾
人自比。山中强景蹤誰繼？(謂張白雲也。)笑侯生真似此收場佳
公子。

(《著老書堂詞》，乾隆刻本)

　　【按】　張世進(1691—1755後)字軼青，號嘯齋，陝西臨潼
人。臨潼著名商人張四科的叔父。長年困頓科場，與馬曰琯、馬曰
璐兄弟爲鄰，交情甚深。著有《著老書堂集》八卷、詞一卷。

滿江紅·《桃花扇》傳奇

〔清〕厲　鶚

　　千古南朝，剩滿眼、鍾山廢綠。問誰記、渡江五馬，玉樓金
屋。復社尚興風影禍，教坊偏占烟花福。笑無愁、帝子莫愁湖，
歡娛速。　　醉舞散，灰緋燭；宮旗走，降幡矗。看湘東已了，枯
棋敗局。桃葉渡邊飛燕語，桃花扇底銅仙哭。算付將、此曲雪兒

歌,難終曲。

（《樊榭山房集外詞》卷二,光緒十年錢塘汪氏振綺堂刻本）

【按】 厲鶚(1692—1752)字太鴻,又字雄飛,號樊榭、南湖花隱等,錢塘(今浙江杭州)人。清代著名詩人、學者,浙西詞派中堅人物。康熙五十九年(1720)中舉。乾隆元年(1736),參加"博學鴻詞"考試。他由於考試過程中誤將《論》置於《詩》前,以不合程式再度名落孫山。此後終身未仕。厲鶚在詞方面具有極高的造詣,爲浙西詞派中期的代表。他與查爲仁合編的《絕妙好詞箋》成爲繼朱彝尊《詞綜》之後推崇南宋詞方面最有影響的著作。另外,厲鶚也長於寫詩,特別是五言詩。與杭世駿齊名,《清代學者象傳》中稱其"爲詩精深峭潔,截斷衆流,於新城(王士禛)、秀水(朱彝尊)外自樹一幟。"厲鶚讀書搜奇嗜博,鉤深摘異,尤熟於宋元以後掌故。著有《樊榭山房集》、《宋詩紀事》、《遼史拾遺》、《東城雜記》、《南宋雜事詩》等。

曲阜懷孔岸堂先生兼題《桃花扇》後

[清]程盛修

斜風細雨魯西門,嘯志歌懷信史存。縱有鬚眉同鬼蜮,尚留正氣滿乾坤。

烏衣翠袖興亡恨,負鼓吹簫涕淚痕。不用隔江悲玉樹,石頭從古出降幡。

（《夕陽書屋詩初編》卷三,乾隆三十八年刻本）

【按】 程盛修(1693—1777)字風沂,號雙橋。江蘇泰州人。雍正八年(1730)進士,授翰林院編修,官至順天府尹。乞養歸。著有《夕陽書屋詩初編》、《南陔松菊集》。

題《桃花扇》傳奇

［清］保培基

其　一

睥睨紈羅綺袴襠，盛衰生死總無良。只教不敗人家國，未必侯
生勝阮郎。

其　二

從事揚州竟索然，書生瑣尾亂離年。早知橐筆無袁灝，悔讀移
人《燕子箋》。

其　三

莫道奄兒不好賢，合歡猶爲制釵鈿。更憐才思圓於海（大鋮別
號圓海），何事長門取酒錢。

其　四

不死艱虞只死情，從來慧性最分明。無端一葉秦淮妓，愴起燈
火舊淚橫。

其　五

幾筆疏枝點血侵，媚香題處早知音。番番作合何多事，不測皖
江到底心。（楊龍友曾於香君妝閣畫蘭題額。後於大鋮、朝宗、香君間，忽
爲牽合，忽爲排解，若明若昧者。然余友湯入林亦善蘭竹，亦與聞余與亡姬往

來翰墨,及引識非人種種情事,亦酷似龍友,故云。)

其　六

名心一放笑難收,絕俗何如絕校讎。坊底羞爲兒子賣(莊生羞爲兒子所賣,見《越世家》),樓頭幸有婦人愁。

其　七

崑生曲調敬亭談,零落鄉心自不堪。回首舊游歌舞地,風流亦各擅江南。

其　八

絮果花因一晌春,棲霞何處問迷津。佃夫神爽今翻在,化作鋒稜復社人。

(《西垣集》卷七,乾隆刻本)

【按】 保培基(1693—?)字岐庵,又字井公,號四鄉主人、井谷鄉人。江蘇南通州人。蒙古族。康熙、雍正年間詩人、書畫家。雍正二年(1724),保培基以中書任職河工。雍正十三年(1735),任浙江杭州府同知,治理浙塘水溢之患,工竣,當地民衆甚贊之。因嫉貪辭官歸里,長居井谷園,以詩文自娛。著有《西垣集》二十卷、《西垣次集》八卷。井谷園地在四面環水的白蘋灣。《海曲拾遺》載井谷園有木石屋、鳳樹軒、桂亭、鶴屋等。保培基在此常與“揚州八怪”之一的李方膺切磋書畫、吟詩酬唱。乾隆二十五年(1760)初夏,他還與李方膺等通州文人雅士在井谷園接待了鄭板橋。《西垣集》卷首有陳元龍《西垣集總序》、李堂《西垣詩序》、袁枚《奈何詞序》、陳邦彦《西垣文序》、黃天源《羈魂夢語序》。袁枚序末署“乾隆癸酉歲八月十有二日，隨園隱者袁枚拜贈。"袁枚在《奈何詞》序中云："……百頁新詞，有爭歌之紅雪。於減字偷聲之外，發想抒靈；即尋腔按板之中，寓言肆意。此日琳琅拂案，已驚花滿山中；他年金石成鐫，遙見雲垂海上。"對保培基的詞作給予了高度讚譽。《隨園詩話》卷五第十三條云："通州保井公，工填詞；自號四鄉主人，蓋言睡鄉、醉鄉、溫柔鄉、白雲鄉也。詠《崔鶯鶯》一闋，甚佳，末二句云：'交相補過，還他一嫁。'癸酉秋，見訪隨園，相得甚歡。別三十年，余游狼山，井公久亡矣。其子款接甚殷。壁上糊余手劄數行，視之，乃游客某所假也。然已厚贐之矣，其兩代之好賢若此。"①

據《揚州畫舫錄》卷二，湯密字入林，通州人。工詩畫，墨竹法文與可，號個中人。

《雙仙記》自序(節錄)

[清]崔應階

夫傳奇者，所以傳其奇也。必其人其事或有忠孝節義之奇行，且實有其人、有其事，而後傳之，庶愚夫愚婦藉以觀感而興起。其於世道人心，不無小補，所謂"今樂猶古樂"也。如湯若士之《還魂記》，不過裁雲剪月，麗句豔詞，架空中之樓閣，借花妖木客以肆其譏，誣耳於詞，義何取哉。即高則誠之《琵琶記》，寫趙五娘之苦孝，似亦奇矣，然考其實，亦無其人，無其事。若夫洪昉思之《長生殿》、孔東塘之《桃花扇》，其事實矣，則又無與於觀感。……乾隆歲次丁

---

① 清袁枚著、顧學頡校點：《隨園詩話》卷五，人民文學出版社 1982 年版，第 138—139 頁。

亥荷月,鄂渚研露樓主人題於香雪山房。

（乾隆三十二年家刻本）

【按】 崔應階（1699—1778）字吉升①,號拙圃,別號研露老人、研露樓主人。江夏（今湖北武昌）人。蔭生,授通判,官至太子太保、刑部尚書,遷左都御史。著有《拙圃詩草》、《黔游紀程》、《研露樓琴譜》、《官鏡録》等,輯有《東巡金石録》。所撰雜劇《烟花債》、《情中幻》,合稱《研露樓二種曲》,又與吳恒宣合作《雙仙記》傳奇,今皆存於世。

崔應階雖然認爲《桃花扇》"無與於觀感",但他的自序從具體語句到觀點、思想都受到了孔尚任的《小識》和《小引》的影響。《雙仙記》刻本的胡德琳《跋》、徐績《題詞》、吳恒宣《題詞》和《拙圃詩草二集》中的《惜別詩一百首》後的尹元貢《跋》也都表達了與崔應介自序相似的觀點和思想。

題《桃花扇》傳奇次云亭山人原韻

［清］商 盤

新鶯舊燕閱繁華,南渡君臣事事差。小部更翻清夜曲,上陽猶發故宫花。

從教淨業歸仙佛,不止元談誤國家。長板橋頭人悵望,斷魂芳草碧無涯。

（《質園詩集》卷十四,乾隆斠錐山房刻本）

【按】 商盤（1701—1767）字蒼雨,號寶意,會稽（今浙江紹

---

① 郭英德《明清傳奇綜録》誤作"吉生",河北教育出版社 1997 年版,下册,第 931 頁。

興)人。少讀書於土城山之質園,舊傳爲勾踐教西施歌舞處。雍正八年(1730)中二甲第二十四名進士,以知縣用,奉旨改翰林院庶吉士,授編修,充八旗館、國史館纂修。後以養親乞外補,歷任廣西新寧州牧、鎮江郡丞、南昌令、梧州知府、雲南府知府等職。乾隆三十二年(1767),進軍緬甸負責督運糧草,感觸瘴癘,旬日而卒。商盤自幼工詩,才名與厲鶚並稱,佳句頗多。精音律,談吐幽默,所至名士均爲之傾倒,爲紹興"西園吟社"成員。所作甚豐,後經删汰,尚存三千首,爲《質園詩集》。又選八邑詩人之作爲《越風》詩集,計三十卷。

　　詩題中所謂的"云亭山人原韻",指《桃花扇》續四十出《餘韻》的下場詩。

憶岸堂前輩

[清]顏懋倫

　　不須仙鬼論才華,絕代風流第一家。十度春風思玉笛,百年夜雨哭桃花。

　　石門山好秋將盡,虛白堂空月欲斜。爲語竹西橋畔客,近來名士久浮槎。

(《晚晴簃詩匯》卷六十七)

　　【按】顏懋倫(1704—1774)字樂清,號清谷,顏光猷之孫,顏肇廣之子,山東曲阜人。雍正七年(1729)拔貢,薦受曲阜四氏學教授,擢鹿邑縣令。五年後因病歸。後發河南候補,捕滑縣蝗蟲甚勤能,署理裕州、泌陽、南陽、皆有政聲。篤好文學,當年曾舉山東博學鴻詞第二名,廷試報罷,更加發憤爲古文詞。常與滋陽(兗州)牛運震、晉江何琦切磋學問，尤深研於《詩經》。著有《什一編》、《夷門游草》、《癸乙編》、《端虛吟》、《秋廬吟草》、《舊止草堂集》、《顏清谷四編詩》(有稿本存世)。

閱《桃花扇》傳奇成十二截句

[清]吳燝文

朱絲新樣寫新詞，圓海前身是總持。小部君王看一笑，白袍玉帶誓師時。(阮圓海以吳綾作朱絲欄，書《燕子箋》諸劇進宮中。嘗誓師江上，衣素蟒，圍碧玉，見者詫爲梨園裝束。)

法古虛將四鎮憑，梅花嶺外灶初增。如何仗鉞臨戎日，不及揚州一老僧。(廣陵梅花嶺，史可法點兵處。可法仿南宋文文山議，增設四鎮，不能制一高傑。後傑見一老僧，求佛法。僧曰："將軍能敬正人，猶之敬佛也，如史閣部是已。"高傑遂帖然心服。)

瓊筵高會倚江開，擬學風流宰相才。若到六朝歌舞地，蕙娘怎得及陽臺。(瑤草亦有意爲君子。當其出劉入阮時，賦詩曰："蘇蕙才名千古絕，陽臺歌舞世無多。若使同房不相妒，也應快殺竇連波。"蓋以若蘭比劉，陽臺比阮也。)

青溪春色總堪愁，慚愧王孫覓伴游。夾道朱樓如夢幻，辛夷桃花一時休。(侯朝宗與香君定情詩："夾道朱樓一徑斜，王孫初御富平車。青溪盡是辛夷樹，不及東風桃李花。")

黃鵠磯頭楚兩生(梅村句)，漁樵相對不勝情。秣陵唱出秋風曲，似聽淋鈴第幾聲。(蔡州蘇崑生善歌，維揚柳敬亭善談，皆客於楚，爲左寧南幸舍重客。吳梅村有《楚兩生行》。)

湘蘭沅芷碧迢迢，紈扇無情怨寂寥。蛛網燕泥逢蝶叟，焚香掃地染冰消。(李香君所居妝樓,楊龍友顏之曰"媚香樓"。後香君避難遠出,爲畫士藍瑛寓。)

黄絁絳帔道家裝,流水高山意渺茫。便與鹿樵生斷絶,法華細字刺千行。(卞玉京善琴,嘗屬意鹿樵生,生固爲若弗解者。後生悔欲求之,卞賦四詩告絶,遂專意入道。晚依良醫保御,用三年力、刺舌血爲保御書《法華經》。既成,自爲文序之。)

闌節誰傳七字詩,牧齋枚卜阻前期。白娘老去風情在,忍學香山遣柳枝。(寇白門本韓求仲愛伎,爲錢牧齋所得,怒甚,試浙時遂有"一朝平步上青天"之謡,爲枚卜玷。牧齋《寇白門》詩:"問名欲傍香山柳,得姓還從萊國桃。")

渡河兩疏更奚求,勇冠三軍奈寡謀。一夕女戎能誤國,月明腸斷廣陵秋。(高英吾率數十丁入睢城,以三妓偶一丁寢。及炮發,竟敗,揚州遂危。)

一生多愧藺相如,猶勝劉家小丈夫。泉下精靈如不昧,負荆應與謝英吾。(初靖南與興平爭功,不服,後相繼死國。劉澤清對客嘗曰:"我二十一投筆,三十一登壇,四十一列土,不知二十年中所作何事,僅僅以富貴自詡'小丈夫'。"小丈夫後與劉良佐俱降。)

玉帳牙旗鎮上游,夜深兵火滿江州。寧南死去無寧日,枉爲袁公涕泗流。(左崑山爲王之明興兵,袁繼咸集諸將,城樓灑泣曰:"兵諫非正,晉陽之甲,春秋所惡,可同亂乎?"及兵入城,崑山望火光,大哭曰:"余負袁公!"嘔血數升而死。)

後先二十七年中,白馬青絲讖早同。流出秦淮宫内水,不須嗚咽怨田雄。(崇禎即位日,殿柱上見黄袱,内一紙云:"天啟七,崇禎一,還有福王二十七。"蓋妖書也。中軍田雄以洪光降。)

(《樸庭詩稿》卷一,乾隆刻本)

【按】 吴爚文(1706—1769)字璞存,一字樸庭,會稽籍,山陰人。諸生。八應鄉試而不售。先後游商盤、朱一蜚、嚴遂成諸人幕。著有《樸庭詩稿》十卷,前四卷其友人嚴遂成所選,後六卷則晚年所自訂。生平事蹟見蔣士銓《樸庭先生傳》(《忠雅堂文集》卷三)。

清朱錦有《贈蘇崑生》詩二首,題下注曰:"崑生曾爲左帥揖客",全篇云:

> 襄陽往事莫重提,帳下歌傳楚水西。一自羊公碑墮淚,秋風愁唱《白銅鞮》。

又(崑生,河南汝寧府人。)

> 王粲宅邊鄰笛過,白公城畔暮猿多。故鄉無限傷心事,盡入貞元曲裏歌。

《歧路燈》自序(節録)

[清]李海觀

偶閱闕里孔云亭《桃花扇》、豐潤董恒岩《芝龕記》以及近今周韻亭之《憫烈記》,喟然曰:"吾固謂填詞家當有是也。藉科諢排場間,寫出忠孝節烈,而善者自卓千古,醜者難保一身,使人讀之爲軒然笑,爲潸然淚,即樵夫牧子、廚婦爨婢,皆感動於不容已。以視王實甫《西廂》、阮圓海《燕子箋》,皆桑濮也,詎可暫注目哉!因仿此意爲撰《歧路燈》一册,田父所樂觀,閨閣所願聞。子朱子曰:善者可以感發人之善心,惡者可以懲創人之逸志。友人皆謂於綱常彝倫間,煞有發明。蓋閱三十歲,以迄於今,而始成書。前半筆意綿密,中以舟車海内,輟筆者二十年,後半筆意不逮前茅,識者諒我桑榆可也。空中樓閣,毫無依傍,至於姓氏,或於海内賢達,偶爾雷同,絕非影附。若謂有心含沙,自應墜入拔舌地獄。"

(欒星校注《歧路燈》,中州古籍出版社 1980 年版)

【按】 自序末署"乾隆丁酉八月白露之節,碧圃老人題於東皋麓樹之陰"。從中可見《歧路燈》的創作受到了《桃花扇》的一定影響。李海觀(1707—1790)字孔堂,號綠園,河南寶豐人。乾隆舉人。晚年任貴州思南府印江縣令。著有長篇小説《歧路燈》。另有《綠園詩鈔》四卷、《綠園文集》(不分卷)、《拾攟集》十二卷,皆未刊行,並已散佚。今人欒星有《李綠園詩文輯佚》,收詩文百篇,分爲三卷。有關李海觀的生平及其小説《歧路燈》,可參見杜貴晨《李綠園與〈歧路燈〉》(增改本),中州古籍出版社 2020 年版。

題《桃花扇》院本後

[清]錢 琦

金陵王氣鬱蒼蒼,今古繁華是此鄉。不道歌殘玉樹後,又聽鼙鼓起漁陽。

翩翩公子醉紅裙,一夕桃花散野氛。不愛妝奩愛名節,青樓千古李香君。

書生習氣太顛狂,復社居然赤幟張。養士可憐三百載,只將門户報君王。

每嫌多事楊龍友,最愛詼諧柳敬亭。長歎媚香樓好在,美人不見見丹青。

紅顏命薄怨黃昏,梨花紛紛夜打門。一樣賜來宮裏扇,桃花不是舊時痕。

江上潮流畫角聲,樓頭花謝月空明。美人命薄將軍死,一種秋風萬古情。

　　老成謀國鬢絲斑，力振孤軍勢已孱。坐位尚然爭不定，共誰更説舊江山。

　　登場傀儡魏家兒，蟒玉承恩得氣時。長此東林一網盡，桃根桃葉總殘枝。

　　大開東閣賞名花，日暮飛來燕子斜。剛看彩箋銜得去，那知王謝已無家。

　　無愁天子愛風流，郊滿烽煙歌滿樓。痛殺太常老贊禮，一腔血灑板橋頭。

　　天荒地老可憐宵，才子飄零紅粉消。半壁南朝一柄扇，留將閒話付漁樵。

　　春雨春風可奈何，桃花紅染淚痕多。梨園子弟休輕唱，此是香山長恨歌。

（《澄碧齋詩鈔》卷二，乾隆刻本）

　　【按】錢琦（1709—1790）字相人，一字湘純，號玙沙、述堂，晚號耕石老人。仁和（今浙江杭州）人。乾隆二年（1737）進士，改庶吉士，授翰林院編修，歷官河南道御史、江蘇按察使、福建布政使。好爲詩，與袁枚相交五十年。著有《澄碧齋詩鈔》十二卷、《別集》一卷。《澄碧齋詩鈔》卷首有袁枚序，云：“先生立朝有風節，仕外多惠政，余疑其不屑爲詩；以詞臣改臺諫，司倉、司關、再司刑獄，屏藩三省，走燕、吴、楚，越蜀江、閩海萬餘里，余疑其不暇爲詩。乃每落筆，而乙乙抽思，有專門名家所不能到者。”生平可參見袁枚撰《福建布政使錢公墓志銘》（《小倉山房文集》卷二十六）。

《桃花扇》識

[韓]李麟祥

《桃花扇》一書，演稗説作優戲本，供兒女笑噱，而明季事有可考者。其所謂作者云亭山人，似若髮薙而心存者耶？然扮其兄曰老贊禮，無名氏也；扮其舊君曰弘光帝，小生也，貌像醜怪，自滅倫理，而曰此書有關於天下後世者，何耶？其《漫述》曰："每當演戲，笙歌靡麗之中，或有掩袂獨坐者，則故臣遺老也。燈灺酒闌，唏噓而散。"其《小引》曰："旨趣本於《三百篇》，而義則《春秋》。"又曰："一字一句，抉心嘔成。"又曰："識焦桐者，豈無中郎？余姑俟之。""俟之"何意歟？余意，《桃花扇》似若借優戲以鼓勵遺民悲憤之心者耶？其《罵筵》一場，插入錢謙益、王鐸與阮奸一滾説。其《截磯》一場，評曰："寧南此死，泰山耶？鴻毛耶？千古不解。"其《劫寶》一場，曰："明朝天下，送在黃得功之手。"俱有所見。而其末評曰："南朝三忠，史閣部心在明朝，左寧南心在崇禎，黃靖南心在弘光。心不相同，故力不相協。明朝之亡，非亡於流寇，實亡於四鎮。而責尤在黃。"其意，若謂並力責天下事猶復可爲也？嗚呼！余看此書，竊有痛於左良玉舉兵一事。夫弘光失德，天下至今悲憤。而以其君臣大倫，則崇禎、弘光何分焉。奸臣雖起大獄，太子不辨真假，而東林餘人盡殲；寇迫門庭，而爲將臣者不思赴難，乃倒戈而攻，曰"將除君側之惡"，可謂忠乎？《明史》載良玉檄書，引胡澹事暴揚祖宗過失，尤無臣分，而特以論列奸臣之罪甚悉，故天下快之。然良玉一叛，南朝兵力分，而大事遂去。余謂明朝之亡，非亡於建虜，實亡於良玉之手。嘗見鄒漪《啟禎野乘》，論左帥非叛，而牧齋"深旨"

其言云。噫！錢謙益辱身敗節，反愧馬士英内應一疏之死，而乃又護良玉之叛，滅君臣之理，何其無忌憚之甚耶。明季史論多謬，如鄒漪所述，反有愧於《桃花扇》矣。偶書志感。

（《凌壺集》卷四，《韓國文集叢刊》第 225 輯，

韓國民族文化推進會 1999 年版）

【按】 此文作於"丙子"，即清乾隆二十一年、李朝英祖三十二年（1756）。李麟祥（1710—1760）字元靈，號凌壺觀、寶山人，全州人。生於肅宗三十六年（1710），卒於英祖三十六年（1760）。朝鮮後期文人畫家。李朝英祖十一年（1735）進士。他長期官位不顯，後因觸忤上司，棄官悠游山水間。著有《雷象觀集》、《凌壺集》。其生平可參見黃景源（1709—1787）撰《李元靈墓志銘（並序）》（《江漢集》卷十七，《韓國文集叢刊》第 224 輯，韓國民族文化推進會1999 年版）、張辰城《李麟祥（1710—1760）的明遺民意識》（廖肇亨主編《共相與殊相：東亞文化意象的轉接與異變》，中研院中國文哲研究所 2018 年 8 月刊行）。對於李麟祥《〈桃花扇〉識》的論述，可參見程芸《孔尚任〈桃花扇〉東傳朝鮮王朝考述》，《戲曲研究》第102 輯。

《桃花扇》改本序

［清］王棠緒

古樂有音有詩，翕純皦繹，正樂音也；雅頌得所，正樂詩也。古樂失傳，律呂分寸，諸儒聚訟，而黃鍾之管，終未克合元音，姑無論已。考《詩》三百篇，有美有刺，正變貞淫，並垂爲教，俾學者詠歌往復，而感發懲創。好善惡惡之心，有油然動於不自知者，故曰"興於

詩"也。後世變爲詞曲,以合九宮之譜,誠祖《詩》之義而爲。即之不能如古樂之感人深而入人切,亦差足有補於世教爾。

且夫夫婦者,人倫之始也。《易》曰:"有夫婦,然後有父子;有父子,然後有君臣;有君臣,然後上下禮義有所錯。"《詩》首二南,關雎鵲巢,此物此志也。故後世傳奇之例,皆以生旦腳色爲主,老、末、淨、丑,間雜成章。計數百年來,傳世者不下數百種,而膾炙人口莫如元人王實甫之《西廂記》。夫公子狂蕩、仕女淫奔,且始亂終棄,是父母國人皆賤之者。《會真記》已爲淫辭,實甫乃以雕龍繡虎之筆,播之聲歌。後學愛其文詞,家傳户誦,幾同聖經賢傳之不朽。至衍於場上,正人君子去之惟恐不速,而庸耳俗目樂而忘倦,嘖嘖羨美,口雖不言,心皆有欲效其事,而不能、而不得者。傷風敗化之害,伊於胡底。嗚呼! 古樂納人於正,而此反引人於邪,則實甫固填詞之文宗,實甫實名教之罪人哉! 然則將删生旦男女於不用,而別譜實善實惡之跡,以爲法戒乎? 既與傳奇之體不合,且恐人不樂聞,曲未終而昏然欲卧者多矣,尚何教化之有?!

竊嘗遍覽傳奇,擇其宜古宜今,而差有補於世教者,惟《桃花扇》一書。《桃花扇》者,云亭山人孔氏東塘撰也。東塘曲阜聖裔,學博才高,偶有感於前明南渡後一歲之興亡,乃以商邱名士侯朝宗、金陵名妓李香君爲線,而一歲中君臣政事、始終存亡,皆自此一線串成。開場所謂"借離合之情,寫興亡之感;實事實人,有憑有據"者也。

今試與《西廂記》比而論之,其針線之密、聯絡之巧,離合擒縱之飄忽、曲折變換之奇横,固已駕乎其上。即四十出詞曲之妙,直與爲異曲同工,是皆文人詞客目所共睹者。而侯朝宗、李香君之貞篤,史閣部、黄靖南之忠烈,陳定生、吳次尾之持正不阿,張瑶星以及藍田叔、蔡益所、蘇崑生、柳敬亭、丁繼之、卞玉京輩之高蹈遠引，皆足以感發而爲法者也。弘光帝之昏淫無道，馬士英、阮大鋮之奸邪誤國，高傑之恃勇喪身，左良玉之要君犯闕，二劉、田雄之賣主求榮，皆足以懲創而爲戒者也。讀者反復玩味，好善惡惡之心，當亦油然動於不自知，矧被之管弦、加以優孟之摩擬乎！較彼以狂蕩淫奔、引人於邪者，不且有薰蕕之殊哉！孟子曰："今之樂，猶古之樂也。"惟此庶足以當之。則謂先聖正古樂於前，而東塘正今樂於後也，無不可。

　　　　乾隆丁酉歲除東武五蓮山人王縈緒序於二所亭

　　　　　　（王縈緒改本《桃花扇》，清鈔本）

　　【按】"乾隆丁酉"爲乾隆四十二年（1777）。"二所亭"爲王縈緒（1713—1784）於乾隆三十六年（1771）十二月所建，他時任石砫廳同知。此亭爲王縈緒"公餘讀書"之處，取《禮記》"民之所好好之，民之所惡惡之"之意。①

　　王縈緒曾對《桃花扇》進行過改編，山東省圖書館藏有清鈔本。鄭志良老師的《王縈緒與〈桃花扇〉改本》一文首次指出了王縈緒改本的存在，並對王縈緒其人的生平經歷、王縈緒改本的具體内容做了詳盡、切實的介紹，並分析了王縈緒刪改《桃花扇》的意圖②。王縈緒有自著年譜，其子王鳳文等對之編輯刻印，題《成祖府君自著年譜》，已收入《北京圖書館藏珍本年譜叢刊》第 98 册。清人張洲撰有《奉政大夫四川石砫同知王君合葬墓志銘》，載於其《對雪亭文集》卷八，有乾隆五十八年（1793）刻本。清代著名學者章學誠撰有

---

① 見清王鳳文等編《成祖府君自著年譜》，《北京圖書館藏珍本年譜叢刊》第 98 册，北京圖書館出版社 1999 年版，第 522—523 頁。

② 見鄭志良《明清戲曲文學與文獻論考》，中華書局 2014 年版，第 398—415 頁。

《誥授奉政大夫四川石砫直隸同知王府君墓誌銘》,載於《章學誠遺書》卷十六,又附載於《成祉府君自著年譜》,題爲《誥授奉政大夫四川石砫直隸廳同知王府君墓志銘》。現依上述三種文獻,對王縈緒生平履歷做簡單介紹。王縈緒字希仁,號成祉,又號天馥、五蓮山人,別號蓮峰,山東諸城人。生於康熙五十二年(1713),乾隆元年(1736)恩科舉人,此後六應會試不第,乾隆二十二年(1757)方成進士。中進士後,王縈緒候選知縣,歸鄉教授私塾中,乾隆三十二年(1767)選授四川忠州酆都縣知縣,乾隆三十三年(1768)充四川鄉試同考官。乾隆三十四年六月委署夔州府萬縣知縣,同年十月還任酆都縣知縣。乾隆三十五年委署石砫直隸廳同知,乾隆三十六年升署石砫直隸廳同知,乾隆四十七年(1782)八月卸職,寓居成都。乾隆四十九年(1784)十月,卒於成都行館,年七十二。王縈緒出仕爲官,皆在四川,先任知縣,後任同知,均實心任事、多有善政,特別是在石柱同知任上的十餘年。乾隆四十三年十二月,四川考核官員政績,時任四川總督文綬保舉王縈緒"卓異正薦",薦疏中所下考語云:"該員悃愊無華,實心教養,士民愛戴,治行卓然。凡有委辦時間,尤無不妥協平允,洵爲通行賢員之冠。"[1]《補輯石砫廳新志·職官志第三》對於王縈緒在石砫同知任內的具體政績有集中的記述:"王縈緒(字成祉,號天馥,一號蓮峰,山東諸城進士,三十五年由酆都縣知縣升任)博學能文,性方品正。當石砫改設之初,慨然以移風易俗爲己任。建創書院,籌置修脯膏火。公餘時,爲諸生授經史,口講指畫無倦色。廳人士薰陶涵育,自乾隆己亥至

---

① 清王鳳文等編《成祉府君自著年譜》,《北京圖書館藏珍本年譜叢刊》第98冊,北京圖書館出版社1999年版,第545—546頁。

今,登賢書、捷南宮繼起,公之教澤有以開其先也。他如分學改棚,
士子無涉嫌之苦;務穡勸分,閭閻無餓殍之虞;表詩人馬斗爋墓,發
潛德之幽光;嚴義塚侵佔條約,澤黄泉之枯骨。種種善政,載人口
碑;決獄明察,人皆敬服。大憲稔其能,凡渝東疑難案牘,悉以屬
之。"①所謂"石砫改設之初",即石砫其地原爲當地馬姓土司的世
襲管轄之地,至乾隆二十五年,即在王縈緒升任石柱同知前十年,
方經改土歸流,由清廷派官吏直接管轄。《清史稿》載:"石砫宣慰
使,其先馬定虎,漢馬援後。南宋時,封宣撫使。其後克用,明洪武
初加封宣撫使。崇禎時,土司千乘及婦秦良玉,以功加太子太保,
封忠貞侯。子祥麟,亦加封宣慰使。順治十六年,祥麟子萬年歸
附,仍授宣慰使職。乾隆二十一年,以夔州府分駐雲安廠同知移駐
石砫。二十五年,設石砫直隸廳,改土宣慰使爲土通判世職,不理
民事。"②王縈緒不僅在任勤於政事,而且平生研求經籍,好學深
思,撰有著述多種。章學誠撰《誥授奉政大夫四川石砫直隸廳同知
王府君墓志銘》謂:"先生於學,不爲門户,沉潛六經,多考衷於宋儒
論説。自爲諸生,以至服官,手不輟書,所著《周易傳義合參》、《書
經講義》、《詩經遵序》、《春秋集説辟謬》、《禮記集注》、《四書遵注》、
《朱子昏禮參議》、《徵實録》、《未信編》、《石砫志》、《滋德堂文集》、
《炬餘詩集》,所輯《漢隋唐四賢集》、《宋五子文》,增訂《朱子近思
録》、《二程語摘讀》,總若干卷,藏於家。"③王縈緒著述,現存者除
改本《桃花扇》外,尚有《滋德堂古文續集》三卷,山東省圖書館藏;

① 《(道光)補輯石砫廳新志》,道光二十三年刻本。
② 趙爾巽等撰:《清史稿》卷五百十三《列傳三百·土司二》,中華書局1977年版,第
14250頁。
③ 清章學誠:《誥授奉政大夫四川石砫直隸廳同知王府君墓志銘》,《章學誠遺書》卷十
六,文物出版社1985年版,第153頁。

《王氏遺書》稿本,凡二十四册,青島市圖書館藏,以及他於乾隆四十年主持修撰的《石砫廳志》。

從序言中可見,王縈緒遵從和秉持傳統的"詩教"觀,以之衡量和判別詩詞曲的價值意義,思想較爲保守和正統。他所以批評王實甫《西廂記》者爲此,所以褒揚孔尚任《桃花扇》者爲此,肯定《桃花扇》對諸多人物角色性情和行事的記敘和表現亦爲此。

題　辭

[清]王縈緒

江山半壁待誰裁,闖外輕抛社稷才。可惜煤山聞變後,陪京瑣鑰任人開。(崇禎甲申,史公現任南樞,馬、阮迎立福藩,公不預禁。)

逆藩(左良玉)奸黨(馬士英、阮大鋮)亂如麻,廿四橋動蘺影斜。擒虎馬嘶江岸近,薰風還唱後庭花。

秣陵春色促干戈,騷客傳奇事不訛。扇底桃花揉已碎,江山依舊夕陽多。

南渡興亡才一年,貞淫忠佞兩紛然。詞人匯入宫南譜,宛是家傳雅頌篇。

(王縈緒改本《桃花扇》,清鈔本)

【按】 王縈緒認爲孔尚任《桃花扇》如實描繪歷史事件,没有舛誤,但他又對《桃花扇》中的一些關目、情節存在不滿,其中不合其意者主要是認爲孔尚任在劇中對左良玉的行爲敘寫和形象塑造有美化之嫌。這源於他對真實歷史人物左良玉的行跡極爲不滿,如他在序言中就將左良玉與弘光帝、馬阮、高傑、二劉和田雄並列,指出和批評左良玉"要君犯闕",又在題辭中將其與馬阮"奸黨"並論,並稱之爲"逆藩"。詳見後文對王縈緒《桃花扇》改本《删改緣由》的論析。

《桃花扇》傳奇書後

［清］王縈緒

　　按《壯悔堂集·李姬傳》,未詳所終。據商邱孝廉某云,香君終歸朝宗,無男有女,女適某氏,其桃花扇女家藏之。孝廉求觀,詩畫宛在,但桃花血點,色變黑耳。余子鳳文,乾隆丙戌應禮部試,與孝廉同號舍,得聞其説。王覺斯泥金楷書阮大鋮《燕子箋》進覽,今亦存浙東某氏家,先從兄凝箕官浙時見之,與桃花扇皆百餘年筆墨也,而人心薰蕕之辨,大不同矣。又同年瀘州刺史楊君笠湖,乾隆壬申科官豫同考,中秋夜,將曉,夢一麗人,吳下妝,年四十許,拜請曰:"對策有'桂花香'者,幸公留意。"次日,閲策文,老字五號,果有"桂花香"三字,其題適乏進呈卷,薦之即獲雋。撤闈接見,則朝宗曾孫元標也。竊疑麗人或即香君。香君吳人,已雖無子,而貞慧之靈死而不亡,故入試官之夢,以報朝宗,顯其後裔歟?是未可知也。

(《滋德堂古文續集》,稿本)

　　【按】　"楊君笠湖"即清代著名文人、戲曲家楊潮觀(1710—1791)。《〈桃花扇〉傳奇書後》中所記之事,多數應屬王縈緒"道聽途説"所得。"凝箕"即王斂。康熙五十二年(1713)恩科舉人,康熙六十年(1721)進士。由庶吉士改吏部郎,簡浙江温處道按察使司副使,累官海防兵備道,後降補江南潁州府知府。王縈緒於乾隆二年(1737)從學於王斂,他"自受業陳先生(按指陳之遵),務爲馳騁之文。是年,公以外艱旋里,乃從學爲文,斂才練氣,以合於度,而治經之功,由是益密。"①王棻緒結識楊潮觀在乾隆三十八年(1773)五、六月間。楊潮觀曾贈王棻緒一聯,對其評價甚高,云:"主敬存誠,學問遠宗濂洛;如潮似海,文章直接韓蘇。"②乾隆四十三年(1778)九月,王棻緒曾編訂《滋德堂古文集》,王鳳文等謂:"府君年近二十,即作古體文。今所存二百餘篇,皆三十歲以後作也。"③王棻緒編訂《滋生堂古文續集》在乾隆四十九年(1784)四月,王鳳文等謂:"府君自戊戌年自訂《古文集》,至是復取歷年讀書所得,作爲論辯雜說、不類訓詁者,及晚年雜著,訂爲三卷。"④可見,《〈桃花扇〉傳奇書後》當作於乾隆四十三年九月至乾隆四十九年四月間。

　　"李香君薦卷"一事,楊潮觀曾向袁枚(1716—1784)講述,袁枚收載入《子不語》,見於卷三:

　　　　吾友楊潮觀,字宏度,無錫人,以孝廉授河南固始縣知縣。乾隆壬申鄉試,楊爲同考官。閱卷畢,將放榜矣,搜落卷爲加批焉。倦而假寐,夢有女子年三十許,淡妝,面目疏秀,短身,青紺裙,烏巾束額,如江南人儀態,揭帳低語曰:"拜托使君,'桂花香'一卷,千萬留心相助。"楊驚醒,告同考官。皆笑曰:"此噩夢也。焉有榜將發而可以薦卷者乎?"楊亦以爲然。偶閱一落卷,表聯有"杏花時節桂花香"之句,蓋壬申二月表題,即謝開科事也。楊大驚,加意翻閱。表頗華贍,五策尤詳明,真飽學者也;以時藝不甚佳,故置之孫山外。楊既感夢兆,又難直告主司,欲薦未薦,方徘徊間,適正主試錢少司農東麓先

<hr>

① 清王鳳文等編《成祉府君自著年譜》,《北京圖書館藏珍本年譜叢刊》第98册,北京圖書館出版社1999年版,第491頁。
② 同上書,第528頁。
③ 同上書,第545頁。
④ 同上書,第561頁。

生,嫌進呈策通場未得佳者,命各房搜索。楊喜,即以"桂花香"卷薦上。錢公如得至寶,取中八十三名。拆卷填榜,乃商邱老貢生侯元標,其祖侯朝宗也。方疑女子來托者,即李香君。楊自以得見香君,誇於人前,以爲奇事。①

又見於袁枚《隨園詩話》卷八:

……笠湖在中州作宰,鄉試分房,夢淡妝女子褰簾私語曰:"桂花香卷子,千萬留意。"醒而大驚。搜落卷,有"杏花時節桂花香"一卷,蓋謝恩科表聯。其年移秋試在二月,故也。主司是錢東麓司農,見之大喜,遂取中焉。拆卷,乃侯元標,是侯朝宗之孫也。楊悚然笑曰:"入夢求請者,得非香君乎?"一時傳李香君薦卷,以爲佳話。②

"乾隆壬申",即乾隆十七年(1752),而楊潮觀向袁枚稱説"李香君薦卷"事是在乾隆三十五年(庚寅 1770),見袁枚《答楊笠湖》書劄。③袁枚《答楊笠湖》謂楊潮觀"庚寅年,運川木過隨園"。④清方濬師同治年間編著的《隨園先生年譜》繫楊潮觀過訪袁枚於乾隆三十五年,趙山林《楊潮觀年譜》繫於該年冬至次年春。⑤鄭幸《袁枚年譜新編》繫此事於乾隆三十六年二月。證據一是袁枚詩《喜楊九宏度從邛州來即事有作》四首其一:"一枝梅花開,萬里故人來。梅花才隔年,故人已隔世。憶昔丙辰年,京師首善地。海内梟俊來,

① 清袁枚:《子不語》卷三"李香君薦卷",王英志主編《袁枚全集》第四册,江蘇古籍出版社 1993 年版,第 60 頁。
② 清袁枚:《隨園詩話》卷八,人民文學出版社 1982 年版,第 275 頁。
③ 清袁枚:《小倉山房尺牘》卷七,王英志主編《袁枚全集》第五册,江蘇古籍出版社 1993 年版,第 134 頁。
④ 同上書。
⑤ 趙山林:《楊潮觀年譜》,山西師範大學戲曲文物研究所編《中華戲曲》第四輯,1987 年版,第 284 頁。

掎裳而聯襼。……新詩同君商,舊夢同君記。指榻勸君眠,抱女將
君寄。蔗味老彌甘,交情久更摯。不信捫胸中,三十六年事。"袁、
楊兩人初識在乾隆元年(丙辰 1736),到乾隆三十六年恰好三十六
年。證據二是《楊蓉裳(按即楊芳燦)先生年譜》"乾隆三十六年"條
云:"是年世父笠湖公運川木入都,道經江寧,爲延譽於袁隨園師。"
同年二月十九日楊潮觀又曾與袁枚有放燈之會。①

　　袁枚將"李香君薦卷"事編刻入《子不語》,引發了他和楊潮觀
之間的一場不大不小的筆墨官司,具體經過可參看杜桂萍《楊潮觀
生平創作若干問題考論》(載於《晉陽學刊》2008 年第 3 期)。袁枚
《答楊笠湖》謂楊潮觀"庚寅年,運川木過隨園,猶欣欣然稱説不已?
凡僕所載,皆足下告我之語"。②"讀所記有'衣裳雅素,形容端潔'
八字,考語審諦太真,已犯'非禮勿視'之戒"。③可見,楊潮觀不僅
向袁枚親口講述此事,而且曾經將此事筆記成文,袁枚也曾寓目。
《子不語》今存年代最早的刻本,爲乾隆五十三年(1788)隨園自刻
本。同年,袁枚將新刻就的《子不語》寄予楊潮觀,楊潮觀看到袁枚
將此事編刻入《子不語》後,隨即復信表示不滿,時間當在乾隆五十
三年或次年。④收到楊潮觀的回信後,以袁枚的敏捷才思和他復信
中的冷嘲熱諷而言,應該是很快就寫了復信,即上述的《答楊笠
湖》。袁枚在《答楊笠湖》中稱楊潮觀"足下八十老翁",應是約指,
楊潮觀去世於乾隆五十六年(1791),方八十二歲。袁枚《答楊笠

---

① 鄭幸:《袁枚年譜新編》,上海古籍出版社 2011 年版,第 385—386 頁。
② 清袁枚:《小倉山房尺牘》卷七,王英志主編《袁枚全集》第五册,江蘇古籍出版社
　 1993 年版,第 134 頁。
③ 同上書,第 135 頁。
④ 參見杜桂萍《楊潮觀生平創作若干問題考論》,《晉陽學刊》2008 年第 3 期,第 101—
　 106 頁。

湖》中有一句值得注意："即非香君，是別一個四十歲許之淡妝女子，其貞與不貞，亦非足下所應知也。"①意謂楊潮觀夢中所見李香君的年紀是"四十歲許"。此劄後附載的楊潮觀的復信中並未提及夢中所見李香君的年紀。而袁枚《子不語》卷三謂楊潮觀夢中所見女子是"年三十許"。不知袁枚所說的李香君"四十歲許"所自何來。而王縈緒《〈桃花扇〉傳奇書後》中說楊潮觀夢中見到的李香君恰也是"年四十許"。如此，則有很大可能楊潮觀在乾隆三十五年最初向袁枚講述"李香君薦卷"一事時，描述夢中所見的李香君的年紀應是"四十歲許"。"四十歲許"或"三十歲許"無關大旨，所以袁枚在將其事載入《子不語》時寫作"三十歲許"，出現了十歲的差異。《子不語》現存年代最早的刻本是乾隆五十三年（1788）隨園自刻本，此時王縈緒已去世四年，《隨園詩話》正編年代最早的刻本是乾隆五十五年（1790）隨園自刻本，而且《隨園詩話》在對"李香君薦卷"一事的記載中並未提及夢中所見李香君的年紀。王縈緒結識楊潮觀是在乾隆三十八年（1773），他在石柱廳同知任上，該年他曾被委任管理"口外雜谷腦站務"，五月解除委任"站務"，六月"回署"。②《成祉府君自著年譜》將其結識楊潮觀繫於該年五月與六月之間，時楊潮觀在邛州，但未任職。乾隆四十五年（1780），楊潮觀自四川返無錫。③若王縈緒知曉"李香君薦卷"事，是因楊潮觀直接向其講述，則時間當在乾隆三十八年（1773）至乾隆四十五年

① 清袁枚：《小倉山房尺牘》卷七，王英志主編《袁枚全集》第五冊，江蘇古籍出版社1993年版，第135頁。
② 清王鳳文等編《成祉府君自著年譜》，《北京圖書館藏珍本年譜叢刊》第98冊，北京圖書館出版社1999年版，第527—528頁。
③ 趙山林：《楊潮觀年譜》，山西師範大學戲曲文物研究所編《中華戲曲》第四輯，第289頁。

(1780)年間,最晚也要在乾隆五十三年(1788)前,因爲以楊潮觀在
同袁枚的筆墨官司中的態度來看,此後他肯定是不會再向他人講
述"李香君薦君"一事的。

王緣緒對"李香君薦卷"一事的記述較爲簡略,惟一一處在《子
不語》和《隨園詩話》中没有的細節是載明瞭侯元標的號舍爲"老字
五號"。除對楊潮觀夢中所見李香君的年紀記載不同外,其中還有
兩處與《子不語》、《隨園詩話》兩書的記載不同。其一,楊潮觀閱卷
是在"中秋夜";其二,是"撤闈接見"時知曉被薦試卷的作者是侯方
域的曾孫侯元標,而非"拆卷"或"拆卷填榜"時。第一處不同,楊潮
觀閱卷在"中秋夜"的記述是錯誤,因爲乾隆十七年的恩科鄉試是
在該年三月舉行的。①此外,王緣緒所謂"香君吳人,己雖無子,而
貞慧之靈死而不亡,故入試官之夢,以報朝宗,顯其後裔歟? 是未
可知也。"令人不知所云。陳貞慧之子雖爲侯方域贅婿,但李香君
薦卷與陳貞慧何涉?《子不語》和《隨園詩話》對於"李香君薦卷"的
記述中,也没有提及陳貞慧。

隨園詩話(節録)

[清]袁　枚

卷一〇

二三

閨秀少工七古者,近惟浣青、碧梧兩夫人耳。碧梧詠李香君媚

---

① 　見清法式善《清秘述聞》卷六,清法式善等撰《清秘述聞三種》(上),中華書局 1982
年版,第 185 頁。

香樓云："秦淮烟月板橋春,宿粉殘脂膩水濱。翠黛紅裙競妝裹,垂楊勾惹看花人。香君生長貌無雙①,新築紅樓喚媚香。春影亂時花弄月,風簾開處燕歸梁。盈盈十五春無主,阿母偏憐小兒女。弄玉雖居引鳳臺,蕭郎未遇吹簫侶。公子侯生求燕好,輸金欲買紅兒笑。桃花春水引漁人,門前繫住游仙棹。奄黨纖兒想納交,纏頭故遣狡童招。那知西子含顰拒,更比東林結社高。樓中剛耀雙星色,無奈風波生頃刻。易服悲離阿軟行,重房難把臺卿匿。天涯從此別情濃,錦字書憑若個通?桐樹已曾棲彩鳳,繡幃爭肯放游蜂?因愁久已拋歌扇,教坊忽報君王選。啼眉擁鬢下妝樓,從今風月憑誰管?《柘枝》舊譜唱當筵,部曲新翻《燕子箋》。總爲聖情憐覥腆,桃花宮扇賜簾前。天子不知征戰苦,風前且擊催花鼓。阿監潛傳鐵鎖開,美人猶在瓊臺舞。銀箭聲殘火尚温,君王匹馬出宮門。西陵空自宮人泣②,南內誰招帝子魂?最是秦淮古渡頭,傷心無復媚香樓。可憐一片清溪水,猶向門前鳴邑流③。"碧梧即孫雲鳳,和余《留別》詩者。……

（《隨園詩話》,乾隆五十五年、五十七年隨園自刻本）

【按】 孫雲鳳字碧梧,浙江仁和(今杭州)人。湖樓主人孫令宜女,程懋庭妻。袁枚女弟子之一。工詞,佳者絕似北宋人語。通音律,善畫花卉。其妹雲鶴、雲鸞、雲鴻、雲鵲、雲鵬並能詩、畫。有《玉簫樓集》、《湘筠館詩》。卒年五十一。袁枚有《二閨秀詩》,云："掃眉才子少,吾得二賢難。鷲嶺孫雲鳳,虞山席佩蘭。"袁枚編《隨園女弟子詩選》以席佩蘭排第一,孫雲鳳排第二。孫雲鳳詩載其

---

① "生長",孫雲鳳《媚香樓歌》原詩作"生小"。
② "空自",孫雲鳳《媚香樓歌》原詩作"空見"。
③ "鳴邑",孫雲鳳《媚香樓歌》原詩作"鳴咽"。

《湘筠館詩》卷上,題作《媚香樓歌》,題下有注云:"媚香樓,明末秦淮妓李香君之妝樓也。香君初爲歸德侯生聘妾,被選入宮,媚香樓竟廢。"此詩又被選收於《晚晴簃詩匯》卷一百八十六。

題《桃花扇》院本

[清]陶元藻

夷門公子勝秦川,悽愴東南半壁天。跋扈將軍飛羽檄,風流宗伯典釵鈿。

孤魂冠劍梅花嶺,紅燭笙歌《燕子箋》。聽徹梨園新法曲,秣陵春斷草如烟。

(《泊鷗山房集》卷十六,乾隆衡河草堂刻本)

【按】 陶元藻(1716—1801)字龍溪,號篁村,晚號鳧亭。先世由江西南昌遷浙江紹興,至高祖輩遷蕭山,居城西門之衡河。祖文彬,字仲玉,號月山。官彭水知縣、福建漳州府同知,有《金臺》、《錦城》、《摩雲》、《武夷》諸集。父士銘字西岩,號雙峰。入貲候選州同知,三赴鄉闈不售,遂棄舉業。亦能詩。元藻早歲爲貢生,博洽群書,吐屬淵雅,詩文外兼工書畫,而困於場屋,十應鄉試不售。曾受聘至廣東、福建纂修郡邑志書。乾隆二十二年(1757)春,兩淮鹽運使盧見曾舉紅橋修禊,集厲鶚、沈大成、惠棟、鄭燮以降名士七十餘人分韻賦詩,篁村頃刻成十章,一時稱"會稽才子"。年近花甲始歸里,"邑中好學之士幸見顏色,喜若登龍,問字質疑、求詩古文者屨滿門巷。教者幾幾舌欲敝、腕爲脱,於是渡江至葛嶺下,小築數椽,避喧娛老,署曰泊鷗山莊。莊中有沼,沼中有鳧亭,禽魚滿目,風月宜人,顧而樂之,因即以鳧亭自號"(汪輝祖《全浙詩話跋》)。賦詩四章,有

"野老門庭雲亦懶,荷花世界夢俱香"之句,一時傳誦,吳越人和者甚眾。晚年境況頗孤寂,從袁枚勸,購一小鬟(《隨園詩話》卷三),享壽八十有六而終。著有《虛字韻編》、《雙聲韻譜》、《越畫見聞》、《泊鷗山房詩文集》、《香影詞》、《梟亭詩話》、《越諺遺編考》等十餘種。事蹟載於梁同書《頻羅庵遺集》卷八《梟亭陶君生壙志》、李元度《國朝耆獻類徵初編》卷四二七、梁紹壬《兩般秋雨庵隨筆》卷一。

書《桃花扇》傳奇後

[清]孫士毅

鐵函史筆費研摩,殘局蒼黃感慨多。四鎮蟲沙空帶礪,一堂燕雀自笙歌。

黨魁東漢鉤膺密(謂陳定生、吳次尾輩),狎客南朝怨范瑭(謂阮大鋮輩)。

賴有菰蘆遺老在,暗將清淚滴銅駝。

(《百一山房詩集》卷四,嘉慶二十一年刻本)

【按】 孫士毅(1720—1796)字智冶,號補山。浙江仁和人。乾隆二十六年(1761)進士。歷任雲南、廣東巡撫,兩廣總督,參與緬甸、安南、廓爾喀之役,官至文淵閣大學士。晚年權四川總督,拒白蓮教軍,在軍中病死。卒諡文靖。詩格雄麗。有《百一山房詩文集》。

題《桃花扇》傳奇十首

[清]茹綸常

馬阮當場愧儡同,蟲沙四鎮總成空。可憐南渡傷心史,都入云亭樂府中。

江左繁華事不堪，空將跋扈恨寧南。笑他漢水樓船戰，未及春燈舞宴酣。

壯悔還從毗貾成，梁園公子最知名。風懷不減樊川杜，一首新詩解定情。

前身應是李師師，贏得芳名擅一時。莫道卻奩多俠骨，何曾眼底有闖兒。

時名貞麗亦清芬，展轉摧殘對老軍。獨有桃花人面在，春風歲歲吊香君。

東林復社局消殘，板蕩維持一著難。太息江濱史閣部，梅花嶺畔葬衣冠。

一片青溪重有情，紅牙紫玉按歌聲。而今金粉飄零盡，浪蕩空傳楚兩生。

青樓寇鄭擻芳菲，傳點還聞出禁闈。試看揚塵東海日，輸他卞賽學元機。

華表歸來鶴姓丁，興亡往事付諸伶。滄桑聽盡漁樵話，不是愁人亦淚零。

絕調寧同《燕子箋》，重開壇坫繼臨川。休言情種關兒女，可作南朝野史看。

（《容齋詩集》卷三，乾隆三十五年刻、乾隆五十二年、嘉慶四年、十三年增修本）

【按】茹綸常（1724—1800）字文靜，號容齋，晚年自號漫叟。介休縣（今介休市）義棠鎮師屯北村人。喜讀書，以詩文名顯鄉里。秋試不第，轉入國子監學讀書，後任職布政司經歷。乾隆二十九年（1764），與魏書巢、張聖照、董柴、任大鼏、王文學組"樂與詩社"，又在乾隆四十二年(1777)復偕西郊、蘭谷、李日普、高竹泉組"友聲詩社"。著有《容齋詩集》二十八卷、《容齋文鈔》十卷、《容齋詩話》二卷、《古香詩》一卷等。

第一首總説,孔尚任的《桃花扇》雖然只是一部戲曲作品,却包羅和描述了南明弘光小朝廷興亡的主要歷史過程。第二首爲左良玉辯白。《桃花扇》續四十出《餘韻》中丑扮柳敬亭唱【秣陵秋】,其中就説道"龍鍾閣部啼梅嶺,跋扈將軍噪武昌。"王苹在其題辭中也對左良玉提出了批評,謂:"跋扈寧南風鶴中,東林曾許出群雄。那知不是張韓輩,辜負當時數鉅公。"①就劇情而言,左良玉傳檄討伐馬阮、率兵東下,馬阮震恐,調黄、劉三鎮堵截,造成江北空虚,清軍長驅南下,弘光政權轉瞬而亡,左良玉的軍事行動作爲導火索,間接地引發了其後的一系列事件。茹綸常認爲不能使左良玉承擔弘光政權滅亡的罪責,相較於左兵和黄劉三鎮的内鬥,弘光和馬阮君臣人等在南京的耽溺聲色、沉湎歌舞、不問國事才是弘光政權滅亡的主要原因。第三首描述了侯方域的風流多情。第四首讚揚了李香君的俠骨豪氣、堅持正義和憎惡奸邪。第五首肯定了李貞麗爲香君而代嫁田仰,感歎她隨後的悲慘經歷和歸宿,李貞麗爲保護香君做出了犧牲,却不能和香君一樣流芳後世。第六首評價史可法,指出東林黨經過萬曆、天啟年間與閹黨的鬥爭,到崇禎後期和弘光時期,勢力早已不復當年,復社的聲勢和影響也不能和張溥主持社務時相比,閹黨餘孽、奸臣禄蠹把持朝政,四鎮武臣自私自利、内訌不已,史可法希望能夠以一己之力挽狂瀾於既倒、扶大廈之將傾,可惜沒有與之同心協力者,勢單力薄、苦苦支撐,最後面對大勢已去,僅餘徒

---

① 清王苹:《桃花扇·題辭》,《桃花扇》,康熙間介安堂刊本,卷首。

喚奈何,投江自盡,留下梅花嶺上衣冠塚供後人憑弔、感歎。第七首評論柳敬亭和蘇崑生。第八首以卞玉京與寇白門和鄭妥娘相對比,批評後兩人在戰亂即將到來之時,尚且寡廉鮮恥地要"回到院中,預備接客"(《逃難》),遠不及卞玉京窺破世事盛衰無常、人生榮辱不定的道理,掙脱羈絆,逃離羅網,入道修真。第九首的前兩句評論丁繼之,後兩句述説讀者閲讀《桃花扇》的感受,柳敬亭和蘇崑生在劇末歷盡滄桑後後議論興亡,不多愁善感的讀者對之也會感慨涕零。末一首高度評價了《桃花扇》,認爲可以在湯顯祖的劇作(主要應是《牡丹亭》)之後於劇壇再樹高標,"至情"和多情之人不一定都會兒女之情有關,記述興亡、抒發感慨,由此而完成的劇作可以作爲史書看待。

閲微草堂筆記(節録)

[清]紀　昀

卷十五

姑妄聽之一

太白詩曰:"徘徊映歌扇,似月雲中見。相見不相親,不如不相見。"此爲冶游言也。人家夫婦有睽離阻隔,而日日相見者,則不知是何因果矣。郭石洲言,中州有李生者,娶婦旬餘而母病,夫婦更番守侍,衣不解結者七八月。母殁後,謹守禮法,三載不内宿。後貧甚,同依外家。外家亦僅僅温飽,屋宇無多,掃一室留居。未匝月,外姑之弟遠就館,送母來依姊。無室可容,乃以母與女共一室,而李生别榻書齋,僅早晚同案食耳。閲兩載,李生入京規進取,外舅亦攜家就幕江西,後得信,云婦已卒。李生意氣懊喪,益落拓不自存,仍附舟南下覓外舅,外舅已别易主人,隨往他所。無所棲托,姑賣字糊口。一日，市中遇雄偉丈夫，取視其字曰："君書大好。能一歲三四十金，爲人書記乎？"李生喜出望外，即同登舟。烟水森茫，不知何處。至家，供張亦甚盛。及觀所屬筆札，則緑林豪客也。無可如何，姑且依止。慮有後患，因詭易里籍姓名。主人性豪侈，聲伎滿前，不甚避客。每張樂，必召李生。偶見一姬，酷肖其婦，疑爲鬼。姬亦時時目李生，似曾相識。然彼此不敢通一語。蓋其外舅江行，適爲此盜所劫，見婦有姿首，並掠以去。外舅以爲大辱，急市薄櫬，詭言女中傷死，僞爲哭斂，載以歸。婦憚死失身，已充盜後房。故於是相遇，然李生信婦已死，婦又不知李生改姓名，疑爲貌似，故兩相失。大抵三五日必一見，見慣亦不復相目矣。如是六七年，一日，主人呼李生曰："吾事且敗，君文士，不必與此難。此黃金五十兩，君可懷之，藏某處叢荻間。候兵退，速覓漁舟返。此地人皆識君，不慮其不相送也。"語訖，揮手使急去伏匿。未幾，聞哄然格鬥聲。既而聞傳呼曰："盜已全隊揚帆去，且籍其金帛、婦女。"時已曛黑，火光中窺見諸樂伎皆披髮肉袒，反接繫頸，以鞭杖驅之行，此姬亦在內，驚怖戰栗，使人心惻。明日，島上無一人，癡立水次。良久，忽一人棹小舟呼曰："某先生耶？大王故無恙，且送先生返。"行一日夜，至岸，懼遭物色，乃懷金北歸。至則外舅已先返，仍住其家。貨所攜，漸豐裕。念夫婦至相愛，而結褵十載，始終無一月共枕席。今物力稍充，不忍終以薄櫬葬。擬易佳木，且欲一睹其遺骨，亦鳳昔之情。外舅力沮不能止，詞窮吐實。急兼程至豫章，冀合樂昌之鏡。則所俘樂伎，分賞已久，不知流落何所矣。每回憶六七年中，咫尺千里，輒惘然如失。又回憶被俘時，縲絏鞭笞之狀，不知以後摧折，更復若何，又輒腸斷也。從此不娶，聞後竟爲僧。戈芥舟前輩曰："此事竟可作傳奇，惜末無結束，與《桃花扇》相等。雖曲終不見,江上峰青,綿邈含情,正在烟波不盡,究未免增人怊悵耳。"

（《閱微草堂筆記》卷十五,嘉慶五年北平盛氏望益書屋刻本）

【按】戈芥舟即戈涛(1717—1768),字芥舟,直隸獻縣人。著有《坳堂詩集》十卷,及《坳堂雜著》、《畿輔通志》、《戈氏族譜》、《獻縣志》等。少穎異,好讀書,志氣激發,性介特,不苟同。從戴亭學詩。受知於督學陳群。弱冠,舉於鄉,任河南嵩縣知縣。緣事解官。游京師五年,學益進,名益立,薦舉經學。乾隆十六年(1751)成進士,改翰林院庶吉士。屢遷刑科給事中,歷充福建鄉試正考官。戈涛擇交頗嚴,惟與邊連寶、李中簡二人以文章相切磋。工詩古文,疎宕有奇氣。"曲終不見,江上峰青",源出唐钱起《省試湘靈鼓瑟》詩:"善鼓雲和瑟,常聞帝子靈。馮夷空自舞,楚客不堪聽。苦調淒金石,清音入杳冥。蒼梧來怨慕,白芷動芳馨。流水傳湘浦,悲風過洞庭。曲終人不見,江上數峰青。"最早以"曲終人不見,江上數峰青"形容和評價《桃花扇》的結局的是朱永齡的題辭:"一聲歌罷海天空,剩水殘山夕照中。多少興亡多少淚,樵夫攜酒話漁翁。曲終江上數峰青,金粉南朝戰血腥。野草閑花愁滿地,一時都付老云亭。"朱永齡所謂"曲終江上數峰青",是用以形容續四十出《餘韻》,而不是第四十出《入道》的。清代梁廷楠在其《曲話》卷三中也對《桃花扇》有類似的評價:"《桃花扇》以《餘韻》折作結,曲終人杳,江上峰青,留有餘不盡之意於烟波縹緲間,脫盡團圓俗套。"

《石榴記》小引（節錄）

[清] 黄　振

……記昔年見《情史》、《艷異編》載張幼謙圖圖報捷事,驚爲新

奇,思必得孔東塘、洪昉思疏爽綿邈之筆演爲傳奇,付吳兒於紅氍
上。……嗟乎!事之奇與不奇,與文之傳與不傳,皆不可得而知。
特念東塘、昉思之後,名家繼起,作者如林。求如《桃花扇》之筆意
疏爽、《長生殿》之文情綿邈者,果有其人否也?余學谫陋,詎足步
驟前民?但以三十年欲行之事,而一日克遂其志而成之。……乾
隆壬辰夏五月,柴灣村農自題。

(《石榴記》,乾隆三十八年(1773)柴灣村舍刊本)

【按】 由《小引》可見時人對《桃花扇》的接受、評價和《桃花
扇》在當時文人心目中的地位。黃振(1724—1793 後)字海漁、舒
安、蘇庵,號瘦石、漱石,別署柴灣村農,江蘇如皋人。監生。撰有
《黃瘦石稿》十卷、《漱石詩鈔》、《斜陽館詩文全集》、《譜定紅香傳》
等。《(嘉慶)如皋縣志》稱其"負奇氣,築斜陽館集賓客,放情詩酒,
慷慨悲歌,似燕趙間士。"《石榴記》,凡四卷三十二出。《石榴記》卷
首顧人驥《題辭》末一首云:"新聲欲壓《桃花扇》,好事空傳玉茗堂。
付與櫻桃樊素口,一時歌吹滿斜陽。"①吳廷燮《題辭》末一首云"桃
花扇子《長生殿》,得此殊堪鼎足三。不道柴灣老詩客,新聲傳唱滿
江南。"②都將《石榴記》與《桃花扇》相提並論,但有些揄揚過甚。
而實際《石榴記》的創作確實受到了《桃花扇》的很大影響,見後文
"《石榴記·凡例》"條。另,南京圖書館藏《譜定紅香傳》鈔本下冊
第六出前有署"芝嵓沙庆生題"的詩歌四首,其四云:"七尺珊瑚架
彩毫,青衫跌宕老文豪。無端翻案《桃花扇》,嬴得江南紙價高。"

---

① 顧人驥字仲隗,號茨山。江蘇如皋白蒲鎮人。乾隆十三年(1748)進士,官福建上杭
  知縣。著有《茨山文稿》、《西園詩集》、《息僑排律》,修《(乾隆)上杭縣志》十二卷。
② 吳廷燮字調玉,號梅原,如皋人。廩貢生。工詩,屢困鄉試。乾隆四十六年(1781)
  逢高宗南巡,迎鑾獻賦,有《迎鑾集》、《梅原詩鈔》四卷、《詞鈔》一卷。

《黃瘦石稿》（有乾隆柴灣村舍刊本）卷之六"攝山一夕吟"中有《白雲庵弔張指揮》詩："百僚分黨兩京亡，四鎮交兵九廟荒。血路干戈存老衲，青山風雨哭高皇。來尋故址白雲杳，欲挹清風春水長。總是南朝歌舞地，可憐抔土有留良。"可以代表他對明季史事和《桃花扇》劇情的認識和評價。詩題中的"張指揮"即《桃花扇》中的張薇（張瑤星）。

《桃花扇》題詞

[清]蔣士銓

鍾山無復舊蟠龍，回首金陵王氣終。□□（按原文漫漶）湖波沉夕照，白門楊柳暗秋風。

陪京幾次安神器，跋扈何人伐戰功。又是江南興廢事，小長干在石城東。

剩水殘山幾段秋，風流天子盡無愁。西宮弦管銷金粉，南國鶯花泣玉鉤。

戎馬只餘征戰地，風雲猶是帝王州。大江東去降帆出，嗚咽潮毅打石頭。

國步艱難舊鼎遷，選毅中酒尚依然。桃花著意看團扇，燕子無心說錦箋。

兒女暗憐風月夜，英雄長恨草除年。那堪江左風流盡，淚落秦淮水榭邊。

斜陽荆棘掩銅駝,秋盡長橋落葉多。自昔君臣荒宴飲,至今風雨雜悲歌。

新亭淚盡餘鈎黨,舊院人稀散綺羅。胭脂無情陵谷變,媚香樓上月如何。

燈船子夜極盤游,四野風塵黯未收。不謂神兵從北下,可憐江水向東流。

烟花野史詞人淚,禾黍離宮過客憂。試按紅牙歌法曲,清樽銀燭不勝愁。

(《忠雅堂詩集・喻義齋少作稿》,稿本)

【按】 據卷端蔣士銓題署,此詩作於乾隆十年(乙丑1745)。題署謂"年廿一歲,僑居饒州月波門内小市巷."蔣士銓(1725—1784)字心餘、苕生、薏生,號藏園,又號清容居士,晚號定甫。江西鉛山(今屬江西)人,祖籍湖州長興(今浙江長興)。乾隆二十二年(1757)進士,官翰林院編修。乾隆二十九年(1764),辭官後主持蕺山、崇文、安定三書院講席。精通戲曲,工詩古文,少與汪軔、楊垕、趙由儀並稱"江西四才子"。詩與袁枚、趙翼合稱"江右三大家"。橫出銳入,蒼蒼莽莽,不主故常,蓋受黃山谷影響,講究骨力。又工古文辭,雅正有法。其詞筆墨恣肆,自是奇才。戲曲亦爲清代大家。著有《忠雅堂詩集》、《忠雅堂文集》,其戲曲創作有《紅雪樓九種曲》等。

裂扇歌

[清]吳　璜

蟲沙寂寞戰場苦,月黑楓林哭杜宇。毛人蹦堞紙鳶飛,焚屋挐盤猶暢舞。

夷門公子太情多，駘蕩春光奈客何。莫學楚囚頻灑淚，且從洛浦詠淩波。

暖翠樓頭動繁吹，簾櫳深鎖人嬌媚。誰歟低按玉昭華，小杜樊川心忽醉。

相隨龍友狹斜游，垂柳千絲系紫騮。翠幰燭跋停歌板，玉砌花眠落酒籌。

廿八字媒題素箑，不須溝水流紅葉。惟願深情與扇同，繆轕不分如折疊。

榴花蒲葉燦當筵，載得娉婷古渡邊。名流狹客同觴詠，肯許奄兒夜泛船。

奄兒氣短心生計，欲傍東林舊門第。探囊不惜錦纏頭，暗裏揮金奪佳麗。

珊珊俠骨李香君，羅綺全抛斷夕熏。一任鴛鴦飛雪浪，肯教蛺蝶簇霞裙。

蝶化鴛鴦飛兩處，回首茫茫隔雲霧。滿地烟塵淮水旗，一樓風雨青溪樹。

霓裳驚破已成灰，門掩蒼苔晝不開。誰遣無端沙吐利，竟尋柳色到章臺。

皎潔妾心冰一片，不願豪華願貧賤。已拼墜損石家珠，何妨伴老樓前燕。

淋漓熱血濺宮紈，幾點紅痕膩未干。染作桃花如寫照，殷勤遙寄與郎看。

詎知宵小工荼毒，良緣攪斷難重續。深雷夷光誤入宮，更陷鄒陽冤繫獄。

惱動昂藏俠士胸,星馳漢楚激侯封。千門虎旅鳴鼙鼓,十道鯨波下戰艟。

軸覆樞翻變桑海,河山鼎沸輿圖改。殺聲沖散後庭花,剩水殘山空戰壘。

可惜秾華古秣陵,淒涼池館罷春燈。沿堤一帶朱欄檻,可有當時玉臂憑。

乘間潛身離密網,妾歸舊院郎何往。弓刀隊裏怯覉魂,鬐策聲中勞遠想。

畫眉夫婿走天涯,惆悵春來幾落花。覓跡敢辭山徑遠,鐵鞋踏破到棲霞。

棲霞山上中元節,齋壇稽首聲嗚咽。魂招故國素幡飄,腸斷先皇盂飯設。

梗斷萍浮會合奇,兩人如夢復如癡。青衫淚灑雙紅袖,仿佛竹樓乍見時。

絮語喁喁私竊歡,當場棒喝柔情斷。仙人指點出迷津,勘破三生舊公案。

君不見建康輦路剩斜暉,南內無人蔓草圍。烈帝慘淒遺血詔,福王憔悴易青衣。

又不見靖南劍刓寧南死,閣部孤忠葬江水。中原龍虎近如何,南部鶯花今已矣。

家亡國破最欷歔,底事情根未翦除。立斬愁魔仗慧劍,雲開頓識廬山面。

千秋空吊媚香樓,一聲已裂桃花扇。

(《黃琢山房集》卷二,乾隆四十二年刻本)

【按】 吳璥(1727—1773)字方甸,號鑒南。浙江山陰人,乾隆二十五年(1760)進士。由戶部主事授湖南澧州知州。丁憂起復。時方用兵,選調四川,入軍需局。從溫福攻金川,治糧事。兵潰,墜崖死。有《黃琢山房集》。

柏心有《桃花扇》傳奇題詞六首,偶和之

[清]沈　初

柏板門槌又一宗,才人吐屬致玲瓏。千秋燕子樓頭月,合配桃花扇底風。

譜來旖旎妙風姿,舞袖歌喉宛見之。一事便高圓老作,不合臣鐸寫烏絲。

王氣江南剩一年,小朝廷有柱擎天。至今冰雪對遺蛻,香自梅花嶺外傳。

墨妙雲間可抗行,只緣瑣瑣累清名。成蠅成牸皆游戲,又看桃花便面生。

托病遷移爲斷腸(用吳梅村集詩序中語),曲中行徑亦堪傷。青裙白髮關何事,粉墨偏加鄭妥娘。

不學元人面目來,臨川以後此風裁。昔年曾覽東堂集,始信名家有別才。

(《蘭韻堂詩集》卷十"西曹後集",乾隆五十九年(1794)
至嘉慶二十五年(1820)遞修本)

【按】　此詩作於乾隆五十年(1785)至乾隆五十五年(1790)七月間。沈初(1729—1799)字景初,號萃岩,又號雲椒。浙江平湖林家埭人。少有異稟,讀書目數行下。乾隆二十七年(1762),召試賜舉人,授內閣中書。翌年,中進士,授編修,累升禮部右侍郎。三

十六年(1771)，直南書房，督河南學政，未赴任，遷右庶子。累擢禮部侍郎，督福建學政、督順天學政，調江蘇。任滿回京，調吏部，又督江西學政。嘉慶元年(1796)，遷左都御史，授軍機大臣，轉兵部尚書，調吏部、户部尚書。卒於官，諡文恪。其學識淵博，歷乾、嘉兩朝，工詩文，善書法。初以文學受知，歷充四庫全書館、三通館副總裁，續編《石渠寶笈》、《秘殿珠林》，校勘太學《石經》。著有《蘭韻堂詩集》十二卷、《蘭韻堂詩續集》一卷、《蘭韻堂文集》五卷、《蘭韻堂文續集》一卷、《經進文稿》二卷、《西清筆記》二卷、《御覽集》六卷。柏心，黄姓，名不詳，爲沈初幕客。《柏心有〈桃花扇〉傳奇題詞六首，偶和之》前一首詩爲《以上海水蜜桃分貽幕中諸友，黄柏心上舍有詩依韻和之》，後又有《紫薇庭看菊和黄柏心韻》。

賀新郎·孔東塘《桃花扇》題辭

[清]張　塤

鐵戟沉沙罅。小南朝、江山半壁，肆中枯鮓。未必寧南肯負國，畢竟要君激射。黄閭子、爲人中下。只苦梅花嶺上月，照衣冠、朱印迷離怕。思無跡，羚羊掛。　　粉痕墨態何瀟灑。後庭花、歌殘玉樹，風流如畫。不見滿城飛礮火，試點春燈走馬。瑣語處、雷霆轟打。一霎春心歸夢影，想何如、發付紅裙者。軟圓老，太無藉。

（《竹葉庵文集》卷二十七，乾隆五十一年(1786)刻本）

【按】張塤(1731—1789)，原名傳詩，字商言，號吟薌，後改瘦銅，又號石公、小茅山人。祖籍浙江烏程。江蘇吳縣(今蘇州)人。乾隆三十年(1765)舉人，三十四年(1769)以内閣中書任職四庫館，是當時著名的詩詞家、書法家和金石家。十二歲能詠詞，十五歲幫助吳定璋校訂《七十二峰足徵集》。二十歲之後，先後游歷了濟南、京師、南海、關中等地，留下了大量的詩詞作品以及地方志書，同時在京師編訂、校對、繕寫《欽定四庫全書》。晚年曾監管萬安倉。考證金石及書畫題跋，頗詳瞻可喜。書法秀瘦可愛。工詩，少與蔣士銓齊名，以清峭勝。有《竹葉庵集》。生平詳見李偉《張塤年譜》，江蘇師範大學碩士學位論文，2012 年；鄧長風《張塤和他的〈竹葉庵文集〉——美國國會圖書館讀書劄記之四》，《明清戲曲家考略全編》上冊，上海古籍出版社 2009 年版。

題《桃花扇》傳奇

［清］王元文

白門柳色半含烟，回首興亡落照邊。一闋新聲傳往事，胭脂井畔淚痕鮮。

白馬清流禍又成，東林復社兩崢嶸。青樓也折權奸氣，奇絕千秋女禰衡。

亟選名姝唱麗詞，積薪厝火且忘危。殘山剩水渾如昨，杜宇春風又一時。

誓清君側左寧南，星落前軍但抱慚。誰向江湖談軼事，白頭流落老何戡。

四鎮蟲蛇鬥未休，誰令元老鎮揚州。西風一派邗溝水，嗚咽聲聲哭武侯。

扇底桃花憶別離，商邱公子漫嗟咨。海枯石爛情難已，憑仗神人作導師。

故老歸來著鶡冠，青娥憔悴拜仙壇。門前莫訝春光盡，親見銅人泣露盤。

折戟沉沙霸氣消，秦淮古渡雨瀟瀟。金樽檀板無聊賴，歲歲聽歌到板橋。

(《北溪詩文集》卷九，嘉慶十七年隨喜齋刻本)

【按】 王元文(1732—1788)字罕曾，號北溪。江蘇震澤人。乾隆間諸生。少經商，喜作詩，爲沈德潛稱賞。後轉而究心經世之學。嘗客山東按察使陸耀幕。著有《北溪詩集》二十卷、《文集》二卷、《附集》一卷。

《桃花扇》題詞

［清］韓是升

挑燈夜讀《桃花扇》，南渡興亡盡此編。沉醉朝廷巢幕上，臨戎宰相哭江邊。

中原鼙鼓收殘局，舊院笙歌慘別筵。血跡淚痕磨不滅，春風一握最堪憐。

(《聽鐘樓詩稿》卷三，嘉慶刻本)

【按】 韓是升(1735—1816)字東生，號旭亭，晚號樂餘。元和(今江蘇蘇州)人。貢生。好讀書，不過問家中生計。歷任陽羨、金臺、當湖等書院教授，並曾在京城王府中講經學，德聲卓著。四十歲棄儒冠，雲游四方。著有《聽鐘樓詩稿》、《小林屋詩文稿》、《補瓢存稿》。

題《桃花扇》傳奇

［清］薛傳源

暗擲金錢作厚奩，欲籠名士締新緣。誰知紅粉持名節，不逐平康門管弦。

　　跋扈將軍萬馬屯,隻身放膽叩轅門。果然狎客才堪用,想見東林正氣存。

(《芝塘詩續稿》卷三,嘉慶刻本)

　　【按】　薛傳源(1742—?)字河明,號芝塘。江陰人。有《芝塘詩文稿》三十四卷(詩稿十五卷、詩續稿三卷、文稿十五卷、文續稿一卷)、《易詁商》三卷、《防海備覽》十卷(嘉慶六年(1801)望山堂刻本)等。

讀《桃花扇》樂府次張無夜先輩韻

〔清〕邵晉涵

　　青絲白馬渡江來,凍雪山頭暮雀哀。苦恨中山留愛女,凝妝猶自待人催。(福王出奔時,有進奉女二人未及攜出。)

　　三載香樓翠被空,雁書遙染錦當胸。曲中姊妹多僥倖,未必孫三遠勝儂。(孫三舊與李香齊名,後以王事死於太末。)

　　桐城公子老歸禪,舊事南中盛管弦。西粵夢回滄海轉,青溪桃葉自年年。(桃葉渡宴集,方密之爲之主。)

　　黑雲高壓縉雲城,窮海孤城戀主情。等自貴陽書畫客,濁涇難染渭流清。(楊龍友初以貴陽姻婭不滿於人,後仕閩爲督師,死事甚明。)

　　竿木隨身浪子場,渡江遺話笑吳王。蕪湖贏得崑銅祭,一枕琉璃寄恨長。(阮大鋮在錢塘時,曾以伯嚭渡江自喻,見蕪湖沈士柱《祭阮司馬文》。)

　　妥娘故宅破窗紗,憔悴秋楊映暮鴉。半壁南朝成底事,只憐《燕子》怨《桃花》。(鄭妥娘在諸妓最爲老壽,初以演《燕子箋》得名。)

學苑才名冠大樑，朱門不改舊青鴦。西山曾見移文否，未許侯郎赴道場。（朝宗歸商邱，仍舉雪苑文社。辛卯應鄉試，擬第一人，以忌者中止。）

棲霞山接武夷青，龍舶難邀帝子靈。瑤草歸來同白首，石交空怨阮懷寧。（馬士英在浙中頗以大鉞任事，已受惡名為恨。）

名花零落白門秋，舊恨胭脂涸畔流。欲問秦淮芳草色，風華只羨顧眉樓。（板橋名妓，惟顧媚一人得以夫人終。）

（《南江詩鈔》卷四，道光十二年刻本）

【按】 邵晉涵（1743—1796）字與桐，號二雲，又號南江。浙江餘姚人。乾隆三十年（1765）舉人，三十六年（1771）進士，入四庫全書館任編修，主持《四庫全書·史部》的編撰工作，史部之書多由其最後校定，提要亦多出其手。其經學著作《爾雅正義》開清儒重新注疏儒家經典之先河，在清代經學史上佔有重要地位。乾隆五十六年（1791），擢侍講學士，充文淵閣直閣事。又任《萬壽盛典》、《八旗通志》、《二史館》、《三通》館纂修官，為國史館提調，兼掌進擬文字。分校《石經》、《春秋三傳》，亦多校正。長於史學，對四部和歷代藝文志、目錄之學有深研。撰有《爾雅正義》、《孟子述義》、《韓詩內傳考》、《穀梁正義》、《輶軒日記》、《方輿金石編目》、《皇朝謚跡錄》、《南江詩文抄》、《南江劄記》等。

張無夜，即張世犖（1696—1770），字寓春（一作遇春，又作寓椿），號無夜，一號無垢，又號妙峰，別號夢蓮生。錢塘（今浙江杭州）人。乾隆九年（1744）舉人，中解元。《頻迦偶吟》卷首朱文藻跋（末署"乾隆辛卯朱文藻述"）稱張世犖"卒年七十五"。而《頻迦偶吟》"七言律"卷所收《喜沈學子至》尾聯"與君百四身都健，却愧無錢喚酒船"中有自注云："君年六十八，予年七十二"。可知張世犖

長沈學子四歲。沈學子即沈大成（1700—1771）。由此可以確定張
世犖的生卒年。撰有《頻迦偶吟》六卷、《周易原意》二卷、《南華摸
象記》八卷等。袁枚《子不語》卷二十四有《張世犖》一則：“張世犖
字遇春，杭州府諸生。每入試場，彷彿有人持其卷者，迨曉，則墨汙
被黜，積憤殊甚。乾隆甲子科入闈，加意防範。試卷謄真，至晚，另
貯他所，坐號中留心伺察。睹一女子舒手探卷，急執之，屬聲問曰：
‘予與汝何仇，七試而汙我卷？’曰：‘今歲君應中解元，我亦難違帝
命，但君當爲我剖雪前言，擇地瘞我，以釋冤讟。我即君對門錢店
女也。當日鄰人戲謂君與我有私，君實無之，乃不爲辨明，且風情
自命，假無爲有，以資嘲謔。既嫁，而夫信浮言，不與我同處。我無
以自明，氣忿投繯。君汙我名，我汙君卷，遲君七科宜也。’言畢不
見。張毛骨俱栗。甫出場，即訪其家，告以故，而捐資助葬之，且爲
延僧超薦。是科揭曉，果中第一名。”①

偶題《桃花扇》

［清］秦　瀛

南朝舊事話零星，法曲鈿蟬不忍聽。扇底桃花數行淚，秋風愁
殺孔云亭。

（《小峴山人詩集》卷二十七，嘉慶二十二年（1817）
刻道光年間補刻本）

【按】　秦瀛（1743—1821）字凌滄，一字小峴，晚號遂庵。江

---

① 清袁枚編撰、申孟、甘林點校：《子不語》，上海古籍出版社 1986 年版，第 619—
620 頁。

蘇無錫人。乾隆四十一年（1776）舉人，授內閣中書。嘉慶間官至刑部右侍郎。爲官勇於任事。少有文名，詩文力追古風，而能有所自得。辭官後修縣志，網羅地方文獻。有《小峴山人詩文集》、《淮海公年譜》等。

題云亭山人《桃花扇》傳奇後二首

［清］沈赤然

興亡自取復何疑，肯爲金陵王氣悲。只恐深山無史讀，網羅遺事作傳奇。

一載君臣過耳風，桃花扇血尚殷紅。秦淮生色鍾山笑，不道青樓勝巨公。

（《五研齋詩鈔》卷十四，嘉慶刻本）

【按】 沈赤然（1745—1817），初名玉輝，字韞山，號梅村、更生道人。浙江仁和人，原籍德清。乾隆三十三年（1768）舉人。歷官平鄉、南樂、南宮、豐潤知縣。罷歸，以著書自娛。著有《五研齋詩鈔》二十卷、《文鈔》十一卷、《寄傲軒讀書隨筆》十卷、《續筆》六卷、《三筆》六卷。生平見沈赤然《自編年譜》（《五研齋詩鈔》卷首）、《清史列傳》余集傳附。

讀曲偶評（節錄）

［清］程　煐

元人百種，最顯者《荊釵》、《拜月》等。然音律極嚴、板眼極正，而以直白語爲本色，如不文何！ 故高者似腐儒，卑者若鄉願也。

《四聲猿》幽而傷促，《桃花扇》爽而傷直，《長生殿》縟而傷繁，《鈞天樂》激而傷怒。均才人，特偏才耳！

......

戊午孟冬之望，初至邊城，佗傺無聊、饑寒交迫，偶拈許旌陽除妖及相媪、李鶄三事合爲一傳，譜以九宮，不浹旬而三十出成焉。上撕實甫絕世豐神，次遜東嘉天然本色。望玉茗之雄麗，顰效西家；步石渠之清華，竽吹南郭。自慚形穢，所不待言。然而按譜循聲，興亦不淺。貫穿排比，儼然無縫之衣；上去陰陽，宛合自然之籟。文不加點，筆無停機，信手拈來，若有神助。燕石雖鄙，窮自寶焉。錄成後謹以舊日《讀曲偶評》一則冠於簡首，以代題辭，庶幾即世子期、後來公瑾，或高吟於幾席，或低按於氍毹，知文者賞其詞，善歌者徵其調。請即以僕之論曲者爲是編一論定之。是歲仲冬朔，瑞興陀誌。

（《龍沙劍》傳奇，嘉慶七年钞本）

【按】 戊午爲嘉慶三年（1798）。此劇有唐家祚、何鳳奇合注本，黑龍江人民出版社 1986 年版。《龍沙劍》傳奇卷首有程煐友人夢熊子、浙西二吾居士所作序文兩篇，序後有程煐"讀曲偶評"一文。程煐（1746—1812）字星華，一字瑞屏，別署珂雪頭陀、瑞頭陀，天長（今屬安徽）人。廩生。程煐的父親程樹榴是一名貢生。乾隆四十二年（1777）八月，程樹榴爲友人王沅著《愛竹軒詩草》作序，並出資刊印。越二年四月，生員王廷贊向清廷告訐，誣程式"牢騷訕謗，肆無忌憚，借天以毀聖"。程氏父子因而被押解入獄。同年七月，程樹榴被"律以大逆"而處死，程煐"應斬監候，秋後處決"。秋後，減刑改處永遠監禁。嘉慶二年（1797），改判謫戍卜魁（今齊齊哈爾市）。次年秋出塞。孟冬初到戍所，失志無聊，饑寒交迫，根據民間流傳的許旌陽除妖及湘媼、李鶄三個神話傳説，撰寫了黑龍江第一部戲劇作品《龍沙劍傳奇》。嘉慶十七年（1812）冬，卒於卜魁。有《瑞屏詩稿》、《珂雪集》。

【北双调】套曲·題聘之族祖
《桃花扇》《小忽雷》傳奇

［清］孔廣林

【北雙調·駐馬聽】考古揮毫，勝代興亡付扇桃；抒懷摛藻，晚唐奸佞寄檀槽。鴟張狐媚膽魂消，忠臣烈士鬚眉照。搏九霄，雄文不比風情調。

【步步嬌】俺想那一本《琵琶》傳純孝，戲曲關風教。直比如雞喚曉，爽氣西山淡摹描。筆兒超，元是與解者相度料。

【落梅風】還有那殺狗勸夫孫家婦，楊氏嬌，小機關棣華聯萼。披聾被迷開牖巧，不由人賞奇驚妙。

【殿前歡】每怪那王實甫擅詞壇展騰蛟，《西廂》偏繪鳳鸞交；《南風》意旨全忘掉，詩和琴挑。鋪張格外饒，人還效，此劇翻南套。寫來情豔，總是詞妖。

【雁兒落】最厭煞形容胭粉嬌，一謎裏趕趁風流鬧。《牡丹亭》傷春夢一場，梅樹邊惜玉魂頻叫。

······

【川撥棹】你看云亭山人這《桃花扇》呵，偏要寫女嬌嬈，賽男兒英烈表。卻奩時義比天高，拒媒時心似冰條。守樓時勇若兵鏖，罵筵時口賽鋼刀。寫得來驚鴻泣鮫，不比那尋常家數小。

【七弟兄】你看那《小忽雷》呵，鄭刁，鄭刁，更仇驕，仗著這盈盈正氣催强暴。不是聘之彩筆響雲璈,怎到今烈性飛寒峭。

（凌景埏、謝伯陽編《全清散曲（增補版）》,齊魯書社 2006 年版）

題《桃花扇》

[清]王　筠

傳奇曲折重團圓,獨有桃花重可憐。故國已同萍絮散,真心仍是石金堅。

香樓風雨悲情夢,霞嶺松筠結静緣。惆悵秦淮歌舞地,無情春色自年年。

（《槐慶堂集》,嘉慶十四年《西園瓣香集》卷中）

【按】　王筠(1748—1819)字松坪,號綠窗女史,陝西長安(今陝西省西安市)人。其父王元常,字南圃,乾隆十三年(1748)進士,歷官直隸武清縣知縣。工詩詞,爲官亦不廢吟詠。有《西園瓣香集》。其夫早逝,撫養兒子百齡成人,並激勵道:"吾於汝家長貧作苦,所望者爲進士女,復爲進士母耳。"嘉慶七年(1802),百齡中進士,選翰林院庶吉士,散館改直隸知縣,官至直隸延慶州知州。詩附刻其父《西園瓣香集》後。《晚晴簃詩匯》卷一八五收其詩一首。有《槐慶堂集》,另有《全福記》、《游仙夢》、《繁華夢》傳奇三種。生平參見韓鬱濤《清中期戲曲家王筠研究》,南京師範大學碩士學位論文,2017 年。

《槐慶堂集》中另有詠劇詩多首,如《讀〈旗亭記〉感題》、《題湯臨川"四夢"》、《詠戲雜出》、《題〈鬱綸袍〉》。

題《桃花扇》傳奇八絶

〔清〕平　浩

　　煙月秦淮夢一場，悲歡離合繫興亡。商丘公子多情種（按原作
"甚"），同享千秋豔李香。

　　戰血模糊扇血新，桃花孤負好青春。仙源渺渺人天隔，誤煞漁
郎再問津。

　　客魏餘波（按原作"纔除"）馬阮生，江山鐵鑄也難撐。大儺在
日征歌舞（按原作"征歌選舞中興業"），其奈羣王負老成。

　　《春燈》《燕子》奉宸娛，妙賽《霓裳》絶世無。小楷朱絲新（按原
作"闌"）曲本，右軍書法擅官□。

　　酒杯在手月當頭，簫管箏琶夜未休。日日萬幾親按曲，中興天
子太風流。

　　恰似（按原作"仿佛"）當年煬帝家，迷樓重唱《後庭花》。四圍
（按原作"城"）炮火君王醉（按原作"何須問"），内殿良宵笑語嘩（按
原作"且聽《春燈》笑語嘩"，又改作"内殿新聲笑語嘩"）。

　　慟哭江頭閣部哀，江南望斷盡塵埃。梅花嶺畔衣冠塚（按原作
"在"），歲歲寒香鬥（按原作"傲"）雪開。

　　英雄跋扈瞰神州（按原作"英雄欲斬佞臣頭"），仿佛王敦指石
頭（按原作"庭訓如何欠十籌"，又改作"百萬貔貅溯上流"）。不比
沙場□（按原作另一字，亦不可辨識）牖下，一生豈獨負臨侯（按原
作"寧南遠遜靖南侯"）。

　　銅駝石馬委荆榛，剩水殘山慘不春。閑聽漁樵談往事，如逢天
寶舊宫人。

　　云亭妙筆制新譜，遺老當年淚暗傾。一部南朝真信史，等閒莫作傳奇評。

（《金粟書屋詩稿》，稿本）

　　【按】　平浩（1749—？），清嘉慶、道光間人。《金粟書屋詩稿》"戊子"年所作第一首題《二十生朝晨起開卷見張船山先生天教入世爲吟詩之句口占一絶》，據下文所考，戊子應爲乾隆三十三年（1768），則平浩當生於乾隆十四年（1749）。《兩浙輶軒續録》卷三十九謂："平浩，字養中，號元卿，一號悔遲，山陰人，著《金粟書屋詩稿》。……又與泊鷗吟社茹韻香、紀百穀、鄔雪舫諸老遊，詩日益進。"平浩另撰有《二知堂試帖偶存》，亦有稿本存世。稿本中此組詩歌有多次修改痕跡，上引正文爲定稿，按語所引爲初稿或二稿文字。據詩題，此組詩歌應爲八首，而實爲十首，其中四、五兩首的字體較小，似爲後增。卷首有平浩自序，後有闕頁，不詳作年，中云"年十二從家侶舫師入吟雲社中，學爲古今體詩。嗣後日事詠吟，將舉業荒蕪，以爲李杜不難致也。至今三十年矣，一事無成"，可知作於其四十二歲時，則當爲乾隆五十五年（1790）。其後依次爲朱鳳梧跋（署"道光甲午旦月下瀚姻愚弟鐵舫朱鳳梧拜手謹跋"）、平疇七絶題詩一首（署"乙酉冬返棹里門見元卿弟近作喜吾宗復有詩人也口占一絶平疇"）、梁之望七律題詩二首（署"癸丑五月下浣子婿梁之望拜題"）、平步青七律題詩二首（署"咸豐丙辰春暮侄孫步青□題"）。平浩自序云："思付一炬，因半世心血、卅載交遊盡在此中，細撿舊稿，自癸未至丁未之作録成一……（按後闕）"。道光甲午爲道光十四年（1834），此前最近的"癸未至丁未"爲乾隆二十八年（癸未 1763）至乾隆五十二年（丁未 1787）。據稿本中所題編年，此組詩歌作於"癸巳"年，應爲乾隆三十八年（1773）。

《三星圖》例言（節録）

［清］王懋昭

第三条　凡傳奇家，主情者麗而易，主理者樸而難。故《西廂》之月下，《牡丹》之香夢，千古稱爲豔曲；近世《長生殿》之摹繪太真，《桃花扇》之借香君以寫南都泡影，亦並有哀豔，推爲絶唱。

（《三星圖》，嘉慶十五年尺木堂刻本）

【按】 王懋昭，字明遠，號梅軒，別署梅軒居士、梅軒主人。浙江上虞人。清乾、嘉間人。邑諸生。生卒年、生平事蹟均不詳。生於乾隆十年（1745）至十五年（1750）間。早年爲諸生，乾隆五十四年（1789）拔貢。官巨鹿教諭。工詩文，能制曲。所撰戲曲四種：傳奇《三星圖》，雜劇《神宴》、《弧祝》、《帨慶》，均存。《三星圖》，又名《堯天擊壤歌》。參見張淑敏《王懋昭戲曲研究》，山西師範大學碩士論文 2019 年。《〈三星圖〉例言》的另外多條文字中的觀點、思想明顯受到了孔尚任《〈桃花扇〉凡例》的影響。

題《桃花扇》傳奇三首

［清］邵　飆

聽到疁年法曲新，漫將遺事問梁陳。秦淮山水真温頓，種得桃花似美人。

玉板烏絲《燕子箋》，清歌夜夜撥鷗弦。六朝又起南朝恨，春水桃花只一年。

回首江關事總非，中原處處戰塵飛。避人只有棲霞好，留得空山幾白衣。

(《夢餘詩鈔》卷上,光緒三年刻本)

【按】 邵飄(1750—?)字無恙,號夢餘,浙江山陰(龍尾山)人。乾隆三十五年(1770)寄籍順天,中舉人,官内閣中書。先後出知江蘇桃源、阜寧、儀徵、江浦、崑山金匱等縣。後以事罷官歸里,落拓江湖,以詩自娛。臨終以詩稿屬門人梁鉞。鉞貧不能刊,托友張鶴賓,直至光緒三年(1877)方由沈竹生出資刊印。其詩兼長性靈、格調。有《夢餘詩鈔》、《鏡西閣詩選》、《歷代名媛雜詠》、《仕女圖百媚詩》等。

題《桃花扇》

[清]師　範

扇底桃花別是春,不隨凡卉落紅塵。珠簾高卷江南月,自是當時齒冷人。

《燕子箋》殘黨局更,桃花三月雨空晴。敬亭流落崑生死,腸斷秦淮玉笛聲。

(《金華山樵詩前集》卷一,嘉慶刻本)

【按】 師範(1751—1811)字端人,號荔扉,別號金華山樵。白族。雲南大理趙州(今彌渡縣寅街鎮)人。乾隆三十九年(1774)中舉,後屢試不第。三十八歲時,選任劍川州學司訓。五十一歲時,出宰安徽望江。生平詳見盛代昌《師荔扉評傳》,《大理文化》2009 年第 5 期。著有《南詔徵信録》、《金華山樵集》、《課餘隨筆》、《雷音集》、《蔭春書屋詩話》、《小停雲館芝言》、《二餘堂詩稿》,並編《歷代詩文》、《國朝百二十餘家古文抄》、《經史塗説》等。趙藩輯有

《師荔扉詩集》二十八卷，收入《雲南叢書》集部三十三。

題《桃花扇》樂府

［清］李　燧

　　滄桑興廢恨無窮，都付云亭曲調中。南渡江山存野史，西京禾黍變王風。

　　箋衘燕子新詞麗，血染桃花別樣紅。裙屐風流消歇盡，銅駝荆棘雨空濛。

　　飛來奇貨大江頭，草草朝廷御氣浮。調燮陰陽資肉食，指陳綱紀笑俳優。

　　多搜玉帛藏郿塢，只管鶯花選莫愁。瀟灑阮生頻入幕，羊頭羊胃盡封侯。

　　光禄重司御苑春，東林往事足傷神。初經烽火淪宗社，又見殘碑記黨人。

　　盡日延年翻別調，當時江令遜才臣。江沉鐵鎖無人問，玉樹瓊花色色新。

　　東南王氣付長流，江上烽煙人望收。藩鎮何心恢社稷，廊廟終日記恩仇。

　　唐基興復思光弼，漢室艱危仗武侯。主將清風惟坐鎮，空傳開府領揚州。

干戈滿目慘愁顏，冷落燕城夕照間。誓把寸心迴日月，難將一木障河山。

深宮徹夜笙歌細，征袖臨風血淚殷。白馬寒濤向東去，殘軍零落幾人還。

樓船已近石頭城，宰相尚書醉裏驚。只慮漢陽來勁旅，卻忘淮北但空營。

半江戰血千秋咽，六代煙花一夢醒。莫問寧南舊時事，怒濤東捲恨難平。

（《青墅詩稿》卷一，道光十三年刻本）

【按】 李燨（1753—1825）字東生，號青墅，河間人。官浙江下砂頭場鹽課大使。有《青墅詩稿》十卷。他曾任山西學政戈源的幕僚，著有《晉游日記》（原名《雪爪留痕》）。其父李棠（1714—1786）字召林，號竹溪。乾隆七年（1742）進士。歷如皋、元和、豐縣、句容、上元、天長、合肥七縣知縣，後遷大理寺評事，官至惠州知府。與袁枚多唱和，與同縣王之銳相勖，以聖賢之學，時稱"王、李"。《青墅詩稿》卷四又有《過商丘弔侯公子朝宗》長詩：

風流東晉誇門第，侯生世業金貂貴。倚馬詞華久擅場，過江壇坫推名士。

眼前意氣薄青雲，名附清流物望尊。不知家國竟何事，秀才公子徒紛紛。

奄兒自分身名穢，士林清議爭逃避。匿跡潛居袴子襠，微詞巧托《春燈謎》。

釁宮討罪草陳琳，羞殺廚頭阮步兵。共詡品題歸月旦，只愁黑白太分明。

三生杜牧情絲繫，尋春偶戀春光媚。芳信難通鳩鳥媒，幽蘭合結騷人佩。

解紛有客托侯嬴，消息遙通洛浦情。不惜千金供買笑，只緣一諾重平生。

那知名節青樓重，漫勞奩鏡傾心奉。裙布荊釵亦自香，綺羅金翠成何用？

十斛明珠信手拋，恐教磨涅玷清標。誰憐北里煙花小，更比東林氣節高。

一朝時事都翻局，黨人先署侯方域。姓氏重刊端禮門，風波又起同文獄。

鳳泊鸞飄恨不禁，妝樓深鎖綠楊陰。滴殘紅淚爭花豔，忍住香心怕蝶尋。

江山滿目客重來，蕭瑟江幹庾信哀。泥落空梁迷燕壘，春深舊院鎖莓苔。

塵夢匆匆空一度，桃花人面知何處。猶憶天臺舊有緣，那期朝市都非故。

茫茫誰與證迷津，對此難教不斷魂。啼鳥淒涼悲望帝，秋風貧病老夷門。

劫來驅馬商丘道，相如故宅餘秋草。傾城名士總如煙，紅顏黃土知誰好。

復社才名四海聞，柔腸俠骨最憐君。千秋誰敘悲歡事，輸與東堂顧曲人。　　　　（孔東堂《桃花扇》填詞敘侯朝宗始末特詳。）

船山詩集中有題《桃花扇》傳奇詩，頗不愜鄙意，爲作八絕句

[清]李賡芸

欲向南都譜舊聞，偶然刻畫李香君。女兒熱血能多少，灑去模糊點不分。

人皆欲殺黨人魁，翻案幾然未死灰。只有傾城悦名士，青樓一女勝奸回。

欲把新詞續玉臺，俄看東海忽飛埃。天荒地老桃花死，此曲人間劇可哀。

板橋流水碧粼粼，橋畔桃花歲歲春。齧臂有盟甘玉碎，九原羞煞息夫人。

誰歟作者孔東塘，詞意分明寓抑揚。好比東京孟元老，《夢華》一録感興亡。

匆匆殘劫閱紅羊，又踏槐花進舉場。南部烟花消息斷，金梁橋上月如霜。

畫師田叔忒多情，血當胭脂爲寫生。從此白門香扇墜，薛濤蘇小共傳名。

夷門公子最翩翩，裘馬風流望若仙。賴有佳人作知己，雕蟲小伎壯夫傳。

（《稻香吟館詩稿》卷六，道光刻本）

【按】 "船山"，即張問陶。李賡芸（1754—1817）字生甫，又字許齋，號書田。江南嘉定（今屬上海市郊縣）人。著名學者錢大昕的入門弟子。通六書，乾隆五十五年（1790）中進士。官浙江孝

豐等縣知縣,所至有惠政。嘉慶二十年(1815),擢福建按察使,署布政使,逾年實授。操守清廉,坐事被誣,慮爲獄吏所辱,遂自盡。方治獄使者至閩,士民上書爲贗芸訟冤,感泣祭奠,踵接於門,爲建遺愛祠。《清史稿》卷四百七十八"循吏三"有傳。著有《稻香吟館詩稿》七卷。

北宋靖康二年(1127),汴京陷落、徽欽二帝被擄"北狩",宋室南渡,北宋滅亡。異族入侵、都城淪陷、皇帝被俘,大宋僅剩半壁江山,國家突變、奇恥大辱使士人皆處於惶惑不安之中。同時,南渡之人無不懷戀故國、追憶前朝,如鄧之誠在《〈東京夢華録〉注自序》中所説:"靖康之難,中原人士播越兩江,無人不具故國故鄉之思。"①宋周煇的《清波別志》卷中載:"紹興初,故老閑坐,必談京師風物,且喜歌曹元寵'甚時得歸京裏去'一小闋,聽之感慨有流涕者。"②孟元老爲保存歷史記憶、使年輕一代不忘故國,在國破家亡之後撰寫《東京夢華録》,詳細載述自己親歷目睹的舊日的"節物風流,人情和美",是別有深意的,並寄寓著經歷過離亂的自己面對著今昔巨大反差所産生的深沉的興亡之感。③對於孟元老的身份,明代李濂在《跋〈東京夢華録〉後》中指出:"元老,不知何人,觀是録纂述之筆,亦非長於文學者。"④鄧之誠也在《〈東京夢華録〉注自序》中表示贊同李濂的看法。⑤而孟元老並非文人的身份,恰恰表明了

① 宋孟元老撰、鄧之誠注:《〈東京夢華録〉注》,中華書局 1982 年版,第 1 頁。
② 宋周煇:《清波別志》卷中,《清波雜志》附《別志》,中華書局 1985 年新 1 版,第 135 頁。
③ 宋孟元老:《〈夢華録〉序》,宋孟元老撰、鄧之誠注《〈東京夢華録〉注》,中華書局 1982 年版,第 4 頁。
④ 明李濂:《汴京遺跡志》卷十八"藝文五",中華書局 1999 年版,第 356 頁。
⑤ 宋孟元老撰、鄧之誠注:《〈東京夢華録〉注》,中華書局 1982 年版,第 2 頁。

南宋初興亡之感在南宋社會中存在的普遍性。

李香君小像歌

[清]張　晉

　　金陵王氣已黯然，金陵遺事猶堪傳。南朝天子爭輕薄，北里佳人鬭麗妍。

　　《玉樹後庭》方罷嚮，《板橋雜記》又新編。畫船處處拋金粉，水榭家家沸管弦。

　　管弦沸動游人耳，金粉拋殘等流水。領袖風流屬阿誰？評量花月非徒爾。

　　風流花月兩相親，姓字分明記得真。雪苑才人侯壯悔，秦淮名妓李香君。

　　香君生小顏如玉，婀娜真宜貯金屋。四夢能歌玉茗堂，六么愛奏琵琶曲。

　　粉墻妙筆寫新詩，蘭畹幽香繪空谷。孰是三生有舊緣，能邀一顧皆奇福。

　　此時公子正南游，此時美人未上頭。才向華堂通笑語，旋從錦帳結綢繆。

　　朝朝對影窺明鏡，夜夜焚香宿畫樓。別具俠腸嚴結納，豈徒調笑擅風流？

　　閹兒憤激思投石，公子蒼黃又買舟。蒼黃一別何時會，手挽長條滴清淚。

　　謝客慵開玳瑁筵，逢場懶入鴛鴦隊。何來戚里鬭豪華，要向青樓誇富貴。

白璧無瑕莫浪猜，黃金雖夥真徒費。家雞野鶩肯相隨，地老天荒不容背。

迷樓艷説顧眉生，入道爭傳卞玉京。董白容華尤絕世，妙才姊妹並傾城。

人思舊院因憐色，我愛香君是守貞。我曾蕩槳秦淮上，一帶紅樓尚高敞。

丁字簾前吊夕暉，美人黃土勞懸想。平時苦憶香君名，如今瞥睹香君像。

綠紗衫子玉雪膚，風鬟霧鬢慘不舒。依稀欲訴心中事，似説羅敷自有夫。

盡態極妍工寫照，開顏發艷問誰如。香君香名滿人口，何必區區在畫圖。

君不見金陵遺事人人羨，過眼繁花若飛電。花裏猶存翡翠巢，夢中誰識芙蓉面。

閹兒獻媚捵堪羞，天子徵歌猶未倦。内府空書《燕子箋》，後人卻演《桃花扇》。

（《艷雪堂詩集》卷三，嘉慶十二年刻本）

【按】 張晉（1754—1819）字雋三，山西陽城人。諸生。工詩，長於七古。足跡半天下，後落拓以死。著有《豔雪堂詩集》四卷。

書《桃花扇》傳奇後

［清］繆公恩

無愁天子愛繁華，偷取金陵作帝家。燕子新詞聽未足，春風已落後庭花。

舊院長橋往事空,青山黃土夢魂中。南朝多少傷心事,付與桃花扇底風。

杜鵑血淚灑京門,嶺上衣冠枉斷魂。滾滾長江何處是,梅花影裏月黃昏。

(《梦鶴軒楳澥詩鈔》卷二,《叢書集成續編》第 176 冊)

【按】 繆公恩(1756—1841),原名公儼,字立莊,號楳澥,別號蘭皋。漢軍正白旗,瀋陽人。繆公恩家世代爲官,曾隨父親宦游江南近 20 年,飽受江南文化的濡染,喜交文人雅士。北歸盛京後,即以詩畫自娛。他 50 歲時出任盛京禮部右翼官學助教,後主講瀋陽萃升書院,培養了一批有名的文人。在瀋陽書院留學的朝鮮國學生,學成歸國後多在朝鮮文人中享有威望,仍念念不忘繆公恩的教誨之恩。朝鮮貢使到瀋陽有不識繆蘭皋先生者,則引爲缺憾。繆公恩的詩作編入《夢鶴軒梅澥詩抄》,收詩兩千八百餘首。可惜收到《遼海叢書》中時僅存四卷六百餘首。又有《夢鶴軒梅澥詩鈔續編》八卷。其家世、生平可參見張傑《清代盛京滿族名士繆公恩考論》,《滿語研究》2015 年 1 期。

題《桃花扇》傳奇

[清]葉 煒

半壁江南幾度春,笙歌夜夜宴君臣。獨憐閣部心如佛,竟作淮西坐化人。

拼將一死報秦嘉,淚滿青衫血滿紗。好事終輸楊水部,添將枝葉作桃花。

(《鶴麓山房詩稿》卷一,嘉慶二十五年刻本)

【按】 葉煒（1763—1821）字允光，號意亭，浙江慈溪鳴鶴人。詔舉孝廉方正，力辭不就。由監生官刑部安徽司主事，以母老歸養，不復出，行德鄉里垂二十年。兄弟一門相酬唱，或乘興與二三知己放棹白湖，挈榼傳花，吟嘯風月，見者有宗之、太白之羨。著有《鶴麓山房詩稿》六卷。

燈下閱《桃花扇》傳奇

［清］宋　楑

屢剪殘紅倦眼開，南朝舊事劇堪哀。青樓豪俠奄兒伎，妙筆宛如繪出來。

（《雞窗續稿》卷六，道光七年（1827）至二十三年刻本）

【按】 宋楑（1763—1846）字宗彝，號樗里，晚號不困道人。浙江海寧人。監生。績學工詩，敦於友誼。著有《雞窗百二稿》八卷、《杏春詞剩》一卷、《續稿》十二卷、《寐餘錄》一卷、《三續稿》十卷、《四續稿》二卷。

友人以折花美女圖見示，上有題識，以爲李香遺照也。率賦四絕句書其後

［清］陸學欽

手折芳馨嚲鬢雲，阿誰題作李香君。繁華舊院消磨盡，空向青溪吊夕曛。

大梁公子倚琱戈，腸斷臨川一曲歌。留得南朝佳話在，美人名士過江多。

一腔恨血歝桃花，點染生綃妙筆誇。爲問元規塵十丈，攜將此扇可能遮。

丰姿寒玉自棱棱，阮老田郎喚不應。笑殺孟津王學士，烏絲細楷寫《春燈》。

（《蘊真居詩集》卷六，光緒十三年刻本）

【按】 陸學欽（1763—1806）字敦書，號子若，一號蘊真。江蘇鎮洋人。嘉慶五年（1800）舉人。從錢大昕學。後目盲。善畫山水，兼工寫梅，精琴弈。有《海虞游草》、《蘊真居文集》八卷、《蘊真居詩集》六卷附詩餘一卷。生平詳見錢大昭《陸孝廉子若傳》，載於《蘊真居詩集》卷首。此詩的後兩首被選入《晚晴簃詩匯》卷一百十四，改題"李香君小像"。

讀《桃花扇》傳奇偶題十絕句

［清］張問陶

竟指秦淮作戰場，美人扇上寫興亡。兩朝應舉侯公子，忍對桃花説李香。

布衣天子哭荒陵，選舞徵歌好中興。不到無愁家不破，干戈影裏唱《春燈》。

生遇群奸死報君，裹尸惟借一江雲。梅花嶺上衣冠冷，淒絶前朝閣部墳。

君相顛狂將帥驕，妖姬狎客送南朝。百年剩有傷心淚，還照清溪半里橋。

四鎮揮戈繞地嘩，東南白骨亂如麻。更無澒墨書流寇，滿紙刀兵是一家。

幡幢零亂繞壇開，野哭茫茫亦可哀。鬼聚中元燈火裏，奄兒魂餒不能來。

丁字簾前奏管弦，薰風殿裏聚嬋娟。秀才復社君聽曲，如此乾坤絕可憐。

一聲檀板當悲歌，筆墨工於閱歷多。幾點桃花兒女淚，灑來紅遍舊山河。

（《船山詩草》卷五，嘉慶二十年刻、道光二十九年增修本）

【按】張問陶(1764—1814)字仲冶，一字柳門。因故鄉遂寧有船山，號船山。因善畫猿，亦自號"蜀山老猿"。四川遂寧（今蓬溪縣）人。乾隆五十五年(1790)進士及第，曾任翰林院檢討、江南道監察御史、吏部郎中。後出任山東萊州知府，辭官寓居蘇州虎邱山塘。晚年遨游大江南北，嘉慶十九年(1814)三月初四日，病卒於蘇州寓所，享年五十一歲。有《船山詩草》，存詩 3500 餘首。其詩天才橫溢，與袁枚、趙翼合稱清代"性靈派三大家"，與彭端淑、李調元合稱"清代蜀中三才子"，被譽爲"青蓮再世"、"少陵復出"、清代"蜀中詩人之冠"。

論曲絕句（節録）

[清]潘素心

曲有宜於案頭批閱者，有宜於場上搬演者，有兩宜者，有兩不宜者。至於男女之情，當得其正；若事同桑濮，則其曲可焚。古人論詩絕句多矣。近年厲孝廉樊榭有論詞絕句，皆七言也。今予成論曲絕句五十首，其前題《雙魚佩》、《長生殿》者在外。

野史編成譜六幺，飄零金粉寫南朝。可憐都是初明淚，好向桃

花扇底消。(《桃花扇》)

(《不櫛吟》,嘉慶五年刻本)

【按】 潘素心(1764—1847 後)字虛白,浙江山陰人。潘汝炯女,汪潤之室。有《不櫛吟》、《不櫛吟續刻》。施淑儀輯《清代閨閣詩人徵略》卷七載:"虛白從宮詹宦游閩滇,舟輿往來五萬里,所經城郭、江山、風俗,皆見之於詩。父任廣昌時,使筦會計,雖牙籌縱橫,不廢吟詠。嘗有句云:'鏤管牙籌隨仕宦,藍輿畫舫度津關。'宮詹下世後,僑寓都門,親課諸子。道光乙酉,三子同捷京兆,其明年仲成進士,入詞林。辛卯秋,五子又舉孝廉。鵲起聯翩,熊丸濟類,不僅為科名佳話也。"又曾拜入袁枚門下,為隨園女弟子之一。

書《桃花扇》樂府後

[清]舒 位

粉墨南朝史,丹鉛北曲伶。重來非舊院,相對有新亭。
摛黨干戈接,填詞筆硯靈。匆匆不能唱,腸斷柳枝青。

罷罷秋來客,娉婷夜度娘。文章知遇少,脂粉小名香。
不解鸞乘霧,真成燕處堂。秦淮嗚咽水,忍與叶宮商。

(《瓶水齋詩集》卷五,光緒十二年邊保樞刻、十七年增修本)

【按】 據詩集編年,此組詩作於乾隆六十年(乙卯 1795)。舒位(1765—1816)字立人,號鐵雲,自號鐵雲山人,小字犀禪。直隸大興(今屬北京市)人,生長於吳縣(今江蘇蘇州)。乾隆五十三年(1788)舉人,屢試進士不第,貧困潦倒,游食四方,以館幕為生。從黔西道王朝梧至貴州,為之治文書。博學,善書畫,尤工詩、樂府,書各體皆工。作畫師徐渭,詩與王曇、孫原湘齊名,有"三君"之稱。所著有《瓶水齋詩集》、《乾嘉詩壇點將錄》等。又有《瓶笙館修簫譜》,收入其所作雜劇四種。

《瓶水齋詩集》卷二另有《書〈壯悔堂文集〉後》,作於乾隆五十三年(戊申 1788),云:"梁園賓客杳難追,一卷名山欲付誰? 南部煙花歌伎扇,東林姓氏黨人碑。平原試望江淹恨,故國深知宋玉悲。公子世家文苑傳,斯人一出竟何爲。"

《桃花扇》樂府斷句四十四首並序

[清]黃體正

云亭山人譜《桃花扇》曲,借秦淮之風月,描勝國之衣冠。其間離合悲歡可考,賢奸得失盡曲而史者也。流覽及之,慨然動美刺之情,切褒貶之志。因於每折後括其大意,綴以小詩,名曰"斷句",共得四十四首。匪敢誇顧曲知音,亦竊比諸詠史之例云爾。

江山佳處戲場開,舊事從頭說起來。時事太平人盡樂,簫聲吹滿鳳凰臺。《先聲》

故園哀弦不可聽,關心說到魯諸伶。飄蓬河海詼諧客,誰似當年柳敬亭。《聽稗》

柳外新鶯嚦嚦歌,豔陽天氣好風多。幾聲飄落秦淮水,無數游人喚奈何。《傳歌》

黨禍多緣憤激成,囂張習氣笑書生。留都防亂終須亂,雞肋尊拳記得清。《哄丁》

於思棄甲意牢騷,《燕子》《春燈》曲尚毫。才調也堪留一顧,名山清意不容逃。《偵戲》

二月清溪柳似烟，朱樓盒子會嬋娟。佳人難得如知己，一笑相逢兩意憐。《訪翠》

惜花心事爲花降，幽夢如烟鎖碧窗。莫遣夜深紅燭照，海棠枝上蝶成雙。《眠香》

巾幗居然大丈夫，堅持名義絕貪諛。衣冠多披黃金買，能似青樓一妓無。《却奩》

復社文章勝國推，名流高會共傳杯。笑他老阮難狂得，走到窮途哭不得。《鬧榭》

十萬雄師掌握中，如何馬首任西東。將軍自有勸宜策，算作籌邊保障功。《撫兵》

一紙能按十萬師，夷門聲價重當時。南都復社多名士，閑對青山自飲詩。《修劄》

妙論非徒待舌端，能明大義古來難。軍門潑水刀光白，長揖抬頭一笑看。《投轅》

英雄事業已難論，聊借温香愜夢魂。何故世人偏欲殺，茫茫離恨又聲吞。《辭院》

黃鶴樓高滿笛春，旌旗揮動大江濱。誰知把酒臨風會，翻作悲歌痛哭人。《哭主》

江山無主亂如麻，議立原來計不差。若把賢奸論得失，只分謀國與謀家。《阻奸》

更有誰爲社稷謀，都將奇貨易封侯。官銜依樣葫蘆畫，便是從龍第一籌。《迎駕》

龍盤虎踞舊江山，閭閻重開日月間。可惜論功推擁戴，頓教鹿馬混朝班。《設朝》

隨他凡卉鬥繽紛，蓮出淤泥靜裏芬。浪蝶狂蜂探未得，芳名端

不愧香君。《拒媒》

亂恤非關此日招，衰殘國脈本難調。中原寸土全輸却，不信將軍臂力驍。《爭位》

太息虛名將相兼，威權去矣只捫髯。當時憤事如高傑，我欲隨他聚族殲。《和戰》

長淮四鎮只留三，虎鬥防他兩視耽。法外調停憑一著，誰知不戰失河南。《移防》

山河回首是耶非，失路孤臣何處歸。漫羨豆棚閒話好，教人聽得淚沾衣。《閒話》

流水行雲意渺然，無端根觸舊時緣。戲場看到收場冷，付與詩人作話傳。《孤吟》

權貴由來世共趨，依阿偏在笑談餘。雖然雅對梅花飲，梅花稜稜不似蒪。《媚座》

墜樓容易守樓難，苦節貞心百煉間。風雨自狂花自落，子身如在望夫山。《守樓》

無限相思托素縅，貧拈歌扇手摻摻。桃花未肯隨流水，寄向天涯當故衫。《寄扇》

嚴詞直下頂門針，未殺權奸已快心。莫道持平惟復社，青樓亦可繼東林。《罵筵》

勝日憑將逸欲教，中原戎馬事全拋。薰風殿裏無愁曲，也算君臣葉泰交。《選優》

將軍斷頭本無能，孤貞防河士馬騰。一夜南來兵百萬，秣陵尤自看《春燈》。《賺將》

邂逅天涯又水涯，舞裙歌板舊同儕。風波一夕淒涼話，說得伊人分外佳。《逢舟》

看花多半爲花迷，休向花叢問舊蹊。若解桃源花是幻，更於何處著留題。《題畫》

禍刃包藏欲試鋒，諸君無乃自羅凶。由來亂世文章賤，何不冥冥寄遠蹤。《逮社》

脫去朝衫理素襟，愛山從此入山深。保身豈但師明哲，了却孤忠一片心。《歸山》

自古權奸籍事多，城孤社鼠待如何。最難言是清君側，跋扈紛紛學倒戈。《草檄》

去廟爲壇禮則然，傷心望帝子規天。當時一樣臨風淚，點滴何人到九泉。《拜壇》

錮黨坑儒一網收，秦災漢禍總堪憂。南都尚有清溪水，應免諸公付濁流。《會獄》

撤去深溝固壘師，戈操同室自誅夷。是非勝敗都休論，國脈如絲欲絕時。《截磯》

孤軍難護舊金湯，援絕兵殘又却糧。慷慨齊聲呼一死，梅花嶺骨到今香。《誓師》

君臣意見果然調，肅肅宵征當早朝。拋却江山尤自可，最憐珠寶沒人挑。《逃難》

笑他爭奪兩紛紛，不保明君保暗君。天子無愁隨處好，斷頭孤負烈將軍。《劫寶》

掏盡英雄拍手呼，茫茫何處問前途。江魚腹許孤臣藏，豈獨湘潭吊大夫。《沉江》

翠館紅樓一夢過，管弦回首變干戈。棲霞山是桃花洞，可惜漁郎識路多。《棲真》

悲歡離合只隨緣，治亂興亡莫聽天。解得是真還是幻，何愁平

地不成仙。《入道》

雲白山清境寂寥,傷心舊事話漁樵。聲聲歌入桃花扇,如賦江
南怨六朝。《餘韻》

(《帶江園詩草》卷一,道光十年刻本)

【按】 黃体正(1766—1845)字直其,號雲湄,廣西桂平金田
古程村(今莫龍村)人。嘉慶三年(1798)解元。後五次應考進士均
未中,由大挑二等補遷江縣訓導,後調爲西隆州學正,再任桂林府
訓導。任職桂林期間,廣西巡撫祁竹軒命他擬訂"科場條例",執行
數十年而不改。曾受聘爲全州、桂林、西隆州和本縣各書院山長。
晚年攉國子監典籍,後因病引退,回鄉築"帶江園"著書自娛。生平
見《帶江園集》卷首賴鶴年所作傳文。他才高養厚,學問淹通,詩文
詞賦百體兼備,其中竹枝詞佳作尤稱精警。他的詩撫時感事,憫人
憂世。著有《帶江園集》十四卷,包括詩草六卷、雜著六卷、時文一
卷、尺牘一卷,又有《帶江園詩餘》一卷。詩文集整理本有劉洋《帶
江園詩文集校注》,2001 年廣西大學碩士論文。

貝勒丹巴多爾濟求余扇詩

[韓]申 緯

風飄法曲度華茵,萬歲聲長放鴿辰。仙侶逶迤同蕩槳,御廚絡
繹幾分珍。

貪歡偶值佳公子,飽德何安遠道人。最是西園飛蓋夜,鏡天花
海夢中身。

(宴筵,丹貝勒向余款厚。每克食之,頒手刲羊,調酪以勸之。及宴罷,邀
過海澱別墅,引至後堂。前有歌舞之樓,榜曰"鏡天花海"。爲余演劇,至《桃

花扇》，音調悲艷動人。）

（《警修堂全稿》册一《奏請行卷》，《韓國文集叢刊》

第 291 輯，韓國民族文化推進會 2002 年版）

【按】 申緯（1769—1846）字漢叟，號紫霞。平山人。朝鮮李
朝著名詩人。才高學博，有"詩佛"之稱，又與李霆、柳得章並稱朝鮮三
大墨竹畫家。著有《警修堂文稿》、《紫霞山人鈔》二卷，編有《唐詩絶句
選》。後弟子金澤榮集申緯詩成《紫霞詩集》六卷，刊於江蘇省通州。

嘉慶十七年（1812）七月，朝鮮李朝爲請求册封世子等事，派出
陳奏兼奏請使團到北京，同年十二年使團歸國。其中時任司樸寺
正的申緯擔任書狀官。在申緯隨使團滯留北京期間，蒙古喀喇沁
左翼旗貝勒、領侍衛内大臣、御前大臣丹巴多爾濟曾宴請過他，並
邀他在自己的海澱别墅的後堂前的戲樓一同觀劇，所演劇目中有
《桃花扇》①。申緯形容《桃花扇》的演唱"音調悲艷動人"②。這次
演出的《桃花扇》也不是全本。丹巴多爾濟爲蒙古喀喇部王公，父
祖皆在宫廷任職，乾隆四十八年七月襲封紥薩克固山貝子，與乾隆
皇帝的關係非同一般。他後來又因在嘉慶八年陳德行刺案中救駕
有功，被超封爲貝勒、領侍衛内大臣、御前大臣。嘉慶年間（十一年
後），在每年一度筵宴朝正外藩、蒙古各地區王公、貝勒等及外國使
臣時，丹巴多爾濟均被召至御座前，賜酒成禮③。所以他能夠結識
朝鮮李朝使臣，並宴請和觀劇。《郎潛紀聞二筆》卷三"朝鮮重翁覃
溪詩"條載："鶴汀相國賽尚阿，道光朝嘗出使朝鮮，攜彼國申緯詩

---

① 程芸：《孔尚任〈桃花扇〉東傳朝鮮王朝考述》，《戲曲研究》第 102 輯，第 10—11 頁。
② 申緯：《貝勒丹巴多爾濟求余扇詩》，《警修堂全稿》册一，《韓國文集叢刊》第 291 輯，
韓國民族文化推進會 2002 年版，第 19 頁。
③ 參見寒瀑《御前大臣丹巴多爾濟軼事》，《歷史檔案》1993 年第 4 期。

翰一册,歸示朝士。筆墨嫻雅,稱覃溪先生曰翁文達公,蓋東人私諡也。昔雞林賈舶購白香山詩,此事尤爲雋雅。"①

象山歌妓桃花仙入籍水部以余舊守過訪

［韓］申　緯

　　忽遟佳人錦瑟邊,愁眉頓下一軒然。偏憐蕙質風塵老,不翹桃花卉木仙。

　　湖上歸來陳述古,江南惆悵李龜年。新腔譜出香君扇,可待侯生誓墨箋。

(《警修堂全稿》册四《戊寅録》,《韓國文集叢刊》
第 291 輯,韓國民族文化推進會 2002 年版)

　　【按】"戊寅"即清嘉慶二十三年(1818)、李朝純祖十八年。陳述古,應即陳襄(1017—1080),字述古,因居古靈,故號古靈先生,侯官(今福建福州)人。北宋理學家仁宗、神宗時期名臣。進士及第,歷官樞密院直學士,知通進銀臺司,提舉進奏院,後又兼侍讀,提舉司天監,兼尚書都省事等。其人公正廉明,識人善薦,著有《古靈集》二十五卷傳世。

李香君薦卷

［韓］申　緯

　　知否相思入骨深,揚塵滄海到如今。桂花香卷《桃花扇》,一樣

---

① 清陳康祺:《郎潛紀聞二筆》卷三,《郎潛紀聞初筆二筆三筆》,中華書局 1984 年版,第 372 頁。

侯公子苦心。

（《警修堂全稿》册十三，《韓國文集叢刊》第 291 輯，

韓國民族文化推進會 2002 年版）

【按】　“李香君薦卷”事，見前王繁緒《〈桃花扇〉傳奇書後》
按語。

新收明無名氏古畫二幀各繫一絕句（節録）

［韓］申　緯

其　一

仕女讀書圖

金釵斜墜鳳凰翎，是李香君是小青。非緒非情苔石畔，拋書一
卷《牡丹亭》。（《牡丹亭還魂記》，湯若士爲杜麗娘作也。）

（《警修堂全稿》册二十六《覆瓿集》，《韓國文集叢刊》

第 291 輯，韓國民族文化推進會 2002 年版）

【按】　此詩約作於憲宗五年（1839）五月至七月間。

題《桃花扇》傳奇

［清］宋之睿

鐵鎖長江咽晚潮，秣陵一望景蕭條。英雄兒女無窮恨，都向桃
花扇底描。

福人沉醉坐明光，日爲徵歌選舞忙。試取晚明較南宋，憐他猶
不及康王。（有書於長安門，云“福人沉醉未醒”云云。）

剩有維揚史道鄰，梅花嶺上墓嶙峋。南都結局忠貞少，抗節應

推第一人。

李香一傳作先聲，舊事新翻部曲清。復社東林人不少，擅場幾個似侯生。

血滴眉尖重自創，頰潮紅暈動唇槍。圓圓兩度甘從賊，可識秦淮有李香。

半壁偏安竟不能，兵來猶自演《春燈》。蕪湖出走傳車送，北去何顏見孝陵。

抽身全不染紅塵，狎客妖姬五六人。若輩尚知敦節義，行藏難問數名臣。

鍾山王氣逐烟銷，只剩秦淮水一條。舊事關心誰最切，蒼茫兩個老漁樵。

詞成付與小優吟，嚼徵含商叶雅音。江左興亡歸一扇，須知作易有憂心。

（《懷泉書屋詩稿》卷二，道光八年敘永宋氏刻本）

【按】宋之睿（1770—？），號思堂，四川敘永縣人。嘉慶十八年（1813）拔貢生。曾先後任閿鄉、宜陽、盧氏等縣知縣，陝州判官。著有《懷泉書屋詩稿》十六卷。劉大觀《玉磬山房詩集》卷十一有《與宋思堂論詩》、《玉磬山房文集》卷一有《宋思堂詩序》。

開篇從寫景入手，定下全詩淒涼、低沉的情感基調，總說《桃花扇》的內容包括了英雄救國失敗和兒女始合終離的遺恨。第二首批評福王即弘光帝不痛定思痛、臥薪嚐膽、勵精圖治、抗敵復國，而是每日徵歌逐舞、荒淫享樂，以致一載而亡。康王即宋高宗趙構雖也昏庸無能，對金一味屈膝妥協，又聽信奸臣之言，殺害岳飛，但猶能保得江南半壁，弘光帝與之相比，遠不能及。第三首讚揚史可法的忠貞愛國，維持危局，最後以身殉難。第四首指出侯方域的《李姬傳》爲孔尚任創作《桃花扇》提供了重要的素材,東林復社中的文人名士不少,被以主角身份在舞臺上搬演的恐怕只有侯方域一人。第五首稱頌李香君"却奩"和"罵筵"的事蹟,肯定和讚揚她的忠於愛情、反抗奸邪。同爲秦淮八豔、兩度"從賊"的陳圓圓,與李香君相比,應慚愧無地。此處的兩度"從賊"應指陳圓圓先被外戚田弘遇劫奪入京,後轉贈吳三桂爲妾(見胡介祉《茨村詠史新樂府》、葉夢珠《閱世編》和冒襄《影梅庵憶語》),李自成軍入北京後,又爲劉宗敏所奪。第六首批評弘光帝醉生夢死、只顧宴游嬉戲,以至於社稷僅剩的東南半壁最後也淪喪了,後逃至蕪湖、被執北上,三百年社稷家國在其手中淪亡的弘光帝應無顏面對艱辛創業的開國君主明太祖朱元璋的在天之靈。第七首評論"狎客妖姬",具體所指不詳,應該包括丁繼之、卞玉京和李貞麗等人,他們先後抽身遠去、擺脫塵塵世紛擾,雖地位卑微,却具節操、有義行,那些位高權重的大臣官員反而多出處有虧。第八首評論柳敬亭和蘇崑生。第九首總結,指出孔尚任填詞譜曲、創作《桃花扇》,將歷史興亡大事繫之"桃花扇"底,是憂世傷懷、暗藏深心,類似於文王演《周易》的。

閱《桃花扇》曲因感明季遺事作四首

[清]陳壽祺

　　鼙鼓漁陽嘯假狐,石頭城勢倚江孤。旌旗南國多連帥,裙屐東山半老儒。

　　閱武虛堂殘細柳,樂游別苑長寒蕪。興亡無限新亭淚,桃葉西風日又晡。(南朝)

長安似奕已蒼黃，太息孤臣兩鬢霜。江左祖劉空自誓，漢家平勃竟難望。

春風樓閣來擒虎，曉日旗竿怯射狼。盡悴總憐遺恨滿，未教碧血濺沙場。（史忠正、黃忠桓）

南朝誰識滑稽生，柳毅傳書借一行。唇舌神完高月旦，鬚眉氣壯失公卿。（柳敬亭）

愁來吊屈停杯泣，老去依劉斫劍鳴。最是舊游邀笛步，春江花月記分明。（柳敬亭）

元武湖頭鄂渚邊，風烟萬里入哀弦。徒悲嘘墓樵歌起，難問梨園女樂傳。

明月西宮思賀老，落花南國見龜年。金釵曲斷瓊枝歇，苦向臨春怨擘箋。（蘇崑生）

（《絳跗草堂詩集》卷五，清刻本）

【按】陳壽祺（1771—1834）字恭甫，又字葦仁，號梅修，又號左海，晚年慕武夷山水，又號隱屏，福建閩縣（今福州市）人。嘉慶四年（1799）進士，十四年（1809）充會試同考官，父母歿後不出仕，主講鼇峰、清源書院多年。生平事蹟詳見陳衍《（民國）福建通志》卷三十八《儒林傳》。著有《左海全集》（包括《左海文集》十卷、《絳跗草堂詩集》六卷、《左海文集乙編》二卷）、《五經異義疏證》三卷等。

秦淮訪李香故居題《桃花扇》樂府後

［清］陳文述

烏絲小字寫吳綾，璧月詞工狎客能。劍外張郎有題句，干戈影裏唱春燈。（船山題《桃花扇》句。）

血淚分明染竹枝，梁園暮雪競題詩。桃花宮扇今猶在，誰續蘭陵絕妙詞。（桃花扇在中州陳氏，蘭陵劉芙初曾見之。）

湘筠小閣畫簾秋，惆悵前朝吊玉鉤。讀到嬋娟長慶體，夜烏啼上媚香樓。（錢塘孫碧梧女士有《媚香樓》詩。）

翠冷香消事可哀，百年紅粉已成灰。吳門近識張公子，覓得蛾眉小影來。（近在吳門見張生伯冶摹李香小影。）

東下黃河起陣雲，只餘殘淚哭三軍。十年五度揚州過，再拜梅花閣部墳。

板磯列戍事紛紛，畫角吹殘日暮雲。曾向鳩茲江上過，亂山斜日吊將軍。

軍中長揖騁雄譚，眼見旌旗百戰酣。太息英雄消暮氣，樓船東下左寧南。

立節須爭末路名，貴陽畫筆最縱橫。女兒能作忠臣氣，奇筆何人寫芷生。（方芷生，楊龍友妾，與龍友同殉難。）

迷樓山海記新聞，九百虞初野史存。買得殘縑新樂府，南朝遺事總消魂。（余買得無名氏詠史樂府，所載勝國遺事爲多。）

停停仙影禮香龕，水繪荒園日暮探。我憶琵琶查八十，剪燈同譜《影梅庵》。（余與查梅史相約譜《影梅庵》傳奇，記董小宛事。）

絳雲殘月感啼烏，一樣芳名重尚湖。記向西虞山翠裏，重題殘碣表蘼蕪。（余訪河東君墓於尚湖之濱，重修且樹碣焉。）

往宮梧宮跡已陳，滇池天遠五華春。梅村樂府《圓圓曲》，別有才人寫美人。（舒鐵雲譜《圓圓曲》未成。）

云亭詞客最清狂，小傳閑繙壯悔堂。不寫英雄寫兒女，水天花月總滄桑。（侯朝宗《壯悔堂文集》有李香傳。）

蜀棧荊門劫火新，英雄兒女各沾巾。董家譜出《芝龕記》，忠孝
神仙別有人。（《芝龕記》，董恒岩所作，紀秦良玉、沈雲英事。）

烟雨淒淒夢蔣州，吳宮花草最工愁。今年大有消魂事，題遍秦
淮水上樓。

掌書捧硯坐桐霞，七字新題寫碧紗。解爲含光惜佳俠，鷗波仙
子碧城花。

（《頤道堂詩外集》卷九，嘉慶二十二年刻、道光增修本）

【按】陳文述（1771—1843），初名文傑，字譜香，又字雋甫、
雲伯，英白，沈明，後改名文述，別號元龍、退庵、雲伯，又號碧城外
史、頤道居士、蓮可居士等，錢塘（今浙江杭州）人。嘉慶時舉人，官
昭文、全椒等知縣。詩學吳梅村、錢牧齋，博雅綺麗，在京師與楊芳
燦齊名，時稱"楊陳"。著有《碧城詩館詩鈔》、《頤道堂集》等。

"船山"，即張問陶，作有《讀〈桃花扇〉傳奇偶題十絕句》，見前。
劉芙初，即劉嗣綰（1762—1820），字醇甫，一字簡之，號芙初，又號
扶初，江蘇陽湖（今常州）人。嘉慶十三年（1808）進士，改庶吉士，
授翰林院編修。少穎異，智慧過人。早游京師，知名當世。爲人和
平安雅，樂於助人。擅詩詞，工駢體文。著有《尚絅堂詩集》五十二
卷、《箏船詞》（一名《尚絅堂詞》）二卷。生平事蹟見《清史列傳》卷
七十二《文苑傳》三、張維屏《國朝詩人徵略》卷五十七、《晚晴簃詩
匯》卷一一九、《全清詞鈔》卷十七和《清詩紀事》嘉慶朝卷。劉嗣綰
曾在商邱陳氏家坐館，或在其時得睹"桃花扇"。《尚絅堂詩集》卷
十五"雪苑集（壬子）"題下注稱："新正由武昌取道襄陽赴豫，仍館
商邱陳氏。""壬子"爲乾隆五十七年（1792）。劉嗣綰與商邱陳氏中
的陳季馴交往密切，其詩集中有多篇與陳季馴的唱和、贈答詩歌，
劉嗣綰並曾爲陳季馴的詩集作序。《尚絅堂詩集》卷五有《秋扇

詞》、卷六有《題畫扇》、卷七有《畫扇》，其中也有"桃花"的詞語和意象，但不能確定是否與《桃花扇》或"桃花扇"有關。不過他在載於《尚絅堂詩集》卷二十八的《書陳定生〈秋園雜佩〉後即示季馴》的第一首中明確提到了《桃花扇》，因爲陳定生即陳貞慧是《桃花扇》出場人物之一："《秋園》一卷當陽秋，老去青門話故侯。却笑世人矜俗豔，桃花扇底説風流。"①《秋園雜佩》一卷，爲陳貞慧所作的分則記物隨筆，作於順治五年（1648），已是明亡之後。卷首有自作小序："荻洲鷗地，抱病來此，敗甔頹鐺，時煎惡草，以送日隙則攤書滌硯，未足以消耗閒心。偶拈數條，以爲寂曆之助，題曰《秋園雜佩》。道者曰：此子無福，少却松間一日瞌睡也。余笑而芥之。"可見其創作時的心境。《秋園雜佩》所記爲花鳥、筆硯、器物等，而且文筆閒散，但却不是無爲而作，而是寄寓著陳貞慧的深心、深蘊著他的悽惶和悲涼。黃宗羲《陳定生先生墓志銘》載："國亡之後，殘山剩水，無不戚戚可念。埋身土室、不入城市者十餘年，先生即甚貧乎。而遺民故老時時猶向陽羨山中，一問生死，流連痛飲，驚離吊往，恍然如月泉吟社也。"②《秋園雜佩》即作於這一時期。劉嗣綰也認爲陳貞慧的《秋園雜佩》"皮裏陽秋"，寓有不可明言的深意，並非隨意而作，要透過表象，挖掘深沉的内蘊，就像孔尚任的《桃花扇》一樣，不可只注目於其中侯方域和李香君淒豔、"風流"的悲歡離合，孔尚任創作該劇是別有深心的。"孫碧梧女士"即孫雲鳳，見前"《隨園詩話》"則按語。張伯冶，即張騏，字伯冶，號寶涯、金粟山人、一粟散

① 清劉嗣綰：《尚絅堂詩集》卷二十五，道光六年大樹園刻本，《續修四庫全書》第 1485 册，上海古籍出版社 2002 年版，第 234 頁上。
② 明黃宗羲：《陳定生先生墓志銘》，《南雷文定》卷七，康熙二十七年靳治荆刻本，《續修四庫全書》第 1397 册，上海古籍出版社 2002 年版，第 337 頁上。

人、蘼蕪山樵,浙江籍,僑居吳縣(今江蘇蘇州),生卒年不詳。咸豐間官廣西縣丞。善文翰,精楷書,工山水、花鳥、人物、仕女。畫作用筆縝密雅秀,得惲壽平法,妍秀近文徵明。有《京口三山圖》,題者甚衆。妻錢璞,字壽之,號蓮因,能詩善畫。夫婦嘗偕寓揚州賣畫,一時紙貴。傳世作品有同治五年(1866)作《倚樹聽泉圖》扇,圖錄於《名家藏扇集》。《然脂餘韻》卷一載:"同時吳門有張騏初者,字伯冶,其室人錢璞字蓮因,夫婦並工詩。蓮因詩見卷五。騏初納妾催妝見各家詩集。執如所雲伯冶,當即指騏初也。"梁章鉅《楹聯續話》卷之二"格言"載:"丹徒張伯冶巡檢騏偕其嘉偶錢蓮因女史守璞,並以詩畫擅名。論畫則伯冶爲精,論詩則蓮因尤健。粵西邊瘴之區,蓮因間關隨宦,能相其夫。甘於末秩,不以富貴利達薰其心,不愧女士之目。嘗因伯冶豪飲健談,爲手書楹帖於座右云:'人生惟酒色機關,須百煉此身成鐵漢;世上有是非門戶,要三緘其口學金人。'以閨媛能爲此格言,真不愧女士也。"

　　因爲侯、李情事淒豔絕倫,《桃花扇》事關興亡,清代民國時期還有關於"桃花扇"流傳、存世的記載,一併在此述及。

　　清王守毅(1794—約1881)有《李香君小像爲曾雨蒼士霖公子題》詩,作於道光二十六年(1846),見《後湖草堂詩鈔》卷十六,光緒間刻本。王守毅字懺生,河南固始人。著有《後湖草堂詩鈔》三十八卷,附《試帖詩鈔》一卷,《賦鈔》一卷。詩全篇如下:

　　　　青衫濩落老雕蟲,荏宿光陰憶宋中。一卷崔徽新省識,似經蕉頷怨東風。

　　　　小像原軸現弁商邱陳光署基處,基爲朝宗婿子萬裔。或言其筆墨非精,余是以在商八季未一請覽。今據雨蒼跋語,云伊舅氏寶瀛舫司馬得自潁州連氏,而連松谷先生於舊字畫鋪中購得之，實鹿大中丞佑得自陳氏者，則又似有兩軸。按朝宗的派業已式微□農，此圖流傳既久，儻亦好事者以意摹之，爲真爲贋，未可定也。

秣陵煙月小朝愁，江上簾波白下樓。□染血痕兼淚影，辛勤一扇亦千秋。

扇今在睢州某處，或云湯氏偶失記矣。据蔣心餘先生樂府注，云在山東張姓，非是。道光癸卯，商邱令嚴鐵生月課書院，以《桃花扇賦》命題，韻限"此扇今藏商邱陳氏"。崔梅溪司訓笑其大謬，並爲招陳小鸞孝廉詰爲證明之，嚴始悟。余聞扇製本不甚精，名流題詠雖夥而矜，見者言人人殊，類出偽製也。

乾兒義子銷除盡，名士忠臣姊妹□。（香君既定情朝宗，姊方芷云："妹□名士，儂□爲忠臣婦。"後嫁楊龍友中丞，中丞以死節著，方實成之。）一幅關人緣底事，九疑空□誤湘妃。

樂府新翻白練裙，魄將芳草葬朝雲。桃華瘦影□陽裡，杯酒□緣莫小墳。

宋茂才江樓向余言香君既□，朝宗爲築城南別業居之，歿後遂葬其處。今李姬園，實生莊宅地，遺址尚存。余喜聞其事，將約同人葺墓道，種桃花百樹護之。有知者笑曰："是乃李姓養□雞處，何與香君事？宋生妄誕語耳，徒爲惘然而已。"

□生魄可恩侯生，雪苑風高蓼水清。慚愧吾鄉才子少，令君失記欠分明。

鐵生語余以朝宗爲固始人，殆記昆生而訛者。蓋蘇昆生實固始周如松。□且執辨甚堅，余笑慰之云："姑不必爭，君但□□商邱姓侯人，則悉其原委矣。"嚴尋悟。

書生見識太模糊，歷歷名姝皈若無。氣節如卿□不認，枉矜門第艷司徒。

余屢以香君□朝宗事訪侯石庵廣文，竟懵然若不知曾有其人其事者。□□謔之云："香君氣節爲君家門戶之榮，豈不遠勝司徒公？君□憒憒乃爾。"石庵本太常公裔也。

刻本多用異體字，故字體多有不可辨識者，故將不可辨識及漫漶不清者以□代替。

晚清張祖翼《清代野記》中的《雁門馮先生紀略》記載：

項城袁文誠過臨淮，遣人以卷子索勤恪（按指喬松年）題詠，乃明季李湘君桃花扇真跡也。扇作聚頭式，但餘枝梗而已，血點桃花，久已漸滅，僅餘鉤廓。後幅長二丈餘，歷順治至同治八朝，名人題詠迨遍。勤恪命公（按指馮志沂）詠之，公曰"言爲前人所盡"，但署觀款以歸之。予時年尚幼，寶物在前，不知玩覽，可惜也。侯與袁世爲婚姻，故此卷藏袁氏，今不知存否？①

袁文誠（1826—1878）名保恒，字小午，河南項城人。原漕運總督袁甲三之子。道光二十七年（1847）中舉，越四年中進士，咸豐二年（1852）授翰林院編修。次年，他送親回籍，又赴安徽看望其父袁甲三，其父奏請將其留於軍中佐理軍務。咸豐七年（1857）授侍講學士，同治元年（1862）又加侍講、侍講庶子銜。同治十三年（1874），升任戶部侍郎、內閣學士。後又先後任吏部侍郎、刑部侍郎。光緒三年（1877），回鄉奔祖母喪，值河南大旱，奉命襄理賑災事務，次年六月病卒。②《項城袁氏家集》中有袁保恒與異母弟袁保

① 清張祖翼：《雁門馮先生紀略》，《清代野記》卷下，中華書局2007年版，第221頁。
② 袁保恒生平履行，據王忠和《項城袁氏家傳》"允忠允孝，一代家風"之三"袁保恒賑災殉職"，百花文藝出版社2007年版，第24—27頁。

齡合撰的《陳陳太夫人行述》，其中云："先繼慈姓陳氏，商邱太學生贈翰林院編修諱□公女，生長名門，博稽群書，識大體，明大義。"①張一民推測陳太夫人的父親可能爲陳宗石的來孫陳壇。袁保恒的繼母出身商邱陳氏，也可能就是他保有所謂"桃花扇真跡"的原因。

繆荃孫(1844—1919)有《明季小樂府》組詩十二首，末一首詠"桃花扇"：

> 云亭山人歌一曲，故臣遺老相向哭。黍離麥秀是耶非？半爲美人半朝局。
>
> 美人名重媚香樓，夫婿梁園第一流。勝地空傳桃葉渡，豔歌常在木蘭舟。
>
> 聘錢十萬揮閹黨，駔儈安能事田仰。拼將熱血濺冰紈，幻出桃花紅澹蕩。
>
> 舊院新亭涕淚頻，甘從禪榻證前因。杏花薦卷成佳話，又作弘農夢裏人。(扇藏商邱宋氏。侯元標中鄉榜，同考楊潮觀夢一女子，囑留心"桂花香"卷子。後得一表文，有"杏花時桂花香"句。蓋是年春鄉秋會也，侯乃壯悔之孫。一時喧傳李香君薦卷。)②

繆荃孫又記述"桃花扇"藏於商邱宋氏家中。

張伯駒(1898—1982)《春游紀夢》中有《崔鶯鶯墓志銘與李香君桃花扇》一篇，云：

> 又，余二十餘歲時，即聞岳武穆書《出師表》與楊龍友畫李香君之桃花扇，同在項城袁氏家(爲袁保恒之嫡支，非袁世凱

---

① 清丁振鐸輯《項城袁氏家集·母德録》，宣統三年清芬閣排印本。
② 清繆荃孫:《藝風堂文漫存》"癸甲稿"卷一，臺灣文史哲出版社1973年版，第181—182頁。

之一支)。後知武穆書《出師表》確在袁氏家,與《滿江紅》詞皆明人所偽,是以書體近祝允明。桃花扇則不在袁氏家,仍藏壯悔後人手,曾持至北京,故友陶伯銘見之。扇為折疊扇,依血痕點畫數筆。扇正背,清初人題詠無隙地。以紫檀為盒,内白綾裝裱。綾上題亦遍。伯銘極欲購藏,而索價五千,無以應,持去。再訪之,人已不在,扇迄今無消息,恐此二尤物,已均流入日本矣。①

陶伯銘,即陶祖光(1882—1956),字伯銘,又字北溟。現代篆刻家。江蘇武進人。工篆刻,精鑒別。收藏金石書畫多親自題跋。著有《翔鸞閣金石文字考釋》等。依張伯駒所說,"桃花扇"又在侯方域後人手中,陶祖光曾親見之。

樊增祥(1846—1931)有《菩薩蠻》"梁耼屬題葉南雪所摹李香君小像"四首,其中第二首作:"媚香燕子胭脂碎,今從畫裏尋香墜。誰解貌驚鴻,海南南雪翁。　春明邀看畫,三十年前話。玉蕊晚香新,最憐餘美人。""媚香燕子胭脂碎"後有小注云:"桃花扇舊藏陽羨陳氏,粤匪之亂,委於兵火。"②由此,又有"桃花扇"毀於太平天國起義時期的戰亂中的說法。

題李香小影(並序)

[清]陳文述

丙寅冬日,梅庵宮保勘河雲梯關,於安東行館壁間得明李香小

---

① 張伯駒:《春游紀夢》,遼寧教育出版社 1998 年版,第 79—80 頁。
② 樊增祥:《菩薩蠻》"梁耼屬題葉南雪所摹李香君小像",《樊樊山詩集》"樊山集外"卷六,上海古籍出版社 2004 年版,第 1918 頁。

影,寫在聚頭扇面上。長身玉立,著澹紅衣碧襦、白練裙。圖中梅樹二,映以奇礓。憑梅佇立,眉宇間有英氣、恨色。後署"辛卯四月爲香君寫照",款曰"洛生",印曰"馬振"。左方題一詩云:"淡淡春山淡淡妝,生來氣節異尋常。卻盦不肯歸奸黨,千古東林姓氏香。辛卯夏六月綠川漫題。"一圓印曰"毛偉"。按辛卯距甲申八年,距今年丁卯則百五十七年也。白馬青絲,空譚往事;《春燈》《燕子》,誰管興亡?而《桃花扇》樂府至今豔稱於酒旗歌板間。因備錄之,以補余澹心、孔東塘兩家之缺。

寒潮夜上秦淮曲,舊院春殘苔印綠。留得桃花扇底春,畫裏依然人似玉。

玉人玉立豔無雙,小影分明認李香。回首十三好年紀,彎環眉黛學鴉黃。

梁園詞客騷壇起,才名第一侯公子。豆蔻花前早目成,琅邪只合爲情死。

一握宮紈賦定情,果然名士悅傾城。只應丁字簾前水,花月江南過一生。

小玉風姿最明靚,佳俠含光氣尤勁。居然氣節勝東林,慷慨拒盦還卻聘。

燕子樓高志不移,可憐巾幗勝須麋。如何壯悔堂中集,佳傳仍多約略詞。

吁嗟乎!南渡衣冠真草草,水天閒話嬋娟好。殘紅冷翠吊滄桑,橫波人遠蘼蕪老。

云亭樂府點冰綃,雜記應增舊板橋。金粉千秋銷北里,煙花三月話南朝。

瘦影蹙眉態妍冶,沉憂也向毫端寫。馬遠丹青最擅長,毛萇訓詁尤都雅。

　　抛殘絹素未成塵,零落人間二百春。惆悵玉梅扶倩影,年年花落賦招魂。

　　　　　　　　(《頤道堂詩外集》卷八,嘉慶二十二年刻、道光增修本)

戲題《桃花扇》傳奇後

［清］斌　良

　　黨禍東林半激成,一時個儻重侯生。如何國恥無人雪,門口空嚴復社名。

　　　　　　　　(《抱沖齋詩集》卷四,光緒五年崇福湖南刻本)

　　【按】斌良(1771—1847)字吉甫,又字笠耕、備卿,號梅舫、雪漁,晚號隨莽。瓜爾佳氏,滿族。初以蔭生捐主事。嘉慶十年(1805)五月,補太僕寺主事。十月,升員外郎,充高宗皇帝實錄纂修官。十一年,任盛京兵部員外郎。十二年,補任户部員外郎。十六年(1811),升任郎中。十八年,隨協辦大學士托津赴河南平定白蓮教李文成等,賞戴花翎。後調陝西、河南等處任按察使等職。道光二年(1822),補太僕寺少卿。五年,同左都御史松筠赴三座塔,會同熱河都統那清安查訊誣控案扼及東土特旗牧場地使用等情。六年,因辦案不力,降爲户部郎中。十六年(1836),升任内閣侍讀學士。十八年,升太僕寺卿。二十二年(1842),升改通使。二十三年,升任都察院左副都御使。後調任盛京刑部。善爲詩,以一官爲一集,得八千首。其弟法良匯刊爲《抱沖齋全集》。

書《桃花扇》傳奇後

[清]包世臣

傳奇，體雖晚出，然其流出於樂。樂之爲教也，廣博易良，廣博則取類也遠，易良則起興也切。故傳奇之至者，必深有得於古文隱顯、回互、激射之法，以屬思鑄局。若徒於聲容求工，離合見巧，則俳優之技而已。近世傳奇以《桃花扇》爲最，淺者謂爲佳人才子之章句，而賞其文辭清麗、結構奇縱；深者則謂其指在明季興亡，侯李乃是點染，顛倒主賓，以眩耳目，用力如一髮引千鈞，累九丸而不墜者，近之矣。然其意旨存於隱顯，義例見於回互，斷制寓於激射，實非苟然而作，或未之深知也。

道鄰身任督師，令不行於四鎮，故於虎山自到時，著"三百年天下亡於我手"之語，以明責其罪。虎山罪明，則道鄰可見。不責高、劉者，以其不足責也。然福王之立也，道鄰中夜結士英以定議（事見朝宗《四憶堂詩》。梅村《九江哀》亦云："大學士史可法、馬士英定策，奉福藩世子。"）。福王立，則與崑山齟齬，無以得上游屏翰之力。而爲之曲諱者，蓋不欲專府獄。道鄰使馬、阮，反得從，從罪也。既書道鄰之死不明，而又書祭者，責其並不能求死於戰也。龍友死戰而不書者，以黨惡咎重，不許其以死自贖也。崑山之死也，特書"後世將以我爲亂臣"之語者，明其心之非叛，而罪則當死。蓋崑山不稱兵離楚，則馬、阮不奪虎山。許定國雖北渡河，尚可截淮爲守也。至北都自死諸臣，上不能致身以卹國難，下不能引退而遠利祿，是直計無復之欲買價泉裏耳。故藉書買射利之語，以深致其誚。其士人負重名、持橫議者，無如三公子、五秀才。而迂腐、蒙昧，乃與尸居者不殊。

　　然而世固非無才也。敬亭、崑生、香君皆抱忠義、智勇，辱在塗泥。故備書香君之不肯徒死，而必達其誠，所以愧自經溝瀆之流；書敬亭、崑生艱難委曲，以必濟所事，而庸懦誤國者無地可立於人世矣。賢人在野，立巖廊、主封域者非奸則庸，欲求國步之不日蹙，其可得乎？！然後爲師、爲長，端本爲士。士人倚恃門地，自詡虛車，務聲華，援黨與，以犄摭長短，其禍之發也，常至結連家國而不可救。此作者所爲洞微察遠，而不得不藉朝宗以三致其意者也。

（《藝舟雙楫》卷二"論文二"，道光二十六年

白門倦游閣木活字印安吳四種本）

【按】包世臣（1775—1853）字慎伯，號誠伯、慎齋，晚號倦翁，又自署白門倦游閣外史、小倦游閣外史。安徽涇縣人。涇縣於東漢時曾分置安吳，包氏舊居接近其地，故學者稱安吳先生、包安吳。他自幼家貧，勤苦學習，工詞章，有經濟大略，喜談兵。嘉慶十三年（1808）中舉，多次考進士不中，以大挑試用爲江西新喻縣令。就任年餘，又遭彈劾免職。此後曾先後爲陶澍、裕謙、楊芳等人幕客。他的生平著作，晚年收集、整理爲《安吳四種》一書。

題《桃花扇》傳奇並序

［清］王衍梅

　　孔稼部《桃花扇》結尾【秣陵秋】四十二句，作者自比吳梅村一首長歌。余謂哀感頑豔，殆於過之。旅齋無事，挑燈展讀，因如數題其後。

　　桃花扇墜鎖樓杳，菊部新歌妙擅場。四鎮蟲沙空蔓草，六朝雅

點幾垂楊。

爐灰已盡庚申畫，羽檄仍移戌巳防。慘澹風烟纏半壁，迷離雲雨夢高唐。

《春燈》曲裏《霓裳》破，璧月圓時《玉樹》涼。辱井燕脂緺帝子，秋堂蟋蟀鬧平章。

銅駝有淚抛金甲，石馬無聲卧鐵槍。閃閃螢流隋苑血，亭亭翠失漢宮妝。

狖兒撼索驚簫史，燕子衝牋泥阮郎。江上貔貅誰筦鑰，廐中緹騎又銀鐺。

鬼薪早報輸劉輔，囊木爭傳械范滂。僅見黃冠逃故吏，終成青蓋走羼王。

陸沉典午嗟何及，皇恐零丁暗自傷。豈曰無衣思復楚，可憐懷石竟沉湘。

招魂客剩張三影，落魄人悲脱十娘。斷雁枉駄窮塞主，鄰雞如哭板橋霜。

由來南渡君臣狃，劇過西山寇盜狂。一局棋差緣採礦，千金堤壞在蕭牆。

清流黨禍生奄禍，末劫兵荒坐色荒。遂有雅音懲板蕩，徒令佳話播平康。

英雄兒女都銷歇，紅殺啼鵑字數行。

（《綠雪堂遺集》卷八，道光刻本）

【按】王衍梅（1776—1830）字律芳，號笠舫，會稽（今紹興）人。自幼聰穎好學，背誦十三經不遺一字，爲文信手揮寫，食頃即成。十七歲考得童子試第一。嘉慶十年（1805）中進士。喜文嗜酒愛畫，常以醉酒跌宕自喜。衣著隨己心意，不修邊幅。爲人耿介自傲,不求權貴,頗有徐青藤之風。授粵西武宣縣令,未履任,因耽誤而去官,以幕友佐官,遍游粵東西各地。善治文,才華橫溢。著有《蘭雪軒》、《小楞嚴齋》、《靜存齋文集》、《紅杏村人吟稿》、《綠雪堂遺集》、《綠雪堂詩文集》。

連日驟暖,聞蟲聲。一夕大風嚴寒,忽憶楊芝樵詠《桃花扇》傳奇,戲和三斷句

[清]王衍梅

蟄蟲貪暖都爭出,一夕嚴飆却倒回。也似南朝花月盛,笙歌才沸大兵來。

花落南都不見春,却思戎馬更沾巾。大梁公子無聊甚,爭得匆匆近婦人。

《長生》一曲按《霓裳》,流落洪生事可傷。幾度乞花場上過,更無人説孔東塘。(乞花場,東塘所居。)

(《綠雪堂遺集》卷十五,道光刻本)

【按】 此詩作於道光十年(庚寅 1830)。楊芝樵,名不詳。《綠雪堂遺集》卷十五有《次韻楊芝樵茂才桂林見寄之作》、《楊芝樵過訪》。

題《桃花扇》傳奇

[清]梅成棟

清溪菱唱《秣陵秋》,扇底桃花續莫愁。要與江山爭不朽,美人名士又千秋。

(《欲起竹間樓存稿》卷五,天津志局匯刻本,1923 年)

【按】此詩作於道光四年（1824）。

《桃花扇》傳奇題詞

［清］朱錦琮

事關褒貶持綱紀，詩史從知曲亦史。有明開國三百年，挽近頹波竟如此。

十八孩兒動地來，九重天子投繯死。一葉分封神廟孫，千官擁戴福藩子。

立庭忘爾杯羹讐，越豔吳姬詔廣搜。《燕子箋》成狎客橫，秦淮煙月含清愁。

元改靖康政由檜，人無諸葛誰興劉？鉤鉅東林逮復社，青春思婦望高樓。

人面桃花分兩處，銅雀春深疇共語。憑將血淚寄天涯，正值烽煙悲道阻。

戈矛四鎮自相殘，閣部維揚特開府。一木難支大廈傾，梅花嶺上歸魂苦。

寧南靖南尚效忠，不學無術瘁厥躬。臺閣簪纓少籌策，漁樵脂粉多英雄。

餘分閏位古來傳，劫運難安半壁天。血戰河山瓦全解，丹誠兒女鏡重圓。

興亡離合非無故，試聽歌聲入綺筵。

（《治經堂詩集》卷二，道光四年刻本）

【按】朱錦琮（1778—？）字瑞方，號尚齋，浙江海鹽人。嘉慶間官安徽宣城知縣。後擢東昌知府。朱錦琮另撰有《治經堂文集》

四卷，與詩集合刊。

題《桃花扇》傳奇

［清］方　熊

無端狎客豔詞編，爭賞《春燈》《燕子箋》。轉瞬舞衫歌管歇，新聲獨付李龜年。

商邱公子最馳名，一語香君早定盟。他日却奩豪貴避，肯教名士負傾城。

排難當年有柳（敬亭）蘇（崑生），堅持氣節是陳（定生）吳（次尾）。誰知俠客名流外，更見青樓女丈夫。

重看黨禍搆東林，怨毒還於復社深。投得絶交書一紙，冥鴻何處更追尋。

殘陽疏柳秣陵秋，舊院荒涼古渡頭。寇（白門）鄭（妥娘）風流何處問，至今猶弔媚香樓。

寧南可惜是奇才，風鶴遥驚跋扈來。只手難扶危社稷，梅花嶺下有餘哀。

六代撑持幾百霜，福王一已判興亡。怪來嗚咽秦淮水，流到千秋憾自長。

金粉南朝一夢空，江邊戰血染霜楓。可憐扇上桃花點，更比胭脂井水紅。

（《繡屏風館詩集》卷五，道光刻本）

【按】　方熊（1779—1860）字子魚，常熟人。嘉慶二十四年（1819）舉人。有《繡屏風館詩集》十卷、《繡屏風館文集》四卷、《繡屏風館別集》一卷、《繡屏風館集外詩》等。

題《桃花扇》傳奇

［清］阿彌爾達

南國衣冠傀儡中，風流直與六朝同。至今剩有《桃花扇》，描寫忠奸筆自工。

一扇分離一扇逢，賞花悟道兩情濃。皈依終屬侯生快，才聽禪機意便慵。

鐵鎖千尋鍊大江，錦帆一片順風降。忠貞不料輸優妓，古寺清鐘午夜撞。

大廈將傾一木支，縱多雄略也難施。孤忠閣部真堪憐，江渡城圍尚誓師。

半壁江山已釜魚，那堪終日禦羊車。清名誰意歸蘇柳，一隱樵蘇一隱漁。

剩水殘山暫借棲，君臣當日竟昏迷。誤人究是春燈謎，羯鼓才摑接戰鼙。

寧南無術逞雄懷，轉使邊防空（去聲）兩淮。論定蓋棺非謬語，英雄應悔九江涯。

自古傾城本禍胎，侯生當日枉奇才。請看江左何時勢，尚擁嬌姿賦落梅。

此日何時尚論文，王公聯額古稀聞。烏絲《燕子箋》雖在，終愧梅花嶺上墳。

讀罷傳奇意自寒，誅奸褒善筆應難。曲中人亦隨流水，惟有青山落照殘。

（《漱芳齋吟稿》，嘉慶十五年刻本）

【按】 阿彌爾達(1781—1810)，杭阿坦氏，字福興，號綸溪，別號鶴亭。蒙古鑲黃旗人，世居河北豐寧。陝甘總督全保長子。自幼穎異，長益勵於學，蔭授兵部主事，轉戶部，遷理藩院員外郎。丁憂去官，釋服奉旨理張家口驛傳事，旋染疾卒，年僅二十九。生性瀟灑，有名士之風，喜讀書，耽吟詠。有《漱芳齋吟稿》。

　　第一首領起全篇，指出敘述弘光遺事的《桃花扇》刻劃人物細緻、工整。第二首評價侯方域，侯、李兩人從初識到重逢一直情意綿長，而當張瑤星棒喝點醒兩人時，還是侯方域首先頓悟，方才聽罷張瑤星講說禪機，兒女深情便隨即淡薄無蹤。第三首評價李香君，弘光君臣恃長江之險，以爲南京固若金湯，可以高枕無憂，却不料人算不如天算，興亡榮辱只在轉瞬之間。弘光朝將相官員身爲國家梁柱，忠貞却還不如李香君一個歌妓，清軍南下，多少南明官員望風迎降，而李香君則身在深山古寺、青燈黃卷、晨鐘暮鼓地度過餘生。第四首感慨史可法的孤身苦苦撐持危局，最後依然於事無補，當清軍渡河南下、勢如破竹、兵圍揚州時，史可法却還需要借助痛哭血淚來鼓舞士氣，守護城池、抵禦來敵。第五首批評弘光君臣在北方淪陷、清軍肆虐、農民軍到處流竄、明朝所有僅剩江南半壁之時，尚自醉生夢死、昏昏度日，阮大鋮進獻的《春燈謎》等誤盡君王、社稷，君臣正在徵歌逐舞之時，不料敵人即將兵臨城下。第六首批評左良玉不學無術、有勇無謀，不計後果、目光短淺，率兵貿然東下，致使馬阮調兵堵截，江北空虛，清軍直入，弘光政權覆滅。若能預知後日"出師未捷身先死"、自己命喪九江，左良玉自己也要悔恨不已。第八首中，作者首先重拾陳詞濫調，贊同"紅顏禍水"的庸俗觀念，認爲侯方域在當時也枉稱奇才，在社稷河山傾危之時，不思出力報國，却還在沉溺於兒女情長、酬詩贈歌中。第九首批評錢謙益和王鐸，兩人身爲朝廷重臣，在局勢危殆時，不思盡心竭力、出謀劃策、輔助君王勵精圖治、收復失地，而是一個汲汲於"哑正文體"，一個寫就"萬事無如杯在手，百年幾見月當頭"的聯語、引得君王只顧及時行樂。王鐸以烏絲欄親筆書寫的《燕子箋》曲本雖然尚在，面對梅花嶺上史可法的忠魂，能不慚愧無地！末一首結束全篇，《桃花扇》對善惡人等的形容、描述和暗寓的批判使人警醒，孔尚任以曲本懲惡揚善、在精神和功用上可繼使"亂臣賊子懼"（《孟子·滕文公下》）的孔子所作的《春秋》，實屬難能可貴。最後又以寫景挽結，劇中人物無論善惡，早已如流水般逝去，消失在歷史的風烟中，只有殘陽落照下的青山依舊，無情地見證著一次又一次的興亡變幻。其中情緒低沉，悲涼，深蘊著作者對於歷史滄海桑田的複雜思索。

閱《桃花扇》見蘭姊題詩因用其韻作詩二首

[清]竇徵榴

小朝僅保石頭城，擁立偏教逆黨成。摧折風流憐靜女，間關戎馬歎書生。

孤舟漂泊離群雁，別殿凄涼歇囀鶯。舊事繁華江左盡，都歸才子寄閒情。

撥亂曾無衆志城，舊時奄孽勢偏成。橫江空托調元相，倚幕誰憐避罪生？

意氣市人知俊鶻，飄搖名妓歎啼鶯。南朝興廢無窮感，付與鴛鴦一段情。

（《蘭軒未訂稿》附《桂園詩稿》，道光十一年刻本）

【按】 竇徵榴(1781—1810)字桂園,豐潤人。諸生。著有
《征次吟》、《岳陽吟草》。生平見《桂園詩稿》卷首王庚撰《桂園夫子
詩稿後傳》。《遵化詩存》於其小傳後引其甥王庚序云:"舅氏桂園
先生負不羈之才,詩灑然出塵。丁母憂,築斗室,坐卧其中,悲來輒
哭,遂攖痼疾卒,年三十而歿。舅氏一門風雅,長姊蓮溪、次姊蘭軒
俱嫻吟詠,著《並芳集》行世。"對王庚原序有刪節。竇蘭軒即王庚
母。竇蘭軒《蘭軒未訂稿》二集有《哭桂園》詩,云:

> 一生真不愧儒風,三十年來一夢中。兒女艱難憐白傅,胸
> 襟磊落羨元龍。

> 詩筒欲寄征人遠,鵬鳥空悲往事同。萬卷青箱誰可付,茫
> 茫千古恨難窮。

清孫贊元編輯《遵化詩存》卷四(有光緒十三年(1887)刻本)選
收後一首,改題《題〈桃花扇〉用蘭姊原韻》。

高陽臺·題李香君小影

[清]孫蓀意

曼臉勻紅,修蛾暈碧,内家妝束輕盈。長板橋頭,最憐歌管逢
迎。無端鼙鼓驚鴛夢,恨倉皇雲鬢飄零。黯消凝。舊院春風,芳草
還生。　　桃花扇子携羅袖,問天涯何處,寄與多情。廿四樓空,
白門明月凄清。江山半壁成何事,但蒼茫一片蕪城。莫傷心。金
粉南朝,猶剩娉婷。

(《衍波詞》,《小檀欒室彙刻閨秀詞》本)

【按】 孫蓀意(1783—?),原名琦,字秀芬,一字苕玉,浙江仁
和人。孫震元女,嫁貢生高第(穎樓),夫婦間頗多唱和。八歲即能

吟詠,工詩,有《貽硯齋詩稿》。兼擅倚聲,有《衍波詞》二卷。平生愛貓,著《銜蟬小錄》。

題《桃花扇》樂府

[清]陳 曇

月照秦淮水上樓,南朝往事不勝愁。玉雨金罂尋春後,白馬青絲落日秋。

空見黨人開越網,幾聞諸將佩吳鉤。祇今數點興亡淚,向爾桃花扇底流。

(《海騷》卷一"辛酉至癸亥",嘉慶間刻本)

【按】 此詩作於嘉慶六年(辛酉 1801)。陳曇(1784—1851)字仲卿,號海騷,廣東番禺人,官至澄海訓導。少能詩,從伊秉綬學。布政使曾燠開閣禮士,曇受知最深,揚名嶺海。應順天試不遇,客山右凡數年,遊歷名山,晚歲退居吟詠。性亢直,篤風儀,善書法,精史學。著有《海騷》六卷、《感遇堂詩集》八卷、《文集》四卷、《外集》四卷、《鄘齋雜記》八卷等。

《桃花扇》劇二首

[清]陳 沆

梨園小部進勾欄,博得君王一笑看。腰下紛紛服蕭艾,當門爭忍見鋤蘭。

瞥眼金陵王氣收,舉杯空見月當頭。笙歌譜出興亡恨,依約桃花咽水流。

（《稻薲集詩鈔》不分卷，鈔本，天津圖書館藏）

【按】陳沆（1785—1825），原名學濂，字太初，號秋舫，室名簡學齋、白石山館。蘄水（今湖北浠水縣）人。清代古賦七大家之一，被魏源稱爲“一代文宗”。嘉慶十八年（1813）中舉，二十四年（1819）中一甲一名進士。其策論文章，氣勢雄渾，論述精闢，筆力奇健，授翰林院修撰。道光二年（1822），任廣東省大主考（學政）。次年，任禮部會試同考官。官至四川道監察御史。著有《近思録補注》十四卷、《簡學齋詩存》四卷、《簡學齋詩删》四卷、《白石山館遺稿》、《詩比興箋》四卷、《館課賦存》一卷，《館課試律存》一卷、《館課賦續鈔》一卷等。

讀《桃花扇》傳奇書柳敬亭事

［清］康發祥

老作諸侯座上賓，少年亡命走風塵。魯連東海收奇策，皋羽西臺哭故人。

歲月久歸羊馬劫，談諧不怕虎狼瞋。如何讕語王貽上，酒市茶坊例此身。（王貽上云：“聽其説書，與市井無異。”余不以爲然。）

（《小海山房詩集》卷九，稿本）

【按】康發祥（1788—1865）字瑞伯，號伯山，泰州人。滿族。歲貢生，曾任太常寺博士。著有《伯山詩鈔》、《伯山文鈔》、《小海山房詠史詩集》、《讀史隨筆》、《三國志補義》、《伯山詩話》一卷、《續集》一卷，有《海陵竹枝詞》。“王貽上”即清初詩壇領袖、“神韻派”的代表人物王士禛（1634—1711）。王士禛對於柳敬亭的評價見於《分甘餘話》卷二，云：“左良玉自武昌稱兵東下，破九江、安慶諸屬邑,殺掠甚於流賊,東林諸公快其以討馬、阮爲名,而並諱其作賊。左幕下有柳敬亭、蘇崑生者,一善説評話,一善度曲,良玉死,二人流寓江南,一二名卿遺老,左袒良玉者,賦詩張之,且爲作傳。余曾識柳於金陵,試其技,與市井之輩無異,而所至逢迎恐後,預爲設幾焚香,瀹芥片,置壺一、杯一;比至,徑踞右席,説評話才一段而止,人亦不復强之也。愛及屋上之烏,憎及儲胥,噫,亦愚矣!"①後爲張宗柟纂集入《帶經堂詩話》卷二十四"破邪類"。②

　　明末清初的各類人物對柳敬亭的投詩贈歌主要包括兩方面的内容,一是品賞和讚揚他的高超的説書技藝,二是通過對柳敬亭的歌詠寄予自己對歷史變幻、朝代興亡的感慨。③但其中也不乏批評的聲音。如康發祥詩注中提到的王士禛。王士禛在上引《分甘餘話》文字中對柳敬亭的記述和評價,主要是不滿於當時部分金陵的"名卿遺老"對於身爲一介説書藝人的柳敬亭的過分禮遇。平心而論,王士禛給予柳敬亭的"與市井之輩無異"的評價本無可厚非。柳敬亭的身份本就是一位説書藝人,如上所述,當時的各種人物酬贈柳敬亭的詩文詞的主要内容之一就是描述和讚揚他高超的説書技藝,涉及肯定柳敬亭的仁義性格和形象的内容既在篇幅上不突出,也並不具體細緻。對於寄慨的一方面,王士禛生之也晚,對於明清兩朝的興亡隆替缺乏切身的經歷和體會,自身又在新朝官至刑部尚書,同時作爲二十四歲即成進士的有才有爲之士,他對當時清朝早已定鼎中原、國勢穩固的現實和文字獄有所抬頭的情況當

---

① 清王士禛:《分甘餘話》卷二,中華書局 1989 年版,第 52 頁。
② 見清王士禛著、張宗柟纂集《帶經堂詩話》卷二十四,人民文學出版社 1963 年版,第706—707 頁。
③ 參見高峰《論明清文人筆下的柳敬亭》,《徐州師範大學學報》(哲學社會科學版)2011 年第 6 期,第 30—35 頁。

有清醒的認識,因而對於在明亡後到處講説前明名將左良玉的事蹟、常常引得聽衆感慨流涕的柳敬亭,王士禎評價不高也是可以理解的了。左良玉傳檄討伐馬、阮,本屬正義之舉,却不料因此引發了後來的一系列的連鎖反應,以正統觀念而論,他還曾經"要君",所以在明亡之後,對他的評價多不高,與之關係密切、曾入其軍幕的柳敬亭在明亡後到處講説左良玉的生前事蹟,既出於以其本業報左的知遇之恩,其中也就不免摻雜私念。聽衆感慨流涕也多並非表示肯定左良玉,而是因爲柳敬亭説書的高超技藝所感染,和返觀自身、引發經歷興亡變幻後的自己積蓄於心底的細微感受和深沉慨歎。

康發祥給予柳敬亭很高的評價,而不滿於王士禎的説法的一個重要原因可能是他和柳敬亭爲同鄉,替鄉里的這位知名人物辯護,維護其聲譽和地位。而對於王士禎對柳敬亭評價不高的原因,康發祥的觀點如下,見於其《伯山詩話後集》卷一:

> 吾鄉柳敬亭豪俠士也,以趙壹之亡命,效張禄之改名,隱身説書,滑稽善辨,通侯大帥皆優禮之。而貽上亦譏之曰:"聽柳某之説書,與市井無異"。蓋敬亭説書之時,言語湊巧,旁若無人,曾有言侵射貽上,而貽上以此報也。貽上爲人本隘,"清瘦李於麟"之目,信其不誣。余《讀〈桃花扇傳奇〉書柳敬亭事》云:"老作諸侯座上賓,少年亡命走風塵。魯連東海收奇策,皋羽西臺哭故人。歲月久歸羊馬劫,談諧不怕虎狼嗔。如何讕語王貽上,酒肆茶坊例此身。"末句爲敬亭一泚前言。[1]

----

[1] 清康發祥:《伯山詩話後集》卷一。

其中，"清瘦李于麟"當作"清秀李于麟"，出自清吳喬的《答萬季野詩問》："問云：'今人忽尚宋詩如何？'答曰：'爲此説者，其人極負重名，而實是清秀李于麟，無得於唐。唐詩如父母然，豈有能識父母更認他人者乎？'"①而且吳喬在此處是用以評價王士禛的詩風和他對明代七子派詩學思想和詩歌風格的繼承和學習，與王士禛的人品和行跡無涉。康發祥所説的柳敬亭"曾有言侵射貽上，而貽上以此報也"，更是屬於揣測之言，缺乏文獻記載。康發祥對於王士禛給予柳敬亭的評價表示不滿，嚴厲譴責王士禛，是他在《伯山詩話後集》中談論王士禛對吳嘉紀（1618—1684）的批評時連帶而及之的。而吳嘉紀也是泰州人，可見康發祥在反對王士禛時是爲了"鄉賢"的聲譽和地位，而不免出語激烈的意氣之爭。康發祥所謂的"魯連東海收奇策，皋羽西臺哭故人"將柳敬亭比擬爲戰國末期曾"義不帝秦"的魯仲連，又將其比擬爲南宋遺民、著名愛國詩人謝翱，將左良玉比之爲文天祥。以柳敬亭在左良玉軍幕中的表現和作用來看，他是無法和"爲人排患釋難、解紛亂"（《趙國策·齊策》）的魯仲連相提並論的。吳偉業《柳敬亭傳》對柳敬亭在左良玉軍幕中的事蹟的記載有兩件，一是代左良玉傳言阮大鋮，希望他能"捐棄舊嫌，圖國事於司馬也"，後來因爲馬、阮築城阪磯，雙方的溝通失敗；二是救助陳秀，則純屬私人恩義。②而且，魯仲連自言："所貴於天下之士者，爲人排患釋難、解紛亂而無所取也。即有所取者，是商賈之人也，仲連不忍爲也！"而如上所述，柳敬亭則有較重的名利之心，甚至對於宋徵輿説出："相從久之，無一字與我，何用

---

① 清吳喬：《答萬季野詩問》，《清詩話》（上），上海古籍出版社 1978 年新 1 版，第26 頁。
② 見清吳偉業《柳敬亭傳》，《吳梅村全集》卷第五十二，第 1057 頁。

故人爲?"的話。就康發祥所謂的"皋羽西臺哭故人"而論,左良玉是完全無法和文天祥相提並論的,柳敬亭當然也無法和謝翱相比。吳偉業在所作《柳敬亭傳》中敘述柳敬亭救助陳秀後,說道:"其善用權譎,爲人排患解紛率類此。"隱隱之中也將柳敬亭比擬爲魯仲連。①黃宗羲在其《柳敬亭傳》的篇尾對此做了批評:"偶見梅村集中張南垣、柳敬亭二傳,張言其藝而合於道,柳言其參寧南軍事、比之魯仲連之排難解紛,此等處皆失輕重。亦如弇州志刻工章文,與伯虎、徵明比擬不倫,皆是倒却文章家架子。余因改二傳。其人本瑣瑣不足道,使後生知文章體式耳。"②黃宗羲在傳文中還說道:"錢牧齋嘗謂人曰:'柳敬亭何所優長?'人曰:'說書。'牧齋曰:'非也。其長在尺牘耳。'蓋敬亭極喜寫書調文,別字滿紙,故牧齋以此諧之。嗟乎,寧南身爲大將,而以倡優爲腹心。其所授攝官,皆市井若己者,不亡何待乎?!"③言下之意,黃宗羲也認爲左良玉是"不學無術"。對於身爲著名學者、歷史學家的黃宗羲,僅爲一介說書藝人、又在左良玉軍幕中無甚作爲、明亡後苟活於世的柳敬亭,在明亡清興的事變中、在君臣將相、大量的仁人志士、烈士列女、殉難軍民、遺老遺少、無家百姓中僅爲滄海一粟的柳敬亭,當然無法入其法眼。黃宗羲在明清興亡的宏大歷史視野中批評"不學無術"的左良玉,連帶而及於本爲平常市井之人的柳敬亭,是合情合理的。

此外,夏荃在其《退庵筆記》卷七"柳敬亭"條中就王士禛對柳敬亭的評價也有駁論,謂:"新城尚書言語妙天下,好雌黃。其醜詆左良玉作賊,目其幕客柳敬亭、蘇崑生爲左黨,深尤明季諸老爲良

---

① 見清吳偉業《柳敬亭傳》,《吳梅村全集》卷第五十二,第 1057 頁。
② 清黃宗羲:《柳敬亭傳》,《黃梨洲文集》,中華書局 1959 年版,第 87—88 頁。
③ 同上書,第 87 頁。

玉左袒,並貶柳老技,謂'與市井無異',其論極不允。""漁洋官揚州
司李時,年甚少,華胄貴達,負其才氣,淩鑠一時,何有於柳老?""漁
洋特創爲此說,抹寧南兼抹敬亭,耳食者遂謂柳技平平,且目爲左
黨,冤乎!"①同爲泰州人的夏荃,其言論也明顯因帶意氣而嫌過
激。首先,王士禛評價柳敬亭和蘇崑生的文字,應該是隨手書寫,
並沒有什麽所謂的"險惡用心"(見高峰《論明清文人筆下的柳敬
亭》),夏荃卻認爲是"特創爲此說"。其次,以柳敬亭在左良玉死後
傾其所長、到處講說左的生前事蹟而論,以其中蘊含的報左的知遇
之恩的動機和目的而論,稱柳敬亭爲"左黨"中人,也並不違背事
實,而且王士禛在《分甘餘話》的記述中並沒有提及柳敬亭講說左
的事蹟,也沒有將柳敬亭視爲所謂的"左黨"中人。再次,清初文人
記述柳敬亭高超的說書技藝的大量詩文詞作品俱在,王士禛以己
一人之簡短的文字、直截的論斷,何以能抹煞和貶低柳敬亭及其說
書技藝?!實際上,王士禛也並無此動機和目的。

閱《桃花扇》傳奇題後

[清]林 楓

　南朝天子風流甚,甲馬聲中唱《懊儂》。四鎮紛紛各擁兵,何人
萬里樹長城?
　將軍解讀名臣傳,只把區區座位爭取。

(《聽秋山館詩鈔》卷一,同治十一年刻本)

　【按】 林楓(1788—1867)字苻庭,號退村居士。福建侯官縣

---

① 　清夏荃撰、徐進、周宏華、李華校注:《退庵筆記校注》卷七,鳳凰出版社2011年版。

人。道光二十年(1840)舉人。翌年起兩次入京,連試不第。從此悉心學問,多有成就。他通音韻,工詩,精於岐黃,又諳地方掌故。家境清貧,晚年靠行醫自給,尤勤於著述。著有《榕城考古略》上中下卷、《聽秋山館詩鈔》十卷、《全閩郡縣圖記》八卷、《醫學匯參》十卷等。

題《桃花扇》院本四首

[清]陳偕燦

茫茫何處舊邗溝,憑弔興亡自水流。亂世烟花還有骨,南朝天子本無愁。

孤城鼙鼓聞千里,壞土衣冠葬一坵。莫問後庭歌舞地,暮鴉啼斷秣陵秋。

商邱公子舊知名,愛聽嬌喉擫笛聲。玉樹徵歌還按拍,桃花對影可憐生。

天涯芳草尋殘夢,眼裏青山憶夙盟。記否媚香樓上月,燈昏被冷不勝情。

勾黨新朝劇可憐,東林荼毒慘株連。中興事業《春燈謎》,元老經綸《燕子箋》。

故國魂消河滿子,江南春老李龜年。河房宴罷燈船散,愁絕秦淮水榭邊。

度曲談詞俠氣消,劫來江上話漁樵。瓊花此地餘殘劫,金粉從來怨六朝。

末路英雄閑説偈，下場風月怕聞簫。殘山剩水重回首，不見紅欄長板橋。

（《鷗汀漁隱詩集》卷一，道光二十五年刻本）

【按】 陳偕燦（1789—1861）字少香，號咄咄齋居士、咄翁、蘇翁、鷗汀漁隱。江西省宜黃縣人。年九歲即能以“槐花黃，舉子忙”巧對“《文選》熟，秀才足”。少好六朝文，後習兩漢唐宋諸家文，下筆縱橫，不可一世。年十二，習舉子業。以家貧，年十六即設館授徒。年十九應府試，博第一名，應聘爲宜黃鳳岡書院講習。道光元年（1821）中舉。屢應禮部試均落第。十二年（1832），入京任教習。十八年（1838），爲閩中教習。一度代理福建長泰、惠安知縣，爲官有膽識，同情百姓，以善於調解民間械鬥而受到稱頌。二十年（1840），因被人中傷，以母喪棄官僑居閩間，遂不復出仕。嘗游齊、魯、燕、趙、吳、越間，與阮元、陶澍、曾燠等以文章氣誼相契洽。亦善書畫，書法古秀似東坡，畫有逸趣。罷官後，家甚貧，以書畫自給。著有《鷗汀漁隱詩集》六卷、《鷗汀漁隱詩續集》三卷、《鷗汀漁隱詩外集》。生平參見《鷗汀漁隱詩集》卷首林昌彝撰《宜黃陳少香先生小傳》。

李香君小影爲張辛田大令題

［清］陳偕燦

舞衫歌扇疊空箱，一角紅樓倚夕陽。若使商邱堅晚節，鶯花羞殺顧眉娘。

落盡桃花靜掩門，板橋流水月黃昏。平生眼福能消受，親見湘妃血淚痕。(桃花扇今存陳望之中丞家,余及見之。)

(《鷗汀漁隱詩續集・呻吟小草》,道光二十五年刻本)

【按】 陳望之,名淮,商邱人,官至江西巡撫。衆人均説是在商邱陳氏家中看到"桃花扇",應該是因爲陳貞慧的四子陳宗石(1644—1720)爲侯方域的贅婿。張辛田,即張用禧,安徽桐城人,曾在福建任過知縣。

題《桃花扇》傳奇

〔清〕李彦章

剩水殘山百感生,飄零金粉尚多情。南朝新曲催新譜,西內無人諫夜行。

江上羽書飛騎恨,宮中鸞紙按歌聲。可憐銅輦琵琶淚,草草秋衾夢未成。

各領公卿位禁都,何曾江左見夷吾? 一朝花月春燈錯,半壁東南玉樹孤。

宮體詞催江令豔,秋風人老董逃呼。淒涼故劍長干怨,商女依稀話有無。

專閫揚州疊鼓望,三分淮蔡自披猖。出師丞相猶前表,截渚龍驤又外防。

四鎮移營旗轍亂,一城壯士涕洟長。石頭曲自悲袁粲,地老天荒更渺茫。

緹騎餘威廠衛開，清流羅織禍難猜。齊名北寺多新案，點將東林本鳳胎。

名士黄沙持獄急，南州丹檄逼江來。金甌已缺神京晚，誰測黄門黨錮哀。

俠烈裙釵易斷腸，大堤又唱兩生行。畫蘭隱佛空香夢，負鼓還山共道場。

春院重來添墜絮，秋心何處說干將。善才已死龜年老，誰醉佳人錦瑟傍？（蘇昆生、柳敬亭有說劍圖。）

板橋煙雨怕銷魂，鏡約釵盟忍細論。才子墜鞭緣綺語，美人歌扇是情根。

青山俠氣留談柄，紅豆春懷減水痕。當日蘭成總惆悵，年年秋草說王孫。

（《榕園詩鈔‧都門舊草》卷下，道光二十六年刻本）

【按】 李彦章（1794—1836）字蘭卿，號榕園，福建侯官（今閩侯）人。嘉慶十六年（1811）進士。初由内閣中書出爲廣西賓陽知縣，累擢廣遠知府、福建延建邵道、山東鹽運使、署江蘇按察使。撰有《榕園全集》。

曲話（節錄）

［清］梁廷枏

卷　三

《桃花扇》筆意疏爽，寫南朝人物，字字繪影繪聲。至文詞之妙,其豔處似臨風桃蕊,其哀處似著雨梨花,固是一時傑構。然就中亦有未愜人意者:福王三大罪、五不可之議,倡自周鑣、雷演祚,今《阻奸》折竟出自史閣部,則與《設朝》者大相徑庭,使觀者直疑閣部之首鼠兩端矣。且既以《媚座》爲二十一折矣,復加入《孤吟》一折,其詞義猶之家門大意,是爲蛇足,總屬閑文。至若曲中詞調,伶人任意刪改,亦斯文一大恨事。然未有先慮其刪改,而特於作曲時爲俗伶預留地步者。今《桃花扇》長者七八曲,其少則四五曲,未免故走易路;又以左右部分正、間、合、潤四色,以奇偶部分中、戾、餘、煞四氣,以總部分經、緯二星,毋論有曲以來,萬無此例,即謂自我作古,亦殊覺淡然無味,不知何所見而云也。(然琴川瞿頡《鶴歸來》曲首折《發端》、末折《收場》,似仿《桃花扇》爲之,不特從來院本所未有,亦院本所不必有也)

《桃花扇》以《餘韻》折作結,曲終人杳,江上峰青,留有餘不盡之意於烟波縹緲間,脫盡團圓俗套。乃顧天石改作《南桃花扇》,使生旦當場團圓,雖其排場可快一時之耳目,然較之原作,孰劣孰優,識者自能辨之。

(《藤花亭十種》,道光十年刻本)

【按】 梁廷楠雖讚賞《餘韻》出的脫盡俗套,但對孔尚任在《桃花扇》的創作中體現出來的其他匠心獨運的有意創新卻不以爲然。平心而論,孔尚任在《綱領》中以功能作用和彼此關係對《桃花扇》中的主要出場人物進行多層次的分類和歸納,左、右部下各分正、間、合、潤四色,奇、偶部下各分中、戾、餘、煞四氣,有刻意講求對稱和照應的嫌疑。但具體到劇作文本中,除了一經一緯,老贊禮和張瑤星貫串首尾的作用凸顯得較爲直露外,左右奇偶、四色四氣的分類、歸納並未影響到主要出場人物的形象的塑造和性格的顯現,未使得這些人物的形象塑造和主要行爲顯出圖解《綱領》、刻板造作的嫌疑。梁廷楠的批評顯得有些苛刻了。《桃花扇》之後,確實有個別幾部戲曲在人物形象的分類、歸納上效仿了《桃花扇》,部分左右、奇偶,下又再分色、氣。

加二十一出《孤吟》的位置在《桃花扇》下本之首,從出目下標的年號月份和具體劇情,可知此出是與試一出《先聲》前後照應、關聯的。而且它的作用還不止於此。孔尚任在《本末》中提到他曾於康熙四十五年(1706)在劉中柱的衙署中觀看《桃花扇》的演出,"凡兩日",即共演出了兩天。這是多達數十出的長篇傳奇戲曲在當時上演普遍所需的時間。有許多時人的記載可證。因爲當時傳奇戲曲仍處於繁盛發展的時期,尚多以全本的形式搬演。《桃花扇》分上下兩本,便是爲了適應演出的需要。我們可以推測,孔尚任在《本末》中記載的《桃花扇》問世後的前後數次搬演所用的時間均爲兩天,而且是分別演出上下本。試一出《先聲》中老贊禮登場、講說家門大意,在下本之首,即第二天重又開演時,老贊禮再次登場,有助於前後兩天演出之間的順利過渡,而且觀看第二天演出的觀衆中可能會有未觀看前一天的演出者。老贊禮述説他自己的觀演感受,有助於使觀衆受此影響、帶著此種情緒再次進入接受活動中。細細揣摩《孤吟》一出中老贊禮所唱的四支【甘州歌】和【餘文】,我們可以發現其不啻於孔尚任的夫子自道,其中主要描述了他創作《桃花扇》時的環境和心態,這對於我們理解《桃花扇》的創作意圖和主要意旨也有助益。綜上所述,包括加二十一出《孤吟》在內的《桃花扇》正出之外的首尾、中間的四出,都非可有可無,而是孔尚任匠心獨運的創造。它們在串聯結構和凸顯主題方面都有重要而不可忽視的作用。所以後來有不少劇作在結構佈局、出目安排上借鑒和效仿了《桃花扇》的這一創新。署名"少霞"者也在《鶴歸來》的"總評"中說該劇"首出《發端》、末出《收場》,從來院本所無,菊亭(按指瞿頡,號菊亭)特創爲之。其意匠似仿《桃花扇》,而義較正大。"①

和韻(題《桃花扇》傳奇)

[清]郭潤玉

江流滾滾秣陵西,舊事淒涼不忍題。一段風流多少恨,六朝紅粉杜鵑啼。

青樓俠氣多情甚,扇上桃花淚點斑。門對秦淮鎖春色,流香千載是紅顏。

奸黨由來起禍端,新詞進奉博君歡。薰風殿裏傳歌舞,輕把江山付等閒。

南朝遺事已如煙,翠館紅樓劇可憐。一代興亡留曲本,漁樵相對話年年。

(郭潤玉輯《湘潭郭氏閨秀集‧梧笙唱和初集》卷下,道光十七年刻本)

【按】 此詩爲郭潤玉(1797—1838)和其夫李星沅(1797—1851)《馬嵬驛吊楊妃墓》詩而作。郭潤玉字昭華,號笙愉,別號壺山女士。湘潭人。嘉慶十九年(1814)進士、鄖縣知縣郭汪燦女。生平見李星沅《李文恭公文集》卷二《元配郭恭人行略》、《元配郭恭人壙誌銘》。其夫李星沅號石梧,道光十二年(1832)進士,曾任兵

---

① 蔡毅編著:《中國古典戲曲序跋彙編》,齊魯書社1989年版,第2080頁。

部尚書、陝西巡撫、陝甘總督、江蘇巡撫、雲貴總督、雲南巡撫、兩江總督。郭潤玉與其姑祖母郭步蘊、姑母郭友蘭、郭佩蘭、姊姊郭漱玉皆有詩名，並稱"湘潭郭氏閨秀"。著有《簪花閣遺稿》一卷、《梧笙館聯吟初輯》二卷（與李星沅合撰）。

題《桃花扇》長歌

［清］管庭芬

桃花三月秦淮好，長板橋頭春色早。舊院繁華莫與儔，粉痕漬遍紅心草。

李家有女字香君，學舞初穿百蝶裙。金屋構成藏麗質，媚香樓歌接重雲。

夷門公子多才思，琴劍蕭然訪友至。正值金陵復社開，詞壇雅許搖文幟。

春風駘蕩花魂倦，約友閒尋歌舞院。愛將香墜換冰綃，桃花從此逢人面。

兩心想洽兩情癡，兩處相思兩不知。每恨蝶游常聚宿，空悲花放竟連枝。

閹兒欲想將交納，獨賴文聰為作合。不惜鴛衾百寶瑰，簫聲引鳳來香閣。

從茲公子釋閒愁，紈扇題詩促上頭。悵掩芙蓉春夢暖，花開豆蔻黛痕羞。

郎交豈願結懷寧，親卸歌衫手自裂。誰信烟花一弱軀，素心更比東林烈。

水閣秦淮夜氣清，共陪復社會同盟。暗中反惹孤梟忌，時脇風波頃刻生。

鼎河龍去南都立，馬阮論功登顯級。可憐黨禍又重興，大索侯郎如火急。

易服潛依史道鄰，鴛鴦無奈散芳津。落花細雨空成怨，繡幕香衾不復春。

孤群屢欲求歡宴，昕娘深鎖樓頭燕。遙將心跡寄檀奴，桃花血染桃花扇。

君王不願山河辟，小駐金陵安半壁。院本新翻《燕子箋》，薰風殿裏紅牙拍。

莫愁凝淚入深宮，度曲桃花暈臉紅。賜扇簾前恩眷渥，氍毹一片舞春風。

紅墻繚繞侯郎隔，不了情思終脈脈。天上人間信莫通，癡男怨女愁空積。

軍聲陡下勢如雷，閣部雄共壘已摧。南內笙歌猶未歇，禁門鐵鎖已潛開。

無愁天子單騎走，一載弘光化烏有。江山如此送南朝，誰酹西陵一杯酒。

劫換紅羊美女留，歸來無復媚香樓。天荒地老情難盡，欲合離鴛作遠游。

偶聆說法重相見，共訴衷懷淚如霰。桃花扇子總迷人，賴師斬斷風流緣。

我尋陳跡板橋頭，舊院淒涼已作秋。剩有桃花如雨落，秦淮嗚咽繞門流。

（《管庭芬日記》第一冊，中華書局 2014 年版）

【按】管庭芬是從好友胡爾榮處借得《桃花扇》傳奇，讀後作此長詩的。胡爾榮讀到此首長詩後,評價道:"《桃花扇》傳奇後蒙題長歌一篇,佳妙實難言盡,而'素心更比東林烈'一語,尤覺奇險可畏。此篇必與此書並傳不朽。"(《管庭芬日記》)胡爾榮字豫波,號焦窗,又號廉石。

管庭芬(1797—1880),原名懷許,一作名廷芬,字培蘭,又字子佩,號芷湘,晚號笠翁、芝翁、甚翁,亦號淳溪老漁、淳溪釣魚師、淳溪病叟,浙江海寧路仲人。管鳳岡孫,管題雁子。諸生。少時博覽群書,能詩文,善畫山水,尤善畫蘭竹,精鑒賞、校勘和目錄之學。嘗館於硤石蔣光煦"慎習堂",爲校行"別下齋"諸書。同治間,校錄、增補有《重訂曲海總目》。家藏鈔本極富,稿本有數種,如《海昌經籍志略》十六卷,《海昌叢載》二十卷、刻書極多,達數百種、數千卷。一生所抄圖書不下數百種,現今可以列出書名者就有 250 餘種。自輯自刻《一瓻筆存》,收錄古籍 113 種,分經、史、子、集四部。其詩被採入《杭郡詩三輯》及《兩浙輶軒續錄》。

題《寄扇》曲後

[清]何紹基

剩水殘山劇可憐,尚餘生氣在嬋娟。只今無恙桃花扇,一握香風二百年。(此扇今尚在吳門。)

(《東洲草堂詩鈔》卷二十一,同治六年(1867)長沙無園刻本)

【按】 何紹基(1799—1873)字子貞,號東洲,別號東洲居士,晚號蝯叟。湖南道州(今道縣)人。道光十六年(1836)進士。咸豐初簡四川學政,曾典福建等鄉試。歷主山東濼源、長沙城南書院。通經史,精小學金石碑版。據《大戴記》考證《禮經》。書法初學顏真卿，又融漢魏而自成一家，尤長草書。著有《惜道味齋經説》、《東洲草堂詩文鈔》、《説文段注駁正》等。吳門，即蘇州。關於歷史上李香君的最後歸宿，説法不一。清代女詩人惲珠（1771—1833）編《國朝閨秀正始集》，附録收李香君詩一首，李香君小傳中稱其明亡後依侯方域以終。①清張景祁撰、葉衍蘭繪《秦淮八豔圖詠》中李香君小傳則稱明亡後李香君依卞玉京以終。②吳偉業《過錦樹林玉京道人墓並傳》中卞玉京的小傳對明亡後卞玉京的往來行蹤記述較詳，其中有這樣的記載：“逾兩年，渡浙江，歸於東中一諸侯。不得意。進柔柔奉之，乞身下髮，依良醫保御氏於吳中。”③《聽女道士卞玉京彈琴歌》中也説卞玉京“私更裝束出江邊，恰遇丹陽下渚船。蒻就黃絁貪入道，攜來緑綺訴嬋娟。”④有此記述，加上吳偉業同卞玉京的關係，可能使後世以爲李香君依卞玉京以終是在蘇州，也使後世有人認爲“桃花扇”也在蘇州。

水調歌頭·讀《桃花扇》有感

［清］奕　繪

歌舞醉西子，風雪吊南朝。靈均多少清淚，迸落大江潮。萬里幅員家國，千載興亡事業，空換可憐宵。一曲《春燈謎》，容易逐冰

① 清惲珠編：《國朝閨秀正始集》附録，道光十一年紅香館刊本。
② 清張景祁撰、清葉衍蘭繪：《秦淮八豔圖詠》“李香君”，清光緒十八年羊城越華講院刻本，郭磬、廖東編《中國歷代人物像傳》（四），齊魯書社 2002 年版，第 3230 頁。
③ 清吳偉業：《過錦樹林玉京道人墓並傳》，李學穎集評標校《吳梅村全集》（上）卷第十“詩後集二”，上海古籍出版社 1990 年版，第 250 頁。
④ 清吳偉業：《聽女道士卞玉京彈琴歌》，李學穎集評標校《吳梅村全集》（上）卷第三“詩前集三”，上海古籍出版社 1990 年版，第 64 頁。

銷。英雄恨，兒女恨，怎開銷。沙場金谷，戰馬歌扇兩蕭條。三十六陂春水，二十四橋明月，烟景不堪描。唯有匣中寶，劍氣夜干霄。

（《詞學季刊》第 2 卷第 1 期，1934 年）

【按】愛新覺羅·奕繪（1799—1838）字子章，又號妙蓮居士、幻園居士、太素道人，爲乾隆帝第五子榮純親王愛新覺羅·永琪之孫、榮恪郡王愛新覺羅·綿億之子。嘉慶五年（1800）八月賞給二品頂戴。二十年（1815）六月，承襲多羅貝勒，賞戴三眼花翎。清代嘉慶、道光年間一位頗有名氣的宗室詩人。奕繪善詩詞，工書畫，才貌雙全，尤好吟詠，著有《子章子》及駢文、詩詞。與其側福晉顧太清感情甚深，兩人酬唱的作品數量之盛爲中國文學史所罕見。著有《子章子》、《妙蓮集》、《寫春精舍詞》、《集陶集》、《明善堂文集》（其中包括詩集《流水編》和詞集《南谷樵唱》）等，又輯有《南韻齋寶翰錄》，並與王引之合著《康熙字典考證》等。《明善堂文集》有今人金啟孮校箋本。又有張璋編校《顧太清奕繪詩詞合集》，上海古籍出版社 1998 年版。

題《桃花扇》傳奇

［清］劉存仁

濛濛衰柳白門橋，金粉飄零怨六朝。燕子春燈無恙在，月明何處聽吹簫。

秦淮舊樹媚香樓，如許風情逐水流。名士飄零紅粉恨，淒涼不獨敬亭愁。

鴦愁燕恨夢如烟，妾住青宮年復年。欲寫新箋托紅葉，幾曾流出御溝邊。

美人俠骨死猶香，罵坐申申哭一場。憔悴玉顔春色老，桃花扇底話荒唐。

梅花嶺下葬衣冠（史閣部葬梅花嶺），碧血燐燐墓木寒。月暗啼鵑聲欲斷，百年養士報恩難。

鐵鎖沉江一例哀，美人狎客總塵埃。傷心多少興亡恨，付與梨園兩部來。

（《岊雲樓集》卷一"詩選一"，咸豐三年福州刻本）

【按】劉存仁（1802—1877）字炯甫，又字念莪，晚號蘧園，福建侯官人。道光二十九年（1849）舉人，曾參林則徐幕，後歷任甘肅渭源、永平、平羅、大通等知縣，爲祁寯藻薦天下"循良治行"三人之一。晚歸主延平道南書院及印山書院。著有《岊雲樓文集》、《詩集》及《易學鉤元》等。生平見《岊雲樓集》卷首謝章鋌撰《孝廉方正劉徵君別傳》。

題《桃花扇》傳奇

［清］周文禾

無限傷心事，匆匆扇底忙。君王真夢短，兒女此情長。
劫火燒奸魄，桃花寫俠腸。秦淮秋燕子，何處話興亡。

（《賀雲螺室詩録》卷一，光緒十三年刻本）

【按】周文禾（1807—1887）字菽米，號君實，晚號江左老米、青雪老人，江蘇嘉定（今上海）人。諸生。善賦詩，著有《賀雲螺室詩録》六卷、《鶴唳集》、《甲子省闈瑣記》等。此篇詩作於咸豐六年（1856）。

論曲絶句（選一）

[清]何兆瀛

一聲檀板故宮秋，扇底桃花逐水流。多少南朝金粉淚，傷心何止媚香樓。

（《心盦詩存》卷五，同治十二年刻本）

【按】 何兆瀛（1809—1890）字通甫，號青耜，又號澈叟，江蘇江寧人。禮部尚書何汝霖子。道光二十六年（1846）舉人。初官西臺，同治六年外任，官嘉湖道十二年，移廣東鹽運使。官至浙江按察使。罷官後僑寓杭州，流連文酒。詩風婉約清新。撰有《心盦詩存》十二卷、續四卷、《泥雪録》一卷、《憶語》一卷、《老學後盦自訂詩二集》四卷。

題摹本桃花扇畫册

[清]何兆瀛

媚香樓外花千樹，中有夭桃含曉露。年年春水長蘼蕪，扇底美人在何處？

當年鈞黨送南朝，公子宵分買畫橈。從此紅樓天樣遠，江湖蹤跡一萍飄。

郎自萍飄儂絮泊，此身甘作桃花落。傷心舊曲琵琶詞，齒冷中郎依董卓。

一行鵑血哭殘春，不共飛英委路塵。絶代丹青龍友筆，替他薄命寫前身。

一從誤入南薰殿，郎果來尋不相見。癡魂但逐絳雲飛，恨不身爲聚頭扇。

入郎懷袖望郎憐，留得人間未了緣。崔護題詩人面杳，枇杷門掩一重煙。

煙雲過眼空陳跡，好事重橅認標格。新詞落葉寫秋痕，我亦銷魂白門客。

白門柳影帶棲鴉，不見能紅舊日花。誰按青溪團扇曲，風風雨雨莫愁家。

（《老學後盒自訂詩二集》卷四，光緒十三年刻本）

題《桃花扇》傳奇後四首

［清］廉兆綸

金粉胭脂色已空，夕陽零落舊吳宮。南家多少傷心淚，灑作桃花扇底紅。

四鎮紛紛迓福王，薰風殿裡奏笙簧。馬群空負麒麟楦，不及香君姓字香。

俠客彈詞義士歌，一時蘇柳自英多。衣冠竟殉梅花嶺，唱到招魂喚奈何。

勝國凋零事已非，棲霞山畔故人稀。高亭賴有松風在，終古仙雲護錦衣。

（《深柳堂集》卷四，民國間抄本）

【按】 廉兆綸（1810—1867），榜名師敏，字葆醇，號琴舫，順天府寧河縣人。道光二十年（1840）進士，授編修。咸豐五年（1855）累遷至工部侍郎。奉命佐曾國藩於江西廣信、吉安、撫州一帶，參與鎮壓太平天國起義。尋以病歸。八年任户部倉場侍郎，又以事罷歸。主問津書院，以修脯自給。有《深柳堂集》四卷，附詞一卷。

念奴嬌·李香君小像爲鐵盦同年題

［清］許宗衡

江山殘局，歎春燈影裏，佳人有識。自誓琵琶歌不再，淒絶桃花顏色。公子名高，中郎行薄，贈語黃金值。王將軍者，蹇修那説無力。　可惜雪苑聲華，遂初虛賦，一第翻輕得。重著舞衣傷世變，何似山中岑寂。四憶傳詩，三生負約，已是前言食。愴然玉貌，莫懸壯悔堂（惻）［側］。

（《拳峰館詞》，稿本）

【按】《拳峰館詞》中有《真珠簾·和黃鐵盦同年詠菊》，可知鐵盦姓黃，應即黃錫慶（？—1860），字子餘，號鐵盦，江蘇甘泉（今揚州）人。一作杭州人，寓揚州。大鹽商黃至筠長子。道光十三年（1833）欽賜舉人，分發廣東候補道。爲人慷慨好施予。善花卉，法惲壽平，綽有見地。工書，擅詞，著《鐵盦詞甲乙稿》。

題《桃花扇》傳奇

［清］夏伊蘭

錦帳春燈夢渺茫，只餘名媛吊斜陽。秦淮河水今如昔，何處高樓認媚香。

置散誰憐閣部才，天教圓海竊權來。千秋閹黨空遺臭，不及梅花土一抔。

歌殘玉樹恨難消，一罱庭前大義昭。《燕子箋》成新政好，管弦也解送南朝。

興亡閱盡扇空存，拼向蓮台了一生。勘破萬緣歸寂寞，最鍾情處反無情。

（《吟紅閣詩鈔》卷四，道光九年刻本）

【按】 夏伊蘭（1812—1826）字佩仙，浙江錢塘（今杭州）人。夏之盛女。生平見《吟紅閣詩鈔》卷首夏之盛撰《亡女伊蘭行略》。

題《桃花扇》傳奇

［清］周詒端

舊扇殷紅舊恨賒，英雄兒女兩咨嗟。傷心此去侯公子，重到江南已落花。

金陵王氣黯然收，十二樓臺烟雨秋。重譜秦淮歌一闋，江花江草不知愁。

（左孝威輯《慈雲閣詩鈔》，同治十二年刊本）

【按】 周詒端（1812—1870）字筠心，湘潭縣人。左宗棠妻。父系興早卒，母王慈雲工詩，著有《慈雲閣詩》。周詒端在母親教育下，熟讀經史，善古近體詩。有《飾性齋遺稿》，存詩 139 首。道光十二年（1832），與左宗棠結爲伉儷，內助左成就偉業，成爲其賢內助、好知己。左大器晚成，她一直無怨無悔，鼎力相助，夫妻感情甚篤。與其母王慈雲、妹詒繁、侄女翼砘、翼杓、翼梭、女左孝瑸合集，名《慈雲閣詩鈔》，左宗棠爲之作序、題簽。

閱《桃花扇》傳奇題後

〔清〕王慶勳

　　詞場頓與戰場聯，潦草乾坤太可憐。名重豈爲才子福？情癡易結美人緣。

　　六朝桃葉憑題鳳，一嶺梅花欲化鵑。丁字簾前曾小泊，不堪弦索似當年。

（《詒安堂詩初稿》卷三"槎水往還集"上，咸豐三年刻、五年增修本）

　　【按】　王慶勳（1814—1867）字叔彝，號椒畦，上海人。嘉、道間附貢，官岩州知府，歷敍勞以浙江候補道權嚴州（今建德）知府，卒於任。書法承家學，有詩名，工詩能書。著有《詒安堂詩初稿》、《詒安堂二集》、《詒安堂詩餘》一卷、《沿波舫詞》一卷、《廬洲漁唱》一卷、《梅嶂樵吟》一卷等。

書《桃花扇》傳奇後

〔清〕秦金燭

　　東魯山人逸興豪，踵事麟經繼珠褒。幽窗閱盡《桃花扇》，簾外霜風透敝袍。

（《藜軒詩稿》，1935 年偃師樹德圖書館石印本）

　　【按】　秦金燭（1814—1871）字藜軒，號野雲，河南偃師人。增生。咸豐十年（1860），以軍功賞授奉直大夫五品藍翎候選同知。有《野雲詩稿》、《棲雲山房詩》、《藜軒詩稿》。生平見高祐《授例奉直大夫五品藍翎軍功候選同知增廣生員藜軒秦先生神道碑》、秦景星《秦公墓志銘》。

《桃花扇》傳奇題詞

〔清〕多隆阿

水逝花殘舊跡無,閑金剩粉半模糊。云亭老子多情甚,演出南朝士女圖。

綺樓深貯海棠嬌,輕拍玉牙按玉簫。一闋新聲君一笑,六朝灰燼又南朝。

赤眉求印擾天街,甲馬森森劍戟排。十里烟花遭劫火,惟餘明月照秦淮。

滾滾長江鐵鎖開,吳姬越女下歌臺。春燈可是中興樂,召得干戈遍地來。

衰草寒烟古渡頭,漁人悲唱秣陵秋。無情最是秦淮水,猶與前朝一樣流。

媚香樓畔草萋萋,樹自成陰鳥自啼。一曲江南十斛淚,橋人重到畫橋西。

(《慧珠閣詩鈔》,《叢書集成續編》第 180 册)

【按】 舒穆祿·多隆阿(1817—1864)字禮堂,呼爾拉特氏,達斡爾族,隸滿洲正白旗。清道光年間著名軍事將領、學者、詩人。曾受道光帝御書"遼東二士"。晚年應何維墀之邀入擢平陽。後在太平軍北上圍攻平陽時,城破以身殉國。他性情耿介清高,一生少有仕緣,以著書講學爲要。精通考據之學,備覽百家之言。晚年服膺佛道,喜談青鳥之術。一生著述甚豐,惜多已散佚。著有《慧珠閣詩鈔》,凡十八卷。今僅存《遼海叢書》本,不分卷,凡收詩 83 題 175

首。有關多隆阿的生平及其詩作的研究,參見陳譜哲《舒穆禄‧多隆阿〈慧珠閣詩鈔〉評注》,遼寧師範大學碩士論文,2018年。

浣溪沙‧題《桃花扇》傳奇後

[清]蔣時雨

南部烟花賽六朝,江山佳麗美人嬌。風流公子此魂消。
畫戟寧南通舊好,靈旗閣部締新交。忠魂兩地待君招。

（《藤香館詞》,南京圖書館藏清同治五年刻本）

【按】 蔣時雨(1818—1885)字慰農,一字澍生,晚號桑根老農。安徽全椒人。咸豐三年(1853)進士,授嘉興知縣。太平軍起,參李鴻章軍幕,以招撫流亡振興文教爲任。官至杭州知府,兼督糧道,代行布政、按察兩司事。爲臺灣第一巡撫劉銘傳親家。著有《藤香館詩鈔》四卷、續鈔一卷、《藤香館詞》一卷、《藤香館小品》二卷、《藤香館啟蒙草》一卷等。與著名詞家、畫家周閑、書法家秦光第、畫家應寶時、《寒松閣談藝瑣録》作者張鳴珂、道光進士與詩人張保衡(張任庵)及沈濂、著名篆刻家吳傳經等廣有交游。去官後,主講杭州崇文書院、江寧尊經書院、惜芳書院等,門生甚衆。

念奴嬌‧讀《桃花扇》

[清]嚴錫康

秦淮十里,看丁簾水樹,垂楊映碧。名士傾城離別易,淒斷一枝風笛。白下天低,黃河路遠,鴛夢都難覓。寄將紈扇,淚痕點點紅濕。　笑煞半載南朝,徵歌選舞,也算風流極。《燕子》《春燈》行樂慣,驀地鼓聲逼。四鎮兵亡,六宮人散,送此偏安國。紅羊劫換,漁樵閒話今昔。

(《餐花室詩餘》,咸豐十一年刻本)

【按】嚴錫康(1819—1880),原名鈁,改名鉽,再改錫康,字子弓,號伯牙,又號伯雅,桐鄉人。嚴廷鈺長子。從宦滇南,以縣丞在滇試用。道光二十六年(1846),永昌郡會紇肆擾,逾格以軍功薦擢縣令,爲林則徐參軍,時年未三十。旋擢寶寧知縣,咸豐七年(1857)官蘇州同知。嫻於吟詠。著有《餐花室詩稿》、《餐花室詞集》、《餐花室尺牘》。

書《桃花扇》院本後

［清］朱錫綬

東風惆悵媚香樓,萬里烽煙鐵甕收。委鬼蚤成亡國懺,名花同向夕陽愁。

一宵淚血多生蒂,自古情癡會聚頭。難得美人偏俠骨,不教田阮附風流。

(《疏蘭仙館詩集續集》卷五,光緒三年刻本)

【按】朱錫綬(1819—1869)字嘯筠,一字小雲,江蘇鎮洋人。道光二十六年(1846)舉人。二十七年,會試報罷留京。同治間官湖北知府。撰有《疏蘭仙館詩集》四卷、續集四卷、再續集四卷。

讀《桃花扇》傳奇

［清］高順貞

鶯花窟裏帝王家,樂境渾忘日易斜。一曲深宮歌《燕子》,隋堤楊柳正飛花。

清議紛紛起禍胎,閹兒得志氣如雷。秦淮夜半燈船歇,餘黨重收復社來。

烽火綿延遍九州,倉皇避亂一身游。重來不見佳人面,寂寞東風鎖畫樓。

漁樵舊夢醒揚州,説到興亡淚欲流。休向秣陵回首望,銅駝荆棘故宮秋。

南朝多少興亡事,都借云亭妙筆收。一種傳奇千種恨,桃花零落水東流。

（清史夢蘭輯《永平詩存》卷二十四,同治十年刻本）

【按】 高順貞（1821—1874後）字德華,遷安人。嘉慶二十三年（1818）舉人高寄泉女。直隸知縣南直劉垂蔭繼室。同治十三年（1874）尚在世。著有《翠微軒詩鈔》二卷、《翠微軒詩稿》三卷、《疊翠軒詩集》。

讀《桃花扇》傳奇

［清］余　珍

選舞徵歌繼後陳,燈花紅亂慶元春。到頭兒女風雲散,天子無緣配美人。

（《四餘詩草》,光緒七年亦園刻本）

【按】 余珍（1825—1864）字子孺,號實齋、海山、坡生,彝名龍灼。貴州畢節縣大屯人。余家駒子,彝族詩人,世襲大屯九世土司。因社會動蕩,改文習武,被授都司,因功誥授武翼都尉,戴藍翎,並任大屯土千總。余珍自幼受其父影響,文采出衆,有《四餘詩

草》一卷傳世。又擅書畫,聞於黔、川、滇三省。《四餘詩草》有光緒
七年亦園刻本、余宏模編注貴州民族出版社 1993 年出版的《時園
詩草》《四餘詩草》合集本、黃瑜華校注《〈時園詩草〉〈四餘詩草〉校
注》(科學出版社 2018 年版)。

讀《桃花扇》傳奇

[清]郭篯齡

竟從鴆毒妄求安,《燕子》《春燈》肇禍端。昔日閹兒今媚子,徑
須入傳附伶官。

香君巾幗亦鬚眉,正色辭奩實可兒。畢竟至情原至性,何曾一
味是情癡。

花縱無香血有香,桃花僅取色相當。親看臥雪鍾山後,龍友應
嫌作畫忙。

中間調笑寓微詞,粉墨親塗不自知。豈止當場嘲馬阮,虞山以
下盡如斯。

史公一死未分明,特著三毫爲寫生。潮撼胥江天動色,夫差無
奈不聞聲。

俠骨柔腸本近仙,收場最好是生天。香君入道侯生隱,始異尋
常兒女緣。

(《吉雨山房詩集》卷四,光緒十六年刻本)

【按】 郭篯齡(1827—1888)字祖武,字子壽,又字山民,莆田
人。郭尚先子。自幼聰慧,十七歲補邑弟子員。咸豐年間,郭篯齡
以鄉貢選同知,候補浙江。此時,太平天國軍隊攻下杭州,他逃歸
莆田,從此不再做官,著書以終。有《吉雨山房遺集》。

閱《桃花扇》傳奇

［清］陳　重

一卷烏絲格，千秋勝國悲。金輪羅織獄，元祐黨人碑。

曲比清芬誦，名同青史垂。（書中有先七世祖處士公入獄事。）

板橋留合璧，扇底記曾窺。（原扇存振齋從兄處，並另有一扇畫香君小像。香君母貞麗，有爲先處士公畫扇一柄，遠山一角，絕似雲林，款書“定生詞宗”，字亦淡雅有致。下署“貞麗”二字，蓋一小印，印泥鮮豔如新，存可齋從兄處。）

燕都離亂後，江左又期年。嗚咽秦淮水，風流《燕子箋》。

尚書工顧曲，天子夢游仙。一代興亡事，收來付管弦。

（《花著盦詩存》卷一，光緒二十八年稿本）

【按】“先七世祖處士公”，即陳貞慧。陳重（1827—1891）字小蕃，一作筱帆，河南商邱人，陳貞慧七世孫。咸豐二年（1852）舉人，官至天津海防同知。有《花著盦詩存》四卷、《浣露詞》一卷、《寒木春華詞》一卷。陳寶琛有《陳子蕃年丈〈花著盦遺詩〉》：“榜書猶寶秘香盦，手稿迦陵出枕函。復社風流今故在，忠門涕淚老何堪？劫餘薄宦聊中隱，史料聞吟抵劇談。諷到晚年追往什，信知杜髓屬樊南。”[1]

陳重説李香君面血濺扇的“原扇”存在從兄陳振齋處。陳振齋，生平不詳，振齋應爲其號。乾隆時著名詩人王文治的《夢樓詩集》卷十四有《題薛素素自寫小照爲陳伯恭太史二首》：“清簫畫裏欲黃昏，風景依稀認白門。休話當年金粉事，板橋秋雨没苔痕。”

---

① 清陳寶琛著、劉永翔、許全勝校點：《滄趣樓詩文集》，上海古籍出版社 2006 年版，下冊，第 209 頁。

"香君小像斷紈存,扇上桃花若有魂。(伯恭令叔澂道人藏有李香自寫小照。)惆悵南都風月稿,只今收拾付梁門。"①王文治字禹卿,號夢樓,江蘇丹徒人,乾隆二十五年(1760)進士,官侍讀。擅書法,精鑒賞,工詩詞,著有《夢樓詩集》。陳伯恭名崇本,號榕園,爲乾隆四十年(1775)進士。曾官宗人府府丞,署副都御史。他是陳宗石的重孫。陳宗石有兩子:長子履中(字執夫),次子履平(字勉夫),俱官科道京卿。陳伯恭爲履中孫,江西巡撫陳淮(字望之)子。因其善書畫,精楷法,深於唐人碑版,收藏圖籍甚富,與愛好書畫的王文治交往甚密,王文治詩所題第一首《薛素素自寫小照》應該是他的藏品。但第二首題《李香君小像》則是其"令叔澂道人"的藏品。"澂道人"名陳濂,字澂之,陳履平子,陳淮從弟。乾隆三十一年(1766)進士,官編修,未館選時與王文治同居京師,互爲師友,關係非同一般。王文治將其女許配給陳濂的第三子陳杲(嘉慶六年進士,官編修)。因此,他曾多次到商邱,在陳家看到過陳於庭、陳貞慧、侯朝宗、吳次尾、冒辟疆等諸人的遺跡。又得以鑒賞到李香君、薛素素等人的自寫小照,留下題詩。據詩中"香君小像斷紈存,扇上桃花若有魂"等句分析,王文治看到的"李香君自寫小照",是畫在紈扇上的,應當就是陳重《閱〈桃花扇〉傳奇》詩注中所提到的畫有"香君小像"的那把扇子,可證陳重所言非虛,"桃花扇"真跡與此扇當並存於商邱陳氏家中。

題《桃花扇》傳奇次唐維卿觀察原韻

[清]倪　鴻

花月東塘廣見聞,秣陵韻事譜香君。排擠鉤黨肝膽烈,呼喚芳

① 清王文治:《夢樓詩集》卷十四,乾隆六十年食舊堂刻、道光二十九年補修本。

名齒煩芬。

雪亮美人珍自璧，風流天子愛紅裙。媚[嚮](香)樓下秦淮水，曾照娉婷理鬒雲。

金粉陪都宴樂餘，烏紗紅袖酒闌初。網羅山北非兒戲，膠漆寧南豈子虛。

一個小星無價寶，數行圓海絕交書。桃花馬與桃花扇，有女同時好共車。（"桃花馬上請長纓"，懷宗賜秦良玉詩。）

殘山剩水此何時，菊部猶傳舞柘枝。那剎曇花絲竹肉，淋漓瑤草書畫詩。

箋陳燕子歌長夜，更報蝦蟆鬧小池。最是青溪風月好，燈船圍住小姑祠。

梅花嶺上陣雲多，奈何無愁帝子何。鶯燕六朝亡社稷，熊羆四鎮散關河。

水天昏黑漁樵話，宮禁蒼黃士馬過。一部傳奇興廢在，勝搜逸史閱荊駝。（《荊駝逸史》俱載勝國時事。）

（《退遂齋詩續集》卷三，光緒遞修本）

【按】 倪鴻（1828—？）字延年，號雲癯、耘劬，廣西桂林人。工詩文，善書、畫，宦游粵東，嘗作《珠海夜游圖》，一時名俊如陳蘭甫（澧）、李藥儂題詠甚夥。亦工古隸。生平著述甚多，除筆記體文《桐陰清話》外，早年有《野水閑鷗館詩集》，後刪部分早年詩作，合併中年以後作品爲《退遂齋詩集》，晚年又成《退遂齋詩集續集》；又有詞集《花陰寫夢詞》、《詠物詞選》。另有《試律新話》、《一家集》、《壽迂集》，採詩友作品集爲《風義集》，惜因貧而不能付梓，現已無存。目前僅見藏於廣西圖書館《桐陰清話》、《退遂齋詩集》、《退遂齋詩集續集》三種和收於《粵西詞載》中的《花陰寫夢詞》一卷。生平詳見王璿《〈桐陰清話〉校注》（廣西大學碩士學位論文 2003）"前言"。

"唐維卿觀察"，即唐景崧（1841—1903），字維卿。廣西灌陽人。同治進士。歷官吏部主事、福建臺灣道、臺灣巡撫。中法戰爭時，先赴越說劉永福還附內地，後人關募勇立景字軍，屢敗法軍，賜號"霍伽春巴圖魯"。中日甲午戰爭時，籌防臺灣。《馬關條約》成，割臺灣予日本，抗疏援贖遼東先例，請求免割，奉命内渡。臺灣民衆決定自主，被推爲總統。建民國、設議院、制藍旗，設内部、外部、軍部各大臣。並尊奉清朝正朔，永作大陸屏藩。七日後即敗，附搭英國輪船至廈門，光緒二十八年卒。著有《請纓日記》、《詩畸》、《迷拾》、《寄困吟館詩存》、《看棋亭雜劇》等。

讀《桃花扇》傳奇漫成小令八闋

〔清〕張昭潛

芳樹又飛紅，惆悵烟叢，花開花謝一般空。唱罷春江花月夜，沉醉東風。　心事萬千重，囑付伶工，斜陽西没水長東。幾點胭脂和淚濕，歌舞場中。宏光帝

淚灑杜鵑紅，半壁江東，驚心烽火夜連空。天教神兵如破竹，顯爾孤忠。　可歎石頭風，敗葉飄蓬，大星夜墜雲霧中。總是靈魂招不得，住水晶宫。史閣部

大慟望南京，老淚縱橫，孤臣自是鐵錚錚。一件麻衣親掛孝，野店零丁。　香灶最凄清，五夜江聲，中原戰伐血風腥。感召皇天

雷雨驟，鬼哭神驚。張瑤星

　　書劍悵飄零，花節春燈，青樓遇著女禰衡。二八年華新社嫂，的是娉婷。　扇底結香盟，低喚卿卿，奄兒遠避夜魂驚。春夢一場成黨禍，可歎侯兄。侯朝宗

　　歌扇小桃紅，淚眼愁儂，蕭郎避禍去匆匆。歷了烟花千萬劫，紅粉英雄。　燕子舊簾櫳，盡日春傭，黃金買笑總成空。怪得南朝王氣盡，鍾在花容。李香君

　　舌底走飛濤，擊筑聲高，寧南旗指大江驕。一紙羽書如箭去，射住飛梟。　暮壘漸鳴刁，星頭森寥，轅門説劍氣蕭騷。易水悲風中夜起，一斗松醪。柳敬亭

　　跳出舊烟花，到處爲家，城東無數好雲霞。洗盡六朝脂粉恨，換上袈裟。　歌板擲紅牙，老去年華，原無福相侍皇爺。回首大江風色冷，白日西斜。卞玉京

　　攪碎女兒腸，又是春光，池邊打起睡鴛鴦。春雨如絲春草綠，春夢荒唐。　佩就玉丁璫，演個優裝，春風寶馬紫金韁。錦繡江山餘半壁，去賺蕭郎。馬瑤草

（《無爲齋詞鈔》，光緒三十三年刻本）

　【按】張昭潛（1829—1907）字次陶，清末史學家，濰城區東關人。十三歲喪父，跟叔父遐齡讀書。他天資聰慧，發奮攻讀，成爲廩貢生。繼又從學於地方高士于祉（1778—1869）攻讀經史、理學、涉獵諸子百家之書，兼綜並蓄，治古文，師桐城派，成爲濰縣繼韓夢周、于祉之後的著名學者。著有《山東地理沿革表》、《濰縣地理沿革表》、《北海耆舊傳》、《通鑒綱目地理續考》、《濰志糾繆》、《無爲齋詩文集》等。

瓶隱齋筆記（節錄）

［清］佚　名

　　遺與孔東塘《桃花扇》傳奇中之錦衣張薇事同而名異，何耶？他傳奇中多有更名易姓，惟《桃花扇》爲傳信之書，獨不然。況東塘於瑤星攀附清流處已加倍寫法，方表暴不暇，尚何容其隱飾耶？昧其字義，當是鼎革後自傷遺逸，漫爲更易之耳。

（清丁宿章輯《湖北詩征傳略》卷十二“張可大　子遺”，

光緒七年孝感丁氏涇北草堂刻本）

　　【按】　“遺”指張遺。劉思敬在爲張怡的《白雲道者自述稿》所作序中云：“張莊節公（按指張可大）於先驃騎同年之好，其雄才毅立，既塞青登之蜃窟；仲子瑤星，有扳白雲之鳥巢。名賢繼厄，誰謂荼苦？但天之用之，亦若藉以塞其責，使傳寒煙衰草之外，骨作銅鳴，味逾敔貴，始了此一段公案耳。蓋奇男子之處世，造物所珍惜也。礪指則水壺夜光以灌其魄，屢變則懸雷鑿坏以淬其鋒，托足則高山流水以表其概。舉世所有，孰能易之？是不但居故址，享譽芳蹤矣。陶隱居白雲謂‘只可自怡悅’，君其似之乎？宜更名曰遺，雖欲勿遺，弗願也；一名曰怡，雖欲勿怡，又弗屑也。弗之願，弗之屑，赤焰可冷，凌陰可炙，窮益堅，老益倔，噓氣成雪，大塊爲白。噫，孰謂天地無色！”①

讀《桃花扇傳奇》十首（錄五）

［日］薄井小蓮

　　王氣南朝夢一場，烏絲新寫小興亡。風流絕殺侯公子，消受桃

---

① 劉思敬：《白雲道者自述稿》序，南京圖書館藏抄本，卷首。

花扇底香。

文武爭要迎駕功，滿庭狗尾氣如虹。設朝常見規模異，佞奄拜卿奸豎公。

翠樓死守渡頭春，憐殺冰紈濺血紛。不避威強避優聘，千秋生氣李香君。

徵歌選舞醉謷騰，如此朝廷亦中興。半夜兵來城已破，宮中猶自唱《春燈》。

內親群小外強兵，一死酬君了此生。千古傷心大江水，如聞閣部叫天聲。

田邊蓮舟云：“僕讀史，於明季有偏嗜，蓋忠臣烈士、騷客佳人，與夫巨滑大奸，大有與歷代亡國殊其趣者。而《桃花扇》傳奇能湊合當時之事上諸樂府，使人髮指衝冠，涕流沾巾，與《西廂記》單敘男女離合之情者異撰，僕所最愛。何料先生亦與余同好，有此數首之詠。情思纏綿，與傳奇爭其妙。”

敬香云：“與船山頗同步趣。若許余偷去，余取第一、第四。”

（《花香月影》第 41 號，1899 年 9 月）

【按】 薄井小蓮（1829—1916），即薄井龍之，通稱督太郎，字飛虹，號小蓮。生於文正十二年（1829），卒於大正五年（1916）。日本幕末志士、判事。田邊蓮舟，本名太一，幕末外交家。三宅雪嶺夫人花圈女士之父。兩人的生平和創作參見日本神田喜一郎著、程郁綴、高野雪譯《日本填詞史話》“三十一 田邊蓮舟和薄井小蓮”，北京大學出版社 2000 年版。

李香君小像爲芝帥題

[清]楊　浚

絕代香魂扇底收，胭脂淡寫秣陵秋。鶯花債師成千古，絲竹排場換九州。

不戀黃金公子貴，空陳碧璽寡人愁。繁華往事憑誰憶，雪苑文章在上頭。

盲翁負鼓說當年，生薄中郎擘四弦。一別佩環真似水，二分明月已成烟。

難除噩夢鸚哥懺，莫唱權門《燕子箋》。如此江山付圖畫，桃花應結再來緣。

（《冠悔堂詩鈔》卷五，光緒十八年刻本）

【按】 楊浚（1830—1890）字雪滄，號健公，又號冠悔道人。祖籍福建晉江，後遷福建侯官。咸豐二年（1852）中舉，同治四年（1865）任內閣中書，及國史、方略兩館校對官。曾爲左宗棠幕僚，隨征甘肅。楊氏爲福建著名藏書家，同治五年（1866）應左宗棠之邀，入福州正誼書局，重刊先賢遺書。同治八年（1869），游臺，受淡水同知陳培桂之聘，纂修《淡水廳志》；並應鄭用錫子嗣鄭如梁之請，編纂《北郭園全集》，首開清代臺灣文學專著出版之先河。同治九年（1870），修志完成後離臺。晚年致力講學，曾任教於漳州丹霞書院、霞文書院，廈門紫陽書院，金門浯江書院。著有《冠悔堂詩鈔》八卷、《冠悔堂駢體文鈔》六卷、《冠悔堂賦鈔》四卷、《冠悔堂楹語》三卷、附錄一卷等。生平、著述詳見劉繁《楊浚生平及其著述與交游考論》，福建師範大學碩士學位論文，2010 年。

越縵堂日記（節錄）

[清]李慈銘

（咸豐辛酉八月三十日）……幼時甚喜讀此書，謂出《長生殿》

之上；今日觀之，拙劣殊甚。《訪翠》、《眠香》、《寄扇》、《觀畫》四出最名於代，《訪翠》、《觀畫》雖稍有色澤，亦未當行，餘則粗硬淺陋，不足寓目，又多拗句澀調。東塘北人，不知平仄，往往有甚可笑者；爨演科白，尤多可厭。

《荀學齋日記》辛集下

（光緒十二年丙戌十二月初三）……國朝人樂府惟此（按《長生殿》）與《桃花扇》足以並立，其風旨皆有關治亂，足與史事相裨，非小技也。

《桃花扇》曲白中時寓特筆，包慎伯能知之而未盡。其序及批語皆東塘自爲之，不過借侯朝宗爲楔子，以傳奇家法必有一生一旦，非有取於朝宗也。

馬阮之惡極矣，然非降我朝而致死。夏氏《倖存錄》之言非妄，故全謝山《外集》亦辨之，非開脫巨奸也。東塘傳其死亦核，且深得稗官家法，惟言袁臨侯之從左起兵，以黃澍爲末色，以鄭妥娘爲丑色，皆未滿人意，然傳奇亦不得不然耳。

（李慈銘《越縵堂日記》第十五冊，廣陵書社 2004 年版）

【按】 晚清學者李慈銘最早在其《越縵堂日記·〈荀學齋日記〉辛集下》光緒十二年丙戌（1886）十二月初三的日記中認爲《桃花扇》刻本中的大量批語爲孔尚任自作，後來得到了梁啓超、王季思、徐振貴、葉長海和吳新雷等學者的信從，但或簡單表示贊同，或不能提出確實的證據、論證存在漏洞。筆者已在拙著《〈桃花扇〉接受史》中對這一錯誤觀點進行駁正，現再略加申說。李慈銘一生的創作和研究雖涉獵較廣，但主要用力之處和成就在於史學方面，而又重在史學考證，如平步青在《掌山西道監察御史督理街道李君尊

客傳》中所説："君自謂於經史子集以及稗官、梵夾、詩餘、傳奇,無
不涉獵而無放之,而所致力者莫如史"①。李慈銘閲讀和評論小
説、戲曲作品體現出兩個特點:第一,他抱持著傳統、保守的思想觀
念,同古代多數文人士大夫一樣貶低這類作品。偶有閲覽,也是爲
了遣悶或寧神。如他在日記中曾言:"顧生平所不認自棄者有二:
一則幼喜觀史","一則性不喜看小説。即一二膾炙古今者,觀之亦
若格格不相入,故架無雜書。"②此處所説的"小説",當不包括記述
文史掌故的文言筆記小説。又如他稱戲曲作品爲"鄭聲豔曲"③。
第二,對於歷史題材的或者歷史人物爲主角的小説、戲曲作品,可
以發揮他的特長的,如《三國志演義》、"楊家將"故事小説、《龍圖公
案》等,他的評價便較爲詳細、深入;而評價無本事、原型可考的作
品,便顯得無所用力,或者轉述它書記載,並且不注明出處,或者信
口雌黄、妄下斷語。轉述它書記載,而不注明出處的如《越縵堂日
記》中所記:"夜閱《燕子箋》。大鋮柄用南都時,嘗衣素蟒服誓師江
上,觀者以爲梨園變相。"④阮大鋮"衣素蟒服誓師江上"之事,吳偉
業《鹿樵紀聞》、夏完淳《續倖存錄》均有記述。信口雌黄、妄下斷
語,從而産生錯誤。其中影響最大的錯誤觀點便是認爲《桃花扇》
刻本中的批語爲孔尚任自作,長久貽誤後學。他平生還曾因性格
缺陷與多人交惡,對他人評價多刻薄、主觀。如他曾評價章學誠:
"而其短則讀書魯莽,糠秕古人,不能明是非,究正變,泛持一切高
論,憑臆進退,矜己自封,好爲立異,駕空虛無實之言,動以道渺宗

---

① 清平步青:《掌山西道監察御史督理街道李君蓴客傳》,《白華絳柎閣詩》附,光緒
　　刻本。
② 清李慈銘:《越縵堂日記》,廣陵書社 2004 年版,第 376 頁。
③ 同上書,第 6037 頁。
④ 同上書。

旨壓人,而不知已陷於學究雲霧之識。"①這一評價當然與章學誠的治學方法和成就嚴重不符,但移用來評價李慈銘自己評述小説(不包括文言小説)、戲曲的方法和結論倒是比較貼近實際情況的。李慈銘爲追求標新立異,没有任何根據地提出《桃花扇》刻本中的批語爲孔尚任自作,是違反古今學術規範的。而後來的一些學者,對於他在日記中隨手寫下的無端揣測的文字,"耳食其言,以爲高奇"②,不僅不加質疑,反而盲目信從,使這一錯誤較長期地流傳,嚴重誤導了一些研究者和讀者。

和友石師哀江南八首(選一)

[清]李嘉樂

　　燕子磯頭《燕子箋》,江山翰墨總堪憐。調和藩鎮他無策,選勝梨園自有權。

　　將相從來多水火,君王畢竟愛嬋娟。桃花扇底風光煖,了却風流夢裏緣。

　　　　　　　　　　　　(《仿潛齋詩鈔》卷三,光緒十五年刻本)

　　【按】　李嘉樂(1833—?)字德申,號憲之,河南光州人。同治二年(1863)進士,改庶吉士,授編修,後歷官至江西布政使、江西巡撫。《清史稿》有傳。《(光緒)益都縣圖志·宦跡》載:"李嘉樂,河南光州人,進士,光緒五年知青州府。奉身以儉,御下嚴重有威,豪猾屏跡。仕至河南巡撫。" 著有《齊魯游草》、《仿潛齋詩鈔》、《詩

---

① 　由雲龍輯:《越縵堂讀書記》,北京:中華書局,2006 年,第 781 頁。
② 　同上書,第 781—782 頁。

夢鐘聲録》等。

無 題

[日]依田學海

佳人俊傑姓名馨，欲爲桃花留典型。不奈梨園無學識，才華閒却孔云亭。

（《墨水別墅雜録》，吉川弘文館 1987 年版）

【按】 依田學海（1833—1909），幼名幸造，及長，名朝宗，字百川。其師藤森天山爲之取號學海，又號柳蔭、贅庵等，左倉人。日本明治時期著名漢學家，以小説創作聞名於世。著有《譚海》、《談叢》、《學海日録》（岩波書店 1993 年版）、《墨水別墅雜録》（吉川弘文館 1987 年版）等。生平參見

據實藤惠秀譯《大河内文書—明治日中文化人の交游》（東京：平凡社，1964 年版）記載，明治十一年（1878）五月六日晚間，依田學海與時任駐日公使隨員的沈文煐在大河内輝聲的桂林莊參與賞花會時進行過一次筆談，以下爲此次筆談的部分大意内容：

依田：吾甚愛中國傳奇小説。《水滸傳》、《金瓶梅》、《西游記》等，大意可通，然難解之處亦使吾甚爲苦惱。

沈：文中雜有風俗習慣。吾國人均習慣之，並不以爲怪。然就貴國言，聞所未聞，必不知其所指。所謂傳奇者，題材有三。雜記體以《聊齋志異》爲最佳，《灤陽消夏録》次之。小説體以《紅樓夢》爲個中魁楚，《水滸傳》次之。唱曲體類最妙當數《西厢記》，《桃花扇》、《玉茗堂四夢》列爲其次。

依田：《桃花扇》爲云亭主人（孔尚任）著述，其文言侯朝

宗、李香君之事，可是否？

　　沈：(此書)交織離合情意於興亡中。是書皆言情。《紅樓夢》中盡然側面描寫，藏深意於言外。①

　　據依田學海日記可知，其藏有《桃花扇》傳奇。他在閱讀《桃花扇》、獲得初步印象的基礎上，又在與沈文熒的筆談交流中加深了對該劇的認識。

詞餘叢話(節録)

[清]楊恩壽

卷 二

　　名人下筆，一字不苟。《桃花扇》開場云："孫楚樓邊，莫愁湖上，又添幾樹垂楊。"一"又"字，將宏光荒淫包掃殆盡，已必其不能中興，蹈陳、隋覆轍矣。但宏光鄙俚無文，惟解縱燒酒、漁幼女，尚不及《玉樹後庭》，留有南朝餘韻。

　　《桃花扇》結尾，一首彈詞，一套北曲，亦是悼南都。以余論之，似高於《芝龕記》也。

　　康熙時，《桃花扇》、《長生殿》先後脫稿，時有"南洪北孔"之稱。其詞氣味深厚，渾含包孕處蘊藉風流，絕無纖褻輕佻之病。鼎運方新，母音迭奏，此初唐詩也。

　　各本傳奇，每一長出例用十曲，斷出例用八曲。優人删繁就簡，只用五六曲。去留弗當，孤負作者苦心。《牡丹亭》初出，被人

---

① ［日］實藤惠秀譯：《大河内文書—明治日中文化人の交游》，東京：平凡社，1964年版。此處譯文轉引自楊爽《明治時期日本漢學家依田學海與中國》，浙江工商大學碩士論文，2011年。

刪削。湯若士題刪本詩云："醉漢瓊筵風味殊，通仙鐵笛海雲孤。總繞割就時人景，却愧王維舊雪圖。"俗人慕雅，强作解人，固應醜詆也。自《桃花扇》、《長生殿》出，長折不過八支。不令再刪，庶存真面。

凡詞曲皆非浪填，胸中情不可說、眼前景不可見者，則借詞曲以詠之。若敘事，非賓白不能醒目也。……

曾茶村大令與余同學，天才豪放。著有《萬松堂紀事》，偪近史遷。人亦磊落不羈，酒户甚大。屢躓秋闈，由校官改令粵西，非其志也。譜有《蕙蘭芳》傳奇，衍張承敞經張獻忠之亂，與其婦離而復合。插敘流賊本末較詳。義夫烈婦，勃勃有生氣，非苟為裁紅刻翠也。首出《餞花》，有"花開幾千？人生幾年？花兒慣把人兒騙。最堪憐，殘紅飄蕩，無可奈何天。"暨"問東流，此別何年再見"之句，頗覺不祥。踰年，果有鼓盆之戚。中有《感懷》一出，敘承敞亂後回家，感悼烈婦。迨遇舊嫗，始知其婦尚在人間。用筆曲折有致："【新水令】秋林紅葉響蕭蕭，返家園雞鳴行早。雲寒僧盤濕，水落石梁高。旅店清寥，馬齧帶根草。【駐馬聽】鼓振兵囂，死別生離離別了！劉郎又到，入門何處覓雲翹？臨風翦紙把魂招，妝臺想已生秋草。居民盡室逃，入殘城，料問訊親朋少。【沉醉東風】你看：拆不完磚牆將倒，辨不出街陌何條，孤城上黑烏飛，破屋裏寒雞叫，賣酒家青簾卷了，就是那東風信暖也沒餳簫。凝眸憑眺，只殘花、衰柳、蒼烟、落照。【雁兒落】半扇柴門，不用輕敲，直走入畫堂前無人報。蹋破了茸茸附石苔，驚起了嚦嚦啼花鳥。【得勝令】溝渠內積潦猶未消，簷馬兒任風敲。蛛網當門結，窗櫺沒半條。堂坳蝠糞深，無人埽。牆坳松杉倒，任採樵。【喬牌兒】餘灰潦草，是舊時的廚灶。剩幾個破盞殘瓢，似寒食人家禁烟寂寥。【甜水令】美人久

逝，蘭房寂靜，梁傾玳瑁，剩幾個燕泥巢。看日暮東風，把花片兒吹
起，恰似那倩女魂飄。【折桂令】悔當初偷生避地，棄汝潛逃。送離
人餞不及螺杯，殯香軀系住了鮫綃。向空際號咷，急茫茫也懸不及
銘旌錦字標。況沒個墳臺可埽，更沒件粉黛堪描。哭問青霄，恨卷
紅蕉。助我悲聲，落葉蕭蕭。【碧玉簫】杯酒來澆，何處黃泉道？楮
帛徐焚，飛作蝶兒繞。須索要展靈旗，唱《大招》。種樹夭桃，把衣
襟窅，看明歲墓門花照。【鴛鴦煞】仙山樓閣殊縹緲，上天入地都尋
找。霞影護藍橋。殷然求，欣然想，倘然遇，我說果然又得復會，他
說前緣末了。舊天台終須重到。攜手訴離懷，還是哭？還是笑？"
此出佈局，酷似《紅梨記》趙解元《訪素》、《桃花扇》侯公子《題畫》兩
出。謝素秋奉勅沒入邊庭，李香君被選供奉內廷，趙、侯二君舊地
重游，人亡屋在，其淒戀不異承敞；而詞曲均極工致，各盡其妙，能
手固無同之非異也。《訪素》：【宜春令】風月性，雲雨腸，自生成花
狂柳狂。新詞楚楚，俏名兒堪與秋娘抗。蘇小小才貌相當，呂雙雙
風流不讓。拚醉佳人錦瑟，翠屏珠幌。前腔韋娘面，刺史腸，兩相
逢迷留怎當。芳心密意，相偎相靠從前講。你看雕闌畔鸚鵡聲喧，
畫簷邊蜘蛛塵網。不見銀箏拋却，玉臺閑放！前腔花容麗，玉貌
揚，敢侵陵邀求鳳凰？溫存情況，變做了瞞神誚鬼喬模樣。昏騰騰
楚岫雲遮，黑漫漫陽臺霧障。渾似籠囚鸚鵡，浪打鴛鴦。【普天樂】
只指望撩雲撥雨巫山嶂，誰知道烟迷霧鎖陽臺上。姻緣簿空掛虛
名，離恨債實受賠償。想杜牧是我前生樣。只合守蓬窗茅屋梅花
帳，托香腮悶倚回廊。斷難穿淚珠千丈，只落得兩邊恩愛，做了兩
地彷徨。【錦纏道】笑村郎，強風流攀花隔牆，錯認做楚襄王，全沒
有半星兒惜玉憐香。我這裏相思塹危如石梁，他那裏愁悶城堅若
金湯。磨勒在何方？沙吒利十分威壯。如何更酌量？眼見得石沈

山障。怨只怨孤辰、寡宿命相當。【小桃紅】搔不著心中癢，咽不下
尊前釀。謊歌郎奪了平康巷，花胡衕添了勾魂將，温柔鄉湧出瞿唐
浪。眼睜睜意惹腸慌。【尾聲】休言好事從天降，著甚支吾此夜長？
羞殺畫不就眉兒漢張敞！《題畫》：【破齊陣】地北、天南蓬轉，巫雲、
楚雨絲牽。巷滾楊花，牆翻燕子，認得紅樓舊院。觸起閑情柔如
草，攪動新愁亂似烟，傷春人正眠。【刷子序犯】只見黃鶯亂囀，人
蹤悄悄，芳草芊芊；粉壞樓牆，苔痕綠上花磚。應有嬌羞人面，映著
他桃樹紅妍。重來魂似阮、劉仙，借東風引入洞中天。【朱奴兒犯】
驚飛了滿樹雀喧，蹋破了一墀蒼蘚。泥落空堂簾半卷，受用煞雙棲
紫燕。閑庭院沒個人傳，躡蹤兒回廊一徧，直步到小樓前。【普天
樂】手拽起翠生生羅襟軟，袖撥開綠楊線。一層層闌壞梯偏，一椿
椿塵封網冒。豔濃濃樓外春不淺，帳裏人兒覷覥。從幾時收拾起
銀撥冰弦，擺列著描春容脂箱粉盞，待做個女山人畫乂乞錢！【雁
過聲】蕭然！美人去遠，重門鎖，雲山萬千。知情只有閑鶯燕，盡著
狂，盡著顛，問著他一雙雙不會傳言。熬煎！才待轉，嫩花枝靠著
疏籬顫。簾櫳響，似有個人略喘。【傾杯序】尋徧，立東風漸午天，
一去人難見。看紙破窗櫺，紗裂簾幔，裏殘羅帕，戴過花鈿。舊笙
簫無一件，紅鴛衾盡卷，翠菱花放扁。鎖寒烟，好花枝不照麗人眠。
【玉芙蓉】春風上巳天，桃瓣輕如翦，正飛綿作雪，落紅成霰。濺血
點作桃花扇，比著枝頭分外鮮。攜上妝樓展對，遺跡宛然。爲桃花
結下了死生冤！【山桃犯】手捧著紅絲硯，花燭下索詩篇。一行行
寫下鴛鴦券。放一羣吠神仙朱門犬。似鵑血亂灑啼紅怨。這桃花
扇在，那人阻春烟！【尾犯序】望咫尺青天，那有個瑤池女使，偷遞
情箋？明放著花樓酒榭，丟做個雨井烟垣。堪憐！舊桃花劉郎又
撚。料得新吳宮西施不願，橫攛俺天涯夫壻，永巷日如年。【鮑老

催】這流水溪堪羡。落紅英千千片,抹雲烟,綠樹濃,青峰遠。春風舊境不曾變,没個人兒,將咱系戀。是一座空桃源。趁著未斜陽,將棹轉。【尾聲】熱心腸早把冰雪咽,活寃業現擺著麒麟楦。且抱著扇上桃花間過遣。

《桃花扇》分三大忠臣:史閣部,有明忠臣也;左寧南,烈皇忠臣也;黄靖南,宏光忠臣也。寧南當烈皇時已形跋扈。瑪瑙山之戰,未嘗無功,楊武陵攘爲己有,拜斗牛衣之賜,賞不及左,因此快快,縱賊中原,致不可遏。宏光初立,擁戴者皆邀殊錫,寧南不與,率師東下,以清君側爲名,非爲故太子也。孔云亭原稿第十三出,直敘寧南謀逆、脅何忠誠公同叛,何公投江、逆流六十里、遇神獲救諸軼事。左夢庚急以千金爲云亭壽,哀其削去。云亭遂改《哭主》一出,生氣勃勃,宛然爲烈皇復仇,與史、黄鼎立而三,爲勝國忠臣之最。信乎文人之筆,操予奪權也。

阮大鋮黨附魏忠賢,名列逆案,屏居金陵。謀復用,諸名士檄數其罪,作《留都防亂揭》。桐城方密之、如皋冒辟疆、宜興陳定生、商邱侯朝宗實主之,所謂四公子也。大鋮譜《燕子箋》,家伶一部,能演是劇。會諸名士以試事集金陵,四公子置酒雞鳴埭,徵阮伶以侑。大鋮心竊喜,立遣伶往,而令他奴诇之。方度曲,四座歎賞。奴走告,大鋮心益喜。已而抗聲論天下事,語稍及大鋮,遂戟手罵詈不絶。大鋮乃大怒,銜之次骨。弘光擁立,大鋮驟枋用,興大獄,將盡殺復社黨人,購四公子甚急。定生下獄,餘皆走免。是四公子之禍,實基於雞鳴埭聽曲時也。《桃花扇・偵戲》一出,從大鋮著筆,始而驚,繼而喜,繼而怒且懼,寫僉壬失路,鬚眉欲活。

(《坦園叢書六種》,光緒間刻本)

【按】 其中"各本傳奇,每一長出例用十曲,斷出例用八曲。

優人刪繁就簡,只用五六曲。去留弗當,孤負作者苦心。""自《桃花扇》、《長生殿》出,長折不過八支。不令再刪,庶存真面。""凡詞曲皆非浪填,胸中情不可說、眼前景不可見者,則借詞曲以詠之。若敘事,非賓白不能醒目也。"皆出自《桃花扇·凡例》。

曾茶村,名不詳。其所作《蕙蘭芳》傳奇,已佚。楊恩壽所引劇中《感懷》出的一套北曲,明顯模擬《桃花扇》續四十出《餘韻》中著名的"哀江南"套,並用同一韻部。

楊恩壽(1835—1891)有關孔尚任收受賄金、改易劇本、替劇中人物角色原型遮醜的記述純屬無稽之談。首先,最致命的證據是左夢庚卒於清順治十一年(1654),而生於順治五年(1648)的孔尚任此時年僅六歲。其次,自康熙三十八年《桃花扇》問世,至楊恩壽之前,一百多年中都未見有關《桃花扇》"原稿"的記載,何以至晚清有楊恩壽突然提及"原稿",且對原稿的部分情節瞭解較詳,而且也未見楊恩壽的友人及其同時代人提及《桃花扇》的"原稿",這頗值得懷疑。再次,今天所見的《桃花扇》的諸種刻本的文字和劇情都完全相同,都有第三十一出《草檄》和第三十四出《截磯》,也就是都有左良玉傳檄天下、以"清君側"爲名東下討伐馬、阮的情節,無論劇中所寫左良玉的動機爲何,都不免會使部分有心的讀者多方探究歷史真相。也就是說,假如楊恩壽所述是事實,但其實孔尚任並未全部刪去"寧南謀逆"的有關情節。再次,據《桃花扇·本末》,《桃花扇》在康熙三十八年定稿問世前,並未引起什麼關注,如此,則左夢庚就沒有必要賄賂和哀求孔尚任修改。若楊恩壽所謂的"原稿"是指康熙三十八年六月完成的《桃花扇》,據《本末》"《桃花扇》本成,王公薦紳莫不借鈔,時有紙貴之譽",已經在京城的官員和士人中廣泛傳播,孔尚任即使再做修改,又如何能夠達到替左良玉遮醜的目的,而且短時間內又進行針對一個人物角色的修改,肯定會引起讀者的猜疑,爲何不見當時人的任何記載,《桃花扇》的批語中對此也沒有涉及。再次,史可法、左良玉和黄得功爲"三大忠臣",而各自擁戴和忠於的對象不同,等等,均非楊恩壽自己獨特的創新認識,而是源出於《桃花扇》中的批語。見第三十七出《劫寶》的出批:"南朝三忠,史閣部心在明朝,左寧南心在崇禎,黄靖南心在弘光。"楊恩壽又説:"云亭遂改《哭主》一出,生氣勃勃,宛然爲烈皇復仇,與史、黄鼎立而三,爲勝國忠臣之最。"不免使人懷疑他是根據《桃花扇》的刻本和劇中的一些批語,異想天開,逆向"推理",導出了一個匪夷所思、毫無根據的説法。最後,第三十四出《截磯》中有左夢庚未奉其父將令、擅自率兵攻破九江,氣死其父的情節,他既然願意出千金、哀求孔尚任修改原稿、替他的已經去世的父親左良玉遮醜,爲何"修改"後的《桃花扇》又將他自己塑造和呈現爲一個做事輕率、毫無主見的"逆子"形象,抹黑了他自己?這又是楊恩壽無法辯解的一點。總而言之,楊恩壽提出孔尚任收受賄賂、修改《桃花扇》"原稿"中左良玉的有關情節的説法,應該是因爲他不滿於孔尚任在《桃花扇》中對左良玉形象的塑造,覺得有美化之嫌,於是編造出這一番無稽之談,進而也醜化和抹黑了孔尚任。

　　楊恩壽稱《桃花扇》第一出《聽稗》中侯方域登場所唱的【戀芳春】曲的第一句曲文"孫楚樓邊,莫愁湖上,又添幾樹垂楊"中的"又"字,"將弘光荒淫包掃殆盡,已必其不能中興,蹈陳、隋覆轍矣。"①這一論述也嚴重誤解和歪曲了劇作原文。侯方域所唱的【戀

---

① 俞爲民、孫蓉蓉編:《歷代曲話彙編》(新編中國古典戲曲論著集成)清代編第四集,黄山書社 2008 年版,第 539—540 頁。

芳春】一曲:"孫楚樓邊,莫愁湖上,又添幾樹垂楊。偏是江山勝處,酒賣斜陽,勾引游人醉賞,學金粉南朝模樣。暗思想,那些鶯顛燕狂,關甚興亡。"主要描繪了時届仲春二月,江南草長鶯飛的景色。春天裏的南京,景色每日不同,垂楊也每日裏都有幾株再度萌生新綠,又每日雖僅有數株,却都被侯方域敏銳地觀察到了。曲文以此表現,雖值家國多故之時,羈旅漂泊中的侯方域却還心情閒適,毫無掛礙,似乎生活在另一個世界裏。因此,才有後文在看花未果後,他又提出到秦淮水榭、尋訪佳麗的舉動,才有後來他與李香君的相識、相戀、相結合。而且,不論從這一個"又"字,還是從整支曲辭、整出劇情,都看不出有諷刺弘光、預示後來的蘊意,實際上也並没有這種蘊意。

與紫泉、蕉亭、菱石賦梅花三十首,
以次拈平聲韻(節録)

[韓]金允植

其　五

風流蘊藉秀而文,摹畫誰能狀七分? 倍覺精英經小雨,似將凝睇怨斜曛。

容姿不是争爲媚,性格自然超出群。慷慨都無脂粉氣,不羞却盦李香君。(用明末《桃花扇》演本故事。)

(《雲養集》卷四《沔陽行吟集》,《金允植全集》,

亞細亞文化社 1980 年版)

【按】 金允植(1835—1922)字洵卿,號雲養,本貫清風。朝鮮近代史上的政治家、思想家、文學家。金允植從政早期親近中國,是"事大黨"的領袖。甲午中日戰争以後立場轉變,逐漸親日,並在朝鮮政府中擔任外部大臣等要職。1898 年後因牽連乙未事變而遭到流放,1907 年才被釋放,1910 年日韓合併後被日本封爲子爵。但他後來又呼吁日本給予朝鮮獨立地位,參加了三一運動。金允植深受儒家思想的影響,同時又接受了樸珪壽的開化思想和西方的科學技術,主張"東道西器",被後世韓國史學家歸爲穩健開化派。金允植亦是一名文學家,留下大量文學和史料價值很高的著作。包括《雲養集》、《壬甲零稿》、《天津談草》、《陰晴史》、《續陰晴史》等等。他的所有著作都用漢語文言文寫成。這些作品被"韓國學文獻研究所"收錄於《金允植全集》(上下二册,亞細亞文化社 1980 年版)中。作爲金允植的日記而寫就的《陰晴史》、《續陰晴史》則分別於 1958 年和 1960 年被大韓民國文教部國史編纂委員會作爲"韓國史料叢書"第六部和第十一部刊行於世。

題《桃花扇》傳奇

[清]陳榮仁等

一曲《春燈》紫禁深,梨園舊事枉傷心。多情只有秦淮水,猶作南朝囉唝吟。戟門

《玉樹庭花》舊恨侵,南朝狎客總知音。《春燈》《燕子》風流劇,都作南薰殿上琴。道義

興亡覆局閱升沉,聽唱新詞感不禁。比似樽前説天寶,南朝風景亂人心。詠樵

(龔顯增輯《桐陰吟社詩甲編》卷下,同治三年刊本)

【按】 "戟門",即陳榮仁(1836—1903),字戟門,號鐵香,晉江人。同治十三年(1874)進士,官刑部主事。陳榮仁爲文雅麗而宏贍,

卓識獨具,爲學者所稱道。同治初(1862—1863),與黃陔南、龔詠樵等人,同倡組建"桐陰吟社",與泉州文人作聯詠雅會,刊《桐陰吟社甲乙編詩集》於世。榮仁一生致力於著述,著有《閩中金石略》十五卷、《藤花吟館詩録》六卷、《説文叢義》四卷、《閩詩紀事》十卷、《海紀輯要》二卷、《縮緯堂遺稿》、《温陵詩紀、文紀》、《銅鼓考》、《岑嘉州詩注》、《縮緯書目》等。榮仁除講學著述之外,凡俾益鄉黨之事皆踴躍參與,如管理義倉、監督城工、總理鄉團,無不身體力行。光緒二十九年(1903)七月,卒於家,享年六十七歲。葬泉州東門外新田萬安山。陳寶琛爲其撰寫墓志銘。泉州文庫整理出版社委員會編有《陳榮仁詩文集》,商務印書館 2018 年版,其中所收《縮緯堂類稿》爲海内孤本。

"道義",即王晨曜,生平不詳。

"詠樵",即龔顯增,生平不詳。著有《亦囡腟牘》、《葳園詩話》等。

題云亭山人《桃花扇》傳奇

［清］廖樹衡

龍馬浮江尚未成,中朝水火便相爭。囊韃淮泗新開府,烟月齊梁舊有名。

徹底笙歌酣九陛,極天戎馬蹴重成。春燈影裏山河改,淒斷江樓燕子聲。

殿頭宣敕選充華,閣道春游響鈿車。狎客竟容江總在,黨魁重破李膺家。

後庭歌舞翻瓊樹,南部風流剩館娃。一德有人勤燮理,鉤簾微雪賞梅花。

名士當筵易斷腸，白門佳麗屬平康。樓頭烟柳絲絲媚，扇底桃花片片香。

碧血竟成千古豔，黃絁終奉九蓮裝。繁花夢醒冰紈碎，零落珠璣字幾行。

嗚咽秦淮早晚潮，後湖人散鬼吹簫。西風殘照宮槐冷，流水棲烏岸柳凋。

六代荒淫終戰伐，百年興廢幾漁樵。凄涼法曲燈前淚，搵遍青衫恨未消。

（《珠泉草廬詩鈔》卷一，光緒二十七年烝陽刻本）

【按】 廖樹衡（1839—1923）字蓀咳，寧鄉人。初入湘軍提督周達武幕，光緒三年（1877）館於陳寶箴家，十九年（1894）主講玉潭書院。二十二年，主持常寧水口山礦務，創開明礶法採礦，頗著成效。二十四年（1899），任宜章訓導。翌年調清泉，仍主管水口山礦務，在任八年贏利六百萬兩。二十九年（1904），任湖南礦務總局提調，升總辦。三十三年，捐主事，分部加四品銜。後以湘撫保奏，得二等商勳三品銜之獎。民國後歸家。著有《珠泉草廬文集》、《珠泉草廬詩鈔》、《茭源銀場錄》等。

讀《桃花扇》院本題後

[清]馮驥聲

蘼蕪舊院月如烟，紅粉青衫總惘然。話到香君當日事，無窮哀怨付秋弦。

草草南朝棋局殘，竟將歌舞換江山。桃花宮扇簾前賜，一曲《春燈》唱夜闌。

玉樹歌殘半壁休，孝陵鬼哭故宮秋。可憐江上秦時月，又照降帆出石頭。

紛紛四鎮候蟲沙，廢壘長江夕照斜。最是銷魂石城曲，一抔黄土伴梅花。

小朝轉瞬換滄桑，故老遺民暗斷腸。贏得柳蘇頭白髮，重談天寶涕沾裳。（謂柳敬亭、蘇崑生。）

興亡一代《黍離》歌，檀板當筵感慨多。唱罷東塘新樂府，有人灑淚舊山河。

（《抱經閣集》，民國間鉛印《海南叢書》本）

【按】 冯骥声（1841—1891）字少顔，瓊山人。光緒年間舉人，晚清學者，詩人。沉迷經學，推崇實學。同治十二年（1873），馮骥聲以拔貢的身份赴京參加廷試，出示詩稿請教，黃遵憲"歎爲異才，深相結契，由是才名大著，推爲海外巨擘"。光緒十年（1884），馮骥聲與瓊山士紳陳起賢在府城鼓樓街南城門東面創建了研經書院，以經史詞章教育士子的同時，也倡首教授實學，瓊人紛紛向學。著有《抱經閣集》。另撰有《説文音義考》、《尚書疏證》、《毛詩疏證》等經學著作。

玉交枝·題桃花畫扇，璞齋爲陶子縝學使制

［清］鄧　瑜

龍翁筆，等閒染就香君血。香君血，美人名士，而今難得。

春來花向東風惜，秋來扇奈西風急。西風急，年年常好，瑤池
標格。

（《蕉窗詞》，光緒二十二年泉唐諸氏刻本）

【按】　鄧瑜（1843—1901）字慧玨，江蘇金匱人。清代女詞
人。諸可寶之妻。工詞，著有《清足居集》一卷、《蕉窗詞》一卷。璞
齋，即諸可寶（1845—1903），杭州人。曾官崑山知縣。工詞，著有
《璞齋集》七卷、詞一卷。陶子縝，即陶方琦（1845—1884），字子縝，
一作子珍，號湘湄，一號蘭當，譜名孝邀，會稽（今浙江紹興）陶家堰
人。生於書香官宦之家，自幼受其祖賢熏陶，刻苦攻讀，期冠補諸
生。同治六年（1867）補甲子科舉人。光緒二年（1876）進士，官授
翰林院編修，督學湖南。淡漠仕途，篤學好古，著書立說從未間斷。
專治《易經》鄭注，又習《大戴禮記》、《毛詩》、《爾雅》漢注，兼攻駢
文，所學大就，精益求精。曾拜李慈銘爲師，爲李之高足。書法蘇、
米，寫花卉、蘭、菊、竹、石，頗有逸趣。工詩古文詞。博綜群籍，尤
精著述。撰有《溪廬詩稿》、《淮南許注異同詁》、《字林考逸補本》、
《廬駢文選》、《漢挐室文鈔》、《蘭當館詞》、《許君年表》。

明季小樂府（節録）

［清］繆荃孫

桃花扇

云亭山人歌一曲，故臣遺老相向哭。黍離麥秀是耶非？半爲
美人半朝局。

美人名重媚香樓，夫婿梁園第一流。勝地空傳桃葉渡，豔歌常
在木蘭舟。

聘錢十萬揮閹黨,駔儈安能事田仰。拼將熱血濺冰紈,幻出桃花紅澹蕩。

舊院新亭涕淚頻,甘從禪榻證前因。杏花薦卷成佳話,又作弘農夢裏人。(扇藏商邱宋氏。侯元標中鄉榜,同考楊潮觀夢一女子,囑留心桂花香卷子。後得一表文,有"杏花時桂花香"句。蓋是年春鄉秋會也,侯乃壯悔之孫。一時喧傳"李香君薦卷"。)

(《藝風堂文漫存·癸甲稿》卷一,臺灣文史哲出版社1973年版)

【按】 繆荃孫(1844—1919)字炎之,又字筱珊,晚號藝風老人,江蘇江陰申港鎮繆家村人。光緒年間進士。繆荃孫幼承家學,11歲修畢五經。17歲時太平軍進江陰,侍繼母避兵淮安,麗正書院肄業,習文字學、訓詁學和音韻學。21歲舉家遷居成都,習文史,考訂文字。24歲應四川鄉試中舉。1876年,會試中進士,授翰林院編修。此後事編撰校勘十餘年。1888年任南菁書院山長。1891年,掌濼源書院。1894年任南京鍾山書院山長,兼掌常州龍城書院。1901年,任江楚編譯局總纂。1902年,鍾山書院改爲江南高等學堂,任學堂監督。癸卯新學制實施後,廢古江寧府學,兩江總督府擬在江寧"先辦一大師範學堂,以爲學務全局之綱領",1902年5月出任學堂總稽查,負責籌建江南最高學府三江師範學堂,並與徐乃昌、柳詒徵等七教席赴東洋考察學務,學堂遂仿日本東京大學,在南京國子監舊址築校,以後更名兩江師範及復建南京高師,爲南京大學近代校史之開端。1907年,受聘籌建江南圖書館(今南京圖書館),出任總辦。1909年,受聘創辦北京京師圖書館(今中國國家圖書館),任正監督。1914年,任清史總纂。1919年12月22日,在上海逝世。著有《藝風堂藏書記》、《藝風堂金石文字目》、《藝風堂文集》等。

詞曲閒評(節錄)

［清］黃啟太

詞曲以命意佈局爲先,簡淨爲高,而機調之湊泊,聲律之敲戛,科白、打諢之步驟,尤宜生動合趣,處處經營,不可一段稍涉鬆懈。此惟《桃花扇》足稱擅場,非僅選聲［練］(煉)色,其佈置安插,無一不臻完善也。

《桃花扇·哭主》一出,詞高調響,淋漓悲壯。具如許沉痛,雖銅琶鐵板唱"大江東",無以尚也。

《罵筵》一出,以小人而趨奉小人。夢中説夢,每不自知其醜,偏就他口中曲意道出,愈見惡態,即無異自家供狀。此刺骨誅心之妙也。而正意卻於香君唱中先行透露。讀至"聲聲罵,看他懂不懂",偉詞自鑄,動魄驚心。雖掩映,尢自分明也。

《投轅》一出:"你看城枕江水滔滔,鸚鵡洲闊,黃鶴樓高,雞犬寂寥,人煙慘澹,市井蕭條,都只把豺狼喂飽。"描寫得雄藩重鎮,世亂年荒,風景不殊,舉目有山河之異。新亭痛哭,無此悽惶也。

"俺是不出山老漁樵,那曉的王侯大,賓客小,看這長槍大劍列旗門,只當深林密樹穿荒草。盡著狐狸縱橫虎咆哮,這威風何須要,偏嚇俺孤身客,無門跑,便作個長揖兒,不是驕。(拱介)求饒!軍中禮,原不曉。(笑介)氣也麼消,有書函,將軍仔細瞧。"全曲嬉笑酣暢,擺脱灑落,活畫一説客神氣。

其責寧南處,直揭心坎,侃侃不可,可補正史之缺。"你坐在細柳營,手握著虎龍韜,管千軍,山可動,令不搖。饑兵鼓噪犯天朝,將軍無計從他自去逍遥。這惡名怎逃?這惡名怎逃?説不起三軍權柄帥難操。"此曲跌宕以任氣,磊落以使才,義正詞嚴,不減春秋斧鉞,孰謂小說家無特筆乎? 其科白打諢,尤覺處處出色。《哄丁》、《偵戲》兩出,尤分外湊趣,刺骨誅心語仍自雋妙頤。如此方合此曲腔吻。"惟讓我老贊禮,打你一個知和而和的。"大概是鄉談嘲謔嚵語。余屢次詢問江寧人,皆不知爲何語。惟山東一友言是彼地土腔,鄙[簿](薄)髯子之笑話也。

《桃花扇》各詞無一不工,無一不淨,無一不湊泊。苦心研爍,拍節絶緊,極才人之能事。

(官桂銓《新發現的清黃啟太〈詞曲閑評〉》,《文獻》1989 年第 1 期)

題《桃花扇》傳奇

[清]李世伸

剩水殘山無限情,興亡同此石頭城。云亭一掬傷心淚,灑向桃花扇底生。

《燕子箋》翻別調彈,君王含笑捲簾看。相公別有傷心處,爛賤無人更買官。

楚帥雄兵駐上游,思清君側斬苗劉。無端兵變身隨死,一錯真教鑄六州。

草草南朝夢一場,板橋流水映垂楊。故宫禾黍秋風感,付與漁樵話夕陽。

(周慶雲輯《潯溪詩徵》卷三十四,民國六年夢坡室刻本)

【按】 李世伸(1849—1903 後)字子兼,號志宣,晚號屈翁。國子監生。著有《西塞山房詩稿》及《屈翁吟稿》。《李氏家譜》云其"耿介拔俗,不苟合於世。好讀書,不屑爲舉子業。專事詩歌,自稱

西塞山樵。中歲游楚、豫，抑鬱不得志。晚客雲陽，益縱情詩酒，與
徐世勛、聞人福圻、韓卿雲相唱和。著有《屈翁吟稿》十二卷。"生平
可參見徐世勛《西塞山房詩選序》。

百字令·題《桃花扇》傳奇

［清］皮錫瑞

南朝舊夢，問當年、誰見美人名士。打鴨驚鴛離別憾，寫得淋漓盈
紙。團扇歌嬌，桃花命薄，那管興亡事。板橋斜照，豔魂當可呼起。
堪歎勝國衣冠，當場粉墨，惟付傳奇紀。剩水殘山餘涕淚，乃有無愁天
子。永壽金蓮，臨春玉樹，似讀齊隋史。劫灰重閱，可憐桃葉春水。

（吳仰湘校點《皮錫瑞集》，嶽麓書社 2012 年版）

【按】 皮錫瑞（1850—1908）字麓門，一字麓雲，湖南善化（今
長沙）人。舉人出身。三應禮部試未中，遂潛心講學著書。他景仰
伏生之治《尚書》，署所居名"師伏堂"，學者因稱之"師伏先生"。皮錫
瑞於光緒十六年（1890）主湖南桂陽州（今桂陽縣）龍潭書院講席。中
日甲午戰爭後，憤於《馬關條約》的喪權辱國，極言變法不可緩。光
緒二十四年（1898）春，任"南學會"會長，主講學術。開講三月，講演
十二次，所言皆貫穿漢、宋，溶合中西；宣揚保種保教縱論變法圖強。
當頑固派詆毀"南學會"時，他不避艱險，往復辯論，表現了救亡圖存的
熱情。"戊戌變法"後，清政府下令革去其舉人身份，逐回原籍，交地方
官嚴加管制。晚年長期任教，並任長沙定王臺圖書館纂修。皮錫瑞博
覽群書，創通大義，今文經學造詣很深。所著《五經通論》，皆爲其心
得，示學人以途徑。《經學歷史》則是經學入門書。他主張解經當實事
求是，不應黨同妒異，對各家持論公允，爲晚清經學大家之一，工於詩

及駢文。著有《師伏堂叢書》《師伏堂筆記》《師伏堂日記》等。

詞壇叢話(節録)

［清］陳廷焯

另爲雜體

　　傳奇各種,佳者林立,思欲採一二支,録入雜體之後。再四思之,此舉未果。惟《桃花扇》《哀江南》一曲,實乃空絶前後,有不可以傳奇目之者,故附録國朝雜體之後。

(《雲韶集》,稿本)

　　【按】　陳廷焯(1853—1892),原名世焜,字耀先,一字亦峰,鎮江丹徒(今江蘇丹徒)人。光緒十四年(1888年)舉人。性情磊落,"與人交,表裏洞然。無觤骸之習"。一生以讀書、著述和授徒爲務。平生以詞學著稱,有著作多種,有詞集《白雨齋詞抄》、詞選《雲韶集》、《詞則》四集二十卷和詞話《詞壇叢話》、《白雨齋詞話》八卷。《雲韶集》爲陳廷焯早年選編的詞選本,未刊,稿本今藏南京圖書館。凡二十六卷,選歷代詞人詞作三千四百三十四首。卷首有《詞壇叢話》,正文中有大量評語。

白雨齋詞話(節録)

［清］陳廷焯

卷　六

孔季重《鷓鴣天》

孔季重《鷓鴣天》云:"院靜廚寒睡起遲,秣陵人老看花時。城連曉雨枯陵樹，江帶春潮壞殿基。傷往事，寫新詞，客愁鄉夢亂如絲。不知烟水西村舍，燕子今年宿傍誰。"勝國之感，情文淒豔。較五代時鹿虔《臨江仙》一闋所謂"烟月不知人世改，夜闌還照深宮。藕花相向野塘中。暗傷亡國，清露泣香紅"者，可以媲美。

（《白雨齋詞話》，光緒二十年刻本）

【按】《雲韶集》卷十四收入孔尚任《桃花扇》第一出《聽稗》中生扮侯方域的上場詞《鷓鴣天》"院靜廚寒睡起遲"，並評曰："此次無限感慨，如讀楚騷，如讀漢樂府，如讀杜詩，其妙令人不可思議。"光緒十六年（1890），陳廷焯因嫌舊選"蕪雜"，另選《詞則》四集二十四卷，包括《大雅集》六卷，計五百七十一首；《放歌集》六卷，計四百四十九首；《閑情集》六卷，計六百五十五首；《別調集》六卷，計六百八十五首，總收唐、五代、宋、金、元、明、清詞二千三百六十首。是書有一九八四年上海古籍出版社影印本。他又將《鷓鴣天》"院靜廚寒睡起遲"選入《大雅集》。《雲韶集》和《詞則》分別是陳廷焯在前後不同時期編輯的詞選，代表了他前後不同的詞學思想。而這兩部詞選都選收了孔尚任的《鷓鴣天》詞，反映了他對此闋詞的偏愛。陳廷焯又在編選《詞則》的基礎上撰成《白雨齋詞話》。唐圭璋先生在《詞則》影印本的《後記》中稱此編"凡七易稿而成書。上有眉批，旁有圈識，字跡工整，用力彌勤。同時著《白雨齋詞話》，意圖与《词则》相辅而行。"所以陳廷焯又在《白雨齋詞話》卷六選評了此詞。

《桃花扇》傳奇書後

［清］趙一山

桃花扇，何由見？才子佳人緣一線。歡時喜共桃花宴，合時笑對桃花面。

悲時紅共桃花濺,離時香碎桃花片。桃花閱盡國興亡,抵死花心終不變。

江山破碎不如花,依舊桃花堪作傳。請君莫作尋常看,一字一血肝腸斷。

(陳碧笙編選《臺灣同胞抗日愛國詩詞選》,九州出版社 2001 年版)

【按】 赵一山(1856—1927),原名元安,字文徵,因慕文文山與謝疊山之爲人,乃自號一山,以號行,字亦作益山,又號劍樓,臺北板橋人。家貧好學,嘗從鄉里宿儒賴宏攻讀。十八歲爲秀才,卅歲入泮,翌年鄉試不中,遂絕意仕途,潛心歧黃之術,被舉爲臺北醫生會長,乃自板橋徙居臺北城。乙未割臺之役,以家室多累,不能内渡,避難芝蘭山中。時保良局長辜顯榮力邀出仕,謝以不敏。後懸壺大稻埕永樂市場邊。嗣應大稻埕千秋街萃利洋行洪禮文家之聘,教讀詩書。兩年後即 1911 年乃自創劍樓書塾,設帳授徒,常訓勉諸子曰:"汝有食日人一粒粟者,非吾子也!"一時聲名大著,從游弟子有王雲滄、歐劍窗、駱香林、吳夢周、卓夢庵、許劍亭、李騰嶽等,女弟子有王香禪(1886—?)、洪薇仙、陳飛仙、李晚霞、容荷青等,可謂濟濟多士。並於 1921 年組劍樓吟社,與北臺詩人相唱和。其詩所宗以性靈爲主。每年冬,師生共祀孔子,禮成開同窗會,並作文字飲。晚年失明,仍孜孜不輟,課吟詩聲,響徹市上。著有《劍樓詩稿》,未刊。连横《雅堂文集》卷四《詩薈餘墨》載:"稻江王香禪女士曾學詩於趙一山。一山,老儒也,教以香草箋,期夕詠誦,刻意模仿。"王香禪有《奉怀劍樓夫子》诗:"稻江竹里人非远,绛帐芸窗望更遥。但祝師門春似海,今年花比去年娇。"

金縷曲·題《桃花扇》樂府

［清］易順鼎

亡國談風雅。莽乾坤、風雲破碎，飛龍戰野。天子無愁行樂耳，如此江山都捨。誰救爾兒孤婦寡。鶯燕飄零烟月死，剩孤臣、骨冷梅花下。譜一曲，淚如瀉。

小朝廷事堪悲咤。算平分一行歌舞，兩行戎馬。生死江南同醉夢，苦被桃花誤也。紅淚向扇頭偷灑。中有美人才子恨，付烏絲、並作滄桑寫。儂是喚，奈何者。

（《湘弦詞》，光緒五年刻本）

【按】 易順鼎（1858—1920）字實甫、實父、中碩，號懺綺齋、眉伽，晚號哭庵、一廣居士等，龍陽（今湖南漢壽）人。清末官員、詩人，寒廬七子之一。光緒元年（1875）舉人。曾被張之洞聘主兩湖書院經史講席。馬關條約簽訂後，上書請罷和義。曾兩去臺灣，幫助劉永福抗戰。庚子事變時，督江楚轉運，此後在廣西、雲南、廣東等地任道臺。辛亥革命後去北京，與袁世凱之子袁克文交游。袁世凱稱帝後，任印鑄局長。帝制失敗後，縱情於歌樓妓館。工詩，講究屬對工巧，用意新穎，與樊增祥並稱"樊易"。著有《琴志樓編年詩集》等。

蕙風詞話（節錄）

［清］況周頤

卷　五

十　七

鄭如英，字無美，小字妥娘。工詩、詞，與卞賽、寇湄相頡頏也。

《桃花扇》傳奇《眠香》、《選優》等出,以阿丑之詼諧,作無鹽之刻畫。肆筆打諢,若瓦巷陋姝,一丁不識者然,殆未深考。虞山《金陵雜題》:"舊曲新詩壓教坊。縷衣垂白感湖湘。閑開閨集教孫女,身是前朝鄭妥娘。"《板橋雜記》謂:"頓老琵琶、妥娘詞曲,祇應天上,難得人間。"漁洋《秋柳詩》,唐葆年云:"爲妥娘作。"風調可想。妥娘詩載《列朝詩選閨集》。所著《紅豆詞》,《衆香集》録五闋。《長相思·寄期蓮生》云:"去悠悠,思悠悠。水遠山高無盡頭,相思何日休。見春愁,對春愁。日日春江認去舟,含情空倚樓。"《楊柳枝·游玉隱園》云:"水漲池塘春草生,喜新晴。麥苗風急紙鳶輕,過清明。柳絲簾外飄搖起,亂芳英。戲拈紅豆打黃鶯,費幽情。"《臨江仙·芙蓉亭懷鄭奇逢》云:"夜半忽驚風雨驟,曉來寒透衾裯。蕭條景色懶登樓。衡陽歸雁杳,幽恨上眉頭。臺空院廢人依舊。月沉雲淡花羞。芙蓉寂寞小亭秋。黃花傷晚落,相對倍添愁。"《小傳》云:"無美南曲妙姬,丰姿清麗,神采秀發,而氣度瀟灑,無脂粉態。獨處靜室,未嘗衒容諧俗。其《詠梅詩》曰:'虛名每被詩家賣,素豔常遭俗眼嗤。開向人閑非得計,倩誰移上白龍池。'得比興之旨。"

(《蕙風詞話》,上海圖書館藏民國刻惜陰堂叢書本)

【按】　況周頤(1859—1926),原名況周儀,因避宣統帝溥儀諱,改名況周頤。字夔笙,一字揆孫,別號玉梅詞人、玉梅詞隱,晚號蕙風詞隱。廣西臨桂(今桂林)人,原籍湖南寶慶。九歲補弟子員,十一歲中秀才,十八歲中拔貢,二十一歲以優貢生中光緒五年(1879)鄉試舉人。一生致力於詞,凡五十年,尤精於詞論。與王鵬運、朱孝臧、鄭文焯合稱"清末四大家"。著有《蕙風詞》、《蕙風詞話》、《眉廬叢話》、《餐櫻廡隨筆》、《阮庵筆記五種》、《香東漫筆》等。

眉廬叢話（節錄）

［清］況周頤

七 五

　　錢塘陳退庵（文述）《頤道堂集·題李香小影序》云：“丙寅冬日，梅庵宮保（鐵保）勘河雲梯關，於安東行館壁間得明李香小影，寫在聚頭扇面上。長身玉立，著淡紅衣，碧襦，白練裙。圖中梅樹二，映以奇礛。憑梅佇立，眉宇間有英氣恨色。”後署“辛卯四月，爲香君寫照”。款曰“洛生”，印曰“馬振”。按：余澹心《板橋雜記》云：“李香身軀短小，膚理玉色，慧俊婉轉，調笑無雙，人名之爲香扇墜。”澹心贈詩，有“懷中婀娜袖中藏”之句。此云身軀短小，彼云長身玉立，詎初時嬌小，後乃苗條耶？辛卯香君年約十九二十（上海黃協塤《鉏經書舍零墨》云：“……”此香君小像，又別是一本。）

七 七

　　秦淮校書王翹雲嘗以舌血染絹素，贈汪紫珊。松壺道人仿《桃花扇》故事加點綴焉。郭頻伽、陳竹士並有詞紀之。陳退庵《後秦淮雜詠》云：“畫筆空勞點染工，尚留餘恨在春風。桃花潭水深千尺，不及羅巾一撚紅。”

二七九

　　嘉興李既汸《校經廎（文）稿》《讀國初諸公文集成斷句十二首》其一云：“侯生才思鬱縱橫，下筆千言坐客驚。一代董狐誰得並，金陵歌管不勝情。"自注:"朝宗置酒金陵,戟手罵阮大鋮,越五年而祸作。"康熙中葉,曲阜孔東塘(尚任)撰《桃花扇》傳奇,於復社諸君子排斥馬阮形容盡致。唯是李香罵馬阮則有之,殊無侯生罵大鋮事,未審既汸何所本也。

四七四

秦淮古佳麗地,樓臺楊柳,門巷枇杷,丁明季稱極盛。李香君以碧玉華年能擇人而事,抗却奩之義,高守樓之節,俠骨柔情,香艷千古。康熙間,曲阜孔東塘撰《桃花扇》院本以張之。唯其兼通詞翰,則向來記載,未之前聞。《正始集》有香君詩一首,亟錄如左,《題女史盧允貞寒江曉泛圖》:"瑟瑟西風淨遠天,江山如畫鏡中懸。不知何處烟波叟,日出呼兒泛釣船。"

(沈雲龍主編《近代中國史料叢刊》)

【按】 山西古籍出版社出版《民國筆記小說大觀》第一輯有整理本。第七五則題"李香君小影述聞",第七七則題"王翹雲軼事",第二七九則題"侯方域罵阮大鋮",第四七四則題"李香君詩"。汪紫珊,即汪世泰,著有《碧梧山館詞》二卷。"松壺道人"即錢杜(1764—1845)(《程式伯文集》作(1763—1844))。初名榆,字叔枚,更名杜,字叔美,號松壺小隱,亦號松壺,亦稱壺公,號居士,錢塘(今浙江杭州)人。出身仕宦,嘉慶五年(1800)進士,官主事。性閑曠瀟脫拔俗,好游,一生遍歷雲南、四川、湖北、河南、河北、山西等地。嘉慶九年(1804),曾客居嘉定(今屬上海),道光二十二年(1842),英軍攻略浙江,避地揚州,遂卒於客鄉。郭頻伽,即郭麐。李既汸,即李富孫(1764—1844),字既汸,一字薌沚,浙江嘉興人,清代學者。學有本源,與伯兄超孫、從弟遇孫有"後三李"之目。長游四方,從盧文弨、錢大昕、王昶、孫星衍等游。阮元撫浙,肄業詁經精舍,遂湛深經術。嘉慶六年(1801)拔貢生。著有《校經廎文稿》十八卷、《梅里志》十六卷、《曝書亭詞注》七卷、《鶴徵録》八卷、後録十二卷、《李氏易解剩義》三卷、校異一卷、《七經異文釋》五十卷、《説文辨字正俗》八卷等。《讀國初諸公文集成斷句十二首》載於《校經廎文稿》卷二。

題《桃花扇》傳奇八首

[清]陳榮昌

看破興亡夢一場,秣陵烟雨總淒涼。當時君相空遺臭,不及香娥粉黛香。

煤山萬里訝天崩,黃鶴樓中慟不勝。樓外春鵑樓下水,一齊鳴咽哭思陵。

莫笑風流小福王,江南合作冶游鄉。六朝以後無金粉,《燕子》、《春燈》亦斷腸。

揚州明月照孤忠,閣部梅花繞墓紅。譜作梨園新樂府,銅槽唱遍大江東。

寄語豪家勢莫横,青樓亦自有堅貞。請君試看桃花色,都是佳人血染成。

翩翩公子出商邱,亂躡槐花不自由。未免美人傲名士,紅顏拼死媚香樓。

一夕狼烽毀鳳城,秦淮簫管寂無聲。桃根桃葉知何處,愁絕棲霞卞玉京。

歡場花鳥散茫茫,大好湖山剩夕陽。歌板聲殘蘇柳在,白頭江上話滄桑。

(《虛齋詩稿》卷十四,清末刻本)

【按】 陳榮昌(1860—1935)字筱圃,號虛齋,又號鐵人,返里後,更曰困叟,別號遜農,一號桐村,崑明人。雲南近代著名學者,教育家、詩人和書法家。光緒九年(1883)進士,授編修,督學貴州,遷山東提學使,歸主講經正書院,赴日本考察教育。辛亥革命後,一度任福建宣慰使。工書法,自始即摹顏真卿、錢灃,晚更變而學米,學漢魏南北朝碑版。著有《虛齋詩集文集》、《桐村駢文》、《滇詩拾遺評選》、《劍南詩鈔》、《東游日記》、《老易通》、《桐村詞》、《明夷子》等數十種。門人私謚“文貞”。

再題《桃花扇》十首

［清］陳榮昌

莫羨金陵是帝鄉,建文而後有弘光。前明兩度興亡記,燕子飛來總不祥。

絕妙詞頭作戲看,一場春夢易闌珊。元宵燈火年年在,百子山中朽骨寒。

恒舞酣歌閱一年,弄臣日夜進嬋娟。烏紗顛倒紅裙亂,斷送東南半壁天。

奸相收場亦可憐,石巢散入秣陵烟。料應道遇黃巾賊,始悔當官枉愛錢。

馬阮豪華一旦空,殘骸零落委蒿蓬。笑渠皮底原無血,那有桃花半點紅。

揚子江頭落日昏,史公凜凜有忠魂。沉江拼葬江魚腹,只恐江魚不敢吞。

當面復社繼東林，珰勢熏天怨毒尋。摹盡閹兒百醜態，九原一快黨人心。

遺民亂後話南朝，花月春江久寂寥。除却庵中白雲侶，湖山僅剩老漁樵。

文酒蕭條壯悔堂，江山故國更茫茫。當筵忽唱《桃花扇》，腸斷萊陽宋荔裳。

費盡蘭成作賦才，江南一例使人哀。曲中無限滄桑恨，引得新亭涕淚來。

（《虛齋詩稿》卷十四，清末刻本）

澄齋日記（節錄）

[清]惲毓鼎

光緒廿九年癸卯

……

（正月）十三日晴。答拜繆恒蓀、丁筱村，均未值。歸寓發各省例信。接茅西農別駕（潛清）太原書（有伴函）。申刻橘農借庖在寓作消寒，賓主十人（李木齋府丞，餘綏屏太守，陳梅生、周少樸兩侍御，張季端殿撰，段春岩、陳蘇生、孫問清三編修，橘農及餘）。連日閱《桃花扇》傳奇遣日。感慨纏綿，驚才絕豔，讀至《題畫》一折，令人輒喚奈何。至《沉江》一折，則淚涔涔承睫矣。文能移情，信然。古今傳奇當推《琵琶記》、《牡丹亭》、《桃花扇》、《長生殿》為最，此論其詞筆耳。若感傷時局，寄興蒼涼，事真景真情真，當推《桃花扇》為第一，而《長生殿》次之。《牡丹亭》描寫才子佳人，遂開後世惡套。近人黃韻珊撰傳奇七種，惟《帝女花》、《桃溪雪》二種差可觀，其餘皆平平。《居官鑒》尤腐，所有關白布置悉平直乏味，益見傳奇小道殊未易操觚。李笠翁十種失之淺俗，蔣心餘九種曲則遠勝笠翁。然持較前四種，覺瞠乎後矣。（四種之佳在能入曲，所以尤難。）

（《澄齋日記》，稿本）

【按】惲毓鼎（1863—1918）字薇孫，號澄齋。陽湖縣（今常州武進）上店人。光緒十五年（1889）進士，爲翰林院庶吉士，翌年由散館授翰林院編修。光緒二十年（1894）翰詹大考，以詹事府贊善升用，後任詹事府右春坊右贊善、右中允，左春坊左中允，司經局洗馬，日講起居注官，翰林院侍讀學士，國史館提調，咸安宮總裁，武英殿纂修處總辦等職。同時充光緒二十一年、二十七年（1901）、二十八年會試同考官。民國建立後隱居北京。他精醫學，擅書法，喜詩文，書法宗蘇東坡。尤好杜甫詩，主張作詩以"抒發真情爲貴"，並要守法度。著作甚豐，有《澄齋奏議》四卷、《澄齋詩鈔》三卷、《澄齋文稿鈔存》一卷、《三國志譯林》（一説《三國志評林》）、《崇陵傳信録》一卷、《雲峰書院勵學語》一卷、《金匱瘧疾病篇正義》一卷、《澄齋醫案》和《澄齋日記》三十七册。

《桃花扇》傳奇題其後

〔日〕森槐南

秦淮柳色莫愁村，舊院繁華記淚痕。欲向春風問遺事，桃花扇底最消魂。

月前和影坐吹簫，流水桃花舊板橋。猶記六朝金粉地，傷心花月又南朝。

玉樹歌殘不忍聞，草縈枯骨淚紛紛。水聲嗚咽人來吊，春月梅花閣部魂。

英魂一片付空談，暮氣消沉恨不堪。從是年年風雨夕，有人偷哭左寧南。

干戈滿地歎興亡，徵召誰登選舞場。猶是深宮人不識，《春燈謎》裏月昏黃。

嚴谷一六曰："首首無不麗思逸調，余最愛第二詩。"

依田學海曰："宋牧仲、張船山一流詩品，格調極高。"

（《新文詩》第四十六集，明治十二年二月印行）

【按】森槐南（1863—1911），名大公，字公泰，號槐南，通稱泰二郎，號槐南小史，別號秋波禪侶。明治漢詩壇的重要人物。著有《槐南集》。生於名古屋，其父森春濤爲幕府末、明治初漢詩詩人。其唐詩及中國古典詩格律研究，日本學界奉爲圭臬，於中國戲曲、小說研究，亦稱大家。所作漢詩詞蒼涼開闊，韻致悠長，頗具欣賞價值。森槐南對《桃花扇》情有獨鍾，這在他的文學創作、學術研究等都有明顯的體現。他也對於《桃花扇》在日本的評介、研究做出了很大的貢獻。他先後作有多篇詩歌詠歎《桃花扇》，表達自己的閱讀感受。

森槐南在日本近代第一次將中國戲曲引入大學課堂的講授。明治二十三年（1890）九月，森槐南受聘東京專門學校（早稻田大學前身）講師，所講課程爲"杜詩偶評講議"，而實際講授涉及戲曲，其中便包括《桃花扇》。據記載，森槐南講授時，學生們在非常陶醉，竟至無法記錄筆記，講授結束時，還頓有茫然之感。（《早稻田大學百年史》第一卷，早稻田大學出版部 1983 年版，第 1005 頁）由自作詩歌評論到在大學課堂上講授，不僅是個人興趣向公共空間的延伸、擴展，也不僅是傳播、接受形式的遷移、轉換，更重要的在於這意味著對《桃花扇》的評價、研究開始進入近現代學術體系。森槐南的講授還對他的學生接受、評論《桃花扇》產生了直接的影響。如他在東京專門學校的學生、曾在課堂上聽其講授過《桃花扇》的柳井絅齋（1871—1905）作有《讀〈桃花扇〉傳奇三十首》，刊載於明治二十五年（1892）三月出版的《柵草紙》第三十號（選錄四首）和同年七月出版的《柵草紙》第三十四號（選錄十六首）。另外，日本《自由新聞》記者宮崎宣政（字晴瀾）作有《讀〈桃花扇〉》詩十首，也應是受到森槐南的影響。

有關森槐南在《新文詩》上所發表的詠劇詩歌的研究，可參看日人中村優花《〈新文詩〉所載森槐南早期詩歌研究——兼論其中國戲曲研究的緣起》，《戲曲與俗文學研究》第九輯，社會科學文獻出版社 2020 年 12 月出版。

關於森槐南，日本竹林貫一編《漢學者傳記集成》中載有大沼枕山撰"森槐南"小傳，轉錄於下：

> 森槐南，春濤之子，名公泰，字大來，號槐南。通稱泰二郎。又號秋波禪侶、菊如澹人、説詩軒主人等。文久三年末生於名古屋，母國嶼夫人。曾師從鷲津毅堂、三島中州、清人金嘉穗等主修漢學。明治十四年開始出任政府官員，隨後又就職於中央機構，歷任帝室制度修改局秘書、圖書資料編寫主管、皇帝命令整理委員、宮內大臣總秘書、教育部長等職。據東京大學遜五等人稱，槐南爲人博識慧敏，擅長詩學，造詣殊深，精通音律和明清傳奇，被譽爲明治漢詩研究界的泰斗。其講詩旁徵博引，音吐琅琅，聽者甚衆。曾隨伊藤博文出使，博

文哈爾濱遇難時,亦蒙受槍傷,歸後賦詩一百韻。明治四十四年被授予文學博士學位。曾爲《新詩綜》撰發刊詞,又爲"隨鷗詩社"之盟主。卒於四十四年三月七日,享年四十九。今年恰好是他逝世六周年,葬於青山墓地。著述有《唐詩選詳釋》、《補春天傳奇》、《古詩平仄論》、《狂放的詩程》、《杜詩李詩韓詩玉溪生詩講義》、《作詩法講話》、《槐南集》,等等。

岩谷一六(1834—1905),名修,字誠卿。日本明治時期著名書法家,與中林梧竹、日下部鳴鶴並稱爲"明治三筆"。家爲水口藩醫,五歲喪父,隨母赴京都,十六歲從三角東園學醫,從皆川西園學經史詩文,從中澤學城學書,從藤本鐵石學畫。安政元年(1855),歸故里爲藩醫。又從藩儒研習漢學。明治元年(1868),爲徵士,補總裁局史官。同年二月,任大史累遷爲一等編修官史官監事。以後經任内閣大書記官、元老院議員、貴族院議員。得暇即出游諸地,墨蹟遍被天下。性通諸藝,性磊落不諱小事,有俠義心,與人交無論貴賤。明治十三年(1880),楊守敬赴日。與日下部鳴鶴、松田雪柯同入其門受教,爲楊守敬的得意門生,成爲明治時期最有名的書法家,在日本家喻户曉。岩谷一六的行楷別有一番風味,行筆中呈現明顯的魏碑書法特點,結體大膽放縱,行筆亦婉轉流暢。

《新文詩》由森淮南的父親森春濤(1819—1889)創辦。

重讀《桃花扇》得二律(録一)

[日]森槐南

桃葉歌殘古渡頭,夜烏啼斷媚香樓。當年軼事悲紈扇,前輩風流吊玉鉤。

真個寡人元有病,可憐天子是無愁。胭脂井畔舊時淚,灑向秦淮烟雨秋。

小野湖山曰:"余向讀槐南詩,恐其少年而流淫靡,戒之再三。近者讀其詩,每讀愛之,反覆吟玩不厭,自悔嚮日之失言耳。"

小山春山曰:"五十六字,善寫一代興亡,何等才筆。起結補圈。"

(《新文詩》第五十一集,明治十二年八月印行)

【按】 小野湖山(1814—1910),本姓橫山,名爲卷,又名長願,字懷之,通稱仙助,佃之助,別號玉池仙史、湖山、狂狂老夫。近江人。幕末至明治時代漢詩人。師從梁川星岩學習漢詩,並逐漸嶄露頭角。初時立志學醫,跟隨松堂大岡右仲學習經史。天保元年(1830),遠赴江户在尾藤水竹和藤森弘安門下學習。因與水户藩的藤田東湖氣脈相通,所以曾多次上書建言,最終在安政大獄發生之時受到牽連,被投入獄八年,在此期間,專心讀書和學習詩文。出獄以後的 1868 年,被明治政府任命爲總裁局權參事等職務。進入明治時期後,與同門的大沼枕山、森春濤齊名,有"三山"之說,支配著日本漢詩詩壇。著有《湖山樓詩稿》、《湖山近稿》、《鄭繪餘意》等。在明治維新後,在大阪成立了優游吟社。他深受儒家思想的影響,詩歌主要學習杜甫和白居易,詩歌多有反映現實生活、憂國憂民之作。當時湖山經常和來往日本的中國名流交往,黃遵憲、王韜等人都和他有不少詩歌酬唱。黃遵憲曾經評題湖山詩歌説:"聞湖山老人名久矣,今始讀其詩,詩於古人無所不學,亦無所不似。其中年七律,沉著雄健,劇似老杜,尤爲高調。每讀至佳處,或歌或舞,或喜或涕,或沉吟竟日,不能已已。"對其評價甚高。

又贈圓朝演義

［日］森槐南

　　烟雨南朝夢未醒，桃花紅委土花青。美人扇上興亡恨，都付泰州柳敬亭。

　　成島柳北云：“二首婉約可愛。”

（《花月新志》第八十二號，明治十二年九月印行）

　　【按】　成島柳北(1837—1884)，名弘，字保民，通稱甲子太郎，筆名何有仙史、墨上漁史，江户（今東京）人。日本漢詩作家。17歲入繼成島家，成爲第14代將軍德川家茂的侍讀。幕末，歷任外國奉行，會計副總裁等職務。明治維新後流落江湖。1872年，漫游歐美，在巴黎遇岩倉使團，同行參觀，並同岩倉具視交談。著有《柳橋新志》，諷刺開化社會和風俗。曾任《朝野新聞》社社長，主張自由民權論，攻擊政府。

《集〈桃花扇〉傳奇句》八首

［日］森槐南

　　井帶胭脂土帶香，六朝興廢怕思量。今曉燈影紗紅透，明日重來花滿床。

——餘韻、聽稗、眠香、訪翠

　　橋本蓉塘曰：“天衣無縫。”

　　春在秦淮兩岸邊，天空不礙月團圓。誰家剩有閑金粉，一樹桃花似往年。

——傳歌、會獄、孤吟、題畫

　　橋本蓉塘曰：“羚羊掛角。”

大江滾滾浪東流，怕有降旗出石頭。歌舞叢中征戰裏，當年烟月滿秦樓。

　　　　　　　　——哭主、修劄、餘韻、逮社

橋本蓉塘曰："無痕可求。"

錦瑟消沉怨夕陽，天涯烟草斷人腸。笙歌西第留何客，別姓人家新畫梁。

　　　　　　　　——題詞、訪翠、餘韻、聽稗

橋本蓉塘曰："真繡鴛鴦之手。"

江帶春潮壞殿基，烟塵滿眼野橫尸。從來壯士無還日，一曲歌同易水悲。

　　　　　　　　——聽稗、移防、草檄、守樓

橋本蓉塘曰："湊合之妙，一讀一擊節。"

山高水遠會相逢，往事南朝一夢中。無數樓臺無數草，斜陽影裏説英雄。

　　　　　　　　——棲真、題詞、聽稗、修禮

橋本蓉塘曰："與'有約不來過夜半，月移花影上闌干'同一手段。"

玉樹歌終畫殿涼，一枝帶露柳嬌黃。美人公子飄零盡，剩有殘花隔院香。

　　　　　　　　——餘韻、訪翠、題畫、聽稗

橋本蓉塘曰："黃唐堂讓一步。"

竹西明月夜吹簫，書到梁園雪未消。古董先生誰似我，桃花扇底送南朝。

　　　　　　　　——和戰、寄扇、先聲、入道

橋本蓉塘曰："八首如八音迭奏，使人不知手舞足蹈。"

　　　　　　　　（《新文詩》別集第十集，明治十三年六月）

【按】 橋本蓉塘(1844—1884)，日本近代文化名人。其中的"題詞"即《桃花扇》刊本卷首所載孔尚任同時的文人所作的題辭，"錦瑟消沉怨夕陽"出自田雯的題辭，"往事南朝一夢中"出自吳陳琰的題辭。黃厔堂，即黃之雋(1668—1748)字石牧，號厔堂，江蘇華亭人。康熙六十年(1721)進士，官編修。曾提督福建學政。坐事罷官。性喜藏書，工詩文，著述甚富。有《厔堂集》，又集句爲《香屑集》。

讀《桃花扇》(原四選二)

[日]北條鷗所

賢良不選選嬋娟，似此中興尤可憐。有恨孤臣空白髮，無愁天子正青年。

絮飄梁苑暮來雪，雨打蔣山春後娟。我道縱無聲鼓急，是時王氣已如烟。

十八孩兒局未收，偏安又見缺金甌。真成南渡如傀儡，凄斷東陵半骷髏。

佛子慈悲何爾懦，將軍跋扈太無謀。欲憐千古詞人淚，但灑秦淮古渡頭。

森槐南曰："一代興亡，擊之桃花扇底。云亭山人作此書，蓋與天下深於史事者讀，不與尋常才子佳人讀也。古來題此書者，頗不乏其人，而淫哇職競，綺艷雜陳，不能洗去粉墨。竊謂除張船山外，未有能得作者本意者。不知鷗君亦同一感乎否？"

(《新文詩》第九十六集，1883 年 8 月發行)

【按】原詩凡四首。北條鷗所(1866 — 1905)，名直方，字方大，號鷗所、小漁、海上浮槎客、碧海舍人、狎鷗生、石鷗、鷗處等。東京人。漢詩人。善漢詩，精繪畫，長篆刻。明治十九年(1886)，受日本駐華公使鹽田三郎賞識來華，與京滬文人多有交往，回國後詩名大振。明治時任大審院書記長。他曾從島田重禮學習漢學、從森春濤學習漢詩文，打下較好的漢文學功底；又入東京外國語學習專習中國語。明治十八年(1885)，鷗所將其游覽北海道所作的二十四首詩歌集爲《函館竹枝詞》一卷，由金港堂書社出版；昭和十四年(1940)又被竹東散史收入《日本竹枝詞》，由歧阜華陽堂書店再版發行。《函館竹枝詞》前有森槐南題詞，且以送鷗所北游詩爲序，後附森槐南及張滋昉題詞。

寄鶴齋選集（節錄）

[清]洪 繻

文選三

借《長生殿》小簡（甲午）

春風拂座，春色入簾；焚香閑坐，時覺無聊。向友朋借得《鈞天樂》、《桃花扇》二傳奇，燈下披賞，如入山陰道、如游武陵源、如聆李謩鐵笛、如聽康崑崙琵琶。二本皆所愛者，又如趙侍御重睹古今人物畫。寫生之妙，無如《桃花扇》；寄懷之妙，無如《鈞天樂》。作《桃花扇》者，以閱歷遺老口話舊事，而以縱橫跌宕之筆，出之五花十色，幾於目不給賞；而其凌古鑠今處，曰趣、曰韻。作《鈞天樂》者，以潦倒才人、心多幽憤，而以奇辟淋漓之筆，寫之八荒六合，幾於無境不有；而其空前絶後處，曰神、曰韻。書卷之富、才思之豪，以《鈞天樂》爲最。然二本俱騷人博士之吐囑，非里巷小聰明之所著；視元、明人諸傳奇，"奴輩"呼之矣。

因思前人傳奇膾炙人口者，尚有《西廂》，遂向書坊借出觀之。其機局如一邱、一壑，固不可與《鈞天樂》、《桃花扇》比；要其開闔、曲折變化之妙，則於元人、明人諸傳奇中爲第一。最解悟《西廂》者，無如聖歎，却不免被他碎壞。作《西廂》者信慧心妙手，却覺讀書不多，故科白時露俚氣。要其曲唱之清脆爽利，善運本色語、聰明語、雋永語、旖旎語，則亦可一、不可二者。傳情之工，當以此爲至。

然弟見君處《長生殿》，傳情不亞《西廂》；而運用史事、參錯稗說，剪裁佈置之妙，實在《鈞天》、《桃花》伯仲間。其博麗，在《西廂》上。於玉環登場一唱三歎，千回百折；實不愧"天長地久有時盡，此恨綿綿無絶期"也。其爭勝梨園，曰情、曰韻。弟將欲把之與諸本絜長較短，敢乞刻下付來一觀；盼望之切，比之聽《霓裳曲》、看"妃子襪"尤爲心急也。萬勿稍靳！書到，當浮一大白。

還《長生殿》傳奇，又借他本（甲午）

《長生殿》二本，昨曉即將奉還；忽近午染得一疾，乍寒乍熱。想近日連賞艷曲如《鈞天樂》者，不免犯造物所忌；《西廂》又太發洩裙裾之私，不免爲情鬼所妒。因此墮落冰蠶火鼠道中，作此水火交鬥之狀。然好奇者入水不濡、入火不熱，故今早起來，不免又向此中再覓生活。

昔金聖歎集才子書六，曰《莊》、曰《騷》、曰《史記》、曰《杜律》、曰《水滸》、曰《西廂》。予謂《杜律》爲詩之一體，自當別論。若《水滸》，實流俗小說：謂之"才子"，怎不頹顔！《西廂》近於"才子"矣，究只詞曲一端可稱耳。若論手筆，實小家數傳奇中可稱"才子"、可與《莊》、《騷》、《史記》抗者，唯有《鈞天樂》而已。《鈞天樂》中無境不有、無奇不備，大之彌天地、細之入無間，忽如游龍戲海、忽如晴絲裊空；無論其書可謂"才子"，即其科白、其句套、其詞曲、其結構亦無一不"才子"。惜不令聖歎見之，使以讀《三國演義》及讀《西廂》法讀此書耳。但金聖歎若欲讀此，又當去其小禪語及一切囉囉不了之習斯可耳。不然，又被他説壞矣。

《西廂》，聖歎謂之"六才子"；忽又有於《琵琶記》亦謂之"七才子"者，殊不可解！《琵琶記》，前人竟有張之謂勝《西廂》者，殊屬瞽説。余於《琵琶記》，總評之曰"俗"；不如毛聲山見之，得毋攘臂而爭否？

弟所見傳奇著名者無慮數十種，總不在眼；唯有《鈞天樂》爲第一愜心。再則《桃花扇》，次則《西廂》與《長生殿》；其餘如《吊琵琶》、《讀離騷》、《清平調》諸種同爲《鈞天樂》之人所撰，雖詞調尚在他人上，亦平平視之。作《鈞天樂》之人爲尤西堂，其人誠才子，誠必傳也。作《桃花扇》者其人爲孔東塘，未必爲才子，文字亦鮮傳；未能及作《長生殿》之洪稗畦。若傳奇，則誠才子，誠可傳也。

尊處未知尚有他種傳奇否？再付弟別之，可博一粲！

論《鈞天樂》，與陳墨君書

《西廂》清脆如一枝洞簫，向縋嶺吹歌引鶴；然是巧人極筆，非才學人絕唱。此則如黃帝張樂廣莫之野，衆聲齊作，萬籟不鳴；不復知有人間世矣。胸有千古，故目無一切。

弟所見傳奇佳者三十餘種，唯推此爲第一與《桃花扇》，次則《長生殿》。逾冠時，曾有讀《鈞天樂》絶句百二十首，會當寄與參看。

（《臺灣文獻史料叢刊》第八輯、第三〇四種，

台灣大通書局 1987 年版）

【按】洪繻(1866—1928)，本名攀桂，學名一枝，字月樵。台

灣淪陷後,取《漢書·終軍傳》"棄繻生"之説,改名繻,字棄生。彰
化鹿港人,原籍福建南安,其先大父至忠公流寓臺灣鹿港,遂家焉。
少習舉業,光緒十七年(1891)以案首入泮。十九年(1893)鄉試不
中。光緒二十一年(1895)割臺之役,與丘逢甲、許肇清等同倡抗
戰,任中路籌餉局委員。後絶意仕進,潛心於詩古文辭。由於身居
棄地,洪繻採取"不妥協、不合作"的應世態度,以遺民終其身。他
堅不剪辮,拒著洋服,拒説日語,不許二子受日本教育,詩文皆以干
支紀年,以示不忘故國。内容多係三臺掌故,自清末政治措施,以
迄割臺前後戰守之跡,日人橫暴之狀,民生疾苦之深,一一垂諸篇
章,兼具經世作用與史料價值。洪繻著作包含詩歌、駢文、古文、試
帖時文四類文體,皆冠以"寄鶴齋"之名,有《詩集》、《八州詩草》、
《試帖詩集》、《詞集》、《詩話》、《駢文稿》、《古文集》、《函劄》、《制義
文集》、《八州游記》、《瀛海偕亡記》、《中西戰紀》、《中東戰紀》、《時
事三字經》,約百餘卷,一百八十餘萬字。遺稿經哲嗣洪炎秋輯爲
《洪棄生先生遺書》(胥端甫編輯,臺北成文出版社,1970 年)。臺
灣省文獻委員會又依據原鈔本,重加整編標點,排印爲《洪棄生先
生全集》(林文龍點校,臺灣省文獻委員會,1993 年)。

讀《桃花扇》

[韓]尹喜求

　　侯朝宗爲李姬作傳,然其實未必有無。秦淮萬里,余未嘗一至
其處,而讀《桃花扇》傳奇,不能不悲。夫社稷未始壞也,而爲一二
宵人輩壞之;兒女子未始有幸,而亦爲此輩離之。況於異世之下,
令人涕淚之無從者,亦此輩爲之也。嗚呼,其戾矣! 然朝宗,丈夫

也,豈有一兒女子者哉？余未暇爲朝宗解。外若東林一百八人死於風采,范、史諸公死於地,馬、阮輩亦富貴博一死,一切無足悲者,余獨悲作者之心耳。吾聞朝宗名家子,文章空一世,落落卒不偶,又逢喪亂,年幾四十矣。嘗自言終日行陰山中,仰天無色,口嗫不能言。作《桃花扇》者,蓋其流亞云。

(《于堂文鈔》卷下,《韓國歷代文集叢書》第 2810 冊,
景仁文化社 2000 年版)

【按】　尹喜求(1867—1926)字周賢,號于堂。海平人。漢文學家。曾同張志淵一起在史禮所編撰過《大韓禮典》,增修過《文獻備考》,編撰過《兩朝寶鑒》。後受中樞院囑托兼任經學院副提學。1916 年,同吳世昌、張志淵一起編撰《大東詩選》。

《桃花扇》題詞

〔清〕吕敦禮

血點斑斑扇底描,桃花人面總魂銷。夷門公子真憔悴,演出興亡事一朝。

舞衫歌扇話南朝,兵氣銷沉粉黛嬌。一局殘棋明社稷,千秋評論付漁樵。

(《臺灣文獻叢刊》第一七〇種《櫟社沿革志略》
附錄《櫟社》第一集)

【按】　吕敦禮(1871—1908)字鯉庭,號厚庵,臺灣縣三角仔莊人。其父吕賡虞、叔父汝修、汝成,同爲廣東寓臺舉人吴子光學生,吴氏譽之爲“海東三鳳”。吕敦禮雅好詩書,與櫟社創始人霧峰林癡仙爲總角之交,時相過從。曾入櫟社。有《厚庵遺草》。櫟社並選有《厚庵詩草》。連橫《雅堂文集》卷一有《〈厚庵遺草〉序》。

許天奎(1883—1936)《鐵峰詩話》載:"呂厚庵茂才(敦禮)喜爲詩,常作沉髒語。然長吉不壽,故其詩無多。遺著有《厚庵詩草》行世。……《〈桃花扇〉題後》云:'血點斑斑扇底描,桃花人面總魂銷。夷門公子真憔悴,演出興亡事一朝!'均佳作也。"(《臺灣詩薈》第十九號及二十一號,《臺灣文獻叢刊》224《〈臺灣詩薈〉雜文鈔》)

傅錫祺(1872—1946)《櫟社沿革志略》載:"光緒三十二年三月四日(古曆二月初十日),蔡啟運、呂厚庵、賴悔之、陳滄玉、林癡仙、陳槐庭、林南強及霧峰林壺隱(仲衡)、校栗林傅鶴亭(錫祺)等九人集於臺中林君季商之瑞軒,撮影以爲紀念。後以來會者爲創立者,定櫟社規則十七條。主旨在以風雅道義相切磋,兼以實用有益之學相勉勵;且期交換智識,親密交情。置理事二人,以癡仙、滄玉充之。又置《社友題名録》,以記社友住所、姓名、年齡等。是會亘三畫夜,所作擊鉢吟,題有'題《杜工部集》'、'曉霜'、'邊草'、'浣女'、'種花'、'觀魚'、'《桃花扇》題詞'、'春晴'、'三字獄'、'旗亭畫壁'等。"

櫟社乃日治時期臺灣三大詩社之一,由臺灣中部的古典詩人所組成。1902年,林朝崧、林幼春、賴紹堯等人始結該社。所以命名爲櫟社,乃因:"吾學非世用,是爲棄材;心若死灰,是爲朽木。今夫櫟,不材之木也,吾以爲幟焉。"先是苑里蔡啟運、鹿港陳懷澄等相繼入社,自是和者益衆,遂於1906年制定社規,旨在"以風雅道義相切磋,兼以實用有益之學相勉勵"。1910年3月,梁啟超來臺,在與臺灣舊文人聚會於霧峰時,期許臺灣"文人"當積極關懷臺灣的未來,勿以"詩人"終其身,此觀念影響櫟社社員頗深。1922年秋,《櫟社第一集》出版。1931年,爲慶祝創社三十周年,印行《櫟社沿革志略》。1942年,爲慶祝四十周年,出版《櫟社四十年沿革志略》。1943 年，續編《櫟社第二集》，却遭當局以"内容多與現下非常時局不合"爲由而禁止發行。戰後櫟社仍有詩會，加入新社員，但已不復當年之活力。櫟社結社之初，由林癡仙經營肇造，傅錫祺拓展其規模；至於提攜同好，聚結文友，又以林獻堂貢獻最大，乃日治時期至戰後初期臺灣極重要的古典詩社。有關櫟社的研究，可參見廖振富《櫟社研究新論》，臺北"國立"編譯館 2006 年版；許俊雅《黑暗中的追尋：櫟社研究》，東方出版中心 2006 年版。

讀《桃花扇傳奇》三十首(録四)

［日］柳井絅齋

　　江北烽烟滚暗塵，鶯花歷亂秣陵春。春愁慰藉侯公子，有個談諧玩世人。

——聽稗

　　妝樓幾處柳青青，勾引游人玉轡停。蘇小簾前春尚淺，鶯喉剛唱《牡丹亭》。

——傳歌

　　鳴鼓堂堂罵閹兒，春燈多事答無辭。他年恩怨酬何速，月冷陰房夜坐時。

——閧丁

　　此是平康第一樓，彈絲吹竹絶風流。芙蓉帳暖春如海，名士佳人共莫愁。

——訪翠

(《文學評論□□□□草紙》第 30 號，1892 年 3 月)

　【按】　柳井絅齋(1871—1905)，著有《希臘獨立史》。柳井絅齋還曾受森槐南講授《桃花扇》的影響，應刊物之約，爲該劇撰寫"梗概"，進行了全面的介紹、評價，發表於明治二十五年八月的《早稻田文學》"名著梗概"欄，自總第 21 期連載至十一月第 28 期，對全劇每出劇情詳加介紹。第一篇前有記者識語，第一篇的副題作"《桃花扇》傳奇的由來、大意及價值"。識語和第一篇中都轉述了森槐南對《桃花扇》的評價，謂《桃花扇》是"中國院本中屈指可數的作品"，可見森槐南心目中《桃花扇》在中國古代戲曲中的重要價值和地位。第一篇中還轉述森槐南的話："又篇中之詩，清新婉麗，頗可表見清朝的詩風。當時詩宗王漁洋亦稱其能，宜乎《桃花扇》成，王公貴紳，爭相謄寫，以致一時紙貴也。"①但目前未見王士禛有評價孔尚任的詩歌或者《桃花扇》的文字，而且《桃花扇》的曲辭和詩歌不是其風行和獲得高度評價的主要原因。

讀《桃花扇傳奇》三十首（錄十六）

[日]柳井絅齋

名節千秋是李香，一場怒罵激侯郎。釵荆裙布風標在，肯用他家百寶箱。

——却奩

才子傾城共一筵，丁家水榭看燈船。望風迴避何光景，窮阮這般殊可憐。

——鬧榭

---

① 轉引自黃仕忠《森槐南與他的中國戲曲研究》，《戲曲與俗文學研究》第一輯，社會科學文獻出版社 2016 年版，第 45 頁。

三軍糧乏士思還，滿眼兵戈國步艱。江上秋風晚笳動，鐵衣冷殺左崑山。

——撫兵

敬亭絕技妙通神，跋扈將軍不敢嗔。談笑滑稽能事畢，淳於髠後見斯人。

——投轅

吳頭楚尾路悠悠，去向維揚幕下投。從是獨棲鴛夢冷，秋風秋雨媚香樓。

——辭院

四座舉哀哀失聲，邊疆徒守奈總兵。天涯何處杜鵑哭，剩水殘山空月明。

——哭主

衣冠優孟共朝參，天子中興恩澤覃。關笛朔鴻愁滿地，不多春色又江南。

——設朝

長日望郎淚濕巾，秣陵烟水爲誰春。千金誇寵渾閒事，燕子樓中臥病人。

——拒媒

區區爭位事紛囂，和戰謀窮惹恨饒。能得幾人通大局，可憐半壁小南朝。

——爭位、和戰

從軍北去解愁顏，無奈翻鴒偏傲頑。凝望白雲親舍遠，林梢日落古函關。

——移防

冷看歌舞鬧朱門，一夜夫妻萬種恩。扇底飄零何薄命，美人芳草共銷魂。

——守樓、寄扇

每懷往事暗魂銷，忍看桃花扇底飄。燕子不來春似夢，媚香樓外雨蕭蕭。

——仝上

冷却朱唇閒却簫，一痕眉月倩誰描。多情只有門前柳，斜日淒涼長板橋。

——仝上

諸公看雪賞心同，罵坐當筵不顧躬。驚殺秦淮歌舞伴，裙釵也見一英雄。

——罵筵

臺榭茫茫草若烟，後庭玉樹恨纏綿。南朝宮殿春駘蕩，猶唱風流《燕子箋》。

——選優

美人一去跡悠悠，公子歸來欲白頭。錦瑟如今塵漠漠，可堪重上舊妝樓。

——題畫

（《文學評論□□□□草紙》第35號，1892年8月）

臥雪詩話（節錄）

袁嘉谷

卷　二

經正書院同門二十四人，先後十年，或退學，或遞推，已九十餘人。詩才首推厚安，而儒臣、芷江、筱帆皆一時選。儒臣尤癖詩，其

淵源出筱園,風格遒上。余記其《詠明皇》句云:"但聽巴猿已淚流,
不須曲更奏《涼州》。"又《題〈桃花扇〉》句云:"桃花可及胭脂水,亡
國陳明似綃衣。"飄飄欲仙。又嘗題余《寒柏圖》,縱橫迭宕,極似眉
山。一日早起,語余云:"昨宵盜至,余恐半生心血,爲其一鋤,今速
送筱園家藏之矣。"即指詩稿言也。儒臣十歲作《滇南懷古賦》,通
體四言,凄婉欲絕。曾聽背誦,今不復記。

(《臥雪詩話》,1924 年雲南崇文印書館石印本)

【按】 此書有雲南圖書館藏不分卷钞本、雲南崇文印書館
1924 年石印本、雲南人民出版社 2001 年出版《袁嘉谷文集》本和
上海書店出版社 2002 年出版《民國詩話叢編》本。袁嘉谷(1872—
1937)字樹五,號澍圃,晚年自號屏山居士,石屏人。光緒二十九年
(1903 年)進士,同年取經濟特科一等第一名,大魁天下,是爲"經
濟特元"。授翰林院編修。後到日本考察政務和學務,任雲南留學
生監督。回國後,歷任學部圖書編譯局局長、國史館協修長、廷氏
外國學生襄校官、憲政館咨議官、實錄館纂修官、東陵掃青官、浙江
提學使、浙江布政使。辛亥革命爆發前夕,袁嘉谷急流勇退回雲
南,致力於著書立説,被舉爲國會議員。1923 年雲南創辦東陸大
學(現雲南大學),任國學教授,至 1937 年 12 月病卒於崑明,終年
66 歲。著有《臥雪堂詩集》、《臥雪堂文集》、《滇繹》,參與《清史稿》
編寫,主纂《石屏縣志》、《新纂雲南通志·大事記》等。

儒臣,即李楷材,雲南楚雄人。《臥雪詩話》卷一載:"楚雄李儒
臣(楷材)少年能詩,未竟其學而卒。余嘗訪其遺詩而傳之,苦於搜
輯未多。上珍同學《挽少弟》詩云:'采臣不作儒臣死,故友凋零墓
草新。'同此懷抱。"生平可參見朱和雙、曹曉宏《從〈經正課藝〉看楚
雄儒生李楷材的國學指趣》(上)(下)(《楚雄師範學院學報》2018

年第 6 期、2009 年第 1 期）。

題《桃花扇》傳奇三首

黃　節

興亡靜托漁樵話，盡是當年束手人。莫向媚香樓下過，桃花如雨又殘春。

國仇不報還爭覺，種族寧亡獨撤兵。遺恨嗚嗚江漢水，千秋猶撼廣陵城。

登壇閣部今寫墨，躍馬江深骨乃寒。一嶺梅花千樹雪，魂歸不見舊衣冠。

（《政藝通報》第 5 號，1904 年）

【按】黃節（1873—1935），廣東順德人。清末在上海與章太炎、馬敘倫等創立國學保存會，刊印《風雨樓叢書》，創辦《國粹學報》。民國成立後加入南社，長居北京。袁世凱復辟帝制期間，黃節頻頻撰文抨擊，致遭忌恨。此後，不再從事新聞輿論工作，專心致力於學術研究和教育事業。1917 年，受聘爲北京大學文學院教授，專授中國詩學。1922 年，拒任北洋政府秘書長，後曾擔任過一年的廣東省教育廳廳長兼通志館館長。因對時局不滿，在 1929 年辭職，仍回北京大學，同時兼任清華大學研究院導師。1935 年，病逝。黃節以詩名世，與梁鼎芬、羅癭公、曾習經合稱嶺南近代四家，著有《蒹葭樓集》。其詩，人稱"唐面宋骨"。對先秦、漢魏六朝詩文頗多精當見解，著有《詩旨纂辭》、《變雅》、《漢魏樂府風箋》、《魏文帝魏武帝詩注》、《曹子建詩注》、《阮步兵詩注》、《鮑參軍詩注集說》、《謝康樂詩注》、《謝宣城詩注》、《顧亭林詩說》等。

題《桃花扇》傳奇二首

王志炳

玉樹歌殘王氣終,桃花依舊笑春風。那堪南渡興亡局,畢見香君便面中。

門鎖秦淮古渡頭,千秋空吊媚香樓。只今惟有《桃花扇》,留得南都一段愁。

(廣東省雷州市政協文史委員會《雷州文史》第 3 輯,1998 年)

【按】 王志炳(1875—1926)字瑤林,別號嘯虎,號當屯,海康縣調風鎮祿切村人。清光緒年間廩貢生、江蘇候補州判。民國初,曾任海康縣保衛局長、縣長等職。1925 年,在公衆推薦下,委任海康縣長,任職期間,親政愛民,積極治理,使海康時局暫時穩定,民得安居。但由於政務繁重,日夜操勞,積勞成疾。於當年年底因病辭職,次年二月病逝雷城寓所,享年五十一歲。著有《宣南雜志》。

《桃花扇》題詞(浪吟詩社課題)

連 橫

到此衣冠亦可憐,金陵王氣委荒烟。吳宮花草隋宮月,一例春燈燕子箋。

白門秋柳幾寒鴉,輦道荒蕪盡落花。淒絕王孫歸未得,念家山破走天涯。

內官選豔太匆匆,鳳泊鸞飄遍教坊。夜半月斜歌舞寂,春朝流恨入宮牆。

半壁江山擁石頭，談兵不上閲江樓。君王自愛風流事，湖水千秋尚莫愁。

滾滾濤聲鐵鎖開，紅梅嶺畔築高臺。烟花三月揚州路，誰向平山話劫灰？

文酒風流顧盼雄，掄才復社幾終童。過江名士多於鯽，半入佳人賞識中。

青衫短劍去從征，未嫁阿香倍有情。畫得桃花留此扇，天涯何處贈侯生？

鐵板銅琶不忍聽，大江東去浪翻青。淒涼痛説寧南事，淚灑西風柳敬亭！

乾坤莽莽幾男兒，狎客謳生大足奇。羞殺衣冠文武輩，登場盡是假鬚眉。

無端風月話南朝，故國沈淪恨未消。剩有才人三寸筆，譜成遺事付漁樵。

（連橫《劍花室外集之一（自乙未至辛亥）》，沈雲龍主編
《近代中國史料叢刊續編》第十輯，臺灣文海出版社）

【按】　連橫（1878—1936），幼名允斌，譜名重送，表字天縱、字雅堂，號武公、劍花，別署慕陶、慕真。臺灣省臺南人，祖籍福建省漳州府龍溪縣（今漳州龍海）。臺灣著名愛國詩人和史學家，被譽爲“臺灣文化第一人”。著有《臺灣通史》、《臺灣語典》、《臺灣詩乘》、《大陸詩草》、《劍花室詩集》等。

1891年，許南英、趙鍾麒等在台灣創立浪吟詩社，社友往來酬唱一時頗盛。後因乙未之役的影響，許南英避難新加坡，詩社活動被迫暫時中斷。1897年，連橫自大陸求學返台後，邀集浪吟詩社元老及新晉詩人重振浪吟詩社。連橫《台灣詩社記》載：“先是乙未

之歲,余年十八,奉諱家居,手寫少陵全集,始稍稍學詩,以述其家
國淒涼之感。當是時,戎馬倥傯,四郊多警,搢紳避地,巷無居人。
而葉應祥、陳瘦痕輒相過訪。至則出詩相示,顧不審其優劣也。越
二年,余歸自滬上,鄉人士之爲詩者漸多,而應祥忽没,乃與瘦痕、
吳楓橋、張秋濃、李少青等結浪吟詩社,凡十人。月必數會,會則賦
詩。春秋佳日,復集於城外之古刹。凡竹溪、法華、海會諸寺,靡不
有浪吟詩社之墨瀋。朋簪之樂,無過於斯。乃不數十年,相繼徂
謝。今其存者,唯余與蔡老迁而已。回首前塵,寧無悲痛!"(《雅堂
文集》"雜文",台灣大通書局1987年版)

百字令·題《桃花扇》傳奇

高　燮

模糊張眼,看江山無主、輿圖換稿。一幅滄桑誰堪畫?腸斷秣
陵秋老。衰草淒迷,夕陽慘澹,舊淚知多少。零香殘粉,付與聲聲
啼鳥。　　最恨燭焰烟消、歌殘夢醒,門户空爭鬧。國破家亡無所
剩,贏得數株紅蓼。孽子孤臣,漁夫樵客,冥冥鴻飛杳。識時俊傑
出山,惟恐不早。

(《復報》第3期,1906年)

【按】　原署"志攘"。高燮(1879—1958)字時若,亦作慈石、
慈碩,號吹萬,又號無憂、寒隱、寒葹、老葹、葹翁、葹叟,清季時別署
志攘、黄天、晚年別號卷叟、卷窩老人、吹萬居士、安隱老人等。江
蘇金山人,出生於張堰鄉秦望村。南社詩人,與常州錢名山、崑山
胡石亭合稱"江南三名士",又與南社台柱柳亞子交往深厚。早年
勤於治學,受業於同邑名儒顧蓮芳。光緒二十九年(1903)起,在金

山出版《覺民》月刊,宣傳民族主義思想。光緒三十二年(1906),又與柳亞子、田桐等創辦《復報》月刊。曾主持國學商兌會和寒隱社,刊行《國學叢選》。抗日戰爭中住宅焚於炮火,藏書被毀,僅運出《詩經》的各類版本數十箱。1949 年上海解放後,高燮將這批圖書捐獻給國家,現藏復旦大學圖書館。1958 年 7 月 23 日,因病逝世。高燮著作宏富,主要有《吹萬樓論學書》、《吹萬樓文集》、《吹万楼诗》十八卷、《談詩國風劄記》、《感舊漫録》、《金陵游記》等十多種。參見陳錯《江南名儒高燮研究》,湖北大學碩士論文,2014 年。

題《桃花扇》傳奇

高　燮

乾坤板蕩黍油油,歌哭晨昏恨未休。閱盡興亡無個事,閑將褒貶寫春秋。

熱腸一變等寒灰,此輩當時詢可哀。却怪書生多事甚,留都防出亂源來。

朱門抛棄一毛輕,難得蘇翁眼力明。一事料他應自喜,教成絕代女門生。

疾之已甚竟揮拳,何必更邀《燕子箋》。快逞一朝頑打罵,他時不計死灰燃。

簫聲樓外帶香飄,垂柳依稀長板橋。客況不堪花信緊,顛鸞狂燕總無聊。

消受温柔不自持,菱花並照意俱癡。一從拿住情根後,直到天翻地覆時。

須知不是嬌癡樣,依附兒孫粉黛羞。荆布自甘珠翠賤,南朝名節在青樓。

秀才狂病急須醫，標榜長爲怨毒基。試問一般同社友，笙歌文酒究奚爲。

方今時局不堪論，糧餉全空衆口喧。愁看大兵三十萬，誰能枵腹報深恩。

輕敲鼓板淚痕新，游戲江湖九尺身。此老原來多感慨，慣從殘局説孤臣。

一紙書來反側安，諄諄情意刻胸肝。寧南不是忘恩者，一失機宜措手難。

清議堂中讒口成，即論此事罪非輕。遭渠毒手君須記，打散鴛鴦太不情。

斷送君王一命輕，傷心白練竟無情。岳陽樓上春如海，剩水殘山聞哭聲。

弈局堪嗟萬事磨，家亡國破我愁多。道高一尺魔一丈，如此江山喚奈何。

不講剛方始丈夫，軟圓真個與人殊。他年圖在淩烟閣，袴下淮陰比得無。

宮闕巍峨亦壯哉，黄袍加體幾徘徊。漢家末運風流甚，立個無愁天子來。

獨守空樓淚暗吞，年年寂寞度黄昏。羅敷已嫁君休强，偏是蜂媒不諒人。

看他私恨總難消，閣部空教白首搔。國事倉皇誰管得，一般都是小兒曹。

結伴還鄉喜不勝，久居鬱鬱亦何能。應知此後關心夢，不到揚州到秣陵。

中原到處雜羶腥，最是敷天夢未醒。相對一燈紅似豆，客窗間諾不堪聽。

佽他舉趾更揚眉，養馬成群正氣衰。狗黨狐朋滿朝右，竟無半個似人兒。

媚香樓外月沉沉，一霎驚遭苦雨侵。我爲名花悲損壞，風流作踐爾何心。

便等郎歸一百年，扇頭血點總如鮮。若將埋向桃花下，定化鴛鴦莫化鵑。

大動唇槍滿座驚，乾兒義子一聲聲。不圖年少娼家選，顯出當場雌正平。

心法陳隋一脈傳，徵兵選舞奈何天。莫言這是無愁帝，却爲燈期減食眠。

老高一死誠何惜，獨惜江山轉眼空。何物老嫗稱妙計，媚將異族去邀功。

舊事新提淚滿襟，敘愁環病到如今。此恩此德誰能負，應比黃河水更深。

當年消得幾黃昏，今夜重教被不温。依舊桃花紅似面，閒階添上綠苔痕。

春光如此斷人魂，點染雲山淚暗吞。金粉南朝空去也，天涯何處是桃源。

朝局已看成岌岌，何堪黨禍又紛紛。紅塵回首應如是，自去修真卧白雲。

冒死悲歌肝膽真，從容入險只單身。高風俠義渾無著，輸與談書唱曲人。

無端霹靂從天下，罪惡昭然不可堪。奸魄於今應褫盡，莫將成敗論寧南。

禮數删除樂有餘,誰云黑獄未寬舒。此種亦是桃源洞,幾見深山足隱居。

森森法網正漫天,佛殿相逢亦夙緣。敘衆賢豪成大會,春風春月聽啼鵑。

大恨攢胸血染髭,千秋心事有誰知。最憐鷸蚌相爭日,已是漁翁得利時。

服中血淚一絲絲,殘局闌珊痛不支。力守孤城拼一死,三千子弟好男兒。

捱痛相將馬背駄,十分狼狽子知吾。寄言畫友藍田老,倩畫雙奸疊騎圖。

皇帝而今大可憐,奉來販送禮何虔。高官賤賣無人買,畢竟宏光也值錢。

梅嶺年年故國悲,北風胡帽正交馳。招魂葬後衣冠改,唯有江濤似舊時。

劫後空花悟後身,一場芳夢總成塵。桃花扇底奇冤孽,斬斷情絲試度人。

(《復報》第 4 期,1906 年)

【按】 原署"志攘"。

題《桃花扇》後七絕

［清］寧調元

負人負我事紛紜,應悔年來唱合群。從此知交少男子,熱情傾向李香君。(不履羊腸者,不知道路之險;不經洋海者,不知風浪之惡。幽

在圄圄,益恍於世情矣)

(《寧調元集》,湖南人民出版社 1988 年版)

【按】 寧調元(1883—1913)字仙霞,號太一,筆名有辟支、屈魂,化名林士逸,湖南醴陵人。中國近代民主革命烈士。1904 年,加入華興會,次年留學日本,並加入同盟會。回國後創辦雜志,鼓吹反清革命,遭清政府通緝,逃亡日本。萍瀏醴起義爆發後,回國策應,在嶽州被捕,入獄三年。出獄後赴北京,主編《帝國日報》。1912 年初,在上海參加民社,創辦《民聲日報》。後赴廣東任三佛鐵路總辦。二次革命期間來滬,參與討袁之役。後赴武漢討袁起義,二次革命失敗後,寧調元不幸被捕,1913 年 9 月 25 日,在武昌英勇就義,年僅三十歲。其詩篇激昂悲壯,風格沉鬱,作品多寫於獄中,著有《太一遺書》。

《桃花扇》題詞

湯國梨

北風卷地起狼烟,南殿笙歌醉舞筵。半壁江山成底事,無情流水自年年。

杜鵑空自啼紅血,腸斷難招帝子魂。桃李飄零春去後,只餘舊院扇頭痕。

長安極目已無存,烽火連天夜色昏。千尺江沉千古恨,梅花嶺上泣忠魂。

燕語鶯啼惹恨多,六朝金粉付流波。敬亭檀板崑生曲,翻作離離麥秀歌。

情天雖老恨難賒,剩水殘山何處家。劫後餘生無所托,分飛只合住棲霞。

翩翩裙屐舊風流,文酒笙歌徹夜游。燈舫酒簾如昨盛,豈惟商女不知愁。

　　荆棘銅駝恨渺茫，蒼天無語掛斜陽。癡心欲問銜泥燕，棲向誰家新畫梁。

　　將軍策略枉多情，帝子蒙塵已辱身。一劍寒光和恨飲，神州從此痛沉淪。

（章念祖、章念馳、章念翔初訂《影觀樓稿》，《文教資料》2001 年第 1 期）

【按】　湯國梨（1883—1980）字志瑩，號影觀。出生於浙江烏鎮的平民之家。近代國學大師、思想家、革命家章太炎的夫人。湯國梨性情剛強，有丈夫氣概，且天資聰慧，能詩善書，胸懷政治抱負，爲近代女子先驅、詩詞家、書法家。博學多才，其志自堅，有"曠代清才，直與賀、柳並轡"之美譽。1980 年 7 月 27 日，湯國梨以九十七歲高齡病逝蘇州。1986 年，遷葬於杭州西子湖畔南屏山麓章太炎墓側，沙孟海題寫墓碑。

高陽臺·石霸街訪媚香樓

吳　梅

　　亂石荒街，寒流谷渡，美人庭院尋常。燈火笙簫，都歸雪苑文章。叢蘭畫壁知難問，問鶯花可識興亡？鎮無言，武定橋邊，立盡斜陽。　　南朝氣節東京並，但當年廚顧，未遇紅妝。桃葉離歌，琵琶肯怨中郎。王侯第宅皆荆棘，甚青樓寸土猶香。費沉吟，紈扇新詞，點綴歡場。（香君論《琵琶》蔡中郎事，見《壯悔堂集》）

（《霜厓詞錄》，文通書局 1942 年鉛印本）

【按】 石霸街,在南京。吳梅(1884—1939)在詞中對侯方域和李香君的評價,主要是以歷史事實爲基礎的。由下闋可見,吳梅對侯方域在清朝出應鄉試是持批評態度的。據侯方域《李姬傳》記載,他南闈落第、離開南京時,李香君曾置酒桃葉渡,歌《琵琶記》爲他送行,並勉勵他説:"公子才名文藻,雅不減中郎。中郎學不補行,今《琵琶》所傳詞固妄,然嘗昵董卓,不可掩也。公子豪邁不羈,又失意,此去相見未可期,願終自愛,無忘妾所歌《琵琶詞》也!妾亦不復歌矣!"①

《桃花扇》題辭八首(選一)

周　實

千古勾欄僅見之,中原萬里無生氣。樓頭慷慨却奩時,俠骨剛腸勝女兒。

(朱德慈校理《無盡庵遺集(外一種)》,陝西人民出版社2009年版)

【按】 周實(1885—1911)字實丹,又字劍靈,號無盡、和勁、吳勁、山陽酒徒,山陽(今江蘇省淮安市淮安區)人。近代詩人、南社著名詩人、散曲家,民主革命烈士。光緒二十八年(1902)淮安府秀才,三十三年入南京兩江師範學校學習。宣統元年(1909),參加革命文學團體"南社"。宣統三年(1911)武昌起義,從南京歸家與阮式共謀回應於淮安,集會數千人,宣佈光復,被山陽縣令所誘殺。他是南社傑出詩人,反對做詩詞格律的奴隸,主張詩詞要反映現實政治。其詩遠師杜甫,近受黃遵憲等人詩界革命影響,憂國憂民,有

---

① 清侯方域:《李姬傳》,王樹林校箋《侯方域全集校箋》卷五,人民文學出版社2013年版,上册,第292頁。

沖決封建羅網和革命救國的激情。其詩不爲格律所拘,形式靈活,
題材多樣,語言明麗自然,風格雄勁奔放。著有劇作《水月鴛》、北曲
《清明夢》,有《無盡庵遺集》傳世。柳亞子輯有《周實丹烈士遺集》。

毗梨耶室隨筆(節録)

邵元沖

　　吳梅村《懷古吊侯朝宗》一首云:"河洛風塵萬里昏,百年心事
向夷門。氣傾市俠收奇用,策動宮娥報舊恩。多見攝衣稱上客,幾
人刎頸送王孫。死生終負侯嬴諾,欲滴椒漿淚滿樽。"自注:"朝宗
貽書,約終隱不出,余爲世所逼,有負宿諾,故及之。"駿公自責甚
是,而朝宗不足以當之。駿公之出山,初非本心,實係被逼而然。
朝宗固未仕清,然貽書約終隱於先,又何以應鄉舉於後?朝宗亦幸
而早世耳,而不然者,其收局蓋可知矣。張船山詩有云:《題桃花扇
絶句》"兩朝應舉侯公子,忍對桃花説李香。"洵是定論。孔云亭《桃
花扇》傳奇,敘事最稱翔實,顧於朝宗之本末獨否,豈以香君故,曲
爲諱飾歟?何朝宗之幸也。

(蔣瑞藻《小説考證(附續編、拾遺)》卷五

"桃花扇第九十二",商務印書館 1935 年版)

　　【按】　邵元沖(1890—1936)字翼如、庸舒、元沖、玄圃、守默,
室名毗梨耶室,浙江紹興人。清末拔貢,浙江高等學堂畢業,同
盟會會員、南社社員。歷任廣州大元帥府機要秘書、國民黨中央
青年部長、黃埔軍校政治教官、杭州市市長、國民黨黨史編撰常
委、考試院考選委員長、立法院副院長等職。後故於"西安事變"
中。著有《各國革命史略》、《孫文主義總論》、《西北攬勝》、《邵元

沖日記》等。

　《小説考證》先在《東方雜誌》連載，單行本由商務印書館初版
於 1919 年，又有 1935 年版，附錄“續編”和“拾遺”。二十世紀五十
年代，古典文學出版社、中華書局上海編輯所曾用舊紙型重印，
後有上海古籍出版社 1983 年版、浙江古籍出版社 2016 年版“蔣
瑞藻集”本（凡上下二册）、鳳凰出版社 2018 年出版黄霖主編《歷
代小説話》所收本（第五册收《小説考證》、第六册收《小説考證續
編》）等。

小説叢話（節録）

梁啟超

　論曲本當首音律，余不嫻音律，但以結構之精嚴、文藻之壯麗、
寄托之遥深論之，竊謂孔云亭之《桃花扇》冠絶前古矣。其事跡本
爲數千年歷史上最大關係之事蹟，惟此時代乃能産此文章。雖然
同時代之文家亦多矣，而此蟠天際地之傑構，獨讓云亭，云亭亦可
謂時代之驕兒哉。

　《桃花扇》卷首之《先聲》一出、卷末之《餘韻》一出，皆云亭創
格。前此所未有，亦後人所不能學也。一部極凄慘、極哀艷、極忙
亂之書，而（以）極太平起、以極閒静、以極空曠結，真有華嚴鏡影之
觀。非有道之士，不能作此結構。

　《桃花扇》之老贊禮，云亭自謂也。處處點綴入場，寄無限感
慨。卷首之試一出《先聲》、卷中之加二十一出《孤吟》、卷末之續四
十出《餘韻》，皆以老贊禮作正腳色。蓋此諸出者，全書之脈絡也。
其《先聲》一出演白云：“更可喜把老夫衰態，也拉上了排場，做了一

個副末腳色。惹的俺哭一回,笑一回,怒一回,罵一回。那滿座賓客,怎曉得我老夫就是戲中之人!"此一語所謂文家之畫龍點睛也。全書得此,精神便活現數倍,且使讀者加無限感動,可謂妙文。《孤吟》一出結詩云:"當年真是戲,今日戲如真。兩度旁觀者,天留冷眼人。"《餘韻》一出演白云:"江山江山,一忙一閑;誰贏誰輸,兩鬢皆斑。"凡此皆托老贊禮之口,皆作極達觀之語。然其外愈達觀者,實其內愈哀痛、愈辛酸之表徵也。云亭人格,於斯可見。

以一部哭聲、淚痕之書,其開場第一演白乃云:"日麗唐虞世,花開甲子年。山中無寇盜,地上總神仙。"以一個家破國亡之人,其自道履歷乃云:"最喜無禍無災,活了九十七歲。"此非打趣語,乃傷心語也,為當時腐敗之人心寫照也。

《桃花扇》於種族之戚,不敢明言,蓋生於專制政體下,不得不爾也。然書中固往往不能自制,一讀之使人生故國之感。余尤愛誦者,如"莫過烏衣巷,是別姓人家新畫梁"(《聽稗》);"誰知歌罷剩空筵。長江一線,吳頭楚尾路三千,盡歸別姓。雨翻雲變,寒濤東卷,萬事付空烟"(《沉江》);"將五十年興亡看飽。那烏衣巷不姓王,莫愁湖鬼夜哭,鳳凰臺棲梟鳥。殘山夢最真,舊境丟難掉,不信這輿圖換稿。謅一套《哀江南》,放悲聲唱到老"(《餘韻》)。讀此而不油然生民族主義之思想者,必其無人心者也。

《桃花扇》沉痛之調,以《哭主》、《沉江》兩出為最。《哭主》敘北朝之亡,《沉江》敘南朝之亡也。《哭主》中"勝如花"兩腔云:"高皇帝在九京,不管亡家破鼎。那知他聖子神孫,反不如飄蓬斷梗。十七年憂國如病,呼不應天靈祖靈,調不來親兵救兵。白練無情,送君王一命。傷心煞煤山私幸,獨殉了社稷蒼生,獨殉了社稷蒼生!"其二云:"宮車出,廟社傾,破碎中原費整。養文臣帷幄無謀,豢武夫疆場不猛。到今日山殘水剩,對大江月明浪明,滿樓頭呼聲哭聲。這恨怎平,望皇圖再正:依中興勠力奔命,報國讎早復神京,報國讎早復神京。"《沉江》之"普天樂"云:"撇下俺斷篷船,丟下俺無家犬。叫天呼地千百遍,歸無路、進又難前。那滾滾雪浪拍天,流不盡湘纍怨。勝黃土,一丈江魚腹寬展。摘脱下袍靴冠冕。累死英雄,到此日看江山換主,無可留戀。"其"古輪台"云:"走江邊,滿腔憤恨向誰言? 老淚風吹面,孤城一片,望救目穿。使盡殘兵血戰,跳出重圍,故國苦戀,誰知歌罷剩空筵。長江一線,吳頭楚尾路三千,盡歸別姓。雨翻雲變,寒濤東卷,萬事付空烟。精魂顯,大招聲逐海天遠。"此數折者,余每一讀之,輒覺酸淚盈盈,承睫而欲下。文章之感人,一至此耶!

(《新小説》第七號,1903 年 9 月 6 日)

【按】 1903 年正月,梁啓超(1873—1929)應美洲保皇會之邀,從日本啓程,游歷美洲。在航程中,他隨身攜帶了一部《桃花扇》,"藉以消遣"。在閲讀中,他"偶有所觸,綴筆記十餘條"①。梁啓超回到日本後,其同人看到這些"筆記",並給予了讚譽和肯定,稱"是'小説叢話'也,亦中國前此未有之作"②。於是大家商議共同撰寫相似體例的文字,在《新小説》上次第刊出,遂以"小説叢話"爲名,成爲《新小説》的一個固定欄目。"小説叢話"第一次刊出在《新小説》第七號上,其中梁啓超關於《桃花扇》的七條就是他於航海途中在船上所作③。

---

① 梁啓超等:《小説叢話》,《新小説》第七號,1903 年 9 月 6 日,第 165 頁。
② 同上書。
③ 《小説叢話》"泰西詩家之詩"一則末有注文:"以下七則癸卯正月飲冰太平洋舟中作"。《新小説》第七號,1903 年 9 月 6 日,第 171 頁。

　　梁啟超在《小説叢話》中對於《桃花扇》的評論，主要包括三個方面："結構之精嚴"、"文藻之壯麗"和"寄托之遥深"。先説"寄托之遥深"。這是梁啟超喜愛和重視《桃花扇》的一個重要原因。可以説《桃花扇》得到梁啟超的青睞，是其内容和梁氏個人思想、時代背景遇合的結果。在中國近代清廷腐敗、國家危亡之時，梁啟超爲救亡圖存、富民强國，積極推行改良維新、開啟民智，"文學改良"的宣導與此有關，其中"政治小説"等的譯介、創作更是有特殊的目的和深意在。孔尚任自言《桃花扇》"借離合之情，寫興亡之感"。《桃花扇》所反映的事件又是"數千年曆史上最大關系之事蹟"(《小説叢話》)，彼時的社會情勢又與晚清近似。從前内有李自成、張獻忠的農民起義，外有清兵入關、南下；而梁啟超評論《桃花扇》時，中國對外已經受了六十年的屈辱，1900 年又有義和團運動、庚子事變。關於孔尚任在《桃花扇》中的思想傾向問題，梁啟超的意見是："《桃花扇》於種族之戚，不敢明言。蓋生於專制政體下，不得不爾也。"這既非他受前代論者影響的結果，也不是他細讀文本所得出的結論，而是他受彼時特殊時代背景和環境影響所産生的個人看法。後來他在題爲《中國韻文裏頭所表現的情感》的演講中，引述《桃花扇》第三十八出《沉江》的幾支曲子後，就説"我自己對於滿清的革命思想，最少也有一部分受這類文學的影響"[①]。梁啟超稱讚《桃花扇》"冠絕古今"，認爲"雖然同時代之文家亦多矣，而此蟠天際地之傑構，獨讓云亭"[②]。所以他後來在《國學入門書要目及其讀法》中，將之作爲其中一種予以推介。

---

① 梁啟超：《中國韻文裏頭所表現的情感》，《飲冰室合集·文集》之三十七，上海中華書局 1936 年版，第 77 頁。

② 梁啟超等：《小説叢話》，《新小説》第七號，1903 年 9 月 6 日，第 173 頁。

平心而論,梁啟超對《桃花扇》的結構和文藻的評論並無多少新見,没有超出前代人的見解。梁啟超稱《桃花扇》的試一出《先聲》和續四十出《餘韻》是孔尚任的"創格","前此所未有,亦後人所不能學也"①。實則試一出《先聲》的出批已經指出:"首一折《先聲》與末一折《餘韻》相配,從古傳奇有如此開場否? 然可一不可再也。古今妙語皆被俗口說壞,古今奇文皆被庸筆學壞。"續四十出《餘韻》的第一條眉批也説:"大笑三聲,乾坤寂然矣。而秋波再轉,餘韻鏗鏘,從古傳奇有此結場否? 後之作者若效此,又一錢不值矣。"而且,此段文字比梁啟超的論述展開得更爲充分。梁啟超説:"《桃花扇》中之老贊禮,云亭自謂也。"②原劇續四十出《餘韻》的眉批也已明確指出。儘管如此,我們還是可以從《小説叢話》的有關論述,集中地考察梁啟超對《桃花扇》的接受情況。梁啟超既認爲《桃花扇》反映了"種族之戚",它也就是"一部哭聲淚痕之書"、"一部極凄惨極哀豔極忙亂之書",能使讀者產生"無限感動"③。這可以説是梁啟超由自己的閱讀感受,而揣想《桃花扇》讀者的普遍接受反映。梁啟超又以自己的閱讀感受爲指導來反觀本文,對於試一出《先聲》中老贊禮所言的"日麗唐虞世,花開甲子年。山中無寇盗,地上總神仙"和"最喜無禍無災,獲了九十七歲"這樣通常被認爲是孔尚任有意讚頌當朝統治的語句,都認爲是"傷心語","爲當時腐敗人心寫照也"④。他還推己及人,對於《桃花扇》讀者的接受效果抱有强烈的期待和要求,説"讀此而不油然生民族主義之思想

---

① 梁啟超等:《小説叢話》,《新小説》第七號,1903年9月6日,第173頁。

② 同上書。

③ 同上書,第173—174頁。

④ 同上書,第174頁。

者,必其無人心者也"①。

梁啟超還認爲《桃花扇》中的"沉痛之調",以《哭主》和《沉江》兩出爲最。他經常念誦的《桃花扇》的曲文,即包括前者中的"勝如花"曲,和後者中的"普天樂"曲,"每一讀之,輒覺酸淚盈盈,承睫而欲下"②。這並非誇張。梁啟超在不同時期、不同場合都念誦過《桃花扇》。梁實秋曾經在回憶梁啟超的一篇文章中記述,1922 年梁啟超在清華學校做《中國韻文裏頭所表現的情感》的演講時,當"講到他最喜愛的《桃花扇》,講到'高皇帝,在九天,不管⋯⋯'那一段,他悲從中來,竟痛哭流涕而不能自已。他掏出手巾拭淚,聽講的人不知有幾多也淚下沾巾了!"③吳其昌曾在《王國維先生生平及其學説》的演講中,追憶其在清華國學研究院就學時的生活和學習,其中說到:"先生(指王國維)應聘的第二年春間(1926),研究所正式開學。⋯⋯平常每一個禮拜在水木清華廳上,總有一次師生同樂的晚會舉行。談論完畢,餘興節目舉行時,梁先生喜唱《桃花扇》中的【哀江南】"④。姜亮夫在《憶清華國學研究院》中也説:"任公先生和靜安先生上課時很嚴肅,但一到同樂會這天,他們即興表演的能力也使人吃驚!記得有一次同樂會,大家要任公先生也表演,任公先生説他背一段《桃花扇》。結果全段都背出。《桃花扇》

① 梁啟超等:《小説叢話》,《新小説》第七號,1903 年 9 月 6 日,第 175 頁。
② 同上書,第 176 頁。
③ 梁實秋:《記梁任公先生的一次演講》,見夏曉虹編《追憶梁啟超》,中國廣播電視出版社 1993 年版,第 312 頁。文末注明出處爲臺北文星書店 1987 年 10 月版《秋室雜文》。引文又見於梁實秋《從聽梁啟超演講談到名人演講》,臺灣《傳記文學》1998 年六月號,第 37 頁,文字稍有不同。
④ 原載於 1943 年 9 月《風土什志》第 1 卷第 1 期。見夏曉虹、吳令華編《清華同學與學術薪傳》,生活・讀書・新知三聯書店 2009 年版,第 430 頁。

在正統學術上不算什麼,但能全背出,很了不起!"①還有熊佛西
《記梁任公先生二三事》的記述:"新月社在北平成立的時候,一
般文人學者常到松樹胡同去聚談,或研討學問,或賦詩寫文,或
評論時事,頗極一時之盛,先生亦常去參加。某日,同仁請先生
講述《桃花扇》傳奇,先生熱情如火,便以其流利的'廣東官話'滔
滔不絕的將《桃花扇》作者的歷史,時代背景,以及該書在戲曲文
學上的價值,——加以詳盡透闢的解釋與分析。最後並朗誦其
中最動人的幾首填詞,誦讀時不勝感慨之至,頓時聲淚俱下,全
座爲之動容。"②

紅樓夢評論(節錄)

王國維

第三章　《紅樓夢》之美學上之精神

　　如上章之説,吾國人之精神,世間的也,樂天的也,故代表其精
神之戲曲小説,無往而不著此樂天之色彩。始於悲者終於歡,始於
離者終於合,始於困者終於亨,非是而欲饜閲者之心難矣。若《牡
丹亭》之返魂,《長生殿》之重圓,其最著之一例也。《西廂記》之以
驚夢終也,未成之作也。此書若成,吾烏知其不爲《續西廂》之淺陋
也? 有《水滸傳》矣,曷爲而又有《蕩寇志》? 有《桃花扇》矣,曷爲而
又有《南桃花扇》? 有《紅樓夢》矣,彼《紅樓復夢》《補紅樓夢》《續紅

---

①　夏曉虹、吳令華編《清華同學與學術薪傳》,生活·讀書·新知三聯書店 2009 年版,
　　第 399 頁。原載《學術集林》卷一,上海遠東出版社 1994 年 8 月出版。

②　夏曉虹編《追憶梁啟超》,中國廣播電視出版社 1993 年版,第 353 頁。原載熊佛西
　　主編《文學創作》1943 年第 1 卷第 5 期,第 64—65 頁。

樓夢》者，曷爲而作也？又曷爲而有反對《紅樓夢》之《兒女英雄傳》？故吾國之文學中，其具厭世解脫之精神者僅有《桃花扇》與《紅樓夢》耳。而《桃花扇》之解脫，非真解脫也。滄桑之變，目擊之而身歷之，不能自悟，而悟於張道士之一言；且以歷數千里、冒不測之險、投縲絏之中，所索女子才得一面，而以道士之言，一朝而捨之，自非三尺童子，其誰信之哉？故《桃花扇》之解脫，他律的也；而《紅樓夢》之解脫，自律的也。且《桃花扇》之作者，但借侯李之事以寫故國之戚，而非以描寫人生爲事。故《桃花扇》，政治的也，國民的也，歷史的也；《紅樓夢》，哲學的也，宇宙的也，文學的也。此《紅樓夢》之所以大背於吾國人之精神，而其價值亦即存乎此。彼《南桃花扇》《紅樓復夢》等，正代表吾國人樂天之精神者也。

（《紅樓夢評論》，《教育世界》第 8、9、10、12、13 期，1904 年 6 月至 8 月刊行）

【按】 王國維（1877—1927）本身性格憂鬱，又有此時深受叔本華悲觀主義思想的影響，故他不滿於此種體現"樂天之色彩"、多具大團圓結局的敘事文學作品。所以他認爲"故吾國之文學中，其具厭世解脫之精神者，僅有《桃花扇》與《紅樓夢》耳。"[1]而此二者又有不同。王國維自己對於《桃花扇》"借離合之情，寫興亡之感"的主旨和結構是有著清楚的認識的，而且由"故《桃花扇》，政治的也，國民的也，歷史的也"，也可見他對於《桃花扇》的題材類型的定位也是準確的。我們對於《桃花扇》與《紅樓夢》的差異的認識和分

---

[1] 王國維：《紅樓夢評論》第三章"《紅樓夢》之美學上之價值"，《王國維文學論著三種》，商務印書館 2010 年版，第 10 頁。

析，主要也應從二者主旨和題材的不同入手，而且在判別二者的價值和地位時，是應避免將主旨和題材作爲强分軒輊的標準的。《桃花扇》確如王國維所指出的，是"但借侯、李之事，以寫故國之戚，而非以描寫人生爲事"。此論斷也並不完全準確，因爲孔尚任不是明遺民，故也就不存在所謂的"故國"和"故國之戚"。孔尚任在《桃花扇》第四十出《入道》中安排侯方域和李香君乍合即離，各自入道，是基於多方面的考慮和體現了多重設想的。首先，孔尚任在創作《桃花扇》時是自覺地和極力地追求擺脫前此戲曲創作中的濫套、窠臼的，如《凡例》第三條謂："排場有起伏轉折，俱獨闢境界，突如而來，倏然而去，令觀者不能預擬其局面。凡局面可擬者，即厭套也。"末一條也强調"戲文"的創作要"脱去離合悲歡之熟徑"。顧彩曾將《桃花扇》改爲《南桃花扇》，在其中"令生旦當場團圞，以快觀者之目"。《南桃花扇》雖後世不傳，顧彩給予侯、李"當場團圞"的新的歸宿的動機雖不明，但無疑是體現了王國維所説的"吾國人之精神，世間的也，樂天的也，故代表其精神之戲曲、小説，無往而不著此樂天之色彩：始於悲者終於歡，始於離者終於合，始於困者終於亨"。孔尚任説顧彩"令生旦當場團圞"的改動是爲了"快觀者之目"，可見他對於當時的戲曲觀衆的審美趣味和期待視野更希望看到團圓結局是有著清楚的認識的，而且他的這種認識是在構思和創作《桃花扇》的過程中一直就存在的。孔尚任在《入道》中對於侯、李分離、入道的設定是有意爲之的，是刻意對於前此戲曲創作中"始於悲者終於歡，始於離者終於合，始於困者終於亨"的情節、結局反其道而行之的。所以他評價顧彩改作《南桃花扇》"雖補予之不逮，未免形予傖父，予敢不避席乎?!"其次，《入道》出中侯、李兩人分離、入道，雖不是團圓結局，但却與前後數出的情調和氛圍相諧和、統一，同屬低沉和淒涼。第三十八出《沉江》寫史可法在眼見拯救君主、國家、扭轉危局無望後沉江自絕，老贊禮和侯方域等人臨江痛哭；第三十九出《棲真》寫李香君和蘇崑生投靠出家的卞玉京，侯方域和柳敬亭投靠修道的丁繼之，兩人所居處的地點和卞、丁兩人的身份都爲後來侯、李入道埋下伏筆；續四十出《餘韻》則寫柳敬亭、蘇崑生和老贊禮三人相聚，各自或歌或唱，對於世事變遷，盡情抒發興亡感慨，情辭婉轉低徊、淒涼沉痛。若將侯、李入道改爲兩人團圓終老，不僅前後各出的低沉、淒涼的情調和氛圍會遭到破壞，團圓的結局也會顯得格格不入，從而影響讀者和觀衆的接受情緒的連貫、一致，使接受者降低對團圓結局的評價。再次，《桃花扇》本身屬歷史題材的劇作，孔尚任又在創作時追求徵實，他在《凡例》中明言"朝政得失、文人聚散，皆確考時地，全無假借。至於兒女鍾情、賓客解嘲，雖稍有點染，亦非烏有子虛之比。"所以，《桃花扇》敘事中涉及的歷史事件和人物事蹟多數都與實際相符，而對於文獻無明確、詳細記載的，孔尚任也基本都從合乎情理的原則進行虛構敘寫。就生旦主角侯方域和李香君最後分離、入道而論，《桃花扇》的敘事並未全然違背人物生平的真實。侯方域《李姬傳》記述，崇禎十二年（己卯 1639）侯方域南闈下第後，李香君置酒桃葉渡，唱《琵琶記》詞，爲其送別。而後有田仰"以金三百鎪邀姬一見"，遭李香君拒絕事。侯方域在《答田中丞書》中説"未幾，下第去，不復更與相見"，即他在己卯年下第後於南京桃葉渡與李香君分別後，便未再與李香君相逢。而歷史上真實人物李香君的最終歸宿則不得而知，文獻對此的記述也很少，且説法不一。《桃花扇》第四十出《入道》中侯、李分離、入道是在順治二年（乙酉 1645）七月，續四十出《餘韻》中柳敬亭自述他"送侯朝宗修道之後，就在這龍潭江畔，捕魚三載"，而其時是順治五年（戊子 1648）九月；侯方域被迫應河南鄉試，則是在清順治八年（辛卯 1651），與《桃花扇》敘述的他與李香君分離、入道在時間上並無交叉和矛盾，因此侯方域曾入道一事雖無文獻記載，但還是體現了孔尚任在時間安排上的謹慎。侯方域和李香君雖在劇中是一生一旦的主角，但孔尚任如此選擇和安排，主要並非爲了塑造人物形象，而是將二人設定爲功能型和結構型的人物角色，借他們與當時衆多或敵或友的人物之間的關係和來往，反映彼時錯綜複雜的人物關係和社會政治環境，和立場不同、派系紛爭的各色正反雙方人物的心理、性格和行動，從具體而微、真實可信的角度和敘述中描繪南明弘光政權興亡的歷史過程，及其興亡前後一段歷史時段內的社會政治情態。《桃花扇》第四十出《入道》中侯方域、李香君的最終分離，是或然性的，是服務於全劇的結構排場和主題意旨的，這一點毋庸諱言，如果這個結局可以稱之爲"解脫"，則它確實也如王國維所説是"他律的"，而且"非真解脱也"。其中，張道士對侯、李當頭棒喝的一段話值得特別注意，其中有言："你們絮絮叨叨，説的俱是那裏話。當此地覆天翻，還戀情根欲種，豈不可笑！""兩個癡蟲，你看國在那裏？家在那裏？君在那裏？父在那裏？偏是這點花月情根，割他不斷麼？"此一出下場詩中也説道："不因重做興亡夢，兒女濃情何處消。"可見，侯、李分離、入道的根本原因是家國淪亡，社稷傾覆，而且他們的頓悟還需要外人點醒。因爲家國君父已不存在，所以斬斷情根，毅然入道，説明如此情根並非只關乎男女之情，還關乎忠孝倫理；而且可見至少從道德要求上，張瑤星是規定個人是要對家國君父有寄托和依戀的，既有寄托和依戀，縱使家國君父實際已不在，也仍然要保有這種寄托和依戀，因此這也就不能算作真正的解脱和放下。作爲指點侯、李入道，身爲道士、方外之人，孔尚任還曾與之有過接觸、對之欽仰的張瑤星尚且不能徹悟，仍然懷想故國舊君，又如何能要求侯方域和李香君真正解脱呢？張瑤星在中元節設壇祭祀殉難的崇禎君臣，也正反映了他雖然斬斷了小我私欲，但對於故國君主仍繫之在心。孔尚任本身也無意敘寫人物的所謂"解脱"，劇作人物本身的悲歡離合也並非他最終的著眼點。孔尚任起意撰寫《桃花扇》，是因爲聽聞李香君"面血濺扇，楊龍友以畫筆點之"的"新奇可傳"之事，但在數年淮揚治河、與江南遺民多有詩酒往來之後，他的思想和情感不免受到影響，使《桃花扇》寫作的重心由傳載"新奇可傳"之事，到"寫興亡之感"。既已與江南明遺民有深入的交往，孔尚任便難以、也不會再在《桃花扇》中主張所謂"解脱"，潛在涵義即規勸明遺民放棄敵對思想，完全順服清廷，這無疑是一種背信棄義的表現。如果《桃花扇》最終主張和體現了真正、"自律"的解脱，它的上演也就不會産生"笙歌靡麗之中，或有掩袂獨坐者，則故臣遺老也，燈炧酒闌，唏噓而散"的接受效果。此外，儘管《桃花扇》未主張和體現個人的"真解脱"，也無論顧彩在《南桃花扇》中改作結局的動機爲何，是否"代表吾國人樂天之精神"，也無論《桃花扇》在後世的傳播範圍和評論者的身份、地位，但《桃花扇》能夠流傳至今、廣獲讚譽和《入道》出得到基本一致的肯定，而《南桃花扇》則早已從舞臺上消失、劇本無存和改動後的結局受到批評與否定，都説明了讀者和觀衆並非全然不喜"悲劇"，而傾心於"喜劇"。況且，存留至今的《桃花扇》的評論文字幾乎都出自文人筆下，只能代表文人的審美趣味，而其中不免還存在個別文人因爲前代肯定"入道"、否定圓滿的强烈一致的評價傾向而不敢獨出己見、人云亦云的可能，普通讀者和觀衆的意見和評價則因

爲他們不掌握話語權而不能爲今人所知。實際而論，文人知識
分子包括王國維在內等對《桃花扇》"入道"結局的肯定評價，都
僅是《桃花扇》的讀者和觀衆的評價意見之一端，代表了精英群
體、知識階層的審美趣味和藝術見解，而無法涵括全數《桃花扇》
的讀者和觀衆的批評傾向。普通讀者和觀衆的意見與之或同或
異，我們不得而知，而不能因此而以偏概全，更不能肯定"肯定"
而否定"否定"。廣大普通讀者和觀衆的審美趣味，與他們的社
會生活和個人修養等諸多方面密切相關，因而具有合理性，我們
不能强分高下、對錯，也不能忽視和抹煞他們及其審美趣味和批
評傾向的存在。所謂"悲劇"和"喜劇"，也僅是兩個人爲定義的
文藝範疇，其間也並無審美價值和文藝地位上的大小、高下之
分，不能强分軒輊、褒此而貶彼。王國維稱中國的戲曲、小說"無
往而不著此樂天之色彩"，情節多爲"始於悲者終於歡、始於離者
終於合、始於困者終於亨"，也只是中國古代戲曲、小說的題材、
情節之一種，不能涵蓋所有作品，因而也就與事實不符。他因傾
心於叔本華的悲觀主義思想，加上自身性情憂鬱的影響，而喜好
"悲劇"、反感"喜劇"，更是帶有較强烈的個人色彩，僅屬於他個
人的意見，不能以此作爲評價中國古代戲曲、小說的成就和價值
的主要標準。

　　第三十九出《棲真》中，李香君隨蘇崑生暫住卞玉京住持的葆
真庵，李香君幫忙縫製寶幡；侯方域隨柳敬亭暫住丁繼之修煉的采
真觀。《入道》中，在醮儀臨近完畢時，侯、李二人上場，乍然重逢，
互訴離情之際，却又遭到張薇斷然棒喝。懷著"理想主義"信念的
張薇言辭犀利，以自命公允的腔調，對侯、李進行他認爲無法反駁
的嚴正的道德倫理教誨和訓誡，提出他們主動或被動戰勝人性弱

點的唯一途徑是靈魂悔過。[1] 而途徑的唯一性和目的的達成根源於儒家基本理念——人性本善和忠誠的崇高價值。最終，侯、李二人表示悔悟，分別入道，結束離合一線。顧彩曾將這一結局改爲"生旦當場團圞，以快觀者之目"，但没有得到孔尚任的認可。[2] 王國維在《紅樓夢評論》中批評這一結局生硬、牽强。二十世紀中據《桃花扇》改編的多種文藝作品賦予故事侯方域降清、李香君病故的更具悲劇性的結局。不過原劇侯、李"入道"的結局在完善結構、豐富內涵等方面都具有特别的作用。

侯、李均未參與《哭主》、《閧話》、《拜壇》中的有關儀式。《入道》中，二人也是在醮儀行將結束時方才上場，他們是這場儀式的局外人。因爲醮儀本爲忠義而設，或者説爲褒忠貶奸而設。侯、李非但是局外人，還破壞共情和莊嚴神聖的儀式氛圍。在張薇警誡他們後，侯方域最初還進行了反駁。不過，被這場醮儀影響最大的還是侯、李二人。

《入道》出可以説是以張瑶星臚列侯、李的過失，在兩人表示懺悔之後，爲他們指出解脱之路，佑助他們脱離厄難告終的。侯、李雖然没有參與醮儀，他們的頓悟和懺悔却補足了這場儀式的儀程。這裏的懺悔屬於皈依宗教的精神救贖。在中元節當天舉行的佛道儀式中，都有懺悔的程式，是其中不可或缺的組成部分。如七月十五爲僧迦結束長達三個月的安居之時，而安居以

---

① 而張瑶星於具體行事中又可見"現實主義"的方式和作風，老成練達。爲達目的和進展順利，對所涉之人的短處、缺點有所容忍、遷就和利用。如《歸山》出中，張瑶星矜憫侯方域、陳貞慧、吳應箕三人，爲救護他們，致信馮可宗，緣由便是馮"雖係功名之徒，却也良心未喪"。又如同出中威脅、誘騙蔡益所隨其入山。

② 清孔尚任：《桃花扇本末》，王季思等合注《桃花扇》，人民文學出版社 1959 年版，第6—7 頁。

名爲"自恣"的儀式告終。每位僧人先邀請其他僧人檢舉他們所發現的他的言行中的違背戒律之處。他接受指摘後,要在衆僧面前公開坦白和懺悔個人破戒犯規的行爲。這裏的懺悔屬於規範個體的宗教自律。

侯、李特别是侯方域入道,是不符合真實人物生平的。不過,若將"入道"視作其人生中的一個階段,它又並非全然違背情理。因爲道教具有多種信仰模式,其中只有極少數人被要求徹底的皈依。"道教大體上以認同而非身份劃定信仰群體的邊界,從而呈現出動態的流動態。除了明確的道士之外,没有入教的相關儀式,大多數情況下只要自認信仰道教都可以直接融入共同體之中。"①而在劇中侯、李爲何一定要入道? 這一結局在什麽層面上具有必然性和合理性?

楊慶堃在《中國社會中的宗教》中指出:"儒家模式的社會組織從一開始就没有考慮到如何安置那些在世俗世界中失意的個體。"②這就給佛道二教留下了彰顯存在和發揮作用的空間。侯方域即屬於典型的"在世俗世界中失意的個體",或曰邊緣時代的邊緣人。第一出《聽稗》,侯方域初登場時自述:"自去年壬午,南闈下第,便僑寓這莫愁湖畔。"又因"烽烟未靖,家信難通",不得還鄉,避難南京。③他的言行也體現出處於邊緣狀態所帶來的一些特徵,如"無歸屬",下第;"缺乏引導行爲的標準",《却奩》中的猶疑、搖擺;"難以作決定",被迫"辭院"時的優柔寡斷;"過度敏感",《會獄》中

---

① 郭碩知:《邊緣與歸屬:道教認同的文化史考察》,巴蜀書社 2017 年版,第 207 頁。

② [美]楊慶堃:《中國社會中的宗教》,范麗珠譯,四川人民出版社 2016 年版,第256—257 頁。

③ 據清侯方域《李姬傳》,他於崇禎十二年(1639)赴金陵參加南雍秋試,結識李香君,後下第。

的恐懼；"行爲的不一致"，以儒生而入道。①在明朝和弘光政權覆亡後，他的世俗、功利的社會聯繫遭到破壞，個人無法整合到社會中。明清易代本就爲一天崩地解的歷史大轉折、大事變。當此之際，崇禎自縊、弘光被擄，對侯方域而言，是爲無君；有家難回，形同無親；確認了原本依托的史可法投江殉國後，隨即又在江邊同吳應箕、陳貞慧分別。侯方域的生活脫離了正常軌道，他不斷失去在自我身份認同中佔據關鍵位置的人。"邊緣時代人們的歸屬感受到挑戰，在無所適從之中需要群體歸屬以確認身份、安定内心"，道教等"這些歷史時代中的邊緣信仰，尤其是具備組織體系的高級宗教得到更多的認同"。② 同時又"作爲邊緣文化爲處在邊緣時代的人們提供了相應的精神居所"。③ 所以，無論是侯方域、李香君，還是張薇、藍瑛、蔡益所和丁繼之、卞玉京，他們的"入道"都是既"不得已"，又"有所托"的。道教和道觀成爲這些遭受打擊和屢經磨難者的庇護所。

當張薇指出"當此地覆天翻，還戀情根欲種，豈不可笑"時，侯方域辯駁道："此言差矣！ 從來男女室家，人之大倫，離合悲歡，情有所鍾，先生如何管得？"但最終家國君父壓倒了"花月情根"。中國古代的"倫理結構"、"倫理觀念體系"内部固有的矛盾，大略只限於忠/孝、仁/義之間。似侯、李身處之忠與情愛的對立、抉擇，無論經典本身，或後世對經典的闡釋，都罕見將兩者對等看待和論述，因爲後者的重要程度遠不及前者，甚至不具有可比性。所以，侯方域的辯駁就顯得非常蒼白無力。兩者慣常並不構成矛盾、産生衝

---

① Hans Mol: Identity and the Sacred: A Sketch for a New Social-Scientific Theory of Religion. New York. The Free Press. 1976. p.34.
② 郭碩知：《邊緣與歸屬：道教認同的文化史考察》，巴蜀書社 2017 年版，第 111 頁。
③ 同上書，第 113 頁。

突，或既有制約的關係，也非互相作用，而是忠絕對壓倒男女情愛。而且之前的醮儀"營造出的情感氛圍使得儀式中的訊息令人心悦誠服"，"它所呈現出的世界圖景在情感上極爲充沛，以至於讓一切辯駁都黯然失色"。①從劇情結構而言，侯、李情事的串聯作用如同騙術，誘導我們的注意和觀察隨之不斷流轉，而到了《入道》，它的任務最終完成的時刻，也就失去了存在和繼續發展的必要，所以在張瑶星的棒喝下，草草收場，顯得那麼不堪一擊。不僅如此，張薇的當頭棒喝和撕扇作爲戲劇性的元素，還是儀式得以發揮其效用的關鍵所在。張薇可以借兩人的個人感悔，來化導一方。它作爲儀式意義的生動的象徵可以讓人們對這一儀式更加難以忘懷，使儀式的效果更加持久。同時儀式中產生的情感刺激也會集中於這些象徵之上，並使得人們對儀式表達出的意義更加深信不疑。

對於張薇的質問和訓誠，侯方域的辯駁非但不合時宜，還證明了侯、李二人之前各自進行的抵抗言行並非出於自覺，出發點和動機都相對狹隘，不夠純粹和高大，此時則被强行拔高。兩人最終的入道顯得消極，屬倫理環境與現實情勢下所不得不然，其時或亦有輿論氛圍的作用。但《桃花扇》未多作涉及，反而是後來據劇作改編的多種文藝作品對此有所强調和突出，如吳應箕的抗清、捐軀。

侯方域在敘事中似乎一直游離於大歷史——明清對抗、易代之外。但他作爲切入點，是功能性角色，敘述他所處情境的變動，也就反映了歷史的進程。侯、李，特別是侯方域的個人選擇問題，

① ［美］大衛·科澤：《儀式政治與權力》，王海洲譯，江蘇人民出版社2015年版，第117頁。

在此已不僅爲有關個人出處（抗爭或投降、積極或消極）的道德現實實踐問題，而已成爲士人群體臨此天崩地解、國亡君死之際的道義、道德問題的象徵。他承受著不能逃避和免除的來自不同方面的道義、道德重負與輿論壓力。反而後來據劇作改編的多種文藝作品新創設的香君病亡的結局，其實有把"節義"問題簡化爲死殉問題的嫌疑。

面對錯綜複雜、多方角力的明清之際的史實，借兒女之情，寫興亡之感，敘述南明弘光政權興亡又主要著眼於忠奸鬥爭，以此作爲敘述線索，這是一種處理複雜問題、描述複雜世相的不得已的選擇和策略，又是一種誘惑。一方面出於集中敘事、方便的需要，另一方面也避免了直敘明清對抗及其中豐富複雜的事件、關係。儘管敘事清晰、有條理，但選擇侯、李情事作爲貫穿全劇始終的敘事線索，便不可避免地使所敘之事、所表現的歷史事件、矛盾衝突多與其相涉、有關，因而顯得視野有限。

李香君在《却奩》中對侯方域的告誡，僅限於在明廷內部、朝野之間擁忠反奸、堅持氣節，而不涉及夷夏對立、明清鬥爭。至《入道》出，單論對於侯方域的描繪和評價而言，孔尚任又將其置於兒女情長與家仇國恨的對立、衝突之間。僅僅將侯方域（及其代表的文人士子）置於忠奸對立、鬥爭間或兒女情長與家仇國恨的對立、衝突之間看取，不免視野狹隘，無法呈現他們所處的複雜關係。孔尚任的敘事重心在於忠奸鬥爭，以此表達他的歷史思考。但在人物塑造、呈現和觀眾接受方面，侯方域却成爲了形象、身份、心理和情感整體都最爲複雜、模糊的，也引起了後來研究者爭論最多的人物角色。

弘光政權的興亡有必要在盡可能寬廣的視域中，在複雜的社會政治、軍事關係間看取。但此屬一較爲理想化的設想和目標，古今衆多史著尚且未能很好地實現，我們更不能以此苛求一部戲曲作品。如《逢舟》中侯對李貞麗和蘇崑生交代前事，僅言及高傑被殺，而未提許定國降清，可見他是被安排在許定國降清前既已"買舟黄河、順流東下"。又據《逃難》和《沉江》兩出，侯方域是在南京陷落前，於混亂中逃出牢獄，在江邊與陳貞慧、吳應箕分別後，同柳敬亭前往棲霞山"避兵"的。全劇敍事隨侯方域之行蹤而轉移、鋪開，所以此處是孔尚任有意如此安排，回避敍寫清軍下揚州後又佔據南京的史實的；也規避了若南京陷落時，侯方域仍系於獄中，清軍如何處置他和他做何抉擇的假設性難題①。

小説閑評録（節録）

浴血生

中國韻文小説，當以《西廂》爲巨擘。吾讀之，真無一句一字是浪費筆墨者也。梁任公最崇拜《桃花扇》，評云："寄托遥深，爲當日腐敗之人心寫照。"二語固最能得其真相，然此皆非所以論其文也。若以文論，則其填詞演白，亦頗有一二草草處矣，意者蓋云亭之意本不在此。

（《新小説》第 2 卷第 2 期，1905 年）

---

① 清朱彝尊《靜志居詩話》卷二十一"孫淳"條謂："後福藩稱制，阮大鋮怨戊寅秋南國諸生顧杲等一百四十人之具《防亂公揭》也，日思報復。爰有王實鼎東南利孔久湮，'復社'渠魁聚斂一疏，大鋮語馬士英曰：'孔門弟子三千，而維斗等聚徒至萬，不反待何？'至欲陳兵於江，以爲防禦，心知無是事，而意在盡殺'復社'之主盟者。時崑銅暨宜興陳貞慧定生輩，皆就逮繫獄，桐城錢秉鐙、宣城沈壽民亡命得脱。假令王師下江南少緩，則'復社'諸君，難乎免於白馬之禍矣。"人民文學出版社 1990 年版，第 650 頁。

【按】浴血生，真實姓名及生平事蹟不詳。著有《革命軍》傳奇，刊於光緒二十九年(1903)出版的《江蘇》第六期。

小説叢話(節録)

解脱者

男女兩異性相感，心理學上之大則也。故文學一道，無論中西，皆以戀愛居其强半。此不必爲諱，亦不足爲病也。詩詞寫情之什，佳者不少，然綿鬱沉達、盡情極致，尤莫如曲本之易工。蓋文體使然矣。曲本寫男女之事，什居八九，然真可稱戀愛文學之精華者，亦不過寥寥數部而已。此學固自非易易也。今擇録吾所愛誦者數折：

其寫懷春嬌憨之態者，泰西文家所謂"初戀"也，最佳者《西廂》之"寺警"云："……"《牡丹亭‧驚夢》云："……"

詞家寫缺憾易著筆，寫團圓難著筆；説多愁多恨易公，説姻緣美滿難工，故泛觀諸家，無一能於此處取勝者。惟《桃花扇》之"眠香"，神乎技矣，録如下："(臨江仙)短短春衫雙卷袖，調箏花裏迷樓。今朝全把繡簾鉤，不教金線柳，遮斷木蘭舟。(中略)(涼州序)齊梁詞賦，陳隋花柳，日日芳情迤逗。青衫偎倚，今番小杜揚州。尋思描黛，指點吹簫，從此春入手。秀才渴病急須救，偏是斜陽遲下樓，剛飲得一杯酒。(前調)樓臺花顫，簾櫳風抖，倚著雄姿英秀。春情無限，金釵肯與梳頭。閑花添豔，野草生香，消得夫人做。今宵燈影紗紅透，見慣司空也應羞，破題兒真難就。(節節高)金鐏佐酒等，勸不休，沉沉玉倒黃昏後。私攜手，眉黛愁，香肌瘦。春宵一刻天長久，人前怎解芙蓉扣。盼到燈昏玳筵收，宮壺滴盡蓮花漏。

(前調)笙簫下畫樓,度清謳,迷離燈火如春晝。天台岫,逢阮劉,真佳偶。重重錦帳香薰透,旁人妒得眉頭皺。酒態扶人太風流,貪花福分生來有。(尾聲)秦淮烟月無新舊,脂香粉膩滿束流,夜夜春情散不收。"

　　以《桃花扇》一部最哀慘之書,偏於此處作極歡暢、極美滿之筆,此文家作勢法也。全折無一語帶感慨時事口氣,直至"尾聲"三語,猶作極酣暢淋漓之筆。此等章法,非俗子所能道也。

(《新小說》第 2 卷第 4 期,1905 年)

　　【按】解脫者,真實姓名及生平事蹟不詳。

小說叢話(節錄)

浴血生

　　嘗讀《桃花扇》曲云:"協力少良朋,同心無兄弟。"又云:"這時候協力同讎還愁少,怎當的鬩牆鼓噪,起了個離間根苗。"真痛切時弊,一字一淚之文。君子觀於今之志士,厘然省界,若劃溝洫,然後歎"木必自腐,而後蟲生"。一代之末,何其似也。

　　聲音之道,入人最深。而每唱亡國感時之什,尤不禁怦然心動。其佳者,《牡丹亭・折寇》"玉桂枝"云:"……"《桃花扇・誓師》"二犯江兒水"云:"協力少良朋,同心無弟兄。都想逃生,漫不關情;讓江山倒像設著筵席請。"《長生殿・罵賊》"上馬嬌"云:"……"《桃溪雪・旅病》"繡帶兒"云:"……"臨川淒婉,云亭沉痛;洪曲熱罵,黃曲冷嘲。而洪曲尤極痛快淋漓之致,直使千古老奸一起褫魄。

(《新小說》第 2 卷第 10 期,1905 年)

讀《桃花扇》書後

王光璵

金陵王氣水東流,芳草秦淮幾度秋。花落東風清夜永,月明無主照荒落。

小部君主喚奈何,中宮語舞夜深多。長江飲馬休惆悵,更聽《春燈》一曲譜。

白面談兵者可傷,鍾山十廟已斜陽。過江兵馬無消息,並作桃花淚數行。

(《復報》第 4 期,1906 年)

《桃花扇》題辭

孝 覺

泥人絲竹悔多情,薄病當窗燭半明。話裏悽惶聽不得,西風迸夜作秋聲。

頭白容臺幾弄姿,選優同聽剪燈詞。春飄夢穩家山破,掩袂當筵又一時。

墜歡一彈已無痕,文字偏同國有因。我亦孝王臺上客,未應低首過夷門。

黃旗紫氣垂垂歇,魂盡江南二月簫。曾泊秦淮問流水,夕陽鴉背數前朝。

(《政藝通報》,1906 年)

【按】 黃文開(? —1918)字孝覺,南海人。光緒二十九年

（1903）舉人，官陸軍部郎中。康有爲弟子，帝黨，與梁啟超、羅惇曧等人均爲好友，過從甚密，在梁啟超家書中多次出現。如梁啟超在一函寫於 1918 年 8 月 2 日談論黃孝覺的去世及爲子女講學的書劄中提到：“書悉。孝覺凶問，昨晨甕公書來已報，世法無常，我佛不我欺也。死者解脱，生者難爲懷耳。不審其家景況如何，妻子可免凍餒否？甕當略知耶？可詢之。旅葬若有需，我當任也。”見《南長街 54 號梁氏檔案》（中華書局 2012 年版），又見載於丁文江、趙豐田編《梁啟超年譜長編》（上海人民出版社 2009 年版）、夏曉虹《梁啟超：在政治與學術之間》（東方出版社 2014 年版）。

臺城路·讀《桃花扇》曲本

伍德彝

樓頭燕子桃花雨，南朝送春歸去。王謝豪華，蕭梁事業，一霎白楊黃土。青尊歌舞。歎幾劫紅羊，倏成今古。老去云亭，傷心重續後庭譜。　　於今斷烟殘照，望金陵王氣，……（按原文闕失）

（《賞奇畫報》，1906 年第 19 期）

【按】伍德彝（1864—1928）字興仁、懿莊、逸莊，號乙公、敘倫。廣東番禺（今廣州）人，一作南海（今廣東佛山）人，延鎏子。居廉（1828—1904）弟子，花卉得廉嫡傳，山水亦佳，與溫幼菊（其球）齊名華南。工書，善詩詞，偶亦治印。晚年失明，世咸惜之。書法、篆刻，詩詞皆精，好金石考古，精鑒别書畫，收藏甚豐。繪畫繼承古泉技法，吸取南田筆致，書法行楷臨摹山谷，篆刻宗丁純丁。

《風洞山》例言

吴 梅

少時與潘子養純承庠論詞曲甚契。養純謂嫻於音律,艱於文字;嫻於文字,艱於音律。余曰:然則玉茗、髡公、伯龍、云亭、眆思又何説之辭!自是以後,所論各異。今作此本,窮日之力,僅得二三牌,而至艱難之處,如〔雁魚錦〕〔香柳娘〕〔吴山十二峰〕〔字字錦〕諸闋,往往以一字一音,至午夜而仍未妥者,乃思養純之言不置焉。嗚呼!泉路茫茫,誰待我范巨卿乎?

本朝詞曲,可謂大備。如趙、蔣諸公,曾不一思瞿起田,此亦詞場一恨事。豈當時有所忌諱,故不敢出之歟?而如史可法,則又現諸優孟之間,且入内廷也,此又何説之辭!

《桃花扇》行世後,顧天石爲之删改;《長生殿》行世後,吴舒鳧爲之删改,率皆流譽詞林,傳爲美事。

（光緒三十二年上海小説林社排印本）

【按】 吴梅於光緒二十一年(1895)始習舉子業,師潘霞客。潘承庠(字養純)即霞客子。吴梅作八股文,常請潘養純捉刀。[①]潘承庠去世於光緒二十七年(1901)年春,吴梅十八歲。則吴梅與潘承庠論詞曲當在 1895 年至 1901 年間。由上引《例言》一則可見,

---

① 吴梅《蠡言》云:"余十四歲時,讀書潘氏。吾師霞客先生,即養純之父也。余習八股,養純喜讀史。每遇作文日,余往往倩潘養純捉刀,顧文中多用史事。"轉引自王衞民編《吴梅年譜》,王衞民編《吴梅戲曲論文集》,中國戲劇出版社 1983 年版,第 519 頁。

吳梅早年對《桃花扇》的看法是音律、文辭兼美,但後來在改定《風洞山傳奇》的過程中,由創作實踐親身體會到填詞欲求得音律、文辭兼美實難,而後加之創作經驗的積累和曲律宮調的精通,吳梅對《桃花扇》的認識和評價更加深化、細化和全面,有褒有貶。

文學小言(節錄)

王國維

元人雜劇,辭則美矣,然不知描寫人格爲何事。至國朝之《桃花扇》,則有人格矣,然他戲曲則殊不稱是。

《三國演義》無純文學之資格,然其敘關壯繆之釋曹操,則非大文學家不辦。《水滸傳》之寫魯智深,《桃花扇》之寫柳敬亭、蘇崑生,彼其所爲,固毫無意義,然以其不顧一己之利害,故猶使吾人生無限之興味,發無限之尊敬,況於〔觀〕(關)壯繆之矯矯者乎?若此者,豈真如汗德所云,實踐理性爲宇宙人生之根本歟?抑與現在利己之世界相比較,而益使吾人興無涯之感也?則選擇戲曲、小說之題目者,亦可以知所去取矣。

(《文學小言》,商務印書館 2010 年版)

【按】 第一個"人格",應指其一般涵義,即人的性情、氣質、能力等特徵的總和,也就是人物形象和性格。第二個"人格",應指具有個性化和典型性的人物形象和性格,這是王國維對於《桃花扇》的人物塑造的肯定。王國維在《古劇腳色考》"餘説一"中謂:"宋之腳色,亦表所搬之人之地位、職業者爲多。自是以後,其變化約分三級:一表其人在劇中之地位,二表其品性之善惡,三表其氣質之剛柔也。……國朝以後,如孔尚任之《桃花扇》,於描寫人物,尤所措意。其定脚色也，不以品性之善惡，而以氣質之陰陽剛柔，故柳敬亭、蘇崑生之人物，在此劇中，當在復社諸賢之上，而以丑、淨扮之，豈不以柳素滑稽，蘇頗倔強，自氣質上言之當如是耶？自元迄今，脚色之命意，不外此三者，而漸有自地位而品性，自品性而氣質之勢，此其進步變化之大略也。"①王國維《録曲餘談》中有一則謂："羅馬醫學大家頷倫，謂人之氣質有四種：一熱性，二冷性，三鬱性，四浮性也。我國劇中脚色之分，隱與此四種合。大抵淨爲熱性，生爲鬱性，副淨與丑或浮性，而兼冷性，或浮性而兼熱性，雖我國作戲曲者尚不知描寫性格，然脚色之分則有深意義存焉。"②頷倫即蓋侖（Galen，130—201），古羅馬醫師、自然科學家和哲學家，繼希波克拉底（Hippocrates，西元前 460—379 年）之後的古代醫學理論家，創立了醫學知識和生物學知識的體系。"人之氣質有四種"即四體液説，約創立於 2500 年前的希臘，經希波克拉底和蓋侖發揚光大，主導西方醫學理論約兩千年，直至十七世紀方始式微，至十九世紀，仍有部分保守的醫學教授願意信從。

由上並可明顯看出，王國維本人是反對功利主義和利己思想的，他的這種主張既與所受康德思想影響有關，又與其性情和當時的社會政治環境有關。

不過，他對《桃花扇》中柳、蘇的人物形象和性情的認識，却不盡符合文本實際。王國維肯定柳敬亭和蘇崑生在《桃花扇》中的人物形象，因爲他認爲二人在劇中實施行動時"不顧一己之利害"，即忘我、不計個人得失。但不計個人得失，不代表他們行事没有動

---

①　王國維：《古劇脚色考》，《王國維論劇》，中國戲劇出版社 2010 年版，第 150—151 頁。
②　同上書，第 169—170 頁。

機,更不代表他們動機純粹。實則,柳、蘇二人在劇中的多數行爲都具有明白和確定的動機,這些動機部分是出於維護正義、憎惡奸邪和幫助良善之人,但主要的却是出於私人恩義、知恩報恩,沾染著較濃厚的江湖習氣。柳、蘇二人,作爲封建社會的藝人,地位卑微,身負一技,混跡江湖,一個以説書討生活,一個依附於青樓妓女。他們對自己的身份和處境有著明確的認識,對於嚴格而不可逾越的禮法制度和層級區隔也有清楚的體察,所以如若有更高階層的人士加以賞識,他們一般都將此視爲恩典、無上榮光而感恩戴德,而且在遇到可以報恩的機會時,必義不容辭,全力以赴。在他人看來,他們能夠得到更高階層人士的評鑒和賞識,其意義也是更大於他們實際具備的高超技藝的。《聽稗》一出中,吳應箕特別指出柳敬亭的説書技藝"曾見賞於吳橋範大司馬、桐城何老相國"。《投轅》出中,柳敬亭自己也説他"曾蒙吳橋范大司馬、桐城何老相國謬加賞鑒,因而得交縉紳。"柳、蘇尤其對侯方域感激有加。《聽稗》出中,侯方域、陳貞慧和吳應箕復社三公子主動前往柳敬亭寓所聽柳敬亭説書。《訪翠》出中,侯方域與楊龍友、柳敬亭、蘇崑生和舊院諸名妓於清明節在卞玉京暖翠樓下行酒令。《鬧榭》出中,侯方域等復社三公子同李香君、柳敬亭和蘇崑生在丁繼之河房飲酒奏樂、慶賞端午。以柳、蘇二人的身份和地位,復社諸公子肯與其常相往來,是他們莫大的榮耀。劇中,侯方域也多次稱讚他們二人。東林、復社人士在當時主持清議,維護風紀,在普通人心目中是正義所在。普通民衆多以能與此等人士相識、結交爲幸,更無論能得其肯定。所以,柳、蘇二人對侯方域感佩有加,後來柳敬亭爲侯方域投書左良玉軍營(《投轅》)、爲救侯方域而代左良玉傳檄南京(《草檄》)和蘇崑生爲李香君寄扇侯方域(《寄扇》),都出於這種感情。但柳、蘇二人如此作爲,基本是出於江湖義氣,知恩報恩,具有樸素性,也因此具有一定的狹隘性。《逮社》出中丑扮蔡益所和淨扮蘇崑生有兩句對白:"(丑)了不得,了不得!選書的兩位相公拿去罷了,連侯相公也拿去了。(淨)有這等事!"説明蘇崑生是知道侯方域、陳貞慧和吳應箕一共被逮入獄的。但到了《草檄》一出,蘇崑生爲救侯方域冒死面見左良玉,却只提及侯方域被逮,柳敬亭在側,所以也以爲只有侯方域被逮。所以《會獄》出中,柳敬亭在牢獄中與侯方域等三人見面,才會有些意外地説:"陳相公、吳相公,怎麽都在裏邊?阿彌陀佛!這也算'佛殿奇逢'了。"可見,柳、蘇二人心中只有侯方域。

而且,柳、蘇二人視野狹隘、目光短淺,只顧私人恩義,無視社稷安危,最終釀成大禍。侯方域爲找尋李香君,潛回南京,在被逮時又表現得比較蠢笨和過於自信,對形勢和環境判斷有誤,可以説他被逮,其自身也有一定的責任。蘇崑生爲救侯方域一人,遠赴左良玉軍帳求助,一方面以侯氏父子與左良玉的關係打動之,一方面誇大事體,將侯方域被逮這一小事與社稷安危、正邪之爭相聯繫,激怒左良玉修參本、發檄文,率軍東下南京,討伐馬、阮。《草檄》出中,蘇崑生就説道:"京中事,似霧昏,朝朝報讎搜黨人。現將公子侯郎,拿向囹圄困。望舊交,懷舊恩,替新朝,削新忿。只求長兄懇央元帥,早發救書,也不枉俺一番遠來。"《截磯》出中,蘇崑生自己也承認:"自家蘇崑生,爲救侯公子,激的左兵東來,約了巡按黃澍、巡撫何騰蛟,同日起馬。"柳敬亭在《會獄》出中也説"老漢不曾犯罪。只因相公被逮入獄,蘇崑生遠赴寧南,懇求解救。那左帥果然大怒,連夜修本,參著馬、阮,又發了檄文一道,托俺傳來,隨後要發兵進討。馬、阮害怕,自然放出相公去的。"因左良玉東下,馬、阮調四鎮堵截，導致江防空虛，清軍揮師南下，勢如破竹，揚州、南京相繼淪陷，弘光政權滅亡。可以說，是諸方勢力的利益紛爭、各自爲戰，地位、階層不同的大小人物的各自行動牽纏糾結，形成了一系列不可預知和無法控制的連鎖反應，最終導致弘光政權的覆滅，其中既有必然性，也有一定的偶然性。《拜壇》一出有眉批云："私君私臣，私恩私仇，南朝無一非私，焉得不亡？"對明亡清興的原因的總結雖不全面，但就南明一方而言，還是符合歷史實際的。因此，柳、蘇生二人雖地位低賤，人微言輕，但由於他們自身目光短淺，視野狹隘，間接導致了嚴重的後果。

題《桃花扇》傳奇後

陳　栩

廢殿縱橫夕陽烘，君王曾此醉東風。劇憐無限南朝業，消受春燈一曲中。

舊事揚州不忍聞，衣冠高葬嶺頭雲。只今一片梅花月，猶照淒涼閣部墳。

金粉飄零野草秋，媚香何地訪名樓。舊時只有秦淮水，還向青溪曲處流。

（《著作林》第 4 期，1907 年）

【按】 陳栩（1879—1940），原名壽嵩，字昆叔，後改名栩，號蝶仙，別署天虛我生，浙江錢塘人。清貢生，專意著述，作品甚多，詞曲最著一時。1916 年加入南社，是鴛鴦蝴蝶派代表作家之一。其夫人朱氏（字小蝶）及女翠娜，亦負文名。陳栩著譯之小說甚夥，如《淚珠緣》、《柳非烟》、《鬱金香》、《療妒針》、《間諜生涯》、《杜賓偵探案》等。

讀《桃花扇》傳奇擬古樂府十四首

一 旅

福王一(其一)

崇禎年十七,三月十九日。咄嗟神京失,尚有福王一。

鳳樓黃袟語應畢,三大罪貌空似神宗,五不可顏慚忝帝室。

天子蛤蟆忘漏舟,功臣狐鼠爭迎蹕。遍選優登場,不選良輔弼。

家國離憂亂戰爭,河山歌舞耽縱逸。一騎向塵蒙,馬阮各西東。

劫寶奪駕賊目奇寶視,忍將二百七載國運從此終。

黃得功,尚以心腹稱田雄。只有斷頭將軍一劍刎,喚醒三軍俱沙蟲。

唐桂諸王餘氣耳,知否仇復九世血濺春秋紅。

議迎鑾(其二)

阮鬍子,求見史,欲圖擁立榮朱紫。閉門不納閹人鄙,還他笑罵總何妨。

卿相根自由此始,神器竟等奇貨視。論功士英首屈指,俱是當年指鹿臣。

一朝喜作從龍士,鑾輿至,幸臣媚;走一騎,幸臣避。

錦繡河山新六朝,蓋幢金碧浮雲翠。貂珰誤國限誰深,鼠輩辱仇骨方刺。

祝文升天木浮江,是否史公言不偽。

守揚州（其三）

宵小權奸左右輔，特命老臣遠謫揚州作開府。分明有外老臣心，老臣借此酬君父。

中原未復臣心苦，篤師江北勠力報效宜用武。殷勤忠肝四鎮撫，淋漓熱血三軍鼓。

雙眼淚，一寸土，力盡糧絕痛無補。説甚恢復期功樹，一死徇城答故主。

當時倘使居黄閣，未必宮廷恣歌舞。英雄已逐江東流，按曲君王日正午。

鬧四鎮（其四）

忘公憤，事私仇，費史公國憂君憂，費侯生將謀帥謀。

江山未全收，同室操戈矛。高狂劉賊烏足責，得功名將氣亦浮。

主既斥無禮興平侯，移軍特命適揚州。陣前偏率三鎮鬥貔貅。

籲嗟，縱有頭顱好鐵血，始終君國誤二劉。虎山何事與爲儔，胡不操戈窮國仇。

噫嘻籲，胡不操戈窮國仇！

清君側（其七）

中原蒼莽起龍蛇，河山慘澹羅鬼蜮。欲將心血洗乾坤，首向股肱除枳棘。

男兒自有爲國除害正天職，更況先帝愛臣最深托臣最重作羽翼。

又況新君貶獄正人援引宵小縱奸賊。神京板蕩勢侵逼，猶爲耳目窮聲色。

棄妃囚儲是國仇,袖手烏能負社稷。揮淚英雄對大江,傷心傀儡頻當國。

亂不息,恨何極,非敢雄兵犯闕震帝宮。清君側,清君側,駛樓船。以兵諫,效鶚拳。左侯左侯計亦左,原心則是事則偏。

兒子借名陷九江,嘔血一斗徒呼天,坐使英雄報國悲無年。

堵阪磯(其八)

領雄兵,對湖盟,虎山不諳臣心熱。阪磯駐紮礙前程,故主新君各心事。

兩賢各厄大事烏能成? 左夢庚,小孩嬰,破壞乃父好血誠。

烽烟起,劍匣鳴,剖心悟主心難明。犬子萬死烏足惜,竟加老臣叛逆名。

鐵血一斛淚頻傾,況當如斗大星沉前營。籲嗟乎,勠力奔命臣之職,竟誤社會氣難平。

自壞爾長城,大廈將誰撐。不堵長江堵阪磯,徒爲權奸效使令。

虎山、虎山,悔否誤移兵。

媚香樓(其九)

別離天,歌舞地。冰心鐵骨堅,紅袖玉顏媚。癡蝶狂鶯浪偷香,貞女十年矢不字。

楊龍友,善保母,欲作梳櫳執柯手。美人名士成佳耦,解鈴又是繫鈴人。

不教鴛鴦長白首,那知非等閒花柳。奩不受,志不朽;侯君去,香君守。

權奸面目顏何厚，當時愧殺鬚眉否。文聰翻覆容何易，又作田家討親意。

一朵名花百尺墜，慷慨肯鎖眉間翠。柔情不斷似秦淮，水可盟心身可碎。

綠珠千古是何人，血濺淋漓揮灑桃花淚。莫恨幽蘭托根非，貞性豈受風塵累。

桃花扇（其十）

紅顏薄命原尋常，離合尤徵歌舞場。一別春風無路入，人間何處覓劉郎。

最難獨屬嬋娟節，貌似桃花心似鐵。更將面血寫花容，寶扇亦得同香烈。

情絲萬縷愁無縫，都入輕紈一握重。只遜釵頭雙彩鳳，長門無賴持扇弄。

休怨漁翁誑指桃源洞，贈扇染扇題扇把扇送。却待碎扇方破情萬種，一聲喚醒兒女情。

兩頰桃花紅似凍，回頭頓悟沉沉夢，無賴東風再莫哄。

梅花嶺（十二）

千尋波浪白如練，一寸江山懸似線。滿腔熱血紅於霰，戎馬間關頻鏖戰。

雪花如掌征袍濺，無光日月雷轟電。梅花骨格心尤練，四海烽烟飛羽箭。

疆場武夫不救援，餘生白首天涯倦。國魂已死忠魂戀，不泯丹心留一片。

紅羊黑劫君安歸,白馬洪濤浪欲飛。龍髯莫攀竟如邅,魂歸華表長相依。

危崖萬丈立崔巍,金江一躍存冠衣。曾同海上鐵斗膽,會看雲中排旌旗。

鬚眉懍懍君莫悲,紫虛真人游翠微。香風如海雪花肥,中有人兮聲歔欷。

悲秦淮(十三)

血花紅上畫樓腥,蠻腰敗柳因誰青。半橋橫板水淵渟,飛殘戰壘萬流螢。

淒風苦雨吼疏櫺,六朝金粉俱凋零。琉璃新瓦礫,翡翠舊銀屏。

烏方啼故國,人共泣新亭。落葉飛花紅不掃,無端絮果倏化萍。

會見銅駝泣荆棘,怒潮嗚咽蟲聲唧。空餘半斷媚香樓,綿綿此恨哀無極。

滾滾洪濤涕淚多,當年猶帶桃花色。都將亡國恨無窮,付與秦淮流不息。

秣陵秋(十四)

興亡千古一生死,兜上朦朧業眼來。迎新洗舊換劫灰,無家客子幾低徊。

鼓動乾坤不靜寂,唱到江南尾聲哀。最是傷心膿血史,強作美人才子英雄大舞臺。

斜雨斜風古堞摧。喪家狗,累累走;剩餘生,離虎口。

暮雲寂寞空山吼,且向神州作袖手。高歌擊筑容消酒,拾收殘局懸蘇柳。

閑愁曲寫南朝畫,斜陽點綴風流界。殘山剩水語寒蟲,千秋盡付漁樵話。

原是六朝帝子家,青山影裏乾坤隘。君不見徐氏翩翩佳公子,朝爲侯王暮爲隸。

又不見杜陵野老長吞聲,杜鵑徒向空山拜。

（《振華五日大事記》,第 34、35、38、40、41 期,

1907 年 9 月 27 日至 11 月 5 日）

【按】 "一旅"的這組詠劇詩以雜言體組詩的形式主要復述和評論了原劇中有關弘光興亡的情節,夾敍夾議,悲憤交加,較爲細緻深入。最後兩首《悲秦淮》和《秣陵秋》對應《餘韻》出,一重描寫,一重抒情,又都形象生動,低徊婉轉。《振華五日大事記》,雜志名。光緒三十三年三月（1907 年 4 月）在廣州出版。莫梓齡主編,以"改良社會,維持實業,共圖公益"爲宗旨,提倡新學,力持立憲救國。共出五十一期,三十四年初停刊,續出《半星期報》。

小説小話（節錄）

黄 人

語云："神龍見首不見尾。"龍非無尾,一使人見,則失其神矣。此作文之秘訣也。我國小説名家能通此旨者,如《水滸記》,如《石頭記》,如《金瓶梅》,如《儒林外史》, 如《兒女英雄傳》,皆不完全,非殘缺也,殘缺其章回,正以完全其精神也。即如王實甫之《會真記》傳奇、孔云亭之《桃花扇》傳奇,篇幅雖完,而意思未盡,亦深得此中三

昧,是固非千篇一律之英雄封拜、兒女團圓者所能夢見也。……

(《小説林》第 1 卷,光緒三十三年印行)

【按】 黄人(1866—1913),原名振元、震元,後更名人昭,字羨涵,又字慕韓、慕庵,別號江左儒俠、野蠻、蠻、夢暗、夢庵、慕雲。中年更名黄人,字摩西。江蘇常熟滸浦人。近代作家、批評家。1900 年後,任東吳大學文學教授,後入南社。博學多才,對文學史研究卓有成效。主編小説期刊《小説林》,所撰《小説林發刊詞》、《小説小話》,在晚清小説論著中較有名。善詩詞,作品多見於《南社叢刊》中。黄人才華橫溢,但言論怪異,舉止狂野,與當時蘇州的李思慎、沈修、朱錫梁被文壇合稱爲"蘇州四奇人",後因精神病死於蘇州。黄人博學多能,行爲奇特,素有奇人之稱。他不但精通文史,而且博通各種自然科學,所編《百科新大辭典》一書,論述大都正確。黄人的詩集名《石陶梨烟閣詩》,未刊,現藏常熟市文物管理委員會。《摩西詞》爲張鴻印行,其中多爲和龔自珍、張惠言、蔣敦復之作。黄人著有《中國文學史》,共 29 册,170 萬字。全書分總論、略論。文學的種類以及分論四大部分。生平詳見王永健《蘇州奇人:黄摩西評傳》,蘇州大學出版社 2000 年版。

讀《桃花扇》傳奇調寄《蘇幕遮》 第二體次范文正公詞調

故 劍

其 一

媚香樓,金粉地,兒女多情。歌扇空留翠,冷落桃花徒咽水。紅葉題詩,難放流溝外。　剩忠魂,留恨思,念國懷人腸斷同難睡。

心繫河山樓獨清,血滿征袍,誰識傷心淚。

其　二

　　管弦聲,花柳地,癡燕狂鶯,偏近胭脂翠。半壁江山隨逝水,兒女漁樵,終出風塵外。　　捨濃情,消別思,不管興亡況戀風流睡。燕子春燈聲妙倚,認錯含羞,誰揾英雄淚。

(《半星期報》第 2 期,1908 年)

人間詞話(節錄)

王國維

　　抒情詩,國民幼稚時代之作也;敘事詩,國民盛壯時代之作也。故曲則古不如今(元曲誠多天籟,然其思想之陋劣、佈置之粗笨,千篇一律,令人噴飯。至本朝之《桃花扇》、《長生殿》諸傳奇,則進矣),詞則今不如古。蓋一則以佈局爲主,一則須以佇興而成故。

(《人間詞話》二卷,《海寧王忠愨公遺書(四集)》)

　　【按】王國維相比較地考察和評價元雜劇和明清傳奇戲曲,能夠較爲全面地進行分析,各有褒貶。其中大致分爲兩個方面,一爲結構佈局,一爲文字曲辭。就前一方面而言,元雜劇不如明清傳奇;就後一方面而言,元雜劇勝於明清戲曲,這主要是因爲王國維肯定"自然"的審美理想。《桃花扇》和《長生殿》在清代戲曲中特出之處,並勝於元雜劇者,便在於它們的"思想"和"佈置",即主題意旨和結構佈局,遺憾的是王國維未展開、進行詳細說明。他在《自序二》中也表達過類似的意見:"元之雜劇、明之傳奇,存於今日者,尚以百數。其中之文字,雖有佳作者,然其理想及結構,雖欲不謂至幼稚、至拙劣,不可得也。""國朝之作者",則"略有進步"①。

題王廉生扇頭李香君小影三首

李慈銘

粉本南朝絕可憐,扇頭璧月尚嬋娟。清流何與人間事,花下長翻燕子箋。(今年廠市購得百子山樵元刻《燕子箋》。)

傾城一笑太情多,十斛珍珠奈若何。畢竟秀才空嫁與,輸他一品顧橫波。

秋柳情深大道亡,掌中猶見舞時妝。只憐曲裏《桃花扇》,唐突當年鄭妥娘。

(《國粹學報》第 5 卷第 9 期,1909 年)

【按】 王廉生,即王懿榮(1845—1900),字正儒,一字廉生。原籍雲南,山東省福山縣(今烟臺市福山區)古現村人。生性耿直,號稱"東怪"。中國近代金石學家,鑒藏家和書法家,爲發現和收藏甲骨文第一人。光緒六年(1880)進士,授翰林編修。三爲國子監祭酒。光緒二十六年(1900),義和團攻掠京津,授任京師團練大臣。八國聯軍攻入京城,皇帝外逃,王懿榮遂偕夫人與兒媳投井殉節,謚號"文敏"。王懿榮泛涉書史,嗜金石,撰有《漢石存目》、《古泉選》、《南北朝存石目》、《福山金石志》等。與翁同龢、徐郙、潘祖蔭、吳大徵、羅振玉、劉鶚等鑒藏家和學者交游密切。善書法,爲清

---

① 王國維:《自序二》,原載《教育雜志》第 152 號,1907 年 7 月出版,轉引自《王國維文學論著三種》,商務印書館 2010 年版,第 226 頁。

末書法四家之一。

題《桃花扇》傳奇後

朱伯良

龍盤虎踞古名都，形勝千年說石頭。帝子歸來王氣歇，誤人畢竟是風流。

玉樹歌聲促御筵，白門柳色鎖寒烟。可憐燕啄王孫後，危幕猶傳燕子箋。

閣部丹心光日月，香君素質表齊紈。桃花血熱梅花冷，兒女英雄一例看。

南朝天子慣無愁，馬阮庸奸史册羞。聽罷云亭新樂府，蒼茫不盡大江流。

（《廣益叢報》第 207 號，1909 年）

録曲餘談（節録）

王國維

元初名公喜作小令、套數，如劉仲晦（秉忠）、杜善夫（仁傑）、楊正卿（果）、姚牧庵（燧）、盧疏齋（摯）、馮海粟（子振）、貫酸齋（小雲石海涯）等皆稱擅長，然不作雜劇。士大夫之作雜劇者，唯白蘭谷（樸）耳。此外雜劇大家如關王馬鄭等，皆名位不著，在士人與倡優之間。故其文字誠有獨絕千古者，然學問之弇陋與胸襟之卑鄙，亦獨絕千古。戲曲之所以不得與於文學之末者，未始不由於此。至明而士大夫亦多染指戲曲，前之東嘉，後之臨川，皆博雅君子也。至國朝孔季重、洪昉思出,始一掃數百年之蕪穢,然生氣亦略盡矣。

(《錄曲餘談》,《海寧王忠愨公遺書(四集)》)

邁陂塘·題《桃花扇》

索　然

話前朝,故宮禾黍,淒然紅淚如雨。傷心追逐云亭筆,含蓄百端悲苦。憑竹部,把荆棘,銅駝舊憾班班譜。狐威假虎,嘗賣國奸奴,殃民賊孽,狼狗比肝腑。　東林聚,復社又增門户,本來文字飛蠱。無端流禍波全國,擢髮恨難詳數。揮玉塵,有柳子、詼諧舌粲蓮花吐。珠沉含甫,勝扇底餘香,書中黶跡,節義競千古。

(《民立報》,1910 年 12 月 5 日)

《荷齋日記》(節録)

[韓]池圭植

(二)

壬辰年(1892)

(九月二日)樸判書大監,授《桃花扇》六卷,曰:"此是傳奇中奇文也,覽玩後還來也。"爲教故受來,出税所看之。

(九月三日)晚出税所,看《桃花扇》。

(九月十三日)晴,出牛川,看《桃花扇》。

(1911 年寫本)

跋　語

汪　翰

　　自古天下傷心事，無如血染淚桃花。此云亭山人借血痕而染桃花，借桃花而演傳奇之作也。余觀覽一過，句句是英雄血淚語，字字是兒女柔情語。以生花之妙筆，寫亡國之痛劇，千古有心人讀之，亦當爲之一哭。維傳閣部之死，與《甲申事變記》聊有異辭，抑或後人痛閣部之慘遇，故爲易筆耶？抑或閣部實未被戮，而赴江全尸耶？舊籍漫漶，原刻不存，暫無究稽，似可不問。在閣部求仁而得仁，死法如何，奚足置念？則我輩讀者亦可以閣部之心爲心，不必曲爲借護也。讀而有感，涉筆記之。休寧汪翰德軒跋。

（賀湖散人詳註《（詳註）桃花扇傳奇》，
上海會文堂新記書局 1924 年版）

　　【按】　汪翰，號德軒，安徽無爲人。生平不詳。民國間編輯。保定軍校第一期步兵科畢業。曾校訂陳鍾麟《紅樓夢傳奇》，有大達圖書供應社版。又編有《秘術海》一書，以民國《通天秘書要覽》爲藍本，輯《古今秘苑》、《物類相感志》等古籍百餘種，收入實用秘傳方術千餘條，分爲天地山川門、房屋建築門等 20 大門類。民國間有多家出版社出版，後又有北京出版社 1993 年版。史可法揚州殉難後，即訛言紛紛。後來也有許多差異或大或小的回憶和記載，如史德威《史公可法揚州殉節紀》、《明史》本傳、《罪惟録》本傳、《南疆繹史》本傳、陳莽《史閣部殉國紀略》、應廷吉《青燐屑》和《明季南略》等。①多

----

① 　參見楊德恩《史可法年譜》，商務印書館 1940 年版，第 74—79 頁。

數記述史可法是揚州城破、被執殉節,少數記述史可法在城破後突圍而出,又死於亂軍中。關於史可法縋城而出,《明季南略》引《甲乙史》有記載:清軍攻破揚州,"(史)可法立城上見之,即拔劍自刎。左右持救,乃同總兵劉肇基縋城潛舟去。"①彭貽孫曾在《甲申以後亡臣表》卷二中斥責過這種記述:"又云縋城舟遁,又云逃没亂軍。堂堂史相,忠勳塞天壤,義烈格鬼神,而謂偷生苟免,鼠竄殺身。此適足以見奸人之醜正,佞口之害忠。操觚者耳食而從之,以滋千古之疑端,以貽小人之口舌,此豈正人君子之言乎哉?"②孔尚任在《桃花扇》第三十八出《沉江》中敘寫的情節則爲:清軍攻破揚州,史可法本欲自盡,想起不可"效無益之死,舍孤立之君",於是縋城而出,乘報船赴南京。史可法過江後,恰遇一匹白騾,然後騎騾沿江奔赴南京。眉批對這一情節做了補充,謂:"史公騎白騾奔南京,有人遇見。或傳被害揚州者,誤也。"而後史可法又巧遇老贊禮,聞説南京大亂、皇帝出宮,一籌莫展、無計可施,縱身投江。眉批也肯定了這一情節設置:"閣部之死,傳云不一,投江確有見者。"孔尚任對史可法的死難傳聞和歷史真實是否清楚瞭解,不得而知,他在此出中安排史可法投江自盡,而没有敘寫史可法被俘、多爾袞勸降、史不屈被殺,可能是爲避犯忌,但自情節結構和劇作整體而言,主要是爲了使老贊禮巧遇侯方域等,引導侯方域入棲霞山,同時歸結史可法和陳貞慧、吳應箕。全祖望《梅花嶺記》中記載了史可法沉江而死的傳聞,但不詳所據:"或曰城之破也,有親見忠烈(按指史可法)青衣烏帽,乘白馬出天寧門投江死者,未嘗殉於城中也。"③總

① 清計六奇:《明季南略》卷三 151"史可法揚州殉節",中華書局 1984 年版,第 204 頁。
② 轉引自楊德恩《史可法年譜》,商務印書館 1940 年版,第 79 頁。
③ 清全祖望:《梅花嶺記》,《鮚埼亭集》外編卷二十,朱鑄禹匯校集注《全祖望集匯校集注》,上海古籍出版社 2000 年版,第 1117 頁。

之,沉江而死僅是史可法殉難傳聞中的一種,並未確切無疑的史料佐證。

《桃花扇》注

梁啟超

第一出　聽　稗

小生姓侯,名方域,表字朝宗,中州歸德人也。

(注一)侯方域,字朝宗,河南商邱人。明諸生,清順治七年辛卯副貢。生萬曆四十六年戊午,卒順治十一年甲午,年三十七。著有《壯悔堂文集》《四憶堂事跡》。事跡詳賈開宗、田蘭芳所作傳、侯[洵](恂)所作年譜。

先祖太常,家父司徒,久樹東林之幟。

(注二)方域祖執蒲,明太常寺卿;父恂,户部尚書。宋犖《哀侯朝宗》詩云:"兩世東林魁,聞見亦良富。"本文"太常""司徒""樹東林之幟"指此。

選詩云間,徵文白下,新登復社之壇。

(注三)據年譜,"崇禎十二年,方域二十二歲。入南雍,應南京試。交陳公子定生、吳秀才次尾,及南中諸名士,主盟復社。"宋犖《雪園五哀詩》序云:"往余鄉有雪園社,即江南之復社也。余從侯子朝宗等修爲六子社。"本文"復社之壇"指此。

早歲清詞,吐出班香宋豔;中年浩氣,流成蘇海韓潮。

(注四)賈開宗《壯悔堂集序》云:"侯子十年前,嘗爲整麗之作;近乃大毀其向文,求所爲韓柳歐蘇以幾於司馬遷者而肆力焉。"本文"早歲中年"四句指此。

自去年壬午,南闈下第。

(注五)啟超案:崇禎十五年壬午五月,李自成陷睢州;六月,詔起侯恂以兵部侍郎督左軍援開封。時方域隨父在南,代草《流賊形勢疏》(見本集);又勸恂勿救開封,而督左軍距河以掎賊。恂曰:"若此,則我先反矣。"不聽,遣方域還吳。道出永城,爲叛將劉超所劫。諭以禍福,俾勤王自贖。超不聽,然亦釋之。計八月秋闈,正方域被劫時,必無應試之事。本文"下第僑寓"云云皆崇禎十二年事,爲行文便利計,顛倒時日借用耳。說詳本出注十三、第二出注七及第五出注一。

(末)小生宜興陳貞慧是也。

(注六)陳貞慧,字定生,江南宜興人。父于廷,官左都御史,以忤魏忠賢削籍。魏黨作《東林點將錄》,指楊漣、左光斗及于廷爲黨魁。貞慧繼興復社。阮大鋮作《蝗蝻錄》,指貞慧爲黨魁,稱"四公子"。明亡後,埋身土室,不入城市者十餘年。生萬曆甲辰,卒順治丙申,年五十三。著有《皇明語林》、《山陽錄》、《雪岑集》等。事蹟詳黃宗羲所撰墓志銘、汪琬所撰墓表。子維崧,字其年,以善爲駢體文及填詞有名於清初。

(小生)小生貴池吳應箕是也。

(注七)吳應箕,字次尾,號樓山,江南貴池人。善古今文辭,意氣橫屬一世,復社領袖也。以《留都防亂公揭》事最有名於時。(詳注十三)南都亡,金正希(聲)起義於歙,應箕亦起池州應之。清兵逼,戰敗,被擒,不屈死。生萬曆二十二年甲午,卒弘光元年(即順治二年)甲戌,年五十二。著有《樓山堂集》。事蹟詳《明史》本傳、溫睿臨《南疆繹史》本傳、汪有典《史外》本傳、劉世珩《吳次尾先生年譜》。

（小生）昨見邸抄，流寇連敗官兵，漸逼京師。那寧南侯左良玉還軍襄陽，中原無人。

（注八）左良玉與李自成戰，大敗於朱仙鎮，走襄陽。此崇禎十五年壬午七月間事。癸未二月，襄陽已陷，良玉走武昌。此文年月頗有錯誤。

（副淨）魏府徐公子要請客看花，一座大大道院，早已占滿了。

（注九）徐青君事詳末出注。

（小生）依我說，不必遠去。兄可知道，泰州柳敬亭說書最妙，

（注十）柳敬亭以江湖說書技有盛名於明清間。其人在左良玉幕中最久，詼諧而任俠，故士大夫樂與之游。諸家集中題贈詩詞極多，最著者如吳梅村之《楚兩生行》、龔芝麓之《沁園春·贈說書柳叟》、錢牧齋之《左寧南畫像爲柳敬亭題》、閻古古之《柳麻子說書行》、汪蛟門之《柳敬亭說書行》、陳其年之《左寧南與柳敬亭軍中說劍圖歌》，皆能寫出其人與其技。其表章最有力者，則吳梅村之《柳敬亭傳》。黃梨洲亦爲作一傳，則頗蔑斥之。而張岱《陶庵夢憶》、余懷《板橋雜記》，所述較簡淨有風趣，今錄之。梅村之傳，則分引於每出："柳敬亭，泰州人。本姓曹，避仇流落江湖，休於樹下，乃姓柳。善說書。游於金陵，吳橋范司馬、桐城何相國引爲上客。常往來南曲，與張燕筑、沈公憲俱。張、沈以歌曲，敬亭以談辭。酒酣以往，擊節悲吟，傾靡四座。蓋優孟、東方曼倩之流也。後入左寧南幕，出入兵間。寧南亡敗，又游松江馬提督軍中。鬱鬱不得志，年已八十餘矣。間過余，僑寓宜睡軒中，猶說'秦叔寶見姑娘'也。"《陶庵夢憶》："南京柳麻子，黧黑，滿面疤瘰，悠悠忽忽，土木形骸。善說書，一日說書一回，定價一兩。十日前先送書帕下定，常不得空。南京一時有兩行情人，王月生、柳麻子是也。余聽其說《景陽

岡武松打虎》，白文與本傳大異。其描寫刻畫，微入毫髮，然又找截
乾淨，並不嘮叨哼哄。聲如巨鐘，說至筋節處，叱咤叫喊，洶洶崩
屋。武松到店沽酒，店內無人，驀地一吼，店中空缸空甓皆甕甕有
聲。閑中著色，細微至此。主人必屏息靜坐，傾耳聽之。彼方掉
舌，稍見下人咕囁耳語，聽者欠伸有倦色，輒不言，故不得強。每至
丙夜，拭桌剪燈，素瓷靜遞，款款言之。其疾徐輕重，吞吐抑揚，入
情入理，入筋入骨。摘世上說書之耳而使之諦聽，不怕其不齚舌死
也。柳麻子貌奇醜，然其口角波俏，眼目流利，衣服恬淨，直與王月
生同其婉孌，故其行情正等。"

曾見賞於吳橋范大司馬、桐城何老相國。

（注十一）吳偉業《柳敬亭傳》云："當時士大夫被寇南下，僑金
陵者萬家。大司馬吳橋范公、相國何文端皆引生爲上客。"案，范名
景文，甲申三月以東閣大學士殉難；何名如寵，崇禎十四年卒，福王
時補謚"文端"。

（生怒介）那柳麻子新做了奄兒阮鬍子的門客。

（注十二）阮鬍子即阮大鋮，其小傳別見第四出。

小弟做了一篇留都防亂的揭帖，公討其罪。

（注十三）黃梨洲有言："弘光南渡，止結得《留都防亂揭》一
案。"則其事在當時關係重大可知。《桃花扇》一書亦以此爲最要線
索，故第一出補述以托始焉。今錄陳定生所著《防亂公揭本末》之
前半以資參考。（《留都防亂公揭》有云："某等讀聖賢之書，明討賊
之義，事出公論，言與憤俱。但知爲國除奸，不惜以身賈禍。……"
見吳翌風《鐙窗叢錄》）"崇禎戊寅，吳次尾有《留都防亂》一揭公討
阮大鋮。大鋮以黨崔魏論城旦罪暴於天下，其時氣魄尚能奔走四
方士。南中當事多與游，實上下其手，陰持其桐喝焉。次尾憤其附

逆也，而鳴驥坐輿，偃蹇如故。士大夫繾綣爭寄腹，以爲良心道喪。一日言於顧子方（杲），子方曰：'杲也不惜斧锧，爲南都除此大憝。'兩人先後過余言所以，余曰：'鍼罪無籍揭。士大夫與交通者，雖未盡不肖，特未有"逆案"二字提醒之。'使一點破，如贅癰糞涸，爭思決之爲快，未必於人心無補。次尾燈下隨削一藁，子方毅然首唱，飛馳數函。毗陵爲張二無，金沙爲周仲馭，雲間爲陳卧子，吳門爲楊維斗，浙則二馮司馬、魏子一，上江左氏兄弟、方密之爾止。仲馭、卧子極歎此舉爲仁者之勇。獨維斗報書，以鍼不燃之灰，無俟衆溺。如吾鄉逐顧秉謙、呂純如故事，在鄉攻一鄉，此輩窘無所托足矣。子方因與反覆辨論，有書。書不載，時上江有以此舉達之御史成公勇，成公曰：'吾職掌事也。'將據揭上聞，會楊與顧之辨未已，同室之內，起而相牙，揭遲留不發。事稍稍露矣。阮心知此事仲馭主之，然始謀也絕不有仲馭者。而鍼以爲書來，書且哀，仲馭不啟視，就使者焚之。鍼銜之刻骨。揭發，而南中始鰓鰓知有'逆案'二字，爭囁嚅出恚語曰'逆某''逆某'。士大夫之素鮮廉者，亦裹足與絕。鍼氣愈沮，心愈恨。未幾，成御史以論楊武陵嗣昌逮，遂不果上。鍼遂有《酬誣瑣言》一揭，語雖鶻起，中實狼驚。至己卯，竄跡荊溪相君幕中，酒闌歌遏，襟解縷絕，輒絮語'貞慧何人何狀''必欲殺某，何怨'。語絮且泣，向相軍泣。大鍼身雖在陽羨山中乎，而所以窺伺吾輩者益急。無有間，青溪道上察子往來如織。時予寓宋憲副園中，同人枉顧，鍼多爲相圖也，且悸且恚。鍼歸潛跡南門之牛首，不敢入城。向之裘馬馳突，盧兒崽子，焜耀通衢，至此奄奄氣盡矣。然鍼腐心咋齒，日夜思所以螫吾輩，謀翻局，特未有路耳。居無何，荊溪再召，竊心喜鍼得間矣。幸天子明聖，堅持其局不變，議隨起隨滅。無何甲申宏光事起，鍼曰：'此奇貨可居也。'夤緣官兵部尚書，以迎立首謀福邸舊案，將盡殺天下，酬所不快。周公鑣、雷公縯祚於獄。發其端時，語所親曰：'吾五六年來，三尺童子見阮大鋮名姓，輒嘗而唾者。非若若耶。若知有今日。'以揭中最切齒者十人列之上曰：'此擁戴潞藩，以圖不逞者。'又造爲十八羅漢、七十二金剛之目，曰：'此其羽翼者。'如王紹徽《點將錄》故事，一網殺之。……"

啓超案，吳次尾有《與友人論〈防亂公揭〉書》云："防亂公揭，乃顧子方倡之，質之於弟，謂'可必行無疑者。'遂刻之以傳。"蓋是揭銜者爲顧子方（杲），次尾不自以爲功而歸美於子方。故《樓山堂集》不錄此揭焉。然據定生及同時諸家所記述，則此稿實出次尾手。本書"小弟做了一篇揭帖"云云，蓋實錄也。當時署名者百四十餘人，除子方、次尾、定生外，其姓名可考者有桐城左國棟、國柱、國林、國材、江陰繆虛白、吳縣周茂藻、茂蘭、廷祚、常熟顧麟生、無錫高永清、餘姚黃宗羲、嘉善魏學濂、吳縣楊廷樞、鄞縣萬泰、金沙周鑣、華亭夏允彝、陳子龍、宣城沈壽民、海鹽陳梁、嘉定侯岐曾、桐城方以智、蕪湖沈士柱……等。（錢飲光似亦署名。）

又案，公揭作於崇禎十一年戊寅秋間，十二年己卯正月始刊播。侯朝宗與定生、次尾定交，亦即在是年夏間。（見汪有典《外史》。侯、吳兩年譜皆同。）則此出所錄者實爲己卯年事。原題云"癸未二月"者，挪動年月，使行文局勢緊湊耳。

那班門客，才曉的他是崔魏逆黨，不待曲終，拂衣散盡。這柳麻子也在其內，豈不可敬！

（注十四）柳敬亭曾否入阮家，無可考，當是云亭點綴。

第二出　傳　歌

妾身姓李，表字貞麗

(注一)繆荃孫《秦淮廣記》云：'李貞麗，字淡如，桃葉妓。有俠氣，一夜博輸千金略盡。所交接皆當世豪傑，尤與陽羨陳貞慧善。李香之假母也。王宗評其秦淮社集云：'出風入雅，有何女郎能之？足厭倒江南矣。'"案，繆書本皆注明出處，此條偶闕，不知所據何書。《板橋雜記》亦記貞麗事，視此較略。《明詩綜》錄有貞麗詩一首。

生長舊院之中

(注二)余懷《板橋雜記》云："舊院人稱曲中，前門對武定橋，後門在鈔庫街。妓家鱗次，比屋而居。屋子精潔，花木蕭疎，迥非塵境。到門則銅環半啓，珠箔低垂；升階則猧兒吠客，鸚哥喚茶；登堂則假母肅迎，分賓抗禮；進軒則丫鬟畢妝，捧豔而出；坐久則水陸備至，絲肉競陳；定情則目眺心挑，綢繆婉轉。……"又云："舊院與貢院遙對，僅隔一河。"

迎送長橋之上

(注三)《板橋雜記》云："長板橋在院牆外數十步，曠遠芊綿，水烟凝碧。回光、鷲峰兩寺夾之，中山東花園亘其前，秦淮朱雀桁繞其後。洵可娛目賞心，漱滌塵俗。每當夜涼人定，風清月朗，名士傾城，簪花約鬢，攜手閑行，憑欄徙倚。忽遇彼姝，笑言宴宴。此吹洞簫，彼度妙曲，萬籟皆寂，游魚出聽。洵太平盛事也。"

(末扮楊文驄上)

(注四)楊文驄，字龍友，貴州貴筑人。弘光二年五月，分蘇常鎮爲二巡撫，以文驄巡撫常鎮二府。清師渡江，文驄走蘇州，旋死。

張天如、夏彝仲這班大名公，都有題贈

（注五）張溥，字天如，太倉人；夏允彝，字彝仲，華亭人，皆復社領袖。

（末看壁介）這是藍田叔畫的拳石呀。

（注六）藍田叔小傳見第二十八出。

（末思介）《左傳》云：「蘭有國香，人服媚之」，就叫他香君，何如？

（注七）李香君爲本書主人，所隸事蹟，以侯朝宗所作傳爲基本資料，今全錄如下。其他書有涉及香君事者，則於每出下分注焉。

侯朝宗《壯悔堂集·李姬傳》

李姬者，名香，母曰貞麗。貞麗有俠氣，嘗一夜博，輸千金立盡。所交接皆當世豪傑，尤與陽羨陳貞慧善也。姬爲其養女，亦俠而慧，略知書，能辨別士大夫賢否，張學士溥、夏吏部允彝急稱之。少風調，皎爽不群。十三歲，從吳人周如松受歌玉茗堂四傳奇，皆能盡其音節。尤工琵琶詞，然不輕發也。雪苑侯生，己卯來金陵，與相識。姬嘗邀侯生爲詩，而自歌以償之。初，皖人阮大鋮者，以阿附魏忠賢論城旦，屏居金陵，爲清議所斥。陽羨陳貞慧、貴池吳應箕實首其事，持之力。大鋮不得已，欲侯生爲解之，乃假所善王將軍，日載酒食與侯生游。姬曰：「王將軍貧，非結客者，公子盍叩之？」侯生三問，將軍乃屏人述大鋮意。姬私語侯生曰：「妾少從假母識陽羨君，其人有高義，聞吳君尤錚錚，今皆與公子善，奈何以阮公負至交乎！且以公子之世望，安事阮公！公子讀萬卷書，所見豈後於賤妾耶？」侯生大呼稱善，醉而臥。王將軍者殊怏怏，因辭去，不復通。未幾，侯生下第。姬置酒桃葉渡，歌琵琶詞以送之，曰：「公子才名文藻，雅不減中郎。中郎學不補行，今琵琶所傳詞固妄，然嘗昵董卓，不可掩也。公子豪邁不羈，又失意，此去相見未可期，願終自愛，無忘妾所歌琵琶詞也！妾亦不復歌矣！"侯生去後，而故開府田仰者，以金三百鍰，邀姬一見。姬固却之。開府慚且怒，且有以中傷姬。姬歎曰："田公豈異於阮公乎？吾向之所贊於侯公子者謂何？今乃利其金而赴之，是妾賣公子矣！"卒不往。

啟超案，傳中言"雪苑侯生，己卯來金陵，與相識。""己卯"爲崇禎二十二年，時朝宗二十二歲。朝宗交定生、次尾正以是年，《防亂公揭》之刊播亦以是年。可見自《聽稗》至《却奩》諸出，所隸皆己卯年事。題"癸未二月"者，小説家言耳。

（落款介）"崇禎癸未仲春，偶寫墨蘭於媚香樓，博香君一笑。貴竹楊文驄。"

（注八）《板橋雜記》云："李香，身軀短小，膚理玉色。慧俊宛轉，調笑無雙。人題之爲'香扇墜'。余有詩贈之云：'生小傾城是李香，懷中婀娜袖中藏。何緣十二巫峰女，夢裏偏來見楚王。'武塘魏子一爲書於粉壁，貴竹楊龍友寫崇蘭詭石於左偏。時人稱爲三絶。由是，香之名盛於南曲。四方才士，爭一識面以爲榮。"案，本書言楊龍友畫蘭，即綴點此事。

（小旦）叫就甚麼蘇崑生。

（注九）《李姬傳》中所云周如松者，即蘇崑生也。柳、蘇同爲《桃花扇》中主要脚色，而蘇之事蹟見於清初人筆記文集者，遠不如柳之多。惟吳梅村有《贈蘇崑生》絶句四首，自注云："蘇生，固始人。"又有《楚兩生行》一首，雖合歌柳、蘇，而所重在蘇。其自序如下："蔡州蘇崑生、維揚柳敬亭，其地皆楚分也，而又客於楚。左寧南駐武昌，柳以談、蘇以歌爲幸舍重客。寧南没於九江舟中，百萬衆皆奔潰。柳已先期東下。蘇生痛哭，削髮入九華山，久之出從武林汪然明;然明亡,之吳中。吳中以善歌名海內,然不過嘽緩柔曼爲新聲,蘇生則於陰陽抗墜,分刌比度,如崑刀之切玉,叩之栗然,非時世所爲工也。嘗遇虎丘廣場大集,生睨其旁,笑曰:某郎以某字不合律。有識之者曰:彼儂楚乃竊言是非。思有以挫之,間請一發聲,不覺屈服。顧少年耳剽日久,終不肯輕自貶下,就蘇生問所長。生亦落落難合,到海濱,寓吾里。蕭寺風雪中,以余與柳生有雅故,爲立小傳,援之以請曰:吾浪跡三十年,爲通侯所知,今失路憔悴而來過此,惟願公一言,與柳生並傳足矣。柳生近客於雲間帥,識其必敗,苦無以自脱,浮湛敖弄,在軍政一無所關,其禍也幸以免。蘇生將渡江,余作《楚兩生行》送之,以之寓柳生,俾知余與蘇生游,且爲柳生危之也。”

(小旦)就是“玉茗堂四夢”

(注十)“玉茗堂四夢”,明臨川湯顯祖(若士)所撰曲本,一、《牡丹亭》,二、《邯鄲夢》,三、《南柯記》,四、《紫釵記》。

(淨)又不是了,“絲”字是務頭,要在嗓子內唱。

(注十一)焦里堂(循)《劇説》云:“務頭者,南北同法。苟遇緊要字句,須揭起其音,而宛轉其調,如俗所謂做腔處。”

第三出　鬧　丁

(注一)此出並無本事可考,自當是云亭山人渲染之筆。然當時之清流少年,排斥阮大鍼實極囂張且輕薄。黃梨洲所撰陳定生墓志中有云:“崑山張爾公、歸德侯朝宗、宛上梅朗山、蕪湖沈崑銅、如皋冒辟疆,及余數人無日不連輿接席。酒酣耳熱,多咀嚼大鍼以爲笑樂。”觀此可見當時復社諸子驕憨之狀。“鬧丁”一類事,未始不可有也。

（小生）小生吳應箕，約同楊維斗、劉伯宗、沈崑銅、沈眉生衆社兄，同來與祭。

（注二）楊廷樞，字維斗，吳縣人；劉城，字伯宗，貴池人；沈士柱，字崑銅，蕪湖人；沈壽民，字眉生，宣城人。與吳次尾同稱"復社五秀才"。

【千秋歲】魏家乾，又是客家乾，一處處"兒"字難免。

（注三）天啟朝，宦官魏忠賢、保母客氏，朋比擅權。趨炎者向兩家稱幹兒，阮大鋮即其一。

同氣崔田，同氣崔田

（注四）崔呈秀、田爾耕，皆閹黨之兇悍者。

那知俺阮圓海，原是趙忠毅先生的門人。

（注五）趙南星，字夢白，高邑人。以忤魏閹謫戍代州，卒於戍所。崇禎初，追謚"忠毅"。

初識忠賢，初識忠賢，救周魏，把好身名甘心貶。

（注六）周朝瑞，字思永，臨清人；魏大中，字孔時，嘉善人。皆天啟初諫官，以劾客、魏杖斃。

前輩康對山爲救李崆峒，曾入劉瑾之門。

（注七）李夢陽，字獻吉，又號空同子。以詩名。康海，字德涵，號對山。夢陽嘗以罪下獄，片紙招海曰："對山救我。"時劉瑾欲納交於海，不可得。至是，海謁瑾爲請，夢陽得釋。踰年，瑾敗，海坐瑾黨落職禁錮，夢陽不救。時人爲作《中山狼》一劇譏之。（廷燦謹案：《中山狼》，馬中錫撰。）

《春燈謎》誰不見，《十錯認》無人辯，個個將咱譴。

（注八）《春燈謎》爲阮大鋮"石巢傳奇四種"之一。末出有一段平話，名曰"十錯認"。或謂此爲阮鬍子失意時悔過之作。

第四出 偵 戲

下官阮大鋮，別號圓海。

（注一）阮大鋮，字圓海，又自號百子山樵（廷燦謹案：阮大鋮字集之），安徽懷寧人。初依附東林名士同邑左光斗得官，既而投魏忠賢。魏敗，廢斥。南都建，與馬士英擁立福王。福王逃，投方國安軍。國安敗，偕謝三賓等降清軍，從攻仙霞嶺，觸石死。事蹟具《明史·奸臣傳》。

（驚介）阿呀！這是宜興陳定生，聲名赫赫，是個了不得的公子。

（注二）陳貞慧《防亂公揭本末》敘公揭刊播後情狀云：“大鋮竄跡荊溪相君幕中，酒闌歌遏，襟解纓絕，輒絮語：‘貞慧何人何狀。’‘必欲殺某，何怨。’語絮且淒……潛跡南門之牛首，不敢入城。向之裘馬馳突，盧兒崽子，焜燿通衢。至此奄奄氣盡矣。”

（丑）來人說，還有兩位公子，叫什麼方密之、冒辟疆。

（注三）方密之，名以智，桐城人；冒辟疆，名襄，如皋人。與朝宗、定生齊名，號“四公子”。明亡後，密之嘗從永曆帝於雲南，後削髮爲僧，號藥地。辟疆亦棄諸生不仕。

都在雞鳴埭上吃酒

（注四）雞鳴埭即今之雞鳴寺，六朝以來游讌勝地。

要看老爺新編的《燕子箋》，特來相借。

（注五）《燕子箋》爲“石巢傳奇”之一，阮鬍子劇本中最美者。據董刻本，有崇禎壬午陽月韋佩居士序，知此劇實壬午年所成。《偵戲》一出，擊（按當作“繫”）諸癸未三月，時候恰相當。（廷燦案：王士正《帶經堂集·秦淮雜詩》云：“新歌細字寫冰紈，小部君王帶笑看。千載秦淮嗚咽水，不應仍恨孔都官。”自注：弘光時，阮司馬以吳綾作朱絲闌,書《燕子箋》諸劇進宮中。)

（進介）這是石巢園。

（注六）石巢園,大鋮所居,即以名其傳奇四種。

你看山石花木,位置不俗,一定是華亭張南垣的手筆了。

（注七）張南垣,名漣。善造庭園,工壘石。吳偉業爲之傳,見《梅村家藏稿》。

（仰看,讀介）"詠懷堂,

（注八）詠懷堂,大鋮所居,即以名其詩集。

孟津王鐸書"

（注九）王鐸,字覺斯。弘光時大學士,清師渡江,迎降。以工書名明清間。

（呼介）圓兄,略歇一歇,性命要緊呀!

（注十）王士禎《池北偶談》云:"丁繼之嘗與余游祖堂寺,憩呈劍堂,指示余曰:'此阮懷寧度曲處也。阮避人於此,每夕與狎客飲,以三鼓爲節。客倦罷去,阮挑燈作傳奇,達旦不寐以爲常。'……"案:祖堂寺在牛首山。

（副淨）只因傳奇四種,目下發刻,恐有錯字,在此對閱。

（注十一）"石巢傳奇四種",一、春燈謎,二、燕子箋,三、雙金榜,四、獅子賺也。惟韋佩居士《燕子箋》序有"此石巢先生第六種傳奇"語,然則不止四種矣。據董文友所撰《陳定生墓表》,知尚有《牟尼珠》一種。餘一種待考。(廷燦謹案:《傳奇匯考》有《忠孝環》一種,亦石巢撰。《曲海目》同。)

（副淨）連小弟也不解。前日好好拜廟,受了五個秀才一頓狠打;今日好好借戲,又受這三個公子一頓狠罵。此後若不設個法子,如何出門?（愁介）

（注十二）董文友《陳定生墓表》云："諸名士畢集秦淮公讌，呼大鍼所教歌兒奏《燕子箋》。先生因與侯方域戟手罵大鍼不止，已復掀髯大笑，笑大鍼何癡；又謂大鍼非癡者，極贊其傳奇纖麗，爲之擊節；已而又大罵。歌兒歸訴諸大鍼，遂決意殺先生。"

（想介）這侯朝宗，原是敝年姪，應該料理的。

（注十三）《壯悔堂集·癸未去金陵與阮光禄書》云："執事，僕之父行也……理當謁。然而不敢者，執事當自追憶其故，不必僕言之也。"

第五出　訪　翠　癸未三月

爭奈蕭索奚囊，難成好事。

（注一）朝宗初識香君係己卯年，其時朝宗極豪恣。汪有典《吳副榜傳》云："己卯夏，雪苑侯朝宗來南雍。朝宗年甫二十，雄才灝氣，挾萬金結客。"據此則朝宗梳櫳香君，無待他人助奩可知。此出云云，借《李姬傳》中王將軍事作穿插耳。詳第七出注一。

（生）是了，今日清明佳節，故此皆去赴會。但不知怎麼叫做"盒子會"？

（注二）沈石田（周）有《盒子會歌並序》，見《板橋雜記》。錄其序如下："南京舊院有色藝俱優者，或二十三十姓，結爲手帕姊妹。每上元節以春檠巧具殽核相賽，名盒子會。凡得奇品爲勝，輸者具酒酬勝者。中有所私，亦來挾金助會。厭厭夜飲，彌月而止。席間設燈張樂，各出其技能。賦此以識京城樂事也。"

（生）只不知卞家住在那廂

（注三）《板橋雜記》云："卞賽，一曰賽賽，後爲女道士，自稱玉京道人。知書，工小楷，善畫蘭、鼓琴。喜作風枝嫋娜，一落筆，畫

十餘紙。年十八，游吳門，居虎丘。湘簾棐几，地無纖塵。見客，初
不甚酬對；若遇佳賓，則諧謔間作，談詞如雲，一座傾倒。尋歸秦
淮。遇亂復游吳。梅村學士作《聽女道士卞玉京彈琴歌》贈之。"
案，玉京與梅村雅有情愫，讀梅村詩及序可見。梅村集中《琴河感
舊》四首亦爲玉京而作。

（吟介）南國佳人佩，休教袖裏藏。隨郎團扇影，搖動一身香。

（注四）香扇墜爲李香君諢名。見第二出注八。

（丑）我老漢姓柳，飄零半世，最怕的是"柳"字。今日清明佳
節，偏把個柳圈兒套住我老狗頭。

（注五）吳梅村《柳敬亭傳》云："……過江，休大柳下。生攀條
泫然曰：'吾今氏柳矣。'……此文蓋用其意。"

第六出　眠　香

（副淨、外、淨扮三清客上）一生花月張三影，五字宮商李二紅。

（注一）錢牧齋《贈張燕筑》詩云："一生花月張三影，兩鬢滄桑
郭四朝。"此用其一句。

（副淨）在下丁繼之。

（外）在下沈公憲。

（淨）在下張燕筑。

（注二）《板橋雜記》云："丁繼之扮張驢兒娘，張燕筑扮竇頭盧，
朱維章扮武大郎，皆妙絕一世。丁、張二老並壽九十餘。錢虞山
《題三老圖》詩末句云：'秦淮烟月經游處，華表歸來白鶴知。'不勝
黃公酒壚之歎。"又云："曲中狎客，則有張卯官笛，張魁官簫，管五
官管子，吳章甫弦索，錢仲文打十番鼓，丁繼之、張燕筑、沈元甫、王
公遠、朱維章串戲，柳敬亭說書。"又云："沈公憲以串戲擅長，當時

推爲第一。”公憲、元甫，是一是二，待考。丁、沈、張三人中，丁名最烜赫。錢牧齋集中題贈之詩，前後十餘首。其《題丁老畫像絕句》云：“依杖鍾山看落暉，人民城郭總依稀。閑揩老眼臨青鏡，可是重來丁令威。”尚有《壽丁繼之七十》、《丁老行》、《題丁家河房亭子》、《留題丁家水閣絕句》等篇。龔芝麓《定山堂集》有《題丁繼之秦淮水閣》、《清河道上丁繼之送別》、《九日邀請諸君聽張燕筑、丁繼之度曲》等篇。王漁洋曾偕繼之游山，見《池北偶談》，且記其名爲“丁胤”。云亭譜《桃花扇》，請丁繼之之友爲度曲，著之《本末》“漫述”中，可見其聲名傾動一時矣。錢、龔集中亦有贈張燕筑詩。惟沈公憲除《板橋雜記》外，他書罕見其名。

（老旦）賤妾卞玉京。

（注三）卞玉京事見第五出注三。

（小旦）賤妾寇白門。

（注四）《板橋雜記》云：“寇湄，字白門。錢虞山詩云：‘寇家姊妹總芳菲，十八年來花信違。今日秦淮恐相值，防他紅淚一沾衣。’則寇家多佳麗，白門其一也。白門娟娟靜美，跌蕩風流。能度曲，善畫蘭，粗知拈韻吟詩，然滑易不能竟學。十八、九時，爲保國公購之，貯以金屋，如李掌武之謝秋娘也。甲申三月，京師陷。保國生降，家口沒入官。白門以千金予保國贖身，跳匹馬，短衣，從一婢南歸。歸爲女俠，築園亭，結賓客，日與文人騷客相往還。酒酣以往，或歌或哭。亦自歎美人之遲暮，嗟紅豆之飄零也。既從揚州某孝廉，不得志，復還金陵。老矣，猶日與諸少年伍。臥病時，召所歡韓生來，綢繆悲泣，欲留之偶寢。韓生以他故辭，猶執手不忍別。至夜，聞韓生在婢房笑語，奮身起喚婢，自箠數十，咄咄罵韓生負心禽獸行，欲齧其肉。病逾劇，醫藥罔效，遂以死。虞山《金陵雜題》有云：‘叢殘紅粉念君恩，女俠誰知寇白門？黃土蓋棺心未死，香丸一縷是芳魂。’”《婦人集》云：“寇白門，南院教坊中女也。朱保國公娶姬時，令甲士五十俱執絳紗燈，照耀如同白晝。國初籍没諸勛衛，朱盡室入燕都，次第賣歌，姬自給。姬度亦在所遣中，一日謂朱曰：‘公若賣妾，計所得不過數百金，徒令妾落沙吒利之手；且妾固未暇即死，尚能持我公陰事。不若使妾南歸，一月之間，當得萬金以報。’公度無可奈何，縱之歸越，一月果得萬金。”吴梅村有《贈寇白門》絶句四首，其一云：“南内無人吹洞簫，莫愁湖畔馬蹄驕。殿前伐盡靈和柳，誰與蕭娘鬥舞腰。”

（丑）奴家鄭妥娘。

（注五）況夔笙（周儀）《香東漫筆》云：“鄭如英，字無美，小字妥娘。工詩詞，與卞賽、寇媚相頡頏也。《桃花扇》傳奇《眠香》、《選優》等出，以阿丑之詼諧，作無鹽之刻畫，肆筆打諢，若瓦巷衖姝，一丁不識者，然殆未深考。虞山（錢牧齋）《金陵雜題》：‘舊曲新詩壓教坊，縷衣垂白感湖湘。閑開閨集教孫女，身是前朝鄭妥娘。’《板橋雜記》謂：‘頓老琵琶，妥娘詞曲，只應天上，難得人間。’漁洋《秋柳》詩，唐葆年云爲安娘作，風調可想。妥娘詩載《列朝詩選》閨集。《雨中送期蓮生》云：‘執手難分處，前車問板橋。愁從風裏長，魂向别時銷。客路雲兼樹，妝樓暮與朝。心旌誰復定，幽夢任揺揺。’《春日寄懷》云：‘月落西軒夜色闌，孤衾不耐五更寒。君情莫作花梢露，才對朝曦濕便幹。’‘沈沈無語意如癡，春到窗前竟不知。忽見寒梅香欲褪，一枝猶憶寄相思。’又徐興公《筆精》云：‘冒伯麟選秦淮四美詩，曰：馬湘蘭、趙今燕、朱泰玉、鄭無美。各以風情韻態，價重一時。’鄭詩《留秋》云：‘我欲留秋住，寒衣不忍裁。歸期何用速，尚有海棠開。’《答潘景升寄懷》云：‘投我以明鏡，照妾如蓬首。

報以凝桂脂,餘膏染君手。遺我屑金墨,報君芙蓉紙。含豪若有懷,應念人千里。'《閨懷》云:'曲曲迴廊十二闌,風飄羅袂怯春寒。桃花帶雨如含淚,只恐多情不忍看。''欲拊朱弦韻未調,琴心不奈可憐宵。移來月色簾生白,遮莫鄰鐘破寂寥。'《春日寄懷》云:'春深鎮日雨瀟瀟,任是無懷也寂寥。最苦與君初別後,孤幃無寐坐通宵。''春到深閨徑草迷,柳搖新綠拂牆低。天涯人去歸期杳,空立樓頭聽馬嘶。'《酒次述懷》云:'浪說掌書仙,塵心謫九天。喧卑良以厭,征逐苦相率。綠綺音誰賞,紅樓月任圓。羞題班女扇,懶擘薛濤箋。度曲翻成偈,鍾情豈是禪。皈依元素志,墮落亦前緣。以我方求渡,逢君轉自憐。眼中知己在,説己竟徒妍。'又《明詞綜》鄭妥娘《浪淘沙》云:'日午倦梳頭,風靜簾鉤。一窗花影擁香篝。試問別來多少恨,江水悠悠,新燕語春秋。淚濕羅綢裯,何時重話水邊樓。夢到天涯芳草暮,不見歸舟。'著有《紅豆詞》,採入《衆香集》。茲並録之,俾讀曲者資考證焉。"

(衆念介)"夾道朱樓一徑斜,王孫初御富平車。青溪盡是辛夷樹,不及東風桃李花。"

(注六)此詩見《四憶堂詩集》卷二,題曰"贈人"。

(生接讀介)"生小傾城是李香,懷中婀娜袖中藏。緣何十二巫峰女,夢裏偏來見楚王。"

(注七)此詩乃余澹心贈香君之作,魏子一(學濂)爲題壁者。見《板橋雜記》。

(淨)"懷中婀娜袖中藏",説的香君一搦身材,竟是個香扇墜兒。

(注八)原批云:"香君身材嬌小,諢號'香扇墜',舊院人多呼之。"

第七出　却　奩

（注一）阮大鋮自《防亂公揭》刊播後，欲納交於侯朝宗，此事實也；朝宗之不爲大鋮所賣，頗得李香君提醒之力，此亦事實也；大鋮因此大恨朝宗以及香君，此亦事實也。但大鋮所夤緣以納交者並非楊龍友，其納交手段亦非贈香君妝奩。其事又在崇禎十二年，而非在十六年。讀朝宗所作《李姬傳》自悉。傳云："（大鋮）屏居金陵，爲清議所斥。陽羨陳貞慧、貴池吳應箕實首其事，持之力。大鋮不得已，欲侯生爲解之，乃假所善王將軍，日載酒食與侯生游。姬曰：'王將軍貧，非結客者。公子盍叩之？'侯生三問，將軍乃屏人述大鋮意。姬私語侯生曰：'妾少從假母識陽羨君，其人有高義。聞吳君尤錚錚，今皆與公子善，奈何以阮公負至交乎！'（侯）生大呼稱善，醉而臥。王將軍者殊怏怏，因辭去。"

又朝宗《癸未去金陵日與阮光禄書》亦云："忽一日，有王將軍過僕甚恭。每一至，必邀僕爲詩歌。既得之，必喜而爲僕貰酒、奏伎，招游舫，攜山屐，殷殷積旬不倦。僕初不解，既而疑以問將軍。將軍乃屏人以告僕曰：'是皆阮光禄所願納交於君者也，光禄方爲諸君所詬，願更以道之君之友陳君定生、吳君次尾，庶稍湔乎。'僕容謝之曰：'光禄身爲貴卿，又不少佳賓客，足自娛，安用此二三書生爲哉。僕道之兩君，必重爲兩君所絕。若僕獨私從光禄游，又竊恐無益光禄。辱相款八日，意良厚，然不得不絕矣。'"

右兩段敘述此事始末甚明，然則爲阮奔走者實一不知名之王將軍，而於龍友無與。其所藉以納交者，亦不過貰酒、招舫等事，與香君妝奩無與。香君亦不過勸朝宗擇交，無所謂却奩之事也。事又當在己卯，而非在癸未。何以知之？朝宗之識香君在己卯，明見《李姬傳》。朝宗又有《答田中丞書》，言："未幾下第去，不復更與李相見。"據年譜，朝宗己卯下第後，庚辰返商邱，主雪苑社；辛巳，曾一游建德；壬午，則隨其父在軍中，旋爲叛將劉超所劫。其間皆無從與香君見面也。揣度當時情形，蓋己卯春間。公揭刊播，大鋮窘甚，正無所爲計，適值朝宗南游，聲華藉甚，陳、吳新與交契。大鋮見朝宗齒稚，謂可愚弄，又恃與其家有年誼，故欲利用之。朝宗未始不爲所動，而香君俠且慧，能匡朝宗勿使陷非義。此其事固有可傳者。云亭度曲，惟取其意，而稍易其人其事及其時。既非作史，原不必刻舟求劍也。

（末）阿呀！香君氣性，忒也剛烈。

（注二）香君氣性剛烈，當是實情。《婦人集》冒褒注於"李香"條下引有朝宗與陳處士（當即定生）一小札云："昨域歸來，有人倚闌小語，謂足下與域至契，既知此舉必在河亭，凝望冀月落星隱，少申夙諾，不意足下誘李君虞作薄倖十郎也。然則一夜彷徨，失却十年相知。羅袖拂衣，又誰信此盛遇乎？域即冒受法太過之嫌，然有意外之逢，此即志誠之報也。足下表章，自是不藏善之美。其實天王明聖不介而孚，遭際如此，臣願畢矣。今日雅集，亟欲過談，而香姬盛怒。足下謂昨日乘其作主，而私譖十郎，堅不可解，則域雖欲過從，恐與人臣無私交之義，未有當也。"此雖僅寫香君憨妒之態，然其風調略可見。

（向末介）老兄休怪，弟非不領教，但恐爲女子所笑耳。

（注三）朝宗《答田中丞書》云："僕雖書生，常恐一有蹉跌，將爲此妓所笑。"

第八出　鬧　榭　癸未五月

(指介)這是丁繼之水榭，正好登眺。

(注一)錢牧齋有《題丁家河房亭子》詩，自注云："在青溪、笛步之間。"詩云："花邊柳外市朝新，夢裏華胥自好春。夾岸曲塵三月柳，疏窗金粉六朝人。小姑溪水爲鄰並，邀笛風流是後身。白首吳鉤仍惜客，看囊一笑是長貧。"牧齋、芝麓皆常假寓丁家水榭，題詠甚多。

(末怒介)好大膽老奴才，這貢院之前，也許他來游耍麼！

(注二)"鬧榭"未必實有其事，不過藉以寫復社少年驕氣。

第九出　撫　兵　癸未七月

咱家左良玉，表字崑山，家住遼陽，世爲都司。

(注一)《桃花扇》於左良玉袒護過甚。今據《明史》本傳分年記其重要事蹟，以資參考：

崇禎五年，良玉始以副將將昌平兵剿河南賊。

六年，春夏間，良玉敗賊於涉縣、於沁河、於官村、於清化、於萬善。冬間，賊乃竄盧氏山中，由此自鄖襄入川。賊既渡河去，良玉與諸將分地守。

七年，春夏間，中州無事。六月，李自成自車箱脫出，分三軍寇擾，一向重慶，一趨鄖陽，一出關趨河南。良玉當其趨河南者，扼新安、澠池，緩追養寇，多收降者以自重。督撫檄調，不時應命。

八年，與賊相持於河南，前後十餘戰，互有勝負，而賊益張。

九年二月，賊收於登封。總兵九州由嵩縣深入，約與良玉夾剿。良玉中道遁歸，九州以無援敗沒，良玉反以捷聞。七月，良玉由開封渡河擊賊,斬獲頗衆。巡撫楊繩武劾其避賊,令戴罪自贖。

十年,安慶告警,詔良玉救之,連戰,大破賊。巡撫張國維三檄良玉入山搜剿,不應,放兵掠婦女。已而,浙川、六合、天長、盱眙陷,良玉擁兵不救。十月,以熊文燦督師,良玉輕文燦,不爲用。

十一年正月,良玉大破賊於郾西,張獻忠僞降。良玉請擊之,文燦不許。十二月,許州兵變,良玉家在許,殲焉。

十二年七月,獻忠叛去,良玉追之,大敗。棄軍資千萬餘,士卒死者萬人。

十三年,春,拜良玉平賊將軍,受督師楊嗣昌節制。嗣昌令良玉守興平,良玉自率師入蜀擊張獻忠。二月,大敗之於瑪瑙山,以功加太子少保。獻忠遣人操重寶唉良玉曰:“獻忠在,故公見重。公所部多殺掠,而閣部猜且專。無獻忠,即公滅不久矣。”良玉心動,縱之去。嗣昌召良玉合擊,九檄皆不至。

十四年正月,諸軍追賊於開縣,良玉兵先潰。獻忠遂席捲出川西,以計紿入襄陽城,嗣昌不食卒。五月,獻忠陷南陽,良玉追躡至,賊遁去。既而獻忠陷郾西,掠地至信陽,屢勝而驕。良玉從南陽進兵,大破之,降其衆數萬。

十五年三月,李自成圍開封。乃釋侯恂於獄,起爲督師。良玉會師於朱仙鎮,見賊勢盛,一夕拔營遁,衆軍望見皆潰。自成躡其後猛擊之,良玉大敗走襄陽。詔恂距河圖賊,而令良玉以兵來會。良玉畏自成,遷延不至。九月,自成決河灌開封,恂罷職。時良玉壁樊城,自成乘勝攻之。良玉宵遁,引舟師下至武昌,縱兵大掠。

十六年正月,良玉兵東下,駐安慶。部將王允成倡寄帑幣之議,譟而東,南京諸文武官陳師江上爲守禦。都御史李邦華檄良玉,以危師動之,乃止。久之,徐溯九江上。聞獻忠破湖慶,沈楚王於江,坐視不救。八月,乃入武昌立軍府。時朝命呂大器代侯恂督師,且逮恂下獄。良玉知爲己故,益怏怏,令獻忠從荆河入蜀。荆襄諸賊因自成入關盡懈,良玉乃犄賊後,收其空虛地以自爲功。

十七年正月,詔封良玉爲寧南伯,畀其子夢庚平賊將軍印。三月,聞京師陷,諸將洶洶以江南自立君,請引兵東下。良玉慟哭,不許。福王晉良玉爲侯,時良玉有兵八十萬,號百萬。弘光元年(即順治二年)四月,良玉傳檄討馬士英、阮大鋮,率師東下,至九江病卒。

只因得罪罷職,補糧昌平。幸遇軍門侯恂,拔於走卒,命爲戰將。

(注二)《壯悔堂集・寧南侯傳》云:良玉少起軍校,官遼東都司。坐法當斬,同犯者願獨任之,良玉得免死。乃走昌平軍門求事司徒公(案,侯恂也。)。司徒公嘗役使之,命以行酒。……會大淩河圍急,詔下昌平軍赴救榆林。公且遣將,總兵尤世威薦良玉。……良玉方爲走卒……即夜遣世威前諭意。漏下四鼓,司徒公竟自詣良玉邸舍請焉。詰旦會轅門,大集諸將,送良玉行,賜之卮酒三,令箭一,曰:"三卮酒者,以三軍屬將軍也;令箭如吾自行。"良玉既出,以首叩轅門墀下曰:"此行倘不建功,當自刎其頭。"已而果連戰松山、杏山下,録捷功第一,遂爲總兵官。……良玉三過商邱,必令其下曰:"吾恩府家在此,敢有擾及草木者,斬。"入城謁太常公(案,方域祖父,名執蒲),拜伏如家人,不敢居於客將。……①

熊文燦、楊嗣昌既以偏私而敗績,丁啟睿、呂大器又因怠玩而無功。

---

① 按,此條注文引侯方域《寧南侯傳》,對原文改動較大,不可爲據。

（注三）《寧南侯傳》云："熊文燦者,繼爲督府,常受賊金而脫其
圍,良玉尤輕之。以至楊嗣昌以閣部出視師,倚良玉不啻左右手,
九調而九不至,嗣昌快快死。丁啟睿代督師,則往來依違於其間,
爲良玉調遣文書,未始自出一令。世人謂之'左府幕賓'……"

只有俺恩帥侯公,智勇兼全,儘能經理中原;不意奸人忌功,才
用即休。

（注四）《寧南侯傳》云："朝廷以司徒公代丁啟睿督師,良玉大
喜踴躍,遣其將金聲桓率兵五千迎司徒公。司徒公既受命,而朝
廷中變,乃命距河援汴,無赴良玉軍。……未幾有媒孽之者,司
徒公遂得罪,以呂大器代。良玉慍曰:'朝廷若早用司徒公,良玉
敢不盡死。今又罪司徒而以呂公代,是疑我而欲圖之也。'自此
意益離。……"

（副淨、末持令箭,向內吩咐介）元帥有令,三軍聽者:糧船一
到,即便支發。仍恐轉運維艱,枵腹難待,不日撤兵漢口,就食南
京,永無缺乏之虞,同享飽騰之樂。

（注五）詳第十出注一。

第十出　修　札　癸未八月

（末）兄還不知麼? 左良玉領兵東下,要搶南京,且有窺伺北京
之意。

（注一）侯朝宗《寧南侯傳》云："……遂往來江、楚,爲自竪計,
盡取諸鹽船之在江者,而掠其財,賊帥惠登相等皆附之,軍益強。
又嘗稱軍饑,道南京就食,移兵九江（參看第九出注一'崇禎十六
年'條下）。兵部尚書熊明遇大恐,請於司徒公,以書諭之乃止。"

（生）既是如此,就此修書便了。

(注二)阻止左軍東下事,《明史》左良玉傳謂出李邦華,《南疆繹史》袁繼咸傳謂出繼咸,而朝宗《寧南侯傳》則謂出其父侯恂一書,大抵三者皆是。但事却與楊文驄無涉,《桃花扇》牽入文驄,渲染之筆耳。

【一封書】老夫愚不揣,勸將軍自忖裁;旌旗且漫來,兵出無名道路猜。高帝留都陵樹在,誰敢輕將馬足躧。乏糧柴,善安排,一片忠心窮莫改。

(注三)朝宗《爲司徒公與寧南侯書》,見《壯悔堂集》卷三,略云:

……鄉土喪亂,已無寧宇,闔門百口,將寄白下。喘息未蘇,風鶴頻警,相傳謂將本駐節江州,且揚帆而前。老夫以爲必不然,即陪京卿大夫亦共信之。而無如市井倉皇,訛以滋訛,幾於三人成虎。　夫江州,三楚要害、麾下汛防之沖也。郧、襄不戒,賊勢鴟張,時有未利。或需左次以驕之,儲威凤飽,殫圖收夏,在將軍必有確畫。過此一步,便非分壤,冒嫌涉疑,義何居焉。若云部曲就糧,非出本願,則尤不可。朝廷所以重將軍者,以能節制經緯,危不異於安也;荆土千里,自可具食,豈謂小饑動至同諸軍士倉皇耶?甚則無識之人,料麾下自率前驅,伴送室帑。"匈奴未來,何以家爲!"生平審處,豈後嫖姚!或者以垂白在堂,此自綱紀奉移内郡,何必又旌聿來相宅。況陪京高皇帝弓劍所藏,禁地肅清,將軍疆場師武,未取進止,詎宜展覲?……功名愈盛,責備愈深。善處形跡,昭白宜早。惟三思留意焉。

(丑)不瞞老爺說,我柳麻子本姓曹,雖則身長九尺,却不肯食粟而已。

(注四)看第一出注十《板橋雜記》條。

第十一出　投　轅

（注一）吳梅村《柳敬亭傳》云："……寧南伯左良玉軍潰而南，尋奉詔守楚，駐皖城待發。守皖者杜將軍弘域，於生（敬亭）爲故人。寧南嘗奏酒，思得一異客，杜既已泄之矣。會兩人用軍事不相中，念非生莫可解者，乃檄生至進之。左以爲此天下辯士，欲以觀其能，帳下用長刀遮客，引就席，坐客咸振慴失次。生拜訖，索酒，談啁諧笑，旁若無人者。左大驚，自以爲得生晚也。……"案，據此，則敬亭之入良玉幕，乃由杜弘域，並無爲朝宗傳書事。但時日恰相值，故云亭借用之；且即以"長刀遮客"一段故事作點綴，亦妙筆矣。

俺柳敬亭，衝風冒雨，沿江行來，並不見亂兵搶糧，想是訛傳了。且喜已到武昌城外，不免在這草地下，打開包裹，換了靴帽，好去投書。

（注二）據《南疆繹史》袁繼咸傳，左軍索餉東下時，良玉在燕湖。據梅村《柳敬亭傳》，柳初見左在皖城。此文"武昌城外"云云，誤也，良玉克復武昌，在中止東下之後。侯恂致書時，武昌仍爲張獻忠所踞。

第十二出　辭　院

（副淨）就是敝同年侯恂之子侯方域。

（注一）侯朝宗有《癸未去金陵日與阮光祿書》，即爲此事。文曰："……昨夜方寢，而楊令君文驄叩門過僕曰：'左將軍兵且來，都人洶洶。阮光祿揚言於清議堂，云子與有舊，且應之於內，子盍行乎？'僕乃知執事不獨見怒，而且恨之，欲置之族滅而後快也。僕與左誠有舊，亦已奉熊尚書之教，馳書止之，其心事尚不可知。若其犯順，則賊也；僕誠應之於內，亦賊也。士君子稍知禮義，何至甘心作賊！萬一有焉，此必日暮途窮，倒行而逆施，若昔日乾兒義孫之徒，計無復之，容出於此。而僕豈其人耶……"本出隸事全本此。

（末）想因却奩一事太激烈了，故此老羞變怒耳。

（注二）阮之恨侯，正因納交被拒。《與阮光祿書》詳述其事，見第七出注一。

（愁介）只是燕爾新婚，如何捨得？

（注三）據朝宗《與田中丞書》言："下第歸後，便不復與香君相見。"彼書不知作於何年。癸未年，朝宗即在金陵，則重尋舊好，亦意中事，但非"燕爾新婚"耳。

（末）這等，何不隨他到淮，再候家信。

（注四）據年譜，朝宗當時避地宜興。其依史公，則明年事也。

第十三出　哭　主　甲申三月

俺元帥收復武昌，功封侯爵。

（注一）甲申正月，良玉始封伯爵；弘光敘擁立功，乃進封侯。此文微誤。

特差巡按御史黃澍老爺到府宣旨。

（注二）黃澍，字仲霖，徽州人。以御史巡按湖廣監左良玉軍。後此良玉興晉陽之甲，半由澍慫恿而成。清兵渡江，澍與左夢庚迎降。其人非端士，不應與袁臨侯並論。"黃澍，徽州人。丁丑進士，授河南開封推官。以固守功擢御史，巡撫湖廣監左良玉軍。（見《明季南略》四）"

今日九江督撫袁繼咸老爺，又解糧三十船，親來給發。

（注三）袁繼咸,字臨侯,宜春人。崇禎十六年,以兵部侍郎總督江、楚、贛、皖。至燕湖,遇左良玉索餉東下,繼咸激以忠義,挽良玉西行。時張獻忠方蹂躪楚地。至安慶,指江中浮尸示良玉曰:"大將軍忍見此乎?"左變色。因責之曰:"君侯功雖多,過亦不少。朝廷不遣責,歲遣中使宣諭,奈何不圖報稱?"良玉大感動,遂旋師復武昌。繼咸旋代呂大器督師,與良玉極相得。後良玉興晉陽甲,繼咸阻之不及。（詳見第三十四出注一）左夢庚劫以降,不屈死。

（丑）若不嫌聒噪呵,把昨晚說的"秦叔寶見姑娘",再接上一回罷。

（注四）柳敬亭說"秦叔寶見姑娘",乃生平最得意之技。見《板橋雜記》。

（小生）我等拜盟之後,義同兄弟。臨侯督師,仲霖監軍。

（注五）袁任督師,黃監左軍,皆甲申三月十九日前奉朝命,非私相署。

第十四出　阻　奸　甲申四月

小生侯方域,自去冬倉皇避禍,夜投史公,隨到淮安漕署,不覺半載。

（注一）朝宗是時是否在史公幕,無可考。以"阻奸"事歸朝宗,云亭點染耳。

下官史可法,表字道鄰,本貫河南,寄籍燕京。

（注二）史可法,字憲之,號道鄰,大興籍,祥符人。崇禎元年進士,授西安府推官,稍遷戶部主事,歷員外郎、郎中。八年,遷太參議,分守池州太平。旋監江北諸軍數年,與賊角。十二年,丁憂去。服闋,起兵部右侍郎,總督漕運。十六年,拜南京兵部尚書,參贊機

務。（後事在每出下分注）

（生）老先生所言差矣。福王分藩敝鄉，晚生知之最詳，斷斷立不得。

（注三）《南疆繹史》史可法傳云："十七年四月朔，知賊犯宮闕，可法大會羣僚，誓師勤王。勒諸鎮兵並進，身即渡江，抵浦口。及聞莊烈帝崩，可法北向慟哭，以首觸柱，血流至踵，遂發喪提兵，欲長驅決戰。羣僚諸將皆曰：'社稷無主，盍先擇君以定南都？'是時潞王已過江，泊舟無錫。初議所立，謂以親則桂而遠，以賢則潞而近，而不知福王已在淮上也。諸大臣之在南京者，都御史張慎言、侍郎呂大器、詹事姜曰廣等，言福王有七不可立，惟潞王賢明可定大計，移牒可法。鳳陽總督馬士英先迎款於福王，欲挾之以居擁戴功，亦書咨可法，言以倫以序，無如福王。可法即答以'七不可'之說。而身還南京，諸大臣議未定，士英已擁福王至儀徵。可法不得已，乃與諸大臣具啓往迎。"又呂大器傳云："……時潞王常淓已渡江，在吳中。前侍郎錢謙益與雷縯祚等議立之，乃入說大器曰：'潞王穆宗之孫，神宗猶子，昭穆不遠，賢明可立。福恭王昔者覬覦天位，幾釀大禍。若立其子，勢必翻三案以報私仇，視吾輩俎上肉矣。公今掌禮、兵二部事，公若倡言，誰敢異議。'大器然之，慎言、曰廣等亦附焉。貽書可法，言福王有七不可立。……"案，據此，則七不可立之說，主之者呂大器等，史可法不過附和，並非首倡。其暗中主持者，則錢謙益、雷縯祚，而侯方域則未聞。《桃花扇》以歸諸史、侯，取劇場排演方便耳。

【前腔】福邸藩王，神宗驕子，母妃鄭氏淫邪。當日謀害太子，欲行自立。若無調護良臣，幾將神器奪竊。

（注四）福王名由崧，福恭王常洵子也。常洵爲神宗（萬曆）

子,母曰鄭貴妃,恃寵謀奪嫡。萬曆末及天啟初"梃擊""紅丸"
"移宮"三大案,皆因此而起。東林楊、左諸人攻之,閹徒崔、魏輩
黨之,傾軋報復,至明亡而後已。南渡之初,東林派不欲立福王,
實恐其翻三案以報私仇也。後此福王昏淫顛覆,誠足令東林振
振有詞。但以當時情勢論,倫序之正,實無出福王右。而東林所
欲立之潞王,清師入浙時迎降恐後;即立之,亦未必有以愈於福
王也。

(生)驕奢,盈裝滿載分封去,把內府金錢偷竭。

(注五)《明史》福王傳云:"(萬曆)二十九年,封常洵爲福王,婚
費至三十萬,營洛陽邸第至二十八萬,十倍常制。廷臣請王之藩者
數十百奏。不報。至四十二年,始令就藩。先是,海內全盛,帝所
遣稅使、礦使遍天下,月有進奉,明珠異寶文毳錦綺山積,他搜括贏
羨億萬計。至是多以資常洵。臨行出宮門,召還數四,期以三歲一
入朝。下詔賜莊田四萬頃。所司力爭,常洵亦奏辭,得減半。中州
腴土不足,取山東、湖廣田益之。又奏乞故大學士張居正所沒產,
及江都至太平沿江荻洲雜稅,並四川鹽井榷茶銀以自益。伴讀、承
奉諸官,假履畝爲名,乘傳出入河南北、齊、楚間,所至騷動。又請
淮鹽千三百引,設店洛陽與民市。中使至淮、揚支鹽,乾沒要求輒
數倍。而中州舊食河東鹽,以改食淮鹽故,禁非王肆所出不得鬻,
河東引遏不行,邊餉由此絀。廷臣請改給王鹽於河東,且無與民
市。弗聽。帝深居久,群臣章奏率不省。獨福藩使通籍中左門,一
日數請,朝上夕報可。四方奸人亡命,探風旨,走利如鶩。如是者
終萬曆之世。及崇禎時,常洵地近屬尊,朝廷尊禮之。常洵日閉閤
飲醇酒,所好惟婦女倡樂。秦中流賊起,河南大旱蝗,人相食,民間
藉藉,謂先帝耗天下以肥王,洛陽富於大內。援兵過洛者,喧言:

'王府金錢百萬,而令吾輩柙腹死賊手。'……"

（生）這一大罪,就是現今世子德昌王,父死賊手,暴尸未葬,竟忍心遠避;還乘離亂之時,納民妻女。

（注六）崇禎十四年正月,李自成陷洛陽,常洵遇害。自成醢其肉,雜以鹿脯,名曰"福祿酒"。由崧初封德昌王,進封世子,至是出走懷慶,七月嗣封福王。

前日見副使雷縯祚、禮部周鑣,都有此論,但不及這番透徹耳。

（注七）《明史·奸臣傳》言立潞王之議"陰主之者錢謙益,力持者呂大器,而前山東按察使監僉事雷縯祚、禮部員外郎周鑣往來游說。"縯祚字介立,太湖人;鑣字仲馭,號鹿溪,金壇人,皆東林健將,後爲馬阮構殺。

第十五出　迎　駕

下官馬士英,別字瑤草,貴州貴陽衛人也。

（注一）馬士英事跡在《明史·奸臣傳》,其與本書有關者附注每出中。

（副淨）四鎮武臣,見了書函,欣然許諾。約定四月念八,全備儀仗,齊赴江浦矣。

（注二）南都立君議起,時士英爲鳳陽總督,握兵,內結操江提督誠意伯劉孔昭、南京守備魏國公徐弘基,外結靖南伯黃得功、總兵官劉澤清、劉良佐、高傑——即所謂四鎮者,連營江北,以四月廿八日擁福王至浦口。當時劉孔昭爲最熱中擁戴之一人,《桃花扇》不舉其名,不知何故。

（副淨）還有魏國公徐鴻基、司禮監韓贊周、吏科給事李沾、監察御史朱國昌。

(注三)當議迎立福王時,呂大器方兼署禮、兵二部印,頓筆不肯署。史科給事中李沾承士英指,厲聲言:"今日有異議者死之。"議遂定。

第十六出　設　朝

(注一)南都初建大事日表如下:

崇禎十七年四月廿八日,以迎立福王告於廟。

四月廿九日,徐弘基等迎王於江浦。

五月初一日,王謁孝陵畢,駐蹕內守備府。

初二日,羣臣勸進。王辭讓,稱監國。

初五日,以史可法、高弘圖爲大學士,入閣辦事;馬士英爲大學士,仍總督鳳陽等處軍務。

初七日,以姜曰廣、王鐸爲大學士,入閣辦事,曰廣辭;以呂大器爲吏部左侍郎,召前督察院左都御史劉宗周復官。

初八日,分江北爲四鎮,以黃得功、劉澤清、劉良佐、高傑分統之。傑駐徐州、良佐駐壽州、澤清駐淮安、得功駐廬州。設督師於揚州,節制諸鎮。

初九日,馬士英率兵入朝。

十一日,羣臣勸進。箋三上,王許之。

十二日,史可法自請督師江北,許之。

十五日,王即位,以明年爲弘光元年。

十六日,馬士英入閣辦事,仍掌兵部尚書事。

十七日,封黃得功靖南侯、左良玉寧南侯、高傑興平伯、劉澤清東平伯、劉良佐廣昌伯,加馬士英太子太師。

十九日,史可法陛辭出京,督師揚州。

六月初五日，馬士英薦阮大鋮知兵，命予冠帶來京陛見。

八月三十日，中旨以爲兵部右侍郎巡閱江防。

吏部尚書高弘圖、禮部尚書姜曰廣、兵部尚書史可法，亦皆升補大學士，各兼本衙。

（注二）高弘圖，字研文，膠州人。其年十月，因忤馬士英致仕。南都亡，絕食殉於會稽之竹園寺。姜曰廣，字居之，新建人。其年九月，因中旨起用阮大鋮，抗疏乞休。順治六年，金聲桓敗後赴水死。

第十七出　拒　媒

（注一）田仰以三百金聘香君，香君却之。事見朝宗所爲《李姬傳》。朝宗復有《答田中丞書》云：“承示省訟，慚惡無所自容。執事與僕，齒小齒倍蓰，位不甚懸隔，顧猥與僕道及少年之游，謂執事往日曾以兼金三百，招致金陵伎，爲伎所却，僕實教之，而因以爬垢索瘢，甚指議執事者。僕誠不自修傷，然竊恐重爲執事累也。使執事無可議，則昔賢如白太博、歐陽公、東坡居士，皆與鳴珂，不廢酬答，未聞後世之議之也，何獨至執事而苛求之？執事果有可議，即不徵伎，庸但已乎？僕之來金陵也，太倉張西銘偶語僕曰：‘金陵有女伎，李姓，能歌玉茗堂詞，尤落落有風凋。’僕因與相識，間作小詩贈之。未幾，下第去，不復更與相見。後半歲，乃聞其却執事金。嘗竊歎異，自謂知此伎不盡，而又安從教之？且執事之邀之，在僕去金陵之後，今天下如執事者不止一人，豈僕居常獨時時標舉執事之姓名，預告此伎，謂異日或邀若，必不得往乎？此伎而無知也者，以執事三百金之厚貲，中丞之貴，方且奪命恐後，豈猶記憶一落拓書生之言！倘其有知，則以三百金之貲，中丞之貴，曾不能一動之，此其胸中必自有説，而何待乎僕之苦之也。士君子立身行己，自有本末，反覆來示，益復汗下。僕雖書生，常恐一有蹉跌，將爲此伎所笑，而不能以生平讀數卷書、賦數首詩之伎倆，遂頤指而使之耶？惟執事垂察。不宣。"

案，此事誠有之，但恐非在甲申年，或是庚辰、辛巳間耳。

又有同鄉越其傑、田仰等，亦皆補官。

（注二）呂大器劾馬士英疏云："……姻婭若越其杰、田仰、楊文驄等，皆先朝罪人。盡登臃仕，名器僭越，莫此爲甚。"

目下漕撫缺人，該推升田仰。

（注三）馬士英入閣辦事之次日，以田仰巡撫淮陽提督軍務兼理海防，非任漕撫也。漕撫乃仰在天啓時舊官耳。

第十八出　爭　位

現在開府揚州，命俺參其軍事

（注一）朝宗曾參史公軍事，蓋屬事實。然《桃花扇》繫其事於甲申五月，恐太早。考朝宗年譜甲申年條下云："阮大鋮修東林之怨，逮復社諸子。公依蘇松撫軍張鳳翔。"又云："阮復檄捕公，公渡江依史可法於揚州。"又練貞吉《四憶堂詩集序》云："甲申，朝宗罹皖江黨人之獄，避先司馬公（案，貞吉之父練國事也。朝宗《九哀》詩，國事居其一。）邸中。始與余定交。"大鋮起用在是年八月，其興黨獄在冬間。大抵難初作時，朝宗暫匿練國事家。既乃走蘇州依張鳳翔。檄捕益急，乃更依史公。使五月前久在史幕，何以難作後忽練忽張，轉徙無定？但侯、史本屬世誼，朝宗或常往來史公幕中參謀議，亦屬意中事。故史公九月十五日答清睿王多爾袞書，相傳爲朝宗手筆。《桃花扇》將史公許多事跡穿插入朝宗，亦非無因也。

（副淨扮高傑、末扮黃得功、丑扮劉澤清、淨扮劉良佐，俱介冑上）只恨燕京無樂毅，誰知江左有夷吾。

（注二）黃得功，字虎山，開元衛人。崇禎初以入援山東功，官總兵。十七年封靖南伯。南都立，進封侯，駐廬州，與高傑、二劉並稱四鎮。

高傑，字英吾，米脂人。與李自成同縣，同起事。盜自成妻邢氏，歸降漸升總兵官。孫傳庭敗於潼關時，傑有衆四十萬，渡河南下，大掠邳、泗之間。南都立，封興平伯，駐揚州。

劉澤清，字鶴洲，曹縣人。崇禎末官至總兵。久鎮山東，騷掠無已。好賂權貴，集賓客弄文墨。京師陷，走南京。以擁立功封東平伯，駐廬州。

劉良佐，故淮撫朱大典部將。福王封廣昌伯，駐壽州。劉良佐字明輔，大同左衛人。故淮撫朱大典部將。福王封廣昌伯。初與高傑同居李自成麾下，傑護内營，良佐護外營。后傑降，未幾良佐亦降。（見《南略》三）

（末怒介）元帥在上，小將本不該爭論。

（注三）四鎮爭閱事詳第十九出注一。

第十九出　和　戰

（注）四鎮初建，使劉澤清轄淮海，駐淮安，經略山東一路；高傑轄徐、泗，駐徐州，經略開、歸一路；劉良佐轄鳳、壽，駐壽州，經略陳、杞一路；黃得功轄滁、和，駐廬州，經略光、固一路。而史可法以閣部督師駐揚州節制調遣之。此五月初八日史公奏請、十五日得旨俞允者也。然傑兵時已抵揚州，揚民畏其剽掠，相率城守。傑攻

城逾月，剽奪村厢婦女，屠脍日以百數。及可法渡江誓師，傑囊鞬來迎。可法撫之有恩禮。許傑駐瓜州，傑稍戢。傑最忌黃得功。得功嘗送其同姓一總兵赴任登、萊，率輕騎三百出高郵。傑疑其圖己，伏精騎中道邀擊之於土橋。得功三百騎盡没，僅以身免；又亡其愛馬。得功怒，訴於朝，誓與傑决一死戰。可法命監軍萬元吉解之，不可。會得功有母喪，可法來吊，親勸得功；又使監紀應廷吉説傑償其馬，且以千金爲黃母贈，事乃解。後傑感可法義，遂聽調遣，規取中原。

案，前出所隸者爲土橋事，在甲申九月初一日；此出敘和解事，更在其後。本書悉歸諸五月，似誤。又案，前次執和解之役者爲萬元吉，後次爲應廷吉。本書歸功侯方域，皆借用耳。

第二十出　移　防

(生)多謝美意，就此辭過元帥，收拾行裝，即刻起程便了。

(注)侯方域依高傑防河事，見賈開宗、胡介祉所爲傳。《四憶堂詩集》有《贈高開府》二首。但方域何以忽入高幕，或由史公推轂，亦意中事。

閏二十出　閑　話

(小生)在下姓藍名瑛，字田叔，是西湖畫士，特到南京訪友的。

(注一)藍田叔詳第二十八出。

(丑)在下是蔡益所，世代南京書客，才從江浦索債回來的。

(注二)蔡益所事跡無考。

(外)不瞞二位説，下官姓張名薇，原是錦衣衛堂官。

(注三)張薇詳第三十出。

下　本

第二十一出　媚　座

（外）稟老爺：要舊院的，要珠市的？

（注一）《板橋雜記》云：“珠市在內橋傍，曲巷逶迤，屋宇湫隘。然其中時有麗人，惜限於地，不敢與舊院頡頏。”

第二十四出　罵　筵

且喜今上性喜文墨，把王鐸補了內閣大學士

（注一）王鐸，字覺斯，孟津人。甲申八月補大學士，後降清。

錢謙益補了禮部尚書。

（注二）錢謙益，字受之，號牧齋，常熟人。本東林老名士，初主張立潞王，圖擁戴功；福王立，轉媚馬阮。甲申六月補禮部尚書，後降清。

俺卞玉京，今日為何這般打扮？只因朝廷搜拿歌妓，逼俺斷了塵心。

（注三）吳梅村《聽女道士卞玉京彈琴歌》云：“昨夜城頭吹篳篥，教坊也被傳呼急。碧玉班中怕點留，東營門外盧家泣。私更裝束出江邊，恰遇丹陽下水船。翦就黃絁貪入道，攜手綠綺詐嬋娟。”本出敘玉京入道始末，本此。但梅村所謂“教坊傳呼”，似是清兵渡江後事，本書借用之於弘光時耳。

（袖出道巾、黃絛，換介，轉頭呼介）二位看俺打扮罷，道人醒了揚州夢。

（注四）丁繼之出家事未聞。

（淨）你看前輩分宜相公嚴嵩，何嘗不是一個文人，現今《鳴鳳記》裏抹了花臉，著實醜看。

（注五）《鳴鳳記》傳奇，王弇州撰，演楊繼盛劾嚴嵩事。

第二十五出 選 優

場上正中懸一匾，書"薰風殿"。兩傍懸聯，書"萬事無如杯在手，百年幾見月當頭"，款書"東閣大學士臣鐸奉敕書"。

（注一）此是實事，當時諸稗史多記之。

（小生）也不爲此。那禮部錢謙益，採選淑女，不日冊立。

（注二）甲申六月初九日，錢謙益起爲禮部尚書。同日，禮部即奏請立中宮，詔以列聖先帝之仇未報，不許。十月，命于杭州選淑女。明年二月，命於嘉興、紹興二府選淑女；四月，親選淑女于元輝殿。

第二十六出 賺 將

（注一）《南疆繹史》高傑傳云："（乙酉）正月，傑抵歸德。總兵許定國方駐睢州，年已七十矣；嘗毀家養士，負其功不得封，上疏詆傑爲賊，傑怨之。定國不自安，求可法爲計；可法曰：'許總兵何地不可居，而必睢州乎！'""時有言其送子渡河者。傑至不出，巡撫越其傑、巡按御史陳潛夫偕往趣之，始郊迎。其傑諷傑勿入城，傑心輕之，遽入。詰朝，召定國數之曰：'若豈不知我之將殺汝而顧不去，何也？'定國頓首謝曰：'固知公之怒，然不知所罪。'傑言：'累疏名我爲賊，烏得無罪？'曰：'此定國之所以不可去也。定國目不知書，倉皇中假手記室，誤入公名，初不知疏中爲何語。以此見殺，不亦冤乎？'傑索記室名，曰：'彼知公怒，先期遁。彼去而定國不去，以明向名公者之非定國意也。'傑麤疏，見其屈服且憐之，以爲信。比有千户某遮馬投牒云：'許將不利於公！'傑故示勿貳，馬前笞六

十,付定國置之法;更刑牲約爲兄弟。十三日夜,定國開宴,極聲伎
之盛。傑既醖,爲之刻行期,固促之去,並微及送子事。定國憤,伏
甲傑所,傳砲大呼,其杰等遁走;親將俱沾醉,傑醞臥帳中,倉卒奪
刀鬥,力竭就執。擁至定國前,定國蹀血南向坐,曰:'三日來受汝
挫辱已盡,今定何如?'傑大笑曰:'吾乃爲豎子所算。呼酒來,當痛
飲死!'明日日中,城不敢;李本深、王之綱等攻南門入,老弱無孑
遺。而定國已渡河,投大清以降。先是,傑以定國將去睢,盡發所
部戍開封,所留僅親健三百人;竟盡死。可法至徐州,初勿信。既
而審之確,乃哭之慟,知中原之不復可圖矣。”

【四邊靜】威名震,人人驚魄,家盡移宅。雞犬不留群,軍民少
寧刻。營中一嚇,帳中一責;敵國在蕭牆,禍事恐難測。

(注二)當崇禎十五年,侯恂奉命督師時,方域曾勸以軍法斬許
定國,恂不聽。後定國卒殺高傑降清,致中原事大壞。事見胡介祉
所爲方域傳。

(生打恭介)是是是! 元帥既有高見,小生何用多言。就此辭
歸,竟在鄉園中,打聽元帥喜信罷。

(注三)賈開宗著《侯方域傳》云:“……傑已死,方域説其軍中
大將,急引兵斷盱胎浮橋,而分揚州水軍爲二:戰不勝,則以一由泰
與趨江陰,據常州;一由通州趨常熟,據蘇州;守財賦之區,跨江連
湖,障蔽東越,徐圖後計。大將不聽,以鋭甲十萬降。”然則傑死後,
方域尚在其軍中,有所擘畫。此文省略耳。

第二十八出　題　畫

自家武林藍瑛,表字田叔。

(注一)藍瑛,字田叔,號蝶叟,錢塘人。山水法宋元,乃自成一

格,頗類沈周。人物、花鳥、梅竹,俱得古人精蘊。時浙派山水,始於戴,至藍爲極。

(生)小弟正在鄉園。

(注二)許定國殺高傑時,侯朝宗正在傑幕。見第二十六出注三。

第二十九出 逮 社

(注一)汪琬撰陳定生墓表云:“……大鋮用事,將盡殺東林黨人。君與周禮部(鑣)及應箕皆在南京,禮部先被逮,君爲營救萬端。人又諫止君,君曰:‘死耳,何畏!’大鋮詗知之,遂積先恨,夜半遣校尉捕君與應箕。應箕亡,君出詣獄。”又董文友撰陳定生墓表云:“……先一日,侯方域聞之,逃去。”然則當時被捕者只有陳定生一人,而吳次尾、侯朝宗皆逃而免。此文演三人同時被捕,點綴之筆耳。

(雜扮白靴四校尉上,亂叫介)那是蔡益所?

(注二)董文友撰陳定生墓表云:“……先生即坐邸中待捕,曰:‘吾豈學張儉累人,使向時賓客俱爲一網盡耶!’語未畢,突有闒靴校尉數人至邸中縛之。……”此文白靴四校尉即演此事,其地非蔡益所書店耳。

第三十出 歸 山

下官張薇,表字瑤星,原任北京錦衣衛儀正之職。

(注一)方苞撰張白雲先生傳云:“張怡字瑤星,初名鹿徵,上元人也。父可大,明季總兵登萊,會毛文龍將卒反,誘執巡撫孫元化,可大死之。事聞,怡以諸生授錦衣衛千户。甲申,流賊陷京師。遇

賊將不屈,械繫將肆掠,其黨或義而逸之,久之始歸故里。其妻已
前死,獨身寄攝山僧舍,不入城市,鄉人稱白雲先生。當是時,三
楚、吳、越耆舊多立名義,以文術相高。惟吳中徐昭發、宣城沈眉生
躬耕窮鄉,雖賢士大夫不得一見其面,然尚有楮墨流傳人間。先生
則躬樵汲,口不言《詩》、《書》,學士詞人無所求取,四方冠蓋往來,
日至兹山,而不知山中有是人也。"卓爾堪《明遺民詩》集小傳謂:
"張怡,一名遺,字薇庵。著有《玉氣劍光集》數百卷。"顧公燮《消夏
閒記》稱其"名薇,字瑤星"。王士禎《香祖筆記》稱其"名遺,字瑤
星。著書百餘種。有一書紀南渡時事,可裨史乘。"唐鑑《國朝學
案·小識》稱其"著有《三禮合纂》二十八卷"。("一書者",《滄州記
事》耶?)啓超案:吾家藏有程青溪(正揆)淺絳山水一軸,爲順治十
六年己亥所畫,上款題云:"瑤星詞社兄鑒"。審是松風閣故物。青
溪本復社中人,稱瑤星爲社兄,則瑤星疑亦在復社。但"逮社"一案
却與瑤星無涉,瑤星亦未嘗爲錦衣衛堂官,不過蔭襲千户虛爵耳。
云亭殆敬慕瑤星之爲人,欲用作全書結束,故因其會蔭錦衣,巧藉
以作穿插耶?(錦衣衛職掌有四:一護衛、二緝訪、三刑名、四直
房司。)

　　(外看介)原來是内閣王覺斯、大宗伯錢牧齋兩位老先生公書。

　　(注二)董文友撰陳定生墓表云:"侯方域密請救於相國王鐸、
兵部侍郎練國事,兩公遂星馳詣士英,展轉求解於大鍼,以故獄稍
稍解。"據此則營救定生者王與練,而錢不與;求救者則爲朝宗。

　　臣編有《蝗蝻錄》,可按籍而收也。

　　(注三)《蝗蝻錄》原書今存。

　　(向生等介)那鎮撫司馮可宗,雖係功名之徒,却也良心未喪,
待俺寫書與他。

（注四）董撰陳墓表又云：“劉僑者，故烈皇帝時舊錦衣也。以片紙付馮鎮撫，謂此東林後人，勿榜掠。”啓超案：此文影射劉僑事歸諸張薇。

且喜已到松風閣，這是俺的世外桃源。

（注五）龔鼎孳《定山堂集》有《張瑤星招集松風閣》詩一首，《板橋雜記》亦有“同人社集松風閣”一段。

第三十一出　草　檄

等他回營，少不的尋個法兒，見他一面。

（注一）據吳梅村《楚兩生行》，蘇崑生在左良玉幕中似頗久。侯朝宗並無入獄事，蘇之謁左，並不因侯。此出情節，作者虛構耳。

（自敲鼓板唱介）〔念奴嬌序〕長空萬里，見嬋娟可愛，全無一點纖凝。十二闌幹，光滿處，涼浸珠箔銀屏。偏稱，身在瑤臺，笑斟玉斝，人生幾見此佳景。惟願取，年年此夜，人月雙清。

（注二）所唱者，《琵琶記》“中秋玩月”曲文也。《楚兩生行》云：“憶昔將軍正全盛，江樓高會誇名勝。生來索酒倚長歌，中天明月軍聲靜。”云亭選《琵琶》此曲，正罩取梅村詩中情景。

（末）還有一件，崇禎太子，七載儲君，講官大臣，確有證據，今欲付之幽囚。人人共憤，皆思寸磔馬、阮，以謝先帝。

（注三）太子、童妃兩案始末詳第三十二出注二、注三。

（小生）就列起名來。

（注四）左兵東犯，懲惠最力者乃黃澍，而袁繼咸則匡救不及耳。今據史文紀其實。《明史》左良玉傳云：“……良玉之起由侯恂，恂，故東林也。馬士英、阮大鋮用事，慮東林倚良玉爲難，譖語修好，而陰忌之，築板磯城爲西防。良玉歎曰：‘今西何所防，殆防我耳。'會朝事日非,監軍御史黃澍挾良玉勢,面觸馬、阮。既返,遣緹騎逮澍,良玉留澍不遣。澍與諸將日以清君側爲請,良玉躊躇弗應。亡何,有北來太子事,澍借此激眾以報己怨,召三十六營大將與之盟。良玉反意乃決,傳檄討馬士英,自漢口達蘄州,列舟二百餘里。……"

《明史》袁繼咸傳云:"……福王立南都,頒詔武昌,良玉不拜詔。繼咸致書言倫序正,良玉乃拜受詔。繼咸入朝,……密奏曰:'左良玉雖無異圖,然所部多降將,非孝子順孫。陛下初登大寶,人心危疑,意外不可不慮,……'會湖廣巡按御史黃澍劾奏士英十大罪,士英擬旨逮治。澍與良玉謀,陰諷將士大嘩,欲下南京索餉,保救澍。繼咸爲留江漕十萬石、餉十三萬金給之,且代澍申理,以良玉依仗澍爲言。士英不得已,免逮澍。……會都下又有僞太子之事,良玉爭不得,遂與士英輩有隙。繼咸疏言:'太子真僞,非臣所能懸揣。真則望行良玉言,僞則不妨從容審處,……'疏未達,良玉已反。"據此可見此事主動實惟黃澍,而袁繼咸並未與聞。此云袁、黃列名,殊非事實。袁、黃二人品格相去懸絕。(詳第三十四出注一)此書等量齊觀之,亦非是。

(外)這樣大事,還該請到新巡撫何騰蛟,求他列名。

(注五)何騰蛟,字雲從,山陰人。以崇禎十六年十月任湖廣巡撫。後翊佐永曆,固守湖湘,封中湘王。順治五年正月,兵敗,不屈死。

(丑)倒是老漢去走走罷。

(注六)柳敬亭爲左良玉奉使南京,確有其事,但非爲傳清君側之檄耳。吳偉業撰《柳敬亭傳》云:"……阮司馬大鋮,生久識也。與左隙而新用事。生還南中,諗左曰:'見阮云何?'左無文書,即令口報阮以捐棄故嫌圖國事。生歸對如寧南指,且結約還報。……"
又黃宗羲撰《柳敬亭傳》云:"……嘗奉命至金陵。是時朝中皆畏寧
南,聞其使人來,莫不傾動加禮。宰執以下,俱使之南面上坐,稱
'柳將軍'。……"案:此當爲甲申冬或乙酉春事。

第三十二出　拜　壇

(副末)阿呀! 三月十九日,乃崇禎皇帝忌辰。奉旨在太平門
外設壇祭祀,派著我當執事的,怎麼就忘了。

(注一)《南疆繹史》云:"乙酉三月十九日,思宗忌辰。王於宮
中舉哀,百官於太平門外設壇遙祭,以東宮二王祔祭。"

(淨)目下假太子王之明,正在這裏商量發放。圓老有何高見?

(注二)僞太子事,爲南朝一大疑案。左兵之來以此,南都之
亡亦即以此。今依《南疆繹史》、《明季南略》兩書撮舉其始末及
時日:

乙酉年二月廿九日,鴻臚寺少卿高夢箕密奏先帝皇太子自北
來,遣內臣蹤跡之。

三月初一日,內臣自杭州送北來太子至京,駐興善寺。遣太監
李承芳、盧九德等審际,還報。夜五鼓,移至錦衣衛都督馮可京
邸舍。

初二日,御武英殿,命府部九卿科道及前東宮講官中允劉正
宗、李景濂、少詹事方拱乾等審視太子真僞。問答有歧,大學士王
鐸直叱爲假。再命嚴究主使之人,久之,自供爲王之明,故駙馬都
尉王昺侄孫,曾侍衛東宮。家破,南奔高夢箕家。丁穆虎教之詐稱
太子。

初三日,下王之明中城兵馬司獄。

初九日，命百官會審王之明、高夢箕、丁穆虎於午門外。

初十日，黃得功抗疏爲太子訟冤。

十五日，再審。左都御史李沾喝令將王之明上栲，案遂定。

二十三日，劉良佐抗疏爲太子訟冤，並及童妃事。

二十八日，左良玉抗疏爲太子訟冤。

四月初二日，何騰蛟抗疏爲太子訟冤。

十六日，袁繼咸抗疏謂左良玉舉兵東下，請赦太子以遏止之。

(問介)還有舊妃童氏，哭訴朝門，要求迎爲正後。這何以處之?

(注三)童妃之獄與太子獄先後發生。《南疆繹史》記其事云：
"童氏爲福王繼妃，生子已六歲矣。南渡後，王迎鄒太妃而不召妃，
妃乃自陳於宮。巡按陳潛夫以聞，王不報。劉良佐會同撫臣越其傑
假儀衛送至京，王不悅，訶之爲妖婦，即命付錦衣衛監候。妃從獄中
自書入宮年月及亂離情事甚晰，王又弗顧。已而命嚴刑拷訊，血肉
狼藉。妃初則徒跣詛罵，既則直聲呼號，宛轉於地下者不三日而死。"

(看本，怒介)呀，呀! 了不得，就是參咱們的疏稿。這疏內數
出咱七大罪，叫聖上立賜處分，好恨人也。

(注四)左疏見《明季南略》。

第三十三出　會　獄

(注一)當時下獄者只有陳定生，侯朝宗吳次尾皆逃而免。詳
見第二十九出注一。次尾曾私入獄中護視問周仲馭及定生，見《明
史》次尾本傳。朝宗則未書一履獄門。本出"會獄"云云，借作波
瀾，並藉以點出周、雷之遇害耳。

(丑扮柳敬亭杻鎖上)

(注二)柳敬亭東下，乃爲左良玉交驩阮大鋮，並非傳檄。見第

三十一出注六。敬亭下獄事全屬虛構。

（淨）牌上有名。（看介）"逆黨二名：周鑣、雷縯祚"。

（注三）周鑣，字仲馭，金壇人。雷縯祚，字介公，太湖人。《明史》俱有傳，附姜曰廣傳後。二人蓋當時清流中之策士，仲馭聲譽尤高。與張天如齊名，門生遍東南。南都初建，呂大器、姜曰廣欲立潞王，周、雷實主其謀。馬、阮修東林、復社之怨，欲一網打盡，藉二人以發難。左兵東下，大鋮謂二人實召之，竟不待訊鞫，以中旨賜死獄中，時四月初八日。本書繫諸三月，時日微誤。

（丑想介）人多著哩。只記得幾個相熟的，有冒襄、方以智、劉城、沈壽民、沈士柱、楊廷樞。

（注四）冒、方、二沈、楊，皆見前。劉城，字伯宗，貴池人。

第三十四出　截　磯

（黃卒截射介，左兵敗回介，黃卒趕下）

（注一）左兵之敗，據《明史》黃得功傳，乃在良玉死後。其子夢庚仍率兵東犯，爲得功所敗，非燒掠九江以前事也。時得功馬駐師荻港，破夢庚於銅陵。其地亦非阪磯。

（末）行到半途，又回去了。

（注二）《明史》何騰蛟傳云："良玉舉兵反，邀騰蛟偕行，不可，則盡殺城中人以劫之。士民爭匿其署中，騰蛟坐大門縱之入。良玉破垣舉火，避難者悉焚死。騰蛟急解印付家人，令速走，將自到，爲良玉部將擁去。良玉欲與同舟，不從，乃置之別舟，以副將四人守之。舟次漢陽門，乘間跌入江水。四人懼誅，亦赴水。騰蛟漂十餘里，漁舟救之起"。據此，可知何雲從對於良玉之反，始終未嘗徇從。本書乃以之與黃澍並列，且謂同行將到九江，半途折回，殊非事實。似此幾令讀者疑雲從爲首鼠兩端之人矣。内中黄澍説"他原是馬士英同鄉"一語,中含譏諷,尤非所宜。

(外扮袁繼咸從人上)孽子含冤天慘澹,孤臣舉義日光明。來此是左帥大船,左右通報。

(注三)《南疆繹史》袁繼咸傳云:"僞太子事起,士英、大鋮欲借之以起大獄,盡誅正人,流傳洶洶。良玉疏爭,不納。繼咸疏言:'太子真僞非臣所能懸揣,真則望行良玉言,僞則不妨從容審處;多召東宫舊臣辨識,以解中外之疑。'疏未達,良玉已起兵。時闖賊敗,方逼漢、沔,左兵欲避寇無名;黄澍因説良玉清君側惡,救太子。乙酉四月,良玉遂傳檄數士英罪,部署三十六總兵而東。初,繼咸聞闖賊南渡,令其部將郝效忠、鄧林奇等守九江,自統副將汪碩畫、李士元等援吉安。甫登舟而聞左兵且至,九江士民大恐,環泣留;繼咸乃爭移諸將家口入城以繫兵心,列兵城外拒戰。士民皆言'我兵十不及三,激之禍不測。若俟良玉至,諭之以理,且令諸將斂兵入守,相機而動。'繼咸曰:'入城示之弱,不可。'而裨將郝效忠不得令,隨移其家口入城矣。良玉抵北岸,書來:願握手一别,爲太子死。繼咸至其舟,言及太子事,良玉大哭,袖出太子密諭劫諸將盟。繼咸正色曰:'先帝舊恩不可忘,今上新恩亦不可負。密諭從何來?公今以檄行之,是仇國也;請改爲疏。'良玉不得已,約不破城、從之駐軍、侯旨成禮而别。繼咸歸,集諸將城樓,涕泣曰:'兵諫,非正也。晉陽之甲,《春秋》所惡;我可同亂乎!當與諸君共城守以俟朝命!'而兩營諸將有相通者,左營驀入縱火。袁營張世勳、郝效忠夜半斬門出,良玉兵士遂入城劫財物、掠婦女。繼咸度不能制,冠帶欲自盡。黄澍入署泣拜曰:'寧南無異圖。公以一死激成之,大事去矣!'副將李士春密白繼咸:'隱忍到前途,王文成之事可圖也。'繼咸乃止,出城欲面責之。時良玉疾已劇，望城中火光，大哭曰：'我負臨侯矣！'嘔血數升而死。"據此，則袁臨侯始終不肯附和良玉甚明，本書所演。一若臨侯爲主動有力之人，殊屬誤謬。要之何、袁當時對於北來太子皆嘗抗疏營救，皆以此爲馬、阮所嫉，此事實也。其與左良玉平時能委曲相處，良玉待之皆有相當的敬禮，亦事實也。至於晉陽之甲，兩人實皆持堅決反抗態度。不知云亭何故作此等玷污之筆。

【前腔】大將星，落如斗，旗杆摧舵樓。殺場百戰精神抖，凜凜堂堂，一身甲胄。平白的牖下亡，全身首。魂歸故宮煤山頭，同說艱辛，君啼臣吼。

　　（注四）《桃花扇》以左、史、黃並列爲"三忠"——末出云："難整乾坤左、史、黃"。第三十七出評語云："南朝三忠，史閣部心在明朝，左寧南心在崇禎，黃靖南心在弘光。"此論非是。史、黃雖無功可紀，然其人實可敬，左則安能與比？良玉在崇禎朝，擁兵養賊，跋扈已久。所謂"忠於崇禎"者安在？其東犯之動機，實在避闖寇。而黃澍獻策以救太子清君側爲名，澍固藉以報復，良玉亦正好利用耳。云亭於良玉非惟無貶詞，如《哭主》出及此處乃反極力爲之摹寫忠義，蓋東林諸人素來袒護良玉。清初文士皆中於其說。——吳梅村詩"東來處仲無他志"，即此種輿論之代表。——云亭亦爲所誤耳。

　　（外、末急下）

　　（注五）左夢庚既爲黃得功所敗，時清兵已下泗州，逼儀徵，夢庚及黃澎遂陰迎降。袁繼咸孤舟避蘆草中，夢庚劫之去，入清營，不屈死。事詳《南疆繹史》袁繼咸傳。澍與繼咸，一降一死，薰蕕判然。兩人皆無回武昌依何騰蛟事，不知云亭何故作此顛頂之筆。

【哭相思】氣死英雄人盡走，撇下了空船柩。俺是個招魂江邊友，沒處買一杯酒。

（注六）吳梅村《贈蘇崑生》詩云："樓船諸將碧油幢，一片降旗
出九江。獨有龜年夜吹笛，暗潮打枕泣篷窗。"據此，則良玉東犯、
夢庚北降時，崑生確在左軍中。

第三十五出　誓　師

下官史可法，日日經略中原，究竟一籌莫展。那黃、劉三鎮，皆
聽馬、阮指使，移鎮上江，堵截左兵，丟下黃河一帶，千里空營。忽接
塘報，本月二十一日，北兵已入淮境。本標食糧之人，不足三千，那能
抵當得住。這淮揚一失，眼見京師難保，豈不完了明朝一座江山也。

（注一）《南疆繹史》史可法傳云："……左良玉發兵犯闕，南都
戒嚴。王手書召可法督諸軍渡江入援；可法言：'北勢日迫，請留諸
鎮兵迎敵；親往諭良玉要與俱西，有功則割地王之。倘勿聽，而後
擊之。'不可，詔且切責。於是合諸軍倍道入，抵浦口，將入朝面陳；
士英等懼，揚言可法且爲內應，遂弗許。大清兵已入亳州、下天長，
援將侯方巖全軍敗沒。盱眙降，徐、泗飛書告急。復召可法還揚援
泗，亟渡江，晝夜兼行。及抵泗，守將李遇春已舉城叛，可法退保揚
州。俄報徐州破，降將李成棟引兵而南，攻揚州新城。可法方在舊
城，急檄防河諸鎮赴援。總兵李栖鳳、張天祿皆不應，尋拔營叛；惟
左都督劉肇基、副總兵乙邦才、莊子固與樓挺等各引所部至。可法
乃率揚州知府任民育……等，晝夜分陴嚴守。……"本出所演，即
此時事。

（雜扮小卒四人上）今乃四月二十四日，不是下操的日期。

（注二）揚州陷於四月二十五日，此云廿四日誓師，時日微誤。
又清兵陷淮泗在十五日以前，前文云"本月二十一日北兵入淮境"，
亦微誤。

第三十六出　逃　難

（雜扶淨、副淨上馬，摟腰行介）請了。無衣共凍真師友，有馬同騎好弟兄。（下）

（注一）馬、阮後皆入浙，依方國安、王之仁，敗壞浙局。此文從省。

（末）竟回敝鄉貴陽去也。

（注二）楊文驄仍赴蘇松巡撫任，與清兵相持，敗後走蘇州。清使黃家鼐往蘇招降，文驄殺之，走處州。唐王立，拜兵部右侍郎，提督軍務，圖復南京。明年（丙戌）七月，援衢州，敗，被禽，不屈死。事詳《明史》本傳。《桃花扇》頗獎借龍友，乃不錄其死節事，而誣以棄官潛逃，不可解。

第三十七出　劫　寶

（注一）《南疆繹史》黃得功傳云：“……得功方收兵（荻港破左軍後）屯蕪湖，福王驀然入其營；得功大駭失色，泣曰：‘陛下死守京城，臣等犹可尽力。奈何听奸人言，仓卒至此。且臣方对敌，安能扈驾！’王亦泣曰：‘非卿，则谁可仗者？’得功泣曰：‘无已，顾效死！’先，得功战荻港时伤臂几堕；衣葛衣，以帛络臂，佩刀坐小舟，督麾下八总兵结束迎敌。而刘良佐已归命，大呼岸上招之降；得功怒吼曰：‘汝其降乎’！忽叛将张天禄从良佐后抽矢射中喉，偏左。得功知不可为，掷刀拾所拔箭自刺其吭而死。……田雄遂扶福王以降。”據此則射黃靖南者乃張天禄，本書歸諸田雄，殆深惡之而甚其惡耳。

（末喝介）嘖！你們兩個，要來幹這勾當，我黃闖子怎麼容得！

（注二）《明史》黃得功傳云：“得功每戰，飲酒數斗，酒酣氣益屬。喜持鐵鞭戰,鞭漬血沾手腕,以水濡之,久乃自脫。軍中呼爲'黃闖子'。……"

(末怒介)阿呸!這夥沒良心的反賊,俺也不及殺你了。

(注三)福王以五月初九出奔,初十薄暮至得功營;得功死節,田雄挾降,在廿一日,前後凡經十二日。本出演爲兩日事,乃劇場從省略耳,非當時事實。

第三十八出　沉　江

(注一)史閣部死節實況,當時傳聞異辭。《明史》本傳云:"……(四月)二十日,大清兵大至,屯班竹園。明日,總兵李棲鳳、監軍副使高岐鳳拔營出降,城中勢益單。諸文武分陣拒守。舊城西門險要,可法自守之。作書寄母妻,且曰:'死葬我高皇帝陵側。'越二日,大清兵薄城下,砲擊城西北隅,城遂破。可法自刎不殊,一參將擁可法出小東門,遂被執。可法大呼曰:'我史督師也。'遂殺之。……覓其遺骸。天暑,衆屍蒸變,不可辯識。逾年,家人舉袍笏招魂,葬於揚州郭外之梅花嶺。其後四方弄兵者,多假其名號以行,故時謂可法不死云。……"《明史》館諸賢對於此等人事,探訪考證,頗極慎重,所記載當可信。本書所演"乘白騾"、"沉江"諸情節,當時本有此訛傳,李瑤《南疆繹史》斠本已博徵諸家所記以辨之矣。揚州破於四月二十五日,史公即以其日遇害(或曰被函經三日)。福王之逃,在五月初九日。此皆時日彰彰鑿鑿絕無疑實者。若如本出所演"今夜揚州失陷,才從城頭縋下來。"……"原要南京保駕,不想聖上也走了。"則事隔十三日,何從牽合?無稽甚矣。云亭著書在康熙中葉,不應於此等大節日尚未考定。其所採用俗説者,不過爲老贊禮出場點染地耳。但既作歷史劇,此種與歷史事實太遽反之紀載，終不可爲訓。

（生驚哭介）果然是史老先生。

（注二）《四憶堂詩・哀史公可法》云：“……相公控維揚，破竹傷大掠。三鼓士不進，崩角何踴躍！自知事已去，下拜意寬綽。起與書生言：我受國恩郭，死此分所安，惜不見衛霍。子去覲司徒，幸爲寄然諾。白首謝知己，寸心庶無怍。……”賈開宗注云：“公守維揚，侯子避難在幕。公語之曰：‘……可法任兼將相，當死；子書生也，當去。’……”據此，則揚州垂破時，侯朝宗尚在史幕。大約自高傑死後，朝宗與史公相依頗久。本書於其間敍入獄、訪樓諸節，皆非事實。

續四十出　餘　韻

（雜扮山神、夜叉，刺副淨下，跌死介）

（注一）①《明史・奸臣傳》云：“……五月三日，（福）王出走……明日，士英奉王母妃，以黔兵四百人爲衛，走浙江。……不數日，大鋮倉皇至。……杭州既降，士英欲謁監國魯王，魯王諸臣力拒之。大鋮投牒大典於金華，亦爲士民所逐，大典乃送之嚴州總兵方國安軍。士英，國安同鄉也，……無何，士英、國安率衆渡錢塘，窺杭州，大兵擊敗之，溺江死者無算。士英擁殘兵欲入閩，唐王以罪大不許。明年，大兵巢湖賊，士英與長興伯吳日生俱擒獲，詔俱斬之。……大鋮偕謝三賓、宋之晉、蘇壯等赴江幹乞降，從大兵攻仙霞關，僵僕石上死。而野乘載士英遁至台州山寺爲僧，爲我兵搜獲，大鋮、國安先後降。尋唐王走順昌。我大兵至，搜龍扛，得士英、大鋮、國安父子請王出關爲內應疏，遂駢斬士英、國安於延平城

---

① 此兩條注文本應列於第四十出《入道》出後，中華書局本誤列於續四十出《餘韻》後。

下。大鋮方游山,自觸石死,仍戮尸云。"

(生)是。大道才知是,濃情悔認真。

(注二)侯朝宗並無出家事,順治八年,且應辛卯鄉試,中副貢生。越三年而死,晚節無聊甚矣。年譜謂:"當事欲案法公(朝宗)以及司徒公(恂),有司趣應省試方解。"此事容或有之,然朝宗方有與吳梅村書,勸其勿爲"達節"之説所誤(見《壯悔堂文集》卷三),乃未幾而身自蹈之,未免其言不怍矣。"南山之南,修真學道。"劇場搬演,勿作事實觀也。

（《飲冰室合集・專集》之九十五,中華書局 1936 年版）

【按】 有關梁啟超的《〈桃花扇〉注》,參見筆者論文《論梁啟超對〈桃花扇〉的接受與研究——以〈《桃花扇》注〉爲中心》,《寧夏大學學報》(人文社會科學版),2014 年第 6 期。

其中的"廷燦案",即梁廷燦案。梁廷燦,字存吾,廣東新會人,梁啟超族侄。他長期擔任梁啟超的學術助手,著有《歷代名人生卒年表》、《年譜考略》等。他的人生軌跡與學術研究均與梁啟超有很大關係。有關兩人的關係,可參見辛智慧《梁廷燦與梁啟超》,《中國社會科學報》2019 年 1 月 28 日第 1625 期。

和二十七弟題《桃花扇》四絶句

[清]趙執端

秦淮自古競繁華,和限青驄油壁車。桃葉桃根斷腸地,更添紈扇畫桃花。

一夕忽成壯悔堂,夷門公子擅詞場。微嫌阿好寧南傳,末抵風流寫李香。

紛紛鉤黨日戈矛,逆案才成要典修。公是千秋競誰在,梅花吟畔板幾頭。

云亭山色鬱召嶢,一旦文星入夜遥。地下流傳新樂府,知音還數老山樵。(東塘先生殁於今歲。百子山樵,懷寧號也。)

(《寶菌堂遺詩》卷下,乾隆間刻本)

【按】　趙執端,字好問,號緩庵。山東益都人。趙執信從弟,王士禛甥。生卒年不詳,約康熙三十三年(1694)前後在世。詩得王士禛指授。趙執端與趙執信同爲王士禛之甥。趙執信與王士禛以爭名構釁,著書互詆,兩家訩爭如水火。趙執端獨舍趙執信,而從王士禛。其詩句擬字摹,亦頗得其一體。著有《寶菌堂遺詩》二卷。"二十七弟",即趙執賁,字孟尚,號橙園,博山人。趙作羹子。邑監生(或作太學生),善畫。著有《橙園遺詩》。《寶菌堂遺詩》卷下有詩題《二十七弟自號橙園口占贈之》。趙作羹,字子和,號企山,博山(今屬淄博)人。諸生。清代史學家。撰有《季漢紀》二十卷、《南北宋紀》二十卷,均爲編年體。已佚。

題《桃花扇》傳奇後

[清]劉佐沛

東林北寺黨人名,復社重開阮馬爭。譜入宮商江草綠,詞頭合付米嘉榮。

(清李衍孫輯《國朝武定詩鈔》卷四,乾隆五十九年刻本)

【按】　劉佐沛,字介臣,武定州人。生卒年不詳。著有《雛誦堂詩》。生平參見田同之(1677—1756)《雛誦堂詩序》。田同之《硯思集》(有清鈔本)古體詩卷一有《送劉介臣仝學歸里》。

余丙子春自葉旋里，過襄城朱氏園，蒙主翁柳阡廣文延款，且以所刻《歸田詩》見贈。翁時年七十有九，與余同庚。予賦長歌紀事，並次其刻中"妻"字韻詩二首。商邱侯君碩林見之，亦和二首，不遠千里見寄。君時亦年七十有四，蓋神交者四年於茲矣。今春，予隨任儀封，而君亦來主考城書院，遂命駕見訪，復貽新什，附以其先世《壯悔堂文集》見贈。把晤之餘，歡若素交，流連作竟夕之談，殊慰積懷。夫壯悔公爲海内名家，風流文彩，照耀百年，予向所傾慕。讀孔東塘先生《桃花扇》傳奇，恍睹當時情事。閹孽蔓延，武臣跋扈，而公與陳、吳數君子以諸生枝柱其間，百折不回。卒之陳、吳瘐死牢獄，公亦幾不脫虎口。香君，一青樓弱女，亦曉暢大義，毁服劙面，以愧權奸。天地正氣，於斯不泯。今獲與公後裔游，且得捧讀遺文，其爲愉快，何可勝言！獨惜衰殘之年，不能時相往來酬酢，翻恨訂交之晚耳。因次原韻，縷陳顛末，不覺多變徵之聲，共成八首。

　　言雖未工，觀者略其詞，而存其意可也。

［清］紀邁宜

絳帳曾聞吏隱名，相逢一笑慰平生。園開桂樹陰森徑，歌和楊柳一再行。

　　詎意良朋心見賞，遠傳佳什歲頻更。三人酬唱鬚眉古，盛事應
堪詫碧城。

　　自渴芳名已數年，相思兩地隔風烟。名家自古能昌後，才士於
今合讓前。
　　乍睹高蹤搴野鶴，重吟健筆挾飛仙。劫來傾蓋渾如故，垂老論
交定夙緣。

　　少日詞場偶噉名，祇今衰病愧餘生。新詩半向呻吟就，老馬安
能蹀躞行。
　　促坐忘形交誼洽，銜杯秉燭話端更。浚郊不遠葵邱境，二老風
流噪兩城。

　　此邦軼事話當年，入望空餘桑柘烟。豈有遺孤藏壁內，怪多俠
客到門前。
　　身名未敢同高隱，文藻爭傳是謫仙。今日逢君共憑弔，問奇載
酒悵無緣。
　　（君座中爲談儀前輩周孝廉柏峰事甚悉）

　　才品誰高一代名，登樓王粲溯前生。春愁浩蕩杜陵宿，多難倉
惶微服行。
　　可惜千秋佳麗地，豈知轉瞬市朝更。惟應大筆淋漓載，價重秦
關百二城。

厄運驚逢陽九年，金陵王氣黯烽烟。劈箋狎客綸扉上，濺血佳
人紈扇前。

黨禍相循多誤國，名流同載勝登仙。遺編披讀增惆悵，聊爲臨
風仰企緣。

繼起東林岬屼名，乾坤正氣賴儒生。逐奸共草陳琳檄，就檻翻
悲孟博行。

精衛銜冤波萬丈，杜鵑漬血夜三更。祇今長板橋頭水，五夜環
流建鄴城。

世變滄桑閱百年，集流壯悔燦雲烟。司徒雄略寧輕拔，四鎮威
名孰善前。

戰艦空停沉碧浪，露盤已折泣銅仙。憑君重擧桃花扇，悟盡興
衰離合緣。

（《儉重堂詩》卷十三，乾隆刻本）

【按】 紀邁宜，字偲亭，文安人。康熙五十三年（1714）舉人，
官泰安知州。有《儉重堂集》。紀昀有《儉重堂詩序》（《紀曉嵐文
集》第一册卷九），云："吾宗文安一派，衣冠科第甲畿輔。文章淹
雅，承其家學，與當代作者頡頏。偲亭伯父，平生性篤至，寄托遥
深。其詩上薄《風》、《騷》，下躪宋、元，無不一一闖其奥。而空腸得
酒，芒角横生，嬉笑怒駡，皆成文章，於東坡居士爲最近。"《晚晴簃
詩匯》卷五九録其詩二十六首。

跋　語

〔清〕沈成垣

予竊怪顧天石爲云亭知己，而不解《桃花扇》之用意組織大有苦心，漫改爲《南桃花扇》，令生旦當場團圞，則猶整看桃花，而未能破耳。云亭作《桃花扇》時，是讀破萬卷之時。其胸中浩浩落落，絕無全牛矣。太祖三百年天下，可謂整齊，而其終也若此，是天下不能常整也。天下不能常整，兒女閨房之事固能常整乎？讀《入道》一曲，云亭何難説幾句團圞話頭，而顧作如是筆墨。噫！山人胸中眼中，不啻薺粉於花團錦簇，而所謂團圞者，難以言盡耳。

海陵沈成垣

（海陵沈氏刻本《桃花扇》）

【按】沈成垣所謂的"天下不能常整"，意思可能類於《三國志通俗演義》第一回中的"天下大勢，分久必合，合久必分"。他在論述中的展開的邏輯，即由"天下不能常整"轉到"兒女閨房之事亦不能常整"，顯得有些牽強附會，前後的類比關聯缺乏實證。所以，他雖然讚賞孔尚任原劇的結局，否定顧彩創設的新的結局，分析却並不透徹深入，未能充分和真正理解孔尚任的苦心。這一問題較普遍地存在於幾乎所有肯定侯、李入道的原有結局的清代批評者中，部分原因可能是孔尚任和顧彩二人都未明言自己對結局進行或此或彼安排的意圖和目的。孔尚任批評《南桃花扇》的結局時也只是説："雖補予之不逮，未免形予僭父"。顧彩的《南桃花扇》也未獲流傳，後世也無從瞭解具體改動所在和侯、李團圓新結局的詳情。

跋　語

〔清〕葉起元

　　明之懷宗，當神、熹荒廢之餘，毅然有爲，而有明三百年之天下，至是而亡，此固天命哉！然君子讀烈皇“朕非亡國之君，諸臣皆亡國之臣”之語，又未嘗不太息痛恨於人事矣。甲申之變，燕京失守，思陵正終。當是時也，中原鹿駭，陪京無恙；天命雖去，人心未忘。弘光以神廟親孫、福藩嫡子，百千擁戴，定鼎金陵。雖危若朝露，而東南半壁，勢尚可爲。使以中主處之，賢臣輔之，若南宋然，誰謂小朝廷不足延明祚耶？！奈何天子既荒淫無度，日惟徵歌選舞，絶不念越王之殺爾父，少存枕戈寢塊之心；而中樞幕府，又皆庸劣齷齪之夫，秉國鈞者日事鈎黨正人、以圖報復，握兵權者小忿輒爭、自相魚肉。君臣將相至此，求不土崩瓦解，斯實難矣。稼部以至聖後裔，備悉時艱，欲抒其勃勃不平之氣；而時多忌諱、勢難指斥，舊人猶在、更末如何，不得已尋一段風流佳話，寫其感憤。故敘兒女之事少，述興亡之事多，夫亦借紙筆代喉舌，作無聊之極思耳。不然，侯方域雖翩翩濁世之佳公子，而晚節多疵；李香君却盒一節，事有足多，不過青樓一女妓也。至於三公子、五秀才，亡國名流、東林賸士，攻奸太急，釀成大故，亦有不能辭其責者。它若蘇柳輩二三清客，無足爲國重輕，更無足録。即其詞壓關、王，科白精粹，不過梨園日所演之傳奇已耳。何令人讀而歎，歎而鈔，且流連不忍釋手，其愛慕一至此耶！然則《桃花扇》一書，作勝朝之信史讀可，作百子山樵之實録讀可，作《黍離》、作《麥秀》、作《南華·秋水》諸篇讀，亦無不可。而作梨園日所演之傳奇，則斷斷不可。至夫起止出没、別開蹊徑,詞典綿緲、意多隱諷;其細針密縷處,非率然下筆,作者苦心、益然紙背,此又有目者所共睹,不俟予贅。予所取於《桃花扇》者,夫亦慨然於天命之靡常,而人事可歎蓋若是夫。

時乾隆五十一年九月朔撰,長洲葉起元

(《增圖校正〈桃花扇〉》)

【按】 葉起元,改名蘭,長洲人。乾隆五十一年(1786)舉人,任江西某地知縣。

《桃花扇》傳奇訂誤五首

[清]魯曾煜

才子聲名魁復社,翰林風月冠吳趨。閑來舊院翻新曲,同聽歌喉小串珠。(注:侯朝宗訪李香君,與張天如偕往,今《桃花扇》誤楊龍友。)

奄兒心事費招要,豈有調停仗阿嬌。公子自藏金跳脱,將軍未進董妖嬈。(注:阮大鋮贈奩,有王將軍爲之緩頰,今《桃花扇》亦誤楊龍友。)

憔悴深宮讀曲時,李香不學李師師。無愁天子難消受,京兆田郎枉見疑。(注:田仰買李香爲妾,香不代嫁,仰遺書責朝宗,無《桃花扇》後事。)

尚書甲第已滄桑,屈子離騷四負堂。只有佳人難再得,更無弓箭憶君王。(注:朝宗歸歸德,應順治二年乙酉科鄉試,無《桃花扇》後半事。)

春色年年事可哀,烟花南部閉青苔。蚤知續命無長樓,悔不當初入道來。(注:朝宗早夭,無入道事。)

(《三州詩鈔》卷三,乾隆間刻本)

【按】 魯曾煜(約 1736 年前後在世)字啟人,號秋塍,浙江會稽人。生卒年均不詳,約乾隆初前後在世。康熙六十年(1721)進士,改庶吉士。未授職,乞養親歸。嘗歷主杭州、汴州、廣州講席。後以教授生徒終於家。著有《秋塍文鈔》十二卷,《三州詩鈔》四卷。第一首詩小注的訂誤應是據侯方域的《答田中丞書》,但侯方域的記述是:"僕之來金陵也,太倉張西銘偶語僕曰:'金陵有女伎,李姓,能歌玉茗堂詞,尤落落有風調。'僕因與相識,間作小詩贈之。"即張溥只是對侯方域提及了李香君,並未偕同他尋訪李香君。第二首詩小注的訂誤應是據侯方域的《李姬傳》和《癸未去金陵日與阮光禄書》,第三首詩小注的訂誤應是據侯方域的《答田中丞書》。

觀劇雜詠(選一)

[清]寅　保

秦淮歌舞舊如雲,惹柳黏花醉夕曛。公子四家齊買笑,得名翻讓一香君。

(《秀鍾堂詩鈔》,嘉慶五年刻本)

【按】　寅保,字虎侯,號芝圃,漢軍正白旗人。乾隆十三年(1748)進士,改庶吉士,授編修,三十四年(1769),官杭州織造,三年而卒。原詩凡八首,此爲第七首。

題《桃花扇》傳奇

[清]殷如梅

扇頭血影淚交加,兒女情深吁可嗟。國破家亡看不得,好隨毅魄入梅花。

(《綠滿山房集》,嘉慶六年刻本)

【按】 殷如梅,字羽調,又字果園。江蘇元和人,寓居蘇州橫橋。諸生。著有《綠滿山房集》三十六卷、《集唐詞》一卷、《集詞》一卷。《國朝詞綜二集》卷一選其詞三首。袁枚(1716—1798)《隨園詩話》卷九之七九云:"姑蘇隱者殷如梅,字羽調。詠《桃花》云:'望去分明臨水岸,開殘容易逐楊花。'詠《梅》云:'自是歲寒松竹伴,無心要占百花先。'《謝人惠佛手啟》云:'數來千指,屈伸總是無名;看去兩枝,大小豈能垂手?'《憎蚊》云:'以啟其毛,何堪供汝流歌? 不濡其味,亦且驚我虛聲。'"

讀《桃花扇》傳奇

[清]覺羅恒慶

往事真如鑒,詞源瀉若流。英雄輸狎客,俠骨出青樓。

四鎮惟餘忿,孤臣枉設謀。天心應厭亂,盜賊竟封侯。

(《懷荊堂詩稿》卷四,道光十三年刊本)

【按】 覺羅恒慶,字梅村,滿洲鑲藍旗人。歷官湖北糧道。著有《懷荊堂詩稿》。嘉慶朝名臣覺羅桂芳(?—1814)之父。據史料記載,覺羅恒慶官湖北糧儲道時,京都豪雨成災,家中房屋"大半傾頹,不堪棲止",而恒慶居官甚廉,家無餘資。長子桂芳書至,恒慶回函附詩一首,其中有句云:"貧寒原自儒臣事,莫羨連雲甲第高。"因教子有方,其子覺羅桂芳為官清廉耿直,雖然累官至吏部侍郎、戶部侍郎、管內務府大臣、翰林院掌院學士、軍機大臣、太子少保,然"家素貧,不名一錢"。

題《桃花扇》傳奇（八首選五）

［清］侯　銓

青蓋黃旗事可羞，鍾山王氣一朝收。滄桑眼底傷心淚，付與詞場曲部頭。

從來名士悅傾城，偶向烟花賦定情。博得青樓傳俠概，千秋爭艷李香名。

胭脂井畔事如何，扇底桃花濺血多。長板橋頭尋舊跡，零香殘粉滿青莎。

法曲曾推《燕子箋》，《春燈》並進至尊前。東塘也奏新詞譜，不與山樵一例傳。

嗚咽秦淮日夜流，不堪憑吊故宮秋。一編展處興亡在，動我牢騷伴我愁。

（《海虞詩苑》卷十六，乾隆二十四年海虞王氏刻本）

【按】　原題"《題〈桃花扇〉傳奇》（八首之五）"。《海虞詩苑》十八卷，（清）王應奎輯、（清）顧士榮校訂。《海虞詩苑》卷十六載侯銓小傳云："銓，字秉衡，號梅圃。世爲嘉定甲族。君壯歲即館吾邑席氏，後遂移家焉。曾祖岐曾、祖泓、父開國並以節義、文章冠絕海內。君承先世之緒，而又執經於當湖陸先生，得師傳之正，爲諸生祭酒者垂五十年。訖不得志於場屋以没，士論惜之。君在邑中與余及陳君亦韓、汪君西京最善，詩篇倡酬往來頗密。其詩格不甚高，而骨幹開張，波瀾壯闊。一題數首，一韻數疊，下筆輒滾滾不休，亦詩家一能手也。諸體中絕句尤工，風神駘宕，爲歸愚宗伯所稱。生平篇什不下二千首，並經歸愚點閱，没後已散佚矣。適從書肆中得之,爲選存三十首,庶慰我亡友於地下云。"其中"祖泓"即侯玄泓(爲避康熙諱而去"玄"字),后更名涵,字研德;"父開國"即侯榮,字大年,號鳳阿。有關嘉定侯氏家族的譜係和事跡,可參見美鄧尔麟(Jerry Dennerline)著、宋華麗譯、卜永堅審校《嘉定忠臣:十七世紀中國士大夫之統治與社會變遷》(中央編譯出版社 2012 年版)、宋華麗《第一等人:一個江南家族的興衰浮沉》(四川文藝出版社 2018 年版)、周絢隆《易代:侯岐曾和他的親友們》(中華書局 2020 年版、廣西師範大學出版社 2021 年修訂本)。周絢隆《易代:侯岐曾和他的親友們》謂侯銓又號雁湄,廩生,"受業於陸隴其,曾參與釐定《三魚堂文集》。後因娶其父昔日館主席氏女爲繼室,隨婦遷居常熟"①。

　　原詩凡八首,王應奎選五首入《海虞詩苑》,沈德潛選二首入《清詩別裁集》。《清诗别裁集》卷二十七選"青蓋黃旗事可羞"一首和"胭脂井畔事如何"一首。其中,"水東流"作"一朝收","曲部頭"作"菊部頭","零香殘粉"作"零香斷粉"。"青蓋黃旗事可羞"一首後有沈德潛評注:"賦此題者甚多,未免過於瑣屑。著筆滄桑,不粘兒女,故爲雅音。"説明乾隆中期以前,《桃花扇》的詠劇詩的數量已有很多。作者小傳曰:"秉衡,太常諱震暘曾孫,國學諱岐曾之孫。修髯長身,談及忠義,觥觥嶽雲。從嘉定寓居虞山,與陳見復、汪西京諸君結詩社,予亦與定交。友朋有闕失,必直言箴規,不失先世風。秉衡没,同學中直諒者少矣。録其詩,因追憶其風概如此。"其中有誤,侯震暘爲侯岐曾之父,故侯銓應爲侯震暘的玄孫、侯岐曾

---

① 周絢隆:《易代:侯岐曾和他的親友們》,廣西師範大學出版社 2021 年修訂本,第 156 頁。

的曾孫。

銷夏閑記（節録）

〔清〕顧公燮

　　明季張可大，上元人也，總兵登萊。袁崇焕殺毛文龍，將卒反，執巡撫孫元化，可大死之。事聞，以其子諸生薇字瑶星，授錦衣衛千户。甲申，流賊陷京師，瑶星不屈，賊械系之，乃罄所有以予賊，得釋。其妻已先死，歸里後，寄居山中僧舍，不入城市，鄉人稱爲白雲先生。今以《桃花扇》演弘光朝，授薇爲錦衣衛，阮大鋮委鞫朝宗事，掛冠而逃，卒年八十有八。

（《銷夏閑記摘鈔》三卷，《叢書集成續編》本）

　　【按】 顧公燮，字丹午，號澹湖，又號擔瓠。吳縣人。乾隆年間爲諸生。早年師從陸桂森、張九葉。性放曠，後來放棄科舉事業，好搜集佚聞趣談，著書自娱。有《銷夏閑記》（一名《丹午筆記》）、《致窮奇書》。

詠《桃花扇》

〔清〕郭士彦

　　南朝節義不堪聞，一部傳奇作檄文。痛惱衣冠馬阮輩，誰如巾幗李香君。

　　閣部誓師血淚雄，三軍感動竭孤忠。江山半壁歸何處，盡付漁樵一話中。

（清常煜輯《潞安詩鈔後編》卷十二，道光十九年寏過未能齋刻本）

【按】 郭士彥,字存愚,長子人。諸生,著有《安愚集》。《潞安詩鈔後編》所收詩前有小傳,云:"存愚家素封,無矜驕習。性好游,行李一肩,足跡幾半天下。所至名山水間,俱有題詠。張花舫、王竹香輩皆稱之。"

題《桃花扇》

[清]石卓槐

北固山頭夜控弦,君臣情性奈纏綿。將軍血戰梅花嶺,司馬清翻燕子箋。

白馬青絲空有恨,翠眉紅頰已無緣。唯餘三尺衣冠塚,撑起留都半壁天。

水榭秦淮又逝波,鶯花不忍問如何。彈詞柳老風流遠,説劍蘇生感慨多。

古戍殘更傳鐵甕,故宮荒草臥銅駝。莫愁湖上逢寒食,愁聽鶯啼笑翠蛾。

(《留劍山莊初稿》卷十六,乾隆四十年刻本)

【按】 石卓槐(?—1780)字樗山,又字廷三。湖北黃梅縣人。監生。乾隆四十四年(1779),宿松縣監生徐光濟呈告其所著《芥圃詩抄》内有"大道日以没,誰與相維持"、"廝養功名何足異,衣冠都作金銀氣"等"違悖"語,又查出廟諱御名有未經恭避處,被淩遲處死。所著《芥圃詩抄》、《留劍山莊初稿》(有乾隆四十年石卓椿刻本)等著作及其所批點《杜詩詳注》(仇兆鼇輯)各書皆被查禁。

《桃花扇》題詞

［清］石卓槐

　　綠水秦淮翠黛矕，莫愁湖上梗蓬身。千金一諾侯公子，腸斷桃花扇底人。

　　瓜步江空望戰場，可憐萬事總倉皇。君王只愛霓裳曲，燕子春燈召阮郎。

　　降帆又出石城西，烽火連天照鼓鼙。三百年來忠義絕，梅花嶺畔杜鵑啼。

　　武昌城下柳毿毿，掩映樓船戰欲酣。當日潯陽江上火，何人論定左寧南。

（《留劍山莊初稿》卷二十二，乾隆四十年刻本）

再跋《桃花扇》後

［清］石卓槐

　　江山半壁尚堪支，斷送都官小部詞。更笑東林諸子弟，秦淮燈火此何時。

　　南部烟花總斷腸，板橋衰草吊斜陽。君王不顧傾城色，零落人家李媚香。

　　誤盡平生是此名，風流學士語何輕。可憐一代文章伯，不及江湖楚兩生。

　　西風吹斷秣陵潮，板子磯頭浪未消。百二山河成廢壘，都將閒話付漁樵。

（《留劍山莊初稿》卷二十二，乾隆四十年刻本）

白下重逢孔東塘先生

［清］金　璧

共別金臺浣舊塵，相逢不覺秣陵春。浪淘十四年前事，燈聚三千里外人。（余讀書成均，時先生曾爲博士。）

扇憶桃花情不盡，（先生有《桃花扇》傳奇）官如水部句多新。白頭詩律惟應細，風雅江南得再親。

（阮元輯《兩浙輶軒録》卷十八，嘉慶刻本）

【按】 金璧，字晴村，號銅鶴山人，山陰（今浙江紹興）人。國子生（《全浙詩話》稱"諸生"）。生卒年不詳。著有《銅鶴詩選》（《全浙诗话》作《銅鶴山人詩集》）。《兩浙輶軒録》金璧小傳引"沈冰壺"爲金璧所作傳，謂："金晴村祖廷韶，前明進士。迨本朝，家中落。晴村遊京師，性淩物，公卿貴人皆搖手相避，不遇而歸。都統道福色愛其才，以上客延之，然亦屢被其謾罵，道福色優容之。及赴内召，握手雪涕相戒，然終不改。客維揚，病困，歸死於家。"《全浙詩話》小傳載："山陰金晴村璧、荆溪吳他山介於交甚密，吳夭死，金窮死。蕭山詩老沈漁莊堡並交兩人，鬻產刻其詩。"

孔尚任平生先後兩次任國子監博士，第一次爲康熙二十四年（1685）至二十五年（1686）六月，第二次爲康熙二十九年（1690）二月至康熙三十四年（1695）九月。據袁世碩《孔尚任年譜》記載，康熙二十八年（1689）七月至八月，孔尚任在淮揚佐理治河期間渡江遊南京，九月返揚州。據現今所見文獻記載，孔尚任在此前後都未到過南京。金璧生平不詳，他在國子監讀書不能確定是在孔尚任哪一次任職國子監博士期間，但無論時間先後，卻都與孔尚任遊南京和"十四年"（按應爲確指）的時間差不符。或者孔尚任晚年、即遭罷官、家居後曾再次南下遊歷南京？待考。

閱《桃花扇》傳奇感南朝事作長句賦之

［清］趙廷樞

金陵王氣已全休，半壁山河等贅旒。四鎮將軍多跋扈，一年天子正無愁。

《春燈》曲進中書暇，《玉樹》歌殘戰壘秋。瞥眼長安收棋局，艷情空說媚香樓。

長城自壞久難支，江北江南待誓師。九廟已遷神禹鼎，巨嶷還樹當人碑。

樓船鐵馬傳烽日，畫省嬌鶯卜夜時。黃左再亡閣部死，茫茫遺恨暮江遲。

誤國庸臣自古嗟，文章致飾戀繁華。黃旗紫蓋悲如晉，白袷烏衣尚有家。

舊院情根留菜圃，美人俠節寄桃花。夷門再到青溪曲，楊柳惟看鬧暮鴉。

鍾阜依然不斷青，可堪時事幾飄零。賢奸門花爭場歇，酒色乾坤大夢醒。

南部烟花供樂府，小朝史筆付云亭。都將家國興亡恨，譜入漁樵話裏聽。

（清袁文揆纂輯《國朝滇南詩略》卷二十一，光緒二十六年刻本）

【按】 趙廷樞（？—1791）字仲垣，號所園，太和（今雲南大理）人。乾隆四十二年（1777）拔貢，歷官江西安福氣、安仁等縣知縣，以失察所屬官庶役事去官。乾隆五十五年（1790）入京，迎駕津門翼，邀恩未遂，歸里後卒。著有《所園詩集》六卷，有道光六年（1826）刻本，現藏於雲南圖書館。《（道光）雲南通志·人物志》有傳。生平可參見周錦國《趙廷樞及其〈所園詩集〉》，《大理學院學報》2008 年第 3 期。

《國朝滇南詩略》所收此詩第一首有岷雨（按即江濬源）眉批，云：“四詩沉雄頓挫，一往蒼涼，可以追蹤周漁璜宮詹《金陵懷古》諸作。”第四首有鳳西（按即翁元圻）眉批，云：“三四聲滿天地，至以史筆予云亭山人，洵無懼色。”

題《桃花扇》傳奇

［清］王士璜

南朝舊事話難休，付與漁樵醉裏漚。紅粉青衫香夢斷，夕陽衰草漢宮秋。

誓師空對三軍慟，逮社何堪一網收。讀罷云亭新樂府，殘山剩水恨悠悠。

（《河橫老屋詩集》卷六，嘉慶十四年刻本）

【按】 王士璜，字心壺，江西南城人。曾主講於新州古筠書院。著有《河橫老屋詩集》十卷。

《鴛鴦鏡》跋（節錄）

[清]傅達源

明季事蹟，播諸管弦，膾炙人口者，《桃花扇》、《芝龕記》尚矣。然一則仙靈徜恍，其失也誣；一則兒女溫柔，其失也曼。

（《鴛鴦鏡》，光緒二十一年刊本）

【按】《鴛鴦鏡》傳奇，清傅玉書撰，撰成於乾隆三十八年（1773）。卷首有傅玉書撰《自序》。傅玉书（1746—1812）字素餘，號竹莊，別署筠墅老人。貴州甕安人。貴州著名詩人。乾隆三十年（1765）舉人。一生坎坷，先後六次進京會試，均名落孫山，直到四十八歲時才得選爲江西安福知縣，署瑞州府銅鼓同知。三年後，罷歸故里，先後主講於黃平星山書院、龍淵書院、鎮遠㵲陽書院、貴陽正習書院。教學之暇，潛心著述。他搜集鄉邦文獻，編成《黔風錄》二十四卷，爲貴州最早的一部詩歌總集。他工詩文，善作曲，著作宏富，稱盛一時，著有《竹莊詩文集》四十卷、《桑梓述聞》十卷、《讀書拾遺》十餘卷、《象數蠡測》四卷、《漢篆詩》四卷和《古今詩賦文抄》等。傅達源爲傅玉書曾孫，曾在貴州官運局作幕。

《鴛鴦鏡》傳奇主要以明楊漣之子楊忠嗣與左光斗之女左湘雲的悲歡離合爲線索敘述和反映晚明的忠奸政治鬥爭，宣揚善惡報應之不爽，表現作者表彰忠孝節義、提倡綱常名教的正統思想。傅玉書在《自序》中云此劇爲"憫明季楊、左諸公竭忠、守正、酷罹閹黨而作也"。傅達源的《跋》亦謂此劇可以"扶世翼教"。因爲作者著筆重在忠奸鬥爭和善惡報應，加上其創作才力的限制，故作爲敘事線索的愛情悲歡離合不如《桃花扇》中侯、李愛情離合的戲劇衝突强烈,缺乏足夠的感染力和吸引力。劇末寫楊、左諸賢魂登天界,死後封神,在敕建旌忠祠中安享子孫蒸嘗、見證仇家遭磔。儘管作者是藉此彰顯天道輪迴、報應不爽,但並不符合歷史事實,也屬"仙靈徜恍,其失也誣"。傅達源在跋中對《桃花扇》的批評是失當的。[①]

清代黃燮清作有同名傳奇,凡一卷十出,有道光間刻《倚晴樓七種曲》所收本。

題《桃花扇》傳奇卷後

[清]張懷溎

金粉南朝已廢塵,樂昌鏡合是前因。生爲蘭畹宜名士,點染桃花配美人。

福地好諧歡喜願,仙源不礙去來身。蟲沙猿鶴成殘劫,團扇秋風又幾旬。

隴蜀烽烟角逐忙,樓船南下水如湯。縱橫鐵騎愁江漢,破碎金甌哭帝王。

一木更誰支大廈,當筵有客是東方。不堪唱到開元曲,頭白梨園淚數行。

半壁城隍戰鬥來,運籌無策實堪哀。格天旨奉三丞相,掃地人嗟五秀才。

脂粉竟將君國誤,江山不許選樓開。秦淮水榭今如昨,撲面垂

---

① 參見黃永堂《論〈鴛鴦鏡〉傳奇》,《貴州大學學報》(社會科學版)2000 年第 5 期。

柳舊日栽。

講法叢林侍坐趺，烏紗改換舊頭顱。文人出世多成佛，靈境歸來擬繪圖。

浪跡風塵皆老大，情緣兒女任歌呼。金陵盛地還銷歇，猶自傷心説鼎湖。

（孫桐生選輯《國朝全蜀詩鈔》卷三十一，光緒五年長沙刻本）

【按】 张怀湉，字玉溪，四川漢州（廣漢市）人。生卒年不詳。乾隆五十九年（1794）舉人。曾官直隸寧晉縣知縣。李調元（1734—1803）之婿。與其父邦伸、兄懷泗、弟懷溥，並有詩名。曾官直隸寧晉縣知縣。著有《磨兜堅館詩鈔》。

題《桃花扇》傳奇二首

［清］徐　鏞

夢繞秦淮水上樓，舊時脂粉擅風流。景陽忍使埋紅袖，天寶爭傳説白頭。

樂府小朝留艷史，將軍大樹動新愁。可憐王氣終江表，佳冶何曾藉一籌。

昭陽殿裏欲生塵，鉤黨猶傳詔美人。紈扇漫嗟中路葉，桃花曾泣故宮春。

傾城既已歸屠主，殘局何堪任倖臣。太息六朝金粉地，祇餘眉史費鋪陳。

（清馮金伯輯《海曲詩鈔二集》卷四，1918年國光書局鉛印本）

【按】 徐鏞,字葉塤,號玉台(一作鈺台),居邑城。庠生。醫家。生活於乾隆、嘉慶(1736—1820)年間。精研醫學,嘗撰《四大家辨》,有《藕居詩草》。

題《桃花扇》

[清]翟　濤

北固山頭悲閣部,洞庭湖上吊寧南。可憐建業中興事,空付漁樵里巷談。

鼙鼓逢逢羽書促,孤臣莫哭寒江曲。昔時豪傑已銷沉,今日空存春草綠。

(清馮繼照輯《般陽詩萃》卷十四,道光二十七年刻本)

【按】 翟濤,字渤海,號靜齋。嘉慶三年(1798)年舉人。著有《晚晴樓詩草》。《翟氏四支世譜》載其"字伯海,號蒼岩,又號靜齋,行一又行三。廩貢生,國子監議敘候選訓導。嘉慶戊午科舉人,敕授文林郎,檢選知縣大挑二等,選授觀城縣訓導。性愛苦吟,著有《遲雲集》、《晚晴樓詩稿》。配王氏,候選縣丞丹疑公女,繼同邑韓氏,太學生自楷公女,俱勅封孺人。"王培荀《鄉園憶舊錄》稱翟濤"少年文弱,既壯,貌甚偉,高談雄辯,兼擅拳勇。嘉慶戊午鄉舉得武城,學博。好爲詩,不甚持擇,隨機成篇,未免染宋人習氣。佳處情真語摯,亦復頓挫淋漓。"馮繼照輯《般陽詩萃》卷十四小傳後案語稱:"伯海豪爽不羈,群從兄弟率仕宦殷實,獨伯海貧窶而困於場屋。年將四十,乃問字於先嚴,常以筆力雄健許之。既領鄉薦,又屢上公車不第,故其爲詩多藉以抒其抑塞也。"

閱《桃花扇》傳奇偶題

［清］邵葆祺

舞扇歌裙夢已陳，殘編猶唱秣陵春。六朝金粉飄零盡，又對江山哭美人。

秦淮烟月任茫茫，狎客詞臣總擅場。歌到無愁偏有恨，南朝天子慣生降。

萬軍喋血楚江濱，羽捷頻飛問未真。勳貴論封丞相喜，此時冷眼讓詞人。

漫倚箜篌唱懊儂，幾多俠氣出心胸。斷頭更有將軍血，灑向黃袍色不濃。

（《橋東詩草》卷八，同治十二年大興邵氏刻本）

【按】 邵葆祺，字壽民，號嶼春，大興人。嘉慶元年（1796）進士，歷官吏部員外郎。有《橋東詩草》。

題《桃花扇》傳奇

［清］竇蘭軒

由來名士重傾城，一段相思筆下成。南國佳人推李妹，中原才子念侯生。

珠簾月下飛嬌燕，檀板風前喚乳鶯。金粉幾多零落盡，桃花扇底寄餘情。

（《蘭軒未訂稿》二集，道光十一年刻本）

【按】 竇蘭軒，名不詳，號蘭軒（《遵化詩存》卷十小傳稱其字蘭軒）。乾隆三十六年（1771）武進士、濟寧袁州、岳州等衛守備竇文魁女，灤州武舉王廷勛繼室。著有《蘭軒未訂稿》初二集。

題《桃花扇》用蘭軒韻

［清］竇毓麟

似氏中央起一城，東南半壁竟無成。不思枚卜求良佐，直欲嬉游畢此生。

戎馬誰愁臨近地，笙歌且喜勝流鶯。才人無限興亡感，暫寫分離士女情。

（《蘭軒未訂稿》附《紫墅詩稿》，道光十一年刻本）

【按】 竇毓麟，字紫墅，竇徵榴弟。著有《紫墅詩稿》。《紫墅詩稿》卷首李同生《竇紫墅先生詩稿紀略》（作於道光十六年（1836））云竇毓麟"少以騎射世先人業，游武庠，裘馬翩翩，有古任俠風。今讀其詩，天懷曠達，豪放自雄，以視桂園之抑鬱幽深，又別具一性情矣。聞諸鄉先達，紫墅輕財好義，每輕騎過市，值里黨窘乏，多稱貸之，貸後亦不自記憶。由是家益落，而紫墅處之晏如也。歿時年甫四十。"

題孔東堂傳奇

［清］吉士琦

青蛾二八破瓜辰，玉管金簫度曲新。一自干戈零落後，相逢都作夢中人。

（清張學仁、王豫輯《京江耆舊集》卷十，嘉慶二十三年刻本）

【按】 吉士琦字又涵，號省齋，丹陽人。生卒年不詳。嘉慶六年（1801）舉人。詩題中的"孔東堂"，應作"孔東塘"。

《〈桃花扇〉傳奇後序》詳注（節録）

［清］陳宸書

序

憶丱角時聞人誦《〈桃花扇〉傳奇後序》，輒從傳録。既而得傳奇讀之，喜其所隸明事多與平日所聞於父師者有合，則益喜誦是敘。及長讀《明史》，乃知傳奇之纂組浩博，雖於勝國掌故舊聞不爲無據，而其排比牽合之際，則有不能盡繩以事實者。是在傳奇之體，固然無足怪也。因取鏡庵之序覆讀，則其依文起議，固不能盡脱傳奇所緣起；而其間不無左袒寧南，或致微辭於史太傅，則尤有未當乎是非之公者。蓋其時史館之寶書未出，而野史稗乘言人人殊；又故明門户積習或未能遽革，則作者、敘者採摭之偶疏，固亦有不足怪者也。花庭閒客近乃取是敘而注之，博徵載籍，詳引史傳，既極浹洽矣；而於其書法文義之未協者，咸一一考訂而潤色焉。不遠數千里郵以示予，予秉燭發緘，讀之徹曙。凡予夙所未安者，莫不有以發予覆，而發太傅之孤忠，斥寧南之跋扈，尤三致意焉。甚矣，是注之先得我心！其所裨於操觚家，而有補於名教者不少也。夫操觚家得遍讀《明史》者，蓋亦鮮矣。其寡聞之憾，如余往日者，當亦豈少？則是注之作，又惡可已哉？嘉慶己卯陽月之吉，惕園居士撰。

弁 言

予年十六始學駢體,讀吳鏡庵《桃花扇傳奇後序》悦之,思援筆爲注,而家無藏書,弗能從事者。經三十四年,乙亥春仲,閑庭無事,簾靜花酣,友人忽談及之。因思邇來蓄書頗多,易酬宿願,爰爲釋之。均按原書詳細採録,不敢杜撰一字。且於序中之立言失體、援引不切、措詞無據,在皆更易焉。注成付諸剞劂,以公同好云。嘉慶丙子夏至前三日花庭閑客自識於浣蘭軒。

恭 引

聖祖仁皇帝

御定淵鑒類函

御定分類字錦

御定書目　　御定子史精華

御纂朱子全書

御批歷代通鑒輯覽

高宗純皇帝

《〈桃花扇〉傳奇後序》詳注引用書目

《易》經　《書》經　《詩》經　《周禮》《左傳》《禮記》《論語》《孟子》《爾雅》《公羊傳》《山海經》　焦贛《易林》　申培《詩說》《詩大序》《春秋感精符》　衛湜《禮記集說》　程子《周易著傳》　朱子《詩經集傳》　張揖《博雅》　陸佃《埤雅》《孔氏家語》《吕氏春秋》　老子《道德經》　莊子《南華經》《關尹子》《淮南鴻烈解》　司馬遷《史記》　班固《前漢書》　范蔚宗《後

漢書》　陳壽《三國志》　房喬等《晉書》　沈約《宋書》　姚思廉《梁
書》　姚思廉《陳書》　魏收《魏書》　李百藥《北齊書》　魏徵等《隋
書》　李延壽《南史》　李延壽《北史》　劉昫等《舊唐書》　宋祁等
《新唐書》　歐陽修《新五代史》　托克托等《宋史》　托克托等《金
史》　宋濂等《元史》　張廷玉等《明史》　《史記正義》　《史記索
隱》　荀悦《漢紀》　《漢武故事》　伶元《飛燕外傳》　韋昭《吳錄》
吳均《西京雜記》　常璩《華陽國志》　李肇《國史補》　羅泌《路史》
陸游《南唐書》　錢士升《南宋書》　宋季《三朝政要》　朱子《資治
通鑑綱目》　王幼學《資治通鑑綱目集覽》　《二十一史約編》　楊
陸榮《三藩紀事本末》　張三異《明史彈詞》　陸賈《新語》　揚雄
《方言》　劉向《說苑》　劉向《神仙傳》　班固《白虎通義》　應劭
《風俗通義》　孔鮒《孔叢子》　許慎《說文》　劉熙《釋名》　鍾嶸
《詩品》　葛洪《抱樸子》　葛洪《神仙傳》　張華《博物志》　王嘉
《拾遺記》　劉義慶《世說新語》　劉義慶《幽明錄》　崔豹《古今注》
馬縞《中華古今注》　吳均《續齊諧記》　任昉《述異記》　宗懍《荊
楚歲時記》　酈道元《水經注》　《三輔黃圖》　《樂府古題要解》
周興嗣《千字文》　《彤管集》　《昭明文選》　《昭明文選》六臣注
王通《元經》　王通《中說》　李靖《衛公問對》　杜佑《通典》　《唐
百官志》　《朝野僉載》　張說《虬髯客傳》　曹鄴《梅妃傳》　蔣防
《霍小玉傳》　白居易《六帖》　王仁裕《開元天寶遺事》　孟棨《本
事詩》　蔣一葵《堯山堂外紀》　歐陽修《歸田錄》　李昌齡《樂善
錄》　趙令時《侯鯖錄》　李復言《續幽明錄》　孟元老《東京夢華
錄》　陳栖《負暄雜錄》　孫光憲《北夢瑣言》　蔡絛《鐵圍山叢談》
沈括《夢溪筆談》　張君房《雲笈七籤》　陸游《老學庵筆記》　吳處
厚《青箱雜記》　賈似道《蟋蟀經》　《王直方詩話》　《誠齋詩話》

《青瑣高議》　陳曜文《天中紀》　焦林《大斗記》　辛氏《三秦記》
伊席夫《嬭嬛記》　何良俊《語林》　陶宗儀《輟耕録》　陶宗儀《書
史會要》　屠隆《考槃餘事》　《張東海集》　劉元卿《賢奕篇》　《春
風堂隨筆》　郎瑛《七修類稿》　《六朝叢話》　《慎微篇》　《異聞
録》　《異録》　《瑣語》　《古史考》　《綏寇未刻編》　陸圻《冥報
録》　《通史志》　《格物志》　《統要》　《錦繡萬花谷》　《緗素雜
記》　王士禎《分甘餘話》　查爲仁《蓮坡詩話》　《麗情集》　《感舊
集》　《天地全圖注》　《遣愁集》　《一統志》　《步天歌》　陸應陽
《廣輿記》　孔繼汾《闕里文獻考》　《名勝志》　徐筠《水志》　《南
畿志》　《江南常州府志》　《金陵圖考》　《都城紀略》　余懷《板橋
雜記》　《唐詩紀事》　《仙佛奇蹤》　釋道宣《高僧傳》　釋普濟《五
燈會元》　僧觀肇《維摩詰經注》　《法華經》　《楞嚴經》　《羯摩
經》　《涅槃經》　《度人經》　《玉京經》　《隱丹經》　《靈寶本元
經》　《太上大霄瑯書經》　《天隱子》　《玉篇》　《正誤》　《正韻》
《集韻》　《增韻》　《韻會》　《古今樂録》　《古詩鏡》　賈誼《長沙
集》　司馬相如《長卿集》　董仲舒《膠西集》　劉向《中壘集》　揚
雄《子雲集》　班彪《叔皮集》　班固《孟堅集》　張衡《平子集》　蔡
邕《中郎集》　《魏文帝集》　《魏陳思王集》　阮瑀《元瑜集》　阮籍
《步兵集》　嵇康《中散集》　鍾會《司徒集》　杜預《征南集》　潘岳
《安仁集》　左思《太沖集》　陸機《平原集》　陸雲《清河集》　成公
綏《子安集》　張協《景陽集》　陶潛《靖節集》　鮑照《參軍集》　謝
惠連《法曹集》　王融《寧明集》　《梁武帝集》　《梁簡文帝集》
《梁元帝集》　江淹《醴陵集》　徐陵《僕射集》　魏收《特進集》　庾
信《開府集》　王褒《司空集》　《唐明皇帝集》　《則天皇后金輪集》
《徐賢妃集》　虞世南《文懿集》　楊炯《盈川集》　王勃《子安集》

盧照鄰《升之集》 駱賓王《駱丞集》 崔湜《澄瀾集》 杜審言《必
簡集》 李適《侍郎集》 陳子昂《拾遺集》 張説《燕公集》 王維
《右丞集》 祖詠《洛陽集》 李頎《東川集》 王昌齡《江寧集》 劉
長卿《隨州集》 顏真卿《魯公集》 孟浩然《襄陽集》 李白《供奉
集》 岑參《嘉州集》 杜甫《少陵集》 賈至《幼鄰集》 元結《次山
集》 獨孤及《至之集》 戴叔倫《幼公集》 王建《仲初集》 權德
輿《文公集》 楊巨源《景山集》 韓愈《昌黎集》 劉禹錫《賓客集》
孟郊《東野集》 張籍《司業集》 元稹《微之集》 白居易《香山集》
杜牧《樊川集》 溫庭筠《飛卿集》 許渾《丁卯集》 李商隱《義山
集》 薛逢《陶臣集》 趙嘏《渭南集》 馬戴《虞臣集》 賈島《長江
集》 劉滄《蘊靈集》 曹鄴《桂州集》 許棠《文化集》 陸龜蒙《魯
望集》 司空圖《表聖集》 方干《元英集》 韓偓《冬郎集》 吳融
《唐英集》 歐陽修《文忠集》 梅堯臣《宛陵集》 秦觀《淮海集》
王令《廣陵集》 蘇軾《東坡集》 蘇轍《欒城集》 晁衝之《具茨集》
黃庭堅《山谷集》 程俱《北山集》 范成大《石湖集》 陸游《劍南
集》 楊萬里《誠齋集》 趙師秀《清苑集》 徐璣《二薇亭集》 真
德秀《西山集》 劉克莊《後村集》 戴復古《石屏集》 黃庚《月屋
漫稿》 文天祥《文山集》 劉因《靜修集》 袁桷《清容居士集》
馬祖常《石田集》 宋無《翠寒集》 柳貫《待制集》 陳高《不係舟
漁集》 陳基《夷白齋稿》 吳澄《草廬集》 陳旅《安雅堂集》 劉
基《誠意伯集》 高啟《青邱集》 冒襄《闕疆園集》 毛奇齡《西河
集》 吳偉業《梅村集》 侯方域《壯悔堂集》 邵長蘅《青門集》
孫元晏《詠古詩》 褚載詩句《文苑英華》 《明詩綜》 晏殊《珠玉
詞》 歐陽修《六一詞》 蘇軾《東坡詞》引用書目終

《桃花扇》傳奇後序

過客衣冠，依稀優孟；郵亭宮闕，仿佛梨園。歎輸局之稽延，鶯花一歲；笑偏方之寄息，萍水三朝。（原作下二句："覽南渡之興亡，笑東遷之聚散"。夫明福王之竊據暫時，豈宋高宗、周平王比哉？擬人不倫，語且失體，故易之。）爲古擔憂，有意撾罵曹之鼓；因人抱怨，無方擊斃賈之椎。往事雖陳，情焉能已？舊人猶在，吾末如何。於是譜敘兒女私恩，表一段温柔佳話；紀述君臣公案，發千秋成敗奇聞。蓋以馬史班書，賞雅而弗能賞俗；搜神博異，信耳而未必信心。所以許劭之評，托彼吴歈越調；董狐之筆，付諸桓笛嬴簫。此《桃花扇》傳奇所由作也。嗟夫！烈皇殉國，曆在申年；闖逆攻都，春當辰月。欐森慧指，（原作"海飛山走"。按：揚雄《劇秦美新》"海水群飛，二世而亡，何其劇也！"《昭明文選》六臣注：海水，喻萬民群飛，言亂也。又按：《述異記》：桀時，泰山山走石泣，先儒説"桀之將亡，泰山三日泣。"今泰山石遠望若人泣，蓋是也。周武王謂周公曰："桀爲不道，山走石泣"。明莊烈帝時，逢陽九，宵旰憂勤，勵精求治，奈所用皆亡國之臣，無可如何。身殉社稷，豈夏桀、秦二世無道之國比耶？措詞不當，故改之。）跳出十八孩兒；軸覆樞翻，逼死九重天子。鼎湖龍去，弓墜烏號；灞岸輿來，筮徵象齒。（原作"鐵脛鷗張，刀揮素質"。按："鐵脛"，見《後漢書·光武帝紀》，與銅馬、大肜、高湖、重連、大槍、尤來、上江、青犢、五校、檀鄉、五幡、五樓、富平、獲索等，皆一時群賊別號。單舉"鐵脛"，未免掛漏，且與"鼎湖"不對。"鷗張"，見《三國志》孫堅列傳，語張温曰："董卓不怖罪而鷗張大語，請以不時至，陳軍法斬之。"王幼學《資治通鑒綱目集覽》："鷗張，如鷗梟惡鳥之張大"。與"鐵脛"二字生捏不貫。"刀揮素質"見魏文帝《建安自序》:"丕造百辟寶刀,其一文似靈龜,名曰靈寶;其二,彩似丹霞,名曰含章;其三,鋒似崩霜,刀身劍鋏,名曰素質。"與上"鐵脛鴟張"又不甚貫,文雜而句拙,因闖賊責賕與黃巢淘物相類,引而改之。)鳳闕鸞臺之火,赤焰彤天;螭階麟閣之尸,紅流赭地。薊門兵燹,絕無原廟殘磚;建業人烟,幸保陪京剩土。噫嘻! 漢家之厄十世,惟光武之中興;獻公之子九人,僅重耳之尚在。以致權頑乘釁,窺神器而包禍心;詭譎同謀,立新君而居奇貨。珪桐剪葉,封神廟之親孫;璃樹生枝,迎福藩之嫡子。千官擁戴,氣象南陽;萬姓歡呼,風流東晉。詎意黃袍加於身上,天子無愁;碧璽列於几前,寡人好色。仇如勾踐,未奮志於嘗膽臥薪;荒比東昏,只留意於徵歌選舞。小憐大舍,豔叢白玉床前;花蕊梅精,嬌簇黃金屋裏。月姊進長生之藥,枕上飛仙;麻姑貢不老之丹,杯中樂聖。以致六千君子,縮頸逡巡;八百諸侯,抽身迅避。胭脂古井,仍投珠翠之妃;結綺高樓,又上戈矛之士。奇可傳者,斯其一也。至於隉業圖新,(原作"帝業惟新",今改。)沙堤望重;棄基待振,(原作"皇圖再造",今改。)晝省權尊。雙手擎天,須體認安劉周勃;孤忠捧日,務摹仿復楚包胥。孰不思江右夷吾,經綸嶽嶽;人皆望禁中李牧,功烈錚錚。爾乃獻值衰微,政全由卓(原作"元改靖康,政全歸檜"。按:靖康乃宋欽宗年號。高宗之用秦檜,自紹興元年始。比擬不倫,引典又錯,故改之。);僖耽嬉戲,權畫歸田。(原作"位登靈武,衆未誅楊"。明福王豈唐肅宗比耶? 故改之。)玉帛金繒,宰嚚則苞苴弗却;刖黥湯鑊,廣漢則鉤距偏多。指鹿隨心,元老合稱爲長樂;鬥蛩得意,葉堂應號以半閑。孫武子之兵書,用在《春燈謎》裏;李藥師之陣法,藏諸袴子襠中。截狗續貂,市井屠沽而濫貴;燔羊爛胃,庖廚奴隸而升郎。天下童謠,王與馬共;人間仙路,阮挈劉行。

以致王氣全消，無煩金厭；國風盡變，但有民訛。野日荒荒，不見旌旗戰鼓；江流泯泯，惟聞蘆荻漁歌。奇可傳者，又其一也。若夫仰治求安，（原作"戡亂勤王"，立言失體。）將須一德；奮威揚武，兵始輸忠。魏挫吳鋒，李典與張遼並力；（原作"晉剪蘇氛，溫嶠連土行並討"，今改移下句。）晉清蘇孽，太真協陶侃偕征。（原作"唐清史孽，子儀協光弼偕征"。按：郭子儀與李光弼分兵各討，適會而合耳，非若李典、張遼之同心拒敵，溫嶠、陶侃之合議連兵也，故改之。）賈寇同載而言歡，漢方復盛；廉藺負荊而任咎；趙乃稱强。豈期北鎮跳梁，鮮内靖外寧之志；南藩跋扈，多氣陵威脅之心。（原作"上脅下令"，語無典據，且欠穩，改之。）裴中立之久亡，誰平淮蔡？孫安國之不作，孰貶桓溫？坐位閑爭，年庚恃長；客兵弗讓，流寇偏容。鈴閣督師，懦似慈悲佛子；轅門魁帥，勸如和解調人。（原作"和事先生"，未見典據，且裁對不工整，改之。）不圖批亢搗虛，（原作"掃穴搗巢"，未見典據，改之。）疾趨於子午谷去；只能縱剽肆掠，轉騷向丁卯橋來。眼看豺虎縱橫，重關怕敏；（"敏""叩"同。原作"中原怕救"。是時，李自成遁入西安，非中原也。引用不切，改之。）坐擁貔貅，護衛雄鎮偷安。以致白鷺芳洲，魚潛水靜；烏衣舊巷，燕去堂空。江草萋萋，人作揚州之夢；山雲黯黯，天消蔣阜之魂。奇可傳者，又其一也。惟是君王游豫，親問蛙鳴；宰相遨嬉，（原作"閑嬉"，裁對不整，改之。）官能犬吠。出師上表，内無蜀國之臥龍；拜將登壇，外少隋家之擒虎。乃不圖三公子作東林後勁，五秀才爲復社前驅。讞論秉公，競蹈覆巢之李燮；儒林抗節，敢追奏疏之陳東。悲楊左之銜冤，全翻逆案；（原作"楊左幽冤，重興舊案"，今改。）等周雷之觸禍，幾罹淫刑。（原作"荊襄積憤，特舉新旗"。彼時，左良玉鎮守荊襄，舉新旗者言其稱兵東下也。按左良

玉前已見於論將段"南藩跋扈"二句;其稱兵東下也,後又見於廟堂
錯亂段"一藩恚恨"二句。此段係匯敘諸微人之志節,不應夾入此
句,橫亙於中。故取殺周鑣、雷縯祚事改之。)柳敬亭評話游民,(原
作"徵丁",未見典據,改之。)投諸惡鋤奸之橄(原作"清惡",未見典
據,改之。);蘇崑生歌謳賤士;葬亂軍死帥之骸。狎客歸山,丁繼之
效徐伯珍之操(原作"抱雷海清之慟",比擬不倫,立言失體,改
之。);書商破產,蔡益所擔孔文舉之辜。藍田叔身隱畫師,引領蛾
眉而入道;卞玉京名逃樂部,掉轉蟂首而修真。之數人者,境實卑
微,志堅嶽瀆;品雖高邁,位陋泥沙。挹彼風標,似聽足音於空谷;
揭斯氣節,允當底柱於頹波。奇可傳者,又其一也。嗚呼! 當是時
也,臨傾廣廈,一木何支;待斃膏肓,九還莫救。世事如此,對風景
以奚堪;天運可知,望川原而欲涕。爰有夷門望族,梁苑畸人,慨琴
劍之飄零,孤蹤白下;憫陝川之蹂躪,(原作"感鄉關之梗塞"。是
時,李自成在陝,張獻忠在蜀,河南安靜無事,立言不切,改之。)滿
地黃巾。懷晉悼齊,(原作"恨晉愁梁",未見典據,改之。)暫拭南冠
之泣;嘲風詠月,(原作"嘯月",未見典據,改之。)聊追北里之歡。
恰遇香君,實爲尤物,遂爾握巫峰之暮雨,攜洛浦之晴雲。三四千
里之星娥,朱絲繫足;二十八字之月老,素箋盟心。百寶箱中,珍藏
便面(原作"攝面",攝面者,面籮也,與扇何涉?);雙鉤簾下,鑒賞聚
頭。所謂折疊雖輕,才子投一時之贈;詠題甚重,麗人定百歲之情
焉。其奈文章憎達,既落第於吳宮;適值兵牒求援,則從戎於洛水。
遠入蓮花之幕,郎是參軍;獨登楊柳之樓,妾爲思婦。感時撫景,慘
澹吟詩;睹物懷人,淒涼玩扇。籠藏袖裏,(原作"籠隨袖口",未見
典據,改之。)弗捨撲蝴蝶之風;繫近裙腰,留待殉鴛鴦之塚。紅粉
於房中計日,正自含愁;青衣於樓下催妝,忽令改志。緣以中堂薦

美,驅象而送向蛇吞;亦因開府覓姬,釣鯉而颺由獵祭。香君則冰凝作骨,日出當心;不樂求凰,寧甘打鴨。擲去香囊之聘,弗愛彼瑟瑟珠衫;罵回油壁之車,徒駕到轔轔繡轂。而且妝崩墜馬,金投約指於樓窗;髻壞盤龍,玉觸搔頭於柱礎。舞非如意,鄧夫人(原作"孫夫人",非。)血滴眉尖;傷豈飛刀,韋娘子紅淋額角。遂致扇似團圓明月,灑來幾點流星;詩如李杜文章,迸起一層光焰矣。時則豪強難忤,猿亡而必致魚殃;委曲求全,桃僵而何妨李代。麗娘惜女,竟以身充;香女離娘,惟餘影對。梨花雲裏,傷魂只有夢懷(原作"只夢以懷人","以"字與下句"愁"字不對,故改之。);燕子樓中,啼眼更無愁似我。乃有石城舊令,粉署閑曹,竊將點口之脂,分來染扇;借用畫眉之筆,暫以描花。趙合德裾上津華,變作元都嫩蕊;薛靈芸壺中唾色,化成度索蟠根。扇喚桃花,歌臺(原作"歌場",未見典裾,改之。)曾有;紅叩人面,畫苑所稀矣。詎知節屆靈辰,貴介賞鍾山雪景;渡名桃葉,名姬(原作"群姬",未見典據,且與"貴介"不對,改之。)奏玉樹歌聲。(原作"新聲",與下"新婦"不字,復改之。)錦席既張,香君與侍。命如斯薄,誰不畏丞相天威;情有所鍾,儂已作使君新婦。不覺頰潮紅暈,忿忿而言;眉蹙青鬟,申申以詈。熱雖炙手,危如燕雀之堂;焰縱熏天,醜是麒麟之楦。女灌夫詞鋒怒挺,(原作"雌正平脣槍大動",語粗,無典據,且與"罵曹"句復。因援馮贄《南部烟花記》隋煬帝稱吳絳仙爲"女相如"例改之。)滿座俱驚;活林甫腹劍陰藏,當場反恕。休休相度,不居殺歌妓之名;隱隱奸謀,但唆入樂伶之選。嗣後虯壺聽漏,寂寞長門;蟬鬢驚秋,淒淒永巷。昭陽日影,樹頭空盼盡寒鴉;御苑溝流,葉上又難通錦字。懸憶天涯夫婿,雨櫛風餐;自憐殿角嬋娟,花臞月冷。(原作"月損",未見典據,改之。)無何洪河失守,記室從間道逃歸;文社重聯,鉤黨陷圜扉禁錮。罰以驢之拔橛，光祿則快意私仇；難其麟也傷鋤，廷尉則酸心清議。乃若張金吾者，受詔捕囚，下吳導伏床之淚；棄官避罪，識通明解組之機。遁跡棲霞，學仙辟谷，置是非於弗問，付榮辱於罔聞矣。哀哉！廟堂錯亂，擾擾如棋；將相癲狂，紛紛似瘧。幽拘太子，誰爲世上江充；躪轢元妃，忍作朝中孟德。獨有一藩恚恨，欲來內靖於苗劉；其如三鎮糊塗，反去外防於韓馬。（原作"韓岳"。夫左良玉之藉口清君側誅馬阮，倘不死於九江，定有桓溫、朱全忠舉動，豈可比諸岳飛、韓世忠耶？方之韓遂、馬騰討李傕郭汜，庶幾似之。）壁壘之長槍大劍，未分誰弱誰强；阪幾之快馬輕刀，總屬自屠自戮。江南撤守，人歎城空；淮北乘虛，兵從天降。灰燈乞命，公輔則鳥已焚巢（原作"犬急亡家"，雖係謔語，乃誚孔子之言，馬士英、阮大鋮豈可比耶？）；組馬隨營，國主則魚難脫網。（原作"輿櫬蒙塵，帝主則魚難漏網。青衣變服，不用降書；白馬隨營，何須銜璧"等句。按"輿櫬蒙塵"四字，夾雜不貫，且與"銜璧"句復；"青衣"句，引用不切，立言皆失體，故刪改之。）以致猛將自裁於虎帳，轍亂旗靡；大星忽落於鼉舟，冰消瓦解。（原作"大星先落於樓船，戈抛甲雜"語，混入左良玉死於九江，甚見夾雜。按：《明史》黃得功佩刀坐小舟，督八總兵出迎敵。劉良佐已先歸命，沿岸招降。得功怒斥之，忽飛矢中其喉左。得功知事不可爲，乃棄佩刀，拔矢刺吭，死於小舟中。非樓船也，改之。）抛戈抱馬，秣陵差比車師（原作"圍城掘鼠，廣陵莫比睢陽"。按：《明史》：乙酉正月，史可法軍缺餉。四月二十日，大清兵至揚州。明日，總兵李棲鳳等拔營出降。越二日城破，史可法死之。我大清應天順人，兵之所至，迎刃而解。入南京日，馬步兵降者二十三萬，何嘗有"圍城掘鼠"之事。引典不切，立言失體，改之）；投水葬魚，汨羅即同胥浦。景華螢火，絕覓腐草之光；芳樂香塵，那復有金蓮之步。三百年豐功盛德，蟻夢槐柯；
十五陵剩水殘山，蜃消海市。乾坤板蕩，無一個社稷之臣；風雨飄
搖，餘幾許林泉之客。如斯而已，豈不哀哉！更賴有白髮禮生，失
其姓字；黃冠道士，曾現宰官。見陌上之銅駝，鼻酸舊國；聞山中之
謝豹，腸斷先王。於以村戶醸錢，追薦中元之節；仙壇酹酒，仰招上
界之魂。麥飯一盂，權抵作當年鼎彝；菜羹半缽，聊充爲今夕犧牲。
迨及殉難忠臣，死綏厲鬼，光昭四表，趨蹌蟠座於青冥；籙陟三清，
扈從鑾輿於碧落。是日也，雲迷谷暗，鐘鼓伐而聲凄；沙走江喧，鐃
磬敲而音慘。神威赫奕，顯劍佩於雲衢；奸魄駭奔，碎頭顱於瘴嶺。
觀者如堵，伊誰無警戒之心；拜者若癡，彼皆有皈依之志。豈料群
雞立鶴，來逃獄之青衿；飛鳥依人，識出宮之紅袖。士曰獄槐抱痛，
命在如絲；女曰宮柳牽心，骨幾化石。喁喁私語，訴別後之參商；
刺刺長言，遇當前之牛女。張道士則厲聲叱吒，正色申明：國破
家亡，試問君親安在？才貪色戀，仍諸夫婦何爲？苦海茫茫，放
下屠刀而證佛；愛河滾滾，抛開蟬殼以登仙。香君則毀短命之
花，碎宮紈於落地；侯生則登回頭之岸，悟世網於俄時。從茲石
榻翻經，花香繞磬，筠籠採藥，嵐氣侵衣。洵足奇焉，故可傳也。
悲夫！

　　卦爻當剝，萬物乖張；劫火成灰，群倫緯繣。綱常正氣，泯滅於
臺閣簪纓；俠義高風，培養於漁樵脂粉。不分褒貶，誰復知筆墨森
嚴；略別旌懲，世還有心肝戒慎。亂曰：君原聖裔，借此寓德言文政
之科；僕本侯家，能不動隆替升沉之感？

　　《桃花扇》者，孔稼部東塘先生所編之傳奇也，乃故明弘光朝君
臣將相之實事。其中以東京才子侯朝宗、南京名妓李香君作一部
針線。他如畫師、書賈、狎客、娼家諸卑賤人，翻有義俠貞固，正爲

顯達之馬阮下對症針砭耳。

北平吳穆鏡庵氏識

（嘉慶二十一年閏六月刊本，國家圖書館藏）

【按】陳宸書，字楓階，福建閩縣人。舉人。嘉慶二十四年（1819），任湖南慈利縣知縣，頗有政聲。曾國荃編《（光緒）湖南通志》卷一百二十五"職官志"十六"慈利縣知縣"條下云："陳宸書，福建閩縣，舉人，二十四年任。"黃本驥《三長物齋文略》卷一《李氏蒙求詳注序》云："閩中陳楓階先生以名孝廉出宰湘中，繁區歷治，所至有聲。服政之餘，輒與鉛槧從事，著書等身，而《蒙求》注本，尤爲精瞻。"黃本驥《三十六灣草廬稿》卷五有《至沅江贈陳楓階大令宸書次韻》詩。梁章鉅《浪跡叢談三談》卷三云："今吾鄉陳楓階大令宸書有李瀚《蒙求》注，已梓行。所當家置一本，而吾鄉人不甚重也。"著有《筠碧山房詩集》四卷（有同治八年（1869）閩縣陳氏刻本）、《賜葛堂賦存》一卷、《瀛洲課草錄》一卷、《性理闡說》二卷、《養性齋經說》二卷、《賜葛堂試帖》、《李氏蒙求詳注》四卷等。

此書有嘉慶二十一年（丙子 1816）刊本。書名頁文字分左中右三欄，分別作"嘉慶丙子閏夏刊""吳鏡庵桃花扇傳奇後序詳注""花庭閒客編輯"。卷首爲《弁言》。

另有福州宏文閣 1914 年印《〈桃花扇〉後序〉詳注》，但内容與陳宸書所著者不同。每卷卷端書名卷數下署"螺江聽雨樓居士箋"。此書兩册，書名頁題"桃花扇後序詳注"，扉頁標"民國三年秋月福州宏文閣印"。卷首有《桃花扇後序弁言》，署"榕西逸客鑒定"，全篇如下："《〈桃花扇〉後序》，或傳爲吳鏡庵先生所題。其佈局指詞，真有波撼氣蒸之勢，金敲玉戞之聲。韓昌黎云李杜文章，光焰萬丈，詎其然乎？《桃花扇》傳奇，乃孔稼部東塘先生所編也，爲故明朝君臣將相之實事。其間以東京才子侯朝宗、南京名妓李香君，作一部之線索。他如畫師、書賈、狎客、娼家諸雜色，翻有義憤貞心，正爲顯達之馬阮，下一對症針砭耳。"《弁言》後爲題辭七律六首，未標明作者，實即前文所引李彥章的《題〈桃花扇〉傳奇》六首。

有關《〈《桃花扇》傳奇後序〉詳注》的研究，可參看楊蕊《接受學視域下〈桃花扇〉之注讀語境與評點互動——以嘉慶刊本〈《〈桃花扇〉傳奇後序》詳注〉爲例》，《樂山師範學院學報》2021 年第 7 期。

《桃花扇》傳奇題詞

〔清〕吳勤邦

南部烟花事渺茫，夜烏啼盡月蒼涼。千秋嗚咽清溪水，流出風流俠骨香。

四鎮稱兵已可憂，番山鷁又陷睢州。尚書一死君王醉，但見降旛出石頭。

詔書禮部選紅妝，開國中山異姓王。（漁洋句。）寂寞玉容何處去，琴心惹得淚千行。

薰風一曲醉清謳，《燕子》、《春燈》演未休。不是孟津王學士，誰知領略月當頭。

炮火轟天打板磯，南朝事業已全非。敬亭平話崑生曲，翻使流傳兩布衣。

高文跌宕繼三唐，全集新編壯悔堂。桃李春風都不悔，只須悔染桂枝香。

清才頗説楊龍友，駢足權門亦可憐。獨有芷卿饒慧眼，畫圖誰與寫嬋娟。

畫蘭人已歸芝麓,折柳枝偏殉牧齋。不及桃花紅一樹,夕陽歲歲照秦淮。

(《秋芸館詩稿》,同治八年重刻本)

【按】 吳勤邦,烏程(今浙江吳興)人。嘉慶、道光時人,生平事蹟不詳。有《秋芸館全集》十卷、《素書輯注》一卷及《春秋隨筆》一卷(有道光二十七年刊本)。

題孔東塘《桃花扇》傳奇

[清]李會恩

建業空餘江水寒,淋漓曲譜寫偏安。可憐王氣銷歌舞,不及名姝薄綺紈。

扇點桃花成小劫,箋題燕子忍重看。國殤黨禍誰收恤,只有漁樵淚未乾。

(清吳翌鳳輯《懷舊續集》卷六,清刻本)

【按】 李會恩,字紫綸,吳江人。諸生。著有《萬葉堂詩草》。

題《桃花扇》詩

[清]管 筠

絲竹蒼涼酒一尊,南朝遺事寫溫存。江山誰墮新亭淚,花月空銷舊院魂。

公子才名歸黨局,美人消息種愁根。不堪重話青溪事,落葉如鴉冷白門。

江上青山翠黛浮，當年遺事水東流。玉臺已破菱花鏡，紅粉甘居燕子樓。

復壁人遙梁苑暮，重門天遠秣陵秋。美人恨血燕支色，一握冰紈吊莫愁。

軼事何年記板橋，才子細意譜冰綃。北來鼙鼓連三月，南渡烟花又六朝。

水閣只今聽暮雨，石城依舊上寒潮。新聲大有離騷意，一片滄桑付紫簫。

漏舟歌舞事經年，狎客新詞十種箋。宰相無權驕節鎮，君王有詔選嬋娟。

不聞戰馬嘶金鼓，終見宮車走翠鈿。讀到云亭新樂府，南都遺事總淒然。

（《小鷗波館詩鈔》，道光三年刊本）

【按】 管筠，字湘玉，又字靜初。浙江杭州府錢塘縣（今浙江杭州）人，陳文述妾。工詩，善畫佛。於文述爲政常有建議。著有《小鷗波館集》。

題《桃花扇》傳奇

［清］王斯年

終古興亡總夢中，不分兒女與英雄。甲申三月烽烟塞，並作桃花一扇紅。

黍離狐兔亂秋墳，同惜思陵國是紛。已占風光三百載，可憐誰吊建文君。

後庭狎客競仇恨，燕子歌濃笑彼昏。怪底石頭城下水，風流總縐六朝痕。

文臣習佞武臣驕，養寇爭權君共要。半壁江山留不住，春燈影裏送南朝。

拼擲頭顱付劍鋩，大星遽殞督師亡。樓船一笑寧南伯，應否將軍署國殤。

齟齬東林主勢孤，那堪復社又傳呼。文章標榜侯公子，壯悔堂成悔得無。

青樓竟婿兩尚書，如是眉生得所於。僥倖李香才子偶，冠帔肯伴玉京居。

虎帳鶯臺草自秋，美人公子竟誰留。傷心不改青溪月，猶照當面舊舞樓。

（《秋塍書屋詩鈔》卷四，嘉慶十七年刻本）

【按】 王斯年，字海村，浙江海寧人。官長淮衛千總。師事張問陶。著有《秋塍書屋詩鈔》八卷、《秋塍書屋文鈔》二卷，張問陶爲之序。

題《桃花扇》傳奇

〔清〕何盛斯

平章事業爲青蛾，名教虺頹等逝波。《燕子箋》成天下亂，九重何苦更征歌。

畫船歌舞鬥繁華，不及風流扇上花。鼛鼓一聲金粉殘，美人名士各天涯。

齊紈裂碎血猶紅,南國煙花掃地空。半壁江山留不住,忍看兒女話嚨嚨。

鶹鶹作隊沸乾坤,板蕩方知道義尊。冠服已抛東海去,梅花嶺月對忠魂。

(《柳汁吟舫詩草》卷十四,咸豐元年刻本)

【按】 何盛斯(? —1833)字蓉生,四川中江人。道光八年(1828)舉人。春闈報罷,歸主芙蓉書院講席。生平參見《柳汁吟舫詩草》卷首林振榮序。

題《桃花扇》傳奇

[清]楊澤闓

羈魂鄉夢兩漫漫,白下雲間復社壇。萬樹梅花風雪裹,莫愁湖畔怯春寒。

書劍飄零遠故鄉,天涯烟草斷人腸。六朝風景渾如昨,一帶笙歌舞綠楊。

枉送纏頭數百金,釵荊裙布美人心。却盦猶說香名在,金粉飄殘淚滿襟。

幾曲冰綃抵萬金,新書遙寄淚淫淫。桃根桃葉無人問,珍重劉郎一片心。

從來賈禍是文章,才子佳人枉斷腸。苦海回頭都是岸,桃花扇底笑拈香。

優孟場中試一登,興亡離合事堪憑。漁樵脂粉英雄恨,剩水殘山十五陵。

(《石汸詩鈔》卷第三"天光雲影齋集上(戊子)",
咸豐元年麻忞不競刻本)

【按】 此詩作於道光八年（1828 戊子）。楊澤閭，寧遠人。清代文人。著有《石沕詩鈔》三十卷。卷首黃進典作於咸豐元年的識語謂其"邃於性理，精於吏治，不屑言詩。此其寄興耳。"

《桃花扇》傳奇題詞

[清]郭書俊

北來王業喜偏安，半壁殘疆固守難。將相紛紜成水火，君臣優孟戲衣冠。

洛中幾見青絲蓋，天上空招白玉棺。剩有孤忠支殘局，梅花千樹爲辛酸。

群小風雲會紫宵，閹兒端的是人梟。重翻鉤黨傾三社，妙選烟花續六朝。

狎客酬勳飛玉盞，宮娥按譜試銀簫。憑君莫再悲江孔，一樣傷心長板橋。

依舊江聲響石頭，白門誰與話風流。瓊枝璧月三更夢，河舫燈舡一夕秋。

雲擁鈿花填廢井，塵昏鏡黛鎖荒樓。敬亭淪落崑生死，回首荊襄吊故侯。

由來名士愛傾城，小住秦淮打槳迎。紈扇有情應誤我，桃花無主最憐卿。

蛾眉奇禍成鉤黨，脂粉新愁兆甲兵。晚向蒲團參妙果，繭絲燭淚記分明。

（《蓼盦詩存》卷四，道光十八年紹衣堂刻本）

【按】郭書俊，字蓼盦，又字遯甫。濰縣人。嘉慶舉人，歷官河東監挈同知。有《蓼盦詩存》。《晚晴簃詩匯》卷一百二十八收其詩四首。

題《桃花扇》傳奇

［清］孟子容

烟雨蕭條秣陵秋，歌臺舞榭不勝愁。興亡莫問南朝事，千古傷心水自流。

秦淮東流水悠悠，滿目繁華一旦休。回首板橋腸子欲斷，春風烟雨媚香樓。

（清楊淮輯《中州詩鈔》，道光二十三年刻本）

題《桃花扇》傳奇

［清］李玉書

王氣東南已不明，歌殘玉樹選新聲。一江風浪埋金阜，四面雲山擁石城。

桃葉渡頭人自潔，梅花嶺上節同清。可憐忠義鬚眉少，輸與青樓俠妓名。

（李師沆《鳳臺縣志》卷二十五，光緒十九年刊本）

【按】李玉書，原名綏，字素亭，安徽鳳臺縣人。嘉慶諸生。性至孝，工吟詠。著《陟古集》。

題《桃花扇》傳奇

［清］周衣德

唱到桃花已厭聽，前朝金粉久飄零。鮒生何事興亡感，特爲尋春夢未醒。

冷落南朝跡已陳，紅牙誰復按歌新。香君不解何尤物，二百年來思殺人。

（《藕農詩稿》不分卷，稿本）

【按】周衣德，原名家灝，號藕農，永嘉鯉溪鄉上泛村人。嘉慶十二年（1807）副貢，二十四年（1819）順天南元。精通經史，記憶過人，時人謂之"行書廚"。曾任長沙知縣，爲人正直，爲官清正，不戀仕途。後改教任歸，課徒自給。著有《四書講義》、《太玉山館詩集》、《研經堂隨筆》、《研經堂文集》、《藕農詩稿》、《藕農文鈔》等。生平詳見楊安利撰《周衣德集》"前言"，黄山書社 2009 年版。

書《桃花扇》傳奇後

［清］王　輔

殘山剩水雨瀟瀟，三百年來一夢消。亂世文章空復社，處堂燕雀笑南朝。

《春燈》半夜傳新雨，野哭中元賦《大招》。石馬銅駝無限感，只留遺史話漁樵。

（清郘熊輯《海陵詩彙》卷十九，道光二十一年至二十二年陳文田硯鄉抄本）

【按】 王輔（？—1829），清中期泰州詩壇領軍人物。《（宣統）續纂泰州志·人物·文苑》載："王輔字左亭，監生。道光元年，爲州牧趙越薦舉孝廉方正，力辭不就。工詩，興化詩人徐鶴峰病殁，爲營葬表墓。家有匏尊，其祖明嘉靖禮部郎中近灣物也。因顏其室曰'匏尊書屋'。博通典籍，而不應選試。日與諸老倡和於芸香詩社，時稱'匏尊老人'。著有《雪蕉草堂詩存》《經史紀餘》《圓錢所見記》若干卷。"

乾隆五十七年（1792），官國苞與葉兆蘭結"芸香詩社"於興隆庵。興隆庵位於泰州西倉興隆庵路 38 號，原址解放後爲民居，現已拆除。次年，宮國苞逝世。葉兆蘭築西河草堂爲觴詠之地，結芸香詩社於此。四方名流過從皆以西河草堂爲東道。嘉慶元年（1796），鄒熊入社，即與葉兆蘭共同主壇坫風雅三十餘年。道光六年（1825），葉兆蘭逝世。詩社推王輔繼任社長，與康發祥、俞國鑒等人復振。道光十年（1829），王輔逝世。到咸豐年間，太平天國攻佔揚州，逼近泰州，人心惶恐不安，詩社逐漸衰落。咸豐七年（1857），王廣業由福建龍汀漳道解組歸里，戰事逐漸平息，再重振詩壇，"芸香詩社"復又振興，延續至光緒年間。

《海陵詩彙》中王輔名下小傳謂其"字左亭，嗜酒，好雄談，耽吟，累夜不倦。辛未秋社課日，大雨傾注，平地水深三尺。左亭衝雨至，面流血，衣盡泥污。詢之，爲巷口屋倒所壓。乃澡身浴血，擁被高吟，若不知身痛者，然其豪興如此。"

書《桃花扇》傳奇後

［清］劉 倬

作計當年苦未工，蕭蕭烽火賦從成。□□一樣侯生感，詩新桃花扇底風。

歌舞樓台不復春，琵琶有恨逐□塵。彩雲散盡青山在，羨爾黃冠入道人。

（《江都劉雲齋先生詩集·紫薇詩草》，稿本）

【按】 此詩作於同治元年（壬戌 1862）。劉倬，字雲齋，江蘇甘泉人。清道光間人。道光十五年（1835）舉人，選六合縣訓導。咸豐間督率巡防與太平軍戰，以勞卒於任。《江都劉雲齋先生詩集》包括《禪隱軒詩抄》一卷，《吟秋小草》一卷，《澄江小草》一卷，《味蔗軒詩抄》一卷，《夢琴軒詩抄》不分卷，《淮遊小草》一卷，《南鴻集》一卷，《紫薇詩草》不分卷。賀闊著有《〈江都劉雲齋先生詩集〉整理研究》，東南大學出版社 2022 年版。

題《桃花扇》傳奇

［清］周　灝

唱到桃花已厭聽，前朝金粉久飄零。侯生何事興亡感，應爲尋春夢未醒。

冷落南朝跡已陳，紅牙誰復按歌新？香君尤物終陳跡，滿眼桃花思煞人。

（《太玉山館詩集》，稿本）

【按】 周灝，字子純，貴州貴陽人。道光十七年（1837）舉人，二十五年（1845）進士。以知縣分發直隸，先後任沙河、定興（保定）、正定知縣。後因遭彈劾落職講學，昭雪後復職，署甘肅故城。因罹瘟疫，卒於任所。周灝性廉愛民，總督劉長佑疏聞，奉旨於正定建專祠。著有《研經堂文集》、《太玉山房文稿》、《太玉山房詩鈔》、《太玉山館詩集》等。

讀云亭山人《桃花扇》傳奇二首

［清］陳鴻猷

六朝舊恨溯南都，燕子新箋付念奴。傀儡登場嗤馬阮，圜扉臥月吊陳吳。

仇深復社丁筵闐，城下揚州閣部孤。一劇殘棋傳野乘，桃花妓扇艷珊瑚。

罷歌《玉樹》舞《春燈》，辱井胭脂泣《後庭》。象板燕箋憐婉轉，笙篁鶯舌鬧丁寧。

奔隄陣馬行雲重，疊舫秦淮戰血腥。哀怨南台留樂府，官閒署冷老云亭。

（《偶有軒詩鈔》卷四，咸豐十一年陳氏長生堂刻本）

【按】陳鴻猷，字長谷，安徽祁門人。生卒年不詳。清道光、咸豐間人。

《桃花扇》題辭

［清］阮復祖

飄零淮上異鄉身，豈是莫愁還舊因？春草春花閒（按疑應作"開"）滿地，烽烟未靖海天濱。

杳無金屋貯阿嬌，碧色如烟但畫橋。端正香君樓上住，珊珊玉珮倚風飄。

却盡妝奩要締盟，裙釵荆布是平生。戈茅便起修書興，吹散西風一别輕。

遠踰淮楚又燕京，立議紛計未成。恨煞文聰强作聘，突將風雨散花英。

相府逼人殊大驚，翠樓梯下事分明。誰將一點桃花血，散作春風滿面生。

夫婿年來縈怨思，匆匆一去又何之？舊盟情重長擎扇，抵寄千金别後貲。

一例南朝金粉地，風流天子盡無愁。演辭又向佳人逼，仿佛徐州燕子樓。

寄物偏傳遇合奇，相逢那料更相思。重來樓上香雲冷，輸與才子作畫師。

翩翩復社舊揚名，賈禍文章恨未平。獄閉古槐秋院裏，蕭蕭碧柳暮蟬聲。

左兵南下歲蹉跎，坂堵艱難戰事多。等待黄河車馬靜，江干回首歎如何。

萬騎長驅逐北邙，逃身無計便佯狂。美人公子同消絶，海角天涯怨轉長。

將星南墜使人愁，揚子江頭血淚流。望斷棲霞山色在，浮生從此語藏休。

種種濃情只自傷，桃花扇底句含香。棲真雙去鴛鴦跡，千古才名幾斷腸。

（《夢蛟山人詩集》卷三，道光間刻寶善堂彙稿本）

【按】 阮復祖，號台峰，進士。曾任會昌縣等地訓導、教諭，又任鳳岡書院的首任山長。他在鳳岡書院執教九年，誨人不倦，勤勤勉勉,把書院辦得風生水起,名聞四方。許多外地學生擔簦負笈,來此求學,一時間,才俊駢集,好不風光。阮祖陶《題鳳岡書院古風》云:"到院諸生既駢集,玉筍羅列成班行。左右塾復開兩館,童冠秀質圭如璋。夜深燈火映四壁,書聲到耳真琅琅。"

題《桃花扇》傳奇四首

[清]潘學植

商婦琵琶新曲恨,宮人天寶暮年愁。管弦爲譜興亡事,歌哭當筵感未休。

(丁宿章輯《湖北詩徵傳略》卷三十三,
光緒七年孝感丁氏涇北草堂刻本)

【按】 潘學植,字子尚,號芷裳。湖北監利人。道光舉人。著有《欸然堂集》。《監利縣志》載:"學植天姿英邁,學問深宏。於文諸體皆工,王霞九學使以全才目之。生平篤於内行,人無間言。"

《桃花扇》題辭有序

[清]羅天閣

《〈桃花扇〉題辭》序

《桃花扇》,傳奇也。傳奇也乎哉? 辭史也。辭史也乎哉? 信史也。彼傳奇者,守删《詩》正樂之家法,睹凄涼板蕩之前朝;欲哭不可,欲笑不能,不得已借兒女私情,寫興亡大案,總替江南君臣下幾點眼淚,豈"臨川四夢"、"笠翁十種"所能仿佛其萬一哉! 而顧曲者徒稱其結構之精、音律之妙,是但一老白相、老倌父所能辨也,又奚待我輩哉！春盡無聊，花殘有恨，唾壺檀板，感歎生焉。乃次諸好事者題辭原韻，漫成七十二首；興猶難盡，再看再吟，每一折完，又題幾句，復得四十四首。匯而錄之，共絕句一百一十有六，藏之敝簏，不以示人，亦猶黃屋左纛，聊以自娛，初不敢橫行天下也。噫嘻，英雄氣短，兒女情長。云在山人自謂不與人是非事，何復替傳奇人下幾點眼淚，豈不爲古今高明所笑哉？雖然往事已陳，舊人何在；哭既無味，笑亦徒勞，但不知史道鄰復生作如何批評？若孟津、夷門輩，亦不必問，況圓海、瑤草乎哉？時乾隆二十三年歲在戊寅春三月立夏日雲在山人自識於霞思樓。

次山薑子田雯韻

金甌入手月當頭，歌舞繁華殿裏秋。總是六朝餘習在，履霜時候亦風流。

鹿肉煤山萬古哀，共憐嘗膽日千回。莫愁湖上龍孫笑，圓海潛飛燕子來。

山自巍巍水自浤，漁樵歎論觸啼鵑。魂歸莫恨《春燈謎》，一載歡娛勝百年。

眼底金陵王氣銷，果無人物歎南朝。天兵一夜臨天塹，捷下江南勝下聊。

地陷天崩少淚流，無愁天子果無愁。紛紛內侍傳歌妓，恐負團圓月打頭。

迷樓衰柳映殘陽，過客凄其一斷腸。玉珮星冠何處落，廣陵爭唱李香娘。

次千仞岡樵人陳于王韻

中興樂奏亂雲韶，一歲笙歌已寂寥。賴有才子思往事，閑拈董筆譜贏簫。

亡明原不似亡陳，德澤猶存氣象新。未必當時無一策，君王偏學井中人。

縞素龍孫謁孝陵，一群狐鼠早依憑。江南五月搖歌扇，撲滅長命萬歲燈。

夷門公子愛花卿，奸黨連環計已成。釵釧裙衣都委地，平康氣節勝書生。

鏡破釵分積恨深，誓從酒市碎胡琴。桃花扇面春風淚，燕子樓頭昔日心。

好友能將好事圓，媚香樓上對娟娟。依稀記得題詩夜，清客名娃助管弦。

文人復社總高談，群向花前把酒酣。不肯平生誇氣骨，激成奸黨禍江南。

章臺弱柳爲誰青，雙袖依然帶血腥。鳳詔迫來金殿裏，君王親教《牡丹亭》。

閣部當年王佐才，揚州凜凜帥轅開。黃金壩上誰交戰，莫訝兵從北地來。

錦繡江山不足論，三更騎馬出宮門。可憐失却駕鴦伴，比似陳人更斷魂。

次齊州王［華］（苹）韻

禁城宮樹付山樵，屈指南明是七朝。只有柳蘇無限恨，秦淮怕到舊長橋。

本是秦淮歌舞人，翩然一舉出紅塵。棲霞嶺上閑閑在，笑指浮雲片片新。

坐擁熊羆鎮楚中，當時唯數左兵雄。順流實欲清君側，只有知心是史公。

國脈真如一息餘，腐儒尚欲選房書。不知文字能成禍，名士聲名大半虛。

東頭供奉官爲戲，南國佳人血作花。撰出廣陵新曲調，優場誰復問琵琶。

重擔何人肯上肩，樵夫漁父滿山川。可憐一載興亡事，都賴云亭曲裏傳。

次岸堂(從學人)唐肇韻

扇面桃花染血多，何如玉樹後庭歌。孤臣不用頻回首，自古繁華等逝波。

才子佳人最有情，綠楊陰裏睡雙鶯。如何倏起西風散，總爲東林氣味爭。

告急飛章雨點來，城門不待北人開。王孫悶上燕山道，奄子欣游越水隈。

福主中興似後唐，不如東晉況南陽。唯餘幾個孤臣在，淚滴長江慟渺茫。

琴笛收場寶殿空，上林唯有石榴紅。那知王鐸烏絲曲，不及香君紙扇風。

江南五月唱新詞，千古誰尋續命絲。記得君王初十夜，出城難待月圓時。

次琴臺朱永齡韻

金甌破碎已難新，脫盡衣冠入水濱。香骨不埋梅嶺上，江南千載更無春。

回首齋壇冷似秋，雲情雨意一齊收。早知別有天台路，翻悔當年守翠樓。

天位如何可幸登，真龍早已自東興。君王解學煤山烈，也得孤墳傍舊陵。

火酒金釵日不離，宮中單唱阮郎詞。此身已入神仙境，試問興亡總不知。

磯邊鼓角一齊鳴，黃左原來自戰兵。撤盡鳳淮千里蔽，王師無敵向南行。

虎帳藏龍閉不開，忽驚人馬自東來。奸臣劫寶忠臣死，誰吊蕪湖舊將臺。

南宮北殿轉頭空，多少興亡淚眼中。脫下錦衣深入谷，當時曾有幾張翁。

原從北地哭冬青，行到江南遍地腥。收拾英雄多少淚，白雲庵內即新亭。

次商邱宋犖韻

敬亭風節等崑生，蔡賈藍工亦顯名。要識云亭腔子恨，傳奇原不爲多情。

三百年來此下場，紛紛似癡更如猖。腥風虐焰都薰遍，只有梅花嶺上香。

疏求淑女文無說，坐恃尊年武不諧。復社青樓聯一氣，當時名士自云佳。

南國飄零一子孤，鴛鴦打散屢嗟籲。不知揉［醉］（碎）桃花扇，也憶高堂鶴髮無。

郎自流離母不旋，如今又向帝王邊。當時若果全貞潔，何不香樓墜少年。

大兵昨夜破維揚，聞說君王已下堂。昔別賢奸今共走，幾人真不愧冠裳。

次錢塘吳陳琰韻

樂聖游仙紫禁中，平章軍國半閑蟲。阮郎箋奏王孫筆，燕子睢鳩等國風。

紫閣如何長綠蕭，綠楊猶在壞紅橋。南來莫笑東昏殿，原是高皇出治朝。

珠翠依然向井投，君王何處避干矛。傷心豈獨如今事，此地曾高結綺樓。

西湖不及大江深，莫道金陵似武林。少長不同臣子異，一齊北去是天心。

北地原來不唱詞，江南錦繡只絲絲。相逢地下遙相問，亡國當年竟是誰？

天台劉挈阮同居，輦道王隨馬翰如。可惜風流齊掃地，虞山詩賦孟津書。

王殿尋春滿燕鶯，天街屠酤盡爭名。白雲道士登壇歎，轉眼南京似北京。

揚州開府夜登壇，餓卒三呼應亦難。無可奈何唯一哭，手揮血淚六軍看。

聞說揚州潰六師，史公一劍血淋漓。如今看過《桃花扇》，始識騎騾入水時。

當年曾媚李樓春，今日時趨鳳閣臣。貴賤一生依馬阮，誰云龍友是奇人。

召入蟾宮教素娥，豔歌唯有妥娘多。殿前不得君王顧，縱有風流奈老何。

香君奇節也堪誇，信是江南第一花。母愛宦威都不管，單留一扇寄侯家。

亂離以後盡天真，重向秦淮訪故人。海變桑田田變海，始知身是葛懷民。

滿目蓬蒿十五陵，吞聲飲血恨難勝。百年明月依然在，不見元暉殿上燈。

家亡國破欲何之，淨境猶牽幔裏絲。愛海沉沉登彼岸，頂門一棒賴張師。

辭巢燕子也堪憐，後苑榴花帶笑然。只有虞山差悔悟，碧梧紅豆晚逃禪。

幾度騎龍下翠微，山河猶是殿庭非。舊人只有張薇在，獨坐棲霞淚滿衣。

夢裏中興已一年，國亡猶不識奸賢。魂歸應化尋花蝶，莫學西川化杜鵑。

文物聲名幾個存，至今南望尚愁人。詞中畫出淒涼況，千載猶然泣鬼神。

公子風流美少年，秦樓折得李花妍。癡情兒女尋常事，竟附殘明一曲傳。

次古滕王特(選)韻

別却金壺謝却弦，披衣上馬去悠然。江南父老都垂涕，只有君王不自憐。

南國撐天只一人，攀龍無處墜江濱。九原若遇東林友，痛說當年逆案臣。

賢奸自昔比薰蕕，得志從來想復仇。假令南朝無水火，中興何止一年休。

元妃到國實堪哀，賜死終須候聖裁。魂若有靈先北去，黃金台下待君來。

非關將懦更兵微，君相胸部滿殺機。復社論文齊入獄，淒凉相對各霑衣。

揚州告急有飛章，天子猶然在戲場。頃刻便攜妃嬪走，夜深珠翠滿街香。

次會稽壑門金堦韻

青樓欲別淚雙垂，無復秦淮聽鼓吹。恨極翻然成一笑，東林黨內有蛾眉。

太平人物總熙熙，欲鑒興亡那得知。一部《桃花》真信史，細看非是女兒詞。

新詞看盡已銷魂，總爲桃花扇上痕。遙憶酒闌人散後，不堪腸斷是夷門。

詠罷桃花日已西，杜鵑空自向人啼。北窗也作《閑情賦》，莫笑陶潛未識迷。

再題四十四首

當年目下見興亡，聞說江南早斷腸。留得太平身不死，重來場上看滄桑。《先聲》

梨花雨打杏花風，無限淒涼入眼中。復社文人經濟少，同尋俠

客話英雄。《聽稗》

乍試鶯喉百囀新，媚香樓上夢香春。無端挽出拋家髻，信是秦淮薄命人。《傳歌》

文運重興國運衰，東林宗子禍之胎。春丁廟裏排奸黨，轉眼明朝化作灰。《哄丁》

雞鳴公子宴群賢，星聚何須《燕子箋》。笑罵一番無補事，江南從此聽啼鵑。《偵戲》

時逢冷節踏青游，深巷同尋暖翠樓。可惜海南香物好，換來春水一江愁。《訪翠》

彩扇欣題豔句新，多才偏遇有情人。共憐王謝階前樹，獨佔蟾宮一段春。《眠香》

挺然名節出平康，却盡南鄰助嫁妝。賺得東林呼社嫂，荊釵裙布一身香。《却奩》

水榭端陽復社文，烏衣公子醉紅裙。阮家夜半燈船寂，猶畏東林氣焰熏。《鬧榭》

芳草洲邊餓卒嘩，將軍無策只長嗟。權宜誤下移營令，辜負葵傾向日花。《撫[軍](兵)》

樓船日欲向東來，心事當年未易猜。折服英雄書一紙，朝宗真是仲連才。《修劄》

楚國箛聲動地哀，止兵偏是布衣來。不逢滿目干戈日，誰識微丁有用材。《投轅》

一片陰雲蔽月光，誰拋金彈打鴛鴦。雙棲不許雙飛去，地北天南各自傷。《辭院》

黃鶴樓頭酒未嘗，忽聞國破更君亡。真龍一去山河碎，總使英雄哭斷腸。《哭主》

狐鼠謀邀擁戴功，當時猶畏有孤忠。如何大事糊塗做，遺恨中興是史公。《阻奸》

中興原欲立英賢，朝議紛紛少斷然。迎得昏庸昌邑主，莫將人事總誣天。《迎駕》

國破家亡實慘然，潛龍夢上九重天。六朝金粉江南地，賺得風流住一年。《設朝》

一從春去等春來，獨抱香心總不開。信是丹邱仙李樹，那知移向別家栽。《拒媒》

南朝大勢已危傾，四鎮猶將坐位爭。閣部傷心無死所，揚州一載苦支撐。《爭位》

私怨原來勝國讐，如蜂似蟻戰揚州。堂堂開府來和事，汲盡長江不洗羞。《和戰》

三鎮連兵不解仇，翻天鷂子出睢州。他時又中夫人計，到底元臣少運籌。《移防》

底事身如燕子飛，豆棚沽酒共歔欷。傷心說到先皇烈，各各停杯淚滿衣。《閒話》

沙蟲猿鶴變紛紛，夢覺真嫌剩此身。一日幾時開口笑，桃花扇底度殘春。《孤吟》

中興國老半閑堂，逐臭人來馬肆香。書畫名流都入彀，當時何止阮生狂。《媚座》

香女堅貞不下樓，桃僵李代亦良籌。從今別下秦淮月，止剩嫦娥獨自愁。《守樓》

一封書寄總無言，扇面桃花有血痕。但願劉郎憐薄命，重來洞口掘情根。《寄扇》

亭上奄兒宴相公，李花罵坐石榴風。休休到底容歌妓，只把冰

肌凍雪中。《罵[坐](筵)》

不愁破國與亡家，只恨無人鬥麗華。選得秦淮諸院妓，新教一曲後庭花。《選優》

防河高將信癡憨，中計猶然把酒談。筵上斷頭何足惜，天兵從此下江南。《賺將》

三路相逢在水濱，重提往事舊愁新。黃河宛似江南夜，好處團圓少一人。《逢舟》

阮肇重來訪舊仙，洞門流水尚依然。難題薄命桃花片，紙上飄零更可憐。《題畫》

十錯奄兒悔禍深，不堪復社繼東林。流芳路絕甘貽臭，重把清流一網沉。《逮社》

顛倒南朝事已非，淒涼北望淚難揮。掛冠好向深山去，誰識當年舊錦衣。《歸山》

投藩欲白故人冤，草檄唯知舊主恩。莫把蘇生同蒯徹，誰將良玉比王敦。《草檄》

誰記先皇忌日來，太平門外祭壇開。青年天子深宮醉，白髮孤臣搶地哀。《拜壇》

蘇生南去柳生回，黑獄相逢喜復哀。聽喝提燈尋逆黨，一齊垂首哭周雷。《會獄》

誓清君側指東流，當日將軍亦少謀。養子未能如討逆，空留心血滿江洲。《截磯》

隻身無力守長江，報國全憑血一腔。不比睢陽當日勢，天留巡遠號忠雙。《誓師》

猛報長江鐵鎖開，君王飛下鳳皇臺。今宵不比齊民樂，悔聽黃袍擁我來。《逃難》

虎山劍血表孤忠，無術藏龍勢已窮。南北幾多豬販子，賊臣何止一田雄。《劫寶》

三千子弟困揚州，一夜城開萬古愁。自慟文山真誤國，入江長恨似江流。《沉江》

已離塵網住仙峰，手握情根死不松。夜永丹房思舊夢，一聲雞唱一聲鐘。《棲真》

覺來短夢記寥寥，一載烟花繼六朝。扇碎壇前知幻泡，興亡大案總勾消。《入道》

桃花燕子送南朝，滿眼繁華過眼消。醉到太平人有幾，殘山剩水話漁樵。《餘韻》

（《西塘草》卷七，道光間刊本）

【按】 羅天闓，字開九，一字雲皐。湖南湘潭人。出生時父夢天開，有"天闓"二字。少好讀書，稍長穎悟絕倫，棄科舉，窮探古籍，垂老猶手不釋卷。性淡泊，不樂仕進。晚築西塘精舍講學。面對美景，心神愉快，靈感暢流，講性命之學，人稱西塘先生。著有《周易補注》、《學古初稿》、《西塘草》。羅天闓極爲喜愛《桃花扇》，爲之連作《題辭》一百一十六首，幾可成集，他對《桃花扇》的徵實筆法也極爲肯定和讚賞，至於在《〈桃花扇〉題辭序》中說："《桃花扇》，傳奇也。傳奇也乎哉？辭史也！辭史也乎哉？信史也！"[1]即認爲《桃花扇》中的衆多人物、事件皆與歷史事實相符，而罔顧孔尚任在《凡例》中的自述："至於兒女鍾情、賓客解嘲"是"稍有點染"的。實際上《桃花扇》中的人物事件多有與歷史事實相違之處，每出出目下所標明的年月時期也並不都符合歷史。羅天闓因自己的極度喜

---

[1] 清羅天闓：《〈桃花扇題辭〉序》，《西塘草》卷七，道光間刊本。

愛,而給予了《桃花扇》過分的褒揚,是不可取的。如他的《〈桃花扇〉題辭》中的一首云:"聞説揚州潰六師,史公一劍血淋漓。如今看過《桃花扇》,始識騎騾入水時。"[①]史可法殉難揚州後,當時即傳聞不一。後來也有許多差異或大或小的回憶和記載,如史德威《史公可法揚州殉節紀》、《明史》本傳、《罪惟録》本傳、《南疆繹史》本傳、陳莽《史閣部殉國紀略》、應廷吉《青燐屑》和《明季南略》等[②]。多數記述史可法是揚州城破、被執殉節,少數記述史可法在城破後突圍而出,又死於亂軍中。孔尚任在《桃花扇》第三十八出《沉江》中敘寫的情節則爲:清軍攻破揚州,史可法本欲自盡,想起不可"效無益之死,舍孤立之君",於是縋城而出,乘報船赴南京。史可法過江後,恰遇一匹白騾,然後騎騾沿江奔赴南京。眉批對這一情節做了補充,謂:"史公騎白騾奔南京,有人遇見。或傳被害揚州者,誤也。"而後史可法又巧遇老贊禮,聞説南京大亂、皇帝出宫,一籌莫展、無計可施,縱身投江。眉批也肯定了這一情節設置:"閣部之死,傳云不一,投江確有見者。"孔尚任對史可法的死難傳聞和歷史真實是否清楚瞭解,不得而知,他在此出中安排史可法投江自盡,而没有敘寫史可法被俘、多爾袞勸降、史不屈被殺,可能是爲避犯忌,但自情節結構和劇作整體而言,主要是爲了使老贊禮巧遇侯方域等,引導侯方域入棲霞山,同時歸結史可法和陳貞慧、吳應箕。

題《桃花扇》傳奇

[清]藺士元

法曲新翻菊部頭,南朝天子例風流。後庭玉樹花才落,廢殿荒

① 清羅天闓:《〈桃花扇〉題辭》,《西塘草》卷七,道光間刊本。
② 參見楊德恩《史可法年譜》,商務印書館1940年版,第74—79頁。

宮又送秋。

合歡小扇冐輕紗，恨血斑斑點絳霞。愧煞息嬀歸楚後，夫人曾亦號桃花。

淚灑西風泣杜鵑，將星夜落大江邊。梅花嶺與桃花扇，兒女英雄兩卓然。

（清史夢蘭輯《永平詩存》卷二十二，同治十年刻本）

【按】藺士元，字臚三，河北臨榆人，諸生。著有《梨雲館詩草》。小傳後附史夢蘭（1812—1898）《止園詩話》，云："藺少香性蘊藉，善讀書，尤喜吟哦。體弱不勝衣，貌癯，而神甚清。每科歲試，學使輒擊賞其詩賦，置之高等。年未四十，以羸疾卒。詩筆清麗妍縣，不染俗囂。所著《梨雲館詩草》，曾屬余點定。沒後無子，詩稿散佚。所錄數首乃從郭廉夫比部搜討而得者也，已非其全璧矣。"郭廉夫，即郭長清（1813—1880），字懌琴，號廉夫，一號種樹山人，河北臨榆人。咸豐四年（1854）進士，官刑部郎中。著有《種樹軒詩草》。

題孔東堂樂府六首

[清]劉煒華

六朝金粉更南朝，愁過青溪舊板橋。名士驚魂淒曉漏，將軍戰血咽春潮。

紅羅月影年年在，白紵歌聲夜夜嬌。不待長江沉鐵鎖，金陵王氣已先銷。

陪都勝地選嬋娟，綺扇霓裳鎖望仙。曉仗傳聲歸禁院，春燈照影下樓船。

　　南來虎旅陳兵衛,北望龍庭愴故燕。黯黯斜陽啼杜宇,無多花柳盡成煙。

　　半壁偷安擁舊京,中原豺虎任縱橫。唱籌道濟饞移鎮,拜像睢陽死守城。
　　紫塞秋防逃國士,黃河夜靜渡天兵。薰風殿上當頭月,照得君王匹馬行。

　　漢水滔滔接大荒,白衣斟酒餞河梁。飛章樞府臣心盡,長揖軍門士氣揚。
　　戍火秋高馳塞馬,將星夜半化天狼。舳艫部曲匆匆散,誰伴孤魂返故鄉?

　　五雲深處按紅牙,宴罷蘭林日已斜。洗面啼痕歌《燕子》,聚頭血點幻桃花。
　　蕭蕭舊院空官妓,寂寂長門勝館娃。笑煞鍾情癡帝子,生綃玉柄賜兒家。

　　楓落烏啼夕照紅,滄波滾滾大江東。深宵狐兔遊荒院,鎮日牛羊牧故宮。
　　勝國河山餘父老,戰場燐火哭英雄。拍成無限興亡感,都付漁樵醉語中。

　　(《蒼梧山館集》卷一《陔餘集》,民國十二年至十五年刻本)
　　【按】劉焯華,字懷祖,又字子皋,湖北天門人。道光、同治間人,終年三十五歲。道光二十九年(1849),其父劉亡,其妻相繼去世，又家道中衰，故有從軍之志，自此浪跡軍旅，轉徙流寓，終無定所而終。著有《蒼梧山館集》八卷。

閱《桃花扇》傳奇有感

［清］沈寶森

金陵王氣列陪京，流水秦淮逝不停。六代興亡餘粉黛，一朝風義屬優伶。

諸生白下爰書急，列鎮黃河戰血腥。十斛桃花紅灑淚，也隨國事付漂零。

東林一紙定戈矛，江上危磯築未休。誤國閹兒猶黨錮，中興天子又風流。

千年碧血梅花嶺，一代紅顏燕子樓。唱盡《哀江南》故曲，秣陵楊柳不勝秋。

（《因樹書屋詩稿》卷五，光緒二十三年刻本）

【按】 沈寶森，字曉湖，浙江山陰人。咸豐二年（1852）舉人。官龍泉教諭。有《因樹書屋詩稿》。與晚清紹興名士李慈銘爲莫逆之交，常有詩文相唱和。

閱《桃花扇》傳奇三首

［清］方炳奎

草草興亡只一年，宮中行樂野烽煙。剩傳一曲《春燈謎》，收拾江山入管弦。

石頭城外陣雲紅，小部新聲曲未終。動地鼙鼓聽不到，君王應賞相臣功。

萬年遺臭豈心甘，只恨夷門太不堪。猶有閑情翻曲譜，擁兵差勝左寧南。

（《中隱堂詩》卷一《鈍吟草》，同治間刻本）

【按】 方炳奎，字月樵，安徽懷寧人。咸豐二年（1852）進士，官會川、平樂等縣知縣。

《桃花扇》傳奇題辭

［清］賈樹誠

草草南朝一夢過，何人重唱百年歌。須知一樣傷心事，偏是官家恨更多。

《春燈》《燕子》艷名馳，天子無愁有所思。何必蒲桃輸一斛，儘教內院界烏絲。

（《賈比部遺集》卷一，光緒元年刻本）

【按】 賈樹誠，原名榕，字雪持，號琴岩。會稽人。同治元年（1862）進士，曾官刑部雲南司員外郎。平步青輯有《賈比部遺集》二卷，並作敘（見《賈比部遺集》卷首，又載於《安越堂外集》卷一）。

李香君

［清］蔣錫綸

韻事秦淮跡已陳，風流詞句替傳神。南朝無限興亡感，都屬桃花扇底人。

（周慶雲輯《潯溪詩徵》卷三十四，1917年夢坡室刻本）

【按】 蔣錫綸,字景廬,號桐生,別號梅隱,晚號眉叟。烏程（今屬湖州）人。廩貢生。著有《桐花館詩稿》。

讀《桃花扇》

［清］陳韶湘

紫韻紅腔唱未闌,江山回首失龍盤。千秋高義酬公子,一代奇才付稗官。

菊部漫開新樂府,梨園猶著舊衣冠。忠魂獨吊梅花嶺,怨筑哀箏忍未彈。

（孫桐生選輯《國朝全蜀詩鈔》卷五十六,光緒五年長沙刻本）

【按】 陳韶湘,四川仁壽人。撰有《（四川仁壽）陳氏宗譜》,不分卷,有同治間刻本、民國十一年（1922）石印本;《鵑碧錄》四卷,有同治間留有餘齋刻本;《（光緒）補纂仁壽縣原志》六卷末一卷（清翁植、楊作霖等修、陳韶湘纂）,有光緒七年（1881）刻本。《萬首清人絕句》收其詩一首。作品又見載於梁學武主編《仁壽歷代詩詞選》,四川大學出版社 2016 年版。

題各種傳奇(選一)

［清］周世滋

《桃花扇》

一柄宮紗送曉風,平康俠骨傲群公。南都戰血今成碧,不及輕紈幾點紅。

（《淡永山窗詩集》卷十,同治間刊本）

【按】周世滋，字潤卿，號柳源。衢縣西安人。同治歲貢生。官永康訓導。著有《淡永山窗詩集》《柳源文集》《孝義周氏宗譜》二卷、《萬石齋印譜》。《衢縣志》卷二十三"人物志·清"載："《兩浙輶軒續錄》：'字潤卿，西安歲貢，官永康訓導。著《淡永山窗詩集》十一卷。'《西安懷舊錄》：'潤卿性落落寡合。同治間，由永康訓導解任歸，閉戶著書。有《玉屑編》等稿，未刊。'《家傳》：'天性孝友。父殁，懸像於庭，奉侍如生。既葬，築舍於墓，榜曰'慕廬'，以示孺慕之意。母病，親視湯藥，不假於婢僕。終身依依膝下，未嘗離也。之永康任，以母老不得迎養，每一兩月輒歸省一次。因兄、嫂殁，請告終養，隱居不仕。自署有集宋句一聯云："文章自古無憑據，喬木於今似畫圖。"""①

題《桃花扇》樂府

［清］汪　桐

崑老能歌柳善譚，九州鐵錯鑄何堪。公然一疏清君側，痛煞寧南與靖南。

大廈難憑一木支，汩羅同恨不同時。白頭贊禮多情甚，灑向江天酹酒巵。

水天閒話付漁樵，一局殘棋一曲簫。贏得美人千古淚，年年流恨送南朝。

（《晚晴簃詩匯》卷一六八，1929 年退耕堂刻本）

【按】汪桐，字冠侯，宜興人。文安弟。陳澧（1810—1882）

---

① 鄭永禧纂修：《衢縣志》，1937 年鉛印本。

弟子。官烏鎮同知,宰湯溪、常山等縣,曾官浙江知府,俱有政聲。詩法少陵。凡周秦漢魏六朝以至唐宋諸大家文,皆手自選抄,積百餘卷。有《靜齋詩鈔》。《晚晴簃詩匯》卷一六八收其詩兩首。

題《桃花扇》後

[清]鄂　禮

南朝天子醉春風,一曲笙簫帝業終。選妓急於徵隱逸,復仇何故死英雄。

黨人獄起江山恨,舞扇歌成妾婦忠。痛哭鼎湖龍殉國,千年華表泣秋蟲。

（《惜分陰書屋學吟草》,稿本）

【按】此詩作於同治二年(1863)。鄂禮,章佳氏,字立庭,襲三等子。滿洲正白旗。那彥成曾孫,慶廉子。由工部主事歷官至內閣侍講學士、駐藏大臣。生平簡見於《八旗文經作者考》與《八旗藝文編目》。今存其詩集《惜分陰書屋學吟草》,不分卷,一冊,同治稿本,現存國家圖書館。章佳氏是有清一代滿族世家中繼索綽絡氏又一兼具科舉與文學兩個因素的文化家族,以一門之內三進士、兩舉人的科第成績傳爲佳話。

餘墨偶談初集(節錄)

[清]孫　枟

《桃花扇》題辭

榮吉甫茂才題《桃花扇》三絕云:"高嶺寒梅鎖寂寥,白門疏柳

剩蕭條。行人到此休回首，一瞥繁華抵六朝。""桃花零亂不成春，
賴有冰紈代寫真。血染幾枝紅灼灼，勝他楚國不言人。""激成黨禍
國隨淪，如此清流亦未純。看到末流能赴義，讀書人愧說書人。"此
老滿腔幽憤，慨乎言之。

（《餘墨偶談初集》卷八，光緒九年雙峰書屋刻本）

【按】 孫橒，原名桂，字丹五，號詩樵。浙江山陰（今紹興）
人，寄籍遵化，故自署"燕山"。好吟詠，善繪事，平生往來南北各
地。嘗久寓京師，又以其父孫汝霖官粵西，遂游嶺南，遍行兩廣，寓
廣州、桂林等地。著有《餘墨偶談》八卷，同治十年（1871）刻於廣
州。此書爲雜撰筆記，所記多是親歷親聞，舉凡社會情事、金石刻
記、風物勝跡、仕女藝妓、科舉雜談、詩文品鑒以及時人交往詩會集
社等無不備錄。又有光緒九年（1883）雙峰書屋刻本，並收錄於
1917年刊《名人筆記海匯》第一集。其中涉及才女、妓女之類的筆
記節錄本一卷收錄於《香豔叢書》。

關於榮吉甫，清震鈞《天咫偶聞》卷五載：

一畝園，在大丞相胡同，先師榮吉甫先生（棣）曾居之。先
生漢軍人，姓劉氏。居家無恒產，性耿介，不妄取予。尤工詩
古文，以優行生屢試不中第，授經糊口。曾一入楊子和學使
（霽）幕，一言不合，攜一童子徑歸，視萬里猶戶庭。身後遺詩
一卷，門人刊之。志克庵先生爲之序云："及（按應作"吉"）甫
榮先生爲予同學友，家無恒產，而性耿介，不妄取予。務舉子
業，尤好古文辭。以太學優生屢試不售，益忿激。往往讀太史
公文，輒慷慨悲壯，有不可一世之概。交游中，稍顯達，即苛
求，不少貸。其爲人與所爲文辭，幾如《陽阿》、《薤露》，國中屬
而和者，蓋寡矣。惟與余交四十年中，雖時不滿，而終相契合

無間,或承氣味有相投者乎?歲丙子,余在庫倫,稔知先生苦況,稍饋俸餘,竟受之。仍復書謝,異數也。嗣聞先生語人曰:'志克庵尚能篤故舊之誼,故受之,在他人則不可。'無何,聞先生訃音。只以跡阻數千里,同研至契,竟不得靈前一奠。不但四十年故交中無此人,即非故交,再索耿介如先生者,不知誰爲氣味相投之人也?悲夫!及歲戊寅,乞病歸。先生及門諸友欲刻先生詩稿,問序於予。因言先生故後,曾公約每月集數金爲先生孺人胡氏生計,孺人辭焉。謂偕先生食貧慣,先生不受人憐,何敢傷先生之廉。復議刊先生詩稿,乃許之。噫!奇矣。先生耿介而孺人能安貧守分以承其志,真不愧爲先生之配。求之鬚眉,且不可得,而況貧獨之嫠耶!先生之詩,有目者共賞,無煩謬贊。而刊詩之舉,雖及門之美意,而究由先生孺人能承其志以成之,是不可以無述也。綏芬瓜爾佳氏克庵志剛序。"按:……①

題李香君小像

[清]唐斯盛

佣儻温柔兩絶倫,秦淮占斷昔年春。阮郎總有憐香意,不是天台採藥人。

想見風流第一班,桃花扇上淚斑斑。多情誰似侯公子,畫裏空教憶舊顏。

(《申報》,1879 年 7 月 7 日 3 版)

---

① 清震鈞:《天咫偶聞》卷五,光緒三十三年刻本。

【按】 唐斯盛,生平不詳。著有《奏緑山房詩稿》六卷(上海圖書館藏有稿本,又藏有五卷本稿本)、《香奩體》一卷、《文稿》一卷。林慶彰主編《晚清四部叢刊》(文聽閣圖書 2011 年出版)第四編第 93 册收有《奏緑山房詩稿》。

讀《桃花扇傳奇》(選三)

〔日〕繡花主人

鴛愁鳳恨弔金陵,金戟鐵戈思不勝。霸氣當年一場夢,春燈影裏唱《春燈》。

一回歌罷一魂銷,鼓角樓船向六朝。何處宫娥滿腔恨,傷心吹斷白牙簫。

剩水殘山太可憐,燈船竹吹又絲彈。秣陵春去桃花落,扇底何人哭杜鵑。

(《中京文學》,1894 年 5 月)

【按】 此詩原有十首,選三首。

讀《桃花扇》

〔日〕宫崎宣政

其　一

春夢金陵畫殿涼,可憐玉樹帶斜陽。北來鼙鼓無端下,南渡鶯花一笑忙。

鐵鎖沙銷水空咽,胭脂淚盡井猶香。不堪銅狄臥荆棘,暮雨蕭蕭天子床。

其　二

青溪烟雨秣陵秋，羯鼓鼕鼕何處樓。十廟功臣難再起，一年王氣忽然收。

只能古渡聽桃葉，其奈降旗出石頭。夜半莫愁湖鬼哭，不知天子竟無愁。

其　三

跋扈寧南氣不降，暗潮亂打夜船窗。殺人只落血雙手，報國空填悲一腔。

身已嘔心星亦隕，力先絕臏鼎難扛。楚烏幕冷兵皆散，寂寞魚龍秋江冷。

其　四

落日平山蕭寺昏，連天殺氣遍中原。慈悲佛子模糊淚，憔悴靈均佗儍冤。

魚腹葬臣臣有罪，江心拜月月如魂。衣冠梅嶺鵑啼墓，每到春深見血痕。

其　五

鍾山陵闕暮雲孤，昔日興亡歎壯圖。豈有偏安新紫氣，可憐荒廢舊青蕪。

只看神木經年朽，漫說黃星夾日趨。鼎沸一年成底事，桂宮回首只啼鳥。

其　六

城頭草木澹斜暉，忽見隔江颭大旗。鶴唳秋寒陣雲惡，狼烟月黑羽書飛。

北門鎖鑰憑誰守，南國山河回首非。壞土皆無何所葬，可憐閣部一戎衣。

其　七

漏滴宮壺樂未央，盈盈碧玉就郎傍。人前肯解芙蓉扣，簾内羞成桃李妝。

扇影映杯春入手，花痕搖枕夜眠香。夢中匝地烟塵起，明日秦淮新戰場。

其　八

痛絶妝奩負恨長，阮鬍自此太猖狂。畢生命薄烟花鬼，抵死情深鐵石腸。

丞相殺人同草木，佳人噴血拆鴛鴦。初心豈被黄金奪，看到刀光笑自當。

槐南(按即森槐南)曰："貞心烈性，凜若冰霜。前聯十四字，字字如自香君心窩裏剚抉而出。七八視原本《駡坐》一折，更有生氣。"

其　九

館娃宮闕日西斜，宴罷昭陽散晚鴉。狎客傳箋歌燕子，美人賜扇認桃花。

啼鵑空有三更血，新帝終無半壁家。丁字簾前潮又滿，忍聞嗚咽帶胡笳。

槐南曰：“南都荒淫光景，前半一點，後幅則全從鼎革後追敘。鵑啼潮咽，從此哀怨。”

其　十

人在揚州第幾橋，相思扇底弱魂飄。春鵑血浣花千片，秋柳絲懸命一條。

鏡裏低徊鸞悄悄，樓頭消息月迢迢。誰知門外傾脂水，咽作秦淮上下潮。

槐南曰：“燕子樓中霜月夜，秋來只爲一人長。關盼苦節，獨承尚書十年恩遇，香君豈其比哉？‘秋柳’七字，替他寫照，香君死亦瞑目矣。視樂天三絕，何啻上下床之別！”

（《晴瀾焚詩》，明治書院明治二十九年十二月版）

【按】　宮崎宣政，字晴瀾，日本《自由新聞》記者。他的這組詩歌初載於《晴瀾焚詩》（明治書院明治二十九年十二月版），後又載於《遼東詩壇》1926年第15—18期、1927年第21、22期。這組詩歌的創作，應該受到了森槐南的影響。

讀《桃花扇傳奇》二律

［日］田邊蓮舟

秦淮烟月暗妝樓，玉蕊瓊枝第一流。菊部新聲嫻度曲，菱花倩影憶梳頭。

黃冠匆促無家別，紅粉飄零故國愁。復社已空龍友去，青燈相伴數更籌。

凌波羅襪不生塵，羞作平康賣笑人。柳色官橋不盡水，桃花人面可憐春。

曾將妙翰勞名士，漫把中興怨武臣。揮手大功坊下別，黃絁卞賽本鄉親。

敬香云："悲涼哀婉，巧寫一代興亡。非眼閱滄桑者，不能辨隻字。"

（《花香月影》第 41 號，1899 年 9 月）

【按】敬香，即大江敬香。日本漢詩人。明治前期，在東京創立愛琴吟社。

題《桃花扇》

［清］鄭　鴻

日夜薰風殿裏游，江山風雨秣陵秋。南朝天子真無福，只解徵歌不解愁。

四鎮當年志不侔，忠魂千古戀揚州。衣冠墓近梅花嶺，應與寒香萬古留。

秦淮風月暫離群，一語偏能息亂軍。他日棲霞山色裏，那堪重遇李香君。

不受田家一斛珠，扇頭血染淚模糊。青樓解重東林黨，義子乾兒愧也無？

檄草修成信不通，才知柳老是英雄。天生俠骨無人識，肯向朱門作樂工？

貴陽幸有丹青手，扇上偏能點綴工。春老仙源人不到，桃花零散幾分紅。

（《懷雅堂詩存》卷一，光緒三十一年刻本）

【按】 鄭鴻,字伯臣,曲阜人。諸生。有《懷雅堂詩存》四卷。

讀《桃花扇》傳奇

[清]徐士怡

長板橋頭柳色新,粉香脂膩鬥芳春。侯生不學陳吳死,晚節頹唐負美人。

將帥驕淫積怨多,憑誰重整舊山河。皖南烽燧連淮北,猶是同操入室戈。

梨園小部擅風流,一曲《春燈》唱未休。聞道戰書床下滿,南朝天子慣無愁。

紛紛氣焰死灰餘,黨禍偏將復社除。不及風塵多義俠,崑生曲子敬亭書。

東南半壁易淪亡,誓死孤臣淚萬行。可惜孝陵乾淨土,未能陪葬侍高皇。

銅駝宮闕莽蕭蕭,王氣金陵久寂寥。滿眼滄桑家國恨,就中愁煞老漁樵。

(《寄生山館詩賸》,觀自得齋叢書本)

【按】 徐士怡,字棣友,石埭人。著有《寄生山館詩賸》。

題《桃花扇》傳奇

[清]潘春華

秦淮河邊烟月好,往事南朝顛復倒。半壁江山粉黛圍,鶯花隊闊朝廷小。

　　陳愁唐恨悵迢遥，一載春風抵六朝。條條深巷群芳國，妝閣遥連長板橋。

　　白門柳色參差似，曾以玉京比仙子（寇白門、卞玉京）。浪得虚名窈窕娘（李貞娘、鄭妥娘），奇姿獨讓芬芳李（香君）。

　　當時珠檀傾城色，春鎖重門人未識。鄭重梳攏輾轉求，才華公子殊難得。

　　是時復社結新盟，角逐騷壇有盛名。秀才領袖吳次尾，公子班頭陳定生。

　　翩翩儒雅敦風誼，不許薰蕕或同器。客魏乾兒不記名，連番被辱倉皇避。

　　無奈思維要乞憐，殷勤硯友善周旋（楊龍友）。美人計就千軍解，早識中州公子賢。

　　中州公子夷門裔（侯朝宗），應試南闈遭落第。匝地風烟不得歸，莫愁湖畔傷春麗。

　　春情三月正夷猶，訪翠經過暖翠樓（卞玉京樓）。銷魂最是吹簫女，解得香囊訂好逑。

　　嫁衣代製多情友，合歡酒罷詩吟就。宮扇書成作定盟，天長地久期無負。

　　爲感纏頭三百金，轉教傾國費沉吟。誰知出自懷寧手，難奪平康節烈心。

　　珠翠羅紈頃刻卸，鉛華肯向權奸藉。裙布釵荆名更香，阿儂自有千金價。

　　從此郎將畏友看，相投風味臭如蘭。朝登水榭消春寂，夕泛燈船忘夜寒。

　　那知好事偏多累，倉猝訛言傳左帥（左良玉）。尺素旋憑柳毅傳（柳敬亭），言言切責移兵議。

豈知臣節似冰霜，一紙私書竟自戕。煞恨老羞能變怒，狠將金彈打鴛鴦。

鴛鴦打散飛何處？天涯夫婿參軍去。別雨離雲形影單，媚香樓上淒涼住（香君樓名）。

無何流賊肆憑陵，地覆天翻廟社崩。山殘水剩陪京在，擇主紛紛眾議興。

乾隆轉側群奸喜，擁立功成馬阮起。滿眼烽烟總不知，評量花月春風裏。

春風得意氣尤驕，毒手先將施阿嬌。可憐月損花殘後，阿母從權李代桃。

此身得保無瑕璧，好個芳容已破額。歷亂東風紅雨飛，鴛鴦券上淋漓跡。

粉署閒曹搆妙思，漫將彩筆綴新詞。傷心抵作蘇姬錦，欲寄郎君倩阿師（蘇崑生）。

從來命最紅顏薄，豪權愈肆風波惡。賞雪筵前女禰衡，漁陽撾起甘湯鑊。

萬種牢愁忤上公，竟令被選入深宮。那知崔護重來日，人面桃花兩地紅。

風流天子春心縱，薰風殿作迷香洞。不愛江山愛美人，朝綱悉聽權奸弄。

伺隙憑空復舊讐，黨人一夕網羅收。佳人被選才人獄，兩處離魂一樣愁。

解救奔馳兩俠客，瀾翻舌底儀秦策。激起兵氛萬丈高，同袍竟自稱矛戟。

從教鐵鎖解江潭，行矣君臣國不堪。英雄一死留餘恨，前有寧南後靖南（黃得功）。

太息山河剩殘局，孤臣又葬江魚腹。一幅衣冠梅嶺頭（史閣部），千秋杜宇黃昏哭。

獄槐宮柳靄時消，慧業情根總寂寥。曲罷斜陽人不見，空留閒話付漁樵。

（黃協塤輯《海曲詩鈔三集》卷二，1918 年國光書局鉛印本）

【按】潘春華，字笑山。諸生。里居不詳。著有《留耕軒吟稿》。丁時水《海曲詩話》云："張野樓稱：'笑山詩，性靈、書卷皆到，爲近時作手。'"

讀《桃花扇》

[清]王慶善

秦淮河畔草如茵，桃李含愁照水濱。千載白門疏柳在，杜鵑啼盡秣陵春。

風流舊院姓名香，長板橋頭種綠楊。色藝當時推寇鄭，抽身輸與玉京娘。

《牡丹亭》曲遏行雲，不唱新箋燕子文。壓倒河房諸粉黛，千秋絕調李香君。

忽然兒女忽英雄，扇底桃花萬血紅。讀罷其年《湖海集》，一燈風雨哭朝宗。

當頭明月正娟娟，檀板新聲醉管弦。辜負一枝才子筆，《春燈》《燕子》寫紅箋。

連江烽火勢披猖，四鎮驕兵孰可當。鑄鐵九州成大錯，防河不遭靖南黃。

矢心報國作奇男，跋扈冤名死不甘。公論昭彰青史在，千秋痛哭左寧南。

煙花管領自魂銷，畫筆瑰奇掣海潮。宰相逃亡皇帝獻，獨留龍友殉南朝。（龍友殉國見《諧鐸》。）

秀才復社互相侵，樹黨忘君怨結深。冤殺南朝馬瑤草，斲明元氣是東林。

剩水殘山落照紅，曲終人去海天空。金陵多少興亡事，付與漁樵一話中。

（《也儂詩草》卷一，光緒二十七年宜春閣木活字印本）

見山樓叢録（節録）

闕　名

曲阜孔尚任作《桃花扇》傳奇，無錫顧彩又作《南桃花扇》，所衍亦侯朝宗事。尚任以張薇出家白雲庵，爲侯李説法，二人醒悟修行，分住南北二山結局。此改朝宗挈姬北歸，白頭偕老。按朝宗於順治癸卯尚應秋試，顧氏改之，不爲無見。劇中諸人姓名履歷，亦真實不虛。惟關目頗多增飾，事蹟嘗加扭合，蓋才力不逮云亭遠矣。

（蔣瑞藻《小説考證（附續編、拾遺）》卷五“南桃花扇第九十三”，商務印書館 1935 年版）

六、影響編

雲來莊觀女優演余《南桃花扇》新劇

〔清〕顧　彩

唱罷東塘絕妙詞,更將巴曲教紅兒。繞梁不用周郎顧,傾座皆聆白傅詩。

南國莫愁無恙在,故園桃葉正相思。生香口頰歌逾媚,滿泛金樽賞一巵。

（《往深齋詩集》卷六,康熙四十六年孔毓圻碎疆圍刻本）

【按】 詩題中的"雲來莊"在容美細柳城東上坡五里。顧彩於康熙四十三年(1704)二月初十日初見田舜年,自五月十六日至六月二十四日住雲來莊西閣,六月二十五日啟程離開容美。他在容美觀看《南桃花扇》的演唱即在此期間。由首聯"唱罷東塘絕妙詞,更將巴曲教紅兒",可知顧彩曾指導容美當地的女優演唱他的《南桃花扇》。由頷聯,可見當時觀劇者有多人,則演出《南桃花扇》的似應為田舜年的家班。

曲海總目提要（節錄）

〔清〕黃文晹原本、陳乃乾校訂

卷第二十四

南桃花扇

曲阜孔尚任曾作《桃花扇》,無錫顧彩又作《南桃花扇》。《桃花扇》之首出白云："日麗唐虞世,花開甲子年。康熙二十三年,四民樂業,五穀豐登,祥瑞並臻,河清海宴,欣逢盛世,到處遨游。"今作《南桃花扇》者,從此翻出,則更在其後也。所演即侯方域事,尚任以張薇出家白雲庵,登壇建醮。侯生、李姬至庵相見,薇爲説法,兩人醒悟,修行結局。彩改作侯、李團圓,蓋全本樂曲,自當以團圓爲正也。且侯方域於順治辛卯尚應秋闈之試,尚任云："拜丁繼之爲師,修真學道。"無異説夢,改作爲是。仍名《桃花扇》者,則以爲李香君面血濺扇,楊文聰以筆畫點之,其關目與孔本相同。尚任北籍,彩南籍,故曰《南桃花扇》也。劇中諸人,姓名履歷俱真,關目事蹟則頗多扭合添飾。今按其本,加以辯駁,庶幾無真僞混淆之患云。(按唐人詩云:"舞低楊柳樓心月,歌罷桃花扇底風。"作者取此字面,造出事跡生情耳。)

正劇劇云:侯方域,字朝宗,中州歸德人,祖太常,父司徒,久樹東林之幟。(按方域,河南歸德府商邱縣人,祖執蒲,官至太常卿;父恂,官至戶部尚書,俱在東林中有聲望。劇言不謬。)壬午,南闈下第,僑寓莫愁湖畔。社友陳定生、吳次尾寓三山街蔡益所書坊,時常往來。(按明代南京鄉試,各省監生入南監者,俱可入試。方域應南試是實。陳定生名貞慧,宜興人,都御史於廷之子。吳次尾名應箕,貴池人。於廷本東林人望。天啟、崇禎時,張溥、吳偉業等創立復社,東南名士無不結社者,皆以復社爲宗。貞慧、應箕俱社中名士之魁也。)仲春之候,三人同訪説書人柳敬亭。是時,懷寧阮大鋮,原任光祿卿也,以魏忠賢黨名掛逆案,崇禎屏廢不用,徙寓金陵,作《燕子箋》、《春燈謎》諸劇,才思華豔,歌舞聲技,甲於南中。柳爲大鋮門客,應箕作《留都防亂揭》以攻大鋮。柳見其揭,拂衣出阮門,故諸人喜與之游。(按柳敬亭號爲柳麻子,泰州人,本曹姓,年少時獷悍無賴，名在捕中。變姓名曰柳，逃之盱眙。耳剽稗官故事，以說書著名。劇中應箕云：“曾見賞於吳橋范大司馬、桐城何老相國”。道其實也。范名景文，崇禎時爲南京兵部尚書，後拜大學士，以身殉國。何名如寵，崇禎時大學士，最有清望。但柳實大鋮門客，未嘗有拂衣而去之事。諸名士以其善說書而與游，亦非謂其能與阮絕也。《留都防亂揭》，則應箕等所爲，而無錫人顧杲居首。）李貞麗者，舊院中名妓也。假女美而豔，延歌者蘇崑生教以詞曲。貴州楊文驄，鳳陽總督馬士英之妹夫，阮大鋮契友也。乙榜縣令，罷職閒居。素善貞麗，過其居，見女之美，畫蘭贈之，爲題字曰“香君”。與貞麗言，欲令方域爲香君梳櫳。（按方域文集中有《李姬傳》，載姬始末。楊文驄字龍友，善畫。蘇崑生者，河南固始人，寄居無錫，以善歌著名。俱是實事。）會當春丁，大鋮往文廟觀祭，爲復社諸生所辱。貞慧於雞鳴埭燕客，用帖借大鋮家樂唱演，而席間諸生復醜詆大鋮。大鋮慚恚甚，方欲求好於諸生，文驄因爲畫策，使大鋮出重貲予貞麗，爲方域聘香君。方域聞文驄譽香君之才美，清明日特造訪之，則其母女正在名妓卞玉京家，爲盒子之會。方域遂偕崑生造卞宅。貞麗自卞樓挈女下，留方域飲，約於三月半爲香君上頭。方域以囊空爲辭，文驄云“妝奩酒席，皆已全備。”及至是日，大鋮爲費二百餘金，文驄約清客丁繼之、沈公憲、張燕筑等，陪方域詣李氏。貞麗則邀卞玉京、寇白門、鄭妥娘等諸名妓皆與吉席。方域作詩一絕，以贈香君，遂合歡於香君之媚香樓。明日，文驄來賀，因道大鋮代出重資之故，欲方域解釋於貞慧、應箕等。方域難却大鋮厚意，遂言阮本年伯，當爲諸君分解。而香君則大怒，痛罵大鋮，拔簪脫衣，誓不受其籠絡。方域不得已，復從香君之言。而諸名士於丁繼之秦淮水榭置酒看燈船，大鋮夜半駕燈船而游，又爲諸生所詈，踉蹌而去。於是搆怨益深矣。（按"祭丁"、"借戲"二事，聞果有之。大鋮出資買妓，結好方域，及香君却奩，蓋係方域自誇，未必實有其事。下玉京住大功坊，與徐中山府第相對，其事蹟見吳偉業詩集。寇白門、鄭妥娘，亦俱金陵名妓。玉京名賽，白門名湄，妥娘名如英，字無美，並見當時名士詩文集中。然妥能詩，手不去書，朝夕焚香持誦。如皋冒伯麐嘗集妥與馬湘蘭、趙今燕、朱泰玉之作，爲《秦淮四美人選稿》。劇中以丑角爲之，殆非所宜。盒子會乃名妓故事。沈周集中有《盒子會歌》，即其事也。丁繼之、沈公憲、張燕筑，皆當時清客，錢謙益、龔鼎孳等皆與之游。方域父恂，與大鋮俱萬曆丙辰進士，故方域以大鋮爲年伯。燈船者，秦淮盛事，歲歲有之，至今不廢。）左良玉率重兵鎮守武昌。因饑兵缺餉，向轅門鼓噪，良玉遂欲撤兵漢口，就食南京。本兵熊明遇束手無策，使文驄告方域，欲得其父恂書以止良玉。方域以父罷官家居，往返寥闊，乃代作父書，使柳敬亭赴良玉軍，令鎮武昌，不可移兵内地。良玉喜敬亭舌辯，且以恂書止兵，遂留敬亭於幕。而南京公卿方大驚恐，司馬熊明遇集衆會議。明遇出視江上之師，漕撫史可法、鳳督馬士英俱至議所。大鋮、文驄雖廢紳，亦皆與座。文驄言良玉係侯司徒舊卒，已發書勸止，當無不從。可法以爲然，而大鋮則以方域却奩銜恨，遂言良玉欲南下，乃方域發書所招，請當事者捕治方域。可法以爲不可。文驄恐方域受禍，乃馳詣香君之室，以情告方域，使潛避之。方域以可法出父恂之門，遂投可法。（按左良玉始末，侯方域集中敘之最詳，然其失實，不可不辨。方域言良玉以走卒侍其父恂，恂爲督治昌平侍郎，一旦拔之，用爲副將，未及期年，遂總兵爲大將。吳偉業《綏寇紀略》所載，專取其說。劇中左良玉自白云："軍門侯恂拔於走卒，命爲戰將。不到一年，又拜總

兵之官，北討南征，功加侯伯，强兵勁馬，列鎮荊襄。"蓋亦祖方域之
説也。"北討"謂於山西懷慶與李自成等相角，"南征"謂攻張獻忠
於楚，致瑪瑙山之捷，皆係實跡。"功加侯伯"，謂初封寧南伯，繼復
進侯。然封伯乃於楚有功而得，進侯則福王自立之時，皆後來事。
此處良玉口中，不宜遽及。至侯恂拔良玉於走卒之説，乃仍方域之
誤，所當亟辨者也。良玉本臨清人，熹宗時官遼東都司。天啟四
年，巡撫畢自肅以部卒缺糧鼓噪，革職而去。良玉亦被褫。至崇禎
三年之春，大清兵收回山海關外，明之督撫遂報永平已復。所敘諸
將内有曹文詔、左良玉姓名，蓋良玉以都司革職，在軍中效力。明
代制度多有如此，其名謂之"爲事官"。既敘在復城數内，則其時或
當復官，或當另敘。崇禎事蹟，未得其詳。要之以原任都司軍前效
用，不可謂之"走卒"也。效用都司，因恂特薦，遂擢副將，豈非破
格？故良玉受崇禎知遇，而奉恂爲恩門。方域欲誇張其父，以爲恂
之薦良玉，如蕭何薦韓信之比，故略其從前之官資，而直謂之"走
卒"。不知一人之手，不可掩天下目也。自吳偉業據其説，筆之於
《綏寇紀略》，而豔其事者，往往不知良玉之本來矣。方域集中有代
父與左良玉書，亦係後來造出，並非實事。蓋侯恂以事下獄者七
年，崇禎以李自成日熾，攻陷河南州縣，圍困開封省城，欲良玉專心
辦賊，故出恂於獄，代丁啟睿爲督師。恂未至軍，而良玉兵已敗於
朱仙鎮。恂請疾馳至良玉軍，崇禎以恂赴良玉軍無益於救汴，乃命
拒河圖賊，而令良玉以兵會。良玉不願行，僅使部將金聲桓以五千
人至，詭云身率三十萬衆立至矣。已而，竟不至。開封爲李自成所
破，崇禎怒恂，罷其官，以呂大器代之。恂解任，尋復下獄。此十五
年事也。良玉避自成鋒，退兵樊城，旋入武昌。明年正月，兵潰而
南，聲言赴南京。其部將王允成先引兵破建德，劫池陽。文武操江

陳師江上以守禦，南兵部尚書熊明遇錯愕無策。吉水李邦華，故南樞臣，居家，被召抵湖口。聞變，草檄正告良玉，開示禍福，且移書安慶巡撫，發九江庫銀十五萬以補其餉。邦華又親入左營撫之，良玉稍息肩於安慶。迨張獻忠破武昌而去，良玉始自湖口入武昌。良玉之不至南京，邦華力也。彼時，若方域果有代父與良玉書，書中當敘明爲良玉受累之故，且不在獄中，亦當就逮。書中全不言及，故知非當時手筆也。良玉援汴不力，退而之楚，自楚南下。及武昌爲張獻忠所破，良玉復自南逆流入武昌。劇云良玉鎮守武昌，亦誤也。良玉在楚，張獻忠亦出沒楚境。十六年內，良玉頗奏恢復州郡之功。崇禎以承天府爲興獻弓劍之地，賴良玉恢復，乃封良玉爲寧南伯，畀其子夢庚以"平賊將軍"印，俾功成之後，世守武昌，並非南潰以前事。阮大鋮發論，謂方域招良玉。《綏寇紀略》亦載其事，言方域嘗偕友移書罵之。左兵南潰，方域僑寓陪都。大鋮頌言良玉爲賊，而目侯以同反。劇中亦祖其説，然此亦出方域集。偉業未深考之，而筆之書。其《與阮光禄書》，亦後來僞作。大鋮因留都防亂之揭，痛恨復社諸生，方域故與吳應箕、陳貞慧不能不怒及之，其書則子虛也。方域爲香君之故，則劇所增飾，不出於偉業。其投史可法，亦係緣飾，非實事。）崇禎十七年，李自成破北京，鳳陽總督馬士英使大鋮迎福王。史可法已升南京兵部尚書，建議不可。士英不聽。既立福王，士英、可法及吏書高弘圖、禮書姜曰廣，俱入閣辦事。四鎮武臣，靖南伯黃得功、興平伯高傑、東平伯劉澤清、廣昌伯劉良佐，俱進封侯爵，各回汛地。可法督師江北，開府揚州。三鎮與高傑相爭，可法調劑其間，令傑鎮揚、通，爲標下先鋒，得功鎮廬、和，澤清鎮淮、徐，良佐鎮鳳、泗。三鎮未即聽和，同攻高傑。傑又不遵約束，欲渡江掠蘇杭，爲巡撫鄭瑄所扼。是時，李自成兵潰而南,將渡黃河。許定國總兵河南,不能阻擋,飛章告急。傑乃願引兵開、洛防河,將功贖罪。(此段大略皆實。馬士英欲立福王,可法貽書言有“七不可”,士英不聽。劇言“三大罪、五不可”,小異。福王既自立,以寧南伯左良玉、靖南伯黃得功並進爵爲侯,而封高傑爲興平伯、劉澤清爲東平伯、劉良佐爲廣昌伯。劇略良玉不敘,而曰四鎮皆由伯進侯,亦失事實。高傑與三鎮相爭,遂鋭意欲赴河南。劇云侯方域參史可法軍事,爲可法語傑,令赴河南,亦非事實。方域未嘗爲可法參謀也。)方域自可法幕中,奉可法令,監高傑軍。至睢州,傑爲許定國所殺。方域走還商邱,避難月餘,買舟南下,至呂梁,與蘇崑生遇,語及香君蹤跡,遂與崑生偕至金陵訪之。(按高傑爲許定國所殺,是實事。聞定國本河北人,傑從李自成爲流賊時,嘗戕定國之家。定國切齒,而傑初不知也。傑至睢州,定國事之甚恭,設宴款洽。傑已酣醉,定國又宴其部下諸將,令兩妓侍一人。至夜定,兵器皆爲妓所掣去。定國攻傑,傑遂徒手被擒。劇所載大段相合。劇言其計出定國妻侯氏,未知的否。侯方域在傑軍一段,則非實也。高弘圖,山東人。姜曰廣,江西人。)初,方域既去,而大鋮尚銜李香君。會與士英擁立福王,復光禄職銜。馬阮之黨田仰推升總漕,以聘金三百托楊文驄聘妾,文驄以香君應之。香君欲爲方域守節,峻拒不肯從。士英與仰同鄉,又入大鋮之譖,使人強投聘金,劫香君,送於仰。假母貞麗力勸,香君不肯下樓,撞破頭額,流血濺衣,並污方域所贈詩扇。貞麗不得已,充作香君以行。文驄與蘇崑生往看香君,香君方臥未醒。文驄見血污之扇,用筆點綴,以作折枝桃花。香君不忘方域,崑生許爲探方域於高傑軍中,持“桃花扇”以爲信。時,大鋮承福王命,選清客、妓女教演梨園,歌《燕子箋》諸劇。新春人日,士英與大鋮等會飲賞心亭,徵歌命酒。

香君頂貞麗名以應，而席間不肯唱歌，且以語觸大鋮。大鋮甚怒，欲深罪之，文驄爲之勸解。大鋮乃以貞麗名上，令入內承值。崑生自金陵渡江，乘驢而北。高傑已爲許定國所殺，亂兵南下，推崑生墮黃河，奪其驢去。初，李貞麗嫁於田仰，爲嫡妻所妒，以配漕卒。其舟至呂梁，見崑生墮水，亟救入舟中。方共絮語，而方域舟適至。三人共晤，知香君爲己守節。方域見桃花之扇，偕崑生復往金陵。（按李姬却田仰金，相傳有此事，其餘大率皆添綴也。"桃花扇"之名，此段敘出，然亦未必實。大鋮教歌，相傳有之。蓋大鋮以烏絲闌書《燕子箋》、《春燈謎》諸種，進於福王。其時，科道官嘗奏云："酣歌漏舟之中，又恐《燕子箋》、《春燈謎》非枕上之兵符、袖中之黃石也。"）及至香君所居，則武林畫士藍瑛與楊文驄舊交，文驄送寓香君之宅，居於媚香樓。與方域、崑生相見，出所畫錦衣張薇松風閣手卷，俾方域題之。大鋮已特授兵部尚書，力報舊怨，周鑣、雷縯祚皆入獄，又欲盡羅織東林、復社諸人之罪。方域自瑛所別去，過三山街蔡益所書坊，遇陳貞慧、吳應箕，爲大鋮所知，捕三人送錦衣獄，令指揮張薇、鎮撫馮可宗鞫問，以爲東林、復社之黨，與鑣、縯祚相鉤結者。薇本崇禎時指揮，有志節，與朝士知名者往還。詰問方域，知爲己題畫之人，乃言若本無涉，而詰應箕、貞慧，亦無罪跡。不得已，姑置三人於獄，作書於可宗，令好待之，勿羅織善類。遂托養病，避居城南松風閣中。校尉捕蔡益所至，薇使匿松風閣，以絕其跡。（按藍瑛，字田叔，杭州人，善畫山水。張薇字瑤星，錦衣衛治儀正，南投福王，以爲指揮。國變後，居江寧之松風閣，龔鼎孳輩皆與之游。馮可宗，福王時鎮撫。阮大鋮以馬士英薦，起官兵部侍郎，朝士皆以爲不可。士英復以知兵力薦，尚書張慎言、徐石麒輩仍力持不可。乃用計令劉澤清、朱統鑡等攻去姜曰廣、張慎言、徐石麒、劉宗周等人，遂用大鋮爲兵侍，俄遷戎政尚書。於是以周鑣、雷縯祚爲謀主潞藩，捕入獄中，傅致其罪。其復社諸生亦多送獄，謂爲周、雷之黨。劇中多係實事。）先是，左良玉在武昌，九江總督袁繼咸送餉至楚，巡按御史黃澍亦奉朝命，宣晉爵之旨於良玉。方共宴黃鶴樓，忽聞崇禎煤山之信，三人慟哭拜盟，結爲兄弟。繼咸督師，澍爲監軍，相與勠力、觀變。蘇崑生以方域在獄，非求救於良玉，禍不能解，乃間道投左營，且訴馬、阮毒害名流善類，波及方域狀。良玉以方域故，甚忿，而繼咸、澍又以福王不認童氏及崇禎太子慫恿良玉。良玉遂屬繼咸草奏馬、阮，澍作檄文聲其罪，發兵東向。敬亭爲持檄至金陵，至則爲大鋮執送獄中，與方域同禁。良玉偕繼咸、澍及楚撫何騰蛟，率舟師下九江、集湖口。馬、阮聞變，調黃得功兵至板磯，以禦左兵。左兵少却，何騰蛟所部先回武昌。而良玉子夢庚焚破九江，托言督標兵所爲。良玉扼腕，發病而卒。繼咸、澍皆散去，夢庚遂據九江。黃得功駐兵蕪湖相拒。蘇崑生復乘間東返金陵。（按何騰蛟爲楚撫，袁繼咸爲江督，皆與良玉善。良玉聞煤山之信，三軍縞素，率諸將旦夕臨。有勸乘南中未定，引兵東下者，良玉不可而止。初，左兵南潰時，阮大鋮頌言良玉爲賊，又指侯方域同反，良玉固已恨大鋮。及大鋮附馬士英，官司馬，因良玉客修好，而彼此兩猜。大鋮令得功築城坂磯，良玉以爲圖己。會楚餉不至，監軍御史黃澍請入朝觀之，面數馬士英十罪。士英請逮治之，澍趨往良玉軍，不能得。士英益與良玉隙。良玉諸部將日以清君側爲請，良玉勿應。會有僞太子及童氏兩案，中外譁譁。黃澍召三十六營大將，與之盟。諸將皆洶洶，良玉不得已，三月下浣，傳檄討馬士英。自漢口達蘄州，火光二百餘里。至九江，袁繼咸過，相見於舟中。坐未定，火起、城破，左右回"袁兵自破其城"。良玉知其子夢庚所爲，椎胸浩歎曰"吾負臨侯"，嘔血數升，未幾死。按左良玉兵東下至九江，乃與繼咸合。蓋繼咸在九江，不在武昌也。黃澍實至金陵，面叱士英。劇不敘入。黃得功之築坂磯，乃在左兵未下之先。蘇崑生請救、柳敬亭傳檄，俱非實事。其他則俱有因。童氏、王之明兩案，福王時不決之疑。良玉兵東下，實因乎此。何騰蛟先去，亦是實事。繼咸後能盡節。澍特仗良玉之勢，非端人也。劇中一概作好腳色，亦未確當。）是時，清兵已渡淮而南，勢如破竹。史可法失揚州，縋城而出，至儀真江口，聞福王已遁，投江而死。（按可法死於揚州，劇獨以爲死於江，云有人親見其騎白騾沿江向金陵者，一家之言，未可爲准也。）福王之遁也，往赴黃得功軍於蕪湖。得功部將田雄執之以獻清兵，得功刎死。（按得功中箭而死，劇云自刎，未的。）馬士英、阮大鋮、楊文驄輩紛紛逃去，獄中淹禁者乘機而出。方域、應箕、貞慧、敬亭等亦皆出獄。李香君與諸妓承值者各散去。香君歸其家，則蘇崑生正來訪之。藍瑛教以權避棲霞山中，適卞玉京爲葆真庵主，香君遂與相依。方域既出，遍訪香君，遇蘇崑生，乃知其處，於是挈歸故里，永偕伉儷焉。（《桃花扇》以張薇爲白雲庵道人，方域、香君皆往問道，彼此相遇，戀戀不捨。張薇指點，乃俱修行，一往南山，一往北山。此劇改作方域挈歸香君，較彼爲勝。馬士英等遁去，亦皆實事。楊文驄以罷職縣令，未及一載，升爲蘇松巡撫，以士英之戚也。國亡，不及赴任。士英遁去，女人皆作戎裝，劇中所敘皆實。柳敬亭無入獄、出獄事。其藍瑛、張薇、蘇崑生、丁繼之、卞玉京等，皆隨筆點綴耳，不必計其的否也。）

（《曲海總目提要》，1928 年上海大東書局鉛印本）

【按】"舞低楊柳樓心月，歌罷桃花扇底風"，非唐人詩，而是出自宋晏幾道的《鷓鴣天》詞。

　　顧彩將《桃花扇》改編爲《南桃花扇》，是《桃花扇》接受史上的第一次改編，也是孔尚任在世時的惟一一次改編。孔尚任在《本末》中肯定《南桃花扇》"詞華精警，追步臨川"，但對於其改變原有結局，"令生旦當場團圞，以快觀者之目"，則不甚滿意。後世論者多肯定原有結局，而批評、否定顧彩改編的大團圓結局的淺薄。僅有黃文暘《曲海總目提要》、《傳奇匯考》和錢基博的《〈桃花扇傳奇〉考》肯定大團圓的結局，認爲比孔尚任原作更善。顧彩《南桃花扇》曾經是否刊刻，已不可考，今亦無傳本，劇情關目與孔尚任原作的具體差異也不可知。《見山樓叢話》云："曲阜孔尚任作《桃花扇》傳奇，無錫顧彩又作《南桃花扇》，所衍亦侯朝宗事。尚任以張薇出家白雲庵，爲侯、李說法，二人醒悟修行，分往南北二山結局。此改朝宗挈姬北歸，白頭偕老云。"如今不可考知《曲海總目提要》、《傳奇匯考》依據何書，詳述《南桃花扇》的劇情。吳梅在《顧曲麈談》中說："又如《桃花扇》，不令生旦團圓，趁中元建醮之際，令生旦各修正果，並云：'家國何在？君父何在？偏是兒女之情，不能割斷。'真足令人猛然警覺，而於作者填詞之旨，尤爲吻合。又開場副末，不用舊日排場，末後《餘韻》一折，更覺蒼涼悲壯。試問今古傳奇，從來有此場面乎？是特破生旦團圓之成格，東塘所獨創也(孔東塘友人顧彩，曾改《桃花扇·修真·入道》諸折，使朝宗、香君，成爲眷屬。東塘嘗貽書道謝。自余觀之，直黑漆斷紋琴而已，何足道哉。)"①吳梅稱顧彩改訂《棲真》、《入道》等出，應是受到了《傳奇匯考》和曲海總目提要》兩書中《南桃花扇》"條的影響。

---

① 吳梅：《顧曲麈談》第二章，王衛民編《吳梅戲曲論文集》，中國戲劇出版社 1983 年版，第 53—54 頁。

《桃花扇》改本刪改緣由

[清]王縈緒

一、左良玉不學無術、養賊遺患，且養兵害民，法所當誅。即侯朝宗《壯悔堂集》內《左寧南侯傳》，亦睱瑜雙寫，不爲之諱。云亭稱美良玉，與史閣部、黃靖南並論，未免過譽失實，有乖千秋公論。至"移兵就糧"一案，下文《修劄》、《投轅》，原爲阮鬍架禍、侯生辭院張本；又加《撫兵》於前，止爲良玉掩飾，而去題太遠，非云亭《凡例》"龍不離珠"之法也，故刪《撫兵》。

一、考福藩"三大罪、五不可立"之議，出自周、雷二公，故後遭極禍。若史公亦同此見，公現任本兵，豈肯隨人迎立?! 且書劄入馬、阮之手，設朝之後，豈不肯與周、雷二公同論，而猶令其以閣部督師乎?! 故刪《阻奸》。

一、"爭位"、"和戰"，皆南渡實事，却與侯生不相干涉。即强扯侯生於其中，亦與"桃花扇"不相干涉，且損閣部之威、減靖南之色，浪費筆墨何爲! 故刪《爭位》、《和戰》。

一、《鬧榭》刪中副曲白一段，《投轅》改一曲、刪二曲，改前半說白;《哭主》易左爲史、改白，並添一曲、改一曲;《拒媒》刪後副曲白一段，《移防》刪三曲、改二曲，並改說白;《媚座》、《守樓》改入上本，《草檄》改名《犯闕》、《截磯》改名《調鎮》，二折說白，亦有刪改，《餘韻》刪《問蒼天》一段，皆詳注緣由本出下。

一、原文四十出，上下本首尾各加一出，計四十四出。今刪四出，上下本各十八出，共三十六出，准一歲周天之數也，加首尾四出，仍爲四十出。

（王縈緒改本《桃花扇》，清鈔本）

【按】　由上可見,王綮緒對《桃花扇》中的一些關目、情節存在不滿,其中不合其意者主要有以下幾點:第一、王綮緒對真實歷史人物左良玉的行跡極爲不滿,因而認爲孔尚任在《桃花扇》中對左良玉的行爲敘寫和形象塑造有美化之嫌。他在序言中就將左良玉與弘光帝、馬阮、高傑、二劉和田雄並列,指出和批評左良玉"要君犯闕",又在題辭中將其與馬阮"奸黨"並論,並稱之爲"逆藩"。王綮緒在《删改緣由》第四則中所提及的對多出曲白的具體删改,其中多數也與他對左良玉的憎惡有關。但孔尚任在原劇中對左良玉並非沒有批評,如第九出《撫兵》寫因爲饑兵討餉,左良玉無奈,同他們許諾束下南京就糧。此出眉批云:"坐觀成敗,是寧南罪案。""亂兵迫脅,不得不爲。此言遂爲千古口實,可不慎哉!"第三十一出《草檄》中左良玉道:"俺没奈何,竟做要君之臣了。"眉批對此評道:"雖謂不要君,吾不信也。"第三十三出《會獄》中,孔尚任借吳應箕之口評價左良玉"不學無術",眉批評道:"'不學無術'四字,斷倒寧南。"而孔尚任在《本末》中對原劇中批語的總體評價是"忖度予心,百不失一",上引關於左良玉的數條批語當然也在其内。而且,劇中"養賊遺患"的並不是左良玉,而是黄得功。第三十七出《劫寶》寫弘光帝尋到黄得功軍帳,却不料很快即由得到黄得功部將田雄幫助的二劉劫走,獻與清廷。出批對此評道:"明朝亡國,爭此一時。所倚者,四鎮也。高已自去殺戮,二劉今爲叛賊;黄則養賊在家,販帝而去,《春秋》之責,黄能免乎?"孔尚任在《桃花扇·凡例》第一則中説:"劇名《桃花扇》,則'桃花扇'譬則珠也,作《桃花扇》之筆譬則龍也。穿雲入霧,或正或側,而龍睛龍爪,總不離乎珠。觀者當用巨眼。"作爲"珠"的"桃花扇",雖爲侯、李定情之物,是兩人深摯、忠貞感情的象徵,是兩人悲歡離合的表徵,但此扇不僅關乎"離合之情",還關乎"興亡之感",如孔尚任在《本末》中所説的:"獨香君面血濺扇,楊龍友以畫筆點之,此則龍友小史言於方訓公者。雖不見諸別籍,其事則新奇可傳,《桃花扇》一劇感此而作也。南朝興亡,遂系之桃花扇底。"第九出《撫兵》寫饑兵討餉、左良玉許其南下就糧,一方面是爲後文《修劄》和《辭院》張本,一方面因左兵欲南下就糧,引得南京震恐,南京官員特別是馬阮對左良玉產生忌憚心理,因此迎立福王、設朝選官時均不及左良玉,加上馬阮的倒行逆施,更加造成了雙方之間嫌隙的擴大,最後有左良玉傳檄討馬阮的舉動。因此,並無所謂《撫兵》一出"去題太遠,非云亭《凡例》'龍不離珠'之法"。而且,《投轅》一出本意並非爲"阮鬍架禍、侯生辭院張本",而主要是爲了表現柳敬亭的勇氣和辯才。《桃花扇》的主旨是"借離合之情,寫興亡之感",侯、李情事只是線索,《桃花扇》塑造的各種人物形象衆多,也不專爲此二人,因此王繁緒認爲《爭位》、《和戰》兩出"與侯生不相干涉",並因此删去此兩出,體現了他對《桃花扇》的主旨、筆法和侯方域作爲功能性人物的性質缺少正確和深入的認識、體察。他删去此兩出的真實用意,是爲了他本人推尊、崇敬史可法,而此兩出中的敘述卻對史可法的正面形象有所損害,爲維護史可法的光輝形象,必須毫不猶疑地删去。原劇中這兩出的情節關目確實隱含了對史可法的批評,四鎮因爲區區坐次閑爭,以至於大動干戈、兵戎相見,身爲督師統帥的史可法無力分解,只以告示文字調停,在最終調停無效後,竟然無奈地對侯方域説出如下的話:"罷罷罷!老夫已拼一死,更無他法;侯兄長才,只索憑你籌劃了。"眉批也有所批評,云:"以告示調停,乃書生之見。""兵驕帥弱,大費調停,況恢復中原乎?"實際,孔尚任在《桃花扇》中對幾乎所有出場的人物都有批評,而毫不寬容,區別只在於或隱或顯,包括柳敬亭、蘇崑生和張瑤星等。孔尚任如此抒寫和裁斷的根源在於他具有一種先進的歷史認識,他既認爲歷史大勢、滾滾潮流無可阻擋,同時無論各人權勢、地位、身份、職業的差等和區別,皆無可逃避地要被裹挾進歷史前進的車輪中,而各人出於或公或私的動機、意圖的看似細微、偶然、互不關聯的具體行動,都會引發連鎖反應,最終彙集一處,形成歷史前進的助推力。南明弘光政權的覆亡,馬阮、四鎮固然脱不了干係,復社人士的意氣之爭、激化矛盾實也難辭其咎,甚至連柳敬亭和蘇崑生兩人出於私恩私義、爲搭救侯方域而往來奔走、出生入死,雖然動機無可非議,但最終却弄巧成拙,自身也成爲導致弘光政權覆亡的"幫兇"。

關於王縈緒在第二則中的議論,基本也都是錯誤的。他根本的錯誤在於認爲《桃花扇》所敘情節皆屬歷史事實。實則,福王被擁立、監國前後的史實繁雜,多方力量相互角力、歧見迭出,在風雲突變、人心不穩之時,一著不慎就可能導致雙方勢力在根本上的此消彼長;而且當時及後世對此時諸方面及各人的心理、言行的記載,也多不統一或者闕失。作爲要求線索清晰、事件集中的敘事性作品的傳奇《桃花扇》當然無法巨細無遺地完整描述這段歷史,它本身也不必擔負這種義務,而且,戲曲劇本是容許虛構的。當時身爲南京參贊機務兵部尚書的史可法確實是位高權重,但他在當時議迎議立、意見分歧的各方之間確實是游移不定,前後多次轉變主張。對此,我們是不應諱言的。①關於"且書劄入馬、阮之手,設朝之後,豈不肯與周、雷二公同論,而猶令其以閣部督師乎?!"的問

---

① 參見顧誠《南明史》(上)第二章"弘光朝廷的建立"第一節"繼統問題上的紛爭和史可法的嚴重失策",光明日報出版社2011年版,第30—37頁。

題,福王監國前,史可法任南京參贊機務兵部尚書,馬士英僅任鳳陽總督,爲地方官員;福王監國之初,也是用史可法、高弘圖、姜曰廣和王鐸爲閣臣,馬士英雖也晉東閣大學士,兼兵部尚書、右都御史,却總督鳳陽如故,實際掌權的仍是史可法等人。①馬士英在得知任命的具體消息後,才親自入朝,向福王揭發史可法最初反對擁立、支持"七不可"的反對意見,而後參與機務,排擠史可法出朝。②並非歷史學者的王縈緒對這段史實缺乏瞭解,又未進行史料的挖掘、查證,導致了錯誤的產生。

王縈緒出於對左良玉的憎惡和否定,對《桃花扇》中涉及左良玉的無論情節關目、或細微之處,都加以删改。其中原劇少數地方本身僅是平實敘寫,並未體現出對左良玉的肯定,也遭到删改。因此,王縈緒改本《桃花扇》帶有他個人强烈的感情色彩。

王縈緒改本由貶左褒史出發,除直接删去的四出外,對原劇改動較大的幾處主要分佈在:涉及和針對左良玉的改動,集中在第十出《修劄》、第三十一出《草檄》(改本作《犯闕》)、第三十四出《截磯》(改本作《調鎮》)、第四十出《入道》和續四十出《餘韻》,涉及和針對史可法的改動,集中在第十五出《迎駕》和第二十出《移防》,同時涉及左、史兩人的改動則在第十三出《哭主》。

原劇第十出(王縈緒改本改作第九出)《修劄》中,楊龍友有一句説白,道:"兄還不知麼? 左良玉領兵東下,要搶南京,且有窺伺北京之意。"王縈緒改爲:"兄還不知麼? 左良玉因兵多糧少,要領軍東下,就食南京,遠近人心驚慌。"但這一改動並不成功。原劇説

---

① 參見清計六奇撰《明季南略》卷一"諸臣升遷推用"條,中華書局 1984 年版,第 15—18 頁。

② 參見南炳文《南明史》,故宮出版社 2012 年版,第 4—6 頁。

白謂左良玉"有窺伺北京之意"，就此而言，左良玉其實"罪惡"更大。原劇第三十一出《草檄》（王紫緒改本中爲第二十七出《犯闕》）寫蘇崑生爲前往左良玉軍營，求左良玉搭救陷於獄中的侯方域。此出寫左良玉留督撫袁繼鹹和巡按黃澍先在教場飲酒，而後一同回營，所以後來左良玉要傳檄討馬阮時，請袁繼鹹代修參本，又請黃澍起草檄文。因爲王紫緒憎惡左良玉，認爲左良玉此舉是出於個人私欲的要君逆行，並非正義之舉，所以將主張傳檄討馬阮、率軍東下之事全部推在左良玉一人身上，只寫了左良玉傳令中軍赴黃澍行臺、請他起草檄文，也沒有提及袁繼鹹。相應地，在王紫緒改本第三十出《調鎮》（原劇中爲第三十四出《截磯》）中，也沒有提及袁繼咸和黃澍與左良玉會師湖口，只寫了左良玉一支兵馬。以王紫緒對於左良玉的態度，原劇第四十出《入道》中張瑤星宣示諸人報應，說左良玉上升成仙、被上帝封爲飛天使者的情節自然也必須要刪去。原劇續四十出《餘韻》中蘇崑生提及他殯殮左良玉，柳敬亭提及他托藍瑛畫左良玉影像，請錢謙益題贊，不時對畫祭拜，也在必須刪去之列。相反地，王紫緒在改本中對史可法的形象則是多方維護。第一、他既以《刪改緣由》中的第二則而刪去《阻奸》一出，對後文中與此相關之處也作了相應的刪改，如在改本第十三出《迎駕》中將馬士英說"他（按指史可法）回書中有'三大罪、五不可立'之言"，改爲"他回書中有'太子航海南來'之言"，並刪去馬士英說白中的"阮大鋮走去面商，他又閉門不内。"第二、在改本第十六出《移防》中，將自【玉抱肚】曲後的"（雜問介）門外擊鼓，有何軍情？"至"（外指高傑介）高將軍，高將軍，只怕你的性氣，到處不能相安哩。"一段，改寫爲下列文字：

（丑應介）（向内介）元帥有請侯相公。（生上見揖，坐介）

（外）四鎮因坐次小嫌，輒敢轅外爭鬥，此等山野匹夫，豈堪將兵北進?! 今已傳赴轅門，或即正軍法，或請旨褫革，專請世兄商酌。

（生）目下用人之際，除此四將，待用何人。且二劉庸將，本不足惜；黃得功忠勇久著，高傑亦豪強。素問老先生身當大任，應爲國家愛惜人才，宥其小過，勉圖大功。但四人同列江淮，恐懷舊恨，別生事端。竊計金陵之險，近在江淮，遠在黃河。總兵許定國不勝防河重任，現在連夜告急。依晚生愚見，黃得功仍鎮廬、和，獨當一面，二劉亦仍回汛地，聽候調遣。老先生開府揚州，本標兵馬用以防護。高傑移鎮關（按應作開）洛，與許定國犄角防河。既得四鎮之用，且免兩虎之爭。不知老先生以爲何如？

（外）世兄高見，開我茅塞。但高傑久鎮揚、通，他還未必肯去哩。

（生）他不肯去，即是不聽調遣，罪惡更重，再正軍法不遲。

（外）中軍，先傳興平侯高傑進見。

（丑應，傳介）元帥有令，傳興平侯高傑進見。

（副淨上）末將高傑聽令。

（外）你們因小嫌私鬥，亂本帥軍法，本應梟示，故念用人之際，暫爲饒恕。目下北兵南下，將渡黃河。許定國不能阻擋，連夜告急。本帥正要發兵防河，今日遣你前往、移鎮開、洛，勉立將來之功，以贖目前之罪。即日起程，不得逗留。

（副淨跪介）末將是元帥犬馬，敢不聽令。

（外）既然高將軍肯去，速傳軍令，曉諭三鎮。（拔令箭丟地介）（丑拾令箭跪介）（外）四鎮私鬥，皆當軍法從事。但時值用人之際，又念迎駕之功，暫且饒恕。興平侯高傑前往開、洛防河，今日即去揚州。黃、劉三鎮，免其進見，各回本汛，聽候調遣。大家立功贖罪。

（丑）得令。（下）

（外轉向高傑介）高將軍，只怕你的性氣，到處不能相安哩。

其實改動後的文字與原劇相差不大，其中體現的人物形象和性格也無甚差異。對涉及左良玉的情節關目改動最大的，也最能體現王紫緒對左、史兩人不同態度的更易便是改本的第十二出《哭主》。鄭志良老師在他的文章《王紫緒與〈桃花扇〉改本》中已作引錄和分析，可參看。①

王紫緒改本《桃花扇》改易詳情

試一出《先聲》

（1）删去"今乃康熙二十三年"至"件件俱全，豈不可賀！"。

第一出《聽稗》

（1）删去"那寧南侯左良玉還軍襄陽，中原無人"。

第八出《鬧榭》

（1）删去"（淨向丑介）閒話且休講"至"才郎偏會語溫存"。

---

① 參見鄭志良《明清戲曲文學與文獻探考》，中華書局 2014 年版，第 407—410 頁。

第九出《修劄》

(1) 删去"（拱介）列位看我像個甚的？""好像一位閻羅王"加"俺"字。

(2)"兄還不知麼？左良玉領兵東下，要搶南京，且有窺伺北京之意。"改作"兄還不知麼？左良玉因兵多糧少，要領軍東下，就食南京，遠近人心驚慌。"

第十出《投轅》

(1) 删去"（淨、副淨扮二卒上）（淨）殺賊拾賊囊"至"（問介）門外擊鼓，有何軍情，速速報來。"改作：

"【北點絳唇】（鼓吹開門，雜扮軍卒六人各執械上，對立介）（小生戎裝扮左良玉，末扮中軍同上）血飲青刀，風吹紅纛，湖山道庚癸呼號，倩誰把饑軍犒。建牙吹角不聞喧，三十登壇衆所尊；家散萬金酬士死，身留一劍答君恩。咱家左良玉，表字崑山，家住遼陽，世爲都司，只因得罪罷職，補糧昌平。幸遇軍門侯司徒，拔於走卒，命爲戰將，不到一年，又拜總兵官。北討南征，功加侯爵；今强兵勁馬，列鎮荆襄，爲南國保障，只是兵多糧少。前日點卯，饑兵討餉，滿營鼓噪。本帥許他擇日東去，就食南京，只是未奉明旨，尚未猶豫不定。牒告九江助餉，亦至今未到。中軍，今日暫免點卯，各回汛地，靜候定奪。

（末）得令。（虛下即上）奉元帥將令，掛牌免卯，三軍各回汛地了。（內擊鼓介）（末出問介）轅門擊鼓，有何軍情，速速報來。（淨同丑上）"

(2)"（末）這話益發可疑了。你且外邊伺候，待我稟過元帥，傳你進見。(淨、副淨、丑俱下)"改作"(末)這話益發可疑了。你且外邊伺候,待我禀過老爺,傳你進見。(淨、丑俱下)"

(3)删去"(内吹打開門,雜扮軍卒六人,各執械對立介)"至"(末)別無軍情"。

(4)"(末)別無軍情,只有差役一名,口稱解糧到此,要見元帥。"改作"(末)外有差役一名,口稱解糧到此,要見元帥。"

(5)删去"(丑)閒話多時,到底不知元帥向内移兵,有何主見?(小生)耿耿臣心,惟天可表;不須口勸,何用書辭。"

第十二出《哭主》

甲申三月

【天下樂】(外便服愁容,副淨扮院子執燈隨上)屈指名城幾處傾,欃槍流毒近神京。樞臣愁對江南月,何日金階賀太平。鶯老花殘春季天,銅壺漏滴不成眠。望京依斗三千里,耿耿臣心晝夜懸。下官史可法,表字道鄰,本貫河南,寄籍燕京。自崇禎辛未叨中進士,便值中原多故。内爲郎曹,外作監司,歷歷中外,不曾一日安閒。今由淮安漕撫,升授南京兵部尚書,連日閱塘報,知流寇逼近燕都,緣路關隘皆破。下官神魂驚悸,不能安枕。向有座主侯司徒之子侯方域在俺幕中,此人學問識見、迴出尋常,不免請出,看他議論如何。院子,請侯相公。

(副淨)侯相公有請。

(雜執燈引生上)國事烟塵迫,閒情夢寐遙。(相揖坐介)

(外)世兄,可知賊信緊急,漸近北京麽?

(生)連日閱塘報,得聞其略。

(外)世兄高見,揣摩事體如何?

（生）不敢。依晚生看來，天下大事去矣。

【聲聲慢】一天塵土，匝地狼烟。傳來流寇神驚，逼近燕雲，聲震鳳池鸞省。謾恃天家萬乘，滿朝堂命重君輕。只怕他開門揖盜，快似流星。（外攢眉長歎介）

（淨扮報人急上）忙將覆地翻天事，報與留都社稷臣。稟大老爺，不好了，不好了！

（外、生驚起介）有甚麼緊急大事？

（淨急白介）稟大老爺：大夥流賊北犯，層層圍住神京；三天不見救援兵，暗把城門開動。放火焚燒宮闕，持刀殺害生靈。（拍地介）可憐聖主好崇禎，（哭說介）縊死煤山樹頂。

（外驚問介）真有這等事？是那、那一日來？

（淨喘介）就是這、這、這三月十九日。（外、生望北大哭介）

（外）我的聖上呀！孤臣史可法，叨登九列，待罪南樞，於今國破君亡，罪該萬死了。

【勝如花】高皇帝在九層，不管亡家破鼎，那知他聖子神孫，反不如飄蓬斷梗。十七年憂國如病，呼不應天靈祖靈，調不來親兵救兵；白練無情，送君王一命。傷心煞煤山私幸，獨殉了社稷蒼生，獨殉了社稷蒼生！

（外大哭，作觸柱介）（生扶住介）老先生還須三思。自古道"社稷爲重，君爲輕"。目下北京雖失，聖上雖殉，這江山半壁，還可有爲。上爲漢光、唐肅，下爲晉元、宋高。我高皇帝宗祀存亡，正在呼吸。老先生身重泰山，何得輕於一擲？

（外作回思介）深承教諭，茅塞頓開；暫延殘喘，勉爲後圖。我們且換了白衣，對著大行皇帝在天之靈慟哭一番。（喚介）左右，可曾備下縗衣么？

(副淨)一時不能備及,暫備布衣二領,布巾二條。

(外)也罷。且穿戴起來。

(外、生穿衣,裹布,齊拜舉哀介)我那先帝呵!

【前腔】(合)宮車出,廟社傾,破碎中原費整。養文臣帷幄無謀,豢武夫疆場不猛;到今日山殘水剩,對大江月明浪明,滿樓頭呼聲哭聲。(又哭介)這恨怎平,望皇圖再正:倚中興勠力奔命,報國讎早復神京,報國讎早復神京。

(生)老先生節哀保重。安撫軍民,嚴緊鎖鑰。倘太子南來,或有賢王繼起,那時中興定鼎,老先生督師北上,恢復中原。大行皇帝,死亦瞑目矣。

(外拭淚介)領教。

(外)落花飛絮拂流鶯,片語傳來魂魄驚。

(生)北望鼎湖人哭龍,江昏月暗亂春城。

第十三出《迎駕》

(1)"他回書中有'三大罪、五不可立'之言。阮大鋮走去面商,他又閉門不內。看來是不肯行的了。"改作"他回書中有'太子航海南來'之言。看來是不肯即行的了。"

(2)"只是一件,我是一個外吏"改作"只是本兵史可法前日回書猶豫,必不肯同表迎駕。九卿班上,也都觀望。我是一個外吏"。

(3)"這有甚麼考證"前增加"於今皇帝玉璽尚無下落,部印有何輕重?且"。

第十五出《拒媒》

(1)刪去"(外、淨、小旦、丑急上)兩處紅絲千里繫"至"(副淨、老旦)香君放心"。

第十六出《移防》

甲申六月

【搗練子】(外扮史可法,丑扮中軍從人上)弟子關,怕輿尸,躊
躇中夜少眠時,自歎經綸空滿紙。(外)堂堂四鎮小兒曹,坐次爭先
把戰挑。不向敵中爭舞劍,却來窩裏自橫刀。本帥史可法,奉命督
師。昨日傳集四鎮,共商進取。不料黃、劉三將,與高傑因坐次上
下,口角爭論,竟出轅門廝殺。本帥今發令箭,傳至轅下聽候發落。
似此山野武弁,豈能恢復中原?! 即正軍法,現在又無人可用,叫俺
如何處置,好不恨也。

【玉抱肚】三百年事,是何人掀翻到此;只手兒怎擎青天,大廈
傾一木難支。(合)存亡關竅間如絲,地利人和誰可知。中軍,請侯
相公議事。

(丑應介)(向內介)元帥有請侯相公。(生上見揖,坐介)

(外)四鎮因坐次小嫌,輒敢轅外爭鬥,此等山野匹夫,豈堪將
兵北進?! 今已傳赴轅門,或即正軍法,或請旨褫革,專請世兄
商酌。

(生)目下用人之際,除此四將,待用何人。且二劉庸將,本不
足惜;黃得功忠勇久著,高傑亦豪強。素問老先生身當大任,應爲
國家愛惜人才,宥其小過,勉圖大功。但四人同列江淮,恐懷舊恨,
別生事端。竊計金陵之險,近在江淮,遠在黃河。總兵許定國不勝
防河重任,現在連夜告急。依晚生愚見,黃得功仍鎮廬、和,獨當一
面,二劉亦仍回汛地,聽候調遣。老先生開府揚州,本標兵馬用以
防護。高傑移鎮開洛,與許定國犄角防河。既得四鎮之用,且免兩

虎之爭。不知老先生以爲何如?

（外）世兄高見，開我茅塞。但高傑久鎮揚、通，他還未必肯去哩。

（生）他不肯去，即是不聽調遣，罪惡更重，再正軍法不遲。

（外）中軍，先傳興平侯高傑進見。

（丑應，傳介）元帥有令，傳興平侯高傑進見。

（副淨上）末將高傑聽令。

（外）你們因小嫌私鬥，亂本帥軍法，本應梟示，故念用人之際，暫爲饒恕。目下北兵南下，將渡黃河。許定國不能阻擋，連夜告急。本帥正要發兵防河，今日遣你前往、移鎮開、洛，勉立將來之功，以贖目前之罪。即日起程，不得逗留。

（副淨跪介）末將是元帥犬馬，敢不聽令。

（外）既然高將軍肯去，速傳軍令，曉諭三鎮。（拔令箭丟地介）（丑拾令箭跪介）（外）四鎮私鬥，皆當軍法從事。但時值用人之際，又念迎駕之功，暫且饒恕。興平侯高傑前往開、洛防河，今日即去揚州。黃、劉三鎮，免其進見，各回本汛，聽候調遣。大家立功贖罪。

（丑）得令。（下）

（外轉向高傑介）高將軍，只怕你的性氣，到處不能相安哩。

【前腔】黃河難恃，勸將軍謀終慮始。那許定國，也不是個安靜的，須隄防酒前茶後，軟刀鎗怎鬥雄雌。（合前）（向生介）防河一事，乃國家要著，我看高將軍勇多謀少，倘有疏虞，罪在老夫。仔細想來，河南原是貴鄉，世兄日圖歸計，路阻難行，何不隨營前往；既遂還鄉之願，又好監軍防河，且爲桑梓造福，豈非一舉而三得乎?

（生）多謝美意，就此辭過老先生，收拾行裝，即刻同高將軍起程便了。

（副淨）一同告辭罷。（拜別介）

（外向生介）參謀此去，便如老夫親自防河一般；只恐勢局叵測，須要十分小心，老夫專聽好音也。正是：人事無常爭勝負，天心有定管興亡。（下）（吹打掩門）（生、副淨出介）（眾兵旗仗同行介）

【朝元令】（生）鄉園繫思，久斷平安字；烏棲一枝，鬱鬱難居此。結伴還鄉，白雲如駛，遂了三年歸志。（副淨）統著全師，烟城柳驛行參差；莫逞舊雄姿，函關偷度時。（合）揚州倒指，看不見平山蕭寺，平山蕭寺。

（副淨）落日林梢照大旗，（生）從軍北去慰鄉思。

（副淨）黃河曲裏防秋將，（生）好似英雄末路時。

閏十八出《閒話》

（1）删去"甲申七月"。

（2）"遇著高傑兵馬"，改作"遇著土賊兵馬"。

（3）"（讓介）請進。（同入介）"，改作"（讓介）請進。（同入，放行李，坐介）"。

（4）删去"（小生）大家放下行李，便坐著豆棚之下，促膝閒話也好。（同放行李，坐介）"。

（5）"（小生）煩你買壺酒來，削瓜剝豆"，改作"（小生）煩你買壺酒來，取兩樣小菜"。

（6）"今日七月十五，孤臣張薇"，改作"孤臣張薇"。

（7）删去"（小生）是了，昨夜乃中元赦罪之期，想是赴盂蘭會的。（外）這也沒相干，還有奇事哩。（丑）還有什麼奇事？（外）"。

加十九出《孤吟》

（1）"那馬士英"，改作"那李香君"。

第二十出《罵筵》

（1）刪去"（小旦）你也下樓了，屈尊，屈尊。"

第二十二出《賺將》

（1）"（副淨指生介）書生之見，益發可笑。俺高傑威名蓋世，便是黃、劉三鎮，也拜下風。"改作"（副淨笑介）俺高傑威名蓋世"。

（2）"（生打恭介）"，改作"（生冷笑介）"。

（3）刪去"（外）請酒。"至"（外急換菜介）"。

（4）"（副淨向淨、丑介）我們多飲幾杯。"改作"（副淨向淨、丑介）"。

第二十三出《逢舟》

（1）"（生）俺自去秋，隨著高傑防河。不料匹夫無謀，不受諫言，被許定國賺入睢州，飲酒中間，遣人刺死。小生不能存住，買舟黃河，順流東下。你看大陸之上，紛紛亂跑，皆是敗兵。叫俺有何面目，再見史公也?!"改作"（生）俺自去秋，奉史公將令，隨著高傑防河。不料匹夫無謀，不受諫言。俺方才辭出，要回家鄉。高傑即被許定國賺入睢州，飲酒中間，遣人刺死。敗兵無主，大路上紛紛搶奪。小生不能北歸，買舟黃河，順流東下。可恨高傑匹夫，叫俺有何面目，再見史公也?!"

（2）"（生）也罷"，改作"（生）極是"。

第二十四出《題畫》

（1）删去"看有何人在内"。

（2）"（生）小生正在鄉園，忽遇此變，扶著家父，逃避山中一月有餘。恐有許兵蹤跡"，改作"（生）小弟奉史公將令，隨高傑防河。可恨匹夫無謀，不受諫言，小弟方才辭出，要回家鄉，高傑即被許定國賺入城中刺死。一路亂兵搶奪，小弟不能歸家"。

第二十五出《逮社》

（1）"（雜）拿陳、吳、侯三個秀才。"改作"（雜）拿選書秀才，不許少一個。"

第二十六出《歸山》

（1）"著監候處決"，改作"著即處決"。

（2）"（外）俺若放了諸兄，倘被別人拿獲，再無生理。且不要忙。"改作"（外作尋思介）待俺想個法兒。"

（3）"忽然奉此嚴旨"，改作"忽然又奉嚴旨"。

（4）"（想介）有了，叫校尉樓下伺候"，改作"（想介，跌足介）有了，叫校尉樓下伺候"。

（5）删去"（外跌足介）壞了，壞了！衙役走入花叢，犯人鎖在松樹，還成一個什麼桃源哩。不如下樓去罷！"

（6）"（下樓見丑介）"，改作"（外下樓見丑介）"。

第二十七出《犯闕》

（1）"我老蘇與他同鄉同客，只得遠來湖廣"，改作"我老蘇與他同鄉同客，眼看他逮去下獄，只得遠來湖廣"。

（2）删去"況今日又留督撫袁老爺、巡按黄老爺在教場飲酒，怎得便回。"

（王縈緒改本《桃花扇》，清鈔本）

【按】　王縈緒對於原劇第二十出《移防》中的一支曲文的改動值得特別注意，即【玉抱肚】一曲。原劇中此支曲文作"三百年事，是何人掀翻道此。只手兒怎擎青天，却萊兵總仗虛詞。（合）烟塵滿眼野橫尸，只倚揚州兵一枝。"改本中改爲："三百年事，是何人掀翻道此。只手兒怎擎青天，大廈傾一木難支。（合）存亡關竅間如絲，地利人和誰可知。"其中，王縈緒將原劇曲文中的"却萊兵總仗虛詞"，改爲"大廈傾一木難支"，是有著特別的用意的，其内在動機與他對涉及左良玉和史可法的曲白、情節的删改同而又不同。"却萊兵總仗虛詞"典出《左傳》，《左傳·定公十年》載："夏，公會齊侯於祝其，實夾谷。孔丘相，犂彌言於齊侯曰：'孔丘知禮而無勇，若使萊人以兵劫魯侯，必得志焉。'齊侯從之。孔丘以公退，曰：'士兵之！兩君合好，而裔夷之俘以兵亂之，非齊君所以命諸侯也。裔不謀夏，夷不亂華，俘不幹盟，兵不逼好。於神爲不祥，於德爲愆義，於人爲失禮，君必不然。'齊侯聞之，遽辟之。"①鄭志良老師認爲王縈緒所以對此處進行改動，是因爲孔子話語中的"裔不謀夏，夷不亂華"在清朝時是很容易觸犯統治者忌諱的。本人對此提出另一種推測，即王縈緒的這一改動，可能和他本人的籍貫存在一定的關係，帶有他個人情感

---

① 周左丘明傳、晉杜預注、唐孔穎達正義：《春秋左傳正義》卷第五十四，北京大學出版社 2000 年版，第 4 册，第 1827—1828 頁。

的色彩。

《左傳》晉杜預注云:"萊人,齊所滅萊夷也。"①唐孔穎達正義曰:"襄六年,齊侯滅萊。萊,東萊黃縣是也。地在東邊,去京師大遠。孔丘謂之'裔夷之俘',言是遠夷囚俘,知是滅萊所獲,此人是其遺種也。齊不自使齊人,而令萊人劫魯侯者,若使齊人執兵,則魯亦陳兵當之,無由得劫公矣。使此萊夷,望魯人不覺,出其不意,得伺間執之。"②孔穎達正義又曰:"夏,大也。中國有禮儀之大,故稱夏;有服章之美,謂之華。華、夏一也。萊是東夷,其地又遠,'裔不謀夏',言諸夏近而萊地遠;'夷不亂華',言萊是夷而魯是華。"③楊伯峻《春秋左傳注》云:"萊夷原在今山東烟臺地區一帶,今黃縣東南萊子城,爲萊國故城。襄公六年,齊滅萊,遷萊於郳。"④《春秋左傳正義》卷三十載:"【經】(襄公六年)十有二月齊侯滅萊。"⑤"【傳】(襄公六年)十一月,齊侯滅萊。萊恃謀也。於鄭子國之來聘也,四月,晏弱城東陽,而遂圍萊。甲寅,堙之環城,傅於堞。及杞桓公卒之月,乙未,王湫帥師及正輿子、棠人軍齊師。"晉杜預注云:"王湫,故齊人,成十八年奔萊。正輿子,萊大夫。棠,萊邑也,北海即墨縣有棠鄉。三人率別邑兵來解圍。"⑥"齊師大敗之。丁未,入萊。萊共公浮柔奔棠。正輿子、王湫奔莒,莒人殺之。四月,陳無宇獻萊宗器於襄宮。晏弱圍棠,十一月,丙辰,而滅之,遷萊於郳。"

① 周左丘明傳、晉杜預注、唐孔穎達正義:《春秋左傳正義》卷第五十四,北京大學出版社 2000 年版,第 4 册,第 1827 頁。
② 同上書,第 1827 頁。
③ 同上書,第 1827—1828 頁。
④ 楊伯峻注:《春秋左傳注》,中華書局 1981 年版,第四册,第 1577 頁。
⑤ 周左丘明傳、晉杜預注、唐孔穎達正義:《春秋左傳正義》卷第三十,第 971 頁。
⑥ 周左丘明傳、晉杜預注、唐孔穎達正義:《春秋左傳正義》卷第五十四,第 4 册,第 973 頁。

晉杜預注云:"遷萊子於郳國。"唐孔穎達正義曰:"郳即小邾也。二年傳曰:'滕、薛、小邾之不至,皆齊故也。'小邾附屬於齊,故滅萊國而遷其君於小邾,使之寄居以終身也。"①顧頡剛、劉起釪《尚書校釋譯論》謂:"《春秋》及《左傳》載魯宣公七年、九年、襄公二年齊侯多次伐萊,至襄公六年齊滅萊。定公十年,齊侯'使萊人以兵劫魯侯',杜預《注》:'萊人,齊所滅萊夷也。'這是春秋萊夷的活動。……《漢志》'東萊郡'(郡治今掖縣)下云:'古萊國也。''黃縣'下云:'有萊山、松林、萊君祠。''不夜'下云:'萊子立此城。'是萊夷地在漢東萊郡境各縣。自後應劭《十三州記》、《水經·淄水注》、《元和郡縣志》、易祓《禹貢疆理記》、《東坡書傳》、《蔡傳》、《山堂考索》、《禹貢匯疏》、《禹貢錐指》、《尚書地理今釋》等皆記萊夷所在地,大抵在清代萊州、登州二府,亦即今南起琅邪山、北至壽光瀰河一線以東的整個山東半島,後來並達益都西南古萊蕪縣境。總之萊夷是古代山東半島的主人,至今山東省内還留下蓬萊、萊陽、萊西、萊蕪、萊河、萊山等地名。"②《大明一統志》卷二十五"登州府"載登州府所轄一州(即寧海州)七縣(即蓬萊縣、黃縣、福山縣、棲霞縣、招遠縣、萊陽縣和文登縣)在漢代皆屬東萊郡。③同卷"古跡"中有"萊子城","在黃縣東南二十五里。古萊子國地名龍門。山峽之間鑿石通道,極爲險隘,俗名萊子關。《左傳》齊侯伐萊,萊人使正輿子賂夙沙衛,以索馬牛皆百匹,齊師乃還,即此。其後,齊復入萊,遷萊子於郳,在國之東,故曰東萊。"④可見古萊國原稱萊,被齊

① 周左丘明傳、晉杜預注、唐孔穎達正義:《春秋左傳正義》卷第五十四,第 4 册,第 973 頁。
② 顧頡剛、劉起釪:《尚書校釋譯論》,中華書局 2005 年版,第二册,第 588 頁。
③ 明李賢等:《大明一統志》卷二十五,三秦出版社 1990 年版,第 412 頁。
④ 同上書,第 416 頁上。

所滅後,因地在齊國之東,又稱東萊,故國都地在明登州府黄縣,而
其國土則大致在今山東半島一帶。而王紫緒的先世即是登州府
人,《成祉府君自著年譜》載:"始祖諱林,自明宣正間,由登州府萊
陽縣遷青州府諸城縣之瑞村。"①雖然萊陽縣並非古萊國國都所在
地,但其地也屬古萊國。而據《左傳》載,萊國爲齊所滅、成爲俘虜
已是恥辱,萊人被迫無奈、供人驅使,意欲劫奪魯侯、破壞會盟,更
是毫無自由意志、而僅是工具;萊人又受到了後世無比崇敬、被認
爲無比正確的孔聖人的嚴厲斥責,孔子並命令魯國兵士攻打萊人,
孔子又措辭委婉,借"非齊君所以命諸侯也"一句輕輕地免除了齊
國的責任。最後,齊侯撤退萊兵。萊人成爲召之即來、揮之即去、
被人利用、承擔罪責的替罪羊。通經明史的王紫緒自然瞭解"却萊
兵總仗虛詞"的出處和詳情,而作爲先世爲明登州府萊陽人、古萊
人之後的他,對"萊"這一字眼應該是極爲敏感的。感於古萊人的
恥辱和委屈,王紫緒選擇了改寫"却萊兵總仗虛詞",這一改寫帶有
其强烈的個人色彩。此外,如說"却萊兵總仗虛詞"的出典容易觸
犯清朝統治者的忌諱,但目前所見的《桃花扇》的所有清代刻本中,
這一曲文都未做刪改。

　　此外,王紫緒對原劇中部分曲白的刪改是完全看不出理由和
意圖所在的,頗令人費解。關於王紫緒刪改《桃花扇》的根本動機,
以及是否存在現實意圖和現實意圖爲何,由於缺乏相關文獻,我們
只能推測。鄭志良老師認爲王紫緒刪改《桃花扇》的"良苦用心"和
"政治意圖"是他"通過刪改《桃花扇》的方式,表達自己的情感及立

---

① 　清王鳳文等編:《成祉府君自著年譜》,《北京圖書館藏珍本年譜叢刊》第 98 册,北京
　　圖書館出版社 1999 年版,第 481 頁。

場,同時也告誡石柱土司的後裔及境內人民要忠於朝廷,不要存叛亂之心,以達到教育的目的。"①

《芝龕記・凡例》

〔清〕董　榕

一、記中惟闡揚忠孝節義,並無影射譏彈。所有事跡皆本《明史》,及諸名家文集、志、傳,旁採說部,一一根據,並無杜撰。……

一、此記大意爲秦忠州、沈道州二奇女衍傳,而二女者,非尋常閨閣之人,乃心乎國事、有功名教之人也。……今以此二奇女爲題,較之《虎口》之任邱、《桃花扇》底之商邱,頗有實事大節可以貫敍。

一、記中既以二女爲題,則所敍無非關合二女之事。欲敍女功,先推女禍,蓋明季一純陰之世界也。自神宗靜攝,鄭妃擅寵爲陰之始,凝嗣即閹宦四出,案獄迭興,至熹廟之客魏亂政,陰盛極矣。內有璫禍,故外釀兵禍,始有播州田雌鳳,繼有水藺之奢社輝安氏等流寇之起也。既由閹黨之焚虐,又由毛夫人之馳驛,激裁驛遞,闖賊之韓牛紅娘子,闖賊之敖高,皆本題之反面。二女勠力於此,不得不敍。記中璫禍、兵禍夾寫,皆陰中陰,且有陽變爲陰者。獨二女爲陰中陽,以陽勝陰,在才德,而不在體質,實以勉乎陽也。至圓圓一曲,剝極而復,否極而泰。天開聖朝,始爲純陽世界。篇中一意到底,精《易》君子定鑒苦心。

……

一、……又如淨腳扮李闖用粉墨，扮彭仙則洗去粉墨，餘仿此。

……

一、……記中前後兩層果報昭彰，皆有依據，未敢偏枯。偶亦不過偶一點染，以爲文章伏應。或如司馬相如傳中子虛烏有之論，無不可也。

……

一、記中極小人物，皆無虛造姓名。如小丑腳色中，石砫、小奚、來狩，見褚稼軒《堅瓠集》；顧崑山青衣馬錦，取侯朝宗《壯悔堂集》，餘仿此。

（乾隆十七年刻本）

【按】 董榕在此《凡例》中的具體表達及其中所體現的觀點、思想在多方面受到了孔尚任爲《桃花扇》所撰的《凡例》、《綱領》和《桃花扇》刻本中的批語的影響。如"記中惟闡揚忠孝節義"一則反映出同樣的"徵實尚史"的意圖和傾向。孔尚任在《綱領》中以《易·繫辭》中的"一陰一陽之謂道"解釋劇中的人物腳色分配、組合，帶有一定的性別色彩。刻本的評點者受到《綱領》的啟發，而又將"陰陽"由指稱性別轉而象徵立場、行爲道德性質上的善惡、忠奸，做了進一步的引申、發揮，將劇中的忠奸鬥爭對應於陰陽此消彼長。如第三出《哄丁》出批："奇部四人，偶部八人，獨阮大鋮最先出場，爲陽中陰生之漸。"第十二出《辭院》眉批："至此始出史公及馬士英，一忠一奸，陰陽將判。讀者細參之。"第十四出《阻奸》出批："賢奸爭勝，未判陰陽。"第十五出《迎駕》出批："此折有佞無忠，陰勝於陽矣。"《芝龕記·凡例》中的"記中既以二女爲題"一則受到《桃花扇》的《綱領》和批語的影響，糅合了性別和道德，即文中所謂的"體質"和"才德"。"淨腳扮李闓用粉墨,扮彭仙則洗去粉墨",明顯借鑒自《桃花扇·凡例》中的以下内容:"凡正色借用丑、淨者,如柳、蘇、丁、蔡,出場時暫洗去粉墨。""偶亦不過偶一點染,以爲文章伏應。或如司馬相如傳中子虛烏有之論,無不可也",明顯借鑒自《桃花扇·凡例》中的以下内容:"至於兒女鍾情、賓客解嘲,雖稍有點染,亦非烏有子虛之比。"

《芝龕記》序

[清]黄叔琳

　　昔賢謂:文章一小技。則詞曲樂府,又莫不以爲文章末藝也。余謂學者立言,不拘一格。苟文辭有關乎世教人心,則播諸管弦,陳諸聲容,其感發懲創,視韶鐸象魏,入人較深,而鼓舞愈速。則是警動沉迷,不異羽翼經傳。而開聾啟瞆,與正誼明道者,固殊途而同歸。夫作史者必具三長,惟詞人亦然。是故有學識而無才者,不可爲詞人,恐其泥於腐也。有才學而無識,與夫有才識而無學者,皆不可爲詞人。一恐蔽於固陋,一恐溺於俚俗也。董君恒岩,工文章、具卓識,爲政之餘,以高才博學,著作自娱。壬申秋,郵近制《芝龕記》院本,屬余序。余受而讀之,蓋以一寸餘紙,括明季萬曆、天啟、崇禎三朝史事,雜採群書野乘、墓誌文詞,聯貫補綴爲之。翕辟張弛,褒貶予奪,詞嚴義正,慘澹經營,洵乎以曲爲史矣。其中以石砫女官秦良玉、道州游擊沈雲英爲綱,以東林君子及疆場死事諸賢與殉烈群貞爲之紀,而以彭、曇兩仙經緯其間。至排場,正變遞見,奇險莫測。狀戎旅,則風雲變色;寫戰鬥,則草木皆兵。灑嫠婦孤臣之淚,滿座沾巾;幻鬼神仙佛之觀,一堂擊節。若夫詞令之公,組繡編珠,鏤肝鉥腎,雄傑微婉,譎辯諧謔,無不各肖其人。能使賢奸

善惡,一啟口而肺肝畢露;邊荒軍國,一指掌而光景悉陳。汪洋縱
恣,行間海立山飛;細膩幽微,字裏月明花淨。至其穿插回映之巧,
比屬裁剪之精,又如亂絲就理,萬派尋源,妙緒環生,匠心獨運。要
其旨趣本於忠孝,紀載根諸史册,析疑補闕,闡微表幽,作者激昂慷
慨,設施蘊蓄,又可想見也。近代詞人,以洪昉思、孔東塘爲巨擘。
第《長生殿》終始明皇,《桃花扇》包羅南渡,宜其跋扈詞壇,比肩絶
唱。斯編事該三世,什伯其人。……八十一老人黃叔琳序。

(乾隆十七年刻本)

【按】 黃叔琳在序中給予了《芝龕記》高度評價,指出其“以曲
爲史”的意圖和傾向,從宣揚教化的角度揭示和肯定了該劇的價值
意義。文中對於該劇結構佈局的分析、總結,應該受到了《桃花扇·綱
領》的影響:“其中以石砫女官秦良玉、道州游擊沈雲英爲綱,以東林君
子及疆場死事諸賢,與殉烈群貞爲之紀,而以彭、曇兩仙經緯其間。”

黃叔琳,吳毓華《中國古代戲曲序跋集》誤作“黃知琳”。黃叔
琳(1672—1756),幼名偉元,字昆圃,又字宏獻,號金墩、北硯齋,晚
號守魁,室名“養素堂”。大興人。康熙三十年(1691)一甲三名進
士。官至詹事,内閣學士,禮部、刑部、吏部侍郎。時推爲巨儒,世
稱北平黃先生。有《詩經統説》、《硯北雜録》、《硯北易鈔》(輯)、《周
禮節訓》、《史通訓故補》、《顏氏家訓節鈔》(删)、《夏小正傳注》(增
訂)、《文心雕龍輯注》等。《清史稿》列傳七十七有傳。

《芝龕記》序(節録)

[清]石光熙

曲昉於元,盛於明,而歸墟於本朝。玉茗、粺畦而外,率皆短出

雜劇。隸事較詳者,惟《桃花扇》一種。然僅擅勝於俳優,而無當於
激勸也。《芝龕記》一書,規依正史,博採遺聞,以秦、沈忠孝爲綱,
而當時之朝政繫焉。山林之孤棲,閭閻之瑣事,亦罔不備焉。……
光緒丁亥冬十二月,貴筑石光熙記。

(光緒十五年董氏重刻本)

【按】 石光熙批評《桃花扇》"僅擅勝於俳優,而無當於激
勸",主要是爲了在對比中有意抬高《芝龕記》,但同時也反映了《桃
花扇》在舞台上盛演不衰,《芝龕記》僅是案頭之作。吴梅《顧曲塵
談》云:"惟記(按指《芝龕記》)中善用生僻曲牌,令人難於點拍,歌
伶則畏難而避之,所以流傳不廣云。"兩部劇作同爲歷史題材劇,且
劇情的故事背景的時代相同,兩劇在情節結構上也有相似之處。
而《芝龕記》的成就、地位和影響遠不及《桃花扇》。楊恩壽《詞餘叢
話》評價《芝龕記》云:"考據家不可言詩,更不可度曲。論者謂軼
《桃花扇》而上,則未所敢知也。"

《芝龕記》跋

［清］闕　名

《芝龕記》,蓋因《桃花扇》擴充而作,非不包羅全史,獨惜其用
意太拙耳。《桃花扇》事本韻雅,貫串南朝事本不多,所以易於著
筆。又值孔東塘詞筆勝人,遂爾盛傳一代。竊尋此記首末,可詠詞
闋,指不多屈。惟有賓白,頗有剪敘穿搭之才。竟能將秦良玉數十
歲一婦人扯長,作二百七十年閱歷,《明史》事蹟,無不具備,用意故
是新奇,特恨其不曾有《訪翠》、《眠香》諸麗句。

(乾隆十七年刻本)

【按】 跋語作者指出了《芝龕記》同《桃花扇》的關係,對前者做了符合實際的褒貶兼具的評價。《芝龕記》不及《桃花扇》,就曲白方面論,一則由於董榕才力較孔尚任爲弱,一則爲其著意在藉曲傳人傳事,"修前史,昭特筆,表純忠奇孝,照耀羲娥","惟期與倫常有補,風化無頗"(《開宗》〔慶清朝〕)。故後世對該劇的肯定亦多在此。如《(光緒)遵化通志》卷五十四云:"(《芝龕記》)組織明室一代史事,思精藻密,足爲龜鑒,當與谷應泰《明史紀事本末》並傳不朽,不得第以傳奇目之。"第六十出《芝圓》唐英尾評云:"此本雖名傳奇,却實是一段有聲有色明史,與楊升庵《全史譚詞》當並垂不朽。"

《芝龕記》題詞(節録)

〔清〕沈廷芳

《長生殿》與《桃花扇》,洪孔才名動百年。何似此編能索隱? 横雲遺稿可同傳。仁和沈廷芳

(乾隆十七年刻本)

【按】 原題"題"。

《芝龕記》題詞(節録)

〔清〕蔣　衡

扇上桃花燕嘴箋,徒將綺語鬥鮮妍。譜忠直溯春秋筆,彤史傳芳勝紀年。吴門蔣衡拜手題

(乾隆十七年刻本)

【按】 蔣衡(1672—1743),原名振生,字湘帆,一字拙存,號

江南拙叟、拙老人、函潭老布衣,江蘇金壇人,僑居無錫。十五歲從
楊賓館學書,試輒不利,益肆力於古,復博涉晉、唐以來各家名跡,
積學既久,名噪大江南北,以小楷冠絕一時。性好游。足跡遍半個
中國,所至賦詩作書,歌嘯不能自已。嘗入關,年羹堯招至幕下,偶
游碑洞觀諸石刻,慨然以楷書寫《十三經》,凡八十餘萬言,越十二
年而成。馬曰琯爲此出白金二千鍰,裝潢成三百册,五十函。高斌
特疏進呈,世藏懋勤殿。乾隆時奉旨刻石列太學,授國子監子正
銜。寫經時,以恩貢選英山縣教諭,又舉鴻博,皆力辭不赴。善書
法。有《拙存堂臨帖》二十八卷,著有《拙存堂詩文集》、《易卦私
箋》、《拙存堂題跋》、《書法論》等。

《石榴記·凡例》(節録)

[清]黄　振

……

　一、牌名雖多,今人解唱者不過俗所謂"江湖十八本"與摘錦
諸雜劇也。就中删汰不唱者,正復不少。稍涉新異,皆瞪目束手,
無從置喙矣。余惟取時曲熟牌、處處通習、上口即唱者用之,期於
文妙可存,何必曲高寡和。

……

　一、上下場詩,前人多用集句。文氣本不貫串,不過拈一兩句
與本出稍有沾染者入之,餘皆閒文,且濫套可厭。今皆出己意,按
前後章法、血脈作新詩該括之。或花面口吻,不妨插入常言俗語,
倒覺新人耳目,親切有味。

　一、依本傳考核南宋端平時事,絕非臆撰。

一、圈點、批評，則同社諸子於花前小飲、月下偶吟時，隨興著筆，都無倫次，久久不辨誰氏之手。

……

柴灣村農偶拈

（《石榴記》，乾隆三十七年柴灣村舍刻本）

【按】有關“江湖十八本”，參見白海英《“江湖十八本”研究》，廣東高等教育出版社2016年版。此處側重於指曲牌。《石榴記・凡例》中有關曲牌選用、上下場詩和劇情取材的創作理念和構想應受到了《桃花扇》的一定影響，也反映了當時戲曲創作、演出的一些較具普遍性的現象。甚至黄振在文末使用“偶拈”一詞，也應是源自於孔尚任在《桃花扇・凡例》文末的題署。

有關劇中圈點、批評來源的一條，説明孔尚任在《本末》中所説的“讀《桃花扇》者，有題辭，有跋語，今已録於前後。又有批評，有詩歌，其每折之句批在頂，出批在尾，忖度予心，百不失一，皆借讀者信筆書之，縱横滿紙，已不記出自誰手”，是可信的。我們不能因爲孔尚任自述他對於這些批評文字“已不記出自誰手”，便没有任何證據地臆測這些文字實際出自孔尚任之手。

黄振曾與同郡的汪之珩、李御、劉文玢、吴合綸、顧駉組“文園六子”詩社。他們終日詩酒唱酬，凡佳辰良宵無不會，會無不詩，著有《文園六子唱和詩》、《甲戌春吟》、《文園集》。汪之珩家築文園，爲社集之地。劉文玢曾在《文園即事》一詩中如此描述當時聚會的情況：“到來仿佛通仙觀，緑水朱霞鏡裏看。六月披襟無溽暑，三宵玩月有清歡。長松落落散虛籟，疏竹蕭蕭生暮寒。自是主人風雅劇，客懷容易酒杯寬。”社集之作，編爲《文園六子唱和詩》。蔣宗海（1720—1796）爲《文園六子唱和詩》作序，見《（乾隆）如皋縣

志》,云:

> 文園者,古豐汪君璞莊之玠讀書處也。余與璞莊交久且篤,往來皆寓焉。璞莊好賓客、喜歌詩,四方能詩者罔不願見,然未聞有所謂六子者。癸酉冬,接璞莊手書並倡和詩卷,請余爲序。知丹徒李蘿村御館於其園,且招白蒲吳樵月合綸、劉樗村文玢、顧牧原駉、如皋黃漱石振爲觴詠之樂也。余識樵月、樗村、璞莊、牧原在甲子夏,即讀其詩而心折焉。戊辰春二月,余往廣陵游平山堂,始識蘿村,越明日,蘿村渡江貽詩爲別,余詩送之。今且七年,未嘗一再見。漱石爲璞莊妻弟,游藝京師,曾從璞莊讀其詩,想見其爲人,當如古燕趙感慨悲歌之士無疑。六子之蹤跡,如星羅如棋布,而忽合於雲樹江天之外。余館於園而不得與六子合,六子集於園而不得與余合,固余之不幸,亦六子之憾也。夫六子,能詩者也。六子之詩,如其人者也。余知六子者也,余又附於知詩之列者也,間嘗閱歷交游,揚風雅,如樵月之和而婉也,樗村之奧而博也,璞莊之簡而勁也,漱石之豪宕橫逸也,蘿村、牧原之淡潔溫美也。恒累數千百而鮮一二合者,何哉?性情異而正僞別耳。嗚呼!六子自此遠矣。且載籍極博,有曠百世誦遺編而恨不得親見其人者,有生同斯世誦一言而終身浮慕者。今六子各負壯年,相距或數里或十里或百里,遠者亦不過三四百里。得其地,得其主,和者和,倡者倡,相與一堂。以見世之魚魚鹿鹿,名湮没而不稱於里巷者,何可同日而語哉!余品貧且老,株守寒壇,別蘿村既久,念諸子亦且二年。讀是編,不覺見獵而心喜也。用弁一言,聊以報璞莊之命云爾。

《百寶箱》題詞

［清］張尚絅

血染《桃花扇》底春，勾欄儘有守貞人。云亭老去憑誰繼？ 聽取江南曲調新。

（《百寶箱》，嘉慶間刻本）

【按】 张尚絅，字琴川，丹徒人。诸生。有《思勉斋诗钞》。

《〈後桃花扇〉傳奇》序（節録）

［清］仲振奎

侯生、李香君事，孔東塘譜爲《桃花扇》傳奇，膾炙人口極矣！ 閲百餘年，而甄生、李香兒亦以"桃花扇"傳其人、同其事、同其歸禪，亦同則意者。李香兒即香君之後身耶？ 審如是焉。傷己文人，無二世不發情，豈二世不偶耶？

（《緑雲紅雨山房文鈔外集》卷二，嘉慶十六年鈔本）

【按】 仲振奎（1749—1811）字春龍，號雲澗，別號紅豆村樵、花史氏。江蘇泰州人。監生。他能文善詩，極富才情，詩法杜甫，文宗蘇軾。除在揚州、海門等地做過幕僚外，一生潦倒。中年以後喪女亡妻，心境十分淒涼。好漫游名山大川，足跡遍及十多個省，最後卒於廣東。有《紅豆村樵詩草》、《緑雲紅雨山房詩鈔》、《緑雲紅雨山房文鈔外集》。仲振奎一生作有十五部傳奇，除《紅樓夢》傳奇外，其餘十四種均未刊行，僅存自序。

《鶴歸來》總評（節録）

［清］周　昂

　　首出發端，末出收場，從來院本所無，菊亭特創爲之。其意匠似仿《桃花扇》，而義較正大。……

　　　　　　　　　　　　　　（《鶴歸來》，嘉慶間秋水閣刻本）

　　【按】　原署“少霞”。周昂（1732—1801）字千若，號少霞。江蘇常熟人。曾任安徽寧國府訓導。乾隆三十五年（1770）舉人，後屢應會試不第。著有《少霞詩鈔》、《中州全韻》、《元季伏莽志》（目録和正文作“明初伏莽志”）。戲曲作品有《玉環緣》、《西江瑞》、《兕觥記》、《兩孝記》四種，前兩種存世。“菊亭”即《鶴歸來》的作者瞿頡。

《新編遇合奇緣記》凡例（節録）

［清］存　華

　　一、此記惟述兒女私恩，凡有關系國家政事者，無論得失不敢附入。

　　一、此記皆系生旦實録，故必生旦同場，始入記傳，其餘生家私事、旦家私事，概從删減。

　　一、本記皆按年編録實事，故無所謂埋伏照應，虛張聲勢之處。

　　　　　　　　　（《新編遇合奇緣記》，嘉慶二十五年精抄本）

　　【按】　《凡例》原有十六條。《新編遇合奇緣記》（以下簡稱

《遇合奇緣記》）每出下以干支加月份的方式標明該出劇情發生的具體年月，也與《桃花扇》每出的體例設計存在相似之處。

存華（1783—1853），清宗室，鑲白旗人。《遇合奇緣記》現存清嘉慶二十五年（1802）精抄本，四册，中國藝術研究院圖書館藏（傅惜華先生舊藏）。王文章、劉文峰主編《傅惜華藏古典戲曲珍本叢刊》（學苑出版社 2010 年版）第 83 册予以收錄。全劇凡上、下兩卷，五十出。劇署"長白女史桂仙氏填詞"，"桂仙"爲嘉慶孝和睿皇后的妹妹、蕭親王永錫次子敬敘之妻鈕祜禄氏，名不詳。《遇合奇緣記》敘金童降生的檀珍（生扮）與玉女降生的桂仙（旦扮）間的"遇合奇緣"，實則兩人的戀情不僅違禮，且涉不倫。劇中的檀珍、桂仙便分別以存華和鈕祜禄氏爲原型，存華與鈕祜禄氏間是侄兒與叔母的關係，劇情係直接以兩人的一段私情爲藍本。有關該劇的文本及原型、本事的研究，參見鄧丹《稀見清代女作家戲曲敘錄二種》，《中國戲曲學院學報》2010 年第 5 期；鄭志良《雖説是奇緣，其實是孽緣——清宗室曲家存華與〈遇合奇緣記〉考論》，《文學遺産》2020 年第 3 期，第 165—178 頁。

《銀漢槎·考據》（節錄）

[清]李文瀚

《通鑒綱目》、《漢書》、《淮南子》、《博物志》、《星經》、《考要》、《皇會通考》、《荆楚歲時記》、《山海經》、《神仙綱鑒》

（道光二十二至二十七年刻《味塵軒四種曲》本）

【按】 李文瀚（約 1836 年前後在世）字雲生，號蓮舫，別署訊鏡詞人，室名味塵軒、看花望月之軒，安徽宣城人（今宣州）人。生

卒年及生平事蹟均不詳，主要活動在道光年間。約道光八年
（1828）由附生中戊子科舉人，此後六赴禮部試皆報罷。約道光十
八年（1838）春試下第後在京遏選，照例呈請得縣令職分發陝西。
此後官宰秦中多年，後遷四川官至虁州道員，未久卒於四川任所。
善戲曲，著有傳奇《胭脂烏》《紫荆花》《鳳飛樓》《銀江槎》四種，
合輯爲《味塵軒》四種曲。另著有詩文集《味塵軒文集》、詩集《我誤
集》，以及《治岐山撮要》《守嘉州紀要》《鄠縣修城記》等。李文瀚
的戲曲作品皆事有所本，言有所據，力遵尚實之風。其《鳳飛樓》事
悉本明史，並列有《鳳飛樓·考據》專以考訂史實，其中包括《岐山
縣誌》《明史》。《銀漢槎》所寫雖是虛無的神仙之事，也附有考證
淵源的《銀漢槎·考據》。

《鳳飛樓》評語（節録）

［清］李錫淳

《桃花扇·餘韻》一折，結場之妙，爲詞曲獨步。此折是真能效
顰者，妙在是我朝實事。

（道光二十二至二十七年刻《味塵軒四種曲》本）

【按】《鳳飛樓》凡二十出，此爲末一出《闡幽》的評語。實際
至第十九出《鳳醒》，全劇的主體劇情即有關明末烈女梁珊如的故
事已經全部演述完畢，而李文瀚又在其後增加《闡幽》一出，使生扮
康熙朝岐山縣令李昌期登場，爲梁珊如立碑致祀，並向百姓宣講其
事跡，是受到了《桃花扇》續四十出《餘韻》在形式和内容方面雙重
的影響，藉以點明題旨。李昌期即李文瀚的化身，李文瀚自己曾於
道光二十八年（1848）八月在岐山城外南山爲梁珊如築墓立碑。他

在《鳳飛樓·凡例》中也指出："末出於隔代忽演一漠不相關之李昌期,似乎畫蛇添足,而不知僧繇畫龍點睛,飛去正在此中。識者見之,當相視而笑也。"

《帝女花》自序

［清］黄燮清

……聲捐靡曼,不同《燕子》吟箋;事涉盛衰,竊比《桃花》畫扇。

(道光間刻《倚晴樓七種曲》本)

【按】《帝女花》二十出,作於道光十二年(1832)。陳其泰在序中稱該劇"譜興亡之舊事,寫離合之情悰"。近人錢人麟在其1906年爲該劇所作的跋語中也評價《帝女花》"實一代興亡之野史也,非僅傳兒女離合生死之奇已也。蓋先生有絕大感慨鬱於胸中,乃藉兒女之離合生死以抒寫之。夫離合生死,可悲也。惟其所以離合生死,則悲之尤可悲也。深文曲筆,皮裹陽秋,讀者自能詳辨而深味之。"①吳梅《帝女花》跋謂:"韻珊自序云:'聲捐靡曼,不同《燕子》吟箋;事涉盛衰,竊比《桃花》畫扇。'其微尚蓋在云亭。不知云亭之曲,僅工綺語,本色語則終卷不多見。韻珊此作,亦復似之,乃知此道之難矣。"②黄燮清因兩劇均"事涉盛衰",而將之相提並論。他還在《尚主》一出中從《桃花扇》借得老贊禮(副末扮)來主持公主、駙馬的婚禮:

(副末)自家一個老贊禮便是。從前孔季重郎中作《桃花

---

① 郭英德、李志遠纂箋:《明清戲曲序跋纂箋》,人民文學出版社 2021 年版,第八册,第3866 頁。

② 同上書,第3867 頁。

扇》傳奇，把我派了一個腳色，同了侯朝宗這起名士廝混了一場。如今有個姓黃的秀才，他自號繭情生，新打一部《帝女花》樂府，又把我硬扯在裏頭，做個贊禮。……

補《桃溪雪》傳奇下場詩跋

[清]許奉恩

海鹽黃韻珊孝廉所撰《桃溪雪》院本，筆墨精妙，竟欲與孔云亭《桃花扇》抗衡。大抵奇文，非奇人奇事，難臻其極。《桃花扇》一書，實因時際艱屯，事多盤錯，云亭偶然得之，用以抽秘騁妍，一暢發其名士美人離合悲歡、牢落無聊之氣。諺云："作文必得好題。"誠哉是言也。……每出一遵詞之原韻，蓋一種《桃花扇》例也。續貂之誚，在所不免，識者諒之。咸豐七年歲次丁亥秋九月，桐城叔平許奉恩並跋於湧金門之子城巷。

（道光間刻《倚晴樓七種曲》本）

【按】《桃溪雪》凡二十出，作於道光二十七年（1847）。許奉恩（約1826年前後在世）字叔坪，安徽桐城人。生卒年均不詳，約同治初前後在世。道光二十三年（1843）秋闈報罷。身歷太平軍之亂，流離轉徙，間關數萬里。嘗記所聞爲《風鶴塗説》，藏稿武林，城陷因遭散佚；又仿《聊齋志異》爲《里乘》十卷，積三十餘年始成。又有《蘭苕館集》，失傳。《文品》三十六則，乃仿效唐人《二十四詩品》之作。家世、生平可參加李偉實、許志熹《許奉恩評傳》，《明清小説研究》1999年第2期。

曾鯨《侯朝宗像》題詞

〔清〕王錫振

　　問誰能，陸離長劍，江邊來作漁父。水花開到黃蘆岸，遮莫瓜州前渡。煙外浦，計猶有、清平文雅台邊樹。長鬚擊艫。試一曲琵琶，郎君玉貌，曾解斷腸否（虬髯撥棹者疑侯氏義僕，故云）。

　　東林幟，底事江南重舉。十年滄海非故。傷心那獨揚州夢，扇底桃花紅污。風又雨，甚不著蓑衣，博浪椎空誤。飄零片羽。笑我亦雕蟲，壯年空悔，遺恨渺千古。

調寄〔摸魚兒〕，道光庚戌中秋后十日，

子湘尊兄明府屬題。馬平王錫振

（明曾鯨《侯朝宗像》軸，故宮博物院藏）

　　【按】曾鯨，字波臣，明末著名肖像畫大家，福建莆田人，“波臣派”的開創者和代表人物。此畫卷爲絹本設色，右下有曾鯨隸書小字題識：“崇禎乙亥九月望後六日，爲朝宗社兄寫秋江釣艇圖。閩中曾鯨。”王錫振（1815—1876，字少鶴）的題詞位於畫卷右側，爲道光三十年（庚戌 1850）中秋後十日應此時畫卷的收藏者李星沅（1797—1851）之請而撰。此詞又見陳乃乾編《清名家詞·龍壁山房詞》所收王錫振《瘦春詞》，詞題作“題子湘大令所藏侯朝宗秋江釣艇圖影”，末句後有注云：“圖爲朝宗社友、閩人曾鯨崇禎乙亥年作。扁舟幅巾，而倚一劍。一漁服、虬髯、撥櫂者，疑即朝宗家義僕也。”王錫振，又名拯，字少鶴，號定甫，別署懺甫、懺庵、茂陵秋雨詞人。又號龍壁山人。廣西馬平人。道光二十一年（1841）進士。授户部主事。官至通政使。與同鄉朱琦、龍啟瑞遊處講席。著有《龍壁山房集》、《茂陵秋雨詞》四卷。

有關此畫卷的繪製、流傳、題跋及其闡釋,參見付陽華《明遺民繪畫的圖像敘事》第一章"肖像中的'存'與'亡'"的第四節"《侯朝宗像》的收藏與解讀",人民美術出版社 2020 年版,第 75—93 頁。此處對於畫卷的指稱暫借用付陽華的命名。

曾鯨《侯朝宗像》題詞

［清］姚輝第

拂珊瑚,釣竿秋影,掉頭誰繼巢父。翩翩公子南洲客,愁喚秣陵渡。花外浦,渾不是、滄桑後日新亭樹。西風畫艫。問繡鋏橫霜,輕衣照水,試一曲琵琶,曾悔壯遊否。

風流在,壇坫東林重舉。六朝金粉如故。桃花扇子胭脂井,一樣傷心紅污。江上雨,便迷了仙緣,爭被凡塵誤。零縑斷羽。剩玉貌留春,墨華棲恨,展軸一懷古。

調寄〔摸魚兒〕和少鶴農部元韻題奉,子湘仁兄雅屬。蘇門姚輝第

（明曾鯨《侯朝宗像》軸,故宮博物院藏）

【按】 姚輝第的題詞位於畫卷左側,爲道光三十年(庚戌 1850)中秋後十日應此時畫卷的收藏者李星沅(1797—1851)之請而撰。"子湘仁兄"即李星沅,字子湘。姚輝第,年少即有文名,道光三十年(1850)进士。著有《菊壽庵詞》四卷。

《桃溪雪》題詞

［清］彭玉麟

一曲《桃溪雪》又新,《桃花》舊扇已成陳。怪他造化渾無賴,慣

把紅顏誤美人。

（道光間刻《倚晴樓七種曲》本）

【按】 原署"南嶽山樵雪琴"。彭玉麟（1816—1890）字雪琴、雪岑，號梅花外子、吟香外史、南嶽山樵、古今第一癡人、七十二峰樵叟，謚號剛直，室名梅雪山房、吟香館、退省盦。湖南衡陽人。諸生，清末湘軍將領。咸豐三年（1853），佐曾國藩創建湘軍水師，購買洋炮，製造大船。次年在武昌、漢陽、田家鎮等處與太平軍作戰，焚毀太平軍水師船隻。咸豐五年（1855），在江西湖口爲太平軍所敗。後又悉力擴軍，率湘軍水師封鎖長江，圍攻九江、安慶，參與陷天京（南京）。累官至水師提督，加太子太保。光緒九年（1883）官至兵部尚書，受命赴粵辦防務。後以病開缺回籍。能詩，下筆力就。工書，然不輕與人。有《彭剛直奏議》、《彭剛直公詩集》等。

《影梅庵》自跋

［清］彭劍南

余始撰《影梅庵》止六折，雲岩水部見之，笑曰："此《桃花扇》筆墨也。但如食江瑤柱，以過少爲憾耳。"因與雲岩制題分譜，余填詞什之七，雲岩填詞亦什之三，故京本用雲岩款附筆於此，用誌不敢掠美之意云。稚觀又記。

（道光六年刻茗雪山房二種曲本）

【按】 "雲岩"，即休寧孫如金。彭劍南（1785？—1850？）字梅坨，一字小陸，別署稚觀主人，溧陽（今屬江蘇）人。諸生。生平事蹟不詳。撰有傳奇兩種：《影梅庵》、《香畹樓》，合稱《茗雪山房二種曲》，今存於世。《影梅庵》傳奇撰於嘉慶十九年（1814）。道光六年(1826)，彭劍南合《影梅庵》、《香畹樓》二傳奇爲《茗雪山房二種曲》刊行（據《言言堂曲本書目》）。有關研究，可參看大木康《關於彭劍南的戲曲〈影梅庵〉與〈香畹樓〉》，《融通與新變：世變下的中國知識份子與文化》，華藝學術出版，2013 年 10 月出版，第 387—414 頁。

《影梅庵》敍

［清］楊文蓀

《影梅庵》傳奇者，瀨上彭君梅垞摭取冒公子辟疆與董姬小宛軼事，倚聲而成者也。嗟乎！《春燈》、《燕子》，共誰抒弔古之悲；紈扇《桃花》，何處寄相思之淚？

（道光六年刻茗雪山房二種曲本）

【按】楊文蓀（1782—1853）字秀實，一字芸士。浙江海寧人。道光七年(1827)歲貢。好藏書，藏書樓名"稽瑞樓"。曾據家藏珍本編纂《清朝古文匯鈔》。另有《南北朝金石文字考》、《南宋石經考》、《逸周書王會解》、《廣注》、《兩漢會要補遺》、《述鄭齋詩》。

《影梅庵》敍

［清］馮調鼎

曇花一現，證明月之前身；萼綠重來，認春風之小影。生自衆香國裏，移當群玉峰頭，即色即空，亦莊亦雅。詢烟花於北里，罷説眉樓；掇金粉於南朝，慵談桃扇。

（道光六年刻茗雪山房二種曲本）

【按】 馮調鼎,字雪鷗。江蘇華亭人。曾任江蘇豐縣訓導。有《六書準》。

過壯悔堂舊宅感吊侯朝宗先生

〔清〕王守毅

一編便足壓千秋,歎息梁園著作流。御氣文章輕俠派,規時經濟古人憂。

綺情艷結桃花扇,故徑香寒翡翠樓。奇節友生存幾輩,天涯風雨吊商丘。

(《後湖草堂詩鈔》卷十一,光緒間刻本)

【按】 此詩作於道光二十一年(1841)。王守毅(1794—約1881)字懺生,河南固始人。道光元年(1821)舉人,任商丘教諭,改四川儀隴、慶符知縣。升四川布政使。光緒三年(1877)致仕還鄉。光緒五年(1879)奉旨加二品頂戴。著有《後湖草堂詩鈔》三十八卷,附《試帖詩鈔》一卷,《賦鈔》一卷。另有《籜廊瑣記》九卷行世,有文物出版社 2018 年出版整理本,其中卷七有《記李香君事》一則。

掃葉亭詠史詩(節錄)

〔清〕來　秀

卷　四

明　福王

兵潰淮陽碧血斑,漏舟痛飲亦堪憐。魯山曾演《桃花扇》,皖水休焚《燕子箋》。

（同治十二年刻本）

【按】 此爲卷四"明"之末一首。來秀，法式善嗣孫，字子俊、紫葰，號鑒吾。道光二十四年（1844）順天鄉試舉人，道光三十年（1850）進士，歷官曹州知府。其生平詳見《清史列傳》。來秀著有《掃葉亭詠史詩集》、《掃葉亭詩集》、《來子俊望江南詞》等。《掃葉亭詠史詩集》凡四卷，取漢至明 230 人，各賦七言絕句一首，有同治十二年（1873）刻本。今有法式善等撰、多洛肯點校《法式善文學家族詩集》本，上海古籍出版社 2018 年版，全二册。

同治十二年（1873）刻本卷首宗稷辰序云："來子俊世兄精熟史事，繼美詩龕，嘗論自漢以來二百三十人，各賦一詩，編成一集，語不主常，論不涉異，隱括婉約，不獨弦外有音，更覺味中有味，令人尋之不盡。"袁行雲《清人詩集敘錄》謂："自左思《詠史》以後，代不乏人，至清而大盛。散見各集者，數篇至百數十不等，專門成書亦不下十數種。雖論古人之事蹟，猶見一己之性情。其間瑕瑜互見，而爲史評資料，其價值不容貶低。來秀爲蒙族文士，早歲登科，常官御史，所作語不主常，論不涉異，亦好學湛思者也。"①

《影梅庵》題詞

［清］潘清蔭等

《白門柳》共《桃花扇》，久付登場菊部頭。年少彭郎能按曲，傾城名士又千秋。潘桐鳴梧岡

---

① 袁行雲：《清人詩集敘錄》，人民文學出版社 2016 年版，下册，第 2626 頁。

水繪園空景色移，名流佳話幾人知？豔情傳共桃花扇，深感文人幼婦詞。丹陽周玉瓚西賡

填詞不數《桃花扇》，度曲能翻《燕子箋》。拾得殘編閑點綴，含宮嚼徵多淒切。狄子奇惺巷

《桃花扇》與《影梅庵》，先後詞人韻事探。都是一般才子筆，擬教合唱聽何戡。朱澧蘭皋

（道光六年刻茗雪山房二種曲本）

【按】潘清蔭(1851—1912)字季約，一字梧岡，巴縣人。幼家貧，擬從父業鬻紙而隱啜泣。母蔡氏憐之，令就學。同治十二年(1873)中舉，出張之洞門下。以考選二等，任達縣訓導。光緒十四年(1888)，張之洞總督兩廣，召清蔭爲書局纂校。二十七年(1901)，選山東濟寧州判。逾年，爲山東大學堂監督，議敍同知。宣統元年(1909)，調補學部實業司主事，任政法學堂庶務長。擢員外郎，晉郎中。三年(1911)，革命軍興，棄官歸鄉。數月以疾卒於家，年六十二歲。生性勤敏，能吃苦耐勞。嘗偕其友華陽喬樹楠辦東川義賑，以轉運屬樹楠。自任散給，烈暑小舟奔走於頑石危浪之中，活人無數。共事者或持酒食慰勞，清蔭曰：“此豈吾輩甘旨時耶！”在學堂，未明即起而漏盡乃休，雖筐篋瑣細必親躬。著有《爾雅略例》、《讀段注說文記》、《巴渝方言證》、《說文禮經互證表》、《禮制匯表》、《諸經摘要》、《宋元諸儒粹語》。詩文雜著刊行於世者名《四本堂集》。《巴縣志》有傳。

周玉瓚，字熙賡，號平園，一號瑟庵，晚號憩亭。丹陽人。道光十七年(1837)舉人，官洴川知縣。有《周憩亭集》。

狄子奇，字惺庵，或作惺垣，又作叔穎。生卒年不詳，約主要生活於嘉慶、道光年間，江蘇溧陽人。《溧陽縣續志》卷十一《人物志·儒林》載：“狄子奇，字惺庵，家世業儒，弱冠補弟子員，以監生

肄業成均,究心經籍,不屑章句。嘗讀毛西河《論語稽求》、《四書剩言》諸書,愛其淹博而病期攻駁朱子,思補朱子之未備,著《四書質疑》四十卷、《四書釋地辨疑》、《鄉黨圖考辨疑》各一卷。時程侍郎恩澤主講鍾山書院耳,(慕)其名,屬纂《戰國策地名考》二十卷,因薦之林文忠則徐,聲譽益重。道光十五年舉於鄉,主安徽宿州、河南覃懷書院。誨人一以敦行植學委物。後以風疾卒於講舍,士論惜之。"①另外可知的著作還有《孔子編年》、《孟子編年》各四卷,合稱爲《孔孟編年》,影響較大;《周易推》六卷,則鮮爲人知。

朱澧,廣東清遠縣人。乾隆四十二年(1777)拔貢,廷試一等,充武英殿校錄。後出任連山、長樂二縣教諭,歷署電白、鎮平、樂昌學宮,卓有賢聲。工書法,精於金石,善辨石刻書法之真偽,是一位頗有造詣的金石學家。

《蜀錦袍》題詞

[清]宗得福等

板蕩中原一瞬過,《冬青》樂府近如何? 傷心更有《桃花扇》,合付紅兒取次歌。宗得福載之

須知奇女勝奇男,報國捐軀死亦甘。秦左兩人分兩姓,同名莫訝是寧南。

侯封難得覓紅裙,天子平臺喜策勳。扇底桃花輸蜀錦,英雄愧煞李香君。朱文玉筱琴

(光緒十一年刻《玉獅堂十種曲》本)

---

① 清朱畯等修、馮煦等纂:《溧陽續縣志》卷十一,光緒二十五年活字印本。

【按】 宗得福（1841—?）字載之，出生於江蘇上元，近代著名詞人。官浙江知縣、湖北知府、清末煤鐵總辦。雖未通過科舉入仕，但潛心經世之學。任漢陽鐵廠、京漢鐵路和大冶鐵礦局總辦時，卓有成效，成爲洋務派張之洞、盛宣懷最信任的幕僚。光緒二十九年（1903），任吉慶堂總董。與晚清詞人蔣春霖、杜文瀾、丁至和、徐鼐、何詠、李肇增、褚榮槐、周作鎔、周閑、郭麐等諸多文人有詩信往來，互有唱和之作。著《墮蘭館詞存》一卷（宣統元年湖北官設刷印局鉛印本）、《足可惜齋詩鈔》（宣統元年湖北官設刷印局鉛印本）。

朱文玉，江西婺源人。著有《蝴蝶夢》傳奇、《葆真堂吟草》、《雜説存疑内外編》、《便用良方》等。

《花月痕》評辭

［清］陳　棟

末折一合即離，閲者謂是脱胎《桃花扇》，誠然。但《桃花扇》原無定要離的根源，只是一時看破。此則與《談因》折相應，不離不完，故題曰《圓影》。非圓蕭、霍二人，乃圓龍華會上二人之影也。因離得合，與《桃花扇》同床異夢。

（道光七年家刻本）

【按】 陳棟，字浦雲，號東村、蓉西逸客。浙江紹興人。約嘉慶中期在世。善詩文，工詞曲，有《北涇草堂集》八卷傳於世。戲曲作品有雜劇《苧蘿夢》、《紫姑神》、《維楊夢》和傳奇《紫霞巾》、《花月痕》。

《梅花夢》序

［清］吉唐道人

求其諧聲合拍，無乖音律，孔云亭、洪昉思庶乎近之。長壽汪
莃庵明經，以不羈之才作爲元人院本《梅花夢》，傳奇其傑構也。
全書摹仿蔣苕生《空谷香》，其組織之工、音律之細，賓白之佳，又
差與《桃花扇》、《長生殿》伯仲，演諸氍毹，真足逸情動魄、可感可
興。……光緒癸未嘉平月，成都吉唐道人敍。

（光緒十年成都龔氏刊本）

【按】 汪莃庵，即汪叙疇，生卒年均不詳。四川長壽人。撰
有《字學舉隅續編》一卷，光緒十年（1884）掃葉山房刻本；《梅花夢》
傳奇，二卷十六齣。此與陳森、張道所撰同名傳奇情節不同。此劇
演兩世姻緣，謂上界掌書仙官與梅花仙子相戀，被貶凡間，再結
姻緣。

《梅花夢》贅言十四則（節録）

［清］醉齋繼主

第三条　曲既名《梅花夢》，梅花，猶珠也；試章、幼嫻，猶龍也；
王公金母、孟引侍書等，猶風雨烟霧也。珠之婉轉盤旋，不離乎龍；
龍之夭矯飛騰，不離乎珠。而其餘之風也、雲也、烟也、霧也，又復
爲襯之托之、點之染之。睜我巨眼，覷彼匠心，不要使他瞞過。

第四条　時曲多用小人打鬧，如《西樓》之池同、趙伯將，《桃花
扇》之阮圓海、馬瑶草，《燕子箋》之鮮於佶，《珊瑚鞭》之張軌如、蘇

有德、楊廷詔等,不可勝記,亦屬濫觴。作者獨能不落此套,故微嫌轉折太少。然其筆之曲、意之靈,仍復一波不已又起一波,未可即此厚非也。

第九条　設科之嬉笑怒罵,所以助曲文之精神。他本多未能分明,今皆別以小字旁寫,使閱者一目了然。如白描人物,鬚眉畢現,捫之紙上,躍然欲生,好看好看。

(光緒十年成都龔氏刊本)

【按】　"桃花扇"是貫穿全劇情節的重要物件,作爲李香君堅貞不渝、臨危不懼的象徵,和侯、李兩人悲歡離合之見證,在全劇的許多重要場次和關目中都曾出現。汪叙疇的《梅花夢》對此也有借鑒。上引《凡例》數條明顯借鑒了《桃花扇·凡例》的以下内容:"劇名《桃花扇》,則'桃花扇'譬則珠也,作《桃花扇》之筆,譬則龍也。穿雲入霧,或正或側,而龍睛龍爪,總不離乎珠。觀者當用巨眼。""設科之嬉笑怒罵,如白描人物、鬚眉畢現;引人入勝者,全借乎此。今俱細爲界出,其面目精神,跳躍紙上,勃勃欲生,况加以優孟摹擬乎。"

《梅花夢》雜言(節錄)

[清]張　道

……

生旦者,傳奇之正色也。一陰一陽,道之所在。但馮雲將不能庇一弱女子,嫌於無陽,故是書專以旦色爲主。自扮小青外,不扮别色。獨立不群,要是創格。

……

首尾四折，在正文之外。雖仿《桃花扇》格，而小變其例。《評疑》一折，皆茶寮問答，爲考據之資。以視(覘)縷序言，頗覺省便。

折尾下場詩，昔人輒集唐賢舊句。獨《桃花扇》、《漁村記》之類，自撰新作，絶妙好詞；若清容輩，復矯而去之。兹之三十折，悉取平韻押句。其首尾四折，則用側韻。亦創例也。

……

曲例有正文，有襯字。然自來填詞家以正作襯、以襯作正，往往任意增減。即平仄、四聲、陰陽之間，及句末用韻與否，亦復不同如面。甚至一人作譜，前後參差。則將焉用譜爲哉？前輩以東嘉褋甌音、玉茗失宮調爲詬病，而石巢、東塘號爲知音，且無定矩。區區之作，無能更正。愧非子野，請俟周郎。

（光緒二十年長沙刊本）

【按】《梅花夢》傳奇卷末附有張道作《〈梅花夢〉雜言》。此劇成稿於咸豐九年己未(1859)之冬，主要敍寫梅花仙子被謫下界，投生爲揚州女子喬小青。小青慧解詩書，棋畫皆精，嫁與錢塘馮雲將爲妾，不能容於正室。小青被強令遷往孤山獨居，備受煎熬，最終抑鬱而死。《梅花夢》分上、下兩卷，凡三十四出。卷首附有《〈梅花夢〉扮色》，詳細羅列劇中各腳色所飾演的人物。《〈梅花夢〉扮色》後爲《〈梅花夢〉砌末》。卷上首尾分別爲醒一出《寫概》和補一出《評疑》，卷下首尾分別爲搊一出《閑吟》和綴一出《寄韻》，從體例、形式到内容都明顯受到了《桃花扇》的影響。補一出《評疑》的主要内容是考證和評析劇中人物、故事的來歷，如指出喬小青原姓馮，實有其人等。此出全部是考據性文字，且均系説白，這又摹仿了《桃花扇》的閏二十出《閒話》。補一出《評疑》還記載了《梅花夢》

上本演出之後各類觀眾的不同反應和不同人物從不同角度對小青事蹟的評論。綴一出《寄韻》則重在表達作者對小青故事的感想，情節嚴重淡化，【尾聲】中的曲辭多系作者感慨。此劇的角色設置也受到《桃花扇》的影響。

《梅花夢》題詞

[清]李家瑞

獅吼河東笑季常，那堪郎署困馮唐。傳奇略仿《桃花扇》，説部新翻玉茗堂。

（光緒二十年長沙刊本）

【按】 末署"李家瑞香苹"。李家瑞（1765—1845）字香苹，號清臣。乾隆三十年（1765）生於閩縣南臺（今福州臺江區）。先世本山西潞安人，清初入福州。14歲，入鳳池書院讀書，勤奮好學，愛山水名勝，喜歡作詩。曾與林則徐、張際亮等爲詩友，時常來往，互相唱和。他參加省試屢不中，故一生只是一個秀才。乾隆五十七年（1792）後，家瑞任幕府走遍閩中十郡，所到之處皆有吟詠。後以不得志於舉，投筆從戎，任軍内文書之職。後復納資捐官，得候補知縣頭銜，一度代理浙江嘉興縣丞、上虞典史。他候補五年不得實缺，乃改官廣東，主持潮州韓山書院。以後，復往廣州各地縣幕府工作。曾游澳門、香港。眼見朝廷自撤藩籬，爲外人所占，甚是傷感。晚年回福州，道光二十五年（1845）病逝，享年八十歲。著有《蕉雨山房詩集》十卷、《停雲閣詩話》十六卷。

《瘞雲岩》序（節録）

[清]鄭忠訓

冬杪游獅江,晤饒枚訪太史,言及西湖名流玉泉樵子著《瘞雲岩》一書,遠近傳鈔,爭先快睹。僕請於太史,得盡讀之。事多徵實,語必生新。……其與《桃花扇》、《香祖樓》諸傳本,其文、其事、其人,並堪千古,作傳奇觀可也,作正史讀亦可也。……時在庚午仲冬月下浣。

（光緒三年《碧聲吟館叢書》本）

【按】 許善長(1823—1891)字季仁,號栩園,別署玉泉樵子、西湖長。浙江仁和人。同治間嘗任職江西,光緒間升至江西建昌知縣、廣信府知府。著有傳奇四種、雜劇兩種,合稱《碧聲吟館六種》,另有《談塵》四卷。《瘞雲岩》凡二卷,十二出,作於同治九年(1870)。取材於柳江情癡子《愛雲小傳》。據許德裕云:“叔曾制《瘞云岩》曲,河口猶有能歌者。”(《茯苓仙》題詞第三首自注)可知此劇曾有演唱。

《瘞雲岩》跋（節録）

[清]海陽逸客

作者愛讀孔季重郎中《桃花扇》,而鄙棄《笠翁十種》。故其爲文以細意熨帖爲主。此作不半月而成,是其率意之筆。……庚午谷雨節,海陽逸客書於獅江寓齋之小停雲館。

（光緒三年《碧声吟馆丛书》本）

【按】 許善長《碧聲吟館談麈》卷四"演《桃花扇》"條載:"余最愛孔季重《桃花扇》,讀五六過矣。雖自著傳奇已有六種,欲取法一二,迄未能也。夙聞都門演劇,有《訪翠》《寄扇》二出,前後住京師十餘載,從未見香扇墜一登氍毹,殊爲恨事。"①

秦淮豔影(選一)

［清］夏家鏞

李香君(見《桃花扇》傳奇)

歌筵瘦損小腰肢,惆悵才人贈扇時。丁字簾邊明月冷,綠窗細味定情詩。

(《浮漚集·鳩江草》卷中,民國間刻本)

【按】 夏家鏞(1834—1909)字幼威,江蘇上元(今屬南京)人。世守儒業,補增廣生。初亦有當世之志,著《備俄》十策。年五十,赴潯陽(今九江)司鳩江關榷。晚年就養京師。著有《浮漚集》六卷,外集二卷。

《滄桑豔》題詞

［清］繆荃孫等

黃金難買鹿樵生,更有丁鴻感慨並。孔氏《桃花》黃《帝女》,一般幽恨寄新聲。繆荃孫

媚香夫婿是東林,不受闖兒暮夜金。留得千秋詩史在,才人一

---

① 清許善長:《碧聲吟館談麈》卷四,《碧聲吟館叢書》本,光緒四年刻。

樣却盍心。李吟白

生在東塘後。讓南部、桃花扇子,盛名獨負。更向北部尋豔
跡,壇坫儼分左右。況更是、興亡樞紐。忠孝大綱嚴斧鉞,借英雄、
兒女絲絲繡。恨不示,梅村叟。 冶城從古稱詞藪。更名士、翩翩
一卷,豪蘇膩柳。典盡敝裘刊樂府,風調邇來稀有。正花月、可憐
時候。綠譜紅腔新配准,付興奴、妙絕琵琶手。(句有所指)當酌
汝,奔牛酒。調寄貂裘換酒。同里李丹叔先生題詞

(光緒三十四年《豹隱廬雜著》本)

【按】 李丹叔,即李恩綬(1835—1911),字亞白,號丹叔,晚
號訥盦。江蘇丹徒人。清末附貢生。自幼聰穎好學,博覽群書,詩
文閎深奧衍,不襲浮藻,以是科舉不利,遂橐筆壯游,以教館、作幕、
鬻文自給。他是清末鎮江文壇之耆碩,一生著述頗豐,有《讀騷閣
賦存》、《訥盦駢體文存》、《縫月軒詞》、《冬心草堂詩選》、《校補龍文
鞭影》、《巢湖志》、《採石志》、《紫蓬山志》等傳世。

丁傳靖的《滄桑艷》傳奇在筆法、主旨和結構等方面深受《桃花
扇》的影響。參見周禮丹《丁傳靖戲曲研究》第三章第四節"丁傳靖
傳奇《滄桑艷》對《桃花扇》的接受",南京師範大學碩士論文,
2017 年。

《鄭妥娘》雜劇題詞

汪兆鏞

閑敲象板話興亡,絕妙桃花扇底香。故把才人作廝養,寓言誰
識孔東塘。

(民國油印本)

【按】 汪兆鏞（1861—1939）字伯序，號憬吾，晚號清溪漁隱。原籍浙江山陰（今紹興），咸豐十一年（1861）生於廣東番禺。少隨叔父汪瓘學於隨山館。光緒十年（1884）選學海堂專課肄業。次年舉優貢生，以知縣用。1889年中舉人。岑春煊督粵時，延入幕府司奏章。辛亥革命後，避居澳門，以吟詠、著述自適。1918年曾參與修纂《番禺縣續志》。1939年7月28日病故於澳門。著有《稿本晉會要》《元廣東遺民錄》《三續碑傳集》《微尚齋詩文集》《嶺南畫徵略》等。

《疚斋杂剧》八種，冒廣生撰。冒廣生（1873—1959）字鶴亭，又字鈍宦，號灸齋。江蘇如皋人，冒辟疆之後。光緒甲午（1894）舉人，誥授資政大夫，賜三品花翎，官刑部郎中。民國二年，出任甌海海關關督。有《小三吾亭詩文集》、《疚齋口業》等傳世，並輯《冒氏叢書》、《永嘉詩人祠堂叢刻》十六卷。《疚齋雜劇》八種皆以明末女性為題材，包括：《別離廟蕊仙入道》、《午夢堂葉女歸魂》、《馬湘蘭生壽百齣》、《卞玉京死憶梅村》、《南海神》、《雲嬋娘》、《廿五弦》、《鄭妥娘》。吳梅在《讀〈疚齋雜劇〉即賦南詞代序》中也說："恨桃花扇底，宮冷商殘。"

《龍沙劍》傳奇色目（節錄）

[清]程　焕

北曲弦索調無各色之名，觀《西廂記》"張生上"、"鶯鶯上"等文可見。《琵琶記》只七色，無老旦，蔡府及牛府奶娘俱用淨扮。《牡丹亭》只八色，無副淨、小生、小旦。近日孔東塘《桃花扇》"哄丁"一折，既用末扮司業，又用副末扮老贊禮，是二末矣。

（《龍沙劍》傳奇，嘉慶七年鈔本）

【按】《龍沙劍》傳奇卷首的《色目》在序之後、目録之前，羅列各腳色在劇中所扮人物。最後對之進行解釋、説明，兼及其他幾部劇作中的腳色命名和安排。

清代章回小説《桃花扇》回目

第一回　看梅花道院占滿　　畫墨蘭妝樓賜字

第二回　清明節游春遇豔　　暖翠樓擲香訂期

第三回　疑陪奩公子問故　　知緣由俠女却妝

第四回　端陽節社友鬧榭　　燈船會阮奸避蹤

第五回　阻就糧朝宗修剳　　寄勸書敬亭投轅

第六回　阮學士懷怨進讒　　楊知縣登樓報因

第七回　議迎立史公書阻　　立新主馬阮成功

第八回　設朝儀奸臣大拜　　守節義俠女拒媒

第九回　逼上轎面血濺扇　　施巧計慈母代嫁

第十回　因染扇托師尋婿　　驗優人侍酒罵奸

第十一回　　薰風殿君臣選戲　　睢州城將卒被擒

第十二回　　蘇教師落水逢故　　侯公子赴南踐盟

第十三回　　覓佳人樓頭題畫　　訪故友書店被擒

第十四回　　救難友崑生見帥　　投檄文敬亭罷斂

第十五回　　清君側良玉氣死　　墮揚城可法沉江

第十六回　　南京城君臣逃散　　棲真觀夫妻團圓

（路工、譚天合編《古本平話小説集》下册，

人民文學出版社 1984 年版）

【按】路工、譚天合編《古本平話小説集》中收有章回小説

《桃花扇》一部,共六卷十六回,係直接根據孔尚任原劇改編。據小說前的介紹,此書爲清乾隆初年(約 1704)刻本,封面題"竹窗斋評"、"翰香楼梓",但整理本中並没有載録評語。小説前後無序跋,也未標明著者名姓,無從查考。全書係以《桃花扇》原劇爲藍本,保留了原劇四十二回的大部分關目。

《十二釵》出目(節録)

[清]朱鳳森、姚氏

試一出《先聲》

……

續一出《餘韻》

(嘉慶十八年晴雪山房《韞山六種曲》本)

【按】《桃花扇》在體例上最明顯的創新,是在正出之外,又於上下本的首尾各增設一出,即試一出《先聲》、閏二十出《閒話》、加二十一出《孤吟》和續四十出《餘韻》。這四出的添加,別具匠心,構思精巧,有著特殊的作用,又有各自不同的特點。試一出《先聲》的作用與一般傳奇的首出相同,由副末登場,介紹劇情。試一出《先聲》又與加二十一出《孤吟》互相呼應,同爲老贊禮與場下問答。《先聲》借老贊禮的答語預敘劇情、介紹《桃花扇》的創作和演出情況,《孤吟》則借老贊禮的答語說明觀衆觀看上本的反應,又有承上啟下的作用。閏二十出《閒話》既縮合上文,如該出出批所説的"《哭主》一折,止報北京之失,而帝後殉國、流賊破城始末,皆於此折補出"[①],又

---

① 清佚名:《桃花扇·閒話》出批,《桃花扇》,康熙間介安堂本。

引出下本劇情發展的重要人物角色張瑤星、蔡益所和藍瑛,照應下文。如張瑤星發下願心,要募建水陸道場,修齋追薦,度脱冤魂,便與第四十出《入道》呼應。這一出又全用説白,没有一支曲文,如出批所説,"是異樣變化文字"①。續四十出《餘韻》敘寫老贊禮、柳敬亭和蘇崑生在事變之後,相聚一處,分别以"神弦曲"、《秣陵秋》彈詞和《哀江南》套曲發抒感慨、感歎興亡,三人的詠歎也部分代表了孔尚任自己的心曲。全劇的主要情節其實在第四十出《入道》已經完結,《餘韻》一出情節淡化,實際也不以敘事爲重,主要是用以抒情。清代文人朱鳳森(1776—1832)與其繼室姚氏合撰的《十二釵》傳奇摹仿了《桃花扇》的這一體例創新。鳳森字韞山,廣西臨桂人。嘉慶三年(1798)舉人,六年成進士。官河南濬縣知縣。著有《韞山六種曲》,爲《才人福》、《十二釵》、《平銕記》、《守濬記》、《金石緣》、《輞川圖》。事蹟見鄧顯鶴《河南濬縣知縣朱君墓誌銘》(《續碑傳集》卷四一)。

品花寶鑑(節録)

[清]陳 森

第一回 史南湘制譜選名花 梅子玉聞香驚絶豔

……

再看第五題的是:

玉樹臨風李玉林

玉林姓李氏,字珮仙,年十五歲。揚州人。隸聯珠部。初日芙

---

① 清佚名:《桃花扇·閒話》出批,《桃花扇》,康熙間介安堂本。

蘂,曉風楊柳。嫻吟詠,工絲竹、圍棋、馬吊,皆精絶一時。東坡《海棠》詩云;"嫣然一笑竹籬間,桃李漫山總粗俗。"溫柔旖旎中,自具不可奪之志,真殊豔也。其演《折柳陽關》一出,名噪京師。見其婉轉嬌柔,哀情豔思,如睹霍小玉生平。不必再讀《賣釵》、《分鞋》諸曲,已恨黄衫劍客不能殺却此負情郎也。再演《藏舟》、《草地》、《寄扇》等戲,情思皆足動人。真瓊樹朝朝、金蓮步步,有臨春、結綺之遺韻矣。爲之詩曰:……

第四十一回　惜芳春蝴蝶皆成夢　按豔拍鴛鴦不羡仙

……公子、夫人看了,好不快樂。華公子叫取兩個錦褥來,就鋪在花下,與夫人對面坐了。擺了攢盒,把那百花春對飲了幾杯。華夫人道:"何不叫他們吹唱一回,以盡雅興?"公子道:"很好,你就分派他們唱起來。"夫人將十珠分了五對,吩咐道:"你們各揀一支,總要有句'桃花'在裏頭的。我派定了對,不是此唱彼吹,就是彼吹此唱。若唱錯了,吹錯了,要跪在花下,罰酒一大杯。"愛珠笑道:"奶奶這個令,未免太苦了。況且我們會唱的也有限,譬如這人會唱這一[枝](支),那人又不會吹那一支;那人會吹那一支,這人又不會唱這一支,如何合得來? 今奶奶預先派定了這個吹,那個唱,我們十個人竟齊齊的跪在花下,喝了這半大瓶的冷酒就結了。"說得公子、夫人都笑。夫人道:"既如此,方才題目原難些,曲文中有'桃花'句子也少。你們十人接著唱那《桃花扇》上的《訪翠》、《眠香》兩出罷。"公子聽了笑道:"這個最好。這曲文我也記得,兩套共十一支,有短的並作一支,便是一人唱一支了。"叫拿些墊子,鋪在惜芳亭前,與他們坐了好唱。十珠也甚高興,即拿了弦笛、鼓板,我推你,你推我,推了一會,推定了是寶珠先唱。寶珠唱道:"金粉未消亡,聞得六朝香,滿天涯烟草斷人腸。怕催花信緊,風風雨雨,誤了春光。(《縋山月》)望平康,鳳城東、千門綠楊。一路紫絲韁,引游郎,誰家乳燕雙雙。隔春波,碧烟染窗;何晴天,紅杏窺牆。一帶板橋長,閑指點茶寮酒舫。聽聲聲、賣花忙,穿過了條條深巷。插一枝帶露柳嬌黃。(《錦纏道》)"公子道:"這曲文實在好,可以追步'玉茗堂四夢',真才子之筆。"夫人道:"以後唯《紅雪樓九種》可以匹敵,餘皆不及。"只聽明珠接著唱道:"結羅帕,烟花雁行,逢令節,齊門新妝。有海錯、江瑶、玉液漿。相當,竟飛來捧觴,密約在芙蓉錦帳。(《朱奴剔銀燈》)"公子道:"該打。少唱了'撥琴阮,笙簫嘹亮'一句。"掌珠接唱道:"端詳,窗明院敞,早來到温柔睡鄉。鸞笙鳳管雲中響,弦悠揚,玉玎璫一聲聲亂我柔腸。翱翔雙鳳凰。海南異品風飄蕩,要打著美人心上瘓。(《雁過聲》)"掌珠一面唱,一面將帕子打了一個結,望荷珠臉上打來。荷珠嗤的一笑,公子喝了一聲采,夫人也嫣然微笑。二人各飲了一杯,聽荷珠唱道:"誤走到巫峰上,添了些行雲想。匆匆忘却仙模樣。春宵花月休成謊,良緣到手難推讓,準備著身赴高唐。(《小桃紅》)"《訪翠》唱完了,愛珠接唱《眠香》,唱道:"短短春衫雙卷袖,調箏花裏迷樓。今朝全把繡簾鉤,不教金線柳,遮斷木蘭舟。(《臨江仙》)"公子笑道:"這等妙曲,當要白香山的樊素唱來,方稱得這妙句。"夫人笑道:"樊素如何能得? 就是他們也還將就,比外頭那些班中生旦就強多了。"公子點頭道:"是"。見贈珠唱道:"園桃紅似繡,豔覆文君酒;屏開金孔雀,圍春晝。滌了金甌,點著噴香獸。這當壚紅袖,太温柔,應與相如消受。(《一枝花》)"花珠一面打鼓板,一面接唱道:"齊梁詞賦,陳隋花柳,日日芳情迤逗。青衫偎倚,今番小杜揚州。尋思描黛,指點吹簫,從此春入手。秀才渴病急須救,偏是斜陽遲下樓,剛飲得

一杯酒。(《梁州序》)"公子對夫人道:"如此麗句,不可不浮一大
白。"將大杯斟了,叫寶珠敬夫人一杯。寶珠擎杯,雙膝跪下。夫人
道:"我量淺,不能飲這大杯,還請自飲罷。"遂把這大杯內酒倒出一小
杯來,叫寶珠送與公子。寶珠又跪到公子面前,公子一口干了。明
珠折了兩枝紅白桃花,拿個汝窯瓶插了,放在公子、夫人面前。又見
珍珠唱道:"樓臺花顫,簾櫳風抖,倚著雄姿英秀。春情無限,金釵重
與梳頭。閑花添豔,野草生香,消得夫人做。今宵燈影紗紅透,見慣
司空也應羞,破題兒真難就。(《前腔》)"公子道:"這'見慣司空也應
羞'之句,豈常人道得出來?"夫人道:"與'今番小杜揚州'句,真是同
一妙筆。"見蕊珠唱起,寶珠合著唱道:"金樽佐酒籌,勸不休,沉沉玉
倒黃昏後。私攜手,眉黛愁,香肌瘦。春宵一刻天長久,人前怎解芙蓉
扣。盼到燈昏玳筵收,宮壺滴盡蓮花漏。(《節節高》)"畫珠接唱,明珠
合著唱道:"笙簫下畫樓,度清謳,迷離燈火如春晝。天台岫,逢阮劉,
真佳偶。重重錦帳香熏透,旁人妒得眉頭皺,酒態扶人太風波,貪花福
分生來有。《前腔》秦淮烟月無新舊,脂香粉膩滿東流,夜夜春情散不
收。(《尾聲》)"唱完,公子與夫人甚是歡喜,十珠齊齊站起。……

(宣統元年幻中幻了齋刊本)

【按】古代小說的情節內容雖多虛構,但不盡是憑空結撰,
需要作者具有豐富的閱歷和體驗,也能在一定程度上反映特定時
期的風俗民情、社會狀況。清代陳森作有長篇章回體小說《品花寶
鑒》,主要以官宦子弟梅子玉和伶人杜琴言兩同性之間的思慕、愛
戀爲線索,敘寫北京一幫搢紳公子與各色伶人詩酒宴集的生活,魯
迅《中國小說史略》將之列入"狎邪小說"一類。陳森(1796—1870)
字少逸,號採玉山人,又號石函氏,毗陵(今江蘇常州)人。諸生,曾
游幕於北京、廣西。除《品花寶鑒》外,另著有傳奇《梅花夢》。據陳

森《品花寶鑒序》，他約在道光五年（1825）"秋試下第，境益窮，志益悲，塊然塊壘於胸中而無以自消，日排遣於歌樓舞榭見，三月而忘倦，略識聲容伎藝之妙，與夫性情之貞淫，語言之雅俗，情文之真僞。間與比部品題梨園，雌黄人物"①。約在道光七年（1827），他又隨粤西太守某去粤作幕八年，"亦嘗游覽青樓戲館間"②。陳森在《品花寶鑒》中對北京梨園及優伶的描寫應主要是以這兩次切身的生活體驗爲創作素材的。所以雖然魯迅在《中國小説史略》中説《品花寶鑒》"以敘乾隆以來北京優伶爲專職"，而更具體地，它應是反映了道光初年或嘉慶末、道光初北京梨園狀況的一個側面③。《品花寶鑒》第一回中，史南湘撰刻《曲臺花譜》，記述和詠歎京城梨園諸名旦，其中第五題爲李玉林，隸聯珠部，稱其"演《藏舟》、《草地》、《寄扇》等戲，情思皆足動人"④。聯珠部爲當時京中名班，第四回中，田春杭説："我聽人説，戲班以聯錦、聯珠爲最。"而這兩個職業戲班平時演劇是"堂會戲多，幾個唱崑腔的好相公總在堂會裏"⑤。這一情況反映了崑劇的衰落，因爲受衆面小、不受歡迎，在戲園茶館、廣場廟臺上已經很少演出，只能退居私家宅院，在堂會中時有演出。李玉林既隸聯珠部，擅演劇目中有《寄扇》一折，説明在嘉慶末、道光初，《寄扇》應該在北京的舞臺上演出過，而且很大可能是在堂會演劇中。第四十一回中，兵部尚書之子華光宿與夫

① 參見尚達翔《〈品花寶鑒〉前言》，《品花寶鑒》，上海古籍出版社 1990 年版，第 1 頁。
② 同上書。
③ 魯迅：《中國小説史略》，上海古籍出版社 1998 年版，第 184 頁。關於《品花寶鑒》所敘梨園及優伶境況當爲嘉慶末、道光初時期的北京曲壇，可參考李平《〈品花寶鑒〉中的戲曲資料與價值》（《中華戲曲》1996 年第 1 期）中的論述。
④ 清陳森：《品花寶鑒》（上），上海古籍出版社 1990 年版，第 8 頁。
⑤ 同上書，第 61 頁。

人在自家園中閒逛游賞,使自家的十珠美婢唱曲。華夫人讓十珠婢清唱《桃花扇》中《訪翠》、《眠香》兩出。華公子説:"這個最好,這曲文我也記得,兩套共十一支"①。清唱的伴奏樂曲是弦笛、鼓板。據上文所述,作爲清唱曲譜的《納書楹曲譜》收有《訪翠》一出。《訪翠》也曾以折子戲的形式在北京的舞臺上搬演過。華公子記得《訪翠》、《眠香》兩出的曲文,並清楚記得兩出總的曲牌數量。兩相印證,説明《桃花扇》數出的曲文,至少是《訪翠》出在乾隆末到道光初,一直以清唱的形式在社會上小範圍内,主要是喜好崑曲的上層搢紳士人、清曲家中流傳。

《補春天傳奇》序評(節録)

[清]沈文熒

　　孔云亭之芳膩,洪昉思之冷豔,皆出於湯臨川"四夢"。臨川又出於王實甫《西厢記》。此曲於孔、洪爲近,"幽儁清麗"四字,兼而有之。東國方言多顛倒,其曲白絕無此病,尤爲難得。

　　　　　　　　(森槐南《補春天傳奇》,明治十三年東京三色套印本)

　　【按】 沈文熒,時任駐日使館翻譯。沈文熒(1833—1886)字心燦,號敬軒,又號梅史。清末餘姚縣滸山城南門外(今屬慈溪市滸山街道)人。文熒擅詩詞書畫,通音律,咸豐二年(1852)副貢,九年(1859)舉人,曾招集義勇抗擊太平軍。同治四年(1865),由陝西提督雷正綰聘爲記室,轉戰關外,跋涉於天山蔥嶺之間,以戰功授正五品陝西省候補直隸知州。光緒三年(1877)十一月,任出使日

---

① 清陳森:《品花寶鑒》(上),上海古籍出版社1990年版,第585頁。

本隨員，與黄遵憲、王韜等交好，是晚清中日交流的重要人物之一。在日期間，與東瀛衆多文人學士廣結文緣，時常聚會賦詩唱和，同漢學家大河内輝聲、石川英、宫島誠一郎、岡千仞、增田貢等交誼深厚。還應不少日本文人之請題扇寫匾、繪畫作詞，爲他們的著作撰寫序跋、評語，在當時日本文化界頗具聲名。光緒五年十一月，西渡回國。光緒十一年，任商州知州，當年十二月卒於州署。生平可參見黄蓉《關於清朝首屆駐日公使隨員沈文熒的研究》，江西師範大學碩士學位論文，2019 年。

《補春天傳奇》序評（節録）

〔清〕黄遵憲

以秀倩之筆，寫幽豔之思，摹擬《桃花扇》、《長生殿》，遂能具體而微。東國名流，多詩人而少詞人，以土音歧異，難於合拍故也。此作得之年少江郎，尤爲奇特，輒爲誦"桐花萬里，雛鳳聲清"不置也。

（森槐南《補春天傳奇》，明治十三年東京三色套印本）

【按】 森槐南喜愛中國戲曲作品，又曾自作短劇，十七歲時即撰有《補春天傳奇》，寫清代文人陳文述因感於夢，而爲馮小青、楊雲友、周菊香三位著名女性修葺墳墓，並建蘭因館祭祀故事，有明治十三年（1880）東京三色套印本。卷首有沈文熒和黄遵憲的《序評》，兩人都指出森槐南有意模仿《桃花扇》，文辭風格也相接近。對於第二出中的〔過曲〕【繡帶宜春】曲，沈文熒的眉批指出："大似孔云亭《桃花扇》。"①沈文熒還評價第四出《餘韻》的下場詩

---

① 清沈文熒：《補春天傳奇》眉批，明治十三年東京三色套印本。

"秀雅,是全仿《桃花扇》"①。其實《餘韻》的出名也借自《桃花扇》,
該出的結構也摹仿了《桃花扇》的續四十出《餘韻》。可見森槐南對
這部名劇的熟悉和喜愛。

《雙旌記》出目(節錄)

[清]陳學震

首一出《弁場》

……

續一出《讚語》

(同治間刊本)

【按】 晚清文人陳學震,生卒年不詳,字子揚,江蘇山陽(今
淮安)人。約咸豐、同治年間在世,以教館、佐幕爲業。擅詞曲。著
有傳奇《雙旌記》、《生佛碑》,均有刊本流傳。其早年著有傳奇《水
月緣》,未見傳本。其中《雙旌記》,原署"淮山子揚陳學震填詞、同
邑祉亭高承慶正譜、受業錫嘏丁純校對、男邑卿毓良編輯"。有同
治間刊本,國家圖書館有藏。該劇卷首有同治八年(1869)陳學震
自序、同治九年高承慶序、同治十年胡士珍序、王炳奎序及題詞十
五則。據陳學震自序和高承慶序的記載,可知此劇完成於同治七、
八年間。此劇全名《雙旌忠節記》,又名《忠烈記》,取材於咸豐間實
事,主要敘寫安徽阜陽人陳振邦鎮壓撚軍,戰死於陳灘,其妻吳氏
服毒自殺殉節事。陳學震在《雙旌記》的序文中稱《桃花扇》"筆力

---

① 清沈文熒:《補春天傳奇》眉批,明治十三年東京三色套印本。

清剛,絕無凡響"①。全劇凡三十四出,第一出和末一出分別題作
《首一出·弁場》、《續一出·讚語》。這一構思明顯借鑒自《桃
花扇》。

明弘光

〔清〕易順鼎

如此乾坤太可憐,小朝廷是奈何天。桃花士女《桃花扇》,燕子
兒孫《燕子箋》。

馮玉豈知爲馬玉,阮圓真不及陳圓。要他了結南朝局,衰柳秦
淮弄晚煙。

（王飆校點《琴志樓詩集》卷四,上海古籍出版社 2004 年版）

自題《桃花扇》新戲

汪笑儂

梅花嶺底衣冠葬,遺恨將軍不斷頭。太息孤臣報恩處,滿天血
雨下揚州。

延秋門外北風勁,吹斷秦淮紅板橋。指點夕陽殘照裏,亭邊花
柳不彎腰。

傷心無限寄桃花,破碎山河日已斜。怕向枝頭聽杜宇,不如歸
去苦無家。

春燈十錯空相認,叵測窮奇未死心。百子山樵真辣手,更將缺

---

① 蔡毅編著:《中國古典戲曲序跋彙編》,齊魯書社 1989 年版,第 2347 頁。

斧伐東林。

有明僅剩福王一，尚自徵歌選樂工。忍向東皇開笑口，桃花從此哭春風。

青衣誰復識龍種，留與強良獻寶來。皇帝一枚如可贈，無愁天子亦心灰。

(《大陸報》第八期，1904 年)

【按】 清末、民國時期最早以京劇改編、演唱《桃花扇》者爲汪笑儂(1858—1918)。汪笑儂出身官宦之家，學識淵博，才氣過人，本有極大抱負，期望積極用世、報國爲民，却不幸生逢亂世，而又秉性剛直，遂至於終生坎壈、賫志以歿。仕宦之路阻塞不通後，他選擇降志辱身，投身伶界，主要因爲他酷愛戲曲，又在此方面有一定的修養和基礎，在實際上是常感無奈的。他深知當時的輿論環境是視優伶爲賤業的，他曾對友人說過："人而至於爲優，復何莊嚴足云！"①汪笑儂既感於身世，又目睹晚清政治腐敗、社會動盪，於是滿腹牢騷，憤世嫉俗，造成激變，轉而將志向和才華寄托於戲曲改良事業。

汪笑儂改編的劇作《桃花扇》未曾在報刊上發表過，腳本也未能流傳下來。張次溪在爲汪笑儂所作小傳中說："君嘗改編《桃花扇》爲京劇，情文並茂，爲君生平絕大文字。然以角色不易齊全，故未演唱。是又君之遺憾也。"②類似的記載還有："(汪笑儂)曾將《桃花扇》崑曲，編爲京劇，因節幕過長，配角艱於排演，迄未施於管弦。"③以上說法涉及兩個方面，一是汪笑儂的《桃花扇》是否曾在

---

① 任二北編：《優語集》卷八清下"何足莊嚴云"，上海文藝出版社 1981 年版，第 214 頁。
② 張次溪：《汪笑儂傳》，《戲劇月刊》，第二卷第三期，1929 年，第 3 頁。
③ 雲溪：《汪笑儂〈桃花扇〉題詞》，《實報》半月刊，第十四期，1936 年五月一日出版，第 78 頁。

舞臺上搬演，二是該劇的情節容量的大小。關於第一個方面，張次溪等認爲《桃花扇》未曾演出過，這是不合事實的。《二十世紀大舞臺》第一期刊有佩忍詩《偕光漢子觀汪笑儂〈桃花扇〉新劇》：“久無人復説明亡，何意相逢在劇場。最是令儂慘絶處，一聲腸斷哭先皇。”①陳獨秀在《論戲曲》中也説道：“春仙茶園裏有個出名戲子，名叫汪笑儂的，新排的《桃花扇》和《瓜種蘭因》兩本戲曲，看戲的人被他感動的不少。”②《二十世紀大舞臺》第二期中“醒獅”《告女優》所説的：“他們京班裏頭，既然有這姓汪的、姓孫的、姓周、姓熊的，和著夏家弟兄們，在那春仙、丹桂兩個戲園子裏，能勾唱什麼《瓜種蘭因》、《桃花扇》、《縷金箱》、《長樂老》、《玫瑰花》這種新戲，……”③也可爲證。可見在 1904 年八月十九日之前，《桃花扇》已經上演過一次或數次。

關於第二個方面，既言《桃花扇》爲汪笑儂“生平絶大文字”、“然以角色不易齊全，故未演唱”、“節幕過長，配角艱於排演，迄未施於管弦”，似乎篇幅較大、不只一折，並且人物角色較多。汪笑儂的另一組詩歌《自題〈桃花扇〉新戲》所涉及的劇情關目，則貫串《桃花扇》原劇的首尾④。陳去病所作《八月十九之夕春仙園主熊文通以續演〈桃花扇〉見招，因偕同人往與斯會，根觸舊感，情不能已，爰各贈絶句一章如下》中贈予周鳳文的一首作：“休云金粉散如雲，猶有斯人拾墜芬。第一寫將情俠出，令儂心醉李香君。”⑤似乎李香

---

① 佩忍：《偕光漢子觀汪笑儂〈桃花扇〉新劇》，《二十世紀大舞臺》，第一期，1904 年，第 2 頁。
② 三愛（陳獨秀）：《論戲曲》，《安徽俗話報》，1904 年第 11 期，第 6 頁。
③ “醒獅”：《告女優》，《二十世紀大舞臺》，第二期，1904 年，第 1—2 頁。
④ 汪笑儂：《自題〈桃花扇〉新戲》，《大陸報》，第八期，1904 年，第 95—96 頁。
⑤ 《二十世紀大舞臺》，第一期，1904 年，第 2 頁。

君也在劇中登場。但《申報》爲汪笑儂在丹桂第一臺演出《桃花扇》登載的廣告中的劇情簡介却並不複雜:"此戲系明末故事。崇禎自縊煤山之後,福王在金陵登基,奸佞滿朝。時值先帝周年忌辰,文武齊至江邊遥祭。有一老贊禮在家痛飲狂歌,被鄰右提醒,趕赴江邊,痛哭先帝。詞意激烈,觸怒阮大鋮,要將他斬首。幸史可法力保得免,事後贊禮潜逃。其中老贊禮有二簧'歎五更',並《哀江南》歌,十分精采。"①了翁《〈汪笑儂傳〉補遺》也説,1916 年汪笑儂在上海丹桂第一臺演出的《桃花扇》的劇情是"'福王南渡後老贊禮臨江痛哭'一節",兩者相合②。署名"菊屏"的《清季滬上新劇之三派(二)》指出汪笑儂創編的《桃花扇》是"將全部《桃花扇傳奇》改成京劇,所演者只其中一節而已"③。由於没有更明確、詳細的記載,汪笑儂創編的《桃花扇》的脚本如今也已不存,我們對於以上兩種互相矛盾的説法無法判别真僞,只能暫時擱置不論。但可能的情況是,汪笑儂選取《桃花扇》原劇的一些出目,改編爲京劇,而最終上演的也只是其中一小部分。

現存史料有關汪笑儂編創的《桃花扇》的具體關目記載較詳細的,即以上引録的《申報》的廣告。其中前半情節大致取材於孔尚任原劇第三十二出《拜壇》,而後半情節的構思和整本戲以老贊禮爲主要角色的設置,也有跡可循。孔尚任原劇中,老贊禮以副末角色在試一出《先聲》中首先登場,在問答中概括地預敘了全劇的情節關目,並揭出了該劇的主旨"借離合之情,寫興亡之感"。老贊禮既是劇中人,而又跳出劇外。之後他又在第三十二出《拜壇》中痛

---

① 《申報》,1916 年 12 月 26 日,第十五版。
② 了翁:《〈汪笑儂傳〉補遺》,《戲雜志》,第七期,1923 年,第 23 頁。
③ "菊屏":《清季滬上新劇之三派》(二),《申報》,1925 年 4 月 2 日,第七版。

哭崇禎，並且説："老爺們哭的不慟，俺老贊禮忍不住要大哭一場
了！"在劇末續四十出《餘韻》中唱了一曲自作的《神弦歌》，並與柳
敬亭、蘇崑生共同感歎興亡。第三十二出《拜壇》的一條眉批説：
"老贊禮爲全本綱領。"①續四十出《餘韻》的一條眉批説："老贊禮
者，一部傳奇之起結也。贊禮爲誰？山人自謂也。"②而且孔尚任在
《綱領》中列老贊禮爲緯星，説他的作用是"細參離合之場"。老贊禮
在全劇中出場雖不多，卻是貫串整本的不可缺少的角色。同時，他
在首尾兩出中，或揭出劇作主旨，或抒發興亡感慨，對於本就是代言
體的戲曲來説，可以認爲就是作者孔尚任的化身。汪笑儂對此有清
楚的認識，所以他在《自題〈桃花扇〉四絶》中説："我是登場老贊禮，將
身來替孔雲亭。"③這也應該是他編創京劇《桃花扇》的入手之處。老
贊禮既處事中，目睹興亡，歷盡滄桑，同時又跳出事外，就盛衰隆替
抒發感慨，暢敍幽懷，具有雙重角色身份和很大的自由度。

晚清民初之際與明末清初同屬改"朝"換代的大變動之時，在
社會境況上有諸多相似之處，歷史情形的相似和文化心理的同構，
使得當時分屬不同政治派別、抱持不同政見的各階層的人們，爲著
尋求寄托和認同，或者尋求借鑒和論據等種種原因，紛紛將目光投
向宋元之際、明清之際等江山易色、政權更迭的特殊時期，明末清
初作爲時間相隔最近的一次尤其得到關注。小説、戲曲中就有不
少作品以明末清初的史實或故事爲題材，或謳歌英雄烈士，或感歎
社會動盪，以發抒憂憤、振起民氣。如吳梅著名的《風洞山傳奇》、
王藴章的《碧血花》等。汪笑儂編創《桃花扇》也是這一題材創作潮

---

① 清佚名：《桃花扇》第三十二出《拜壇》眉批，康熙間介安堂刊本。
② 清佚名：《桃花扇》續四十出《餘韻》眉批，康熙間介安堂本。
③ 汪笑儂：《自題〈桃花扇〉四絶》，《二十世紀大舞臺》，第一期，1904 年，第 76 頁。

流的一個具體而微的典型例證。此外,汪笑儂編創的《煤山恨》、
《長樂老》等劇,也屬晚明清初題材。

　　汪笑儂的諸多劇作多爲諷時刺世之類,其中主要角色皆爲正
面人物,或歷盡滄桑、感慨興亡,或壯志難酬、抒發幽懷,或聞見不
公、不平而鳴。戲曲雖爲代言體,而其中角色的話語不啻於汪笑儂
的自抒胸臆。汪笑儂編創的劇作中,有數部都以"罵"爲題,如《罵
王朗》、《罵毛延壽》、《罵閻羅》、《張松罵曹》、《紀母罵殿》等,都因作
者心中憤懣難抑、亟需傾瀉,於是借角色之口而表達之,其重點不
在情節關目,而在"罵"之內容。《桃花扇》原劇中貫串全劇始終、在
開端揭露主旨、在結尾感喟興亡的老贊禮這一角色,是作者孔尚任
的一個化身,兼具結構性功能和情感性功能。他於劇中既曾在崇禎
忌辰時痛哭先帝,又與奸臣邪黨馬士英和阮大鋮有過直接的接觸。
所以汪笑儂在掇拾《桃花扇》這一題材進行編創時,才會將目光投射
於老贊禮的身上。《申報》廣告中說汪笑儂劇作中,老贊禮於江邊哭
祭崇禎時"詞意激烈",以至於"觸怒阮大鋮",他應該是在言辭中諷刺
和批判了包括阮大鋮在內的奸臣邪黨,類似於上述幾種劇作中的
"罵"。汪笑儂對於《桃花扇》原劇,只是借"題"發揮,爲其所用,所以
其編創的《桃花扇》的後半情節完全屬於新創。孔尚任原劇續四十
出《餘韻》中,在事變興亡後,與老贊禮一同感慨興亡的還有柳敬亭
和蘇崑生,柳敬亭唱了一首彈詞《秣陵秋》,蘇崑生唱了一套北曲,即
著名的《哀江南》套。這一出中的柳、蘇二人,與老贊禮類似,也無異
於孔尚任的代言者。而隱俠在《汪笑儂小傳》中說:"凡觀汪劇者,均
有河山故國、麥秀黍離之感,時有尊爲蘇崑生一流人物。"①

---

① 　隱俠:《汪笑儂小傳》,《戲雜志》,1922 年嘗試號,第 10 頁。

　　關於汪笑儂編創的《桃花扇》的演出效果，並無專文論及，只在一些報刊文章中與汪的其他劇作有籠統和概括的論述。如民國間《國華報》登載的一篇署名"愀"的劇評《汪笑儂之真價值》中記載汪笑儂在"某公處"演出《桃花扇》時，"台下鼓掌如雷，皆歎爲得（汪）桂芬之三昧"，而"獨一老輩曰：諸君但知彼祖述桂芬，而不知其學長庚。例如某某腔調，當年爲長庚得意之作。"①

自題《桃花扇》四絕

汪笑儂

　　風流輸與楊龍友，扇底桃花畫出來。却被云亭收拾去，儂今一躍上歌臺。

　　歐刀劃盡牡丹芽，偏寫人間薄命花。兒女英雄流熱血，一齊收拾付紅牙。

　　南朝金粉慨興亡，無主殘紅自主張。誰譜桃花新樂府，扇頭熱血幾時凉。

　　饒他燕子弄簧舌，誰解桃花扇底鈴。我是登場老贊禮，將身來替孔云亭。

（《二十世紀大舞臺》第一期，1904 年出版）

靜娛樓詠史詩（選一）

［清］劉咸榮

　　扇底桃花醉轉癡，美人名士百篇詩。江山無限興亡感，付與春

---

① 轉引自波多野乾一著、鹿原學人編譯《京劇二百年歷史》第一章"老生"第十節"伶隱汪笑儂"，1926 年初版，第 77 頁。

風燕子知。（明侯朝宗，名士也。嘗題秦淮妓李香君桃花扇，云亭山人爲作《桃花扇》傳奇。朝宗著有《壯悔堂集》、《四憶堂詩鈔》。明阮大鍼嘗作《燕子箋》、《春燈謎》雜劇。）

（光緒三十年刻本）

【按】此爲原詩末一首。劉咸榮（1858—1949）字豫波，槐軒學派代表人物之一，槐軒學派鼻祖劉沅嫡孫。光緒年間著名學者、詩人、書法家、畫家。四川"五老七賢"之一。學問博大，詩、書、畫、論無不精通。郭沫若、李劼人出其門下。著有《靜娛樓詩文集》。

題汪笑儂《桃花扇》京劇即以寄贈

夢　和

沉沉日月天何醉，慘慘笙歌我獨來。一曲桃花南渡影，是誰慟哭到西臺。

人自酣嬉國自亡，春燈燕子太倉皇。斜陽不照冬青樹，剩有寒蛩泣曉霜。

鉤黨紛紛禍有芽，劫來扇底問桃花。眼前多少興亡恨，敢爲蒼生惜齒牙。

舊曲翻成新樂府，傷心不數雨零鈴。若容杯酒論肝膽，君是崑生我敬亭。

（《二十世紀大舞臺》第一期，1904年出版）

偕光漢子觀汪笑儂《桃花扇》新劇

陳去病

久無人復說明亡，何意相逢在劇場。最是令儂慘絕處，一聲腸斷哭先皇。

（《二十世紀大舞臺》第一期，1904 年出版）

【按】 原署"佩忍"。陳去病（1874—1933），原名慶林，字佩忍。中國近代詩人，南社創始人之一。江蘇吳江同里人。因讀"匈奴未滅，何以家爲"，毅然易名"去病"。早年參加同盟會，追隨孫中山先生，宣傳革命不遺餘力。在推翻滿清帝制的辛亥革命和討伐袁世凱的護法運動中，都作出了重要貢獻。其詩多抒發愛國激情，風格蒼健悲壯。1923 年，擔任國立東南大學（1928 年改爲中央大學，1949年改名南京大學）中文系教授。1928 年後，曾任江蘇革命博物館館長、大學院古物保管委員會江蘇分會主任委員。1933 年，病逝於故鄉同里鎮。著有《浩歌堂詩鈔》、《續鈔》、《明末遺民録》、《五石脂》等，還輯刊《吳江縣誌》、《笠澤詞徵》、《松陵文集》《杏廬文鈔》、《夏内史集》、《百尺樓叢書》等，尚有不少散文散見於清末民初的報章雜誌上。

八月十九之夕春仙園主熊文通以續演《桃花扇》見招，因偕同人往與斯會，棖觸舊感，情不能已，爰各贈絶句一章如下

陳去病

孫菊仙

舊事重提和者誰，中原名士盡傷悲。北朝供奉真奇絶，却唱南都懊惱詞。（菊仙在内廷供奉已二十餘年矣。）

伶隱汪笑儂

也作云亭也敬亭，滿腔悲憤總沉冥。知君別有興亡感，特借南

朝一喚醒。

周鳳文

休云金粉散如雲，猶有斯人拾墜芬。第一寫將情俠出，令儂心醉李香君。（鳳文演李香君却妝一出尤爲出色。）

（《二十世紀大舞臺》第一期，1904 年出版）

【按】 孫菊仙（1841—1931），原名濂，號寶臣，又名學年，外號孫一囉，天津人。京劇演員。早年爲武秀才，曾參與鎮壓太平軍。30 多歲以後由業餘愛好京劇而下海從藝，師事程長庚，唱老生，嗓音寬亮，唱腔淳樸蒼勁，能以氣行腔，吞放自如，形成自己的藝術風格，世稱孫派，與汪桂芬、譚鑫培齊名。孫菊仙不僅演技高超，品德也爲人敬仰，不以名角自居，不賣高價票，90 歲高齡時，還在津京兩地爲慈善事業舉行義演。在上海演出時，被旅滬天津人親切地稱爲"老鄉親"，後來叫響，他便以"老鄉親"爲藝名。晚年終於天津故居。常演劇目有《雍涼關》、《七星燈》、《搜孤救孤》、《搜府盤關》、《完璧歸趙》、《馬鞍山》、《臥龍弔孝》、《胭粉計》、《善寶莊》（即《敲骨求金》）、《雪杯圓》、《罵楊廣》、《洪羊洞》、《三娘教子》及《四進士》等。

周鳳文，男，崑曲旦角，後改丑行。蘇州人，父周釗泉，爲清代光緒年間上海有名的崑劇"全能小生"。鳳文自幼習崑旦，擅演《呆中福》（飾葛巧姐）、《西廂記・佳期、寄柬》（飾紅娘）等戲。光緒二十一年（1895）七月，首次赴上海"張氏味蒓園"以"姑蘇頭等清客串"名義參加演出。後亦改搭京班，曾用藝名夜來香，崑、京兼演，唱、做俱佳；中年後改丑行，並與邱鳳翔等合作，以演文班新戲聞名於世。宣統元年（1909），曾與蘇灘名藝人林步青於上海"新舞臺"合作首演《賣橄欖》，實爲蘇灘搬上舞臺的創始人之一。他不僅多才多藝,而且爲人正直厚道。其子周雲瑞,爲評彈大家。

春仙茶園,李春來開辦,開閉日期爲 1910 年至 1912 年,地址在上海大新街三馬路春桂原址。一説福仙原址。主要演出京劇、崑曲和話劇,爲早期話劇重要基地。

告女優(節錄)

醒 獅

……他們京班裏頭,既然有這姓汪的、姓孫的、姓周、姓熊的,和著夏家弟兄們,在那春仙、丹桂兩個戲園子裏,能勾唱什麼《瓜種蘭因》、《桃花扇》、《縷金箱》、《長樂老》、《玫瑰花》這種新戲,……

(《二十世紀大舞臺》第二期,1904 年出版)

論戲曲(節錄)

陳獨秀

……春仙茶園裏有個出名戲子,名叫汪笑儂的,新排的《桃花扇》和《瓜種蘭因》兩本戲曲,看戲的人被他感動的不少。……

(《安徽俗話報》,1904 年第 11 期)

【按】 原署"三愛"。

《崖山哀》導言

漢血、愁予

(一)本劇專寫胡元亡宋之慘狀。其於異族之猖獗、宋廷之昏

慘、刀兵屠戮之暴、人民流離之苦,類皆噴血揮汗、滴淚嘔心,無非
以使其我國民,引古鑒今、明夷辯夏、激動種族之觀念、喚醒社會之
良知爲目的。

（一）此劇本從《新小説》中《痛史》編出。以彼小説之功用,間
接於通人者爲多,普及於社會者尚少,故取而編爲戲曲,則曉譬而
諷喻,詞俚而情真。

（一）原書已出至第十四回,其於忠臣、勇將、烈士、義夫之熱
誠血性,描寫十分精細,可謂語語刺心、字字結淚矣。然尚無提及
女界如李香君其人者。本劇重在振吾族之疲風,拔社會之積弱,則
女權不可不尊。蓋我中國女同胞,至今日已沉淪極矣。斯時編劇,
大率以改良班本爲目的。倘復插入弱女子故態,非但舞臺不足以
生色,即女界閱之,亦有餘憾。故本劇於葉宮人一場,從原書稍稍
變更,改爲罵權盡節。特排入正出,配以正旦,寫以沉痛激烈之詞,
亦《桃花扇·罵筵》之意,非故意附會改竄,作者諒之。至若寫吕文
焕妾媚媛等,當仍從原書。

（一）編劇最忌太文,文則滯,滯則不能雅俗共賞,且不能流露
於管弦。而一般社會中人,尤難深印腦蒂。近來編之者多,而演之
者少,職是故也。編者蓋素有周郎癖,於此中曾三折肱矣。故本劇
力反前弊,排場唱白、設科打諢,均從時伶所演諸劇中胎出,其要在
變其大而易其重,尤在坐而言者能起而行也。

（一）本劇以唱少白多爲主,然劇中如腳色重大者,凡其哀痛
悲壯之情,有非説白所能盡者,則以長辭詠歎之。又述前事之處,
已有説白,則代以唱;無説白者,仍以簡括説白表之。

（一）本劇説白,以中國通行語演之,以便閲者易明,而造句亦
須新警有趣。

（一）唱辭皆時伶諳熟，出口成歌之句。不攔入新字及新名詞，以免拉雜成文，一般社會中人，難於探討。

（一）以上所述，皆本劇之宗旨，及其内容，用特瑣陳，以告閲者。

（《民報》，1906 年第 2 期、第 5 期）

【按】《民報》1906 年第 2 期、第 5 期刊載有《崖山哀》（又稱《亡國痛》）傳奇二出，未完，署"漢血、愁予合編"。第 2 期所載爲第一出《胡鬧》，第 5 期所載爲第二出《漢奸》。據卷首《導言》，此劇改編自《新小説》所刊"我佛山人"即吴趼人的《痛史》，主要敘寫南宋滅亡的史實，但僅刊載了上述兩出，敘述至劉秉忠上書元世祖，奏請訂制朝儀。作者在卷首的《導言》中詳盡説明了此劇的宗旨和創作構思，涉及的方面衆多從中可見，作者對當時傳奇雜劇的創作和演出的情況及其特點具有明確的認識，同時對造成這種情況和特點的原因的認識也非常深刻，如認爲"小説之功用，間接於通人者爲多，普及於社會者尚少"，而戲曲則可以"曉譬而諷喻，詞俚而情真"；"編劇最忌太文，文則滯，滯則不能雅俗共賞，且不能流露於管弦。而一般社會中人，尤難深印腦蒂。近來編之者多，而演之者少，職是故也。""唱少白多"、"攔入新字及新名詞""拉雜成文"，也是晚清民國傳奇雜劇在一個時期的重要創作特點之一。[1]此篇《導言》可以作爲瞭解和研究晚清民國傳奇雜劇創作情況的一篇重要文獻。雖然全劇僅刊載了兩出，但從《導言》可見，作者在進行創作構思時受到了《桃花扇》的很大影響。如"本劇力反前弊，排場唱

---

[1] 參見左鵬軍《近代傳奇雜劇研究》第七章《近代傳奇雜劇的語言變革》第三節"西學東漸對傳奇雜劇語言的影響"，廣東教育出版社 2011 年版，第 241—249 頁。

白、設科打諢,均從時伶所演諸劇中胎出",類於《桃花扇》凡例中的
"曲名不取新奇,其套數皆時流諳習者,無煩探討,入口成歌"。"劇
中如腳色重大者,凡其哀痛悲壯之情,有非說白所能盡者,則以長
辭詠歎之。又述前事之處,已有說白,則代以唱;無說白者,仍以簡
括說白表之。"類於《桃花扇》凡例中的"詞曲皆非浪填,凡胸中情不
可說、眼前景不能見者,則借詞曲以詠之。又一事再述,前已有說
白者,此則以詞曲代之。"關於葉宮人,吳趼人的《痛史》只刊載了二
十七回,其中葉宮人只在第二回中出現過,葉宮人本爲内宫中景靈
宫的承值宮人,留夢炎向賈似道述説葉宮人美貌,太監巫忠爲向賈
似道獻媚,以偷樑換柱之計將葉宮人帶出皇宫,送入賈府,與賈似
道成親作妾。小説本身也並沒有敘及葉宮人的結局。《崖山哀》的
作者改寫葉宮人故事的起因應是《痛史》第二回中,巫忠與葉宮人
的一段對話。巫忠對葉宮人説可以設法使她出宫,不必再在宫中
寂寞度日,便有了下面一段文字:

> 葉氏笑道:"公公休得取笑,天下那有這等事?"巫忠道:
> "因爲天下居然會有這等事,咱才問你呀。"葉氏道:"就是會有
> 這等事,我也不願意。豈不聞'女子從一而終';又云'嫁雞隨
> 雞,嫁狗隨狗'? 我雖不是嫁與那個,然而被選進來,也是我生
> 就的奴才命;派在這裏承值,也是皇上天恩,豈可再懷二心,自
> 便私圖麽?"巫忠道:"依姐兒這麽説,非但'女權'二字沒有懂
> 得,竟是生就的奴隸性質了。"葉氏道:"甚的'女權'? 甚的'奴
> 隸性質'? 這是甚麽話? 我都不懂呀。"巫忠呵呵大笑道:"你
> 不懂得麽? 也難怪你。你可知道有什麽'男女平權''女子世
> 界'麽? 你再過七百三十多年就知道了。"葉氏忍不住笑起來
> 説道:"巫公公今天可是瘋了? 怎麽説起七百年後的話來。莫

非公公竟是未卜先知的麽?"

《崖山哀》的作者爲了提倡女權,仿照《桃花扇》中李香君"罵
筵"一場,將葉宫人的結局改爲"罵權盡節"。因爲劇作没有刊完,
我們只能根據原來小説的情節做些推測:所謂葉宫人"罵權盡節",
大致應該是敘寫葉宫人被巫忠騙至賈似道府中後,知曉是賈似道想
要娶己做妾,因爲賈似道是婦孺皆知、惡貫滿盈的權奸,所以百般不
從,並義憤填膺地揭露他的罪惡行徑,最後慘遭殺害或者自殺。

《蘇臺雪》出目(節録)

文鏡堂

第首出《先聲》

......

末一出《餘韻》

(《小説新報》第一年第二至十一期,民國四年刊)

【按】 文鏡堂,號秋江居士,江西人。道光、咸豐間人。著有
《蘇太雪傳奇》。《蘇臺雪》初載《娛閑日報》,署"秋江居士撰",光緒
三十一年(1905)刊,曲文不全。後經王藴章補續加工,載於《小説
新報》第一年第二至十一期,民國四年(1915)刊,署"秋江居士原
著,西神殘客補訂"。中國社會科學院文學研究所圖書資料室有
藏。但《小説新報》所載也僅有前十一出,未完,個别出目略有改
動:第二出作《訪梅》,第九出作《泣椿》。①此劇寫咸豐九年(己未

---

① 梁淑安、姚柯夫:《中國近代傳奇雜劇經眼録》,書目文獻出版社 1996 年版,第 21—
22 頁。

1859)、十年（庚申 1860）年間事，當作於咸豐庚申（1860）年後。《蘇臺雪》凡二十六出，第一出前增加了"第首出"《先聲》，末一出出目作《餘韻》，可以看出《桃花扇》的明顯影響。《小說新報》本前有王蘊章所撰《前記》及山陽張絢元題詞。《前記》云："是書爲江西文鏡堂先生所著，以金梅癡、杜琴思二人爲主，而參以'紅羊浩劫'時之遺聞逸事。凡金陵大營潰敗之由，蘇常各屬淪陷之慘，與夫何桂清之恣橫、張國樑之忠勇，靡不瑣屑備載。殆由作者身親其境，欲昭一代之信史，而又轉喉觸忌，不便明言，故托諸紅牙檀板，以寄其抑鬱不平之氣。霓裳法曲，猶是人間；桃葉閑情，別工感慨。"第一出《先聲》，末色上場，以一曲【漢宮春】概述介紹劇情，最後一句作："癡情者看歡洋祭海，感慨繫興亡。"可見作者是借金梅癡、杜琴思兩人之情事，寫當時清朝軍隊與太平軍之間的戰爭，並抒發自己的感慨。晚清民國時期歷史題材的傳奇雜劇創作多敍寫亂世兒女的悲歡離合，將哀感頑豔的愛情故事置於動盪變幻的社會背景下，兩者又互相映襯。這種創作手法應該受到了《桃花扇》的一定啟發和影響。劇中金梅癡和杜琴思兩人雖均屬虛構，"紅羊浩劫"即太平天國起義卻是實事，於是《蘇臺雪》也繼承和學習了《桃花扇》的首創作法，在每出出目之下注明該出情節發生的時間，以表明劇中有關人事有史可徵。如第一出《訪梅》的出目下標"咸豐己未冬月"，第三出《鬧燈》的出目下標"咸豐庚申正月"，等等。

《小忽雷》資料彙編

　　《小忽雷》傳奇，係孔尚任與顧彩合撰，作於康熙三十三年（一六九四）。劇作以小忽雷爲線索，主要敘述唐文宗年間書生梁厚本與鄭盈盈的愛情故事，其間又穿插討平淮蔡、甘露之變等軍事、政治事件。梁厚本、鄭中丞事本唐段安節《樂府雜録》，潤娘與鄭光業及郭鍛事本唐孫棨《北里志》。其他人物、情節，除與討平淮、蔡、甘露之變相關者外，多虛構、捏合和增飾。《傳奇匯考》、《曲海總目提要》、《今樂考證》等著録。現存康熙間鈔本（山東省博物館藏）、清鈔本（曲阜師範大學藏）、乾隆間馮氏訂義竹齋鈔本（南京圖書館藏）、嘉慶間劉喜海（燕庭）味經書屋鈔本（南京圖書館藏）、宣統二年（一九一〇）劉世珩暖紅室校刻本等。現代整理本有王毅校注《小忽雷傳奇》，中州古籍出版社 1986 年版；戴勝蘭、徐振貴校注《小忽雷傳奇》，齊魯書社 1988 年版。

目　録

樂府雜録（節録）

［唐］段安節

琵　琶

　　文宗朝，有内人鄭中丞，善胡琴。内庫有二琵琶，號大、小忽雷。鄭嘗彈小忽雷，偶以匙頭脱，送崇仁坊南趙家修理。大約造樂器悉在此坊，其中二趙家最妙。時有權相舊吏梁厚本，有別墅在昭應縣之西，正臨河岸。垂釣之際，忽見一物浮過，長五六尺許，上以錦綺纏之。令家僮接得就岸，即秘器也。乃發棺視之，乃一女郎，妝飾儼然，以羅領巾繫其頸。解其領巾，伺之，口鼻有餘息，即移入室中，將養經旬，乃能言，云：“是内弟子鄭中丞也，昨以忤旨，命内官縊殺，投於河中。錦綺，即弟子相贈爾。”遂垂泣感謝，厚本即納爲妻。因言其藝，及言所彈琵琶，今在南趙家。尋值訓、注之亂，人莫有知者，厚本略樂匠贖得之。每至夜分，方敢輕彈。後遇良辰，飲於花下，酒酣，不覺朗彈數曲。洎有黄門放鷂子過其門，私於墻外聽之，曰：“此鄭中丞琵琶聲也。”翌日，達上聽。文宗方追悔，至是驚喜，即命宣召；乃赦厚本罪，仍加錫賜焉。

　　（《中國古典戲曲論著集成》第一册，中國戲劇出版社 1959 年版）

南部新書（節録）

［宋］錢　易

壬

　　韓晉公在朝，奉使入蜀，至駱谷，山椒巨樹，聳茂可愛，烏鳥之聲皆異。下馬以探弓射其巓杪，柯墜於下，響震山谷，有金石之韻。使還，戒縣尹募樵夫伐之，取其幹載以歸，召良工斲之，亦不知其名,堅緻如紫石,復金色線交結其間。匠曰:"爲胡琴槽,他木不可並。"遂爲二琴,名大者曰"大忽雷",小者曰"小忽雷"。因便殿德皇言樂,遂獻大忽雷,及禁中所有,小忽雷在親仁里。

(嘉慶十年張海鵬照曠閣刻《學津討原》本)

樂書(節錄)

[宋]陳　旸

卷一百四十五

大忽雷琵琶　小忽雷琵琶

　　唐文宗朝内庫有琵琶二,號大忽雷、小忽雷。時有内弟子鄭中丞常彈小忽雷,遇匙頭脱,送崇仁坊趙家修治。適遭訓、注之亂,人莫知之。已而中丞没身,忤防之難。權相舊吏梁厚本得鄭中丞,遂妻之。又賂樂匠,得趙家所修治器,每至夜分輕彈。後遇良辰,飲於花下,酒酣彈數曲。適有黄門過而聽之,曰:"此鄭中丞琵琶聲也。"翌日,達上聽。文宗驚喜,遣中使召之,仍赦厚本罪,别加錫賚焉。咸通中,有米和郎田從道尤善此藝。顧況有忽雷兒之歌,蓋生於此。

(中國藝術研究院圖書館藏元刻明遞修本)

類説(節錄)

[宋]曾　慥

卷十三

琵琶録

鄭中丞大小忽雷

　　文宗朝有内人鄭中丞。胡琴内庫有二琵琶,號大、小忽雷。舊吏梁厚本在昭應別墅垂釣之際，忽見一物過，長五六尺許，以錦纏之，令家僮接得就岸，即秘器也。發視，乃一女郎，妝貌儼然。中繫其頸鼻，有餘息。將養經旬日，是内弟子。厚本納爲妻，言："琵琶因提頭脱，送南趙家料理。"值訓、注之亂，人莫知之。厚本購得之，夜分方敢防彈。後遇良辰，花下酒酣，即彈數曲。有黄門過，曰："此鄭中丞琵琶聲也。"翌日，達上。文宗追悔，至是驚喜，使宣召，赦厚本罪，任從匹偶。

（上海圖書館藏五十卷清鈔本）

耆舊續聞（節録）

〔宋〕陳　鵠

卷　二

趙右史家有顧禧景蕃《補注東坡長短句》真跡，云："按唐人詞舊本作'試教彈作忽雷聲'。蓋《樂府雜録》云：'康崑崙嘗見一女郎彈琵琶，發聲如雷。而文宗内庫有二琵琶，號大忽雷、小忽雷，鄭中丞嘗彈之'。今本作'輥雷聲'，而傅幹注亦以輥雷爲證，考之傳記無有。"

（《叢書集成初編》本）

文獻通考（節録）

〔元〕馬端臨

卷一百三十七

"樂考"十
絲之屬俗部
大忽雷琵琶　小忽雷琵琶

唐文宗朝，内庫有琵琶二，號大忽雷、小忽雷。時有内弟子鄭中丞常彈小忽雷,偶匙頭脱,送崇仁坊趙家修治。適遭訓、注之亂,人莫知者。已而,中丞身殁。權相舊吏梁厚本賂樂匠,得趙家所修治器,每至夜分,輕彈。後遇良辰,飲於花下,酒酣,彈數曲。有黄門過而聽之,曰:"此鄭中丞琵琶聲也。"翌日,達上聽。文帝驚喜,遣中使召之,赦厚本罪,別加錫賚。咸通中,有米和郎、田從道尤喜此藝。顧況有《忽雷兒》之歌,蓋生於此。

（乾隆十二年武英殿校刊本）

豔異編（節録）

［明］王世貞

卷三十二"伎女部"二

鄭中丞

文宗朝,有内人鄭中丞(中丞,當時宫人官也),善胡琴。内庫有琵琶二面,號大忽雷、小忽雷。因爲匙頭脱損,送在崇仁坊南趙家料理。大約造樂器,悉在此坊,其中有二趙家最妙。

時有權相舊吏梁厚本,有别墅在昭應縣之西南,西臨渭河。垂釣之際,忽見一物流過,長五七尺許,上以錦纏之。令家童摟得就岸,乃秘器也。及發開視之,乃一女郎,妝色儼然,以羅巾繫其頸。遂解其領巾,伺之,口鼻之間,尚有餘息。即移至室中,將養經旬,方能言語,云:"我内弟子鄭中丞也。昨因忤旨,令内人縊殺,投於河中,錦即是弟子臨刑相贈耳。"乃如故,即垂泣感謝。厚本無妻,即納爲室。自言善琵琶,其琵琶今在南趙家修理,恰值訓、注之事,人莫有知者。厚本因賂其樂器匠,購得之。至夜分,方敢輕彈。後值良辰,飲於花下,酒酣,不覺朗彈數曲。是時,有黄門放鷂子過門,私於牆外聽之,曰:

"此是鄭中丞琵琶聲也。"竊竊識之。翌日，達上聽。文宗始嘗追悔，至是驚喜。遣中使宣召，問其由來，乃舍厚本罪，任從匹偶，仍加賜賚焉。

（國家圖書館藏明刊四十五卷本）

《小忽雷》序

〔清〕吴　穆

杜子美抱有用之文，姓字未題于雁塔；劉去華對不平之策，穎額竟點于龍門。至若賓王之貌聳鳶肩，郎將能高其聲價；犬子之褌裁犢鼻，狗監肯薦其詞章。可知路得青雲，洵在遭逢之幸與不幸；世當白眼，何關品望之才與不才也。夫豈惟文藻爲然，雖是物華亦爾！獄底之劍，非雷煥而鐵合泥休；爨下之琴，無伯喈而桐應爐息。即如唐製胡琴名小忽雷者，埋燕市不知幾代，才拂拭而貴等璠玙；登岸堂未及三年，一品題而聲流雅頌。物之遇也，天實爲之。考其材産蜀山，伐從樵斧；音含越調，製出神工。韓節度得而賞心，奉作錦江之貢；唐官家見而動色，留爲樂府之陳。曉奏《雲門》，每隨匏革；夕歌《玉樹》，亦伴箏琶。既而世變雲烟，劫經兵燹，倏焉落販夫之手，賤價求估；倏焉愜貧士之心，傾囊莫顧。倏焉長門訴怨酸楚，若蔡氏之笳；倏焉永巷防身激烈，抵隱娘之劍。倏焉敲金夏玉，邀傾耳于龍樓；倏焉換羽移宮，聯同心於鳳侶。歎一物之升沉顯晦，已覺銷魂；附數人之聚散窮通，尤堪墜淚。嗟乎！風塵淪落，才子虛名；烟月凄涼，佳人薄命。半生不偶，空存書劍之身；偕老多艱，更阻星河之路。宮娥粉黛，長沾濕於啼痕；羈客鬚眉，全消磨於浪跡。雖晚年奇婚巧宦，佳話曾艶唐人；而今日舊器遺文，深情又鍾我輩。不爲表著，太忍心於翠袖青衫；重與摩挲，難釋手於檀槽牙柱。於是，孔門星座，立傳周詳；顧氏仙才，填詞雅秀。敘廿七年之治亂，貫作連珠；歷三四帝之興衰，編成合譜。調高流水，聲聲類芝草之謠；響遏行雲，拍拍壓柘枝之曲。金鈴軟舞，漫奏《前溪》；紅豆清謳，堪傳《子夜》。聽瑣瑣之笑啼嬉罵，皆拂瓶說法之文章；看匆匆之離合悲歡，盡筆硯傷心之事業。一唱三歎，百煉千敲，誰遣此哉？我知之矣。冰弦未絕，無復得鍾子之聽；桃扇頻遮，不屑博周郎之顧。時康熙丙子長至靜庵居士書。

（康熙間鈔本《小忽雷》）

博古閑情

〔清〕孔尚任

〔商調〕【集賢賓】脱下那破烟蓑搭在漁磯，好趁著一片片岫雲飛。路迢迢千株驛柳，花暗暗十度晨雞。才望見翠芙蓉，龍塞峰高；早拜了金華表，鳳闕天齊。猛回頭舊山秋萬里，紅塵中漸老鬚眉。常則是鵷班及早坐，畫省最遲歸。

【逍遥樂】僑寓在海波巷里，掃淨了小小茅堂，藤床木椅。窗外兒竹影蘿陰，濃翠如滴，偏映著瀟灑葛裙白紵衣。雨歇後，湘簾捲起，受用些清風到枕，涼月當階，花氣噴鼻。

【金菊香】偏有那文章湖海舊相知，剝啄敲門來問你。帶幾篇新詩出袖底，硬教評比。君莫逼，這千秋讓人矣。

【梧葉兒】喜的是殘書卷，愛的是古鼎彝，月俸錢支來不勾一朝揮。大海潮，南宋器；甘黄玉，漢羌笛；唐羯鼓，斷漆奇；又收得小忽雷，焦桐舊尾。

【掛金索】他本是蜀產文檀，精美同和璧。撞著個節度韓公，馬上親雕制。一尺寶，萬手流傳，光彩琉璃膩。你看這蛇腹龍頭，含著春雷勢。

【上馬嬌】人道是《郁輪袍》，知音者稀。那有個妙手賽王維？樊花坡竟把雙弦理。奇！這法曲傳自舊宮妃。

【勝葫蘆】每日價梧桐夜雨響空墀，砧杵晚風催，却是那懷裏胡琴聲聲脆。似這般凄情慘意，燈窗雨砌，不濕透了舞裙衣？

【柳葉兒】問起他宮中來歷，倒惹出萬恨千悲！中丞原是女傾國，爲甚的烏夜啼、雉朝飛？直待那鳳去臺空也，才得于歸。

【醋葫蘆】想當初秋宮弦索鳴，到如今故府笙歌廢。這九百年幽怨少人知，偏則寫閒情，唐人留小記。點綴了殘山剩水，借重的舊文人，都立著雁塔碑。

【二】合該那傷心遺事傳，偏買著劫火唐朝器；又搭上多才一個虎頭癡，做出本《小忽雷》，風雅戲。好新詞芙蓉難比，他筆尖兒，學會曉鶯啼。

【三】倩一班佳子弟，選一座好臺池，新樂府穿著舊宮衣，把那薄命人兒，扮的美。淪落客重來作對，還借你香唇齒，吟出他苦心機。

【浪里來煞】試看這酒易濃，還帶些英雄淚。賞新聲，且和你珍重飲三杯。説什麼胸頭有塊壘，那古人都受風流罪。虧他耐性兒，熬得甜味苦中回。

〔雙調〕【清江引】看忽雷無端悲又喜，游戲浮生世，都愁白髮生，誰把烏紗棄？聽那景陽鐘兒，還要早些起！

此出敘作傳填詞之由，雖冠冕全本，而不必登優孟之場。倘能譜入笙歌，以易加官惡套，亦覺大雅不群矣。

鄆城樊花坡，彈琵琶得神解。偶示以小忽雷，入手撫弄，如逢故物。自制〔商調〕《梧桐雨》、《霜砧》二曲，碎撥零挑，觸人秋思。惜場上盈盈，未能領會耳！

顧子天石傳奇五種,皆未登場。惟《離騷譜》一劇,授之南雅小部。曲終人散,已復經年矣。今《小忽雷》清詞麗句,大似粲花。而《秋宮》一折,直奪關、馬之席。此道茫茫,斯爲絕唱!

燕市諸伶,惟聚和、一也、可娛三家老手,鼎足時名,景云不與也。然風流跌宕,實未多讓。今授以新聲,演未三旬,已咄咄逼人。請嘗試之,或有移情之歎。

(康熙間鈔本《小忽雷》)

《小忽雷》題識

[清]孔尚任

家藏小忽雷,爲唐樂府舊器。偶檢唐人小說,得鄭中丞遺事,參之別傳,班班可考。且唐朝憲、敬、穆、文四宗二十七年文章、事功,莫不與此相屬。歲丙子九月,退食之暇,貫聯雜史,作爲小傳,顧子天石補以詞曲。雖傳奇小道,而貶刺奸邪、褒揚節義,兼《春秋》、雅、頌之微旨。登之優場,當與瞽史、座銘並觀,不但粉飾太平而。

岸堂偶書
(暖紅室校刻本《小忽雷》)

題《小忽雷》

[清]孔尚任

胡琴,本北方馬上樂,亦謂之二弦琵琶,蓋琵琶所托始也。《南部新書》載:唐韓晉公入蜀,伐奇樹,堅緻如紫石。匠曰:"爲胡琴槽,他木不能并。"遂爲二胡琴,大曰"大忽雷",小曰"小忽雷",后獻德皇。《樂府雜録》云：文宗朝，兩忽雷猶在内庫，内侍鄭中丞特善之。訓、注之亂，始落民間。康熙辛未，予得自燕市，乃其小者。質理之精，可方良玉；雕鏤之巧，疑出鬼工。今八百餘年矣，頻經喪亂，此器徒存，而竟無習之之人。俗藝且然，傷哉，后之欲聞韶樂者！岸堂又書，時戊寅夏日也。

（康熙間鈔本《小忽雷》）

《編紀》跋

〔清〕孔尚任

此傳歷憲、敬、穆、文四宗二十七年，表裏正史，貫穿雜説，實人實事，井然有緒。至於點綴襯接，亦毫無支離、幻妄之言，而波瀾起伏，妙合自然。覺盛唐以後文人聚散、朝廷治亂，皆以小忽雷作關鈕，良足奇耳。天石云“千岩萬壑，仙徑不迷；千絲萬縷，天衣無縫”，可謂善評。然非得秦、柳新詞爲之鼓吹，亦安能被管弦，而揚白雪之聲耶！

岸堂偶摭
（暖紅室校刻本《小忽雷》）

色　目

〔清〕孔尚任

正生

梁厚本（字道生，京兆人。少舉孝廉，爲獨孤郁、白居易幕客，裴度參謀。文宗朝拜翰林學士。）

正旦

鄭盈盈（女中丞，梁厚本妻。）

小旦

　　潤娘（宜春院妓，鄭盈盈教師。）

大淨

　　仇士良（奸黨）梁正言（厚本兄）元稹（白居易友）董重質（吳元
濟將）

小丑

　　鄭注（盈盈之兄）吳元濟（淮西叛鎮）趙二（修琴匠）崔鄲（文宗
讀卷官）

老生

　　白居易（梁厚本地主）曹鋼（曹善才子，潤娘世兄）劉賁（梁厚本
同下第）韓約（李訓黨）于鬍子（于敏家人）

老旦

　　魏氏（鄭注妻）秋娘（潤娘同院妓）穆興奴（穆善才女，曹鋼妻）
魚弘志（鄭注族弟，仇士良黨）

小生

　　獨孤郁（梁厚本友）鄭光業（潤娘舊客）劉禹錫（白居易友）李愬
（平淮將軍）李普（晉王，唐文宗侄）杜牧（孫山同榜）

副淨

　　郭鍛（潤娘鬮客）孫山（杜牧同榜）李訓（鄭注黨）

末

　　唐文宗　裴度（梁厚本舊主）柳宗元（白居易友）于敏（殺梁正
言者）

　　生、旦正色，例不雜用，餘色皆許假借。有一色而十數用者，美
惡共面，賢佞同身，實屬未安。然優孟衣冠，亦聽其顛倒可耳。

　　　　　　　　　　　　　　　　　　　　　　　岸堂偶定

　　　　　　　　　　　　　　　　（暖紅室校刻本《小忽雷》）

題　辭

〔清〕孔尚任

古塞春風遠，空營夜月高。將軍多少恨？須是問檀槽。

中丞唐女部，手底舊雙弦。内府歌筵罷，淒涼九百年。

曲阜孔尚任

（康熙間鈔本《小忽雷》）

題　辭

〔清〕田　雯

馬上之樂琵琶耳，忽雷大小何以名？大者潛避蛟龍窟，小者飛作霹靂聲。

曲項錦纏二尺短，上弦下弦雌雄鳴。《南部新書》載此語，羌笛箜篌不足數。

云是韓滉入蜀時，匠斤巧斫蜀川樹。韓滉賤進德皇朝，内庫中丞翻《六幺》。

訓、注之亂如敗葉，落日没鵲風蕭蕭。臨潁弟子好顔色，法曲妙舞世莫識。

玉貌繡衣今白頭，教坊供奉淚沾臆。況此零散八百年，鳳尾檀槽真可惜①。

當日女官盡能彈，花下二弦誰第一？孔生東堂邀我歌，青衫司

---

① 　“鳳尾”，原作“鳳毛”，據田雯《古歡堂集·山薑詩選》“七言古”卷三《小忽雷歌》改。

馬奈爾何!

元都道士倘相訪,鄆州還憶樊花坡。

(予於丁丑四月,同天壇高鍊師聽樊生花坡彈小忽雷入調。)

《小忽雷歌》,德州田雯

(康熙間鈔本《小忽雷》)

題　辭

[清]查嗣璟

鄭中丞已水雲徂,南趙迤邐贖得無? 零落段師諸弟子,管兒雙鬟落東都①。

何用旋宮轉轉生,黃鐘變調亦淒清。人間萬老焚書罷,始信琵琶有應聲。

右手曹剛左手裴,抄攦捼撥拍頻催。冷光十二門前月,直照烏絲馬上回。

涼州濩索響偏驕,忽墜游絲轉綠腰。破柱驚雷呼客醒,滿堂風雨正蕭蕭。

孔東塘座上聽關東客彈小忽雷,海寧查嗣璟

(康熙間鈔本《小忽雷》)

題　辭

[清]顏懋僑

胡琴此其小者耳,龍頭垂項忽雷名。柄長漢尺中二尺,木如紫

---

① "雙淚",查嗣璟《查浦詩鈔》卷六《孔東塘座上聽關東客彈小忽雷》作"雙鬟"。

石叩有聲。

上鐫臣滉製恭獻，建中辛酉雙弦鳴。内人訴出兒女語，鄭氏中丞第一數。

盡説傳頭始教坊，月下含情認紅樹。甘露變起文宗朝，血污蛾眉罷《六幺》。

散失人間何足歎，有唐宫殿草蕭蕭。市坊插標損顔色，天家舊物誰能識？

孔侯好古典衣買，説起當時淚沾臆。九百年來事已非，重理弦軸真可惜。

大弦温温小弦廉，雌和雄鳴聲如一。不辭再彈爲君歌，鳳德之衰復如何？

歎息宫娥手中物，如覩錦襪馬嵬坡。

《小忽雷歌》和田山薑韻，曲阜顔懋僑

（康熙間鈔本《小忽雷》）

題　辭

［清］張篤慶

冰車鐵馬綺筵開，聲繞文梁小忽雷。不是青衫舊司馬，潯陽江上莫深哀。

和漁洋先生贈樊裬詩，張篤慶

（康熙間鈔本《小忽雷》）

小忽雷記

［清］桂　馥

韓晉公入蜀，伐樹堅如石，匠製胡琴二，名大、小忽雷，進入内府。文宗朝内人鄭中丞善小者，偶以匙頭脱，送崇仁坊南趙家修理。值甘露之變，不復問。中丞以忤旨縊，投御河。權相舊吏梁厚本，在昭應別墅垂釣，援而妻焉。因言忽雷在南趙家，使厚本賂以歸。花下酒酣，彈數曲。有黄門放鷂子，墙外竊聽，曰：“此鄭中丞琵琶聲也。”達上聽，上宣召，赦厚本罪。太弟即位，仇士良追怨文宗，凡樂工及内侍得幸者，誅貶相繼，樂府一空，小忽雷亦不知所在矣。康熙辛未，孔岸堂民部見之燕市，曰：“是小忽雷也。”購而賦詩。民部既歿，其子攜以入都，遺於道左，王觀察斗南得之，贈孔太守泗源。太守酒間示余：龍首鳳臆，蒙腹以皮；柱上雙弦，吞入龍口，一珠中分。頷下有“小忽雷”篆書，嵌銀字，項有“臣滉手製恭獻建中辛酉春”正書十一字。以漢尺度之，柄長二尺。木似于闐紫玉。開元宦者白秀正使蜀，回獻雙鳳琵琶，以逤邏檀爲槽，潤若圭璧。此亦逤邏檀也。忽雷，即鼉魚。其齒骨作樂器，有異響。經曰：“河有怪魚，厥名曰鼉。其身已朽，其齒三。”作忽雷之名，實本諸此。民部座客樊裻善音，言忽雷本馬上樂，又名二弦琵琶，調多不傳，今但知黄鐘變調耳。噫！唐樂且亡，古音何由得聞耶？曲阜桂馥。

(康熙間鈔本《小忽雷》)

享金簿（節録）

[清]孔尚任

小忽雷，長尺許，龍頭瓠體，制如胡琴。其木色紫黝，堅如金石，乃外域娑羅檀也。脈紋盤繞，簇成鳳眼，摩弄日久，光瑩可鑒。頭上刻縷，絲髮纖細，傳爲鬼工。項下刻"小忽雷"三篆字，兩弦穿其下，腹蒙蟒皮，彈之聲忽忽若雷，故以名。

考《南部新書》載：唐韓滉入蜀，伐奇木如紫石，匠曰："爲胡琴槽，他木不能並。"遂爲二胡琴：大曰"大忽雷"，小曰"小忽雷"。後獻德皇。《樂府雜録》云：文宗朝，兩忽雷猶在内庫，宮人鄭中丞特善之，訓、注之亂，始落民間。兹蓋其小者。項後刻"臣滉手製恭獻，建中辛酉春。"乃韓滉自製。滉，畫龍名手也。予得之長安一舉子，因作《小忽雷》傳奇。

（汪蔚林編《孔尚任詩文集》第三册，中華書局 1962 年版）

燕台雜興三十首（節録）

[清]孔尚任

南部煙花劫後灰，曲終人散老相催。崑山弦索姑蘇口，絶調誰傳小忽雷？

予《小忽雷》填詞呈，長安傳看，欲付梨園，竟無解音。後得景雲部，始演之。

（汪蔚林編《孔尚任詩文集》第三册，中華書局 1962 年版）

題　辭

〔清〕蔣學沂

讀君忽雷圖，始睹忽雷狀。忽雷之製擅唐代，懷古輸君發高唱。

吾聞忽雷樂府，出自顧子天石翁。詞名久播歌甀中。

云亭山人同按拍，引商刻羽偏能工。忽雷本爲鱷魚骨，利齒排牙肆齗齘。

取之繫柱越且清，兩弦勾撥聲泠泠。良工斲造臣混獻，龍頭古制摹其形。

同時翼公秦叔寶之馬亦以忽雷號，名駁偏能食虎豹。

若論中唐定鼎功，忽雷應畫凌烟貌。稽之唐書爾雅曾無譌，得君爲詩鳴盛聲相和。

云亭、天石已往不可見，恨不取到忽雷相與重摩挲。

舊物流傳抑何幸，彈出哀弦韻悲哽。往事梨園一涕洟，坐使詩成發深省。

忽雷爾今豈有知？盛衰變幻誰能窺。滄江水暖多蛟螭，恐防夜深風雨化作鱗之而。

《小忽雷歌》爲燕庭農部作，楊湖蔣學沂

（嘉慶間劉喜海味經書屋鈔本《小忽雷》）

題　辭

〔清〕趙　起

三尺檀槽香錦裹，縮本橅來攜示我。云是唐時小忽雷，屬客題詩到江左。

此物飄零九百年，古樂府録今猶傳。曾入滄桑關興廢，欲向紙上敲冰弦。

雌雄拂玉指猶憶，嬋娟馬上舞黄金。捍撥紫羅檀，花下酒酣時，再鼓靈和殿。

月冷於冰，世間絶少鄭中丞。胡琴亦作廣陵散，我爲歌之發長歎。

小槽縷鳳雙影横，九天夜半奔鯤鯨。人間常調不入奏，擬抱清音叩玉京。

題燕庭先生所藏小忽雷，趙起于岡
（嘉慶間劉喜海味經書屋鈔本《小忽雷》）

題　辭

［清］趙申嘉

江村十月梅花開，劉郎遠從燕都來。袖中示我紙一束，繪得唐時小忽雷。

娑羅檀木同紫玉，龍首鳳臆蟒皮腹。項上細字十有一，臣瑊建中辛酉斲。

其時關中屢乏食，瑊勤貢獻盡臣職。月奉繒帛及粟米，乃製胡琴進宸極。

却怪興元遭播遷，可憐宫闕皆烽烟。泊復長安五閲月，此物得比鐘簴全。

瑊昔駐節鎮海久，東川西川未出守。其弟韓洄貶蜀中，計時亦在建中后。

摩挲銀字恐非真，共舉舊史疑殊珍。我道此琴非贗物，回看光澤留古春。

度支轉運領財賦，兩川亦在所轄處。瑣事史成難具載，《南部新書》況堪據。

有子韓皋曉音律，曾聽彈琴到止息。微旨能會嵇康心，所學或從庭誥得。

當時進御玉殿深，兩弦會得君王心。琉璃義甲中丞手，將擬松棟薰風琴。

自從流落崇仁坊，鄭李亂后悲流亡。歷九百年今復見，更有大者誰收藏。

題燕庭農部小忽雷拓本，楊湖趙申嘉
（嘉慶間劉喜海味經書屋鈔本《小忽雷》）

題　辭

〔清〕方履籛

斲琴首貴龍門桐，古音古調難為工。蜀川良材顯唐代，忽雷大小藏深宮。

促柱哀弦感人聽，裂帛新聲傳短柄。誰持妙技獻文皇？內府中丞云姓鄭。

繁華轉轂記當年，其器其人俱謫仙。飄流再入彤廷籍，嗚咽重調碧玉釗。

鼎湖一去銅臺散，從言塵寰不復見。忽聞千載躍延津，金石精光如紫電。

東塘先生什襲藏，長歌麗句推山薑。遂令曲部雙弦木，收入詞壇古錦囊。

瞬息烟雲幾易主，世間爭寫檀槽譜。諸城公子偶得之，獨與鼎彝詫奇古。

我從燕市昔曾觀，象軸螭衣觸手寒。小字旁鐫臣浞進，紀年猶署建中元。

建中之元國多故，天寶宜春委霜露。何事韓公貢奇巧，繁音不惜君心誤。

馬上琵琶塞草秋，城頭觱栗陣云浮。東廛未授崑崙調，南内先聞回鶻愁。

興奴攏撚曹綱撥，雅藝貞元最渾脱。餘事偏傳小忽雷，鴟弦夜洗長安月。

伶元遺恨復誰知，想見紅紋按拍時。曲項玲瓏新畫本，緑腰淒冷舊冰絲。

君家海上烟縹緲，休捧逤邏歌得寶。一條冷玉戛清商，恐教驚起驪龍爪。

題燕庭農部藏唐小忽雷樂器，方履籛
（嘉慶間劉喜海味經書屋鈔本《小忽雷》）

題　辭

［清］吴特徵

劉君示我小忽雷，龍頭古制珠銜腮。我爲作歌意鬱勃，欲吊興亡認遺物。

虚堂十月霜風吹，泠泠似拂檀槽來。絶響疑傳廣陵散，聲價爭重黄金臺。

劫灰流落未全改,護持知有精靈在。直如劍氣騰豐城,霹靂飛鳴閎塵海。

臣滉當時獻御筵,良工駓誌建中年。歌殘哀怨隋堤柳,咽斷淒涼蜀國弦。

雌撥雄吟誇妙手,當筵應作青銅吼。四部中丞不足論,日角山河亦何有?

即今變調誰能彈? 大者矧没蛟螭淵。空憐花底泉流意,無復人間天際看。

劉君好古古來少,燕市攜囊眩奇寶。只愁依舊化神魚,急雨之而攫鱗爪。

題燕庭農部所藏小忽雷,吳特徵
(嘉慶間劉喜海味經書屋鈔本《小忽雷》)

題　辭

〔清〕譚敬昭

正凝思,重翻古調新詞。況春餘、桐陰軟翠,滿庭花影離離。李青青、當場按曲,羅黑黑、背地垂帷。火鳳彈來,水龍吟罷,鶯鶯燕燕鬥雙飛。儘長日,簾波不動,香篆裊霏微。誰曾見,空堂雷輥,殿閣風移? 　撥檀槽,這渾不是,何人信手低眉。待追尋、唐宮鼓笛,還參破、孔壁金絲。幾拍紅牙,仍敲鐵板,東塘公子譜傳奇。閱塵劫、一千餘載,真賞樂相知。從今後,朱門綠野,自得因依。

題燕庭曹長所藏小忽雷用張仲舉調〔多麗〕,譚敬昭
(嘉慶間劉喜海味經書屋鈔本《小忽雷》)

題　辭

[清]儀克中

雙弦轉玉,曲項雕檀,貢自西川。女部歌殘,人間已閱千年。秋宮記彈夜雨,把興亡、都付春纖。留佳話,博審音妙手,譜入詞箋。

相賞曾經諸老,祇樊花坡后,誰奏當筵。古塞春風,曲意纏綿。銀絲細鏤唐篆,幾摩挲、醉眼花前。但得趣,便何妨、常伴酒邊!

題燕庭農部藏唐小忽雷樂器調寄〔聲聲慢〕,平陽儀克中墨農

（嘉慶間劉喜海味經書屋鈔本《小忽雷》）

題　辭

[清]吳嵩梁

誰伐桫欏樹? 將軍破蜀歸。衰朝無雅樂,持汝獻宮闈。

絕代難專寵,紅裝委逝波。餘生容復召,猶勝馬嵬坡。

甘露成奇禍,權璫事可哀。唐宮俱蔓草,太息此琴材。

紫玉塵埋久,雙弦撥未能。花坡今絕調,何況鄭中丞! (樊棱,字花坡。見田山薑詩)

為燕庭農部題小忽雷,吳嵩梁

（嘉慶間劉喜海味經書屋鈔本《小忽雷》）

題　辭

[清]林從炯

蜀國桫欏手製新,兩行銀字伴橫陳。德皇內宴春雷滿,行過車

聲聽不真。

小字唐宮喚欲應，錦衣玉貌鄭中丞。檀槽舊恨知多少，識曲東塘病未能。

爲燕庭農部題小忽雷樂器，林從炯石笥

（嘉慶間劉喜海味經書屋鈔本《小忽雷》）

題　辭

［清］劉錫申

甘露無端啟禍胎，淒涼樂部鎖烟煤。先朝法物飄零盡，碩果猶存小忽雷。

大小和鳴感逝波，鸞漂鳳泊奈愁何。故鄉異產無多許，且伴青蓮樂府歌。

驚雷妙技寂無傳，可有中丞再世緣？九百年來空爾爾，娟娟涼月在秋天。

浩劫茫茫自古今，那來閒淚濕衣襟。嶧陽大有孤桐在，好斲虞廷解愠琴。

題燕庭農部小忽雷，劉錫申

（嘉慶間劉喜海味經書屋鈔本《小忽雷》）

小忽雷行（並序）

［清］方廷瑚

小忽雷者，唐韓滉使蜀，得真桫欏木，制琵琶二面以進，賜名大小忽雷。忽雷產東海，能自鼓其腹，因取以爲名云。憲宗宮人鄭中丞鳳嫻此技,遂賜之。嗣中丞以忤旨賜死,棄屍玉河中。府小史梁厚本得其屍,將瘞之,中夜而甦,因訂爲夫婦。先是,小忽雷以匙頭損失,命工肆修治。中丞卒,内亦無有索取者。厚本物色得之,中丞喜,昕夕調弦,自抒衷臆。一日,内侍過其門,聆琵琶聲,知爲中丞也,遂以奏上。上宣名,赦厚本罪,即以中丞妻之,一時傳爲奇遇焉。文宗即位,内侍多遭誅戮,厚本家亦阽滅。忽雷流轉人世間,無復有珍惜之者。最後歸曲阜孔東堂太守家,太守博雅好古,珍之若拱璧。曲阜桂未谷爲之記,漢陽葉東卿拓其文,一時遂群知有小忽雷矣。余於東卿處得見忽雷全形拓本,因繫之以詩,書於左方。

碧天如拭涼飆吹,空庭月皎花陰移。寂無箏笛攪耳畔,空中仿佛聞哀絲。

哀絲不作嘈嘈響,似有疑無入簾幌。却是唐時小忽雷,千年紙上流精爽。

忽雷轉徙定誰憐?新舊書成總失傳。天意恰教存古物,吉金貞石與同堅。

李唐雅重琵琶製,賀老龜年稱絕藝。誰似當時小忽雷?春宮一曲傳佳麗。

麗人艷説鄭中丞,粉黛班中獨擅能。賦誦洞簫偏得寵,詩題紅葉竟何曾。

忽雷昔荷官家賜,貢獻傳聞來驛使。質儷金徽玉軫精,音誇錦瑟銀筷媚。

春秋花月披庭閒,斜抱當胸續續彈。準擬新恩承紫禁,詎知薄怒誤紅顔。

可憐永巷遭讒妒,一樹瓊花委朝露。枉抱冰心托素波,御溝拼作貞娘墓。

溝水盈盈暮復朝，香魂疑有鵲填橋。他生不信逢通德，再世居然見玉簫。

采鸞一昔乘鸞至，誓作鴛儔盟嚙臂。持比伶元恨轉深，淚痕永夜蘭衾漬。

忽雷已分渺知音，偏是仙姬念舊深。市肆塵埋稀物色，倩他夫婿爲重尋。

攜來如得連城璧，慢撚輕攏訴幽咽。懊惱墻根有李蕡，尋聲識得飛瓊跡。

一騎遄趨奏建章，忽聞温諭降蒼蒼。許教季芊歸錘建，不使韓妻怨宋王。

比目並肩恩義重，忽雷譜出升平頌。免得淒然擁髻吟，底須愁絕鄰船弄。

仙緣從古竟無終，物換星移恨曉風。人去臺空啼鵜怨，忽雷拋擲草萊中。

流離最後歸東魯，弦絶徽殘污塵土。拂拭重登闕里堂，居然上與韺彝伍。

四壁金絲相應鳴，忽雷聲價重寰瀛。東卿好古重摹拓，未谷搜奇與釋名。

佚事好修唐闕史，重重引證詳端委。粉黛成塵碧玉烟，金仙淚滴蟾蜍死。

獨留此紙轉庚庚，歷劫猶含太古情。自愧詩成慚白傅，《琵琶行》后忽雷行。

（《幼樗吟稿偶存》卷四，道光間刻本）

題　辭

〔清〕李葆恂

桃花詞隱云亭叟（東塘晚稱桃花詞隱），燕市摩挲劇有情。小物曾關甘露變，新題合付玉溪生（義山《重有感》爲甘露作也）。

老苔記筆致精妍，天石傳奇播管弦（顧天石譜《小忽雷》傳奇行世）。一曲檀槽無限恨，嵌銀猶署建中年。

龍頭鳳臆式殊精，逆邐塵沙百感生。想見風流畫牛暇，晉公手製字分明。

幾將奇器落吾手，曾識華陽相國孫。憶向海王村里見，重看翠墨也銷魂。

此器後歸卓海颿相國，以“小忽雷”名其齋。文孫友蓮太守與予善，謂余好事，許以見貽。會太守卒，不果。光緒丁酉，見于都門廠肆，索值千金。庚子亂後，不知尚在人間否？此漢陽葉氏舊拓本。今爲陶齋尚書所得，漫題四截句請政。己巳三月，義州李葆恂並識。

（暖紅室校刻本《小忽雷》）

題　辭

〔清〕張祖同

懷古淒涼意。記當歌、掖庭明月，四條弦子。賀老琵琶場屋后，又見錦城新製。曾掩映、內人眉翠。樂府重翻龍香撥，石榴花、甘露人驚起。零落感，玉塵委。　紫宸別殿繁華地。剩西風、蕭蕭似訴,當時情事。欲問紅顏漂泊恨,難得玉簫重世。更休訪、崇仁坊址。拓本流傳平安館,托知音、拂拭銀光紙。還補注、晚唐史。

　　唐小忽雷拓本舊藏漢陽葉氏,陶齋尚書得之,命題小詞,因譜〔金縷曲〕一首呈請教正,己二月。張祖同

(暖紅室校刻本《小忽雷》)

題　辭

〔清〕王闓運

　　馬上胡笳,更安史亂后、琵琶淒切。誰道經、盡江淮,繁華未銷歇。檀槽自、按幾回,看柳花如雪。(太沖《晦日》詩:"年年老向江城寺,不覺春風接柳條。")元相徵歌、李蕡撇笛,長自嗚咽。　想秦蜀、流落千年,又新染、桃花扇邊血。(謂孔東塘)多少玉顏漂泊?歘腥膻宮闕。只一曲、逶邐沙塵,把古今、積恨彈徹。說甚葉氏、韓家,那時喧熱!

　　葉氏小忽雷拓本,陶齋尚書得之。己巳初春,題〔琵琶仙〕一闋,以寓幽恨。時積雪滿山,繼以寒雨。元夕夜詠,不勝家國之感也。雨水日,書于湘綺樓。闓運

(暖紅室校刻本《小忽雷》)

題　辭

〔清〕鄧嘉縝

　　讓他暖玉無雙,改新妝。妝就龍頭鳳臆,小排場。忽雷兩,參差響,試評量。仿佛人家姊妹,有排行。

可憐瓊樹朝朝，付江潮。唯有好春記得，建中朝。梨園散，椒房黯，漫無聊。恰好口脂新綻放，鄭櫻桃。

飛紅墮涸飄茵，甚前因？人物一般覆雨，與翻雲。崇仁市，昭應吏，漫銷魂。依舊承恩作合，有黃門。

阿儂生小歡場，撥龍香。不似開元供奉，譜《霓裳》。和戎策，單于國，伴紅妝。比似漢家馬上，更淒涼。

一番塵夢難尋，久銷沉。難得都官神識，是知音。人間世，滄桑異，託春心。難道多情只解，感人琴？

近來風月誰家，渺天家。猶自拋珠抱玉，説琵琶。描形影，供吟詠，只些些。更無人將人面，問桃花。

調倚〔相見歡〕。陶齋尚書出小忽雷拓本屬題，且云原器今在榘卿太守處，將以此軸歸之，俾得珠聯璧合。是公之廓然大公，無一物不使得所，隨在流露可佩也。因並識之。宣統庚戌小雪，江寧鄧嘉縝

（暖紅室校刻本《小忽雷》）

《小忽雷》跋

劉世珩

年來搜集元以來傳奇三十種，彙刻行世。去年，繆藝風丈自江寧寄孔東塘、顧天石合譜《小忽雷》傳奇鈔本。閱卷首桂未谷著《小忽雷記》，乃知東塘得原器而作。今年春，晤太倉陸應庵燕談，云華陽卓氏寓京師者，藏有小忽雷，並有譜兩本。亟倩其蹤跡，得見之。龍首鳳臆，中含一珠；木理堅緻，雕刻精絕。項間鐫"小忽雷"三篆書，下刻真書"臣滉手製恭獻建中辛酉春"二行十一字，與桂氏所記

悉合。所謂"譜"者，乃劉燕庭味經書屋校鈔《小忽雷》傳奇也。后附《大忽雷》傳奇二折，以後殘缺不完。繆寄本缺字，得以互校，不禁狂喜。卷尾附國朝嘉慶時名人爲燕庭題《小忽雷》諸詩詞，知此器曾爲東武嘉蔭簃藏弄，即購獲之。溧陽陶齋尚書有葉東卿手拓小忽雷墨本，知器已歸余，遂以持贈。古物精靈，翕然會合，洵非偶然。此器所以歸華陽卓氏，蓋燕庭嫁女卓氏，取此媵奩，乃爲卓氏所有。海帆相國曾以"小忽雷"名其齋。其未入劉氏以前，據朱椒堂詩注，舊藏伊小尹處，繼蓮龕由粵西寄贈燕庭，然亦未詳言也。吳仲懌年丈云：濰縣陳簠齋太史，藏山谷伏波神祠詩墨跡。卷后劉文清跋云：成邸以此卷並小忽雷易其一銅琴。則此器曾藏成邸，由蓮龕介紹歸劉椒堂，或偶誤憶耳。顧余以小忽雷迭經劫火，並未遺失，則大忽雷或尚在人間世，不能恝然忘也。

冬十一月，訪大興張瑞山琴師，與之縱談古樂。曾言三十年前于京師市上，得一古樂器，爲大忽雷。似琵琶而止二弦，鑿龍其首，螳螂其腹，雕鏤古雅，制與小忽雷同。牙柱齗齗，左右相向；背施朱漆，上加彩繪。瑞山能彈之，其聲清越而哀，與小忽雷亦類。雖無題字可證，然二器並陳，望而可識。且斷紋隱隱，與余藏唐雷威、雷霄斲琴髹漆絕似，其爲唐物可信。瑞山以小忽雷在余所，樂爲歸之。因倩畏盧老人爲作《枕雷圖》。

東塘得器製傳奇，余刻傳奇而得其器，復獲大忽雷，亦云異矣。嗚呼！兩忽雷製自晉公，藏之內府，時閱四代，屢更盛衰興廢之故，其間隱晦不顯者，又不知幾何年。乃聚而散，散而復聚，先後卒爲延津之合，且皆歸之齋中。向者考古家求一見而不可得者，茲並得摩挲欣賞。考其源流，亦自幸古緣之不淺耳。適所刻《小忽雷》傳奇甫竣工，《大忽雷》傳奇雖非全書，亦附刊焉。特繪二器全形于卷端,名余閣曰"雙忽雷",並記得器始末於書后,以當跋尾。宣統二年,嘉平貴池劉世珩。

(暖紅室校刻本《小忽雷》)

【按】　劉世珩在將《小忽雷》收載入《暖紅室彙刻傳劇》,列爲第二十九種,予以刻印外,又曾延請吳梅和劉富樑爲《小忽雷》編訂曲譜。《傅惜華藏古典戲曲曲譜身段譜叢刊》(學苑出版社2012年版)中收有"雙忽雷閣曲譜六种稿本",爲有關明清六種戲曲作品的曲譜,包括《南西厢》、《四聲猿》、《南柯記》、《春燈謎》、《療妒羹》和《小忽雷》,在形式上皆爲曲本與曲譜合刊。《小忽雷》曲譜卷端題:"雙忽雷閣彙訂曲譜第三十種,小忽雷曲譜。長洲吳梅瞿安正律,桐鄉劉富樑鳳叔訂譜,枕雷道士鑒定。"王文章《傅惜華藏古典戲曲曲譜身段譜叢刊提要》(學苑出版社2013年版)對此介紹道:"《雙忽雷閣曲譜六種稿本》,劉世珩彙訂,吳梅正律,劉富樑訂譜,民國交通部抄件紙稿本,十冊。半葉曲、文各五行,行十八字,版框高寬:21.3×12.5,有眉批,函套書籤題:'雙忽雷閣曲譜六種稿本'。全集應收三十種以上,今僅存六種,爲《西厢記》、《四聲猿》、《南柯記》、《春燈謎》、《療妒羹》、《小忽雷》,只錄曲詞,注玉柱式工尺譜,朱筆點板,每出後附鑼鼓節次。"劉世珩另刻印有《賜書台彙訂曲譜》,包括《長生殿新譜全本》、《桃花扇新譜全本》、《大忽雷新譜全本》和《小忽雷新譜全本》。

<h2 align="center">午日孔東塘岸堂宴集觀明皇小忽雷
亦示《小忽雷》傳奇</h2>

[清]秦　濟

明皇絕技有誰知,漢帝銅丸豈遜之。忽聽人歌黄絹句,一時紙價貴京師。

爲泛蒲觴任側冠，欣將古調向人彈。岸堂一曲一杯酒，盡日高歌興未闌。

（時有范子振能彈此器。）

（《止園集》卷三，乾隆十六年刻本）

小忽雷歌

［清］宮鴻曆

文梓巧琢張鵾弦，鳳皇曲項宮錦纏。紫絛葳蕤搭左肩，大音函胡小折廉。

發響倐忽雷闐闐，韓公進自興元年。玉釵紅袖人五千，忽雷入隊樂部全。

興元天子方播遷，瓊林大盈流布泉。有司隨例進羨錢，長蛇封豕橫八埏。

猶敕大官開玳筵，文孫累葉更蔥然。巨璫次第司天權，太和歲終何顛連。

紫宸班定臣約前，奏曰左仗丹榴然。甘露凝結如珠圓，臣訓鞠苫拜舞虔。

幕兵未出戶已穿，軟輿六尺諸璫牽。臣行餘璠節鉞專，將士喘縮尻脊卷。

宮門飛埃橫紫烟，女官執樂清淚漣。忽雷寂莫歸市廛，一千年後誰留傳。

秘器真贗空覃研，無乃燕石誇瑤璿。我時力耕研北田，癖古炙轂談夷堅，泚筆聊賦忽雷篇。

（《恕堂詩》卷之□“庚辰”“散懷集上”，康熙刻本）

小忽雷歌(有序)

〔清〕繆　沅

《南部新書》載唐韓晉公滉入蜀,伐奇樹,堅緻如紫石。匠曰爲胡琴槽,他木不能並。遂爲兩胡琴,名大、小忽雷。後獻德皇。《樂府雜録》云:文宗朝,兩忽雷猶在内庫,内人鄭中丞特善之。訓、注之亂,始落民間。孔博士東塘得之燕市,蓋其小者,名爲二弦琵琶。

蜀中嘉樹高崔嵬,肌理堅緻如瓊瑰。誰人伐樹兢鏤刻,斲作大小雙忽雷?

檀槽舒呀鳳凰齶,曲項冰環掛雙索。勞嘈咽切響寥廓,馬上提持手親作。

子弦嘹喨角聲停,鼓此權當伐蜀樂。五絲彩線覆龍首,忽入昭陽伴紅袖。

風生鳳撥花催柳,鄭娘曲曲春風手。傳頭轉換聽未終,白日青天雷電走。

含光殿前夜月寒,小吏池頭把釣竿。裹來半段蒲萄錦,舊事凄涼説女官。

露盤淚瀉如鉛水,碧漢茫茫非一軌。中原澒洞久風塵,此物人間誰料理?

小忽雷存大者散,汾水年年叫秋雁。半彎逶邐一堆塵,博古何從辨真贗?

金絲軫斷濩索偏,可憐零落將千年。有客相訪來幽燕,買得不惜青銅錢。

摩挲一似琴無弦,一彈再鼓何人焉?唐家秘器已莫彈,吁嗟雅樂誰人傳！

（清宋犖選《江左十五子詩選》卷十二，康熙四十二年宛委堂刻本）

【按】 繆沅，字湘芷，江蘇泰州人。著有《餘園詩鈔》六卷。

小忽雷（有序）

[清]錢陳群

唐宮中物也。孔員外東塘得之，凡脫逸處盡依古樂匠修治，並雕詩綴篆，源流波瀾略可依制考已。昨歲，王生斗南爲余言，曾以麥五儋從東塘家老婢易之，既而贖去。後東塘弟子零落，濟上王生厚遺之，遂覓以相報。僅三十年間，收藏家猶且數更。梁厚本、米和郎而後，如東塘者，又不知幾十輩矣。今秋，王生復來京，出示座客。廸夫與余同觀，謂曾於東塘席上見之，因贈以詩。蓋以黃門自況矣。

手法師承總不同，教坊爭說擅清宮。

亦知雙鳳隨雲散，始信千齡一夢中。

今日遺音傳冀北，當時弟子滿街東。

酒闌月直翻新調，猶帶桃花雨點紅。

（《香樹齋詩集》卷三，乾隆間刻本）

小忽雷

[清]張　照

勑勑春風笑，根根秋月悲。苔深奉天璽，花落望雲騅。

兩柱題詩孔，千年語在絲。無端動幽恨，不待撥撚爲。

（《得天居士集·癸乙編》，道光二十八年刻本）

【按】 題下有注云：“二弦琵琶，傳爲唐德宗物，孔東堂題詩於兩柱。"

小忽雷（款云"臣滉手制恭獻建中辛酉春"）

〔清〕翁方綱

我題海光樓卷後，慮虎銅尺及此三。想見岸堂邗浦夕，把卷對酒春風酣。

雖殊劉歆銅斛律，尚壓詞場石邨筆。（孔東塘海光樓卷，從子衍栻石邨寫。）

德宗未幸奉天前，韓滉初使西州日。巧工劃破紫石聲，玉壘老樹蒼龍精。

海潮吟蟬（二琵琶名）匹不得，六么六引翻手成。兩行小詩牙軸首，淒涼九百十載後。

一聲冰鐵石室閉，後車欲酹何人酒。建中之春去幾何，中丞女官數大和。

田山薑又王鹺尾，出塞曲寫樊花坡。揚州詩夢俄飛電，黃葉秋深蜀岡蘦。

爭遣東塘樂府傳，《小忽雷》與《桃花扇》。

（《復初齋詩集》卷六十五，道光二十六年重刻本）

曲海總目提要（節錄）

〔清〕黃文晹原本、陳乃乾校訂

卷二十九

小忽雷

不知何人所作。劇內稱梁厚本與白居易友善，係憑空結撰，餘悉據實敷衍。

按《太平廣記》云：唐文宗朝，有內人鄭中丞，善胡琴，內庫有琵琶二面，號大忽雷、小忽雷，因爲匙頭脫損，送在崇仁坊南趙家料理。大約造樂器悉在此坊，其中有二趙家最妙。時，權相舊吏梁厚本有別墅，在昭應縣之西南，西臨渭河，垂釣之際，忽見一物流過，長六七尺許，上以錦纏之。令家童接得就岸，乃秘器也。及開視之，乃一女郎，妝色儼然，以羅巾繫其頸。遂解其領巾視之，口鼻之間，尚有餘息。即移至室中，將養經旬，方能言語，云：「我內弟子鄭中丞也，昨因忤旨，令內人縊死，投於河中耳。」及如故，重泣感謝。厚本無妻，即納爲室。自言善琵琶，其琵琶在南趙家修理。恰值訓注事起，莫有知者，厚本因賂其樂器匠，購得之，至夜分敢輕彈。後值良辰，飲於花下。酒酣，不覺朗彈幾曲。是時，有黃門放鷂子過門，私於墻下聽之，曰：「此是鄭中丞琵琶也。」竊窺識之，翼日達上聽。文宗始常追悔，至是驚喜，遣中官宣召。問其故，乃捨厚本罪，任從匹偶，仍加賜賚焉。

劇據此事又多所添飾，大略云：厚本，字道生，（其字添出。）中官梁守謙之侄。（此亦是添出紐合。）其兄曰梁正言。（此亦添出。）元和七年上巳，厚本攜酒曲江亭，見白居易題詩，和韻書壁。居易與獨孤郁同至，見而賞之，邀與同飲。郁遂與婦翁平章權德輿言，邀同研席。鄭注以醫出入德輿家，適至權宅，留與同飲。注歸與妻李謀，以妹盈盈（其字亦添出，情節皆非本傳所有。）許厚本，即鄭中丞也。小忽雷者，韓滉節度西川，取娑羅木所製。德宗取入內庫，朱泚之亂，散在民間，爲趙二收得，張設古董店中。厚本見而買之。五坊使仇士良後至，以爲官物，奪之去。厚本與訴。士良聞梁正言出入權德輿門，爲于頔謀節度，方欲以此波及厚本。會頔子敏以用

賄不效,向正言索原物。正言不肯還,敏竟殺正言。鄭注遇諸塗,
同解送京畿督捕官郭鍛,會同御史鄭光業審鞫。光業欲並劾德輿、
守謙,出疏稿示郭,誤攜所贈潤娘詩。(詩云:"春來無處不聞行,楚
潤相看別有情。好是五更殘酒醒,耳邊聞喚狀元聲。"詩見唐人詩
話,是鄭光業舉進士時贈妓潤娘者。)爲郭所持,約同看潤。席間有
秋娘講伎。(言郭翻酒污秋娘之裙,因白居易詩"妝成每被秋娘妒,
血色羅裙翻酒污"。)郭遂娶潤娘爲妾。他日道見光業,潤招與語,
郭鞭潤娘。光業過郭門,潤題詩擲之,光業亦以詩答。(潤娘詩云:
"應是前生有夙寃,不期今世惡姻緣。蛾眉欲碎巨靈掌,雞肋難勝
子路拳。祇擬嚇人持鐵券,未應教我踏金蓮。曲江昨日君相遇,當
下遭他數十鞭。"業答云:"大開眼界莫言寃,畢竟甘他也是緣。無
計不煩乾偃蹇,有門須是疾連拳。據論當道加嚴棰,祇合披緇念法
蓮。如此興情猶不淺,始知昨日是蒲鞭。"此是實事。按本事,楚兒
潤娘爲二曲之尤,有詩句。潤娘,楚兒之字也。)潤遂辭郭鍛,而出
嫁於江州茶商。白居易貶官江州,令至舟中侑酒,爲作《琵琶行》。
(按《琵琶行》本無姓名,《青衫》興奴,此潤娘,皆是設揣點入。)初,
光業受士良囑,劾德輿、守謙以梁正言事,兩人由此罷免。獨孤郁
挈厚本移居昭應坊西,會居易以武元衡爲盜所殺,切言其事,貶官
江州司馬。(此是實事。)遂攜厚本往江州。(此是添飾。)因送劉禹
錫貶連州,柳宗元貶柳州,元稹由江陵士曹遷通州司馬,故爲送別
也。(三人官宦不謬,年代不相合,湊集生情耳。)時,居易薦厚本於
裴度,爲參謀官,協平淮蔡。而鄭注因仇士良引薦燒丹,以軍功改
入注名下,授以顯職,悔厚本親,令士良進妹,以善彈小忽雷,頗承
眷厚,賜號女中丞。居易遷杭州太守,厚本詣之,潤娘亦流落在杭。
禮部侍郎鄭光業奉旨選伎,訪得潤娘於杭,奏使教伎於宜春院。中

丞即其所教也。未幾，鄭注、李訓激甘露之變，士良殺注，並令勒殺中丞。（此俱綴合。）厚本下第，依潤娘爲鄰，於御河得中丞，（此數折本原傳。）爲朝廷所知。居易已遷刑部尚書，召與鄭光業共承詔命，賜厚本與中丞婚配。（此又係添飾，又序元積擢平章，禹錫爲賓客，宗元已亡，以結前局。又云裴度爲考官，杜牧以《阿房宮賦》擢第一，劉蕡、厚本俱進呈，爲仇士良所抑，度後奏明厚本參謀之功，對策之善，特賜兩官，皆添飾。）而居易又爲潤娘作合，以歸於光業云。

（《曲海總目提要》，1928 年上海大東書局鉛印本）

詠小忽雷

〔清〕石韞玉

蓮龕觀察座上見古樂器，象軫檀槽，皤腹修頸，蛇皮蒙面，張以雙弦，似琵琶而差小，曰唐宮小忽雷也，舊藏於孔東堂家。考《樂府雜録》：唐文宗朝，有内人鄭中丞，善胡琴。内庫有二琵琶，號大、小忽雷。鄭嘗彈小忽雷，即此器也。因成四絶句。

驃國新聲久絶傳，梨園法曲化成煙。獨留一片無情木，經歷滄桑九百年。

雙弦挑抹嚮楞登，想見妍娥玉手憑。卻怪人人吊青塚，無詩詠到鄭中丞。

鳳頭尺八紫檀槽，腰腹彭亨古錦韜。若譜唐宮新樂府，教人腸斷水仙操。（鄭以忤旨被縊，投於河，流出再生，爲小吏梁厚本妻，故云。）

象牙軫上蠅頭字，辨取云亭絶妙詞。不盡桃花亡國恨，更翻新曲度氍兹。

（《獨學廬稿三稿》卷三，清寫刻獨學廬全稿本）

唐人小忽雷歌爲繼蓮龕廉使（昌）作

〔清〕葉紹本

　　忽雷之製傳何年，文檀作槽桿撥全。吟龍回頭叫冷月，雙柱韻迸珠盤圓。

　　黍管程量未尺半，紅袖掩抑思嬋娟。絲繩枯木解人意，眼中便睹修蛾妍。

　　我聞晉公昔使蜀，巨木遮蔭桐材堅。百鳥和鳴集其下，臨風枝墮聲鏗然。

　　遂命夔襄錯犀象，製成雙弄追田連。又聞大和盛女部，内家弦索誇歌筵。

　　浮以鴟夷幸不死，中丞名字留稗編。二説牴牾不相入，緑幺白雪難比肩。

　　此器胡爲合爲一，弦鼗那奏高山篇。瑶徽金縷製本異，"臣渑拜獻"誰所鎸？

　　或者傳聞頗失實，相公所進非湘弦。年深往跡那可辨，但愛古韻餘纏綿。

　　雁塞天高秋月白，烏孫有恨生窮邊。南内淒涼舊法曲，玲瓏散水聽潺湲。

　　九百年來幾興廢，世事渺渺移星躔。獨遺此器未淪没，飄零真欲傷花鈿。

　　蓮龕使君本絶俗，錦囊什襲隨征轓。褰帷叏到故宫地，渭水北繞魚龍川。

　　酒酣試與彈漫索,空堂冰鐵驚晝眠。東塘題句煩細讀,黑河夜雨迷秋煙。

　　　　　　　　　　　(《白鶴山房詩鈔》卷九,道光二年刻本)

　　【按】 葉紹本(1765—1841)字立人,一字仁甫,號筠潭,浙江歸安人。嘉慶六年(1801)進士,改庶吉士,授編修,歷官長蘆鹽運使、福建提督學政、山西布政使,降鴻臚寺卿。從錢大昕遊,爲詩恪守師訓,推崇李夢陽、何景明,而不滿錢謙益之詩論。擅古文,有《白鶴山房詩鈔》。

小忽雷歌爲繼蓮龕觀察作(並序)

[清]樂　鈞

　　長二尺許,牙柱二,並在右上刻孔東塘詩二首,項下刻“建中辛酉臣滉製進”八字,又篆書“小忽雷”三字。按建中,唐德宗年號。滉,疑韓滉,時爲江淮轉運使。然《樂府雜録》、《羯鼓録》皆云文宗朝内臣鄭中丞物。中丞以忤旨投河,梁厚本接得,遂以爲妻。後於花下彈琵琶,爲黄門所識,召還宮云云。距建中近五十載。意滉所進,至中丞乃顯歟?

　　小忽雷,臣滉進,項曲輪員木堅潤。上鐫建中辛酉年,滉正江淮作轉運。

　　封藏却到文宗朝,冰絲始得中丞調。終憐秘器無人見,空有妙響干雲霄。

　　一朝隨流出金屋,花下偷彈供奉曲。芳名從此留人間,載入南家《羯鼓録》。

萬物顯晦由因緣，知音不遇終不傳。君不見玉奴弦索冠天寶，邐迤檀槽來蜀道。

君不見橋陵故物名玉環，賀老段師才一彈。繞殿雷聲歇千載，依稀尚有脂痕在。

倘逢妙指發宮商，嘈切遺音應未改。小忽雷，今不朽。大忽雷，落誰手？

何日同登大雅堂，爲君佐進花前酒？往時此器屬東塘，曾憑院本譜伊涼。（孔東塘有《小忽雷》院本，今已不傳。）

流傳翻讓《桃花扇》，猶斷詞人吊古腸。

（《青芝山館詩集》卷二十一，嘉慶二十二年刻後印本）

【按】 此詩作於嘉慶十七年（壬申 1812）。

小忽雷

［清］吳嵩梁

唐文宗朝，韓滉代蜀，得奇木，製爲胡琴二，名曰大、小忽雷。女官鄭中丞善其小者，以匙頭脫，送崇仁坊南趙家修理。甘露之變，不復問。中丞以忤旨縊，投於河。權德輿舊吏梁厚本在昭應別墅援而妻之，因言小忽雷在南趙家，使厚本賂以歸。花下酒酣，彈數曲。有黃門放鷂子，牆外竊聽，曰：“此鄭中丞琵琶聲也。”達上聽，宣召，赦其罪。康熙辛未，孔東塘燕市得之。歿後，歸王觀察斗南，以贈孔太守泗源。龍首鳳臆，蒙腹以皮；柱上雙弦，吞入龍口，一珠中分。領下有“小忽雷”篆書，嵌銀字，項有“臣滉手製恭獻建中辛酉春”正書十一字。度之今工部營造尺，一尺四寸八分。東塘有客樊裖能彈之，言忽雷本馬上樂，又名二弦琵琶，調多不傳，今但知黄錘變調耳。

國初，田山薑、查嗣瑮諸君皆有詩。余獨愛東塘二絶句，云："古塞春風遠，空營月夜高。將軍多少恨，須是問檀槽。""中丞唐女部，手底舊雙弦。内府歌筵罷，淒涼九百年。"因效其體，得四首，書曲阜桂馥《記》後。

誰伐桫欏樹，將軍鎮蜀歸。衰朝無雅樂，持汝獻宫闈。

絶技難專寵，紅妝委逝波。尋聲能復召，猶勝馬嵬坡。

甘露成奇變，權璫事可哀。唐宫俱蔓草，太息此琴材。

紫玉塵埋久，雙弦撥禾能。樊袗今絶調，何況鄭中丞。

（《香蘇山館今體詩集》卷十一，《香蘇山館全集》，

道光二十三年刻本）

鄭中丞小忽雷歌（匙頭刻"臣溈恭製獻建中
辛酉春"十字、孔東塘題五絶二首）

[清]陳用光

入手雙弦乍披拂，欲聽繁聲誰按節？遺器難尋大忽雷，剩有中丞手内物。

中丞生當文宗朝，薄命不如沈阿翹。當年傳觀玉方嚮，襲錦香薰檀架高。

承恩一種君王側，涼風偏目歸鉤弋。不聞珠斛賜江妃，至竟伶元伴通德。

玉手提攜撥攏工，想像徵歌自建中。流傳曾落坊南宅，款識猶題韓晉公。（建中元年庚申，則辛酉固二年也。中丞以善彈小忽雷擅名，固無礙韓晉公獻之内，而傳及文宗時耳。南方貢朱來鳥，亦

二年事，見《杜陽雜編》。)

　　建中初政尚矯矯，辛酉二年年有表。登樓解訪綠衣人，寫經忽識朱來鳥。

　　聽到無聲孰擅場，太和遺事盡堪傷。進謀雖識姜公輔，題句還猜仇士良。

　　從此强藩漸滑夏，伶工星散宮官寡。可憐彈與健兒聽，關別駕同石司馬。

　　《霓裳》法曲散如煙，幸與東塘句並傳。龍首鳳臆規模在，已閱滄桑九百年。

(《太乙舟詩集》卷五，咸豐四年孝友堂刻本)

小忽雷行(並序)

［清］朱　琰

　　曲阜桂未谷馥記云："韓晉公入蜀，伐樹，堅如石，制胡琴二，名大、小忽雷，進入内府。文宗朝，内人鄭中丞善小者。偶以匙頭脱，送崇仁坊南趙家修理。值甘露之變，不復問。中丞以忤旨，縋投於河。權相舊吏梁厚本在昭應别墅垂釣，援而妻焉。因贖忽雷以歸，花下酒酣彈數曲。有黄門放鷂子牆外竊聽，曰：'此鄭中丞琵琶聲也。'達上聽，上宣召，赦厚本罪。太弟即位，仇士良追怒文宗，凡樂工及内侍得幸者，誅貶相繼，樂府一空，小忽雷亦不知所在矣。康熙辛未，孔岸堂民部見之燕市，購歸，賦詩。民部歿，其子攜入都，遺於道左。王觀察斗南得之，贈孔太守泗源，太守酒間示余。龍首鳳臆，蒙腹以皮，柱上雙弦，吞入龍口，一珠中分。領下有'小忽雷'篆書，嵌銀字。項有'臣滉手制恭獻建中辛酉春'正書十一

字。以漢尺度之，柄長二尺，木似于闐紫玉。開元宦者白秀正使
蜀回，獻雙鳳琵琶，以逤邐檀爲槽，潤若圭璧。此亦逤邐檀也。
民部座客樊裱善音，言忽雷本馬上樂，又名二弦琵琶，調多不傳，
今但知黃鐘、雙調耳。"余案：未谷記首所稱，蓋本《南部新書》。
孔岸堂一號東塘，即演《桃花扇》劇者。時賦詩有田山薑、繆湘
芷，夢鶴居士則譜爲傳奇。居士顧姓，天石其號也。未谷逝未
久，今此物當尚在孔家，惜不得見。芝齡暨董琴涵侍御同約作是
行云。

　　龍首鳳臆蒙腹皮，柄長二尺無盈虧。逤邐檀槽色斑駁，曲項掛
以雙條絲。

　　吾聞是古忽雷狀，小者完全大者喪。黃鐘變調留至今，馬上差
堪發高唱。

　　此物溯自唐建中，伐木蜀郡堅逾銅。臣滉手制恭進獻，銀字額
下深鐫鬶。

　　章陵選技傳軼事，鄭氏中丞獨超類。偶然玉貌遭棄捐，身赴東
流亦君賜。

　　相門末吏垂釣綸，御溝寫葉同前因。縈懷徽軫忍決舍，崇仁坊
贖先朝珍。

　　酒酣促坐彈數曲，淪落昭陽鬢雪綠。斷腸忽作河滿聲，司馬青
衫淚痕續。

　　屬垣消息達上聽，奉恩宣召乘輻軨。秋草輦路恨何限（文宗詩
語），善才弟子終飄零。

　　麻姑閱世近千載，浩劫茫茫月沉海。訪琴灶窔果誰人，燕市埋
蹤幸猶在。

　　東塘雅士稱知音，桃花扇底風流尋。塵埃賞識急相購，錦襲直

欲儕璆琳。

筵前有客撫而歎，樂府新詞頗能按。還將掩抑訴平生，一片柔情若珠貫。

譜成藉付樊袯歌，輕攏慢撚頻摩挲。回問當時六么拍，不知宵眇斯如何。

無端道左偕敞帠，厥子殊慚析薪負。劍雖寡合璧則還，持贈毋忘孔家守。

嗟汝秘器關興亡，德文兩代都倉皇。宮闕驚心鼓鼙動，詎應祖制沿《霓裳》。

甘露啟釁尤擾擾，翻妒琵琶別船抱。史編畢竟多失真，雲屏荒遊禁奇巧。

女伶禍豈權玷殊，私怨謾逞流兼誅。始識王（守澄）仇（士良）勢偏重，劉蕡策未規羅襦。

低徊往跡聊紀述，恍倩靈妃鼓瑤瑟。雲煙起滅奚須論，只供詞林燦花筆。

賦詩我似曾結緣，先後恰值三辛年。（制以辛酉，得以辛未，今歲則辛巳也。）

苔紋蠹質倘親覯，擊節韻協凄清弦。

（《小萬卷齋詩稿》卷二十四，光緒十一年嘉樹山房重刻本）

小忽雷樂府（有序）

［清］朱爲弼

小忽雷，長一尺四寸，上廣七分，下廣四寸，龍首牙軸，娑羅檀槽。龍首下陽面刻篆文"小忽雷"三字，陰面刻"臣滉手製恭獻建中辛酉春"十一字。牙軸二,其一刻首詠:"古塞春風遠,空營夜月高。將軍多少恨,須是問檀槽",款署"東塘",共二十二字,圖章一,篆文;其一刻次詠:"中丞唐女部,手底舊雙弦。內府歌筵罷,淒涼九百年",共二十二字,署款、圖章同。胡琴本北方馬上樂,亦謂之二弦琵琶,蓋琵琶所托始也。《南部新書》載:唐韓晉公滉入蜀,伐奇樹,堅緻如紫石,匠曰爲胡琴槽,他木不能並。遂爲二胡琴,大曰大忽雷,小曰小忽雷。後獻德皇。《樂府雜錄》云:文宗朝,兩忽雷猶在內庫,內侍鄭中丞特善之。訓、注之亂,始落民間。"康熙辛未,予得自燕市,乃其小者。質理之精,可方良玉;雕鏤之巧,疑出鬼工。今八百餘年矣。此器徒存,竟無習之之人。岸堂書,時戊寅夏日。"又,《合璧類》:唐文宗朝,內人名鄭中丞,善彈大小忽雷。又,《琴苑》:琴亦有大小忽雷之名。嘉慶二十五年夏,劉燕庭孝廉得此器於繼蓮龕方伯(昌)。因效樂府體作四解,並爲序云。

小忽雷,西蜀材。堅緻如石質理密,山川精氣融爲胎。

雪岩錦水莽迴護,歲久色紫同玫瑰。伐檀兮坎坎,山精瞑目猿猱猜。

此與武鄉祠前柏,太始一氣同根荄。胡爲乎化作小忽雷?(一解)

忽雷之狀如胡琴,跨馬奏曲聆仙音。大弦幺弦互觸撥,青鸞飛嘯黃鶯吟。

火不思,琵琶行,相與作伴申哀情。製者誰?晉公滉。善者誰?鄭中丞。

德皇含笑開內讌,鸂鶒啼迸雙絛冰。春朝月夜歡無邊,淒涼調絕千餘年。(二解)

燕市古物知音稀，岸塘道眼張如箕。紫雲一片落手底，樂府翻作紅豆詞。

龍首牙軸娑羅槽，小篆精楷雕秋毫。紀年辛未仁皇朝，金樽檀板招詞曹。

小忽雷，時偶遭；岡鳳鳴，和簫韶。（三解）

嘉蔭簃，罇罍古；金與石，座右左。小忽雷，翻然來，桂林風送黃金臺。

此爲耐翁舊所藏，成連海上雲茫茫。（此器舊在伊小尹師處，蓮龕方伯自粵西寄贈燕庭。）

華年錦瑟何足悲？五聲聾耳師聃師。器雖奇古不從時，譜調屢易誰其知？

小忽雷，不能彈。不如摧爲薪，爇向古鼎供栴檀。

小忽雷，聽我語：有聲不如無聲佳，倚壁高眠日卓午。（四解）

（《蕉聲館詩集》卷十，道光二十八年鋤經堂刻本）

唐小忽雷詞

〔清〕陳壽祺

傾杯樂與聖蠻奴，貞觀風流舊曲無。何處關山寒夜月，鶻弦彈入塞雲孤。

太和遺製五弦緪，鐵撥檀槽妙手能。當日梨園誰弟子，淒涼女部鄭中丞。（文宗內人鄭中丞善此器，見《樂府雜録》）

玉環已破玉宸空（玉環，唐明皇所寶琵琶，康崑崙奏琵琶于玉宸宮，因謂之玉宸宮調），流落人間鳳臆工。想聽阿翹天上樂，內廷愁看牡丹紅。（事見《杜陽雜編》）

奏罷楓香又綠腰，後來申米亦寥寥。（咸通中，米和、申旋皆善彈小忽雷。見《樂府雜録》）千秋翻出桃花扇，配與吟蟬大海潮。（孔東塘有大海潮、小吟蟬二琵琶，歌見《湖海集》及《池北偶談》）

（《絳跗草堂詩集》卷六，清刻本）

【按】 此詩作於嘉慶十九年（甲戌 1814）。題下有注云："小忽雷者，唐文宗内庫琵琶名，國初孔東塘所藏，牙軸繫兩詩云：'古塞春風遠，空營月夜高。將軍多少恨，須是問檀槽。''中丞唐女部，手上舊雙弦。内府歌筵罷，淒涼九百年。'李蘭卿舍人得其拓本，屬爲詩。甲戌。"

小忽雷歌

［清］陳文述

唐時琵琶大、小忽雷，名至文宗朝鄭中丞始顯，事見《樂府雜録》、《羯鼓録》。今此器爲蓮龕方伯所藏，有篆書"小忽雷"三字，又有"建中辛酉臣滉製進"八字，蓋德宗時韓滉轉運江淮所進也。上刻孔東塘詩，東塘曾撰《小忽雷》院本紀鄭中丞事，則本爲東塘故物。大忽雷舊爲楊鐵崖所藏，見《謝吕敬夫紅牙管歌序》，或亦尚在人間也。臨川樂蓮裳有此作，因和之。

君不見大忽雷，曾伴鐵崖吹鐵篴。滄江泰娘拍紅牙，一聲怒製龍門石。

君不見小忽雷，何年流轉歸東塘。金元院本久零落，空餘扇底桃花香。

建中辛酉臣滉製，轉運江淮五城置。德宗年號逮文宗，五十年前舊題字。

　　浮花清渭漾魚罾,中使春游試按鷹。一角紅墻閒佇立,琵琶聲識鄭中丞。

　　鄭中丞,汝本何方女? 何年入宮來? 宮中隷何所? 何年學琵琶? 曾否氍毹習歌舞?

　　鄭中丞,汝值深宮侍宮讌,梨香按曲歸何院? 同時弟子知幾人? 曾否平明掃金殿?

　　鄭中丞,何事輕干九重怒? 得毋法曲當筵誤? 冰紋三尺折紅棠,錦衾付與東流去。

　　溫明秘器出宮中,一角溝流御葉紅。分明漢代樊通德,來與伶元話故宮。

　　小忽雷,宮庭理新曲。檀槽雙鳳響逶迤,四條弦上人如玉。

　　小忽雷,曾向趙家修。玉環舊製今何處? 太息風乾羯鼓樓。

　　小忽雷,偶向梁家奏。霓裳仙樂出人間,萬花齊放春如繡。

　　小忽雷,重到至尊前。仿佛錦袍出金鎖,君恩成就今生緣。

　　我思忽雷名,亦有墼雷義。家在西泠飫空翠,幾疊雲山靈隱寺。

　　疑坐春淙合澗橋,滿耳龍泓語龍潑。七客寮中詩社開,海棠石壁掩春苔。

　　石梁夢醒天台瀑,更憶當年大忽雷。

　　　　　　(《頤道堂詩選》卷十九,嘉慶十二年刻、道光增修本)

唐建中年韓晉公所進大小忽雷，相傳小者猶在人間，爲云亭山人所藏。繼蓮龕同年得之，以贈劉燕庭郎中。燕庭出視索詩

[清]陸繼輅

風外烟雲劫后灰，吉金樂石費疑猜。是誰乞取傷心物？留與人間譜可哀。

干卿何事爲沾衣？鳳尾龍香是也非。漫説楊家重生女，真妃仙去又賢妃。

一朝聲律擅千秋，法曲曾煩天上求。偏是雨中鈴解語，替人世世餉離愁。

當時訓、注本僉人，死日居然殉國身。獨有平心李商隱，感英重聽一酸辛。

金陵嫻定似前朝，簾外春寒均更嬌。招取柔儀宮里月，流輝照我賦燒槽。

詞臣出鎮太匆匆，一曲琵琶聽未終。此日青衫尋舊淚，江南花落不相逢。（悼蓮龕同年之亡也。）

填詞並憶孔東塘，一扇桃花淚萬行。又似檀槽無別恨，千年往世閱興亡。

熙朝雅樂協簫韶，秋雨梨園掩寂寥。我欲求觀鄭公笏，猶能作頌擬王褒。

（《崇百藥齋三集》卷七，道光八年安徽臬署刻本）

唐小忽雷爲劉燕庭(喜海)作

［清］端木國瑚

　　韓晉公入蜀，以逤邏木製胡琴二，名大小忽雷，進入内府。文宗時，内人鄭中丞善小者，以匙頭脱，送崇仁坊南趙家修理。後甘露之變，中丞以忤旨縊投河。權相舊吏梁［序］(厚)本在昭應别墅垂釣，援而妻之。後黄門聽其琵琶聲，復召入。康熙辛未，孔東堂民部見之燕市，購得之。龍首鳳臆，頷下有“小忽雷”篆書，項有“臣滉手製恭獻建中辛酉春正書”十一字，皆嵌銀。民部坐客樊稜善音，彈此。東堂刻二絶於軹上，曰：“古塞春風遠，空營夜月高。將軍多少恨，須是問檀槽。”“中丞唐女部，手底舊雙弦。内府歌筵罷，淒涼九百年。”今歸劉燕庭。

　　平章軍國妙丹青，手製逤邏蜀玉形。何似河西楊節度，霓裳進曲雨淋鈴。

　　馬上雙弦進御杯，雲韶仙部後庭催。逝波一去如紅葉，不信人間有鴆媒。

　　南趙檀槽聽裂繒，黄門消息漏中丞。廬江小吏民間曲，寫入宫墻怨不勝。

　　霹靂無聲閴玉宸，傳頭零落一千春。樊稜變調淒涼甚，聽出唐宫玉筍人。

　　　　　　　　　(《太鶴山人集》卷十一，道光二十年刻本)

小忽雷行（吳蘭雪舍人嵩梁以顧天石
傳奇二卷見示，屬賦是詩）

［清］李宗昉

小忽雷者，胡琴也。韓晉公制，大小二，進入內府。文宗朝，內人鄭中丞善小者，遭變故流落人間。康熙辛未，孔岸堂民部得之燕市，傳至太守泗源，曲阜桂未谷有記。記稱龍首鳳臆，頷下有"小忽雷"篆書，嵌銀字，項有"臣滉手制恭獻建中辛酉春"正書十一字。

杪櫟珍木出西蜀，開元進獻貞元續。羨錢榷鐵同將歸，大小忽雷親手劚。

頷底銀字嵌"臣滉"，赫然瞥見度支酷。淒清變調彈黃鐘，馬上雙弦節煩促。

大者淪佚小者存，留與文宗陪輦轂。氤氳華殿春風香，小部中丞貌如玉。

按指低徊花影紅，當筵掩抑杯光綠。忽驚宮闕煙塵生，北司勢煽南司族。

濁渭波掀幽魄沉，荒原燎滅青燐哭。雲韶幾隊盡星散，別抱琵琶私□觸。

傷心馳道鋪秋苔，善才何處尋曹穆。曠盪君恩頒赦書，麗人重貯黃金屋。

再撥檀槽依御床，更弄哀絲轉圓軸。九百年來落人世，龍頭鳳臆光華沃。

嗜古肯酬絹百匹，購奇那惜珠十斛。遂令焦桐逢賞心，張惶賦詠陳篇牘。

昨朝梅隱中書（舍人自號也）來，示我瑤華一編讀。云是東塘孔民部，座客虎頭制新曲。

紅牙譜授樊袳歌，詩數山薑記未谷。酒酣讀罷寒月高，淚痕堆滿蘭房燭。

華原石與雷氏徽，久埋塵土無遺躅。此器偏爲人護惜，翻勝秦箏及燕築。

壁上古琴鳴不平，請奏五弦屏凡俗。

（《聞妙香室詩》卷九，道光十五年自刻本）

法曲獻仙音·唐製小忽雷

［清］張祥河

搣羯思唐，洗桐悲蜀，小小檀槽如故。喚起輕雷，舊聲堪憶，蒼涼苑花宮樹。有九百年來事，兩弦悵誰訴。春何許。　向梨園、聽殘銀甲，重奏入、兵騎淮西無數。爪雪在天涯，盡千金、拋與飛絮。好事才人，唱旗亭、都是新句。但寒沙吹舞，又對燕山風雨。

（《詩舲詞錄》卷二，《小重山房詩詞全集》，道光刻、光緒增修本）

小忽雷詩

［清］陳世慶

唐文宗胡琴名小忽雷，女官鄭中丞能彈之。中丞曾忤旨，沉御河中，以救護免。甘露變後，復進御。事之始末詳曲皁桂馥所撰《小忽雷記》。

絶調蛾眉雅擅名，再承恩已是餘生。君王無限傷心事，忍聽檀槽舊日聲。

（《九十九峰草堂詩鈔》，同治八年娜嬛別館刻
蔡壽祺輯《故友詩錄》本）

【按】 陳世慶（1796—1854）字聰彝，江西德化人。諸生。诗文絕俗，吳嵩梁赏爱之，妻以次女，女亦能诗。依嵩梁居京師，鮑桂星见其《咏鶴詩》，大賞之，呼为鶴秀才，名大起。咸丰三年（1853），避兵抚州，逾岁卒。著有《九十九峰草堂诗钞》。

枕雷圖記

林　紓

　　北平袁珏生太史，爲余文字之契。一日，寓書於余，以劉參議蕙石所藏唐建中小忽雷，請余爲枕雷圖。參議淵雅通贍，名聞當世，余心折久矣。圖成，歸之參議，遂集飲于小忽雷閣，因得觀所謂小忽雷者。長僅逾尺，駢二軸于左。雙弦，撥之鏘然發奇聲。木質作深紫色，軸上鐫曲阜孔君詩。余因詢大忽雷所在，則云已屬之瑞山張君。張君年七十矣，精於胡樂，能爲《秦王破陣》諸曲，顧以病莫至。時庚辰九月九日也。逾兩月，再面參議于忽雷閣，則大忽雷亦歸參議家。狀如常用之琵琶，縠文甚古，二軸軒輊爲左右，聲洪壯而清越。余惜不能得張君而彈之，參議笑曰："前圖無大忽雷，今二雷駢隸吾錦囊中。畏廬當于水邊林下，補一鬚眉蒼皓之老翁遠來歸雷，足成吾家韻事可邪！"余諾，爲更製一圖。圖成，書其后曰："嗚呼！晉公得此于蜀川時，獻之德皇，寧計有奉天興元之局？顧朱泚奸亂天紀，七廟幾墟。而此二雷仍藏内庫，得再睹貞元之盛，幸矣！乃甘露之變，生自中涓，三陲無兵革之警，而二雷竟落人間。

然則唐之珰錮，甚於賊泚萬萬矣。讀東塘傳奇，雖瑣敍兒女，然亦足覘唐室之興衰。"參議獨抱古懷，摩弄二雷，不勝太息。且約明年人日，將大集詩流，賦詩紀之。今預更閣名曰"雙忽雷"，屬余爲紀其顛末如左。宣統二年長至日閩縣林紓記。

《枕雷圖》，余凡三製。第一圖，曾題二十八字，時大忽雷未歸劉氏也。迨此圖成，則雙雷合矣。原詩不可用，第一圖亦未工，因補"臺城路"一解，乞蕙石正拍。

曹綱去後興奴逝，花邊孰翻新譜？螺榻温香，銅槃膩燭，細聽琵琶幽訴。幺弦絮語。似淒斷玲瓏，警醒鸚鵡。製古紋深，建中年號岸塘署。　劉郎詩興正發，竟珠還劍合，高閣雙貯。篁翠侵衫，松痕過軸，睡足芳春墅。商聲漫拊。想幽怨盈盈，入官眉嫵。淚漬弦膠，畫廊深夜雨。畏廬倚聲，庚戌醉司命日。

（暖紅室校刻本《小忽雷》）

　【按】1913 年，吳昌碩曾爲劉世珩刻"雙忽雷閣内史書記繝柳燕掌記"藏印，邊款云："蕙石參議避世海上，自號'枕雷居士'，蓋於京師得唐時大小忽雷，名其閣曰'雙忽雷'，二姬即以'大雷''小雷'呼之。焚香洗硯，檢點經籍，有水繪園雙畫史風，爲作此印，爾玉台一段墨緣也。癸丑暮春之初，安吉吳昌碩記。"

滿庭芳·賦劉聚卿所藏大小忽雷

［清］朱祖謀

蜀國冰弦，胡沙塵柱，雙檀離合千場。春風幾曲，樂府小滄桑。内宴傾杯趁拍，親曾傍、紅袖昭陽。傷心是，玉宸零落，一例委霓裳。　東塘曾識曲，六幺按出，孤咽清商。又比翼鶼鵮，飛下彫堂。

安得雙聲絳樹，琉璃甲、對撥龍香。人間世，驚雷破柱，重與話
興亡。

（《彊村集外詞》，民國刻彊村遺書本）

澄齋日記（節錄）

〔清〕惲毓鼎

（宣統三年八月）初六日晴。爲劉蔥石題《枕雷圖》引首。唐韓
滉在蜀得堅木，制大忽雷、小忽雷各一（其制類琵琶），進於文宗，流
傳至今，皆歸蔥石。林畏廬同年爲繪此圖，蔥石復詳記其事。

（稿本）

清稗類鈔（節錄）

徐　珂

鑒賞類

劉蔥石藏大小忽雷

大忽雷、小忽雷，本馬上樂，又名二弦琵琶。忽雷，即鱷魚，其
齒骨可作樂器，有異響。經曰："河有怪魚，厥名曰鱷；其身已朽，其
齒三作。"忽雷之名，實本此。而其作也，蓋唐韓晉公奉使入蜀，至
駱谷山椒，巨樹聳茂可愛，烏鳥之聲皆異，下馬，以探弓射其顛，枝
柯墜於下，響震山谷，有金石之韻。使還，戒縣令，募樵夫伐之，取
其幹，載以歸，召良匠斲之，亦不知其名，堅緻如紫石，復有金石線
交其間，遂製二樂器，名大者曰大忽雷，長今營造尺二尺八寸五分，
似琵琶，止二弦，鑿龍其首，螳螂其腹，牙柱齲齗，左右相向，背施朱

漆,上加采繪,有金縷紅紋,麾成雙鳳;小者曰小忽雷,長營造尺一尺四寸七分,準漢建初尺一尺九寸四分,面廣七分,亦二弦,龍首鳳臆,蒙腹以皮柱,雙弦吞入龍口,一珠中分,領下有篆書,嵌銀"小忽雷"三字,牙軫二面,廣四寸,背正書"臣汦手製恭獻,建中辛酉春正書"等字。

　　大、小二忽雷先後入禁中。文宗朝,有內人鄭中丞(中丞爲宮中女官)善彈之。太和乙卯,李訓、鄭注謀誅宦官,宮掖騷亂,始落民間。康熙辛未,曲阜孔東塘農部得小忽雷於燕市,賦詩紀之,即鐫之於兩牙軸下,首詠云:"古塞春風遠,空營夜月高。將軍多少恨,須是問檀槽。"次詠云:"中丞唐女部,手底舊雙弦。內府歌筵罷,淒涼九百年。"東塘歿,爲王斗南觀察所得,以轉贈孔泗源太守,而又曾爲成哲親王所藏,後歸漢軍繼蓮龕方伯昌。嘉慶庚辰夏,蓮龕自桂林寄贈劉燕庭方伯。未幾,而燕庭嫁女於卓氏,遂爲卓所有。海颿相國築小忽雷齋以藏之。久之,亦不能守。光緒丁酉,李文石觀察葆恂曾見之於都門廠肆,索值千金。尋爲貴池劉蔥石參議世珩所得,時蔥石方官京師也。

　　蔥石既得小忽雷,以爲迭經劫火而未遺失,則大忽雷或亦尚在人間,乃百計物色之。宣統庚戌十一月,蔥石訪大興張瑞山琴師,與之縱談古樂。瑞山言三十年前,得一古樂器於市,曰大忽雷。蔥石索觀,瑞山爲取而彈之,其聲清越而哀。越翌日,蔥石攜小忽雷訪瑞山,以二器並陳,見其斷紋隱隱,諦審之,覺與舊藏唐雷威、雷霄製琴,斷紋鬃漆絕似,益信其爲唐物。瑞山知蔥石之喜而欲之也,割愛歸之,於是大小忽雷皆爲蔥石所有。蔥石大喜,遂倩閩縣林琴南孝廉紓爲作《枕雷圖》,而名其閣曰雙忽雷閣。

　　蔥石更屬況夔笙題《鳳凰臺上憶吹簫詞》以張之,詞云:"別殿春雷,長門夜雨,玉蔥銀甲當年。悵劫塵甘露,舊譜荒烟。豔説延津一劍,新樂府唱徹瓊筵。(孔東塘得小忽雷,曾作院本以張之。)誰得似,紫雲雙貯,中壘清緣。吟邊,摩挲倦枕,對如此江山,淺醉閒眠。漫霓裳法曲,回首開天。貽我故山詩事,叢桂影曾拂麼弦。(小忽雷曾在伊小尹處,後歸繼蓮龕,自桂林寄貽劉燕庭。)知音少,珍琴更攜,(蕙石又藏唐雷威、雷霄製琴,斷紋鬂漆,竝與兩忽雷同。)何處成連。"

(《清稗類鈔》第九冊,中華書局 1984 年版)

【北南呂·一枝花】套曲·題
劉蕙石(世珩)《枕雷圖》有序

吳　梅

蕙石得大、小忽雷,又得孔東塘《小忽雷》傳奇、《大忽雷》雜劇,遂作雙雷閣貯之,自號枕雷道士。忽雷狀如琵琶,雙弦,其聲清越,與三弦略同。

【北南呂一枝花】雙雷出上方,高閣留清賞。禮堂傳著述,樂府按《伊》《涼》。你夢冷明光,早罷了鈞天想,且從容翰墨場。老齊眉琴瑟同聲,小垂手琵琶絕唱。

【涼州第七】記當日奏《霓裳》流傳禁宇,今日裏抱雲和想見昭陽,兩條弦彈不盡興亡賬!秋風桂殿,夜雨椒房,邊州弦索,雅部宮商。狠中涓生做出辣手文章,俊中丞打合上苦命鴛鴦。(女官鄭中丞爲鄭注之妹,最善忽雷。宦官仇士良曾勸進御,中丞不從,用是忤旨。甘露變後,以逆臣眷屬賜死,顧未絕也,後卒歸一士人。東塘傳奇本此。)算從前碎瑤琴伯玉西巴,理檀槽崇仁南匠。(太和間小忽雷壞,入崇仁坊南匠趙家修理。甘露禍作,遂落人間云。)歌《金縷》闋里束塘(孔束塘作《小忽雷》曲,皆顧天石爲之填詞。),看小字兒一行,古香,是"建中辛酉臣韓滉"。(小忽雷出自滉制,頷下有此一行字。)添掌故與後人講。你便好高閣聽雷話德皇,經多少花月滄桑。

【尾聲】問梧宮法物誰搜訪? 哪里討供奉新詞出太常? 只落得金錐玉柱都抛漾。你冰弦慢張,冰心自芳,待倩他一枕松風彈撥的萬山響。

（《霜厓曲録》）

萇楚齋五筆(節録)

劉體信

卷　六

貴池劉聚卿京卿世玶藏有唐大、小忽雷樂器,因搜輯各書,編爲《雙忽雷紀事》一卷。宣統三年正月,雙忽雷閣天津石印寫字本。余流覽所及,覺其仍有未盡者,因記其目録於後:徐釚有《楊維楨、謝呂敬夫紅牙管歌》附注,見《本事詩》。高錫蕃有《小忽雷詩爲劉燕庭方伯作並序》,見上海王慶勳編《同人詩録》。健亞有《記孔束塘小忽雷傳奇始末》,見《學藝雜誌》。瑞藻有《花朝生筆記》一則,見□□□□《神州日報》。潘曾沂有《唐御府小忽雷胡琴記》,見《東津館文集》。又《山左詩鈔》、《聽松廬詩話》各有一則。

（1929 年廬江劉氏鉛印本）

古籍及影印、整理本

A

（清）阿彌爾達《漱芳齋吟稿》，嘉慶十五年（1810）刻本。

（清）愛新覺羅·弘曆撰、清梁國治、董誥等編《御製文二集》，《四庫全書》本。

（清）愛新覺羅·玄燁《聖祖仁皇帝御製文集》，《四庫全書》本。

B

（清）包世臣《藝舟雙楫》，道光二十六年（1846）白門倦游閣木活字印安吳四種本。

（清）保培基《西垣集》，乾隆刻本。

（清）鮑鉁《道腴堂詩編》，雍正刻本。

（清）卞寶第、（清）李瀚章等修、（清）曾國荃、（清）郭嵩燾等纂《（光緒）湖南通志》，光緒十一年（1885）刻本。

（清）斌良《抱沖齋詩集》，光緒五年（1879）崇福湖南刻本。

C

（清）蔡壽祺輯《故友詩録》，同治八年（1869）娜嬛別館刻本。

蔡毅編著《中國古典戲曲序跋彙編》，齊魯書社 1989 年版。

（清）曹寅《楝亭集》，上海古籍出版社 1978 年版。

（清）許仁沐等輯《硤川詩續鈔》，光緒二十一年（1895）雙山講舍刻本。

（清）常煜輯《潞安詩鈔後編》，道光十九年（1839）寡過未能齋刻本。

（清）陳寶琛著、劉永翔、許全勝校點：《滄趣樓詩文集》，上海古籍出版社 2006 年版。

（清）陳棟《花月痕》，道光七年（1827）家刻本。

（清）陳宸書《〈《桃花扇》傳奇後序〉詳注》，嘉慶二十一年（1816）閏六月刊本。

（清）陳宸書《〈《桃花扇》後序〉詳注》，福州宏文閣 1914 年印。

（清）陳沆《稻薲集詩鈔》，鈔本。

（清）陳鴻猷《偶有軒詩鈔》，咸豐十一年（1861）陳氏長生堂刻本。

（宋）陳鵠《耆舊續聞》，《叢書集成初編》本。

（清）陳康祺《郎潛紀聞初筆二筆三筆》，中華書局 1984 年版。

（清）陳烺《蜀錦袍》，光緒十一年（1885）刻《玉獅堂十種曲》本。

陳乃乾輯《清名家詞》，上海書店 1982 年版。

（清）陳確《陳確集》，中華書局 1979 年版。

（清）陳榮昌《虛齋詩稿》，清末刻本。

（清）陳森《品花寶鑑》，宣統元年（1909）幻中幻了齋刊本。

（清）陳森《品花寶鑒》，上海古籍出版社 1990 年版。

（清）陳壽祺《絳跗草堂詩集》，清刻本。

（清）陳曇《海騷》，嘉慶間刻本。

（清）陳廷焯《詞壇叢話》，《雲韶集》，稿本。

（清）陳廷焯《白雨齋詞話》，光緒二十年（1894）刻本。

（清）陳維崧《陳迦陵文集》，康熙二十六年（1687）患立堂刻本。

（清）陳維崧《湖海樓詩集》，康熙二十八年（1689）陳氏患立堂刻本。

（清）陳維崧撰、冒褒注《婦人集》，光緒如皋冒氏刻《如皋冒氏叢書》本。

（清）陳文述《頤道堂詩選》，嘉慶二十二年（1817）刻、道光增修本。

（清）陳文述《頤道堂詩外集》，嘉慶二十二年（1817）刻、道光增修本。

（清）陳偕燦《鷗汀漁隱詩集》，道光二十五年（1845）刻本。

（清）陳偕燦《鷗汀漁隱詩續集》，道光二十五年（1845）刻本。

（清）陳學震《雙旌記》，同治間刊本。

（宋）陳暘《樂書》，元刻明遞修本。

陳永正主編《屈大均詩詞編年箋校》，中山大學出版社 2000 年版。

（清）陳用光《太乙舟詩集》，咸豐四年（1854）孝友堂刻本。

（清）陳貞慧《書事七則》，康熙陳氏患立堂刻本。

（清）陳貞慧《秋園雜佩》，粵雅堂叢書本。

（清）陳重《花著龕詩存》，光緒二十八年（1902）稿本。

（清）陳作霖《東城志略》，光緒二十五年（1899）可園刻本。

（清）程夢星《今有堂詩後集》，乾隆十二年（1747）刻本。

（清）程盛修《夕陽書屋詩初編》，乾隆三十八年（1773）刻本。

（清）程焕《龍沙劍傳奇》，嘉慶七年（1802）钞本。

［韓］池圭植《荷齋日記》，1911 年寫本。

（清）褚人獲《堅瓠集》，康熙刻本。

（清）崔應階《雙仙記》，乾隆三十二年（1767）家刻本。

D

（清）戴本孝《餘生詩稿》，康熙守硯庵戴本孝刻本。

（清）戴笠、（清）吴殳《懷陵流寇始終録》，清初錢氏述古堂钞本。

（清）戴璐《藤陰雜記》，上海古籍出版社 1985 年版。

（清）戴名世撰、王樹民編校《戴名世集》，中華書局 1986 年版。

（明）戴瑞卿、李之茂纂《（萬曆）滁陽志》，明萬曆四十二年（1614）刻本。

（清）鄧瑜《蕉窗詞》，光緒二十二年（1896）泉唐諸氏刻本。

（清）丁傳靖《滄桑艷》，光緒三十四年（1908）《豹隱廬雜著》本。

（清）丁澎《扶荔堂詩集選》，康熙五十五年（1716）文芸館刻本。

（清）丁宿章輯《湖北詩徵傳略》，光緒七年（1881）孝感丁氏涇北草堂刻本。

（清）丁振鐸輯《項城袁氏家集》，宣統三年（1911）清芬閣排印本。

（清）董鴻勳纂修《（宣統）永綏廳志》，《中國地方誌集成》湖南府縣誌輯，江蘇古籍出版社 1991 年版。

（清）董榕《芝龕記》，乾隆十七年（1752）刻本。

（清）董榕《芝龕記》，光緒十五年（1889）董氏重刻本。

（清）寶蘭軒《蘭軒未訂稿》，道光十一年（1831）刻本。

（明）都穆《都公譚纂》，明刻本。

（清）獨孤微生《泊齋別録》，清钞本。

（清）端木國瑚《太鶴山人集》，道光二十年（1840）刻本。

(清)多隆阿《慧珠閣詩鈔》,《叢書集成續編》本。

E

(清)鄂禮《惜分陰書屋學吟草》,稿本。

F

(清)法式善等《清秘述聞三種》,中華書局1982年版。

(東晉)法顯譯:《佛説雜藏經》,〔日〕高楠順次郎等主編《大正新修大藏經》卷十七,第745號,佛陀教育基金會印贈本,1989年。

樊增祥《樊樊山詩集》,上海古籍出版社2004年版。

(清)馮繼照輯《般陽詩萃》,道光二十七年(1847)刻本。

(清)馮驥聲《抱經閣集》,民國間鉛印《海南叢書》本。

(清)馮金伯輯《海曲詩鈔二集》,1918年國光書局鉛印本。

(南朝宋)范曄《後漢書》,中華書局2000年版。

(清)方炳奎《中隱堂詩》,同治間刻本。

(清)方廷瑚《幼樗吟稿偶存》,道光間刻本。

(清)方象瑛《健松齋續集》,康熙刻本。

(清)方熊《繡屏風館詩集》,道光刻本。

(明)馮夢龍輯《甲申紀事》,順治二年(1645)刻本。

(明)馮夢龍《警世通言》,人民文學出版社1994年版。

(清)馮甦《見聞隨筆》,嘉慶二十一年(1816)臨海宋氏重刻本。

(清)傅玉書《鴛鴦鏡》,光緒二十一年(1896)刊本。

G

(清)高延第《湧翠山房詩集》,光緒十四年(1888)刻本。

葛元煦等《滬游雜記·淞南夢影録·滬游夢影》，上海古籍出版社 1989 年版。

（清）宮鴻曆《恕堂詩》，康熙刻本。

［日］宮崎宣政《晴瀾焚詩》，明治二十九年（1896）明治書院版。

（清）龔鼎孳《定山堂詩集》，康熙十五年（1676）吳興祚刻本。

（清）龔顯增輯《桐陰吟社詩甲編》，同治三年（1864）刊本。

（清）谷應泰《明史紀事本末》，中華書局 2018 年版。

（清）顧彩《往深齋詩集》，康熙四十六年（1707）孔毓圻辟疆園刻本。

（清）顧彩撰、吳柏森校注《容美紀游校注》，湖北人民出版社 1999 年版。

（清）顧公燮《銷夏閑記摘鈔》，《叢書集成續編》本。

（清）顧光旭輯《梁溪詩鈔》，嘉慶元年（1796）刻本。

（清）顧景星《白茅堂集》，乾隆二十年（1755）顧氏刻本。

（清）顧嗣立《秀埜草堂詩集》，道光二十八年（1848）顧元凱潯州郡署刻本。

顧頡剛、劉起釪《尚書校釋譯論》，中華書局 2005 年版。

顧炎武撰、黃汝成集釋《日知録集釋》，道光十四年（1834）嘉定黃氏西谿草廬刻本。

顧炎武輯《明季實録》，光緒十四年（1888）吳縣朱記榮刻槐廬叢書本。

（清）顧祖禹：《讀史方輿紀要》，嘉慶十六年（1811）龍萬育敷文閣本。

（清）管庭芬《管庭芬日記》，中華書局 2014 年版。

（清）管筠《小鷗波館詩鈔》，道光三年（1823）刊本。

(清)郭錢齡《吉雨山房詩集》,光緒十六年(1890)刻本。

郭磬、廖東編《中國歷代人物像傳》,齊魯書社 2002 年版。

(清)郭潤玉輯《湘潭郭氏閨秀集》,道光十七年(1837)刻本。

(清)郭尚先《增默庵詩遺集》,光緒十六年(1890)刻吉雨山房全集本。

(清)郭書俊《蓼盦詩存》,道光十八年(1838)紹衣堂刻本。

(清)郭肇《東埭詩鈔》,光緒二十年(1894)刻本。

H

(清)韓是升《聽鐘樓詩稿》,嘉慶刻本。

(清)韓菼《有懷堂文稿》,康熙四十二年(1703)刻本。

(清)何紹基《東洲草堂詩鈔》,同治六年(1867)長沙無園刻本。

(清)何盛斯《柳汁吟舫詩草》,咸豐元年(1851)刻本。

(清)何崧泰等修、(清)史樸等纂《(光緒)遵化通志》,光緒十二年(1886)刻本。

(魏)何晏注、(宋)邢昺疏《論語注疏》,北京大學出版社 2000 年版。

(清)何兆瀛《心盦詩存》,同治十二年(1873)刻本。

(清)何焯《淮南學些歌》,道光二十七年(1847)重刻本。

(清)何焯《兩山詩鈔》,道光二十八年(1848)山陰何氏重刻本。

(清)洪繻《寄鶴齋選集》,《臺灣文獻史料叢刊》第八輯第三〇四種,臺灣大通書局 1987 年版。

(清)洪昇《長生殿》,康熙稗畦草堂刻本。

(清)侯方域《四憶堂詩集》,順治間商邱侯氏家刻本。

(清)侯方域《壯悔堂文集》,乾隆二十五年侯必昌重刊、力軒藏板。

（清）侯方域《壯悔堂文集》，《四部備要》本。

（清）黄本驥《三長物齋文略》，道光刻三長物齋叢書本。

（清）黄本驥《三十六灣草廬稿》，道光刻三長物齋叢書本。

（清）黄傳祖輯《扶輪廣集》，順治十二年（1655）黄氏儦麟草堂刻本。

（清）黄體正《帶江園詩草》，道光十年（1830）刻本。

（清）黄文暘原本、陳乃乾校訂《曲海總目提要》，1928 年上海大東書局鉛印本。

黄協塤輯《海曲詩鈔三集》，1918 年國光書局鉛印本。

（清）黄燮清《帝女花》，道光間刻《倚晴樓七種曲》本。

（清）黄振《石榴記》，乾隆三十八年（1773）柴灣村舍刊本。

（清）黄振《黄瘦石稿》，乾隆柴灣村舍刊本。

（清）黄宗羲《行朝錄》，清鈔本。

（清）黄宗羲《黄宗羲文集》，中華書局 2009 年版。

J

（清）計六奇《明季南略》，中華書局 1984 年版。

（清）計六奇《明季北略》，中華書局 2012 年版。

（清）紀邁宜《儉重堂詩》，乾隆刻本。

（清）紀昀《閱微草堂筆記》，嘉慶五年（1800）北平盛氏望益書屋刻本。

（清）紀曉嵐《紀曉嵐文集》，河北教育出版社 1991 年版。

（清）賈鳧西撰、劉階平校《木皮散客鼓詞》，臺灣正中書局 1954 年版。

（清）賈開宗《溯園文集》，道光八年（1828）重刻本。

（清）賈樹誠《賈比部遺集》，光緒元年（1875）刻本。

（明）姜垓、（清）解瑤等撰、高洪鈞編《明清遺書五種》，北京圖書館出版社 2006 年版。

（清）蔣藻《青荃詩集》，咸豐四年（1854）許氏古均閣刻本。

（清）蔣良祺《東華錄》，中華書局 1980 年版。

（清）蔣鑨、翁介眉輯《清詩初集》，康熙二十年（1681）鏡閣刻本。

（清）蔣時雨《藤香館詞》，同治五年（1866）刻本。

（清）蔣士銓《忠雅堂詩集》，稿本。

（清）焦循著、韋明鏵點校《焦循論曲三種》，廣陵書社 2008 年版。

（清）金德瑛等《檜門觀劇絕句》，光緒三十四年（1908）葉氏觀古堂刻本。

（明）金鉉《金忠節公文集》，清初刻本。

〔韓〕金允植《金允植全集》，亞細亞文化社 1980 年版。

（清）金之俊《息齋集》，康熙五年（1666）刻本。

（清）金埴《壑門詩帶》，稿本。

（清）金埴《不下帶編·巾箱說》，中華書局 1982 年版。

（清）靳榮藩《綠溪詩》，乾隆四十二年（1777）刻本。

（清）經濟《半園詩錄》，道光二十一年（1841）刻本。

（清）覺羅恒慶《懷荊堂詩稿》，道光十三年（1833）刊本。

K

（清）康發祥《小海山房詩集》，稿本。

（清）康發祥《伯山詩話後集》，道光二十九年（1849）刻本。

（漢）孔安國傳、（唐）孔穎達正義、黃懷信整理《尚書正義》，上海古籍出版社 2007 年版。

（清）孔傳鐸《安懷堂文集》，孔氏紅萼書屋鈔本。

（清）孔傳鐸《紅萼詞二集》，孔氏紅萼書屋鈔本。

（清）孔傳鐸《申椒二集》，孔氏紅萼書屋鈔本。

（清）孔傳鐸編《名家詞鈔六十種》，清鈔本。

（清）孔傳鋕《補閑集》，康熙刻本。

（清）孔尚任《桃花扇》，康熙介安堂刊本。

（清）孔尚任《桃花扇》，海陵沈氏刻本。

（清）孔尚任《桃花扇》，蘭雪堂本。

（清）孔尚任《增圖校正〈桃花扇〉》，1979 年揚州江蘇廣陵古籍刻印社。

（清）孔尚任、顧彩《小忽雷》，康熙間鈔本。

（清）孔尚任、顧彩《小忽雷》，嘉慶間劉喜海味經書屋鈔本。

（清）孔尚任、顧彩《小忽雷》，暖紅室校刻本。

（清）孔尚任《節序同風録》，浙江人民美術出版社 2016 年版。

（清）孔憲彝輯《闕里孔氏詩鈔》，道光二十三年（1843）曲阜孔氏刻本。

（清）孔憲彝《曲阜詩鈔》，道光二十三年（1843）刻本。

（清）孔毓埏《遠秀堂集》，清抄本。

（清）孔毓埏《遠秀堂集》，乾隆八年（1743）刻本。

（清）孔貞瑄《聊園文集》，康熙間刻本。

（清）孔貞瑄《聊園詩略續集》，康熙間刻本。

（清）況周頤《蕙風詞話》，民國刻惜陰堂叢書本。

況周頤《眉廬叢話》,山西古籍出版社 1996 年版。

L

(清)樂鈞《青芝山館詩集》,嘉慶二十二年(1817)刻後印本。

(清)李慈銘《白華絳柎閣詩》,光緒十六年(1890)刻越縵堂集本。

(清)李慈銘《越縵堂日記》,廣陵書社 2004 年版。

(清)李斗《揚州畫舫録》,中華書局 1997 年版。

(清)李賡芸《稻香吟館詩稿》,道光刻本。

(清)李海觀著、欒星校注《歧路燈》,中州古籍出版社 1980 年版。

(清)李嘉樂《仿潛齋詩鈔》,光緒十五年(1889)刻本。

(明)李濂《汴京遺跡志》,中華書局 1999 年版。

[韓]李麟祥《凌壺集》,《韓國文集叢刊》第 225 輯,韓國民族文化推進會 1999 年版。

李民、王健撰《尚書譯注》,上海古籍出版社 2004 年版。

(清)李銘皖等修、馮桂芬等纂《蘇州府志》,光緒九年(1883)刊本。

(清)李清《三垣筆記》,中華書局 1982 年版。

(明)李日華著、屠友祥校注《味水軒日記》,上海遠東出版社 1996 年版。

(清)李師沆《鳳臺縣誌》,光緒十九年(1893)刊本。

(清)李燧《青墅詩稿》,道光十三年(1833)刻本。

(清)李廷芳《湘浦詩鈔》,道光七年(1827)刻本。

(清)李衛等監修《畿輔通志》,雍正十三年(1735)刻本。

（清）李文瀚《味塵軒四種曲》，道光二十二（1842）至二十七年（1847）刻本。

（明）李賢等《大明一統志》，三秦出版社 1990 年版。

（清）李衍孫輯《國朝武定詩鈔》，乾隆五十九年（1794）刻本。

（清）李彦章《榕園詩鈔草》，道光二十六年（1846）刻本。

（清）李顒《二曲集》，中華書局 1996 年版。

（清）李漁撰、江巨榮、盧壽榮校注《閒情偶寄》，上海古籍出版社 2000 年版。

（清）李漁撰、杜書瀛評注《李笠翁曲話》，中華書局 2019 年版。

（清）李元度輯《國朝先正事略》，同治八年（1869）循陔草堂刻本。

（清）李宗昉《聞妙香室詩》，道光十五年（1835）自刻本。

（清）李宗瀛《小廬詩存》，光緒三十二年（1906）刻本。

（清）厲鶚《樊榭山房集外詞》，光緒十年（1884）錢塘汪氏振綺堂刻本。

梁鼎芬等修、丁仁長等纂《番禺縣續志》，《中國方志叢書》第四十九號，臺北成文出版社 1967 年據 1931 年刊本影印。

（清）廉兆綸《深柳堂集》，民國間抄本。

（清）梁廷枏《曲話》，《藤花亭十種》，道光十年（1830）刻本。

（清）梁章鉅《浪跡叢談續談三談》，中華書局 1997 年版。

（清）梁章鉅輯《楹聯叢話·楹聯續話》，鳳凰出版社 2016 年版。

（清）廖樹衡《珠泉草廬詩鈔》，光緒二十七年（1901）烝陽刻本。

（清）林楓《聽秋山館詩鈔》，同治十一年（1872）刻本。

（清）林溥修、周翕鑌等纂《即墨縣誌》，同治十一年（1872）

刊本。

（清）林時對《荷牐叢談》，廣陵古籍刻印社 1990 年版。

淩景埏、謝伯陽編《全清散曲》（增補版），齊魯書社 2006 年版。

（清）劉楚英《石龕詩卷》，同治九年（1870）刻本。

（清）劉存仁《屺雲樓集》，咸豐三年（1853）福州刻本。

（清）劉德昌修、葉沄纂《（康熙）商邱縣志》，光緒十一年（1885）刻本。

（宋）劉克莊著、辛更儒校注《劉克莊集箋校》，中華書局 2011 年版。

（清）劉嗣綰《尚絅堂詩集》，道光六年（1826）大樹園刻本。

劉世珩編《貴池先哲遺書》，光緒二十四年（1898）至 1920 年貴池劉氏唐石簃刻、1926 年續刻彙印本。

（清）劉燁華《蒼梧山館集》，民國十二年至十五年（1923—1926）刻本。

（清）劉鹹榮《靜娛樓詠史詩》，光緒三十年（1904）刻本。

（清）劉中柱《又來館詩集》，康熙間刻本。

（清）劉中柱《真定集》，劉寶楠選編抄録《劉氏二家詩録》鈔本。

（清）劉倬《江都劉雲齋先生詩集》，稿本。

（清）婁一均修、周翼等纂《鄒縣志》，康熙五十四年（1715）刊本。

（清）魯曾煜《三州詩鈔》，乾隆間刻本。

（清）盧見曾纂《國朝山左詩鈔》，乾隆二十三年（1758）德州盧見曾雅雨堂刻本。

（明）盧象升《明大司馬盧公集》，光緒元年（1875）刻本。

（清）陸繼輅《崇百藥齋三集》，道光八年（1828）安徽臬署刻本。

（清）陸圻《冥報録》，康熙刻《説鈴》本。

（清）陸學欽《蘊真居詩集》，光緒十三年（1887）刻本。

（元）陸泳《吳下田家志》，順治三年（1646）李際期宛委山堂刻本。

路工、譚天合編《古本平話小説集》，人民文學出版社 1984年版。

（宋）羅大經《鶴林玉露》，中華書局 1983 年版。

（清）羅天閶《西塘草》，道光間刊本。

（明）吕坤《去僞齋文集》，康熙三十三年（1694）吕慎多刻本。

M

（元）馬端臨《文獻通考》，乾隆十二年（1747）武英殿校刊本。

（清）馬璇圖修、（清）郭祚熾纂《（嘉慶）建昌縣志》，道光元年（1821）刻本。

（清）毛奇齡《西河集》，《四庫全書》本。

（清）冒襄輯《同人集》，康熙間冒氏水繪庵刻本。

（清）梅成棟《欲起竹間樓存稿》，天津志局 1923 年匯刻本。

（清）梅成棟輯《津門詩鈔》，道光四年（1824）刻本。

（清）梅文鼎《績學堂詩鈔》，乾隆間刻本。

（清）孟毓蘭修、（清）喬載繇等纂《（道光）重修寶應縣志》，道光二十年（1840）湯氏沐華堂刻本。

（宋）孟元老撰、鄧之誠注《〈東京夢華録〉注》，中華書局 1982年版。

（清）閔爾昌編《焦理堂先生年譜》，1927 年刻本。

（清）繆公恩《夢鶴軒楳澥詩鈔》，《叢書集成續編》本。

(清)繆荃孫《藝風堂文漫存》,臺灣文史哲出版社 1973 年版。

(清)繆荃孫編選《國朝常州詞錄》,南京大學出版社 2011 年版。

(清)穆彰阿、(清)潘錫恩等纂修《大清一統志》,《四部叢刊續編》本。

N

(清)倪鴻《退遂齋詩續集》,光緒遞修本。

(清)牛運震《空山堂文集》,嘉慶刻空山堂全集九種本。

O

歐初、王貴忱主編《屈大均全集》,人民文學出版社 1996 年版。

P

(清)潘素心《不櫛吟》,嘉慶五年(1800)刻本。

(清)彭劍南《影梅庵》,道光六年(1826)刻茗雪山房二種曲本。

(清)彭維新《墨香閣集》,道光二年(1822)刻本。

(清)皮錫瑞著、吳仰湘校點《皮錫瑞集》,嶽麓書社 2012 年版。

(清)平浩《金粟書屋詩稿》,稿本。

Q

(明)錢邦芑《甲申忠佞紀事》,明季野史三十四種本。

(清)錢陳群《香樹齋詩集》,乾隆間刻本。

(明)錢繼登《墍專堂集》,康熙六年(1667)刻本。

(清)錢琦《澄碧齋詩鈔》,乾隆刻本。

(清)錢謙益《牧齋有學集》,宣統二年(1910)邃漢齋排印本。

（清）錢維城《茶山詩鈔》，乾隆四十一年（1776）刻全集本。

（清）錢維喬修、錢大昕纂《（乾隆）鄞縣志》，乾隆五十三年（1788）刻本。

（明）錢軹撰《甲申傳信録》，清鈔本。

（宋）錢易《南部新書》，嘉慶十年（1805）張海鵬照曠閣刻學津討原本。

（清）錢曾《今吾集》，抄本。

（清）秦濟《止園集》，乾隆十六年（1751）刻本。

（清）秦金燭《藜軒詩稿》，偃師樹德圖書館 1935 年石印本。

（清）秦瀛《小峴山人詩集》，嘉慶二十二年（1817）刻道光年間補刻本。

（清）丘象隨《西軒詩集》，稿本。

（清）屈大均《道援堂詩集》，清刻本。

（明）瞿共美《粤游見聞》，清末刻本。

（清）瞿頡《鶴歸來》，嘉慶間秋水閣刻本。

（清）瞿頡《鶴歸來》，清末湖北官書處刻本。

（清）全祖望《鮚埼亭集外編》，嘉慶十六年（1811）刻本。

（清）全祖望著、朱鑄禹匯校集注《全祖望集匯校集注》，上海古籍出版社 2000 年版。

R

任二北編《優語集》，上海文藝出版社 1981 年版。

（南朝梁）任昉《述異記》，《漢魏叢書》本。

（清）茹綸常《容齋詩集》，乾隆三十五年（1770）刻、乾隆五十二年（1787）、嘉慶四年（1799）、十三年（1808）增修本。

（明）阮大鋮《詠懷堂新編十錯認春燈謎記》，明崇禎間吳門毛恒刻《石巢傳奇四種》本。

（明）阮大鋮《燕子箋》，董氏誦芬室 1919 年刻《重刊石巢四種》本。

（明）阮大鋮《燕子箋》，暖紅室《彙刻傳奇》第十七種本。

（清）阮復祖《夢蛟山人詩集》，道光間刻寶善堂彙稿本。

（清）阮葵生《茶餘客話》，中華書局上海編輯所 1960 年版。

（清）阮元輯《淮海英靈集》，嘉慶三年（1798）小瑯嬛僊館刻本。

（清）阮元輯《兩浙輶軒録》，光緒十六年至十七年（1890—1891）浙江書局刻本。

（清）阮元輯《兩浙輶軒續録》，光緒十六年至十七年（1890—1891）浙江書局刻本。

（清）阮先輯《揚州北湖續志》，廣陵書社 2003 年版。

S

［日］森槐南《補春天傳奇》，明治十三年（1880）東京三色套印本。

（清）商盤《質園詩集》，乾隆斟雉山房刻本。

（清）商盤《質園詩集》，乾隆二十六年（1761）刻本。

（清）邵葆祺《橋東詩草》，同治十二年（1873）大興邵氏刻本。

（清）邵長蘅《青門簏稿》，康熙三十二年（1693）刻本。

（清）邵颿《夢餘詩鈔》，光緒三年（1877）刻本。

（清）邵晉涵《南江詩鈔》，道光十二年（1832）刻本。

邵松年輯《澄蘭室古緣萃録》，光緒三十年（1904）上海鴻文書局石印本。

（明）申時行、趙用賢等纂修《大明會典》，明萬曆十五年（1587）內府刻本。

［韓］申緯《警修堂全稿》，《韓國文集叢刊》第 291 輯，韓國民族文化推進會 2002 年版。

（清）沈寶森《因樹書屋詩稿》，光緒二十三年（1897）刻本。

（清）沈赤然《五研齋詩鈔》，嘉慶刻本。

（清）沈初《蘭韻堂詩集》，乾隆五十九年（1794）至嘉慶二十五年（1820）遞修本。

（清）沈德潛編《清詩別裁集》，上海古籍出版社 1984 年版。

（清）沈德潛編選《清詩別裁集》，乾隆二十五年（1760）教忠堂重訂本。

（清）沈起鳳《諧鐸》，人民文學出版社 1985 年版。

（清）沈壽民《姑山遺集》，康熙有本堂刻本。

（清）沈廷芳《隱拙齋集》，乾隆間刻本。

實藤惠秀譯《大河内文書——明治日中文化人の交游》，東京平凡社 1964 年版。

（清）師範《金華山樵詩前集》，嘉慶刻本。

（清）史夢蘭輯《永平詩存》，同治十年（1871）刻本。

（清）石韞玉《獨學廬稿三稿》，清寫刻獨學廬全稿本。

（清）石卓槐《留劍山莊初稿》，乾隆四十年（1775）刻本。

（清）舒位《瓶水齋詩集》，光緒十二年（1886）邊保樞刻、十七年（1890）增修本。

（清）帥家相《卓山詩集》，嘉慶二年（1797）奉新帥氏賜書堂刻本。

（清）宋華金《青立軒詩稿》，乾隆間刻本。

（清）宋槤《雞窗續稿》，道光七年（1827）至二十三年（1843）刻本。

（清）宋犖選《江左十五子詩選》，康熙四十二年（1703）宛委堂刻本。

（清）宋犖《西陂類稿》，宋恪寀 1917 年重刻本。

（清）宋之睿《憶泉書屋詩稿》，道光八年（1828）敘永宋氏刻本。

（清）宋之繩《柴雪年譜》，康熙十八年（1679）刻本。

（清）宋之繩《載石堂尺牘》，康熙十八年（1679）周肇刻本。

（清）孫鋐、黃朱芾輯《皇清詩選》，康熙二十九年（1690）鳳嘯軒刻本。

（清）孫士毅《百一山房詩集》，嘉慶二十一年（1816）刻本。

（清）孫蓀意《衍波詞》，《小檀欒室彙刻閨秀詞》本。

（清）孫桐生選輯《國朝全蜀詩鈔》，光緒五年（1879）長沙刻本。

（清）孫峘《餘墨偶談初集》，光緒九年（1883）雙峰書屋刻本。

（清）孫雲鳳《湘筠館詩》，嘉慶十九年（1814）刻本。

（清）孫贊元編輯《遵化詩存》，光緒十三年（1887）刻本。

T

（清）譚吉璁編《肅松錄》，康熙間有恒堂刻本。

（明）談遷《國榷》，上海古籍出版社 2008 年版。

（明）談遷《國榷》，浙江圖書館善本部藏四明盧氏抱經樓抄本。

（明）湯顯祖著、胡士瑩校注《紫釵記》，人民文學出版社 1982 年版。

（明）湯顯祖著、徐朔方等校注《牡丹亭》，人民文學出版社 2005 年版。

（清）湯貽芬《琴隱園詩集》，同治十三年（1874）刻本。

（清）唐肇《奎峰詞》，孔傳鐸編《名家詞鈔六十種》，清抄本。

（清）陶元藻《泊鷗山房集》，乾隆衡河草堂刻本。

（元）陶宗儀《南村輟耕錄》，中華書局 1959 年版。

（清）茗溪藝蘭生《側帽餘譚》，北平邃雅齋 1934 年鉛印本。

（清）田雯《古歡堂雜著》，康熙田氏古歡堂刻本。

（清）田雯《古歡堂集》，四庫全書本。

W

（清）汪楫《山聞詩》，清刻本。

（清）汪芑《茶磨山人詩鈔》，光緒十一年（1885）刻本。

（清）汪惟憲《積山先生遺集》，乾隆三十八年（1773）汪新刻本。

汪蔚林編《孔尚任詩文集》，中華書局 1962 年版。

（清）汪敘疇《梅花夢》，光緒十年（1884）成都龔氏刊本。

（清）汪有典《史外》，乾隆十四年（1749）淡豔亭刻本。

（清）王昶《春融堂集》，嘉慶十二年（1807）塾南書舍刻本。

（清）王昶輯《國朝詞綜》，嘉慶七年（1802）刻本。

（清）王崇簡《青箱堂文集》，康熙二十八年（1689）王燕刻本。

（清）王定安等纂修《（光緒）兩淮鹽法志》，光緒三十一年（1905）刻本。

（清）王鳳文等編《成祉府君自著年譜》，《北京圖書館藏珍本年譜叢刊》第 98 冊，北京圖書館出版社 1999 年版。

（明）王夫之等《永曆實錄（外一種）》，文津出版社 2020 年版。

（清）王夫之等撰、丁福保輯《清詩話》，上海古籍出版社 1978 年新 1 版。

（清）王夫之《詩廣傳》，中華書局 2009 年版。

（清）王昊《碩園詩稿》，鈔本。

（清）王昊《碩園詩稿》，乾隆十二年（1747）刻本傳世。

（清）王槐齡纂修《（道光）補輯石砫廳新志》，道光二十三年（1843）刻本。

王季烈輯《孤本元明雜劇》，上海涵芬樓印行。

（明）王驥德撰、陳多、葉長海注《曲律注釋》，上海古籍出版社 2012 年版。

王利器輯録《歷代笑話集》，古典文學出版社 1956 年版。

（清）王懋昭《三星圓》，嘉慶十五年（1810）尺木堂刻本。

王明編《太平經合校》，中華書局 1960 年版。

王明校釋《抱樸子内篇校釋》（增訂本），中華書局 1985 年版。

（清）王培荀《鄉園憶舊録》，道光二十五年（1845）刻本。

（清）王苹《二十四泉草堂集》，康熙五十六年（1717）文登于氏刻本。

（清）王苹《蓼村集》，乾隆三十八年（1773）胡德琳刻本。

（清）王慶善《也儂詩草》，光緒二十七年（1901）宜春閣木活字印本。

（清）王慶勳《詒安堂詩初稿》，咸豐三年（1853）刻、五年增修本。

（清）王時翔《小山詩文全稿》，乾隆十一年（1746）王氏涇東草堂刻本。

（清）王士瑝《河橫老屋詩集》，嘉慶十四年（1809）刻本。

（清）王士禛《漁洋詩話》，乾隆十三年（1748）刻本。

（清）王士禛《分甘餘話》，中華書局 1989 年版。

（清）王世德《崇禎遺録》，清初刻本。

（明）王世貞《豔異編》，國家圖書館藏明刊四十五卷本。

（清）王守毅《後湖草堂詩鈔》，光緒間刻本。

（清）王守毅《籜廊瑣記》，文物出版社 2018 年版。

（清）王苏《试峻堂诗集》，道光二年（1822）刻本。

（清）王斯年《秋塍書屋詩鈔》，嘉慶十七年（1812）刻本。

（清）王廷燦《似齋詩存》，清刻本。

王文才輯校《楊慎詞曲集》，四川人民出版社 1984 年版。

王文章、劉文峰主編《傅惜華藏古典戲曲珍本叢刊》，學苑出版社 2010 年版。

（清）王文治《夢樓詩集》，乾隆六十年（1795）食舊堂刻、道光二十九年（1849）補修本。

（清）王先謙《東華録》，光緒十年（1884）長沙王氏刻本。

（清）王先謙《虛受堂詩存》，光緒二十八年（1902）平江蘇氏刻本。

（宋）王象之編《輿地記勝》，道光二十九年（1849）劉氏懼盈齋刻本。

王學奇主編《元曲選校注》，河北教育出版社 1994 年版。

（清）王衍梅《綠雪堂遺集》，道光刻本。

王英志主編《袁枚全集》，江蘇古籍出版社 1993 年版。

（清）王縈緒《滋德堂古文續集》，稿本。

（清）王縈緒改編《桃花扇》，清鈔本。

（清）王應奎輯、（清）顧士榮校訂《海虞詩苑》，乾隆二十四年（1759）海虞王氏刻本。

（清）王有慶等修、（清）陳世鎔等纂《（道光）泰州志》，《中國地方誌集成》"江蘇府縣誌輯"第五十種,江蘇古籍出版社 1991 年版。

（清）王豫輯《江蘇詩徵》,道光元年(1821)刊本。

（清）王元文《北溪詩文集》,嘉慶十七年(1812)隨喜齋刻本。

（清）王筠《槐慶堂集》,嘉慶十四年(1809)《西園瓣香集》本。

王貞瑉、王利器輯《歷代笑話續編》,春風文藝出版社 1985 年版。

王鍾翰點校《清史列傳》,中華書局 1987 年版。

（清）王源《居業堂文集》,道光十一年(1831)讀雪山房刻本。

（清）魏荔彤編《魏貞庵先生（裔介）年譜》,《畿輔叢書》本。

（清）魏裔介《兼濟堂文集》,光緒十年(1884)刻本。

（清）溫睿臨:《南疆逸史》,中華書局 1959 年版。

（清）翁方綱《復初齋詩集》,道光二十六年(1846)重刻本。

（清）吳陳琰《曠園雜誌》,康熙刻《說鈴》本。

（清）吳璜《黃琢山房集》,乾隆四十二年(1777)刻本。

吳梅《風洞山》,光緒三十二年(1906)上海小說林社排印本。

（清）吳勤邦《秋芸館詩稿》,同治八年(1869)重刻本。

（清）吳嵩梁《香蘇山館全集》,道光二十三年(1843)刻本。

（清）吳偉業《梅村家藏稿》,宣統三年(1911)武進董康誦芬室刻本。

（清）吳偉業著、李學穎集評標校《吳梅村全集》,上海古籍出版社 1990 年版。

（清）吳偉業《綏寇紀略》,上海古籍出版社 1992 年版。

（清）吳偉業撰、（清）程穆衡原箋、（清）楊學沆補注、張耕點校《吳梅村詩集箋注》,中華書局 2020 年版。

（清）吳冀《瓿餘集》,雍正十一年(1733)刻本。

(清)吳冀《再生緣傳奇》，清刻本。

(清)吳翌鳳輯《懷舊集》，嘉慶十八年(1813)刻本。

(明)吳應箕《樓山堂集》，清初刻本。

(明)吳應箕撰、章建文校點《吳應箕文集》，黃山書社 2017 年版。

吳毓華編著《中國古代戲曲序跋集》，中國戲劇出版社 1990 年版。

(清)吳燏文《樸庭詩稿》，乾隆刻本。

(清)五格、(清)黃湘纂輯《江都縣志》，乾隆八年(1743)刻本。

(清)西亭凌雪《南天痕》，宣統二年(1910)復古社鉛印本。

(清)夏家鏞《浮漚集》，民國間刻本。

(清)夏荃《退庵筆記》，清鈔本。

(清)夏伊蘭《吟紅閣詩鈔》，道光九年(1829)刻本。

(清)蕭奭《永憲錄》，中華書局 1959 年版。

(明)謝泰宗《天愚先生文集》，康熙五十五年(1716)致遠堂刻本。

徐珂《清稗類鈔》，中華書局 1984 年版。

(清)徐釚《南州草堂續集》，康熙四十四年(1705)刻本。

(清)徐釚著、王百里校箋：《詞苑叢談校箋》，人民文學出版社 1998 年版。

(清)徐釚撰、唐圭璋校注《詞苑叢談》，中華書局 2012 年版。

(清)徐士怡《寄生山館詩賸》，觀自得齋叢書本。

徐世昌編、聞石點校《晚晴簃詩匯》，中華書局 2018 年版。

（清）徐旭旦《世經堂初集》，康熙間刻本。

（清）徐旭旦《世經堂樂府鈔》，康熙間刻本。

徐振貴主編《孔尚任全集輯校注評》，齊魯書社 2004 年版。

（清）許善長《瘞雲岩》，光緒三年（1877）《碧聲吟館叢書》本。

（清）許善長《碧聲吟館談麈》，《碧聲吟館叢書》本，光緒四年（1878）刻。

（清）許宗衡《玉井山館詩》，同治四年（1865）至九年（1870）刊本。

（清）許宗衡《拳峰館詩》，稿本。

（清）許宗衡《玉井山館詩餘》，同治四年（1865）至九年（1870）刊本。

（清）薛傳源《芝塘詩續稿》，嘉慶刻本。

（清）薛紹徽《黛韻樓遺集》，1914 年刻本。

Y

（清）嚴榮《述庵先生年譜》，北京圖書館編《北京圖書館藏珍本年譜叢刊》第 105 册，北京圖書館出版社 1999 年版。

（清）嚴錫康《餐花室詩餘》，咸豐十一年（1861）刻本。

楊伯峻注《春秋左傳注》，中華書局 1981 年版。

楊伯峻譯注《論語譯注》，中華書局 2009 年版。

（清）楊恩壽《詞餘叢話》，光緒間刻《坦園叢書六種》本。

（清）楊鳳苞《秋室集》，光緒九年（1883）湖州陸氏刻本。

（清）楊淮輯《中州詩鈔》，道光二十三年（1843）刻本。

（清）楊際昌《國朝詩話》，乾隆二十四年（1759）刻本。

（清）楊浚《冠悔堂詩鈔》，光緒十八年（1892）刻本。

（清）楊夒生《真松閣詞》，道光十四年（1834）刻本。

（清）楊澤闓《石汸詩鈔》，咸豐元年（1851）麻芯不競刻本。

（清）楊鍾羲《雪橋詩話三集》，北京古籍出版社 1991 年版。

（清）姚佺輯《詩源初集》，清初抱經樓刻本。

（清）葉紹本《白鶴山房詩鈔》，道光二年（1822）刻本。

（清）葉燁《鶴麓山房詩稿》，嘉慶二十五年（1820）刻本。

（清）葉衍蘭、葉恭綽編《清代學者象傳》，上海古籍出版社 1989 年版。

［日］依田學海著、今井源衛校訂《墨水別墅雜録》，吉川弘文館 1987 年版。

（明）佚名輯《新刻時尚華筵趣樂談笑酒令》，明書林種德堂熊沖宇刻本。

（清）佚名《偏安排日事跡》，清末至民國初駕説軒鈔本。

（清）易順鼎《湘弦詞》，光緒五年（1879）刻本。

（清）易順鼎著、王飆校點《琴志樓詩集》，上海古籍出版社 2004 年版。

（清）殷如梅《緑滿山房集》，嘉慶六年（1801）刻本。

（清）殷壽彭《春雨樓詩集》，同治五年（1866）刻本。

（清）寅保《秀鍾堂詩鈔》，嘉慶五年（1800）刻本。

（清）尹繼善等修（清）黄之雋等纂《（乾隆）江南通志》，乾隆元年（1736）刻本。

［韓］尹喜求《于堂文鈔》，《韓國歷代文集叢書》第 2810 册，景仁文化社 2000 年版。

（清）英廉等編《欽定日下舊聞考》，乾隆五十三年（1788）武英殿刻本。

（清）永瑢等撰《四庫全書總目》，中華書局 1965 年版。

（清）永瑢等撰《四庫全書總目》，乾隆五十四年（1789）武英殿刊本。

（清）尤侗《明史樂府》，光緒十一年（1885）懺華盦刻本。

（清）尤侗《尤侗集》，上海古籍出版社 2015 年版。

由雲龍輯《越縵堂讀書記》，中華書局 2006 年版。

俞爲民、孫蓉蓉編《歷代曲話彙編》，黄山書社 2008 年版。

（清）余懷《板橋雜記》，張潮編《昭代叢書》甲集本，康熙三十六年（1697）至四十二年（1703）詒清堂刻本。

（清）余懷撰、李金堂注解《板橋雜記（外一種）》，上海古籍出版社 2000 年版。

（清）余家駒《時園詩草》，光緒七年（1881）有我軒刻本。

（清）余縉《大觀堂文集》，康熙三十八年（1699）刻本。

（清）余珍《四餘詩草》，光緒七年（1881）亦園刻本。

（清）俞思源《春水船詩鈔》，光緒十二年（1886）刻本。

（清）袁枚《小倉山房詩文集》，乾隆刻增修本。

（清）袁枚《隨園詩話》，乾隆五十五年（1790）、五十七年（1792）隨園自刻本。

（清）袁枚《隨園詩話》，人民文學出版社 1982 年第 2 版。

（清）袁枚《子不語》，上海古籍出版社 1986 年版。

（清）袁文揆纂輯《國朝滇南詩略》，光緒二十六年（1900）刻本。

（清）惲毓鼎《澄齋日記》，稿本。

（清）惲珠輯《閨秀正始集》，道光十一年（1831）紅香館刻本。

Z

（清）曾燦輯《過日集》，清康熙間六松草堂刻本。

（清）查揆《筼谷詩鈔》，道光十五年（1835）菽原堂刻本。

（清）查爲仁《蔗塘未定稿》，乾隆刻本。

（清）查義、查岐昌輯《國朝詩因》，稿本。

（清）翟灝《通俗編》，乾隆十六年（1751）翟氏無不宜齋刻本。

（清）張潮《尺牘偶存》，乾隆四十五年（1780）心齋刻本。

（清）張潮《友聲》，乾隆四十五年（1780）刻本。

張次溪編纂《清代燕都梨園史料（正續編）》，中國戲劇出版社1988年版。

（明）張岱《石匱書·石匱書後集》，上海古籍出版社2007年版。

（清）張道《梅花夢》，光緒二十年（1894）長沙刊本。

（清）張符驤《依歸草》，康熙刻本。

（清）張晉《艷雪堂詩集》，嘉慶十二年（1807）刻本。

（清）張景祁撰、清葉衍蘭繪《秦淮八豔圖詠》，光緒十八年（1892）羊城越華講院刻本。

（清）張令儀《蠹窗詩集》，雍正二年（1724）姚仲芝刻本。

（清）張履祥《楊園先生全集》，乾隆間刻本。

（清）張鵬展輯《山左詩續鈔》，嘉慶十八年（1813）四照樓刻本。

（清）張尚絅《百寶箱》，嘉慶間刻本。

（清）張世進《著老書堂詞》，乾隆刻本。

（清）張燾輯《津門雜記》，光緒十年（1884）刊本。

（清）張廷玉等《明史》，中華書局1974年版。

（清）張問陶《船山詩草》，嘉慶二十年（1815）刻、道光二十九年（1849）增修本。

（清）張學仁、王豫輯《京江耆舊集》，嘉慶二十三年（1818）

刻本。

（清）張塤《竹葉庵文集》，乾隆五十一年（1786）刻本。

（清）張怡撰、盧文弨選編《濯足庵文集鈔》，同治五年（1866）凌霞鈔本。

（清）張怡《白雲道者自述稿》，南京圖書館藏清抄本。

（清）張昭潛《無爲齋詞鈔》，光緒三十三年（1907）刻本。

（清）張照《得天居士集》，道光二十八年（1848）刻本。

（清）章性良《種學堂詹詹吟》，康熙間刻本。

（清）章學誠《章學誠遺書》，文物出版社 1985 年版。

（清）章學誠《乙卯劄記·丙辰劄記·知非日劄》，中華書局 1986 年版。

（漢）趙岐注、（宋）孫奭疏《孟子注疏》，北京大學出版社 2000 年版。

（清）趙炎輯《尊閣詩藏》，康熙刻本。

（清）趙翼《廿二史劄記》，上海古籍出版社 2011 年版。

（清）趙執端《寶菌堂遺詩》，乾隆間刻本。

（宋）真山民《真山民詩集》，清抄本。

（清）震鈞《天咫偶聞》，北京古籍出版社 1982 年版。

（清）鄭方坤《國朝名家詩鈔小傳》，光緒十二年（1886）萬山草堂刻本。

（清）鄭鴻《懷雅堂詩存》，光緒三十一年（1905）刻本。

（清）鄭見龍修、（清）周植纂《（乾隆）如皋縣志》，乾隆十五年（1750）刻本。

（清）鄭江《筠谷詩鈔》，乾隆書帶草堂刻本。

中國第一歷史檔案館整理《康熙起居注》，中華書局 1984

年版。

中國第一歷史檔案館編《乾隆朝上諭檔》，檔案出版社 1991
年版。

中國戲曲研究院編《中國古典戲曲論著集成》，中國戲劇出版
社 1959 年版。

中華書局編《清實錄》，中華書局 2008 年版。

（清）仲振奎《綠雲紅雨山房文鈔外集》，嘉慶十六年（1811）
鈔本。

（清）種芝山館主人《花天塵夢録》，首都圖書館藏手鈔本。

（清）周灝《太玉山館詩集》，稿本。

（宋）周煇《清波雜誌》附《別志》，中華書局 1985 年新 1 版。

（清）周亮工輯《賴古堂名賢尺牘新鈔》，康熙間周氏賴古堂刻本。

（清）周亮工輯《賴古堂名賢尺牘新鈔二選藏弅集》，康熙間周
氏賴古堂刻本。

（清）周亮工《賴古堂集》，上海古籍出版社 1979 年版。

（清）周亮工《印人傳》，江蘇廣陵古籍刻印社 1998 年版。

周慶雲輯《潯溪詩徵》，夢坡室 1917 年刻本。

（清）周世滋《淡永山窗詩集》，同治間刊本。

（清）周壽昌《思益堂詩鈔》，光緒十四年（1888）刻本。

（清）周文禾《賀雲螭室詩録》，光緒十三年（1887）刻本。

（清）周翕鐄輯《即墨詩乘》，道光二十年（1840）小崐山房刻本。

（清）周衣德《藕農詩稿》不分卷，稿本。

《周衣德集》，黃山書社 2009 年版。

［日］竹村則行、康保成箋注《〈長生殿〉箋注》，中州古籍出版社
1999 年版。

（清）朱鳳森、姚氏《十二釵》，嘉慶十八年（1813）晴雪山房《韞山六種曲》本。

（清）朱琦《小萬卷齋詩稿》，光緒十一年（1885）嘉樹山房重刻本。

（清）朱錦琮《治經堂詩集》，道光五年（1825）刻本。

（清）朱㙔等修、（清）馮煦等纂《溧陽續縣志》，光緒二十五年（1899）活字印本。

（清）朱奎揚修、吳廷華等纂《（乾隆）天津縣誌》，乾隆四年（1739）刻本。

（清）朱堂《吉光集》，道光二十年（1840）劉文楷刻《金陵朱氏家集》本。

（清）朱爲弼《蕉聲館詩集》，道光二十八年（1848）鋤經堂刻本。

（清）朱錫綬《疏蘭仙館詩集續集》，光緒三年（1877）刻本。

（清）朱緒曾《北山集》，道光二十年（1840）劉文楷刻《金陵朱氏家集》本。

（清）朱彝尊《靜志居詩話》，人民文學出版社 1990 年版

（清）朱應昌《洗影樓集》，道光二十年（1840）劉文楷刻《金陵朱氏家集》本。

（清）朱肇基修、陸綸纂《（乾隆）太平府志》，乾隆二十三年（1758）刻本。

（清）朱祖謀《彊村集外詞》，民國刻彊村遺書本。

（宋）曾慥編《類說》，上海圖書館藏五十卷清鈔本。

（清）鄒熊輯《海陵詩彙》，道光二十一年至二十二年（1841—1842）陳文田硯鄉抄本。

（周）左丘明傳、（晉）杜預注、（唐）孔穎達正義《春秋左傳正

義》,北京大學出版社 2000 年版。

(清)左孝威輯《慈雲閣詩鈔》,同治十二年(1773)刊本。

現代著述

B

[日]波多野乾一著、鹿原學人編譯《京劇二百年歷史》,1926年初版。

C

蔡鍾翔《中國古典劇論概要》,中國人民大學出版社 1988年版。

陳寶良《明代士大夫的精神世界》,北京師範大學出版社 2017年版。

陳碧笙編選《臺灣同胞抗日愛國詩詞選》,九州出版社 2001年版。

陳平原、王德威、商偉編《晚明與晚清:歷史傳承與文化創新》,湖北教育出版社 2002 年版。

陳融《顒園詩話》,1932 年排印本。

陳萬鼐《清孔東塘先生尚任年譜》,臺灣商務印書館 1980年版。

陳寅恪《柳如是別傳》,生活·讀書·新知三聯書店 2001年版。

陳永明《清代前期的政治認同與歷史書寫》,上海古籍出版社 2011 年版。

陳玉强《古代文論"奇"範疇研究》,人民出版社 2015 年版。

程章燦:《潮打石城》,鳳凰出版社 2020 年版。

D

[美]大衛·科澤《儀式政治與權力》,王海洲譯,江蘇人民出版社 2015 年版。

鄧長風《明清戲曲家考略全編》,上海古籍出版社 2009 年版。

[美]鄧爾麟(Jerry Dennerline)著、宋華麗譯、卜永堅審校《嘉定忠臣:十七世紀中國士大夫之統治與社會變遷》,中央編譯出版社 2012 年版。

F

付陽華《明遺民繪畫的圖像敘事》,人民美術出版社 2020 年版。

G

[日]溝口雄三《中國前近代思想的演變》,索介然、龔穎譯,中華書局 1997 年版。

顧誠《南明史》,光明日報出版社 2011 年版。

郭英德《明清傳奇史》,人民文學出版社 2012 年版。

郭英德編《吳梅詞曲論著四種》,商務印書館 2010 年版。

郭碩知《邊緣與歸屬:道教認同的文化史考察》,巴蜀書社 2017 年版。

H

何冠彪《生與死:明季士大夫的抉擇》,聯經事業出版公司

1997 年版。

　　賀湖散人詳注《（詳注）桃花扇傳奇》，上海會文堂新記書局 1924 年版。

　　賀闈《〈江都劉雲齋先生詩集〉整理研究》，東南大學出版社 2022 年版。

J

　　姜勝利《清人明史學探研》，南開大學出版社 1997 年版。

　　蔣瑞藻《小説考證（附續編、拾遺）》，商務印書館 1935 年版。

K

　　柯愈春《清人詩文集總目提要》，北京古籍出版社 2001 年版。

　　〔美〕克利福德·格爾茲《文化的解釋》，納日碧力戈等譯，王銘銘校，上海人民出版社 1999 年版。

　　況周頤《眉廬叢話》，山西古籍出版社 1995 年版。

L

　　連横《劍花室外集》，沈雲龍主編《近代中國史料叢刊續編》第十輯，臺灣文海出版社。

　　連横《雅堂文集》，臺灣大通書局 1987 年版。

　　梁啟超《桃花扇注》，中華書局 1936 年版。

　　劉錦藻編纂《清朝文獻通考》，浙江古籍出版社 1988 年版。

　　劉明今《中國分體文學學史·戲劇學卷》，山西教育出版社 2013 年版。

　　劉體信《萇楚齋五筆》，1929 年廬江劉氏鉛印本。

魯迅《中國小説史略》，上海古籍出版社 1998 年版。

M

冒廣生《鄭妥娘》雜劇，民國油印本。

明光《清代揚州鹽商的詩酒風流》，社會科學文獻出版社 2014 年版。

N

南炳文《南明史》，故宫出版社 2012 年版。

寧調元《寧調元集》，湖南人民出版社 1988 年版。

Q

錢鍾書《談藝録》，中華書局 1998 年版。

錢仲聯主編《清詩紀事》，江蘇古籍出版社 1987 年版。

S

施淑儀輯《清代閨閣詩人徵略》，1922 年鉛印本。

宋華麗《第一等人：一個江南家族的興衰浮沉》，四川文藝出版社 2018 年版。

孫蓉蓉《讖緯與文學研究》，中華書局 2018 年版。

T

［美］太史文《中國中世紀的鬼節》，侯旭東譯，上海人民出版社 2016 年版。

W

王國維《人間詞話》二卷,《海寧王忠慤公遺書(四集)》本。

王國維《王國維文學論著三種》,商務印書館 2010 年版。

王國維《王國維論劇》,中國戲劇出版社 2010 年版。

王桐齡《中國歷代黨爭史》,北平文化學社 1931 年版。

王衛民編《吳梅戲曲論文集》,中國戲劇出版社 1983 年版。

王蘊章輯《然脂餘韻》,1918 年商務印書館鉛印本。

〔美〕魏斐德著《洪業:清朝開國史》(增訂版),陳蘇鎮、薄小瑩等譯,新星出版社 2017 年第 2 版。

吳梅《霜厓詞録》,文通書局 1942 年鉛印本。

吳梅《顧曲麈談・中國戲曲概論》,上海古籍出版社 2000年版。

X

夏曉虹編《追憶梁啓超》,中國廣播電視出版社 1993 年版。

謝維揚、房鑫亮主編《王國維全集》,浙江教育出版社、廣東教育出版社 2010 年聯合出版。

徐愛梅《孔尚任和〈桃花扇〉新論》,山東大學出版社 2013年版。

徐世昌編《晚晴簃詩匯》,中華書局 1990 年版。

Y

嚴敦易《元明清戲曲論集》,中州書畫社 1982 年版。

陽正偉《"小人"的軌跡:"閹黨"與晚明政治》,中國社會科學出版社 2016 年版。

楊念群《皇帝的影子有多長》,廣西師範大學出版社 2016 年版。

〔美〕楊慶堃《中國社會中的宗教》,范麗珠譯,四川人民出版社 2016 年版。

姚念慈《康熙盛世與帝王心術——評"自古得天下之正莫如我朝"》,生活·讀書·新知三聯書店 2018 年版。

葉德均《戲曲小説叢考》,中華書局 2004 年版。

袁嘉谷《卧雪詩話》,1924 年雲南崇文印書館石印本。

袁世碩《孔尚任年譜》,齊魯書社 1987 年版。

Z

早稻田大學大學史編集所《早稻田大學百年史》,早稻田大學出版部 1983 年版。

〔美〕張春樹、駱雪倫:《明清時代之社會經濟巨變與新文化:李漁時代的社會與文化及其"現代性"》,王湘雲譯,上海古籍出版社 2008 年版。

張伯駒《春游紀夢》,遼寧教育出版社 1998 年版。

張暉《帝國的流亡:南明詩歌與戰亂》,中國社會科學出版社 2014 年版。

張祖翼《清代野記》,中華書局 2007 年版。

趙爾巽等《清史稿》,中華書局 1998 年版。

趙世瑜《狂歡與日常:明清以來的廟會與民間社會》,北京大學出版社 2017 年版。

趙園《想像與敘述》,北京師範大學出版社 2015 年版。

鄭永禧纂修《衢縣志》，1937 年鉛印本。

鄭志良《明清戲曲文學與文獻探考》，中華書局 2014 年版。

《中國戲曲志・上海卷》，中國 ISBN 中心 1996 年版。

周實著、朱德慈校理《無盡庵遺集（外一種）》，陝西人民出版社 2009 年版。

周絢隆《易代：侯岐曾和他的親友們》，廣西師範大學出版社 2021 年修訂本。

朱萬曙師《明代戲曲評點研究》，安徽教育出版社 2002 年版。

［日］竹林貫一編《漢學者傳記集成》，昭和三年（1928）東京關書院刊。

左鵬軍《晚清民國傳奇雜劇文獻與史實研究》，人民文學出版社 2011 年版。

左鵬軍《近代傳奇雜劇研究》，廣東教育出版社 2011 年版。

後　記

　　本書的編著緣起於我的博士論文《〈桃花扇〉接受史》的寫作。我在博士論文寫作之初，爲研究《桃花扇》的版本流變，同時也爲了完成承擔的《全清戲曲》中的《桃花扇》整理的任務，在北京大學圖書館查閱了館中所藏的《桃花扇》清康熙間介安堂刻本，發現該版本卷首、卷末所載的衆多"副文本"和其中的眉批、出批在後來的清刻本、現代排印本和王季思先生等的整理本中都未得到完整的收錄。我後來又從袁行雲先生的《清人詩集敍錄》中了解到"至詠《桃花扇傳奇》及觀演《桃花扇》劇詩，散見後人詩集者極多"，於是根據袁先生所列的人名、書名按圖索驥搜集、輯錄了一些有關《桃花扇》的詠劇詩；又通過翻閱《清代詩文集彙編》、《四庫未收書輯刊》等大型叢書，搜集到更多的詠劇詩。在徐扶明先生的《〈牡丹亭〉研究資料考釋》、侯百朋先生的《〈琵琶記〉資料彙編》和伏滌修先生的《〈西廂記〉資料彙編》的啓發、影響下，我開始有意整理、匯集以上所提及的《桃花扇》衆多版本中的"副文本"、有關《桃花扇》的詠劇詩和其他有關《桃花扇》的清代資料，並利用"晚清民國期刊全文數據庫"、"大成故紙堆"等數據庫下載、整理和錄入了較大量的現代（1912—1949）刊印的《桃花扇》資料。

　　伴隨著博士論文的寫作、修改，我對所搜集、整理的《桃花扇》資料進行了逐條、逐篇的研究，確定其創作時間、背景，並效法朱一玄先生的"中國古典小說名著資料叢刊"的體例，對資料按其内容

的不同性質進行分類編排。經過數年間不斷的搜集、整理，至
2020 年初我的博士論文出版時，我匯集的清代和現代有關《桃花
扇》的資料加上考釋文字已逾百萬字，使我萌生了將其修改、出版
的念頭。同年，我以"《長生殿》接受史研究"爲題成功申報了教育
部人文社會科學研究青年項目。在先前翻閱《清代詩文集彙編》、
《四庫未收書輯刊》等叢書時，我也對有關其他劇目的詠劇詩的有
關信息，如作者、出處、所在冊數、卷數、頁數等做了簡要記錄。爲
申報教育部項目，我對清代有關《長生殿》的資料進行了初步的搜
集、整理，所得也有三十餘萬字。在以上所述前期工作和成果的基
礎上，由於王夢佳師妹的鼓勵和幫助，我聯合上海人民出版社以
"《長生殿》《桃花扇》資料彙編考釋"爲題申報了 2021 年度的國家
古籍整理出版資助項目，幸運地成功獲批。此後，我又對兩部書稿
進行了修改和增補，主要是從部分清詩總集中新搜集到一些詠
劇詩。

　　袁行雲先生在《清人詩集敘錄》中指出"詠《桃花扇傳奇》及觀
演《桃花扇》劇詩"的數量"較諸詠《長生殿傳奇》不啻數十百倍"。
袁先生所言不免有些誇張，但由目前我所搜集、整理的有關兩劇的
詠劇詩的數量對比來看，兩者的差距確實較大。造成這一現象的
原因是可以而且需要進一步思考、討論的。

　　孔尚任生平撰有戲曲作品兩種：《小忽雷》（與顧彩合作）、《桃
花扇》。吳梅先生在《中國戲曲概論》卷下"二清人雜劇"中所列的
清人雜劇"可見者"有"孔尚任一本：《大忽雷》"。但未説明根據，不
可信從。《小忽雷》傳奇目前有兩種整理校注本，均將《大忽雷》作
爲附錄予以收入。王毅校注本（中州古籍出版社 1986 年版）的"前
言"對於《大忽雷》的作者也表示"存疑"，稱"其作者姓名無考"，因

該劇"在思想和藝術上均有可取之處,爲了廣其流傳,我們照舊保留它"。而後出的戴勝蘭、徐振貴校注本(齊魯書社 1988 年版)則對爲何附録《大忽雷》未做任何説明。孫書磊老師曾發表《〈大忽雷〉雜劇考》一文(《南京師範大學文學院學報》2009 年第 3 期,後收入其《南京圖書館藏孤本戲曲叢考》,中華書局 2011 年版),稱《大忽雷》的作者當爲顧彩。故爲全面呈現孔尚任的戲曲創作的成就和影響,《〈桃花扇〉資料彙編考釋》僅將有關《小忽雷》一劇的資料作爲附録收入。

因《〈桃花扇〉資料彙編考釋》原稿的篇幅已逾百萬字,其中現代(1912—1949)部分的資料約有四十餘萬字,故我最後決定先將清代部分提交出版,以符合古籍整理對象的時間範圍要求。我將現代部分的資料以"現代(1912—1949)《桃花扇》資料集存考釋"爲題作爲另一項目的最終成果提交、申請結項,並希望以後能有機會再修改、出版。

我在碩博階段都是修讀的元明清文學方向,但碩士期間偏重詩文方面,當導師朱萬曙先生不以猥陋將我招入門下,賜我問學人大的機會,使我得聞絳帳弦歌時,我幾乎完全是戲曲和戲曲研究的門外漢(當然現在也不敢説是"門裏人")。當本自駑鈍的我在入學前的暑假裏遵從朱老師的建議和要求,較大量地閲讀戲曲史著作和戲曲作品,略略窺知戲曲領域的"天高地厚"之後,對於因機緣巧合而闖入的這一廣闊園地和神聖殿堂更感懵懂和惶惑,但也爲之所吸引,希望能夠感受其魅力。自己所能做的和必須要做的只有從"零"開始,全力以赴,盡心投入,積極、踏實地學習。隨著時間的推移,我對於"學然後知不足"的感受也日益强烈而真切。入學後,因爲我參與朱老師的國家社科基金重大項目"《全清戲曲》整理編纂及文獻研究”，承擔其中孔尚任的戲曲作品的整理任務，朱老師建議以“《桃花扇》接受史”作爲我的學位論文的題目。於是，我一邊整理《桃花扇》的劇本，一邊搜集有關該劇的傳播、接受的資料。在用了半年時間集中地搜集資料後，我開始了論文的正式寫作。因爲前述研究方向轉移的緣故，在寫作的過程中踟躕和忐忑還是一直伴隨著我。而朱老師對於論文從確定選題、建構框架到搜集材料、具體寫作，再到後來的修改、擴充等各個方面，都對學術訓練不足、專業基礎薄弱的我給予了悉心指導，傾注了不少心血。“經師易遇，人師難遭”，而朱老師的道德、文章都讓我有高山仰止之感。我能夠忝列門牆，從學受教，既得識學術研究的門徑，又瞭解爲人處世的道理，感到十分幸運。我在修改博士論文、提交出版時，因特殊原因影響，未請朱老師賜序批評。我内心爲此一直惴惴不安，今年年中在北京與朱老師相見時，朱老師還提起此事，使我更感愧疚。在兩部書稿申報國家古籍出版資助項目時，朱老師撰寫了寶貴的專家推薦意見。待到書稿將要出版之時，朱老師卻又有恙在身，不便賜序。我也不敢冒昧打擾，而對於朱老師的身體狀況則終日懸念，祝願朱老師早日康復。

　　苗懷明老師也爲書稿申報國家古籍出版資助項目撰寫了寶貴的專家推薦意見，並表示會在書稿出版後在其主辦的“古代小説網”微信公衆號上進行推介。我早先拜讀過苗老師的多部大作，也每天都會關注和閱讀“古代小説網”的推文，尤其喜愛苗老師生動、別緻的課堂教學方法和所佈置的課下作業，並曾在教學中有過借鑒。2019 年 11 月，我在北京大學藝術學院舉辦的“吳梅與近代以來的中國戲曲文化”學術論壇上首次當面領略了苗老師的風采，使我更爲欽佩。我的博士論文出版後，苗老師也曾在“古代小説網”

上進行推介。今年是盧前先生逝世七十週年,苗老師計劃編輯出版一部有關盧前先生的紀念文集,收入小文一篇,以附驥尾,使我更加受寵若驚。

2021年4月27日,朱恒夫先生蒞臨我院舉行講座。我參與了講座之後的一個小型座談,與朱先生相識。後經朱先生的高足王建浩師兄介紹,我與朱先生建立了通信聯繫,於是不揣冒昧請朱先生爲拙作撰序。朱先生慨然應允,並在序文中提出了不少寶貴的意見和建議。河南省社會科學院文學研究所的王永寬老師是我碩士學位論文的答辯委員會的主席。時隔多年之後,因此一點因緣,我請王老師賜序,王老師也欣然允諾,在百忙之中閱讀書稿,提出了寶貴的意見和建議。我在攻讀博士學位期間曾通過電子郵件向江巨榮先生請教學術問題,江先生熱情回復,使我頗爲感激。我將書稿寄予江先生,請先生賜序,江先生認真、細緻地閱讀書稿,隨時提出問題,但最後因身體有恙,未能完成序文,使我倍感遺憾,祝願江先生身體健康。我謹在此向朱恒夫先生、王永寬老師和江巨榮先生表示誠摯的感謝。

在求學和博士論文寫作過程中,我先後得到了不少師長熱情而無私的關愛、鼓勵、指導和幫助,銘刻在心,不敢言謝,謹藉此尺幅、寸管表達懷佩不忘之意。首先要感謝我的碩士導師李聖華老師,李老師使我與元明清文學結下因緣,並在元明清詩文研究方面爲我指示了門徑、方法。我雖然至今沒有再從事詩文的專門研究,但當時的學習對後來《桃花扇》接受研究的相關部分打下了一定的基礎。在鄭州大學讀研時,徐正英老師即已對我多有照顧。我入中國人民大學讀博後,徐老師更是在修改、推薦發表論文和聯繫工作就業等多方面給予了指導和幫助。在兩部資料彙編的書稿申報國家古籍整理出版資助項目時，我也得到了徐老師的大力肯定和幫助。在博士論文搜集資料和寫作中，鄭志良老師也給予了細心、認真的指點。王繁緒改本《桃花扇》清抄本的存藏，即得自鄭老師的告知。鄭老師的勤奮、執著，也使我們頗爲敬佩。冷成金老師和王昕老師的課程使我獲益良多。冷老師不幸於今年三月因病去世，使我頗感意外、震驚和哀傷。我們入學之時，李炳海老師已經不再開課，不能一睹李老師在課堂上的風采，只能從李門弟子的描述中想象和神往，並感佩李老師的筆耕不輟。三位老師還在預答辯和正式答辯時給予了很多寶貴的意見和建議，使我認識到自己的疏漏和不足，得以有所進步。感謝廖可斌老師、張國星老師、杜桂萍老師在論文答辯中給予的批評、鼓勵和支持。張國星老師還在後來我的論文的部分文字發表時不厭其煩地仔細審閱、修改，並兩次親筆致信，給予具體的指點，使我非常感激。

感謝夏曉虹老師、吳書蔭老師和徐振貴老師原諒我的冒昧打擾，在論文的有關問題上給予幫助、指導。感謝臺灣政治大學耿湘沅老師和美國喬治·華盛頓大學的陳凱莘老師惠賜她們的大作。需要特別感謝的是臺灣中山大學的王璦玲老師，她的論文給了我很多啟發。我並有幸在 2014 年 9 月舉行的國際漢學大會期間向她當面請教。王老師優雅的舉止談吐、和藹可親的態度，和她講述的自己生活、治學的經歷，都給我留下了深刻的記憶。

朱門弟子間的關係總是那麼和諧、融洽，親如兄弟姐妹。張瑩師姐親切、細心，無論籌備會議，還是聚餐點菜，無不考慮周到、井井有條，以至於在她畢業後，我們遇事時常希望有她在身邊指點。師姐幸福的家庭和兩個可愛的女兒，也令我們羨慕不已。感謝夢佳、寒羽、袁睿、王正、小亮、武婧、心言、靜雪，大家的相遇相識、互幫互助、愉快共處,頗爲難得。同專業的董宇宇、黃剛、劉洋、馬芳和我在三年裏經常切磋琢磨,互相啟發,共同進步,結下了深厚的友誼。感謝室友閆克,聰明、認真,真誠、善良,在許多人生問題上提供了很多經驗和教導。尤其是彼時大家在宿舍讀書會上共同讀書、發表觀點、互相辯駁的熱烈情景和良好氛圍,使人後來時時懷想。如今諸位同門和同窗多天各一方,我在此遙謝之餘,致以深深的祝福。

我還要特別感謝父母、妻兒的包容和支持。身爲大學教師的父親從事古典文獻學的研究,是我的學術領路人,使我在論文寫作中的文獻基礎較爲扎實;又最早通讀了論文的初稿,給出了許多具體的指導和建議。父親對我既有鼓勵、支持,又對學業嚴格要求,耳提面命,言傳身教,但自己卻有不少讓他失望的時候和地方。母親則更多地在生活方面不斷給我溫暖、貼心的叮囑和關懷,使我能夠安心求學。感謝我的弟弟,經常要忍受和包容我的急躁,沒有給他足夠多的關心和理解。感謝我的妻子周勇輝一直以來對我的支持和理解,並不時督促我修改論文,使我沒有過於懈怠。從相識到博士畢業的三年多時間裏,兩人都是聚少離多,我不能多在她身邊陪伴和照顧,至今也未能給她富足、優裕的生活,她卻無怨無悔。感謝岳父母近十年來對我的理解、支持,在博士論文出版、收到樣書呈給岳父閱看之後不久,他因突發心梗遽然離世,使我們至今悲痛不已。小兒王劭俊剛滿三歲,當我寫下這篇文字的時候,他不時湊到電腦前,牽牽我的手,希望我跟他一起做遊戲,我的心裏都不免愧疚。儘管因爲工作的原因,可以在家照顧他,但不能一直陪在他旁邊,他可能不理解,卻肯定有不滿。希望以後當他來牽我的手時,能少一些悻悻而歸。

　　我的碩士研究生周敬、黃雪琦兩位同學在書稿的修改過程中對於全書目録進行了細緻的核對、修正，並指出了其中的一些格式錯誤，爲此付出了不少時間和精力，特向兩位同學表示感謝。

　　此外，本書在寫作中吸收了衆多前輩時賢的已有成果，還有其他不少師友親人多年來關心幫助我的學習、生活和成長，此處無法一一列名，謹致以誠摯的感謝和祝福。

　　最後還要特別感謝夢佳師妹的肯定、鼓勵和幫助，使得兩部書稿能夠申報和獲批國家古籍整理出版資助項目，得到出版面世的资金和机会。在我的博士論文修改和出版的過程中，夢佳師妹就曾提供寶貴的意見和建議。在本書初稿提交之後，我發現其中存在不少文字和標點錯誤，於是不斷修改、更正。感謝夢佳師妹不厭其煩地接收，並指出問題。感谢責任編輯老师为此书的校对、编辑付出的心血。因本人学力所限，書稿中肯定还存在不少疏漏和舛误，敬请各位专家、学者和朋友给予批评指正。

王亞楠

庚子年冬至於鄭州

圖書在版編目(CIP)數據

桃花扇資料彙編考釋/王亞楠編著.—上海:上
海人民出版社,2023
ISBN 978-7-208-18088-8

Ⅰ.①桃… Ⅱ.①王… Ⅲ.①傳奇劇(戲曲)-中國-
清代 ②《桃花扇》-研究 Ⅳ.①I237.2

中國版本圖書館 CIP 數據核字(2022)第 241578 號

責任編輯 崔燕南
封面設計 許 菲

桃花扇資料彙編考釋

王亞楠 編著

出 版 上海人&出版社
    (201101 上海市閔行區號景路 159 弄 C 座)
發 行 上海人民出版社發行中心
印 刷 商務印書館上海印刷有限公司
開 本 890×1240 1/32
印 張 36.25
插 頁 4
字 數 793,000
版 次 2023 年 2 月第 1 版
印 次 2023 年 2 月第 1 次印刷
ISBN 978-7-208-18088-8/I·2059
定 價 188.00 圓(全二册)